시경

시경

정상홍 옮김

을유문화사

옮긴이 정상홍(鄭相泓)

부산 출생. 부산고등학교를 거쳐 성균관대학교 중어중문학과와 동 대학원 중어중문학과(문학박사)를 졸업하였다. 성균관대, 경희대, 상명대, 숙명여대 등에서 강의를 했으며 중국 북경사범대학과 남경사범대학에서 국외 박사후(post-doc), 중국 산동대학 교환교수와 중국사회과학원 역사연구소 선진사(先秦史) 방문학자 등을 거쳤다. 현재 경북 영주의 동양대학교 교양학부 교수로 재직 중이다. 전공은 송시(宋詩)와 문학 이론이지만 본시 문사철(文史哲)과 문화인류학 · 종교학 등을 좋아하는 잡학(雜學)인지라 십수 년 이래 『시경(詩經)』과 중국 소수민족의 가요 및 원시종교 등에 관한 책을 읽고 글 쓰는 중이다. 이후 위의 연구를 포함하여 한중(韓中) 간 고대 언어 문자의 비교를 통한 시가(詩歌) 및 역사 그 주변을 공부하려 한다. 논문으로 「황산곡(黃山谷)의 시와 시론」, 「강서시파(江西詩派)와 선학(禪學)의 수용」, 「당송시(唐宋詩)에서의 구어사(口語詞) 사용과 시의 아속문제(雅俗問題)에 관한 연구」, 「『시경』 '풍(風)'의 시가발생학적(詩歌發生學的) 양상 연구」, 「『시경』과 중국운남소수민족의 시가와의 비교를 통해서 본 시가발생유형 연구(1): 주술가」, 「『시경』과 시가발생유형 연구(2): 토템가」 등 다수가 있다. 옮긴 책(공역 포함)으로 『선종(禪宗)과 중국 문화』(갈조광(葛兆光) 저), 『시론(詩論)』(주광잠(朱光潛) 저), 『대하장강』(고양(高陽) 저 『자희전전(慈禧全傳)』), 『사기(史記)』, 『월헌집(月軒集)』 등이 있다.

jsh@dyu.ac.kr

시경

초판 제1쇄 발행 2014년 12월 30일
초판 제5쇄 발행 2022년 8월 30일

옮긴이 정상홍
펴낸이 정무영
펴낸곳 (주)을유문화사

창립 1945년 12월 1일
주소 서울시 마포구 서교동 469-48
전화 02-733-8153
팩스 02-732-9154
홈페이지 www.eulyoo.co.kr
ISBN 978-89-324-5266-1 93820

* 이 책은 동양고전연구회의 지원으로 발간되었습니다.

머리말

『시경(詩經)』은 유교(儒敎)의 대표적인 경전이다. 민간의 가요〔「풍(風)」〕와 조정 연회에서 사용되었던 악장(樂章)〔「소아(小雅)」·「대아(大雅)」〕과 묘당(廟堂)에서 제사 지낼 때 사용되었던 전례(典禮) 음악〔「송(頌)」〕등을 모아 놓은, 중국에서 가장 오래된 시가집(詩歌集)이다. 모두 305편으로 서주(西周) 초기에서 춘추(春秋) 시대 중엽까지, 시간상으로는 기원전 약 11세기 말에서 기원전 6세기에 걸쳐 이루어졌는데 그 약 5백여 년간의 주대(周代) 사회의 생활환경과 생활 방식 및 의식 형태를 기록하여 그 당시 사람들의 희로애락애오욕(喜怒哀樂愛惡慾)의 감정 세계를 진실하게 전해 주고 있다. 뿐만 아니라 문학과 언어학과 역사 및 문화학의 다양한 가치를 지니고 있다.

이러한 시들을 정리한 공자(孔子)는 유가(儒家)의 종사(宗師)로서 『시경』은 그의 가르침의 가장 중요한 한 부분을 차지한다. 공자가 『시경』을 강조한 이유는 시를 통해 성정(性情)을 순화(純化)하고 더불어 사는 이 세상을 평화롭게 할 수 있을 것이라고 믿었기 때문일 것이다. "『시경』 3백 편은 한마디로 표현하면 '생각함에 사악함이 없다〔사무사(思無邪)〕'는 것이다"〔『논어·위정(論語·爲政)』〕라고 공자는 말했다. 덕(德)으로써 세상을 다스리려는 왕도 정치(王道政治)에서 이러한 시(詩)야말로 덕을 통한 교화(敎化)를 이룩하는 가장 좋은 통치 수단이라고 인식되었던 것이다. 덕으로써 세상을 다스리는 데에는 권력을 바탕으로 한 강요나 인위적인 법령보다 시를 통한 정서 순화와 대상을 이해하고 포용하는 공감각(共感覺)이 우선한다.

시를 나라를 다스리는 이념의 중요한 한 부분으로 간주한다는 것이 얼마나 아름다운 일인가? 그게 가능한가? 모든 사람이 시를 읽고 시를 외우고 시를 지으며 그 속에서 시심(詩心)과 시정(詩情)을 가꾸며 함께 살아갈 수 있다면 그 얼마나 살 만한 세상 아니겠는가? 전체가 아니더라도 자신의 덕이 미치는 파장 속의 무리들과 그렇게 어울릴 수 있다면 그 또한 상쾌·유쾌·통쾌한 낙원 아니겠는가? 이렇게 찬송과 학습과 풍자가 맑고 투명한 시국(詩國) 또는 시인의 촌락이라면 비록 이해관계가 충돌하고 혼란과 부패와 폭력이 가끔 난무할지라도 그 자정 능력(自淨能力)을 믿을 만하지 않겠는가? 공자가 꿈꾸었던 세상이 이렇지 않을까?

오랜 세월 동안 수많은 선현선각(先賢先覺)들이 시를 읊고 시를 가르치고 시를 즐긴 것은 시를 통해 내면이 순화되는 온유돈후(溫柔敦厚: 마음이 따뜻하고 부드러우며 인정 많고 두터움)의 효용이 있고 자연과 대상에 대한 심미적(審美的) 탐색 및 향유(享有)와 사회적 공용성(功用性)에 대한 믿음이 있었기 때문일 것이다.

그런데 『시경』이라는 텍스트를 읽기는 그리 용이하지 않다. 귀한 것은 접근하기 어려운 법인가. 청대의 방옥윤(方玉潤)은 "육경(六經) 중에 『시경』이 읽기에 쉬우나, 또한 『시경』이 설명하기에 가장 어렵다(六經中惟詩易讀, 亦唯詩難說)"〔『시경원시(詩經原始)』〕고 하였다. 시(詩)라서 운율(韻律)도 있고 글자 수가 대체로 가지런하여 읽기에는 쉽지만 시를 해설하기는 어렵다는 것이다. 느낌은 있지만 말로 설명하기 어렵다는 게 시에 대한 공통된 의견일 것이다. 그리고 피석서(皮錫瑞, 1850~1908)는 그의 『경학통론(經學通論)』에서 『시경』이 다른 경전을 논하는 것보다 더욱 어려운데 그 밝히기 어려운 이유가 여덟 가지가 있다고 했다. 간단히 말하면 『시경』은 풍유(諷喩)에 근본을 두고 있어 질언(質言: 여실한 말. 직언)과는 같지 않은데, 앞사람이 이미 질언하지 않았으니 후인이 어찌 추측할 수 있겠는가? 그리고 〈삼가시(三家詩)〉가 각각 다르고 『모전(毛傳)』이 홀로 남았으며 그 뜻이 간략하고, 전소(箋疏)가 나오고 역사적으로 새로운 학설들이 제시되고 융합되면서 더욱 복잡해진 것 등의 이유를 말한다.

그래서 '시무달고(詩無達詁)'라고도 하였다. 시에는 시의(詩意)를 완전히 꿰뚫는 공인된 또는 이상적인 해석은 없다는 뜻이다.

고려 말에 주자학(朱子學)이 전래된 이후 조선시대는 주자학이 독주횡행(獨走橫行)하면서 지금까지 우리에게 『시경』 해석 틀은 한 가지뿐이었다. 절대 권위였다. 혹 다른 해석을 말하더라도 그건 경학(經學)의 범주 내에서였다. 중국 북송대의 학자들은 경전을 의심하기 시작했다. 남송의 주희도 그 이전의 『시경』 해석을 다 수용하진 않았다. 그리고 305편을 일관된 관점으로 해석한 것도 아니었다. 그런데 우리는 주희의 해석 범주를 벗어나면 안 된다고 한다.

시 해석에서 한 부분 또는 한두 글자의 의미를 다르게 읽어도 전체의 의미가 판연히 달라진다. 그리고 시 한 편에 몇 가지의 설득력 있는 해석이 가능하다. 시 해석에서 한 가지를 고집하기에는 『시경』의 역사가 이미 너무 오래되었다. 그래서 필자는 『시집전(詩集傳)』의 해석을 바탕으로 하고 그 이후 새롭게 제시된 견해들을 다각도로 참조하기로 하였다. 기존의 해석을 인용하더라도 주(注)와 해설에서는 새로운 해석을 추가하였다. 그리고 가끔은 이런 해석의 관점으로 본문을 번역하기도 했다. 어쩌면 다소 일관성이 없고 혼란을 야기할 수 있다고 말할지도 모른다. '변함없는 충실성'으로 이해해 주기 바란다.

『시경』에 대한 매우 가치 있고도 흥미 있는 연구 업적들이 아직 국내에 소개되지 않았기 때문에 그 다양한 방법론들과 함께 그 구체적인 내용들도 다루기로 하였다. 그래서 많은 시간이 걸렸다. 20세기 초 중국에서 발표된 논문들부터 최근에 이르기까지 그 수많은 내용을 가능한 범위 내에서 읽고 좋은 내용은 반드시 본문 속에 반영하려고 했다. 한 학자의 연구방법론이 체계적으로 적용된 연작물도 있었지만 단편적(斷片的)인 글도 많았고, 또한 찰기(札記)류의 문장도 적지 않았다. 찰기란 독서할 때 심득(心得)한 내용이나 생각 또는 요점 등을 수시로 기록한 글을 말한다. 필자는 특히 『시경』 시대 이전의 원시종교의 흔적이 『시경』에 잔재(殘在)해 있다는 판단 하에 주술가(呪術歌)나 토템가 및 성 충동(性衝動)과 애정시 등을 중시하여 기술하였다. 이 점은 해설 〈『시경』을 읽기 전에〉를 참고하길 바란다.

주(注)와 해설은 고(故) 하정옥(河正玉) 교수와 김학주(金學主) 교수 두 분의 책을 주로 참고하였다. 신역신해(新譯新解)를 시작했던 초기부터 지금까지 그분들의 해설의 틀을 어떻게 수용하고 어떻게 벗어날 것인지에 대한 고뇌가 매우 컸다. 따로 기회가 없을지도 몰라 이 자리를 빌려 감사드린다. 해설과 본문과 각주 등에서 혹 이중 인용할 경우에는 일일이 출처를 명기(明記)하지 않았다.

진솔하게 말하자면 『시경』 작업은 아직도 미숙한 필자에게 힘에 겨운 일이었다. 자구(字句)의 훈고(訓詁)나 주석(注釋)에 다양한 이견(異見)들이 있고 아직 해결되지 않은 것들도 많아 이럴 경우 비교적 필자의 마음에 드는 선본(善本)을 인용할 수밖에 없었는데, 다른 책에서의 직접적인 인용도 조심스러웠다. 특히 새롭다고 소개한 부분들은 기존의 해설과 많이 다르므로 걱정도 앞선다. 강호제현(江湖諸賢)의 지도 편달을 바란다.

이 『시경』 신(新) 해설본의 출판은 차라리 새로운 시작을 알리는 듯하다. 거의 10년 가까이 지속된 압박감, 그 두통과 신경통과 불면에 종지부를 찍을 수 있을까 하여 하늘도 올려보고 주위를 둘러보며 심호흡해 본다. 그러나 오히려 새로운 시작의 출발선에 다시 서 있는 기분이다. 본시 천학비재(淺學菲才)의 필자가 부린 그 욕심이란 놈이 다시 새로운 사명을 욕심 부린 듯하다. 하고 싶은 것을 하기보다는 할 수 있는 것을 골라서 해야 할 터인데 무모하지만 계속 도전해야 할 것 같다. 채현국(蔡鉉國) 선생은 고대 가요의 언어 또는 창법(唱法)을 한중(韓中) 간에 비교해 보길 권하신다. 예전 그와 유사한 영역을 얼핏 훔쳐보고 생각해 본 적이 있어 마음을 내지만 역시 능력 문제이다. "똑똑하면 그런 일 안 하지. 똑똑하지 않으니 그런 걸 붙들고 있는 거야." 그렇게 인정하니 마음 편하다. 그리고 내가 구해 보지 못한 책도 신속하게 보내 주셨다. 감사드린다.

적지 않은 연세에 아직도 『묵자(墨子)』, 『장자(莊子)』, 『노자(老子)』, 『논어(論語)』 등 동양 고전들을 재번역 출판하고 계시는 묵점(墨店) 기세춘(奇世春) 선생께도 감사드린다. 예전 신영복 선생과 『중국역대시가선집(中國歷代詩歌選集)』을 공동 번역하신 적도 있다. 대화와 통화의 첫 말씀은 줄곧 『시경』으로 시작하신다. 이제 면목이 좀 설까.

누구보다도 오랜 세월 지도해 주시고 마치 소백산처럼 말없이 지켜봐 주시는 은사(恩師) 정범진(丁範鎭) 전 성균관대 총장이자 현 동양대 한국선비연구원 원장님께 감사드린다. 매양 부끄럽다. 항상 스스로 묻게 된다. 최선을 다했는가, 라고.

항상 변함없이 전후좌우로 도와주고 있는 나의 도반(道伴) 오윤숙(吳允淑)에게 이 책을 바친다. 역시 항상 부끄럽다. 같은 길을 가는 학자로서 나는 많은 빚을 지고 있다. 함께 가는 이 길이 삶의 더 나은 정진(精進)이고 행복한 동행이기를 항상 기원하고 있다.

이 책은 동양고전연구회의 후원과 을유문화사의 기획으로 시작되었으며, 이 기획과 후원으로 말미암아 사서삼경(四書三經)과 중요한 동양 고전 등이 시리즈로 번역되었다. 『시경』이 일찌감치 번역 출판되어야 했는데 이러저러한 이유로 늦추어졌다. 동양고전연구회 회원들의 학문에 대한 식지 않는 열정과 원견탁식(遠見卓識)에 감사와 존경의 마음을 전한다. 또한 1945년 12월 1일에 출범한 을유문화사가 2005년에 창립 60주년을 기념하여 준비한 기획이었는데 2008년 발행인인 은석(隱石) 정진숙(鄭鎭肅) 선생께서 살아 계실 때 완성하지 못한 것도 못내 송구스런 일이다. 이 자리를 빌려 삼가 명복을 빈다. 아울러 이 책이 나오기까지 인내와 끈기에 부드러움까지 갖추고 말없이 기다려 준 을유문화사 관계자들께 감사드린다.

2014년 11월 하순

정상홍(鄭相泓) 씀

차례

제2 소남(召南) 131

제3 패풍(邶風) 171

Ⅱ. 소아(小雅)

제1 녹명지습(鹿鳴之什) 595

제2 남유가어지습(南有嘉魚之什) 639

Ⅲ. 대아(大雅)

| 일러두기 |

1. 본 『시경(詩經)』 역주본(譯註本)에서 참고하고 인용한 서목은 다음과 같으며, 문장 속에서는 약칭(略稱)한다. 여기에 언급되지 않은 책으로서 본문 및 주(注)에 참고한 것도 있다.

* 『모시고훈전(毛詩故訓傳)』: 전국(戰國)시대 모형(毛亨). 한(漢) 초기 모장(毛萇)이 전함. 약칭 『모전(毛傳)』〔『모시정의(毛詩正義)』 내에 수록〕.
* 『모시전전(毛詩傳箋)』: 후한(後漢) 정현(鄭玄, 127~200). 약칭 『정전(鄭箋)』〔『모시정의(毛詩正義)』 내에 수록〕.
* 『시보(詩譜)』: 후한(後漢) 정현(鄭玄, 127~200). 북송(北宋) 구양수(歐陽脩, 1007~1072)가 보망(補亡)하여 『모시본의(毛詩本義)』에 수록.
* 『모시초목조수충어소(毛詩草木鳥獸蟲魚疏)』: 삼국시대 오(吳)나라 육기〔陸璣: 자(字) 원각(元恪)〕, 약칭 『육소(陸疏)』. 서진(西晉)의 문학가 육기〔陸機: 자(字) 사형(士衡)〕와는 한글 이름이 똑같지만 동일인은 아님.
* 『모시정의(毛詩正義)』: 당(唐) 공영달(孔穎達, 574~648), 약칭 『정의(正義)』.
* 『공소(孔疏)』: 당(唐) 공영달의 『소(疏)』〔『모시정의(毛詩正義)』 내에 수록〕.
* 『시집전(詩集傳)』: 남송(南宋) 주희(朱熹, 1130~1200), 약칭 『집전(集傳)』.
* 『시집(詩緝)』: 송(宋) 엄찬(嚴粲, 생졸년 미상), 『엄씨시집(嚴氏詩緝)』.
* 『모시계고편(毛詩稽古篇)』: 청(淸) 진계원(陳啓源, 생졸년 미상).
* 『시경통론(詩經通論)』: 청(淸) 요제항(姚際恒, 1647~1715).
* 『독풍우지(讀風偶識)』: 청(淸) 최술(崔述, 1740~1816).
* 『경의술문(經義述聞)』, 『경전석사(經傳釋詞)』: 청(淸) 왕인지(王引之, 1766~1834).
* 『모시후전(毛詩後箋)』: 청(淸) 호승공(胡承珙, 1776~1832), 약칭 『후전(後箋)』.
* 『모시전소(毛詩傳疏)』: 청(淸) 진환(陳奐, 1786~1863), 약칭 『전소(傳疏)』.
* 『시고미(詩古微)』: 청(淸) 위원(魏源, 1794~1857).
* 『모시전전통석(毛詩傳箋通釋)』: 청(淸) 마서진(馬瑞辰, 1782~1853), 약칭 『통석(通釋)』.
* 『시경원시(詩經原始)』: 청(淸) 방옥윤(方玉潤, 1811~1883).
* 『시삼가의집소(詩三家義集疏)』: 청(淸) 왕선겸(王先謙, 1842~1917), 약칭 『집소(集疏)』.
* 『고사변(古史辨)』(전7책): 고힐강(顧頡剛, 1893~1981), 호적(胡適, 1891~1962) 등.
* 『택라거시경신증(澤螺居詩經新證)』(1982): 우성오(于省吾, 1896~1984), 약칭 『신증(新證)』. 『쌍검치시경신증(雙劍誃詩經新證)』(1935)도 있으나 본서에서는 인용하지 않았다.
* 『시경직해(詩經直解)』: 진자전(陳子展, 1898~1990), 약칭 『직해(直解)』.
* 『풍시류초(風詩類鈔)』, 『시경신의(詩經新義)』, 『시경통의(詩經通義)』: 문일다(聞一多, 1899~1946), 약칭 각각 『류초(類鈔)』, 『신의(新義)』, 『통의(通義)』.
* 『시경여주대사회연구(詩經與周代社會硏究)』: 손작운(孫作雲, 1912~1978), 약칭 손작운(孫作雲).
* 『시경석의(詩經釋義)』 : 굴만리(屈萬里, 1907~1979). 약칭 『석의(釋義)』.

2. 원시(原詩)의 번역문은 다음의 노작(勞作)들을 참고하였고, 가끔은 해설도 인용하였다. 특히 현토(懸吐)는 거의 그대로 수용하였다. 인용 서명(書名)이나 쪽수 등은 일일이 밝히지 않았으나 그 내용이 많거나 길이가 길 때에는 간단히 밝혔다.

* 『시경(詩經)』(新完譯 四書五經 4): 하정옥(河正玉) 옮김, 평범사(平凡社), 1976. 약칭 『하정옥 시경(河正玉 詩經)』. 《신완역 사서오경(新完譯 四書五經)》(전13권): 張基槿, 李民樹, 河正玉, 全寅初, 權德周, 李家源, 南晩星, 李錫浩 등 공역, 평범사(平凡社), 1976.
* 『신역 시경(新譯 詩經)』: 이기석(李基奭) 옮김, 이가원(李家源) 감수, 홍신문화사, 1989.
* 『개정증보판 신완역 시경(改訂增補版 新完譯 詩經)』(新選明文東洋古典大系 06): 김학주(金學主) 역저, 명문당(明文堂), 2002. 약칭 『김학주 신완역 시경(金學主 新完譯 詩經)』.
* 『현토완역 시경집전(懸吐完譯 詩經集傳) 상, 하』: 성백효(成百曉) 역주, 전통문화연구회(傳統文化研究會), 2001. 약칭 『성백효 집전(成百曉 集傳)』.
* 『시경강의(詩經講義)』(전5권): 다산(茶山) 정약용(丁若鏞) 지음, 실시학사 경학연구회 옮김, 사암, 2008. 약칭 『강의(講義)』.

3. 다소 모험적이며 일관적이지 않은 번역과 해설은 당연히 필자의 몫이다. 그러나 실은 아직 국내에 제대로 소개되지 않은 중국학자들의 관점과 고증을 참고한 것이 적지 않다. 그래서 전체를 아우르는 관점을 제시하기는 어렵다. 작품의 성격에 따라 적용할 만한 다양한 관점을 제시하려고 했다. 단지 고전적 시경학(詩經學)에 그치지 않고 사회학, 민족학, 민속학, 종교학, 신화학 등과 관련지어 가능한 한 그 시대로 돌아가 새로 읽으려 했다. 그래서 그 수많은 책들을 일일이 다 소개할 수 없다. 필요한 경우 그때마다 서명(書名) 등을 밝히기로 한다.

4. 직접 동일한 페이지에서 원문과 함께 읽으면서 대조하며 참고할 수 있도록 주(注)를 달았는데, 번호가 워낙 커지기 때문에 적절하게 조정할 필요가 있었다. 「국풍(國風)」 부분은 나라별로, 「소아(小雅)」와 「대아(大雅)」와 「주송(周頌)」은 '습(什)' 단위로, 그 다음의 「노송(魯頌)」과 「상송(商頌)」은 각각 단독으로 1번부터 주(注) 번호를 새롭게 시작하도록 했다. 그리고 한 구(句)에서 둘 이상 설명이 필요하거나 구 전체의 의미를 제시할 필요가 있을 때에는 대부분 한 구 전체를 주(注)로 옮겨 설명했다.

『시경(詩經)』을 읽기 전에

1. 시가(詩歌)의 기원과 그 발생학적 접근

어떤 사물의 본질을 이해하려면 먼저 그 사물의 기원을 연구하는 것이 가장 바람직하다. 이것은 한 개인의 성격과 면모 등을 이해하려고 할 때 그의 조상과 환경을 먼저 아는 것이 중요한 것과 같다. 시(詩)도 이와 마찬가지이다. 시의 본질에 대해 알고자 한다면 현재 상황에서의 시의 다양한 정의나 효용 가치 등에 대해 논쟁하는 것보다 먼저 시의 조상들의 모습과 그들의 삶의 환경, 곧 시가(詩歌)의 발생 및 기원에 대해 분명히 해두는 것이 좋을 것이다. 어쩌면 현재의 시가의 DNA(디엔에이)에는 시가의 변화 발전 및 유전 정보가 들어 있을 것이며 그 적절한 방법과 관찰에 의해 초기 시가의 모습과 그 주변 환경과의 교섭에서 빚어지는 변화 과정을 살펴볼 수 있을 것이라 추론할 수 있다.

그러나 표면적으로 드러나 있는 역사 문헌 속의 시의 기원에 관한 언급이나 고고학적 증거들을 다 신뢰할 수는 없다. 예를 들면, 후한(後漢) 정현(鄭玄, 127~200)은 『시보(詩譜)』「서(序)」에서 시의 기원이 우순

(虞舜) 시대, 즉 순(舜)임금 시절에 있다고 주장하였다. '시(詩)'라는 글자가 『상서·우서(尙書·虞書)』에서 가장 일찍 발견되었기 때문이었다. "詩言志, 歌永言(시는 뜻을 말한 것이며, 노래는 길게 말한 것이다)"으로 대표되는 언급이 그것이다. 이에 대해 당대(唐代)의 공영달(孔穎達, 574~648)은 "순임금 때 비로소 시라는 이름이 보이기는 하지만 그 이름이 반드시 순임금 때에 시작된 것은 아닐 것"이라고 정현의 설(說)을 부정하였다. 남북조(南北朝) 시기 양(梁)나라의 유협(劉勰)은 고대 중국의 가장 체계적이고도 오래된 문학 이론서인 『문심조룡·명시(文心雕龍·明詩)』편에서 『여씨춘추(呂氏春秋)』, 『주례(周禮)』, 『상서(尙書)』 등의 여러 책에서 인용한 고시(古詩)들을 근거로 갈천씨(葛天氏)의 여덟 편의 시〔팔결八闋)〕, 황제(黃帝)의 '운문(雲門)', 요(堯)임금의 '대당(大唐)의 노래', 순임금의 '남풍(南風)의 시' 등을 언급하고 있다. 후대의 많은 학자들도 일실(逸失)된 시들을 찾아 모았지만 그들이 근거한 책들은 위에서 언급한 것 외에 『예기(禮記)』, 『열자(列子)』, 『오월춘추(吳越春秋)』 등으로서 거의가 늦게 나온 책으로 신뢰할 만한 증거는 아니다. 이런 관점에서 『시경(詩經)』이 가장 믿을 만한 고시집(古詩集)이며, 또한 중국 시의 다양한 면에서의 원천이 된다.

『시경』은 중국에서 가장 오래된 시가집(詩歌集)이며, 그 속에는 다양한 내용과 형식의 시가들이 있다. 그 내용과 형식은 대체로 지금으로부터 약 3천여 년 전인 주나라 초기에서 춘추전국(春秋戰國) 시기에 이르는 기간에 수집되고 정리되었지만 기실 그 이전부터 오랜 세월 동안 축적되어 온 그 지역 초기 인류들의 삶의 방식과 문화 전통 등이 반영되어 있다고 본다. 그리고 앞에서 말한 것처럼 중국의 많은 고서(古書)에서는 『시경』 이전에도 적지 않은 시가들이 있었음을 보여주고 있는데 그 작품 자체의 진위는 물론 출현 배경도 비록 다 믿을 수 있는 것은 아니지만 당시 사회의 한 단면이나 심리 및 의식 구조를 이해하는 데에는 도움이 되며, 또한 이들을 통해 『시경』 시들의 발생학적 연원과 과정을 살펴볼 수 있을 것이다. 그러나 『시경』의 시나 그 이전의 시들을 두고 시의 기원이라고 말할 수 없다.

어쨌거나 역사적 기록상의 최고(最古)의 시가 시의 기원이라는 관념으로나 고서(古書)를 뒤져 가장 오래된 시를 찾으려는 이런 방법으로는 시의 기원을 구명(究明)할 수 없다. 그래서 이를 위한 새로운 방법론이 인류학과 사회학에서 제기되었다. 시의 원시성(原始性)의 여부는 문화의 정도를 보아 정해지는 것이지, 시대의 선후(先後)를 기준으로 삼지 않는다는 것이다. 3천 년 전의 그리스인의 문화는 현재의 아프리카나 오세아니아 주 등을 비롯한 지구의 오지(奧地)에 살고 있는 원주민의 문화보다 훨씬 발전하였고, 호머(Homer, Homeros)의 서사시(敍事詩)는 비록 오래되었지만 원시성의 정도를 논한다면 상기 지역의 근현대(近現代) 원주민의 가요보다 더 진화된 것으로 볼 수 있다.

가령 비록 원시 시가의 원형을 알 수 없다고 하더라도 현대사회와 격리된 채 원시적인 삶을 살고 있는 현대 원시부족 원주민의 노래와 그들의 생활을 통하여 어느 정도 추정할 수 있다는 것이다. 그들의 오래된 부족 생활 속에서 자연스레 형성된 '노래' 또는 '시가'의 작용과 효용 및 종류 등을 검토하면 인류의 초기 가요나 시의 모습에 다소 접근할 수 있을 것이라는 추측도 가능하다. 물론 여기에는 구두(口頭)로 불려지는 소리로서의 가요가 어느 정도 정형화된 언어로 구전(口傳)되고 문자로 정착되는지 그 과정과 결과는 또 다른 연구 과제로 남는다.

어쨌든 이로써 보면 시의 기원은 실로 역사적인 문제가 아니라 표현하고 모방(또는 재현)하려 하는 인간의 심리학적 문제일 것이다. "시가는 정감을 표현하는 것"이라는 가장 보편적인 명제의 배경에는, 지극히 당연한 말이지만 시가의 기원이 모두 인간 본성에 근원을 두고 있다는 전제가 있다. 좀 더 구체적으로 말해서 시가 또는 시의 기원을 이해하려면 먼저 "인류는 왜 시를 쓰고 노래를 불렀는가?"라고 물어야 한다는 것이다.

이 물음에 답하기 위해 『시경』에 관련된 많은 언급들, 그 오랜 세월을 거친 사고와 연구의 결과들을 중심으로 살펴본다.

오늘날의 『시경』을 있게 하였으며 『시경』의 가장 오래되고 가장 권위 있는 전통적인 해설은 「모시서(毛詩序)」이다. 그 속에서 이런 내용을 소박하게 설명하고 있는데, 이는 이미 동양 시학(詩學)의 가장 대표적인 본질론이 되었다.

"詩者, 志之所之也, 在心爲志, 發言爲詩. 情動於中而形於言, 言之不足, 故嗟歎之, 嗟歎之不足, 故永歌之, 永歌之不足, 不知手之舞之足之蹈之也.(시는 뜻을 표현한 것이니 마음속에 있으면 뜻(志)이 되고 말을 하면 시가 된다. 감정이 마음속에서 움직여 말로 나타나고, 말로는 부족하기 때문에 탄식하고, 탄식으로 부족하기 때문에 노래하고, 노래로 부족하면 자신도 모르게 손으로 춤을 추고 발로 뛰는 것이다.)"

여기에서 자세히 보면, '시'라는 것은 개인의 정서 또는 감정이나 뜻을 표출하는 과정에서 안에서 바깥으로 표출된 것의 대표적인 통칭으로 사용되었으며 그것은 문자 기록이기보다는 토로되거나 구술된 것을 지칭할 뿐 아니라 그 예술적 표현의 발생 과정에서 초기 형태이다. 그래서 마음속에서 감정이 움직여 입으로 시라는 것을 읊었지만 그 표출로는 만족스럽지 않거나 감정이 가일층 고조될 때는 탄식도 하고 길게 늘여 노래하고 춤추게 된다는 말로 해석할 수도 있다. 시와 노래와 춤의 동원론(同源論)이라는 각도로도 볼 수가 있으며, 비록 '시'라는 말로 시작은 했지만 딱히 '시'만을 강조한 것 같지도 않다. 그리고 '시'가 입으로 말해진 것으로서 내면을 표출하거나 전달하기에 만족스럽지 않은 부분이나 사례가 있다는 느낌을 주면서 애초에는 길이가 길지 않았을 것임을 말해 주는 듯하다.

이러한 언급은 마치 순수한 서정시에 대한 원론적 해설과도 같다. 그러나 고대의 이 '시' 개념은 현대에 살고 있는 우리가 일반적으로 말하는 '시'의 개념과 동등하다고 말할 수 없다. 이 내용이 심리학적 기원론이라서 비록 고대와 현대를 막론하여 적용될 수 있는 듯이 보이지만 그 함의는 순수문학적 범주를 넘어 고대 원시문화의 춤과 노래와 시가가 혼합된 영역, 즉 원시종교적 분위기가 농후한 종합예술의 영역을 보여 주고 있다. 뒷날 한(漢)나라 말에 이르러 '시' 개념은 이미 어느 정도 춤과 노래와 결별하고 시는 자신의 독자성을 확보하기 위해 시의 '문학성'을 강조하게 된다. 평측(平仄) 중시와 사성팔병설(四聲八病說) 등은 이러한 배경에서 나온 것이다. 이는 중국 문학사에서도 이미 강조한 바이다.

시에 대한 이러한 생각은 "시언지(詩言志)", "시연정(詩緣情)"이라는 두 갈래 개념으로 발전한다. "시언지(詩言志)" 곧 시가 '뜻〔志〕'을 말한 것이라는 이 개념에는 이성적, 도덕윤리적인 면을 강조한 것으로 대개는 한(漢)나라까지의 문학적 경향을 설명하는 데 사용되기도 한다. 그러나 이 배경에는 '詩'라는 형성자(形聲字)가 본래부터 가지고 있는 '言+寺'에 있는지도 모른다. 이 글자가 탄생할 때부터 지니고 있었던 암호 같은 코드를 통해 시의 기원과 본의를 짚어 낼 수 있다고 문자학(文字學) 및 음운학(音韻學)을 바탕으로 문화인류학 내지 민속학으로 확장하여 접근하기도 했다. 이 역시 시가발생론(詩歌發生論)에 대한 탐구이다.

시가의 기능 또는 발생 원인이라는 또 다른 각도에서 좀 더 구체적으로 시가발생론의 한 부분을 살펴볼 수 있다. 「모시서」에서 앞의 내용에 이어 말한 것을 정리하면 대개 다음 세 가지이다. 신(神)과 교통하는 것("動天地, 感鬼神", "告于神明")이고, 인륜을 바탕으로 한 미풍양속 강화 및 정치적 교화를 위한 것("正得失", "經夫婦, 成孝敬, 厚人倫, 美敎化, 移風俗")이며, 개인 정서의 순화(醇化) 및 심미(審美)를 위한 것("發乎情", "吟詠情性"과 "美敎化", "美聖德形容" 등)이다. 그리고 「모시서」는 정치 교화도 심미에 붙여야 거대한 작용을 발휘할 수 있고, 귀신과의 소통도 언어 문자가 지니고 있는 마력과도 같은 힘에다 시가의 심미적인 도움을 받아야 귀신을 감동시킬 수 있다고 생각한 듯하다. 즉 시가가 발생한 원인은 사람들이 신(神)과 소통하기 위한 것이며, 이를 통하여 정치 교화를 실행하고 미화하기 위한 것이며, 또한 개인의 성정을 읊고 노래하기 위한 것이다. 여기에 하나 더 붙이자면 '노동발생론'이 있다. 『시경』의 발생론은 기실 그 효용론과는 한 얼굴의 옆모습이다. 시가발생학의 입장에서 보면, 『시경』의 체제이자 시의 유형인 「풍(風)」·「아(雅)」·「송(頌)」은 그 발생 기원이 다르다.

이런 점에서 보면 심리학적인 발생 기원설은 더 이상 나아갈 곳이 없어 보인다. 그래서 시공(時空)적으로 확대할 필요가 있으며, 만약 그리한다면 우리는 좀 더 구체적으로 시가가 발생하게 되는 과정을 추정할 수 있다. 심리의 문제에서 나아가 언어의 생성, 그리고 문자 기록의 단계까지를 객관적이고도 명확하게 밝히는 것 등은 그리 용이하지는 않겠지만 인류 역사의 발전에 따라 각 시기의 가장 핵심적인 종교 및 문화현상을 바탕으로 어느 정도 논리적으로 수긍할 만한 접근을 할 수 있을 것으로 본다.

이런 부분은 일찍이 에드워드 버넷 타일러(Sir Edward Burnett Tylor, 1832~1917)가 『원시 문화(*Primitive Culture*)』에서 말한 '문화 잔재(Culture Survival)' 이론을 참고할 수 있다.

"우리들이 (우리들에게 남겨진) 흔적을 따라 세계 문명을 탐구하는 실제

진행 과정을 도와주는 증거들 중에는 하나의 광범위한 사실들의 단계가 있다. 나는 '잔재(殘在: survival)'라는 용어를 사용하여 이러한 사실들을 표시할 수 있을 것으로 생각한다. 의식(儀式), 습속(習俗), 관점 등은 초급 문화 단계에서 또 다른 비교적 늦은 단계로 전이하는데, 그것들은 초급 문화 단계의 생동적인 증거가 될 수 있으며 또한 살아 있는 문헌이다."

문화 발전이 단계적 진화의 과정을 밟는다는 기본적인 명제를 수용한다면, 한 문화 발전 단계의 모습 속에는 바로 그 이전의 문화의 모습을 포함하고 있을 것이다. 그는 다시 말한다. "종교의 영역에서 고대의 의례나 신앙의 잔재는 원래의 의미가 잊혀진 후에도 존속되며, 문명화된 인류에 잠재된 본능적이고 원시적인 사고 속에는 종교적 관념의 초기 발달 단계를 알려 줄 실마리가 숨어 있다."

『원시 문화』는 국내에 번역되지 않았지만 국내에 소개된 몇 권의 저서를 통해 그 내용의 핵심을 확인할 수도 있다.

"타일러는 '잔재(Survivals)'의 원리에 입각해 문화의 진화를 탐구했다. 오늘날의 문화 속에는 (과거의 문화를 짐작케 하는) 요소들이—지금은 그 기능을 상실했지만, 현재 존재한다는 사실만으로도 예전에 중요했던 것들임을 알 수 있게 해주는—간직되어 있다는 것이 잔재의 원리의 요체이다."〔앨런 바너드(Alan Barnard), 『인류학의 역사와 이론(*History and Theory in Anthropology*)』, 김우영 옮김, 한길사, 2003, 76쪽〕

이 'Survivals'를 '잔재(殘在)', '잔존(殘存)', '잔류(殘留)' 등으로 번역할 수 있겠는데 그 어떤 것을 취하든 큰 차이는 없다. 필자는 발음도 편한 '잔재(殘在)'를 선택했다. '잔재'라는 말에는 잔재(殘在) 외에 잔재(殘滓)라는 말도 많이 사용하는데, 이럴 경우 문화의 찌꺼기나 때 등 더럽거나 부정적인 것을 연상시키기 쉬우므로 오해 없기 바란다. 과거의 문화로서 중요했던 것들이 시간적 공간적으로 새로운 문화를 접촉하여 변화하는 이른바 문화접변(文化接變)의 과정에서 그 이후의 시기에도 다 없어지지 않고 '남아 현존하고 있는 것들', 그 흔적을 문화의 진화라고 하는 큰 틀에서 살펴볼 수 있다는 말이다.

이러한 '문화 잔재'의 원리를 『시경』과 그 이전의 문화와 연결 지어 생각할 수 있을 것이다. 간단히 말해서 문화의 진화라는 관점에서 보면 『시경』이라는 시가집 속의 작품들에 그 이전 시기의 종교 관념들을 비롯한 원시 문화의 요소가 '잔재'해 있을 것이고, 우리는 다양한 문화인류학 또는 민족학의 방법을 통해서 그것들을 희미하게나마 느껴 보거나 어느 정도 해독할 수 있을 것으로 생각한다. 각 시기의 고대 시가는 그 유형에 따라 발생하게 된 원시종교문화적 배경과 원인이 있다는 것이다. 그렇다면 우리 앞에 주어져 있는 원시 시기 분류에 따라 원시 시대에서 『시경』 시대까지의 시가의 유형을 나누어 볼 수 있을 것이다.

우리는 이 부분에 너무 깊이 들어갈 수는 없고, 간단히 대표적인 부분을 소개하는 것으로 대신할까 한다.

	구석기 시대 초·중기	구석기 시대 중·말기	신석기 시대 초·중기	신석기 말기 ~문명시대 초기	『시경』 시대 (軸心時代)
가요 형태와 층첩(層疊) 상황	주술가(呪術歌)1	토템가(歌)1 주술가(呪術歌)2	신화가(神話歌)1 토템가(歌)2 주술가(呪術歌)3	종교가(宗教歌)1 신화가(神話歌)2 토템가(歌)3 주술가(呪術歌)4	교화시(教化詩)1 종교가(宗教歌)2 신화가(神話歌)3 토템가(歌)4 주술가(呪術歌)5

고대 시가는 그 유형에 따라 발생하게 된 원시종교문화적 배경과 원인이 있다는 주장이 있다. 이런 견해를 시가발생학이라고 부른다. 그 대표적인 학자의 한 명인 주병상(朱炳祥)은 원시 구석기 시대에서 『시경』 시대까지의 시가의 유형을 주술가(呪術歌) → 토템가(歌) → 신화가(神話歌) → 종교가(宗教歌) → 교화시(教化詩) 등의 순서로 분류하고 있는데, 이런 각종 형태의 가요가 중첩되어 내려오면서 형성되었다고 설명하고 있다. 오래된 것은 점차 밑으로 저층으로 내려앉고, 연대가 가깝거나 새로운 것은 그 위로 덮는 방식으로 문화의 지층이 만들어진다. 즉 오래된 과거의 문화가 완전히 소멸하는 것이 아니라 드러남과 숨음의 정도에 따라 잠재되어 있다는 것이다. 위의 도표는 이를 간단히 정리하였다.

고대 시가 특히 『시경』 속에 동물이나 식물이 등장하는 것을 후세에 와서 단순한 진술이나 비유 상징 등의 수사(修辭)적 의미로 많이 사용하고 있지만, 그 근원을 보면 그 당시 또한 그 이전 시기 사람들의 인식 체계 내지 원시종교 신앙, 종교 문화 또는 민속 등과 필연적인 관련이 있다. 중국과 일본에서는 이런 방향으로의 독창적인 연구가 활발하다. 본서(本書)는 지금까지 진행되어 온 『시경』 연구의 전통적인 관점 위에 그런 연구 성과들을 다양하게 소개하면서 우리에 맞게 적용하고자 한다. 그러나 이런 관점이 모든 시에 다 적용되는 것은 아니다. 확대하려는 노력은 앞으로도 계속될 것이다.

2. 『시경』의 성립과 작자(作者) 및 편자(編者)

『시경』의 시는 지금으로부터 약 2천5백 년 전 내지 3천 년 전, 곧 기원전(BC) 11세기 주(周)나라 건국 초기로부터 기원전 6세기의 동주(東周), 즉 춘추(春秋) 중엽에 이르는 약 5백 년간에 걸쳐 이루어진 작품들이다.

이 작품들이 만들어진 시기에는 빠르고 늦음의 차이가 있다. 주나라가 은(殷)나라를 정벌한 사실이 많이 가송(歌頌)된 「주송(周頌)」이 가장 오래된 작품으로, 그 문사(文辭)를 통해 살펴보더라도 주나라 건국(BC 1123년) 초기의 것임을 알 수 있다. 예전에는 「상송(商頌)」이 은나라 때의 작품이며 그래서 가장 오래된 것이라고 주장되어 왔으나 주나라가 동천(東遷)한 이후 은나라의 후예인 송(宋)나라의 작품임이 밝혀졌다. 그리고 가장 늦은 시기의 작품은 「국풍(國風)」으로서 서주(西周)

말엽부터 춘추 말엽의 공자(孔子)가 태어날 무렵까지에 지어진 것으로 본다.

그리고 『시경』의 시는 지역적으로 주나라 세력 범위 안에서 이루어졌다. 주나라의 세력은 주로 황하(黃河) 유역을 중심으로 퍼져 있었고, 『시경』의 시가 채집된 곳은 「국풍」 중의 「주남(周南)」과 「소남(召南)」이 한수(漢水)와 장강(長江) 일대에까지 이르는 것을 제외하고는 거의 다 북방 여러 나라에 국한된다. 그래서 『시경』을 가리켜 으레 북방 문학의 대표라고 말한다.

그렇다면 『시경』 속에 있는 시가들은 누가 지었으며 그 옛날에 그 오랜 세월 동안 그렇게 넓은 지역에서 무슨 목적을 가지고 어떤 방식으로 모았겠는가?

작자에 대한 문제는 오랜 세월 동안 쟁론이 많았던 문제이다. 그 시가들의 대부분은 사대부(士大夫)가 지은 것이고, 일부분은 군왕(君王)과 공경대부(公卿大夫)들이 지은 것도 있으며 진정한 민간 가요는 매우 적다고 우리는 생각하고 있다. 예를 들어보자.

『국어·주어(國語·周語)』에 "옛날 천자가 정사를 들을 때 공경과 이하 여러 관원들에게 시를 바치게 했다(故天子聽政, 使公卿至於列士獻詩)"고 하였고, 『국어·진어(國語·晉語)』에는 범문자의 말을 기록하면서 "지위에 있는 사람은 시를 바쳤다(在列者獻詩)"라고 했는데 '열사(列士)'는 일반 사대부를 말하고 '재열자(在列者)'도 일반 사대부를 포함한다.

『한서·예문지(漢書·藝文志)』에 "옛날에 채시관이 있었는데 임금을 이로써 풍속을 살피고 득실을 알아 스스로 바로 고쳤다(古有采詩之官,

王者所以觀風俗知得失, 自考正也)"고 했다. 또 『한서·식화지(漢書·食貨志)』에서는 "초봄에 무리 지어 살던 사람들이 흩어질 때 행인은 목탁을 두드리며 길을 돌면서 시를 채집하여 이것을 태사에게 바치고, 태사는 그것을 음률에 맞추어서 천자에게 들려주었다. 그래서 말하기를 임금된 자는 창과 문을 엿보지 않아도 천하를 안다고 하였다(孟春之月, 群居者將散, 行人振木鐸徇于路, 以采詩, 獻之大師, 比其音律, 以聞於天子. 故曰王者不窺牖戶而知天下)"라고 했는데, 여기의 행인(行人)은 단순히 길을 가는 사람이 아니라 임금을 배알하고 교지를 전달하거나 사신(使臣)과 빈객(賓客)을 관장하는 관리로서, 안사고(顏師古)는 이를 주인(遒人), 즉 고대의 제왕이 민정(民情)을 알아보도록 파견하는 관리라고 주(注)를 달았다. 대개 길거리를 돌며 목탁을 두드리고 가요(歌謠)를 채집하는 것을 주 업무로 삼았던 관리, 즉 채시관(采詩官)과 같다. 그리고 『예기·왕제(禮記·王制)』편(篇)에 "천자가 5년에 한 번씩 순수를 하고, …… 태사에게 시를 진술케 하여 민풍을 살폈다(天子五年一巡狩, …… 命太師陳詩以觀民風)"고 하는 등 『시경』 시의 수집과 관련된 기록이 여러 전적(典籍)에 보인다. 결국 임금 된 사람은 시로써 풍속을 관찰하여 민심의 동향과 정치의 득실을 알아내고 행정에 참고했던 것으로, 『시경』의 시는 대체로 채시(采詩)·진시(陳詩)·헌시(獻詩) 등의 방법에 의하여 수집되었다.

민간에서 수집한 가요에 배악(配樂), 즉 음악을 맞춰 넣을 때 악사(樂士)의 윤색과 가공을 거치게 되어 본래의 모습은 아니고 문화 소양을 갖춘 사인(士人) 창작의 색조를 갖추게 된다. 아쉽게도 작자들의 이름도 알 수 없다. 『시경』 속에서 작자의 이름을 밝힌 것은 네 편뿐이다.

「소아·절피남산(小雅·節彼南山)」, "家父作誦, 以究王訩"

「소아·항백(小雅·巷伯)」, "寺人孟子, 作爲此詩"

「대아·숭고(大雅·崧高)」, "吉甫作誦, 其詩孔碩"

「대아·증민(大雅·烝民)」, "吉甫作誦, 穆如淸風"

길보(吉甫)는 윤길보(尹吉甫)로 주(周) 선왕(宣王) 때의 사람이며, 가보(家父)와 시인맹자(寺人孟子)와 관련된 흔적은 찾을 길이 없다. 이 세 사람이 지은 것은 확실히 의심할 바 없다. 나머지들은 다른 전적의 기록에서 보인다. 예를 들면, 『상서·금등(尙書·金縢)』에 주공(周公)이 조카 성왕(成王)에게 주기 위해 「빈풍·치효(豳風·鴟鴞)」를 지었다고 했고, 『춘추좌전(春秋左傳)』 「문공(文公) 원년(元年)」에서는 주나라의 예양보(芮良夫)가 시를 썼는데 이것이 「대아·상유(大雅·桑柔)」이며, 『춘추좌전』 「선공(宣公) 12년」에서는 무왕(武王)이 「주송·시매(周頌·時邁)」를 지었다고 기록했다. 그 외 『춘추좌전』, 『국어』, 『여씨춘추』 등의 고대 전적에서 작자를 밝힌 것이 몇 작품이 있다.

「주송·사문(周頌·思文)」, 주공(周公) 작(作), 『국어·주어(國語·周語)』

「소아·상체(小雅·常棣)」, 주공(周公) 작(作), 『국어·주어(國語·周語)』

「소아·상체(小雅·常棣)」, 소목공(召穆公) 작(作), 『춘추좌전(春秋左傳)』 「희공(僖公) 24년」

「대아·문왕(大雅·文王)」, 주공(周公) 작(作), 『여씨춘추·고악(呂氏春秋·古樂)』

이러한 전적의 기록도 비교적 신뢰할 만하다. 그러나 「모시서(毛詩序)」에서 어떤 시는 누가 지었다고 작자를 명시한 것은 대체로 믿을 수 없다. 『시경』의 작자가 군왕이든 공경대부이든 무명씨이건 최종적으로는 악관의 으뜸인 태사(太師)가 배악(配樂)한다. 심의하고 편집하는 일은 모두 태사가 총 관리를 맡았다. 『국어·노어(國語·魯語)』에서 말하기를 "정고보가 상나라의 유명한 송(頌) 열두 편을 주(周) 왕조 태사(太師)에게서 교열하였다(正考父校商之名頌十二篇于周太師)"라고 했다. 정고보가 상나라의 송가(頌歌)를 교열하는 데 주나라의 태사에게 가르침을 청했다는 것으로 태사가 심의하고 결정했으며, 나아가 『시경』 전부의 가공과 창작에 참여하였음을 능히 추정할 수 있다.

3. 공자(孔子)와 『시경』

공자와 『시경』의 관계에 반드시 짚고 넘어가야 할 문제가 있다. 앞에서 말한 바 『시경』의 시들은 채시(采詩)·진시(陳詩)·헌시(獻詩) 등의 방법에 의하여 수집되었다. 그런데 이렇게 하여 수집된 시가 3천여 편이나 되었는데 공자(孔子)가 이를 산시(刪詩)하여 현재의 305편만을 남겨 놓았다고 사마천(司馬遷)은 전했다.

『사기(史記)』의 「공자세가(孔子世家)」에 "옛날엔 시 3천여 편이 있었는데 공자에 이르러 중복된 것을 버리고 예의에 맞추어 쓸 만한 것을 택했다(古者詩三千餘篇, 及至孔子, 去其重, 取可施於禮義)"고 기록되어 있다. 그러나 공자의 이 '산시설(刪詩說)'에 대해서 예로부터 많은 학자들의 논란이 있어왔다. 그 출발은 공자의 후손 공영달(孔穎達)이 열었는데, 그는 정현(鄭玄)의 『시보(詩譜)』「서(序)」에 「소(疏)」를 붙여 말했다.

> "다른 책에서 인용된 시들을 살펴보니 『시경』 안에 있는 것을 본 것은 많고 『시경』 안에 없어 잃어버렸다는 것은 적었다. 즉 공자가 시를 수록할 때 열에 아홉을 산거했다고 보기는 어렵다. 사마천이 말한바 옛 시가 3천여 편이라 한 것은 믿을 수 없다.(案書傳所引之詩, 見在者多, 亡逸者少, 則孔子所錄, 不容十分去九. 馬遷言古詩三千餘篇, 未可信也.)"

여기에 대해 대만(臺灣) 학자 굴만리(屈萬里)는 『춘추좌전』, 『국어』, 『예기(禮記)』 세 책에서 인용하고 있는 시의 통계를 냈다〔『시경전석(詩經詮釋)』〕. 『춘추좌전』에서 시를 인용한 것이 166편이며, 그중 현존하고 있는 것은 156편으로 일시(逸詩)는 10편. 『국어』에서 인용한 시는 23편, 그중 현존하는 것은 22편, 일시(逸詩)는 1편. 『예기』에서 시를 인용한 것은 103편, 그중 현존하는 것은 100편, 일시(逸詩)는 3편이다. 세 책에서 인용하고 있는 시를 통계하면 현존하는 것은 모두 278편, 일실(逸失)된 것은 14편이다. 일시(逸詩)의 편수는 현존하는 시의 약 20분의 1 정도이다. 이 통계는 공영달의 지적에 거의 부합한다.

이후 청대(淸代)의 최술(崔述, 1740~1816)은 그의 『고신록(考信錄)』에서 공자의 시 산거(刪去)에 강하게 반발하였다.

"공자가 시를 산거했다고 누가 말하는가? 공자는 스스로는 산거했다고 말한 적이 없다. 공자가 정성(鄭聲)이 음란하다고 한 것은 「정풍(鄭風)」에는 음란한 시가 많다는 말이다. 공자가 시삼백(詩三百)을 외어 읊는다고 하였으니, 이것은 시는 다만 3백 편만 있었고 공자는 산거한 적이 없다는 말이다. 학자들은 공자가 스스로 한 말은 믿지 않고 다른 사람의 말만 믿고 있으니, 심하도다, 그 괴이함이여!"

산시설을 부정하는 학자들의 주장을 정리해 보면 다음과 같다〔정범진(丁範鎭), 『중국문학사(中國文學史)』(개정판, 학연사, 2003) 참조〕. 상황과 논의의 방향에 따라 세밀하게 분석하면 그 가부가 애매해질 수도 있겠지만 그 부정하는 논조는 분명하다.

첫째, 공자 자신이 한 번도 시를 산거했다는 말을 한 적이 없다.

둘째, 예의를 기준으로 해서 시를 산거했다고 말한다면 「정풍(鄭風)」이나 「위풍(衛風)」 등에는 어째서 음란한 시가 그대로 남아 있는가?

셋째, 이른바 일시(逸詩)라고 하는 시가 『논어(論語)』에 나타나는데 『논어』는 공자의 제자들에 의해 편찬된 책이니 만큼 그들의 스승이 산거해 버린 시를 그 제자들이 다시 수록한다는 것은 사리에 어긋난다.

넷째, 일시(逸詩) 가운데 『논어』에 있는 "당체지화(唐棣之華)" 4구와 『춘추좌전』에 있는 "수유사마(雖有絲麻)" 4구, "사아왕도(思我王度)" 5

구 등은 조금도 예의에 벗어나지 않는다.

다섯째, 『논어』는 물론 다른 제자서(諸子書)들에서 시를 말할 때면 언제나 '시삼백(詩三百)'으로 말해 왔다. 『논어』에선 「위정(爲政)」편, 「자로(子路)」편 등에 공자가 여러 번 '시삼백'이란 말을 자연스럽게 썼다는 것은 이때 노(魯)나라에서 통행되던 『시경』이 3백 편 정도였음을 말해 준다.

여섯째, 공자는 "서술하되 짓지 아니하고, 믿어서 옛것을 좋아하는(述而不作, 信而好古)" 사람으로 문헌이 부족한 것을 개탄한 적도 있는데 어찌 귀한 시가를 대량으로 없애 버릴 수가 있었겠는가.

공자는 『시경』에 대해 깊은 관심을 가진 것은 물론 그 효능과 가치를 높게 평가하였다. 또한 완전히 『시경』을 편찬하지는 않았을지는 모르지만, 지금 우리가 보는 『시경』과 같은 체재로 정리하였음은 의심할 여지가 없다. 춘추 말기 공자는 『시경』을 다시 정리하였다. 『논어·자한(論語·子罕)』에 공자가 말하기를,

"내가 위나라에서 노나라로 돌아온 후에 음악이 바르게 되었고, 아(雅)와 송(頌)은 각각 그 자리를 얻었다.(吾自衛反魯, 然後樂正, 雅頌各得其所.)"

라고 하였다. 이는 공자 자신의 말이기 때문에 충분히 신뢰할 수 있을 것이다. 노 애공(哀公) 11년(BC 484년) 그의 나이 68세 이후의 일이다. 공자가 어떻게 악곡을 바르게 했는지는 알 수 없다. 그러나 「송(頌)」에

대해서는 하나의 단서가 있다.

『춘추좌전』「양공(襄公) 29년」〔노(魯)나라, BC 544년〕의 기록에 의하면, 오(吳)나라 공자 계찰(季札)이 노(魯)나라를 방문하여 주(周)나라 음악 보기를 청하자 악공들로 하여금 「주남」, 「소남」을 노래하게 하고, 이어서 현재 배열되어 있는 것과 거의 유사한 순서로 열두 개의 「국풍(國風)」과 「소아(小雅)」, 「대아(大雅)」, 「송(頌)」을 차례로 연주하고 노래하게 하였다〔계찰관악(季札觀樂)〕. 노(魯)나라 양공 29년이면 공자(孔子)는 겨우 8세 때이다. 당시의 주나라 음악은 지금의 『시경』의 전부를 거의 포함하고 있었으며 지금의 『시경』과 거의 같았다. 다만 「국풍」의 순서가 지금과 다소 차이가 있었고, 「송(頌)」에는 주(周)·노(魯)·상(商)의 구분이 없이 다만 「송(頌)」이라고 했다는 것이다.

정현(鄭玄)이 『시보(詩譜)』에서 주장한 바에 따르면 공자는 상(商: 宋)나라의 후손이며 노(魯)나라 사람이었기 때문에 계찰(季札)의 관악(觀樂) 당시에는 없었던 「노송(魯頌)」과 「상송(商頌)」을 『시경』 속에 편입시키고 편차(編次)를 정하였을 가능성이 많다. 제후의 나라인 노나라와 이미 망한 은상(殷商)의 후손인 송(宋)나라의 음악을 당시 주(周) 왕조의 「송(頌)」과 함께 배열할 수는 없었을 것이지만 공자가 68세에 위나라에서 노나라로 돌아와서 육경(六經)을 편정(編定)하면서 『시경』도 지금의 형태로 편차를 정하였다고 보는 것이 타당할 것이다.

공자는 왜 그렇게 『시경』에 깊은 관심을 가졌는가. 공자의 가르침에 『시경』은 과연 어떤 효능과 가치를 가지고 있는가.

"「관저(關雎)」 시는 즐거우면서도 지나치지 아니하고, 슬프면서도 마음을 상하게 하지 않는다.(「關雎」樂而不淫, 哀而不傷.)"〔『논어·팔일(論語·八佾)』〕

비록 『시경』의 첫 번째 작품이자 대표 얼굴이기도 한 「관저(關雎)」 시 한 편에 대한 논평이기는 하지만 이 속에 시에 대한 공자의 관점을 이해할 수 있다. 이성에 대한 그리움을 노래한 시인데 즐거움과 슬픔을 말하면서 그것이 사람의 본성에서 비롯된 자연스러운 감정의 발로이기 때문에 정도를 넘어서지 않는다. 또한 공자의 '중화(中和)의 미의식(美意識)'을 읽을 수 있다. '락(樂)'과 '애(哀)'라는 감정은 인간이 상황에 따라 언제나 느낄 수 있는 매우 보편적인 감정으로, 선(善)도 아니고 불선(不善)도 아니며, '부정(不正)'도 아니고 '불화(不和)'도 아니다. 그러나 그것이 지나치면 '不正'이나 '不和'로 흐를 수 있는 것이며, 그렇기 때문에 '樂'과 '哀'에는 절제가 필요하다.

"『시경』 3백 편을 한마디로 덮을 수 있으니, '생각함에 사악함이 없다'는 말이다. (子曰, 詩三百, 一言以蔽之, 曰思無邪.)"〔『논어·위정(論語·爲政)』〕

역시 『논어』에 나오는 말이다. 『시경』에 실려 있는 작품 한 편 한 편이 모두 '사무사(思無邪)'하다는 말이다. 『시경』 시에 대한 공자의 논평 중 가장 직접적이고 가장 분명하다. 민간 가요인 「국풍(國風)」 160편에도 사악함이 없다고 말할 수 있는 것은 순수 정감으로 노래한 것이라고 보았기 때문일 것이다. 『시경』의 시가 솔직하고 순수하며 자연스런 사람들의 감정을 노래한 것이라고 보았기 때문일 것이다. 그래서 '거짓 없는 생각', 사실성에 바탕을 둔 진정성이 『시경』, 특히 「국풍」 시의 정수(精髓)라고 신영복(申榮福)은 말했다. 그에서 더 나아가 시란 뜻 또는 의지를 말한 것인데〔詩言志〕, 그 의지가 선의지(善意志)이고 그 목적을 자기실현이나 도덕 실천에 두었다면 그 시는 당연히 사악함이 없을 것이다. 물론 정(鄭)·송(宋)·위(衛)·제(齊)나라의 시 또는 음악을 음란하다고 평가한 것은 그 시들이 어쩌면 예로 절제되지 못하고 감성미학에 빠졌다는 것을 의미할 수도 있다. 버림받은 여인이 남편을 원망하거나, 백성들이 혼란한 세상과 포악한 위정자를 원망하는 것 같은 내용의 작품들도 꾸밈없는 솔직한 사람들의 서정(抒情)으로 보았을 것이다.

공자는 『시경』에 대해 좀 더 구체적인 효능, 즉 실용성을 강조하기도 했다.

> "아이야, 어찌 저 시를 배우지 않는가? 시는 흥을 일으킬 수 있고 볼 수 있으며, 무리 지을 수 있고 원망할 수 있다. 가까이는 부모를 섬길 수 있고 멀리는 임금을 섬길 수 있게 하며, 새와 짐승과 풀과 나무 등의 이름을 많이 알게도 한다.(子曰, 小子何莫學夫詩, 詩可以興, 可以觀, 可以群, 可以怨. 邇之事父, 遠之事君, 多識於鳥獸草木之名.)"〔『논어·양화(論語·陽貨)』〕

이른바 '흥(興)·관(觀)·군(群)·원(怨)'의 기능을 가진다는 것이다. '흥(興)'의 의미는 시가가 감상하는 사람의 정신을 감동케 하여 분발하게 한다는 뜻이다. '관(觀)'은 시가를 통해서 사회생활과 정치풍속 등의 정황, 그 성쇠와 득실을 이해할 수 있다는 것이다. '군(群)'은 사람들끼리 무리 지어 서로 교류하고 소통하며 정신과 의지를 단련하고 문화 소양을 높여서 무리의 사회생활에 적응한다는 의미이다. 서로 함께 절차탁마(切磋琢磨)하는 것이다. '원(怨)'은 윗사람들의 정치를 원망하고 풍자한다는 뜻이다. 그러나 그 원망하더라도 시의 형식을 빌려 상하가 무리 없이 마치 시의 한 장르인 「풍(風)」이 바람처럼 하늘과 땅 사이를 흘러 다니며 유행하듯이 그 임무를 수행하게 한다는 것이다. 이에 대한 해설로는 「모시서」의 다음 내용이 가장 적절해 보인다.

> "윗자리에 있는 사람은 풍(風)으로써 아랫사람을 교화하고, 아랫사람은 풍(風)으로써 윗사람을 풍자하는데, 꾸밈에 중점을 두어 은근히 간하여 이것을 말하는 자는 죄를 받지 않고 이것을 듣는 자는 충분히 경계로 삼을 수 있다. 이 때문에 풍(風)이라 한 것이다.(上以風化下, 下以風刺上, 主文而譎諫, 言之者無罪, 聞之者足以戒, 故曰風.)"

시의 내용이 사람은 물론 사회나 자연과도 관계되는 다양한 생각을 담고 있어서 『시경』을 읽음으로써 인간을 이해하고 스스로도 참된 사람이 될 수 있으며 나아가 자연계에 관한 많은 지식을 흡수할 수 있다는 공자의 판단일 것이다.

실제로 정치와 외교에 활용해야 함을 강조하기도 했다.

"『시경』을 다 외웠다 하더라도 그것을 정치에 적용시켜 통달하지 못하고 사방에 사신으로 가서 시로써 응대하지 못한다면 비록 많이 안다고 한들 무엇하겠는가?(頌詩三百, 授之以政不達, 使於四方, 不能專對, 雖多亦奚以爲.)"〔『논어·자로(論語·子路)』〕

『춘추좌전』을 보면 춘추시대에는 제후들끼리 만나거나 경대부(卿大夫)가 사신으로 가고 오며 접견할 때에는 언제나 『시경』의 시를 한 수(首) 또는 한 장(章)씩 서로 읊으며 주고받음으로써 자신의 뜻을 은연중에 암시하는 것이 거의 습관처럼 되어 있었다. 지식인들인 사인(士人)들 사이에서도 자신의 뜻과 정감을 자잘하게 늘어놓기보다는 이렇게 시를 인용하며 공감 영역을 확대하거나 심화하는 것이 다반사였을 것이다.

그러니 아들인 리(鯉)〔공리(孔鯉), 자는 백어(伯魚)〕가 뜰을 지나가고 있을 때 불러서 묻기를 "시를 배웠는가?"라고 했으며, 아직 배우지 못했다고 말하자(嘗獨立, 鯉趨而過庭, 曰學詩乎. 對曰未也), "시를 배우지 않으면 더불어 할 말이 없느니라(不學詩, 無以言)"〔『논어·계씨(論語·季氏)』〕라고 『시경』을 배우기를 강조하였다. 또 "사람으로 주남과 소남을 배우지 않으면 그건 마치 벽을 마주한 것과 같으니라(人而不爲周南召南, 其猶正牆面而立也與)"〔『논어·양화(論語·陽貨)』〕라고 한 것도 같은 맥락이다.

위의 내용을 중심으로 공자시학(孔子詩學)을 간단히 정리하기에는 필자의 능력으로는 아직 어렵다. 그러나 공자가 『시경』을 가장 중요한 교과서로 내세운 본뜻은, 다양한 사람들의 솔직하면서도 함축된 서정이나 다양한 시대와 사회의 여러 모습들 및 자연과의 친밀성 등을 『시경』을 통하여 읽고 느낌으로써 사람들로 하여금 스스로의 정서와 의지를 확충하여 인간의 참모습을 이해하고 올바른 인간관을 갖도록 함에 있었을 것이라고 요약할 수 있을 것이다.

4. 『시경』의 명칭

선진(先秦) 시기에 『시경』은 다만 『시(詩)』라고 하거나 또는 『시삼백(詩三百)』이라 칭해졌다. 『서(書)』, 『역(易)』, 『춘추(春秋)』, 『예(禮)』 등의 경전들과 마찬가지로 옛날에는 '경(經)' 자를 붙여 부르지 않았다. 『논어』에 있는 문장을 몇 가지만 예로 들어본다(①②④는 앞에서 인용했으므로 번역은 붙이지 않는다).

① "子曰, 詩三百, 一言以蔽之, 曰思無邪."〔『논어·위정(論語·爲政)』〕

② "子曰, 頌詩三百, 授之以政不達, 使於四方, 不能專對, 雖多亦奚以爲."〔『논어·자로(論語·子路)』〕

③ "子曰, 興於詩, 立於禮, 成於樂.〔공자께서 말씀하시기를, "시(詩)에서 흥기(興起)하고, 예(禮)에서 스스로 서며, 악(樂)에서 완성한다."〕"〔『논어·태백(論語·泰伯)』〕

④ "子曰, 小子何莫學夫詩, 詩可以興, 可以觀, 可以群, 可以怨. 邇之事父, 遠之事君, 多識於鳥獸草木之名."〔『논어·양화(論語·陽貨)』〕

⑤ "嘗獨立, 鯉趨而過庭, 曰學詩乎. 對曰未也. 不學詩, 無以言. 鯉退而學詩."("언젠가 아버님이 혼자 서 계실 때 내[리(鯉)]가 종종걸음으로 뜰을 지나가는데, '시를 배웠느냐?' 하고 물으시기에 '아직 배우지 못했습니다' 하고 대답하였더니, '시를 배우지 않으면 더불어 할 말이 없느니라' 하시므로 내가 물러나와 시를 배웠노라.")(『논어·계씨(論語·季氏)』)

③④⑤에서 나오는 '시(詩)'는 언뜻 보기에 지금 통용(通用)되고 있는 일반적인 문학 장르로서의 '시(詩)'로도 보이지만, 기실은 고유명사 『시경(詩經)』을 지칭한다. 기타 『묵자(墨子)』, 『맹자(孟子)』, 『장자(莊子)』, 『순자(荀子)』 등의 책에도 다수 나타난다. 그리고 책의 제목이나 부제로 '경(經)' 자를 붙여 사용한 예는 대개 전국시대(戰國時代, BC 403~221년) 말기 『순자·권학(荀子·勸學)』에서 보인다. "배움은 어디서 시작하여 어디서 마치는가? 그 방법으로 말하면 경전을 암송하는 것에서 시작하여 예를 읽는 것에서 마친다(學惡乎始, 惡乎終. 曰其數則始乎誦經, 終乎讀禮)"라고 하였는데, 여기에서의 '경(經)'은 '시(詩)·서(書)·예(禮)·악(樂)·춘추(春秋)' 등을 지칭하는 것이었다.

『시(詩)』와 『경(經)』을 묶어 『시경(詩經)』을 하나의 고유명사로 사용한 예는 『사기·유림전(史記·儒林傳)』에 "신공독이시경위훈이교(申公獨以詩經爲訓故以教)"라고 한 기록이 최초인 듯하다. 뒷날 『한서·예문지(漢書·藝文志)』에서도 "시경이십팔권(詩經二十八卷)……"이라 하였는데, 이로 보면 『시경』이란 이름은 늦어도 한무제(漢武帝) 시기에 이미 통행되었을 것이며, 이것은 무제(武帝)가 "독존유술, 파출백가(獨尊儒術, 罷

黜百家: 유가(儒家)만을 오로지 존숭하고 나머지 백가(百家)들을 물리침)" 한 결과와도 관련이 있을 것이다. 이후 『시경』을 포함한 '육경(六經)'이 한대(漢代) 문화의 경전으로 자리를 잡았고 나아가 당시의 통치자들의 통치의 정당성을 담보해 줄 정신적인 지주가 되었다. 그러나 또 책의 이름으로서 '시(詩)' 밑에 '경(經)' 자가 붙여져 사용된 것은 남송(南宋) 초기 요강(廖剛, 1070~1143)의 『시경강의(詩經講義)』가 가장 빠른 것으로 말해진다.

한대(漢代)부터 시작하여 지금까지 『시경』이란 이름으로 사용되어 오고 있지만, 『시(詩)』, 『시삼백(詩三百)』으로도 사용되고, 또는 『삼백(三百)』, 『삼백편(三百篇)』으로 간칭(簡稱)하기도 하며, 나아가 『풍(風)』으로 『시경』을 대신하기도 한다.

초기에 '시(詩)'는 일반명사이자 고유명사로서 함께 사용되었을 것이며 지금의 '시'라는 문학 장르와는 구별되었다.

5. 『시경』의 내용: 「풍(風)」·「아(雅)」·「송(頌)」

지금 전하는 『시경』에는 모두 311편의 시가 실려 있으며, 이들은 「풍(風)」·「아(雅)」·「송(頌)」의 세 부분으로 나누어진다. 「풍(風)」에는 160편, 「아(雅)」는 다시 「소아(小雅)」와 「대아(大雅)」로 나누어지며 「소아」 80편, 「대아」 31편이 있고, 「송(頌)」에는 「주송(周頌)」 31편, 「노송(魯頌)」 4편, 「상송(商頌)」 5편이 있다. 「소아」에는 제목은 있지만 그 가사가 없는 시가 6편이 있는데, 그 가사가 없어졌다고도 하고 본래부터 소리는 있었지만 가사가 없었다고도 한다. 이들 6편을 '생시(笙詩)' 또는 '금곡(琴曲)'이라고도 하는데, 그래서 『시경』에는 실제로 305편의 시가 있는 셈이다. 그래서 옛날에는 그 개수를 들어 흔히 『시삼백(詩三百)』이라 불렀다.

『시경』의 분류가 언제 이루어졌는지는 역사의 기록에 따르면 계찰(季札)이 관악(觀樂), 즉 주(周)나라의 음악을 보고 들었을 때 이미 오늘날의 「풍(風)」·「아(雅)」·「송(頌)」의 규모가 갖추어졌다고 한다.

『춘추좌전』 「양공(襄公) 29년」(노(魯)나라, BC 544년)의 기록에 의하면, 오(吳)나라 공자 계찰이 노(魯)나라를 방문하여 주(周)나라 음악 보기를 청하자 악공들로 하여금 「주남」, 「소남」을 노래하게 하고, 이어서 현재 배열되어 있는 것과 거의 유사한 순서로 열두 개의 「국풍(國風)」과 「소아」, 「대아」, 「송(頌)」을 차례로 연주하고 노래하게 하였다. 노(魯)나라 양공 29년이면 공자(孔子)는 겨우 8세 때이다. 당시의 주나라 음악은 지금의 『시경』의 전부를 거의 포함하고 있었으며 지금의 『시경』과 거의 같았다. 다만 「국풍」의 순서가 지금과 다소 차이가 있었고 「송(頌)」에는 주(周)·노(魯)·상(商)의 구분이 없이 다만 「송(頌)」이라고 했다는 것이다.

춘추 말기 공자는 『시경』을 다시 정리하였다. 『논어·자한(論語·子罕)』에 공자가 말하기를, "내가 위나라에서 노나라로 돌아온 후에 음악이 바르게 되었고, 아와 송은 각각 그 자리를 얻었다(吾自衛反魯, 然後樂正, 雅頌各得其所)"라고 하였다. 춘추 시기에 「풍(風)」·「아(雅)」·「송(頌)」의 분류가 이미 형성되었음을 알 수 있다. 그리고 정현이 『시보(詩譜)』에서 주장한 바에 따르면 공자는 상(商: 宋)나라의 후손이며 노(魯)나라 사람이었기 때문에 계찰의 관악(觀樂) 당시에는 없었던 「노송(魯頌)」과 「상송(商頌)」을 집어넣었을 가능성이 많다.

그러면 「풍(風)」·「아(雅)」·「송(頌)」으로 구분되는 이유나 배경은 무엇인가? 역대 학자들의 인식은 매우 다양하였지만 악조(樂調: 음악의 성조. 노래의 가락)라는 측면으로 해석하는 것이 더욱 정확할 것이다. 여기에 내용상의 특징도 또한 중요하다.

「풍(風)」은 지방의 악조이다. 그 예증을 몇 가지 들어보자. 『시경·소아·고종(詩經·小雅·鼓鐘)』에 "以雅以南, 以籥不僭〔아(雅)와 남(南)을 연주하고/피리 잡고 추는 춤 의젓하시네〕"라고 했다. 『모전(毛傳)』에는 "南夷之樂曰南"이라 하여, 「남(南)」이 남방의 악조임을 말하고 있다. 즉 「아(雅)」는 아악(雅樂)으로 중원의 정악(正樂)을 칭하고, 「남(南)」은 남쪽 나라의 음악을 말한다. 그리고 『춘추좌전』 「성공(成公) 9년」에 "자기가 태어난 나라의 음악을 연주하는 것은 고국을 잊지 않는 것(樂操土風, 不忘舊也)"〔포로로 잡힌 초(楚)나라의 악인(樂人) 종의(鍾儀)〕라 하였는데, 이 토풍(土風)은 지방의 악조를 말하는 것이다. 또 『여씨춘추·음초(呂氏春秋·音初)』편에서 기록하기를 도산씨(塗山氏)의 딸이 남쪽 나라들로 시찰하러 간 우(禹)임금을 기다리면서 노래를 지어 "候人兮猗(님을 기다리네)"라고 노래하였는데, "이것이 사실상 남방 음조의 시초가 되었는데, 주공과 소공이 이로부터 음조를 취해서 주남과 소남을 만든 것이다(實始作爲南音, 周公及召公取風焉, 以爲周南召南)"라고 하였다. 이 "취풍(取風)"은 곧 그 노래의 가락을 취한 것을 말한다. 『시경』의 시편 속에도 그런 예가 있다. 「대아·숭고(大雅·崧高)」편에 "吉甫作誦, 其詩孔碩. 其風肆好, 以贈申伯(길보가 노래를 지으니/그 시가 매우 훌륭하여라/그 소리 마침내 아름다우니/신백에게 드리노라)"라고 하였는데, 이 「풍(風)」은 성조(聲調) 곧 노랫가락을 지칭한다. 이로써 보면, 「풍(風)」은 일종의 지방의 악조이며, 「국풍(國風)」은 각 지방의 악조이다.

「풍(風)」은 여러 나라의 민요(民謠)란 뜻에서 흔히 「국풍(國風)」이라 부른다. '주남(周南)·소남(召南)·패(邶)·용(鄘)·위(衛)·왕(王)·정(鄭)·제(齊)·위(魏)·당(唐)·진(秦)·진(陳)·회(檜)·조(曹)·빈(豳)' 모두 15개 나라의 민속 가요라 할 수 있다.

「풍(風)」 자의 뜻에 대하여 자연현상인 '바람' 외에 이에서 파생된 여러 가지 다른 해석이 있지만 기본적으로 '풍요(風謠)' 곧 민간의 가요란 뜻으로 본다. 그 외에 풍자(諷刺)·풍간(諷諫)의 뜻으로도 사용된다. 「모시서」에서 적절하게 표현하였다. "윗자리에 있는 사람은 풍(風)으로써 아랫사람을 교화하고, 아랫사람은 풍(風)으로써 윗사람을 풍자하는데, 꾸밈에 중점을 두어 은근히 간하여 이것을 말하는 자는 죄를 받지 않고 이것을 듣는 자는 충분히 경계로 삼을 수 있다. 이 때문에 풍(風)이라 한 것이다.(上以風化下, 下以風刺上, 主文而譎諫, 言之者無罪, 聞之者足以戒, 故曰風.)" 그리고 이 「풍(風)」이란 말 속에 이미 민간 가요의 특징이 포함되어 있으니 곧 남녀의 연정(戀情)이나 부부의 이별과 상사(相思)의 아픔 등을 읊은 서정시(抒情詩)가 주종을 이루고 있으며, 결국 남녀 간의 일을 말한 것이다. 그래서 단순히 '민간 가요'라고 하기에는 뭔가 부족함이 있는 듯하나 '민간'이란 말 속에 그러한 것들이 녹아들어 있음을 먼저 이해하는 것이 좋을 것이다. 봉황 봉(鳳) 자와 나아가 현조(玄鳥: 일반적으로 제비) 등과 관련된 신화에서 비롯된 생식신앙(生殖信仰)과 관련지어 볼 수 있다. 남송(南宋) 주희(朱喜, 1130~1200)가 말한 "마을의 거리와 골목의 가요에서 많이 나왔으며 이른바 남녀가 서로 더불어 노래하며 각기 그 정을 말한 것"이란 표현은 매우 점잖은 편이지만 남녀 애정에 관한 부분이 강조된 것은 이전의 언설과 달라진 것으로 여기에 「풍(風)」의 핵심이 있다고 본다. 즉 성(性)이나 생식(生殖)과 관련된다는 것이다.

또 다른 새로운 견해가 있다. 「풍(風)」은 본래 범(凡) 자의 가차자(假借字)이며 이는 곧 강신(降神: 신내림) 또는 초신(招神: 신을 부름)의 뜻인데, 전국시대 이후 이러한 뜻이 거의 잊혀졌다는 것이다〔일본 학자 아카츠카 기요시(赤塚忠)의 『시경 연구(詩經研究)』와 이노이 마코토(家井眞)의 『시경 원의 연구(詩經原意研究)』 참고〕. 범(凡)의 갑골문과 금문(金文)의 자형(字形)은 대체로 [illegible], [illegible], [illegible]와 같은데, 풍(風)·봉(鳳)과 서로 통하며, 반(般)·반(槃)·반(盤) 등 글자의 초문(初文), 즉 초기 형태로 본다. 봉(鳳)은 후한(後漢) 허신(許愼)이 편찬한 자전(字典) 『설문해자(說文解字)』에 "鳳, 神鳥也…… 從鳥, 凡聲"이라 했는데, 신령스런 새로서, 뜻은 새를 따랐고, 소리는 '범(凡: fan)'인 형성자(形聲字)라는 것이다. 그 글자를 쪼개 보면 "범조(凡鳥)"가 된다. 이 반(般) 자가 들어가는 반유(般遊)와 반락(般樂) 등의 글자는 유락(遊樂)의 의미를 갖고 있는데 본시 영신(迎神)과 초신(招神)에서 유래했다고도 한다. 더구나 모두 배 주(舟) 자를 포함하고 있는 것은 마치 위(魏)나라 조식(曹植, 192~232)이

「낙신부(洛神賦: 낙수 여신의 노래)」에서 낙수의 여신을 상상하며 쓴 것을 동진(東晋)의 화가 고개지(顧愷之)가 그림으로 그려 낸 것에 배를 타고 여신을 맞이하여 함께 노니는 듯한 장면을 연상하게 한다. 그리고 이 '범(凡)'에는 침범(侵犯)의 뜻도 있다. 간단히 말하면 조상의 신령이나 기타 신령에게 강림하기를 청하는 제사를 범제(凡祭: '풍제(風祭)'로 읽어도 될 듯하다)라고 한다. 이를 바탕으로 하면 『논어·선진(論語·先進)』의 유명한 문장을 달리 해석할 수도 있다.

> "莫春者, 春服旣成, 冠者五六人, 童子六七人, 浴乎沂, 風乎舞雩, 詠而歸.(늦은 봄에 봄옷이 만들어지면 관을 쓴 어른 5, 6인과 아이 6, 7인이 기수에서 목욕하고 무우대에서 신령에게 제사를 지내고 노래하며 음식과 술을 함께 먹는다.)"

글자의 뜻 그대로 해석하여 매우 낭만적인 봄날의 나들이에서 '기수에서 목욕하고 무우대에서 바람을 쐬고 노래하며 돌아온다'로 해석하는 것이 일반적이겠지만 그러한 배경의 문화를 이해하게 되면 충분히 달리 해석될 수도 있다. 춘복(春服)은 봄날에 준비하는 제복(祭服)으로 고대 제왕들이 입던 검은색의 제사복인 순복(純服) 또는 치복(緇服)으로 본다. 관자(冠者)와 동자(童子)는 기우제를 지낼 때 악기를 연주하는 악인(樂人)들이다. 상사절(上巳節) 또는 삼월 삼짓날에 물가에서 목욕하는 것은 불상(不祥)한 것을 제거하듯 몸의 때를 씻어내는 불제(祓除)를 행하는 것으로 지금도 제사를 지내기 전에 반드시 목욕재계하는 것과 같다. 『시경』에 나오는 남녀 간의 일이나 집단 축제 등이 대개는 물가에서 이루어지는 것도 이와 무관하지 않다. 그 다음에 나오는 '풍(風)'은 노(魯)나라에서 기우제를 지내던 무우대에 올라 단순히 바람을 쐬는 것이 아니라 앞의 '범(凡)'과 같아서 영신(迎神)·초신(招神)하는 제사를 지내는 것이다. 그러면서 신령들을 향해 노래를 부른다. '귀(歸)'는 다른 책들에는 '궤(饋)'로 쓰고 있으며, 노(魯)나라에서는 '궤(饋)'를 '귀(歸)'로 읽는다고 한다. 궤(饋)는 음식을 먹고 술을 마시는 것을 말한다. 이런 면에서 이 견해도 설득력이 있다고 본다.

「아(雅)」는 중원(中原)의 정악(正樂)이다. 즉 서도〔西都: 주(周)의 도성인 호경(鎬京)〕의 악조이다. '아(雅)'와 '하(夏)'는 옛 글자가 서로 통했고, 하(夏)는 천하의 중심에 해당하는 나라이자 옛 도성이 있는 곳이며 또한 중앙 나라의 사람도 지칭한다. 그래서 그들의 말과 음악을 하음(夏音) 또는 하성(夏聲)이라 하여 당시의 변방 특히 그 음성이나 음악이 전혀 달랐던 초(楚)나라의 그것과 구별하였다. 즉 아(雅)는 하(夏)의 가차자(假借字)이다. 청대(淸代) 학자 완원(阮元, 1764~1849)이 『석송(釋頌)』에서 이와 같이 밝히면서 글자를 풀이하였다. 『설문해자』에 하(夏)는 그 조자(造字) 형식에서 "從夊從頁"로 나눌 수 있는데, 두 팔과 두 다리를 뜻한다. 이는 사람 몸의 팔과 다리와 머리〔혈(頁)〕를 아울러 말하는 것으로 종(鐘)과 북〔고(鼓)〕 등의 악기에 맞추어 움직이는 것이다. 그래서 완원은 「아(雅)」와 「송(頌)」은 같은 것이며, 주(周)나라에서는 「송(頌)」이라 했지만 그 옛날에는 「하(夏)」라고 이름했다는 것이다. 『주례(周禮)』

와『예기(禮記)』의 기록에 의하면 음악과 관계되는 일에는 종고(鐘鼓)로써「구하(九夏)」를 연주하는데, 그중「왕하(王夏)」는 천자의 음악이고,「사하(肆夏)」는 제후(諸侯)의 음악이라고 했다. 그래서 정현(鄭玄)도 이를 따라 국군(國君)은「소아(小雅)」로써 하고, 천자(天子)는「대아(大雅)」로써 한다고 하였다. 그리고 현대에 와서 이「하(夏)」에 대해 새로운 해석을 제기했는데, '가면무도(假面舞蹈)'의 뜻이라는 것이다. 고대 그리스에서 주신(酒神) 디오니소스에게 제사 지낼 때 제사장인 무사(巫師: 무당)가 가면을 썼던 것처럼, 그리고 고대 로마 및 이집트 등에서도 보편적으로 그랬던 것처럼. 이「하(夏)」의 자형(字形)에 특히 머리〔혈(頁)〕가 강조된 것도 이를 반증한다. 단순히 가면을 쓰고 춤을 추는 것 외에도 주(周) 왕조나 제후의 종묘나 신사(神社)에서 신격화(神格化)된 무사가 가면을 쓰고 춤을 춘다는 의미도 포함하고 있다는 것이다. 참고할 만하다.

그리고「소아(小雅)」와「대아(大雅)」의 차이를 간단히 정리하면, 음악의 절주(節奏) 곧 리듬 또는 박자의 번간(繁簡)의 차이에서 비롯한다.「소아」는 장수(章數)가 적고 절주가 간단하며,「대아」는 장수가 많고 절주가 번다하다.

「소아」는 서사시(敍事詩)가 많은데, 주(周) 왕조의 군왕이 제후와 친구들과 향연(饗宴)을 베풀고 그들은 군주를 찬미한 내용을 썼으며 가끔은 노동자가 부인을 그리워하는 작품도 있다.「대아」는 모두 서사시로 주(周) 왕조의 개국과 발전의 역사를 기술하였다.

「송(頌)」은 종묘(宗廟)의 악가(樂歌)이다. 즉 종묘에서 제사를 지낼 때 사용된 악조(樂調)를 말한다. 완원(阮元)의 『석송(釋頌)』에 의하면, 「송(頌)」은 '용(容)'의 뜻으로 가차자(假借字)이며, 용(容)은 형용(形容) 또는 모습의 뜻을 지녀 노래에 춤을 겸한다는 뜻을 가지고 있다고 하였다. 즉 노래와 춤으로 신(神)이나 조상의 업적과 영혼을 송찬(頌讚)하고 제사 지냄과 동시에 조령(祖靈)의 보우(保佑)와 국가의 번영을 기구하는 일종의 종묘제례가(宗廟祭禮歌)이며 종교적 무도시(舞蹈詩)로 본다. 이 제사는 천자의 예를 행하는 주(周)나라와 천자의 예를 시행할 수 있도록 윤허된 노(魯)나라와 상(商)의 종묘에서 지내도록 규정되었다. 그래서 제례에 사용된 「송(頌)」 음악의 선율은 마치 지금 우리나라의 「종묘제례악(宗廟祭禮樂)」처럼 매우 느리게 진행되었을 것이며, 「풍(風)」과 「아(雅)」에 비해 상대적으로 압운(押韻)이 적고, 또한 작품의 길이도 비록 일률적이지는 않지만 대체로 짧다. 상(商)은 은(殷)이며, 송(宋)은 그 후예로서 상(商)의 가차자(假借字)이다. 주(周) 왕조에 와서 전(前) 왕조인 상(商)의 이름을 피하기 위하여 그 제사를 계승하는 작은 나라를 송(宋)이라 칭한 것이다.

「주송(周頌)」은 모두 주(周) 왕조의 군왕을 제사하는 시들이며, 「노송(魯頌)」은 당시의 임금을 찬미한 작품들이다. 「상송(商頌)」은 일부분은 조상에 대한 제사의 노래이며, 또 다른 일부분은 상(商) 부족의 역사와 전설을 쓴 것이다.

이를 정리하면, 「송(頌)」은 종묘에서 제사 지내는 것이고, 「아(雅)」는 당시의 정치를 찬미하거나 풍자한 것이며, 「풍(風)」은 성정(性情)을 읊은 것으로, 이 모두는 주(周) 왕조의 사회와 정치와 도덕과 풍속 등을 반영하고 있다.

6. 육의(六義)

『시경』의 체재이자 내용인 「풍(風)」·「아(雅)」·「송(頌)」에 『시경』 시들의 수사(修辭) 기법이나 표현 수법 및 작법이라고 하는 「부(賦)」·「비(比)」·「흥(興)」을 한꺼번에 묶어 '육의(六義)'라고 부른다. 그런데 의심할 바 없이 익숙한 이러한 해설도 완전한 것은 아니다. 이 '육의'는 그 이전 '육시(六詩)'라는 말로 『주례·춘관·태사(周禮·春官·大師)』에 가장 먼저 나왔다.

"태사는 육률, 육동을 관장하여 음양의 소리를 조합하였다. 양성인 황종(黃鐘)·태주(太蔟: 大蔟)·고선(姑洗)·유빈(蕤賓)·이칙(夷則)·무역(無射: 亡射)과 음성(陰聲)인 대려(大呂)·응종(應鐘)·남려(南呂)·함종(函鐘)·소려(小呂)·임종·협종(夾鐘)은 오성(五聲)인 궁(宮)·상(商)·각(角)·치(徵)·우(羽)를 사용하여 무늬를 이루고 팔음(八音)인 금(金)·석(石)·토(土)·혁(革)·사(絲)·목(木)·포(匏)·죽(竹)으로 그 소리를 전파한다. 육시(六詩)를 가르쳤는데, 풍(風)·부(賦)·비(比)·흥(興)·아(雅)·송(頌)이 그것이다. 육덕을 그것의 근본으로 삼았고, 육률을 그것의 음으로 삼았다.(大師, 掌六律六同以合陰陽之聲, 陽聲黃鍾大蔟姑洗蕤賓夷則無射, 陰聲大呂應鍾南呂函鍾小呂夾鍾,皆文之以五聲宮商角徵羽,皆播之以八音金石土革絲木匏竹. 敎六詩曰風曰賦曰比曰興曰雅曰頌.

以六德爲之本. 以六律爲之音.)”

그랬던 것이 「모시서」에서는 ‘육의(六義)’로 바뀌었다. 여섯 개 항목의 이름과 순서가 똑같으니 동일한 것이겠지만 이름이 바뀐 배경이나 연유에 대해서 이 두 책에 전주(箋注)를 붙인 정현(鄭玄)은 아무런 의견을 내지 않았다. 오히려 당나라 초 공영달이 『모시정의(毛詩正義)』〔약칭 『정의(正義)』〕에서 ‘육의(六義)’설에 대해 크게 의미 부여하며 체계적으로 설명하였다. 여기서 「풍(風)」·「아(雅)」·「송(頌)」을 “시편의 서로 다른 체제〔詩篇之異體〕”라고 하였고, 「부(賦)」·「비(比)」·「흥(興)」을 “시문의 이사(異辭), 즉 서로 다른 수사(修辭)〔詩文之異辭〕”라고 하였다. 크고 작음이 다르지만 함께 육의가 된 것은 「부(賦)」·「비(比)」·「흥(興)」은 시의 기교나 수사(修辭)로 사용하는 것이며〔詩之所用〕, 「풍(風)」·「아(雅)」·「송(頌)」은 시의 유형으로서〔詩之成形〕, 전자(前者) 세 개를 사용하여 후자(後者) 세 개를 이루는 것이니 함께 칭하여 「의(義)」라 칭한다고 하였다. 시체(詩體) 세 가지 유형을 묶은 한 범주가 세 가지 작법을 묶은 또 다른 한 범주와 서로 각각 ‘의(義)’롭게 엮이는 것을 두고 ‘의(義)’ 자를 강조하며 ‘육의(六義)’라고 개명한 것을 매우 타당하다고 말한 듯하다. 이 이론이 이후 천 년이 넘도록 지금까지 중국을 비롯한 한자문화권의 시단에 영향을 끼친 ‘삼체삼용(三體三用)’설이 되었다. 이후 주희는 ‘삼경삼위(三經三緯)’설을 말하였고 노신(魯迅)도 이를 따랐다. 말은 달라도 거의 같은 뜻이다. 즉 ‘육시(六詩)’는 ‘육의(六義)’로 인정되었고, 중국의 가장 권위 있는 사전의 하나인 『사원(辭源)』에도 ‘육의’에 대해 설명하며 ‘육시' 조(條)에서 "육의에 자세히 설명되어 있음〔詳見六義〕"이라 씌어 있다. 대부분의 학자들도 자연스레 이를 수용했다. 그러나 그렇다고 해도 이 분류는 『주례』와 「모시서」의 배열과는 다르다. 이 두 책에서는 왜 「풍(風)」·「부(賦)」·「비(比)」·「흥(興)」·「아(雅)」·「송(頌)」으로 배열했을까? 두 가지의 서로 다른 개념이나 범주들이 뒤섞여 있는 것은 아닌가? 공영달은 이런 의혹에 대해서도 해설해 놓았다. 「풍(風)」은 「부(賦)」·「비(比)」·「흥(興)」의 수사(修辭) 방법을 사용하여 창작한 것이므로 바로 「풍(風)」의 아래에 「부(賦)」·「비(比)」·「흥(興)」을 배열하였고, 그 다음 「아(雅)」와 「송(頌)」도 역시 「부(賦)」·「비(比)」·「흥(興)」을 수사 방법으로 사용하는데 이미 「풍(風)」 아래에 배열했기 때문에 생략해도 동일하게 그러함을 밝힌 셈이라는 주장이다. 그런데 근대 이후 적지 않은 학자들이 공영달의 이 설이 억지라고 주장하였다.

이 육의설(六義說)은 중국 문학사, 특히 중국 시가 발전사에서 영향이 매우 크고 오래되었으며 고전 시가의 창작에서 줄곧 이 육의(六義)를 기본적인 시체(詩體)와 시법(詩法)으로 간주해 왔다. 시체인 「풍(風)」·「아(雅)」·「송(頌)」에 대해서는 이미 앞에서 설명하였고, 시법이자 수사 기교인 「부(賦)」·「비(比)」·「흥(興)」을 살펴보자.

이에 대해 예부터 학자들의 해석이 분분하지만 간단히 말해서 「부(賦)」는 직서법(直敍法)이요, 「비(比)」는 비유법(比喩法)이며, 「흥(興)」은 주제의 서술에 앞서 흥을 돋우는 방법이다. 「부(賦)」와 「비(比)」에 대한 해석에는 큰 차이가 없으나 「흥(興)」은 『시경』 시에 쓰인 특이한 표현 방법으로서 가장 중시되고 또한 가장 많은 논란의 대상이 되어 왔다. 송

조(宋朝) 정초(鄭樵)의 『육경오론(六經奧論)』에서는 "흥이라는 것은 보이는 것은 여기 있지만 얻는 것은 저기 있어서 사물로써 유추할 수도 없고 의리로써 따질 수도 없는 것이다(凡興者, 所見在此, 所得在彼, 不可以事類推, 不可以義理求也)"라고 했고, 주희(朱熹)의 『시집전(詩集傳)』에서는 "사물에 기탁하여 생각을 돋우는 것(託物興詞)"으로 "본래 그 일을 오로지 말하려다가 따로 두 구절을 끌어내어 이에 따라 접속시켜 나가는 것(本專言其事而虛用兩句鉤起, 因而接續去者)"이라고 하였다. 즉 "먼저 다른 사물을 말하면서 읊으려는 말을 끌어 일으키는(先言他物, 以引起所詠之詞也)" 수법이다. 이 「흥(興)」의 수사법은 작품 내용과 객관적이고 논리적으로 연결 짓기 어려우나 하나의 상징이거나 배경으로서 분위기를 살려 시인의 주관적인 연상 작용(聯想作用)에 의해 작품 내용과 연결시키는 표현법이다. 그 대표되는 것이 『시경』 첫 번째 작품인 「관저(關雎)」이다. 요조숙녀(窈窕淑女)가 군자의 좋은 짝이 되는데, 짝을 구하려 하며 그 숙녀를 그리워하는 마음을 표출하기 전에 먼저 "구욱구욱 물수리는 강섬에서 울고(關關雎鳩, 在河之洲)"라고 읊었다. 흥을 돋우거나 시적 공간 또는 시적 정서를 대상화시키면서 정경융합(情景融合)의 묘한 분위기를 연출한다. 여기에는 상징(象徵)도 있을 수 있고 대상 사물과 자연에 대한 깊은 감정이입(感情移入)과 연상 작용도 있을 수 있다. 그리고 나아가 최근의 연구들에 의하면 이 「흥(興)」이 단순한 수사법으로 사용된 것이 아니고, 오랜 세월에 걸쳐 원시인류의 삶에 중요한 영향을 끼친 사물들에 대한 집단적 집합적 인상, 즉 원시흥상(原始興象)을 구성하면서 과거 인류의 습관과 민속과 종교 및 사회생활 등이 잔재(殘在)되어 있다고 보았다. 예를 들면, 어류(魚類)와 조류(鳥類), 수목(樹木) 등과 상상의 동물 등이 갖는 흥상(興象)의 기원을 추적하면 그 속엔 원시종교적 세계관과 만나게 된다는 것이다. 오래전 조상으로부터 내려온 주술(呪術: magic)과 토테미즘(totemism) 등의 오랜 경험과 잠재의식이 『시경』 시 속에 남아 있는 형태가 곧 「흥(興)」이라는 것이다. 문일다(聞一多)와 주자청(朱自淸) 및 조패림(趙沛霖), 섭서헌(葉舒憲), 주병상(朱炳祥) 등의 견해를 참고할 만하다.

7. 고문(古文)·금문(今文) 경학(經學)과 삼가시(三家詩)와 모시(毛詩)

경학사(經學史)에는 소위 금문(今文)과 고문(古文)의 구분이 있었고 수천 년에 걸쳐 풍파를 일으켜 왔다. 한(漢)나라 때 통행하던 문자인 예서(隸書)로 씌어진 유가경전(儒家經典)들이 있었는데, 어느 날 공자(孔子)의 집 벽을 수리하는 중에 벽 속에서 많은 경전들이 나왔다. 그 경전들은 진(秦) 이전에 사용하였던 전서(篆書)로 씌어져 있었다. 앞의 것을 『금문경(今文經)』이라 하고, 새로 출현한 경전들을 『고문경(古文經)』이라 한다. 『금문경』은 노학자들의 기억에 의해 구술되어 전해진 게 많으며 한나라 초기에 이르러 죽백(竹帛), 즉 대나무와 비단에 기록되었다. 『고문경』은 공자(孔子)의 집 벽에 숨겨져서 진대(秦代)의 분서(焚書)와 초한(楚漢)의 전란을 피해 전해진 선진(先秦) 시기의 고문자(古文字)로 씌어진 죽간(竹簡)들을 말한다. 한무제(漢武帝) 시기 금문경학(今文經學)

은 관학(官學)으로 존중되어 오경박사(五經博士)를 설치하였으나 고문경학(古文經學)은 사학(私學)으로 박사를 세울 수가 없었다. 왕망(王莽)이 정권을 탈취한 후 고문경학은 관학으로 승격되어 『좌씨춘추(左氏春秋)』, 『모시(毛詩)』, 『주례(周禮)』, 『고문상서(古文尙書)』의 네 경전의 박사를 세웠으나 금문경학 박사들의 격렬한 반대에 부딪히게 된다. 『금문경』과 『고문경』의 경문(經文)은 애초 이미 같지 않았고 경문에 대한 해설도 차이가 많았다. 그들이 논쟁한 것은 경문에 대한 해설일 뿐 아니라 각자의 정치적 권익을 다투기 위한 것이기도 했다.

『시경』을 강론하던 금문경학은 한나라 초기에 세 전문가가 있었다. 신배〔申培, 신배공(申培公)〕· 원고생(轅固生) · 한영(韓嬰) 등인데 뒷날 이들을 〈삼가시(三家詩)〉라고 불렀다.

신배(신배공)는 노(魯)나라 사람이어서 그의 시에 대한 관점을 『노시(魯詩)』라 한다. 그는 『춘추』나 잡설을 취하였지만 모두 시의 본의(本義)는 아니었다. 한(漢) 고조(高祖)가 노나라를 지날 때 스승과 함께 알현한 후 장안(長安)에 머무르면서 고조의 아우인 초(楚) 원왕(元王) 유교(劉交)와 원왕의 아들인 유영(劉郢)과 함께 순자(荀子)의 제자인 부구백(浮丘伯)에게 배웠다. 그리고 문제(文帝, BC 180~157년 재위) 때 한영과 함께 『시경』 박사가 되었다. 한나라 때의 경학박사 중에 가장 이른 박사들이었다. 대개 서진(西晉) 시기에 이미 없어진 것으로 알려져 있다. 지금도 『신배시설(申培詩說)』이란 책이 전해지고 있지만, 이는 명나라 사람 풍방(豐坊)의 위작(僞作)이다.

원고생은 제(齊)나라 사람이어서 그의 학설을 『제시(齊詩)』라고 한다.

경제(景帝, BC 156~141년 재위) 때 『시경』 박사가 되었다. 일찍이 황생(黃生)과 "상(商)의 탕왕(湯王)과 주(周)의 무왕(武王)이 천명을 받았다"는 문제를 토론하면서 경제(景帝)가 그를 청렴하고 곧다고 판단하여 청하왕(淸河王)의 태부(太傅)로 삼았다. 이 시는 위(魏) 시대에 없어졌다.

한영은 연(燕)나라 사람이어서 그의 학설을 『한시(韓詩)』라고 한다. 문제(文帝) 때 박사가 되었으며 경제(景帝) 때에는 상산왕(常山王)의 태부가 되었다. 〈삼가시(三家詩)〉 중에 생명이 가장 길어 당·송대(唐·宋代)까지 존재했으며, 지금도 『한시외전(韓詩外傳)』(전10권)이 전해지고 있다.

이 〈삼가시(三家詩)〉의 학설의 차이에 대해서는 『한서·예문지(漢書·藝文志)』에서 말하기를 『노시(魯詩)』가 가장 원의에 가깝고 가장 평실(平實)하여 괴이(怪異)한 이론이 없으며, 『제시(齊詩)』는 음양오행설(陰陽五行說)이 뒤섞여 있고, 『한시(韓詩)』는 모두와 다르지만 『노시(魯詩)』와 가깝다고 하였다.

이 〈삼가시(三家詩)〉에 대하여 후인들이 여러 전적(典籍)에서 그 남아 있는 것들을 모았는데, 청대(淸代)의 진교종(陳喬樅, 1809~1869)의 『삼가시유설고(三家詩遺說考)』와 왕선겸(王先謙, 1842~1917)의 『시삼가의집소(詩三家義集疏)』 등이 있으며 『모시(毛詩)』와 함께 『시경』을 읽는 데 참고해야 할 중요한 책이 되었다.

〈삼가시(三家詩)〉는 차례로 실전(失傳)되어 송대(宋代) 이후로는 고문(古文)인 『모시(毛詩)』만이 세상에 전해졌는데, 지금 우리가 알고 있는

『시경』은 모두 『모시(毛詩)』를 통해 전해진 것이다. 『한서·예문지(漢書·藝文志)』에서 〈삼가시(三家詩)〉를 설명한 뒤 "또 모공(毛公)의 학설이 있는데 스스로 자하(子夏)가 전한 것이라 하여 하간헌왕(河間獻王)이 좋아했지만 학관(學官)에 채택되지 못했다"고 말하고, 『모시(毛詩)』 29권, 『모시고훈전(毛詩故訓傳)』〔약칭 『모전(毛傳)』〕 30권이 있는데 모공〔毛公, 모형(毛亨)〕이 지었다고 했다. 여기의 『모시고훈전(毛詩故訓傳)』이 바로 우리가 읽고 있는 『시경』이다.

모공(毛公)이 어떤 사람인지는 알 수 없으나 『한서·유림전(漢書·儒林傳)』에서는 조(趙)나라 사람이라고 했다. 『한서(漢書)』의 저자 반고(班固)는 모공(毛公)이 『시경』을 익히고 연구하여 박사가 되었음을 말하고 그 이름은 말하지 않았는데, 후한(後漢)의 정현(鄭玄)은 "노나라 사람 대모공(大毛公)이 『고훈(詁訓)』을 지어 그 집안에 전했는데 하간헌왕이 그것을 바쳤으며 소모공(小毛公)은 박사가 되었다"〔『시보(詩譜)』〕고 하였고, 삼국시대 오(吳)나라 사람 육기(陸璣)는 "모형(毛亨)이 『고훈전(詁訓傳)』을 지어 조(趙)나라 모장(毛萇)에게 전했다. 당시 사람들은 모형을 대모공(大毛公), 모장을 소모공(小毛公)이라 불렀다"〔『모시초목조수충어소(毛詩草木鳥獸蟲魚疏)』. 약칭 『육소(陸疏)』〕고 하였다. 후대로 갈수록 더욱 자세해진다는 것은 거의 근거가 없는 것이므로 그대로 믿기 어렵다. 그러나 『한서·유림전(漢書·儒林傳)』에서 "모장(毛萇)이 『시경』을 전했는데 이것이 곧 『모시(毛詩)』이다"라고 했는데, 다만 모형(毛亨)의 『시경』을 모장(毛萇)이 전한 것이라는 말이다. 다소 애매한 부분이기는 하지만 일반적으로 이를 수용한다.

「모시서(毛詩序)」는 『시경』 해설의 기준이었고 각 작품의 얼굴이었다. 우선 그 작자에 대해서 역대로 논쟁이 많았다. 《사고전서총목제요(四庫全書總目提要)》의 경부(經部) 『시(詩)』류(類)의 「시서(詩序)」 아래에 제설(諸說)들을 모아 놓았다. 『모시(毛詩)』의 맨 앞에 있는 「대서(大序)」는 자하(子夏)가 짓고, 각 시의 앞에 있는 「소서(小序)」는 자하(子夏)와 모공(毛公)의 합작이라는 설은 정현(鄭玄)의 『시보(詩譜)』에서 말했다. 삼국시대 위(魏)나라 왕숙(王肅)의 『공자가어주(孔子家語注)』에서는 자하(子夏)가 지은 「시서(詩序)」가 바로 「모시서(毛詩序)」라고 하였고, 『후한서·유림전(後漢書·儒林傳)』에는 위굉〔衛宏: 후한(後漢) 25년 전후〕이 사만경(謝曼卿)에게 배워서 「시서(詩序)」를 지었다고 하였으며, 『수서·경적지(隋書·經籍志)』에는 자하(子夏)가 지었고 모공(毛公)과 위굉(衛宏)이 윤색을 가했다고 하였다. 한유(韓愈)는 자하(子夏)가 『시경』의 「서(序)」를 쓰지 않았다고 했다. 송대(宋代)의 왕안석(王安石, 1021~1086)은 「소서(小序)」는 시의 작자들이 썼다 했고, 북송(北宋) 중기의 정이(程頤, 1033~1107)는 「대서(大序)」는 공자가 쓰고 「소서(小序)」는 국사(國史)가 썼다고 하는 등 이견(異見)이 많다. 이외에도 다른 의견들이 많은데, 어쨌든 「모시서」의 작자에 대해서는 아직도 확실한 결론을 내리기 어렵다.

그런데 「모시서」에서 풀이하는 각 시의 의미는 시의 일반적인 내용과 거리가 있는 것이 많다. 송대(宋代) 이전에는 어떻든 모두가 「모시서(毛詩序)」를 믿었지만 송(宋)나라 구양수(歐陽脩, 1007~1072) 이후 의경(疑經), 즉 경전을 의심하는 풍조가 강해지면서 남송(南宋) 정초(鄭樵, 1104~1160)의 『시변망(詩辨妄)』, 주희(朱熹)의 『시서변설(詩序辨說)』 등이 나오는 등 날이 갈수록 의심하는 이가 늘었다. 이후 출판된 『시경』 번역서 및 해설서들 중 「모시서」를 참고하기는 하지만 따르지 않는 경우도 상당히 많다. 본서에서도 시의 대의를 파악하고 대조하기 위해 참고하고 인용하지만 주제와 의미가 아예 다른 부분도 적지 않다.

8-1. 역대 『시경』 연구

역대로 『시경』에 대한 연구는 시대의 발전에 따라 발전해 왔으며, 지금도 변화와 발전 중이다. 한(漢)나라 이전에는 『시경』을 연구한 전문 학자는 없었으며 『시경』에 주석을 단 전문 서적도 없었다. 서한(西漢) 때부터 이른바 '시학(詩學)' 또는 '시경학(詩經學)'이라는 『시경』을 연구하는 전문가들이 나타났다. 가장 먼저 〈삼가시(三家詩)〉가 있었다. 각자 다소의 차이는 있었지만 그들은 대체로 『시경』을 음양오행화하여 일종의 미신과 번쇄함과 천착부회(穿鑿附會)한 방법으로 해석하였다. 모시학(毛詩學)은 박학(樸學)의 전통을 고수하여 자의(字意)에 따라 『시경』을 해석했고, 훈고(訓詁)가 간명하며 억설(臆說)을 하지 않아 〈삼가시(三家詩)〉보다 우월하였다. 동한(東漢)의 대표적인 경전학자 정현(鄭玄)은 처음에는 『한시(韓詩)』를 배웠고, 후에 다시 『모시(毛詩)』를 익혔다. 그래서 『금문경전』에 널리 통했으며 다시 『고문경전』에도 통하여 『고문경전』에 주석을 달면서 금문설도 아울러 채택하여 금고문(今古文) 경학(經學)을 집대성한 인물이 되었다. 그래서 『모전(毛傳)』과 『정전(鄭箋)』이 세상에 나온 후 〈삼가시(三家詩)〉는 점차 쇠미해졌다. 『정전(鄭箋)』이 천하에 인정을 받게 되자 위진(魏晉) 이후의 시경학은 정현의 학문 위주로 되었다. 정현의 시경학이 성행할 때 마융(馬融)의 순수 『고문경』 학파를 대표하던 왕숙(王肅)이 『시해(詩解)』(이미 실전됨)를 지어 정현과 대립하며 『정전(鄭箋)』을 공격하였다. 그러나 『정전(鄭箋)』은 여러 학설을 널리 취하면서 새로운 학설을 내세워 그 성취도는 당시 어느 학자보다 높았고 여전히 독존(獨尊)의 지위를 누렸다.

당나라 초기 공영달은 『모시정의(毛詩正義)』를 지어 동한과 위진 남북조 이래의 제설(諸說)이 번다한 국면을 끝맺었다. 이 책은 주석의 문장을 해석하면서 들고 나고 하는 바가 있지 않고, 주석의 문장에 혹 오류가 있거나 그 문장보다 더 좋은 견해가 있으면 또한 개정(改正)과 흡취(吸取)를 하지 않고, 일체를 주석의 문장을 표준으로 해석을 진행하였다. 『정의(正義)』가 세상에 나오자 『모전(毛傳)』과 『정전(鄭箋)』은 높은 지위가 더욱 더 확고해졌다. 당나라 때 경학(經學)은 스승의 학설을 묵수(墨守)하며 훈고에 매어 있는 상황 아래에서, 헛되이 경전을 말하며 글자에 매어 훈고하는 새로운 기풍이 출현하였다. 그래서 한학(漢學)이 송학(宋學)으로 변전하기 시작하였다. 『정의(正義)』는 주석의 문장을 묵수(墨守)한 엄격한 한학(漢學)이다. 당나라 사람 중에 훈고의 옛 학설에 매이지 않고 자유롭게 경전을 말했으니 그 대표적인 것으로 지금에도 전해지는 당나라 성백여(成伯璵)의 『모시지설(毛詩指說)』 1권이 있는데, 한 개인의 견해로서 『시경』을 해설한 것으로 『모시(毛詩)』와 『정전(鄭箋)』에 의존하거나 모방하지 않았다.

송나라 때는 의고(疑古), 즉 옛것을 의심하는 기풍이 크게 성행하여 한(漢)나라 유생들의 훈고에 의심을 품고 『모시정의(毛詩正義)』를 비판하고 논박하였다. 예를 들면, 구양수(歐陽脩)의 『시본의(詩本義)』, 북송(北宋) 소철(蘇轍, 1039~1112)의 『시집전(詩集傳)』, 남송(南宋) 왕질(王質, 1135~1189)의 『시총문(詩總聞)』 등은 모두 서로 다른 각도에서 옛 전통과 옛 견해를 부수고 시경학 연구에 새로운 길을 개척하면서 『모전(毛傳)』, 『정전(鄭箋)』 독존의 국면을 거의 와해시켰다.

송학(宋學) 체계의 시경학 대표는 역시 주희(朱熹)의 『시집전(詩集傳)』이다. 이 책은 「전(傳)」·「서(序)」·「전(箋)」과 〈삼가시(三家詩)〉의 해설을 두루 채용하였는데, 서(序)는 의심해도 경(經)은 의심하지 않고, 북송 이후의 시경학의 성과들을 모아 지극히 권위 있는 저서를 만들었으니 원(元)·명(明)·청(淸) 삼대를 거치면서도 쇠락하지 않았다. 이 책이 남송 이후의 시경학에서의 지위와 그 영향은 마치 『모전(毛傳)』과 『정전(鄭箋)』의 위진(魏晉) 이후의 지위나 영향과 유사하다. 송나라 때의 시경학의 의고풍(疑古風)이 극치에 이르러 남송 말기 왕백(王柏, 1197~1274)의 『시의(詩疑)』가 출현했다. 그는 『모전(毛傳)』과 『정전(鄭箋)』을 비판했을 뿐 아니라 경전의 문장까지도 회의(懷疑)하여 경전의 문장을 삭제하기도 하였다. 이는 송학(宋學)으로 하여금 주관적 무단(武斷)과 내용의 공소(空疎)함의 지경에까지 추락하게 하기도 했다. 남송 때 여전히 『모전(毛傳)』을 믿고 따른 저작들이 있었는데, 여조겸(呂祖謙, 1137~1181)의 『여씨가숙독서기(呂氏家塾讀書記)』와 엄찬(嚴粲, 생졸년 미상)의 『엄씨시집(嚴氏詩緝)』〔약칭 『시집(詩緝)』〕이다. 이 두 권의 책도 당시 영향이 컸던 시경학의 저서이다. 이외에 남송(南宋) 말 왕응린(王應麟, 1223~1296)은 『시고(詩考)』를 지어 〈삼가시(三家詩)〉의 흩어져 있는 학설들을 모으고 경전 문장의 이문(異文)과 이자(異字) 및 일시(逸詩)들을 찾고 모아서 기록하였는데, 이는 시경학의 집일(輯佚: 잃어버렸거나 흩어진 것들을 모음)과 교감(校勘)의 길을 열은 것이니 시경학의 역사에 그 가치와 지위가 인정되는 것은 당연하다.

원명(元明) 두 시대의 시경학은 송학(宋學)의 계속이다. 주희와 그의 경전 해석은 당시 절대적인 권위가 있었다. 문인과 학자들이 시를 말하려 하면 모두 『시집전(詩集傳)』을 그 준칙으로 삼았다. 원(元)나라 유근(劉瑾)의 『시전통석(詩傳通釋)』은 『시집전(詩集傳)』에 대해 상세하게 해설한 책이다. 당시의 시경학은 주희 일파(一派)가 농단하였다. 명대(明代)의 후기에 이르러 주희의 『시경』 해설에 반대하는 저서가 나왔는데, 학경(郝敬, 1558~1639)의 『모시원해(毛詩原解)』, 주모위(朱謀瑋)의 『시고(詩故)』, 하해(何楷)의 『시경세본고의(詩經世本古義)』 등이 있다. 그들은 때로는 「모시서(毛詩序)」를 바탕으로 삼기도 하고 혹은 옛 학설들을 모으거나 혹은 역사로써 시를 증명하거나 하여 시경학의 또 다른 일파를 형성하였다.

청나라 초기 한학(漢學)이 점차 부흥하여 염약거(閻若璩), 모기령(毛奇齡), 진계원(陳啓源) 등은 모두 주희의 『시경』 해설을 반박하였는데, 진계원(陳啓源, 생졸년 미상)의 『모시계고편(毛詩稽古編)』은 한학 부흥을 종지로 삼은 책이다. 그 후 한학을 존숭하고 송학을 공격하는 것이 청대(淸代) 시경학의 학풍이 되었으며, 이는 청말(淸末)에 이르기까지 바뀌지 않았다. 비록 청나라 조정이 여전히 주희의 『시집전(詩集傳)』을 숭상하였지만 이 시대의 조류를 막을 수는 없었다.

청대 시경학의 성취는 매우 다양하다. 그중에 『모전(毛傳)』을 전적으로 주력한 저서로 그 공이 뛰어난 것은 호승공(胡承珙, 1776~1832)의 『모시후전(毛詩後箋)』〔약칭 『후전(後箋)』〕과 진환(陳奐, 1786~1863)의 『모시전소(毛詩傳疏)』〔약칭 『전소(傳疏)』〕이다. 호승공은 『모전(毛傳)』을 주로 하고 『정전(鄭箋)』을 반박하였는데, 『정전(鄭箋)』이 여러 면에서 『모전(毛傳)』을 잘못 해석했다는 것이다. 그리고 진환은 고문(古文) 『모시(毛詩)』에 주력하여 『모전(毛傳)』을 해설하고 「소서(小序)」를 전하면서 정현(鄭玄)이 〈삼가시(三家詩)〉의 해설을 모두 채용한 것을 비판하였는데, 이것이 곧 『모시(毛詩)』 연구의 집대성이 되는 작품이다. 정현의 『모시전전(毛詩傳箋)』을 바탕으로 하고 〈삼가시(三家詩)〉의 소해(疏解)를 아울러 취한 저작은 마서진(馬瑞辰, 1782~1853)의 『모시전전통석(毛詩傳箋通釋)』〔약칭 『통석(通釋)』〕이다. 이 책은 어느 한 일파의 견해에 구속되지 않고 공영달(孔穎達)의 『모시정의(毛詩正義)』의 오류와 『모전(毛傳)』의 잘못됨을 반박하여 바로 잡고 성실한 고증을 거쳐 홀로 자신의 견해를 펼쳐 청대 시경학 영역에서 그 성과가 탁월하다. 도광(道光) 함풍(咸豐) 연간에 금문경학이 부흥하자 〈삼가시(三家詩)〉를 연구하는 일련의 저서들이 출현했다. 위원(魏源, 1794~1857)의 『시고미(詩古微)』는 〈삼가시(三家詩)〉와 『모시(毛詩)』의 차이를 논술하고, 〈삼가시(三家詩)〉의 미언대의(微言大義)를 드러내었다. 왕선겸(王先謙)의 『시삼가의집소(詩三家義集疏)』는 〈삼가시(三家詩)〉의 일문(佚文)과 유설(遺說)들을 모아서 그 차례에 따라 각 편의 시문 뒤에 배열하고 해설을 더하여 〈삼가시(三家詩)〉 유설(遺說)들의 큰 성취를 모았다. 진교종(陳橋樅)의 『삼가시유설고(三家詩遺說考)』가 옛 서적들을 두루 찾아 상세히 고증을 더한 것에 이르러서는 역시 뒤에 오는 것이 그 위에 머문다고 할 만하다.

당시 한학과 송학, 고문파와 금문파의 논쟁을 초월하여 한 문파의 견해를 고수하지 않고 능히 독립적으로 『시경』의 본의를 탐구한 사람으로는 청(淸)나라 요제항(姚際恒, 1647~1715)의 『시경통론(詩經通論)』과 최술(崔述)의 『독풍우지(讀風偶識)』와 방옥윤(方玉潤, 1811~1883)의 『시경원시(詩經原始)』가 있다. 요제항은 「모시서(毛詩序)」를 따르지 않고 또한 『시집전(詩集傳)』도 부화뇌동하지 않고, 시의 본문에 나아가 시의 뜻을 탐구하며 전인들의 주소(注疏)를 두루 점검하고 사서(史書)를 고증하여 시의 본뜻에 부합하는 견해를 도출하였다. 최술의 저작은 「국풍(國風)」을 연구한 전문서로서 시 자체로 나아가 그 뜻을 구하며 각 편의 내용을 밝혔다. 방옥윤도 「서(序)」와 「전(傳)」을 돌아보지 않고 시의 본뜻으로부터 시의 원시(原始) 의미를 탐구하였다. 그들은 전통적인 「전(傳)」과 「소(疏)」에 속박되지 않고 근본을 궁구하고 원천을 거슬러 올라간 후에야 논지를 세웠으니 실질적인 정신을 갖추었다고 할 것이다.

5·4운동 이후 시경학의 발전은 크게 세 종류의 추세를 보였다. 첫째는, 주희의 방향을 따라 연구를 계속하는 것으로, 그 대표로는 고힐강(顧頡剛)과 장서당(張西堂)이다. 둘째는 금문(金文), 즉 청동기에 새겨진 고문자 연구를 통해 명물(名物)과 훈고(訓詁) 방면에서 깊이 있는 탐구

를 하였는데, 우성오(于省吾)와 임의광(林義光)이다. 셋째는 당시 중국이 중시하던 유물사관을 응용하여 사회발전의 각도에서, 그리고 아울러 명물훈고(名物訓詁)를 기초로 하여 연구를 진행했는데 그 대표는 곽말약(郭沫若)과 문일다(聞一多)이다.

8-2. 『시경』 연구의 새로운 방향들

『시경』의 새로운 해석(특히 고대 제의와 풍속에 관련한)에 대해서는 김학주(金學主) 교수도 그의 역서〔『신완역 시경(新完譯 詩經)』, 명문당(明文堂), 2002〕 해제(解題)에서 중요한 개략을 밝히고 있는데, 우리 학술계의 발전적인 측면을 강조해서 말하자면 이 점에 역점을 두어 확장 연구하는 것이 필요할 것이다. 그러나 출판계의 입장에서 『시경』의 시를 출판한다고 하면 특별한 소개류의 책자를 제외하고는 반드시 완역본이어야 한다는 경향이 크다. 다른 사정이 있을 수도 있겠지만 딴은 『시경』과 관련한 출판 저작물로서 뭔가 새롭거나 다양하게 활용할 만한 기획이 가능했겠는가. 경전이 아닌가. 경전을 이리저리 꿰맞추고 예전과는 전혀 다르게 해설하는 것이 가능하겠는가. 언감생심 어찌 유교(儒教)의 가장 중요한 경전의 하나인 『시경』을 이상한 쪽으로 몰고 가려는 마음을 품을 수 있겠는가. 필자가 겪은 아래의 예도 『시경』에 대한 전통적 관점에의 자연스런 수용 내지 묵수(墨守)를 반영하는 것일 게다. 동양 고전과 유교에 관심 있는 일반인들의 『시경』에 대한 인식도 대개 이와 다르지 않은 것 같다.

약 8년 전이었다. 숭유숭조(崇儒崇祖) 의식이 강한 경북 영주로 갓 내려왔을 때였다. 퇴임한 두 어른이 필자의 연구실을 방문했다. 한시를 즐겨 쓰면서 지역 사회 활동을 정력적으로 하시는 분들로 필자의 스승과 거의 동년배이다. 차를 마시며 한담하다가 최근 어느 시회(詩會)에서의 시제(詩題)가 '수신제가(修身齊家)'라고 하면서 작품 한 편을 내놓고 어떤가를 물으신다. 『서경·요전(書經·堯典)』과 『시경·대아(詩經·大雅)』 구절의 인용에 대한 얘기를 하는 어느 결에 공자(孔子)에 대한 언급이 나왔다. 그 대화의 과정을 자세히 기억할 수는 없지만 요지는 대개 이렇다.

"전번에 안동에 있는 국학진흥원(國學振興院)에 갔더니 딱 정문에 공자상(孔子像)이 있는데 사람 크기의 세 배나 되는 것 같더라고. 그리고 그 옆에 우리나라 선현들의 사진이나 그런 것들은 조그마하고…… 그래도 국학진흥원인데 그래도 되는지 모르겠네."

"공자님이야 성인(聖人)이 아닌가. 세계 3대 성인이라고. 절에도 부처를 중앙에 크게 모시고, 교회에도 중앙 높이 예수 십자가상이 걸려 있지 않은가. 성인을 그렇게 모시는 것은 당연하지. 성인은 국적이 문제되지 아니하잖소. 부처나 예수가 한국 사람 아닌데도 그렇게 불교나 기독교 신도도 많은데……."

'국학(國學)'을 진흥하고자 하는데 왜 공자상만을 그렇게 강조했느냐 국학이 유학뿐이냐, 라는 제기일 수 있고, 우리의 국학이 특히 안동(安東)이 강조하는 국학이란 당연히 유교이며 공자는 유교의 종사(宗師)일

뿐 아니라 세계 3대 성인의 한 분이기 때문에 그렇게 모시는 것도 당연하다는 취지의 반론이다.

중국이 서양의 침략에 대응하며 극도의 변화가 요구되던 시절 대개 문학혁명(1917)에서 5·4운동(1919)에 이르기까지 '타도공가점(打倒孔家店: 공자를 타도하자. 공자가 운영하는 가게를 부수자)'이라 하여 비공(批孔: 공자 비판)한 이후 중국에서 공맹(孔孟)의 사상을 강조하는 일이 일단 사라졌을 때에도 한국에서는 비록 그 역사적 과정에서 많은 변동이 있었지만 유교의 정신으로 독립운동도 하고 충효(忠孝)를 내세워 가정과 사회의 구심점을 잡으며 경제 발전을 외치고 물질문명을 강화하면서 가끔 잠시 내려놓기도 했지만 전통 유학의 끈을 놓지 않았고 그것이 곧 미풍양속(美風良俗)임을 강조하며 그 전통을 유지해 온 것을 내심 자랑해 왔다. 극심한 시대의 변화에 따라 중국에서는 유교에 대한 인식이 다양하게 또는 극단적으로 변해 왔는데 한국에서는 소중화(小中華)를 자처하며 유교의 제례와 생활 방식을 잘 고수해 왔다. 이제 경제가 발전하고 사회가 다양해지면서 많은 문제들이 발생하자 인성 교육 강화의 필요성에 부응하여 이른바 유교적 '선비 정신'의 변용과 적용을 위한 방안이 전국적으로 요청되고 있다.

대화의 후반에 그분들이 지금은 어떤 연구를 하고 있느냐고 나에게 물었다. 『시경』을 부분적으로 연구하며 새롭게 번역하고 있다고 대답하였다. 그런데 그분들의 반응은 예상 밖이었다.

"『시경』을 새로 번역한다고? 주희(朱熹)의 『시집전(詩集傳)』도 이미 번역되어 있지 않나?"

사람들의 말에는 배경과 내면이 있다. 우리는 서로 그 공통 부분을 공유하며 공감할 뿐 깊은 속내는 다 알 수 없겠지만 이미 『시경』 관련 번역서가 다수 있고 또한 주희의 『시집전』까지 옹골차게 번역되어 있는 마당에 또 무슨 번역이냐, 라는 의아함의 표현이었을 것이다. 물론 『시경』을 연구하는 학자가 아니니 성경(聖經)처럼 '오직 하나뿐인 시경학(詩經學)'을 주장한들 잘못된 것은 아니다. 우리에게는 『시경』의 변화를 알리고 강조할 필요나 그럴 여유가 없었을 것이다. 어쩌면 그런 변화에 아예 관심이 없었을 것이며, 또한 그것을 담당할 사람도 없었을 것이다. 그 시절 우리는 일본의 식민 지배 아래에 있었고 또한 혼란과 전란의 소용돌이를 겪었기 때문이다. 『시경』 강의나 선독(選讀) 등은 있어도 한국에서의 『시경』 연구는 경전 연구와 단편적 문학적 해석 연구 외에 별다른 것이 없었다는 생각이 든다. 그래서 관련 연구 학자도 그리 많지 않다.

필자가 이 『시경』 재번역 작업을 시작하면서 이런 부분에 대한 기본 틀을 제시해 보았다.

1. 문화인류학, 민족학, 민속학, 원시종교 등에 의한 새로운 접근.
2. 고대 언어 또는 신화적 언어에 의한 인식 영역의 확대. 그중 중국의 언어 특징의 하나인 음근의통(音近義通) 또는 가차(假借), 주변 소수민족 언어와의 연계.

그리고 다소 엉뚱한 생각도 했다. 중국에서는 이미 고대 원시종교와 결부시킨 『시경』 연구의 업적이 적지 않다. 이를 맹목적으로 수용할 때의 오류나 부담은 없는가 하는 것이었다. 고대 원시종교에 의한 접근이라고 할 때, 가끔은 중국의 문화 전통 또는 영역의 확대를 꾀하려는 그 획책에 무의식적으로 동조하고 있는 것은 아닐까 하는 의구심이나 두려움이 없는 것은 아니다. 예를 들면, 즉 은상(殷商)의 존재는 이미 증명되었고 이제 하(夏)나라까지 실재했다는 것을 증명하기 위한 하상주공정(夏商周工程)이 있었으며, 우리와 직접 관련 있는 동북공정(東北工程) 등이 있었다. 그리고 더 나아가 세계에서 역사와 문화 전통이 가장 오래된 국가의 하나라는 것을 강조하기 위해 원시종교 및 원시 제문화(諸文化)를 가지고 있다는 것을 내세우려는 일종의 중화주의(中華主義)의 발로이거나 그로부터 고대 주변국들에 대한 우선권 내지 기득권을 강조하기 위함은 아닐까 하는 것이다. 혹 그것이 역사적 사실이라면 부정할 수는 없는 것이지만 그 의도가 항상 진솔하거나 아름다운 것은 아니기 때문이다.

『시경』에 대한 관점은 시대에 따라 변해 왔다. 경전(經典)일지라도 시대가 바뀌면서 변한다는 말이기도 하다. 경전 해석에서 문학 해석으로, 다시 사회학적·문화인류학적 해석으로 그 접근 방법과 연구 영역이 확대되고 다양화되었다. 이에는 역시 고문자(古文字), 즉 갑골문(甲骨文)과 금문(金文)을 통한 자의(字意)의 훈고가 함께 따른다.

『시경』을 중국의 전통적인 방법과 다른 완전히 새로운 각도에서 읽고 해석한 최초의 업적은 서양에서 나왔다. 프랑스 사람 마르셀 그라네(Marcel Granet, 1884~1940)의 『중국의 고대 축제와 가요(*Fêtes et chansons anciennes de la Chine*)』는 사회학과 민속학을 운용하여 「국풍(國風)」의 여러 작품들이 중국 고대의 축제와 가무(歌舞)와 구애(求愛)와 노동 생활 등과 깊은 연관이 있음을 논증하고 마치 중국 고대의 풍속화를 보듯이 작품들을 해석하였다. 그는 말하기를 "나는 단순한 문학적 설명에서 나아가, 상징적 해석을 넘어서 가요의 원래 의미를 탐구할 수 있다는 것을 보여주고자 한다"고 하였다. 중국 전통의 전주(傳注) 방식에서 가용(可用)한 해석을 흡수하고 중국 서남 지역 소수민족과 인도차이나 반도의 가요를 「국풍」과 비교 연구하여 고대 중국의 사회 구조와 종교 신앙과 생활 습속을 검토한 것이다. 즉 『시경』 중에서 특히 「국풍」 작품들의 대부분은 고대의 농민들이 전원적(田園的)인 계절 축제(季節祝祭)를 지낼 때 젊은 남녀들이 그 자리에서 주고받은 즉흥적인 연가(戀歌) 또는 민요(民謠)라는 입장이었다.

이 책은 1919년에 프랑스에서 출판되어 1932년 영국과 미국에서 동시에 영문판으로 출판되었는데 그 이론과 방법은 매우 큰 영향을 끼쳤다. 문학뿐 아니라 사회학·민속학·민족학·신화학 등 종합적 연구의 성격을 띠고 있어서 훗날 성행한 문화인류학적 『시경』 연구의 단초를 열게 되었다. 일본에서는 1938년에 번역되었고, 그의 다른 저서 『중국인의 종교(*La religion des Chinois*)』(1922)가 1943년에, 그의 대표적인 저서 『중국 고대의 춤과 전설(*Danses et légendes de la Chine ancienne*)』(1926)은 1997년에 번역되었다고 한다.

중국에서는 마르셀 그라네의 『중국 고대의 춤과 전설』이 이황(李璜)

의 번역에 서명(書名)은 『중국 고대의 춤과 신비한 이야기(中國古代的跳舞與神秘的故事)』로 1933년에 출판되었으나, 정작 『중국 고대의 제례와 가요(中國古代的祭禮與歌謠)』는 한참 늦은 1989년 장명원(張銘遠)의 번역으로 출판되었다. 한국에서는 2005년에 와서야 동양철학 전공인 신하령·김태완 두 학자에 의해 번역 출판(『중국의 고대 축제와 가요』, 살림)되었다.

마르셀 그라네의 저서와 함께 문일다(聞一多)의 문학적·사회학적·언어학적 연구 방법론이 일본에 전해지면서 1950년대 이후 일본에서의 『시경』 연구는 매우 활발하였으며 지금도 이어지고 있다. 중국에서 문화인류학적 방법에다 다양한 학문적 이론과 방법을 종합적으로 응용하며 『시경』을 연구한 가장 탁월한 학자인 문일다(聞一多)가 마르셀 그라네의 저서들을 읽었을 가능성은 희박해 보이지만 자세히 검토해 봐야 할 것 같다. 그가 1922년 7월부터 1925년 5월 귀국하기까지 미국 시카고미술학원, 콜로라도 대학, 뉴욕예술학원 등을 거쳤지만 당시는 아직 마르셀 그라네의 책이 미국은 물론 일본에 번역되지 않았기 때문이다. 그러나 그라네의 다른 저서인 『중국 고대의 춤과 신비한 이야기(中國古代的跳舞與神秘的故事)』가 1933년에 번역 출판되었고, 이 책을 문일다가 읽었을 가능성은 적지 않다. 그러나 1946년 타계하기까지 그 정치 사회적 혼란 시기에 신화와 토템과 제례 의식과 원시 가요를 연구하고 원시종교 관념과 고대 습속을 검토하여 중국의 신화와 전설·시경·초사(楚辭) 속의 원시 이미지 혹은 원형(原型)의 은유적(隱喩的) 의미를 설명하고자 한 것 등은 마르셀 그라네의 연구 범주를 이미 넘어서고 있음을 보면 읽었다 해도 아마도 그 연구 방법론에서 자극과 계발(啓發)과 영감을 받았을 것으로 추정된다.

이 연구 방법론은 일본에서 매우 활성화되어 아카츠카 기요시(赤塚忠), 마츠모토 이와네(松元雅明), 시라카와 시즈카(白川靜), 메가다 마코토(目加田誠), 이노이 마코토(家井眞) 등에 영향을 주어 『시경』 시의 기원(起源) 문제에 대한 연구에 큰 진전을 보게 하였다. 그들은 대개 두 민족의 종교 관념과 민속의 공통점에서 추론하여 일본의 고대 신화와 가요를 『시경』과 비교하였다. 그리고 새〔조(鳥)〕의 원시 관념을 신령의 강림으로 보고, 시경의 중요한 개념의 하나인 「흥(興)」이 주술(呪術)에서 생겨났다고 주장하기도 했다. 그리고 시라카와 시즈카(白川靜)는 더 나아가 민속학과 금문(金文)을 이용하여 일본에서 가장 오래된 시가집으로 나라(奈良) 시대 말기에 편찬된 『만엽집(萬葉集)』과 비교하면서 『시경』을 풀어나갔다. 그는 『시경』의 시편들은 개인의 서정시가 아니라 옛날의 종교 관념과 예속(禮俗)의 재현(再現)이라고 주장했다. 그들의 연구는 중국에서도 인정할 만큼 체계적이고 설득력이 있었다. 그들의 저서들은 중국어로 번역되어 중국 본토에서 출판되어 있다.

마르셀 그라네에 대해서 중국에서는 중국 고문헌에 대한 기초 지식의 부족과 지나친 추단(推斷)이라는 평가가 있었지만 큰 반향을 일으켰다. 이후 많은 학자들이 그와 문일다의 연구 방법을 참고하여 『시경』 연구에 많은 변화를 가져왔다. 이에 대해서는 중국시경학회(中國詩經學會) 및 국제시경학회(國際詩經學會) 회장을 지낸 하전재(夏傳才) 선생의 논고〔「20세기 시경 연구의 발전(20世紀詩經硏究的發展)」, 「국외 시경 연구 신방법론의 득실(國外詩經硏究新方法論的得失)」, 『사무사재시경논고(思無邪齋詩經論稿)』, 2000)를 참고한다.

그러나 그라네와 문일다의 학술이 알려지기 이전인 5·4신문화운동 시기에 『시경』에 관한 혁신적인 주장들이 있었다. 아직 체계적인 연구 방법론이 갖추어지지는 못했고 구체적이고 전체적으로 연구가 진행되지 않았지만 그 주장은 분명했다. 1923년 1월 『국학계간(國學季刊)』의 발간사에서 호적(胡適)은 신문화운동이 국학을 정리함에 있어서의 새로운 견해가 필요함을 천명했다. 즉 역사 진화의 관점과 과학적인 방법으로 정확하게 고증하여 체계적인 연구와 정리를 진행하여 그 본래 면목을 회복해야 한다는 것이다. 그리고 『시경』에 관해서는 「시경을 말한다(談談詩經)」란 글에서 "『시경』은 결코 성경(聖經)이 아니라 확실히 고대 가요의 총집이다. 사회사와 문화사의 재료가 될 수 있지만 결코 신성한 경전이라고 말할 수 없다"라고 주장했다. 다양한 부분에 걸쳐 논쟁과 토론과 연구가 진행되어 그 내용을 일일이 소개할 수 없다.

이후 1920~1940년대에 걸쳐 반시서운동(反詩序運動), 곽말약(郭沫若) 등에 의한 새로운 해석들이 흥기하고, 고힐강(顧頡剛)을 중심으로 한 고사변파(古史辨派)들이 『시경』 관련 논문들을 묶어서 출판하며 언어학과 사학(史學) 방면에서의 연구도 활발하였으나, 1950년대의 좌파(左派) 사조(思潮)와 정치투쟁이 결합하면서 이후 문화대혁명(文化大革命: 1966~1976)까지 대부분의 학자들은 큰 움직임 없이 자신들의 연구 과제를 지속해 나갔다. 그리고 『시경』 관련 고적(古籍)들을 계획적으로 정리하고 현대 시경학(詩經學)의 명저들을 재출판하며 보급에도 힘썼다. 1990년대 들어와서 『시경』의 각 방면에서 전문적 연구가 심화되어 전통적인 논점들에 대한 해석은 물론 민속과 예악과 인문정신 및 언어학·문화학·고고학·역사학 등 서로 다른 각도에서 상당한 발전을 하였다. 이 부분은 가히 백가쟁명(百家爭鳴)의 형국이라 할 수 있으며 일일이 언급하기가 어렵다.

Ⅰ. 국풍(國風)

제1 주남(周南)

주남(周南)이 어느 곳을 가리키는가에 대하여는 예부터 이견이 많았다. 구설(舊說)에 따르면 '주(周)'는 나라 이름으로 주나라 문왕(文王)의 할아버지 태왕(太王), 곧 고공단보(古公亶父)가 도읍했던 땅으로 기산(岐山)의 남쪽(지금의 섬서성 기산현 부근)에 있었다.

태왕의 아들 계력(季歷)을 거쳐 문왕에 이르러 도읍을 다시 풍(豐) 땅으로 옮기고(BC 1136년 무렵) 옛 기주(岐周)의 땅을 나누어 주공(周公) 단(旦)과 소공(召公) 석(奭)의 채읍〔采邑: 식봉(食封), 식읍(食邑). 고대 중국에서, 왕족, 공신, 대신들에게 공로에 대한 특별 보상으로 준 영지(領地)〕으로 하였다.

'남(南)'은 남쪽에까지 주공이나 소공의 덕화(德化)가 행하여졌다는 뜻에서, 이를 '주남(周南)'과 '소남(召南)'으로 각각 구별하였다는 것이다〔후한(後漢) 정현(鄭玄, 127~200), 『모시전전(毛詩傳箋)』. 이하 약칭 『정전(鄭箋)』〕.

이것은 아무래도 글자의 뜻을 따라 억지로 그럴싸한 해석을 한 것인 듯하다. 그래서 주희(朱熹)는 "주공으로 하여금 국내에서 정치를 하게 하고, 소공에게는 제후들을 다스리게 하여 덕화가 크게 이루어졌다. 주공이 주나라에서 모은 시에 남쪽 나라의 시가 섞여 있어 이를 「주남(周南)」이라 하고, 소공이 남쪽 여러 나라들에서 모은 시를 「소남(召南)」이라 하였다"고 풀이하였다〔남송(南宋) 주희(朱熹, 1130~1200), 『시집전(詩集傳)』. 이하 약칭 『집전(集傳)』〕.

그러나 「주남」의 「여분(汝墳)」 시를 보면 "왕실이 불타는 듯하다(王室如燬)"는 구절이 있고, 「소남」의 「하피농의(何彼襛矣)」 시를 보면 "평왕지손(平王之孫)"이란 구절이 있다. 이들은 분명히 「주남」이나 「소남」의 시들이 서주(西周) 말년 나라가 어지러울 때이거나 동주(東周) 초에 지어진 시임을 말해 주는 것이다. 구설(舊說)이 틀렸음이 분명하다. 근래의 중국 역사학자 부사년(傅斯年, 1896~1950)은 '남(南)'은 '남쪽'으로 나라를 뜻하며, '주남'은 주(周) 왕조가 직할(直轄)하던 땅의 남쪽에 위치한 나라들을 가리킨다고 하였다.

「주남」의 시들을 보면 「한광(漢廣)」, 「여분(汝墳)」 시가 있고, 「관저(關雎)」에는 "재하지주(在河之洲)"란 구절이 있으니, 주남 땅은 대략 북쪽은 황하로부터 남쪽은 여수(汝水)와 한수(漢水)에 이르는 지금의 하남성 황하 이남의 서쪽 땅임을 알 수 있다. 그래서 「주남」의 시 열한 편은 모두 '주남' 땅의 노래이며, 그 음악은 남쪽 나라의 악조(樂調)였던 것이다.

1. 관저(關雎)　물수리

關關雎鳩[1]는
관 관 저 구
在河之洲[2]로다
재 하 지 주
窈窕淑女[3]는
요 조 숙 녀
君子好逑[4]로다
군 자 호 구

구욱구욱 물수리는
강섬에서 울고
아리따운 아가씨는
사나이의 좋은 짝

參差荇菜[5]를
참 치 행 채

올망졸망 마름풀을

---

1 관관저구(關關雎鳩): 관관(關關)은 물수리의 울음소리를 적은 의성어(擬聲語). 중국식 발음으로는 '꾸안-꽌(guan guan)'이지만 그 정확한 소리를 알 수 없어 '구욱구욱'이라 표기한다. 저구(雎鳩)는 왕저(王雎)라고도 하며〔정현, 『정전(鄭箋)』〕, 조(雕: 수리)라고도 하는데, 여러 설들을 종합하면 대체로 수리 종류로서 물고기를 잡아먹는 새인데〔어응(魚鷹)〕, '물수리'로 칭하기로 한다〔당(唐)나라 공영달(孔穎達, 574~648), 『모시정의(毛詩正義)』. 이하 약칭 『정의(正義)』〕. 대체로 맹금류(猛禽類)이다. 보충 내용은 [해설] 참조.

2 재하지주(在河之洲): 하(河)는 황하(黃河). 옛날에는 '하(河)'가 황하를 뜻하는 고유명사라고 하였다. 또는 북방에 흐르는 강물의 통칭이라고 하였다〔주희, 『집전(集傳)』〕. 그러나 「국풍(國風)」의 「주남」에 속하는 작품으로 이른바 남국(南國)의 노래인데, 그 배경이 중원 지역을 흐르는 황하일 리는 없다고도 주장한다. [해설] 참조. 주(洲)는 강물 속의 섬. 또는 모래톱.

3 요조숙녀(窈窕淑女): 요조(窈窕)는 교양이 있고 아리따운 모습〔청(淸)나라 마서진(馬瑞辰, 1782~1853), 『모시전전통석(毛詩傳箋通釋)』. 이하 약칭 『통석(通釋)』〕. 숙(淑)은 선(善)과 통하며〔전국(戰國)시대 모형(毛亨), 『모시고훈전(毛詩故訓傳)』. 이하 약칭 『모전(毛傳)』〕, 숙녀(淑女)는 곧고 훌륭한 여자를 말한다〔『정전(鄭箋)』〕.

4 군자호구(君子好逑): 군자(君子)는 『시경(詩經)』에서는 대체로 높은 벼슬자리에 있는 사람을 가리킨다. 부인들은 자기의 남편을 군자라 부르기도 하였다. 덕망(德望)이 있는 사람의 뜻으로는 후세(춘추시대 이후)에 쓰이게 되었다. 소인(小人)도 본래는 평민의 뜻이었다. 구(逑)는 짝, 배필.

5 참치행채(參差荇菜): 참치(參差)는 가지런하지 못하고 들쭉날쭉한 모양. 행채(荇菜)는 마름풀. 물속에서 자라며 먹을 수 있다.

左右流之[6]로다
좌 우 류 지
이리저리 찾고

窈窕淑女를
요 조 숙 녀
아리따운 아가씨를

寤寐求之[7]로다
오 매 구 지
자나 깨나 그린다

求之不得이라
구 지 부 득
그리워도 만나지 못해

寤寐思服[8]하여
오 매 사 복
자나 깨나 이 생각

悠哉悠哉[9]라
유 재 유 재
아아, 끝없는 그리움에

輾轉反側[10]하노라
전 전 반 측
이리 뒤척 저리 뒤척

參差荇菜를
참 치 행 채
올망졸망 마름풀을

左右采之[11]로다
좌 우 채 지
이리저리 캐고

窈窕淑女를
요 조 숙 녀
아리따운 아가씨를

琴瑟友之[12]로다
금 슬 우 지
거문고를 타며 친한다

參差荇菜를
참 치 행 채
올망졸망 마름풀을

---

6 좌우류지(左右流之): 좌우(左右)는 이리저리, 여기저기. 류(流)는 구(求)자와 통하여 좋은 마름풀을 따려고 물속에서 찾아다니는 것. 지(之)는 조사.

7 오매(寤寐): 오(寤)는 잠에서 깨는 것. 매(寐)는 잠자는 것. 오매(寤寐)는 자나 깨나.

8 사복(思服): 사(思)는 실제적인 의미가 없는 조사. 복(服)은 생각하다. 사복(思服)은 생각하는 것.

9 유재(悠哉): 생각이 끊임없이 자꾸 나는 것.

10 전전반측(輾轉反側): 전전(輾轉)은 누워서 이리 뒹굴 저리 뒹굴 하는 것. 반측(反側)은 반복(反覆). 곧 이리 뒤척 저리 뒤척 하는 것.

11 채(采): 채취(採取)의 뜻.

12 금슬우지(琴瑟友之): 금(琴)은 중국의 옛 현악기로서 5현(絃) 또는 7현(絃). 슬(瑟)은 25현으로 된 중국의 옛 현악기. 금(琴)과 슬(瑟)은 중국의 대표적인 현악기로서, 이러한 악기를 연주하면서 아리따운 아가씨와 잘 살아 보고 싶다는 뜻이다. 금슬 좋게 지낸다는 말은 여기에서 생긴 말이다. 우(友)는 친애(親愛)의 뜻〔『집전(集傳)』〕. 또는 우애(友愛).

左右芼之[13]로다 (좌우모지)	이리저리 고르고
窈窕淑女를 (요조숙녀)	아리따운 아가씨를
鐘鼓樂之[14]로다 (종고락지)	종 치고 북 치며 즐긴다

◈ 해설

이 시는 『시경(詩經)』의 첫 번째 작품이라는 상징성만으로도 역대 수많은 학자들로부터 중시되어 왔고 기실 『시경』의 얼굴과도 같은 가장 유명한 작품이기도 하다〔고대사회에서는 오륜(五倫)의 시작을 부부(夫婦)로 보았다. 즉 부부는 사회구조의 기점(起點)이다. 따지고 보면 이는 현대사회도 거의 마찬가지이다. 그런 후에야 부자(父子)·형제(兄弟)·군신(君臣)·붕우(朋友)에 미쳐서 전체 사회로 나아간다. 그래서 공자(孔子)가 시를 논할 때 이 「관저(關雎)」를 시작으로 삼았다. 그래서 부부에 관한 이 한 편의 연가(戀歌)가 첫 머리에 배치된 것으로 본다〕. 그러나 「관저(關雎)」 시에 대해서 중국을 비롯한 고금동서의 학자들이 서로 다른 견해를 가지고 있으며 그 갈래가 매우 많아 생각보다 고려해야 할 것도 많다. 결코 이해하기 어려운 시는 아니지만 그리 간단하지만은 않다. 다양한 각도에서 다양한 의견들이 제기되었으나 그 대표적인 견해들 몇 가지를 간단히 소개한다.

1. 주제에 관한 문제

첫째, 「모시서(毛詩序)」에서는 "후비의 덕을 노래한 것"이라 보았다. 그리고 "풍화(風化)·풍교(風敎)의 시작이니 천하를 풍교(바람이 불면 풀이 눕듯이 그렇게 교

---

13 모(芼): 좋은 마름풀을 따려고 가려내는 것.

14 종고(鐘鼓): 청말(淸末) 민국(民國) 초 왕국유(王國維, 1877~1927)의 고증에 의하면, 옛날 음악에서 종(鐘)과 북〔고(鼓)〕을 모두 쓴 것은 천자(天子)와 제후들이고 사대부들은 북만을 사용했다고 한다〔왕국유, 『관당집림(觀堂集林)』〕. 이에 의하면 「관저」 시의 작자는 평민이 아니라 왕족이었다고 할 수 있다.

화함, 또는 풍속으로 교화함)하여 부부의 관계를 바로잡는 것"이라고 하였다. 더 구체적으로 말하여 "숙녀를 얻어 군자와 짝하게 함을 즐거워하고, 현자를 등용함을 걱정하여 여색에 빠지지 아니하여 요조숙녀를 애석해하고 현재(賢才)를 생각하여 선(善)을 상하려는 마음이 없으니 이것이 「관저」의 의의이다"라고 하였다. 당(唐)나라 유학자 공영달(孔穎達)은 더 나아가 "후비가 현명하고 착한 여자를 얻어 이를 자신의 남편에게 짝지어 줌을 즐거워하는 것"이라 하였는데, 이 설은 대개 동한(東漢)에서 당대(唐代)까지 그 영향력이 지대하였으나 이후 점차 약화되었고 현대에 와서 이를 취하는 학자는 거의 없다. 그리고 이 설을 확대하여 인의예지신(仁義禮智信)을 갖춘 현자를 구하는 것으로 비유하기도 하고, 〈삼가시(三家詩)〉에서는 부부를 인도(人道)의 대륜(大倫)으로 보고 이 작품에 "정부부(正夫婦)", 곧 부부의 관계를 바로 한다는 풍간(諷諫) 작용이 있음을 강조하였다.

둘째, 결혼을 축하하는 축혼가(祝婚歌)로 본다. 『시집전(詩集傳)』에서는 "주나라 문왕이 날 때부터 성덕(聖德)이 있었는데, 또 성녀(聖女) 사씨(姒氏)를 배필로 맞았으니 궁중의 사람들이 그녀가 처음으로 옴에 유한정정(幽閑貞靜)한 덕을 보고 이 시를 지었다"고 하였다. 송(宋)·명(明) 시대의 학자들이 이를 많이 따랐다. 이후 세자가 비를 처음으로 맞이함을 찬미한 것〔청(淸)나라 요제항(姚際恒, 1647~1715), 『시경통론(詩經通論)』〕, 남국의 제후나 그 아들의 혼인을 축하하는 축혼가〔굴만리(屈萬里)〕, 군자가 좋은 배필을 구하는 데 타인이 그 애락(哀樂)의 감정을 대신 읊은 것〔최술(崔述)〕, 후비의 덕과는 관계없이 구애(求愛)와 결혼을 읊은 것〔베른하르드 칼그렌(Bernhard Karlgren: 1889~1978, 중국명 高本漢, 스웨덴의 중국학자·언어학자)〕 등으로 보았다. 또는 처음에는 연가(戀歌)로서 민가(民歌)였으나 그 후 넓게 퍼지면서 태사의 윤색을 거쳐 일반적으로 통용되는 축혼가로 되었다는 설도 있다. 그런데 세계의 많은 오래된 민족이나 나라들의 민가에 축혼가 또는 결혼의 노래가 많은데 이들은 대체로 여인의 결혼에 관한 것이며 그 내용의 공통점은 신부의 아름다움을 찬양한 것이다. 「관저」를 이런 관점으로 보면, 신부의 아름다움과 선량 정숙함을 찬미한 것으로 그녀는 미(美)와 선(善)의 화신이며 군자들의 이상적인 배필인 셈이다. 그리고 제2장 후반부 네 구에서 군자가 그리움으로 잠 못 이룸을 묘사한 것은 오히려 숙녀의 아름다움 때문이며 또한 그것은 아름다움을 드러내는 훌륭한 수사법으로 본다. 그래서 이 시는 숙녀가 지은 것도 아니고 군자가 지은 것도 아니며, 결혼 들러리 친구들 또는 악대(樂隊)의 가수들이 부른 것으로 볼 수 있다. 이럴 경우 제3장은 결혼 들러리들이 신랑에게 미모와 덕을 겸비한 신부를 맞으려면 마땅히 어찌해야 하는지를 호의적이고도 간절하게 일러 주는 것으로 볼 수도 있다.

셋째, 이 시의 배경을 고려하지 않고 본문 그대로 읽을 때의 느낌을 강조한다면 이 시는 연시(戀詩)이며 좀 더 구체적으로 말하면 구애시(求愛詩)이다. 그러나 미세한 부분에 대해서는 학자들의 견해가 일치하지 않는다. 청대(淸代)의 진계원(陳啓源)은 미혼 남자인 군자가 숙녀와 결혼하기를 희구하는 것으로 실제로는 아직 결혼하지 않았으며 "금슬우지(琴瑟友之)", "종고락지(鐘鼓樂之)" 하는 것은 장래의 일을 상상한 것〔청나라 진계원(陳啓源, 생졸년 미상), 『모시계고편(毛詩稽古篇)』〕이라 하였다. 문일다(聞一多, 1899~1946)는 다른 각도에서 보았는데 "여자가 강가에서 마름풀을 따는데 군자가 그것을 보고 좋아하게 된 것"이라 하였고, 여관영(余冠英, 1906~1995)은 이 둘을 결합시켰다〔여관영, 『시경선(詩經選)』〕. 그리고 이 시를 계급상의 문제로도 보아 민간의 연시 또는 귀족의 연시로 나누어 보기도 하였다. 어쨌든 현재 가장 유행하는 해석이다.

2. 저구(雎鳩)에 대한 해설들

『시경』의 기교나 수사법인 부(賦)·비(比)·흥(興) 중 가장 시적(詩的)인 맛을 느끼게 하는 것은 '흥(興)'인데, 특히 이 「관저」 시의 제1장을 예로 들어 설명한다.

① 물새로서 맹금류이며 암수가 정이 두터우면서도 분별이 있으므로 군자와 숙녀 사이의 연정(戀情)을 비유했다. 대개 물고기를 먹는 새매류인 '물수리'로 칭한다.

② 시구(鳲鳩), 즉 '뻐꾸기'〔문일다(聞一多), 『시경통의·주남(詩經通義·周南)』〕.

③ 저구가 물고기를 잡는 것으로 남자가 여자를 구하는 상징으로 본다. 명대(明代)의 고계(高啓)가 지은 시 「노안도(蘆雁圖)」로 증명한다. 이때 저구는 '기러

기'이며 혼인의 의미가 있다〔"西風吹折荻花枝, 好鳥飛來羽翮垂, 沙闊水寒魚不見, 滿身風露立多時", 원매(袁梅), 『시경역주(詩經譯注)』〕.

④ 기러기는 조류 중에 정이 두터운 전형으로, 짝을 잃으면 다른 짝을 찾지 않는다. 신혼에 한 쌍의 기러기를 준비하는 것도 이런 이유라는 것. 그리고 새들의 우는 소리를 살펴보면 '관관(關關)'이란 소리는 확실히 주둥이가 납작한 오리류가 내는 소리에 가깝다는 것 등의 이유로 기러기라고 주장한다〔낙빈기(駱賓基, 1917~1994), 『시경신해여고사신론(詩經新解與古史新論)』〕.

⑤ 남자가 혼인하려고 하는 시이다. 관건은 '저구(雎鳩)'의 해석에 있으며, 더욱이 '저(雎)' 자에 있다. 저(雎)는 '從且從隹'로 '추(隹)'는 옛 '조(鳥)' 자이며, '且〔차, 또는 조(祖)의 본자〕'는 남성 성기관의 형상이다. 그래서 모든 수컷으로 인식된다. 사람으로서 수컷은 '祖', 말의 수컷은 '駔(장: 준마, 양마)', 새의 수컷은 '雎'이다. 저구(雎鳩)는 수컷 '구조(鳩鳥)'이며, 전체 시는 수컷 구조가 짝을 찾아 꾸완-꽌 우는 것으로 남자가 숙녀를 그리는 연상을 불러일으킨 것이다〔주몽(周蒙), 『시경민속문화론(詩經民俗文化論)』〕.

3. 분장(分章)과 탈간(脫簡) 문제

『모전(毛傳)』에서는 이 시를 '4-8-8' 구로 보고 3장으로 나눈다. 동한〔東漢: 후한(後漢)〕의 정현(鄭玄)은 5장으로 나누고 각 장을 네 구씩으로 나누었다. 유월(兪樾)과 김계화(金啓華)는 4-8-4-4의 4장으로 나눈다. 이미 전해 오는 그대로 그에 따라서 형식과 내용을 분석해야 하지만, 『시경』 특히 「국풍(國風)」 중에 형식면에서 일탈한 것으로 보이는 작품들이 적지 않다. 일반적으로 『시경』의 장법(章法) 규칙으로는 각 장의 구수(句數)는 동일해야 한다. 노래 부르고 연주되었던 것이기 때문이다. 그런데 공자(孔子)가 시삼백(詩三百)을 전수하기 시작하고 3백여 년 동안 사인(私人)들이 전수하는 동안 진(秦)나라의 분서갱유(焚書坑儒)를 거치게 되었고, 착간〔錯簡: 책장(冊張)이나 편(篇), 장(章) 따위의 차례가 잘못됨. 또는 그런 책장이나 편, 장〕·탈간〔脫簡: 책 속에 편이나 장이 빠지거나 낙장(落張) 따위가 있는 일. 고서를 간독(簡牘: 죽간과 목독)에 새겨 철한 데서 나온 말〕·

전초(傳抄: 여러 사람을 거쳐 베껴 씀) 등의 오류를 면할 수 없었다는 것이다. 106편의 「국풍(國風)」 속에 장구(章句)가 가지런하지 못한 것은 모두 9편인데, 이것들은 모두 위와 같은 이유에서 야기된 것으로 믿는다. 그래서 「관저」의 원래의 형태도 3장(章)에 각 장 8구(句)가 되어야 한다고 주장하는데, 일리가 없지 않다. 「주남·한광(漢廣)」과 비교해 보면 다음과 같다. 이렇게 보면 「관저」 제3장의 첫 4구가 탈간되어 없어졌다는 것이다〔적상군(翟相君), 『시경신해(詩經新解)』, 1993〕.

南有喬木, 不可休思, 漢有游女, 不可求思. 漢之廣矣, 不可泳思, 江之永矣, 不可方思.
翹翹錯薪, 言刈其楚, 之子于歸, 言秣其馬. 漢之廣矣, 不可泳思, 江之永矣, 不可方思.
翹翹錯薪, 言刈其蔞, 之子于歸, 言秣其駒. 漢之廣矣, 不可泳思, 江之永矣, 不可方思.

關關雎鳩, 在河之洲, 窈窕淑女, 君子好逑. 參差荇菜, 左右流之, 窈窕淑女, 寤寐求之.
求之不得, 寤寐思服, 悠哉悠哉, 輾轉反側. 參差荇菜, 左右采之, 窈窕淑女, 琴瑟友之.
.... 參差荇菜, 左右芼之, 窈窕淑女, 鐘鼓樂之.

그 외 탈간을 주장한 학자들이 적지 않다. 남송(南宋)의 왕질(王質)과 왕백(王柏), 손작운(孫作雲, 1912~1978)·적상군(翟相君) 등이 있다.

2. 갈담(葛覃) 칡덩굴 뻗어

葛之覃兮[15]여 (갈 지 담 혜)

칡덩굴 길게 자라

---

15 갈지담혜(葛之覃兮): 갈(葛)은 칡 또는 칡덩굴. 담(覃)은 뻗다. 혜(兮)는 어조사.

施于中谷[16]하여
이 우 중 곡
산골짜기에 뻗으니

維葉萋萋[17]로다
유 엽 처 처
그 잎사귀 무성하네

黃鳥于飛[18]하여
황 조 우 비
곤줄박이 날아다니다가

集于灌木[19]하여
집 우 관 목
떨기나무 위에 모여 앉아

其鳴喈喈[20]러라
기 명 개 개
짹짹 지저귀네

葛之覃兮여
갈 지 담 혜
칡덩굴 길게 자라

施于中谷하여
이 우 중 곡
산골짜기에 뻗으니

維葉莫莫[21]이로다
유 엽 막 막
그 잎사귀 빽빽하네

是刈是濩[22]하여
시 예 시 확
잘라다가 쪄내어

---

16 이우중곡(施于中谷): 통상적으로 '시'로 읽히는 '施'는 '길게 뻗다', '옮겨 가다'는 뜻으로 풀 때는 '이'로 읽는다. 이(移) 또는 타(拖)와 통함. 중곡(中谷)은 곡중(谷中)의 도치.

17 유엽처처(維葉萋萋): 유(維)는 발어사(發語詞)로 별 뜻이 없음. 처처(萋萋)는 풀이 무성한 모양.

18 황조(黃鳥): 노란색의 작은 새. 보통 황리(黃鸝) 또는 황앵(黃鶯), 창경(倉庚, 鶬鶊)이라 하여 꾀꼬리로 보았다. 그러나 꾀꼬리가 몸빛이 화려하고 나무에 살며 절대로 땅에 앉지 않고 곤충이나 과일을 주식으로 삼는 것과는 달리 황조는 곡물을 주식으로 하고 몸이 작으며 관목에서 쉬는 것 등으로 보아 참새처럼 생긴 곤줄박이로 보는 것도 설득력이 있다. 곤줄박이는 박샛과의 새로 머리와 목은 검은색, 등·가슴·배는 밤색, 날개와 꽁지는 잿빛 청색이며 뒷머리에 'V' 자 모양의 검은 무늬가 있고, 텃새로 야산이나 평지에 사는데 한국, 일본, 사할린 등지에 분포한다고 한다. 또는 곤줄매기(곤줄박이)·산작(山雀, Parus varius)이라고도 한다. 우(于)는 조사로 별 뜻이 없다.

19 관목(灌木): 키는 크게 자라지 않고 떨기를 이루어 자라는 나무들.

20 개개(喈喈): 새들이 짹짹 우는 소리. 의성어.

21 막막(莫莫): 무성하여 빽빽한 모양. 처처(萋萋)와 비슷한 말로 보아도 될 것.

22 시예시확(是刈是濩): 시(是)는 조사로 보거나 어시(於是)로 본다. 예(刈)는 칡덩굴을 자르는 것. 확(濩)은 칡껍질의 섬유를 가려내기 위하여 불을 때어 이를 찌는 것. 칡을 쪄

爲絺爲綌[23]하니 고운 칡베 거친 칡베 짜서
위 치 위 격

服之無斁[24]이로다 베옷 지어 입으니 좋아라
복 지 무 역

言告師氏[25]하여 보모께 아뢰어
언 고 사 씨

言告言歸[26]로다 근친하러 가겠다 하리라
언 고 언 귀

薄汚我私[27]여 내 평복도 빨고
박 오 아 사

薄澣我衣[28]니 예복도 빨아
박 한 아 의

害澣害否[29]오 어느 옷인들 빼놓으랴
할 한 할 부

歸寧父母[30]하리라 돌아가 부모님께 문안드리리라
귀 녕 부 모

낸 다음 껍질을 벗겨 실을 뽑아서 칡베를 짰다.

23 위치위격(爲絺爲綌): 치(絺)는 고운 칡베, 곧 세갈포(細葛布). 격(綌)은 굵은 칡베, 곧 조갈포(粗葛布).

24 복지무역(服之無斁): 복(服)은 칡베로 옷을 지어 입다. 역(斁)은 싫증나다. 무역(無斁)은 싫지 않다, 곧 좋다는 뜻.

25 언고사씨(言告師氏): 언(言)은 조사. 구의 앞이나 중간에 씌어 음절을 돕는 작용을 하며 실제적인 뜻은 없다. 사씨(師氏)는 여사(女師). 옛날 나이 많고 부도(婦道)에 밝아 여인을 가르치는 사부가 있었는데, 후세의 보모(保姆)와 비슷함.

26 귀(歸): 여인이 출가한 뒤 친정(親庭) 부모를 뵈러 가는 '근친(覲親)'을 말함. 귀녕(歸寧)과 같다.

27 박오아사(薄汚我私): 박(薄)은 어조사. 『집전』에서는 '少(잠깐)'로 풀었고, 기타 '얼른, 어서' 등으로 풀기도 한다. 오(汚)는 옷을 비벼 빠는 것. 사(私)는 평시에 입는 옷, 즉 평복. 혹은 연복(燕服) 또는 내의.

28 한(澣): 옷을 빨다. 의(衣)는 예복

29 할(害): 어찌. 갈(曷)과 통하며 하(何)의 뜻. 옛날에는 할(害)과 갈(曷)은 소리가 같았다〔청나라 진환(陳奐, 1786~1863), 『모시전소(毛詩傳疏)』. 이하 약칭 『전소(傳疏)』〕고 한다. 할한할부(害澣害否)는 '무엇은 빨고 무엇은 빨지 않겠는가?', 곧 모두 빨겠다는 뜻.

30 귀녕(歸寧): 친정에 돌아가서 안부를 묻는 것.

◈ 해설

「모시서」에서는 "후비의 근본을 노래한 것"이라 했고, 『시집전』에서도 이에 바탕을 두고 "후비가 스스로 지은 것"이라 했다. 즉 귀하게 되어서도 부지런하고 부유하면서도 검소하고, 자라서도 스승을 공경함에 있어 해이해지지 않고, 출가해서도 부모에 대한 효성이 줄지 않는 것은 아무나 하기 어려운 일로서 이것이 곧 후비의 덕(德)의 두터움이라는 것이다. 그러나 후비가 손수 칡덩굴을 베어다가 실을 뽑고 베를 짜서 옷을 만들어 입고 빨래를 했다는 것은 전혀 그 가능성이 없는 것은 아니지만 그리 사리에 맞는 것 같지 않다.

일반적으로는 출가한 여자가 근친하러 갈 날을 앞두고 준비하는 모양을 노래한 시로 본다. 『시경』에서 '사씨(師氏)'라는 단어는 이곳을 제외하고 두 곳 「소아·시월지교(小雅·十月之交)」와 「대아·운한(大雅·雲漢)」에 더 나오는데, 여기서는 모두 남자 관리이다. 여기에서 또 다른 관점이 제기된다. 이 사씨를 귀족 가정에서 여자 노비를 관장하는 나이 든 여성 인물로 보고, 이 시의 화자를 하녀, 식모, 시녀 등 여자 노비로 해석하기도 한다.

3. 권이(卷耳) 도꼬마리

采采卷耳[31]로되 채 채 권 이	많고 무성한 도꼬마리

31 채채권이(采采卷耳): 채(采)는 채취의 뜻. 그래서 채채(采采)는 반복해서 나물을 캐는 것이나 뜯고 또 뜯는 것(采而又采)으로 해석해 왔다. 『모전(毛傳)』 이후 전통적인 해석은 이를 따랐다. 그러나 일설에는 색채가 선명한 모습(채(彩)), 번성(繁盛)한 모습이라 하였다. 「주남·부이(周南·芣苢)」, 「진풍·겸가(秦風·蒹葭)」, 「조풍·부유(曹風·蜉蝣)」 등에도 나오는데 이를 참조하여 후자를 따른다. 권이(卷耳)는 도꼬마리로, 영이(苓耳)라고도 하며(『모전』), 현대에는 창이(蒼耳)로 많이 쓴다. 국화과의 1년생 풀로 봄에는 부드러운 잎사

不盈頃筐[32]이요 불 영 경 광	기운 광주리에 차지 않네
嗟我懷人[33]하여(은) 차 아 회 인	아아, 내 그리운 님은
寘彼周行[34]이라 치 피 주 행	한길에 버려져 있네
陟彼崔嵬[35]나 척 피 최 외	저 흙산에 올라가려 하나
我馬虺隤[36]요 아 마 훼 퇴	내 말이 지쳐 병들었다
我姑酌彼金罍[37]하여 아 고 작 피 금 뢰	잠시 금잔에 술을 따라
維以不永懷[38]라 유 이 불 영 회	기나긴 그리움을 잊어 볼까
陟彼高岡이나 척 피 고 강	저 높은 산등성이에 올라가려 하나
我馬玄黃[39]이요 아 마 현 황	내 말이 누렇게 병들었다

귀를 뜯어 식용 또는 약용으로 쓰인다. 열을 낮추고 해독에도 좋다고 한다. [해설] 참조.

32 불영경광(不盈頃筐): 경광(頃筐)은 뒤는 높고 앞은 낮은, 삼태기처럼 생긴 대광주리.

33 차아회인(嗟我懷人): 차(嗟)는 아아. 감탄사. 회(懷)는 마음속으로 그리는 것. 회인(懷人)은 '님을 그리다'로 볼 수 있고 '그리운 님'으로 볼 수도 있다. 후자를 취한다.

34 치피주행(寘彼周行): 치(寘)는 치(置)와 통하여, '놓다, 내던지다'의 뜻. 또는 피치(被置), 즉 '버려지다'의 뜻. 주행(周行)은 '주나라의 국도(國道)'가 본뜻이며, '대도(大道)', '한길'의 뜻. 또는 주나라의 군용도로〔손작운(孫作雲), 『시경여주대사회연구(詩經與周代社會研究)』〕, 주나라 군대의 행렬〔주동윤(朱東潤), 『시삼백편탐고(詩三百篇探故)』〕로도 푼다. [해설] 참조.

35 척피최외(陟彼崔嵬): 척(陟)은 오르다. 최외(崔嵬)는 꼭대기에 바위가 있는 흙산(『모전』)이라 하였으나, 일반적으로 '높으면서 고르지 않은 산'이라 보면 될 것.

36 회퇴(虺隤): 말이 지쳐서 나는 병. 〈삼가시(三家詩)〉에서는 외퇴(瘣頹)로 썼다.

37 아고작피금뢰(我姑酌彼金罍): 고(姑)는 고차(姑且), 곧 '잠깐 일을 미뤄 두고'의 뜻. 또는 생각을 단념하거나 무엇을 포기하려 할 때 쓰는 말인 '에라!' 등과 같은 말. 작(酌)은 술을 따르다. 뢰(罍)는 술잔.

38 유이불영회(維以不永懷): 유(維)는 조사. 영회(永懷)는 오래오래 속에 품고 그리는 것.

39 현황(玄黃): 검은 말이 병나면 누렇게 된다고 한다(『모전』, 『집전』). 일반적으로 말이 병

我姑酌彼兕觥[40]하여　잠시 쇠뿔 잔에 술을 따라
아 고 작 피 시 굉

維以不永傷[41]이라　기나긴 근심을 잊어 볼까
유 이 불 영 상

陟彼砠矣[42]나　저 바위산에 올라가려 하나
척 피 저 의

我馬瘏矣[43]며　내 말이 지쳐 늘어졌고
아 마 도 의

我僕痡矣[44]니　내 종도 발병 났으니
아 복 부 의

云何吁矣[45]리요　어떻게 하면 그대를 바라볼까
운 하 우 의

◈ 해설

1. 「모시서」에는 후비가 군자를 보좌하여 진현(進賢)하는 뜻을 썼다 했고, 혹은 후비가 군자〔문왕(文王)〕를 그리워하는 것이라 했다. 이후 부녀자가 행역(行役)을 나가 오래도록 돌아오지 못하고 있는 낭군을 그리는 시로 보는 것이 일반적이었다. 이럴 경우 제2, 3, 4장은 모두 '나'인 여인이 멀리 있는 낭군의 고달프

든 모습이라 한다〔굴만리(屈萬里, 1907~1979), 『시경석의(詩經釋義)』. 이하 약칭 『석의(釋義)』〕. 또는 현기증. 사물을 보는데 분명하지 않고 검고 노란 것이 뒤섞여 보이는 것으로, 현운(眩眃: 아찔하며 시력이 좋지 못한 모양)과 발음이 가까우며 뜻도 통한다.

40 시굉(兕觥): 쇠뿔로 만든 술잔. 또는 왕국유(王國維)의 고증에 의하면 쇠머리같이 생긴 덮개가 달린, 발은 있기도 하고 없기도 한 이(匜: 주전자)류의 술잔이다.

41 영상(永傷): 영회(永懷)와 같은 뜻으로, 오랫동안 그리워하는 것.

42 저(砠): 꼭대기에 흙이 덮여 있는 돌산(『모전』).

43 도(瘏): 특히 말이 지쳐 못 걷는 병〔공영달(孔穎達), 『공소(孔疏)』. 이하 약칭 『소(疏)』〕.

44 아복부의(我僕痡矣): 복(僕)은 종, 하인. 부(痡)는 특히 사람이 지쳐 못 걷는 병〔공영달, 『공소(孔疏)』〕.

45 운하우의(云何吁矣): 운하(云何)는 여하(如何), 곧 '어찌하면'의 뜻. 우(吁)는 우(盱)의 가차자(假借字)로서 '눈을 부릅뜨고 멀리 바라본다'는 뜻(『집전』). 「소아·하인사(小雅·何人斯)」에 "운하기우(云何其盱)"라는 구절이 있다.

고 힘들어하는 상황과 술로써 근심을 달래는 모습을 마치 눈앞에서 보듯이 지극한 그리움의 환각 상태에서 상상하는 것으로 해석했다. 그리고 멀리 집을 떠난 정부(征夫: 전쟁터로 나가는 군사)가 두고 온 애인이나 처자를 생각하며 읊은 노래로 보는 견해도 있다. 화자(話者)가 남자이거나 여자이거나 간에 『시경』에서 풀이나 나물을 뜯고 캐는 행위는 기본적으로 상사(相思), 즉 그리움의 감정을 표출한 작품으로 보는 점에서는 일치한다.

첫 장은 여자가 나물 캐다 떠나간 님 생각이 간절하여 나물바구니조차 길가에 놓아 버리고 망연자실해 있는 동작과 모습을 설정함으로써 애절한 그리움을 표현했다고 했으나, 여기서는 내가 그리는 그 님이 집에 돌아오지 못하고 아직도 병영에 내던져져 있다는 것으로 해석했다. 어쨌든 제1장과 제2, 3, 4장의 화자를 통일시키기에 다소의 무리가 따르기 때문에 '환각 상태에서의 상상'이라는 다소 별난 접근법을 제시하기도 한 것이다. 둘째 장부터는 대체로 화자를 모두 남자로 단정하는 경향이 많고, 그래서 첫 장의 화자 설정에 따라 내용 전개도 차이가 있다.

2. 제1장 "寘彼周行"의 '彼'를 대부분 광주리를 지칭하는 지시대명사로 보고 "아아, 내 님을 그리워하며/그 광주리를 큰길가에 놓는다"로 해석했는데, 그러면 첫 두 구는 실제로 생긴 일을 썼으며 그래서 시의 기교로는 '부(賦)'에 해당된다. 주희(朱熹)도 이렇게 풀었다. 그러나 조문안(曹文安)과 장계성(張啓成)은 『시경』 속의 많은 유사한 구들("乘彼垝垣", "制彼裳衣", "召彼僕夫", "陟彼高山" 등)을 근거로 지시형용사로 보고 '흥(興)'으로 보았다. 즉 이 두 구를 다시 해석하면 "내 그리워하는 님은 저 한길 위에 버려져 있다"가 된다. 전한(前漢) 초연수(焦延壽)가 찬한 『역림(易林)』의 "유시불귀(逾時不歸)", 즉 "돌아올 날 지났음에도 돌아오지 않음"의 뜻과 부합한다. 그래서 첫 두 구는 실제로 도꼬마리를 뜯는 행위를 노래한 것이 아니라 그 채우려 해도 채워지지 않는 그립고 안타까운 마음을 기흥(起興)한 것으로 제3, 4구와는 문자상의 직접적인 연관은 없다고 말할 수 있다〔장계성(張啓成), 「「周南 · 卷耳」 本義考」, 『시경풍아송연구논고(詩經風雅頌研究論稿)』, 2003〕.

3. 「관저」에서도 이미 언급하였지만, 「국풍(國風)」의 대부분의 시들은 3장으로 이루어져 있다. 이 「권이(卷耳)」가 4장으로 되어 있는 것은 본래 두 편이었던 것이 탈간과 착간에 의해 잘못하여 한 편으로 묶여졌기 때문이라는 것이다. 일본의 한학자 아오키 마사루(靑木正兒)와 중국학자 손작운(孫作雲)이 주장한 것으로, 한 편은 제1장에 제1장과 유사한 탈간된 두 개의 장이 추가되어 완성되고, 또 한 편은 제2·3·4장으로 구성된다는 것이다.

4. 탈간이라는 심증은 있다고 해도 지금까지 전해 내려온 것을 어찌할 수 없지 않느냐는 의견도 많다. 이럴 경우 좀 더 무리 없이 설명하려고 새로운 해석이 제기되기도 하는데, 이 시를 남녀가 노래를 한 장씩 번갈아 부르는 대창(對唱) 형식으로 보는 견해도 있다〔서유부(徐有富)〕. 즉 본래는 아래와 같이 대창의 형식이었는데 이 시를 기록할 때 중복되는 번거로움을 피하기 위하여 편의상 반복구를 앞에다 한 번만 썼다는 것이다.

(女) 采采卷耳, 不盈頃筐. 嗟我懷人, 寘彼周行.
(男) 陟彼崔嵬, 我馬虺隤. 我姑酌彼金罍, 維以不永懷.

(女) 采采卷耳, 不盈頃筐. 嗟我懷人, 寘彼周行.
(男) 陟彼高崗, 我馬玄黃. 我姑酌彼兕觥, 維以不永傷.

(女) 采采卷耳, 不盈頃筐. 嗟我懷人, 寘彼周行.
(男) 陟彼砠矣, 我馬瘏矣, 我僕痡矣, 云何吁矣.

5. '권이(卷耳)', 즉 도꼬마리의 용도는 무엇인가? 왜 하필이면 도꼬마리를 뜯는 것과 낭군을 그리워하는 것을 연결시켰는가? 식용과 약용으로 쓰이고 특히 열을 낮추고 해독 작용에 좋다는 것만으로는 해설이 시원하지 않다. 그리고 [해설] 1항에서 이미 "『시경』에서 풀이나 나물을 뜯고 캐는 행위는 기본적으로 상사(相思), 즉 그리움의 감정을 표출"한 것이라고 했지만 혹 그 근거나 또 다른 의

미는 없는가?

위(魏)나라 장읍(張揖, 220~265)이 편찬한 자전(字典) 『광아·석초(廣雅·釋草)』 편에서 "영이(苓耳 ling'er/lian'er)·창이(蒼耳 cāng'er)·시(葹 shī)·상시(常枲 chángxǐ)·호시(胡枲 húxǐ)는 모두 시이(枲耳 xǐ'er)이다"라고 했다. 즉 모두 '권이(卷耳 juǎn'er)', 도꼬마리를 칭하는 단어들이다. 그리고 청대(淸代) 왕염손(王念孫, 1744~1832)의 『광아소증(廣雅疏證)』에는 "상시(常枲)는 상사(常思)라고도 쓴다. 사(思)와 시(枲)는 옛 음이 가깝다. 호시(胡枲)는 또 호사(胡葸)라고도 쓴다. 사(葸)와 시(枲)는 음이 같다. …… 『명의별록(名醫別錄)』에서는 그 이름을 시(葹)라고도 하고 상사(常思)라고도 하였다(常枲, 一作常思. 思枲古音相近. 胡枲, 一作胡葸. 葸與枲同音. …… 『名醫別錄』 云一名葹, 一名常思)"라고 했다. 권이는 약초 중에서 이명(異名)이 가장 많다. 위에서 제시한 것 외에 양대래(羊帶來)·양부래(羊負來)·이당초(耳璫草) 등도 있다. 본래 중국 내에는 없었던 식물인데 양털에 묻어 들어왔다는 것이며, 귀고리처럼 생겨서 붙인 이름이다.

시(枲 xǐ: 모시풀, 삼)는 시(葈 xǐ: 도꼬마리)와 같다. 葸(사 xǐ)·葹(시 shī)·枲(시 xǐ)는 모두 '思(si)'자의 음전(音轉)이다. 즉 도꼬마리를 뜻하는 다양한 글자들의 음이 '생각하다', '그리워하다'는 '사(思)'와 같아서 그를 발음할 때면 '항상 그리워한다〔상사(常思)〕'는 의미로 전달된다는 것이다. 다시 말하면, 권이를 캐는 것은 그 잎을 식용 또는 약용으로 먹기 위해서만이 아니라 그 행위로써 그리워하는 정회(情懷)를 기탁하는 것이다〔유운흥(劉運興), 『시의지신(詩義知新)』(山東敎育出版社, 1998) 19~20쪽 내용 정리 요약〕.

4. 규목(樛木)　가지 늘어진 나무

南有樛木[46]하니
남 유 규 목
葛藟纍之[47]로다
갈 류 류 지
樂只君子[48]여
낙 지 군 자
福履綏之[49]로다
복 리 수 지

남쪽에 가지 늘어진 나무 있어
칡덩굴이 얽혀 있네
즐거워라 우리 님이여
복록 누리며 편안하시네

南有樛木하니
남 유 규 목
葛藟荒之[50]로다
갈 류 황 지

남쪽에 가지 늘어진 나무 있어
칡덩굴이 덮여 있네

---

46 남유규목(南有樛木): 남(南)은 남쪽 또는 남산. 규목(樛木)은 가지가 굽어 밑으로 축 늘어진 나무.

47 류(藟): 칡〔葛〕과 유사한 종류로 약간 다르다고 한다. 등나무로 보기도 한다.

48 낙지군자(樂只君子): 지(只)는 구(句) 속에 쓰이는 조사. 군자(君子)는 남편이나 가까운 남자 또는 자신이 존경하는 지위 있는 사람.

49 복리수지(福履綏之): 리(履)는 녹(祿)의 뜻(『모전』). 선진(先秦) 전적에는 '복리(福履)'로 쓴 예가 없으며, 『시경』의 시 속에는 모두 '녹(祿)'으로 쓰고 있다. 그렇다면 왜 굳이 '복리'의 '리(履)'자를 사용했을까? 이 「규목」 시는 대체로 서주(西周) 말기의 작품으로 이 '복리'라는 말은 서주 말기에서 춘추시대 사이의 녹봉 제도의 변화와 관계가 있을 것 같다. 관봉(官俸), 즉 관리로서의 급여는 춘추시대 이전에는 대개 봉토사전(封土賜田: 땅과 밭을 내림) 하는 제도, 즉 전록제(田祿制)가 있었을 뿐이고 그 이후에는 귀족이 증가하면서 토지의 부족으로 말미암아 곡록제(穀祿制), 즉 곡물로 녹을 주는 제도가 생겼다. '리(履)'는 '밟는다'는 뜻이며 나아가 '밟은 땅'〔『춘추좌전(春秋左傳)』 「희공(僖公) 4년」 "賜我先君履, 東至于海, 西至于河"에서 두예(杜預)의 주(注)는 "履, 所踐履之界"라고 했다〕을 지칭하기도 한다. 즉 이 시의 작자가 서주 후기 중원과 북방의 각 제후국에서 곡록제가 일어나고 있는 중에도 남쪽에서는 아직도 전록제가 시행되고 있는 것을 보고 '복록'이라 하지 않고, 녹(祿)과 리(履)가 같은 뜻으로 통용되므로 특별히 '복리'라고 한 것은 아닐까 추측할 수도 있겠다. 수(綏)는 편안하다는 뜻.

50 황(荒): 엄(掩), 즉 덮였다는 뜻(『모전』).

樂只君子여 낙 지 군 자	즐거워라 우리 님이여
福履將之[51]로다 복 리 장 지	복록이 그분 도와 드리네

南有樛木하니 남 유 규 목	남쪽에 가지 늘어진 나무 있어
葛藟縈之[52]로다 갈 류 영 지	칡덩굴이 휘감겨 있네
樂只君子여 낙 지 군 자	즐거워라 우리 님이여
福履成之로다 복 리 성 지	복록이 그분 이루어 주네

◈ 해설

1. 「모시서」에서는 후비가 질투하지 않고 밑의 여러 첩들을 두루 돌보아 주는 것을 읊은 시라 하였다. 가지가 밑으로 늘어진 나무는 밑의 여러 첩들을 감싸 주는 후비의 덕을 상징한 것이라 본 것이다. 그러나 군자를 축복한 시로 보는 것이 좋겠다. 잘 자라서 칡덩굴까지 감겨 올라간, 가지 무성하며 아래로 잘 드리워진 나무를 보고 군자의 부귀영화를 생각한 것이다. 좀 더 나아가 그 '복리'를 함께 누리는 것으로 확대한다면 비록 그 배경은 다를지라도 조선 시대 태종 이방원의 시조 「하여가(何如歌)」가 연상된다.

이런들 어떠하며 저런들 어떠하리
만수산 드렁칡이 얽혀진들 어떠하리
우리도 이같이 얽혀져 백년까지 누리리라.

---

51 장(將): 돕다.
52 영(縈): 얽히다.

2. 일반적으로 나무와 덩굴이 엉켜 있는 것은 남성 중심 사회에서 여성이 출가하여 남편에게 기대어 살며 친밀하게 지내는 것을 상징한다. 그래서 이 시를 신혼 남자를 축하하는 노래로 보기도 한다.

3. 「소아·남유가어(小雅·南有嘉魚)」의 제3장에 동일한 구가 있다. 현자와 더불어 즐기는 것을 노래한 것으로 연회에 통용되던 노래라고 한다.

南有樛木　　남산에는 가지 늘어진 나무
甘瓠纍之　　단박 덩굴이 얽혀 있네
君子有酒　　주인이 내는 술
嘉賓式燕綏之　　좋은 손 맞아 잔치하며 즐기네

5. 종사(螽斯)　　여치

螽斯羽[53]이 (종 사 우)　　여치들 날개가
詵詵兮[54]니 (선 선 혜)　　쓰륵쓰륵 수많이 나는 소리
宜爾子孫[55]이 (의 이 자 손)　　그대 자손 화목하여
振振兮[56]로다 (진 진 혜)　　대대로 번성하리라

---

53 종사우(螽斯羽): 종(螽)은 메뚜기와 같은 종류인 여치. 여치는 날개를 비벼 소리를 내며, 한 번에 많은 알을 낳아 번식시킨다. 사(斯)는 어조사

54 선선(詵詵): 여치의 날개 소리가 많이 들리는 것. 또는 많은 모습〔衆多貌〕.

55 의(宜): 화순(和順). 또는 의(儀)와 통하며 선(善: 잘)의 뜻. 의당(宜當)의 뜻으로, 여치처럼 그대도 자손을 많이 낳아 기르는 것이 마땅하고도 좋은 일이라는 뜻을 지니고 있다.

56 진진(振振): 번성한 모습(『집전』). 『시경』 속에 '振振'은 이 외에도 「노송·유필(魯頌·有

螽斯羽이 (종 사 우)	여치들 날개가
薨薨兮[57]니 (홍 홍 혜)	떼 지어 붕붕거리는 소리
宜爾子孫이 (의 이 자 손)	그대 자손이
繩繩兮[58]로다 (승 승 혜)	끊임없이 이어지리라

螽斯羽이 (종 사 우)	여치들 날개가
揖揖兮[59]니 (집 집 혜)	무수히 모여드는 소리
宜爾子孫이 (의 이 자 손)	그대 자손이
蟄蟄兮[60]로다 (칩 칩 혜)	화락하게 모이리라

◈ 해설

후비의 자손이 많은 것을 축복한 시. 앞의 시 「규목」이 부귀를 축복한 것인데 비해, 이 시에서는 이 시에서는 자손의 번성함을 축복하고 있다. 동양 고대 사회에서의 행복의 요건은 곧 부귀와 자손의 번창이었기 때문일 것이다.

駜)」의 "振振鷺, 鷺于下", 「주남·인지지(周南·麟之趾)」의 "振振公子", 「소남·은기뢰(召南·殷其靁)」의 "振振君子, 歸哉歸哉" 등에서 보이는데, 자손이 번성한 모습을 「은기뢰」의 해석에 적용할 수 없으므로 공통되는 해석을 위해 '인후(仁厚)'로 푸는 학자도 있다〔당막요(唐莫堯), 『시경신주전역(詩經新注全譯)』, 1998〕. 이럴 경우 제2, 3장의 끝 구 '승승(繩繩)'과 '칩칩(蟄蟄)'의 의미도 이에 상응하도록 대체되어야 한다.

57 홍홍(薨薨): 떼 지어 나는 소리.

58 승승(繩繩): 끊이지 않고 이어지는 모양. 많으면서 근신하는 모양.

59 집집(揖揖): 떼 지어 모여드는 모습.

60 칩칩(蟄蟄): 많은 모습(『집전』). 화락하게 많이 모여 있는 모습.

6. 도요(桃夭) 복숭아나무

桃之夭夭[61]여 도지요요	복숭아나무 어린 가지에
灼灼其華[62]로다 작작기화	복사꽃이 활짝 피었네
之子于歸[63]여 지자우귀	시집가는 저 아가씨
宜其室家[64]로다 의기실가	온 집안 화락케 하리

桃之夭夭여 도지요요	복숭아나무 어린 가지에
有蕡其實[65]이로다 유분기실	복숭아가 주렁주렁 맺었네
之子于歸여 지자우귀	시집가는 저 아가씨
宜其家室이로다 의기가실	온 집안 화락케 하리

---

61 도지요요(桃之夭夭): 요요(夭夭)는 『모전』에서는 "소장(小壯)한 모습" 즉 "어리고 왕성한 모습", 『집전(集傳)』에서는 "소호모(少好貌)" 즉 "어리고 고운 모습"이라 했는데, 후한(後漢) 허신(許愼)이 편찬한 자전(字典) 『설문해자(說文解字)』〔이하 약칭 『설문(說文)』〕에서는 "요요(枖枖)"라 인용하고 "나무가 젊어서 싱싱한 모습〔木少盛貌〕"이라고 했다. 참고할 만하다.

62 작작기화(灼灼其華): 작작(灼灼)은 꽃이 활짝 피어 곱고 환한 모습. 화(華)는 꽃.

63 지자우귀(之子于歸): 자(子)는 여기서는 시집가는 아가씨를 지칭하는데, 옛날에는 남녀의 통칭이었다. 지자(之子)는 시자(是子)와 같으며(『집전』), '이 아가씨'의 뜻. 우(于)는 어(於)와 같은 뜻의 조사. 귀(歸)는 시집가다의 뜻. 우귀(于歸)라고 할 때 '우(于)'는 현재진행의 뜻을 지니고 있다.

64 의기실가(宜其室家): 의(宜)는 집안을 '마땅하게' 곧 '화락하게' 한다는 뜻. 실가(室家)는 집안. 제2, 3장의 가실(家室)이나 가인(家人)과 같은 뜻.

65 유분기실(有蕡其實): 유(有)는 조사, 유분(有蕡)은 분연(蕡然)·분분(蕡蕡)과 같은 말. 분(蕡)은 분(賁)의 가차자(假借字)로〔마서진, 『통석(通釋)』〕, 열매가 성한 모습(『집전』). 탐스럽게 열린 복숭아를 형용한 말.

桃之夭夭여 도 지 요 요	복숭아나무 어린 가지에
其葉蓁蓁[66]이로다 기 엽 진 진	잎사귀가 파랗게 무성하네
之子于歸여 지 자 우 귀	시집가는 저 아가씨
宜其家人[67]이로다 의 기 가 인	온 집안 화락케 하리

◈ 해설

1. 시집가는 여자를 축하하는 시이다. 3장이 다 같은 뜻으로 꽃·열매·잎과 가정·가족을 바꾸어 가며 사용하면서 운을 맞추었다. 흥(興)으로 쓰인 활짝 핀 복사꽃, 탐스럽게 열린 복숭아, 싱싱한 나뭇잎은 아름답게 무르익은 아가씨를 시각적으로 나타낸 소박한 표현 기교이다. 좀 더 풀어서 보면, 제1장의 복사꽃은 시집가는 아가씨의 아름다움을, 제2장의 주렁주렁 탐스럽게 달린 복숭아는 무르익은 아가씨의 아름다움을, 제3장의 무성한 복숭아나무의 잎은 여인으로서의 교양을 갖춘 덕스런 모습을 느낄 수 있다.

2. 그리고 이 시의 일부분은 조선(朝鮮) 초기 대표적인 악장가사(樂章歌辭)인 『용비어천가(龍飛御天歌)』의 구절에도 인용되었다.

> 뿌리 깊은 나무는 바람에 흔들리지 않아, 꽃 좋고 열매 많나니.
> 深根之木, 風亦不扤. 有灼其華, 有蕡其實.

또한 이를 참고로 하여 각 장의 제2구들을 비교해 보면 단가(短歌)인 이 시의 압운(押韻)을 위해 동원된 기교가 단순하지 않다는 것을 알 수 있다. "灼灼其

---

66 진진(蓁蓁): 잎사귀가 무성한 모양.
67 가인(家人): 시집〔시가(媤家)〕의 집안사람들.

華", "有蕡其實", "其葉蓁蓁"은 화(華)·실(實)·엽(葉)이 중심 명사이며 그것을 수식하는 것은 각각 작작(灼灼)·유분(有蕡)·진진(蓁蓁)인데 그 단어 구성이나 위치에 변화를 줌으로써 각 장 제4구 각운(脚韻) 글자인 가(家)·실(室)·인(人)에 교묘하게 또는 다소 억지로 맞추고 있다는 것이다. 완전히 격식화되어 있지 않다는 점이 어쩌면 중국의 가장 오래된 시집 속의 시로서 자연스런 원시성과 그 일탈 및 수사 기교적 변화의 일단을 느끼게 한다.

3. 좀 특별한 해설이 있다. 고대 민속이나 원시 신앙과 관계되는 것이다. 복숭아나무를 신수(神樹)·사수(社樹) 또는 토템 나무로 삼아 숭배하고 제사 지내며 노래한 시로 본다. 원시 인류에게 심고 가꾸는 농업이 보급된 이후 사람들의 주요한 먹을거리의 원천은 재배 농업의 수확물로 바뀌었다. 그래서 농작물은 원시 종교 관념에서 비교적 중요한 위치를 차지했고, 이 당시는 토템 숭배가 강했기 때문에 사람들은 종종 농작물에게 자신의 부락(部落)의 토템 성물(聖物)과 유사한 지위를 주었다. 이런 이유로 사람들은 수확할 때 융성한 의식을 거행하여 장차 죽게 될 농작물에 대하여 용서와 애도를 표하며 혼령을 위로하고 보내는 의식을 진행하였다. 이를 통해 피살된 수확물의 영혼의 원망과 보복을 피하고자 했는데, 사람들이 가장 염려하는 보복 방식은 곧 내년의 흉년이다. 이 때문에 수확 제사는 초기 토템 제례의 파생 현상으로 본다. 수확 제사는 '농사 숭배' 현상 중에서 가장 중요한 제사 활동의 하나이다. 이런 제사 활동은 일반적으로 농업 작물(곡물 및 채소류나 과일류)의 수확 계절에 거행한다. 초기의 제사 관념에서 곡물은 영혼을 지니고 있을 뿐 아니라 그 영혼은 이미 의인화(擬人化)되어 있었다. 사람들이 수확하는 과정은 곧 곡물을 죽이는 과정이며, 그 때문에 그들은 어쩔 수 없이 행해야 하는 이러한 사정에 대해 매우 강한 죄책감을 가지고 있었다. 그래서 그들은 수확할 때 죽임을 당하는 곡물에 대해 경건함과 예를 표시하는 의식을 거행했던 것이다. 다소의 무리가 없진 않으나 이 의식을 행하면서 불렀던 '성스러운 노래'가 아마도 이 「도요(桃夭)」가 아닐까 하는 것이다.

이 시의 첫 번째 관건은 '요(夭)' 자에 있다. 예전의 많은 해석은 주(注)에서 쓴 것처럼 '어리고 왕성한 모습'이라 했는데, 그러나 그 첫 의미는 '죽음'이다. 부러지고 꺾이는 것, 즉 요절(夭折)이란 단어처럼 어리며 왕성한데 중도에 죽은 것이다. 원시 인류의 눈에는 복숭아를 따는 것은 그것을 죽이는 것과 같으므로 제사를 지내고 축도(祝禱)하여 고해야 한다. 이런 것은 제임스 조지 프레이저(James George Frazer)의 『황금가지(*The Golden Bough*)』에서도 많이 언급하고 있다. 예를 들면, 필리핀 루손(Luzon) 섬의 '일로카노(Ilocano)인'이 원시 삼림이나 높은 산에서 나무를 벨 때 먼저 "우리들은 명을 받고 여기에 와서 베는 것이니 청컨대 놀라거나 불안해하지 마시길!"이라고 축도의 노래를 부른다고 한다.

또한 "지자우귀(之子于歸)"도 "그 여자 시집간다"로 확대된 의미가 아니다. 이 시의 원시적 의미에 따르면 '子'는 하늘로 날아올라 사라지는 '성물(聖物)'의 영혼이며, "지자우귀(之子于歸)"는 실제로 토템 성물을 죽이는 과정에서 성물의 영혼을 죽어서 가는 곳인 조상들의 영혼이 있는 그곳으로 돌려보내는 것을 말한다. 시 전체가 3장 각 4구인데 각 장의 첫 번째 구는 모두 같으며 모두 성물의 죽음을 지칭한다. 각 장의 제2구는 복숭아나무와 복숭아에 대한 예찬이며, 각 장의 제3구는 사람들이 성물의 영혼을 조상이 있는 곳으로 돌려보내는 것을 말한다. 각 장의 제4구는 성물이 죽은 후에도 씨족 또는 부락 공동체 사람들에게 행운을 가져다주기를 요구하는 것이다〔요군(廖群)의 『시경여중국문화(詩經與中國文化)』, 장암(張岩)의 『도등제여원시문명(圖騰制與原始文明)』 등 참조〕.

이런 관점에서 제1장을 다시 번역해 본다.

桃之夭夭여	복숭아 열매 일찍 꺾여짐이여
灼灼其華로다	그 꽃이 활짝 곱게 피었었지요
之子于歸하시니	떠나는 그 영혼 이제 조상에게로 돌아가시니
宜其室家하소서	온 집안 화락케 하여 주소서

복숭아를 먹어서 나의 생명을 지탱하고 연장하므로, 나와 복숭아는 내 속에서 동일시된다. 그리고 자식을 낳는 것도 그 배 속에서 나오는 것이므로 모두 친족 관계가 성립된다. 이것이 토템 숭배의 시작이다. 또한 어쩔 수 없이 죽임을 당

한 그 영혼에게 이미 하늘로 돌아가 있는 조상에게 말씀 잘 드려 다음 해에도 풍작이 되도록 해달라는 부탁도 곁들인다. 이것이 제4구의 의미이다.

7. 토저(兎罝) 토끼그물

肅肅兎罝[68]여 (숙숙토저)
椓之丁丁[69]이로다 (탁지쟁쟁)
赳赳武夫[70]여 (규규무부)
公侯干城[71]이로다 (공후간성)

빽빽이 짜인 토끼그물
말뚝 박는 소리 쩡쩡 울린다
씩씩한 무사는
나라의 간성

肅肅兎罝여 (숙숙토저)
施于中逵[72]로다 (시우중규)
赳赳武夫여 (규규무부)

빽빽이 짜인 토끼그물
길목 가운데 친다
씩씩한 무사는

---

68 숙숙토저(肅肅兎罝): 숙숙(肅肅)은 그물이 빽빽하고 가지런하게 짜인 모양. 축축(縮縮)의 가차. 토저(兎罝)는 토끼 잡는 그물. [해설] 참조.

69 탁지쟁쟁(椓之丁丁): 탁(椓)은 '치다'의 뜻. 그물을 칠 말뚝을 때려서 박는 동작. 쟁쟁(丁丁)은 나무를 베거나 말뚝을 박는 소리의 의성어.

70 규규무부(赳赳武夫): 규규(赳赳)는 군인의 늠름한 모습. 무부(武夫)는 무인(武人), 군인.

71 공후간성(公侯干城): 공후(公侯)는 제후들의 작위(爵位)로서, 제후 또는 제후의 나라를 가리킨다. 간성(干城)은 방패와 성처럼 나라를 지켜 주는 것.

72 시우중규(施于中逵): 시(施)는 그물을 치는 것. 규(逵)는 '큰길'의 뜻. 보통 구달(九達)의 길이라 하나(『모전』), 그런 곳에 토끼그물을 친다는 것은 생각할 수도 없는 일이다. 사통팔달(四通八達)의 요처(要處)·요충지(要衝地)를 말하는 것. 중규(中逵)는 규중(逵中)의 뜻.

公侯好仇[73]로다 공 후 호 구	임금님의 좋은 신하

肅肅兎罝여 숙 숙 토 저	빽빽이 짜인 토끼그물
施于中林[74]이로다 시 우 중 림	숲 가운데 친다
赳赳武夫여 규 규 무 부	씩씩한 무사들
公侯腹心[75]이로다 공 후 복 심	임금님의 심복

◈ 해설

1. 이 시는 늠름한 군사를 칭송한 것이다. 토끼그물을 만드는 것을 보면서 군사들이 나라를 지켜 주는 공을 생각했을 것이다. 작자의 남편이나 애인이 군사였는지도 모른다. 식량으로서 날랜 토끼를 잡는 것도 실력 있는 사냥 기술이 아니면 불가능한 일이며 칭송받아 마땅할 것이다. 그런데 또 달리 생각하면 그물을 쳐서 연약한 동물인 토끼를 잡는 것이 늠름하고 씩씩한 무부(武夫)이며 나라의 간성(干城)이라고 칭송받을 일일까. 토(兎)는 菟(토끼 토)와 같으며, 초(楚)나라에서는 호(虎), 즉 호랑이를 오도(於菟)라 불렀다〔『춘추좌전』「선공(宣公) 4년」〕. 즉 도(菟)는 방언(方言)으로 호랑이를 말하며, 이후 별칭으로 많이 사용되었다〔문일다(聞一多), 『시경통의(詩經通義)』. 이하 약칭 『통의(通義)』〕. 호랑이 잡

---

73 호구(好仇): 구(仇)는 함께 일할 만한 친구라는 뜻으로, 구(逑)·필(匹)과 같다. 그래서 호구(好仇)는 「관저」 "군자호구(君子好逑)"의 '호구(好逑)'와 같은 뜻이며, 좋은 신하를 말한다. 호(好)가 '좋다'는 형용어 외에 '짝'이란 뜻도 있다. [해설] 참조.

74 중림(中林): 임중(林中). 곧 '숲 가운데'의 뜻. 대개는 원교(遠郊)를 말한다〔"野外謂之林", 『이아(爾雅)』〕.

75 복심(腹心): 심복(心腹). 공후의 복심을 헤아릴 수 있는 사람(『모전』). 또는 마음이 같은 사람, 곧 신임할 수 있는 사람.

으려고 그물을 친다고 해야 무부로서의 용맹함을 자랑할 수 있지 않을까. 딴은 어쩌면 비유적으로 보아 늠름하고 용맹한 군인이 '토끼 같은 외적(外敵)'을 쳐부수는 촘촘한 토끼그물로서의 나라의 간성(干城)일 수도 있겠다. 어쨌든 「모시서」처럼 "후비(后妃)의 덕화(德化)를 읊은 시"라는 해석은 수용하기 어렵다.

2. 간성(干城)과 복심(腹心)은 두 개의 명사가 병립된 것이다. 그렇다면 호구(好仇)도 예외가 아니다. '호(好)'는 「위풍·모과(衛風·木瓜)」에 나오는 "永以爲好也"의 '호(好)'로 읽어야 하며 '짝'의 뜻이다. 물론 '우애(友愛)'의 뜻으로도 읽힌다. 즉 구(仇)는 필(匹: 짝)이며, 호(好)도 필(匹)이다. 「관저」의 '호구(好逑)'도 기실 두 개의 짝이란 뜻을 가진 단어가 병립된 것이다〔문일다(聞一多), 『광재척독(匡齋尺牘)』〕.

순서로 보면 간성(干城)—호구(好仇)—복심(腹心)으로 점차 깊어 간다. 『춘추좌전』「성공(成公) 12년」에 "略其武夫, 以爲己腹心, 股肱·爪牙"라고 했는데, 고굉(股肱: 다리와 팔뚝)은 호구(好仇) 즉 짝, 조아(爪牙: 손톱과 이빨)는 간성(干城) 즉 '방패와 성'에 대입하면 어느 정도 적절하게 맞는 것 같다.

8. 부이(芣苢) 질경이

采采芣苢[76]하고 질경이 많고 많네
채 채 부 이

76 채채부이(采采芣苢): 채(采)는 채취의 뜻. 그래서 채채(采采)는 반복해서 나물을 캐는 것으로 해석한다. 앞의 「권이(卷耳)」에도 "采采卷耳"가 나오는데 이는 "采而又采(캐고 또 캐고)"의 뜻으로 해석하는 것이 일반적이기 때문에 동일하게 사용된 이 시구에서도 자연히 이를 따른 것이다. 또는 일설에는 색채가 선명한 모습. 번성(繁盛)한 모습. 노동요(勞動謠)로서의 역동성을 강조하기 위하여 제1, 2구의 '채(采)'를 모두 동사로 해석한 것이지만 제2구의 '채(采)'가 동사로 사용되었기 때문에 '채채(采采)'를 '번성한 모양'으로

薄言采之[77]하라 / 박 언 채 지 — 질경이를 캐자
采采芣苢하고 / 채 채 부 이 — 질경이 많고 많네
薄言有之[78]하라 / 박 언 유 지 — 질경이를 거두자

采采芣苢하고 / 채 채 부 이 — 질경이 많고 많네
薄言掇之[79]하라 / 박 언 철 지 — 질경이를 줍자
采采芣苢하고 / 채 채 부 이 — 질경이 많고 많네
薄言捋之[80]하라 / 박 언 랄 지 — 질경이를 따자

采采芣苢하고 / 채 채 부 이 — 질경이 많고 많네
薄言袺之[81]하라 / 박 언 결 지 — 질경이를 옷자락에 담자
采采芣苢하고 / 채 채 부 이 — 질경이 많고 많네

해석하는 것이 매끄럽다고도 본다. 다른 예들이 있기 때문이다. 「진풍·겸가(秦風·蒹葭)」, 「조풍·부유(曹風·蜉蝣)」 참조. 『시경』 및 이 시의 전체 주제에 대해 폭넓은 관점으로 재해석하여 중국 내에서 많이 인용되는 문일다(聞一多)가 취한 해석이다.

부이(芣苢)는 질경이로, 일명 차전(車前)·차전초(草)라 하고 그 열매를 차전자(車前子)라고 하는 다년생 풀로서 잎이 크고 이삭이 길며 길가에 흔히 난다. 즉 개활지(開豁地)에 무리 지어 자란다. 봄에는 잎을 나물[구황식물(救荒植物)]로 뜯어 먹으며, 특히 그 열매는 부인들의 불임(不姙)이나 난산병(難産病)에 좋고 아이를 많이 낳게 한다고 한다. 이(苢)는 이(苡)로도 쓴다.

77 박언(薄言): 두 글자 모두 뜻 없는 조사. 일설에는 '서둘러', '빨리'로도 푼다. 박(薄)이 박(迫)과 통하며, 박언은 박이(薄而)·박언(薄焉)·박연(薄然)과 같고 실제로는 박박연(薄薄然)과 같다는 것.

78 유(有): 취(取)하다. 거두어 간직하다(守藏).

79 철(掇): 떨어진 열매를 줍다.

80 랄(捋): 열매를 따다.

81 결(袺): 손으로 치맛자락을 잡고 물건을 담는 것.

薄言襭之[82]하라　　질경이를 치마폭에 담자
박 언 힐 지

◈ 해설

전체 3장, 각 장은 4구로 구성되어 있으며, 다른 내용은 같고 여섯 개의 동사만 다르게 사용된 극히 단순한 시형(詩形)으로 반복되는 리듬감에 중점을 둔 연가(戀歌) 및 노동가(勞動歌)의 경향이 짙다. 이 시에 대한 해석은 역대로 대개 두 가지이다.

1. 아낙네들이 들이나 언덕에서 질경이를 캐면서 부르던 노동가이다. 마치 우리의 민요 「도라지」처럼 단순한 동작과 유사하게 반복되는 내용으로 흥을 돋우는 그런 노래이다. 굳이 부이(芣苢)의 약성(藥性)에 대해서는 논할 필요가 없이 노동할 때 여기저기서 함께 부르던, 끊어질 듯 길고 가늘게 이어지는 민요로 파악하는 것으로도 족하다는 것이다. 그 자체로 이미 생동감 있고 진실하며 구체적인 음향과 영상이 그려진다는 말이다.

2. 「모시서」에서 "부인이 자식 있음을 즐긴다(婦人樂有子)"고 한 것과 같이 부이(芣苢)를 캐는 것이 자손과 유관하다는 것을 말했다. 문일다(聞一多)는 이 설을 확대시켰는데, '부이(芣苢, fuyi)'와 '배태(胚胎, peitai)'의 고음(古音)이 가깝기 때문에 옛날 사람들은 부이를 먹으면 능히 수태하여 아들을 낳을 수 있다고 생각했을 것이라고 설명했다. 당시 사회에서 부녀자는 자손을 낳음으로써 가정에서의 자신의 지위를 확보할 수 있기 때문이라는 점도 이 설에 설득력을 더한다. 즉 시적(詩的)으로 감상하는 것도 좋지만, 굳이 특별한 성분과 효능이 있는 질경이를 대상으로 한 이유에 대해서도 그냥 넘어갈 수 없다. 또 여기에는 고대로부터 내려온 신화 전설과 관련이 있다. 하(夏)나라를 개국한 우(禹)임금은 그의

---

82 힐(襭): 옷자락을 뒤집어 허리춤(또는 허리띠)에 끼우고 물건을 담는 것.

모친인 수기(修己) 또는 여희(女嬉)가 신주(神珠) 의이(薏苡)를 삼키고 수태하여 출생했다고 한다. 그래서 하우(夏禹)의 성씨가 '이(苡)'씨라고 한다. 이 전설에 의해 의이(薏苡)를 하나라의 토템이라 하고, 하나라의 성 '사(姒)'는 그 토템 명칭이라고 했다〔『사기·하본기(史記·夏本紀)』, 『오월춘추·월왕무여외전(吳越春秋·越王無余外傳)』, 『논형·힐술(論衡·詰術)』편 등 참조〕. 그리고 이종동〔李宗侗, 자(字) 현백(玄伯), 1895~1974〕은 의이(薏苡)가 부이(芣苢)라고 고증했다〔『중국고대사회신연(中國古代社會新硏)』〕.

9. 한광(漢廣) 한수는 넓어서

南有喬木[83]이로되 (남 유 교 목)
不可休思[84]로다 (불 가 휴 사)
漢有游女[85]로되 (한 유 유 녀)
不可求思[86]로다 (불 가 구 사)

남쪽에 우뚝 솟은 나무 있어도
그늘이 없어 쉴 수가 없네
한수에 노니는 아름다운 여인 있어도
가까이할 수가 없네

---

83 교목(喬木): 가지가 별로 많지 않고 위로만 솟은 높고 큰 나무.

84 불가휴사(不可休思): 휴(休)는 나무 아래에서 시원하게 쉬는 것. 또 휴(庥: 나무 그늘)로서 사람이 기대거나 머물러 쉴 수 있는 곳이므로 뒷날 식(息: 쉬다)과 통하게 되었다. 『모전(毛傳)』에는 식(息)으로 되어 있는데 『한시(韓詩)』에 따라 고쳤다. 사(思)는 어조사로서 실질적인 뜻은 없다.

85 한유유녀(漢有游女): 한(漢)은 물 이름 한수(漢水). 원래 섬서성(陝西省)에서 나와 동쪽으로 흘러 호북성(湖北省)에 이르러 장강(長江)으로 들어간다. 유녀(游女)는 강에 나와 노니는 여자. 주희(朱熹)의 『시집전』에 의하면 강한(江漢)의 습속은 여자들이 강가에 나와 노닐기를 잘하였다고 한다. 〈삼가시(三家詩)〉에서는 모두 고유명사인 한수의 여신(女神)으로 보았다. 한대(漢代)와 그 이후의 시문(詩文)에서도 그렇게 본 예가 많다.

漢之廣矣니
한 지 광 의

한수는 하도 넓어서

不可泳思며
불 가 영 사

헤엄쳐 갈 수가 없고

江之永矣니
강 지 영 의

장강은 하도 길어서

不可方思[87]로다
불 가 방 사

뗏목 타고 갈 수가 없다네

翹翹錯薪[88]에
교 교 착 신

빽빽이 우거진 잡목 속에서

言刈其楚[89]하리라
언 예 기 초

우뚝 솟은 싸리나무를 베리라

之子于歸[90]에
지 자 우 귀

저 아가씨 시집올 적에

言秣其馬[91]리라
언 말 기 마

그 말을 손수 먹이리라

漢之廣矣니
한 지 광 의

한수는 하도 넓어서

---

86 구(求): 구하여 가까이하다.

87 방(方): 떼, 즉 나무나 대를 엮어서 만든 뗏목. 방(舫)과 같다.

88 교교착신(翹翹錯薪): 교교(翹翹)는 본래 새 꼬리 위의 긴 깃털을 지칭하는 것으로, 잡초가 빽빽하게 높이 자란 모양을 말한다. 착신(錯薪)은 뒤섞여 있는 섶나무들. 청나라 때 위원(魏源, 1794~1857)은 『시고미(詩古微)』에서 "시삼백편(詩三百篇)에서 장가드는 것을 노래한 시는 모두 나무하는 것으로 그 뜻을 표현했다. 대개 옛날 시집가거나 장가갈 때에는 반드시 횃불을 등불로 삼았다. 그래서 「남산(南山)」의 '석신(析薪)', 「거할(車舝)」의 '석작(析柞)', 「주무(綢繆)」의 '속신(束薪)', 「빈풍(豳風)」편의 「벌가(伐柯)」 등은 모두 착신(錯薪)·예초(刈楚)와 그 흥(興)을 같이한다"고 했다. 즉 나무하는 것은 혼속(婚俗)과 관련이 있다. 근대에도 신부 가마 뒤에 붉은 끈으로 묶은 나뭇가지 다발을 꽂는 곳도 있고, 가마가 문에 도착하면 반드시 장작불 위로 들어 올려야 하는 곳도 있으며, 한 묶음 타오르는 횃불을 들고 가마 주위를 한 바퀴 도는 곳도 있다고 한다.

89 언예기초(言刈其楚): 언(言)은 어조사. 예(刈)는 베다, 잘라 오다. 초(楚)는 싸리나무.

90 지자우귀(之子于歸): 지자(之子)는 앞에서 나온 유녀(游女)를 가리키고, 귀(歸)는 시집가는 것을 말한다.

91 언말기마(言秣其馬): 말(秣)은 말에게 꼴을 먹여 주는 것. 위원(魏源)은 혼례친영(婚禮親迎)의 수레를 다스리는 예라고 했다. 이것도 앞의 착신(錯薪)·예초(刈楚)와 마찬가지로 그들의 결혼을 위해 준비해야 하는 일체의 준비를 말한다.

不可泳思며 불 가 영 사	헤엄쳐 갈 수가 없고
江之永矣니 강 지 영 의	장강은 하도 길어서
不可方思로다 불 가 방 사	뗏목 타고 갈 수가 없다네

翹翹錯薪에 교 교 착 신	빽빽이 우거진 잡목 속에서
言刈其蔞[92]하리라 언 예 기 루	우뚝 솟은 싸리나무를 베리라
之子于歸에 지 자 우 귀	저 아가씨 시집올 적에
言秣其駒[93]하리라 언 말 기 구	그 말을 손수 먹이리라
漢之廣矣니 한 지 광 의	한수는 하도 넓어서
不可泳思며 불 가 영 사	헤엄쳐 갈 수가 없고
江之永矣니 강 지 영 의	장강은 하도 길어서
不可方思로다 불 가 방 사	뗏목 타고 갈 수가 없다네

◈ 해설

「모시서」에서는 "덕이 널리 미침을 노래한 것이다. 문왕의 도가 남쪽 나라에까지 펼쳐져, 강수(江水)와 한수(漢水) 유역까지도 아름다운 교화가 행하여졌다. 그리하여 예를 범해서 여자를 구해 봤자 되지 않음을 노래한 것이다"라고 했다.

그러나 이 시는 대체로 여인을 사모하면서도 근처에도 가지 못하여 안타까워

---

92 루(蔞): 물쑥.
93 구(駒): 망아지.

하는 젊은 남자의 노래로 본다. 감정의 진지함과 소박함은 「관저」의 내용보다 강해 보인다. 강가에 나와 노니는 여인을 양가(良家)의 처녀나 한수의 여신으로 보거나에 관계없이 이 노래의 주인공은 애초부터 강으로 막혀 있는 접촉 불가능의 설정으로 보아 비교적 천한 신분의 사내이거나 나무꾼일지도 모른다. 그래서 〈삼가시(三家詩)〉는 강한(江漢) 지역에 알려진 한수의 여신(女神)의 전설을 생각하며 노래한 시로서, 『초사·구가(楚辭·九歌)』의 「상군(湘君)」, 「상부인(湘夫人)」과 같은 유형이라고 했다. 즉 신화와 전설의 내용에 기탁하여 서민들의 이상(理想)과 바람을 표출한 것이라는 해석이다. 그리고 이후 『열선전(列仙傳)』과 조식(曹植)의 「낙신부(洛神賦)」, 진림(陳琳)의 「신녀부(神女賦)」, 곽박(郭璞)의 「강부(江賦)」 등도 이 견해의 영향을 직접 받았다. 이와는 달리 청대(淸代)의 방옥윤(方玉潤, 1811~1883)은 강가의 나무꾼이 노래한 가요로서, 고대의 산가(山歌)라고 했다.

이 시는 총 3장에 각장 8구로 구성되어 있으며, 각 장의 후반 4구는 한 글자의 변화도 없이 똑같다. 어떤 연구자는 『시경』의 첫 번째 작품인 「관저」가 탈간(脫簡)된 것으로 보고, 그 원래의 형태는 이 「한광(漢廣)」에 가까웠을 것이라고 했다.

그런데 예전과 같은 번역은 특히 제2, 3장의 1~4구와 5~8구 사이에는 흐름의 단절이 있어 보인다. 즉 1~4구는 주에서도 말한 바와 같이 혼속(婚俗)과 관련이 있는데 5~8구는 현실적으로 접근할 수 없는 안타까움과 절망을 노래했다. 이를 해소할 수 있는 것은 1~4구를 결혼에 대한 갈망이나 가정(假定)으로 보는 것이다.

10. 여분(汝墳) 여수(汝水)의 방죽

遵彼汝墳[94]하여 준 피 여 분	저 여수의 방죽을 따라
伐其條枚[95]로다 벌 기 조 매	작은 나뭇가지를 벤다
未見君子[96]니 미 견 군 자	당신을 뵙지 못하니
惄如調飢[97]로다 녁 여 조 기	그리움은 아침의 배고픔 같아라
遵彼汝墳하여 준 피 여 분	저 여수의 방죽을 따라
伐其條肄[98]로다 벌 기 조 이	새로 돋은 나뭇가지를 벤다
旣見君子하니 기 견 군 자	당신을 만나 뵈니
不我遐棄[99]로다 불 아 하 기	나를 버리지 않으셨어라

---

94 준피여분(遵彼汝墳): 준(遵)은 따르다, 좇다. 여(汝)는 여수(汝水) 또는 여하(汝河)라고도 한다. 하남성 북쪽에서 흘러나왔다. 물길이 여러 번 바뀌어 옛날의 물길이 어떻게 흘렀는지 확인하기 어렵다. 분(墳)은 대방(大防) 곧 방죽 또는 제방.

95 벌기조매(伐其條枚): 벌(伐)은 베다. 조(條)는 작은 가지. 매(枚)는 조(條)와 같이 가지로 보기도 하고, 간(幹) 즉 줄기로 보기도 한다. [해설] 참조.

96 군자(君子): 작자인 부녀자의 남편에 대한 존칭.

97 녁여조기(惄如調飢): 녁(惄)은 생각하며 근심하다, 간절히 생각하다. 조(調)는 아침 조(朝)와 같다. 기(飢)는 배고픔이다. 이는 고대의 은어(隱語)의 일종으로 성행위를 지칭한다. 음식을 남녀로 비유했다. 성행위는 식(食: 먹다)이라 하였고, 성욕이 만족되지 않을 때의 생리 상태를 기(飢), 이미 만족스러울 때를 포(飽)라 한다〔문일다(聞一多)〕. 주희(朱熹)는 이 '調'를 '주(輖)'라 풀었는데 곧 '수레의 앞쪽이 낮다 또는 무겁다'는 뜻으로 '중(重)'의 뜻이라 하였다. 즉 매우 심한 배고픔을 말한다.

98 이(肄): 움이 돋아난 새 나뭇가지. 또는 베어 낸 후에 다시 자라난 작은 가지.

99 하(遐): 멀리. 이 구는 도치문(倒置文)으로 보며, 그래서 불하기아(不遐棄我)로 읽힌다.

魴魚頳尾[100]하고
방 어 정 미
王室如燬[101]로다
왕 실 여 훼

방어는 꼬리가 붉어졌고
매궁(禖宮)은 불붙는 듯
사람들로 부산하네

雖則如燬나
수 칙 여 훼
父母孔邇[102]시니라
부 모 공 이

비록 불붙는 듯해도
부모님이 가까이 계시네

---

100 방어정미(魴魚頳尾): 방어(魴魚)는 편어(鯿魚)라고도 하며, 몸이 납작한 방형(方形)이고 기름기가 배에 많고 맛이 있다고 한다. 일명 비(魾)라고도 한다. 정(頳)은 붉은 것. 『모전(毛傳)』에서는 꼬리는 본래 흰색인데 피로하면 붉어진다(魚勞則尾赤)고 했고, 허신(許愼)의 『설문해자(說文解字)』에서는 적미어(赤尾魚)라고 하였다. 그래서 『시집전』에서는 자기의 남편이 군대에 끌려가 방어의 꼬리가 붉어질 만큼 이미 많은 노고를 했다는 뜻으로 해석했다. 청나라 말기 우창(于鬯)은 『모전(毛傳)』의 '로(勞)'를 병든 것으로 해석하고 물고기가 죽을 때가 되면 꼬리가 붉어진다는 뜻으로, 병들어 죽음에 이르렀으나 아직 죽지 않은 것이며, 이것은 곧 죽음의 징조로서 다음 구의 "왕실이 장차 망하려고 하나 아직 망하지 않은 것"과 같은 맥락으로 보았다. 문일다(聞一多)는 앞에서 나온 '기(飢)'와 마찬가지로 방어를 실제로 지칭한 것은 아니고 남녀 상대방에 대한 은어(隱語)이며 쌍방의 애정을 암유(暗喩)한 것으로 본다. 즉 방어를 비롯한 몇몇 물고기들은 교미기(交尾期)가 되면 꼬리가 붉게 되어 짝을 부른다고 한다.

101 왕실여훼(王室如燬): 훼(燬)는 불타다. 곧 시국이 지극히 어지러운 것을 비유한 말. 왕실(王室)은 〈삼가시(三家詩)〉에서는 은(殷) 왕조의 마지막 임금인 주왕(紂王) 때로 보기도 하는데 그 가능성은 약하며, 서주(西周) 말기 여왕(厲王)이 체〔彘: 현 산서성(山西省) 곽현(霍縣)〕로 도주하고 유왕(幽王)이 견융(犬戎)에게 죽는 등의 대사건이 일어나고 평왕(平王)이 동천(東遷)하던 시기로 본다. 그러나 문일다(聞一多)는 이 시를 애정시로 보고 이 구절을 '성(性) 충동이 마치 불과 같이 격렬한 것'이라고 해석했다. 그리고 손작운(孫作雲)은 이 설을 보충하여 '왕실(王室)'은 「용풍·상중(鄘風·桑中)」 시의 '상궁(上宮)'과 같으며 여수(汝水) 가에 있는 대묘(大廟)나 매궁(禖宮)를 칭하고, '여훼(如燬)'는 봄 2월 말이거나 삼월 삼짇날 "신사(神社) 속에 인산인해(人山人海) 하는 것이 마치 불타는 듯한 것"을 말한다고 하였다. [해설] 참조.

102 부모공이(父母孔邇): 공(孔)은 매우. 이(邇)는 가까운 것. 부모님이 매우 가깝다는 것은 부모님에게 효도를 해야 한다, 바로 곁에 부모님이 계시니 다시는 멀리 떠나지 말라는 뜻으로 본다. 〈삼가시(三家詩)〉의 해석을 보태면, 주왕(紂王)의 조정이 매우 잔혹하지만 부모님이 빈곤하기 때문에 어쩔 수 없이 관리가 되어 고생을 많이 했다는 의미가 배경에 있다. 일설에는 이(邇)는 미(彌)로 읽어야 하고, 미(彌)는 미(敉)·미(弭)와 통하여 안(安)의 뜻으로, 왕실이 비록 '여훼(如燬)' 하여도 부모님 또는 부모의 나라는 남쪽이라 아직도 매우 안녕하다는 의미로 풀었다〔유운흥(劉運興), 『시의지신(詩義知新)』〕 또

◈ 해설

1. 일반적으로 여인이 전쟁터에 나갔다가 돌아온 남편을 만나서 다시는 자신을 버리고 멀리 가지 않기를 바라는 시로 본다. 그래서 제1장에서는 여수(汝水)가에 사는 여인이 남편을 전쟁터로 보내고 몸소 땔나무를 하는 고초를 겪으면서 남편이 무사히 하루 빨리 돌아오기를 간절히 바라는 것, 제2장은 남편이 자기를 버리지 않고 무사히 돌아온 것, 제3장은 고생을 하여 피로에 지치면 꼬리가 붉어진다는 방어(魴魚)처럼 전쟁터에서 고난을 겪고 돌아왔으나 나라는 안정되지 못하고 여전히 어지럽지만 부모님이 계시니 다시는 집을 떠나지 말라는 것을 읊었다는 것이다.

그러나 문일다(聞一多)와 손작운(孫作雲)의 해석을 참조하면, 이 시는 여수 부근의 청춘 남녀가 여수에서 부정(不淨)을 씻어 버리기 위한 목욕재계(沐浴齋戒)인 불계(祓禊)를 행하며 남녀 간에 자유롭게 만나 즐기는 것과 관련이 있는 연가(戀歌)이다. 그러나 후대 도학자의 입장에서 보면 일종의 남녀상열지사(男女相悅之詞)인 셈이다. 이런 민속은 그 이전부터 오랜 기원을 가지고 있으며, 또한 주(周) 왕조나 이후 각 왕조들이 내세운 통치 이념과는 달리 당시는 물론 이후 오랫동안 민간에서 전해 내려왔다.

2. 강가에서 행해지는 남녀의 모임과 만남의 중심에는 매궁(禖宮)과 득남(得男) 및 혼전 자유연애의 전설이 있다. 이런 내용은 다른 풍시(風詩)들 속에서도 자주 출현한다.

3. 제1, 2장의 앞 두 구가 단순히 땔나무를 하는 것일까. 여인이 멀리 행역(行役) 나간 그녀 남편의 안위(安危)를 걱정하고 또 돌아오기를 갈망하면서 매이(枚肄: 나뭇가지)를 꺾었는데 이것은 점을 치기 위한 용도로 보는 것도 좋다. 이

는 이 시를 연가(戀歌)로 볼 때, 「정풍·장중자(鄭風·將仲子)」의 "어이 감히 애석하다 하리요마는, 부모님 말씀이 두려워요. 둘째 도련님을 사랑합니다만 부모님의 말씀 또한 두렵사와요(豈敢愛之, 畏我父母. 仲可懷也, 父母之言, 亦可畏也)"와 같은 의미라고 했다. 즉 여수 물가는 남녀들이 모여 어울리며 즐기는 곳이고 그곳의 중심인 대묘(大廟)나 매궁(禖宮)이 시끌벅적하며 불붙는 듯해도 부모님 생각하면 그의 군자(君子)와 어울려 놀 수 없다는 것이다. 아마도 결혼에 관련된 일일 것이다〔손작운(孫作雲)〕.

를 매복(枚卜)이라 하는데, 대개는 관리를 선발할 때 치던 점복(占卜)이나 또는 어떤 일을 점친다 하지 않고 행하는 폭넓은 의미의 점이다. 즉 작은 나뭇가지를 산가지[주(籌)]로 삼아 점을 친 것이다. 『상서·대우모(尙書·大禹謨)』의 "공신들을 하나하나 점쳐서 길한 사람에게 다스리도록 하다(枚卜功臣, 惟吉之從)" 중의 '매복(枚卜)'도 넓게는 길흉을 점치는 것이다. 옛사람들의 점에는 귀복(龜卜), 시초점(蓍草占) 외에 매복(枚卜), 매서(枚筮) 등이 있었다. 매복(枚卜)은 수당(隋唐)을 거쳐 청(淸)에 이르기까지 사용되었다. 이 시에서 그 구체적인 것은 알 수 없으나 여인은 안타까운 마음에 간단히 스스로 점을 쳐 보았을 것이다.

11. 인지지(麟之趾) 　기린의 발

麟之趾[103]여 (인 지 지)	기린의 발
振振公子[104]는 (진 진 공 자)	성실하고 인후한 공후의 아들들
于嗟麟兮[105]로다 (우 차 린 혜)	아아, 기린이여!

103 인(麟): 기린(麒麟). 중국 고대의 전설적인 동물로 살아 있는 벌레나 풀을 밟지 않기 때문에 인수(仁獸)라고 한다. 현덕(賢德)한 사람을 비유한다. 삼국시대 오(吳)나라 육기(陸璣)의 『모시초목조수충어소(毛詩草木鳥獸蟲魚疏)』[이하 약칭 『육소(陸疏)』]에 의하면 "노루의 몸, 소꼬리, 말의 다리, 황색, 둥근 발굽, 하나의 뿔, 뿔의 끝에 살이 있다"고 했다. 지(趾)는 발[족(足)].

104 진진공자(振振公子): 진진은 인후(仁厚)한 모습. 또는 성실하고 믿음이 있는 모습. 공자는 공후(公侯)인 제후의 아들. 복수(複數) 명사로 본다.

105 우차(于嗟): 우(于)는 우(吁)와 통하는 감탄사. 차(嗟)도 같은 뜻. 그래서 감탄사 '아아'와 같다.

麟之定[106]여 인 지 정	기린의 이마
振振公姓[107]는 진 진 공 성	성실하고 인후한 공후의 자손들
于嗟麟兮로다 우 차 린 혜	아아, 기린이여!

麟之角[108]이여 인 지 각	기린의 뿔
振振公族[109]은 진 진 공 족	성실하고 인후한 공후의 일가들
于嗟麟兮로다 우 차 린 혜	아아, 기린이여!

◈ 해설

주제를 대개 두 가지로 볼 수 있다. 인자하고 후덕한 공자(公子)를 노래한 것. 제후의 집안에 자손이 번성하고 현덕(賢德)함을 찬미한 것. 「모시서」에서는 이 작품이 「관저」에 응하여, 「관저」의 교화가 행해지면 천하에 예(禮)가 아닌 것을 범하지 아니하여 비록 쇠망한 세상의 공자일지라도 모두 성실하고 인후함이 인지(麟趾)의 때와 같다고 했다.

---

106 정(定): 정(顁), 즉 이마〔액(額), 전(顚)〕. 이 이마로 받거나 밀 수 있지만 그렇게 하지 않는 인후함을 말한다.

107 공성(公姓): 공후의 자손들.

108 각(角): 뿔. 뿔로 받을 수 있지만 그렇게 하지 않는 인후함을 말한다.

109 공족(公族): 공후의 친족들. 공성과 공족은 모두 자손을 말한다.

제2 소남(召南)

소남(召南)이 어느 곳을 가리키는가에 대한 구설(舊說)들이 억지가 많음을 앞의 「주남(周南)」 [해설]에서 대강 지적하였다. 부사년(傅斯年)은 소남은 주(周)나라 소목공(召穆公) 호(虎)가 다스리던 남쪽의 나라를 가리킨다고 하였는데〔부사년(傅斯年), 「주송설(周頌說)」〕, 비교적 이치에 맞다. 소목공 호(虎)는 강수(江水)와 한수(漢水) 지방을 개척한 사람으로 「대아·강한(大雅·江漢)」 시는 그의 공적을 읊은 것이다. 그는 주(周)나라 선왕(宣王: BC 827~782년 재위)의 명을 받들어 회남(淮南)의 오랑캐들을 평정하였다고 한다(『집전』). 「소남」의 14편 시 가운데 「강유사(江有汜)」 시가 있고, 「대아·강한(大雅·江漢)」 시와 아울러 생각할 때 그 땅은 주남의 남쪽으로부터 장강 유역에 이르는 지역이었음을 알겠다. 또 「감당(甘棠)」 시에는 소백(召伯)이 나오는데 이것도 소공(召公) 석(奭)이 아니라 소호(召虎)를 가리키는 것이다.

또 옛날에는 「소남」의 시들을 모두 주나라 초기의 작품으로 보았지만, 주나라 선왕 이전에는 소남 지역을 평정한 일이 없고, 「하피농의(何彼襛矣)」 시에는 "평왕지손(平王之孫)"이란 구절이 보이니, 빨라야 주선왕 때로부터 늦은 것은 동주(東周) 초엽에 걸친 시기(약 BC 837~720년)의 작품으로 추정된다.

1. 작소(鵲巢)

까치집

維鵲有巢[1]에
유 작 유 소

維鳩居之[2]로다
유 구 거 지

之子于歸에
지 자 우 귀

百兩御之[3]로다
백 량 아 지

維鵲有巢에
유 작 유 소

維鳩方之[4]로다
유 구 방 지

之子于歸에
지 자 우 귀

百兩將之[5]로다
백 량 장 지

까치 둥우리에
뻐꾸기가 들어가 산다
그 아가씨 시집갈 적에
백 대의 수레로 맞이한다

까치 둥우리를
뻐꾸기가 차지하고 있다
그 아가씨 시집갈 적에
백 대의 수레로 배웅한다

---

1 유작유소(維鵲有巢): 유(維)는 조사로, 실제적인 뜻은 없다. 작(鵲)은 까치.

2 구(鳩): 『모전(毛傳)』에서는 시구(鳲鳩) 또는 길국(秸鞠)이라 했는데 지금 이름으로는 뻐꾸기. 마서진(馬瑞辰)이나 굴만리(屈萬里) 등 제씨들은 구욕(鴝鵒: 구관조)새라고 했다. 구욕새는 팔가(八哥)라고도 하며, 순흑색으로 머리와 배는 약간 녹색의 빛이 나며 머리 위에 가늘고 긴 깃털[우모(羽毛)]이 달렸다. 여기에서는 뻐꾸기로 통칭하고자 한다. 까치는 매년 10월 뒤에는 새끼를 치고 나가는데 뻐꾸기는 그 까치가 비운 집에 들어와 산다고 한다. 그러나 구체적인 연구에 의하면, 뻐꾸기가 까치의 집에 들어와 사는 것이 아니라 알을 까치집에 낳고 대신 부화하게 하는 것이라 한다. 여자가 출가하여 남자의 집에 들어가 사는 것을 보고 뻐꾸기와 까치의 일로 비유한 것이다.

3 백량아지(百兩御之): 백량(百兩)은 백승(百乘), 즉 수레 백 대. 백은 정확한 수를 말한 것이 아니라 많은 것을 형용한 말이다. 량(兩)은 량(輛)의 뜻. 아(御)는 영(迎), 즉 맞이한다는 뜻.

4 방(方): 소유, 즉 차지하여 갖는 것. 또는 의지하다.

5 장(將): 호송 또는 배웅하는 것.

維鵲有巢에 (유 작 유 소)	까치 둥우리에
維鳩盈之로다 (유 구 영 지)	뻐꾸기가 가득 찼다
之子于歸에 (지 자 우 귀)	그 아가씨 시집갈 적에
百兩成之[6]로다 (백 량 성 지)	백 대의 수레로 예를 갖춘다

◈ 해설

아가씨가 시집가는 것을 축하하는 시이다. 많은 수레로 맞이하고 배웅하는 것을 보더라도 평민의 혼인은 아닌 듯하다. 「모시서」에서는 "부인의 덕을 읊은 것이다. 나라의 임금이 많은 공을 쌓아 작위를 얻어 제후가 되었는데, 부인이 시집을 와서 그 집안을 차지하게 되었다. 그리하여 덕(德)이 뻐꾸기와 같아 임금의 짝이 될 만하다는 것이다"라고 했고, 『시집전』에서는 "남국의 제후가 문왕(文王)의 교화를 입었고, 그 여자 또한 후비의 교화를 입었기 때문에 제후에게 시집을 가자 집안사람들이 그것을 아름답다고 여겼다"고 했다.

부인의 덕의 여하는 모르지만 다른 집안(혹은 제후)의 딸이 제후에게 시집가는 것을 축하한 시일 가능성도 많다. 어쨌든 까치집은 남자가 쌓아 놓은 공적을 비유하고, 뻐꾸기는 다 이루어 놓은 남의 집안에 주부로 들어가는 여인에게 견준 것으로 본다.

---

6 성(成): 앞 구의 '지(之)'가 부인을 지칭하므로 성부인(成夫人), 즉 부인이 되게 하다. 그래서 한 걸음 더 나아가 성혼(成婚), 즉 결혼 의식이 완전히 이루어졌음을 뜻한다.

2. 채번(采蘩) 쑥을 뜯어서

于以采蘩[7]을 우 이 채 번	어디서 쑥을 캘까?
于沼于沚[8]로다 우 소 우 지	못가와 물가에서
于以用之[9]를 우 이 용 지	그 쑥을 어디에 쓸까?
公侯之事[10]로다 공 후 지 사	공후의 제사에

于以采蘩을 우 이 채 번	어디서 쑥을 캘까?
于澗之中[11]이로다 우 간 지 중	산골짜기의 시냇가에서
于以用之를 우 이 용 지	그 쑥을 어디에 쓸까?
公侯之宮[12]이로다 공 후 지 궁	공후의 묘당에

被之僮僮[13]이여 피 지 동 동	머리 장식 단정하게

---

7 우이채번(于以采蘩): 우이(于以) 두 글자를 연용(連用)할 때 이(以)는 이(台)의 가차로서 하(何)의 뜻임〔양수달(楊樹達)〕. 또는 「진풍 · 동문지분(陳風 · 東門之枌)」 시에 나오는 '월이(越以, 粤以)'나 '원이(爰以)'와 같은 어조사이며, '곧, 이에' 등의 뜻으로도 봄〔『통석(通釋)』〕. 번(蘩)은 파호(皤蒿)(『모전』) · 백호(白蒿)(『공소』)라고도 하는데, 이것은 우리나라에도 흔한 '다북쑥'이다. 쑥나물을 제사에 썼다고 한다(『정전』).

8 우소우지(于沼于沚): 소(沼)는 연못. 지(沚)는 모래톱. 쑥은 물풀은 아니므로, 각각 '못가'와 '물가'로 본다.

9 용(用): 제사에 쓰는 것.

10 공후지사(公侯之事): 공후(公侯)는 제후(諸侯). 사(事)는 제사를 가리킴.

11 간(澗): 산골짜기의 시냇물. 우간(于澗)은 '산골짜기의 시냇가에서'.

12 궁(宮): 묘당(廟堂)(『모전』).

13 피지동동(被之僮僮): 피(被)는 수식(首飾), 즉 머리를 장식한 것이라 하였는데(『모전』), 머리를 엮어서 만든 것이거나(『집전』) 남의 머리타래 곧 가발(假髮)을 합쳐 쪽을 찌고 장식

夙夜在公[14]이로다
숙 야 재 공

온종일 묘당에 있네

被之祁祁[15]에
피 지 기 기

머리 장식 위의 있게

薄言還歸[16]로다
박 언 환 귀

묘당에서 돌아오네

◈ 해설

「모시서」에서는 부인이 남편인 제후를 받들어 제사 일을 돕는 것, 즉 부인이 직분을 잃지 않았음을 읊은 것이라 하였다. 제후 또는 대부(大夫)의 부인이라면 귀한 신분이지만 제사에 쓸 물건을 마련하기 위하여 몸소 들로 나가 쑥을 뜯어 온다(제1, 2장). 그리고 몸을 단정히 하고는 이른 새벽부터 제사 지내는 묘당에 나가 저녁 늦게까지 제사 일을 돌본다(제3장). 그래서 이 시를 부인의 훌륭한 행실을 읊은 것이라고 한 것이다. 혹은 쑥을 누에 칠 때 쓰는 것으로 보고, 궁(宮)과 공(公)을 잠실(蠶室)로 하여 제후의 잠실에서 양잠하는 여인네 곧 잠부(蠶婦)가 일하는 모습을 노래한 것이라 보는 견해도 있다.

한 것이라 한다(『통석』). 동동(僮僮)은 『모전(毛傳)』에서는 '굽실거리며 공경하는 모습'이라 하였는데, 위(魏)나라 장읍(張揖)의 『광아(廣雅)』에 동동(童童: 僮僮과 통함)은 성(盛)한 것이라 하였다. 곧 쪽을 찌어 올린 머리가 높게 솟은 모양.

14 숙야재공(夙夜在公): 숙야(夙夜)는 새벽부터 밤까지. 공(公)은 공소(公所)의 뜻으로(『집전』), 역시 묘당을 가리킨다.

15 기기(祁祁): 「대아·한혁(大雅·韓奕)」 시의 "기기여운(祁祁如雲)"의 '기기(祁祁)'와 같이 성(盛)한 모습. 곧 앞의 '동동'과 마찬가지로 머리가 성한 모습을 형용한 것. 또는 펴지고 느린 모양〔서지(舒遲)〕으로 일을 마침에 위의(威儀)가 있는 것으로(『집전』), 묘당에서 제사 지내러 올 때에는 장식한 머리가 성한 것이 동동(僮僮)하고 제사에 바삐 움직이다 보니 끝날 무렵에는 머리가 펴지고 헝클어진 모양으로도 이해된다.

16 박언환귀(薄言還歸): 박언(薄言)은 조사. 또는 박박연(薄薄然)과 같이 '급히'의 뜻. 환귀(還歸)는 제사 일을 끝내고 집으로 돌아오는 것.

## 3. 초충(草蟲)	## 풀벌레
喓喓草蟲[17]이요 요 요 초 충	풀벌레 울고
趯趯阜螽[18]이로다 적 적 부 종	메뚜기가 뛰노네
未見君子 하니 미 견 군 자	우리 님 볼 수 없어
憂心忡忡[19]이로다 우 심 충 충	이 마음 시름겹네
亦既見止[20]하고 역 기 견 지	한번 보기라도 했으면
亦既覯止[21]면 역 기 구 지	한번 만나 보았으면
我心則降[22]이리라 아 심 즉 강	이 내 마음 놓일 텐데

---

17 요요초충(喓喓草蟲): 요요(喓喓)는 벌레 우는 소리를 형용한 말. 초충(草蟲)은 『모전(毛傳)』에 '상양(常羊)'이라 하였는데, 『공소(孔疏)』에 의하면 크기가 메뚜기와 같고 이상한 울음소리를 내고 몸은 푸른 빛깔이며 풀밭 속에 많다고 하였다. 그냥 풀벌레로 번역한다.

18 적적부종(趯趯阜螽): 적적(趯趯)은 뛰는 모습. 부종(阜螽)은 『모전』에는 번(蠜: 누리)이라 하였고, 『공소』에는 황(蝗)이라 하였다. 메뚜기.

19 우심충충(憂心忡忡): 우심(憂心)은 시름겨운 마음. 충충(忡忡)은 근심하는 모습(『공소』). 또는 가슴이 뛰며 불안한 모양.

20 역기견지(亦既見止): 역(亦)은 조사. 즉 뜻 없는 발어사. 지(止)는 조사.

21 구(覯): 만나다. 우(遇)·견(見)의 뜻이며, 또한 구(遘)·구(媾)이기도 하여 '혼인하다', '성교하다'의 뜻도 암시한다. 다산(茶山) 정약용(丁若鏞)은 이 구절에 대한 『정전(鄭箋)』의 주에 『주역(周易)』의 "남녀구정(男女媾精), 만물화생(萬物化生)"을 인용하였음을 말하면서 메뚜기 부종(阜螽)은 '누리〔번(蠜)〕'이고 풀벌레 초충(草蟲)은 '등진 누리〔부번(負蠜)〕'라 하며, 암컷은 반드시 수컷을 등에 지고 다니니 초충은 암컷이고 부종은 수컷이라고 했다. 암컷이 소리를 내면 수컷이 뛰면서 뒤쫓아가게 되는데, 남편을 그리워하는 아낙이 이러한 물상을 보고 마음 아파한 것이라 했다〔다산(茶山) 정약용(丁若鏞), 실시학사 경학연구회 옮김, 『역주 시경강의(詩經講義)』(전5권), 사암, 2008. 이하 약칭 『강의(講義)』〕.

22 강(降): 마음이 놓인다는 뜻.

陟彼南山하여
척 피 남 산

저 남산에 올라

言采其蕨[23]이로다
언 채 기 궐

고사리를 뜯네

未見君子하니
미 견 군 자

우리 님 볼 수 없어

憂心惙惙[24]이로다
우 심 철 철

이 마음 조심스럽네

亦既見止하고
역 기 견 지

한번 보기라도 했으면

亦既覯止면
역 기 구 지

한번 만나 보았으면

我心則說[25]이리라
아 심 즉 열

내 마음 기쁠 텐데

陟彼南山하여
척 피 남 산

저 남산에 올라

言采其薇[26]로다
언 채 기 미

고비를 캐네

未見君子하니
미 견 군 자

우리 님 볼 수 없어

我心傷悲로다
아 심 상 비

내 마음 쓰라려라

亦既見止하고
역 기 견 지

한번 보기라도 했으면

亦既覯止면
역 기 구 지

한번 만나 보았으면

我心則夷[27]리라
아 심 즉 이

이 내 마음 편할 텐데

---

23 언채기궐(言采其蕨): 언(言)은 조사. 궐(蕨)은 고사리.

24 철철(惙惙): 근심하는 모양. 근심이 맺혀 있는 모양.

25 열(說): 기쁜 것.

26 미(薇): 고비. 『모전』에서는 채(菜)라 하였고, 『설문해자(說文解字)』에서는 채(菜)인데 곽(藿)과 비슷하다 하였는데, 『공소』에서는 산채(山菜)라 하였다. 또는 '들완두(야완두(野豌豆))'라고도 한다. 『집전』에서 말하는 대로 '궐(蕨)과 같은데 조금 크고 가시가 있으며 맛이 쓰다'고 했으니 우리나라에서는 일반적으로 '고비'라고 한다.

27 이(夷): 이(怡)와 통하여, '편하다, 기뻐하다'는 뜻.

◈ 해설

이 시는 먼 곳에 가 있는 남편을 그리워하는 여인의 마음을 읊은 것이다. 「모시서」에서는 "대부의 아내가 예(禮)로써 스스로 지킬 수 있음을 노래한 것"이라 하였다. 그리고 『시집전』에서는 "남국(南國)이 문왕(文王)의 교화를 입어 제후나 대부가 외지로 떠나 있을 때 그 아내가 집에 있으면서 시물(時物)의 변화를 느끼고 남편이 그리워 읊은 것"이라 하였다. 그리고 「주남」의 「권이(卷耳)」와 같다고 하였다.

4. 채빈(采蘋) 개구리밥을 따서

于以采蘋[28]을 우 이 채 빈	어디서 개구리밥을 딸까?
南澗之濱[29]이로다 남 간 지 빈	양지쪽 산골짝이 시냇가에서
于以采藻[30]를 우 이 채 조	어디서 마름풀을 딸까?
于彼行潦[31]로다 우 피 행 료	저 흐르는 도랑에서

---

28 우이채빈(于以采蘋): 우이(于以)는 '어디'의 뜻. 「채번(采蘩)」 시에서 보였음. 빈(蘋)은 수생(水生) 식물로 『집전』에서는 수상(水上) 부평(浮萍), 즉 물 위에 떠있는 마름이라 하였는데, 명(明)나라 말기 이시진(李時珍, 1518~1593)의 『본초강목(本草綱目)』에서 쓰기를 수평(水萍)에는 세 가지가 있는데 큰 것은 빈(蘋)이라 하고, 중간 것을 행채(荇菜), 작은 것을 부평(浮萍)이라 한다고 했다. 물풀의 일종으로 먹을 수 있는 것. 일반적으로 '개구리밥'으로 번역하는데, 『본초강목(本草綱目)』의 해설이나 제사용이라는 면에서 보면 적절하지 않은 것 같다.

29 남간지빈(南澗之濱): 간(澗)은 산골짜기의 시냇물. 빈(濱)은 물가.

30 조(藻): 마름풀. 『모전』에선 취조(取藻)라 하였는데, 아마도 물결에 의해 몰리기를 잘하기 때문에 붙여진 이름일 것이며〔육기(陸璣), 『육소(陸疏)』〕, 수초(水草)이다.

于以盛之[32]를 우 이 성 지	어디다 담을까?
維筐及筥[33]로다 유 광 급 거	네모진 광주리와 둥근 광주리에
于以湘之[34]를 우 이 상 지	어디다 삶을까?
維錡及釜[35]로다 유 기 급 부	세발 가마와 가마솥에
于以奠之[36]를 우 이 전 지	어디다 차리나?
宗室牖下[37]로다 종 실 유 하	종묘 엇살창 아래 대청에
誰其尸之[38]오 수 기 시 지	누가 주관하나?
有齊季女[39]로다 유 제 계 녀	단정한 막내딸이네

---

31 행료(行潦): 행(行)은 길『공소』. 료(潦)는 빗물〔우수(雨水)〕. 즉 길 옆에 흐르는 도랑물. 또는 유료(流潦)(『모전』, 『집전』), 곧 '흐르는 도랑물'로도 볼 수 있다.

32 성(盛): 담다.

33 유광급거(維筐及筥): 유(維)는 조사. 광(筐)은 모난 광주리. 거(筥)는 둥근 광주리. 『노시(魯詩)』에 의하면, 바닥이 모난 것이 광(筐), 바닥이 둥근 것이 거(筥)라고 하였다.

34 상(湘): 상(鬺)과 통하여〔『한시(韓詩)』〕, 삶는다는 뜻.

35 유기급부(維錡及釜): 기(錡)는 발이 달린 솥. 부(釜)는 발이 없는 솥(『모전』).

36 전(奠): 놓다〔치(置)〕. 그릇에 수초로 만든 음식을 담아서 놓는 것.

37 종실유하(宗室牖下): 종실(宗室)은 종묘(宗廟). 유하(牖下)는 문과 창 사이의 앞〔『정전(鄭箋)』〕. 종묘의 대청에 해당되는 곳이다.

38 시(尸): 주지(主持)·주재(主宰)하다(『집전』). 또는 신위(神位)를 대신해서 앉히는 아이. 옛적에 제사 지낼 때 산 사람을 신위 대신에 앉혀 제물(祭物)을 받게 했는데, 후세에 와서 이를 화상(畵像)으로 바꾸어 쓰면서부터 폐지되었음. 또는 진열하다(陳)〔『이아(爾雅)』, 『설문(說文)』〕, 곧 차려 놓는 것.

39 유제계녀(有齊季女): 제(齊)는 『모전』에서는 경(敬)이라 하였고, 『한시(韓詩)』에서는 '재(齋)'로 쓰고 호(好)의 뜻이라 하였다. 유제(有齊)는 제연(齊然)·제제(齊齊)와 같으며, '단정한', '아름답다', '어여쁘다'의 뜻. 계녀(季女)는 소녀(少女) 또는 막내딸. 여(女)는 시집가지 않았을 때의 명칭. [해설] 참조.

◈ 해설

제사에 관한 시이다. 「모시서」에 "대부의 처가 법도를 잘 따르고 있음을 읊은 것이다. 그래서 선조를 받들어 함께 제사를 지낼 수 있는 것이다"라고 풀이하였다. 집안의 주부가 선조의 제사를 받들기 위하여 제1장에서는 개울로 나가 물풀들을 캐어오고, 제2장에서는 이것으로 요리를 하고, 제3장에서는 이것을 제사상에 차려 놓는 것을 읊은 것이다.

마치 이 시를 압축해 놓은 것 같은 내용이 『춘추좌전』(「양공(襄公) 28년」)에 나온다. "제수와 못의 언덕에서 맑은 도랑물의 개구리밥과 마름풀을 따서 종묘에 놓고 계란이 제물을 차린다(濟澤之阿, 行潦之蘋藻, 寘諸宗室, 季蘭尸之)." 여기서의 '계란(季蘭)'은 곧 시 속의 '계녀(季女)'로, 성명이 아니라 여자의 미칭(美稱)이며, 대개 난에는 국향(國香)이 있으므로 사람들이 입기를 좋아하여 이에 비유하였거나 난초 옷을 입은 것을 말한다. 난초에는 방한(防閑) 작용이 있다고 믿었기 때문에 시집가기를 기다리는 규중(閨中) 소녀들이 찼던 것으로, 이를 차면 또한 시집가기를 기다리고 있다는 것을 사람들에게 보이는 역할을 하였다. 난(蘭)자가 난(闌)에서 비롯되었으며 난(闌)·난(欄) 등과 음이 같은 가차(假借)로서 서로 통하여 포학·사악함이나 재앙·액운 등을 '가로막다', '방지하다'는 범주의 뜻을 공유하고 있기 때문이다.

그럼에도 이 시에서 계녀(季女)로 쓴 것은 제3장 제2구의 끝 자인 '下'와 운(韻)을 맞추기 위함이었을 것이다〔상고운(上古韻)의 어부(魚部)〕.

또 하나 묘한 것은 "제택지아(濟澤之阿)"의 '제(濟)'와 이 시의 "유제계녀(有齊季女)"의 제(齊)가 관련이 있을 것이라는 생각을 하게 만든다는 것이다. 이 시는 남국의 시이므로 제(齊)나라나 제수(濟水)와는 관련이 없고, 『춘추좌전』 속에서 목숙독(穆叔獨)이 본 것을 드러내었을 뿐 소녀가 살고 있는 곳을 지칭한 것도 아니다.

이와 관련하여 「정풍·진유(鄭風·溱洧)」에 "남자와 여자는 마침 난초를 들고 있네(士與女, 方秉蕑兮)"라고 했는데, 간(蕑)은 난(蘭)이며 난초를 들고 있다는 것은 난초를 허리에 차고 있는 것과 같다. 정(鄭)나라의 풍속에 삼월 상사일(上巳

日: 삼짇날) 진유의 강변에서 불제(祓除: 재앙을 물리침)를 행하며 청춘남녀가 모일 때 소녀가 난초를 차는 것은 난에 국향(國香)이 있어 아름답게 보이려고 하기보다 시집가기를 기다리는 대상자임을 보이는 것이다.

이 제사를 주관하는 사람을 「모시서」와 『정전(鄭箋)』에서는 대부의 처로 보았으나, 시집가지 않은 계녀(季女)가 개구리밥과 마름의 진설(陳設)을 주관한 것이므로 이 시는 공족(公族)의 처녀를 종실(宗室)에서 가르쳐 익히도록 한 시로 보는 것이 좋을 듯하다. 『예기·혼의(禮記·昏義)』에 "옛날에 부인은 시집가기 석 달 전에 종실에서 부덕(婦德)·부언(婦言)·부용(婦容)·부공(婦功)을 배웠다. 가르침이 끝나면 제사를 지내는데 국에 개구리밥과 마름을 쓰는 것은 그것으로써 부순〔婦順: 부인이 순종하고 효경(孝敬)하는 미덕〕을 이루기 때문이다"라고 하였다.

5. 감당(甘棠) — 팥배나무

蔽芾甘棠[40]을 폐 패 감 당	우거진 저 팥배나무
勿翦勿伐[41]하라 물 전 물 벌	자르지 말고 베지 마라
召伯所茇[42]이니라 소 백 소 발	소백님이 멈추셨던 곳이니

---

40 폐패감당(蔽芾甘棠): 폐(蔽)는 가리다, 뒤덮다. '芾'는 '우거지다'는 뜻일 때는 '불'로 읽고 '나무가 더부룩하다'는 뜻일 때는 '패'로 읽는다. '폐패'는 나무가 무성하게 자라 그늘이 크게 덮고 있는 모양. '감당'은 당리(棠梨) 또는 두리(杜梨)라고도 하는데, 전자는 열매가 흰 것, 후자는 붉은 색인 것을 말함. 여기서는 팥배나무로 해석한다.

41 물전물벌(勿翦勿伐): 물(勿)은 '……마라'라는 금지사. 전(翦)은 가지를 자르는 것. 벌(伐)은 줄기를 자르는 것(『집전』).

蔽芾甘棠을 폐 패 감 당	우거진 저 팥배나무
勿翦勿敗[43]하라 물 전 물 패	자르지 말고 꺾지도 마라
召伯所憩[44]니라 소 백 소 게	소백님이 쉬시던 곳이니
蔽芾甘棠을 폐 패 감 당	우거진 저 팥배나무
勿翦勿拜[45]하라 물 전 물 배	자르지 말고 휘지도 마라
召伯所說[46]니라 소 백 소 세	소백님이 머무시던 곳이니

◈ 해설

1. 「모시서」에서는 "소공석이 남국을 순행하면서 덕정을 베푼 것을 기린 것"이라 보았으나, 소목공(召穆公) 호(虎)를 애모하여 지은 것으로 봄이 옳다. 소목

---

42 소백소발(召伯所茇): 소백(召伯)에 대해서는 예전에는 소공(召公) 석(奭)이라고 하였으나(『모전』), 대체로 소목공(召穆公) 호(虎)로 보는 것이 옳다. 주문왕이 도읍을 풍(豐)으로 옮기고 현재의 섬서성 기산현(岐山縣) 부근의 옛 도읍지인 기주(岐周) 땅을 나누어 왼쪽에 주공(周公) 단(旦)을, 오른쪽에 소공(召公) 석(奭)을 봉해서 대대로 식읍으로 삼았기 때문에 소백이라 불렀다. 소공과 소백은 다른 사람이다. 소목공 호가 덕으로 나라를 다스리고 팥배나무 아래에서 남녀의 송사(訟事)를 듣고 백성의 곡직(曲直)을 가려 억울한 일이 없도록 했기 때문에 백성들이 그의 덕을 감복하고 그의 정치를 사모하여 유적(遺蹟)인 팥배나무를 소중히 보존하고자 다치지 말라고 한 것. 발(茇)은 『모전』에서는 초사(草舍), 곧 초가집·초막(草幕)이라 하였으나, 풀밭에 앉아 쉰다는 뜻으로도 본다.

43 패(敗): 나뭇가지를 함부로 꺾는 것.

44 게(憩): 쉬다.

45 배(拜): 굴(屈)의 뜻(『집전』). 절을 할 때 허리를 구부리거나 몸을 굽힌다는 데서 '구부리다', '휘다'의 뜻이 나온 것. 또는 발(拔), 즉 손으로 풀을 뽑거나 나무를 꺾는 것(『정전』).

46 세(說): 쉬다, 머무르다. '說'로 쓰고 '세'로 읽는 경우는 두 가지가 있는데, 자신의 말을 따르도록 타인을 설득한다는 뜻으로 유세(遊說)라는 단어에 쓰이고, 세(稅)와 같이 쓰이며 '놓아두다', '머무르다', '휴식하다'의 뜻이다.

공 호(虎)는 덕정(德政)으로 나라를 다스리고 팥배나무 아래에서 남녀의 송사(訟事)를 듣고 백성의 곡직을 가려 억울한 일이 없도록 했기 때문에 백성들이 그의 덕을 감복하고 그의 정치를 사모하여 유적(遺蹟)인 팥배나무를 소중히 보존하고자 다치지 말라고 한 것. 발(茇)은 당시 송사를 듣던 초책(草柵)일는지도 모른다. 소공이 나무 아래에 머물렀다는 것은 소공이 집을 짓지 않았기 때문이 아니라 아마도 누에치는 시절이나 농사철이면 백성들이 모두 들에 나가 있기 때문에 그들이 있는 곳으로 가서 송사를 처리함으로써 백성들의 오고가는 번거로움을 없애고자 하였거나 종종 송사를 만나 수레에서 내려 나무 아래에 머물렀다는 것으로 본다.

2. 나무신 숭배도 원시 인류의 토템 숭배의 하나이다. 시삼백(詩三百) 중에서 나무신 숭배 혹은 나무신 숭배의 흔적을 반영한 것은 적지 않다. 「주남·규목(周南·樛木)」, 「주남·도요(周南·桃夭)」, 「소남·감당(召南·甘棠)」, 「당풍·체두(唐風·杕杜)」, 「당풍·유체지두(唐風·有杕之杜)」, 「소아·남산유대(小雅·南山有臺)」 등이 대표적이다. 프레이저는 『황금가지』에서 "원시인들이 보기에 전 세계는 생명이 있는 것으로 화초수목도 예외는 아니다. 그것들은 사람들과 마찬가지로 영혼이 있었다"고 하였다. 중국의 상고(上古) 사회에는 사(社: 일종의 토지신)를 제사하는 종교 활동이 있었다. 뿐만 아니라 옛 습속에 따르면, 사(社)를 제사하는 곳에는 반드시 나무를 심어야 하며 이런 나무를 사수(社樹)라고 부른다. 전설에 탕(湯)임금은 상림(桑林)의 사(社)에서 기도했다고 한다. 이 상림이 바로 은상(殷商)의 사수(社樹)이다. 또 이윤(伊尹)이 뽕나무〔상(桑)〕에서 태어났는데 상(桑)을 모친으로 삼는 신화이며 일종의 수목(樹木) 토템이다.

옛날 하상주(夏商周) 삼대(三代)의 성왕(聖王)이 나라를 건립하고 도읍을 세울 때 반드시 나라의 정단(正壇)을 가려 종묘(宗廟)로 삼았고, 반드시 나무 중에 무성한 것을 골라서 총사〔叢社: 숲 속의 사(社)〕로 삼았다고 했다〔『묵자·명귀(墨子·明鬼)』〕. 그 무성한 나무 또는 사중지목(社中之木)으로 쓰인 나무는 대체로 극(棘: 가시나무 또는 대추나무)과 괴(槐: 홰나무)였으며 소송을 듣는 곳은 반드시 사수(社樹) 아래였다고 한다〔『춘추원명포(春秋元命苞)』 "樹棘槐, 聽訟于其下",

『역·감(易·坎)』 상륙(上六), 『예기·왕제(禮記·王制)』 등 참조〕. 그러나 그 나무가 두 종류에 한정된 것은 아니고 각 씨족 부락마다 자기들의 사수(社樹)를 가지고 있었다. 예를 들면, 유우씨(有虞氏)의 예(禮)에서는 그 사(社)에 '土'〔두(杜)로 읽고 팥배나무 또는 당리(棠梨)〕를, 하후씨(夏后氏)의 예(禮)는 소나무〔송(松)〕를, 은(殷)나라 사람의 예(禮)는 돌〔석(石)〕을, 주(周)나라 사람은 밤나무〔율(栗)〕를 사용했다고 한다〔전한(前漢) 시대 회남왕(淮南王) 유안(劉安), 『회남자·제속훈(淮南子·齊俗訓)』〕.

현대에 이르러서도 묘족(苗族)들이 모여 사는 지역의 촌장(村莊)의 입구나 특정한 장소에는 모두 한 그루의 신수(神樹)가 있고 촌의 주민들은 그들의 가장 이른 조상의 영혼이 그 속에 살고 있으며 아울러 자신들의 운명을 좌우하고 있다고 믿고 있다. 때로는 촌락 부근에 신수림(神樹林)이 있는데 숲 속의 나무들이 말라죽고 썩어 숲에 널려 있어도 아무도 감히 옮길 수 없고 반드시 나무를 향해 제사를 지내어 요청하고 허락을 득한 이후에야 가능하다.

이 시의 감당(甘棠)나무도 사수(社樹)일 것이다. 그래서 이 시의 작자는 사람들에게 마음을 다해 보호하며 자르지도 꺾지도 말라고 하는데 그 원인은 그것이 조종(祖宗)의 상징이며 사수(社樹)요 신수(神樹)로서 종족의 번영과 안녕을 담지(擔持)하기 때문이다.

6. 행로(行露) 길가의 이슬

厭浥行露[47]에
염 읍 행 로

촉촉이 내린 길가의 이슬

---

47 염읍행로(厭浥行露): 염읍(厭浥)은 젖어서 촉촉한 모습. 행(行)은 길.

豈不夙夜[48]리요
기 불 숙 야

어찌 이른 밤이라고 길을 가지 않으랴마는

謂行多露[49]오
위 행 다 로

길에는 이슬이 많기도 하여라

誰謂雀無角[50]고
수 위 작 무 각

뉘라서 말했던가 참새에 뿔이 없다고

何以穿我屋[51]고
하 이 천 아 옥

그렇다면 무엇으로 나의 지붕을 뚫었다더냐

誰謂女無家[52]고
수 위 여 무 가

뉘라서 말했더냐 그대에게 집이 없다고

何以速我獄[53]고
하 이 속 아 옥

어째서 나를 불러 감옥으로 보내느냐

雖速我獄이나
수 속 아 옥

비록 아무리 감옥살이 시킬지라도

室家不足[54]이라
실 가 부 족

나를 맞는 조건이 부족하오

---

48 숙야(夙夜): 밤낮으로 부지런히 찾아오는 것.

49 위행다로(謂行多露): 위(謂)는 핑계 대는 것. 곧 나는 그대에게 가고 싶지만 길에 이슬이 많아 옷이 젖을까 가지 못한다는 것이다. 이상 제1장은 [해설] 참조.

50 작무각(雀無角): 작(雀)은 참새. 각(角)은 뿔. 또는 훼(喙: 부리)의 뜻으로도 본다〔굴만리(屈萬里), 『석의(釋義)』〕.

51 옥(屋): 여기서는 지붕의 뜻. 참새들은 인가의 지붕을 뚫고 들어가서 속에 둥우리를 만든다.

52 여(女): 너, 그대.

53 속아옥(速我獄): 속(速)은 재촉하는 것, 또는 불러들이는 것〔송(送)〕. 옥(獄)은 감옥 또는 옥사(獄事).

54 실가(室家): 집. 실가가 부족하다는 것은 그대 집안은 혼인을 할 만한 충분한 예를 갖추지 못했다는 뜻(『모전』).

誰謂鼠無牙[55]오
수 위 서 무 아

뉘라서 말했던가 쥐에
어금니가 없다고

何以穿我墉[56]고
하 이 천 아 용

그렇다면 무엇으로 나의 담장을
뚫었겠는가

誰謂女無家오
수 위 여 무 가

뉘라서 말했더냐 그대에게
집이 없다고

何以速我訟[57]고
하 이 속 아 송

어째서 나를 송사로 불러들이느냐

雖速我訟이나
수 속 아 송

비록 아무리 송사로 불러들일지라도

亦不女從[58]하리라
역 불 여 종

그대를 따르지는 않으리

◈ 해설

1. 「국풍(國風)」 중에서 가장 이해하기 어렵고, 그래서 논란이 많은 작품의 하나이다. 「모시서」에서는 "소백이 송사를 다스림을 읊은 시이다. 쇠란(衰亂)한 풍속이 사라지고 정신(貞信)한 가르침이 일어나서 포학하고 사나운 남자들이 정숙한 여자들을 침범할 수 없게 된 것이다"라고 하였다. 소백에 대한 칭송은 차치하고 이 시는 여자가 남자와의 혼약을 강력하게 거절하는 시이다. 사람이 때 아닌 때에 다니지 않으려는 것은 이슬에 젖을까 걱정함이요, 내가 예 아닌 것을 따르지 않으려는 것은 음란함에 오염될까 두려워함이다. 〈삼가시(三家詩)〉는 남자 집에서 예(禮)를 갖추지 못했기 때문에 여자가 예를 지키며 결혼하지 않겠다

55 서무아(鼠無牙): 서(鼠)는 쥐. 아(牙)는 어금니. 여기서는 이빨의 뜻.
56 천아용(穿我墉): 천(穿)은 뚫다. 용(墉)은 담.
57 송(訟): 송사(訟事), 또는 소송의 뜻.
58 여종(女從): 종여(從汝)의 뜻. 곧 '그대를 따른다', '그대에게 시집간다'는 뜻.

고 하는 것이라 하였다. 그리고 현재 다양한 해석들이 있는데, 그 가장 일반적인 것은 남자가 제기한 송사에 대해 여자가 굴복하지 않거나 거절하면서 대답용으로 썼다는 것이다. 그 동기나 배경으로 결혼한 여인을 억지로 맞아들이려고 송사를 제기한 것, 남편의 집이 가난하여 친정으로 돌아가려고 하나 남편이 막으며 소송을 건 것, 이미 결혼한 남자와의 중혼(重婚)을 거절하는 것 등을 든다.

남자와의 혼약을 거절하는 시로 보고 장별로 해석해 본다.

제1장에서는 길 위의 이슬을 핑계로 찾아오지도 않는 그대를 믿지 못하겠다는 것을 말하고, 제2장의 참새가 자기 집 지붕을 뚫었다는 것과, 제3장의 쥐가 자기 집 담벼락을 뚫었다는 말은 자기에게 청혼하였던 지난 일에 비유한 것이다. 그대는 나에게 청혼하여 허락한 일이 있지만 나는 그대에게 시집 못 가겠다는 것이다. 그대에게 훌륭한 집이 없어서가 아니라 갖춰야 할 것을 다 갖추지 못하였기 때문이라는 것이다. 그 부족한 것이 바로 '예(禮)'라고 하였다.

2. 또는 동주(東周) 이후 귀족 영주들 간에 토지 쟁탈에 관한 일들이 많이 발생하면서, 토지 사유제와 영주제(領主制)로 대체되고 정전제(井田制)가 점차 해체되었는데, 이 시도 영주 간의 토지 쟁탈에 관한 소송과 뇌물을 반영한 것으로 볼 수도 있다. 전국시대 이후 시대와 사회의 변천 때문에 한어 속의 관건어(關鍵語)들의 의미에 큰 변화가 발생했고 그것들의 원시적인 의미를 후인들이 이해하지 못하게 되는 지경에 이르게 되어 이러한 어휘에 대한 해석에 여러 의미가 출현했다. 이 시 속의 관건어는 '가(家)', '실(室)' 두 글자이다. 이 두 글자는 전국시대에서의 용례(用例)인 한 개체로서의 가정을 의미하는 것이 아니라, 서주(西周)와 춘추 시기의 귀족종법가족(貴族宗法家族) 및 그 재산, 채읍(采邑) 등을 대신하는 단어로서 여기에서는 상대방의 권세와 지위를 대표한다는 것이다.

그래서 이 시의 제목인 '행로(行露)'는 행뇌(行賂)·행회(行賄), 즉 회뢰(賄賂)와 같아서 어떤 직위에 있는 사람을 매수하여 이용하기 위하여 부정한 돈이나 물건을 주는 일로 보기도 한다. '로(露)'와 '뢰(賂)'가 동음(同音)이라 통하기 때문이라는 것이다〔이상 유운흥(劉運興)의 『시의지신(詩義知新)』 참조〕. 이렇게 보면, 제1장은 풍자적인 비유를 활용한 셈이 된다.

3. 기본적으로 주어진 대로 번역할 수밖에 없지만, 그러나 제1장과 제2·3장은 그 의미가 통하지 않고 구법(句法)도 달라서 착간(錯簡)의 혐의가 있다. 이 점은 남송(南宋)의 왕백(王柏)과 20세기 중반 손작운(孫作雲)이 제기하였는데, 제1장이 잘못 끼어들었음이 분명하다는 것이다.

7. 고양(羔羊) 어린 양

羔羊之皮[59]를 고 양 지 피	어린 양 털가죽 갖옷에
素絲五紽[60]로다 소 사 오 타	흰 다섯 겹 명주실 다섯 올
退食自公[61]하니 퇴 식 자 공	밥 먹으러 가는 퇴근길

---

59 고양지피(羔羊之皮): 어린 양을 고(羔), 큰 양을 양(羊)이라 부르는데(『모전』), 여기서는 '어린 양'의 뜻. 옛날에 대부들은 어린 양〔고양(羔羊)〕의 가죽으로 갖옷〔구(裘): 짐승의 털가죽으로 안을 댄 옷〕을 지어 입었다고 한다(『모전』). 후한(後漢) 때 반고(班固)의 『백호통의(白虎通義)』에서는 "사대부가 어린 양의 가죽 갖옷을 입는 이유는 어린 양이 무릎 꿇은 채 젖을 받아먹는 양순한 뜻을 취한 것"이라고 했다. 피(皮)는 털이 붙어 있는 가죽(『통석』).

60 소사오타(素絲五紽): 소(素)는 흰 것. 타(紽)는 명주실 다섯 겹을 한 '타'라고 한다〔청(淸) 왕인지(王引之, 1766~1834), 『경의술문(經義述聞)』〕. 옛날 갖옷은 가죽과 가죽을 잇대고 꿰맨 옷 솔기를 보기 좋게 꾸미기 위하여 흰 실을 꼬아 그 위에 대고 꿰맸다고 한다. 오타(五紽)에 대해서는 설이 많으나 여하튼 여러 겹의 실을 꼬아 가죽옷 솔기에 댄 것으로 본다.

61 퇴식자공(退食自公): ① 퇴식(退食)은 퇴근. 관청으로부터 집으로 돌아와 식사하고 쉬는 것을 뜻한다(『집전』). 공(公)은 관공서 또는 조정(朝廷). ② 또는 대부가 공조(公朝)에서 물러나 식사하러 가는 것이지, 자신의 집으로 귀가하는 것은 아니라고 한다. ③ 서주(西周)와 춘추 시기에 경대부(卿大夫)가 공무를 볼 때에는 식사 제공, 곧 공식(公食)이 있었는데 이를 '공선(公膳)'이라고 했다. 『춘추좌전』「양공(襄公) 28년」의 "公膳日雙鷄(공선은

委蛇委蛇[62]로다 　　느긋하고 의젓하다
위 이 위 이

羔羊之革[63]을 　　어린 양 안 가죽 갖옷에
고 양 지 혁
素絲五緎[64]이로다 　　흰 명주실 술 다섯 가락
소 사 오 역
委蛇委蛇하니 　　느긋하고 의젓하다
위 이 위 이
自公退食이로다 　　밥 먹으러 가는 퇴근길
자 공 퇴 식

羔羊之縫[65]을 　　어린 양 가죽 갖옷 솔기에
고 양 지 봉
素絲五總[66]이로다 　　흰 명주실 술 다섯 줄기
소 사 오 총
委蛇委蛇하니 　　느긋하고 의젓하다
위 이 위 이
退食自公이로다 　　밥 먹으러 가는 퇴근길
퇴 식 자 공

하루에 닭 두 마리)". 즉 공선을 먹고 난 다음에 집으로 퇴근한다는 말이다(『통석』). 일단 ②설을 취한다.

62 위이(委蛇): 『한시(韓詩)』에 '위이(逶迤)'로 되어 있는데, 길을 어슬렁어슬렁 걷는 모습이다. 이 구절은 대부가 당당한 풍모에 여유 있는 모습으로 천천히 걸어 퇴근하는 모습을 형용한 것이다.

63 혁(革): 보통 피(皮)와 같은 뜻으로 보나, 털이 없는 안쪽 가죽이라 하였다(『통석』).

64 역(緎): 타(紽)와 비슷한 뜻으로, 왕인지는 4타가 1역(緎)이라 하였다〔『경의술문(經義述聞)』〕.

65 봉(縫): 꿰매다. 여기서는 꿰맨 옷 솔기.

66 총(總): 타(紽)나 역(緎)과 비슷한 뜻으로, 4역이 1총(總)이라 한다〔『경의술문(經義述聞)』〕.

◈ 해설

이것은 태평시대에 나라의 관리 노릇 하는 대부들의 검소·정직하며 자득(自得)하는 모습을 읊은 시이다. 「모시서」에서는 "「작소(鵲巢)」 시의 공효(功效)가 이루어진 것을 읊은 것이다. 소남(召南)의 나라들이 문왕의 정사(政事)에 교화되어 벼슬하는 사람들이 모두 검소하고 정직하여 덕이 고양(羔羊)과 같았다"고 풀이하였다. 주희(朱熹)의 『집전(集傳)』에서도 이와 유사한데 다시 보충하기를 "그들의 의복에 일정한 법도가 있으며, 조용히 자득함이 이와 같음을 기린 것"이라고 하였다.

8. 은기뢰(殷其靁) 천둥소리

殷其靁[67]이 은 기 뢰	우르르 천둥소리
在南山之陽[68]이로다 재 남 산 지 양	남산 남쪽에서 울린다
何斯違斯[69]하여 하 사 위 사	어찌해 그이는 이곳을 떠나
莫敢或遑[70]고 막 감 혹 황	잠시도 틈이 없으실까?

---

67 은기뢰(殷其靁): 은(殷)은 천둥소리(『모전』). 기(其)는 조사. 또는 츤자〔襯字: 사(詞)나 곡(曲)을 지을 때 기존에 빠진 의미를 보충하여 내용을 충실하게 하거나, 운율을 맞추기 위한 목적으로 규정 외에 넣는 글자〕로서 형용사와 결합하여 상어〔狀語: 부사어(副詞語), 상황어(狀況語)〕가 되며, 중언(重言: 1음절 한자를 중첩시켜 의미를 강조하는 수사법)에 해당된다. 즉 은기(殷其)는 은연(殷然)·은은(殷殷)의 뜻〔『석의(釋義)』〕. 뢰(靁)는 뢰(雷)의 옛 글자. 수레의 소리를 비유적으로 표현한 것으로 보는 견해도 있다.

68 양(陽): 햇볕이 잘 쬐는 산의 남쪽 또는 남쪽 기슭.

69 하사위사(何斯違斯): 사(斯)는 지시사로, 위의 것은 '이 사람'의 뜻으로 군자인 님을 가리키며, 아래 것은 '이곳' 곧 집을 가리킨다(『집전』). 위(違)는 떠난다〔離, 去〕는 뜻.

振振君子[71]여
진 진 군 자
歸哉歸哉[72]어다
귀 재 귀 재

미더운 당신
돌아오소서 돌아오소서!

殷其靁이
은 기 뢰
在南山之側이로다
재 남 산 지 측
何斯違斯하여
하 사 위 사
莫敢遑息[73]고
막 감 황 식
振振君子여
진 진 군 자
歸哉歸哉어다
귀 재 귀 재

우르릉 천둥소리
남산 옆에서 울린다
어찌해 그이는 이곳을 떠나
쉴 틈도 없으실까?
미더운 당신
돌아오소서 돌아오소서!

殷其靁이
은 기 뢰
在南山之下로다
재 남 산 지 하
何斯違斯하여
하 사 위 사
莫或遑處[74]오
막 혹 황 처
振振君子여
진 진 군 자
歸哉歸哉어다
귀 재 귀 재

우르릉 천둥소리
남산 밑에서 울린다
어찌해 그이는 이곳을 떠나
잠시 머물 틈도 없으실까?
미더운 당신
돌아오소서 돌아오소서!

---

70 막감혹황(莫敢或遑): 막(莫)은 부정사. 감(敢)은 감히. 혹(或)은 '유(有)'와 통용되었으며 '있다'의 뜻이다(『통석』). 황(遑)은 겨를, 여가. 자기에게로 돌아올 겨를도 없는가를 묻는다.

71 진진(振振): 신후(信厚)한 모습(『집전』). 늠름하고 믿음직한 것. 또는 성실(誠實)한 모습.

72 귀재(歸哉): '돌아오라'는 뜻.

73 황식(遑息): 돌아와 집에서 쉴 틈.

74 처(處): 거(居)의 뜻(『모전』). 또는 지(止)의 뜻(『통석』). 황처(遑處)는 집으로 돌아와 자기와 함께 머물 틈을 가리킨다.

◈ 해설

이 시는 먼 곳에 가 있는 남편을 그리는 여인의 마음을 읊은 것이다. 천둥소리는 남편이 가 있는 전쟁터나 산 넘고 물 건너 저쪽 또는 여름의 신호로서 계절의 변화를 생각하게 하였을 것이다. 천둥소리가 나자 문득 남편 생각이 나고 하루 속히 돌아오기를 바라는 마음이 더욱 간절해진다. 「모시서」에서는 "소남(召南)의 대부가 멀리 길을 떠나 정사에 종사하여 편히 쉴 겨를이 없으니, 그의 아내가 남편의 수고로움을 동정하여 의(義)로써 권면한 것"이라 하였는데, 당시 통치자들이 강조하는 합목적적인 도덕률(道德律)에는 부합할지언정 절실(切實)하지 못하다.

9. 표유매(摽有梅) 매실을 던지니

摽有梅[75]하니 표 유 매	매실을 던지니

75 표유매(摽有梅): 표(摽)는 ①『모전』에서는 락(落), 곧 '떨어지다'의 뜻이라 하였다. ②그러나 문일다(聞一多)는 포(抛)·척(擲)·투(投), 곧 '던지다'의 뜻이라 하였다〔문일다(聞一多), 『통의(通義)』〕. 유(有)는 조사. 매(梅)는 매실(梅實). 고대 중국 소수민족의 민속에서 축제의 날에 남녀의 무리가 함께 마주 보고 노래하고 춤추며 짝짓는 단체 놀이를 하는 중에 여자가 새로 잘 익은 과일을 자신이 마음에 두고 있는 남자에게 던지는데 상대방이 만약 동의하면 당장 둘이서 짝을 지어 은밀한 장소로 이동할 수 있고 이후 일정한 기간에 예물을 올려(혹은 패옥으로 보답하여) 부부가 될 수 있었다. 그래서 이 시는 여자가 과일을 던지면서 부르는 노래로 본다. 유(有)는 단음사(單音詞) 앞에 놓는 어두(語頭) 또는 어조사(語助辭). ③또 다른 해석도 있다. 표(摽)가 명사로 사용되었으며, 그 음이 가까워 뜻도 통한다는 음근의통(音近義通)에 의해 표〔標: 높은 나뭇가지 끝. 수초(樹梢), 목말(木末)〕로 본다. 그리고 당(唐)나라 육덕명(陸德明, 550?~630)의 『경전석문(經典釋文)』〔이하 약칭 『석문(釋文)』〕에 표(蔈)라고 하였는데, 이 글자도 말(末) 또는 화말(禾末: 벼의 끝부분)로 풀이된다. 즉 "나무 끝에 매실 달려 있다"는 뜻으로 읽힌다〔유운흥

其實七兮[76]로다　　그 열매 일곱 개 남았네
기실칠혜

求我庶士[77]는　　여러 남자 분들께 간구하오니
구아서사

迨其吉兮[78]인저　　길일을 틈타 오세요
태기길혜

摽有梅하니　　매실을 던지니
표유매

其實三兮로다　　그 열매 세 개 남았네
기실삼혜

求我庶士는　　여러 남자 분들께 간구하오니
구아서사

迨其今兮[79]인저　　오늘 곧 오세요
태기금혜

摽有梅하니　　매실을 던지고
표유매

頃筐塈之[80]로다　　광주리도 놓아 버렸네
경광기지

求我庶士는　　여러 남자 분들께 간구하오니
구아서사

(劉運興)〕. 이때 유(有)는 일반 동사가 된다. 여기서는 ②를 취한다. [해설] 참조.

76 칠(七): 매실을 다 던지고 일곱 개만 남았다는 뜻.

77 구아서사(求我庶士): 사(士)는 미혼의 남자를 말한다. 거의 모든 해설서에서 다음 구의 주어로서 "내게 구혼할 남자 분들" 정도로 해석했다. 그러나 다소 이치에 맞는 것 같지 않다. 구(求)는 내가 선비님들께 간구한다는 뜻으로 보는 게 좋은 듯하고, 아(我)는 친밀감을 더하는 표현으로 본다.

78 태기길혜(迨其吉兮): 태(迨)는 급시(及時)의 뜻으로, 어떤 기회를 놓치지 않는다는 것. 길(吉)은 길일(吉日)의 뜻. 이 구절은 길일을 놓치지 말고 자기에게 장가들어 달라는 뜻.

79 금(今): 『모전』에서는 "서두르는 말", 『집전』에서는 "금일(今日)"의 뜻이라 하였다. '지금', '이때'의 뜻.

80 경광기지(頃筐塈之): 경광(頃筐)은 뒤가 높고 앞이 낮은 대바구니〔「주남·권이(周南·卷耳)」 시 참조〕. 기(塈)는 취(取)의 뜻으로 주워 담는 것. 또는 주다〔문일다(聞一多), 『통의(通義)』〕. 매실을 다 던지고 빈 광주리도 던져 주는 것을 뜻한다. 또는 '버려 놓다', '방치하다'의 뜻으로 읽히며, 바구니가 이미 무용지물이 되었으므로 버린다는 의미이다.

迨其謂之[81]인저　　　　말씀만 건네주세요
태 기 위 지

◈ 해설

1. 「모시서」에선 "「표유매」는 남녀가 제때에 혼인함을 읊은 시이다. 소남(召南)의 나라가 문왕의 교화를 입어 남녀가 제때에 혼인할 수 있었던 것이다"라고 하였다. 그리고 주희(朱喜)는 "남국이 문왕의 교화를 입어 여자들이 정조와 신의로써 스스로 지킬 줄 알았으니, 시집가는 것이 제때에 미치지 못하여 강포(强暴)한 자에게 능욕을 당할까 두려워하였다. 그러므로 매실이 떨어져 나무에 달려 있는 것이 적음을 말하여 때가 지나 너무 늦었음을 나타낸 것이다"라고 하였다. 이후에는 대개 시집 못 간 노처녀를 풍자한 시로 해석하는데, 전자들은 아마 이 시를 통해 교화를 입거나 자극을 받아 제때에 혼인하게 되는 효과를 강조한 것인지 모르겠다. 즉 매실을 따는데, 제1장에서는 일곱 개 또는 7할이 남았고 제2장에서는 세 개 또는 3할이 남았으며 제3장에서는 다 따서 광주리에 담아 버렸다. 이것은 매실이 때가 지나서도 따지 않으면 썩어 떨어지듯이 청춘이 쉬이 지나가고 시집갈 가망성도 나날이 줄어듦을 비유한 것으로 본 것이다.

2. 문일다(聞一多)는 '표(摽)'는 물건을 던져 사람을 맞히는 것이라 하고, 고대의 민속에 여자가 새로 잘 익은 과일을 자신이 마음에 두고 있는 남자에게 던지는데 상대방이 만약 동의하면 일정한 기간에 예물을 올리거나 패옥으로 보답하여 부부가 될 수 있다고 했다. 그래서 이 시는 여자가 과일을 던지면서 부르는 노래라고 했다. 어느 특정한 날에 마을의 뒷동산이나 강가 또는 교외의 들판에

---

81 위(謂): 말 났을 때, 곧 '지금 당장'의 뜻. 『모전』에 의하면 30세를 넘은 남자나 20세를 넘은 여자는 예를 가릴 것 없이 장가들고 시집갈 수 있다고 하였다. 그래서 『집전』에서는 다만 서로 말만 하고도 약속을 정할 수 있는 것이라고 하였다. 또는 귀(歸)와 통하여, 시집간다는 뜻〔문일다(聞一多), 『통의(通義)』〕. 고음(古音)엔 아음(牙音)과 후음(喉音)이 분리되지 않았기 때문이다〔문일다(聞一多)〕.

서 청춘남녀들이 남녀로 무리를 지어 노래 부르며 진행되었던 고대 축제의 하나였으며, 부족의 영속성을 위한 출산 장려의 일환이었다.

3. 주대(周代)의 혼인 제도에 여자는 15세이면 결혼할 수 있고 20세에도 결혼하지 못하면 때가 지난 것이라 했다. 그래서 대담하게 그것도 공개적으로 마음속의 애정을 토로하는 것이다. 현재 소수민족의 풍속에도 많이 남아 있는데, 묘족(苗族)의 도창(跳廠)·아세인(阿細人)의 도월(跳月)·백족(白族)의 요산림(繞山林)·여족(黎族)의 삼월삼(三月三)·이족(彝族)의 화파절(火把節) 등이 많이 유사하다.

4. 각 장의 마지막 구의 '길(吉)', '금(今)', '위(謂)'의 의미에 대해서 다시 살펴보자. '길일(吉日)'과 '금일(今日)'과 '말 났을 때'의 점층적으로 죄어 오는 의미 속에는 혼기가 찬 여성의 다소 절박한 심리적인 갈등과 입장의 변화가 잘 드러나 보인다. 그러나 다음의 해석도 현장감에 은유와 재치가 있어 취할 만하다. 다만 '음이 가까우면 뜻도 통한다'는 음근의통(音近義通)의 증명 과정은 생략한다.

길(吉)은 길(佶)과 같으며 이 둘에는 행(行)이란 뜻이 있는바, 이 행(行)에는 일반적인 뜻 외에 매인(媒人) 또는 매씨(媒氏) 즉 중매인이라는 뜻과, 여인이 시집간다는 뜻도 있다. 예전에는 매씨가 없으면 혼인은커녕 상대의 이름도 알 수 없었다. 「위풍·맹(衛·風氓)」에 건달 같은 사내와의 사랑 초기에 "내가 약속을 어기는 게 아니라, 그대에게 좋은 중매 없어서여라(匪我愆期, 子無良媒)"라고 했다. 그래서 제1장 말구의 의미는 매씨를 청해서 통혼하도록 하라는 것으로 혼인의 과정을 존중함을 강조한다. 그런데 이 시에서 총각에게 던지는 것이 왜 매실인가? 매화·매실의 '매(梅)'는 중매의 '매(媒)'자와 발음이 같기 때문에 혼인과 중매 등을 강하게 암시한다. 그래서 이성(二姓)을 매합(媒合)하는 열매라고까지 말한다. '표유매(摽有梅)'라고 노래하면 마치 언어유희처럼 자연히 중매의 느낌도 일어나고, 게다가 길(吉)을 매(媒)로 읽으면 의미심장하고 맛깔스럽게 느껴질 것이다.

금(今)은 금(禽)으로 읽으며, 일반적으로 날짐승을 말하지만 혼인 과정에 납채(納采)의 예물로 기러기[안(雁)]를 쓰는데, 이 기러기를 금(禽) 또는 위금(委禽)이라고 한다. 그래서 남녀 간의 혼인에 이 jin 또는 qin의 발음이나 금(禽)이 사용되면 예물 기러기가 연상된다. 여기서는 따로 매씨를 청할 것 없이 남자 분이 상징적으로 기러기를 가져오면 된다는 뜻으로 읽힌다.

위(謂)는 회(會)로 읽으며 여기에는 함께하거나 만나서 교합(交合)·야합(野合)한다는 의미도 있다. 기러기를 생으로나 목각으로 가져오는 상징적인 과정보다 더 급하다. 이에는 또한 간단하다거나 대충대충 하는 의미도 포함된다.

본래 매실을 던져 서로 통하게 되면 바로 둘만의 공간으로 이동한다고 한다. 그러면 이 '노래'는 봄날의 축제성 행사에서의 유혹성 장난기가 들어 있는 '놀이'의 일종으로 보는 것이 좋을 듯하다. "매실이 일곱 개 남았는데 매씨를 청해 혼담 시작할래요?", "매실이 세 개 남았는데 기러기 한 마리 잡아 오실래요?", "매실도 다 떨어졌으니 바로 숲으로 가실래요?" 본시 노래와 놀이와 성 충동은 그 발생 배경이 같고 어원(語源) 또한 동일한 범주 속에 있다고 한다.

10. 소성(小星) 작은 별

嘒彼小星[82]이
혜 피 소 성
반짝반짝 작은 별이

三五在東[83]이로다
삼 오 재 동
동쪽에 셋 다섯

肅肅宵征[84]하여
숙 숙 소 정
총총히 밤에 나가

82 혜(嘒): 별이 반짝반짝 빛나는 모습(『통석』).

83 삼오(三五): 드문 것을 말한 것으로, 초저녁이나 또는 새벽이 되려 할 때이다(『집전』). 또는 삼성(參星)과 묘성(昴星)을 말한다고 한다〔왕인지(王引之), 『경의술문(經義述聞)』〕.

84 숙숙소정(肅肅宵征): 숙숙(肅肅)은 길을 가는 것이 잽싼 모양(『모전』). 또는 공경하며 예의가 있는 모양. 소(宵)는 밤. 정(征)은 길을 가다〔행(行)〕. 또는 소정(宵征)은 소정(小正), 즉 소관장(小官長)으로 우성오(于省吾, 1896~1984)는 『택라거시경신증(澤螺居詩經新證)』(이후 약칭 『신증(新證)』)에서 "宵小古通", 즉 '소(宵)'와 '소(小)'는 옛날에는 통했다고 했다. [해설] 참조.

夙夜在公[85]하니 (숙야재공)	밤낮 공무를 본다
寔命不同[86]이로다 (식명부동)	진정 남과 다른 이 운명

嘒彼小星은 (혜피소성)	반짝반짝 작은 별은
維參與昴[87]로다 (유삼여묘)	삼성과 묘성
肅肅宵征하여 (숙숙소정)	총총히 밤에 나가
抱衾與裯[88]하니 (포금여주)	이부자리를 안는다
寔命不猶[89]로다 (식명부유)	진정 남과 다른 이 팔자

◈ 해설

역대로 두 종류의 해설이 있다.

1. 「모시서」에 "「소성(小星)」은 은혜가 밑에까지 미침을 노래한 것이다. 부인이 투기(妬忌)하는 행실이 없어 은혜를 밑의 첩들에게까지도 미치게 하여 임금의 잠자리를 모시게 한다. 그래서 천첩(賤妾)들은 그들의 팔자에 귀천이 있음을 알

---

85 숙야재공(夙夜在公): 숙야(夙夜)는 새벽부터 밤까지. 이른 아침에 물러 나오고 밤에 출근함을 말한다고 보기도 한다〔청나라 호승공(胡承珙, 1776~1832), 『모시후전(毛詩後箋)』. 이하 약칭 『후전(後箋)』〕. 공(公)은 군주(君主) 또는 공후(公侯)가 거처하는 곳(『정전』). 즉 재공(在公)은 공후(公侯)를 위해 일한다는 것을 말한다.

86 식명부동(寔命不同): 식(寔)은 실(實)과 같으며, 『한시(韓詩)』에는 실(實)로 되어 있다. 명(命)은 운명, 팔자. 이 구절은 운명이 남과 같지 않다는 것으로, 곧 운명이 이미 글렀다는 뜻.

87 유삼여묘(維參與昴): 삼(參)과 묘(昴)는 서방(西方) 별자리 이름으로, 29수(宿)의 하나.

88 포금여주(抱衾與裯): 포(抱)는 안다. 금(衾)은 이불. 주(裯)는 홑이불. 함께 이부자리 전체를 가리킨다.

89 유(猶): 같다〔동(同)〕.

고 그의 마음을 다하게 되는 것"이라고 하였다. 주희(朱熹)도 이 설을 견지하였고, 그래서 '소성(小星)'이란 말은 뒷날 소첩(小妾)의 대명사가 되었다.

2. 『한시(韓詩)』에서는 '소성'을 조정의 소인들로 보고 낮은 사환자(仕宦者)의 노고를 읊은 시로 보았다. 소신(小臣)이 집안이 가난하고 노부모를 모시기 때문에 관직의 높고 낮음이나 때를 가리지 않고 출사(出仕)하는 것이라 했다. 그래서 자연히 "숙야재공(夙夜在公)" 하는 고생을 말하게 된다.

3. 호적(胡適, 1891~1962)은 기녀(妓女)의 생활을 묘사한 가장 오래된 기록이라 하였다〔고힐강(顧頡剛, 1893~1981), 호적(胡適) 등이 편찬한 『고사변(古史辨)』(전7책) 제3책의 『담담시경(談談詩經)』〕.

4. 소정(宵征)은 소정(小正)으로, 소관장(小官長)이라 했다〔우성오(于省吾)의 『신증(新證)』, "宵小古通"〕. 만약 '야행(夜行)'으로 푼다면 주어가 없어 누구를 지칭하는지 알 수 없고 어의(語義)가 혼란스럽다. 앞 구의 구조를 감안하더라도 '소정(宵征)'은 주격(主格)이 되어야 한다. "포금여주(抱衾與裯)"는 이 시의 '소정(小正)'이 『주례(周禮)』에서 말하는 세부(世婦)·여사(女史)에 속한다는 것을 드러낸다. 소정(小正)·대정(大正)은 대소(大小) 관장(官長)을 이르는 통칭이지 남녀와는 무관하다. 시인은 「소성(작은 별)」을 읊음으로써 소정(小正)을 기흥(起興)했다고 본다.

11. 강유사(江有汜) 장강에 갈림물이

江有汜[90]어늘 (강유사)

장강에 갈림물이 흐르고

90 강유사(江有汜): 사(汜)는 강물이 갈라졌다가 다시 합치는 것(『모전』). 강물이 갈라져 흐

之子歸[91]에 지 자 귀	그 사람 돌아가네
不我以[92]로다 불 아 이	나를 거들떠보지 않네
不我以나 불 아 이	나를 거들떠보지 않아
其後也悔[93]리라 기 후 야 회	매우 괴로워하네

江有渚[94]어늘 강 유 저	장강에 갈림물이 흐르고
之子歸에 지 자 귀	그 사람 돌아가네
不我與[95]로다 불 아 여	나와 함께하려 하지 않네
不我與나 불 아 여	나와 함께하려 하지 않아
其後也處[96]리라 기 후 야 처	매우 심하게 병들었네

르다가 다시 합치는 것을 연인들의 헤어짐과 만남을 상징한 것으로 보는 예가 많다.

91 지자귀(之子歸): 지자(之子)는 예전엔 남자 애인이 아가씨를 지칭하는 것으로 보았다. 또는 잉첩(媵妾)이 적처(嫡妻)를 가리켜 말한 것이라고도 하였다(『집전』). 즉 귀(歸)를 '시집가다'의 뜻으로 고정시켜 보았기 때문이다. 그러나 여기서는 '돌아가다'는 뜻으로 푼다. [해설] 참조.

92 불아이(不我以): 이(以)는 능히 좌지우지(左之右之)하는 것으로, 자기를 데리고 함께 감을 말한다(『집전』). 이 구절은 "나를 데리고 가지 않다", 또는 내 말을 듣지 않거나 거들떠보지도 않는 것. 또는 사(似)로 읽으며, 사(似)는 속(續)으로 풀어서 "애정이 지속하여 중간에 끊어짐이 없는 것".

93 기후야회(其後也悔): 후(後)는 '뒷날'로 푸는 것이 일반적이지만, 후(厚)로 풀어서 '매우, 무겁고 깊게'의 뜻으로 새길 수 있다. 회(悔) 역시 일반적으로 '후회하다'로 풀지만, 매(痗: 앓다, 괴로워하다, 뉘우치다 등)와 통하며, 다시 병(病)의 뜻도 있다〔유운흥(劉運興), 『시의지신(詩義知新)』〕.

94 저(渚): 작은 섬(『모전』). 모래톱. 물줄기가 갈라져 이루어진 작은 모래섬.

95 불아여(不我與): 여(與)는 함께 지내는 것. 또는 흰머리가 되도록 함께하자는 언약 또는 맹세.

96 처(處): 편안함〔안(安)〕이니, 그 편안한 바를 얻은 것이라 하였다(『집전』). 또는 함께 사는 것〔『석의(釋義)』〕. 또는 서(癙)로 읽어야 하며, '속 끓이다, 근심하다'의 뜻으로 우(憂)와 같다〔문일다(聞一多), 『시경신의(詩經新義)』. 이하 약칭 『신의(新義)』〕. 또 다른 해석은 병

江有沱[97]어늘 (강 유 타)	장강에 갈림물이 흐르고
之子歸에 (지 자 귀)	그 사람 돌아가네
不我過[98]로다 (불 아 과)	나와 맺으려 하지 않네
不我過나 (불 아 과)	나와 맺으려 하지 않아
其嘯也歌[99]리라 (기 소 야 가)	한숨짓고 슬프게 노래하네

◈ 해설

1. 남자가 자신이 좋아하는 여인에게 다른 사람이 생겼고 심지어 그에게 시집가려 하는 것을 보고 읊은 시로 보는 것이 가장 일반적이었다. 그는 어쩔 수 없어 하면서 비탄에 잠겨 한탄할 뿐이다. 이렇게 화자를 남자로 보는 첫 번째 단서는 '지자귀(之子歸)'를 '그 여자 시집가네'로 고착시켜 해석했기 때문일 것이다. 이와 같은 맥락으로 「모시서」, 『정전(鄭箋)』, 『공소(孔疏)』, 『집전(集傳)』 등에서는 부인과 첩의 관계로 보고 잉첩(媵妾)을 찬미한 시라고 하였는데 납득이 잘

(病)으로 푼다. 『여씨춘추·애토(呂氏春秋·愛士)』〔권8, 「중추기(仲秋紀)」 제8〕에 조간자(趙簡子)가 두 마리 백라(白騾) 말, 즉 흰 노새를 가지고 있는데 그를 죽여 간을 취하면 양성서거(陽城胥渠)의 병을 치료할 수 있다는 내용이 있다. 앞에서는 "陽城胥渠處"라 하고 그 뒤쪽에서는 "主君之臣胥渠有疾"이라고 하였다. 고유(高誘)의 주(注)에서도 "處, 猶病也"라 하였다.

97 타(沱): 강물이 갈라진 것『모전』) 또는 지류(支流)와 같으며, 갈라진 강물은 반드시 다시 합쳐진다.

98 과(過): 집을 들러 지나가는 것. 또는 적(適)과 같이 여자의 출가 곧 시집가는 것을 뜻한다〔육조(六朝) 시대 남조(南朝) 양(梁)나라 고야왕(顧野王, 519~581), 『옥편(玉篇)』〕. 여자가 출가(出嫁)하거나 남자가 데릴사위로 가는 것〔입췌(入贅)〕도 속칭 과문(過門)이라 하며 그 혼인의 예를 지내는 것을 과례(過禮)라 한다. 성적(性的)인 상징성도 있다.

99 기소야가(其嘯也歌): 소(嘯)는 휘파람. 여기서는 탄식하는 소리를 내는 것. 가(歌)는 슬픈 노래를 부르는 것. 또는 더 나아가 호곡(號哭)하는 것을 뜻하는데, 호곡하면서 말을 하고 그 말에 또 곡조가 있는 것〔문일다(聞一多), 『통의(通義)』〕.

되지 않는다. 문일다(聞一多)는 버림받은 부인의 시, 즉 기부시(棄婦詩)로 보았다. 화자는 버림받은 여인이다. 갈림물은 이별을 상징한다. 그러나 이 시의 배경으로 나오는 '강(江)'은 상징으로만 사용된 것이 아니라 실제적으로 상인의 교역 활동 공간을 가리키는 것으로 볼 수 있다. 주나라 초기 또는 그 이전부터 장 강의 상류와 중류뿐 아니라 파촉(巴蜀)과 중원(中原) 지역 간에도 상인들이 왕래하며 상품을 유통시켰다. 상인이 배를 타고 여기저기를 거치면서 새로운 여인을 만나게 되고, 그렇지 않아도 먼 행상 길에서 본댁으로 돌아가는 횟수가 점차 적어지다가 아예 발길을 끊을 수도 있을 것이다. 강을 끼고 있는 지역에서의 남녀 간의 만남과 헤어짐의 노래는 어느 나라에서나 흔한 일이다. 본시의 번역은 이 관점을 바탕으로 하였다.

2. 희생제례(犧牲祭禮)나 수확제의(收穫祭儀) 때 그 대상을 위해 축도(祝禱)하며 제사 지내는 시로 본다. 이 시의 원시적 의미에 따르면 '子'는 하늘에 날아올라 사라지는 '토템 성물(聖物)'의 영혼이며, '之子歸'는 실제로 토템 성물을 죽이는 과정에서 성물의 영혼을 조상들의 영혼이 있는 그곳으로 돌려보내는 것을 말한다. 토테미즘과 샤머니즘(shamanism: 주술)이 결합된 원시 종교의 한 양식으로 본다. 「도요(桃夭)」 시 [해설] 참조.

3. 인도의 민간 종교에 강물이 갈라지는 곳이나 두 강이 만나는 곳에 종교의 통합이나 영혼의 통합에 관한 종교 집회나 행사가 진행된다. 특히 죽음에 대한 의식(儀式)은 매우 강렬하다. 죽은 자들은 반드시 이곳을 거쳐야 하고, 죽음을 앞둔 많은 사람들은 강변에서 그의 최후를 준비한다. 그들을 보내는 사람들은 강가에서 화장(火葬)하고 의식(儀式)을 치른다. 즉 여기에 더 나은 곳에서의 부활과 재생에 대한 믿음과 신화가 있어 왔다.

12. 야유사균(野有死麕) 들판에서 잡은 노루

野有死麕[100]이어늘 야 유 사 균	들판에서 잡은 노루 고기를
白茅包之[101]로다 백 모 포 지	흰 띠풀로 싸서 주었네
有女懷春[102]이어늘 유 녀 회 춘	춘정을 품은 아가씨 있어
吉士誘之[103]로다 길 사 유 지	멋진 사내가 유혹하네
林有樸樕[104]하며 임 유 박 속	숲 속의 잔 나무와
野有死鹿[105]이어늘 야 유 사 록	들판에서 잡은 사슴 고기를
白茅純束[106]하나니 백 모 돈 속	흰 띠풀로 묶어 주니
有女如玉이로다 유 녀 여 옥	아가씨 옥같이 아름다워라

---

100 야유사균(野有死麕): 균(麕)은 노루, 고라니. 『모전(毛傳)』과 『설문해자(說文解字)』에는 장(獐: 노루)이라 하였으며, 사슴 비슷하나 약간 작으며 뿔이 없다고 한다. 사균(死麕)은 사냥해서 잡은 노루를 말한다.

101 백모포지(白茅包之): 모(茅)는 띠풀. 백모(白茅)는 흰 띠풀로서 높이 자라는 다년생 풀. 잎새는 가늘고 길며 끝이 뾰족하고 봄에 되면 잎새가 나기 전에 줄기 끝에 꽃이 핀다. 옛날에는 예물을 싸거나 제사에 쓸 술을 받쳐 거르는 데 쓴 정결하다고 믿은 식물이다. 포(包)는 싸다.

102 회춘(懷春): 사춘(思春)의 뜻. 남녀의 정욕(情慾)이 발동하는 것.

103 길사유지(吉士誘之): 길사(吉士)는 미사(美士)(『집전』), 곧 멋진 남자. 대체로 미혼 남자의 미칭(美稱)으로 여기서는 남자 사냥꾼. 유(誘)는 유혹의 뜻.

104 복속(樸樕): 『모전』에 '소목(小木)', 작은 나무들이라 하였다. 또는 떡갈나무〔곡(槲)〕. 목재로 사용할 수 없고 땔나무로만 사용된 것으로, 땔나무로 볼 수 있으며 이는 또 옛날 혼례에 땔나무를 사용한 것과 관련이 있을 것이다.

105 록(鹿): 사슴.

106 돈속(純束): 돈(純)은 묶다. 속(束)도 묶다.

舒而脫脫兮[107]하여 서 이 태 태 혜	'천천히 가만가만
無感我帨兮[108]하여 무 감 아 세 혜	내 앞치마를 건드리지 마세요
無使尨也吠[109]하라 무 사 방 야 폐	삽살개가 짖게 하지 마세요'

◈ 해설

이것은 젊은 남녀의 연애시이다. 봄날에 마음이 동한 아름다운 처녀를 멋진 사내가 유혹하여 서로 정을 통하게 된다는 것이 이 시의 큰 흐름이다. 사냥해서 잡은 노루나 사슴의 고기를 깨끗한 흰 띠풀로 싸서 애인에게 보내 주는 것은 원시 수렵 시대의 유풍(遺風)으로 보인다. 제3장은 여자의 말투이다. 개가 짖어 동네 사람들이나 집안 식구들에게 들키지 않도록 살며시 와서 살살 자기를 다뤄 달라는 것이다.

「모시서」에서는 무례함을 미워한 것이라 하며, 천하가 크게 혼란하고 강포(强暴)한 자들이 서로 능멸하여 마침내 음풍(淫風)을 이루었는데 문왕(文王)의 교화를 입은 바 있어 비록 난세(亂世)를 당했으나 오히려 무례함을 미워한 것이라 하였다. 『시경』 시대나 현대의 관점에서 보면 설득력이 없지만, 한대(漢代) 학자

---

107 서이태태(舒而脫脫): 서(舒)는 서서히, 찬찬히. 태태(脫脫)는 일을 천천히 진행시키는 모양.

108 무감아세(無感我帨): 무(無)는 '하지 마라'는 뜻. 감(感)은 감(撼)과 통하여, '움직이다' 또는 '손을 대다'는 뜻. 세(帨)는 패건(佩巾)(『모전』). 허리에 차는 것으로, 길이가 무릎 밑에까지 내려오는 앞가리개. 『예기·내칙(禮記·內則)』편에 의하면 "자식이 부모를 섬기고 며느리가 시부모를 섬길 때에는 모두 분세(紛帨)를 찼다"고 하였다. 대체로 물건을 닦는 것으로 '행주치마'와 비슷한 것으로 보인다. 그러나 점차 호신용이나 장식적인 면이 강조되었을 것이다. 그래서 고인(古人)들이 허리에 차는 것이 많았는데, 여기서는 소리가 나는 장식품을 달았을 걸로 추정되며, 지금의 묘족(苗族)의 부녀자들이 은장식(銀裝飾)을 머리와 목은 물론 옷의 허리 부분에 차고 있는 것과 같이 고대 농촌에서 귀천을 막론하고 부녀자들이 한두 개의 옥석(玉石)을 찼을 것으로 본다〔고힐강(顧頡剛)〕.

109 방야폐(尨也吠): 방(尨)은 삽살개. 폐(吠)는 개가 짖는 것.

들의 도덕적 교화적인 입장에서 보면 이런 해석은 정확하다고 할 수 있다. 당시까지 전해 오던 자유연애나 자유로운 성생활 등을 포함하는 혼속(婚俗)은 그들의 입장에서 보면 확실히 음풍이었을 것이기 때문이다.

다산(茶山) 정약용은 기본적으로 「모시서」와 『시집전』의 관점을 따랐다. 그리고 제1장과 제2장의 의미가 다르다고 주장했다. 띠풀로 싸는 것은 노루 고기이고, 띠풀로 묶는 것은 사슴 가죽이며, 춘정을 품었다면 음란한 여인이고 옥과 같다면 정숙한 여인이다. 유혹하는 것은 예를 그르치는 것이요, 띠풀로 묶는다는 것은 공경을 다하는 것이다. 이것은 예가 아닌 물건으로는 단지 춘정을 품은 여인을 유혹할 수 있을 뿐이고, 공경을 다하는 예물이어야 비로소 옥과 같은 여인을 맞이할 수 있음을 말하는 것이라 했다.

13. 하피농의(何彼襛矣) 어쩌면 저리도 고울까

何彼襛矣[110]오 하 피 농 의	어쩌면 저리도 고울까
唐棣之華[111]로다 당 체 지 화	산앵두나무의 꽃!

110 하피농의(何彼襛矣): 농(襛)은 농(穠)〔『설문(說文)』〕으로 쓰기도 하며, 『한시(韓詩)』에는 융(茙)으로 되어 있다. 『모전』에서는 성(盛)함이라 하며 융융(戎戎)이라는 말과 같다고 하였고, 『공소(孔疏)』에서는 꽃을 형용하는 말이라 풀이하였다.

111 당체지화(唐棣之華): 당체(唐棣)는 『모전』에 체(移: 산앵두나무)라 하며 백양(白楊)과 비슷하다고 하였고, 『육소(陸疏)』에서는 오리(奧李)라 하였다. 작매(雀梅) 또는 차하리(車下李)라고도 하며 야산에 흔하다고 한다. 『광아(廣雅)』에 의하면 작리(雀李) 또는 욱리(郁李)라고도 부른다. 이를 당체(棠棣) 곧 '아가위나무'와 흔히 혼동하나 다른 것이다. 또는 유상(帷裳), 즉 수레 휘장으로도 본다〔문일다(聞一多), 『신의(新義)』〕. 「위풍(衛風)·맹(氓)」의 "淇水湯湯, 漸車帷裳"의 '유상'에 대해 『공소(孔疏)』는 휘장으로 수레를 가리는 것이 마치 치마와 같아서 붙인 이름이라고 하였다. 화(華)는 꽃.

曷不肅雝[112]이리요
갈 불 숙 옹

얼마나 듣기 좋은가

王姬之車[113]로다
왕 희 지 거

공주의 수레 방울 소리

何彼穠矣오
하 피 농 의

어쩌면 저리도 고울까

華如桃李[114]로다
화 여 도 리

복숭아 오얏 같은 꽃!

平王之孫[115]과
평 왕 지 손

평왕의 외손녀

齊侯之子[116]로다
제 후 지 자

제후의 딸

其釣維何[117]오
기 조 유 하

낚시질은 어찌 하나?

---

112 갈불숙옹(曷不肅雝): 갈(曷)은 어찌. 숙옹(肅雝)은 수레의 방울 소리가 듣기 좋은 것. 『예기(禮記)』의 "鸞和之美, 肅肅雍雍"에서 방울〔란(鸞)〕의 소리가 잘 조화되어 듣기 좋은 것. 또는 숙(肅)은 경(敬)이요 옹(雝)은 화(和)로서『모전』, 공경스럽고 온순하다는 뜻.

113 왕희지거(王姬之車): 왕희(王姬)는 주나라 왕의 성이 희성(姬姓)이었으므로, 주나라 천자의 공주라는 뜻으로 쓰인 것『집전』. 거(車)는 시집갈 때 타고 가는 수레를 가리킴.

114 도리(桃李): 복숭아와 오얏인데, 흔히 여인의 아름다움에 비유된다.

115 평왕지손(平王之孫): 평(平)은 정(正)으로 보고 '평왕지손'을 무왕(武王)의 따님이자 문왕(文王)의 손녀로 보았다『모전』. 또는 주나라를 동천(東遷)시킨 평왕(平王) 의구(宜臼)라 하였다『집전』. 그 뒤 명대(明代)와 청대(淸代)에서도 많은 학자들이 평왕으로 보고, 그의 손녀가 제(齊)나라 제후의 아들에게 출가하는 것이라 하였다〔『석의(釋義)』〕. 또는 외손녀(外孫女)로도 본다〔청나라 왕선겸(王先謙, 1842~1917), 『시삼가의집소(詩三家義集疏)』. 이하 약칭 『집소(集疏)』〕.

116 제후지자(齊侯之子): 제후(齊侯)는 누구를 가리키는지 확실하지 않다. 『춘추(春秋)』에 왕희(王姬)가 제나라로 출가한 기록이 두 군데 있다. 하나는 노장공(魯莊公) 원년, 곧 제양공(齊襄公) 5년이고, 또 하나는 노장공 11년 곧 제환공(齊桓公) 3년인데 이 시는 어느 때의 일인지 모른다. 앞의 제양공을 가리킬 가능성이 더 많다고 한다〔『석의(釋義)』〕. 자(子)는 아들. 평왕의 손녀와 결혼하는 신랑인 제나라 제후의 아들로 본다. 또는 딸로도 보는데, 제나라 제후에게 시집간 여자를 말하며 앞 구 평왕의 손녀와 동격이다. 자(子)는 남녀 모두에게 사용할 수 있다.

117 기조유하(其釣維何): 조(釣)는 낚시. 유(維)는 위(爲)의 뜻.

維絲伊緡[118]이로다 　　명주실 꼬아 만든 낚싯줄
유 사 이 민

齊侯之子요 　　제후의 딸
제 후 지 자

平王之孫이로다 　　평왕의 외손녀
평 왕 지 손

◈ 해설

「모시서」에서는 공주의 몸으로 제후의 집안에 낮추어 시집을 가지만 조금도 교만하지 않고 겸양의 도가 높으므로 이에 자연 공경하는 마음이 일어나서 읊은 노래라고 하였다. 제3장의 낚싯줄 얘기는 실을 모아 낚싯줄을 만들 듯이 이성(二姓)의 남녀가 합하여 한 쌍의 부부가 됨을 비유한 것으로 본다.

14. 추우(騶虞)[119] 　　조수관(鳥獸官)

彼茁者葭[120]에 　　저 무성한 갈대밭
피 줄 자 가

118 유사이민(維絲伊緡): 유(維)는 시(是)의 뜻. 또는 조사. 이(伊)는 앞의 유(維)와 같은 조사(『모전』). 민(緡)은 실을 모아 꼬아서 낚싯줄을 만든 것(『집전』).

119 추우(騶虞): 대개 다음 네 종류 해석이 있다. ①『모전』에서는 살아 있는 생물은 먹지 않는 의로운 동물〔義獸〕이라 하였다. ②〈삼가시(三家詩)〉에서는 천자의 조수(鳥獸)를 관리하는 관원이라 하였고, 구양수(歐陽修)는 추는 추유(騶囿)로서 임금의 사냥터이며, 우(虞)는 우관(虞官)으로 조수(鳥獸)를 관리하는 사람이라 보았다. 그리고 ③앞의 해석에서 인신되어 추우는 천자가 사냥을 나가면 몰이꾼을 이끌고 짐승들을 몰아주던 관리라고 했다. ④최근의 일반적인 해석은 사냥꾼〔獵人〕으로 본다. 여기서는 ④를 따른다. [해설] 참조.

壹發五豝[121]로다 일 발 오 파	한 화살에 다섯 마리 암퇘지
于嗟乎騶虞[122]여 우 차 호 추 우	아아, 조수관이여!
彼茁者蓬[123]에 피 줄 자 봉	저 무성한 쑥밭
壹發五豵[124]로다 일 발 오 종	한 화살에 다섯 마리 새끼 돼지
于嗟乎騶虞여 우 차 호 추 우	아아, 조수관이여!

---

120 피줄자가(彼茁者葭): 줄(또는 절, 茁)은 풀이 새로 돋아난 모습. 가(葭)는 갈대 또는 갈대밭. 일반적으로 피(彼)를 '저(것)'로 푸는데, '피줄'을 '줄줄(茁茁)'로 해석하기도 한다. 갈대가 자라나 무성한 곳이 암퇘지가 숨기 좋은 곳이며, 그래서 사냥하기에 좋은 곳임을 말한다.

121 일발오파(壹發五豝): 일(壹)은 일(一). 파(豝)는 암퇘지. 화살 한 대로 다섯 마리 암퇘지. 앞의 추우(騶虞) 주(注) 119 ③의 입장으로 보면, 추우가 관리를 잘하고 몰이를 잘하여 한 번 화살을 쏘려고 보니 저쪽 갈대밭 속에 다섯 마리의 암퇘지가 나타났다는 것으로 해석하기도 한다. 이를 다른 각도에서 보아 다산(茶山) 정약용(丁若鏞)의 주장에 따르면, 다섯 마리의 돼지가 나타났는데 화살을 한 발만 쏘았으며 이러한 임금의 인애(仁愛)함이 생물에게 미쳐 차마 다 죽이지 않는다는 뜻으로 해석할 수도 있다〔다산(茶山) 정약용(丁若鏞)의『역주 시경강의(詩經講義)』. 방옥윤(方玉潤)의『시경원시(詩經原始)』〕. 이것은 시교(詩敎)의 논조이다. 마서진(馬瑞辰)은 일(壹)을 발어사로 보고 다만 '다섯 마리를 쏘아 잡았다'고 풀었다(『통석』). 청말(淸末)의 주일신(朱一新)은 활쏘기에서 열두 개의 화살을 다 쏘는 것을 한 발(發)이라 한다며, 열두 개 화살을 쏘아 다섯 마리를 잡은 것으로 해석했다〔진자전(陳子展, 1898~1990),『시경직해(詩經直解)』. 이하 약칭『직해(直解)』 재인용〕. 여기에서는 뛰어난 사냥꾼의 실력을 과장하여 칭찬하는 것으로 보았다.

122 우차호(于嗟乎): 감탄사.

123 봉(蓬): 다북쑥 또는 나아가 다북쑥 밭으로 보기도 한다.

124 종(豵): 낳은 지 1년밖에 안 되는 새끼 돼지.

◈ 해설

「모시서」에서는 "온 천하가 문왕의 교화를 입어 동물들이 번식하고 때에 알맞게 사냥을 하니 어질기가 추우(騶虞)와 같은지라 곧 왕도가 이루어졌음을 읊은 시"라고 했다. 그러나 이것은 뛰어난 사냥꾼을 찬미한 것으로 보는 것이 좋겠다. 화살 열두 개로 다섯 마리의 돼지를 잡거나, 한 발로 다섯 마리를 잡거나에 관계없이 빼어난 활 솜씨를 찬양한 것이다. 제1장에서는 무성하게 자라난 갈대밭에 숨어 있는 비교적 큰 암돼지를, 제2장에서는 그보다 작은 쑥밭에 숨은 새끼 돼지를 잡는다고 하여 각각이 출몰하는 배경을 달리 설정했다.

포창(鮑昌)은 '추우(騶虞)'의 각 글자를 풀어서 해석했는데, 참고할 만하다. "우(虞)자의 가장 원시적인 의미는 虍(호)와 吳(오)를 따른다. 虍는 호피(虎皮) 무늬의 상형이고, 吳자는 大와 口의 결합으로 그 뜻은 큰 소리로 말을 하거나 떠든다는 것이다. 그래서 '虞'자는 호피를 걸치고 큰 소리로 부르는 사람으로 그 뜻이 모아지는데, 이것은 곧 고대의 사냥꾼의 모습이다." 또 "추(騶)자는 馬와 芻(추: 꼴, 또는 꼴을 먹이다)를 따른다. 그러므로 풀을 베어 말을 먹인다는 뜻이 되어 '구어(廄御)'가 되는데 이것은 또한 가축을 기르는 사람을 지칭한다"〔『난카이 대학 학보(南開大學學報)』 1978년 6기〕. 이 두 개가 결합하여 추우가 되었으니 인신되어 사냥꾼의 뜻에 가깝다고 할 것이다.

제3 패풍(邶風)

주나라 무왕(武王: BC 1122~1116년 재위)은 은(殷)나라를 쳐부순 뒤 주(紂) 임금의 아들 무경〔武庚: 녹보(祿父)〕을 은나라 유민들이 사는 땅에 봉하여 은나라의 제사를 받들게 하였다. 그리고 다시 그 땅을 삼분(三分)하여 무왕의 아우인 관숙(管叔)과 채숙(蔡叔)·곽숙(霍叔)을 세워 은나라 신하들을 감독케 하였다〔『일주서·작락(逸周書·作雒)』편〕.

그리하여 무경이 다스리던 곳을 패(邶), 관숙이 다스리던 곳을 용(鄘), 채숙이 다스리던 곳을 위(衛)라 부르게 되었는데, 이들을 '삼감(三監: 은나라 백성을 감독하는 세 사람)'이라 불렀다. 주(紂) 임금의 도읍이었던 조가〔朝歌: 은허(殷墟)라고도 하며 지금의 하남성 기현(淇縣) 동북쪽〕의 북쪽을 패(邶)라 하고, 남쪽을 용(鄘), 동쪽을 위(衛)라 부른 것이다〔정현(鄭玄), 『시보(詩譜)』〕.

그런데 진(晋)나라 초 황보밀(皇甫謐, 215~282)이 쓴 『제왕세기(帝王世紀)』에는 "은나라 도읍의 동쪽을 위(衛)라 부르고 관숙이 감독하였으며, 서쪽을 용(鄘)이라 부르고 채숙이 감독하였고, 북쪽을 패(邶)라 하여 곽숙이 감독하였는데 이들을 삼감이라 한다"고 하였다. 어느 것이 옳은지 알 수 없다.

성왕(成王: BC 1115~1079년 재위) 때 주공(周公)이 무경과 관채(管蔡)의 난을 평정한 뒤에는 강숙(康叔)을 위(衛)에 봉하고 패와 용의 땅까지도 다스리게 하였다. 강숙은 조가(朝歌)에 도읍하여 은나라 유민들을 다스렸는데, 그의 자손 대에 이르러 패와 용의 국경은 있는 듯 없는 듯 되어 버리고 통틀어 위(衛)라 불렀다. 의공(懿公) 때에는 변방 민족 적(狄)에게 멸망하여 대공(戴公)이 황하를 건너 동쪽으로 옮겨 조읍〔漕邑: 지금의 하북성 활현(滑縣)〕에 도읍하였고, 문공文公 때에는 다시 초구〔楚丘: 지금의 산동성 무현(武縣)〕로 옮겼으나 모두 위(衛)의 본토를 벗어나지는 않는 것이었다.

그렇기 때문에 패·용·위의 세 「국풍(國風)」은 실은 모두가 「위풍(衛風)」이라 할 수 있다. 이들 시의 성읍이나 강물 등의 이름은 같은 고장의 것들이며, 거기서 읊은 내용도 모두가 위나라 일이다. 『춘추좌전』에서 위나라 북궁문자(北宮文子)가 「패풍(邶風)」의 "위의체체(威儀棣棣)"를 인용하면서 위시(衛詩)라고 하였고, 오(吳)나라 계찰(季札)이 관악(觀樂)할 때도 악공들이 패·용·위의 노래를 부르니까 계찰은 이를 「위풍(衛風)」이라 하였다.

그래서 마서진(馬瑞辰) 같은 사람은 숫제 옛날에는 패·용·위가 한 묶음이었던 것을 후인이 셋으로 나눈 것이라 주장하였는데〔『통석(通釋)』〕, 일리가 있다. 또 시를 편집한 이가 처음에는 패와 용의 이름을 보존하려고 이들을 통틀어 '패용위'라 하였는데 후세에 셋으로 나누어진 것이라고도 한다〔『석의(釋義)』〕. 그러므로 「패풍(邶風)」은 패에서, 「용풍(鄘風)」은 용에서, 「위풍(衛風)」은 위에서 채집하였다고 말하는 것은 잘못이다.

구설(舊說)에는 이하 13국(國)의 시를 모두 「변풍(變風)」이라 하였다.

1. 백주(柏舟) 잣나무 배

汎彼柏舟[1]여 범 피 백 주	두둥실 저 잣나무 배
亦汎其流[2]로다 역 범 기 류	물결 따라 떠내려간다
耿耿不寐[3]하여 경 경 불 매	시름겨워 잠 못 이룸은
如有隱憂[4]로다 여 유 은 우	남모를 근심이 있는 듯
微我無酒[5]하여 미 아 무 주	나에게 술이 없어
以敖以遊[6]로다 이 오 이 유	즐기고 놀 수 없는 것은 아니건만

我心匪鑒[7]이니 아 심 비 감	내 마음 거울이 아니어서
不可以茹[8]하며 불 가 이 여	비추어 헤아려 볼 길 없고
亦有兄弟나 역 유 형 제	형제가 있어도
不可以據[9]로다 불 가 이 거	의지할 수 없어

---

1 범피백주(汎彼柏舟): 범(汎)은 물 위에 둥둥 뜨는 모양. 백주(柏舟)는 잣나무로 만든 배.

2 역범기류(亦汎其流): 역(亦)은 조사로, 『시경』에서는 흔히 앞의 말을 받지 않는 순전한 조사로 쓰인다. 류(流)는 물결대로 떠내려가는 것.

3 경경불매(耿耿不寐): 경경(耿耿)은 불안한 모습. 매(寐)는 잠자다.

4 은우(隱憂): 숨겨진 남모르는 깊은 시름.

5 미아무주(微我無酒): 미(微)는 비(非)와 같으며, 다음 구절에까지 걸린다.

6 이오이유(以敖以遊): 이(以)는 어기조사(語氣助詞). 오는 유(遊)와 같다. 또는 출유(出遊)의 뜻이라고도 한다.

7 비감(匪鑒): 비(匪)는 비(非)와 같은 뜻. 감(鑒)은 거울. 옛날에는 청동으로 만들었다.

8 여(茹): 용납하다, 헤아리다. 거울은 형태를 그대로 받아들이며 미추(美醜)를 가리지 않지만, 내 마음은 그렇지 않아서 사물의 진위(眞僞)를 헤아릴 수 없거나 선악을 함께 포용할 수 없다는 뜻.

9 거(據): 의지하다.

薄言往愬[10]이면
박언왕소
찾아가 하소연하면

逢彼之怒로다
봉피지노
그의 노여움만 사리라

我心匪石이라
아심비석
내 마음 돌이 아니어서

不可轉也[11]며
불가전야
굴릴 수도 없고

我心匪席이라
아심비석
내 마음 돗자리가 아니어서

不可卷也[12]며
불가권야
말 수도 없으며

威儀棣棣[13]라
위의체체
몸가짐 빈틈이 없어

不可選也[14]로다
불가선야
나무랄 수 없다

憂心悄悄[15]하니
우심초초
근심스런 마음 그지없으나

慍于群小[16]로다
온우군소
소인배들에게 노여움을 사고

覯閔既多[17]니
구민기다
괴로움도 많이 받았으며

---

10 박언왕소(薄言往愬): 박언(薄言)은 발어사. 왕(往)은 가다. 소(愬)는 하소연하다, 고소(告訴)하다.

11 전(轉): 굴리다, 전환하다. 내 마음이 돌과 같이 둥글지 않아 쉽게 굴릴 수 없다는 뜻.

12 권(卷): 말다. 돗자리는 말아서 치워 놓을 수 있지만 내 마음은 말아 둘 수가 없다는 뜻.

13 위의체체(威儀棣棣): 위의는 용모와 행동. 체체(棣棣)는 용모가 엄정하고 행동이 의젓한 모습.

14 선(選): 가리다. 『시집전』에서는 위의가 성하고 성하며 하나도 나쁜 것이 없어서 선택하거나 취사(取捨)할 것이 없다고 말한 것이며, 이 장은 모두 스스로 돌이켜 봄에 잘못이 없다는 뜻으로 해석했다. 혹은 손(巽)으로 해석하여 물러서서 양보하다는 뜻으로 보기도 하여 "위의가 장엄하고 당당하여 가볍게 양보할 수 없다"고 해석하기도 한다.

15 우심초초(憂心悄悄): 초초는 근심하는 모습.

16 온우군소(慍于羣小): 소인배들의 미움을 받게 되었다는 뜻. 온(慍)은 원한 또는 성내다는 뜻.

受侮不少로다 수 모 불 소	수모도 적지 않다
靜言思之[18]하니 정 언 사 지	가만히 이 신세 생각하며
寤辟有摽[19]로다 오 벽 유 표	밤새도록 가슴만 친다
日居月諸[20]여 일 거 월 저	해여, 달이여
胡迭而微[21]오 호 질 이 미	어이하여 바뀌고 이지러지는가
心之憂矣여 심 지 우 의	마음의 근심은
如匪澣衣[22]로다 여 비 한 의	빨지 않은 옷 같다
靜言思之하니 정 언 사 지	가만히 이 신세 생각해 보니
不能奮飛로다 불 능 분 비	훨훨 날아갈 수도 없어라

◈ 해설

이 시는 유용한 것이 제대로 사용되지 못하고 버림받고 있음을 비유한 것이

---

17 구민기다(覯閔既多): 구는 구(遘)와 같으며 만나다의 뜻. 민은 민(憫)과 통하여 근심 걱정의 뜻으로 볼 수도 있고, 병으로 볼 수 있다.

18 정언사지(靜言思之): 정언은 정이(靜而) 또는 정정지(靜靜地)와 같다. 가만히 생각하다.

19 오벽유표(寤辟有摽): 오(寤)는 잠에서 깨어나다. 또는 호(互)의 뜻으로 보기도 한다. 벽은 벽(擗)과 같아서 가슴을 치며 슬퍼하다는 뜻. '유표'는 표표(嘌嘌)와 같으며 가슴을 두드리는 모양 또는 소리.

20 일거월저(日居月諸): 거(居)와 저(諸)는 조사. 해여! 달이여!

21 호질이미(胡迭而微): 호는 '어찌'의 뜻. 질은 '서로 번갈아'의 뜻. 미는 작아지다, 어둡다의 뜻으로, 일식(日蝕)과 월식(月蝕)을 말한다. 일식이나 월식은 흉조로 여겼다.

22 여비한의(如匪澣衣): 한(澣)은 빨래하다. 때 묻은 옷을 빨지 않고 그대로 입은 것처럼, 답답한 마음을 나타낸다.

다. 「모시서」에서는 "어질면서도 등용되지 못함을 노래한 것"이라 하였다. 『제시(齊詩)』도 이와 같다. 그러나 전한(前漢) 말 유향(劉向)의 『열녀전(列女傳)』에서는 위(衛)나라 선부인(宣夫人)의 시라고 했다. 이것은 『노시(魯詩)』의 해설과 같다. 즉 『노시(魯詩)』에서는 "위나라 선왕의 과부는 제후(齊侯)의 딸인데, 위나라에 시집을 갔다가 성문에 이르자 선왕이 죽었다. 보모가 말하기를 '돌아가는 것이 좋겠다'고 해도 듣지 않고 들어가서 마침내 삼년상을 치렀다. 선왕의 아우가 왕위에 오르고 청하기를 '위나라는 작은 나라이므로 두 개의 궁중 부엌을 용납할 수 없으니 원하건대 하나의 부엌을 쓰자'고 하였으나 결국 이 말을 듣지 않고 이 시를 지었다"고 했다.

『시집전』에서는 아낙네가 자기 남편에게 소박을 맞고 자신을 잣나무 배에 비유하여 노래한 것이라고 했다. 그래서 흐르는 물에 둥실둥실 떠내려가는 잣나무 배는 낭군을 만나지 못해 불안한 여인의 처지와 심정을 비유한 것으로 본다.

2. 녹의(綠衣) 녹색 저고리

綠兮衣兮[23]여
녹 혜 의 혜

綠衣黃裏[24]로다
녹 의 황 리

녹색 옷이여

녹색 저고리에 황색 속옷이로다

---

23 녹혜의혜(綠兮衣兮): 녹의(綠衣)와 같다. 녹색 천으로 만든 옷. 혜(兮)는 조사. 의(衣)는 웃옷 즉 저고리를 말한다. 정현(鄭玄)은 녹(綠)을 단(褖)의 오자(誤字)로 보았다(『정전(鄭箋)』). 단의(褖衣)는 후비의 예복이다. 그러나 여기서는 죽은 아내가 평소에 입던 녹색 옷을 보고 그녀를 애도하며 추모하는 마음이 일어난 것을 말한다. 또는 『모전』에 녹색은 간색(間色)이라 하였는데, 곧 녹색은 파랑과 노랑의 중간색으로 천한 색깔이라 하였다(『집전』). 천한 색깔로 옷을 만든다는 것은 천한 첩이 본처보다 남편의 사랑을 받고 있음을 비유한 것이라고도 한다.

心之憂矣여	심 지 우 의	마음의 시름은
曷維其已[25]오?	갈 유 기 이	언제나 그치려나
綠兮衣兮여	녹 혜 의 혜	녹색 옷이여
綠衣黃裳[26]이로다	녹 의 황 상	녹색 저고리에 황색 치마로다
心之憂矣여	심 지 우 의	마음의 시름은
曷維其亡[27]고?	갈 유 기 망	언제나 없어지려나
綠兮絲兮[28]여	녹 혜 사 혜	녹색으로 된 실은
女所治兮[29]로다	여 소 치 혜	그대가 물들여 만든 것

---

24 녹의황리(綠衣黃裏): 리(裏)는 옷의 안을 말한다. 녹색 천으로 옷을 만들고 귀한 천인 노란색으로 안을 대었다는 말이다. 『모전』에 녹색은 간색(間色)이고 황색은 중앙토(中央土)의 정색(正色)이라, 간색은 천한데 이것으로 상의를 만들고 정색은 귀한데 이것으로 속옷을 만들었으니 모두 제자리를 잃었음을 말한 것이라 했다. 즉 위(衛)나라의 장공(莊公)이 폐첩(嬖妾)에게 혹하여 부인인 장강(莊姜)이 어진 데도 지위를 잃고 스스로 슬퍼하며 지은 시로 해석했다. 이는 천한 첩이 득세하고 본처인 자기가 밀려나 있음을 비유한 것으로 본 것이다. 그러나 전체를 자세히 보면, 남편이 죽은 아내의 옷가지를 보고 그녀를 생각하며 지은 시로 해석하는 것도 큰 무리는 없다.

25 갈유기이(曷維其已): 갈(曷)은 '언제나', '어찌'의 뜻. 유기(維其)는 조사로서 미래를 나타낸다. 이(已)는 그치다.

26 상(裳): 치마. 상(裳)과 짝을 이룰 때 의(衣)는 저고리, 즉 윗옷을 말한다. 황색이 속옷에서 더 전락하여 치마가 되었으니 제자리를 잃음이 더 심하다고 했다.

27 망(亡): 없어지다. 또는 잊다〔망(忘)〕.

28 녹혜사혜(綠兮絲兮): 녹색 실을 말한다. 이 구절은 송(宋)나라 엄찬(嚴粲, 생졸년 미상)에 의하면, "본래 이 천한 녹색 옷은 흰 실을 그대(첩을 가리킴)가 물들여 지은 것이다. 그대는 이 흰 실을 녹색으로 물들이고 또 그것으로 저고리를 만들어 황색의 위에 입는가?"라는 뜻을 나타낸다고 하였다〔엄찬(嚴粲), 『엄씨시집(嚴氏詩緝)』. 이하 약칭 『시집(詩緝)』〕.

29 여소치혜(女所治兮): 여(女)는 여(汝)의 뜻. 치(治)는 옷을 짓는 것.

我思古人[30]하여 나는 옛사람을 생각한다
아사고인

俾無訧兮[31]로다 원망일랑은 없이 하리라고
비무우혜

絺兮綌兮[32]여 고운 갈포 거친 갈포
치혜격혜

淒其以風[33]이로다 찬바람에 을씨년스럽다
처기이풍

我思古人하니 나는 옛사람을 생각한다
아사고인

實獲我心[34]이로다 진정 내 맘을 알리라고!
실획아심

◈ 해설

본부인이 남편의 사랑을 첩에게 빼앗기고 한탄하는 시. 「모시서」에서는 위장공(衛莊公)의 부인인 장강(莊姜)이 남편의 총애를 첩에게 빼앗기고 쫓겨나 자신을 슬퍼하여 지은 시라고 하였다. 장강은 자식을 낳지 못했으나 폐첩(嬖妾)이 왕자 주우(州吁)를 낳아 이로 인해 장공이 첩을 가까이하고 장강을 멀리했다고 한다. 이 시의 작자가 장강인지 아닌지는 확인할 길이 없다.

---

30 고인(古人): 옛날의 훌륭한 사람. 중국에서는 옛날부터 옛사람들 가운데에는 훌륭한 사람들이 많았다고 믿어 왔다. 고인을 생각한다는 것은 옛 훌륭한 분들의 어진 행동을 생각하고 그것을 따르겠다는 뜻이다.

31 비무우혜(俾無訧兮): 비(俾)는 사(使)와 같으며, '하여금'의 뜻. 우(訧)는 과오의 뜻.

32 치혜격혜(絺兮綌兮): 치(絺)는 고운 갈포. 격(綌)은 굵은 갈포.

33 처기이풍(淒其以風): 처기(淒其)는 처연(淒然)과 같이 찬바람이 부는 모양. 정실(正室)은 남편에게 버림받고 찬바람이 불어오는 겨울이 닥쳐오는 데도 여름에 입는 베옷을 그대로 입고 있다. 즉 자신이 때가 지나 버림을 받았다는 것.

34 실획아심(實獲我心): 실(實)은 실로. 옛사람의 어진 행동은 정말 자기의 마음이 구하는 바를 얻게 하였다(『집전』). 곧 버림을 받은 자신이 옛사람 중에 이런 경우에 잘 대처한 이를 생각해 보니, 진실로 내 마음의 구하는 바를 먼저 잘 알았더라는 뜻.

또는 한 남자가 죽은 아내를 애도하며 추모하는 시로 보기도 한다.

3. 연연(燕燕) 제비

燕燕于飛[35]여 연 연 우 비	제비들이 날며
差池其羽[36]로다 치 지 기 우	앞서거니 뒤서거니 하네
之子于歸[37]에 지 자 우 귀	이 제비 돌아감에

---

35 연연우비(燕燕于飛): 예부터 중국 사람들은 흔히 같은 말을 중첩하여 사용하였다. 연연(燕燕)을 굳이 한 쌍의 제비로 볼 필요는 없고, 복수로 보는 것이 타당할 것. 우비(于飛)는 '날고 있다'는 뜻. 이 시를 읽는 새로운 관점에 대해 문일다(聞一多)의 해설을 인용한다. "삼백편(三百篇) 중에서 새〔鳥〕로 흥을 일으키는 것은 이루 말할 수 없이 많다. 그 기본적인 관점은 아마도 토템에서 기원했을 것이다. 가요 중에 새를 부르는 것은 노래하는 사람의 심리에 최초에는 스스로를 새로 보았던 것이지 새를 비유로 삼은 것은 아니다. 새를 빌려 비유로 삼는 것은 다만 일종의 수사법(修辭法)이지만 스스로를 새로 보는 것은 토템 의식의 잔여이다. 시간이 오래될수록 토템 의식은 엷어지고 수사 의식은 갈수록 짙어졌다"〔문일다(聞一多), 『통의(通義)』〕. 제비에 관한 해설은 주 37을 참조할 것.

36 치지기우(差池其羽): 치지(差池)는 참치(參差)와 같이 가지런하지 않은 모습. 제비의 날개 자체가 가지런하지 않다기보다는 날고 있는 제비들이 앞서거니 뒤서거니 하여 날개가 가지런하지 않다는 뜻으로 본다.

37 지자우귀(之子于歸): 일반적으로 '그 여자 시집간다'라고 해석하지만 여기서는 그 제비가 돌아간다는 뜻으로 해석하여 좀 더 원시적 형태인 토템 신앙으로 풀고자 한다. 『시경·상송(商頌)』에 "天命玄鳥, 降而生商(하늘이 제비에게 명하시어 내려와 상나라 조상을 낳았다)"이라 했고, 그 외 많은 고대 전적에 이와 유사한 이야기가 기록되어 전하고 있다. 상(商)〔또는 은(殷)〕 민족의 시조 설(契)은 현조(玄鳥: 즉 제비)의 소생이라고 한다. 좀 더 구체적으로는 다음과 같다. "세 사람이 목욕을 하다가 현조가 그 알을 떨어뜨리는 것을 보았는데, 간적(簡狄)이 그것을 삼키고는 회임하여 설을 낳았다(三人行浴, 見玄鳥墮其卵, 簡狄取呑之, 因孕生契)"〔『사기·은본기(史記·殷本紀)』〕. 즉 현조는 제비로서 상(商) 민족의 토템 숭배 대상 겸 조상신이다. 이런 현조고매(玄鳥高禖)의 전설은 결혼과

遠送于野하고
원 송 우 야

瞻望弗及[38]하니
첨 망 불 급

泣涕如雨로다
읍 체 여 우

멀리 성 밖에서 전송하고

바라봐도 보이지 않아

눈물이 비 오는 듯하네

燕燕于飛여
연 연 우 비

頡之頏之[39]로다
힐 지 항 지

之子于歸에
지 자 우 귀

遠于將之[40]하고
원 우 장 지

瞻望弗及하니
첨 망 불 급

제비들이 날며

오르락내리락하네

이 제비 돌아갈 때

멀리 나가 전송하고

바라봐도 보이지 않아

생자(生子: 아들을 낳음. 득남(得男))와 깊은 관련이 있다. 그리고 북쪽 음악의 시초에 대해『여씨춘추·음초(呂氏春秋·音初)』에서는 다음과 같이 쓰고 있다. "유융씨에게 아직 시집을 가지 않은 두 딸이 있었는데, 구성이라는 대를 지어서 거기에서 살게 하고 먹고 마실 때에 반드시 음악을 연주하게 하였다. 하느님이 제비를 시켜 가서 이를 살펴보게 하였더니 제비가 내려가서 지지배배 하고 울었다. 두 딸이 이를 귀여워하여 다투어 잡으려고 옥으로 장식한 광주리로 덮었다. 잠시 있다가 열고서 보니 제비가 두 알을 남겨 놓고 북쪽으로 날아가서는 끝내 돌아오지 않았다. 그래서 두 딸이 노래 일 장(한 곡조)을 지어 '제비는 날아가 버렸네'라고 하였으니 이것이 사실상 북방「국풍(國風)」음조의 시초가 되었다(有娀氏有二佚女, 爲之九成之臺, 飮食必以鼓. 帝令燕往視之, 鳴若謚隘. 二女愛而爭搏之, 覆以玉筐, 少選, 發而視之, 燕遺二卵, 北飛, 遂不反, 二女作歌一終, 曰燕燕往飛, 實始作爲北音)". 이 신화 전설을 역사 배경으로 한 "연연왕비(燕燕往飛)"가 표현하는 것은 바로 알을 낳고 날아가 버린 토템 조상에 대한 무한한 연모와 그리움의 깊은 정이다. 조패림(趙沛霖, 1938~)은 "연연왕비(燕燕往飛)"에 대해 시의 제목이 아니라 한 구의 시로서 그 성질로 보면 이것은 중국 문학사상에서 드물게 보이는 토템 조상의 송가(頌歌)라고 단정 짓기도 했다. 이 시 역시 이와 같은 범주로 보고 해석해도 무방할 것이다. 이렇게 볼 때 마지막 장(제4장)은 착간(錯簡)으로 불필요한 내용으로 보는 것이 타당하다.

38 첨망(瞻望): 먼 곳을 바라보다.

39 힐지항지(頡之頏之): 제비가 높이 올라갔다 내려왔다 하며 나는 것.

40 장(將): 전송하다. 지(之)는 지자(之子), 즉 제비를 가리킨다.

佇立以泣[41]이로다
저 립 이 읍

우두커니 서서 눈물 흘리네

燕燕于飛여
연 연 우 비

제비들이 날며

下上其音[42]이로다
하 상 기 음

지저귀는 소리도 오르락내리락

之子于歸에
지 자 우 귀

이 제비 돌아갈 때

遠送于南하고
원 송 우 남

멀리 남쪽 성 밖에서 전송하고

瞻望弗及하니
첨 망 불 급

바라봐도 보이지 않아

實勞我心[43]이로다
실 로 아 심

진정 내 마음 괴로워라

仲氏任只[44]하며
중 씨 임 지

둘째는 성실하여

其心塞淵[45]하고
기 심 색 연

그 마음씨 참으로 깊고

終溫且惠[46]하여
종 온 차 혜

온화하고 유순하여

淑愼其身[47]이요
숙 신 기 신

그 몸가짐 잘 삼가고

---

41 저립(佇立): 오랫동안 서 있다.

42 하상(下上): 내려왔다 올라갔다 하다. 또는 제비들이 지저귀는 소리.

43 노(勞): 마음을 수고롭게 힘들게 한다. 곧 괴로워진다는 뜻.

44 중씨임지(仲氏任只): 이 마지막 장(章)은 주 37에서 밝혔듯이 착간(錯簡)으로 보았다. 그러나 삭제할 수는 없는 일이므로 이전의 해석 방법을 참조한다. 이 장으로 말미암아 다양한 역사적인 일과 관련된 해석이 가능해졌다. 중씨는 시집가는 아가씨의 자(字). 부인들을 부를 때 자를 썼다고 한다(『공소(孔疏)』). 역사적인 사건과 연결시켜 대규(戴嬀)의 자(字)로도 본다. 대규는 여규(厲嬀)의 여동생이므로 둘째 아가씨 또는 둘째 마님으로 불리었을 것이기 때문이다. 임(任)은 친밀하고 믿음직한 것(신후(信厚)). 지(只)는 어기조사(語氣助詞)로, 재(哉)와 성격이 비슷하다. 또 어떤 학자는 이 구절을 '임씨 집안의 둘째 아가씨'로 풀기도 한다.

45 색연(塞淵): 색은 '진실로', 또는 '성실하다'의 뜻이며, 연은 깊다는 뜻.

46 종온차혜(終溫且惠): 종(終)은 기(旣)와 같다. 온(溫)은 온화, 혜(惠)는 현량(賢良).

先君之思[48]로 선 군 지 사	선군에 대한 그리움으로
以勗寡人[49]이로다 이 욱 과 인	나를 권면터니

◈ 해설

이 시를 크게 역사적인 사건과 연관시켜 해석하거나 토템 시가(詩歌)의 유풍(遺風)으로 해석하는 두 가지 입장으로 나누어 볼 수 있다. 현조(玄鳥) 토템 시가에 관해서는 주(注)에서 이미 정리했다.

1. 위(衛)나라의 제후 장공(莊公: BC 757~734년 재위)이 제(齊)나라의 동궁(東宮) 득신(得臣)의 누이동생을 취했는데, 이름을 장강(莊姜)이라고 했다. 장강은 매우 아름다웠으나 자식이 없었다. 또 진(陳)나라 여자를 취했는데 이름을 여규(厲嬀)라고 했다. 그녀는 효백(孝伯)을 낳았지만 일찍 죽었다. 그의 여동생 대규(戴嬀)가 아들 완(完)을 낳았고, 장강은 그 아이를 자신의 아들로 삼았다. 장공이 만년에 또 폐첩(嬖妾)을 들이어 공자 주우(州吁)를 낳았다. 그의 모친이 총애를 받았으므로 주우도 장공의 총애를 받았는데, 주우는 군사 일을 좋아했다. 장공이 죽자 태자 완이 왕위에 올랐으니 이가 곧 환공(桓公)이다. 4년 봄에 주우가 환공을 죽이고 스스로 임금이 되었다. 대규는 그의 아들이 죽었으므로 진나라 친정으로 쫓겨 갔다. 장강은 부인(夫人)과 정처(正妻)의 신분으로 대규의 아들을 키웠으므로 대규와는 잘 지냈다. 그래서 멀리 들로 나가 이 시를 지으며 대규를 전송했다. 시에 나오는 "于歸"는 시집간다는 뜻으로, 대규는 아마도 개가(改嫁)했을 가능성이 있고, 친정으로 돌아가는 것을 말했을 수도 있다. 이것은 「모시서」의 관점이다. 이 설은 『춘추좌전』「은공(隱公) 3년」의 기록을 근거로

---

47 숙(淑): 선(善)과 통하여, '잘'의 뜻.

48 선군지사(先君之思): 선군(先君)은 돌아가신 아버지, 또는 돌아가신 임금. "思之先君(때때로 돌아가신 아버님(임금)을 생각하여)"의 도치문으로 본다.

49 이욱과인(以勗寡人): 욱(勗)은 힘쓰다. 과인(寡人)은 임금의 자칭(自稱).

정현(鄭玄)이 주장했고, 정론(定論)으로 굳어져 「모시서」를 반대한 주희(朱熹)도 이에 따랐다.

2. 그러나 이러한 역사적 사건과 연계할 때에도 작자 또는 화자가 누구인가에 대해 최소한 위장공(衛莊姜) 설을 제외하고 위군(衛君) 설도 제기된다.

"之子于歸", "仲氏", "寡人" 등으로 보아 이 시의 화자를 국군(國君)으로 해석하는데, 그런 이유에서 근래 굴만리(屈萬里), 왕정지(王靜之, 1916~2002) 등은 이 시를 위나라 임금이 여동생을 멀리 출가시키며 전송하는 시라고 했다.

그리고 문일다(聞一多)도 "왕질(王質)은 이 시에 대해 말하기를 '2월 중춘(仲春)에 제비가 날아오니, 임금이 여동생을 다른 나라에 시집보내는 것이 이때이다'라고 했고, 최술(崔述)은 '다만 석별의 내용만 있지 때를 느끼며 만남을 슬퍼하는 정서는 절대로 없다. 그런데 「시」에서 '之子于歸'라고 한 것은 모두 여자가 시집가는 것을 지칭해서 말하는데, 대귀(大歸: 친정으로 아주 돌아가는 것)를 우귀(于歸)라고 칭한 것을 아직 들은 바가 없다. 아마도 위나라 여자가 남국에 시집가는데 그 오빠가 송별하는 시일 것이며 결코 장강과 대규의 일 같지는 않다'고 했다. 두 사람은 모두 임금이 여동생을 시집보내는 것으로 생각했는데, 옳다"〔문일다(聞一多), 『통의(通義)』〕라고 했다.

3. 하지만 민간에서 불리는 풍요(風謠)는 흔히 역사적 사실과 거리가 있게 마련이며, 사실(史實)만을 중시하다가 문학적 의도와는 도리어 거리가 멀어지는 수도 있다. "읍체여우(泣涕如雨)"나 "저립이읍(佇立而泣)" 등의 구절의 정의(情意)는 오누이 사이 같지 않으며 임금이 가질 만한 태도는 더욱 아닌 것 같다. 다분히 남녀 간의 사랑이나 여자 동성 간의 사랑에서 엿보이는 기미가 풍긴다.

4. 제4장은 잘못 들어온 착간(錯簡)일 가능성이 크며, 이 시의 주제는 조상신(祖上神)의 대리자 제비를 떠나보내는 안타까운 마음을 표현했다. 이후 제비(바람 신의 대리자)는 애정과 성애의 상징어(또는 대표어)로 사용되고, "之子于歸"는 자연스럽게 결혼의 의미로 사용되었을 것으로 보인다.

4. 일월(日月) 해와 달

日居月諸[50]여 일 거 월 저	해여 달이여
照臨下土[51]로다 조 림 하 토	이 세상 비춰 주네
乃如之人兮[52]여 내 여 지 인 혜	그러나 그 사람은
逝不古處[53]로다 서 불 고 처	전처럼 대해 주지 않네
胡能有定[54]고 호 능 유 정	어쩌면 마음을 잡을 수 있을까?
寧不我顧[55]로다 영 불 아 고	어찌 나를 돌봐 주지 않는단 말인가!

---

50 일거월저(日居月諸): 해와 달을 부르면서 하소연한 것(『집전』). 거(居)는 저(諸)와 함께 어조사. 그러나 다산(茶山) 정약용의 주장은 이와 다르다. 『천문지(天文志)』에 "해라는 하나의 별이 방수(房宿)와 저수(氐宿) 사이에 있을 때 까마귀가 되고, 달이라는 하나의 별이 묘수(昴宿)와 필수(畢宿) 사이에 있을 때 두꺼비가 된다(日一星房氐之間爲烏, 月一星在昴畢之間爲蟾)"고 되어 있고, 『이아(爾雅)』를 보면 "거(鶋)는 까마귀이고, 저(蠩)는 두꺼비이다"라고 되어 있다. 거(鶋: 갈까마귀)와 저(蠩: 두꺼비)를 옛날에는 거(居)와 저(諸)라고 썼으며, 훗날의 해와 달을 각각 금오(金烏)와 옥섬(玉蟾)이라 이름한 연유도 있을 것이라 했다.

51 하토(下土): 하늘 아래의 땅.

52 내여지인혜(乃如之人兮): 내(乃)는 경(竟: 마침내, 끝내)의 뜻. 지인(之人)은 그 사람 곧 자신의 남편을 가리킨다. 또는 내여(乃如)를 말의 분위기를 전환시키는 전어사(轉語詞)로 보기도 한다.

53 서불고처(逝不古處): 서(逝)는 발어사로, 사(斯)로 풀어서 앞의 내(乃)와 같이 해석하기도 하고, '어찌'의 뜻으로 읽기도 한다〔문일다(聞一多), 『통의(通義)』〕. 고처(古處)는 구호(舊好)와 같으며 옛날처럼 잘 지내는 것을 말한다. 제2장의 상호(相好)와 같은 뜻으로 본다. 『시집전』에서는 "以古道相處(옛 도리로써 서로 처하다)"로 해석했다. 즉 부부의 옛 정의(情誼)를 말한다. 고(古)는 고(故)와 같다.

54 호능유정(胡能有定): 호(胡)는 어찌. 정(定)은 마음의 안정 또는 마음을 잡다, 사악한 생각을 멈추다(止).

55 영불아고(寧不我顧): 녕(寧)은 내(乃)와 같은 조사로 보기도 하고, '어찌(豈, 何)'로도 본다. 여기서는 후자를 택한다. 아고(我顧)는 고아(顧我)의 도치형이다.

日居月諸여 일 거 월 저	해여 달이여
下土是冒[56]로다 하 토 시 모	이 세상 덮어 주네
乃如之人兮여 내 여 지 인 혜	그러나 그 사람은
逝不相好[57]로다 서 불 상 호	서로 사랑해 주지 않네
胡能有定고 호 능 유 정	어쩌면 마음을 잡을 수 있을까?
寧不我報[58]로다 영 불 아 보	어찌 나에게 보답도 없단 말인가!

日居月諸여 일 거 월 저	해여 달이여
出自東方이로다 출 자 동 방	동녘에 떠오르네
乃如之人兮여 내 여 지 인 혜	그러나 그 사람은
德音無良[59]이로다 덕 음 무 량	그 맹서의 말씀 견고하지 않네
胡能有定고 호 능 유 정	어쩌면 마음을 잡을 수 있을까?
俾也可忘[60]이로다 비 야 가 망	나를 아예 잊어버리겠구나!

---

56 모(冒): 덮다.

57 상호(相好): 잘 대해 주고 사랑하다.

58 보(報): 보답. 자신의 뜻에 보답하는 것. 또는 회신이나 대답.

59 덕음무량(德音無良): 학자에 따라 다양한 해석이 있다. 덕음(德音)은 『시경』 전체에 열두 차례 쓰였는데, 대체로 아랫사람이 윗사람에게나 남의 말을 높이기 위하여 덕(德)을 붙였고, 음(音)은 말[言]의 뜻이다. 또는 덕음을 도덕과 명예로 보기도 한다. 이 용례들을 자세히 살펴보면, 상대를 향한 좋은 말이나 칭찬하는 말일 수 있고, 의기투합하여 던지는 즐거움의 말일 수도 있으며, 권리와 의무가 균형을 갖춘 신의와 맹약의 말, 즉 맹서(盟誓)로 해석할 수 있다. 무량(無良)은 거의 불량(不良)으로 본다. 송나라의 운서(韻書) 『광운(廣韻)』에서 량(良)을 현(賢)으로 풀고, 현에는 견(堅)의 뜻이 있으므로 그 맹서가 견고하지 못하고 지키지 않는다는 뜻으로 풀 수 있다.

60 비야가망(俾也可忘): 비(俾)는 사(使: 하여금)와 같다. 망(忘)은 일반적으로 '잊다'의 뜻으로 푼다. 망(亡), 실(失)의 뜻으로 풀어 '없게 하다'로 해석할 수도 있다. 나를 잊을 수 있

日居月諸여 일 거 월 저	해여 달이여
東方自出[61]이로다 동 방 자 출	동녘에 떠오르네
父兮母兮[62]여 부 혜 모 혜	아버지, 어머니!
畜我不卒[63]이로다 휵 아 부 졸	그이는 나를 끝내 버렸네
胡能有定고 호 능 유 정	어쩌면 마음을 잡을 수 있을까?
報我不述[64]이로다 보 아 불 술	내게 무도하게만 구는구나!

◈ 해설

변심한 남편에게 버림받은 부인의 시름과 탄식을 읊은 시이다. 매 장마다 해와 달을 노래한 것은 영원히 변함없는 해와 달을 통하여 남편의 변심을 생각했

다고 한다.

61 자출(自出): 출자(出自). 도치를 함으로써 운을 맞추었다.

62 부혜모혜(父兮母兮): 다음 구의 주어로 보기도 하고(『집전』), 남편을 아비같이 존중하고 어머니같이 따랐는데 나를 좋아함이 끝까지 가지는 못했기로 고통스러워 부모를 불렀다(『정전』)고 볼 수 있다.

63 휵아부졸(畜我不卒): 휵(畜)은 기르다〔養〕, 또는 『맹자(孟子)』의 "휵군자하우(畜君者何尤)"의 '휵'처럼 '좋아하다〔好〕'의 뜻으로 본다. 졸(卒)은 마치다〔終〕. 남편에게 사랑을 얻지 못하여 부모가 길러 주심을 잘 끝마치지 못했다고 탄식한 것. 또는 남편이 나를 사랑함이 끝까지 이어지지 못함을 한탄한 것. 우환과 고통이 지극하면 반드시 부모를 부르게 되는데 이것은 사람의 지극한 정이다(『집전』).

64 보아불술(報我不述): 술(述)은 『시집전』에서는 순(循), 즉 '따르다'로 풀어서 의리를 따르지 않는 것으로 해석했다. 『한시(韓詩)』에서는 술(術)로 되어 있고, 그래서 법(法)이나 도(道)와 통한다. 또는 추(墜)와 통한다고 한다. 두 글자가 옛 음이 가까우므로 글자는 서로 통한다는 데 근거한다. 추(墜)는 실(失), 즉 '잃다'의 뜻으로 이 구는 보아불실(報我不失), "반드시 나에게 보답하라"는 의미가 된다〔우성오(于省吾), 『신증(新證)』〕. 다산(茶山) 정약용은 술(述)을 '종인지사(終人之事)' 곧 "사람으로서의 일을 끝내는 것"으로 풀었는데, 끝까지 나에게 보답하지 않았다는 뜻이다.

기 때문일 것이다. 「모시서」에서는 위(衛) 장강(莊姜)이 자신의 처지를 노래한 것, 즉 주우(州吁)의 난을 당하여 자신이 선군(先君: 장공)에게 답례를 받지 못해 곤궁함에 이른 것을 슬퍼한 것이라 하였는데 그 가부(可否)를 확인할 수 없다. 『시집전』도 이에 따랐다. 그리고 이처럼 버림받았으나 여전히 희망하고 기대하는 뜻이 있으니 이것이 이 시가 후덕한 이유라고 하였다.

5. 종풍(終風) 바람 불고

終風且暴[65]이나
종 풍 차 포
顧我則笑[66]하나니
고 아 즉 소
謔浪笑敖[67]라
학 랑 소 오
中心是悼[68]로다
중 심 시 도

종일토록 바람 불고 또 천둥 치네
나를 돌아보고 비웃는 그이
희롱하고 방종하여
이 마음만 쓰라리네

終風且霾[69]니
종 풍 차 매

종일토록 바람 불고 흙비 날리네

---

65 종풍차포(終風且暴): 종(終)은 기(旣)와 같다. 풍(風)은 바람 불다. 포(暴)는 질(疾)과 같으며 '빠르다'의 뜻(『모전』). 또는 뢰(雷)로 보기도 한다〔문일다(聞一多)〕. 그리고 종풍(終風)을 종일 부는 바람〔終日風〕으로 보기도 한다(『모전』).

66 고아즉소(顧我則笑): 고(顧)는 돌아보다. 소(笑)는 히죽 웃는 것.

67 학랑소오(謔浪笑敖): 학(謔)은 쓸데없는 농담을 하는 것(『집전』). 랑(浪)은 함부로 지껄이는 것. 또는 방탕(放蕩)한 것. 소(笑)도 여기서는 희롱(戱弄)의 뜻. 오(敖)는 조롱(嘲弄)의 뜻(『통석』). 또는 방종(放縱)한 것.

68 중심시도(中心是悼): 중심(中心)은 심중(心中). 도(悼)는 슬픔.

69 매(霾): 흙비. 공기 중에 대량의 흙먼지가 부유(浮游)하며 비 오듯이 떨어지는 것.

惠然肯來[70]오 혜 연 긍 래	고분고분 찾아오려나?
莫往莫來[71]라 막 왕 막 래	오지도 가지도 않아서
悠悠我思[72]로다 유 유 아 사	내 그리움 길고도 기네
終風且曀[73]요 종 풍 차 에	종일토록 바람 불고 흐린 날씨
不日有曀[74]로다 불 일 유 에	하루도 안 되어 또 음산하기만 하네
寤言不寐[75]하며 오 언 불 매	잠들려 해도 잠 못 이루고
願言則嚔[76]로다 원 언 즉 체	생각하면 가슴이 메네
曀曀其陰[77]이며 에 에 기 음	음산하게 흐리고

70 혜연긍래(惠然肯來): 혜(惠)는 순(順)과 통하여(『집전』), 혜연(惠然)은 순연(順然), 곧 '순순히', '다소곳이' 등의 뜻.

71 막왕막래(莫往莫來): 막(莫)은 여기서는 불(不)과 같은 뜻. 또는 맥(驀)과 통하여, '빠르다, 급하다'는 뜻〔유운흥(劉運興), 『시의지신(詩義知新)』〕. 이 구절은 일반적으로 '가지도 않고 오지도 않는다'로 해석하는데, '급하게 가고 급하게 온다'로도 해석이 가능하다.

72 유유아사(悠悠我思): 유유(悠悠)는 그지없는 모양. 사(思)는 단순한 생각이 아니라 시름을 뜻한다.

73 에(曀): 흐리고 바람 불다.

74 불일유에(不日有曀): 불일(不日)은 하루도 넘기지 못하는 것. 유(有)는 우(又)와 같다. 이 구절은 날이 갠 듯하다가도 하루도 넘기지 못하고 곧 다시 바람 불고 음산해진다는 뜻.

75 오언불매(寤言不寐): 오(寤)는 잠깨다. 언(言)은 조사로 실제적인 뜻은 없다. 매(寐)는 잠자다.

76 원언즉체(願言則嚔): 원(願)은 여기서는 생각한다는 뜻(『집전』). 즉(則)은 곧. 체(嚔)는 코가 막히고 재채기하는 것. 『집전』에서는 슬픔에 젖어 답답해지면 이런 병이 생긴다고 했고, 『설문(說文)』에서는 막히어 나아가지 못하는 것이라고 했으며, 「모시서」에는 남이 내 말을 하면 재채기를 한다고 예부터 내려오는 말이 있다고 했다. 『설문(說文)』의 "막히어 나아가지 못하는 것"이란 숨이 막히듯 가슴이 답답해진다는 뜻이겠다.

77 에에(曀曀): 바람 불고 날이 흐린 모양.

虺虺其雷[78]로다 훼 훼 기 뢰	우르릉 천둥 울리네
寤言不寐하며 오 언 불 매	잠들려 해도 잠 못 이루고
願言則懷[79]로다 원 언 즉 회	생각하면 마음이 아프네

◈ 해설

남편에게 학대받는 부인이 읊은 시라고 했다. 사납게 부는 바람이란 남편의 기질에 비유한 것일 게다. 함부로 농담하고 장난치고 하는 남편이니 그렇게 봐도 된다. 「모시서」에서는 이 시도 장강(莊姜)이 지었다고 했다. 자기의 아들 삼아 기른 대규(戴嬀)의 아들 완(完)을 주우(州吁)가 죽이고 난폭한 짓을 함부로 하자 장강이 이를 슬퍼하며 부른 노래라는 것이다. 『집전』에서는 난폭한 것을 바로 장공(莊公)의 광혹(狂惑)으로 보았다. 모두 그대로 믿기 어렵다. 두세 마음을 갖고 있는 남편이나 남성에 대한 원망과 한스러움을 읊은 것으로 보는 것이 가장 적절해 보인다.

6. 격고(擊鼓)　　북소리

擊鼓其鏜[80]하니 격 고 기 당	북소리 둥둥 울려

---

78 훼훼(虺虺): 우레 소리가 울리는 모양.
79 회(懷): 여기서는 마음이 아파지는 것(『모전』).
80 격고기당(擊鼓其鏜): 북(鼓)은 옛날 군대에서 진군의 호령으로 쓰였다. 기당(其鏜)은 당

踊躍用兵[81]이로다
용 약 용 병
무기 들고 뛰어 나서네

土國城漕[82]어늘
토 국 성 조
도성과 조읍에서 성을 쌓고
보수하는데

我獨南行[83]이로다
아 독 남 행
나는 홀로 싸우러 남행하네

從孫子仲[84]하여
종 손 자 중
손자중 장군을 따라

平陳與宋[85]이로다
평 진 여 송
진나라 송나라와 강화하였으나

不我以歸[86]니
불 아 이 귀
나를 돌려보내지 않아

憂心有忡[87]이로다
우 심 유 충
마음의 걱정 그지없네

연(鏜然)과 같고, 북이 울리는 소리.

81 용약용병(踊躍用兵): 용약(踊躍)은 도약(跳躍)과 같으며, 뛰어서 나선다는 뜻. 병(兵)은 병기. 뒷날 용병(用兵)은 전략 전술 또는 전쟁의 뜻으로 확대 사용되었다.

82 토국성조(土國城漕): 토(土)는 토목공사를 뜻하며 성〔여기서는 조가성(朝歌城)〕의 담장에 흙을 높이고 두텁게 하는 것을 말한다. 국(國)은 옛날에는 도성(都城) 국도(國都)의 뜻으로 쓰였다. 성(城)은 성을 견고하게 보수하는 것. 조(漕)는 위(衛)나라의 고을 이름으로, 지금의 하남성 활현(滑縣)에 있었다고 한다. 토(土)와 성(城)은 일반적으로 명사이지만 여기서는 동사로 사용되었다.

83 남행(南行): 전쟁하러 남쪽으로 가는 것. 진(陳)나라는 물론 전쟁의 상대인 정(鄭)나라는 위나라의 남쪽에 있기 때문이다.

84 손자중(孫子仲): 공손문중(公孫文仲)(『모전』)으로 당시의 위(衛)나라 장군 이름. 구체적인 생애는 알 수 없다.

85 평진여송(平陳與宋): 평(平)은 화(和), 즉 강화(講和) 또는 수교(修交)의 뜻. 진나라 송나라와 수교하여 손을 잡고 정(鄭)나라를 친 것을 말한다. 주우(州吁)가 권력을 잡고 자신의 지위를 공고히 하기 위하여 선군(先君)인 장공(莊公)과 정(鄭)나라 사이에 은원이 남아 있다 하여 〈춘추(春秋)〉 은공(隱公) 4년(기원전 719년) 여름에 송(宋)·진(陳)·채(蔡) 등과 연합하여 정나라를 쳐서 그 동문(東門)을 포위하였다가 5일 만에 철수하였다. 가을에 다시 4국 연합군이 정나라를 공격하였고, 9월에 주우는 진(陳)나라에게 구속되었다가 위(衛)나라 사람에게 살해되었다.

86 불아이귀(不我以歸): 이(以)는 여(與)의 뜻으로, 이귀(以歸)는 '사귀(使歸)', 즉 돌려보내준다는 뜻.

爰居爰處[88]하여 원 거 원 처	여기서 잤다 저기서 머물렀다 하며
爰喪其馬[89]로다 원 상 기 마	말조차 잃어버려
于以求之[90]를 우 이 구 지	그 말을 찾아서
于林之下[91]로다 우 림 지 하	숲 속에서 헤매네

死生契闊[92]은 사 생 계 활	죽거나 살거나 만나거나 헤어지거나
與子成說[93]이로다 여 자 성 설	그대와 함께하자고 언약했네

---

87 유충(有忡): 충연(忡然)과 같은 말로 우심(憂心)을 형용한다.

88 원거원처(爰居爰處): 원(爰)은 '어시(於是)'와 같으며 '에' 또는 '여기에'의 뜻. 그리고 의문 대명사로 '어디'의 뜻으로도 쓰인다. 여기서 자고 저기서 머물고 하는 것을 말한다. 거와 처는 거의 같은 뜻이며, '자다', '머무르다' 등 외에 달리 해석하기도 한다. 『당풍·갈생(唐風·葛生)』에 "귀우기거(歸于其居)"가 있는데, 『정전(鄭箋)』에서는 거(居)를 분묘(墳墓), 즉 무덤이라 하여 "무덤으로 돌아가다"로 풀었다. 그래서 이 구절을 전쟁 중에 "어디서 죽을지 어디에 묻힐지" 이건 시간문제라는 뜻으로도 풀 수 있지만 다소 지나친 듯하다.

89 상(喪): 잃다. 혹은 죽다.

90 우이구지(于以求之): 우이(于以)는 그래서, 그런 까닭으로. 또는 어디에서. 구(求)는 찾는다는 뜻. 위아래의 주의 후자의 해석과 연관시키면 말을 찾는 것뿐 아니라 나의 시체나 뼈까지도 포함시킨다.

91 우림지하(于林之下): 일반적으로는 '숲 속'으로 푼다. 그리고 앞의 구와 연결 지어서 '숲 속의 땅 아래'로 풀어 내가 죽은 후 어느 숲 속 지하에 묻힐 것임을 말한 것으로도 해석하기도 한다. 이 제3장은 대오(隊伍)를 이탈하여 병사들의 마음이 흩어지고 기율(紀律)이 해이해진 것을 읊은 것으로 본다.

92 계활(契闊): 계(契)는 합(合)의 뜻이고, 활(闊)은 이산(離散)·배리(背離), 즉 멀어지다, 헤어지다의 뜻이다. 그래서 이합(離合) 곧 만나고 헤어지는 것을 말한다. 활(闊)의 본뜻은 문을 열어 놓은 것으로, 문을 닫으면 두 문짝이 서로 합쳐지고 문을 열면 두 문짝이 서로 떨어져서 그 사이가 벌어진다〔다산(茶山) 정약용, 『강의(講義)』〕.

93 여자성설(與子成說): 자(子)는 그대, 집에 두고 온 아내를 가리킨다. 또는 함께 전쟁을 치르고 있는 병사들, 즉 전우(戰友)로 볼 수 있다. 여기서는 후자를 취한다. 성설(成說)은 성약(成約), 즉 언약을 하였다는 뜻. 이 제4장은 전장(戰場)에서 병사들이 서로 격려하고 위로하면서 서로 돕고 구제하기를 약속하는 내용으로 보는 것(『정전』)이 시 전체 구성에서 균형감이 있다.

執子之手하고 그대 손을 잡고서
집자지수

與子偕老[94]로다 그대와 죽을 때까지 함께 하리니
여자해로

于嗟闊兮[95]여 아아, 멀리 떨어져 있어
우차활혜

不我活兮[96]로다 우리 함께 살지 못하네
불아활혜

于嗟洵兮[97]여 아아, 멀리 떨어져 있으니
우차순혜

不我信兮[98]로다 우리 언약 나는 지킬 수 없게 되었네
불아신혜

◈ 해설

「모시서」에서는 "「격고(擊鼓)」는 주우(州吁)를 원망한 시이다. 위(衛)나라 주우는 군사를 일으켜 난폭한 짓을 하고 공손문중(公孫文仲)을 장수로 삼아 진(陳)나라와 송(宋)나라를 강화케 하였다. 나라 사람들은 그의 용감하면서도 무례함을 원망한 것이다"라고 풀이하였다. 이는 『춘추좌전』 「은공(隱公) 4년」(기원전

94 해로(偕老): 죽을 때까지 함께 늙으며 살아가는 것.

95 우차활(于嗟闊): 우(于)는 우(吁)와 같다. 우차(吁嗟)는 장탄식의 감탄사. 활(闊)은 앞의 계활(契闊)에서와 마찬가지로 이별의 뜻.

96 불아활(不我活): 함께 살지 못하다. 또는 못 살겠다.

97 순(洵): 멀리 떨어져 있다〔원(遠)〕는 뜻. 『노시(魯詩)』, 『한시(韓詩)』에는 형(敻)으로 썼는데 곧 '멀다'는 뜻이다. 또는 신(信)과 같은 뜻으로 보아〔『집전(集傳)』〕 그대에 대한 굳은 약속. 시 번역에는 전자를 취했다.

98 신(信): 신용을 지키다, 약속을 실천하다. 여기서는 백년해로하자는 언약을 지키는 것. 불아신(不我信)은 내가 위의 언약을 지킬 수 없게 되었다는 뜻. 위의 주(注)의 '순(洵)'을 '굳은 약속〔신서(信誓)〕'으로 보고, 신(信)을 신(申) 곧 '펴다'의 뜻으로도 보기도 한다(『집전』). 이 제5장도 부부 사이의 장면과 정서가 아니라 제4장과 같이 전우애의 표출로도 읽을 수 있다.

719년) 주우의 전쟁을 배경으로 하고 있다. 그러나 내용은 일반적으로 전쟁에 나간 병사가 사랑하는 아내를 생각하며 읊은 시로 보는 것이 제일감(第一感)이며, 또한 병사들이 전장에서 살아 돌아가기 위해 전우애를 발휘하며 느낀 비애를 읊은 것으로 보아도 좋겠다〔섭석초(聶石樵) 주편(主編), 『시경신주(詩經新注)』, 제로서사(齊魯書社), 2000〕.

제1장에서 이 사람은(화자) 북소리를 신호로 용감하게 전쟁터로 나갔다. 그런데 다른 사람들은 토목공사를 하거나 축성(築城)을 하는데 나 홀로 창과 화살에 의한 부상과 사망의 위험이 큰 남쪽으로 간다. 제2장에서는 손자중(孫子仲) 장군을 따라 나서서 화의(和議)가 성사되고 공을 세웠음에도 집으로 돌려보내 주지 않아 근심과 원망을 금할 수 없다. 제3장에서는 전쟁 중에 대오(隊伍)를 이탈하여 병사들의 마음이 흩어지고 기율(紀律)이 해이해진 것을 읊은 것으로 전쟁의 참상과 고달픔을 읊었다. 제4장에서는 전장(戰場)에서 병사들이 서로 격려하고 위로하면서 서로 돕고 구제하기를 약속한다. 서로 살아남기 위한 전우애를 읊었다. 이렇게 보는 것이 시 전체 구성에서 각 장이 하나의 구체적인 사건이나 주제를 담지(擔持)하는 균형감이 있다. 그리고 끝 제5장은 일반적으로 전쟁 때문에 이루어지지 못하는 자기 부부의 사랑을 슬퍼하는 것으로 해석하고 있다. 옛날이나 지금이나 전쟁 속에서 군인들이 흔히 느낄 만한 바 집에 두고 온 아내에 대한 슬픈 사랑과 전쟁에의 저주라고 보는 것이다〔『김서(金書)』 참고〕. 그러나 이 제5장도 역시 전장에서 전우와 이산(離散)되어 서로를 지켜주지 못하고 생사를 함께하지 못하는 것을 한탄하는 것으로도 이해할 수 있다. 이렇게 하면 이 시는 고대 변새시(邊塞詩: 변경에서의 외로움과 전쟁·이별의 비참함 및 이국적 정서 등을 읊은 시) 또는 전쟁시의 조상이라 할 수 있다.

7. 개풍(凱風) 남풍

凱風自南[99]으로
개 풍 자 남
吹彼棘心[100]이로다
취 피 극 심
棘心夭夭[101]하니
극 심 요 요
母氏劬勞[102]로다
모 씨 구 로

따스한 훈풍이 남쪽에서
저 가시나무 새싹에 불어오네
어린 가시나무 싹이 파릇파릇하니
어머님 노고를 생각게 하네

凱風自南으로
개 풍 자 남
吹彼棘薪[103]이라
취 피 극 신
母氏聖善[104]이나
모 씨 성 선

따스한 훈풍이 남쪽에서
저 가시나무 줄기에 불어오네
어머님은 지혜롭고 훌륭하신데

---

99 개풍자남(凱風自南): 개풍(凱風)은 남풍(南風)을 말한다. 동풍(東風)은 곡풍(谷風), 북풍은 양풍(凉風), 서풍은 태풍(泰風)이라 부른다고 했다(『이아·석천(爾雅·釋天)』). 남풍, 즉 봄바람이 불어 만물을 키우면 만물은 희락(喜樂)하는데, 그래서 개풍이라 한다. 개(凱)는 락(樂)의 뜻이다. 문일다(聞一多)는 개풍을 대풍(大風)으로 보고, 포악하며 화난 남성을 비유한 것이라고 했다.

100 취피극심(吹彼棘心): 극(棘)은 작은 가시나무를 말하는데, 대개 작은 키에 총생(叢生)하며 가지에는 가시가 있고, 잎은 길고 밋밋한 원형이며, 열매는 보통 대추보다 작고 신맛이 나기 때문에 산극(酸棘)이라고도 한다. 심(心)은 가늘고 작은 것을 뜻하는데, 여기서는 나무의 어린 가시 또는 꽃이나 초목의 싹을 지칭한다. 개풍, 즉 남풍이 가시나무 새싹에 불어오는 것은 자라나기 어려운 어린 자녀를 양육하는 모친의 자애에 비유된다.

101 극심요요(棘心夭夭): 요요(夭夭)는 어린 나무가 파릇파릇 자라는 모습. 또는 생기발랄한 모습. 대추나무 어린 새싹이 파릇파릇하게 자라나는 모습에서 자기들 형제들의 성장을 생각하고, 이에 따른 어머님의 노고를 생각한다.

102 모씨구로(母氏劬勞): 모씨(母氏)는 집안의 가장이 되는 모친. 구로(劬勞)는 노고의 뜻.

103 신(薪): 땔나무. 이미 땔나무로 할 만큼 다 자란 가시나무를 말한다. 성장하여 다 자란 자식들을 비유했다.

104 성선(聖善): 성(聖)은 예지(叡智)의 뜻. 많은 세상일들에 두루 통하지 않음이 없이 통달

我無令人[105]이로다 아 무 령 인	우리 형제에는 착한 사람 없네
爰有寒泉[106]이 원 유 한 천	차가운 샘물이
在浚之下[107]로다 재 준 지 하	준읍 아래로 흐르네
有子七人하니 유 자 칠 인	아들 일곱을 두시어
母氏勞苦로다 모 씨 로 고	어머님은 고생만 하셨네
睍睆黃鳥[108]는 현 환 황 조	곱고 귀여운 꾀꼬리는
載好其音[109]이로다 재 호 기 음	지저귀는 소리 듣기도 좋네
有子七人하니 유 자 칠 인	아들이 일곱이나 있어도

한 것. 선(善)은 선량(善良)함. 자식들의 눈에 모친의 덕행이 이와 같음을 말한 것이다.

105 아유영인(我有令人): 영인(令人)은 선인(善人)과 같다. 어머님께 충분히 효도할 만한 훌륭한 사람. 또는 모친과 같은 사람. '아(我)'는 나라는 단수가 아니라 우리 형제를 대표하는 말로 본다.

106 원유한천(爰有寒泉): 원(爰)은 '이에'의 뜻을 가진 발어사. 한천(寒泉)은 맑고 시원한 샘물. 복양성(濮陽城) 동쪽에 준성(浚城)이 있고 또 한천도 있다고 했다〔고조우(顧祖禹, 1624~1680), 『독사방여기요(讀史方輿紀要)』. 이하 『방여기요(方輿紀要)』〕. 고유명사 샘물의 이름으로 보기도 하지만, 이는 아마도 후인이 견강부회(牽强附會)한 것일 게다.

107 재준지하(在浚之下): 준은 위나라의 고을 이름. 지금의 산동성(혹은 하남성) 복현(濮縣) 근처에 있었다. 왕선겸(王先謙)은 북위(北魏) 역도원(酈道元)의 『수경주(水經注)』를 참고하여 준성(浚城)이 초구(楚丘)에서 20리 정도 떨어져 있다고 했다〔왕선겸(王先謙), 『집소(集疏)』〕. 한천으로부터 흐르는 물이 모여 준읍(浚邑) 밑을 흐르고 준읍 사람들은 이 물을 먹고 산다. 모친의 양육의 노고를 사람들을 먹여 살리는 한천에 비유하였다.

108 현환황조(睍睆黃鳥): 현환(睍睆)은 눈동자가 튀어나온 모양. 작은 새가 목을 빼고 머리를 돌려서 사물을 바라보는 모양을 말하는데, 그 모양이 매우 사랑스럽고 아름답기 때문에 아름다운 모양으로 인신되었다. 황조(黃鳥)는 누룩제비로서 꾀꼬리가 아니지만 일반적으로 꾀꼬리로 통일한다.

109 재호기음(載好其音): 재(載)는 조사. 즉(則)과 비슷한 뜻의 글자. 꾀꼬리의 아름다운 노랫소리를 자식들의 흐뭇한 효도에 비유했다.

莫慰母心이로다 어머님 마음을 위로해 드리지 못하네
막 위 모 심

◈ 해설

「모시서」에서는 위(衛)나라에 음풍(淫風)이 유행해 일곱 아들을 둔 홀어머니가 행실이 좋지 못하여 재혼하려는 것을 그 아들이 추한 소문을 감추고 오히려 못난 자식들이 어버이를 잘 섬기지 못한 탓이라고 가슴 아프게 자책하여 부른 노래라고 하였다. 모친의 마음을 위로하면서 모친의 수절을 도왔다는 말이다. 그래서 이 시는 후에 불결한 어머니의 마음을 감동케 하였다 하여 자식으로서 어버이를 간하는 한 방법이 되었다.

주제에 대해서 옛날부터 견해가 다양했다. 「모시서」와 『집전』은 효자를 기린 것이라고 했다. 그러나 달리 자세히 살펴보면 오히려 효자들이 어머님의 은혜를 읊은 시로 보는 것도 좋을 것이다. 보잘것없는 찬 샘도 온 고을 사람의 목을 축여주고 미물인 꾀꼬리도 고운 소리로 사람을 즐겁게 해주는데 7형제나 되는 자식들은 어머님의 마음 하나 위로해 드리지 못한다는 내용이다.

그 외 "계모를 섬기는 시"〔위원(魏源), 『시고미(詩古微)』〕, "고아가 계모에게 괴로움을 당하는 것"〔왕선겸(王先謙), 『집소(集疏)』〕, "모친이 부친에게 학대받는 것을 비유한 것으로, 말로는 모친을 위로한다고 하지만 실은 부친에게 간하는 것"〔문일다(聞一多)〕 등의 해석이 있으며, 현대의 대부분의 학자들은 "자식이 모친이 키우실 때의 힘들고 어려움을 느끼며 어머님의 마음을 편안히 위로해 주지 못함을 자책한 것"이라는 설에 가깝다. 대체로 양육지은(養育之恩)을 생각하는 것이라는 견해에서 멀지 않다. 또는 나아가 망모(亡母)에 대한 애도와 추념의 시라는 견해도 있다.

8. 웅치(雄雉) 장끼

雄雉于飛[110]여 장끼가 날아가며
웅 치 우 비
泄泄其羽[111]로다 그 날개를 퍼득이네
예 예 기 우
我之懷矣여 나의 그리움이여!
아 지 회 의
自詒伊阻[112]로다 이 고독을 남겨 주었네
자 이 이 조

雄雉于飛여 장끼가 날아가며
웅 치 우 비
下上其音[113]이로다 그 소리 높으락낮으락하며 우네
하 상 기 음
展矣君子[114]여 참으로 그 사람
전 의 군 자

---

110 웅치우비(雄雉于飛): 치(雉)는 수꿩 또는 장끼. 장끼가 날아가는 것은 남편이 나랏일 하러 집을 떠나는 것을 비유하는 것으로 본다. 꿩은 암수가 서로 잘 따르기 때문에 부부의 화합의 비유로 많이 사용되었다.

111 예예기우(泄泄其羽): 예예(泄泄)는 꿩이 날개를 치는 모양(『모전』). 장끼가 까투리를 향해 구애할 때 한쪽 날개를 퍼득인다고 한다.

112 자이이조(自詒伊阻): 해석이 크게 세 가지로 나뉜다. ① 이(詒)는 주다〔貽〕, 이(伊)는 그〔其〕와 같은 뜻. 조(阻)는 우환(憂患)이나 걱정스런 생각. 그래서 '(그리움이) 스스로 만든 시름'이라는 뜻. ② 이(詒)는 속이다〔欺〕, 자이(自詒)는 스스로 자신을 속이다. 조(阻)는 험조(險阻), 조격(阻隔), 즉 길이 험하고 막혀서 서로 통하지 못하는 것. 그래서 '(그대 오지 못함은) 길이 험하고 막혀서 그런 것이라고 스스로 달랜다'는 뜻. 또 두 개를 조합하여 ③ '(나에게) 이 고독을 남겨 주었다'는 뜻.

113 하상기음(下上其音): 높게 낮게 우는 새소리, 또는 때로는 높게 때로는 낮게 날 때 나는 소리. 새가 이 소리를 내는 것도 짝을 구하는 것과 관계가 있으므로 전자를 취한다.

114 전의군자(展矣君子): 전의(展矣)는 '진실로'의 뜻으로(『집전』), 군자 이하 다음 구까지의 내용을 강조한 말. 군자의 성품을 말한 것이 아니라 상황의 내용을 강조한 것으로 본다. 군자가 내 마음을 수고롭게 한 것을 강조한 것으로 볼 수 있겠지만 이렇게 해석할 경우 아래 구의 실(實)과 중복된다. 그래서 전(展)을 난(難: 어려움 또는 힘듦)과 같은 뜻으로 보고〔전한(前漢) 말 양웅(揚雄)의 『방언(方言)』 권6, "展, 難也. 山之東西凡難貌

實勞我心이로다
실 로 아 심

내 마음 정말 힘들게 하네

瞻彼日月[115]하니
첨 피 일 월
悠悠我思로다
유 유 아 사
道之云遠[116]이어니
도 지 운 원
曷云能來[117]리오
갈 운 능 래

저 해와 달을 쳐다보니
그지없는 내 시름
길이 멀다고 하니
언제나 오실 수 있을까

百爾君子[118]는
백 이 군 자
不知德行[119]가
부 지 덕 행

여러 군자들께서는
도덕이 무언지 모르시는가

曰展". 『광아(廣雅)』] 군자가 오려고 해도 오지 못하는 것은 어렵고 난처한 일이 있기 때문이라 해석하기도 한다. 어쨌든 일반적인 전자를 따른다.

115 첨피일월(瞻彼日月): 저 해와 달을 바라본다는 뜻으로, 동시에 바라볼 수 있는 것은 아니고 쉴 새 없는 해와 달의 운행을 통하여 세월의 흐름을 느끼며 간단(間斷)없이 그리워함을 말한다. 또는 해와 달은 날씨가 맑은 것을 말한다. 『시경』 속에서 풍우(風雨)로 기흥(起興)하는 것은 만남을 상징하며, '일월(日月)'은 재회하기 어려운 것을 상징한다. 다시 만나기가 어렵다는 것을 알고 '悠悠我思'라 말하고 이것은 송별의 말이다〔적상군(翟相君), 『시경신해(詩經新解)』, 중주고적출판사(中州古籍出版社), 1993〕.

116 도지운원(道之云遠): 운(云)은 구중(句中)에 쓰이는 어조사. 남편이 있는 곳에서 집으로 오는 길이 멀다는 뜻. 또는 운(云)을 '말하다'는 뜻으로 풀어서 '길이 멀다고 핑계대면서'라고 해석할 수 있다.

117 갈운능래(曷云能來): 갈(曷)은 어찌 또는 언제의 뜻. 또 앞 주(注) 후자(後者)의 번역에 이어서 해석하면, '어찌 올 수 있다고 말했는가?'가 되어, 오지 않음에 대한 원망과 질책으로 보인다.

118 백이군자(百爾君子): 백이(百爾)는 '여러', '모든'의 뜻. 이(爾)는 현대 중국어의 니(你)와 같으며 경시하거나 하찮게 여기는 의미가 있다. 군자(君子)는 대개 자기 남편처럼 벼슬하고 있는 사람들로 보기도 하고, 남편을 사역시키는 관리로도 본다. 여인의 남편을 포함한 뭇 남자들.

119 부지덕행(不知德行): 『집전』에서는 "어찌 모를까"라고 하였다. 원행(遠行)함에 환난(患難)을 범할까 근심하여 잘 대처하여 온전하기를 바라는 것(『집전』). '덕행(德行)'에서의

不忮不求[120]면 남을 해치거나 탐하지 않는다면
불 기 불 구

何用不臧[121]이리오 무엇으로 나쁘다 하랴
하 용 부 장

◈ 해설

「모시서」에서는 위나라의 임금 선공(宣公)을 풍자한 시라고 하였다. 음란하여 국사를 돌보지 않고 전쟁을 자주 일으켜 멀리 싸움터에 보낸 병사들을 오랜 세월이 지나도 소환할 줄 모르므로 국민들이 이를 걱정하여 풍자하여 부른 노래라는 것이다. 그리고 주희(朱熹)는 바깥에서 오래도록 군역에 종사하고 있는 남편을 생각하며 근심에 겨운 부인이 쓴 시라고 했다. 제1, 2, 3장은 이별과 그리움을, 제4장은 이런 이별의 원인으로 군자들의 '덕행'을 들면서 위정자에 대한 풍자를 말했다는 것이다. 마치 「국풍(國風)」 시의 풍자성을 강조하기 위해 제4장이 끼어 들어간 것 같은 느낌을 주기도 한다.

장끼가 날아가는 것은 이별을 상징하는 것으로 볼 수 있고, 날개 치고 울어

'行'은 '道'와 같다. '주도(周道)'를 '주행(周行)'으로 한 것도 그 한 예이다. 『이아·석궁(爾雅·釋宮)』의 "行, 道也", 즉 '德行'은 실은 '덕도(德道)'이며 후세의 '도덕(道德)'이다. 노자(老子)와 공자(孔子) 이전에 도(道)와 덕(德)을 함께 말할 때 다만 '德行'이라고만 했지 '道德'이라고 한 예가 없다고 한다[유운흥(劉運興), 『시의지신(詩義知新)』].

120 불기불구(不忮不求): 기(忮)는 남을 해치는 것(『모전』). 구(求)는 탐하여 구하는 것(『집전』). 이런 해석은 전체 시의 흐름상 그리 적절하지 않아 보인다. 기에는 원망이나 한탄의 뜻도 있다. 그래서 그가 오지 않는 것을 원망하거나 오라고 요구하지 않겠다는 뜻으로도 본다. 그가 오지 않을 것을 확신하고 그 이유를 그녀의 남편과 같은 군자들이 기실은 도덕을 모르기 때문에 언약도 어기는 것이라고 비난하는 것이다.

121 하용부장(何用不臧): 장(臧)은 선(善)과 통하며, 착한 것이나 일이 잘 되는 것을 말한다. 앞의 구와 연결하여 해석하면, '남 해치지 않고 탐욕 부리지 않는다면/어찌 마음이 선량하지 않으리?(어떤 일이라도 잘 되지 않겠소? 또는 어찌한들 좋지 않으리)'가 된다. 다시는 이런 비극이 일어나지 않도록 여러 벼슬하는 사람들에게 올바르게 행동해 달라고 충고하는 것이다. 시의 분위기가 일변하면서 억지와 같은 느낌을 주지만 달리 해석할 방도가 없다.

대는 것은 발정(發情)한 것으로 성적(性的)인 상징으로도 볼 수 있다.

9. 포유고엽(匏有苦葉)　　박에 마른 잎이

匏有苦葉[122]이어늘 포 유 고 엽	박에 마른 잎이 달리고
濟有深涉[123]이로다 제 유 심 섭	제수에는 깊은 곳과 얕은 곳이 있네
深則厲[124]요 심 즉 려	깊으면 박을 매고서 건너고

122 포유고엽(匏有苦葉): 포(匏)는 박. 일반적으로 '박 잎이 쓰다'는 뜻을 취하고 8월임을 말한다(『정전』)고 하나 이를 취하지 않는다. 고(苦)는 고(枯)와 통하여 고엽은 박에 마른 잎새가 달려 있음은 박이 다 여문 것이며, 이는 젊은 남녀의 성숙함을 비유한 것으로 푼다〔『金學主 新完譯 詩經(김학주 신완역 시경)』〕. 「빈풍(豳風)」에서 8월에 단호(斷壺), 즉 박을 딴다고 했는데 박은 8월에 잎이 마르며 사용할 수 있으므로 자를 수 있다. 이때는 가을물이 마침 오는 때라 물 건널 곳이 점차 깊어지기 때문에 박을 준비해야 한다. 예전에 결혼의 일은 봄과 가을에 많이 했지만 전국시대 이래 관념이 크게 바뀌어 농한기에 한다. 또는 고(枯)는 이미 익어서, 속을 들어내고 강을 건너는 요주(腰舟: [해설] 참조)로 쓸 수 있는 것을 말하며, 또한 그럴 시기가 되었음을 말한다. 그리고 엽(葉)은 세(世)와 같고, 세(世)에는 생(生) 곧 날 것, 덜 익은 것의 뜻이 있다. 『열자·천문(列子·天問)』편의 '損盈成虧, 隨世隨死'의 세(世)가 곧 생(生)의 뜻이다. 그래서 이 구절은 '박에는 익은 것과 덜 익은 것이 있다'로도 해석된다.

123 제유심섭(濟有深涉): 제(濟)는 물 이름으로 제수(泲水)를 가리킨다. 당시 물줄기가 패(邶) 땅으로 흘렀다고 한다. 섭(涉)은 물을 건너는 곳, 곧 나루의 뜻〔다산(茶山) 정약용(丁若鏞)의 『강의(講義)』, 문일다(聞一多)의 『통의(通義)』〕으로 보고, 제수에 깊은 나루가 있다는 것은 젊은 남녀가 나이를 먹으면 결혼을 해야 할 터인데 그 앞에는 깊은 나루와 같은 건너야만 할 어려움이 가로막혀 있다는 것으로 해석된다.〔『김학주 신완역 시경』〕. 또 섭(涉)에는 '얕다', '천수(淺水)'의 뜻이 있다. 섭렵(涉獵)이란 말에는 깊은 이해를 구하지 않고 가볍게 맛을 보는 것, 지나가며 살피지만 전정(專精) 곧 전문적이거나 정밀하지 않다는 뜻이 있다. 섭람(涉覽)은 미끄러지듯 빠르게, 또는 두루 넓게만 읽는 것을 말한다. 그래서 이 구절은 '제수에는 깊은 곳과 얕은 곳이 있다'로도 번역할 수 있다.

淺則揭[125]니라
천 즉 게

얕으면 박을 들고 건넌다네

有瀰濟盈[126]이어늘
유 미 제 영

제수에 물결 출렁이고

有鷕雉鳴[127]이로다
유 요 치 명

까투리 우는 소리 들리네

濟盈不濡軌[128]하며
제 영 불 유 궤

물결 출렁여도 차축 젖지 않고

雉鳴求其牡[129]로다
치 명 구 기 모

까투리 울어 수컷을 찾네

---

124 심즉려(深則厲): 려(厲)는 옷을 입은 채로 건너는 것〔以衣而涉〕(『모전』). 그래서 또는 배로 건너는 것이라고도 한다. 제1장의 제3, 4구는 앞의 박〔匏〕과 관련 있는 내용이지 옷과는 상관없다고 본다. 그래서 문일다(聞一多)는 허리에 박을 차고 물을 건너는 것이라 했다. 『광아·석기(廣雅·釋器)』에 '厲, 帶也'라 한 것이 그 예의 하나이며, 또 륵(扐)과 같고 륵(扐)은 박(縛)과 통하여 허리에 찬다는 뜻으로 읽힌다.

125 천즉게(淺則揭): 게(揭)는 옷자락을 걷고 물을 건너는 것〔건의이섭(褰衣而涉)〕. (『모전』). 『설문(說文)』에 "揭, 高擧也", 즉 높이 드는 것이라 했다. 문일다(聞一多)는 호로박을 들고 또는 어깨에 올려서 강을 건너는 것이라 하였다. 유운흥(劉運興)은 얕을 때는 그냥 건널 수 있기 때문에 호로박을 버려둔다는 의미에서 음근의통(音近義通) 또는 동음상통(同音相通)의 걸(揭)로 풀었다〔유운흥(劉運興), 『시의지신(詩義知新)』〕.

126 유미제영(有瀰濟盈): 미(瀰)는 물이 넓고 세차게 흐르는 것. 또는 철철 넘쳐흐르는 것. 유미(有瀰)는 미연(瀰然)과 같다. 제수의 물이 세차게 넘쳐흐르는 것을 말한다.

127 유요치명(有鷕雉鳴): 유요(有鷕)는 유연(鷕然)과 같으며, 꿩이 우는 소리 또는 모양. 치(雉), 즉 꿩의 암수를 굳이 따질 필요는 없는 듯하다. 이 시의 화자의 성별에 따라서 암수를 선택할 수 있을 터인데, 관점에 따라 화자가 남녀 모두 가능하기 때문이다.

128 제영불유궤(濟盈不濡軌): 유(濡)는 젖다. 궤(軌)는 수레바퀴 굴대가 달린 바퀴통〔육덕명(陸德明)의 『경전석문(經典釋文)』〕. 물이 넘쳐흐르는데 수레로 건너도 수레바퀴통이 젖지 않는다는 것은 이치적으로 맞지 않다. 여기서는 결혼에는 어려움이 많은 듯하지만 실제로 남녀가 하려 들면 아주 간단하다는 것을 비유한 것으로 보인다.

129 치명구기모(雉鳴求其牡): 『모전』에 "날짐승은 자웅이라 하고 길짐승은 빈모(飛曰雌雄, 走曰牝牡)"라 한다고 하여 날짐승인 꿩이 길짐승인 수컷〔모(牡)〕을 찾는 것은 상리(常理)에 어긋나며, 그래서 이 시의 주제를 '위선공(衛宣公)과 그의 부인 이강(夷姜)의 음란한 행실을 풍자한 것'으로 보았는데, 고서에 날짐승도 빈모(牝牡)로 구별한 예가 있어 납득하기 어렵다.

雝雝鳴雁[130]은 옹 옹 명 안	끼룩끼룩 기러기 울고
旭日始旦[131]이니라 욱 일 시 단	해가 솟아오르는 아침
士如歸妻[132]인댄 사 여 귀 처	저 사내여 아내 맞아 오려거든
迨冰未泮[133]이니라 태 빙 미 반	얼음 녹기 전에 하렴아
招招舟子[134]에 초 초 주 자	손 흔들어 부르는 사공
人涉卬否[135]호라 인 섭 앙 부	남들은 건너가도 난 아니 가네
人涉卬否는 인 섭 앙 부	남들은 건너가도 나 아니 감은
卬須我友[136]니라 앙 수 아 우	나는 내 벗 기다려서여라

---

130 옹옹명안(雝雝鳴鴈): 옹옹(雝雝)은 기러기가 화답하며 우는 모양(『모전』). 또는 그 조화를 이룬 소리. 안(雁, 鴈)은 기러기. 기러기는 혼인시 납채(納采)의 예물로 보냈다. 그리고 기러기는 꼭 짝을 지어 다니므로 원만한 남녀의 결혼에 비유한 것이다.

131 욱일시단(旭日始旦): 욱(旭)은 햇빛이 비치는 것. 욱일(旭日)은 아침에 처음 태양이 떠오르는 것. 단(旦)은 아침. 옛날 결혼을 신청하는 납채와 청기(請期)의 의식은 햇살이 비치기 시작하는 대흔(大昕)의 때에 행하여졌다. 밝은 햇살은 결혼하는 남녀의 앞날을 상징하는 것으로 보인다.

132 사여귀처(士如歸妻): 여(如)는 약(若)의 뜻. 귀처(歸妻)는 여자로 하여금 시집오게 하는 것(『정전』), 곧 장가드는 것.

133 태빙미반(迨氷未泮): 태(迨)는 미치다. 급(及)의 뜻. 반(泮)은 얼음이 녹는 것. 얼음이 풀리는 것은 음력 정월 중순으로, 얼음이 풀리기 전에 장가들라는 것은 농사일이 시작되어 바빠지기 전 한가할 때, 즉 농한기에 장가들라는 뜻〔요제항(姚際恒), 『시경통론(詩經通論)』〕. 또는 얼음이 녹으면 물이 많아져 강물 건너기가 어려워지고 그래서 혼인하기 어려워진다는 뜻.

134 초초주자(招招舟子): 초초(招招)는 소리쳐 부르는 모양(『모전』). 또는 손짓해서 부르는 모양〔『노시(魯詩)』〕. 또는 조조(調調, 刁刁)와 같고, 몸을 굽혔다 폈다 하며 움직이는 모양〔문일다(聞一多), 『통의(通義)』〕. 주자(舟子)는 뱃사공.

135 인섭앙부(人涉卬否): 인(人)은 타인, 다른 사람, 곧 남. 섭(涉)은 건너다. 앙(卬)은 나. 앙부(卬否)는 나는 건너지 않겠다는 뜻.

136 앙수아우(卬須我友): 수(須)는 기다리다. 남은 다 제수를 건너가도 자기는 건너지 않고

◈ 해설

1. 「모시서」에서는 위선공(衛宣公)과 그의 부인 이강(夷姜)과의 음란한 행실을 풍자한 것이라 하였으며, 『집전』에서도 역시 음란함을 풍자한 시라고 하였는데, 수용하기 어렵다.

이 시는 내용을 직접 바로 서술하지 않고 모두 사물로 비유하여 읊었기 때문에 이해하기가 어렵고 예로부터 학자에 따라 의견이 분분하다. 그러나 강변에 사는 사람의 생활 정조에 곁들여 남녀의 혼인을 노래한 시일 것이다. 이런 관점에서 다음과 같이 각 장을 해석할 수 있다. 제1장에서는 박이 굳어 잎이 마르고 나루에 물이 찬 것으로 남녀의 혼기가 있음을 비유하고 물을 건너는 데에는 그 심천(深淺)에 따라 적절히 대응한다는 것으로 남녀의 결합도 그 여건에 상응하게 해야 함을 말했다. 제2장에서는 차축이 물에 잠기지 않을 정도여서 그냥 건널 수 있고 수컷 장끼를 기다리는 까투리의 울음소리가 들려 남자를 기다리는 여자가 있음을 말했다. 제3장에서는 혼인(婚姻)과 같은 대사(大事)는 얼음이 녹아 바빠지기 전 농한기에 길일을 골라 해야 함을 말했고, 제4장에서는 남들은 다 강을 건너가고 사공도 그를 부르지만 그들과 휩쓸려 건너가지 않음은 의중인(意中人), 즉 마음속의 사람을 기다리기 때문임을 말했다.

그 외에 고형(高亨, 1900~1986)은 "한 남자가 이미 약혼한 여인을 바라보는 것을 읊은 시"〔『시경금주(詩經今注)』, 1980〕라고 하였고, 여관영(余冠英)은 "한 여자가 강가에서 배회하면서 강 건너 저편의 미혼 남자를 그리워하고 있는 것을 읊었다"고 하였다.

2. 박〔포(匏), 호로(葫蘆)〕은 인류의 가장 오래된 재배 식물의 하나로 중국에서는 절강성 여요(餘姚) 하모도(河姆渡)에서 7천 년 전의 호로(葫蘆)의 씨가 발견되었다. 박의 용도는 매우 다양하다. 어린잎은 채소로 먹고, 노화되어 딱딱해진 껍질은 악기〔八音(匏土革木金石絲竹)의 하나〕로 사용할 수 있으며, 바가지로 쓸 수

친구를 기다리겠다는 것으로, 이것은 아무리 장가가라고 중매인이 권하고 또 남들이 장가간다고 하더라도 벗이나 뜻이 맞는 사람이나 적당한 시기가 아니면 함부로 장가들지 않겠다는 뜻으로 보인다.

있고, 약을 담는 도구로도 쓰였다. 더욱 재미있는 것은 다 익은 박의 속을 들어내고 봉한 것을 허리에 차거나 매고 강을 건너는 데 사용되었다는 것이다. 이것을 남방에서는 요주(腰舟)라 하는데, 배는 배이지만 허리에 매는 배라는 뜻이다. 이 요주는 청대(淸代)는 물론 20세기에 이르기까지 사용된 것으로 알려져 있다. 청대의 화가 진세준(陳世俊)이 그린 「반속도(番俗圖)」 중의 한 폭 「도계도(渡溪圖)」에 여러 사람들이 겨드랑이에 호로를 끼고 건너는 모습이 있고 20세기 초의 사진에도 보인다.

그리고 인류의 오랜 옛날에 홍수가 있었을 때 남녀가 큰 호로 속에 들어가서 살아남아 뒤에 부부가 되어 새로운 종족의 조상이 되었고 그래서 호로를 토템 신앙의 대상으로 삼았다는 전설이 중국의 소수민족에 남아 있다.

10. 곡풍(谷風) 골바람

習習谷風[137]이 습 습 곡 풍	부드러운 봄바람이
以陰以雨[138]나니 이 음 이 우	흐린 날씨에 비를 몰아온다

137 습습곡풍(習習谷風): 습습(習習)은 부드러운 모양(『모전』). 곡풍(谷風)은 동풍(東風). 곡(谷)은 곡(穀)과 통하여 곡식을 자라게 하는 바람이라 하여 그렇게 부르게 되었다고 한다〔『공소(孔疏)』〕. 또는 글자 그대로 골바람, 즉 대풍(大風)이 한바탕 세차게 분다고 해석하기도 한다.

138 이음이우(以陰以雨): 이(以)는 내(乃)의 뜻〔왕인지(王引之), 『경전석사(經傳釋詞)』〕. 흐렸다가 비가 온다는 뜻. 이 구절은 동풍처럼 부드러워야 할 부부 사이에 파탄이 생겼음을 비유한 것으로 보기도 하고, 『시경』에서 흐리거나 비와 바람이 나오면 대개는 남녀 사이의 그리움과 성적 욕망을 상징하는 것으로 봐서 눈앞에 전개되는 자연 현상을 묘사하면서 과거 좋은 날들을 생각하는 현재의 심리 상태를 드러낸 것으로 볼 수도 있다.

黽勉同心[139]이언정 민 면 동 심	힘써 한마음 되어야 할 사이인데
不宜有怒[140]니라 불 의 유 노	성을 내서는 안 되지요
采葑采菲[141]는 채 봉 채 비	순무 캐고 무 캘 적에
無以下體[142]니 무 이 하 체	뿌리만 보지 마시고
德音莫違[143]인댄 덕 음 막 위	처음 언약 어기지 않으시면
及爾同死[144]니라 급 이 동 사	그대와 죽도록 살고지고

---

139 민면동심(黽勉同心): 민면(黽勉)은 힘쓰다, 노력하다의 뜻. 동심(同心)은 마음이 같다.

140 불의유노(不宜有怒): 성을 내어서는 안 된다는 뜻. 노(怒)를 다르게 해석하는 방법도 있다. 『순자·군자(荀子·君子)』편 "刑罰不怒罪, 爵賞不踰德"에서 노(怒)와 유(踰)는 모두 과(過)와 같고, 과(過)는 실(失)과 같이 쓰며, 실(失)은 일(佚)〔『장자·서무귀(莊子·徐無鬼)』편 "若卹若失"〕과 통용되며, 『맹자·공손추(孟子·公孫丑)』편 "遺佚而不怨"에서 주희(朱熹)는 유일(遺佚)을 방기(放棄) 곧 '버림을 받다'로 풀었다. 버려서는 안 되는 것을 버린다는 것은 반드시 다른 뜻이 있는 것이며, 나아가 다른 사람이 있다는 것을 의미한다〔유운흥(劉運興), 『시의지신(詩義知新)』〕.

141 채봉채비(采葑采菲): 채(采)는 채(採)의 본자(本字)로 '캔다'는 뜻. 봉과 비는 모두 순무의 종류로 아래위를 다 먹을 수 있는 것. 봉(葑)은 무청(蕪菁)을 말하며 북방에서는 만청(蔓菁)이라고도 한다. 비(菲)는 채복(菜菔)이라 하며 지금은 통칭 라복(蘿卜)이라고 한다. 여기서는 각각 순무와 무로 했다.

142 무이하체(無以下體): 무(無)는 불(不). 이(以)는 이(已), 다시 기(棄)와 통한다. 하체(下體)는 뿌리를 말한다. 즉 무의 육질이 있는 곳으로 맛은 달다. 무를 캘 때 그 뿌리를 버리지 마라, 색깔이 쇠퇴했다고 해서 자신을 버려서는 안 된다는 비유로 사용되었다. 윗부분은 다소 색이 바래졌을지라도 땅속의 뿌리는 오히려 달고 이쁘다. 이 구는 순무를 캐어 뿌리만을 보고 위 잎새까지 맛이 없다고 내버려서는 안 된다는 뜻. 자기의 처가 나이 들어 얼굴이 시든 것만 생각하고, 옛날에 고생했던 일이나 그의 미덕까지 버리고 딴 여자에게 다시 장가가면 안 된다는 뜻을 지녔다. 『모전』, 『정전』, 『시집전』에서 모두 하체를 뿌리〔根〕라고 했고, 정현(鄭玄)과 주희(朱熹)는 얼굴 모습을 비유한 것으로 보았다. 최근에는 하체를 신체의 아랫부분〔하지(下肢)〕, 즉 남녀의 음부(陰部)로서 성 쾌락과 연결시키기도 한다.

143 덕음막위(德音莫違): 덕음은 좋은 말 또는 남편의 언약. 위(違)은 어기다, 잊다의 뜻.

144 급이동사(及爾同死): 급(及)은 여(與)와 같다. 동사(同死)는 죽을 때까지 함께 살다가 함께 죽는 것.

行道遲遲[145]하여 행 도 지 지	가는 길 더디고 더딘 것은
中心有違[146]니 중 심 유 위	마음에 맺힌 한 때문
不遠伊邇[147]하여 불 원 이 이	멀리 나와 보지도 않고
薄送我畿[148]로다 박 송 아 기	나를 문 앞에서 전송한다
誰謂荼苦[149]오 수 위 도 고	누가 씀바귀를 쓰다고 말했던가
其甘如薺[150]로다 기 감 여 제	내게는 냉이처럼 달다
宴爾新昏[151]하여 연 이 신 혼	그대는 신혼의 즐거움에
如兄如弟[152]로다 여 형 여 제	오빠 동생처럼 의좋은데

涇以渭濁[153]이나 경 이 위 탁	경수가 위수 때문에 탁해 보이지만

---

145 행도지지(行道遲遲): 행도는 '길을 가다'의 뜻으로, 남편에게 쫓겨나 가는 길. 지지는 느린 모양으로, 발걸음이 떼어지지 않는 모양.

146 중심유위(中心有違): 중심(中心)은 심중(心中). 위(違)는 위(愇)와 같으며 원망 또는 원한의 뜻.

147 불원이이(不遠伊邇): 이(伊)는 어조사. 이(邇)는 가깝다. 자기가 떠나옴에 남편이 멀리는커녕 에서 전송한 것을 강조한 말.

148 박송아기(薄送我畿): 박(薄)은 조사. 기(畿)는 문안〔門內〕.

149 수위도고(誰謂荼苦): 도(荼)는 씀바귀. 쓴 나물의 일종.

150 기감여제(其甘如薺): 제(薺)는 냉이. 맛이 단 나물의 일종. 세상 사람들은 씀바귀가 쓰다고 말하지만 지금의 자기 처지에서 보면 모두 냉이처럼 달다는 것. 자기의 현재 고충을 강조하면서 감내하는 것으로 볼 수 있고, 또는 여인이 나이가 들면 그 맛이 변한다고 하지만 그 쓴맛도 오히려 단맛 못지않다는 뜻으로도 이해할 수 있다.

151 연이신혼(宴爾新昏): 연(宴)은 즐기는 것. 혼(昏)은 혼(婚)과 통함. 남편이 새로 장가든 신혼 재미를 말한다.

152 여형여제(如兄如弟): 제(弟)는 여제(女弟), 제(娣: 여동생), 즉 매(妹) 곧 누이를 말함. 신혼의 부부가 오빠·동생과 같다는 뜻이다. 어쩌면 원시 남매혼(男妹婚)의 흔적일지 모른다. 현대 중국의 원시적이고 전통적인 소수민족의 민가(民歌)에 사랑하는 남녀 대상을 여전히 아가(阿哥)·아매(阿妹)라고 부르는 것도 그렇다.

153 경이위탁(涇以渭濁): 경(涇)은 경수(涇水) 또는 경하(涇河)로서 위수(渭水)의 지류(支

湜湜其沚[154]라
식 식 기 지

宴爾新昏하여
연 이 신 혼

不我屑以[155]라
불 아 설 이

毋逝我梁[156]하고
무 서 아 량

毋發我笱[157]하라
무 발 아 구

그 물가 웅덩이 물은 맑은데

그대 신혼의 즐거움에

나를 거들떠보려 하지 않네

내 어살에 가지 마오

내 통발에 손대지 마오

流)이다. 그 원천은 영하(寧夏) 남부의 육반산(六盤山) 동쪽 기슭에서 흘러나와 동남으로 감숙성(甘肅省) 경계에서 남북 두 갈래로 흘러내리는 물이 융덕현(隆德縣)과 평량현(平凉縣)에서 합치어 경천현(涇川縣)에서 섬서성(陜西省) 경계로 들어가 동남쪽으로 빈현(邠縣)·예천현(醴泉縣)·경양현(涇陽縣)을 거쳐 고릉현(高陵縣)에서 위수(渭水)와 합쳐진다. 상류와 중류에서 황토 고원을 거치므로 대량의 진흙 모래를 함유하게 되어 강물이 혼탁하다. 위(渭)는 위수(渭水)이며 황하의 가장 큰 지류로서, 감숙성에서 시작하여 동남쪽으로 흘러 청수현(清水縣)에 이르러 섬서성 경계로 들어와서 고릉현에서 경수와 합친 뒤 다시 동쪽으로 흘러 동관(潼關)에서 황하로 들어간다. 옛날부터 경수는 흐리고 위수는 맑아서 "경위(涇渭)가 분명히 밝혀지다(涇渭分明, 涇渭自分, 涇渭自明)"는 말은 옳고 그른 것이 분명한 것으로 인신(引伸)되기도 했다. 이 구의 해석은 세 가지가 가능하다. ① 경수 때문에 위수가 탁해진다, ② 경수는 위수 때문에 탁하게 보인다, ③ 이(以)를 사(使)의 뜻으로 풀어, 경수가 위수를 탁하게 한다.

154 식식기지(湜湜其沚): 식식은 물이 맑은 모양. 지(沚)는 『설문해자(說文解字)』에 "지(止)"로 썼고, 마서진(馬瑞辰)은 "수지즉청(水止則淸: 물이 멈추면 곧 맑아진다)"의 뜻으로 풀었다〔『통석(通釋)』〕. 그래서 물이 고여 맑아진 웅덩이로 보기도 한다. 위의 주를 이어서 해석하면 대개 다음과 같다. ① 경수 때문에 위수가 탁해지지만 흘러가다 보면 또 맑아지는 일도 있다. ② 경수는 위수 때문에 탁하게 보이지만, 경수도 그 멈추는 곳에서는 위수보다 더 맑아질 수도 있다. ③ 경수가 위수를 탁하게 하지만 물가 웅덩이는 맑다. 본뜻은 자기의 남편이 한번 신혼 재미에 빠져 자기를 버리더니 영영 자기를 거들떠보지 않는다는 것이다.

155 불아설이(不我屑以): 설(屑)은 혈(絜) 곧 헤아리다의 뜻(『모전』). 이(以)는 용(用)의 뜻. 그래서 설이(屑以)는 '거들떠보는 것'. 도치문이다.

156 무서아량(毋逝我梁): 무(毋)는 금지사. 서(逝)는 가다. 양(梁)은 넓은 의미로는 강물 얕은 곳에 쌓은 인공 돌 제방(堤防)인데 방죽과 같이 돌로 냇물에 보를 막고 가운데를 틔어 고기를 통하게 하여 놓은 것이며, 좁은 의미로는 물살을 가로막고 물길을 한곳으로만 터놓은 다음에 거기에 통발이나 살을 놓는, 물고기를 잡는 장치를 말한다. 어량(魚梁)이라고도 하며 우리말로는 '발담' 또는 '어살'이라고 한다. 어전(漁箭)이라고도 한다.

157 무발아구(毋發我笱): 발(發)은 물건을 들다 또는 열다. 구(笱)는 통발〔어전(漁筌)〕. 앞의

我躬不閱[158]이어든 아 궁 불 열	내 몸도 즐겁지 않은데
遑恤我後[159]리요 황 휼 아 후	어느 겨를에 내 뒤를 걱정하나요!

就其深矣[160]면 취 기 심 의	깊은 곳에 이르면
方之舟之[161]요 방 지 주 지	뗏목 타고 배 타고 가며
就其淺矣면 취 기 천 의	얕은 곳에 이르면
泳之游之[162]니라 영 지 유 지	자맥질하고 헤엄쳐 건넜네
何有何亡[163]고 하여 하 유 하 무	무엇이 있거나 없거나
黽勉求之[164]하고 민 면 구 지	애써서 구하고
凡民有喪[165]에 범 민 유 상	마을 사람들 궂은일에는

양(梁)의 물이 통하는 얕은 곳에 가는 댓조각이나 싸리를 엮어서 통같이 만든 고기잡이 기구. 아가리에 작은 발을 달아 날카로운 끝이 가운데로 몰리게 하여 한번 들어간 물고기는 거슬러 나오지 못하게 하고 뒤쪽 끝은 마음대로 묶고 풀게 되어 있어 안에 든 물고기를 꺼낼 수 있다. 앞의 어살은 이 시를 읊은 여인이 이룩해 놓은 남편의 집안을, 통발은 자기가 하던 그 집안의 살림살이를 비유한 것으로 본다.

158 아궁불열(我躬不閱): 궁(躬)은 몸. 아궁(我躬)은 나 자신 또는 친히. 열(閱)은 살펴보다 또는 받아들여지다의 뜻. 또는 열(悅)과 통하여, '내 몸도 즐겁지 않다'는 뜻으로도 푼다.

159 황휼아후(遑恤我後): 황(遑)은 겨를, 여가. 휼(恤)은 근심하다. 후(後)는 대개 뒷일로 해석하지만, 내 뒤에 온 새 사람이란 뜻으로도 읽힌다〔『이아·석친(爾雅·釋親)』편 "長婦謂稚婦爲娣婦, 娣婦謂長婦爲姒婦"의 곽박(郭璞)의 주(注) "今相呼爲先後"〕. 이 구를 포함하여 앞 4구는 남편이 신혼의 즐거움으로 자신을 돌아보지 않는데 대한 어느 정도의 신경질적인 반응을 보이며 자신의 살길을 염려하고 있다.

160 취기심의(就其深矣): 취는 나아가다. '가다가 깊은 물에 이르면'의 뜻.

161 방지주지(方之舟之): 방(方)은 뗏목. 방지(方之)는 뗏목으로 그것을 건너는 것.

162 영지유지(泳之游之): 영(泳)은 자맥질, 즉 잠수(潛水)하는 것. 유(游)는 수면에서 헤엄치는 것. 이 4구는 살림살이의 단맛 쓴맛을 다 보았음에 비유한 것.

163 하유하무(何有何亡): '亡'은 일반적으로 '망'으로 읽지만 무(無)의 뜻이며 '무'로 읽는다. 유(有)와 무(亡)를 『모전』에서는 부유함과 빈천함으로 풀었다.

164 구지(求之): 살림 늘리기에만 애썼다는 뜻.

匍匐救之[166]니라 포 복 구 지	힘을 다해 도왔네
不我能慉[167]이요 불 아 능 휵	나를 좋아하지도 않고
反以我爲讐[168]라 반 이 아 위 수	도리어 나를 원수로 여기네
旣阻我德[169]하니 기 조 아 덕	나의 좋은 점 물리쳐 버려
賈用不售[170]로다 고 용 불 수	팔려 해도 팔리지 않는 물건 신세
昔育恐育鞠[171]하여 석 육 공 육 국	옛날 살림이 가난하고 어려워
及爾顚覆[172]이러니 급 이 전 복	그대와 무척도 고생했는데

---

165 범민유상(凡民有喪): 민(民)은 이웃의 동네 사람들을 가리킴. 상(喪)은 상사(喪事), 곧 궂은일을 가리킴〔『공소(孔疏)』〕.

166 포복(匍匐): 팔다리를 다 쓰며 힘을 다하는 것(『정전』). 기어 다니는 것.

167 불아능휵(不我能慉): 휵(慉)은 축(畜)·휵(嬌)과 통하며, 호(好)〔『광아(廣雅)』〕 또는 미(媚)〔『설문(說文)』〕의 뜻이라 했다. 축(畜)은 『맹자』에 축군(畜君)이 호군(好君)의 뜻으로 쓰였으며, 미(媚)도 호(好) 곧 '좋아한다'는 뜻이다〔『통석(通釋)』〕.

168 수(讐): 원수.

169 기조아덕(旣阻我德): 조(阻)는 막히다. 여기서는 각(卻), 즉 '물리치다'의 뜻(『정전』). 덕(德)은 자기의 좋은 점〔『석의(釋義)』〕.

170 고용불수(賈用不售): 고(賈)는 물건을 파는 것. 용(用)은 이(以)·이(而)의 뜻. 수(售)는 팔리는 것.

171 석육공육국(昔育恐育鞠): 앞의 육(育)은 가족을 양육하는 것 곧 생활의 뜻이며, 뒤의 육(育)은 장육(長育)의 뜻. 국(鞠)은 궁한 것. 육국(育鞠)은 궁하게 되는 것. 이 구절은 '옛날에 가족을 양육할 때엔 궁하게 될까 두려워하였다'는 뜻. 촉(蜀)의 『석경(石經)』에는 뒤의 육(育)자가 없이 "석육공국(昔育恐鞠)"이라 하였다. 또는 육(育)을 유(有)로 보고 어조사라고도 하였다〔오개생(吳闓生, 1878~1949), 『시의회통(詩義會通)』, 이하 약칭 『회통(會通)』〕. 이는 이 시가 「소아·곡풍(小雅·谷風)」이 읊은 내용은 같지만 어휘가 좀 다른데 그 속의 "장공장구(將恐將懼)"와 유사하기 때문이다.

172 급이전복(及爾顚覆): 급이(及爾)는 '그대와 더불어'의 뜻. 전복(顚覆)은 환난(患難)과 괴로움 또는 그것을 겪는 것(『정전』). 또는 '뒤집히다'는 뜻에서 부부와 남녀 간의 일을 말하는 것〔손작운(孫作雲)〕.

旣生旣育[173]하여 기 생 기 육	이제 살 만하게 되니까
比予于毒[174]이로다 비 여 우 독	나를 독벌레같이 여기네

我有旨蓄[175]은 아 유 지 축	내가 맛있는 시래기 장만함은
亦以御冬[176]이어늘 역 이 어 동	겨울철 궁할 때를 위해서라 했더니
宴爾新昏이여 연 이 신 혼	그대 신혼의 즐거움에
以我御窮[177]이라 이 아 어 궁	나는 궁할 때나 소용되는 건가
有洸有潰[178]하여 유 광 유 궤	우락부락 성내며
旣詒我肄[179]하니 기 이 아 이	내게 고생만 시키고
不念昔者에 불 념 석 자	지난날 생각하지 않고
伊余來墍[180]로다 이 여 내 기	나만 가지고 화를 내네

---

173 기생기육(旣生旣育): 생(生)은 생업(生業)이나 재업(財業)을 이루는 것. 육(育)은 장성하는 것. 곧 이 구절은 '살림살이를 재물이나 신체면에서 할 만하게 된 것'을 말한다. 또는 바로 앞 구를 받아 '자식을 낳고 키우는 것'으로 보기도 한다[손작운(孫作雲)].

174 비여우독(比予于毒): 비(比)는 비유하다. 여(予)는 나. 독(毒)은 독 있는 벌레(『정전』).

175 지축(旨蓄): 지(旨)는 맛있는 것. 축(蓄)은 축채(蓄菜) 곧 건채(乾菜: 말린 나물)를 뜻한다.

176 역이어동(亦以御冬): 역(亦)은 조사. 어(御)는 어(禦)와 통함. 어동(御冬)이란 나물이 없는 겨울을 대비하는 것. 뒤 구절 '신혼의 즐거움을 위하여 내가 그 궁함을 막은 셈'이란 말에 비유한 것.

177 어궁(御窮): 궁함을 막다. 궁할 때의 대비용으로 이용한 것.

178 유광유궤(有洸有潰): 광(洸)은 무모(武貌)라 하였으니(『집전』), 우락부락하거나 우악스러운 것. 유광(有洸)은 광광(洸洸)·광연(洸然)과 같다. 궤(潰)는 노색(怒色)이라 하였으니(『집전』), 성나고 노한 모양 또는 퉁명스러운 모양.

179 기이아이(旣詒我肄): 이(詒)는 주다. 이(肄)는 노고의 뜻.

180 이여내기(伊余來墍): 이(伊)는 유(維, 惟)와 통하며 조사로 쓰였음. 래(來)는 조사로 시(是)와 같은 글자. 기(墍)는 쉬다. 『모전』엔 식(息)의 뜻이라 하였고, 정현(鄭玄)은 이를 안식(安息)으로 풀이하였다. 마서진(馬瑞辰)은 기(墍)는 은(慇)의 가차자이며, 은(慇)은 애(愛)의 고자(古字)라 하였다. 따라서 이 구절은 '유여시애(維余是愛)' 곧 '오직 나만을

◈ 해설

남편에게 버림받은 여인이 읊은 대표적인 기부시(棄婦詩)이다. 남편은 새색시에게 장가들어 신혼 재미에 빠져들어 정실(正室)은 거들떠보지도 않는다. 제1장에서는 자기를 버린 남편을 원망하면서도 옛날의 은애(恩愛)를 생각한다. 제2장에서는 남편에게 쫓겨나던 쓰라림을 되새겨 본다. 제3장에서는 아직도 버리지 못하는 시집에 대한 미련을 노래한다. 제4장에서는 부지런히 집안 살림하며 이웃들과도 잘 지내던 옛일을 되새겨 본다. 제5장은 자기의 노고로 살 만하게 되자 자기를 버리는 남편을 원망한다. 끝장에서는 옛날 사랑했던 시절을 잊어버린 남편을 원망한다.

앞의 주(注)에서 간단히 언급했지만 이 시는 「소아·곡풍(小雅·谷風)」과 주제가 거의 동일하고 다만 서술이 그것보다 복잡하다. 그래서 중국의 시인이자 문예비평가 유평백(兪平伯, 1899~1990)은 「소아(小雅)」의 것이 원래 있던 것이며, 「패풍(邶風)」의 이 「곡풍(谷風)」은 문인의 윤식(潤飾)이 가해진 것이라고 하였다. 손작운(孫作雲)도 이 설에 동의하면서 서주(西周)의 민가가 위(衛)나라 땅에 전해져 위(衛) 땅의 민가가 된 이유에 대해서는 이 지역의 은(殷)나라 군대를 감시하기 위해 주 왕실(周王室)이 파견한 '은팔사(殷八師)'가 전파했기 때문일 것이라고 하였다.

사랑하다'의 뜻. 따라서 앞 구와 연결되어 '그 옛날 나만을 사랑하던 때를 생각하지 않다'로도 풀이할 수 있다. 또는 개(愾)로 읽고, '성내다, 화내다'의 뜻〔왕인지(王引之), 『경의술문(經義述聞)』〕.

11. 식미(式微) 날이 어두워졌는데

式微式微[181]어늘
식 미 식 미
胡不歸오
호 불 귀
微君之故[182]면
미 군 지 고
胡爲乎中露[183]리오
호 위 호 중 로

날이 어두워졌는데
어찌 아니 돌아가오?
당신 때문이 아니라면
어찌 이슬 속에서 머무르겠습니까!

式微式微어늘
식 미 식 미
胡不歸오
호 불 귀
微君之躬[184]이면
미 군 지 궁
胡爲乎泥中[185]이리오
호 위 호 니 중

날이 어두워졌는데
어찌 아니 돌아가오?
그대 때문이 아니라면
어찌 진흙 속에서 머무르겠습니까!

---

181 식미(式微): 식(式)은 어조사 내지 발어사, 또는 식(軾) 곧 수레의 가로막대로서 수레를 탄다는 뜻으로 보기도 하는데 이를 취하지 않는다. 미(微)는 도망함과 지위나 처지의 쇠미함. 여위다, '날이 어두워지다' 등을 뜻함. 『집전』에서는 쇠(衰)의 뜻이라 하였다. 그래서 식미는 수레를 타고 도망하는 것의 고상한 표현으로 보기도 했다. 그리고 『이아(爾雅)』에서 "式微式微者, 微乎微者也"라 하여 이후 '쇠미(衰微)'의 뜻으로 보았다. 여(黎)나라 제후가 적인(狄人)들에게 쫓기어 위나라에 와 있으나 아무런 구원도 없으니 지위가 쇠미해졌다는 것이며『공소(孔疏)』, 거듭 말한 것은 강조한 것이라고 하였다.

182 미군지고(微君之故): 미(微)는 비(非)의 뜻. 고(故)는 '때문'. '임금님 자신을 위하려는 때문이 아니라면'의 뜻. 군(君)을 '임금'으로 보는 것이 일반적이었지만 아내의 '남편'에 대한 호칭으로 본다.

183 호위호중로(胡爲乎中露): 호(胡)는 어찌. 위(爲)는 행하다 또는 길을 가다〔行路〕. 여기서는 '머무르다', '기다리다'는 뜻으로 풀었다. 중로(中露)는 노중(露中). 이슬은 늦은 밤이나 새벽에 생기므로 밤중에 길을 간다는 말이 된다.

184 궁(躬): 본인 자신. '임금님(남편 당신) 자신만을 생각하는 것이 아니라면'의 뜻.

185 니중(泥中): 빠져나오기 힘든 진흙 속과 같이 구원 없는 어려운 상황을 가리킴.

◈ 해설

1. 「모시서」에 따르면 "「식미(式微)」는 여(黎)나라 제후가 위(衛)나라에 머물러 있었는데, 그의 신하가 돌아가기를 권하는 뜻으로 읊은 것"이라고 했다. 정현은 또 "여나라 제후는 적인(狄人)들에게 쫓기어 그 나라를 버리고 위나라에 기탁하고 있었다"고 설명했다. 주희(朱熹)도 이에 따랐다. 즉 여후(黎侯)가 나라를 잃고 위나라에 떠돌고 있었다. 그의 신하들이 그에게 권하기를 "나라가 이렇게 쇠미해졌는데 왜 자신의 나라로 돌아오지 않으십니까? 만약 당신 때문이 아니라면 우리들은 왜 여기서 욕을 당하고 있겠습니까?"라고 했다. 그러나 이 견해는 이미 고증할 바가 없다.

2. 여(黎)는 옛 나라의 이름. 지금의 산서성 여성(黎城)에 있었다. 일설에는 산서성 장치현(長治縣) 서남에 있었다고 한다. 주나라가 은상(殷商)의 통치를 무너뜨리기 전에 문왕(文王)이 여국을 멸했다. 여기서 말하는 여국은 무왕이 상나라를 멸한 후 봉한 나라일 것이다. 문왕이 여국을 멸한 땅이므로 '여'라 칭했다. 위나라와는 서쪽으로 접경했다. 구체적인 것은 상고할 수 없다. 이 시는 선공(宣公) 후 목공(穆公) 전에 지어진 것으로 보이며, 문왕이 여국을 멸한 후에도 여국이 확실히 존재했으며 적인(狄人)에 의해 BC 620~600년 사이에 멸망했음이 증명된다.

3. 최근의 해석은 역사성을 배제하고 있다. 노예가 귀족을 위해 일하며 밤이 늦어도 돌아가지 못하여 부른 노래라고도 하고, 무슨 일인지는 분명하지는 않으나 한 부인이 오욕(汚辱)을 당하거나 불안해하며 남편더러 빨리 돌아오라 호소하는 노래라고도 한다. 이 시의 관건이 되는 단어는 '미(微)'와 '귀(歸)'와 '군(君)'이다. '미(微)'는 각 장마다 세 번을 사용하였는데, 그 첫 번째는 '쇠미(衰微)함'이라는 추상적인 의미보다 '날이 어두워짐'의 일상적 현상을 반복 강조한 것으로 보는 것이 훨씬 절실해 보인다. 또한 군(君)은 임금을 칭하는 것이 아니고 남편이나 애인을 칭하는 것으로 본다. 『시경』 속에서는 남편을 '군자(君子)'라고 칭하기도 하고 '군(君)'으로도 칭했다.

4. 남녀의 대창(對唱)으로 볼 수 있다. 즉 각 장의 앞 두 구는 남자가 하는 말

이며 뒤의 두 구는 여자가 대답하는 것으로 본다〔손작운(孫作雲)〕. 이 간단한 일문일답으로 남녀의 애정이 적나라하며 압축적으로 드러난다.

12. 모구(旄丘) 비탈 언덕

旄丘之葛兮[186]여 모 구 지 갈 혜	비탈 언덕의 칡넝쿨
何誕之節兮[187]오 하 탄 지 절 혜	그 마디 어이 이리도 길게 자랐나!
叔兮伯兮[188]여 숙 혜 백 혜	숙씨여 백씨여
何多日也[189]오 하 다 일 야	어이해 오래도록 끄시는가!

186 모구(旄丘): 앞이 높고 뒤가 낮은 언덕(『모전』). 역사적인 내용에 맞춘다면 아마도 위(衛)나라 조가(朝歌) 부근에 있는 언덕일 것이라고 한다.

187 하탄지절혜(何誕之節兮): 탄(誕)은 연(延)과 같이 길다는 뜻. 칡넝쿨의 마디〔節〕가 길어지고 넓어졌다는 것으로 그만큼 세월이 흘렀음을 뜻한다〔엄찬(嚴粲), 『시집(詩緝)』〕.

188 숙혜백혜(叔兮伯兮): 위(衛)나라의 여러 신하 곧 대부들을 가리킨다. 다산(茶山) 정약용은 여(黎)나라의 신하로서 위나라에 머물러 있던 사람들을 가리켜서 말한 듯하다고 했다.

189 하다일야(何多日也): 다일(多日)은 여러 날이 지난 것. 여(黎)나라 제후가 위(衛)나라에 몸을 기탁한 지 오래되었다는 뜻. 앞의 시 「식미(式微)」와 같은 시기 같은 상황의 시로 본다면, 체류 기간을 어느 정도 추측할 수 있다. 「식미(式微)」에 이슬과 진흙 속에서 지냈다는 표현이 있는데 이슬이 내리는 시기는 대개 봄과 가을이므로 이 계절에 밤을 도와 위나라로 도주했을 것이며, 칡넝쿨이 길게 자란 것은 대개 여름이다. 봄에 왔다면 최소한 이미 하나의 계절이 지난 것이요, 가을에 왔다면 겨울과 봄을 지나고 여름을 맞은 것으로 볼 수 있다.

何其處也[190]오　　　　　어찌 그리도 마음 편히 있는가!
하 기 처 야

必有與也[191]로다　　　　분명 함께 출병할 나라 있으리라
필 유 여 야

何其久也오　　　　　　　어찌 그리도 오래 걸리는가
하 기 구 야

必有以也[192]로다　　　　분명 그럴 까닭이 있으리라
필 유 이 야

狐裘蒙戎[193]하니　　　　여우 가죽 갖옷이 너덜너덜 해져도
호 구 몽 융

匪車不東[194]이라　　　　그들 수레 동쪽으로 오지 않는다
비 거 부 동

叔兮伯兮여　　　　　　　숙씨여 백씨여
숙 혜 백 혜

靡所與同[195]이로다　　　힘이 되어 줄 마음 없어서여라
미 소 여 동

---

190 하기처야(何其處也): 처(處)는 안처(安處)의 뜻으로(『집전』), 위나라 대부들이 여(黎)나라 제후를 도와 줄 생각은 않고 속 편히 지내고 있음을 말한다.

191 필유여야(必有與也): 여(與)는 '여국(與國)'으로 '다른 친한 나라들의 군사들과 함께 오려는 것인가 보다'라는 뜻.

192 이(以): 까닭, 원인의 뜻.

193 호구몽융(狐裘蒙戎): 호구(狐裘)는 여우 털가죽 옷으로 대부들이 입는 갖옷. 여기서는 여(黎)나라 제후와 신하들이 입고 있는 옷으로 풀었다. 몽융(蒙戎)은 『모전』에 난모(亂貌)라 하였는데, 주희(朱熹)는 옷이 해져 어지러운 모습이란 뜻을 보충했다. 곧 너덜너덜한 것. 일설에는 여나라 신하들이 자신들의 어려운 상황을 드러낸 것으로 보기보다는 위(衛)나라 대부들의 행태를 관찰한 것으로 보는 것이 타당하다는 판단에서 몽융의 각 글자를 복(覆: 덮다, 가리다)과 용(茸: 풀이나 털이 가늘고 부드럽다)으로 풀어 위나라 대부들이 털이 좋은 갖옷을 입고 있는 것으로 해석하기도 한다〔원강(元江)〕.

194 비거부동(匪車不東): 비(匪)는 피(彼)의 뜻으로 이 두 글자는 옛날 서로 통용되었다〔『통석(通釋)』〕. 곧 비거(匪車) '저 수레'는 곧 위나라 수레를 가리킨다. 동(東)은 동쪽으로 오는 것. 여나라 제후는 위나라 동경(東境) 곧 동쪽 지역에 와 있었다. 따라서 동(東)은 위나라에서 여나라 제후를 구원하러 수레를 타고 동쪽으로 오는 것을 말한다. 정현(鄭玄)은 비(匪)를 비(非)로 보았고, 혹자는 비(斐) 곧 화려하다는 뜻으로 풀기도 한다.

195 미소여동(靡所與同): 미(靡)는 불(不)이나 무(無)와 같은 부정사. 동(同)은 힘이나 마음을 함께한다는 뜻. 이 구는 '우리와 같은 급박한 마음이 없다' 또는 '우리와 힘과 마음을 함께할 생각이 없다'는 것이다.

瑣兮尾兮[196] 쇄 혜 미 혜	자잘하고 볼품 없는 우리
流離之子[197]로다 유 리 지 자	떠돌아다니는 이들이여!
叔兮伯兮여 숙 혜 백 혜	숙씨여 백씨여
褎如充耳[198]로다 유 여 충 이	귀를 막고 있구나

◈ 해설

1. 이 시는 위(衛)나라에 유망(流亡)한 여(黎)나라 제후의 신하들이 위나라가 도와주지 않음을 원망하고 질책한 것이다. 여나라 제후가 적인(狄人)들에게 쫓겨나 위나라의 동쪽 지역에 머물고 있었는데 위나라는 제후들을 연합하고 거느리는 방백(方伯)으로서 여나라를 도울 직책을 다하지 않았다. 그래서 여나라의 신하가 위나라를 질책한 것이다(「모시서」). 다산(茶山) 정약용은 이와 다른 주장을 폈다. 아마도 여나라 신하로서 여나라에 머물러 있던 사람이 사신을 보내 위나라에 구원을 청하고, 혹은 그 임금에게 환국할 것을 청하게 하였는데, 사신이 오래도록 돌아오지 않아 서로 함께 근심하고 고민하는 말일 것이라고 했다.

2. 역사성을 배제한 해석도 가능하다. 위나라에 떠도는 유랑민들이 귀족들

---

196 쇄혜미혜(瑣兮尾兮): 쇄(瑣)는 세(細), 미(尾)는 미소(微小)의 뜻으로 작고 보잘것없다는 것. 지위가 낮고 처지가 어렵게 되니 말도 경시되는 상황을 말한다.

197 유리지자(流離之子): 유리(流離)는 자기의 고장을 떠나 떠돌아다니는 것. 여나라 제후와 그의 일행을 지칭한다.

198 유여충이(褎如充耳): 유(褎)는 『모전』에서는 성복(盛服), 즉 옷을 잘 입은 모양이라 하고, 『집전』에서는 다소모(多笑貌) 곧 지나치게 많이 웃는 모양이라 했는데 뜻이 잘 통하지 않는다. 마서진과 굴만리는 부(裒: 모으다, 많다)와 통하여 충만의 뜻이 있다고 하였다. 여(如)는 연(然)과 같은 조사. 유여는 유연(褎然)이며 귀를 막고 모르는 체하는 모양이다. 그래서 나아가 유(褎)를 귀 먼 모양〔聾貌〕으로 풀기도 한다. 충이(充耳)는 귀를 막다〔塞〕.

이 구제해 주기를 기대하지만 그렇지 못하여 실망한 것을 읊은 시. 또는 여자가 애인을 그리워하는 시로도 본다.

13. 간혜(簡兮) 성대한 춤을

簡兮簡兮[199]여
간 혜 간 혜
方將萬舞[200]로다
방 장 만 무
日之方中[201]에
일 지 방 중
在前上處[202]로다
재 전 상 처

성대하고 성대하게
만무를 추려 하네
해가 중천에 뜬 한낮
궁전 마당 앞에서

---

199 간(簡): 『모전』엔 대(大), 『공소』에선 대덕(大德), 『집전』에서는 간이(簡易)의 뜻으로 각각 풀었으나 합당하지 않다. 위의(威儀)가 당당한 모습 또는 북소리, 그리고 습(習)(『국어(國語)』 위소(韋昭)의 주(注))의 뜻으로도 풀이했다. 간택(揀擇)과 선발(選拔)의 뜻도 있다. 즉 '가리고 가려서'의 뜻이다.

200 방장만무(方將萬舞): 방(方)은 바야흐로 또는 시합하다〔比〕, 장(將)은 행(行)하다는 뜻으로, 방장(方將)은 '—하려 하고 있다' 또는 '시합으로—하다'는 뜻. 만무(萬舞)는 간척(干戚) 즉 방패와 도끼를 들고 추는 무무(武舞)와 우약(羽籥) 즉 꿩 깃과 피리를 들고 추는 문무(文舞)를 통틀어 일컫는 말. 대체로 대무(隊舞) 곧 무리가 줄을 이루어 추는 춤을 말한다. 일설에는 만무를 간무(干舞)라고 하여 당시 제사 지낼 때 추는 일종의 무무(武舞)라고 한다.

201 방중(方中): 해가 막 정남(正南)에 온 것. 한낮을 가리킴. 춤을 추는 시점을 말하기도 하고 선발 시합으로 본다면 정오까지 시합을 치렀다는 뜻으로도 볼 수 있다.

202 재전상처(在前上處): 앞줄 맨 첫머리에 있다는 뜻(『정전』). 수위(首位)로 선발되어 맨 앞줄에 서게 되었다는 뜻.

碩人俁俁[203]하니
석 인 우 우

키가 훤칠한 그 사람

公庭萬舞[204]로다
공 정 만 무

궁전 마당에서 대무를 추네

有力如虎며
유 력 여 호

힘은 호랑이 같고

執轡如組[205]로다
집 비 여 조

고삐를 실끈 다루듯 쥐고 있네

左手執籥[206]하고
좌 수 집 약

왼손에 피리 쥐고

右手秉翟[207]하며
우 수 병 적

오른손에 꿩털채 잡고서

赫如渥赭[208]하니
혁 여 악 자

그 얼굴 물들인 양 붉어

公言錫爵[209]하니라
공 언 석 작

임금님은 술잔 내리라 하시네

山有榛이며
산 유 진

산에는 개암나무

---

203 석인우우(碩人俁俁): 석인은 대인(大人)과 같으며 키가 크고 멋진 사람. 우우(俁俁)는 사람이 헌걸찬 모양.

204 공정(公庭): 종묘의 뜰이라 했다. 그러나 왕질(王質)은 제소(祭所: 제사 지내는 장소)가 아니라 술 마시고 즐기는 연악(燕樂)인 듯하여 '제후의 궁정'을 말한다고 했다〔송나라 왕질(王質, 1135~1189), 『시총문(詩總聞)』〕. 위(衛)나라의 궁정을 말한다.

205 집비여조(執轡如組): 조(組)는 비단실로 인끈〔綬〕을 짜는 것. 이 구는 말고삐를 잡고 춤을 추는 모양이 비단실로 끈을 짜듯 익숙하다는 뜻. 그러나 궁정에서 진짜 말고삐를 잡고 춤을 추는 것은 아니고 경극(京劇)에서와 같이 손으로 비단 띠를 잡고 말고삐를 상징하여 실제처럼 춤동작으로 표현한 것일 게다. 앞의 구에서도 알 수 있듯이 이 장은 무무(武舞)를 형용한 것이다.

206 약(籥): 피리.

207 병적(秉翟): 병(秉)은 손으로 잡는 것. 적(翟)은 꿩의 깃.

208 혁여악자(赫如渥赭): 혁여(赫如)는 혁연(赫然)으로 붉게 상기된 모양. 악(渥)은 물드는 것, 자(赭)는 단사(丹砂), 주사(朱砂) 또는 적토(赤土). 악자(渥赭)는 춤추는 사람의 얼굴이 상기되어 붉게 물드는 것.

209 공언석작(公言錫爵): 공은 위나라 제후. 언(言)은 조사. 석(錫)은 하사하다. 작(爵)은 술잔. 이 제3장은 문무(文舞)를 형용한 것이다.

隰有苓[210]이로다 습 유 령	진펄에는 감초
云誰之思[211]오 운 수 지 사	누굴 생각하나?
西方美人[212]이로다 서 방 미 인	서방의 미인이로다
彼美人兮여 피 미 인 혜	그 미인은
西方之人兮로다 서 방 지 인 혜	서방의 사람이라네.

◈ 해설

「모시서」에서는 나라가 어지러워 현인이 뜻을 못 얻고 춤추는 사람, 즉 무인(舞人)이란 천한 지위에 있음을 탄식하며 풍자한 것이라 했다. 〈삼가시(三家詩)〉도 이에 다른 뜻이 없다. 합당하지 않다. 한 여인이 어떤 훌륭한 남자 무사(舞師)와 그가 추는 춤을 사랑하며 찬미한 것으로 보인다. 제1장에서는 만무(萬舞) 춤을 추려는 때이고, 제2장은 키 크고 헌결찬 사람이 호랑이 같은 기세로 무무(武舞)를 추는 것, 제3장은 우약(羽籥), 즉 꿩깃과 피리를 들고 문무(文舞)를 추는

---

210 산유진(山有榛), 습유령(隰有苓): 진(榛)은 개암나무. 습(隰)은 진펄. 령(苓)은 한약재에 쓰이는 복령(茯苓)으로 풍냉이라고도 한다. 그러나 『모전』에선 대고(大苦)라 하고, 감초(甘草)라 하였다. 이 말은 주위 환경에 따라 그곳에 알맞은 식물이 자라듯이 나라의 환경에 따라 올바른 정치가 이루어진다는 것. 그러나 이런 구절은 대개 나무는 남자를 비유하고 풀은 여자를 비유하는 은어(隱語)로서, 남녀가 각각 그 짝을 얻어야 함을 비유한 것으로 본다.

211 운수지사(云誰之思): 운(云)은 조사. 그 춤은 '누구를 생각게 하는가?', '누가 그리워지나?'의 뜻.

212 서방미인(西方美人): 서주(西周) 초의 훌륭한 임금을 가리키는 것으로 본다(『집전』). 주(周)나라는 위(衛)나라의 서쪽에 위치하고 있기 때문이다. 중국에선 일찍부터 시에서 미인을 임금에 비유하였다. 곧 이 춤은 주나라 문왕이나 무왕 같은 성군의 훌륭한 정치를 상징하고 있다는 뜻이다. 또는 미인(美人)은 남자를 칭한다. 위에서 말한 석인(碩人)을 지칭한다.

것, 제4장에서는 돌변하여 무사(舞師)를 찬양하며 경모(景慕)의 정(情)을 나타낸다. 『춘추좌전』「장공(莊公) 28년」에 만무(萬舞)를 추는 상황을 묘사한 내용이 있다.

초나라 영윤(令尹)인 자원(子元)이 미망인(未亡人) 문부인을 유혹하려고 그 궁의 옆에 관(館)을 만들어 두고 만무(萬舞)를 추게 하였다. 부인이 이를 듣고 울면서 '선군께서는 이 춤으로 전쟁 연습을 하였다'라고 했다. 이를 보면 만무(萬舞)를 추는 것이 제사뿐만 아니라 비교적 다양한 상황에서도 사용되었음을 알 수 있다.

14. 천수(泉水) 샘물

毖彼泉水[213]도 비 피 천 수	솟구치는 저 샘물도
亦流于淇[214]로다 역 류 우 기	기수로 흘러드는데
有懷于衛하여 유 회 우 위	위나라 그리워
靡日不思하니 미 일 불 사	하루도 고향 생각 않는 날 없으니
孌彼諸姬[215]와 연 피 제 희	어여쁜 저 여인들과

---

213 비피천수(毖彼泉水): 『모전』엔 샘물이 처음 흐르기 시작하는 모습이라 하였으니 '졸졸 흐르는 것'. 그러나 『설문해자(說文解字)』에는 비(泌)라 하고 협류(俠流)의 뜻이라 했다. 협류라면 물이 빠르게 콸콸 흐르는 모양.

214 기(淇): 기수(淇水)로 지금의 하남성 탕음현(湯陰縣), 기현(淇縣) 등을 거쳐 위하(衛河)에 합쳐진다. 샘물도 졸졸(콸콸) 흘러 이 시 작자의 고향인 기수로 합쳐 들어가는데 자기만은 고향에 가보지도 못하고 있음을 말한다.

215 연피제희(孌彼諸姬): 연(孌)은 예쁜 모양. 제희는 여인이 시집올 때 함께 온 여동생과

聊與之謀[216]하도다 　　돌아갈 일 의논해 보네
요 여 지 모

出宿于泲[217]하고 　　제수 가에 와서 묵고
출 숙 우 제

飮餞于禰[218]로다 　　예수 가에서 작별하네
음 전 우 녜

女子有行[219]이면 　　여자가 시집을 가면
여 자 유 행

遠父母兄弟[220]라 　　부모 형제와는 멀어지는 것
원 부 모 형 제

問我諸姑[221]하고 　　떠나올 적에 고모님들과
문 아 제 고

조카딸〔娣姪〕나 데려온 여러 몸종을 말한다. 또는 그 나라 제후에게 시집온 다른 여인들, 즉 중첩(衆妾)일 수도 있다. 또는 위나라 임금의 성이 희(姬)이므로 함께 온 희씨 성의 여인들을 자칭할 수도 있다.

216 요여지모(聊與之謀): 요(聊)는 차(且: 또, 잠깐 등)의 뜻. 모(謀)는 어떻게 하면 위나라 고향에 돌아갈 수 있을까 모의(謀議)하는 것. 또는 다른 첩들과 고향 생각을 비롯한 여러 가지 속마음을 얘기하는 것.

217 출숙우제(出宿于泲): 제(泲)는 역도원(酈道元)의『수경주(水經注)』에 의하면 형양현(滎陽縣) 동쪽에 두 개의 지류가 있는데, 북제(北泲)와 남제(南泲)이다. 여기서는 북제라고 한다〔『석의(釋義)』〕. 지금은 제(濟)로 쓴다. 지금의 산동성 정도현(定陶縣) 경계로 흐른다.

218 음전우녜(飮餞于禰): 전(餞)은 길을 떠나는 사람은 길의 신에게 제사 지낸 뒤 전송하는 사람들과 이별의 술과 음식을 나누어 먹고 떠났다. 대개 술이 주를 이룬다. 그래서 음전(飮餞)이라 했다. 녜(禰)는 물 이름으로 대녜구(大禰溝) 또는 원수(寃水)라고도 부르며, 지금의 산동성 하택현(荷澤縣) 서남쪽을 흘렀다고 한다〔『석의(釋義)』〕.

219 행(行): 시집가는 것.

220 형제(兄弟): 남자 형제뿐 아니라 여자 형제, 즉 언니와 동생도 포함된다.

221 문아제고(問我諸姑): 문(問)은 문안 인사드린다는 뜻. 그리고 고(告)한다는 뜻도 있다. 이 구와 다음 구는 문안드리는 주체에 따라 각 글자의 의미와 전체 해석이 달라진다. ① 출가하는 여인이 전별 현장에서 이별 인사하는 것이거나 길지 않은 시간이 흐른 후 친정 식구에게 안부 전하고 싶다는 바람의 표현 ② 이별할 때 친정 어른들이 시댁 식구에게 자기더러 안부 전해 달라는 부탁으로 보는 것이 가능한데, 비록 문(問)자의 의미 문제와 장면의 전환이 있기는 하지만 여기서는 전자를 취한다. 친정 어른들이 유독 시댁 여인들의 안부를 대신 여쭈어 달라는 것이 적절치 않고, 출가녀(出嫁女)의 입장에서는 이전 친숙했던 친정 여인들이 많이 생각날 것이기 때문이다. 후자를 주장하는 측의 관점은 부친의 자매, 즉 고모들은 일찍이 출가하여 함께 살지 않을 것이라 고(姑)라고

遂及伯姊[222]로다　　그리고 언니께 인사드렸네
수 급 백 자

出宿于干[223]하고　　간 땅에 나가 묵고
출 숙 우 간
飮餞于言[224]하여　　언 땅에서 작별하네
음 전 우 언
載脂載舝[225]하여　　차축에 기름 치고 빗장 꽂아
재 지 재 할
還車言邁[226]하면　　수레 돌려 나아가면
선 거 언 매
遄臻于衛[227]하여　　이내 위나라에 다다를 테니
천 진 우 위
不瑕有害[228]로다　　이러면 못 갈 것도 없으련만
불 하 유 해

我思肥泉[229]하여　　나는 비천 샘 생각에
아 사 비 천

불릴 대상이 없다는 것인데 고모들이 친정에 함께 지내지 않아도 심정적으로는 문제가 되지 않는다. 고(姑)는 부친의 자매로 고모.

222 수급백자(遂及伯姊): 문안드리는 것이 언니들(또는 큰 언니)에게 미치다. 즉 언니들에게도 문안드리다.

223 간(干): 위나라의 지명. 지금의 하북성 청풍현(淸豊縣) 서남쪽에 있었다고 한다〔『석의(釋義)』〕. 이후는 위나라로 돌아가는 노정을 머릿속에 그려 본 것으로 풀이한다.

224 언(言): 위나라의 지명. 청풍현 북쪽에 있었다고 하며 섭성(聶城)으로 추정한다.

225 재지재할(載脂載舝): 재(載)는 '—하면서 —하다'는 뜻. 지(脂)는 수레바퀴 굴대에 기름을 치는 것. 할(舝)은 할(轄)과 같다. 차축의 끝머리 바퀴통 옆에 꽂는 쇠로 수레를 쓰지 않을 때엔 빼어 두었다가 수레를 탈 때 이것을 꽂는다.

226 선거언매(還車言邁): 선거(還車)는 수레를 몰아 위나라로 돌아가는 것. 언(言)은 조사 이(以)와 같은 뜻. 매(邁)는 달려가는 것. 또는 '멀리 가다〔원행(遠行)〕'로 풀어서 '송별한 친척들이 수레를 돌려 언읍(言邑)에서 돌아갈 길이 멀다'로 해석할 수도 있다. 이럴 경우 이 장도 앞 장과 마찬가지로 출가의 노정으로 봐야 한다.

227 천진우위(遄臻于衛): 천(遄)은 빠른 것. 진(臻)은 이르다, 미치다.

228 불하유해(不瑕有害): 하(瑕)는 어조사. 하(何)와 고음(古音)이 가까워 통용한다. 또는 겨를, 여가〔暇〕. 이 구는 '해로울 것이 없다', '안될 것이 없다'는 뜻. 그리고 주 226 후자와 연결시켜 해석하면, 송별한 친척들이 빨리 위나라로 돌아가야 길에서 강도의 피해를 당할 틈이 없을 것이라는 뜻.

玆之永歎호라 자 지 영 탄	그리워 긴 한숨뿐
思須與漕[230]호니 사 수 여 조	수 땅과 조 땅 생각하면
我心悠悠로다 아 심 유 유	내 마음 시름겨워라
駕言出遊[231]하여 가 언 출 유	수레 타고 나가 노닐며
以寫我憂[232]아 이 사 아 우	나의 시름 달래볼까

◈ 해설

다른 나라 제후에게 시집간 위(衛)나라 귀족 출신의 여자가 친정 부모가 돌아가시자 돌아가고 싶은 마음을 읊은 것이라 하였다(「모시서」). 옛날에 여자가 한번 출가하면 아무리 친정에 가보고 싶어도 마음대로 길을 떠날 수 없었다.

굴만리(屈萬里)는 다른 나라에 시집와 있는 위나라 여자가 함께 왔던 그녀의 제질(娣姪: 諸姬)이 성친(省親)하기 위해 귀국하는 것을 전송하는 시라고 하였다. 큰 줄거리에는 대개 별 차이가 없다.

제1장에서는 고향 땅으로 흘러드는 샘물로 기흥(起興)하여 시집올 때 데리고 온 여인들과 함께 날마다 고향에 돌아갈 궁리를 하며 그리워하고, 제2장에서는 고향을 떠나올 때의 노정(路程)과 심정을 회상하고, 제3장에서는 고향에 돌아가는 것을 가상(假想)해 본다. 그러나 제4장에서는 결국 가지 못하는 고향과 추억어린 샘과 땅들을 생각하며 수레를 타고 밖에 나가 향수를 달래는 것을 썼다.

---

229 비천(肥泉): 위(衛)나라 조가(朝歌) 부근에 있던 물 이름.

230 사수여조(思須與漕): 수와 조는 모두 위나라 고을 이름. 수(須)는 지금의 하남성 활현(滑縣) 동남쪽이고, 조(漕)는 조(曹)라고도 쓰며 백마현(白馬縣)으로 활현(滑縣) 동쪽에 있었다〔호승공(胡承珙), 『모시후전(毛詩後箋)』〕.

231 가(駕): 수레를 타는 것.

232 사(寫): 쏟다〔瀉〕.

15. 북문(北門) 북문을 나서니

出自北門하여 (출자북문)	북문을 나서자
憂心殷殷[233]하도다 (우심은은)	근심이 한이 없네
終窶且貧[234]이어늘 (종구차빈)	누추하고 가난한 살림
莫知我艱[235]이로다 (막지아간)	내 어려움 아는 이 없네
已焉哉[236]라 (이언재)	두어라,
天實爲之시니 (천실위지)	실은 하늘이 하는 일이거늘
謂之何哉리요 (위지하재)	말해서 무엇하랴!

王事適我[237]어늘 (왕사적아)	왕실의 일 내게 돌아오고
政事一埤益我[238]로다 (정사일비익아)	모든 정사 내게 와 더 쌓이네
我入自外하니 (아입자외)	내가 밖에서 집에 돌아가면

---

233 은은(殷殷): 매우 크고 많은 모양으로, 여기서는 근심하는 마음〔憂心〕과 결합하여 매우 근심하는 모양.

234 종구차빈(終窶且貧): '종(終)—차(且)—'는 '기(旣)—차(且)또는 우(又)—'와 같이, '—할 뿐만 아니라 또 —하다'는 뜻. 구(窶)는 거처하는 데가 누추하다, 궁하다는 뜻. 또는 종(終)은 중(衆)과 쌍성(雙聲)이라 옛날에는 서로 통했으므로 중(衆)으로도 푼다〔『통석(通釋)』, 『집소(集疏)』〕. 관리인 내가 북문을 나서서 백성들 사는 모습을 보니 많은 사람들이 최소한의 예의도 유지하지 못할 정도로 누추하고 가난하게 살고 있었고, 더구나 내가 얼마나 힘든지도 헤아릴 여유가 없는 것은 당연하다.

235 간(艱): 어려움.

236 이언재(已焉哉): 이미 끝났다. '아서라!', '두어라!'는 뜻.

237 왕사적아(王事適我): 왕사는 공사(公事), 즉 나랏일. 적(適)은 지(之)와 같고, '돌아온다', '닥친다'는 뜻.

238 일비익(一埤益): 일(一)은 일체, 모두. 비익(埤益)은 할 일이 더 쌓이고 밀린다는 뜻.

室人交徧讁我[239]로다 실 인 교 편 적 아	집사람들 번갈아 나만 핀잔주네
已焉哉라 이 언 재	두어라,
天實爲之시니 천 실 위 지	실은 하늘이 하는 일이거늘
謂之何哉리요 위 지 하 재	말해서 무엇하랴!

王事敦我[240]어늘 왕 사 퇴 아	왕실이 일 내게 재촉하고
政事一埤遺我[241]로다 정 사 일 비 유 아	모든 정사 내게 맡겨 쌓이네
我入自外하니 아 입 자 외	내가 밖에서 집에 돌아가면
室人交徧摧我[242]로다 실 인 교 편 최 아	집사람들 번갈아 나만 빈정대네
已焉哉라 이 언 재	두어라,
天實爲之시니 천 실 위 지	실은 하늘이 하는 일이거늘
謂之何哉리요 위 지 하 재	말해서 무엇하랴!

◈ 해설

뜻을 얻지 못하고 낮은 벼슬자리에서 일만 고되게 하며 가난하게 사는 위(衛)나라의 충신이 정사(政事)가 제대로 되지 않는 것과 자신의 불우한 처지를

239 실인교편적아(室人交徧讁我): 실인(室人)은 집 사람들. 교(交)는 번갈아 교대로. 편(徧)은 모두. 적(讁)은 꾸짖다, 책망하다는 뜻. 곧 집안사람들이 번갈아 가며 교대로 나를 꾸짖는다.

240 퇴(敦): 내던져지는 것. 또는 독촉 재촉하는 것.

241 비유(埤遺): 비(埤)는 더하다. 유(遺)는 남겨지고 맡겨진 것. 그래서 더 맡겨지는 것.

242 최(摧): 빈정거리는 것. 또는 꾸짖고 욕하는 것.

노래한 것이라 한다(「모시서」와 대략 동일). 힘겹게 많은 공무에 시달리면서 집안이 가난하여 매일 퇴근하면 집안 식구들의 공격을 받는다. 이것은 나라의 정강(政綱)이 바로 서지 못했기 때문이다. 그는 하늘의 뜻에 모든 것을 미루고 체념한다.

16. 북풍(北風) 북풍

北風其凉[243]하며 북 풍 기 량	북풍은 쌀쌀하게 불고
雨雪其雱[244]하도다 우 설 기 방	눈이 펄펄 내리네
惠而好我[245]로 혜 이 호 아	나를 사랑하고 좋아하는 이
携手同行[246]하리라 휴 수 동 행	손잡고 함께 떠나리라
其虛其邪[247]아 기 허 기 사	어이 우물쭈물 늦추고 있으랴
旣亟只且[248]로다 기 극 지 차	어서 빨리 가야 하리

243 기량(其凉): 양연(凉然)과 같으며, 쌀쌀함.

244 우설기방(雨雪其雱): 우(雨)는 동사로 비나 눈이 내리는 것. 기방(其雱)은 방연(雱然)과 같고, 눈이 펑펑 많이 내리는 모양.

245 혜이호아(惠而好我): 혜(惠)는 성질이 인애(仁愛)한 것 또는 그 사람. 점잖고 후덕한 사람.

246 휴수(攜手): 서로 손잡고 끄는 것.

247 기허기사(其虛其邪): 허(虛)와 사(邪)는 모두 서(徐: 느리다)의 동음가차(同音假借). 따라서 '천천히 해도 되겠는가?' 또는 '어찌 그리 느린가?'의 뜻으로, 빨리 위나라를 벗어나자는 것이다. 또는 '좀 천천히 천천히!'〔굴만리(屈萬里)〕.

248 기극지저(旣亟只且): 극(亟)은 빨리〔急〕, 속히. 지저(只且)는 조사. 또는 '이미 충분히 빠르다', '너무 빨리 달린다'〔굴만리(屈萬里)〕는 뜻.

北風其喈[249]하고
북 풍 기 개

雨雪其霏[250]로다
우 설 기 비

惠而好我로
혜 이 호 아

攜手同歸[251]하리라
휴 수 동 귀

其虛其邪아
기 허 기 사

旣亟只且로다
기 극 지 차

북풍은 차갑게 불고
눈비가 훨훨 흩날리네
나를 사랑하고 좋아하는 이
손잡고 함께 돌아가리라
어이 우물쭈물 늦추고 있으랴
어서 빨리 가야 하리

莫赤匪狐며
막 적 비 호

莫黑匪烏[252]로다
막 흑 비 오

惠而好我로
혜 이 호 아

攜手同車[253]하리라
휴 수 동 거

붉지 않으면 여우 아니고
검지 않으면 까마귀 아니지
나를 사랑하고 좋아하는 이
손잡고 함께 수레에 오르리라

---

249 기개(其喈): 개연(喈然). 『모전』에서는 빠른 모양, 즉 북풍이 씽씽 부는 것. 또는 개(湝)의 가차자로 추운〔寒冷〕 모양. 여기서는 후자를 취한다.

250 비(霏): 눈이 펄펄 내리는 모양. 또는 바람에 날리는 모양.

251 귀(歸): 집으로 돌아가다. 또는 관직을 버리고 돌아가 숨는 것.

252 막적비호(莫赤匪狐), 막흑비오(莫黑匪烏): 붉지 않으면(붉은색이 없는 것은) 여우가 아니고, 검지 않으면 까마귀가 아니다. 다양한 해석이 있을 수 있으나, 우선 시 전체를 풍자의 뜻으로 보면 모두가 여우 같고 까마귀 같은 인간들이라는 뜻이다. 여우나 까마귀는 사람들이 상서롭지 못한 동물로 여기고 있었다(『집전』). 이와 비슷한 구형(句型)으로 「소아·소변(小雅·小弁)」의 "莫高匪山, 莫浚匪泉(높지 않으면 산이 아니고, 깊지 않으면 샘물이 아니다)"이 있는데, 이 시는 난세에 참언을 걱정하고 재난을 두려워한 시로 그 함의는 다르다. 또는 제자리를 지키고 그 본색을 유지하기는 쉽지 않기 때문에 마치 과감하게 하지 않으면 성사시킬 수 없다는, 그래서 마음속으로 단호하게 결심한 듯한 어기(語氣)나 어투(語套)로 보인다. 사물과 그 가장 대표적인 특징을 연결시키는 수법, 그러면서 이중부정을 하면서 더욱 근접 밀착시키는 수법으로 보인다. 그리고 여우와 까마귀를 일반적으로 상서롭지 못한 악물(惡物)로 보았지만 실은 그렇지 않다. 여우는 「위풍·유호(衛風·有狐)」에서 남성 짝을 비유했고, 까마귀는 후예(后羿)의 토템이며 효조(孝鳥)로서 상서로운 동물이었으며 문일다(聞一多)는 여성으로 비유했다.

其虛其邪아 어이 우물쭈물 늦추고 있으랴
기 허 기 사

旣亟只且로다 어서 빨리 가야 하리
기 극 지 차

◈ 해설

위(衛)나라에서 포학한 정치를 하자 위나라를 버리고 딴 나라로 도망치려는 사람이 많았다(「모시서」). 이 시는 이러한 때 위나라의 학정(虐政)을 풍자하며 살기 좋은 나라를 그리는 사람의 마음을 읊은 것이라고 한다. 그래서 손을 잡고 함께 도망하기를 약속하는 시라고 본 것이다. 그렇게 보면 씽씽 부는 북풍과 펄펄 날리는 눈은 위나라의 학정을 비유한 것이 된다. 「위풍·석서(魏風·碩鼠)」와 같은 강력한 풍자의 시라고도 하였다〔진계원(陳啓源), 『모시계고편(毛詩稽古篇)』〕.

기왕 풍자시로 본다면 각 장의 마지막 두 구도 글자 그대로 풀 수 있다. "기허기사(其虛其邪)"는 '(집정자나 국가가) 허약하고 사악한 병에 걸렸다'로, "기극지차(旣亟只且)"는 '이미 극에 달하여 곧 죽을 것이다'로도 해석이 가능하다〔원강(元江)〕.

그러나 문일다(聞一多)는 겨울에 혼기를 잡아 친영(親迎) 가는 시로 보았다. 『시경』 속의 "휴수동행(攜手同行)", "휴수동귀(攜手同歸)", "휴수동거(攜手同車)"의 '행(行)', '귀(歸)', '동거(同車)'는 모두 여자가 출가(出嫁)하는 것을 말한 것이지 도망하는 것이 아니라는 것이다. 전한(前漢) 시대 초연수(焦延壽)의 『초씨역림(焦氏易林)』〔『역림(易林)』〕에는 북풍에 서로 손을 잡고 웃고 대화하며 기뻐하는 것으로 풀었고, 『부양한간시경(阜陽漢簡詩經)』〔1977년 안휘성(安徽省) 부양(阜陽)에서 출토(出土)된 한간(漢簡) 『시경(詩經)』〕에서는 동거(同車)를 동거(同居)로 쓰고 있는데, 이를 적용해서 보면 시의(詩意)가 순차적으로 점층(漸層)하는 것이 남녀가 친영 가거나 여인이 짝을 구하여 기뻐하는 시로 보는 것이 옳다.

---

253 거(車): 수레를 타고 도망하는 것.

17. 정녀(靜女) 얌전한 아가씨

靜女其姝[254]하니 정 녀 기 주	아름다운 아가씨
俟我於城隅[255]러니 사 아 어 성 우	성 모퉁이에서 날 기다리는데
愛而不見[256]하여 애 이 불 견	숨어서 아니 보여
搔首踟躕[257]로다 소 수 지 주	머리 긁적이며 서성거리네

---

254 정녀기주(靜女其姝): 정(靜)은 정정(靜貞)이니(『모전』), 정녀는 얌전한 아가씨. 주(姝)는 아리따운 것으로 미색(美色)이다. 기주(其姝)는 주연(姝然)으로 여자의 모습이 매우 아리따움을 형용한 것.

255 사아어성우(俟我於城隅): 사(俟)는 기다리다. 우(隅)는 모퉁이. 이에 대해 다산(茶山) 정약용은 『주례(周禮)』를 인용하여 모퉁이의 부사[각부사(角桴思)], 즉 작은 누각이라고 했다. 그래서 이 성우(城隅) 곧 '성 모퉁이'라는 곳이 마치 그윽하고 후미진 곳이라는 생각에서 이 시를 음시(淫詩)라고 내칠 수도 있겠지만 그렇지 않다고 부정했다. 이로써 『모전(毛傳)』과 『시집전』을 부정했으나 또한 경전의 틀을 벗어날 수는 없었다. 또 이에 대해 유운흥(劉運興)은 우(隅)는 방(方, 旁)으로도 읽히며, 성우(城隅)는 성방(城旁) 곧 성 밖의 가까운 주변이며 이는 곧 성교(城郊: 교외)와 같다고 했다. 대개 두 사람만의 은밀한 만남의 장소일 수 있겠지만, 원시성과 전통을 유지하고 있는 소수민족들의 생활 관습을 살펴보면 남녀의 개별적 또는 집단적 만남과 연애의 장소는 고정되어 있다. 마을 중심에서 벗어난, 숲이 있는 언덕이거나 녹초(綠草)가 잘 자란 풀밭으로 이런 곳을 '변변장(邊邊場)'이라고 부른다. 성 모퉁이[성우(城隅)]도 이에 해당될 것이다.

256 애이불견(愛而不見): 애(愛)는 사랑하다는 뜻 외에 애(薆: 숨기다, 가리다), 즉 은(隱)의 뜻도 있다. 견(見)은 보이다, 나타나다는 뜻. 전자로 해석하면 '사랑하면서도 만나지 못하다'로 되고, 후자로 해석하면 '숨어서(가려져서) 아니 보인다'가 되는데 여기서는 후자를 취한다. 여자가 먼저 왔지만 고의로 숨어 있다. 남자의 행동을 관찰하거나 여자측이 고의로 시간을 지키지 않으려는 의도이거나 갑자기 출현하여 놀람과 기쁨을 주기 위해서일 것.

257 소수지주(搔首踟躕): 소수(搔首)는 머리를 긁는 것. 수줍거나 무안해서 또는 난처해서 어쩔 줄 모를 때 그 어색함을 무마시키려고 습관적으로 하는 행위. 지주(踟躕)는 머뭇거리다, 서성거리다, 바장이다.

靜女其孌[258]하니
정 녀 기 련
貽我彤管[259]이로다
이 아 동 관
彤管有煒[260]하니
동 관 유 위
說懌女美[261]로다
열 역 여 미

어여쁜 아가씨
내게 빨간 피리를 주었네
빨간 피리 빛나게 고운 것은
아가씨의 아름다움 좋아하기
때문이네

自牧歸荑[262]하니
자 목 귀 제
洵美且異[263]로다
순 미 차 이
匪女之爲美[264]라
비 여 지 위 미
美人之貽니라
미 인 지 이

들에서 가져다 준 띠풀의 순
정말 예쁘고 희한하네
네가 고와서가 아니라
고운 님의 선물이라서라네

---

258 기련(其孌): 연연(孌然)과 같으며 예쁜 모양. 또는 온순(溫順)한 모양.

259 이아동관(貽我彤管): 이(貽)는 주다. 동(彤)은 빨간색. 관(管)은 여자들이 바늘 같은 것을 넣어두는 통이라 하기도 하고, 붓통 또는 악기라고도 하는데 정설이 없다. 여기서는 대나무 대롱〔管〕으로 만든 악기라 보고 빨간 피리로 번역한다. 여자가 남자 애인에게 선물한 정표(情表)이다.

260 유위(有煒): 위연(煒然)으로 붉으며 빛나거나 밝은 모양.

261 열역여미(說懌女美): 전통적으로 '說(열 또는 설)'을 '기쁘다〔說=悅〕'로 풀어 역(懌: 기뻐하다)과 함께 묶어서 해석했다. 여(女)는 여자와 너 두 가지 뜻으로 다 가능하다. 이 두 가지 경우를 앞의 구와 연결하여 번역해 보면, '빨간 피리 더욱 고운 것은/아가씨의 아름다움을 좋아하기 때문이네'와 '빨간 피리 빛나게 고우니/네 아름다움을 좋아하네'가 된다. 여기에서는 전자를 취한다. 다만 이 짧은 시에서 같은 의미의 동사 두 글자를 중복 사용한 것에 이의를 제기하여 앞의 열(說)을 설(說)로 읽고 여자가 남자에게 선물을 주면서 하는 말로 보기도 하는데 설득력이 약하다.

262 자목귀제(自牧歸荑): 자(自)는 '—로부터'의 뜻. 목(牧)은 외야(外野)(『집전』), 교외(郊外)〔『이아(爾雅)』〕, 즉 들판 또는 마소 등을 놓아기르는 곳. 귀(歸)는 역시 선물을 보내는 것(『집전』). 제(荑)는 띠풀의 처음 돋아나는 부드러운 순(『모전』). 삘기.

263 순미차이(洵美且異): 순(洵)은 신(信)과 통하며, '진실로'의 뜻. 이(異)는 특이한 것.

264 비여지위미(匪女之爲美): 비(匪)는 비(非)와 같이 '아니다'라는 뜻. 여(女)는 '너'로 띠풀을 가리킴(『집전』).

◈ 해설

「모시서」에서는 시대를 풍자한 것으로, 위나라 제후가 무도(無道)하고 부인이 무덕(無德)한 것을 읊은 시라고 했으며, 『시집전』에서는 음분(淫奔)한 자가 만나기로 약속한 시라고 했다. 당시의 도덕적 기준으로 보면 남녀상열지사(男女相悅之詞)에 해당된다는 말이다. 이미 본문에서 정녀(靜女)라 해놓고 음분으로 해설하는 것은 이해하기 어렵다. 아름다운 연인을 가진 남자가 지은 사랑의 노래로 보는 것이 좋을 듯하다. 그는 만나기로 약속한 장소에서 그녀가 나타날 때까지 기다리며 마음 졸이고, 그 여자가 보내 준 선물을 보며 기뻐한다.

18. 신대(新臺) 새 누대

新臺有泚[265]하니 신 대 유 차	산뜻한 새 누대
河水瀰瀰[266]로다 하 수 미 미	황하 물 출렁이네
燕婉之求[267]에 연 완 지 구	아름다운 님 찾았건만

---

265 신대유차(新臺有泚): 신대(新臺)는 새로 지은 누대라는 뜻으로, 위(衛) 선공(宣公)이 며느리를 자신이 차지하기 위해 쌓았다는 누대. 지금의 하남성 견성현(鄄城縣)의 황하 북쪽 강 언덕에 있었다고 한다. 자(泚)는 선명하고 산뜻한 모양. 유자(有泚)는 자연(泚然)의 뜻.

266 하수미미(河水瀰瀰): 하수는 황하 물. 미미(瀰瀰)는 물이 성한 모양(『모전』).

267 연완지구(燕婉之求): 연완(燕婉)은 '嬿婉'으로 쓰기도 하며, 연(燕)은 안(安), 완(婉)은 순(順)의 뜻으로(『모전』) 행동이 점잖고 온순한 모양. 또는 부부가 은애(恩愛)하는 모양. 일반적으로 미색(美色)의 뜻. 여기서는 선공의 아들 급(伋)을 가리킨다. 지(之)는 시(是) 곧 '이것'의 뜻으로 보고 구(求)를 동사로 풀었다. 혹 연완을 제나라 여자라고 하고, 구(求)를 구(逑, 仇: 짝)로 보면 '아름다운 제나라 여자의 짝'으로 되어 별 무리가 없어 보인다.

籧篨不鮮[268]이로다
거 저 불 선

죽지도 않는 늙다리가 웬 말인가

新臺有洒[269]하니
신 대 유 최

우뚝 솟은 새 누대

河水浼浼[270]로다
하 수 매 매

황하 물 넘실거리네

燕婉之求에
연 완 지 구

아름다운 님 찾았건만

籧篨不殄[271]이로다
거 저 부 진

죽지도 않는 늙다리가 웬 말인가

魚網之設에
어 망 지 설

고기 그물 쳐 놓은 데에

鴻則離之[272]로다
홍 즉 리 지

배 큰 두꺼비가 걸렸네

---

268 거저불선(籧篨不鮮): 거저(籧篨)의 본뜻은 거친 대돗자리인데, 이것을 말면 부러져 버리기 때문에 말 수 없다는 데서 몸을 굽히지 못하는 요질(腰疾)에 걸린 보기 흉한 병자를 뜻하며(『모전』), 인신(引伸)되어 두꺼비의 뜻으로도 쓰인다. 선공을 욕하는 말이다. 선(鮮)은 명대로 살지 못하고 죽는 것이며, 불선(不鮮)은 늙어서도 빨리 죽지 않는 것(『모전』). 또는 문일다(聞一多)의 해설에 따르면, "선(鮮)과 뒤에 나오는 진(殄: 다하다, 끊다, 죽다)은 모두 물고기에 속하는 말로 선(鮮)은 미(美), 진(殄)은 진(珍)으로 빌려 썼으며 또한 아름답다는 뜻. 선진(鮮珍)은 맛의 아름다움〔美〕이며 또한 용모의 아름다움이기도 하다. 물고기는 선물(鮮物) 진물(珍物)이므로 시인은 물고기를 구하는 것으로 연완(燕婉)의 아름다운 남편을 구하는 것으로 비유했다". 이 설을 따른다.

269 유최(有洒): 최(洒)는 높다는 뜻. 일설에는 물 뿌리고 청소하여 말끔하다는 뜻〔쇄〕. 유최는 최연(洒然).

270 매매(浼浼): 물이 땅과 거의 같은 높이일 정도로 넘실거리거나 솟구치는 것.

271 진(殄): 다하다, 죽다. 여기서는 진(珍)의 가차자(假借字)로, 앞의 선(鮮)과 같이 맛과 용모의 아름다움을 뜻한다.

272 홍즉리지(鴻則離之): 홍(鴻)은 큰기러기. 이(離)는 걸리다〔罹〕. 곧 '기러기가 걸렸다'는 뜻. 문일다(聞一多)는 이 제3장이 일반적인 관점으로 보면 전혀 이치에 맞지 않다는 것을 파악하고 새로운 해설을 제시했다. 이치에 맞지 않다는 이유는 다음과 같다. ①기러기는 높이 나는 큰 새로서 이를 잡으려면 주살을 사용해야지 어망(魚網)으로 잡는다는 말은 들어 본 적이 없다. ②잘못 잡았다고 하지만 물속에 그물을 쳐서 기러기를 잡을 수는 결단코 없다. 왜냐하면, 기러기는 비록 물 가까이 살지만 물속으로 잠수하는 새가 아니다. 기러기가 물에 잠기지 않는다면 어떻게 어망에 잘못 걸릴 리가 있겠는가? ③더 나아가 시에서 보면 '거저'와 '척시(戚施: 두꺼비)'는 모두 추물을 비유한 것으

燕婉之求에
연 완 지 구

得此戚施[273]로다
득 차 척 시

아름다운 님 찾았건만

이 두꺼비 같은 늙다리가 걸렸네

◈ 해설

위(衛)나라 선공(宣公)은 자기 아들 세자 급(伋)의 아내로 제(齊)나라 제후의 딸 선강(宣姜)을 며느리로 삼기로 했는데, 그녀가 미모임을 듣고 황하 가에 새 누대를 쌓고서 자신이 그녀를 맞아들였다〔『춘추좌전』「환공(桓公) 16년」의 일. 『사기·위세가(史記·衛世家)』〕. 이 시는 선공(宣公)의 이러한 악덕을 풍자한 것이라 한다(「모시서」).

다시 화자의 입장에서 정리하면, 위나라로 시집오는 제나라 제후의 딸 선강은 미모의 소년 세자 급을 머릿속에 그려 왔는데 난데없이 늙은 추물이 자기를

로, 어망으로 잡고자 한 것(물고기, 魚)은 미(美)요, 재수 없이 걸린 것(기러기, 鴻)은 당연히 추(醜)에 해당된다. 그런데 어떤 전적(典籍)에도 기러기를 '추한 새〔醜鳥〕'로 여긴 곳은 없다. 결론적으로 말하면, 홍(鴻)은 '거저'나 '척시'와 같은 것. 즉 두꺼비〔하마(蝦蟆), 섬서(蟾蜍)〕이다. 두꺼비 류의 공통적인 특징은 배가 큰 것〔대복(大腹)〕인데, 기러기도 배가 크고 몸집이 큰 새로 예전에는 홍(瑱)으로도 썼다. 이 '공(工)'이 들어가는 것〔從工聲〕은 거의 배가 큰 물건이거나 동물이다. 즉 큰기러기〔鴻, 瑱〕의 본뜻은 당초 배가 큰 새〔大腹鳥〕라는 것이다. 두꺼비는 배 큰 곤충〔大腹蟲〕이요, 기러기는 배 큰 새〔大腹鳥〕라 같은 특징을 갖고 있기 때문에 두꺼비를 별칭으로 '홍(鴻)'이라고 부를 만하다. 한자는 음이 같거나 근사(近似)하면 서로 통용(通用)하는 것이 다반사이다. 『광아·석어(廣雅·釋魚)』의 "苦蠪, 蝦蟆也", 『명의별록(名醫別錄)』의 "蟾蜍, 一名苦蠪", 『회남자·추형훈(淮南子·墜形訓)』 편(篇)의 "海閭生屈蘢" 高注曰: "屈蘢, 游龍, 鴻也" 등 이런 기록들을 바탕으로 문일다(聞一多)는 고롱(苦蠪)을 '鴻'의 옛 독음〔古讀〕이라고 말한다. 그리고 鴻의 최초의 어근(語根)은 '工'이며 옛날에는 kung로 읽었을 것이며 더 이전에는 복보음(複輔音) klung으로, 다시 단음에서 쌍음으로 변하여 k'ulung, 즉 '苦蠪'으로 읽었을 것으로 추정했다〔문일다(聞一多), 「시신대홍자설(詩新臺鴻字說)」 참고〕.

273 척시(戚施): 본뜻은 두꺼비인데, 두꺼비는 위를 쳐다보지 못하는 데서 고개를 젖히지 못하는 흉측스런 병자를 뜻한다. 몸을 뒤로 젖히지 못하는 병(『모전』). 꼽추병일 것. 이 역시 추악한 늙은이 위선공(衛宣公)을 비유했다.

맞아들이는 데 질겁한다. 새 누대의 신선함과 늙은 추물을 대조시켜 실망하는 여인의 심정을 나타내고 이는 마치 물고기를 잡으려고 쳐 놓은 그물에 흉물인 두꺼비가 걸린 꼴과 같은 천만뜻밖의 괴변임을 말했다.

굳이 역사적인 내용과 결부시키지 않는다면 어떤 부인이 매파(媒婆)의 사기를 당했거나 기타 연고로 사람 같지 않은 이에게 시집을 가서 내뱉는 원망의 노래 정도로 보인다. 또는 부부가 불화하거나 부인이 혼인에 불만스러워 남편을 원망하는 원분(怨憤)의 노래로도 볼 수 있다.

그런데 같은 「패풍(邶風)」 속의 가장 전형적인 애원조(哀怨調)의 시 「곡풍(谷風)」과 비교해 보면 이 시에서는 비극적인 모습이나 하소연은 보이지 않고 시의 풍경도 사뭇 다르다. 산뜻하고 화려한 누대에 맑게 출렁이는 강물과 아름다운 신부로 결혼 분위기를 잡아 놓고 갑자기 흉물인 두꺼비처럼 못나거나 닭 가슴에 낙타 등의 모습을 한 늙은 신랑 등이 출현한다. 이것은 어쩌면 혼속(婚俗) 중의 축가(祝歌)〔또는 결혼 의식의 무가(舞歌), 또는 혼인 의식가(婚姻儀式歌)〕가 지니는 수사 기교의 하나일 수 있다. 혼례 당사자나 참석자들을 다소 선정적이거나 유희적으로 자극하여 장중(場中)의 분위기를 웃음과 시끌벅적함과 희학(戲謔)으로 이끌기 위한 그 특수한 수사 기교의 대표적인 것이 일상의 금기를 깨는 것이나 고의로 극단적인 과장과 대비와 풍자 등을 사용하는 것 등이다.

19. 이자승주(二子乘舟) 두 아들이 배를 타고

二子乘舟[274]하여 이 자 승 주	두 아들이 배를 타고

---

274 이자승주(二子乘舟): 이자(二子)는 위나라 선공(宣公)의 두 아들 급(伋)과 수(壽). 승주

汎汎其景[275]이로다 (범 범 기 경)	두둥실 멀리 떠가는 모습
願言思子[276]하니 (원 언 사 자)	아까운 아들을 생각하면
中心養養[277]이로다 (중 심 양 양)	가슴속 안타까워라

二子乘舟하여 (이 자 승 주)	두 아들이 배를 타고
汎汎其逝[278]로다 (범 범 기 서)	두둥실 멀리 떠나가네
願言思子하니 (원 언 사 자)	아까운 아들을 생각하면
不瑕有害[279]로다 (불 하 유 해)	행여 피해 입지 않을까 걱정

◈ 해설

「모시서」에는 위선공(衛宣公)의 두 아들이 서로 죽음 다투어 택한 것을 백성들이 애석히 여겨 이 시를 지었다고 한다. 이미 의인(義人)을 찾아보기 어렵게 된 위나라에서 그들이 죽음을 각오하고 서로 앞 다투어 강을 건너서 제(齊)나

(乘舟)는 배를 타고 황하를 건너가는 것([해설] 참조). 이들은 같은 배를 타고 건넌 것이 아니라 수(壽)가 먼저 갔었다.

275 범범기경(汎汎其景): 범범(汎汎)은 둥둥 물 위에 떠다니는 모양. 또는 매우 빨리 점점 멀어지는 모양. 경(景)은 광경, 정황, 모습. 또는 경(憬)과 통하여 멀리 떠나가는 모양.

276 원언사자(願言思子): 원(願)은 매(每)의 뜻으로, '—할 때마다'(『모전』). 언(言)은 조사. 또는 나〔我〕.

277 중심양양(中心養養): 중심(中心)은 심중(心中) 곧 마음속. 양양(養養)은 양양(漾漾)과 같으며 마음을 못 잡고 걱정하는 모양(『모전』).

278 서(逝): 가다.

279 불하유해(不瑕有害): 하(瑕)는 하(遐)로도 쓰며, 조사이다. 바람이나 소망을 나타내고 있다. 또는 하(何)와 고음(古音)이 가까워 통용한다. 즉 불하(不瑕)는 의문사(『모전』). 「패풍·천수(邶風·泉水)」 제3장에 똑같은 구가 있다.

라로 가는 길에 죽음을 당했던 급(伋)과 수(壽) 두 이복형제를 애도하여 부른 노래라는 것이다.

『노시(魯詩)』설(說)과 『한시(韓詩)』설(說)에 따르면, 위선공의 후처가 된 선강(宣姜)은 수(壽)와 삭(朔) 두 아들을 낳았다. 그녀는 전처소생(前妻所生)인 태자 급을 죽이고 자기의 첫 아들 수를 태자로 세우기 위해 둘째 아들과 모의하여 급을 배에 태워서 강 가운데 빠뜨릴 흉계를 꾸민다. 그러나 수는 이 기미를 알고 그럴 수 없다 하여 급과 함께 배에 올랐고 그때 급의 보모가 이 광경을 보고 공포와 연민 속에서 이 시를 지었다고 했다. 무한한 근심에 싸여 필연코 닥칠 피해를 생각하며 조바심하는 내용이라는 것이다.

그러나 실제 역사적 사실은 이들이 같은 배를 탄 것이 아니었다. 『춘추좌전』 「환공 16년」과 『모전』의 기록은 대략 다음과 같다. 위선공은 자기 아버지 장공의 첩이자 자신의 서모인 이강(夷姜)과 통정하여 세자 급을 낳고 또 급의 아내로 맞아들이려 했던 선강을 가로채 수와 삭을 낳았다. 선강에게 사랑을 빼앗긴 이강은 목매어 죽고 이어서 선강은 둘째 아들 삭과 함께 급을 죽여 버릴 계략을 꾸민다. 그 결과 위선공은 급을 제나라 사자로 보내고 도적들로 하여금 도중에 그를 죽이게 한다. 그런데 수가 이 사실을 엿듣고 급에게 가지 말 것을 권했으나 급은 부왕의 명령이라 어길 수 없다 하므로 수는 급을 술에 취하게 해놓고 급이 가지고 갈 기(旗)를 대신 들고 제나라를 향해 가다가 도중에 그를 급으로 잘못 본 도적의 손에 죽는다. 뒤늦게 이를 알고 뒤쫓아 간 급은 부왕이 나를 죽이라 했는데 어찌 죄 없는 아우를 죽였느냐고 호통을 치고 그 역시 도적의 손에 죽었다.

제4 용풍(鄘風)

1. 백주(柏舟)

잣나무 배

汎彼柏舟[1]이
범 피 백 주
在彼中河[2]로다
재 피 중 하
髧彼兩髦[3]이
담 피 량 모
實維我儀[4]니
실 유 아 의
之死矢靡他[5]하리라
지 사 시 미 타

母也天只[6]시니
모 야 천 지
不諒人只[7]아
불 량 인 지

둥둥 떠 있는 잣나무 배가
저 황하 가운데 있네
두 갈래 다팔머리 드리운 그분만이
실로 나의 짝이니
죽어도 맹세코 다른 데로
가지 않으리라

어머니는 하늘이시니
이처럼 사람 마음 몰라주시는가

---

1 범피백주(汎彼柏舟): 범(汎)은 물에 떠 있는 모습. 백주(柏舟)는 잣나무로 만든 배로서, 「패풍(邶風)」의 첫 번째 시와도 제목은 같고 그 주제는 유사하다.

2 중하(中河): 하중(河中). 하(河)는 황하

3 담피량모(髧彼兩髦): 담(髧)은 앞머리를 눈썹 위에까지 늘어뜨린 다팔머리(『모전』). 또는 머리가 드리워진 모양〔髮垂貌〕이며. 옛날 중국에서 부모를 모시고 있는 사람은 다팔머리를 하고 돌아가신 뒤에야 이를 없앴다고 한다(『집전』). 양모(兩髦)라 한 것은 이마 양쪽으로 늘어뜨렸기 때문이다. 이 다팔머리 총각은 이 시를 지은 공강(共姜)의 약혼자 공백(共伯)을 가리킨다.

4 실유아의(實維我儀): 유(維)는 어조사. 의(儀)는 짝, 즉 배필의 뜻.

5 지사시미타(之死矢靡他): 지(之)는 지(至). 시(矢)는 서(誓)로 맹세하다. 미타(靡他)는 '다른 것이 없다', 즉 '다른 마음(또는 두 마음)을 가지고 있지 않다'는 뜻.

6 모야천지(母也天只): 모야천(母也天)은 어머님은 자식을 보살피시는 은혜가 하늘과 같은 분이라는 뜻. 또 사람이 어려움에 닥쳤을 때 호천호부모(呼天呼父母) 하는 '어머님! 하느님!'의 뜻으로 보기도 한다. 지(只)는 어조사.

7 불량인지(不諒人只): 양(諒)은 양해나 이해. 수절(守節)하려는 자기의 마음을 왜 알아주지 않으시느냐는 뜻.

汎彼柏舟여 범 피 백 주	둥둥 떠 있는 잣나무 배가
在彼河側이로다 재 피 하 측	저 황하 가에 있네
髧彼兩髦 담 피 량 모	두 갈래 다팔머리 드리운 그분만이
實維我特[8]이니 실 유 아 특	실로 나의 짝이니
之死矢靡慝[9]하리라 지 사 시 미 특	죽어도 맹세코 나쁜 마음 품지 않으리라
母也天只시니 모 야 천 지	어머니는 하늘이시니
不諒人只아 불 량 인 지	이처럼 사람 마음 몰라주시는가

◈ 해설

「모시서」에서는 "위(衛)나라 세자(世子) 공백(共伯)이 일찍 죽자, 그의 아내 공강(共姜)이 의(義)를 지키려 하였는데, 친정 부모가 수절하려는 뜻을 빼앗아 개가(改嫁)시키려 하였다. 그러므로 공강이 이를 지어 스스로 맹세하고 거절한 것"이라고 했다. 『사기·위세가(史記·衛世家)』에 의하면 리후(釐侯)가 죽자 태자였던 공백(共伯) 여(餘)가 임금이 되었다. 공백의 아우 화(和)가 무덤에서 공백을 기습했고 공백은 리후의 무덤으로 들어가 자살했다. 위나라 사람들은 그래서 리후의 곁에 장례를 치르고 시호를 공백이라 했다. 그리고 화(和)를 위후(衛侯)로 세웠는데 이 사람이 무공(武公)이다. 무공 원년(元年)은 주선왕(周宣王) 16년이며 졸한 것은 평왕(平王) 13년이라 한다.

역사성을 배제하면 다음과 같이 읽을 수 있다. 아직 결혼하지 않은 처녀의

---

8 특(特): 의(儀)와 마찬가지로 배필 또는 약혼자의 뜻. 특(特)은 본래 수컷이다.
9 특(慝): 사악한 것. 미(靡)는 없다는 뜻(無). 미특(靡慝)은 개가(改嫁)하겠다는 허튼 마음은 갖지 않겠다는 뜻.

약혼자가 죽었다. 그 여자의 어머니는 다시 다른 남자에게로 출가시키려 하지만 처녀는 죽은 약혼자를 잊지 못한다. 그리고 다른 남자에게는 죽어도 시집가지 않겠다고 한다. 연인을 잃은 슬픔과 부모의 개가(改嫁) 압박을 겨우 견디며 하루하루 마음을 다잡고 있을 때 여자의 눈에 가득 황하에 떠 있는 잣나무 배가 들어온다. 이 여자가 쓴 시이거나 타인이 여자의 입을 빌려서 쓴 시이거나 이 첫 광경에 시인과 여자의 심리가 농축되어있다. 그래서 이런 시적 비유를 흥(興)이라고 했다.

2. 장유자(牆有茨) 담장의 납가새풀

牆有茨[10]하니 장 유 자	담장의 납가새풀
不可埽也[11]로다 불 가 소 야	쓸어버릴 수도 없네
中冓之言[12]이여 중 구 지 언	집안의 이야기라

---

10 장유자(牆有茨): 장(牆)은 담장. 자(茨)는 질려(蒺藜)로서(『모전』), 『이아(爾雅)』의 곽주(郭注)에 의하면 덩굴로 자라고 잎새가 가늘며 열매가 세모꼴로 생기어 사람들이 찔린다고 하였다. 『옥편(玉篇)』에 '납가새'라 하였는데 '찔레'가 아닌가 한다〔『김학주 신완역 시경』〕.

11 소(埽): 소(掃)의 본(本) 글자. 담장에 찔레가 났는데 이를 당장 쓸어 없앨 수가 없다. 찔레엔 가시가 있어 찔리기도 쉽지만 제거하면 담장도 이에 따라 무너지기 쉽기 때문이다. 위(衛)나라의 선강(宣姜)이 선공(宣公)이 죽자 그의 서자(庶子)인 공자(公子) 완(頑)과 통정(通情)하였다. 이런 음란한 남녀들은 없애 버리고 싶지만 나라가 이에 따라 어지러워질까 봐 손을 못 대겠다는 뜻을 지닌 것으로 본다.

12 중구지언(中冓之言): 구(冓)는 구(構)와 통하여 집 또는 방의 뜻. 중구(中冓)는 방 안〔호승공(胡承珙), 『후전(後箋)』〕 앞의 담장과 대칭되어 궁중의 방. 왕선겸(王先謙)은 중야지언(中夜之言), 즉 밤의 말로 풀었다. 언(言)은 그런 말들, 즉 그런 패륜의 일들을 은근히

不可道也[13]로다 불 가 도 야	말할 수 없네
所可道也인댄 소 가 도 야	말할 수 있다 해도
言之醜也로다 언 지 추 야	그 말이 하도 더러워

牆有茨하니 장 유 자	담장의 남가새풀
不可襄也[14]로다 불 가 양 야	치워 버릴 수가 없네
中冓之言이여 중 구 지 언	집안의 이야기라
不可詳也[15]로다 불 가 상 야	밝힐 수가 없네
所可詳也인댄 소 가 상 야	밝힐 수 있다 해도
言之長也로다 언 지 장 야	그 말이 하도 길어서

牆有茨하니 장 유 자	담장의 남가새풀
不可束也[16]로다 불 가 속 야	묶어 버릴 수가 없네
中冓之言이여 중 구 지 언	집안 이야기라
不可讀也[17]로다 불 가 독 야	입에 올릴 수가 없네
所可讀也인댄 소 가 독 야	입에 올릴 수 있다 해도

지적한다. 구(遘)·구(覯)·구(媾)·구(構)는 모두 교합(交合)의 뜻이며, 『역(易)』에 "남녀구정(男女構精)"이라 했는데 남녀가 교합한다는 뜻이다.

13 도(道): 말하다.

14 양(襄): 양(攘)과 통하여 제거하다는 뜻.

15 상(詳): 상세한 것.

16 속(束): 묶어서 버리는 것(『모전』).

17 독(讀): 읽어 주듯 애기하는 것(『집전』).

言之辱也로다 　　　　　그 말이 하도 창피해
언 지 욕 야

◈ 해설

위(衛)나라 선공(宣公)과 혜공(惠公) 때 음란하여 윤리 도덕이 땅에 떨어진 것을 풍자한 시이다. 「패풍(邶風)」의 「신대(新臺)」, 「이자승주(二子乘舟)」와 관련된 작품이다. 원래 위선공은 며느리를 가로챈 음탕하고 불륜한 왕이었다. 그런데 선공이 죽은 뒤 그의 며느리로 왔다가 부인이 된 선강(宣姜)도 불륜을 자행하였다. 즉 그의 아들 삭(朔)이 선공의 뒤를 이어 혜공(惠公)이 되었는데, 그때 혜공이 아직 어려서 선강이 군모(君母)가 되었다. 그런데도 그녀는 서자(庶子) 소백(昭伯)과 정을 통하여 자식을 다섯이나 낳았다. 소백은 선강의 남편이 될 뻔했던 세자 급(伋)의 형인 완(頑)이었다.

그래서 「모시서」에서는 "위나라 사람들이 윗사람을 풍자한 시이다〔위인자기상(衛人刺其上)〕. 공자 완이 임금의 어머니와 사통하니 나라 사람들이 이를 미워하였으나 입에 올려 말할 수가 없었다"고 하였다. 그러나 이 내용은 이들에게 얽힌 사건들의 일부에 불과하며 더욱이 풍자의 대상은 공자 완에 치우쳐 있다. 과연 누구를 풍자한 것인가? '자기상(刺其上)', 즉 '윗사람' 한마디면 족할 것이다.

담장을 덮고 있는 찔레처럼 그것을 쓸어버려야 할 것이지만 그것을 쓸면 담장을 상하게 하며 무너질 수도 있는 것이어서 쓸어버리지 못하듯 위나라 왕실의 패륜된 음풍(淫風)을 알면서도 입 밖에 내지 못한 것이다.

3. 군자해로(君子偕老) 낭군과 해로해야지

君子偕老[18]라 군 자 해 로	남편과 늙도록 지낼 몸이
副笄六珈[19]니 부 계 육 가	쪽진 머리 장식에 여섯 구슬 박은 비녀하며
委委佗佗[20]며 위 위 타 타	얌전하고 예쁜 걸음걸이에
如山如河[21]라 여 산 여 하	산처럼 무겁고 강처럼 넓은 기품은
象服是宜[22]어늘 상 복 시 의	왕후의 꽃무늬 옷이 어울리는데

---

18 군자해로(君子偕老): 군자는 지위 있는 사람 또는 결혼한 남자를 가리키며, 이에 해당되는 인물이 누구인가에 대해서는 예부터 분명하지 않은데, 대체로 두 가지 설이 있다. 그리고 이에 따라 해로(偕老)의 의미도 좀 달라진다. 일반적으로 선강(宣姜)의 남편으로 보는데, 그렇다면 정식 혼인한 선공(宣公)을 지칭한다. 이때의 해로(偕老)는 한 남편과 늙어 죽을 때까지 함께 사는 것으로, 선공이 먼저 죽었기 때문에 해로한 것이다. 즉 부부가 해로한다는 것은 같은 시각에 늙어 죽는 것이 결코 아니라, 다만 남자가 다시 장가가지 않고 여자가 개가하지 않으며 정조를 지켜서 종신 반려가 되는 것이다.

19 부계육가(副笄六珈): 부(副)는 왕후(王后)나 공후(公侯) 부인의 머리 장식[수식(首飾)]. 후부인(后夫人)의 머리 장식으로 머리카락을 짜서 만든다고 한다(『모전』). 그래서 아마도 머리에 쪽진 것을 말할 것이다. 계(笄)는 비녀. 가(珈)는 비녀 위에 더하는 것으로 옥으로 만든 장식으로 본다. 『모전』에서는 비녀 장식으로 존귀함의 구별이 있는데 그중 가장 화려한 것이라 했고, 『정전』에서는 비녀에 더하는[加] 것이라 했으며, 공영달의 『소(疏)』[『공소(孔疏)』]에는 쪽진 머리 비녀에 이 장식을 더하기 때문에 가(加 또는 珈)라고 칭하는데, 한(漢)나라의 보요(步搖)의 윗 장식과 같은 것이라고 했다. 보요는 구슬이 달려 있어 걸어 다닐 때 흔들리므로 붙인 이름이다[후한(後漢) 말 유희(劉熙), 『석명·석수식(釋名·釋首飾)』]. 육가(六珈)는 여섯 개의 구슬로 장식한 것으로 본다.

20 위위타타(委委佗佗): 위타(委佗: weiyi)는 이와 글자는 다르지만 발음이 같거나 가까운 글자들 즉 위사(委蛇)·위이(逶迤, 委迤)·의이(猗移) 등과 같은 말로, 얌전하고 아름답게 걷는 모습.

21 여산여하(如山如河): 미인의 기품이 산처럼 안중하고 강처럼 넓다는 것. 구불구불한 산맥처럼, 또는 대지 위를 구불구불 흘러가는 강물처럼 장중하다는 것.

22 상복시의(象服是宜): 상복은 적의(翟衣)라고도 하며 문채가 그려져 있는 왕후나 제후 부인의 예복의 하나. 위의(褘衣)라고도 함. 『정전(鄭箋)』에서는 상복(像服)으로 쓰고 유적

子之不淑[23]은 자 지 불 숙	그대의 잘못된 불행은
云如之何[24]오 운 여 지 하	어찌된 일인가?
玼兮玼兮[25]하니 자 혜 자 혜	환하게 곱고 고와라
其之翟也[26]로다 기 지 적 야	왕후의 깃털 무늬 옷
鬒髮如雲[27]하니 진 발 여 운	까만 머리 구름같이 예뻐
不屑髢也[28]로다 불 설 체 야	가발 수식(首飾)이 필요 없다
玉之瑱也[29]며 옥 지 진 야	옥으로 만든 귀 구슬과

(揄翟)·궐적(闕翟)이라고 했는데, 비단을 꿩 모양으로 잘라서 채색을 하고 옷 위에 꿰매어 장식한 것을 말한다〔유희(劉熙), 『석명(釋名)』〕. 의(宜)는 신분에 어울린다는 뜻.

23 자지불숙(子之不淑): 자(子)는 너, 그대. 여기서는 선강(宣姜)을 칭한다. 불숙(不淑)은 정숙(貞淑)하지 않다는 뜻으로 "그대의 정숙하지 못함"으로 해석된다. 혹은 불행(不幸)으로 해석하기도 한다〔위원(魏源), 왕국유(王國維)〕. 즉 불선(不善)과 같으므로 우리말로 '일이 잘 되지 않았다'로 불행의 뜻과 가깝다는 것. 이 해석의 차이에 따라 전체 주제가 불륜에 대한 풍자냐, 아니면 복식의 화려함과 용모의 아름다움에 대한 찬양 및 불행에 대한 동정이냐로 갈라진다. 여기서는 후자를 택한다.

24 운여지하(云如之何): 운(云)은 어조사. 또는 동사 '말하다'로 보기도 한다. 지(之)는 그것, 정숙하지 않은 행위.

25 자(玼): 매우 고운 모양〔鮮盛貌〕(『모전』).

26 기지적야(其之翟也): 기(其)는 대명사로 선염(鮮艷)한 예복을 가리킨다. 적(翟)은 꿩 깃이 그려진 왕후 육복(六服)의 하나. 육복은 위의〔褘衣: 즉 상복(象服)〕·유적(揄翟)·궐적(闕翟)·국의(鞠衣)·전의(展衣)·단의(褖衣)인데 적(翟)은 그중 유적과 궐적의 총칭.

27 진발여운(鬒髮如雲): 진(鬒)은 검은 머리(『모전』) 또는 머리숱이 많은 것〔『설문해자(說文解字)』〕. 둘 다 통하며 크게는 아름다운 머리를 말하기도 한다.

28 불설체야(不屑髢也): 불설(不屑)은 소용없다, 필요 없다는 뜻. 체(髢)는 가발. 고대에 신분 있는 부녀자가 예의를 차려야 할 장소에서는 일정한 발식(髮式)을 하는데 머리숱이 부족할 때에는 항상 가발을 사용했다. 선강의 머리숱은 농밀(濃密)하여 가발이 필요 없을 정도이니 얼마나 매력 있고 성감(性感)이 있는지를 알 수 있다.

29 진(瑱): 『모전』엔 색이(塞耳)·충이(充耳), 즉 '귀막이옥'이라 하였다. 『주례(周禮)』의 주에는 형계(衡笄) 밑에 끈으로 진(瑱)을 매어 단다고 하였다. 이에 따르면 귀를 덮게 만든 귀

象之揥也[30]며
상 지 체 야
상아로 만든 머리꽂이에

揚且之晳也[31]로소니
양 저 지 석 야
훤칠한 이마 희기도 한데

胡然而天也[32]며
호 연 이 천 야
어떻게 하늘 같고

胡然而帝也오
호 연 이 제 야
어떻게 상제 같겠나?

瑳兮瑳兮[33]하니
차 혜 차 혜
하얗게 곱고 고와라

其之展也[34]로다
기 지 전 야
왕후의 흰빛 예복

蒙彼縐絺[35]하니
몽 피 추 치
저 곱고 가는 갈포 옷은

是紲袢也[36]로라
시 설 번 야
살결에 달라붙은 속옷

장식옥이라 하겠다.

30 상지체야(象之揥也): 상(象)은 상아. 체(揥)는 '빗치개'로 머리를 긁는 데 쓰이던 머리 꽂개로서 장식으로도 쓰였다. 당시 중국에는 코끼리가 있었으며 그래도 상아로 만든 것은 귀한 것이었을 것이다. 빗치개는 빗살 틈에 낀 때를 빼거나 머리를 긁거나 가르마를 타는 데 쓰는 도구. 뿔·뼈·쇠붙이 따위로 만들며 한쪽 끝은 얇고 둥글고 다른 한쪽 끝은 가늘고 뾰족하다.

31 양저지석야(揚且之晳也): 양(揚)은 눈썹 위 이마가 넓은 것(『모전』), 눈썹이 아름다운 것(『집전』). 저(且)는 예전에는 조사로 보고 해석하지 않았으나 머리카락 아래의 이마로 해석하기도 한다. 석(晳)은 사람의 피부가 흰 것. 이 구절은 미목(眉目)이 청수(淸秀)한 것.

32 호연이천야(胡然而天也): 호(胡)는 어찌. 또는 대(大) 곧 위대하다는 뜻으로도 본다〔주광기(朱廣祁), 『시경쌍음사논고(詩經雙音詞論稿)』. 이하 약칭 『논고(論稿)』〕. 앞의 진(瑱)과 여기의 천(天), 체(揥)와 제(帝)는 옛날에는 동음이었으며, 같은 뜻을 나타냈다. 곧 앞의 귀막이인 진(瑱)은 하늘과 같은 선강의 지위를, 체(揥)는 그녀의 천제와 같은 권세를 나타낸다고 본다. '어찌 그렇게 하늘의 선인과 같은가'로 해석이 되며, 나아가 '그런 사람이 어찌 그런 음란한 일을 하는가'라는 비웃음의 뜻이 있다고 해석하기도 한다.

33 차(瑳): 옥색이 선명하고 흰 모양〔『설문해자(說文解字)』〕.

34 전(展): 전의(展衣)로서 왕후 육복의 하나이며 흰 빛이었다〔『통석(通釋)』〕.

35 몽피추치(蒙彼縐絺): 몽(蒙)은 입다. 추치는 고운 갈포로 만든 여름 옷.

36 시설반야(是紲袢也): 설(紲: 고삐)은 설(褻)과 같으며 여기에서는 몸에 바로 붙는 속옷, 즉 내의를 말한다. 설반은 더울 때 입는 반연(袢延)(『모전』). 반연은 여름에 입는 속적삼

子之淸揚[37]이며 자 지 청 양	그대의 맑고 반짝이는 눈과
揚且之顔也로다 양 저 지 안 야	이마 훤칠한 얼굴
展如之人兮[38]여 전 여 지 인 혜	진정 이런 사람이
邦之媛也[39]로다 방 지 원 야	나라의 미인일 텐데

◈ 해설

1. 이 시도 위나라 선강(宣姜)을 풍자한 시라 한다. 부인이 음란해서 남편 선공(宣公)을 바르게 섬기지 못하고 불륜을 행하였다. 그래서 선강의 화려한 복식과 아름다운 용모를 들어 마땅히 남편인 군자와 해로하여야 함을 노래한 것이라 한다(「모시서」).

그러나 선강이 본래 선공과 해로(偕老)해야 하는데 선공이 먼저 죽었다. 그녀의 실덕(失德)을 지적하지 않고 다만 그녀의 불행을 말했으니 어떤 학자는 이것이 시인의 후(厚)함이라고 하였다〔위원(魏源), 왕국유(王國維)〕. "자지불숙(子之不淑)"에 대한 해석에 따라 전체 주제가 불륜에 대한 풍자냐 아니면 복식의 화려함과 용모의 아름다움에 대한 찬양 및 불행에 대한 동정이냐로 갈라진다. 정조(正祖) 대왕은 이 구절만 아니라면 이 시를 기롱과 풍자의 시로 볼 수 없을 것

같은 것〔『통석(通釋)』〕. 혹은 반(袢)은 반(絆)과 같으며 견대(肩帶), 즉 어깨띠를 말한다. 겉에 가늘고 얇은 모시를 입었기 때문에 속내의를 묶은 끈(띠)이 보인다고 해설하기도 한다. 이것은 당시 왕후나 귀부인들의 규정 복장이 개방적이었음을 보여주는 것으로 그러면서도 당시 사람들에게는 점잖고 온화하며 단정하고 장중한 것으로 인식되었을 것이다.

37 청양(淸揚): 눈이 청명한 것〔『후전(後箋)』〕. 『모전』에는 청(淸)은 눈이 청명한 것, 양(揚)은 이마가 넓은 것으로 보았다.

38 전(展): 진실로. 지(之)는 대명사 이〔此〕의 뜻.

39 방지원야(邦之媛也): 원(媛)은 미인. 나라의 미인으로, 국색(國色)이나 천향(天香)이라고도 한다.

같다고 했으며, 이에 대해 다산(茶山) 정약용은 문사가 완곡하고 뜻이 은미하고 그 소리와 음운이 맑고 절실하여 격양시키지만 오히려 천년이 지나도 사람들을 탄식케 하고 부인을 미워하고 싫어하게 하는 이것이 바로 시인의 뛰어난 솜씨〔묘(妙)〕라고 했다. 그리고 나아가 복식과 용모의 화려함을 두루 거론한 세 가지 의도가 있다고 했다. 향내를 진하게 풍기면서 자신은 아름답다 여길지 모르나 식자(識者)의 눈으로 볼 때에는 그 음란하고 더러움이 코를 막을 것이고, 선공이 이미 죽어 과부가 되었는데 누구를 위하여 용모를 꾸미는가 이것이 그 음란함의 증거이며, 단지 외모의 성대함만을 들고 덕행에 대해서는 터럭만큼도 거론하지 않는데 그런 극구 찬양은 곧 극구 기롱하고 풍자하는 것이다〔다산(茶山) 정약용(丁若鏞), 『강의(講義)』〕.

2. 전체가 24구인데, 『모전을 비롯하여 일반적으로 각 장을 7·9·8구로 끊는다. 합당할까? 160편 풍시(風詩)의 뚜렷한 특징의 하나는 장구(章句)가 중첩되고 가지런한 것이다. 이런 특징은 풍시가 모두 배악가창(配樂歌唱)하는 것이기 때문이며, 장(章)으로 나누는 것은 반복해서 가창하기 위해서이다. 반복 가창할 때의 그 곡조는 서로 같으며, 때문에 가사는 중복을 피한다. 그러나 구수(句數)는 반드시 같아야 하고 구식(句式)도 반드시 유사해야 고정된 곡조에 적용될 수 있다. 현재의 대부분의 가사도 이와 같다. 만약 구수(句數)가 같지 않다면 그것은 착간(錯簡)·탈간(脫簡) 혹은 장구(章句) 착란(錯亂)의 혐의가 있다.

「국풍(國風)」에 그런 혐의가 있는 것으로는 모두 9편이다. 「주남·관저(周南·關雎)」, 「소남·행로(召南·行露)」, 「소남·야유사균(召南·野有死麇)」, 「용풍·군자해로(鄘風·君子偕老)」, 「용풍·재치(鄘風·載馳)」, 「정풍·봉(鄭風·丰)」, 「위풍·갈구(魏風·葛屨)」, 「당풍·양지수(唐風·揚之水)」, 「진풍·거린(秦風·車鄰)」, 이 중에서 「군자해로(君子偕老)」가 비교적 심하다.

이를 해결하려면 제2장의 한 구가 제1장으로 이동해야 하고, 그러면 세 장 모두 8구가 되어 가지런해진다. 결론으로 말하면, 제2장 제7구 "揚且之晳也"를 제1장 제5구 "象服是宜" 앞으로 옮기는 것이 가장 합당하다는 것이다. 즉 "象服是宜"은 독립된 단구(單句)로서 상하와의 연결이 매끄럽지 않다. 그리고 '宜'는 '何'와 함께 '歌'부(部) 운(韻)에 속하기 때문에 그 앞에 하나의 구가 와야 한다는 것이며, 그리고 그 끝 글자인 '也'는 빼야 한다〔적상군(翟相君)〕.

4. 상중(桑中) 뽕나무 숲

爰采唐矣[40]를
원 채 당 의

沫之鄕矣[41]로다
매 지 향 의

云誰之思[42]오
운 수 지 사

美孟姜矣[43]로다
미 맹 강 의

새삼을 캔다

매 땅에서

누구를 생각하는가

어여쁜 강씨네 맏딸

---

40 원채당의(爰采唐矣): 원(爰)은 조사로 '이에'의 뜻. 또는 '어디?'의 뜻으로도 푼다. 당(唐)은 몽채(蒙菜)(『모전』)·여라(女蘿)〔『이아(爾雅)』〕·토사(兎絲)·석초(釋草)라고도 하며 우리말로는 새삼. 토사자과(免絲子科)의 일년생 기생(寄生) 식물로 산야(山野)에 남. 잎이 없고 줄기는 가늘며 덩굴짐. 싹이 터 좀 자라면 다른 초목에 감기어 숙주에서 양분을 취하여 자람. 한약재로도 쓰인다.

41 매지향의(沫之鄕矣): 매(沫)는 위나라 고을 이름. 하남성 기현(淇縣) 부근에 있었다. 『상서·주고(尙書·酒誥)』의 매방(沫邦)과 같으며 위나라 도성 조가(朝歌)로서 상(商)나라 때 매방으로 불렀다. 매의 본자(本字)는 목(牧)으로 목야(牧野)라고 한다. 무왕이 주(紂)와 전쟁을 벌인 곳이다. 향(鄕)은 고을의 뜻.

42 운수지사(云誰之思): 운(云)은 발어사로 뜻은 없다. '누구를 생각하느냐'의 뜻. 지(之)는 도치문의 어조사로 의미는 없다. 혹은 목적어로 본다. 본래 '수(誰)'가 '사(思)'의 목적어인데, 지(之)가 목적어 수(誰)를 중복 지시한 것.

43 미맹강의(美孟姜矣): 맹(孟)은 맏딸. 맹강은 강씨 성의 맏딸. 강(姜)은 여기에서는 귀족의 성씨로 미인을 대표한 것이다. 제(齊)나라의 성(姓)으로, 본시 강태공(姜太公)이 그곳에 봉해졌다. 위나라는 '희(姬)'성이며 그 귀족들은 대대로 제(齊)·여(呂)·허(許)·신(申) 등 강씨 성의 나라의 귀족 여자와 통혼했으므로 위나라 입장에서는 '강'씨 성을 가진 여자로 미인을 대표한 것이다. 이를 반대로 보면, 제나라 귀족은 '강(姜)'성으로 「제풍(齊

期我乎桑中[44]이며 기 아 호 상 중	나를 뽕나무 숲에서 만나
要我乎上宮[45]이요 요 아 호 상 궁	나를 뽕밭 다락에 맞아들이고
送我乎淇之上矣[46]로다 송 아 호 기 지 상 의	나를 기수 강가까지 전송했다

爰采麥矣를 원 채 맥 의	보리싹을 캔다
沫之北矣로다 매 지 북 의	매의 북쪽에서
云誰之思오 운 수 지 사	누구를 생각하는가
美孟弋矣[47]로다 미 맹 익 의	어여쁜 익씨네 맏딸
期我乎桑中이며 기 아 호 상 중	나를 뽕나무 숲에서 만나
要我乎上宮이요 요 아 호 상 궁	나를 뽕밭 다락에 맞아들이고

風)」에서는 '희(姬)'성으로 미녀를 대표한다. 진(陳)나라 귀족은 '사(姒)'성으로 대대로 '희(姬)'성의 제후국과 통혼하였으므로 「진풍(陳風)」에서도 '희(姬)'성으로 미녀를 대표한다.

44 기아호상중(期我乎桑中): 기(期)는 약속을 하고 만나는 것. 상중(桑中)은 위나라 매(沫) 땅에 있는 작은 땅 이름(『모전』). 약속하여 만나는 장소로서, 일명 상간(桑間)이라고도 하며 대개 하남성 활현(滑縣) 동북쪽에 있었다고 한다. 또는 포괄적으로 상림(桑林)의 안을 칭한다. 남녀가 서로 노래를 주고받으며 알게 된 이후 단독으로 밀회하는 곳으로, 나중에는 그런 곳의 대명사가 되었다.

45 요아호상궁(要我乎上宮): 요(要)는 영(迎: 맞아들이다, 데리고 가다)과 같은 뜻. 상궁은 『모전』에서는 지명이라 했으나 알 수 없고, 마서진은 누명(樓名)이라 하여 여인이 거처하는 곳이라 했다〔『통석(通釋)』〕. 소수민족 중 보미족(普米族)이나 운남(雲南) 납서족(納西族)의 주혼(走婚) 또는 주방혼(走訪婚)의 풍속과 흡사하며 모계 사회 혼인 풍속의 흔적과 유사한 것으로 본다.

46 기(淇): 기수(淇水). 하남성 임현(林縣) 탕음현(湯陰縣) 등지를 거쳐 기현에서 위하(衛河)와 합쳐진다.

47 익(弋): 사(姒)로도 쓴다〔『공양전(公羊傳)』, 『곡량전(穀梁傳)』〕. 하후씨(夏后氏)의 후예로 역시 귀족이었다고 한다(『집전』). 진(陳)·기(杞)나라 등의 제후국 귀족이 사(姒)성이었고 당시 대대로 위(衛)·노(魯)나라 등 희(姬)성의 나라와 통혼했다. 그래서 이 시에서 이를 언급했을 것이다.

送我乎淇之上矣로다
송아호기지상의
나를 기수 강가까지 전송했다

爰采葑矣[48]를
원채봉의
순무를 캤다

沫之東矣로다
매지동의
매의 동쪽에서

云誰之思오
운수지사
누구를 생각하는가

美孟庸矣[49]로다
미맹용의
어여쁜 용씨네 맏딸

期我乎桑中이며
기아호상중
나를 뽕나무 숲에서 만나

要我乎上宮이요
요아호상궁
나를 뽕밭 다락에 맞아들이고

送我乎淇之上矣로다
송아호기지상의
나를 기수 강가까지 전송했다

◈ 해설

남녀의 밀회(密會)를 읊은 시이다. 「모시서」에서는 위나라의 공실(公室)이 음란해져서 세족(世族)의 남녀들까지도 처첩을 서로 넘보고 훔치며 멀리 은밀한 곳에서 만나기로 하였으니 정치가 산만하고 백성이 어지러워진 것을 풍자한 것이라 하였다.

그래서 '상중(桑中)'은 남녀가 서로 사사로이 쫓아다니며 밀회하는 곳을 지칭하는 대명사의 하나가 되었고, 『춘추좌전』 「성공(成公) 2년」에 나오는 무신(巫臣)과 하희(夏姬)의 "상중지희(桑中之喜)"란 말은 대개 처첩을 훔쳐 도주하는 것

48 봉(葑): 순무.

49 용(庸): 역시 성(姓)인데 주희(朱熹)는 "그런 성은 들어보지 못했으나 역시 귀족"이라고 하였다(『집전』). 호승공(胡承珙)과 마서진(馬瑞辰)은 용(庸)은 염(閻)의 가차(假借)인 것 같다고 하였다(『후전(後箋)』, 『통석(通釋)』).

등을 포함하여 일반적으로 예법(禮法)에 의하지 않는 남녀의 결합을 뜻한다.

또 『한서·지리지(漢書·地理志)』는 이 시를 인용하고 "위나라 땅에 상간복상(桑間濮上)이라고 하는 곳이 있는데 이곳에 많은 남녀들이 모이며 음란한 음악과 화려한 치장이 생겨나서 속칭 정위지음(鄭衛之音)이라고 한다"고 설명하였다. 그 이름을 보면 아마도 복수(濮水) 물가에 뽕나무가 울창한, 어느 정도 특별하고 격리된 지역일 것이다. 대개 진(陳)의 완구(宛丘)나 정(鄭)나라의 진유(溱洧)와 같이 남녀가 모이는 장소를 말한다. 정위지음은 정나라와 위나라의 음악을 칭하는데 『시경』 작품들 중에서 음란하다고 소문났기 때문에 음미지음(淫靡之音)의 대칭(代稱)으로 사용된다.

좀 더 폭넓은 해석도 가능하다. 이 시의 배경은 상림(桑林) 사(社: 토지신)의 제사를 거행할 때이다. 기수(淇水)는 그들이 축제와도 같은 이 제사를 거행할 때 불계(祓禊: 음력 3월 상사일(上巳日), 즉 3월 삼짇날에 강가에서 제사를 지내며 비는 푸닥거리)하는 물이다〔손작운(孫作雲), 「시경연가발미(詩經戀歌發微)」, 『시경여주대사회연구(詩經與周代社會研究)』〕.

손작운은 이 시가 옛날 중춘(仲春)에 남녀를 모이게 하여 고매(高禖: 천자가 아들을 얻으려고 제사 지내는 신 또는 그 행사) 제사를 지내는 것과 관련 있다고 했다. '상궁(上宮)'은 곧 '사(社)' 혹은 고매묘(高禖廟: 고매의 사당)이다. 고인(古人)들은 묘(廟)를 '궁(宮)'이라 했다. 상중(桑中)과 상궁(上宮)은 '상림(桑林)의 사(社)'이다. 왜 상림이라고 하는가? 상수(桑樹: 뽕나무)가 신수(神樹)로서 사(社)의 전후좌우에 넓게 심겨져 있기 때문이다. '사'는 지신(地神)의 사(社)인데 뒷날 남녀가 모이는 장소로 변했다. 이와 관련해 흥미로운 내용이 있다.

"연나라에 조(祖)가 있는 것은 제나라의 사직(社稷), 송나라의 상림(桑林), 초나라의 운몽이 있는 것과 같다. 이곳은 남녀가 모여서 교합하고 노닐며 보는 곳이다(燕之有祖. 當齊之社稷. 宋之有桑林. 楚之有雲夢也. 此男女之所屬而觀也)"〔『묵자·명귀(墨子·明鬼)』〕. 이런 연애는 절대로 한두 사람의 사사로운 밀회(密會) 같지는 않다. 남녀가 모이는 어떤 특정한 날 특히 상사절(上巳節)에 진행된 것이며, 이때 남녀는 서로 희롱하고 농담하며 선물을 주고받음으로써 정표로 삼았다. 남녀가 집단으로 모여서 짝을 고르고 함께 즐기는 곳인 셈이다. 즉 "男女之所屬而觀"이란 문장은 다른 해석도 가능하지만 춘제(春祭) 의례(儀禮)에서 남녀가 교합하고 사람들은 둘러서서 그것을 구경하는 습속을 말한다. 봄날 남녀의 환회(歡會)와 유관(遊觀)은 상고부터 내려온 풍속으로 본다. 뒷날 사람들의 눈에는 이러한 예속이 본래 지니고 있던 종교적인 의미는 이미 사라져 들리지도 않게 되었고, 그래서 "음풍(淫風)"의 표현으로 보이는 것을 면키 어려웠다. 만약 우리들이 이런 전통적인 도학가(道學家)의 색안경을 벗어 버리고 인류학이 제공하는 자료들을 참고한다면, 이런 성애의례(性愛儀禮) 활동의 실제 모습을 진정으로 이해할 수 있을 것이다. 제임스 프레이저(James George Frazer, 1854~1941)가 비너스(Venus) 여신의 원형을 탐색하면서 발견한 것은 그 전신이 서아시아 지모신(地母神)이자 사랑의 여신인 '이스타(Ista)'라고 했다. 바빌론 사람들이 이스타와 그의 짝신인 아도니스(Adonis)를 제사 지내는 신춘(新春) 의례 활동(儀禮活動)은 남녀 교합을 중요 내용으로 한다〔진몽가(陳夢家)의 『고매교사조묘통고(高禖郊祀祖廟通考)』, 손작운(孫作雲)의 「시경연가발미(詩經戀歌發微)」, 섭서헌(葉舒憲)의 『중국문학중적미인환몽원형(中國文學中的美人幻夢原型)』 참고〕.

5. 순지분분(鶉之奔奔) 메추라기 쌍쌍이 날고

鶉之奔奔[50]이며 메추라기 쌍쌍이 날고
순 지 분 분

50 순지분분(鶉之奔奔): 순(鶉)은 메추리라고도 부르는 꿩과의 새. 분분(奔奔)은 언제나 짝지어 살고 쌍쌍이 날아다니는 모양(『정전』). 『제시(齊詩)』, 『노시(魯詩)』 및 『춘추좌전』, 『예기』 등에서는 '분분(賁賁)'으로 적고 있는데, 서로 통함.

鵲之彊彊[51]이어늘 작지강강 — 까치 끼리끼리 난다
人之無良[52]을 인지무량 — 옳지 못한 그 사람을
我以爲兄[53]가 아이위형 — 나는 형으로 모셔야 하나!

鶉之奔奔이며 작지강강 — 까치 끼리끼리 날고

鵲之彊彊[51]이어늘 작지강강	까치 끼리끼리 난다
人之無良[52]을 인지무량	옳지 못한 그 사람을
我以爲兄[53]가 아이위형	나는 형으로 모셔야 하나!
鵲之彊彊이며 작지강강	까치 끼리끼리 날고
鶉之奔奔이어늘 순지분분	메추라기 쌍쌍이 난다
人之無良을 인지무량	옳지 못한 그 사람을
我以爲君[54]가 아이위군	나는 남편으로 모셔야 하나!

◈ 해설

이 시도 위나라 선강(宣姜)이 자기의 서자(庶子)인 공자 완(頑)과 음란한 짓을 한 것을 풍자한 것이라 한다. 곧 앞 장(章)은 공자 완을, 뒷 장(章)은 선강을 풍자한 것이다. 메추리와 까치를 든 것은 선강이 그러한 새들만도 못하다는 뜻에서라고 했다(「모시서」).

강(彊)은 강(强)과 통한다. 그래서 왕선겸(王先謙)은 메추라기의 색깔이 순일

---

51 작지강강(鵲之彊彊): 작(鵲)은 까치. 강강(彊彊)은 앞의 분분(奔奔)과 비슷한 말(『정전』). 『예기』에서는 이를 인용하면서 '강강(姜姜)'이라 쓰고 있다.

52 무량(無良): 옳음이 없음, 즉 옳지 못한 것.

53 아이위형(我以爲兄): 아(我)는 『모전』이나 『집전』 모두 공자 완(頑)의 동생뻘인 혜공(惠公)이 자기를 지칭한 것이라 하였으나, 일반적인 위나라 사람을 가리키는 것으로 봄이 무난한 듯하다. 또는 남녀 간의 일을 칭하는 것으로 볼 경우 여자가 남자에 대한 칭호로 본다.

54 군(君): 소군(小君)의 뜻임(『모전』). 소군이란 군(君)의 부인으로 곧 선강(宣姜)을 가리킨다. 또는 남녀 간의 일을 말할 때에는 여인이 남편을 부르는 칭호로 본다.

(純一)하지 않고 까치는 힘이 강하므로, 이것으로 선공(宣公)의 깨끗하지 않은 행동과 강탈한 일을 비유한 것으로 보았다〔왕선겸(王先謙), 『집소(集疏)』〕.

또는 여자가 무정한 남자를 책망하는 시로 보기도 하는데, '수새는 싸움을 좋아하며 공격적이다'라는 사실에서 착상하여 메추라기와 까치가 다투는 모습으로 남편이 아내를 학대하는 것을 비유했다고도 한다〔당막요(唐莫堯), 『시경신주전역(詩經新注全譯)』, 1998〕.

이 시의 주제를 음란을 풍자한 자음(刺淫)인지 포악함을 풍자한 자포(刺暴)인지에 대한 결론은 내리기 쉽지 않다. 정약용은 『춘추좌전』「양공(襄公) 27년」 정백(鄭伯)의 아들 백유(伯有)가 이 시를 읊자 조맹(趙孟)이 "침상에서 나온 말은 문지방을 넘지 않는 법〔상자지언불유역(牀笫之言不踰閾)〕"이라며 듣지 않은 것으로 하였다는 내용을 인용하며 자음(刺淫)이라 주장했다〔다산(茶山) 정약용, 『강의(講義)』〕.

이와 달리 아내에 대한 남편의 학대로 볼 경우 메추라기와 까치는 적절하지 않아 보인다. 그래서 순(鶉)과 작(鵲)을 맹수에 가까웠던 고대의 맹견(猛犬)·광견(狂犬)의 대표적인 명사로 보기도 한다. 순(鶉)은 향(享)에서 비롯된 글자로, 향(享)은 효(獢: 누런 개)와 음이 가까워 통용하였고, 작(鵲)은 작(猎)과 같아서 전적(典籍)에서 이르는바 주효(周嚳)·송작(宋鵲)·한로(韓盧)와 함께 천하의 명견(名犬)으로 이름을 떨쳤다. 시에서의 '효(獢)'와 '작(猎)'은 대개 본래는 '효(嚻, 嚣)'와 '昔'으로 썼을 것이다. 작(猎)은 작(鵲)과 통하기 때문에 시 속에서의 '昔'은 혹은 '鵲'으로 썼을 것이며, 효(獢)는 향(享)과 통하기 때문에 어리석은 유학자들이 '鵲'을 새 이름으로 오인하고 이에 연계하여 '享'에도 '鳥'를 붙여 '鶉'으로 했을 것이라고 주장한다. 모두 크고 빠르며 흉악하고 사나운 개들이다. 그래서 '人之無良'에도 비유가 된다〔유운흥(劉運興), 『시의지신(詩義知新)』〕.

6. 정지방중(定之方中) 정성(定星)이 한가운데에

定之方中[55]이어늘 정 지 방 중	정성이 남쪽 하늘 한가운데 빛나면
作于楚宮[56]하니 작 우 초 궁	초구의 종묘를 짓는다
揆之以日[57]하여 규 지 이 일	해 그림자 헤아려 방위 잡아서
作于楚室[58]이요 작 우 초 실	초구의 궁전을 짓는다

---

55 정지방중(定之方中): 정(定)은 별이름〔정성(定星)〕으로 영실성(營室星)이라고도 한다(『모전』). 고대 천문 체계의 28수(宿) 중의 실(室)과 벽(壁) 두 별을 포함한다. 방중(方中)은 정성(定星)이 초저녁 때 하늘 중앙, 즉 정남방(正南方)의 위치에 있는 것을 말하며, 그 시기는 대개 매년 소설(小雪) 때가 되며(『정전』) 음력 10월 보름에서 11월 초에 해당된다. 이때가 되면 농사가 거의 끝나 부역에 나올 수 있기 때문에 궁실을 짓는 것과 같은 토목 공사를 하기에 알맞았다. 그래서 이 정성(定星)을 영실성이라고 부르는 것이다.

56 작우초궁(作于楚宮): 우(于)는 위(爲)와 같다. 고서(古書)에 이 시를 인용한 곳에서 '우'를 '위'로 쓴 곳이 많다. 음이 가까워 통용(通用)한 것. 초궁은 지금의 하남성 활현(滑縣) 동쪽에 있던 땅인 초구(楚丘)에 세운 궁묘(宮廟)를 말한다. 옛사람들은 종묘를 중시하여 궁전보다 먼저 지었다. 궁(宮)에 대해서『모전』에서는 종묘라 했고,『집전』에서는 궁실이라 했다.

초구(楚丘)는 하말상초(夏末商初)에 초인(楚人)의 선조인 계련(季連) 부락의 한 무리가 중원의 하남성과 산동성 등으로 이주해서 살았기 때문에 붙여진 이름인데, 그곳에는 도처에 형초(荊楚: 가시나무)의 관목(灌木)들이 자라고 있었으므로 그들이 거처한 곳을 초구라 한 것이다. 사실 하상(夏商) 시기 섬서성 남부에서 하남성 남부 일대에는 구릉(丘陵)이 펼쳐져 있고 가시나무가 많이 자라고 있어서 여기에 거주하던 토착민들을 형만(荊蠻)이라 칭했다. 형(荊)과 초(楚)는 같은 나무의 다른 이름이다. 그렇다고 형인(荊人)과 초인(楚人)이 다 같은 것은 아니다.

57 규지이일(揆之以日): 규(揆)는 헤아리다, 재다. 해의 위치로서 방위를 정하는 것을 말한다(『모전』). 옛날에는 8척(尺)의 얼(臬), 즉 해시계식 말뚝을 세워 해가 뜨고 지는 그림자로 동서(東西)를 정하고, 해가 가운데 왔을 때의 그림자를 참작하여 남북을 정하였다. 집을 짓는 데는 먼저 방위를 잡아서 터를 닦는 것이 중요하기 때문이다.

58 초실(楚室): 초구(楚丘)의 집. 초구에 거주하는 집, 또는 크게 보면 궁궐에 해당되는 것을 지었다는 뜻.『정전』에서 말하기를, 궁실(宮室)을 지을 때 종묘를 먼저 짓고, 그 다음으로 구고(廏庫: 마구간과 곳집)를 짓고, 그 다음에 거실(居室)을 지었다고 한다.

樹之榛栗[59]
수 지 진 율 | 개암나무 밤나무 심고

椅桐梓漆[60]하니
의 동 자 칠 | 산오동나무 오동나무 가래나무
옻나무 심어

爰伐琴瑟[61]이로다
원 벌 금 슬 | 훗날 베어 거문고 한 쌍 만들리라

升彼虛矣[62]하여
승 피 허 의 | 저기 큰 언덕에 올라

以望楚矣로다
이 망 초 의 | 초구를 바라본다

望楚與堂[63]하며
망 초 여 당 | 초구와 당읍 살피고

景山與京[64]하며
경 산 여 경 | 큰 산과 높은 언덕 살피며

---

59 수지진율(樹之榛栗): 수(樹)는 동사로 심다의 뜻. 진(榛)은 개암나무, 율(栗)은 밤나무.

60 의동자칠(椅桐梓漆): 의(椅)는 산오동나무〔또는 추수(楸樹: 개오동)〕라고 하는데 정확하게 알 수 없어 발음대로 '의나무'라고도 한다. 『모전』에서는 자(梓)와 같은 종류로 좋은 목재가 되는 나무라고 했다. 동(桐)은 오동나무. 자(梓)는 가래나무. 칠(漆)은 옻나무.

61 원벌금슬(爰伐琴瑟): 『정전』에서는 궁에 심은 위의 여섯 종류의 나무들이 자라나면 베어다가 금슬을 만들겠다고 말하는 것〔원(爰)〕으로 해석했다. 많은 학자들이 대개 이에 따른다. 이 나무들이 모두 금슬을 만드는 데 적합한 목재가 된다는 말이다. 그러나 진(榛)이나 칠(漆)로는 곤란해 보인다.

62 승피허의(升彼虛矣): 승(升)은 오르다. 허(虛)는 허(墟)와 통하여 '큰 언덕'의 뜻. 또는 고성(古城)으로 보고 조(漕) 땅의 고성이라 보기도 한다(『모전』).

63 망초여당(望楚與堂): 망초(望楚)는 초구(楚丘) 부근을 바라보며 지세를 살피는 것. 당(堂)은 초구 곁의 당읍(堂邑)〔『공소(孔疏)』〕 또는 길이나 제방으로 해석하기도 한다.

64 경산여경(景山與京): 『모전』에서 경산(景山)은 큰 산, 경(京)은 높은 언덕이라고 했다. 그래서 초구 주변의 지세를 살펴 나라를 세울 준비를 하는 것이라고 했다. 살핀다는 점은 같으나 그 대상을 다르게 해석하기도 한다. 주희(朱熹)는 앞의 구와 같은 구식(句式)을 맞추기 위해서 '경(景)'을 동사로 보고 '측량'의 뜻으로 풀었다. 초구가 속하는 활주(滑州) 지역에 가장 가까운 산으로는 서쪽 1백여 리(약 40킬로미터) 바깥의 태행산(太行山)뿐이고 나머지 3면은 화북평원(華北平原)이다. 그 먼 산은 문공이 처한 당면한 문제가 아니다. 그리고 시를 지은 사람의 시선의 움직임이 자연스럽지 않다. 언덕에 올라서 초구성과 그 주위의 길이나 제방 등을 살피고 나서 굳이 멀리 있는 산과 언덕을 볼 필요는 없다는 것이다. 문공의 당면한 문제의 또 하나는 새로운 땅과 도성에서 이미 죽은 두 임금

降觀于桑[65]하니 강 관 우 상	내려와선 뽕나무밭 둘러본다
卜云其吉[66]이러니 복 운 기 길	거북점은 그곳이 길해서
終焉允臧[67]이로다 종 언 윤 장	종당에는 진정 좋으리란다
靈雨旣零[68]이어늘 영 우 기 령	단비도 흡족히 내려
命彼倌人[69]하여 명 피 관 인	수레꾼에게 명하여
星言夙駕[70]하여 성 언 숙 가	비 개인 때 일찍 수레 내어 타고
說于桑田[71]하니 세 우 상 전	뽕나무밭에 나가 쉬잔다

(의공과 대공)의 장례를 치르고 사직과 종묘를 세워 나라의 기틀과 인심을 잡는 것과 식량을 비축하여 전쟁에 대비하는 일이다. 그래서 경산을 분묘(墳墓), 경(京)을 창고 또는 방형(方形) 창고로 본다. 이렇게 사용된 예는 많다. 양(梁) 소명태자(昭明太子) 소통(蕭統)이 엮은 시문선집『문선(文選)』에 임방(任昉)의「위범시흥작구립태재비표(爲范始興作求立太宰碑表)」"첨피경산(瞻彼景山)"을 이선(李善)의 주에서 "景山謂墳也"라고 했다. 왕염손(王念孫)은『광아소증(廣雅疏證)』「석구(釋丘)」에서 "천자의 무덤〔墳〕을 진(秦)나라에서는 산(山)이라 했고, 한(漢)나라에서는 능(陵)이라 했다"고 하였다. 어느 것이 옳은지는 확신할 수 없다.

65 강관우상(降觀于桑): 강(降)은 내려오다. 관(觀)은 시찰 관찰의 뜻. 상(桑)은 뽕나무밭. 누에를 치는 상황 또는 농업 현황을 시찰하며 살피는 것.

66 복운기길(卜云其吉): 복(卜)은 마른 거북 껍질을 지져 그 균열로서 일의 길흉을 판단하는 점. 옛날 중국에선 나라의 모든 큰일을 이 점복(占卜)으로 결정하였다. 운(云)은 알려 주다, 고지(告知)하다.

67 종언윤장(終焉允臧): 종언(終焉)은 '마침내, 끝내'의 뜻. 윤(允)은 참으로, 실로. 장(臧)은 착하다, 좋다.

68 영우기령(靈雨旣零): 영(靈)은 선(善)과 통하여(『정전』), 영우(靈雨)는 호우(好雨)나 때에 맞은 좋은 비, 곧 단비의 뜻. 영(零)은 떨어지다.

69 관인(倌人): 수레를 관리하는 사람(『모전』).

70 성언숙가(星言夙駕): 성(星)은 비가 개이고 밤에 별이 나오는 것(『정전』). 언(言)은 조사. 또는 '내가 말한다'는 뜻으로도 보기도 한다. 숙가(夙駕)는 아침 일찍 수레를 몰아 출행(出行)하는 것.

71 세우상전(說于桑田): 세(說)는 머물러 쉬며 농사일을 살피는 것(『집전』). 또는 열(悅)로서

匪直也人[72]의 비 직 야 인	그분은 인자롭고
秉心塞淵[73]이라 병 심 색 연	마음가짐이 성실하고 깊어
騋牝三千[74]이로다 내 빈 삼 천	암수 말 3천 필이나 된다

◈ 해설

위(衛)나라 문공(文公)을 기린 시이다. 위나라는 적인(狄人)들에게 멸망되어 동쪽으로 황하를 건너가 조읍(漕邑)의 들판에 머물렀는데, 제나라 환공(桓公)이 융적(戎狄)들을 물리치고 그를 이곳에 봉하였다. 문공은 초구(楚丘)로 옮겨 도시를 세우고 궁실을 지었다. 그 시기와 제도가 잘 맞았으므로 백성들이 기뻐했다. 그리고 나라도 강성해졌다(「모시서」). 즉 짧은 시간에 공을 구하지 않고 멀리 내다본 것을 찬미한 것이다.

춘추 민공(閔公) 2년(BC 660년) 겨울 위나라 군대가 대패하자 적인이 입성(入城)하여 의공(懿公)을 살해했다. 의공은 태자 급(伋)을 참살한 삭(朔), 즉 혜공(惠公)의 아들이다. 송환공은 급의 동모제〔同母弟: 한 어머니에서 난 동복(同腹)아우〕 소백(昭伯)의 아들 신(申)을 위나라 군주로 삼았는데 이가 곧 대공(戴公)으로 1년 만에 죽었다. 제환공이 위나라에 여러 차례 큰 난이 일어남을 보고 제후들

권농(勸農)하는 것을 매우 기뻐한다는 것.

72 비직야인(匪直也人): 비(匪)는 피(彼)와 통하며 위나라 문공을 가리킨다. 또는 비(非)·불(不)의 뜻으로 부정으로써 지극한 긍정을 표시하는 방법으로 보기도 한다. 직(直)은 정(正)·무사(無私)의 뜻. 인(人)은 문공. 그래서 '얼마나 정직하고 공평무사한 사람인가!'로 해석한다.

73 병심색연(秉心塞淵): 병심(秉心)은 마음가짐. 색(塞)은 성실한 것(『정전』) 또는 '실로'의 뜻. 연(淵)은 깊은 것.

74 내빈삼천(騋牝三千): 내(騋)는 키가 7척이 넘는 큰 말(『모전』). 빈(牝)은 암컷 말. 그래서 내(騋)는 이에 대한 짝으로 수말을 가리킨다. 삼천은 정확한 숫자가 아닌 개수(概數) 즉 어림하여 잡은 것으로 나라가 부강해졌음을 뜻한다.

을 이끌고 적인을 공격하고 초구성을 건축하여 새로운 도읍으로 만드는 것을 도왔다. 신(申)의 아우 훼(燬)를 위(衛)의 군주로 세우니 이가 곧 위문공이다.

위문공의 치적은 뛰어났다. 백성들과 함께 고생하면서 농업을 장려하고 상업과 공업을 발전시켰을 뿐 아니라 교육에 힘쓰고 현명하고 능력 있는 자들을 선발하였다. 이 시는 이러한 문공의 업적을 찬양하는 내용이다.

7. 체동(蝃蝀) 무지개

蝃蝀在東[75]하니 체 동 재 동	무지개가 동쪽 하늘에 걸렸는데
莫之敢指[76]로다 막 지 감 지	감히 가리키지 마라
女子有行[77]은 여 자 유 행	여자가 시집을 가면

75 체동(蝃蝀): 무지개[虹]로 옛사람들은 음사(陰邪)한 기(氣)가 변화한 것으로 생각하였고, 그래서 기피했다. 천지의 음탕한 기운을 상징함. 그래서 부부가 그 예(禮)를 넘으면 홍기(虹氣)가 성하고 군자도 경계하며 두려워하여 이를 기피하고 감히 손가락으로 가리키지 않는다(『모전』)고 했고, 유희(劉熙)는 『석명(釋名)』에서 "무지개는 또 미인을 말한다. 음양이 불화하고 혼인이 어지럽게 되어 음풍(淫風)이 유행하고 남녀가 서로 미혹하여 분방하게 따를 때 이 기(氣)가 성행한다"고 하였다. 또 주희(朱熹)는 "음양의 기가 교합해선 안 되는데 교합한 것으로, 대개 천지의 음기(淫氣)"(『집전』)라고 하였다.

76 막지감지(莫之敢指): 아무도 이것을 감히 손가락질 않는다는 뜻. 지금도 중국의 북방 풍습에 아이들이 무지개를 손가락질하면 손가락이 썩거나 손이 굽어진다 하여 무지개에 손가락질을 못하게 한다고 한다(『석의(釋義)』). 여기서 무지개는 한번 시집갔던 과부를 비유한 것이라 한다. 수절하는 과부는 아무리 예뻐도 아무도 건드리지 않는 법이라는 뜻. 또는 음분(淫奔)의 마음을 갖지 마라는 뜻. 나아가 무지개를 손가락질하지 않듯이 사분(私奔)의 일이나 사람에 대해서도 말하지 말라는 뜻으로도 읽힌다.

77 유행(有行): 여자가 이미 출가(出嫁)한 것. 「패풍·천수(邶風·泉水)」 제2장, 「위풍·죽간(衛風·竹竿)」 등에도 나온다. '지자우귀(之子于歸)'가 일반적으로 여자가 출가하는 현재

遠父母兄弟[78]니라 원 부 모 형 제	부모 형제와는 멀어지는 것
朝隮于西[79]하니 조 제 우 서	아침 무지개 서쪽에 뜨고
崇朝其雨[80]로다 숭 조 기 우	아침 내내 비가 내린다
女子有行은 여 자 유 행	여자가 시집을 가면
遠兄弟父母니라 원 형 제 부 모	형제부모와는 멀어지는 것
乃如之人也[81]여 내 여 지 인 야	그런데 이 같은 사람은
懷昏姻也[82]로다 회 혼 인 야	혼인의 법도 깨뜨리고

형이거나 그 상황을 말한 것과 차이가 있다.

78 원부모형제(遠父母兄弟): 부모 형제를 멀리하다.

79 조제우서(朝隮于西): 제(隮)는 무지개. 체동(螮蝀)과 같은 무지개인데, 홍(虹)이 통칭이다. 세분하면 동쪽에 보이는 무지개를 체동이라 하고, 서쪽에 뜨는 것을 제(隮)라고 한다〔양수달(楊樹達), 『적미거소학술림(積微居小學述林)』, 1954〕.

80 숭조기우(崇朝其雨): 숭조(崇朝)는 종조(終朝)와 같으며 해뜰 때부터 식전(食前)까지를 말함(『모전』). 중국 속담에도 '동쪽 무지개는 천둥이 치고, 서쪽 무지개는 비가 온다'는 말이 있다. 여기서 비가 온다는 것은 과부인 자기에게 구혼하는 자들이 있음을 비유한 것으로 보기도 한다. 남녀 간의 문제를 말하는 시일 때 비가 온다는 것은 대개 성적인 교합(交合)이나 그 그리움을 상징한다. 아침에 무지개가 뜨고 식전 내내 비가 오는 것은 음분(淫奔)의 기운에 의해 음양의 조화가 깨어졌기 때문이다.

81 내여지인(乃如之人): 내(乃)는 경(竟: 마침내, 끝내)의 뜻. 지(之)는 시(是)의 뜻. 지인(之人)은 '이 사람'으로 전체 시의 화자 설정에 따라 대상이 달라질 수 있다. 즉 화자를 여자의 자유 혼인을 풍자하는 제3자로 볼 경우에는 '이 사람'이 여자가 되고, 화자를 여자(또는 과부)로 볼 경우에는 귀찮게 하는 남자이거나 예전에 사분(私奔)했던 남자가 된다. 그리고 내여(乃如)를 말의 분위기를 전환시키는 전어사(轉語詞)로 보기도 한다.

82 회혼인야(懷昏姻也): 회(懷)는 생각하는 것〔思〕(『정전』). 그래서 '이런 사람이 혼인의 일을 생각하는가?' 화자가 제3자라면 여인의 음분함이 너무 지나치다는 것을 강조하는 것. 또 여인을 화자로 설정할 수도 있다. 그러면 '이 사람은 혼인할 생각만 한다'로 해석된다. 또는 옛날에는 '괴(壞)'와 통용되어 '파괴하다'의 뜻. 그래서 여자가 혼인의 예법과

大無信也[83]하니 대 무 신 야	너무도 성실치 못해
不知命也[84]로다 부 지 명 야	바른 도리를 모르는구나

◈ 해설

중국에서는 옛날부터 음양이 조화되지 못하고 혼인의 질서가 없어져 음풍이 유행하면 곧 무지개가 생긴다고 말해 왔다. 그래서 무지개를 가리키면 가리킨 손가락이 썩는다든지 가리킨 사람에게 화가 미친다고 전해진다. 이 시는 화자를 누구로 보는가에 따라 주제 및 각 구의 해석이 달라진다.

첫째, 화자를 제3자로 보면 음분(淫奔)한 여자를 풍자하거나 견책하는 시가 된다. 대개 『모전』, 『정전』, 『한시(韓詩)』, 『시집전』 등의 해석이다.

둘째, 화자를 여인으로 보았을 때는 젊은 과부가 자기에게 구혼하거나 음분하자고 유혹하는 남자를 거절하는 시가 된다. 제1장은 무지개를 아무도 손가락질 못하듯 과부도 건드려서는 안 되며, 또 부모 형제 곁도 떠나기 싫다는 내용이다. 제2장은 서쪽에 무지개가 뜨듯이 젊은 자기가 과부가 되자 비 오는 것처럼 짓궂게 남자들이 보챈다. 그렇지만 자기는 부모 형제를 떠나지 않겠다는 것이다. 제3장은 자기에게 구혼하는 이 사람은 덮어놓고 혼인이나 하려들지 너무나 믿음이 없는 사람이며, 여자가 시집을 다시 갈 수 없는 과부라는 사실도 모르는 사람이란 뜻으로 푼다.

법도를 파괴한다고 해석할 수 있다. 혼(昏)은 혼(婚)이다.

83 대무신(大無信): 대는 태(太)와 통하며 '너무'의 뜻. 크게 신의(信義)가 없다. 여자에게 적용될 때에는 '정절(貞節)에 대한 믿음, 즉 정조 관념이 없다'로 푼다.

84 명(命): 올바른 도리. 정리(正理)(『집전』). 또는 부모의 명으로 본다. 그러면 혼인을 함에는 부모의 명을 기다려야 한다는 뜻으로 해석된다. 부지명(不知命)을 '부모에게 알리지〔稟告〕않는 것'〔문일다(聞一多), 『풍시류초(風詩類鈔)』. 이하 약칭 『류초(類鈔)』〕으로 풀기도 한다.

8. 상서(相鼠) 쥐를 보니

相鼠有皮[85]어늘
상 서 유 피
人而無儀[86]로다
인 이 무 의
人而無儀면
인 이 무 의
不死何爲오
불 사 하 위

쥐를 봐도 가죽이 있는데
사람이 위의가 없다
사람이 위의가 없고서
아니 죽고 무얼 하는가!

相鼠有齒[87]어늘
상 서 유 치
人而無止[88]로다
인 이 무 지
人而無止면
인 이 무 지
不死何俟[89]오
불 사 하 사

쥐를 봐도 이빨이 있는데
사람이 단정한 몸가짐이 없다
사람이 단정한 몸가짐이 없고서
아니 죽고 무얼 기다리는가!

相鼠有體[90]어늘
상 서 유 체

쥐를 봐도 몸뚱이가 있는데

---

85 상서유피(相鼠有皮): 상(相)은 보다〔視〕. 서(鼠)는 쥐. 피(皮)는 가죽으로, 사람의 체모(體貌)나 위의(威儀)를 비유한 것.

86 의(儀): 체모(體貌)나 위의(威儀)의 뜻. 당시 귀족의 수양 정도가 겉모습으로 표현되는 위의.

87 치(齒): 이빨. 분별 있게 행동하여야 하는 사람의 버릇에 비유했음.

88 지(止): 용지(容止)(『집전』). 절지(節止)·절제(節制)로서 자신의 행위가 예의에 맞도록 하는 것. 『한시(韓詩)』에서는 절(節) 곧 예절이라 하였다. 우리말로는 '버릇없다'는 '버릇' 정도의 뜻이 될 것. 또는 위의 치(齒)가 지(止)와 구(口)로 이루어져 있으므로 지(止)로 받았고, 눈에 언뜻 띄는 쥐의 이빨처럼 사람에게서 바로 드러나는 '몸가짐'으로 용태(容態)와 거지(擧止)를 포함하는 것으로 본다.

89 사(俟): 기다리다.

90 체(體): 신체. 사람의 체면과 예절에 비유한 것.

人而無禮로다 인 이 무 례	사람이 예의가 없다
人而無禮면 인 이 무 례	사람이 예의가 없고서
胡不遄死[91]오 호 불 천 사	어찌 속히 죽지 않는가!

◈ 해설

「모시서」에 '무례함을 풍자한 것이다. 위(衛)나라 문공(文公)은 그의 여러 신하들을 바로잡을 수 있었으나, 임금 자리에 있으면서 선군(先君)의 교화를 받드는 데는 예의가 없음을 풍자한 것'이라고 했다. 이 선군은 선공(宣公)을 두고 한 말일 것이다.

이는 이 시의 「용풍(鄘風)」 속의 순서로 보아 「정지방중(定之方中)」 뒤에 오며, 「정지방중」이 문공을 찬미한 것이기 때문에 이 「상서(相鼠)」도 문공과 연결시킨 것으로 보인다.

현대에 와서는 간단히 무례한 사람에 대한 저주의 시 또는 통치 계급 또는 착취 계급에 대한 풍자, 정반대로 예악 제도(禮樂制度)를 반대하는 사람들을 저주하는 시 등으로 보기도 한다. 손작운(孫作雲)은 위의(威儀)가 없음을 풍자한 것이라 했다. 춘추(春秋) 말 귀족 계급의 몰락에 따라 귀족들은 이미 위의를 그리 중시하지 않게 되었기 때문이라는 것이다.

---

91 호불천사(胡不遄死): 호(胡)는 어찌. 천(遄)은 속히 또는 빠른 것(速).

9. 간모(干旄) 쇠꼬리털 깃대

孑孑干旄[92]여
혈 혈 간 모

在浚之郊[93]로다
재 준 지 교

素絲紕之[94]코
소 사 비 지

良馬四之[95]로다
양 마 사 지

彼姝者子[96]는
피 주 자 자

쇠꼬리털 단 깃대 우뚝 솟아

준읍 교외에서 나부끼네

흰 무명실로 깃발 가선 두르고

좋은 말 네 필이 수레를 끄네

저 어지신 분

---

92 혈혈간모(孑孑干旄): 혈혈은 깃발의 모양(『모전』). 깃대가 우뚝 솟은 모양, 또는 깃발이 나부끼는 모양. 간(干)은 간(竿)과 통하며 깃대를 말한다. 모(旄)는 모우(旄牛)의 꼬리로 만든 장목을 깃대 위에 꽂은 것으로, 대부들의 깃발(『모전』). 모우(旄牛)는 '긴 털을 가진 소'라고 하는데, 『산해경·북산경(山海經·北山經)』에 따르면, 그 모양이 소와 같은 짐승으로, 네 다리 관절에 털이 나 있는데, 이후의 모우는 등·무릎과 턱밑과 꼬리에 모두 긴 털이 있다고 하였다. 간모는 쇠꼬리로 깃대를 장식한 것으로, 이것을 수레 뒤에 꽂고 위의(威儀)를 드러낸다.

93 재준지교(在浚之郊): 준(浚)은 위나라 고을 이름. 지금의 산동성(혹은 하남성) 복현(濮縣) 근처에 있었다. 왕선겸(王先謙)은 역도원(酈道元)의 『수경주(水經注)』를 참고하여 준성(浚城)이 초구(楚丘)에서 20리 정도 떨어져 있다고 했다[왕선겸(王先謙), 『집소(集疏)』]. 「패풍·개풍(邶風·凱風)」에도 나온다. 교(郊)는 고을의 바깥, 교외를 말함.

94 소사비지(素絲紕之): 소사(素絲)는 흰 무명실. 비(紕)는 가선으로, 의복이나 관(冠) 깃발 등의 가장자리 끝을 가늘게 싸서 시쳐 놓은 것(『정전』). 즉 흰 무명실로 깃발의 가선을 둘러놓은 것. 지(之)는 깃발을 가리킨다.

95 사지(四之): 네 마리 말이 수레를 끄는 것. 옛날의 수레는 안쪽에 두 마리의 복마(服馬), 바깥쪽에 곁마로서 두 마리의 참마(驂馬) 모두 네 마리의 말이 수레를 끄는 게 표준이었다[『공소(孔疏)』]. 『정전(鄭箋)』에서는 네 번 만나러 갔다, 다섯 번 만나러 갔다는 뜻으로 해설했다. 즉 만난 횟수라는 것. 여기서는 취하지 않는다. 주(注) 101 오지(五之) 참조.

96 피주자자(彼姝者子): 주(姝)는 본래는 미녀의 뜻이었으나 여기서는 대부가 수레를 타고 찾아가는 현자(賢者)의 현자다운 그러한 것, 즉 '어진' '좋은' 것을 가리킨다(『정전』). 이 구는 「패풍·간혜(邶風·簡兮)」의 "피미인혜(彼美人兮)"와 같은 것으로, 옛날에는 남자를 '미인'이라 칭할 수 있었다[왕선겸(王先謙), 『집소(集疏)』]. 자(子)는 상대방에 대한 높임 또는 미칭(美稱).

何以畀之[97]오 하 이 비 지	무엇으로 답례할까?

孑孑干旟[98]여 혈 혈 간 여	새매 그린 깃대 우뚝 솟아
在浚之都[99]로다 재 준 지 도	준읍 마을에서 나부끼네
素絲組之[100]코 소 사 조 지	흰 무명실 술 깃발에 달고
良馬五之[101]로다 양 마 오 지	좋은 말 다섯 필이 수레를 끄네
彼姝者子는 피 주 자 자	저 어지신 분
何以予之오 하 이 여 지	무엇으로 보답할까?

孑孑干旌[102]이여 혈 혈 간 정	오색 꿩 깃 꽂은 깃대 우뚝 솟아
在浚之城[103]이로다 재 준 지 성	준읍 도성에서 나부끼네

---

97 비(畀): 주다. 방문을 받은 현자들이 장차 무엇을 주어서 그 예우하는 성의의 수고로움에 보답할까 하는 것을 말한다〔주희, 『시집전(詩集傳)』〕.

98 여(旟): 새매가 그려져 있는 깃발.

99 도(都): 하읍(下邑)(『모전』)이라고 했는데, 옛날 지방의 구역 이름. 네 개의 향촌을 말하기도 하고〔『관자·승마(管子·乘馬)』〕, 성곽이 있는 읍(邑)이라고 했다(『정전』).

100 조(組): 가선을 둘러 묶는 방법으로, 앞의 '비(紕)'와 같은 것이라 했다〔문일다(聞一多)〕.

101 오지(五之): 뒤의 육지(六之)와 함께 순서대로 운을 맞추기 위하여 써넣은 숫자로, 실은 모두 사마(四馬)로 봄이 옳다〔『석의(釋義)』〕. 또는 그 방문 행차의 성(盛)함을 나타낸 것이라 하고(『집전』), 어진 이에게 준 선물로서 대개 갈수록 더해 준 것이라고도 한다〔소철(蘇轍), 『시집전(詩集傳)』〕. 『춘추좌전』「소공(昭公) 6년」에 초나라 공자 기질(棄疾)이 정백(鄭伯)을 만날 때 말 여덟 필을 타고 만났고, 상경(上卿)을 만날 때 말 여섯 필, 자산(子産)을 만날 때는 말 네 필로써 하였다고 했는데, 네 필과 여섯 필은 경대부(卿大夫)를 만나는 예이며, 경대부의 예로써 현자를 만났으니 이 때문에 현자가 좋아했다고 한 것이다.

102 정(旌): 깃발의 일종으로, 오색 빛깔의 꿩 깃을 모아 깃대 끝에 꽂은 것〔주희, 『시집전(詩集傳)』〕.

103 성(城): 도성(都城)으로, 제후가 봉한 읍(邑) 중에서 큰 것.

素絲祝之[104]코
소 사 축 지
良馬六之로다
양 마 륙 지
彼姝者子는
피 주 자 자
何以告之오
하 이 고 지

흰 무명실 술 깃발에 달고
좋은 말 여섯 필이 수레를 끄네
저 어지신 분
무엇으로 말씀드릴까?

◈ 해설

「모시서」에서는 위(衛)나라 문공(文公)의 신하에는 선(善)을 좋아하는 이가 많아서 훌륭하고 어진 현자(賢者)들이 기꺼이 훌륭한 도리를 말해 주었다고 했다. 위나라 대부가 위나라 제후의 사자(使者)로서 초야에 묻혀 있는 어진 사람을 찾아가며 수레를 탈 때 깃대들을 세운 모습을 읊은 것으로 보인다.

10. 재치(載馳) 말을 달려서

載馳載驅[105]하여
재 치 재 구
歸唁衛侯[106]호리라
귀 언 위 후

말 달리고 수레 몰아
돌아가 위후를 위문하리라

---

104 축(祝): 앞의 비(紕)나 조(組)와 같이 장식으로 실을 꼬아 깃발에 묶는 방법.

105 재치재구(載馳載驅): 재(載)는 조사 또는 발어사. 큰 의미는 없다. '재(載)—재(載)—'는 『시경』에서 적지 않은데, 대개 연속적인 변동 상황을 표시한다. 치(馳)는 말을 달리는 것이며, 구(驅)는 채찍으로 말을 빨리 모는 것.

106 귀언위후(歸唁衛侯): 언(唁)은 조상(弔喪)하다. 죽은 자의 가족을 위문하는 것으로, 나

驅馬悠悠하여
구 마 유 유

言至於漕[107]러니
언 지 어 조

大夫跋涉[108]이라
대 부 발 섭

我心則憂호라
아 심 칙 우

아득히 말을 달려서

조읍에 이르려 하였는데

대부들이 발섭하고 뒤쫓아 오는지라

내 마음은 근심하노라

旣不我嘉[109]일새
기 불 아 가

不能旋反[110]호라
불 능 선 반

視爾不臧[111]이나
시 이 부 장

我思不遠[112]호라
아 사 불 원

이미 나를 좋게 여기지 않는지라

곧바로 돌아가지 못하노라

그대들이 좋지 않게 여김을
보아 알지만

내 그리움은 멀지 않노라

라를 잃은 것을 위문하는 것도 언(唁)이라 했다. 위후는 위나라의 제후. 『정전(鄭箋)』에서는 위나라의 대공(戴公)을 가리킨다고 했으나, 실제로는 위 문공(文公)을 가리킨다. 대공은 제후가 된 지 한 달 만에 죽었기 때문이다. 이 시는 선강(宣姜)의 딸인 허목부인(許穆夫人: 허나라 목공의 부인)이 위나라가 적인(狄人)들의 공격을 받아 멸망한 것을 걱정하며 노래한 것이라 한다.

107 언지어조(言至於漕): 언(言)은 조사. 조(漕)는 위나라 읍 이름. 조읍에 가려 한다.

108 발섭(跋涉): 발(跋)은 초행(草行), 즉 풀을 밟고 가는 것이며, 섭(涉)은 수행(水行), 즉 물로 가는 것(『모전』)이라 했으니, 함께 말하면 산 넘고 물 건너서 가는 것.

109 기불아가(旣不我嘉): 가(嘉)는 선(善)과 같다. 내(목공 부인)가 위나라를 방문하는 행동을 허나라 사람들이 잘하는 일이라고 여기지 않는 것(『정전』).

110 선반(旋反): 위나라로 돌아가는 것.

111 시이부장(視爾不臧): 시(視)는 보다, 보아 알고 있다는 뜻. 이(爾)는 허나라 사람 또는 허나라 대부. 장(臧)은 선(善)과 통하며 부장(不臧)은 불선(不善). 그대들이 좋지 않게 여긴다는 것을 알고 있다는 뜻. 또는 '내가 보건대 그대들의 이런 행동이 인정에 맞지 않고 옳지 않다'로 해석하기도 한다.

112 아사불원(我思不遠): 위나라로부터 생각이 멀리 떠나지 못한다는 뜻(『모전』). 또는 앞 111 주(注)의 후자에 이어 '내가 가려고 하는 곳이 이미 멀지 않다' 그런대도 나를 가지 못하게 하니 그대들이 나쁘다는 뜻이다.

旣不我嘉일새 기 불 아 가	이미 나를 좋지 않게 여기는지라
不能旋濟[113]호라 불 능 선 제	곧바로 물을 건너가지 못하노라
視爾不臧이나 시 이 부 장	그대들이 좋지 않게 여김을 보아 알지만
我思不閟[114]호라 아 사 불 비	내 그리움은 그치지 않노라

陟彼阿丘[115]하여 척 피 아 구	저 언덕에 올라
言采其蝱[116]호라 언 채 기 맹	패모를 캐노라
女子善懷[117]는 여 자 선 회	여자가 근심을 잘하는 것은
亦各有行[118]이어늘 역 각 유 행	또한 각기 도리가 있거늘
許人尤之[119]하니 허 인 우 지	허나라 사람들은 이를 허물하니
衆穉且狂[120]이로다 중 치 차 광	저 사람들 어리석고도 망령되네

---

113 선제(旋濟): 제(濟)는 물을 건너다. 선제는 강물을 건너 위나라로 돌아가는 것.

114 비(閟): 문을 닫다. 폐지(閉止)하는 것, 그만두는 것.

115 척피아구(陟彼阿丘): 척(陟)은 오르다. 아구는 한쪽은 높고 한쪽은 낮게 생긴 언덕(『모전』).

116 맹(蝱): 등에, 패모(貝母)(『모전』). 맹(莔)의 가차자. 패모는 백합과의 다년생 풀이며, 잎은 좁고 길고, 몇 개씩 윤생(輪生)함. 3, 4월에 꽃이 피고 뿌리는 기침이나 담을 다스리는데 흔히 쓰이는 한약재. 또는 마음이 울결(鬱結)한 병을 고치는 데에도 쓰인다 한다(『집전』). 『본초강목(本草綱目)』에 의하면, 뿌리 모양이 조개를 모아 놓은 것 같으며 오장(五臟)을 편안하게 하고 눈 어지럼증과 목 경화증을 다스린다고 한다. 여기서는 위나라 걱정으로 응결된 자기의 마음을 고치기 위하여 패모나 캐러 간다는 뜻.

117 선회(善懷): 선(善)은 잘하는 것 또는 많은 것. 회(懷)는 생각 또는 그리움.

118 행(行): 도(道), 곧 도리·이유의 뜻.

119 우(尤): 우(訧)와 통하며 탓하다, 허물삼다의 뜻. 동사로 쓰였다.

120 중치차광(衆穉且狂): 중(衆)은 허나라 중신(衆臣)을 가리킴. 치(穉)는 치(稚)와 같은 글자로 어리다, 유치하다는 뜻(『모전』). 광(狂)은 상식에서 벗어나는 행동을 하는 미쳤다

我行其野호니 (아 행 기 야)	내 저 들판을 걸어가니
芃芃其麥[121]이로다 (봉 봉 기 맥)	보리 싹이 무성하다
控于大邦[122]이나 (공 우 대 방)	큰 나라에 호소하려 하나
誰因誰極[123]고 (수 인 수 극)	누구를 통하며 누구에게 가야 하나
大夫君子아 (대 부 군 자)	대부와 군자들아
無我有尤[124]어다 (무 아 유 우)	나를 허물하지 말지어다
百爾所思[125]나 (백 이 소 사)	그대들이 생각을 백방으로 하나
不如我所之니라 (불 여 아 소 지)	내가 가는 것만 못하니라

◈ 해설

이 시는 허(許)나라 목공(穆公)의 부인이 지은 것이다. 친정인 위(衛)나라가 융적에게 멸망하고 나라 사람들이 흩어져 조읍(漕邑)의 들판에서 노숙했다. 이를

는 일반적인 뜻 외에, 마음이 득실을 잘 헤아리지 못하는 것(『한비자(韓非子)』, 진환(陳奐)의 『전소(傳疏)』).

121 봉봉(芃芃): 보리가 성장한 모양(『모전』). 또는 무성한 모양.

122 공우대방(控于大邦): 공(控)은 공소(控訴)·호소(呼訴)의 뜻. 위나라의 구원을 호소한다는 뜻. 대방(大邦)은 대국(大國)으로 여기서는 제(齊)나라를 가리킨다.

123 수인수극(誰因誰極): 수(誰)는 '누구', 나아가 '어느 나라'의 뜻. 인(因)은 사람의 힘에 말미암는 것. 남의 힘을 믿는 것(『통석(通釋)』). 극(極)은 지(至)와 같으며, '이르다', '와 주다'의 뜻.

124 무아유우(無我有尤): 무(無)는 무(毋)와 같으며, '—하지 마라'는 뜻. 그래서 '나더러 허물 있다 하지 마라'로 해석된다. 또는 유(有)는 우(又)로, 우(尤)는 동사 우(訧: 허물삼다, 반대하다)로 보고 '다시는 나를 반대하지 마라'로 해석할 수 있다.

125 백이소사(百爾所思): 백(百)은 여러 사람, 이(爾)는 그대들(『정전』). 백이(百爾)는 여러 분의 뜻. 「패풍·웅치(邶風·雄雉)」에도 나왔다. 소사(所思)는 생각하는 것 또는 걱정하는 것.

슬퍼하고 허나라가 소국이어서 구원해 줄 수 없음을 마음 아파했다. 그리고 친정으로 돌아가 그 오라버니[의공(懿公)]를 위문하고자 해도 출가외인의 도리상 그럴 수 없었기 때문에 이 시를 지었다고 했다(「모시서」).

『시집전』은 동일한 주제의 내용을 좀 더 늘였다. 그녀는 말을 달리고 수레를 몰아 돌아가서 장차 조읍으로 가서 위후(衛侯)를 위문하려 하였는데, 도착하기 전에 허나라의 대부들이 분주히 발섭(跋涉)하고 뒤쫓아 왔다. 부인은 장차 그들이 위나라로 돌아가서는 안 되는 의(義)로써 와서 고하려는 것임을 알고 이것을 근심하였다. 그녀는 끝내 돌아가지 못하고 마침내 이 시를 지어 스스로 그 뜻을 말한 것이라고 했다.

선강(宣姜)의 딸이 허목공(許穆公)의 부인이 되었다. 그래서 그녀를 허목부인이라고 부른다. 중국 최초의 여류 시인이자 BC 7세기의 여류 애국시인이라는 칭호가 있으며, 이 시 외에 「패풍·천수(北風 · 泉水)」, 「위풍·죽간(衛風 · 竹竿)」 등도 그녀의 작품일 것으로 추정되고 있다. 유향(劉向)의 『열녀전·인지(列女傳 · 仁智)』에 허목부인에 관한 기록이 있다.

이 시는 『모전(毛傳)』에선 5장(6/4/4/6/8구)으로 나누었으나 『집전(集傳)』에서는 제2, 3장을 합쳐 모두 4장(6/8/6/8)으로 나누었다. 『춘추좌전』 「양공(襄公) 19년」과 『춘추좌전』 「문공(文公) 13년」에 각각 숙손표(叔孫豹)와 자가(子家)가 「재치(載馳)」 4장을 읊었다는 기록이 있어 주희(朱熹)는 소철(蘇轍)의 설을 따라 4장으로 나눈 것 같다. 그러나 합친 경우 제2장에서 말이 중복되고 의미가 촉급(促急)하여 무리한 것도 같아서 『모전』을 따른다.

제5 위풍(衛風)

1. 기욱(淇奧) 기수 물굽이

瞻彼淇奧[1]한대 첨 피 기 욱	저 기수 강가 물굽이를 바라보니
綠竹猗猗[2]로다 녹 죽 의 의	무성하게 자란 푸른 대나무
有匪君子[3]여 유 비 군 자	빛나는 그분
如切如磋[4]하며 여 절 여 차	깎고 다듬은 듯
如琢如磨[5]로다 여 탁 여 마	쪼고 간 듯하다
瑟兮僩兮[6]며 슬 혜 한 혜	장중하고 당당하며

---

1 첨피기욱(瞻彼淇奧): 첨(瞻)은 바라보는 것. 기(淇)는 물 이름으로, 하남성에 있다〔「패풍·천수(邶風·泉水)」 시 참조〕. 욱(奧)은 『춘추좌전』, 『대학(大學)』, 『예기』에서는 '욱(澳)'으로 되어 있으며, 물굽이 진 안쪽을 말한다.

2 녹죽의의(綠竹猗猗): 주희(朱熹)는 녹죽을 대표적인 훈(訓)을 따라 '푸른 대나무'로 풀었다. 그러나 중국의 북방 기수 부근엔 우거진 대나무가 없다고 말하기 때문에 녹죽을 다르게 풀기도 한다. 녹(綠)을 왕추(王芻), 즉 물가에 나며 잎은 대나무같이 가늘고 얇고, 줄기는 둥글고 작고, 찐 뒤 노란 물감을 만들 수 있으며, 녹욕초(菉蓐草)라고도 부른다고 한다〔청나라 다륭아(多隆阿, 1818~1864), 『모시다식(毛詩多識)』〕. 즉 왕골의 일종인 듯하다. 여기에서의 죽(竹)은 편죽(萹竹), 녹죽(菉竹) 또는 편축(萹蓄)이라고도 하며, 우리말로는 마디풀이다. 여과(藜科)의 일년생 풀로 길옆 같은 데 흔히 있다. 줄기와 잎은 황달, 곽란, 복통 등의 약제로 쓰인다. 의의(猗猗)는 아름답게 무성한 모양.

3 유비군자(有匪君子): 비(匪)는 비(斐)와 통하며, 유비(有匪)는 비연(斐然)의 뜻으로 문채 나는 모양이다. 결국 사람이 훌륭한 것을 말한다. 여기서의 군자는 위나라의 무공(武公)을 가리킨다고도 한다. 『국어(國語)』에 의하면, 위무공은 나이 95세가 되어도 항시 자기 수양을 게을리 하지 않았고 늘 부하나 백성들에게 자신의 잘못을 지적받아 고치기를 좋아했다고 한다.

4 여절여차(如切如磋): 절(切)은 깎는 것이며 차(磋)는 가는 것으로, 뼈나 뿔 또는 돌이나 옥 같은 것을 칼로 깎고 줄로 갈아 다듬는 것. 차는 차(瑳)로도 쓴다.

5 여탁여마(如琢如磨): 탁(琢)은 돌이나 옥을 쪼아 다듬는 것이며 마(磨)는 가는 것. '절차탁마(切磋琢磨)'는 『모전』에서는 그의 배움이 이루어진 것을 말한다고 하였고, 『집전』에서는 덕을 끊임없이 닦는 것을 말한다고 하였다. 학문을 포함한 자기 수양에 비유한 것이라 보면 될 것이다.

赫兮咺兮[7]니
혁 혜 훤 혜
반짝이고 환하여

有匪君子여
유 비 군 자
빛나는 그분

終不可諼兮[8]로다
종 불 가 훤 혜
영원히 잊을 수 없어라

瞻彼淇奧한대
첨 피 기 욱
저 기수 강가 물굽이를 바라보니

綠竹靑靑[9]이로다
녹 죽 청 청
무성히 자란 푸른 대나무

有匪君子여
유 비 군 자
빛나는 그분

充耳琇瑩[10]이며
충 이 수 영
귀막이 구슬은 아름다운 옥돌이요

會弁如星[11]이로다
괴 변 여 성
가죽 모자 장식이 별처럼 빛난다

瑟兮僩兮며
슬 혜 한 혜
장중하고 당당하며

赫兮咺兮니
혁 혜 훤 혜
빛나고 환하여

有匪君子여
유 비 군 자
빛나는 그분

---

6 슬혜한혜(瑟兮僩兮): 슬(瑟)은 『모전』에서는 긍장지모(矜莊之貌), 즉 무게 있고 당당해 보이는 것이라 했다. 한(僩)은 위엄이 있는 모양이라고 했다. 또는 정성스러우며 두려워하는 것.

7 혁혜훤혜(赫兮咺兮): 혁(赫)은 사람이 훤해 보이는 것. 훤(咺)은 의젓한 모양. 위의(威儀)를 말한 것으로 본다(『집전』).

8 종불가훤혜(終不可諼兮): 종(終)은 끝내, 아무래도의 뜻. 훤(諼)은 잊다.

9 녹죽청청(綠竹靑靑): 청청(靑靑)은 푸릇푸릇한 것. 청(菁)과 통하여 무성한 모양으로 보아도 좋다.

10 충이수영(充耳琇瑩): 충이는 진(瑱), 즉 귀막이 옥으로 귀를 덮도록 관 양쪽에 구슬을 매단 장식[「용풍·군자해로(鄘風·君子偕老)」 참조]. 수영(琇瑩)은 옥돌. 천자만이 옥으로 진(瑱)을 만들었고 제후들은 옥돌로 만들었다고 한다.

11 괴변여성(會弁如星): 괴(會)는 봉(縫), 즉 옷 같은 것을 꿰맨 솔기. 변(弁)은 피변(皮弁)이라 하며 가죽으로 만든 주나라 관(冠)의 일종 또는 백록비(白鹿皮: 흰 사슴 가죽)를 여러 장 봉합해서 만든 고깔. 관의 솔기는 오색 구슬로 장식하였으므로 그 구슬들이 별처럼 반짝이는 것을 말한다.

終不可諼兮로다 종 불 가 훤 혜	영원히 잊을 수 없어라
瞻彼淇奧한대 첨 피 기 욱	저 기수 강가 물굽이를 바라보니
綠竹如簀[12]이로다 녹 죽 여 책	빽빽하게 자란 푸른 대나무
有匪君子여 유 비 군 자	빛나는 그분
如金如錫[13]이며 여 금 여 석	금 같고 주석 같고
如圭如璧[14]이로다 여 규 여 벽	옥홀 같고 둥근 구슬 같다
寬兮綽兮[15]하니 관 혜 작 혜	너그럽고 대범한 모습
猗重較兮[16]로다 의 중 각 혜	수레귀 목판에 기대어 있다
善戲謔兮[17]하니 선 희 학 혜	농담을 잘하지만
不爲虐兮[18]로다 불 위 학 혜	지나치지는 않아라

---

12 여책(如簀): 책(簀: 살평상, 대자리)은 『모전』에서는 적(積)이라 하였으니 풀이 쌓이듯이 무성한 것.

13 여금여석(如金如錫): 금과 주석은 고급 금속으로, 무공의 덕에 비유한 것.

14 여규여벽(如圭如璧): 규(圭)는 제후가 조회나 제사 때 지녔던 옥기(玉器)로서 위쪽은 둥글고 아래쪽은 네모진 모양이었다. 벽(璧)은 평평하고 둥글며 중간에 구멍이 있는 옥기. 규벽은 그의 온윤(溫潤)한 성품에 비유한 것.

15 관혜작혜(寬兮綽兮): 관은 관대한 것. 작(綽)은 너그럽고 여유가 있는 모습.

16 의중각혜(猗重較兮): 의는 의(倚)와 통하며 의지하다의 뜻. 또는 감탄사(『집전』). 각(較)의 음은 각(角)이며 수레 양옆에 가로로 세워 놓은 목판으로 우뚝 서 있다는 뜻을 취한 것이라 했다. 그래야 작(綽)·각(較)·학(謔)·학(虐) 네 개의 운자(韻字)도 맞다. 고대의 수레는 모두 서서 탔으니, 서면 각에 의지하고 구부리면 식(軾: 수레 앞턱 가로나무)에 의지하며, 그 높이가 식 위에 있으므로 바라보면 마치 이중으로 있는 듯하기 때문에 중각(重較)이라고 한다〔다산(茶山) 정약용, 『강의(講義)』〕.

17 선희학혜(善戲謔兮): 선(善)은 잘하다. 희학(戲謔)은 농담 또는 우스갯소리를 하는 것.

18 불위학혜(不爲虐兮): 학(虐)은 극(劇)과 통하며 지나치거나 너무 심한 것을 말한다.

◈ 해설

「모시서」에 의하면 위(衛)나라 무공(武公)을 칭송한 것이라 한다. 예악과 법도에 밝은 데다 올바른 간언을 받아들여 예로써 스스로 자중(自重)하기도 하였다. 이 때문에 주나라 조정에 들어가 재상이 되었다고 한다. 『국어(國語)』에 의하면, 위 무공은 나이 95세가 되어도 항시 자기 수양을 게을리 하지 않았다고 한다. 여하튼 훌륭한 군자를 칭송한 시임에는 틀림이 없다.

2. 고반(考槃) 오두막집을 짓고

考槃在澗[19]하니 (고 반 재 간) 산골짝 개울가에 집을 얽고 사니

碩人之寬[20]이로다 (석 인 지 관) 크고 훌륭하신 분 마음 한가롭다

獨寐寤言[21]이나 (독 매 오 언) 혼자서 자나 깨나 하는 말이

---

19 고반재간(考槃在澗): 고(考)는 이루다 곧 성(成)의 뜻. 반(槃)은 ①『모전』에선 '즐기는 것', 『집전』에선 '머뭇거리는 것'〔盤桓〕이라 하여 곧 은거(隱居)를 가리킨다고 했다. ②또는 나무를 걸쳐서 집을 만드는 것, 즉 움막을 짓는 것으로도 본다. ③고(考)를 두드릴 고(叩)로, 반(槃)을 악기 반(盤)으로 보고 고반을 반(盤)이나 부(缶)와 같은 악기를 두드리면서 박자를 맞추고 노래하며 즐기는 것으로 해석할 수 있다. ④『노시(魯詩)』에서는 반(槃)을 반(盤)으로 쓰고 쾌락의 뜻으로 풀었다.

20 석인지관(碩人之寬): 석(碩)은 대(大)의 뜻이므로 석인(碩人)은 큰사람 또는 큰 덕을 지닌 사람 여기에서는, 즉 어진 은자(隱者)를 말한다(『모전』). 옛날에는 석인(碩人)·대인(大人)·미인(美人) 등은 대상을 찬미하는 말로서 남녀를 불문하고 사용되었다〔왕선겸(王先謙), 『집소(集疏)』〕. 그래서 마음속으로 그리워하는 사람을 널리 칭한다. 관(寬)은 마음이 넓은 것.

21 독매오언(獨寐寤言): 매(寐)는 잠자다. 오(寤)는 잠을 깨다. 언(言)은 혼잣말하는 것. 그래서 '홀로 자나 깨나 하는 말' 또는 '홀로 자고, 홀로 일어나고, 홀로 중얼거리는 것'으로 해

永矢弗諼[22]이로다 영 시 불 훤	영원히 맹세코 잊지 않으리
考槃在阿[23]하니 고 반 재 아	울퉁불퉁 언덕에 집을 얽고 사니
碩人之薖[24]로다 석 인 지 과	훌륭하신 분 마음 너그럽다
獨寐寤歌나 독 매 오 가	혼자서 자나 깨나 하는 노래
永矢弗過[25]로다 영 시 불 과	영원히 맹세코 떠나지 않으리
考槃在陸[26]하니 고 반 재 륙	높다란 평지에 집을 얽고 사니
碩人之軸[27]이로다 석 인 지 축	훌륭하신 분 마음 유유하다

석해 왔다. 문일다(聞一多)는 오언(寤言)·오가(寤歌)·오숙(寤宿)은 말로써 서로 묻고 답하거나 노래로 서로 창화(唱和)하는 것이라 하며, 오(寤)나 오(晤)는 모두 호(互)로 읽는다고 했다(문일다, 『통의(通義)』). 중국 변방 소수민족의 풍속에 남녀 간에 연애하며 서로 노래를 주고받는 대창(對唱)의 방식이 지금도 유행하고 있는데 이런 풍속은 『시경』 시대에도 존재했음이 증명된다. 특히 「진풍·동문지지(陳風·東門之池)」에 오언(晤言)·오가(晤歌)라는 표현이 보이며, 이 시는 애정시에 속한다. 「고반(考槃)」도 이와 같다는 것이다.

22 영시불훤(永矢弗諼): 영(永)은 언제나. 시(矢)는 맹세하다〔서(誓)〕. 훤(諼)은 잊다.

23 아(阿): 언덕, 구릉. 『모전』에서는 곡릉(曲陵), 즉 울퉁불퉁한 언덕이라 했다.

24 과(薖): 마음이 관대한 모양(『모전』). 『설문(說文)』에는 과(薖)를 풀〔草〕이라고 했다. 풀을 강조하는 이유는 홀로 은거하면서 먹는 것이 해결되어야 하기 때문이며, 그래서 제3장의 '축(軸)'도 이런 범주로 해석한다. 그러나 『한시(韓詩)』에서는 과(濄)로 썼고 『석문(釋文)』에서는 이를 '아름다운 모양'〔미모(美貌)〕으로 풀었다. 이렇게 해야 1장의 관(寬)과 어울린다.

25 불과(弗過): 『모전』에서는 다시는 입조(入朝)하여 벼슬하지 않겠다는 뜻으로 보았고, 『집전』에서는 이 생활을 버리지 않고 이대로 종신하겠다는 뜻으로 보았다. 문일다는 과(過)를 기억의 실오(失誤), 즉 잊어버리는 것〔유망(遺忘)〕으로 풀었다.

26 육(陸): 높고 평평한 땅, 또는 높은 산의 꼭대기.

27 축(軸): 은자가 다급한 마음 없이 유유한 것. 서성대며 가지 않는 모습(『집전』). 그리워하던 사람이 꿈속에서 비몽사몽간에 앞으로 올 듯하면서 멈추는 모습. 또 다른 해석도 있다. 주 24와 같이 홀로 은거하면서 입는 것이 해결되어야 하기 때문에 직물 기구가 필요하

獨寐寤宿[28]이나 독 매 오 숙	혼자서 자나 깨나 누워서
永矢弗告[29]이로다 영 시 불 곡	영원히 맹세코 얘기하지 않으리

◈ 해설

「모시서」에서는 위나라 장공(莊公)이 무공(武公)의 위업을 잇지 못하여 현자로 하여금 물러나 곤궁하게 살도록 하였기 때문에 이를 풍자한 것이라 했다.

역대로 이 시에 대한 해설은 다음과 같다. 현자가 계곡 사이에 은둔하여 살면서도 마음이 크고 넓어 슬퍼하는 뜻이 없는 것을 찬미한 것으로, 홀로 잠들고 홀로 깨어나 말하지만 오히려 이 즐거움을 잊지 않기를 스스로 맹세한다는 것이다(『집전』). 즉 은자의 유유자적하는 즐거움을 그린 시라고 하였다. 옛날부터 세상이 어지러울 때에는 물러나 숨어 살면서 자기의 덕을 닦는 것이 어진 사람의 도(道)라고 믿어 왔다. 그래서 이 시를 은일시(隱逸詩)의 조종(祖宗)으로 본다. 여기에서 작자는 몰락한 귀족이라든가 뒷날 노장(老莊) 계열의 선구자라는 해설도 나온다. 또는 그릇(盤, 缶)을 두드리며〔고(考)〕박자를 맞추고 노래하며 즐기는 것으로도 본다〔문일다(聞一多)〕.

다는 생각에서 제기된 해석으로, 유(柚)로도 쓰며 베틀이나 가마니틀에 딸려 있는 기구의 하나로, 바디라고도 하며 또는 성구(筬簆)와 비슷하다고 한다. 북송(北宋) 사마광(司馬光)의 『자치통감 · 진기(資治通鑑 · 晋紀) 8』에 "저축지용(杼軸之用)"이라고 했는데, 이 축(軸)이 유(柚)로도 쓰이며 모두 직물 기구라는 것이다. 「소아 · 곡풍지습 · 대동(小雅 · 谷風之什 · 大東)」, "小東大東, 杼柚其空, 糾糾葛屨, 可以履霜"(크고 작은 동쪽 나라들/베틀의 북은 비었고/촘촘히 짠 칡신으로/찬 서리 위를 다닌다)의 '유(柚)'를 '축'으로 읽는다.

28 오숙(寤宿): 숙(宿)은 자다 깨어 그래도 누워 있는 것(『집전』). 또는 소(嘯)와 음이 가까워 서로 통하며 휘파람 불다, 읊조리다, 즉 노래를 주고받으며 창화(唱和)한다는 뜻.

29 고(告): 은거의 즐거움을 남에게 얘기하는 것. 고(告)는 조(造)의 본글자〔本字〕 또는 가차자(假借字)이며 '만든다'는 의미에서 결혼〔成親〕의 뜻이 있다. 그래서 다른 사람과는 혼인하지 않는다는 뜻으로도 본다. 여기서는 각운(脚韻)에 맞추어 '곡'(姑沃反)으로 읽는다.

3. 석인(碩人)

귀하신 분

碩人其頎[30]하니
석 인 기 기

衣錦褧衣[31]로다
의 금 경 의

齊侯之子[32]요
제 후 지 자

衛侯之妻요
위 후 지 처

東宮之妹[33]요
동 궁 지 매

邢侯之姨[34]
형 후 지 이

譚公維私[35]로다
담 공 유 사

귀하신 분은 키가 훤칠하니

비단옷으로 입고 그 위에
홑옷을 덧입었네

제나라 제후의 자식이요

위나라 제후의 아내요

동궁의 매씨요

형나라 제후의 처제요

담나라 임금은 형부가 되신다네

---

30 석인기기(碩人其頎): 석인은 앞의 「고반(考槃)」 시와 「패풍·간혜(邶風·簡兮)」에서도 나왔다. 큰 덕을 가진 사람이거나 존귀한 사람 또는 남녀를 불문하고 아름다운 사람을 말한다. 위나라 장공(莊公)의 부인 장강(莊姜)을 가리킨다고 한다. 기기(其頎)는 기연(頎然)과 같으며, 장강의 키가 크고 아름다운 모습을 형용한 것. 또는 헌걸찬 모습.

31 의금경의(衣錦褧衣): 금(錦)은 비단, 즉 문채가 있는 옷. 경(褧)은 홑옷, 즉 단의(襌衣). 경의(褧衣)는 모시같이 얇은 천으로 만든 홑옷. 비단옷의 문채가 너무 드러남을 꺼리어 겉에 또 경의를 입었다고 한다.

32 제후지자(齊侯之子): 제나라 장공(莊公)의 딸이다.

33 동궁지매(東宮之妹): 동궁은 태자의 궁을 말하며, 제(齊)나라 장공(莊公)의 태자 득신(得臣)을 가리킨다. 장강은 태자의 누이동생이었다.

34 형후지이(邢侯之姨): 형(邢)은 지금의 하북성 형태현(邢台縣)에 있던 나라 이름. 주공(周公)의 아들이 봉해졌던 나라라고 함. 그러나 형후가 누구인지는 확실하지 않다. 이(姨)는 처의 자매. 여기에서는 처제의 뜻.

35 담공유사(譚公維私): 담(譚)은 담(覃)으로도 쓰며, 지금의 산동성 제남(濟南) 동쪽에 있던 나라 이름. 담공이 누구인지 알 수 없다. 사(私)는 자매의 남편이라 했는데, 여기서는 형부(兄夫)의 뜻.

手如柔荑[36]요 수 여 유 제	손은 부드러운 띠풀과 같고
膚如凝脂[37]요 부 여 응 지	살은 엉긴 기름과 같고
領如蝤蠐[38]요 영 여 추 제	목은 굼벵이와 같고
齒如瓠犀[39]요 치 여 호 서	치아는 박씨와 같고
螓首蛾眉[40]로소니 진 수 아 미	매미 머리에 나비 눈썹이시며
巧笑倩兮[41]며 교 소 천 혜	생긋 웃을 때의 예쁜 입모습 하며
美目盼兮[42]로다 미 목 반 혜	아름다운 눈은 맑기도 하네

碩人敖敖[43]하니 석 인 오 오	귀하신 분이 키가 훤칠하니
說于農郊[44]로다 세 우 농 교	도성의 근교에 머물러 쉬시네

---

36 수여유제(手如柔荑): 제(荑)는 삘기. 띠풀이 처음 날 때의 부드러운 싹을 말한다.

37 부여응지(膚如凝脂): 피부, 즉 살갗이 지방이 하얗게 엉긴 것과 같이 희고 매끈하다는 뜻.

38 영여추제(領如蝤蠐): 영(領)은 목. 추제는 나무 속에서 나무를 갉아먹고 사는 희고 긴 굼벵이 같은 벌레(『공소(孔疏)』). 목이 그처럼 희고 부드럽다는 뜻.

39 치여호서(齒如瓠犀): 호서(瓠犀)는 박 속의 씨(『모전』). 이〔치아〕가 박 속의 씨가 박혀 있듯 가지런하다는 뜻.

40 진수아미(螓首蛾眉): 진(螓)은 『정전(鄭箋)』에서는 청청(蜻蜻: 잠자리)이라 했는데 『공소(孔疏)』에선 청청은 매미 같으면서도 약간 작은 아름다운 무늬가 있는 곤충으로, 이마가 넓고 사각(四角)이라 하였다. 매미의 일종인 듯하다. 진수는 매미의 머리처럼 넓은 이마를 가진 얼굴. 「용풍·군자해로(鄘風·君子偕老)」 시에서도 '양차지석(揚且之皙)'이라 하여 왕후의 미모를 형용하면서 넓은 이마를 말했으니 당시에는 이마가 넓어야 미인이었던 모양이다. 아미(蛾眉)는 나방의 촉각처럼 가늘고 길게 굽어 있는 고운 눈썹.

41 교소천혜(巧笑倩兮): 교소(巧笑)는 예쁘게 웃는 것. 천(倩)은 입매가 예쁜 것.

42 미목반혜(美目盼兮): 미목(美目)은 아름다운 눈. 반(盼)은 눈의 흑백이 분명한 맑은 눈(『모전』).

43 오오(敖敖): 키가 크고 날씬한 모양(『모전』). 앞의 기(頎)와 같다고 했다(『정전』).

44 세우농교(說于農郊): 세(說)는 머무르다. 농교(農郊)는 위나라 도성(都城)의 근교(近郊). 어쩌면 위(衛) 공실(公室)의 별궁이 있는 곳. 다산(茶山)은 적전(籍田)이라 했다. 적전은 옛날 왕이 춘경(春耕) 전에 친히 갈아 그로써 종묘(宗廟)에 봉사(奉祀)한 농전(農田)이

四牡有驕[45]하며
사 모 유 교

朱幩鑣鑣[46]어늘
주 분 표 표

翟茀以朝[47]하니
적 불 이 조

大夫夙退[48]하여
대 부 숙 퇴

無使君勞[49]러니라
무 사 군 로

수레 끄는 네 마리 말은 건장하며

붉은 말재갈 선명도 한데

적거를 타고 가서 조회하니

대부들은 일찍 물러나며

군주를 번거롭게 하지 말자고 하였네

河水洋洋[50]하여
하 수 양 양

北流活活[51]이어늘
북 류 괄 괄

황하 물은 넘실넘실

북쪽으로 괄괄 흘러가고

다. 여기에는 권농(勸農)의 뜻도 있다〔다산(茶山) 정약용, 『강의(講義)』〕.

45 사모유교(四牡有驕): 사모(四牡)는 수레를 끄는 네 마리 말. 유교(有驕)는 교연(驕然)으로 말이 장대한 모양(『모전』).

46 주분표표(朱幩鑣鑣): 주분(朱幩)은 붉은 천. 임금의 말은 붉은 천으로 재갈을 감아 장식하였다(『모전』). 표(鑣)는 본래 재갈과 재갈 양쪽의 쇠 장식을 통칭하는 것인데, 겹쳐서 형용사로 사용하였다. 표표(鑣鑣)는 장식이 성하고 아름다운 모양.

47 적불이조(翟茀以朝): 적(翟)은 꿩의 깃털, 나아가 꿩의 깃털로 수레를 장식한 것. 불(茀)은 부인용 수레를 덮는 죽제(竹制) 가리개(『모전』). 『공소(孔疏)』에 의하면 수레에 친 포장을 꿩 깃으로 장식한 것이 적불(翟茀)이다. 수레의 뒤쪽을 양쪽과 함께 덮고 꿩의 깃을 더하여 화려하게 장식한 것. 조(朝)는 조견(朝見)으로 제후를 정식으로 뵙는 것을 말한다.

48 숙퇴(夙退): 신혼의 임금 부부를 위하여 일찍 물러나는 것.

49 무사군로(無使君勞): 군(君)은 임금, 일반적으로 위나라 장공을 가리킨다. 『공양전(公羊傳)』「장공(莊公) 24년」에 "부인이 이르자 대부들이 모두 교외에서 맞았다"고 했는데, 이 대부들은 곧 위나라 대부이다. 강(姜)이 교외에서 쉬고 있었고 대부들이 군(君)을 따라나가 맞은 것이니 예에 부합된다. 이렇게 보면, 여기에서의 군(君)은, 즉 여군(女君)으로 장강을 지칭한다. 이 구절은 부인의 존귀함을 지극하게 묘사한 것〔왕선겸(王先謙), 『집소(集疏)』〕.

50 양양(洋洋): 성대한 모양(『모전』). 「진풍·형문(陳風·衡門)」 시의 『모전(毛傳)』에서는 광대한 모양이라 하였다.

51 북류괄괄(北流活活): 황하는 제나라의 서쪽, 위나라의 동쪽에서 북쪽으로 흘러가 바다로 들어갔다. 괄괄(活活)은 흘러가는 모습(『모전』)이라 하였으나 『설문(說文)』에 의하면

施罛濊濊[52]하니
시 고 활 활
철썩철썩 소리치는 그물에서는

鱣鮪發發[53]하며
전 유 발 발
전어와 다랑어가 팔딱거리고

葭菼揭揭[54]로다
가 담 게 게
갈대랑 억새랑 길쭉길쭉한데

庶姜孼孼[55]하며
서 강 얼 얼
여러 시녀들은 화려하게 치장하였고

庶士有朅[56]이러니라
서 사 유 걸
여러 관원들은 늠름하였네

물이 흘러가는 소리이다.

52 시고활활(施罛濊濊): 시고(施罛)는 강물에 고기 그물을 쳐놓은 것. 활활(濊濊)은 흐름이 장애를 받는 모양〔『설문(說文)』〕, 곧 그물을 쳐놓아 흐름이 장애를 받는 것. 또는 그물이 물에 들어가는 소리.

53 전유발발(鱣鮪發發): 『모전(毛傳)』엔 리(鯉: 잉어)라 하였으나, 정현(鄭玄)은 "전(鱣)은 큰 물고기로 입이 턱 밑에 붙었고 길이가 2, 3장이나 되며 강남에서는 황어(黃魚)라고도 부른다. 잉어와는 전혀 다르다"고 하였다. 또 주희(朱喜)는 "용(龍)같이 생긴 물고기이며 …… 큰 것은 천여 근(斤)"이라 하였다. 전어는 용과 비슷한데, 색깔이 황색이고 머리가 뾰족하며 입은 턱 밑에 있고 등 위와 배 아래에 모두 단단한 껍질이 있으니, 큰 것은 천여 근이나 된다. 유(鮪)는 전어와 같은데 작으며 색깔이 청흑색(靑黑色)이라고 한다. 전어와 유어는 현재에는 심어(鱘魚: 다랑어)라고 부르며 강과 바다를 오가는 회유성(回遊性) 어류이다. 몸길이는 약 2미터, 가장 큰 것은 5미터 이상 되는 것도 있다. 지역에 따라 부르는 이름도 다르다. 중국에서 가장 오래된 역서(曆書)이자 기후 관련 저서인 『하소정(夏小正)』〔전한(前漢) 때 대덕(戴德)의 『대대례기(大戴禮記)』에 수록〕에서는 이 물고기에 대해 쓰고 있는데, 2월에 이 물고기로 제사 지낸다고 하였다. 발발(發發)은 물고기가 그물에 걸려 꼬리치는 모양〔육덕명(陸德明), 『경전석문(經典釋文)』〕이라 했다.

54 가담게게(葭菼揭揭): 가(葭)와 담(菼)은 갈대이며 또한 적(荻)이라고도 한다. 게게(揭揭)는 걸걸로 읽기도 하며, 길게 자란 모양(『모전』).

55 서강얼얼(庶姜孼孼): 서강(庶姜)은 제나라 성(姓)을 지닌 사람으로서 장강을 따라 위나라로 온 동성(同姓)의 몸종들. 또는 여자 조카나 아우. 얼얼(孼孼)은 성대하게 꾸민 것.

56 서사유걸(庶士有朅): 서사(庶士)는 장강의 출가를 전송하는 여러 관원들(『모전』). 또는 잉신(媵臣), 즉 귀인이 시집갈 때 데리고 가는 신하. 걸(朅)은 무장하여 굳세고 씩씩한 모양. 유걸(有朅)은 걸걸(朅朅)과 같다.

◈ 해설

「모시서」에서는 "이 시는 장강(莊姜)을 동정한 것이다. 장공이 첩들에게 빠져 첩들이 손위를 넘보게 되었으나 장강은 어질어 응대하지 않았다. 그러나 끝내 자식이 없어 나라 사람들이 동정하고 걱정한 것이다"라고 하였다.

『춘추좌전』「은공(隱公) 3년」에도 "위나라 장공은 제나라 태자 득신(得臣)의 누이동생 장강에게 장가들었다. 장강은 아름다웠으나 자식이 없어 위나라 사람들이 「석인(碩人)」을 읊은 것이다"라고 하였다. 그러나 내용을 보면, 장강이 제나라로부터 위나라로 시집올 때의 성대하고 아름답던 장면을 되새기며 노래한 것이다.

제4장의 앞 다섯 구의 '전어와 다랑어', '갈대와 억새' 등은 풍물(風物)의 부유함을 성대하게 말함으로써, 장강이 모든 것을 온전히 갖추어 흠이 없음을 성대하게 말한 것으로 본다〔다산(茶山) 정약용, 『강의(講義)』〕.

4. 맹(氓) 한 사내

氓之蚩蚩[57]
맹 지 치 치

타지에서 온 남자 히죽거리며

57 맹지치치(氓之蚩蚩): 맹(氓)은 『모전』엔 백성 민(民)이라 풀이했는데, 여기서는 누군지도 모르는 남자(『집전』), 또는 야민(野民)의 뜻. 『맹자·등문공상(孟子·滕文公上)』에 "먼 곳 사람들이 임금께서 인정(仁政)을 베푸신다는 말을 듣고 터전을 하나 얻어 백성이 되고 싶어 한다(遠方之人, 聞君行仁政, 願受一廛而爲氓)"는 내용을 보면 맹(氓)은 민(民)과 같은 뜻이기는 하지만 약간의 차이가 있으니 대개 다른 곳에서 이민(移民)온 사람일 것이다. 『설문(說文)』 단옥재(段玉裁) 주(注)에서도 "타지로부터 돌아가는 사람을 맹이라 한다(自他歸往之民 則謂之氓)"라고 했다. 즉 정해진 거처가 없이 유동적(流动的)인 사람, 또는 다른 나라에서 온 사람을 말한다. 치치(蚩蚩)는 어리석은 모양〔『통석(通釋)』〕, 또는 무지(無知)한 모양. 남자를 원망하고 욕한 것이다(『집전』). 또는 치(嗤)와 같이 희롱

抱布貿絲[58]러니 포 포 무 사	베를 안고 실 바꾸러 온 것은
匪來貿絲[59]라 비 래 무 사	실을 바꾸러 온 것이 아니라
來卽我謀[60]러라 내 즉 아 모	와서 나를 꼬이려던 것
送子涉淇[61]하여 송 자 섭 기	나는 그대 따라 기수를 건너
至于頓丘[62]러라 지 우 돈 구	돈구까지 전송했었네
匪我愆期[63]요 비 아 건 기	내가 약속을 어기는 게 아니라
子無良媒[64]니라 자 무 양 매	그대에게 좋은 중매 없어서여라
將子無怒[65]하라 장 자 무 노	아아 그대 성내지 말고
秋以爲期[66]하니라 추 이 위 기	가을로 약속토록 하세요

하며 웃는 모양.

58 포포무사(抱布貿絲): 포(布)는 베로서 페(幣: 비단, 예물)와 같이 돈의 뜻(『모전』). 옛날에는 포(布)로써 돈을 대신하였다. 그리고 돈은 유포(流布)한다는 뜻에서 '포'라 한다고도 한다. 우리말의 '돈다〔流布〕'는 뜻에서 현재 '돈'이라 하는 것과 유사하다. 무(貿)는 사는 것. 즉 돈을 대신하는 포목을 안고 와서 실을 산다는 뜻.

59 비(匪): 아니다. 비(非)와 같다.

60 아모(我謀): 모아(謀我)를 도치한 것으로, 나를 도모하여 결혼할 것을 꾀하는 것(『정전』) 또는 '나를 꼬드기다', 즉 수작을 거는 것이다.

61 섭기(涉淇): 기수(淇水)를 건너다. 기수는 지금의 하남성 기현(淇縣)에 있다. 남자와 이미 정을 통하고 난 뒤 헤어질 때 전송한 것.

62 돈구(頓丘): 지명. 기수의 남쪽 언덕. 지금의 하북성 청풍현(淸豊縣) 서남쪽 25리 되는 곳에 있었다(『석의(釋義)』).

63 건(愆): 과(過)와 통하며 '어기다', '허물삼다'의 뜻. 건기(愆期)는 기약을 거저 지나치는 것 또는 시기를 탓하는 것.

64 매(媒): 옛날 중국의 예법에 결혼은 반드시 중매를 통하여 혼인을 진행시켰다. 따라서 매인(媒人)이 없다는 것은 나 때문이 아니라 너 때문에 결혼을 못하고 있다는 뜻이 된다.

65 장(將): 발어사. 또는 원(願)·청(請)의 뜻(『정전』)

66 추이위기(秋以爲期): 기(期)는 결혼을 기약하는 날짜.

乘彼垝垣[67]하여 승 피 궤 원	저 무너진 담장에 올라
以望復關[68]이라 이 망 복 관	복관을 바라보고
不見復關하여 불 견 복 관	그대 오는 것 아니 보이면
泣涕漣漣[69]이러니 읍 체 연 련	눈물 뚝뚝 흘려 울고
旣見復關하여 기 견 복 관	그대 오는 것 보이면
載笑載言[70]이라 재 소 재 언	웃으며 이야기했다
爾卜爾筮[71]하여 이 복 이 서	그대 거북점 시초점 쳐서
體無咎言[72]하니 체 무 구 언	점괘에 나쁘단 말 없으면
以爾車來[73]하여 이 이 거 래	그대 수레 몰고 와서
以我賄遷[74]이로다 이 아 회 천	내 혼수감 옮겨 가세요
桑之未落[75]에 상 지 미 락	뽕잎이 떨어지지 않았을 적엔

67 궤원(垝垣): 궤(垝)는 무너진 것. 원(垣)은 낮은 담. 그래서 무너진 낮은 담. 또는 높은 담〔우성오(于省吾), 『신증(新證)』〕.

68 복관(复關): 남자가 살던 지명(『집전』). 또는 그 남자가 올 때 반드시 거치는 곳으로 위(衛)나라 도성 근교에 있는 관문. 역시 지금의 하북성 청풍현에 있었다. 또는 복(复)을 반(返) 곧 '돌아오다'의 뜻으로 보고, 관문을 돌아오는 것으로도 해석한다〔여관영(余冠英), 『시경선(詩經選)』〕.

69 연련(漣漣): 눈물이 줄줄 흘러내리는 모양.

70 재(載): 어조사. 대개는 '—하면서—하다'는 뜻.

71 이복이서(爾卜爾筮): 복(卜)은 거북 껍질로 길흉을 점치는 것. 서(筮)는 시초(蓍草)로 길흉을 점치는 것.

72 체무구언(體無咎言): 체(體)는 거북점의 점괘와 주역괘(周易卦)의 점괘. 구언(咎言)은 나쁘다는 말. 또는 불길한 말.

73 이이거래(以爾車來): 이거(爾車)는 그대의 수레. 래(來)는 가지고 오다.

74 이아회천(以我賄遷): 회(賄)는 재물. 천(遷)은 옮기는 것. 회천(賄遷)은 혼수인 재물을 싸가지고 남자를 따라 시집가는 것.

其葉沃若[76]이라 (기엽옥약) 그 잎새 부드럽고 싱싱했네
于嗟鳩兮[77]여 (우차구혜) 아아, 산비둘기야
無食桑葚[78]하라 (무식상심) 오디를 따먹지 마라
于嗟女兮여 (우차여혜) 아아, 여자들아
無與士耽[79]하라 (무여사탐) 사내와 환락에 젖지 마라
士之耽兮는 (사지탐혜) 사내가 환락에 젖으면
猶可說也[80]어니와 (유가설야) 그래도 할 말이 있지만
女之耽兮는 (여지탐혜) 여자가 환락에 젖으면
不可說也니라 (불가설야) 말할 수도 없단다

桑之落矣니 (상지낙의) 뽕잎이 질 적엔
其黃而隕[81]이로다 (기황이운) 누렇게 시들어 떨어진다

---

75 상지미락(桑之未落): 상(桑)은 뽕잎을 말한다. 『정전(鄭箋)』에서는 이 구절과 다음 제4장의 "상지낙의(桑之落矣)"를 중추(仲秋)와 계추(季秋)를 말한다고 하여 시절로 풀었으며, 나아가 전자의 산비둘기가 때 아닌 때에 오디를 먹는 것은 여자가 예(禮)에 맞지 않게 시집가는 것을 비유한 것 등의 해석은 옳지 않아 보인다. 이는 여인의 용색(容色)의 성쇠(盛衰)나 그에 따른 나이의 변화를 말한 것으로 본다〔왕선겸(王先謙), 『집소(集疏)』〕.

76 옥약(沃若): 무성한 모습(『정전』), 또는 윤택한 모습(『집전』).

77 우차구혜(于嗟鳩兮): 우차(于嗟)는 아아. 구(鳩)는 『모전』에는 골구(鶻鳩)라 하였는데, 산작(山雀) 비슷하면서도 작고 꼬리는 청흑색(青黑色)이며 소리를 많이 지른다고 하였다(『집전』). 여기서는 '산비둘기'라고 하였다.

78 상심(桑葚): 오디.

79 무여사탐(無與士耽): 무(無)는 하지 마라. 사(士)는 미혼 남자를 일반적으로 칭하는 말. 탐(耽)은 과하게 즐기다, 놀아나다.

80 설(說): 얘기하고 설명하는 것. 또는 탈(脫)과 통하여, 벗어나다의 뜻.

81 운(隕): 떨어지다.

自我徂爾[82]하여 자 아 조 이	내가 그대에게 간 이후
三歲食貧[83]이로다 삼 세 식 빈	3년 동안 가난에 굶주렸다
淇水湯湯[84]하니 기 수 상 상	기수 강물이 물결쳐
漸車帷裳[85]이로다 점 거 유 상	수레 휘장을 적신다
女也不爽[86]이나 여 야 불 상	여자에게 잘못 없어도
士貳其行[87]이니라 사 이 기 행	남자는 처음과 그 행동 다르다
士也罔極[88]하니 사 야 망 극	남자란 믿을 수 없는 것
二三其德[89]이로다 이 삼 기 덕	그 마음 이랬다저랬다

82 조(徂): 가다.

83 식빈(食貧): 가난하여 먹을 것도 제대로 못 먹고 고생하는 것.

84 상상(湯湯): 물이 성한 모양(『모전』).

85 점거유상(漸車帷裳): 점(漸)은 젖다. 유(帷)는 부인들의 수레 가장자리에 친 휘장(『집전』). 유상(帷裳)은 그것을 치마처럼 늘어뜨려 장식한 것(『공소(孔疏)』). 이 구절을 『모전』에선 어려움을 무릅쓰고 시집가던 때를 말한 것이라 하였고, 『집전』에서는 시집에서 버림받아 쫓겨 올 때를 읊은 것이라 하였는데, 해석상에는 큰 차이가 없으나 『집전』 쪽을 따른다. 이후 전개되는 내용은 회상과 후회의 표출인데, 이 구절이 결혼 이후의 일들에 대한 그러한 심정을 불러일으킨 것으로 보기 때문이다. 기수를 건너 오고가며 결혼을 약속했고 마침내 버림받아 돌아오며 기수를 건너는 것이므로 기수가 이 모든 과정의 증인인 셈이다.

86 여야불상(女也不爽): 여(女)는 여자, 즉 부인 자신. 상(爽)은 차(差)의 뜻, 곧 어긋남이나 잘못됨.

87 사이기행(士貳其行): 이(貳)는 둘. 즉 전일(專一)하지 않다. 또는 특(忒)의 가차로서 곧 '변하다, 어긋나다'의 뜻으로도 본다〔왕인지(王引之), 『경의술문(經義述聞)』〕. 이 구절은 곧 그의 행동이 두 가지이다, 곧 옛날의 행동과 지금이 다르다는 뜻.

88 망극(罔極): 망(罔)은 무(無). 극(極)은 중정(中正). 그래서 올바르지 않다는 뜻. 또는 무량(無良), 곧 옳지 못함, 믿을 수 없다는 뜻. 또는 준칙(準則)이 없다는 뜻으로도 본다.

89 이삼기덕(二三其德): 이삼(二三)은 이랬다저랬다 하는 것. 즉 변화무상한 것. 덕(德)은 행동 또는 마음.

三歲爲婦[90]하여 (삼세위부)	3년 동안 아내 노릇 하면서
靡室勞矣[91]며 (미실로의)	방에 들어가 쉬어 볼 새도 없이
夙興夜寐[92]하여 (숙흥야매)	새벽 일찍 일어나 밤늦게 자느라
靡有朝矣[93]로다 (미유조의)	하루아침도 겨를이 없었다
言旣遂矣[94]어늘 (언기수의)	우리 언약 이루어지자
至于暴矣하나 (지우포의)	그대는 포악해졌고
兄弟不知하여 (형제부지)	형제들은 실정 모르고
咥其笑矣[95]로다 (질기소의)	빈정거리며 웃기만 한다
靜言思之[96]하니 (정언사지)	가만히 생각해 보면
躬自悼矣[97]로다 (궁자도의)	절로 이 가슴 슬퍼진다

---

90 위부(爲婦): 처 노릇 또는 며느리 역할을 하는 것.

91 미실로의(靡室勞矣): 미(靡)는 비(非)의 뜻. 이 구의 해석은 대개 세 종류가 있다. "靡室-勞矣"로 끊어 이 글의 작자인 기부(棄婦)를 주어로 하여 '방에 들어가 쉴 새도 없이 일했다'는 것이나 '집안일을 수고롭게 여기지 않았다'고 해석이 된다. "靡-室勞矣"로 끊어 '집안일의 수고로움이 없었다'로 해석하는데, 그래서 집안일은 오로지 여자의 몫이었다는 뜻으로 이때의 주어는 남편이다.

92 숙흥야매(夙興夜寐): 흥(興)은 기(起)와 통하여 '일어나다'의 뜻. 매(寐)는 와(臥)와 통하여 '눕다, 잠자다'의 뜻. 이 구절은 아침 일찍 일어나고 밤늦게 잠을 자는 것.

93 미유조의(靡有朝矣): 아침도 모르고 부지런히 일했다는 뜻. 또는 하루아침의 한가로움도 없었다(『집전』). 또는 한 번의 아침도 그러지(나태하지) 않았다.

94 언기수의(言旣遂矣): 언(言)은 언약(『집전』). 또는 어조사. 수(遂)는 이루다. 또는 종(終)이나 경(竟)으로 푸는데, 모두 구(久)의 뜻이 있다(『정전(鄭箋)』, 『후전(後箋)』). 그래서 '오래되다'의 뜻.

95 희기소의(咥其笑矣): 희(咥)는 크게 웃는 모양. 희기(咥其)는 희희(咥咥).

96 언(言): 조사.

97 궁자도의(躬自悼矣): 궁자(躬自)는 자기 자신. 도(悼)는 슬픈 것.

及爾偕老러니 급 이 해 로	그대와 해로하려 했더니
老使我怨이로다 노 사 아 원	늘그막에 내 원한만 샀다
淇則有岸[98]이며 기 즉 유 안	기수에도 언덕이 있고
隰則有泮[99]이로다 습 즉 유 반	진펄에도 둔덕이 있는데
總角之宴[100]에 총 각 지 연	처녀 총각으로 즐기던 때는
言笑晏晏[101]하며 언 소 안 안	말씨도 웃음도 부드러웠고
信誓旦旦[102]하여 신 서 단 단	굳은 맹세 정성되고 간곡해서
不思其反[103]이로다 불 사 기 반	이렇게 뒤집힐 줄은 생각 못했다
反是不思하니 반 시 불 사	뒤집힐 줄은 생각도 않았는데
亦已焉哉[104]로다 역 이 언 재	이제는 모든 것 끝장이구나!

---

98 안(岸): 언덕.

99 습즉유반(隰則有泮): 습(隰)은 진펄. 또는 습(濕)과 통하고, 습(濕)은 강 이름이며 탑수(漯水)〔『설문(說文)』〕로서 고대 황하 하류의 중요한 지류(支流)의 하나. 옛 물길은 하남성 준현(浚縣)의 서남을 거쳐 산동성 빈현(濱縣) 등에 이르러 바다로 들어간다. 그리고 앞 구의 기(淇)와 대(對)가 되므로 강 이름으로 보는 것이 옳다. 반(泮)은 반(畔)과 통하여 물가의 둔덕이라는 뜻(『정전』). 또는 하안(河岸).

100 총각지연(總角之宴): 옛날에 남녀들이 결혼하기 전에는 머리를 양쪽으로 땋았는데 이를 총각(總角)이라 하였다. 후세에는 결혼하지 않은 남자를 가리키는 말로 쓰이게 되었다. 연(宴)은 즐기다. 또는 지연(之宴)은 지관(之丱)으로 써야 하고, 관관(丱丱)과 같으며 쌍상투 또는 총각(總角)의 모양이라 한다. 관(丱)과 연(宴)은 고음(古音)이 서로 통했다고 한다〔『통석(通釋)』〕.

101 언소안안(言笑晏晏): 언소(言笑)는 말하는 것과 웃는 것. 안안(晏晏)은 화유(和柔)한 모양(『모전』).

102 신서단단(信誓旦旦): 신(信)은 '약속'과 '믿음'의 뜻이지만, 〈삼가시(三家詩)〉에는 동사로 시(矢)나 진(陳)으로 쓰고 있어 신(伸)의 가차로 쓰인 것으로 보인다. 서(誓)는 서약, 맹세. 단단(旦旦)은 『모전』에서는 명(明)이라 하여 우리말로 '단단히 하다'의 뜻. 또는 달달(怛怛)과 통하여〔『공소(孔疏)』〕, 정성되고 간곡한 것(『정전』).

103 반(反): 형편이 반대로 바뀐 것.

104 역이언재(亦已焉哉): 역(亦)은 조사. 이(已)는 파(罷)와 통하여 끝났다는 뜻. 언재(焉哉)

◈ 해설

남자에게 버림받은 여인이 남편을 질책하며 자신의 설움을 노래한 것이다. 일종의 기부시(棄婦詩)이다. 제1장에서는 연애하고 약혼한 과정을 노래했고, 제2장에서는 시집갔던 때의 일을 읊었고, 제3장에서는 시집가서 고생했던 일을 후회했고, 제4장에서는 고생 끝에 남편의 마음이 변했음을 노래했으며, 제5장에서는 일만 하다가 결국 남편에게 쫓겨난 일을 노래했고, 제6장에서는 옛날을 회상하며 지금의 자기의 처지를 슬퍼한 것이다.

「모시서」에서는 시세(時勢)를 풍자한 시라 하였다. 선공(宣公) 때 예의가 사라지고 음풍(淫風)이 크게 유행하여 남녀가 분별없이 마침내 서로 달려가고 유혹하며 아름다운 용색(容色)이 쇠하면 서로 버리고 등지는 일이 많았으므로 정도(正道)로 돌아옴을 찬미하고 음탕함을 풍자한 것이라는 말이다. 어느 한 시대의 일을 말하고 윤리 도덕적으로 해석하였지만 한 여인과 한 가정의 일을 사회 현상과 변화의 척도로 제시한 것으로 보아서 전혀 수용할 수 없는 바는 아니다. 『시집전』은 여기에서 더 나아가 버림받은 여인의 신세를 비유하여 사군자(士君子)가 몸을 세움에 한번 어긋나면 만사(萬事)가 깨어지고 마는 것이 어찌 이와 다르겠는가 하며 스스로 경계할 것을 말했다. 마치 잘못이 여자에게 있는 것처럼 전달된다. 그러나 화자인 여인의 말을 그대로 받아들이거나 이 시가 어떤 상황에서 인용될 때에는 대부분 남자가 변심하여 신의가 없다는 뜻을 취한다.

는 복합감탄사.

5. 죽간(竹竿) 낚싯대

籊籊竹竿[105]으로 길쭉길쭉한 낚싯대로
적 적 죽 간

以釣于淇[106]로다 기수에서 낚시질하고 있으나
이 조 우 기

豈不爾思[107]리요 어찌 그대를 생각하지 않겠는가
기 불 이 사

遠莫致之[108]로다 멀어서 데려 올 수가 없네
원 막 치 지

泉源在左[109]요 천원은 왼쪽에 흐르고
천 원 재 좌

淇水在右로다 기수는 오른쪽에 흐르고 있네
기 수 재 우

女子有行[110]은 여자가 시집을 가면
여 자 유 행

遠父母兄弟로다 부모 형제와 멀어지는 것
원 부 모 형 제

---

105 적적죽간(籊籊竹竿): 적적(籊籊)은 대가 길고 가늘어 휘청거리는 모습(『모전』). 간(竿)은 장대.

106 조(釣): 낚시. 제 1, 2구는 과거의 정경을 회상한 것으로 본다.

107 기불이사(豈不爾思): 전체 주제에 따라 각 단어의 의미가 달라질 수 있다. 화자를 남자로 보면, 이(爾)는 그대, 즉 시집간 옛날의 애인을 가리킨다〔『석의(釋義)』〕. 또는 시집간 여인이 친정과 고향에서 지냈던 과거의 일을 지칭하는 것, 즉 '그곳'으로도 볼 수 있다. 불이사(不爾思)는 불사이(不思爾)의 도치문이다.

108 치(致): 이르다〔至〕, 도달하다.

109 천원재좌(泉源在左): 천원(泉源)은 위주(衛州) 공성(共城)에 있는 백천(百泉)으로 물 이름〔엄찬(嚴粲), 『시집(詩緝)』〕. 천원이 왼쪽에 있고 기수가 오른쪽에 있다는 것은 아마도 예전에 생활하며 노닐던 곳으로 그곳을 생각하자 그리운 마음이 일어나고 또한 여자가 출가하여 부모 형제와 이별하게 된 것을 더욱 강하게 느꼈음을 말한 것.

110 여자유행(女子有行): 행(行)은 시집가는 것. 다음 구와 함께 「패풍·천수(邶風·泉水)」 등 여러 곳에서도 보인다. 아마도 당시의 속어(俗語)일 것이다. '여자가 시집을 가면 부모 형제와 멀어지는 것'이란 당연한 일을 말함으로써 스스로 위로하고 체념할 수밖에 없음을 보인다.

淇水在右하고 (기 수 재 우)	기수는 오른쪽에 흐르고
泉源在左로다 (천 원 재 좌)	천원은 왼쪽에 흐르고 있네
巧笑之瑳[111]며 (교 소 지 차)	예쁘게 웃을 때 보이던 하얀 치아하며
佩玉之儺[112]로다 (패 옥 지 나)	패옥 차고 딸랑거리며 거닐던 모습 그립네

淇水滺滺[113]하니 (기 수 유 유)	기수가 넘실넘실 흐르고
檜楫松舟[114]로다 (회 즙 송 주)	회나무 노에 소나무 배가 떠 있네
駕言出遊[115]하여 (가 언 출 유)	수레 타고 나가 놀면서
以寫我憂[116]하리라 (이 사 아 우)	나의 시름 씻어나 볼까

---

111 교소지차(巧笑之瑳): 교소(巧笑)는 예쁜 웃음. 차(瑳)는 옥의 곱고 흰 색깔〔鮮白色〕. 『집전』에서는 웃을 때 치아가 옥처럼 빛나는 것을 형용한 것이라 했다. 여인이 아름답게 웃는 모습이다.

112 패옥지나(佩玉之儺): 패옥(佩玉)은 부인들이 허리 양편에 차던 구슬. 나(儺)는 행동에 절도가 있는 것〔行有度〕(『모전』)이라 했는데, 걸음걸이에 따라 절도 있게 패옥이 부딪쳐 뎅그렁거리는 것.

113 유유(滺滺): 물이 흐르는 모양(『모전』).

114 회즙송주(檜楫松舟): 회(檜)는 전나무(잣나무와 비슷한 나무). 즙(楫)은 배를 가게 하는 노.

115 가언(駕言): 가(駕)는 수레를 타는 것. 언(言)은 어조사로 의미는 없다.

116 사(寫): 사(瀉)와 같은 뜻. 쏟아내다. 마지막 두 구도 「패풍·천수(邶風·泉水)」 시에 나왔다.

◈ 해설

「모시서」에서는 위(衛)나라 여인이 친정으로 돌아갈 것을 생각한 시라고 하였다. 나아가 다른 나라로 출가하였으나 대우를 받지 못하여 친정을 그리워하였는데 그래도 예(禮)에 맞게 한 것이라고 하였다. 그래서 일반적으로 다른 나라로 시집간 위나라 여인이 친정과 고향을 그리워하는 시로 본다. 주희(朱熹)도 "위나라 여자가 제후에게 시집을 가서, 귀녕(歸寧: 시집의 부모에게 인사드리러 가는 것)하고자 하나 그러질 못해 이 시를 지었다"고 했다. 제1장은 기수 가에서 낚시할 때를 생각하며, 어찌 그 일들을 생각하지 않겠는가마는 멀어서 갈 수 없다고 하고, 제2장에서는 그 물가를 생각하자 이미 결혼하여 부모 형제와 멀리 떨어져 있는 자신의 처지를 돌아보게 되고, 제3장에서는 그 물가 사이에서 노닐던 어린 시절의 예쁘고 발랄한 모습을 떠올리며. 제4장에서는 그 물에 떠 있는 배를 생각하며 이제 어쩔 수 없는 일이라 그 당시 배를 타고 놀던 것에서 기흥(起興)하여 수레 타고 나가 놀면서 시름을 털어볼까 하는 것으로 감상할 수 있다.

그러나 제1장의 낚시하는 사람이 자신이든 가족 또는 옛 애인이든 간에 낚시하는 자체가 다소의 상징적인 의미를 갖고 있다고 한다면 남자의 어투에 가깝다는 것과 제4장의 제1, 2구를 상상 속의 장면으로 보기에는 노와 배의 배치가 작의(作意)적인 느낌을 주는 것도 흠으로 보인다. 그래서 시집을 간 옛 애인을 그리워하는 남자의 노래라고 해석하기도 한다. 각 장의 제1, 2구는 상상이 아니라 바로 눈앞의 장면이며 제3장의 제3, 4구는 과거 사랑했던 여인의 모습을 상상한 것으로 보는 것이다.

6. 환란(芄蘭)

새박덩굴

芄蘭之支[117]여
환 란 지 지

童子佩觿[118]로다
동 자 패 휴

雖則佩觿나
수 칙 패 휴

能不我知[119]로다
능 불 아 지

容兮遂兮[120]하니
용 혜 수 혜

垂帶悸兮[121]로다
수 대 계 혜

새박덩굴 가지같이 가냘픈

어린아이가 뿔송곳 찼네

비록 뿔송곳 찼어도

나를 몰라주네요

그래도 점잖고 맵시 있네

드리운 띠 늘어져 출렁이네

---

117 환란지지(芄蘭之支): 환란(芄蘭)은 새박덩굴 또는 박주가리, 나마(蘿摩)라고도 부르는 식물로서 들에서 나는 다년생 초본 덩굴 식물. 줄기가 다른 나무에 감기어 자라며 잎은 마주 자란다. 그 줄기나 잎새를 자르면 흰 즙이 나오며 여름에 겉은 희고 속은 자색(紫色)인 꽃이 핀다. 열매는 씨에 흰 긴 털이 나서 솜에 대용할 수 있으며 인주를 만드는 데도 쓴다. 줄기 껍질에서도 섬유를 채취할 수 있으며 부드러운 잎새는 식용으로 쓰인다. 지(支)는 지(枝)와 같다. 또는 '환란(芄蘭)'의 음이 '婉孌(완련)'과 같아서 용모가 아름답다는 것, 그래서 친애(親愛)의 뜻도 있다〔「제풍·보전(齊風·甫田)」과 「조풍·후인(曹風·候人)」 시 참조〕.

118 동자패휴(童子佩觿): '동자'는 아이의 뜻으로, 위나라 혜공(惠公)을 가리킨다고도 한다. 휴(觿)는 상아(象牙)로 만든 송곳 같은 물건으로 실의 매듭을 푸는 데 쓰였다〔『공소(孔疏)』〕. 그것을 장식으로 허리에 차고 다녔는데 성인들이 차는 것이지 아이들이 차는 것은 아니다.

119 능불아지(能不我知): 능(能)은 마침내[경(竟)] 또는 이(而)와 같은 뜻. 지(知)는 알아주다는 의미 외에도 배필(配匹)·짝짓다의 뜻으로도 읽힌다. 나아가 접(接)의 뜻이다. 청(淸) 학의행(郝懿行, 1755~1823)의 『이아의소(爾雅義疏)』에서 『묵자·경상(墨子·經上)』과 『장자·경상초(莊子·庚桑楚)』에 나오는 지(知)를 모두 접(接)으로 풀었다. 접은 교(交)·회(會)·합(合) 등의 뜻을 가진다. 뒷장의 '갑(甲)〔압(狎): 친압(親狎)하다, 가까이하다〕'과 대(對)를 이룬다.

120 용혜수혜(容兮遂兮): 용혜(容兮)는 용용(容容)의 뜻으로 흔들흔들하는 모양. 수(遂)는 추(墜)와 통하며, 밑으로 늘어진 모양〔『석의(釋義)』〕. 또는 '용'은 옹용(雍容) 곧 온화하고 점잖다는 뜻으로, '수'는 편안하면서도 절도가 있는 것으로 해석한다.

121 수대계혜(垂帶悸兮): 수(垂)는 드리우다. 대(帶)는 허리띠로 패(佩)를 다는 혁대와 옷을

芄蘭之葉이여 (환 란 지 엽)	새박덩쿨 잎 같이 연약한
童子佩韘[122]이로다 (동 자 패 섭)	어린 아이가 뿔깍지 찼네
雖則佩韘이나 (수 칙 패 섭)	비록 뿔깍지 찼어도
能不我甲[123]이로다 (능 불 아 갑)	나와 가까이하지 않네
容兮遂兮하니 (용 혜 수 혜)	그래도 점잖고 맵시 있네
垂帶悸兮로다 (수 대 계 혜)	드리운 띠 늘어져 출렁이네

◈ 해설

「모시서」는 위(衛)나라 혜공(惠公)을 풍자한 시라고 하였다. 그는 어린 나이에 임금 자리에 올랐으나 교만하고 무례하여 대부들이 그를 풍자한 것이라는 말이다. 주희는 무엇을 말한 것인지 알 수 없으니 억지로 해석할 수 없노라고 하였다. 현대적인 해석으로는, 어떤 아가씨가 우연히 어린 시절에 좋아 지내던 젊은이를 만났는데 이미 성년이 된 그 젊은이가 성장(盛裝)을 하고 그녀를 본체만체 하자 희롱삼아 쓴 시라고도 한다〔문일다(聞一多), 당막요(唐莫堯) 등〕.

묶는 대대(大帶)가 있는데, 그중에 '대대'가 아래로 늘어진다고 한다〔진환, 『전소(傳疏)』〕. 계(悸)는 아래로 드리운 모양. 또는 이리저리 움직이는 것〔『석의(釋義)』〕.

122 섭(韘): 활을 쏠 때 끼는 깍지. 상아(象牙)로 만들며 가죽끈으로 오른쪽 엄지손가락에 끼웠다 뺐다 한다〔『전소(傳疏)』〕. 그리고 말을 타거나 활을 쏠 때 이를 허리에 찼다(『모전』).

123 갑(甲): 압(狎)과 통하며(『모전』), 친하게 어울리는 것.

7. 하광(河廣) 황하가 넓어도

誰謂河廣고 (수위하광)	누가 황하를 넓다고 했나
一葦杭之[124]로다 (일위항지)	일엽편주로도 건너는 것을
誰謂宋遠고 (수위송원)	누가 송나라를 멀다고 했나
跂予望之[125]로다 (기여망지)	발돋움만 하면 바라보이는 것을
誰謂河廣고 (수위하광)	누가 황하를 넓다고 했나
曾不容刀[126]로다 (증불용도)	조그만 배 한 척도 들이지 못하는 것을
誰謂宋遠고 (수위송원)	누가 송나라를 멀다고 했나
曾不崇朝[127]로다 (증불숭조)	하루아침 거리도 못되는 것을

---

124 일위항지(一葦杭之): 위(葦)는 갈대의 한 종류로서, 여기서는 갈대 한 잎이나 한 개로 보기보다는 한 묶음 또는 한 다발로 보는 것이 좋을 것 같다〔『공소(孔疏)』〕. 항(杭)은 나룻배로 물을 건너는 것으로 도(渡)의 뜻. 항(斻)의 가차자로 보며 『노시(魯詩)』에는 이 글자로 되어 있다. 항(航)은 뒤에 만들어진 속자(俗字)이다.

125 기여망지(跂予望之): 기(跂)는 발뒤꿈치를 드는 것. 기(企)의 가차자로, 『노시(魯詩)』와 『제시(齊詩)』에는 이 글자로 되어 있다. 여(予)는 나〔我〕.

126 증불용도(曾不容刀): 증(曾)은 곧〔乃〕. 도(刀)는 『석의(釋義)』에선 황하가 그 얇은 칼도 받아들이지 못할 만큼 아주 좁게 느껴진다는 뜻으로 보았는데, 비유치고는 너무 파격적이다. 『정전(鄭箋)』에선 도(刀)가 도(舠: 거룻배, 작은 배)와 통한다고 하고 소선(小船), 즉 작은 배라고 하였다.

127 숭조(崇朝): 종조(終朝). 해 뜰 때부터 식사할 때까지. 즉 아침 식전 동안에 걸어서 갈 거리도 안 될 듯하다는 뜻. 「용풍·체동(鄘風·蝃蝀)」 시에도 나왔다.

◈ 해설

「모시서」에는 "송나라 자보〔玆父: 양공(襄公)〕의 어머니가 위나라로 돌아와 송나라에 남기고 온 아들 자보를 생각하며 지은 노래"라고 하였다. 양공의 어머니는 선강(宣姜)의 딸로서 위나라 대공(戴公)과 문공(文公)의 누이동생이며 송나라 환공(桓公)의 부인이었다. 양공을 낳고는 쫓겨나 위나라로 돌아갔는데, 양공이 즉위하자 아들을 그리워했지만 의리상 갈 수 없었다.

그러나 송나라 양공 때 위나라는 이미 도읍을 황하의 남쪽으로 옮겨 와 있었으니, 송나라로 가려면 황하를 건널 필요가 없었다. 따라서 「모시서」의 해설은 믿을 수 없다고 했다. 송(宋)나라 왕질(王質)은 『시총문(詩總聞)』에서 위나라에 와서 사는 사람이 가지 못하는 고향을 생각하며 부른 노래라 했는데, 그럴 듯하다〔『석의(釋義)』〕.

위나라는 지금의 하남성 북부의 신향(新鄕) 안양(安陽) 지역에 있었고, 송나라는 하남성 동쪽 상구(商丘) 지역에 있었으므로 그 중간에 넓고 넓은 황하가 있을뿐더러 그 거리도 수 백리나 되는 먼 거리이다. 그러나 고향을 그리워하는 시인의 상상 속에는 황하도 일엽편주로 건널 수 있고 거룻배도 들이지 못할 정도로 좁게 느껴지고, 송나라는 발돋움하면 볼 수 있고 아침나절이면 닿을 수 있을 것처럼 가깝다.

8. 백혜(伯兮) 님이시여

伯兮朅兮[128]하니 / 내 님은 용감하시어
백 혜 흘 혜

128 백혜흘혜(伯兮朅兮): 백(伯)은 원래 나이 많은 사람에 대한 칭호. 여기서는 이 시의 작

邦之桀兮[129]로다
방 지 걸 혜
나라의 영걸

伯也執殳[130]하고
백 야 집 수
내 님은 긴 창 들고

爲王前驅[131]로다
위 왕 전 구
임금님의 선봉되셨네

自伯之東[132]하여
자 백 지 동
내 님이 동으로 가신 후

首如飛蓬[133]이라
수 여 비 봉
내 머리는 날리는 쑥대 같네

자 여인의 남편. 흘(朅)은『노시(魯詩)』에서는 게(偈)로 쓰고 있는데, 무모(武貌)(『모전』), 즉 헌걸차고 용감한 모양.

129 방지걸혜(邦之桀兮): 방(邦)은 나라 국(國)과 같으며 호훈(互訓)한다. 걸(桀)의 본뜻은 홀로 서있는 모양〔獨立貌〕으로 영걸(英傑)로 인신되었다. 걸(傑)과 통하며 영걸(英傑), 즉 재주와 지혜가 출중한 것을 말한다.『백호통·성인(白虎通·聖人)』에서「변명기(辨名記)」〔전한(前漢) 대덕(戴德)의『대대례기(大戴禮記)』에 수록〕를 인용하기를 "五人曰茂, 十人曰選, 百人曰俊, 千人曰英, 倍英曰賢, 萬人曰傑, 萬傑曰聖"라고 했다.

130 수(殳): 길이 1장 2척의 날 없는 창(『모전』).

131 전구(前驅): 선구(先驅)와 같으며, 앞장서는 사람. 전쟁을 할 때 왕이나 사령관의 수레 양쪽에서 보호하는 역할을 한다. 이 3, 4구를 일반적 상황으로 보면 이 사람의 직책을 알 수 있다.『주례·사과순(周禮·司戈盾)』의 "제사할 때 여분씨에게 창을 준다(祭祀授旅賁殳)",『설문(說文)』의 "여분씨는 창을 잡고 앞에 나선다(旅賁以殳先驅)"와 같이 창을 잡고 앞에 나서는 것이 여분의 직책이다.『주례·여분씨(周禮·旅賁氏)』에는 "창과 방패를 가지고 왕의 전차를 에워싸 종종걸음으로 달리는데, 왼쪽에 8명 오른쪽에 8명이 있으며 수레가 멈추면 수레의 바퀴를 움직이지 않게 잡는다(掌執戈盾夾王車而趨, 左八人, 右八人, 車止則持輪)"라고 했고, 그 주(注)에 "왕의 수레를 에워싸는 것은 하사(下士)로서 모두 16명이고 중사(中士)가 그 장이 된다(夾王車者, 其下士也, 下士十有六人, 中士爲之帥焉)"고 했다. 여분씨 중사는 2인이다. 즉 수레 옆에서 창과 방패를 들고 따르는 사람은 하사이고, 창을 들고 앞서는 사람은 중사이다. 춘추 중기(中期) 이전에 사(士)는 제후국 군대의 주력으로, 이 시에 나오는 남편은 사(士) 이상의 귀족이다. 시의 내용이『주례』와 실제로 부합한다.

132 자백지동(自伯之東): 자(自)는 '—로부터' 또는 '—한 후로'의 뜻. 지(之)는 가다〔往〕. 동(東)은 아마 제노(齊魯)를 지칭할 것.

133 수여비봉(首如飛蓬): 수(首)는 머리. 비봉(飛蓬)은 바람에 날리는 엉클어진 다북쑥. 빗질하지 않은 난발(亂髮)을 말한다.

豈無膏沐[134]이리오마는 기 무 고 목	어이 기름 바르고 머리 감지 못하랴만
誰適爲容[135]이리오 수 적 위 용	누굴 위해 단장할꼬?
其雨其雨[136]에 기 우 기 우	비 좀 와라 비 좀 와라 해도
杲杲出日[137]이로다 고 고 출 일	해가 쨍쨍 내리 비치네
願言思伯[138]이라 원 언 사 백	임을 그리워하기에
甘心首疾[139]이로다 감 심 수 질	머리 아픈 것도 달게 받는다
焉得諼草[140]하여 언 득 훤 초	어떻게 망우초 구해다가

---

134 고목(膏沐): 머리에 기름을 바르는 것과 머리를 감는 것으로 여자의 화장을 통틀어 말했다.

135 수적위용(誰適爲容): 적(適)은 기쁘다, 즉 열(悅)의 뜻이다(『통석(通釋)』). 용(容)은 화장하는 것. 여자는 자기를 기쁘게 하는 사람, 자기를 좋아하는 사람을 위해 화장을 하는데, 남편이 없는 까닭에 이렇게 말한 것이다. 송강(松江) 정철(鄭澈, 1536~1593)의 「사미인곡(思美人曲)」 중 "연지 분 있네마는 눌 위하여 고히 할꼬"와 같다.

136 기우(其雨): 기(其)는 어조사. 비가 왔으면 하는 희망을 표시하는 것(『집전』). 비 오라고 하는 것은 임을 오라 하는 것과 같으며, 일설에는 은어(隱語)로 운우지정(雲雨之情)을 의미한다고 한다. 그리고 『시경』에서 비·바람·서리 등은 대체로 남녀 간의 애정을 상징한다.

137 고고(杲杲): 고(杲)는 나무 위에 해가 떠 있는 모양으로, 고고는 햇빛이 쨍쨍 나서 밝은 것. 비 오기를 바랐는데 해가 떠서 밝은 것은 남편이 돌아오기를 기대하였으나 오지 않는 것을 비유한다(『집전』).

138 원언사백(願言思伯): 원(願)은 생각하다. 언(言)과 사(思)는 조사. 또는 원언(願言)을 생각하여 잊지 못하는 모습으로 해석하기도 한다.

139 감심수질(甘心首疾): 감심(甘心)은 마음속으로 달게 여기는 것. 또는 통심(痛心)·우심(憂心)·수심(愁心)·노심(勞心) 등과 같이 본다. 수질(首疾)은 두통을 말한다. 그리움의 고통을 말한다.

140 언득훤초(焉得諼草): 언(焉)은 어찌[何] 또는 어느 곳[何處]. 훤초는 근심을 잊게 한다는 풀(『모전』)로서, 원추리 또는 망우초(忘憂草)라고 하며 훤은 萱·萲·蕿·藼 등으로도

言樹之背[141]로다
언 수 지 배
뒤꼍에 심을까

願言思伯이라
원 언 사 백
임을 그리워하기에

使我心痗[142]로다
사 아 심 매
내 마음 병드네

◈ 해설

부인이 전쟁에 나가 오랫동안 돌아오지 않는 남편을 생각하며 노래한 것이다. 그래서 「모시서」는 이런 정황을 만든 시대를 풍자한 것이라 했다. 『정전(鄭箋)』에 의하면 "위나라 선공(宣公) 때 위(衛)·진(陳)·채(蔡) 3국이 주왕(周王)을 따라 정(鄭)나라를 쳤다(위선공 12년, BC 707년). 이때 이 남자는 임금의 전구(前驅), 즉 선봉(先鋒)으로서 오랫동안 종군하여 때가 지나도 돌아오지 않으므로 집사람이 그를 생각한 것"이라고 하였다.

쓴다. 『본초강목(本草綱目)』에서는 "오(吳) 지방 사람들은 이 풀을 료수(療愁: 근심을 치료함)라 부른다"고 했다.

141 언수지배(言樹之背): 언(言)은 조사. 수(樹)는 심다. 배(背)는 북쪽 또는 북쪽 집〔北堂〕(『모전』). 우리말로 뒤꼍에 해당될 것. 또 背(北)에는 달아나다〔走〕, 버리다〔棄去〕, 잃어버리다〔喪棄〕 등의 뜻을 가진다. 배기(背棄)는 유망(遺忘)과도 통한다. 즉 훤초를 뒤꼍(또는 북쪽)에다 심는다는 말에는 사물과 장소에 모두 '잊는다'는 뜻이 포함되어 있다.

142 매(痗): 앓다. 아프다. 병들다.

9. 유호(有狐) 여우가 있는데

有狐綏綏[143]하니 유 호 수 수	여우가 어슬렁어슬렁
在彼淇梁[144]이로다 재 피 기 량	저 기수 다리를 어정거린다
心之憂矣는 심 지 우 의	마음속 근심은
之子無裳[145]이니라 지 자 무 상	그대 입을 바지가 없을까 봐

有狐綏綏하니 유 호 수 수	여우가 어슬렁어슬렁
在彼淇厲[146]로다 재 피 기 려	저 기수 얕은 곳을 어정거린다
心之憂矣는 심 지 우 의	마음속 근심은
之子無帶[147]니라 지 자 무 대	그대 두를 띠가 없을까 봐

有狐綏綏하니 유 호 수 수	여우가 어슬렁어슬렁

---

143 유호수수(有狐綏綏): 호(狐)는 여우. 수수(綏綏)는 천천히 걷는 모양〔『통석(通釋)』〕. 『집전(集傳)』에선 홀로 짝을 찾아다니는 모습이라 하였다. 또는 수(綏)는 쇠(毸)와 통하며, 쇠(毸)는 여우의 모습이고 털이 긴 모양이다〔다산(茶山) 정약용, 『강의(講義)』〕. [해설] 참조.

144 기량(淇梁): 기(淇)는 강 이름. 양(梁)은 돌다리, 다리.

145 지자무상(之子無裳): 지자(之子)는 그 사람. 상(裳)은 하의로 바지 또는 치마. 형태는 지금의 치마와 같으며 고대 남녀들은 모두 상(裳)을 입었다. 무상(無裳)은 결국 바지가 다 떨어진 것.

146 려(厲): 깊은 물로서 건널 수 있는 곳〔『모전』〕. 또는 물가의 높은 언덕〔명말청초(明末淸初) 하해(何楷, 생졸년 미상), 『시경세본고의(詩經世本古義)』〕. 또는 뢰(瀨: 여울, 급류)의 가차로, 물이 얕은 곳.

147 대(帶): 허리띠.

在彼淇側이로다 재 피 기 측	저 기수 물가를 어정거린다
心之憂矣는 심 지 우 의	마음속 근심은
之子無服이니라 지 자 무 복	그대 입을 옷이 없을까 봐

◈ 해설

「모시서」에서는 위나라의 남녀들이 혼기를 놓쳐 짝이 없고 가정을 이루지 못하는 일이 많아 그 시대상을 풍자한 것이라고 했는데, 합당하지 않다. 그리고 『시집전』에서는 "나라가 어지러워 남편을 잃은 과부가 홀아비를 보고 그에게 시집가고 싶어 짝을 찾는 외로운 여우에 기탁하여 심정을 토로하나 차마 드러내 놓고 말하지는 못하는 것"이라고 했다. 이에 대해 다산(茶山) 정약용은 설득력 있는 해설을 제기하며 보충했다. 의복에 관한 것은 부인이 제공하는 것이므로 치마와 옷이 없는 사람은 홀아비일 가능성이 많고, 그걸 근심하는 사람은 응당 과부일 것이다. 수(綏)는 쇠(毸)와 통하며, 쇠(毸)는 여우의 모습이고 털이 긴 모양이다〔삼쇠(毿毸)〕. 수여우는 암여우에 비해 털이 더 길기 때문에 수수(綏綏)는 수여우의 털이 긴 모습을 말한다. 짐승에게 털이 있는 것은 사람에게 옷이 있는 것과 같으므로 수여우의 털이 긴 것을 들어 홀아비가 치마와 옷이 없는 것을 탄식하였다고 보는 것이다〔다산(茶山) 정약용, 『강의(講義)』〕.

이 시의 주제는 매우 난해하다. 시구로 보아서 누군가를 염려하는 것인데, 그가 누구인지에 대해서는 명확히 지적하기 어렵다. 염려하는 내용은 표면적으로는 상대방이 옷과 띠가 없는 것이며 옛사람들은 이것을 모두 은유로 보아 집이 없는 것으로 해석하였다. 그래서 멀리 나가 있는 남편을 그리는 여자의 노래〔청(淸) 최술(崔述, 1740~1816), 『독풍우지(讀風偶識)』〕로 본다. 기수 언저리를 홀로 어슬렁거리고 있는 여우에서 이 여인은 자기의 외로움을 느끼고 남편을 생각했을 것이다. 그 외 최근의 해석은 다양하다. 여자가 노래한 것으로, 그녀가 가까이하고 싶어 하는 남자를 여우로 비유하고 기수 강가에서 배회하는 모습을 보며 근심하면서 은근히 옷을 꿰매 줄 사람으로 자처하는 것〔손작운(孫作雲)〕이라는 해석도 있고, 한 여자가 그녀의 남편이 머물 곳 없이 떠돌며 옷조차 없음을 근심하며 지은 시 등으로 해석하기도 한다.

10. 모과(木瓜) 모과

投我以木瓜[148]에 투 아 이 모 과	내게 모과를 던져 주기에
報之以瓊琚[149]니 보 지 이 경 거	아름다운 패옥으로 답례했네
匪報也[150]요 비 보 야	답례가 아니라
永以爲好也[151]니라 영 이 위 호 야	오래오래 좋은 짝 되자는 것이네

---

148 투아이모과(投我以木瓜): 투(投)는 던져 주는 것. 『모전』에서는 모과나무를 무목(楙木)이라고 하고 그 열매는 작은 오이와 같으며 맛이 시고 먹을 만하다고 했다. 그러나 일반적으로 모과는 큰 타원형으로 큰 배〔梨子〕와 비슷하고 가을에 누렇게 익으며 약제로 쓰인다. 그런데 이 큰 모과를 던져 주고받고 하는 것은 이치에 맞지 않다. 그리고 제2, 3장에 나오는 목도(木桃)와 목리(木李)는 나무에서 자라난 것이므로 굳이 나무〔木〕를 붙이지 않아도 될 것이라 그 정확한 품종에 대해서 의견이 분분한데, 아마도 소수민족의 수구(繡毬: 수놓은 공)처럼 나무로 만든 그런 과일 형태의 물품일 수도 있다. 자세한 것은 [해설]을 참고할 것.

149 경거(瓊琚): 경(瓊)은 붉은 옥돌. 거(琚)는 허리에 차는 패옥. 『모전』에는 경은 미옥(美玉), 거는 패옥의 이름이라 했다. 어쨌든 이 구절은 값진 물건으로 그 뜻에 보답한다는 뜻이다. 값질수록 여자를 더 높이는 것이며 또한 여자를 원하는 마음이 더 강렬하다는 것을 표시한다.

150 비(匪): 부정사〔非〕.

151 영이위호야(永以爲好也): 영(永)은 길다〔長〕. 이(以)는 '—로써' 즉 용(用)의 뜻. 위호(爲

投我以木桃[152]에 투 아 이 목 도	내게 복숭아를 던져 주기에
報之以瓊瑤[153]니 보 지 이 경 요	아름다운 옥으로 답례했네
匪報也요 비 보 야	답례가 아니라
永以爲好也니라 영 이 위 호 야	오래오래 좋은 짝 되자는 것이네
投我以木李에 투 아 이 목 리	내게 자두를 던져 주기에
報之以瓊玖[154]니 보 지 이 경 구	아름다운 옥돌로 답례했네
匪報也요 비 보 야	답례가 아니라
永以爲好也니라 영 이 위 호 야	오래오래 좋은 짝 되자는 것이네

◈ 해설

1. 「모시서」에서는 제(齊)나라 환공(桓公)을 기리는 시라고 했다. 위나라가 적인(狄人)에게 패하여 조읍(漕邑)에 와 있을 때 제환공이 초구(楚丘)에 성을 쌓아 거기에 위문공을 봉하고 거마기복(車馬器服) 등 많은 물건을 보내 주었다. 위나라 사람들이 이를 생각하고 그 은혜에 보답코자 이 시를 썼다는 것이다. 적합하

好)는 친하게 잘 지내는 것〔交好, 友愛〕. 또는 호(好)에 배우자, 짝의 뜻이 있다〔문일다, 『시경통의(詩經通義)』〕.

152 목도(木桃): 제3장의 목리(木李)와 함께 학자에 따라 설이 구구하다. 호승공(胡承珙)의 『후전(後箋)』에서는 모과와 비슷한 사자(樝子)·명사(榠樝)나무라고 하며, 본래는 그런 이름이 없었으나 뒷사람이 『시경』에 따라 붙였을 것이라고 했다. 또 마서진은 목과(木瓜)의 별종이라 했으나 주148)처럼 나무로 만든 장식품이나 노리개 정도로 보아도 무방할 것이다.

153 요(瑤): 아름다운 옥〔美玉〕.

154 구(玖): 검은 옥돌.

지 않다. 『시집전』에서는 남녀가 서로 선물하고 답례하는 말로서, 「패풍·정녀(邶風·靜女)」 시와 같은 부류라고 했다. 대체로 친구 사이 또는 연인 사이에 물건을 주고받으며 부른 노래〔최술(崔述), 『독풍우지(讀風偶識)』〕로 본다. 그러나 굳이 그 현장성의 대가(對歌)로 고집할 필요는 없다. 즉 시를 채집하는 제3자가 구애의 과정과 그 의미를 남자의 입을 빌려 노래한 것으로도 볼 수 있다.

2. 「소남·표유매(召南·摽有梅)」 시의 '과일 던지기'와 유사한 행사의 하나이다. 지금의 중국 소수민족 풍속에도 보이는 일종의 자유로운 구애 과정으로 보인다. 장족(壯族)의 젊은 남녀들이 일정한 거리를 두고 두 줄로 마주 서서 노래하며 상대를 고른다. 그들이 서 있는 언덕의 적당한 놀이 장소를 가우(歌圩)라고 한다. 여자가 먼저 자신의 마음에 드는 청년에게 무엇인가를 던진다. 이것을 수구(繡毬: 수놓은 공)라고 하고, 이 놀이를 포수구(抛繡毬: 수구 던지기)라고 하는데 장족의 말로는 '비타(飛沱)'라고 한다. 이 수구를 받은 청년은 여자가 마음에 들었으면 수구에 선물을 묶어서 그 여자에게 다시 던진다. 선물이 많으면 많을수록 여자에게 향한 마음이 더 간절함을 표시한다. 여자가 그 선물을 받아들이면 짝을 이룬 남녀는 쌍쌍이 그들만의 아늑한 장소를 찾아 자리를 뜬다. 이와 비슷한 것으로 포의족(布依族)의 주당포(丢糖包: 사탕을 넣은 꾸러미 던지기) 등이 있으며 많은 소수민족에 이와 유사한 행사가 있다.

3. 서진(西晋)의 반악(潘岳)은 풍채 좋은 미남 시인이었다. 그가 사냥복을 입고 수레를 타고 거리로 나서면 여자들이 수레에 과일을 던져 매양 가득 싣고 돌아오곤 했다는 기록이 있다. 물론 시대의 변화에 따라 투과(投果)하는 것이 반드시 구애를 표시하는 것이 아닐 수도 있지만 최소한 호감의 표현임에는 틀림없다.

제6 왕풍(王風)

주(周) 왕실이 낙읍(洛邑: 지금의 하남성 낙양현 성서)으로 동천(東遷)한 후 왕성 기내인 낙양 일대의 민간 가요를 모은 것으로, 모두 10수의 시가 실려 있다.

낙읍은 성왕(成王) 때 주공(周公)이 경영하여 동방 제후들과 회합하는 곳으로 삼았던 도시였다. 주나라 11대 임금인 유왕(幽王: BC 781~771년 재위)에 이르러 정국이 극도로 혼란해져 주(周) 왕실이 더 이상 존속하기 어렵게 되었다. 그래서 평왕(平王)이 도읍을 낙읍으로 옮겨 이때부터 경왕(景王)에 이르기까지 12대가 주나라의 명맥을 지탱했는데, 이때를 동주(東周)라 하여 호경(鎬京) 시대의 서주(西周)와 구별하였다.

왕풍의 시는 이 동주 왕기〔王畿: 왕도(王都) 부근의 땅, 왕성(王城)으로부터 사방 천 리〕 내에서 평왕(平王)·환왕(桓王)·장왕(莊王) 3대에 걸친 시기의 작품을 채록한 것이라 전해지는데, 이때의 주나라는 천자의 나라라고는 했으나 실상 제후들과 마찬가지로 그 정교(政敎)가 왕기(王畿) 내에서밖에 행해지지 않았기 때문에 이들 시는 주풍(周風)이라 불러야 옳을 것이나 주나라 왕실을 존중하는 뜻에서 왕풍(王風)이라 일컬은 것이다.

1. 서리(黍離) 기장 이삭 늘어지고

彼黍離離[1]어늘 피 서 리 리	저 기장 이삭 늘어져 남실거리고
彼稷之苗[2]로다 피 직 지 묘	저 피도 이삭이 돋았구나
行邁靡靡[3]하여 행 매 미 미	가는 길 머뭇머뭇 더디고
中心搖搖[4]하도다 중 심 요 요	마음은 울렁울렁 둘 곳이 없다
知我者는 지 아 자	나를 아는 이
謂我心憂어늘 위 아 심 우	내 마음 시름겹다 하고
不知我者는 부 지 아 자	나를 모르는 이
謂我何求[5]오 하니 위 아 하 구	나더러 무얼 찾느냐 한다
悠悠蒼天[6]이여 유 유 창 천	아득하고 아득한 푸른 하늘이여!
此何人哉[7]오 차 하 인 재	이는 누구 때문인가?

---

1 피서리리(彼黍離離): 서(黍)는 기장. 이리(離離)는 이삭이 나와 드리워진 모양〔『공소(孔疏)』〕.

2 피직지묘(彼稷之苗): 직(稷)은 피로 기장과 같으나 좀 더 작다. 묘(苗)는 곡식, 싹.

3 행매미미(行邁靡靡): 행매는 걸어가는 것. 미미는 지지(遲遲)와 같은 뜻으로(『모전』), 걸음이 잘 나아가지 않아 더디고 더딘 것을 말한다.

4 중심요요(中心搖搖): 중심(中心)은 심중(心中) 곧 마음속. 요요(搖搖)는 정한 바 없는 것〔無所定〕(『모전』), 즉 안정되지 않고 속이 울렁거리거나 향할 바 없는 것. 또는 근심스러워 마음이 무거운 것. 〈삼가시(三家詩)〉에서는 요(愮)로 썼는데, 시름과 근심〔憂〕의 뜻이다.

5 하구(何求): 무엇을 구하는가? 즉 무얼 하고 있는가라는 뜻. 또는 빨리 가지 않고 머뭇머뭇하는 것을 질책한다는 뜻(『정전』).

6 유유창천(悠悠蒼天): 유유(悠悠)는 먼 모양(『모전』). 창천은 푸른 하늘. 시름을 하늘에 호소하는 것이다.

7 차하인재(此何人哉): 차(此)는 이것, 시인을 둘러싼 상황이나 나라가 이렇게 된 것. 누가 이렇게 만든 것이냐는 뜻.

彼黍離離어늘 피 서 리 리	저 기장 이삭 늘어져 남실거리고
彼稷之穗[8]로다 피 직 지 수	저 피도 이삭이 패었구나
行邁靡靡하여 행 매 미 미	가는 길 머뭇머뭇 더디고
中心如醉로다 중 심 여 취	마음은 술 취한 듯하다
知我者는 지 아 자	나를 아는 이
謂我心憂어늘 위 아 심 우	내 마음 시름겹다 하고
不知我者는 부 지 아 자	나를 모르는 이
謂我何求오 하니 위 아 하 구	나더러 무얼 찾느냐 한다
悠悠蒼天이여 유 유 창 천	아득하고 아득한 푸른 하늘이여!
此何人哉오 차 하 인 재	이는 누구 때문인가?

彼黍離離어늘 피 서 리 리	저 기장 이삭 남실거리고
彼稷之實[9]이로다 피 직 지 실	저 피도 이삭이 여물었다
行邁靡靡하여 행 매 미 미	가는 길 머뭇머뭇 더디고
中心如噎[10]하도다 중 심 여 일	마음은 목멘 듯 답답하다
知我者는 지 아 자	나를 아는 이
謂我心憂어늘 위 아 심 우	내 마음 시름겹다 하고
不知我者는 부 지 아 자	나를 모르는 이

---

8 수(穗): 곡식 이삭, 또는 이삭이 팬 것.

9 실(實): 이삭이 여무는 것.

10 일(噎): 목이 메어 숨이 막히는 것. 가슴과 목이 막히어 답답해지는 것.

謂我何求오 하니
위 아 하 구

나더러 무얼 찾느냐 한다

悠悠蒼天아
유 유 창 천

아득하고 아득한 푸른 하늘이여!

此何人哉오
차 하 인 재

이는 누구 때문인가?

◈ 해설

주나라 대부가 옛 서울 호경〔鎬京: 지금의 섬서성 노현(盧縣) 경계〕을 지나다가 예전의 종묘와 궁실에 기장과 피만 무성한 것을 보고 슬퍼하며 그 감개를 읊은 시이다.

주나라는 처음 문왕이 풍(豐)에, 그리고 무왕이 호경에 도읍을 정했으나 11대가 지난 유왕(幽王) 때 신후(申后)와 태자 의구(宜臼)를 폐한 일로 유왕이 죽고 그 뒤를 이어 즉위한 의구, 즉 평왕(平王)이 도읍을 동도(東都) 낙읍(洛邑)으로 옮겼다. 이때 주의 한 대부가 서도인 호경에 행역(行役)을 가서 옛 종묘와 궁실은 간데 없고 폐허가 된 그 땅 위에 기장과 피만이 무성히 자라고 있음을 보고 왕실의 전복을 애달파하고 발길이 떨어지지 않아 머뭇거리며 이 시를 읊은 것이다.

2. 군자우역(君子于役)　임은 부역 가시고

君子于役[11]하여
군 자 우 역

임은 부역 가시고

---

11 군자우역(君子于役): 군자(君子)는 부인이 남편을 부르는 말. 역(役)은 행역(行役)·노역(勞役) 등 나라의 명으로 토목 공사나 멀리 국경을 지키는 일에 나가는 것. 우(于)는 가

不知其期[12]로다 부 지 기 기	돌아올 기한 알지 못해
曷至哉[13]오 갈 지 재	언제나 오시려나?
雞棲于塒[14]며 계 서 우 시	닭은 홰에 오르고
日之夕矣니 일 지 석 의	날 저물어
羊牛下來로다 양 우 하 래	양과 소도 내려왔다
君子于役이여 군 자 우 역	임이 부역 가셨으니
如之何勿思[15]리오 여 지 하 물 사	어이 그립지 않으랴!

君子于役하여 군 자 우 역	임은 부역 가시고
不日不月[16]하니 불 일 불 월	돌아올 날도 달도 기약 없어
曷其有佸[17]고 갈 기 유 활	언제나 만나려나?
雞棲于桀[18]이며 계 서 우 걸	닭은 홰에 오르고
日之夕矣니 일 지 석 의	날 저물어

다〔往〕 또는 있다〔在〕는 뜻.

12 기기(其期): 복역하는 기한(期限). 또는 돌아올 날짜〔『정전(鄭箋)』, 『집전(集傳)』〕.

13 갈지재(曷至哉): 갈(曷)은 하(何)와 같으며 여기서는 '언제'의 뜻. 지(至)는 집에 오다. 그래서 '언제나 돌아오려나?'의 뜻.

14 계서우시(鷄棲于塒): 서(棲)는 새가 깃들이는 것. 시(塒)는 홰 또는 횃대. 담을 뚫어 닭을 깃들이게 하는 곳〔『이아(爾雅)』, 『집전(集傳)』〕.

15 여지하물사(如之何勿思): 여하(如何)를 강조한 말. 물사(勿思)는 생각하지 않는 것, 곧 그리워하지 않는 것.

16 불일불월(不日不月): 행역(行役)에서 돌아올 날도 달도 모른다는 뜻(『정전』).

17 갈기유활(曷其有佸): 활(佸)은 와서 만나는 것〔회(會)〕(『모전』).

18 걸(桀): 홰, 닭이 앉도록 가로질러 놓은 막대기. 땅에 나무 말뚝〔익(杙)〕을 세워 놓고 닭이나 원숭이가 깃들이도록 한 것. 『노시(魯詩)』에는 걸(榤)·궐(橛)로 썼다.

羊牛下括[19]이로다
양 우 하 괄
君子于役이여
군 자 우 역
苟無飢渴[20]이어다
구 무 기 갈

양과 소도 내려왔다
임이 부역 가시어
기갈이라도 겪지 않으셨으면!

◈ 해설

대부가 오랫동안 행역(行役)에 나가 있어 그의 처가 남편을 그리며 읊은 노래이다(『시집전』). 「모시서」에서는 평왕(平王) 때의 돌아올 기약 없는 행역에서 그 위태로움을 생각하여 풍자한 것이라고 하여 동주(東周) 초기 주 왕실(周王室)의 대부가 쓴 것으로 말했다. 적절하지 않다. 그러나 화자가 대부의 처이든 농촌의 아낙이든 무난해 보인다.

그리고 일반적으로 닭이 홰에 오르고 소와 양 등의 가축이 집으로 돌아오는 황혼의 시간은 그리움이 가장 절실하고 강렬한 시기이므로〔왕선겸(王先謙)의 『집소(集疏)』, 여관영(余冠英)〕 저녁으로 설정한 것은 시적으로 뛰어나다.

---

19 하괄(下括): 앞의 하래(下來)와 같은 것으로, 괄(括)은 이르다〔지(至)〕(『모전』)의 뜻이다.
20 구무기갈(苟無飢渴): 구(苟)는 차(且)나 혹허(或許)와 같으며, 우리말로는 '우선', '또한'의 뜻에 가깝고 어떤 일을 바라는 소망이 포함되어 있다. 행여 기갈이나 면하기를 바랄 뿐이며, 근심함이 깊고 생각함이 간절한 것(『집전』)을 표현한다. 기갈(飢渴)은 굶주림과 목마름.

3. 군자양양(君子陽陽) 우리 님은 즐거워

君子陽陽[21]하여 우리 님은 즐거워
군 자 양 양

左執簧[22]하고 왼손에 생황 들고
좌 집 황

右招我由房[23]하나니 오른손으로 날 끌고
우 초 아 유 방
방중(房中) 춤 추니

其樂只且[24]로다 아아, 즐거워라!
기 락 지 차

君子陶陶[25]하여 우리 님은 흥겨워
군 자 도 도

左執翿[26]하고 왼손에 새깃 들고
좌 집 도

---

21 군자양양(君子陽陽): 군자(君子)는 여기서는 무사(舞師)를 지칭한다. 양양(陽陽)은 양양(揚揚)과 같으며 득의(得意)한 모습.

22 좌집황(左執簧): 좌(左)는 왼손. 황(簧)은 악기 이름으로 생황(笙簧). 관악기의 일종으로 13개 내지 19개의 가는 대통을 박 속에 꽂아 놓고 주전자 귀때 비슷한 부리로 분다.

23 우초아유방(右招我由房): 우(右)는 오른손. 초(招)는 부르다. 『정전(鄭箋)』에서는 유(由)를 '따르다〔종(從)〕'로, 방(房)은 거실로 풀어서 '나를 방으로 부른다'로 해석했다. 이와는 달리 유(由)에 대해 문일다(聞一多)는 도(蹈)와 고음(古音)이 같기 때문에 곧 무(舞)의 뜻이며 방(房)과 오(敖)는 악명(樂名) 또는 무곡(舞曲)이라 하였고, 마서진(馬瑞辰)은 유(遊) 곧 놀이한다는 뜻이라 하였다〔『통석(通釋)』〕. 유방(由房)은 유경(由庚)이나 유의(由儀)와 같이 생황으로 연주하는 음악으로 방중지악(房中之樂)일 것이다. 호승공(胡承珙)은 이를 방중(房中)이라 했는데, 묘당(廟堂)이나 조정(朝廷)에서 연주되고 춤을 춘 것이 아니라 임금이 쉬거나 연회할 때의 음악이기 때문에 방중이라 한 것이라 하였다〔『후전(後箋)』〕.

24 지저(只且): 일반적으로 조사로 본다. 『한시(韓詩)』에서는 지(只)를 지(旨)로 쓰고 있다. 왕선겸은 이에 근거하여 지(旨)의 본뜻이 미(美)이며, 낙지(樂旨)는 곧 낙지미(樂之美)로서 '매우 즐겁다'는 뜻이라고 했다〔『석의(釋義)』〕.

25 도도(陶陶): 화락(和樂)한 모습〔『모전』〕.

26 도(翿): 춤추는 사람이 드는 새깃. 또는 새깃으로 만든 일산(日傘)〔예(翳)〕 같은 물건〔『공소(孔疏)』〕.

右招我由敖[27]하나니
우 초 아 유 오

오른손으로 날 끌고
오하(驁夏) 춤 추니

其樂只且로다
기 락 지 차

아아, 즐거워라!

◈ 해설

「모시서」에서는 군자들이 어지러운 세상을 당하여 서로 불러 벼슬을 살고 녹이나 받아먹으며 일신을 보전하고 해를 멀리하려 할 뿐이므로 주나라를 동정하여 노래했다고 하였다. 수긍하기 힘들다.

『시집전』에서는 「군자우역(君子于役)」을 쓴 부인의 작품인 성싶다면서 남편이 행역(行役)에서 돌아와 그간의 고생을 잊고 가난한 살림이나마 자락(自樂)하므로 그 부인이 남편의 마음씨에 감탄하여 부른 노래라고 했다. 그래서 이를 단순화하여 부부가 악무를 즐기는 시로 보기도 한다.

그리고 "한 쌍의 연인이 손에 무구(巫具)와 악기를 들고 서로 밖에 나가 놀기를 약속하는 것을 묘사했는데, 애정 생활의 조화롭고 아름다움을 표현한 것"〔번수운(樊樹云)〕이라고도 하고, "방(房)은 나라의 종묘 또는 사당이며, 오(敖)는 연무(燕舞)로서 …… 한 손에 악기를 들고 한 손에는 무구(舞具: 새깃 또는 새깃 깃발)를 들고 고대 조상에게 제사 지내는 연악무(燕樂舞)이며, 그래서 이 시는 종묘 향례(饗禮)의 연악무가(燕樂舞歌)"〔소동천(蘇東天)〕라고도 한다.

---

27 유오(由敖): 춤곡의 이름으로, 오하(驁夏)를 말한다. 즉 오(敖)는 오(驁)로 읽어야 하며, 『주관·종사(周官·鍾師)』에 "구하(九夏)를 연주하는데 그 아홉째가 오하(驁夏)"라 하였다〔『통석(通釋)』〕.

4. 양지수(揚之水) 솟구치는 물결

揚之水[28]여 양 지 수	솟구치는 물결
不流束薪[29]이로다 불 류 속 신	한 다발 나무도 흘려보내지 못해라
彼其之子[30]여 피 기 지 자	저 기씨의 자손들
不與我戍申[31]이로다 불 여 아 수 신	나와 함께 신 땅에 수(戍)자리 살지 않아
懷哉懷哉니 회 재 회 재	그립고 그리워라
曷月予還歸哉[32]오 갈 월 여 선 귀 재	어느 달에나 나는 돌아갈까!

---

28 양지수(揚之水): 격양(激揚)의 뜻으로 보아 급하게 흐르는 여울물이라 하고(『모전』), 정현(鄭玄)은 거세게 흐르는 물이 단(湍)에 이르면 빠르기는 하지만 섶단도 흘러가지 못하는 것이라 했다. 또 이와 반대로 유양(悠揚)의 뜻, 즉 물이 잔잔히 흐르는 모습이라고도 한다(『시집전』). 물의 유약하고 힘없음이 동주(東周)의 쇠미해진 형상과 비슷하다는 뜻이다.

29 불류속신(不流束薪): 속신(束薪)은 묶어 놓은 땔나무 다발, 섶단. 그 물이 나무 한 다발도 떠내려 보내지 못하는 것을 말하는데, 이는 주나라 왕실의 무력함 때문에 또는 평왕(平王)의 정치가 번거롭고 급하지만 그 은택이 백성들에게 시행되지 못함을 비유한 것이라 했다(『정전』). 주 왕실(周王室)이 무력하기 때문에 주나라 사람이 제후의 나라에까지 와서 수(戍)자리를 살게 된 것이다. 수자리는 국경을 지키던 일. 또는 그런 병사를 말한다. 일반적으로 속신은 고대에 혼인과 관련이 있으나 여기서는 그렇지 않은 것 같다.

30 피기지자(彼其之子): 일반적으로는 기(其)는 조사이며, 지자(之子)는 '이 사람'으로 작자가 그리워하는 사람으로 집에 두고 온 아내를 가리킨다고 해석해 왔다. 최근의 연구에 의하면, 기(其)는 3인칭 지시대명사가 아니라 성씨의 하나〔曩, 其, 己, 紀로 표기되지만 모두 같은 족성(族姓)이다〕로 본다. 지(之)는 관형어. 자(子)는 자제. [해설] 참조.

31 불여아수신(不與我戍申): 불여아(不與我)는 '나와 함께 —하지 않는다'는 뜻. 수(戍)는 수(戍)자리 곧 변경 수비. 신(申)은 나라 이름으로, 강성(姜姓)이며 평왕의 어머니의 친정 나라. 지금의 하남성 신양현(信陽縣)에 있었다〔『석의(釋義)』〕.

32 갈월여선귀재(曷月予還歸哉): 갈(曷)은 하(何)와 같고 갈월(曷月)은 '어느 달'의 뜻. '還'은 그 음이나 뜻이 선(旋)과 같다.

揚之水여 양 지 수	솟구치는 물결
不流束楚[33]로다 불 류 속 초	한 다발 싸리도 흘려보내지 못해라
彼其之子여 피 기 지 자	저 기씨의 자손들
不與我戍甫[34]로다 불 여 아 수 보	나와 함께 보 땅에 수자리 살지 않아
懷哉懷哉니 회 재 회 재	그립고 그리워라
曷月予還歸哉오 갈 월 여 선 귀 재	어느 달에나 나는 돌아갈까!

揚之水여 양 지 수	솟구치는 물결
不流束蒲[35]로다 불 류 속 포	한 다발 갯버들도 흘려보내지 못해라
彼其之子여 피 기 지 자	저 기씨의 자손들
不與我戍許[36]로다 불 여 아 수 허	나와 함께 허 땅에 수자리 살지 않아
懷哉懷哉니 회 재 회 재	그립고 그리워라
曷月予還歸哉오 갈 월 여 선 귀 재	어느 달에나 나는 돌아갈까!

◈ 해설

1. 「모시서」에서는 평왕(平王)이 제 나라 백성을 돌보지 않고 멀리 외가의 나

---

33 초(楚): 싸리나무. 역시 땔나무〔薪〕의 일종이다.

34 보(甫): 나라 이름. 역시 강성(姜姓)의 나라로서 여(呂)나라이다. 선왕(宣王) 때 여를 보(甫)라 고쳤다고 한다. 지금의 하남성 남양(南陽) 근처이다〔『석의(釋義)』〕.

35 포(蒲): 포류(蒲柳)(『정전』), 곧 갯버들로서 역시 땔나무의 일종.

36 허(許): 나라 이름. 역시 강성(姜姓)의 나라로 지금의 하남성 허창(許昌) 근처에 있었다〔『석의(釋義)』〕.

라에 군대를 보내어 지키게 하므로 주나라 사람들이 원망하여 읊은 노래라고 했다. 『시집전』은 이를 보충하여, 신후(申侯)는 아비를 죽인 원수인데 평왕은 자기를 왕위에 올려 준 것만을 은혜롭게 여겨 초(楚)나라의 잦은 침범을 받고 있는 신(申)나라를 치기는커녕 도리어 가서 돕게 하므로 이곳에 가서 수자리를 살고 있는 주나라 병사가 원망하여 이 시를 지었다고 한다.

그러나 제2, 3장의 보(甫)·허(許)는 외가(外家) 나라가 아니므로 「모시서」의 설을 그대로 받아들이기는 어렵다. 그리고 신(申)·보(甫) 두 나라는 주나라 환왕(桓王)·장왕(莊王) 때 이르러 초나라의 침범을 받아 망하고 그 이전에는 압력을 받지 않았으므로 이 작품의 제작 연대는 환왕·장왕 무렵으로 추정할 수 있다.

일반적으로 멀리 수자리 살러 가 있는 주나라 병사가 집을 그리며 돌아가고파 하는 시로 보았다. 주평왕(周平王) 동천 이후 남방의 초나라가 강성해져 이를 막아야 하는데 이때 주 왕실(周王室)의 권력이 약화되어 제후국에는 행해지지 않고 있어 당연히 제후의 나라에서 파견되어 와야 할 병사가 오지 않으므로 교대할 사람이 없어 귀환하지 못함을 말한다.

2. "피기지자(彼其之子)" 구는 이 시 외에 「정풍·고구(鄭風·羔裘)」, 「위풍·분저여(魏風·汾沮洳)」, 「당풍·초료(唐風·椒聊)」, 「조풍·후인(曹風·候人)」 다섯 개 작품 속에서 모두 열네 차례 나오며, 역대로 그 해석은 일치하지 않았다. 최근 임경창(林慶彰)·여배림(余培林)·계욱승(季旭昇) 등에 의해 새로운 해석이 제기되었다. 첫째, 이 구의 기(其)는 족명(族名) 또는 국명(國名)이며 발음이 같은 㠱·己·紀로도 쓰였다. 둘째, 기국(㠱國)은 늦어도 은대(殷代) 무정(武丁) 시기에 이미 존재했었고, 그 후 춘추 중기까지 이어졌다. 활동 범위는 하남(河南)에서 점차 산동(山東)·요녕(遼寧)·하북(河北)으로 옮겼고, 서주(西周) 중기 이후에는 산동 일대에 집중한 것 같다. 셋째, 이 족인(族人)은 은대 무정 시기에 일어나서 중요한 지위에 있었고 주나라가 은의 천명을 바꾸었을 때 그들은 대체로 주나라 사람들과 합작하고 연후(燕侯)를 도와 일을 했고 연후의 상을 받았으니 주 왕실과의 관계가 좋았음을 알 수 있으며, 춘추 초기까지 딸을 왕의 부인으로 시집보내기도 했다. 때문에 기국은 비록 큰 나라는 아니지만 족인들이 각지에 널리 분포되었

고 각종 직무를 맡은 것이 적지 않았을 것이다〔계욱승(季旭昇), 『시경고의신증(詩經古義新證)』, 민국(民國) 83년(1994)〕.

이로써 보면 "피기지자(彼其之子)"는 왕조에서 돌아가면서 변방을 지켜야 하는 순번인 기(曩·其·己·紀)씨의 아들인데, 왕실의 친척 관계이기 때문에 이를 빙자하여 수자리의 임무에 참가하지 않았다. 그래서 주나라 사람들의 불만을 야기하게 되었고, 아울러 이 시를 지어 평왕의 처사가 공평하지 않음을 헐뜯고 풍자한 것으로 본다. 즉 주나라 정국이 쇠해지자 제후들을 소집할 수 없게 되어 주나라 사람들만 홀로 멀리 변방을 지키게 되었는데 시일이 오래되어도 교체를 할 수 없게 되었다는 것이다〔구양수(歐陽脩), 『시본의(詩本義)』〕. 또는 왕풍(王風)이므로 작자는 당연히 희성(姬姓)의 사람이며, 신(申)·보(甫)·허(許)는 모두 강성(姜姓)이다. 지금 희성 사람이 강성의 나라를 지켜 주는데 강성의 지계(支系)인 기씨(己氏)는 이치적으로 당연히 지켜야 하는데, 오히려 희성의 사람들과 공동으로 지키지 않아서 시인은 불평을 심하게 느끼며 돌아갈 마음이 일어났다는 것이다〔여배림(余培林), 『시경정고(詩經正詁)』, 1995〕.

5. 중곡유퇴(中谷有蓷) 골짜기의 익모초

中谷有蓷[37]하니 중 곡 유 퇴	골짜기의 익모초
暵其乾矣[38]로다 한 기 간 의	볕에 쪼여 시들었네

37 중곡유퇴(中谷有蓷): 중곡(中谷)은 곡중(谷中), 즉 골짜기 안. 퇴(蓷)는 추(萑)와 같으며 익모초(益母草). 그 이름에 걸맞게 산모의 지혈·강장제·이뇨제·진통제·더위 먹은 데 쓴다. 골짜기는 익모초가 자라기에는 적절한 곳이 아니다.

38 한기간의(暵其乾矣): 한(暵)은 마른 것이며, 한기(暵其)는 한연(暵然)·한한(暵暵)과 같

有女仳離[39]라
유 녀 비 리
한 여인 이별하고 떠나와

嘅其嘆矣[40]로다
개 기 탄 의
슬픈 소리로 탄식하네

嘅其嘆矣는
개 기 탄 의
슬픈 소리로 탄식함은

遇人之艱難矣[41]로다
우 인 지 간 난 의
그 사람 만난 고난 때문이라

中谷有蓷하니
중 곡 유 퇴
골짜기의 익모초

暵其脩矣[42]로다
한 기 수 의
볕에 쪼여 말라 있네

有女仳離라
유 녀 비 리
한 여인 이별하고 떠나와

條其歗矣[43]로다
조 기 소 의
길게 한숨짓네

고 가뭄에 마른 모양. 골짜기에까지 가뭄이 들어 익모초가 말랐다면 이것은 굉장한 가뭄이다. 자신이 겪은 고난에 비유한 것으로 본다〔김학주(金學主)〕. 익모초는 들이나 길가에 매우 많이 자생하는 것으로 가뭄에 잘 견디고 햇살이 강하면 강할수록 더욱 선명하며 그 성질이 물과는 맞지 않다〔왕질(王質), 『시총문(詩總聞)』〕. 이를 받아 왕선겸은 익모초가 물을 싫어하는데 골짜기에 자라므로 자주 물에 젖는 것이라 하면서, 물에 젖었다가 마르고 제3장에서는 물에 젖어 상해서 시들어 죽는 것이라 했다. 이렇게 보면, 익모초가 있어서 안 될 골짜기에서 자라났기 때문에 고난을 겪는데, 이것을 애당초 만나지 말아야 할 사람을 남편으로 만났기 때문에 발생한 불화와 고통에 비유한 것으로 보인다. '乾'은 '마를 간'으로 읽는다. 제2장은 간(乾)·한(暵)·탄(嘆)·난(難)이 한부(寒部)로 압운(押韻)하였다.

39 유녀비리(有女仳離): 비리(仳離)는 별리(別離)와 같다. 남편과 이별한 것을 말한다. 또는 임신하여 배가 불룩한 것을 중의적(重義的)으로 표현한 것. 이럴 경우 "한 여인 배 불룩하여"로 번역할 수 있다. [해설] 참조.

40 개기탄의(嘅其嘆矣): 개(嘅)는 탄식하는 소리(『집전』). 개기(嘅其)는 개연(嘅然). 탄(嘆)은 탄식하다.

41 우인지간난(遇人之艱難): 우(遇)는 만나다, 당하다. 인(人)은 남편을 가리키며(『정전』), 집안사람으로 보아도 좋다. 간난(艱難)은 궁액(窮厄)(『정전』). 재난이나 고난.

42 수(脩): 본래 포(脯)와 같이 말린 고기〔건육(乾肉)〕을 말하는데, 인신(引伸)되어 '마르다', '마른 것'으로 사용된다. 『석명·석음식(釋名·釋飮食)』의 "脩, 脩縮也, 乾燥而縮也." 말라서 수축된 것이라는 뜻.

條其歗矣는
조 기 소 의
遇人之不淑矣[44]로다
우 인 지 불 숙 의

길게 한숨지음은
그 사람 만난 불행 때문이라

中谷有蓷하니
중 곡 유 퇴
暵其濕矣[45]로다
한 기 습 의
有女仳離라
유 녀 비 리
啜其泣矣[46]로다
철 기 읍 의
啜其泣矣나
철 기 읍 의
何嗟及矣[47]리오
하 차 급 의

골짜기의 익모초
볕에 쪼여 말라 가네
한 여인 이별하고 떠나와
훌쩍이며 우네
훌쩍이며 울고
탄식한들 무슨 소용인가!

◈ 해설

1. 「모시서」에서는 "주나라를 민망히 여긴 시이다. 부부의 정이 날로 쇠박(衰薄)해져서 흉년에 기근이 들자 부부가 서로 버린 것이다"라고 하였는데, 이별의

---

43 조기소의(條其歗矣): 조(條)는 긴 모양. 소(歗)는 소(嘯)의 고자(古字)로서 입을 오므려 소리를 내는 것으로 휘파람 부는 소리 같은 긴 한숨을 짓는 것.

44 숙(淑): 선(善)과 통하며, 불숙(不淑)은 불선(不善)·부조(不弔)와 같은 뜻으로 불행의 뜻이라고도 했다〔왕국유(王國維), 『관당집림(觀堂集林)』〕. 남편이 나에게 대하는 것이 좋지 않다는 것.

45 습(濕): 급(㬤)과 같은 뜻이며〔왕인지(王引之), 『경의술문(經義述聞)』〕, 급(㬤)은 폭(曝)의 뜻으로〔『광아(廣雅)』〕 말라 들어가고 있는 것.

46 철기읍의(啜其泣矣): 철(啜)은 훌쩍거리며 우는 것. 철기(啜其)는 철철(啜啜)과 같다. 읍(泣)은 울다. 제2장 소(歗)는 탄(嘆)보다 심하고, 읍(泣)은 소(歗)보다 심한 것이다.

47 하차급의(何嗟及矣): 차(嗟)는 탄식하다. 하차급(何嗟及)은 차하급(嗟何及)의 도치문으로, '탄식을 해봤자 무엇이 되겠는가'의 뜻.

원인을 흉년과 기근에서 찾았다. 부부 사이의 불화를 그 이별과 고난의 원인으로 보는 것도 무난하지만, 일반적으로 남편을 잘못 만나 고난을 견디다 못해 이별한 부인이 원망하는 시로 본다. 우량(雨量)의 실조(失調) 및 부족으로 인해 골짜기의 익모초(益母草)가 시들어서 말라 버린 것으로 부부간의 애정이 부족하여 부인이 쫓겨난 것을 비유했다.

2. 『시경』을 읽을 때 종종 문제가 되는 것이 해당 글자의 가장 일반적인 의미가 적용되지 않고 전혀 다른 뜻으로 사용되는 경우가 많다는 것이다. 특히 음근상통(音近相通)이 대표적이다. 이는 『시경』 해석의 다양성과 감상의 어려움을 더욱 강하게 야기시킨다. 이 시는 위의 번역 자체로 의미나 주제 전달에 별문제가 없는 것 같다. 그러나 달리 해석할 수도 있다.

별리(別離)·이별(離別)의 뜻으로 새기고 있는 '仳離(비리, pili)'는 두 글자 모두 지부(脂部)에 속하며, 나누어서 뜻을 새길 수 없는 첩운연면자(疊韻連綿字)로, 문헌에 보이는 다음 연면자(連綿字: 쌍음절로 된 단어)들과 이류(異類) 동명(同名) 관계가 있어 보인다. 즉 서로 다른 종류이지만 그 특징이 현저하게 같아서 유사한 발음으로 이름 짓고 부르는 것이다.

桴苡(부이, fuyi): 부이(芣苡), 의이(薏苡). 율무. 차전자(車前子). 날짐승이 새끼를 품다.

礬盧(파로, polu): 주살에 매는 돌. 돌살촉. 앞으로 향해 부풀어 볼록한 것.

芘莉(비리, pili): 작은 광주리와 같으며, 바닥이 부풀어 오른 것.

毗貍(비리, pili): 옛 거란국(契丹國)에 있던 큰 쥐 같으며 다리가 짧은 삵괭이 종류.

倍僪(배결, beiqu): 햇무리. 해가 팽창하여 주위에 생긴 것.

蓓蕾(배뢰, beilei): 꽃봉오리.

不律(불률, bulu): 모필(毛筆), 즉 붓. 모필의 끝이 뾰족하고 튀어나온 것.

部婁(부루, bulou): 지면에 볼록 솟은 작은 언덕. 培塿(배루)로도 쓴다.

麰麰(부루): 만두 모양으로 원형이고 불퉁한 것.

附離(부리, fuli): 물체에 부착하여 튀어나왔으며 본체가 아닌 것. 부려(附麗).

萆荔(비려, bili): 벽려(薜荔). 음지의 담·나무·돌 위에서 나는 이끼. 일명 나무만두〔木饅頭〕라고 한다. 어디에 붙어서 불룩 튀어나와 있기 때문이다.

대체로 물체가 부풀어 오르거나 부착되어 둥글게 돌출한 상태를 형용한 것이다. 우리말의 '불룩(하다)', '(배)불뚝', '불퉁' 등의 발음과 가깝다. 다양한 물체들의 모습과 현상의 동일한 특징을 잡아 하나의 발음군(發音群)으로 묶은 셈이다. 단정 지을 수 없지만 오래전 상고시대 한중간(韓中間) 언어 교류의 흔적의 하나로 볼 수 있을지도 모르겠다. 이에 반대되는 우리말에 '우묵'을 빼고 '잘룩', '찔룩', '잘뚝', '질뚝' 등의 언어군이 현존하는 것으로 봐서 '불룩'이라는 발음을 한자로 수용했을 가능성이 크다. '불룩하다'고 했을 때 다양한 모습들을 떠올릴 수 있다. 배가 불룩하고 무덤이 불록하고 몸에 옹종(擁腫) 같은 것이 '볼록' 생겨났거나 돌멩이가 이마를 때려 혹이 '볼록'하고, 주머니가 '불룩'하고 꽃봉오리가 '볼록' 솟아났다거나 입 속에 사탕을 넣었는지 뺨이 '볼록'하고 불만스럽고 화가 났는지 입술이 '불퉁'하고 바위가 여기저기 불퉁불퉁하다. 어쨌든 그래서 "유녀비리(有女仳離)"를 부인이 회임하여 배가 앞으로 불룩 나온 모양을 말한 것으로 본다.

다음으로 익모초의 약성(藥性)과 효용이 두 번째 열쇠이다. 익모초가 약으로 쓰이면 활혈(活血)·거어(祛瘀)·조경(調經) 등의 부인병에 효능이 있지만 흉년과 기근으로 부부가 서로 버리는 것과는 무슨 관계가 있나?

'퇴(蓷)'는 본래 익모초 추(萑)인데, 이 글자가 임(荏: 들깨) 자와 글자 형태가 비슷하고 잎의 모양이 비슷하여 본시 '荏'인데 '萑'로 쓰고 다시 '蓷'로 쓰게 되었다고 한다. '荏'은 자소(紫蘇)라 하며, 또 계임(桂荏)이라 한다. 그 오래된 줄기는 소경(蘇梗)이라 하며. 약용으로 쓰이는데 기(氣)를 보충하며 태(胎)를 안정되게 하여 회임에 좋다고 한다.

그래서 이 시의 내용은 자소(紫蘇)가 성장하여 말라 오그라들면 그 오래된 줄기, 즉 소경(蘇梗)은 약용으로 쓸 수 있는 때가 되며, 충격에 의해서나 열병에 의해 태를 상하여 유산(流産)이나 조산(早産)의 조짐이 있을 때 사용된다. 유운홍(劉運興)은 이렇게 분석한 후 이 시는 그녀 남편의 포학과 잔인함에 의한 비극이며, 중국 의학사상에서 외상과 충격에 의한 태동하혈(胎動下血)을 소경(蘇梗)으로 다스리는 첫 번째 임상 사건의 기록이라고 하였다〔유운흥(劉運興), 『시의지신(詩義知新)』〕.

또는 흉년과 기근을 만나 생활이 극도로 궁핍한데 회임하였다. 회임에 좋은 익모초가 계곡에 있는 것조차 말랐음을 보고 심경이 더욱 불편해지며 이렇게 회임하게 만든 남자를 원망하는 것으로도 볼 수 있다.

6. 토원(兎爰) 토끼는 깡충깡충 뛰는데

有兎爰爰[48]이어늘 (유 토 원 원)	토끼는 깡충깡충 뛰는데
雉離于羅[49]로다 (치 리 우 라)	꿩이 그물에 걸렸다
我生之初에 (아 생 지 초)	나 태어난 처음엔
尙無爲[50]러니 (상 무 위)	아직 아무 일 없었는데

48 유토원원(有兎爰爰): 원원(爰爰)은 '느리다〔완(緩)〕'는 뜻(『집전』). 그래서 느릿느릿 자유롭게 뛰어다니는 모습. 토끼의 성질이 음흉하고 교활한데 그물에 걸리지 않고 여유로운 모습으로 푼다. 그러나 원원(爰爰)을 '느리다'라고 새긴 이유는 '완(緩)'자가 '원(爰)'을 따랐다는 것에 불과한데, 토끼란 짐승은 성급하고 교활하며 달리기를 잘하기 때문에 '느릿느릿'하다는 것은 토끼의 모습에 부합되지 않는다. 양웅(揚雄)의 『방언(方言)』에 "원(爰)은 애(哀)이다. '환(口爰)'과 통하니 '환환'은 슬피 우는 소리이다"라고 하였다. 꿩과 토끼가 모두 근심과 재앙을 면치 못한 것으로 '온갖 근심〔百罹〕'을 흥(興)한 것으로 볼 수 있다〔다산(茶山) 정약용, 『강의(講義)』〕.

49 치리우라(雉離于羅): 치(雉)는 꿩. 리(離)는 걸리다. 라(羅)는 그물. 꿩이 그물에 걸렸다는 것.

50 상무위(尙無爲): 상(尙)은 '그래도', '오히려'의 뜻. 무위(無爲)는 할 일이 없다〔무사(無事)〕(『집전』). 더 나아가 아무 탈이 없는 것.

我生之後에 아 생 지 후	나 태어난 후에
逢此百罹[51]하니 봉 차 백 리	이 숱한 환란을 만났으니
尙寐無吪[52]로다 상 매 무 와	아예 잠들어 꼼짝하지 말았으면

有兎爰爰이어늘 유 토 원 원	토끼는 깡충깡충 뛰는데
雉離于罦[53]로다 치 리 우 부	꿩이 그물에 걸렸다
我生之初에 아 생 지 초	나 태어난 처음엔
尙無造[54]러니 상 무 조	아직 아무 탈 없었는데
我生之後에 아 생 지 후	나 태어난 후에
逢此百憂하니 봉 차 백 우	이 숱한 근심을 만났으니
尙寐無覺이로다 상 매 무 각	아예 잠들어 깨어나지 말았으면

有兎爰爰이어늘 유 토 원 원	토끼는 깡충깡충 뛰는데
雉離于罿[55]이로다 치 리 우 동	꿩이 그물에 걸렸다

---

51 봉차백리(逢此百罹): 봉(逢)은 만나다. 백리(百罹)는 여러 가지 근심 걱정(『모전』).

52 상매무와(尙寐無吪): 상(尙)은 행여〔서기(庶幾)〕(『집전』) 또는 바라다, 원하다의 뜻. 매(寐)는 잠자다. 와(吪)는 움직이다.

53 부(罦): 복거(覆車)(『모전』). 또는 번거(翻車)라고도 하며, 수레채에다 그물을 달아 수레바퀴의 회전에 따라 그물이 퍼져 새를 잡도록 만들어진 그물〔『공소(孔疏)』〕.

54 무조(無造): 무위(無爲)의 뜻. 조(造)는 위(爲)의 뜻(『모전』).

55 충(罿): 또는 '동'으로도 읽는다. 『모전(毛傳)』엔 철(罬), 즉 덮치기하는 새의 그물이라 하였다. 각 장에서 나오는 라(羅)·부(罦)·충(罿)은 그 종류가 각각 다를 것이지만, 토끼나 새를 잡는 그물임에는 틀림없다. 옛날에는 토끼나 꿩을 모두 같은 그물로 잡았다고 한다〔『통석(通釋)』〕.

我生之初에 아 생 지 초	나 태어난 처음엔
尙無庸[56]이러니 상 무 용	아직 아무 고생 없었는데
我生之後에 아 생 지 후	나 태어난 후에
逢此百凶하니 봉 차 백 흉	이 숱한 흉사를 만났으니
尙寐無聰[57]로다 상 매 무 총	아예 잠들어 들리지 말았으면

◈ 해설

「모시서」에는 주나라 환왕(桓王: BC 719~697년 재위)이 믿음을 잃어 제후들이 배반하고 원한을 사서 재난이 연이었고, 백성들은 전쟁과 부역에 시달렸으며, 그래서 군자들은 그들의 삶을 즐겁게 여기지 않았다고 하였다. 『시집전』의 해설도 거의 이와 같다.

포괄적으로 말하면, 어지러운 세상을 만난 것을 개탄한 것이다. 땅에서 걷고 뛰어다니는 토끼도 그물에 안 걸리고 자유롭게 뛰어노는데 날아다니는 꿩은 그물에 걸려있다. 못나고 간사한 사람은 출세하는데 올바른 사람은 박해를 당하는 것이 난세의 공통된 특징이다. 그래서 이 시의 작자는 어지러운 세상을 견딜 수 없어 차라리 잠이라도 영영 들어 버렸으면 하고 바라는 것이다. 염세(厭世)의 극한을 본다.

56 무용(無庸): 용(庸)은 사(事)와 통하여(『석의(釋義)』), 무용(無庸)은 무사(無事)의 뜻. 또는 용(用)(『모전』).

57 무총(無聰): 총(聰)은 문(聞)(『모전』). 아무것도 듣지 않는 것. 모든 세상일을 모르는 체할 수 있었으면 좋겠다는 뜻.

7. 갈류(葛藟)

칡덩굴

綿綿葛藟[58]여
면 면 갈 류
在河之滸[59]로다
재 하 지 호
終遠兄弟[60]하고
종 원 형 제
謂他人父[61]로다
위 타 인 부
謂他人父나
위 타 인 부
亦莫我顧[62]로다
역 막 아 고

길게 뻗어나간 칡덩굴
황하 물가에서 자라네
끝내 형제를 멀리 떠나
남을 아비라 부르네
남을 아비라 부르지만
나를 돌봐 주지 않네

綿綿葛藟여
면 면 갈 류
在河之涘[63]로다
재 하 지 사
終遠兄弟하고
종 원 형 제
謂他人母로다
위 타 인 모
謂他人母나
위 타 인 모
亦莫我有[64]로다
역 막 아 유

길게 뻗어 나간 칡덩굴
황하 물가에서 자라네
끝내 형제를 멀리 떠나
남을 어머니라 부르네
남을 어머니라 부르지만
나를 가까이하지 않네

---

58 면면갈류(緜緜葛藟): 면면(緜緜)은 길게 끊이지 않고 뻗어 있는 모양. 갈류(葛藟)는 칡덩굴. 칡덩굴은 뿌리와 줄기가 끊이지 않고 길게 뻗어 있는데, 자기는 난세를 당하여 집안 사람들과 헤어져 객지살이를 하고 있음을 상기한 것이다.

59 호(滸): 물가. 강 언덕 위(『집전』).

60 종(終): 마침내.

61 위타인부(謂他人父): 타인, 즉 남을 아버지라 부르는 것.

62 고(顧): 돌아보다. 돌보아 주다.

63 사(涘): 물가. 강가.

64 유(有): 있다고 여기다. 또는 우(友)의 뜻과 같으며 친애의 뜻.

綿綿葛藟여 면 면 갈 류	길게 뻗어 나간 칡덩굴
在河之漘[65]이로다 재 하 지 순	황하 물가에서 자라네
終遠兄弟하고 종 원 형 제	끝내 형제를 멀리 떠나
謂他人昆[66]이로다 위 타 인 곤	남을 형이라 부르네
謂他人昆이나 위 타 인 곤	남을 형이라 부르지만
亦莫我聞[67]이로다 역 막 아 문	나의 말 들어 보려고도 않네

◈ 해설

「모시서」에서는 주 왕실(周王室)의 도가 쇠하여 평왕이 그의 구족(九族)을 버렸음을 왕족이 풍자한 것이라 하였는데, 아무래도 부회(附會)한 해설인 듯하다. 『시집전』에서는 세상이 쇠퇴하여 백성이 흩어지니 고향과 가족을 떠나 머물 곳을 잃고 떠도는 자가 이 시를 지어 스스로 탄식한 것이라 하였다.

객지에서 유랑하는 나그네가 집 생각을 하며 부른 노래이다. 객지에서 생활 방편상 의부모 의형제를 맺어 보지만 아무래도 친 골육 같은 정은 가지 않는다. 칡덩굴은 마땅히 산골짜기에 있어야 하는데 황하 물가에 뻗어 있으니 이것으로 친척을 떠나 다른 사람에게 의탁함을 비유한 것, 즉 제자리를 잃은 것을 비유한 것으로 본다〔다산(茶山) 정약용, 『강의(講義)』〕.

---

65 순(漘): 물가.
66 곤(昆): 형. 맏이.
67 문(聞): 들은 체하는 것. 곧 아는 체하는 것.

8. 채갈(采葛) 저 무성한 칡

彼采葛兮[68]여 피 채 갈 혜	저 무성한 칡이여
一日不見이 일 일 불 견	하루를 못 보면
如三月兮로다 여 삼 월 혜	석 달이나 된 듯
彼采蕭兮[69]여 피 채 소 혜	저 무성한 쑥이여
一日不見이 일 일 불 견	하루를 못 보면
如三秋兮[70]로다 여 삼 추 혜	세 계절이나 된 듯
彼采艾兮[71]여 피 채 애 혜	저 무성한 약쑥이여

---

68 피채갈혜(彼采葛兮): 일반적으로 "칡 캐러 가세"〔김학주(金學主)〕, "저 칡을 채취함이여"〔성백효(成百曉)〕, "저 쑥 캐는 사람이여" 등으로 번역되었다. 피(彼)를 주어로 보고, 채(采)는 동사로 본 것이다. 그러나 『시경』에서 이와 유사한 구조, 예를 들면 "彼美人兮, 西方之人兮", "彼君子兮, 不素餐兮" 등은 앞 구가 '彼+명사어(名詞語)+어조사'로 구성되어 뒤 구(句)의 주어 역할을 하며, 피(彼)는 뒤의 명사를 꾸며 주는 관형형이다. 그리고 채(采)도 동사가 아니라 갈(葛)을 꾸며 주는 관형형으로 보고 '무성한'으로 해석한다〔계욱승(季旭昇), 『시경고의신증(詩經古義新證)』〕.

69 소(蕭): 쑥의 일종으로 적호(荻蒿)·소적(蕭荻)·우미호(牛尾蒿)라고도 한다. 대가 굵고 포기로 자라므로 '대쑥'이라고 하며 향기가 있어 옛날에는 제사에 사용되었다.

70 삼추(三秋): 세 계절, 즉 아홉 달이다. 많은 경우 '세 가을'이라고 그대로 새기면서 3년이라 풀기도 한다. 천년을 천추(千秋)라고 하는 것과 같다. 그러나 시 전체의 진행상 적합하지 않다. 즉 제1장의 3개월보다는 길고 제3장의 3년보다 짧아야 한다. 추(秋)는 하나의 계절을 뜻한다. 『관자·경중을(管子·輕重乙)』에 "歲有四秋(1년은 네 계절이 있다)"라 하여 봄을 春之秋, 여름을 夏之秋, 가을을 秋之秋, 겨울을 冬之秋라고 했다. 우리가 일반적으로 많이 쓰는 "일각(一刻)이 여삼추(如三秋)라"의 삼추를 대개 세 번의 가을이라 하여 3년이거나 가을의 석 달로 해석하는데 정확한 것은 세 계절을 말한다.

一日不見이 (일 일 불 견)	하루를 못 보면
如三歲兮로다 (여 삼 세 혜)	3년이나 된 듯

◈ 해설

이 시의 해석은 크게 둘로 나눌 수 있는데, 참언(讒言: 중상모략(中傷謀略)하는 말)을 두려워하는 것이라는 구참(懼讒)설과 남녀 사련(思戀)설이다. 그 분기점은 주희(朱熹)로 본다.

「모시서」에서는 참언을 두려워한 것이라 했고, 『정전(鄭箋)』에서는 "환왕(桓王) 때 정사(政事)가 밝지 못해서 신하들은 대신이나 소신이나 사신으로 나가면 참소하는 사람들에 의해 상처를 입게 되므로 이를 두려워한 것"이라고 했다. 즉 칡은 갈포(葛布)를 만드는 것인데 비록 작은 일이지만 하루라도 임금에게 보이지 않으면 참소될까 두렵다는 것이다. 임금의 정사가 밝지 않거나 시대 상황이 어지러운 것을 말한다. 쑥은 제사 지내기 위한 것이며 약쑥은 치료를 위한 것으로, 『정전(鄭箋)』에서는 이를 소사(小事)·대사(大事)·급사(急事)를 비유한 것이라고 했다. 이 두 해석은 기본적으로 일치한다. 그리고 이 계열은 북송(北宋) 초기의 구양수(歐陽修)의 『시본의(詩本義)』와 청(清) 애신각라 홍력(爱新觉罗 弘历) 건륭제(乾隆帝)의 『어찬시의절중(御纂詩義折中)』(1755)과 청(淸) 마서진(馬瑞辰)의 『모시전전통석(毛詩傳箋通釋)』 등으로 이어지며 의미가 확대되고 체계화된다. 칡(葛)과 쑥(蕭, 艾)을 타인을 참소하는 소인으로 비유하는데, 칡은 덩굴지면서 다른 것에 잘 기대어 붙는 성질이라 나쁜 풀이라 하면서 붕당을 이루어 모함하는

---

71 애(艾): 약쑥(『모전』)으로 높이가 1미터 전후이며 어린잎과 가지에 회백색의 털이 있으므로 백애(白艾)라고도 부른다. 잎을 약으로 쓰는데 성질은 따뜻하고 맛은 쓰다. 뜸으로 쓰는 것을 우리말로는 참쑥이라고 한다. 약재로 쓰는 것은 예로부터 5월 단오에 채취하여 말린 것이 가장 효과가 크다고 한다. 복통·토사(吐瀉)·지혈제로 쓰고, 냉(冷)으로 인한 생리 불순이나 자궁 출혈 등에 사용한다.

소인으로 비유되고〔『초사·구가(楚辭·九歌)』, 유향(劉向)의 『구탄(九歎)』〕, 쑥〔蕭, 艾〕은 참소하고 아첨하는 소인으로 비유하였다〔『초사·이소(楚辭·離騷)』〕.

『시집전』에서는 "칡을 캐는 것은 갈포를 만들려는 것이니, 음분(淫奔)한 자가 이것을 청탁하고 간 것이다. 그러므로 그 사람을 생각함이 깊어서 오래되지 않았는데 오래된 것 같다고 말한 것"이라고 하였다. 그리고 부사년(傅斯年)은 "남녀상사(男女相思)의 노래"라 했고 이후 젊은 남녀의 사랑을 표현한 것으로 '연인을 그리워하는 시'라는 것이 거의 정설로 되었다. 여자(또는 남자라도 무방하다)에게 애인이 있어 칡 캐러 가느니 쑥 뜯으러 가느니 하고 애인을 만나러 간다. 하루를 못 만나도 그 하루가 여삼추라 가만히 있지를 못한다. 사물의 의미를 상징적으로 보지 않고 즉물적으로 일창삼탄(一唱三嘆)하는, 그리움을 담은 짧은 노동요(勞動謠)로 해석한 셈이다.

9. 대거(大車) 　 큰 수레

大車檻檻[72]하니 대 거 함 함	대부의 큰 수레 덜컹거리며 가고
毳衣如菼[73]이로다 취 의 여 담	솜털 옷은 갈대 싹처럼 푸르네
豈不爾思리오 기 불 이 사	어이 그대 생각 않으랴만

72 대거함함(大車檻檻): 대거(大車)는 대부의 수레. 함함(檻檻)은 수레가 가는 소리(『모전』). 덜컹덜컹 거리며 가는 소리.

73 취의여담(毳衣如菼): 취(毳)는 솜털, 짐승의 부드러운 털. 이것으로 짠 천을 취포(毳布)라 하고, 취포로 만든 옷이 취의(毳衣)인데, 이것은 천자의 대부 옷이라고 한다(『정전』). 담(菼)은 갈대가 처음 나온 것이라 하였다(『집전』). 그래서 여담(如菼)은 그 처음 나온 갈대 싹처럼 연녹색이나 담청색(淡青色)을 말한다.

畏子不敢[74]이니라 외 자 불 감	대부 두려워 감히 못 간다네
大車啍啍[75]하니 대 거 톤 톤	대부의 큰 수레 무겁고 느리게 덜커덕덜커덕
毳衣如璊[76]이로다 취 의 여 문	솜털 옷은 붉은 옥 달아 놓은 듯하네
豈不爾思리오 기 불 이 사	어이 그대 생각 않으랴만
畏子不奔[77]이니라 외 자 불 분	대부 두려워 달아나지 못한다네
穀則異室이나 곡 칙 이 실	살아선 한 집에 못살아도
死則同穴하리라 사 칙 동 혈	죽어선 함께 묻히리라
謂予不信인댄 위 여 불 신	내 말이 믿기지 않는다 하면
有如皦日이니라 유 여 교 일	밝은 해가 지켜보고 있다

◈ 해설

「모시서」에선 "예의가 점차 땅에 떨어져 남녀가 음분하는 사례가 일어나곤

---

74 외자불감(畏子不敢): 자(子)는 대부로 보고, 전체의 뜻은 "그 대부를 보니 두려워 감히 달려가지 못한다"(『모전』). 일설에는 감(敢)은 담(噉: 씹다, 먹다)의 뜻이며, 뒤의 분(奔)도 분(噴)과 통하여 함께 '먹다'의 뜻이 있는바 모두 남녀가 서로 즐기고 친애(親愛)함을 뜻하는 속어(俗語)라고 하였다〔유운흥(劉運興), 『시의지신(詩義知新)』〕.

75 톤톤(啍啍): 수레가 무거운 듯 천천히 가는 모양(『모전』).

76 문(璊): 붉은 옥.

77 분(奔): 옛 애인 앞으로 달려 나가는 것. 주 74 참조. 『설문(說文)』 "噴, 吒也"의 타(吒)·타(咤)는 '밥 먹을 때 입에서 내는 소리'.

하는데 주나라 대부들이 이 남녀들의 송사(訟事)를 처결하지 못함을 풍자한 것"이라 하였고, 『시집전』에서는 주나라는 쇠했지만 대부들이 아직 형정(刑政)으로 자신의 읍(邑)을 잘 다스리므로 음분하는 남녀들이 두려워 이처럼 노래한 것이라고 했다.

출정하는 남자가 아내나 연인을 생각하고 또 그녀를 위로하는 시로 본다. 대열에서 빠져나와 그리운 이에게로 달려가고 싶으나 수시로 순찰하는 상관의 눈에 띌까 두려워 가지 못하고 살아서는 함께 지내지 못하더라도 죽어서는 꼭 함께 묻혀 지내리라고 위로해 본다.

또는 한 여자가 연인을 열정적으로 사랑하는 시로도 볼 수 있다. 그 연인과 동거하고 싶지만 그 사람이 어찌 생각할지 알 수 없어서 감히 사분(私奔)할 수 없다. 그러나 그에게 그녀의 애정이 시종 변함없는 것이라고 맹세한다. 일설에는 작자의 짝이 그 연애를 함에 괴로워하지도 않고 뜨겁지도 않으며 태도가 미적지근하게 불분명하고 활발하지 않으므로 작자가 이런 말을 함으로써 자극을 주었다고 하였다.

10. 구중유마(丘中有麻) 언덕의 삼

丘中有麻[78]하니 구 중 유 마	언덕 가운데에 삼이 있네
彼留子嗟[79]여 피 류 자 차	저 유씨 성의 자차여

78 구중유마(丘中有麻): 구중(丘中)은 언덕 위의 땅(『모전』). 마(麻)는 곡식 이름으로, 씨는 먹을 수 있고 껍질은 길쌈하여 포(布)를 만들 수 있다. 바로 눈앞에서 보이는 삼과 보리〔麥〕와 자두〔李〕가 있는 곳은 예전에는 선정을 베풀어 남긴 흔적의 상징으로 해석했으나 여자가 유(留, 劉)씨 성을 가진 남자를 기다려 밀회하는 장소로 본다.

彼留子嗟여 피 류 자 차	저 유씨 성의 자차여
將其來施施[80]로다 장 기 래 시 시	부디 그가 와서 어르기를
丘中有麥하니 구 중 유 맥	언덕 가운데에 보리가 있네
彼留子國여 피 류 자 국	저 유씨 성의 자국이여
彼留子國여 피 류 자 국	저 유씨 성의 자국이여
將其來食[81]로다 장 기 래 식	부디 그가 와서 드시기를
丘中有李하니 구 중 유 리	언덕 가운데에 자두나무 있네
彼留之子[82]여 피 류 지 자	저 유씨 댁 아드님이

---

79 피류자차(彼留子嗟): 류(留)를 남겨 놓다, 만류하다, 머무르게 하다 등의 동사로 해석하기도 했는데(『집전』), 여기서는 『모전』처럼 성씨(姓氏)로 보고 곧 후세의 유씨(劉氏)와 같다는 설(『석의(釋義)』)을 취한다. 유(留)와 유(劉)는 옛날에 통용되었다(『통석(通釋)』). 자차(子嗟)는 제2장의 자국(子國)과 마찬가지로 남자의 이름(『모전』).

80 장기래시시(將其來施施): 장(將)은 희망의 뜻(『집전』)과 실제 의미가 없는 어기사(『통석(通釋)』)로 보는데, 후자의 현재성과 생동감도 좋으나("저 유씨 성의 자차가/그가 와서 나를 어르네" 식) 여기서는 전자를 취했다. 기(其)는 자차를 지칭한다. 시시(施施)는 『모전(毛傳)』에서는 "나아가기 어렵다(難進)"는 뜻이라 했지만, 기쁜 모습(喜悅)(『집전』) 또는 시행(施行)의 뜻으로 본다. 강남의 구본(舊本)에는 '시(施)'가 한 글자만 있다고 하였으며(육조시대(六朝時代) 북제(北齊) 안지추(顏之推, 531~591), 『안씨가훈·서증(顏氏家訓·書證)』), 제2장의 "장기래식(將其來食)"과 조응(照應)하기 위해서라도 "장기래시(將其來施)"가 옳으며 아마도 본래의 모습일 것이다. 일설에는 『주역(周易)』에서 말한 운행우시(雲行雨施)의 '施'로 보고, 식(食)과 같이 남녀 간의 관계가 발생하는 은어(隱語)로 보았다.

81 식(食): 밥을 먹는다는 일차적인 의미 위에 식읍(食邑)의 식(食)으로 고을을 다스리는 것(청(淸) 장서(張敍, 1690~1775), 『시관(詩貫)』)으로 보기도 하나, 문일다(聞一多)의 해석에 따라 남녀가 친애(親愛)·합환(合歡)·상열(相悅)하는 것의 은어(隱語)로 본다.

82 피류지자(彼留之子): 저 유씨 댁 아들. 『집전(集傳)』에서는 지자(之子)가 앞의 두 사람을 함께 가리킨 것이라 했다. 자차(子嗟), 자국(子國), 지자(之子)는 모두 허의(虛擬), 즉 가

彼留之子여 피 류 지 자	저 유씨 댁 아드님이
貽我佩玖[83]로다 이 아 패 구	내게 패옥을 주시네

◈ 해설

「모시서」에 "이 시는 어진 이를 생각하며 노래한 것이다. 주(周) 장왕(莊王: BC 696~682년 재위)이 밝지 못하여 어진 이들이 쫓겨나므로 백성들이 그들을 생각하며 이 시를 지었다"고 설명하였다. 즉 그 지방을 다스리던 유(留)씨의 선정(善政)을 생각하며 고을 사람들이 그를 흠모하여 부른 노래라는 것이다.

그 뒤 주희(朱熹)는 남의 아내 된 여인이 사사로이 좋아하는 사람이 있어 기다려도 끝내 오지 않으므로 이 시를 지어 불렀다고 한다. 그리고 현재는 대체로 한 여자가 연인과의 밀회를 기다리거나 그 정을 확인하는 과정을 쓴 시로 본다. 제1장은 그녀가 기다리는 그 남자가 기쁘게 자기에게로 오는 모습을 멀리서 바라보는 것. 제2장은 그 남자가 여자의 가까이로 와서 더욱 친밀해지고, 제3장은 두 사람이 헤어질 때 남자가 여자에게 패옥을 선물하며 여자에게 애모의 정을 표시하는 것을 노래했다.

상의 인명으로 세 사람을 말하는 것이지만 실은 시 속에서 화자가 은밀히 만나는 한 사람을 지칭한다.

83 이아패구(貽我佩玖): 이(貽)는 주다. 패(佩)는 허리에 차는 것. 구(玖)는 옥 다음으로 가는 보석(『모전』)으로 검은색이라 한다. 패구는 허리에 차는 옥 장식.

제7 정풍(鄭風)

주나라 선왕(宣王: BC 827~782년 재위)이 그의 서제(庶弟) 우(友)를 기내(畿內) 함림(咸林) 땅에 봉하였는데, 그 사람이 정(鄭)나라 환공(桓公)이다. 환공은 주나라 유왕(幽王: BC 781~771년 재위)의 대사도(大司徒)를 지냈는데 서쪽의 견융(犬戎)이 침입하여 유왕은 죽음을 당했고 환공도 죽었다. 그래서 그의 아들 굴돌(掘突)이 뒤를 이어 정(鄭)나라의 무공(武公)이 되었다.

정나라 도읍지였던 회(檜), 즉 지금의 하남성 신정현(新鄭縣) 일대에서 채집한 것으로 모두 21수의 시가 실려 있다.

회(檜) 땅은 정나라 무공이 진(晋)나라 문후(文侯)와 함께 주평왕(周平王)의 동천(東遷)에 공을 세워 괵(虢)·회(鄶) 등 10읍을 얻어 옮겨 온 곳으로, 이곳에서 수집된 정풍의 시는 모두 동주(東周) 시대의 작품으로 보인다. 정풍(鄭風)은 특히 대부분이 연애시여서 예부터 대표적인 음풍(淫風)이라 일컬어지고 있다.

1. 치의(緇衣) 검은 옷

緇衣之宜兮[1]여 치 의 지 의 혜	검은 옷 잘도 어울려
敝予又改爲兮[2]하리라 폐 여 우 개 위 혜	해지면 내 다시 맞춰 주리라
適子之館兮[3]여 적 자 지 관 혜	그대 사무실에 갔다가
還予授子之粲兮[4]하리라 환 여 수 자 지 찬 혜	돌아오면 내 그대에게 음식 대접하리라

緇衣之好兮여 치 의 지 호 혜	검은 옷 좋기도 하여
敝予又改造兮하리라 폐 여 우 개 조 혜	해지면 내 다시 만들어 주리라
適子之館兮여 적 자 지 관 혜	그대 사무실에 갔다가
還予授子之粲兮하리라 환 여 수 자 지 찬 혜	돌아오면 내 그대에게 음식 대접하리라

---

1 치의지의(緇衣之宜): 치의(緇衣)는 검은 옷. 경사(卿士: 경(卿)과 대부(大夫)를 칭하며, 후대에는 넓게 관리를 말함)가 청조(聽朝: 조정에 나가 정치를 듣는 것)할 때 입는 정복(正服)이라 했고(『모전』), 또는 경대부(卿大夫)가 사조(私朝: 대부가 스스로 다스리는 조정)에 거처할 때 입는 의복이라 했다(『집전』). 대개는 관리가 조정에 나아가 일을 보며 입는 일종의 평상복 같은 것. 의(宜)는 걸맞아서 잘 어울리는 것. 즉 그의 덕이 그의 옷과 잘 어울린다는 뜻(『공소(孔疏)』).

2 폐여우개위(敝予又改爲): 폐(敝)는 옷이 해지다. 개위(改爲)는 다시 옷을 만드는 것. 제 2, 3장의 개조(改造)·개작(改作)도 같은 뜻.

3 적자지관(適子之館): 적(適)은 나아가다. 천자의 궁전 안에 구경(九卿)들이 여러 가지 공사를 처리하는 집이 아홉 개 있었다. 이것을 관(館)이라 한다. 따라서 이 구절은 당신이 공사를 처리하는 사무실로 등청한다는 것.

4 환여수자지찬(還予授子之粲): 환(還)은 등청했다가 집으로 돌아오는 것. 곧 퇴청. 수(授)는 주다. 올리다. 찬(粲)은 찬(餐)과 통하여(『모전』), 맛있는 음식.

緇衣之蓆兮[5]여 / 치의지석혜 — 검은 옷 큼직도 하여

敝予又改作兮하리라 / 폐여우개작혜 — 해지면 내 다시 지어 주리라

適子之館兮여 / 적자지관혜 — 그대 사무실에 갔다가

還予授子之粲兮하리라 / 환여수자지찬혜 — 돌아오면 내 그대에게 음식 대접하리라

◈ 해설

「모시서」에서는 정나라 환공(桓公)·무공(武公) 부자가 주 왕실(周王室)의 사도(司徒)가 되어 자기 직무를 잘 처리하므로 나라의 백성들이 마땅하게 생각하며 그 덕을 찬양하여 이 시를 쓴 것이라 했다. 그러나 갓 결혼한 아내가 남편에 대한 지극한 정(情)과 자기의 생활을 읊은 노래로 보는 것이 더 좋을 듯하다.

2. 장중자(將仲子) 둘째 도령

將仲子兮[6]여 / 장중자혜 — 도련님 도련님 둘째 도련님

5 석(蓆): 『집전(集傳)』에선 정자(程子)의 설을 인용하여 안서(安舒), 즉 편안하다는 뜻으로, 옷이 그의 덕에 걸맞고 어울려 편안하다고 했다. 또는 크다〔大〕, 넉넉하다는 뜻(『집전』).

6 장중자혜(將仲子兮): 장(將)은 발어사. 『모전(毛傳)』과 『집전(集傳)』에서는 청(請)의 뜻으로 보았다. 중자는 둘째 아들. 여자 입장에서 하는 말이므로 '둘째 도련님'(『석의(釋義)』)으로 번역했다. 『모전(毛傳)』에서는 제중(祭仲)이라는 사람으로 보았고, 『집전』에서는 남자의 자(字)라 하였다.

無踰我里[7]하여 무 유 아 리	저희 동리 넘어오지 마세요
無折我樹杞[8]어다 무 절 아 수 기	제가 심은 산버들 꺾지 마세요
豈敢愛之[9]리오 기 감 애 지	어찌 그것을 아까워할까만
畏我父母니라 외 아 부 모	저의 부모님이 두려워요
仲可懷也[10]나 중 가 회 야	도련님 그립습니다만
父母之言이 부 모 지 언	부모님 말씀도
亦可畏也니라 역 가 외 야	두렵사와요

將仲子兮여 장 중 자 혜	도련님 도련님 둘째 도련님
無踰我墻[11]하여 무 유 아 장	저의 집 담장 넘어오지 마세요
無折我樹桑이어다 무 절 아 수 상	제가 심은 뽕나무 꺾지 마세요
豈敢愛之리오 기 감 애 지	어찌 그것을 아까워하랴만
畏我諸兄[12]이니라 외 아 제 형	저의 오빠들이 두려워요
仲可懷也나 중 가 회 야	도련님 그립습니다만
諸兄之言이 제 형 지 언	오빠들 말씀도

---

7 무유아리(無踰我里): 무(無)는 하지 마라는 뜻. 유(踰)는 넘다. 옛날에는 오가(五家)를 린(隣), 오린(五隣)을 리(里)라고 하였으니, 곧 리(里)는 스물다섯 집이 모여 사는 마을을 뜻한다〔『공소(孔疏)』〕.

8 무절아수기(無折我樹杞): 절(折)은 꺾다, 자르다. 수(樹)는 '심다'라는 동사. 기(杞)는 산버들 나무 또는 갯버들.

9 애지(愛之): 아끼다. 지(之)는 버드나무를 가리키는 대명사.

10 가회(可懷): 그리워하다.

11 장(墻): 집 주위를 두른 담.

12 제형(諸兄): 일족(一族)의 연장자들, 곧 집안의 손위 분들.

亦可畏也니라 역 가 외 야	두렵사와요

將仲子兮여 장 중 자 혜	도련님 도련님 둘째 도련님
無踰我園[13]하여 무 유 아 원	저의 집 뜰을 넘어오지 마세요
無折我樹檀[14]이어다 무 절 아 수 단	제가 심은 박달나무 꺾지 마세요
豈敢愛之리오 기 감 애 지	어찌 그것을 아까워하랴만
畏人之多言이니라 외 인 지 다 언	남의 말들이 두려워요
仲可懷也나 중 가 회 야	도련님 그립습니다만
人之多言이 인 지 다 언	남의 말들도
亦可畏也니라 역 가 외 야	두렵사와요

◈ 해설

「모시서」에서는 장공(莊公)을 풍자한 것이라 했다. 『춘추좌전』 「은공(隱公) 원년」에 이 일이 기록되어 있다. 그의 어머니〔무강(武姜)〕가 아우 공숙단(共叔段)만을 사랑하였는데, 그 아우가 도리를 잃었지만 이를 제지하지 못하였고 제중(祭仲)이 간(諫)하였으나 듣지 않아 결국 큰 난리를 일어나게 했다는 것이다. 시의 중자(仲子)를 제중으로 본 것인데, 아무래도 지나친 해석인 듯하다.

남의 눈을 피해 사랑을 속삭이는 젊은 남녀의 밀회를 노래한 것으로 본다. 다른 마을에 사는 남자가 여자가 사는 마을의 경계를 넘고 점차 여자의 집 담

---

13 원(園): 나무와 채소를 심은 뜰 가에 두른 울타리. 리(里)에서 장(牆)으로, 다시 원(園)으로 점점 집 안으로 좁혀 드는 공간 설정이다.

14 단(檀): 박달나무.

을 넘어 뜰에 이르는 과정과 그 각 영역에 심겨져 있는 수종(樹種)의 차이로 짜릿한 밀회의 기쁨이 표현되고, 이런 일이 들켜 듣게 될지도 모를 부모와 오라버니들의 꾸중의 말과 마을 사람들의 수군대는 말들로 두려움이 고조되며 희비(喜悲)가 서로 얽혀 있다.

3. 숙우전(叔于田) 숙이 사냥을 가시면

叔于田[15]하니 (숙 우 전) — 숙이 사냥을 가면
巷無居人[16]이로다 (항 무 거 인) — 거리에 사는 이 없다
豈無居人이리오 (기 무 거 인) — 어찌 사는 이 없을까마는
不如叔也의 (불 여 숙 야) — 숙 같은 이 없어라
洵美且仁[17]이로다 (순 미 차 인) — 진정 아름답고 어진 이로다

叔于狩[18]하니 (숙 우 수) — 숙이 사냥을 가면
巷無飮酒로다 (항 무 음 주) — 거리에 술 마실 이 없다

---

15 숙우전(叔于田): 숙(叔)은 남자 형제 항렬 백(伯)·중(仲)·숙(叔)·계(季)의 세 번째. 특히 여자가 이를 사용하여 남자를 부를 때 정인(情人)이거나 남편일 경우가 많다. 우(于)는 가다〔往〕로 풀기도 하고, 있다〔在〕로 풀기도 한다. 전(田)은 사냥의 뜻이다. 우전(于田)은 곧 사냥하고 있다는 것.

16 항(巷): 마을 안의 길(『모전』). 무거인(無居人)은 사는 사람이 없는 듯이 허전하다는 뜻.

17 순(洵): 신(信)과 통하여 '진실로', '정말로'의 뜻.

18 수(狩): 사냥하는 것.

豈無飮酒리오
기 무 음 주

不如叔也의
불 여 숙 야

洵美且好[19]로다
순 미 차 호

어찌 술 마실 이 없을까마는

숙 같은 이 없어라

진정 아름답고 좋은 이로다

叔適野[20]하니
숙 적 야

巷無服馬[21]로다
항 무 복 마

豈無服馬리오
기 무 복 마

不如叔也의
불 여 숙 야

洵美且武[22]로다
순 미 차 무

숙이 들에 가면

거리에 말 탄 이 없다

어찌 말 탄 이 없을까마는

숙 같은 이 없어라

진정 아름답고 늠름한 이로다

◈ 해설

「모시서」에서는 숙(叔)을 정(鄭)나라 장공(莊公)의 아우 공숙단(共叔段)으로 보고, 숙(叔)이 경성에 있으면서 무기를 갖추어 사냥을 가는데 백성들이 기뻐하며 그에게로 모여들므로 이 시로써 장공을 풍자한 것이라 했다. 공숙단은 성품이 어질지 못하고 의롭지 못했으나 그의 경박하고 불량스런 행동이 도리어 마을 소년들의 호감을 사 이런 결과를 낳았다고 한다.

그러나 이 작품에 나오는 주인공 숙(叔)은 바로 앞 시의 중자(仲子)가 어느 가정의 둘째 아들로서 여인이 자기 연인을 부른 것처럼 이 역시 어느 가정의 셋째

---

19 호(好): 정의(情意)가 통하는 좋은 사람.
20 적(適): 가다, 이르다〔왕(往)〕. 야(野)는 교외(郊外).
21 복(服): 말을 타는 것〔승마(乘馬)〕(『모전』).
22 무(武): 무위(武威)가 있는 것, 곧 늠름한 것.

아들로서 여인이 자기 연인을 가리킨 말이다. 즉 한 여인이 좋아하는 남자를 생각하는 시로서, 남자가 사냥을 가거나 들에 나가면 마을이 텅 빈 것 같이 허전한 마음을 노래한 것이다. 이 남자는 아마도 사냥을 잘하는 용사일 것이다.

4. 대숙우전(大叔于田)　　숙이 사냥 가서

叔于田[23]하니 숙 우 전	숙이 사냥을 하러
乘乘馬[24]로다 승 승 마	사마 수레 타고 간다
執轡如組[25]하니 집 비 여 조	고삐를 실끈 다루 듯하고
兩驂如舞[26]로다 양 참 여 무	양편 참마 춤추듯 달린다

23 숙우전(叔于田): 앞 시의 첫 구절과 같다. 이 첫 구를 '대숙우전(大叔于田)'이라 쓴 책도 있으나 육덕명(陸德明)은 『경전석문(經典釋文)』에서 잘못이라 지적하였다. 『시경』의 시 제목은 대부분 시의 첫 구절에서 많이 따는데 「숙우전」이 겹치기 때문에 이를 구별하기 위하여 작품의 길이가 긴 쪽에 '대(大)'자를 하나 더 붙였다고 했다〔엄찬(嚴粲), 『시집(詩緝)』〕.

24 승승마(乘乘馬): 앞의 승(乘)은 '탄다', 즉 승가(乘駕)의 뜻으로 말 수레를 모는 것〔『공소(孔疏)』〕이며, 뒤의 승(乘)은 네 필의 말이 끄는 수레〔『석의(釋義)』〕. 즉 사마(駟馬: 말 네 필이 끄는 수레 또는 그 네 필의 말)를 지칭한다.

25 집비여조(執轡如組): 비(轡)는 말고삐. 조(組)는 도장이 든 주머니를 허리띠에 매다는 데 쓰는 인끈, 곧 수(綬)를 실로 짠 것. 고삐를 잡고 말을 모는 솜씨가 비단실로 인끈을 짤 때 실을 다루듯 날래 보인다는 뜻.

26 양참여무(兩驂如舞): 네 마리가 끄는 마차는 수레의 멍에를 중심으로 하여 안쪽에 있는 두 말을 복마(服馬)라 하고 바깥쪽에 있는 두 말을 참마(驂馬)라고 한다. 양참(兩驂)은 좌우 바깥쪽에서 수레를 끄는 두 필의 말. 여무(如舞)는 말을 잘 몰아 절도에 맞아서 마치 춤을 추는 듯한 것.

叔在藪[27]하니 숙 재 수	숙이 풀섶으로 내닫자
火烈具擧[28]로다 화 렬 구 거	불꽃이 한꺼번에 오른다
襢裼暴虎[29]하여 단 석 포 호	웃통 벗고 맨손으로 범 잡아
獻于公所[30]로다 헌 우 공 소	임금님 계신 곳에 바친다
將叔無狃[31]어다 장 숙 무 뉴	숙이여 다시는 그러지 말고
戒其傷女[32]하노라 계 기 상 여	범이 그댈 다치지 않도록 하오

叔于田하니 숙 우 전	숙이 사냥을 하러
乘乘黃[33]이로다 승 승 황	황색 사마 수레 타고 간다
兩服上襄[34]이요 양 복 상 양	두 마리 복마 앞에서 끌고
兩驂雁行[35]이로다 양 참 안 행	양편 참마 뒤에서 줄지어 따른다

---

27 수(藪): 큰 늪. 늪에는 새나 짐승이 많이 모인다(『모전』).

28 화렬구거(火烈具擧): 열(烈)은 불이 활활 타오르는 것〔『석의(釋義)』〕. 구(具)는 구(俱)로 '함께', '일제히'의 뜻. 거(擧)는 일어난 것. 이 구절은 짐승을 몰기 위하여 늪의 사방에서 한꺼번에 불을 지르는 것을 말한다.

29 단석포호(襢裼暴虎): 단석(襢裼)은 웃통을 벗어젖히는 것〔『공소(孔疏)』〕. 포호(暴虎)는 맨손으로 싸워 호랑이를 때려잡는 것(『모전』).

30 공소(公所): 임금이 있는 곳, 즉 정나라 장공의 궁전을 가리킨다고 함(『모전』).

31 장숙무뉴(將叔無狃): 장(將)은 바라다. 뉴(狃)는 익히다〔習〕(『모전』), 탐내다. 익숙하도록 자주하는 것.

32 계기상여(戒其傷女): 계(戒)는 경계하다. 기(其)는 여기에서는 호랑이로 본다. 여(女)는 너〔汝〕로서, 숙(叔)을 가리킴. 숙이 재주가 많고 용감하므로 정나라 사람들이 이와 같이 사랑한 것(『모전』).

33 승황(乘黃): 네 마리의 누런 말이 끄는 수레(『모전』).

34 양복상양(兩服上襄): 양복(兩服)은 두 복마(服馬). 양(襄)은 가(駕)의 뜻이라 하고, 상(上)은 전(前)과 같다. 상가(上駕)는 상사(上駟)와 같으며, 그래서 앞선 말의 뜻이다〔『집전(集傳)』, 『집소(集疏)』〕. 복마가 참마보다 약간 앞서게 됨을 뜻한다.

35 안행(雁行): 기러기가 줄지어 날아가듯 두 참마는 복마의 약간 뒤에 나란히 달려간다는

叔在藪하니 숙 재 수	숙이 풀섶으로 내닫자
火烈具揚[36]이로다 화 렬 구 양	불꽃이 한꺼번에 일어난다
叔善射忌[37]며 숙 선 사 기	숙은 활 잘 쏘고
又良御忌[38]러니 우 량 어 기	또 말 잘 몰아
抑磬控忌[39]며 억 경 공 기	때로는 잡아당겨 멈추게 하고
抑縱送忌[40]로다 억 종 송 기	때로는 말을 놓아 치닫게 한다

叔于田하니 숙 우 전	숙이 사냥을 하러
乘乘鴇[41]로다 승 승 보	얼룩말 사마 수레 타고 간다
兩服齊首[42]요 양 복 제 수	두 마리 목마 머리를 나란히 달리고
兩驂如手[43]로다 양 참 여 수	양편 참마 손처럼 따라 달린다
叔在藪하니 숙 재 수	숙이 풀섶으로 내닫자
火烈具阜[44]로다 화 렬 구 부	불꽃이 한꺼번에 일어난다

뜻(『집전』).

36 구양(具揚): 앞장의 구거(具擧)처럼 짐승몰이 불이 사방에서 한꺼번에 타오르는 것.

37 기(忌): 조사.

38 어(御): 수레를 모는 것.

39 억경공기(抑磬控忌): 억(抑)은 발어사(『집전』). 경(磬)은 말을 달리게 하는 것. 공(控)은 말을 멈추게 하는 것(『모전』). 경공(磬控)은 쌍성자(雙聲字)로 말을 달리고 멈추고 하는 사람의 모습(『통석(通釋)』).

40 종송(縱送): 종(縱)은 화살을 쏘는 것. 송(送)은 새를 뒤쫓는 것(『모전』). 종송(縱送)은 첩운자(疊韻字)는 화살을 쏘아 새를 잡는 것(『통석(通釋)』).

41 보(鴇): 검은 흰색에 잡모(雜毛)가 섞인 얼룩말(『모전』).

42 제수(齊首): 제(齊)는 가지런한 것. 수(首)는 머리.

43 여수(如手): 자기의 두 손처럼 자유자재하게 움직이는 것.

44 부(阜): 성한 것.

叔馬慢忌[45]며 숙의 말 느려지고
숙 마 만 기

叔發罕忌[46]러니 숙의 활쏘기도 뜸해지더니
숙 발 한 기

抑釋掤忌[47]며 화살통 풀어 놓고
억 석 붕 기

抑鬯弓忌[48]로다 활집에 활 거둬들인다
억 창 궁 기

◈ 해설

앞의 「숙우전(叔于田)」과 같은 주제의 시로서, 용맹하고 활 잘 쏘는 청년 사냥꾼을 찬미한 것으로 본다. 후대 사람이 중복되는 제목을 피하기 위해 편폭이 긴 이 편을 「대숙우전(大叔于田)」이라고 불렀다. 앞의 「숙우전」은 임이 사냥을 가고 나면 남아 있는 나의 그리움과 찬미하는 마음을 노래했기 때문에 "숙이 사냥을 가시면"으로, 「대숙우전」은 임이 사냥을 나가서 씩씩하게 활동하는 모습을 자세하고 힘있게 노래했기 때문에 "숙이 사냥을 가서"라고 해석하면 좋을 것이다. 이 시 또한 정장공(鄭莊公)과 아우 공숙단(共叔段)을 풍자한 것으로 보아 왔다. 역시 무리가 있는 해석이다.

---

45 만(慢): 말의 동작이 느려졌다는 것으로, 이는 사냥이 다 끝나 감을 뜻한다.
46 발한(發罕): 발(發)은 활을 쏘는 것. 한(罕)은 드물게 되는 것.
47 석붕(釋掤): 메었던 화살통을 풀어 놓는 것[엄찬(嚴粲), 『시집(詩緝)』].
48 창(鬯): 활집. 여기서는 동사로 쓰여, 활을 활집에 거두어 넣는 것(『집전』).

5. 청인(淸人)　　　　청 고을 사람들

淸人在彭[49]하니 청 인 재 팽	청 고을 사람이 팽(彭) 땅에 있으니
駟介旁旁[50]이로다 사 개 방 방	네 마리 갑옷 입힌 말들이 달려가네
二矛重英[51]으로 이 모 중 영	두 자루 창에 중첩된 창 꾸밈으로
河上乎翺翔[52]이로다 하 상 호 고 상	황하 기슭을 왔다 갔다 노니네
淸人在消[53]하니 청 인 재 소	청 고을 사람이 소(消) 땅에 있으니
駟介麃麃[54]로다 사 개 포 포	네 마리 갑옷 입힌 말이 늠름하네

---

49 청인재팽(淸人在彭): 청(淸)은 정(鄭)나라 고을 이름으로 지금의 하남성 중모현(中牟縣) 서쪽에 있었다(『석의(釋義)』). 청인(淸人)은 청 고을 사람들로 고극(高克)이 거느렸던 사람들. 팽(彭)도 정나라의 고을 이름으로, 뒷날 위나라로 들어가 미자하(彌子瑕)의 채읍(采邑)이 되었다. 지금의 하남성 연진현(延津縣)과 활현(滑縣) 경계 근처였으며, 황하 기슭에 있다(『석의(釋義)』 인용).

50 사개방방(駟介旁旁): 사(駟)는 사마(四馬), 즉 네 마리 말. 개(介)는 갑옷. 그래서 사개(駟介)는 네 마리 말에 갑옷을 입힌 것. 방방은 쉬지 않고 말 달리는 모습(『집전』), 또는 의젓하고 성대하게 수레를 끄는 모습(『통석(通釋)』).

51 이모중영(二矛重英): 이모(二矛), 즉 두 개의 창은 추모(酋矛)와 이모(夷矛)라 하기도 하고(『정전(鄭箋)』, 『집전』), 두 개의 추모로 보기도 한다(『통석(通釋)』). 추모는 길이 4척이라고도 하고(『공소(孔疏)』), 2장(丈)이라고도 한다(『집전』). 아마 여기에서의 장(丈)을 3미터라 한다면 총 6미터가 되어 적절하지 않은 것 같고, 사람의 키 두 배 정도를 말한다면 적절해 보인다. 중(重)은 겹의 뜻. 영(英)은 영식(英飾) 곧 화식(畵飾)으로서 창을 다듬고 붉은 칠을 하는 것이라 한다. 창 하나에 겹으로 영식하였다고 한다(『통석(通釋)』). 두 개의 창의 높낮이가 달라 겹으로 보이기 때문에 중영이라고 했다고도 한다(『공소(孔疏)』, 『집전』).

52 하상호고상(河上乎翺翔): 하상(河上)은 황하의 기슭. 고상(翺翔)은 할 일 없이 왔다 갔다 노니는 것. 고상호하상(翺翔乎河上)의 도치문이다.

53 소(消): 황하 기슭에 있는 땅 이름(『모전』).

54 표표(麃麃): 무모(武貌)(『모전』), 즉 굳센 모양.

二矛重喬[55]로
이 모 중 교

河上乎逍遙로다
하 상 호 소 요

두 자루 창에 중첩된 창 갈고리로

황하 기슭을 왔다 갔다 하네

淸人在軸[56]하니
청 인 재 축

駟介陶陶[57]로다
사 개 도 도

청 고을 사람이 축(軸) 땅에 있으니

네 마리 갑옷 입힌 말이
신나게 달리네

左旋右抽[58]어늘
좌 선 우 추

中軍作好[59]로다
중 군 작 호

왼손으로 깃발 돌리며
오른손 칼 빼어 들고

군대 속에서 즐기고 있네

---

55 교(喬): 꿩. 교(鷮)를 간략히 한 것으로 『한시(韓詩)』에서는 교(鷮)라 적고 있다. 교는 꽁지가 긴 꿩의 일종으로, 창 자루 위쪽과 창날 바로 밑에 꿩 깃으로 장식한 것을 말한다. 아래위로 두 번 장식했기 때문에 중교(重喬)라 하였다〔『통석(通釋)』〕.

56 축(軸): 황하 기슭의 땅 이름(『모전』).

57 도도(陶陶): 신나는 모양. 「왕풍 · 군자양양(王風 · 君子陽陽)」 시 참조. 또는 즐거워하여 유유자적한 모양. 또는

58 좌선우추(左旋右抽): 선(旋)은 깃발을 흔들며 지휘하는 것. 추(抽)는 칼을 뽑는 것으로 〈삼가시(三家詩)〉에서는 '도(搯)'로 되어 있는데 칼을 뽑는다는 뜻이다. 좌우는 임금이나 장수의 좌수(左手)와 우수(右手). 그래서 왼손으로는 기를 휘두르고 오른손으로는 칼을 빼어 들고 지휘하는 모습을 말함. 또는 좌(左)는 장군의 왼쪽에 있는 어자(於者)를 이르니 고삐를 잡고 말을 모는 자이며, 우(右)는 장군의 오른쪽에 있는 용력(勇力)이 있는 장사(壯士)를 이르니 병기를 잡고서 적을 치고 찌르는 자라고도 한다(『집전』).

59 중군작호(中軍作好): 중군(中軍)은 군중(軍中). 호(好)는 악(樂)과 통하여〔『석의(釋義)』〕, 작호(作好)는 작락(作樂) 곧 즐기는 것. 또는 중군(中軍)은 삼군(三軍)의 하나로 주장(主將)을 말한다. 작호(作好)는 표면적으로 일을 잘하는 것〔주광기(朱廣祁), 『논고(論稿)』〕.

◈ 해설

「모시서」에서는 정(鄭)나라 문공(文公)을 풍자한 것이라 하였다. 문공에게는 고극(高克)이라는 장수가 있었는데 재리(財利)를 탐내고 그의 임금은 돌보지 않았다. 그래서 문공은 그를 싫어하여 멀리 보내려 하였으나 뜻대로 하지 못하고 있었다. 때마침 하북(河北)의 위(衛)나라를 적인(狄人)이 침공하였다. 정나라는 하남에 있었으나 적인의 내침(來侵)을 두려워하여 고극으로 하여금 군사를 거느리고 가서 황하 기슭을 지키게 하였다. 고극은 청(淸) 고을 부하들을 이끌고 가서 방비하였으나 아무리 지나도 소환하지 않아 그의 군대가 흩어져 버렸다. 고극은 이어 진(陳)나라로 도망하였다〔『공소(孔疏)』〕. 『춘추좌전』「민공(閔公) 2년」에도 이러한 기사를 싣고 있다. 임금으로서 병권(兵權)을 빌려 주고 국경 위에 버려두어서 군사들이 이산(離散)하는 것을 좌시하고 걱정하지 않은 것에 대하여 『춘추』에 "鄭棄其師(정나라가 그 군대를 버렸다)"고 썼으니, 그 꾸짖음이 깊음을 말한 것이다.

6. 고구(羔裘) 염소 갖옷

羔裘如濡[60]하니
고 구 여 유
洵直且侯[61]로다
순 직 차 후

염소 갖옷 촉촉한 듯 윤기가 나고
진정 부드럽고도 아름다워라

---

60 고구여유(羔裘如濡): 고구(羔裘)는 부드러운 염소 털가죽으로 만든 옷으로, 치의(緇衣)와 함께 제후의 조복(朝服)이다(『정전』). 유(濡)는 젖은 듯이 윤기가 나는 것.

61 순직차후(洵直且侯): 순(洵)은 신(信)과 통하며 '진실로', '정말로'의 뜻. 직(直)은 순(順)의 뜻(『집전』)으로, 부드러워 보이는 것. 후(侯)는 아름다운 것.

彼其之子[62]여 피 기 지 자	저 기씨의 자손은
舍命不渝[63]로다 사 명 불 유	명을 받아 변함없이 일하시네

羔裘豹飾[64]이로소니 고 구 표 식	염소 갖옷에 표피 소매 달았으니
孔武有力[65]이로다 공 무 유 력	아주 늠름하고 힘이 있다
彼其之子여 피 기 지 자	저 기씨의 자손은
邦之司直[66]이로다 방 지 사 직	나라의 사직 벼슬감

62 피기지자(彼其之子): 『모전(毛傳)』에서는 이에 대한 해석은 없고, 『정전(鄭箋)』에서 지자(之子)는 "이 사람〔시자(是子)〕"이라고 했다. 위의 갖옷을 입고 있는 사람을 가리킨다. 그러나 '저 그 이 사람', '저기 저 이분' 등으로 해석한다는 것은 설득력이 없다. 「왕풍·양지수(王風·揚之水)」의 [해설] 참조. 또 이와 비슷한 구는 「왕풍·구중유마(王風·丘中有麻)」의 제3장 "丘中有李, 彼留之子. 彼留之子, 貽我佩玖(언덕 가운데에 자두나무 있네/저 유씨 댁 아드님이/저 유씨 댁 아드님이/내게 패옥을 주시네)"가 있는데, 『모전』에서도 대부씨(大夫氏)로 해석했다. 기(其)는 음이 같은 㠱, 己, 紀로도 쓸 수 있고 이들은 부계사회 남성의 씨칭(氏稱)이며 또한 동일한 나라의 이름이다. 은주(殷周) 청동기의 금문(金文)에 따르면 기국(㠱國)은 늦어도 은대(殷代) 무정(武丁) 시기에 이미 존재했었고, 그 후 춘추(春秋) 중기까지 이어졌다. 활동 범위는 하남(河南)에서 점차 산동(山東)·요녕(遼寧)·하북(河北)으로 옮겼고, 서주(西周) 중기 이후에는 산동 일대에 집중한 것 같다고 한다. 주나라가 은나라를 멸할 때 그들은 대체로 주나라 사람들과 합작하고 연후(燕侯)를 도와 일을 했고 연후의 상을 받았으니 주 왕실(周王室)과의 관계가 좋았음을 알 수 있으며, 춘추 초기까지 딸을 왕의 부인으로 시집보내기도 했다. 때문에 기국은 비록 큰 나라는 아니지만 족인들이 각지에 널리 분포되었고 각종 직무를 맡은 것이 적지 않았을 것이며 그중에 어떤 이는 왕의 일을 맡아 한 마음으로 봉직했을 것이다.

63 사명불유(舍命不渝): 사명(舍命)은 부명(敷命) 또는 포명(布命)의 뜻으로, 명령을 실행하는 것. 일설에는 자신의 생명을 버린다는 뜻이라고도 했다. 유(渝)는 바뀌다, 변한다는 뜻.

64 표식(豹飾): 표범 가죽으로 소매 깃을 다는 것(『모전』).

65 공무유력(孔武有力): 공(孔)은 '매우'의 뜻. 무(武)는 늠름한 것. 유력(有力)은 힘이 있는 것.

66 방지사직(邦之司直): 방(邦)은 나라. 사(司)는 주관의 뜻. 직(直)은 사람들의 잘못을 바로 잡는 것〔왕인지(王引之), 『경의술문(經義述聞)』〕.

羔裘晏兮[67]요 (고구안혜)	염소 갖옷 산뜻하고
三英粲兮[68]로다 (삼영찬혜)	세 가닥 흰 실술도 찬란하다
彼其之子여 (피기지자)	저 기씨의 자손은
邦之彦兮[69]로다 (방지언혜)	나라의 준재

◈ 해설

정나라 사람이 본조(本朝)의 현인(賢人)을 찬미하는 어투는 아닌 것 같고, 오히려 정나라 사람과 비교적 멀리 있는 사람을 칭송하는 듯하다. 염소 갖옷은 원래 대부가 입는 복장으로 이 옷을 입은 주인공이 누구인지는 가릴 수 없으나, 그 옷도 아름다울뿐더러 사람 또한 어울리고 훌륭한 인물임을 그렸다. "彼其之子"는 당연히 '기(㠱·其·己·紀)씨의 자손'으로 해석해야 한다. 전체 시는 정나라 사람이 자신의 조정(『정전(鄭箋)』에 의하면, 정장공(鄭莊公) 때)에 충정(忠正)한 신하가 없음을 한탄하는 것으로, 그래서 시인은 기씨(㠱氏)의 현신(賢臣)을 노래하며 당시의 조정을 풍자하였다. 기후(㠱侯)는 은대(殷代)에서부터 지위가 높은 무직(武職)을 맡아 왔고 그 후세 자손들 중의 우수한 자가 이런 전통을 능히 담당할 수 있어서 명령을 변함없이 잘 수행하므로 나라의 '사직(司直)'이 되었다.

---

67 안(晏): 산뜻한 것.
68 삼영찬혜(三英粲兮): 삼영은 세 가지 장식으로 갖옷을 꾸민 것. 찬(粲)은 찬란하고 선명한 것.
69 언(彦): 선비의 미칭(美稱). 뛰어난 인재.

7. 준대로(遵大路) 한길을 따라

遵大路兮[70]하여 준 대 로 혜	한길을 따라 나서서
摻執子之袪兮[71]호라 삼 집 자 지 거 혜	임의 소매를 부여잡았네
無我惡兮[72]어다 무 아 오 혜	저를 싫어하지 마세요
不寁故也[73]니라 불 잠 고 야	이 옛사람을 함께 돌보지 않네
遵大路兮하여 준 대 로 혜	한길을 따라 나서서
摻執子之手兮호라 삼 집 자 지 수 혜	임의 손을 부여잡았네
無我魗兮[74]어다 무 아 추 혜	저를 미워하지 마세요
不寁好也[75]니라 불 잠 호 야	이 옛 짝을 돌아보지도 않네

---

70 준대로(遵大路): 준(遵)은 따르다〔연(沿), 순(循)〕. 한길까지 따라 나서는 것.

71 삼집자지거(摻執子之袪): 삼집(摻執)은 움켜쥐다, 부여잡다. 거(袪)는 옷소매.

72 무아오혜(無我惡兮): 무(無)는 하지 마라〔물(勿)〕. 뒤에 인칭대명사가 오면 동사와 목적어가 대체로 도치된다. 오(惡)는 싫어하다.

73 불잠고야(不寁故也): 잠(寁)은 빠르다, 신속하다의 뜻(『모전』, 『집전』). 그래서 '갑자기 또는 신속하게 떠나가다〔속리(速離)〕'로 많이 풀었다. 고(故)는 옛사람〔고인(故人)〕또는 옛정의 뜻. 그래서 '갑작스레 옛정 버리지 마세요'로 해석할 수도 있다. 그러나 잠(寁)에는 '떠나가다 또는 버리다'라는 의미의 동사 요소가 없다. 잠(寁: zǎn)은 민첩(敏捷)의 첩(捷: jié)으로도 읽히며 급(及: jí)으로 풀기도 한다. 이 급(及)은 '미치다, 이르다'의 뜻으로 겸고(兼顧), 즉 '고루(아울러) 돌보다'의 의미를 포함하고 있다. 남자가 옛사람을 버리고 새사람을 맞으려고 하기 때문에 버림받은 여인은 다만 새사람이 들어와도 좋으니 함께 있기를 원하지만 그것도 거절되었음을 말한다.

74 추(魗): 『모전』에서는 버리다〔기(棄)〕라고 했고, 『집전』에서는 추(醜)와 같이 추악(醜惡)이라고 했다. 제1장의 '오(惡)'와 비슷한 뜻일 것이다.

75 호(好): 『정전(鄭箋)』에서는 선(善)으로 풀었는데 앞의 고(故)와 유사하게 '좋아하던 사람', '옛정' 등으로 해석된다. 구필(仇匹)의 구(仇: 짝 또는 원수)와 같은 뜻.

◈ 해설

1. 버림받은 여인이 떠나가는 남자를 붙들고 옛정을 호소하는 시. 「모시서」에서는 정(鄭)나라 장공(莊公)이 실도(失道)하여 관원들이 나라를 떠나므로 백성들이 이를 말리느라 부른 노래라 했고, 『시집전』에서는 음부(淫婦)가 버림을 받고 쫓겨나면서 읊은 것이라 했다.

2. 중국 소수민족에 연애와 결혼에 관한 오래되고 특이한 풍속이 있다. 이 시를 이런 바탕에서 비교해 본다. 다소 지나치다고 느낄 수 있겠지만 이 시를 공자(孔子) 이전 시대로 소급하여 그 당시의 풍속과 관념으로 본다는 것에 더 큰 의미를 부여할 수 있을 것이다.

'잠(寁)'에 대해서 『모전(毛傳)』에선 별다른 해석이 없었고, 공영달(孔穎達)은 "意之速"라고 했는데, 『설문(說文)』과 『집운(集韻)』에서는 각각 "居之速也", "作屋居之速也"라 하였다. 거(居)는 주(住)와 같으며, 여기서는 확실히 동거(同居)의 뜻이다. 그래서 '寁' 자는 옛사람들이 '남녀가 만나서 알게 되는 것부터 동거하고 빨리 헤어지는 것'을 위해 특별히 만든 글자일 가능성이 있다. 서한(西漢)의 모형(毛亨)에 와서는 본뜻이 다 사라지지는 않은 것 같은데, 동한(東漢)의 정현(鄭玄)에 와서는 원래의 '居之速'의 뜻이 사라지고 다만 '速'의 뜻만 남았다. 그래서 '不寁故也'는 오래된 정인(情人)에 대해 '居之速'해서는 안 된다는 것, 즉 오래된 짝과 이렇게 빨리 동거를 그만두어서는 안 된다는 뜻이다. 이 구(句) 속에서 드러나는 혼속(婚俗)의 함의는 다음과 같다. 여인이 남자와 동거한 것은 서로가 원했던 것이다. 남자가 여인이 있는 곳으로 와서 동거했다. 남자가 옛사람을 버리고 새사람에게로 가는 것은 항거할 수 없는 도덕적 압력이 있는 것도 아니고 더욱이 법률로 금지된 것도 아니다. 이런 방식은 운남성(雲南省)의 소수민족 특히 납서족(納西族)의 아주혼(阿注婚)과 유사하다. '아주(阿注)'라고 하는 것은 친구라는 의미인데, 성행위를 자유롭게 할 수 있으며, 같은 어머니 소생의 남녀 외에는 모두 서로 '아주'가 될 수 있다. 남녀를 막론하고 누구나 다 많은 '아주'를 갖고 있으며, 아이들은 무조건 어머니 슬하에서 자라고 아버지가 누군지를 모른다. 남자는 밤에 여자의 집을 찾아갔다가 날이 새기 전 새벽에 자신의 집으로 돌아오는 것이다. 지금도 이런 혼속이 남아있다.

당시 원시 색채를 띠고 있던 혼속은 『주례(周禮)』를 중심으로 한 유가(儒家)의 혼속에 의해 전면적으로 잠식(蠶食) 또는 대체(代替)되고 있는 중이었으며 자유연애와 혼배(婚配) 속의 여자 측은 이미 불리한 입장에 처하게 되었고 쌍방이 왕래함에 남자에게 기구(祈求)해야 하기에 이르게 되었다. 이것은 여자 측이 주도적 위치를 갖는 상황의 아주혼속(阿注婚俗)과는 다르다. 공자(孔子)의 시대는 아주혼 등 원시혼속(原始婚俗)이 그래도 비교적 자주 보이던 시대였음이 틀림없다. 『주례·지관·매씨(周禮·地官·媒氏)』에서 말하는 규정은 유가(儒家) 경전이 제공하는 확실한 증거이다. 공자의 입장에서 보면 예에 맞지 않는 혼속을 『주례』의 혼속이 전면적으로 대체하는 것을 보고 그는 기뻤을 것이다. 그래서 이와 같이 『시(詩)』를 추송(推崇)하고 『시(詩)』의 이풍역속(移風易俗) 작용을 주장했다. 이 시를 두고 보면, 여자에 대한 교훈이나 교육 작용이 명확하다. 매파의 작용을 거치지 않고 부모의 동의를 얻지 않고 자신이 이성을 사귀면 자신의 짝에 대한 보장이 없다. 서한(西漢)의 모형(毛亨) 이후 유자(儒者)들은 이미 공자가 보기에 교육적인 작용이 있는 시를 음분시(淫奔詩)로 보았고, 아주혼속과 유사한 것은 일찍이 한족(漢族) 지역에서 흔적을 감추었다〔원강(元江), 『풍류시신해(風類詩新解)』(2006) 참조〕.

8. 여왈계명(女曰鷄鳴) 아내는 닭이 운다 하고

女曰雞鳴이어늘 여 왈 계 명	아내는 닭이 운다 하고
士曰昧旦[76]이니라 사 왈 매 단	남편은 아직 날이 안 밝았단다
子興視夜[77]하라 자 흥 시 야	그대가 일어나 바깥을 보세요

明星有爛[78]이니 (명 성 유 란)	샛별이 벌써 반짝이고 있어요
將翱將翔[79]하여 (장 고 장 상)	들판에 나가 쏘다니며
弋鳧與雁[80]하리라 (익 부 여 안)	들오리와 기러기 쏠 수 있겠어요
弋言加之[81]어든 (익 언 가 지)	쏘아 맞히면
與子宜之[82]하여 (여 자 의 지)	그대에게 안주 만들어 드리고
宜言飮酒[83]하여 (의 언 음 주)	안주 만들어 술 마시며
與子偕老호리라 (여 자 해 로)	그대와 늙도록 살리라

---

76 사왈매단(士曰昧旦): 사(士)는 앞에 나온 '여(女)의 남편. 그러나 일반적으로는 미혼 남자를 칭하는 말이다. 여기서도 정식 부부로 보지 않아도 무방하다. 매(昧)는 어두움〔회(晦)〕이요 단(旦)을 밝음이라 했고, 매단(昧旦)은 날이 새려고 하면서도 아직 어두워서 색을 분별할 수 없을 즈음(『집전』)이라고 했다.

77 자흥시야(子興視夜): 자(子)는 처가 남편을 가리키는 말. 흥(興)은 일어나다. 시야(視夜)는 밤이 어떻게 되었는지, 곧 날이 얼마나 밝았는지를 보는 것. 여기서부터의 4구를 대화체로 보는데 해석이 분분하다. ①이하 4구 모두를 아내의 말로 보기도 하고(『집전』), ②제3·4구는 아내, 제5·6구는 남편이 한 말로 보기도 하며, ③제3구는 아내, 제4·5·6구를 남편이 한 말로 보기도 하는 등 견해가 분분하다.

78 명성유란(明星有爛): 명성은 샛별로서 계명성(啓明聲) 또는 효성(曉星)으로도 불리는 금성(金星)을 말하며, 새벽에 동쪽 하늘에 크게 빛난다. 유란(有爛)은 난연(爛然)으로 밝게 빛나는 모양.

79 장고장상(將翱將翔): 장(將)은 조사. 고상(翱翔)은 본래는 새가 나는 모습을 말한 것인데, 여기서는 왔다 갔다 노니는 것. 앞의 「정풍·청인(鄭風·淸人)」 시 참조.

80 익부여안(弋鳧與鴈): 익(弋)은 주살. 격사(繳射)라고도 하며(『정전』), 실로 화살을 매고 나는 새를 쏘는 것〔『공소(孔疏)』〕. 부(鳧)는 오리. 안(鴈)은 기러기.

81 익언가지(弋言加之): 언(言)은 조사. 가(加)는 화살로 오리나 기러기를 맞추는 것〔중(中)〕(『집전』).

82 여자의지(與子宜之): 여자(與子)는 그대에게 주다. 의(宜)는 그 마땅한 바를 조화시킴이니, 곧 적당히 맛을 내어 요리하는 것(『집전』). 또는 안주.

83 의(宜): 앞의 의(宜)자와 마찬가지로 안주를 만드는 것.

琴瑟在御[84] 금 슬 재 어	거문고도 곁에 있어
莫不靜好[85]로다 막 부 정 호	즐겁고 행복하지 않은 일 없네

知子之來之[86]인댄 지 자 지 래 지	그대가 마음 쓰시는 줄 알고
雜佩以贈之[87]며 잡 패 이 증 지	갖가지 패옥 드리고
知子之順之[88]인댄 지 자 지 순 지	그대가 사랑하신 줄 알고
雜佩以問之[89]며 잡 패 이 문 지	갖가지 패옥으로 위로하고

---

84 어(御): 용(用)의 뜻으로, 쓰다. '재어(在御)'는 바로 언제나 쓸 수 있도록 손닿는 데 있는 것. 『공소(孔疏)』에는 『예기·곡례(禮記·曲禮)』를 인용하여 사(士)는 무고(無故)하면 금슬(琴瑟)을 거두지 않는다 하였다. 그래서 이 구절은 온 집안이 무고하여 편안하다는 뜻도 나타낸다고 보았다. 또는 어(御)가 탄주(彈奏)하는 것이며, 그래서 이 구절은 금슬을 함께 탄주하여 그 울림이 조화스럽다는 것으로 부부 사이가 화목하고 행복한 것을 비유한 것으로도 본다.

85 막부정호(莫不靜好): 막불(莫不)은 '―하지 않음이 없다', 즉 모두 또는 항상 그러하다는 뜻. 정호(靜好)는 가호(嘉好)의 뜻으로〔『통석(通釋)』〕, 즐겁고 행복한 것. 즉 정(靜)은 정(靖)의 가차〔『통석(通釋)』〕.

86 래지(來之): 일반적으로 '집으로 돌아오는 것'으로 해석하나 적절하지 않다. '노래(勞來, 勞徠)'의 뜻으로〔왕인지(王引之)〕, 근로(勤勞)하는 것을 긍휼(矜恤)히 여겨서 오라고 부르는 것, 즉 위로하며 초대하는 것을 말한다. 또한 이럴 경우 지(之)는 두 가지로 해석이 가능하다. 예전에는 대개 화자인 여인으로 보고 자신에게 잘 대해 주는 것을 의미한다고 하였다. 또는 제3자로 정인(情人)이 오게 한 사람 곧 손님을 칭하는 것으로 보기도 한다. 즉 '그대가 오게 하신 분임을 안다면', '그대가 손님을 모셔오면' 대접을 잘 하겠다는 뜻. 여기서는 전자를 취한다.

87 잡패이증지(雜佩以贈之): 잡패(雜佩)는 허리에 차는 여러 가지 패옥이나 노리개. 『모전(毛傳)』에 의하면, 형(珩)·황(璜)·거(琚)·우(瑀)·형아(衡牙) 등이 있었다. 증(贈)은 주다, 드리다. 청(淸)의 대진(戴震, 1724~1777)은 "운(韻)으로 보아 이(貽)로 씀이 옳다"고 하였다〔대진(戴震), 『모정시고정(毛鄭詩考正)』〕. 즉 제3, 4구의 순(順)과 문(問), 제5, 6구의 호(好)와 보(報)가 운이 같으니 제2구의 이 글자도 제1구의 '래(來)'와 동운(同韻)이어야 하기 때문이다.

88 순지(順之): 자기와 화순(和順)한 것, 곧 자기에게 알뜰한 것.

89 문(問): 보내 주는 것〔유(遺)〕(『집전』).

知子之好之[90]인댄
지 자 지 호 지

그대가 좋아하시는 줄 알고

雜佩以報之하리라
잡 패 이 보 지

갖가지 패옥으로 보답하리라

◈ 해설

젊은 부부가 서로 친애(親愛)하며 협조하는 생활을 그린 시이다. 이른 새벽 아내가 남편을 깨우는 데서 시작하여 두 사람의 행복이 가득한 애정 생활을 그렸다. 그러나 학자마다 풀이에 차이가 있고, 화자 설정에 의견을 달리하기도 한다. 「모시서」에서는 "덕(德)을 말하지 아니하고 호색(好色)함을 풍자한 것"이라 하였고, 『정전(鄭箋)』과 『시집전』은 이를 보충하여 착한 부부가 서로 경계하며 새벽 일찍 일어나 색(色)에만 빠지지 않는 것을 말했다고 하였다. 나아가 신혼 부부의 생활을 표현한 것으로 보기도 한다. 더구나 미혼 남녀 간의 밀회(密會)의 즐거움을 읊은 시로 보기도 한다. 사(士)는 가끔은 미혼 남자를 지칭하기 때문이다.

9. 유녀동거(有女同車) 한 수레 탄 여인

有女同車[91]하니
유 녀 동 거

나와 한 수레 탄 여인

---

90 호(好): 애호(愛好)의 뜻. 『공소(孔疏)』에서는 그에게 덕이 있어 좋아하는 것이라고 하였다.

91 유녀동거(有女同車): 한 여인이 자기와 함께 수레를 탄 것. 주희(朱熹)는 음분시(淫奔詩)로 보고 음분한 남녀가 같은 수레를 타고 간다고 보았고(『집전』), 굴만리(屈萬里)는 부부가 한 수레를 타고 가는 것으로 보았다(『석의(釋義)』).

顔如舜華[92]로다 안 여 순 화	그 얼굴 무궁화 꽃 같아라
將翶將翔[93]하나니 장 고 장 상	사뿐사뿐 오가는 모습
佩玉瓊琚[94]로다 패 옥 경 거	패옥은 아름다운 구슬
彼美孟姜[95]이여 피 미 맹 강	저 어여쁜 강씨 댁 맏딸
洵美且都[96]로다 순 미 차 도	정말 아름답고 고와라

有女同行[97]하니 유 녀 동 행	나와 한 수레 탄 여인
顔如舜英[98]이로다 안 여 순 영	그 얼굴 무궁화 꽃 같아라
將翶將翔하나니 장 고 장 상	사뿐사뿐 오가는 모습
佩玉將將[99]이로다 패 옥 장 장	패옥 부딪는 소리 딩동딩동
彼美孟姜이여 피 미 맹 강	저 어여쁜 강씨 댁 맏딸
德音不忘[100]이로다 덕 음 불 망	그 목소리 잊을 수 없어라

---

92 순화(舜華): 목근(木槿)(『모전』), 즉 무궁화. 나무는 오얏나무와 같으며 그 꽃은 아침에 피었다가 저녁에 진다(『집전』).

93 장고장상(將翶將翔): 장(將)은 조사. 고상(翶翔)은 본래 '날다'의 뜻. 여기서는 왔다 갔다 노니는 것〔앞의 「정풍·여왈계명(鄭風·女曰鷄鳴)」, 「정풍·청인(鄭風·淸人)」 및 「제풍·재구(齊風·載驅)」 시 참조〕.

94 패옥경거(佩玉瓊琚): 경거(瓊琚)라는 아름다운 옥으로 만든 패옥을 찼다는 뜻.

95 맹강(孟姜): 맹강은 강씨(姜氏)집 맏딸. 「용풍·상중(鄘風·桑中)」 시 참조. 강씨는 제나라 제후 집안의 딸, 즉 제녀(齊女)라고 했다(『모전』).

96 순미차도(洵美且都): 순(洵)은 신(信)과 통하며 '진실로'의 뜻. 도(都)는 한아(閒雅: 얌전함)(『모전』) 또는 미(美) 즉 아름답다는 뜻. 『전국책(戰國策)』에 "처자의복려도(妻子衣服麗都)"란 말이 있는데, 여도(麗都)는 여미(麗美)의 뜻이라 했다〔『석의(釋義)』〕.

97 동행(同行): 수레를 타고 함께 길을 가는 것.

98 순영(舜英): 순화(舜華)와 같이 무궁화꽃.

99 장장(將將): 패옥이 달랑거리는 소리(『집전』). 장(鏘)과 같다.

100 덕음불망(德音不忘): 덕음(德音)은 『시경』의 여러 곳에서 보이는데, 이들을 종합해 보면

◈ 해설

결혼하는 남자가 신부의 아름다움을 노래한 것이다〔『석의(釋義)』〕. 「모시서」에서는 정(鄭)나라 사람들이 장공의 태자 홀(忽)이 제(齊)나라와 혼인하지 않음을 풍자한 것이라고 했다. 홀이 제나라에 공을 세워 제나라 제후가 그의 딸을 주려 하였으나 그녀가 어질었음에도 취하지 않았다가 마침내 대국의 도움을 얻지 못하여 쫓겨났는데, 그러므로 백성들이 이를 풍자한 것이라 하였다. 『집전(集傳)』에서는 음분시(淫奔詩)로 보았다. 주희(朱熹)가 말하는 '음분(淫奔)'이란 시쳇말로 '음탕(淫蕩)함'을 말하는 것이 아니고 남녀의 자유연애와 결혼, 부모의 간섭이 없고 다들 아는 공개된 장소에서의 행위 등을 포괄적으로 말하는 듯하며, 아울러 당시의 규범에 대해 지나침〔과도(過度), 무절제(無節制)〕이 있거나 넘침〔남(濫)〕, 나아가 방종(放縱)이 있는 것이다.

10. 산유부소(山有扶蘇)　산에는 무궁화

山有扶蘇[101]며
산 유 부 소

산에는 무궁화

대개 두 가지 뜻으로 사용되었다. 하나는 남의 말을 높여 말하는 것이고, 다른 하나는 성예(聲譽) 곧 기리는 말을 뜻한다. 전자로 보면, '그대의 덕스러운 목소리 잊지 못하리'로 해석이 되고, '그녀 기리는 말이 끊임이 없도다'로 번역된다. 여기서는 아름다운 맹강을 기리는 말을 가리킨다〔『석의(釋義)』〕. 불망(不忘)은 불이(不已)의 뜻, 곧 끊임없는 것〔『석의(釋義)』〕.

101 부소(扶蘇): 부서(扶胥)라고도 한다〔『모전』〕. 또 부목(扶木)·부상(扶桑)이라고도 하며 금규과(金葵科)에 속하는 낙엽 관목. 무궁화의 별종으로 꽃은 홍백황의 세 가지가 있는데 그중에서도 붉은 것을 최고로 치며 여름에서 가을에 이르는 사이에 핀다. 주근(朱槿) 또는 적근(赤槿)이라고도 부른다. 무궁화와 비슷하면서도 약간 다른 꽃나무이다. 여기서는 무궁화로 번역한다.

隰有荷華[102]어늘 습 유 하 화	늪에는 연꽃
不見子都[103]요 불 견 자 도	고운 사람 아니 보이고
乃見狂且[104]아 내 견 광 차	미친 못난 이만 보이네

山有橋松[105]이며 산 유 교 송	산에는 큰 소나무
隰有游龍[106]이어늘 습 유 유 룡	늪에는 하늘거리는 여뀌
不見子充[107]이요 불 견 자 충	충실한 사람 아니 보이고
乃見狡童[108]가 내 견 교 동	능구렁이 같은 사람 보이네

◈ 해설

「모시서」에서는 앞의 「유녀동거(有女同車)」와 같이 정(鄭)나라 세자 홀(忽)을 풍자한 것이라 하였다. 홀이 멋지고 아름답다고 주장하는 여자는 아름다운 여자가 아니라는 것이다. 주희는 음녀(淫女)가 그녀와 사통하는 애인에게 농담하

102 습유하화(隰有荷華): 습은 여기서는 늪. 하화(荷華)는 연꽃 곧 연화(蓮花).

103 자도(子都): 자(子)는 남자를 가리키고, 도(都)는 아름답다〔美〕는 뜻으로, 자도(子都)는 미남의 뜻.

104 광저(狂且): 광(狂)은 미쳤다는 1차적 의미 외에 희롱하는 말로서 일종의 애칭으로 본다. 저(且)는 저(伹)의 가차자로서 우둔, 즉 못났다는 뜻.

105 교송(橋松): 교(橋)는 교(喬)의 뜻으로 높고 큰 것.

106 유룡(游龍): 유(游)는 가지와 잎이 하늘거리는 것(『집전』). 용(龍)은 홍초(紅草)로 일명 마요(馬蓼: 말여뀌)라고 하며, 잎새가 크고 희며 물 가운데에서 자란다(『집전』). 농(蘢: 개여뀌)의 가차자로 본다.

107 자충(子充): 자도(子都)와 비슷한 말(『집전』)로, 『공소(孔疏)』엔 충량충실(忠良充實)한 사람이라 하였다.

108 교동(狡童): 교활한 아이, 곧 능구렁이 같은 녀석.

는 내용을 읊은 것이라 했다. 그리고 왕질(王質)은 『시총문(詩總聞)』에서 여자가 결혼을 후회하는 시라고 했다. 시집가기 전에는 남편 될 사람이 미남이란 말을 들었는데 가서 보니 못나고 교활한 남자더라는 것이다.

공개적으로 불리던 노래로서 한 명의 여자가 한 명 또는 복수(複數)의 남자와 만나고 즐겁게 노는 것은 당시 혼속의 일반적인 모습이며 여론의 비판을 받을 일은 결코 아니다. '자도(子都)'나 '자충(子充)'은 모계사회(母系社會) 제도(制度)의 흔적이 아직 남아 있는 상태에서 여자를 찾아가는 일종의 아주(阿注)의 한 사람으로 본다. 아주(阿注)는 한때의 애인으로 성상대(性相對)[性夥伴]이다. 송조린(宋兆麟, 1936~)은 이러한 현상을 남편과 아내의 관계가 아니라 쌍방이 서로를 찾아 성생활을 하는 친구의 관계로 본다. 일종의 혼전 성(性) 자유의 방식이다.

11. 탁혜(蘀兮) 잎 마른 나무

蘀兮蘀兮[109]여 탁 혜 탁 혜	마른 나무 잎새야 마른 나무 잎새야
風其吹女[110]리라 풍 기 취 여	바람이 너를 불어준다
叔兮伯兮[111]여 숙 혜 백 혜	숙이며 백이며 여러 남자님들아
倡予和女[112]호리라 창 여 화 여	그대들이 노래 부르면 난 화답하리

109 탁(蘀): 낙엽 또는 고엽(枯葉). 여기서는 마르기만 하고 아직 떨어지지 않는 나무 잎새(『집전』).

110 풍기취여(風其吹女): 여(女)는 너. 잎새를 의인화(擬人化)한 것.

111 숙혜백혜(叔兮伯兮): 숙(叔)과 백(伯)은 여러 남자에 대한 친밀함을 드러내는 존칭. 소수민족의 민가에서는 가(哥) 또는 아가(阿哥)에 해당한다.

112 창여화여(倡予和女): 창(倡)은 창(唱)과 통하며 먼저 노래하는 것을 말한다. 여자 또는

蘀兮蘀兮여 탁 혜 탁 혜	마른 나무 잎새야 마른 나무 잎새야
風其漂女[113]리라 풍 기 표 여	바람이 너를 날려 주리라
叔兮伯兮여 숙 혜 백 혜	숙이며 백이며 여러 남자님들아
倡予要女[114]호리라 창 여 요 여	그대들이 노래 부르면 난 그대들을 맞으리

◈ 해설

이성을 그리는 음녀(淫女)의 노래라고 한다(『집전』). 낙엽이 바람에 날린다는 것은 남자들이 자기로부터 멀어질 것을 걱정한다는 것이다. 자기는 남자들이 끌기만 하면 얼마든지 응하겠다고 한다. 「모시서」에서는 이것도 홀(忽)을 풍자한 것이라 보았다. 임금이 약하고 신하가 강하여 창도(倡導)하지 않아도 화(和)하게 되기 때문이라 한다.

중국 소수민족에서 자유 연애할 때 사용하는 가장 보편적인 형식은 남녀청년의 대산가(對山歌)인데 이렇게 주고받는 노래를 통해 자신에게 맞는 상대를 찾는다. 주희는 이 시를 음녀의 노래라고 하였지만 공자가 이 시를 남겨 놓은 것은 그러한 이유 때문은 아닐 것이다. 즉 고대 젊은 남녀들이 마주 보고 노래하며 짝을 고르는 행복한 풍경을 그려 볼 수 있기 때문에 오랜 세월 남아 있을 수 있었다는 것이다.

여자들이 남자들에게 먼저 노래하기를 청하는 것. 그래서 이 구절은 "창! 여화여"로 읽는다. 여(予)는 나 또는 우리들로서 여기서는 화자인 복수의 여성으로 보는 것이 적당할 듯. 화(和)는 화답, 즉 노래로 화답하는 것.

113 표(漂): 떠나다, 날리다. 표(飄)와 같은 뜻(『집전』).

114 요(要): 『집전』에서는 성(成)의 뜻으로, 노래를 받아 끝맺어 주는 것이라 했다. 그러나 요(邀: 맞다, 구하다)나 구(求)가 더 가깝다고 본다. 화답에서 나아가 좀 더 적극적으로 받아들이는 의미이다.

12. 교동(狡童)　교활한 사람

彼狡童兮[115]여
피 교 동 혜
不與我言兮[116]로다
불 여 아 언 혜
維子之故[117]로
유 자 지 고
使我不能餐兮[118]로다
사 아 불 능 찬 혜

저 능구렁이 같은 녀석
나하고 말도 하지 않네
자기 때문에
나는 밥도 못 먹게 되었는데

彼狡童兮여
피 교 동 혜
不與我食兮[119]로다
불 여 아 식 혜
維子之故로
유 자 지 고
使我不能息兮[120]로다
사 아 불 능 식 혜

저 능구렁이 같은 녀석
나하고 음식도 함께 먹지 않네
자기 때문에
나는 쉬지도 못하게 되었는데

---

115 교동(狡童): 교활한 능구렁이 같은 녀석 또는 내 마음을 잘 모르는 멍청한 녀석. 또는 교(狡)는 교(姣)와 통하여 잘생겼다는 의미로 풀 수도 있다.

116 여아언(與我言): 나와 함께 얘기하는 것.

117 유자지고(維子之故): 유(維)는 조사로 유(惟, 唯)와 같이 '오직'의 뜻이거나 위(爲)와 같이 '—때문에'의 뜻. 자(子)는 교동을 가리킴. 고(故)는 연고·까닭.

118 찬(餐): 음식을 먹는 것. 이 구절은 그대가 비록 거절하지만 나로 하여금 밥을 먹지 못함에 이르게 할 수는 없다는 뜻으로 풀기도 하고(『집전』), 자기 때문에 밥도 먹을 수 없게 되었다고 푼다.

119 여아식(與我食): 앞 장과 마찬가지로 나와 함께 음식을 먹지 않는다, 곧 남자에게 버림받은 것을 나타낸다. 식(食)은 단순히 먹는다는 뜻이기도 하지만 성애(性愛)의 은어로도 쓰인다.

120 식(息): 안식(安息)·안면(安眠)의 뜻.

◈ 해설

일반적으로 남편에게 버림받은 여자가 전 남편을 그리워하며 원망하는 노래로 본다. 그러나 실연한 여인의 노래 또는 애정 때문에 고뇌하는 여인의 노래로 보는 것이 더 타당해 보인다. 한 아가씨가 젊은 남자를 좋아하게 되었지만 그 남자는 무슨 이유에선가 그녀와 함께하지 않는다.

주희(朱熹)는 음녀(淫女)가 거절당하고서 남자를 희롱하는 말로 보고 끝구(句)를 "나를 좋아하는 사람이 많으니 그대 때문에 밥을 못 먹게 되는 일은 없을 것이다"라고 풀었는데 적절하지 않은 듯하다. 「모시서」에서는 이것도 홀(忽)이 현인(賢人)과 일을 꾀하지 못하여 권신(權臣)이 나랏일을 멋대로 처리하는 것을 풍자한 것이라 하였다.

13. 건상(褰裳) 치마를 걷고

子惠思我[121]면 자 혜 사 아	그대 날 사랑한다면
褰裳涉溱[122]이어니와 건 상 섭 진	치마를 걷고 진수라도 건너련만
子不我思면 자 불 아 사	그대 날 사랑하지 않는다면
豈無他人[123]이리오 기 무 타 인	어이 다른 사람 없으랴?

121 자혜사아(子惠思我): 자(子)는 남자에 대한 존칭. 혜(惠)는 애(愛)의 뜻. 사(思)도 애모(愛慕)의 뜻.

122 건상섭진(褰裳涉溱): 건(褰)은 옷자락을 걷어 놀리는 것. 상(裳)은 치마. 섭(涉)은 건너다. 진(溱)은 정나라에 있는 강 이름. 또는 건너는 사람을 이 시의 화자인 여인이 아니라 남자로 보고 '그대 날 사랑한다면 치마 걷고 진수를 건너오세요' 정도로 번역할 수도 있겠다. 과거 남자들도 치마를 입었다.

狂童之狂也且[124]로다 광 동 지 광 야 저	미친 사람의 미친 짓!

子惠思我면 자 혜 사 아	그대 날 사랑한다면
褰裳涉洧[125]어니와 건 상 섭 유	치마를 걷고 유수라도 건너련만
子不我思면 자 불 아 사	그대 날 사랑하지 않는다면
豈無他士[126]리오 기 무 타 사	어이 다른 남자 없으랴?
狂童之狂也且로다 광 동 지 광 야 저	미친 사람의 미친 짓!

◈ 해설

사랑이 식어 가는 애인을 둔 여인이 남자의 식어 가는 애정을 꾸짖은 것이다. 그대가 나를 사랑해 준다면 나는 무슨 짓이라도 하겠다. 치마를 걷고 넓은 강이라도 건너라면 건너겠다. 그렇지만 그대가 끝내 마음이 변한다면 나도 딴 남자를 고를 테니 알아서 하라는 내용이다. 자유 연애하듯이 애정과 애교와 희롱의 감정 표현이 자연스럽고 구애됨이 없이 낭만적이다. 『시집전』에서는 음녀(淫女)가 그 사통(私通)한 자에게 경고하듯 희롱하듯 한 말이라고 했다. 「모시서」에서는 광동(狂童)이 자행(恣行)하자 백성들이 큰 나라에서 자기네들을 바로잡아 줄 것을 생각한 것이라 했다. 이는 취할 바가 없다. 시가 정치사회적으로 교훈적이거나 교화를 담당해야 한다고 주장하는 그 어디쯤에서 비롯된 견해이다.

---

123 기무타인(豈無他人): 어찌 딴 사람이 없겠느냐?

124 광동지광야저(狂童之狂也且): 광동(狂童)은 미친 녀석[앞의 「교동(狡童)」 시 참조]. 아래의 광(狂)은 미친 것같이 바보짓을 하는 것. 대개 '바보 같은 녀석' 정도가 될 것. 동(童)은 우매(愚昧)하고 무지(無知)한 것을 뜻하기도 한다[『전소(傳疏)』]. 저(且)는 어조사.

125 유(洧): 정나라에 있는 강물 이름.

126 사(士): 미혼 남자를 일컫는 말(『집전』).

14. 봉(丰) 풍채 좋은 임

子之丰兮[127]여 (자 지 봉 혜)
풍채 좋은 그대

俟我乎巷兮[128]어늘 (사 아 호 항 혜)
골목에서 나를 기다리시는데

悔予不送兮[129]하노라 (회 여 불 송 혜)
내가 전송하지 못한 것 한스러워라

子之昌兮[130] (자 지 창 혜)
씩씩하고 건장한 그대

俟我乎堂兮[131]어늘 (사 아 호 당 혜)
대문 앞에서 나를 기다리는데

悔予不將兮[132]하노라 (회 여 부 장 혜)
내가 배웅하지 못한 것 한스러워라

衣錦褧衣[133]하고 (의 금 경 의)
저고리 비단 홑저고리 걸치고

裳錦褧裳[134]하니 (상 금 경 상)
치마에 비단 홑치마 걸쳤네

---

127 봉(丰): 풍만한 모습(『모전』) 또는 용모가 좋은 모양. 남자의 풍채가 좋은 모양을 나타내는 말. 후세에는 이 말이 오직 여인의 체형을 지칭하게 되었다.

128 사아호항(俟我乎巷): 사(俟)는 기다리다. 항(巷)은 거리. 옛날에는 스물다섯 가구가 사는 마을의 문을 여(閭)라 했는데, 하나의 항(巷)을 함께 사용했으며 항의 입구에 문이 있고 문가에 숙(塾: 글방)이 있었다. 이 숙(塾)에서 자제를 교육하였다(『후전(後箋)』).

129 송(送): 보내 주는 것. 나아가서 '따라가는 것'까지 의미한다(『석의(釋義)』).

130 창(昌): 성장(盛壯)한 모양(『모전』). 즉 씩씩한 것.

131 당(堂): 문당(門堂). 문의 안쪽이지만 정(庭)의 바깥에 해당되는 곳. 또는 항(巷)의 문 곁의 숙(塾)을 말한다고 한다. 간단히 '대문 앞'으로 번역한다.

132 장(將): 앞의 송(送)과 같은 뜻.

133 의금경의(衣錦褧衣): 의(衣)는 상의(上衣). 여기서는 동사로 사용되었다. 금(錦)은 고대에 여자가 출가할 때 속에 입는 비단옷. 경의(褧衣)는 비단옷 위에 걸치는 얇은 천으로 된 홑저고리(「위풍·석인(衛風·碩人)」 참조).

134 상금경상(裳錦褧裳): 상(裳)은 하의(下衣)로, 앞 구와 마찬가지로 동사로 사용되었다.

叔兮伯兮[135]여 (숙 혜 백 혜)	오빠랑 동생은
駕予與行[136]하라 (가 여 여 행)	나를 태워 함께 가줘요

裳錦褧裳코 (상 금 경 상)	치마에 비단 홑치마 걸치고
衣錦褧衣하니 (의 금 경 의)	저고리에 비단 홑저고리 걸쳤네
叔兮伯兮 (숙 혜 백 혜)	오빠랑 동생은
駕予與歸[137]리라 (가 여 여 귀)	나를 태워 함께 시집에 가줘요

◈ 해설

1.「모시서」에서는 혼인의 도가 문란해져 양(陽)이 선창(先倡)하는데 음(陰)이 화답하지 못하고 남자가 가는데도 여자가 따라가지 않는 것을 풍자했다 하였고,『시집전』에서는 만나기로 한 남자가 이미 골목 어귀에서 기다리고 있었는데 부인이 딴 마음이 있어 따르지 않았다가 나중에야 후회하여 이 시를 썼다고 했다. 그래서 여자가 어느 남자의 구혼을 거절했다가 후회하는 노래라고도 한다. 최근에는 신랑이 친영(親迎) 왔을 때 여인이 자신의 심정을 자술한 시로 해

경상(褧裳)은 얇은 홑치마. 비단옷에 얇은 홑옷을 걸치는 것은 서민 여자들이 시집갈 때 보통 입는 옷차림이다(『정전』).

135 숙혜백혜(叔兮伯兮): 숙(叔)과 백(伯)은 남자들을 가리키는 말로서, 여러 남자에 대한 친밀함을 드러내는 존칭. 소수 민족의 민가에서는 가(哥) 또는 아가(阿哥)에 해당한다. 또는 친가(親家)의 아저씨 및 큰오빠나 둘째 오빠나 시가(媤家)의 여러 남정네 등을 칭하는 것으로도 본다.

136 가여여행(駕予與行): 가(駕)는 남자가 장가들려고 수레를 몰고 오는 것. 여행(與行)은 함께 따라가는 것.

137 여귀(與歸): 함께 따라 시집가는 것. 귀녕(歸寧: 이미 시집간 여자가 친정으로 돌아가 부모를 뵙는 것)의 뜻으로 본다.

석하고 있다. 신랑이 친영 왔으나 직접 나가지 못하는 것을 한스러워하며 함께 따라갈 오빠나 동생들이 빨리 서둘러 주기를 바라는 마음이 그려져 있다.

2. 중국 소수민족의 하나인 장족(壯族)이나 포의족(布依族)에는 여자가 결혼한 후 남편 집에 가지 않는〔불락부가(不落夫家)〕 혼속(婚俗)이 있다. 『중국혼속·장족(中國婚俗·壯族)』에 의하면 장족에는 송대(宋代)까지도 '입료(入寮)'의 혼속이 행해졌다고 한다. 료(寮)는 여자 쪽이 어머니 집이 있는 촌채(村寨) 바깥에 세운 임시 띠집으로서, 남자는 이 집에 들어와 여자와 부부 생활을 하고 아울러 여자의 집에서 노동을 하면서 처와 처부모의 인가를 받는다. 만약 여자 쪽이 만족하지 않아 아이를 낳을까 두려워하면 남자는 자기 집으로 돌아가는 수밖에 없다. 여자 쪽이 만족하면 1, 2년 후 부부는 다시 남자의 집으로 가서 거주한다. 여자가 일단 남자의 집으로 가게 되면 그 지위는 현격하게 낮아진다. 그래서 여자는 결혼 후 여러 가지 방법을 강구하여 어머니 집에서 머물러 있으려고 한다. 남편의 집에 가지 않는 기간은 일정하지 않으나 일반적으로 여자의 회임(懷妊)을 기한으로 하는데, 그래서 장족에는 "3년 동안 부부가 되지 않는다"는 말이 있다. 남편 집에 가지 않는 기간 동안 남자는 어느 정도의 기간이 지날 때마다 예물을 가지고 여자의 집으로 가서 아내를 보고 여자의 집에서 하루 이틀을 보낸다〔원강(元江), 『풍류시신해(風類詩新解)』〕.

15. 동문지선(東門之墠)　　동문 마당

東門之墠[138]에 동 문 지 선	동문 밖에 큰 마당이 있고

138 동문지선(東門之墠): 선(墠)은 땅을 닦아 평평하게 만들어 놓은 것(『모전』) 또는 땅을

茹藘在阪[139]이로다 여 려 재 판	비탈길에는 꼭두서니
其室則邇[140]나 기 실 즉 이	그녀 집 가까워도
其人甚遠[141]이로다 기 인 심 원	그녀는 멀기만 하네

東門之栗에 동 문 지 율	동문 밤나무 아래
有踐家室[142]이로다 유 천 가 실	늘어선 집들
豈不爾思리요 기 불 이 사	어이 그대 그립지 않으랴마는
子不我卽[143]이로다 자 불 아 즉	그대가 내게 찾아오지 않는걸

닦고 풀을 뽑아 놓은 곳(『공소(孔疏)』)이라고 하였다. 제사를 지내기 위하여 땅을 깨끗이 치워 놓은 마당일 것. 정나라 도읍의 동문(東門)이라고 할 때 뒤에 나오는 「정풍·출기동문(鄭風·出其東門)」과 함께 생각하면 그 바깥은 대개 행락(行樂)을 하는 곳이었던 듯하다〔왕질(王質), 『시총문(詩總聞)』〕.

139 여려재판(茹藘在阪): 여려(茹藘)는 모수(茅蒐)(『모전』) 또는 천초(茜草)(『공소(孔疏)』)라고도 하며, 붉은 염료를 만드는 '꼭두서니'. 그래서 붉다는 뜻의 강초(絳草)라고도 한다. 꼭두서니는 다년생 덩굴 풀로 산과 들에 난다. 초가을에 꽃이 피고 동그란 열매가 열린다. 판(阪)은 언덕 비탈. 동문 밖 제터인 선(墠)의 곁에 있는 것으로 그 멀지 않는 곳에 애인의 집이 있을 것이다.

140 기실즉이(其室則邇): 기실(其室)은 그이 또는 그녀의 집. 이(邇)는 가깝다는 뜻.

141 기인심원(其人甚遠): 기인(其人)은 그 남자. 그 사람과 만나기가 힘들어 가까이는 있지만 매우 멀리 있는 듯하다는 뜻.

142 유천가실(有踐家室): 유천(有踐)은 천연(踐然)과 같은 말로, 「빈풍·벌가(豳風·伐柯)」 시의 『모전(毛傳)』에 '행렬의 형용'이라 하였다. 여기서는 집들이 줄지어 있는 것. 가실(家室)은 가옥의 뜻.

143 즉(卽): 취(就)와 통하며(『모전』), 가까이 찾아온다는 뜻. 그대(남자)가 나(여인)을 찾아오는 것.

◈ 해설

사랑하는 여인을 그리는 남자의 노래 또는 사랑하는 남자를 그리는 여인의 노래이다. 「모시서」에서는 "어지러움을 풍자한 것이다. 남녀가 예를 갖추기를 기다리지 않고 서로 정을 통하는 자들이 있었기 때문이다"라고 설명하고 있다.

제1장에서는 '기실(其室)', '기인(其人)'이라 하며 대체로 3인칭을 사용했고, 제2장에서는 '이(爾)', '자(子)' 등 2인칭을 사용하면서 달리 부르고 있다. 제1장은 남자가 노래하고, 제2장은 여자가 노래하는 대창(對唱) 형식의 시로 보는 것이 타당하지 않을까?

16. 풍우(風雨)　　비바람

風雨淒淒[144]어늘　　비바람 쓸쓸히 불고
풍 우 처 처
雞鳴喈喈[145]로다　　닭 우는 소리 꼬꼬댁 들려오네
계 명 개 개
旣見君子[146]호니　　이제 임을 만났으니
기 견 군 자
云胡不夷[147]리오　　어이 마음 놓이지 않으랴?
운 호 불 이

144 처처(淒淒): 쌀쌀한 모양(『공소(孔疏)』). 그러나 〈삼가시(三家詩)〉에서는 '풍우개개(風雨湝湝)'로 했으며 『설문(說文)』, 『옥편(玉篇)』에서 인용할 때에도 마찬가지였다. 『광운(廣韻)』 14 "皆, 湝, 戶皆切, 風雨不止"라 했다. 즉 '비바람 끊임없다'로 번역된다.

145 개개(喈喈): 닭이 우는 소리의 형용. '꼬꼬'나 '꼬꼬댁' 소리의 의성어(擬聲語).

146 군자(君子): 기다리던 남편을 가리킴.

147 운호불이(云胡不夷): 운호(云胡)는 여하(如何)의 뜻(「주남·권이(周南·卷耳)」 시에 보였음). 이(夷)는 평(平)의 뜻으로(『집전』), 마음이 편한 것.

風雨瀟瀟[148]어늘 풍 우 소 소	비바람 쏴아 쏴아 세차게 몰아치고
雞鳴膠膠[149]로다 계 명 교 교	닭 우는 소리 꼬꼬 꼬끼오 들려오네
旣見君子 호니 기 견 군 자	이제 임을 만났으니
云胡不瘳[150]리오 운 호 불 료	어이 즐겁지 않으랴?
風雨如晦[151]어늘 풍 우 여 회	비바람 음산하게 불고
雞鳴不已[152]로다 계 명 불 이	닭 우는 소리 끊임이 없네
旣見君子 호니 기 견 군 자	이제 임을 만났으니
云胡不喜리오 운 호 불 희	어이 기쁘지 않으랴?

◈ 해설

오랫동안 행역(行役)으로 멀리 떠나 있다가 돌아온 남편을 맞아들인 아내의 기쁨을 노래한 것이다. 그러나 이 작품에 대한 가장 오래된 해석인 「모시서」에서는 "군자를 생각함이다. 난세(亂世)인지라 군자가 그 절도(節度)를 바꾸지 않는 것을 생각하는 것이다"라고 했고, "흥(興)이다. 바람과 비가 쓸쓸하지만 닭은 오히려 때를 지키며 꼬끼오 하고 운다"라고 닭의 상징적 의미를 좀 더 밝혔다. 이후 정현(鄭玄)도 이 설을 따랐다. 난세에도 그 절개를 굽히지 않는 군자처럼 비바람 부는 새벽에도 때에 맞춰 울기 때문에 이런 군자를 만났으니 어찌 기쁘

---

148 소소(瀟瀟): 비바람이 사납게 몰아치는 소리.
149 교교(膠膠): 닭이 우는 소리(『모전』). '꼬끼오' 등 소리의 의성어.
150 료(瘳): 마음의 병이 낫는 것(『모전』). '추'로도 읽는다.
151 여회(如晦): 컴컴한 모양.
152 이(已): 그치다.

지 않을까, 라고 한 것이다. 닭에 대한 일차적이며 가장 강력한 의미일 수 있고 또한 설득력도 있다. 어쨌든 이런 곡해를 거쳐 닭〔鷄〕은 군자의 상징이 되었다.

그러나 주희(朱熹)는 "경박하고 친압하는 것이지, 현자(賢者)를 생각하는 뜻은 아니다"라고 하면서 "비바람이 치며 어두운 것은 대개 음란한 짓을 할 때이다. 군자(君子)는 기다리던 남자를 지칭한다. …… 음분(淫奔)한 여인이 말하기를 '이러한 때에 기다리던 사람을 만나 마음이 기쁘다'라고 한 것이다."

풍우(風雨)와 계명(鷄鳴)에 좀 더 원초적인 의미를 보탤 수 있다. 신화 관념에서 보면 풍(風)과 우(雨)에는 난세의 의미가 절대로 없으며 오히려 천부(天父: 하느님 아버지)의 양성생식력(陽性生殖力)의 누출(漏出)이다. 그리고 닭에는 양조(陽鳥), 즉 양성이 강한 새라는 미칭이 있다. 닭 우는 소리 계명(鷄鳴)은 천지간에서 양성(陽性)의 힘이 주는 희열의 상징으로 본다〔섭서헌(葉舒憲)〕. 닭이 우는 이유는 무엇인가? "해가 떠오르면 닭이 우는데, 같은 류(類)로서 감응하는 것이다. 해가 떠오르려고 할 때에 같은 류(類)임을 미리 기뻐하고 그것을 보고서 우는 것이다."〔당(唐) 구양순(歐陽詢) 등, 「춘추설제사(春秋說題辭)」, 『예문유취(藝文類聚)』 권91〕

새벽을 알리는 동물로서 귀신을 쫓는 벽사(辟邪)의 기능이 있는 닭의 의미를 제때를 잘 지켜 우는 가축으로만 본 것이 아니라, 해와 같은 양성(陽性)으로 같은 류(類)끼리 상응(相應)하고 교감(交感)하는 까닭에 기뻐서 꼬끼오 운다고 했다. 그래서 섭서헌(葉舒憲)은 계명(鷄鳴)과 풍우(風雨)는 이 여인이 바라는 대상으로서 두 구에 걸쳐 이중으로 제시한 것이라고 보았다. 즉 계명(鷄鳴)은 성애(性愛)의 환희를, 풍우(風雨)는 신화 속에서 성애(性愛) 그 자체나 결과를 상징한다〔섭서헌(葉舒憲), 『시경의 문화 천석 — 중국 시가의 발생 연구(詩經的文化闡釋 — 中國詩歌的發生研究)』, 1994〕.

17. 자금(子衿) 그대의 옷깃

靑靑子衿[153]이여 청 청 자 금	파란 그대의 옷깃
悠悠我心[154]이로다 유 유 아 심	내 마음에 그리움 맴도네
縱我不往[155]이나 종 아 불 왕	비록 나는 가지 못하나
子寧不嗣音[156]고 자 녕 불 사 음	그대는 어이 소식 없는가?
靑靑子佩[157]여 청 청 자 패	파란 그대의 패옥
悠悠我思로다 유 유 아 사	내 가슴에 그리움 맴도네
縱我不往이나 종 아 불 왕	비록 나는 가지 못하나
子寧不來오 자 녕 불 래	그대는 어이 오지 않는가?
挑兮達兮[158]하니 도 혜 달 혜	왔다 갔다 하며

153 청청자금(靑靑子衿): 청청(靑靑)은 파랗기만 한 것(『공소(孔疏)』). 자(子)는 남자를 가리킴(『집전』). 청금(靑衿)은 『모전(毛傳)』에선 학자의 옷이라 하고, 이 시는 "학교가 폐한 것을 풍자한 것"이라 하였다. 그러나 『예기·심의(禮記·深衣)』에는 "부모님이 다 계시면 옷깃을 파란 천으로 단다"고 하였다. 그러므로 학자뿐만 아니라 부모님을 모신 사람은 모두 푸른 옷깃을 달았다고 한다.

154 유유(悠悠): 생각이 긴 모양(『집전』). 또는 근심이 그치지 않는 모양. 따라서 생각을 길게 하도록 한다는 것은 시름을 안겨 준다는 뜻.

155 종(縱): 비록.

156 자녕불사음(子寧不嗣音): 영(寧)은 어찌. 사음(嗣音)은 성문(聲問)을 잇는 것(『집전』), 곧 소식을 전하는 것. 사(嗣)는 『한시(韓詩)』에는 이(詒)로 되어 있고, 이는 기(寄)의 뜻이다.

157 패(佩): 패옥(『모전』). 청패(靑佩)는 패옥을 매어 다는 파란 수실 달린 끈.

158 도혜달혜(挑兮達兮): 도(挑)와 달(達)은 왕래하며 상견하는 모습(『모전』). 그러나 본래

在城闕兮[159]로다 재 성 궐 혜	성루에서 기다리네
一日不見이 일 일 불 견	하루를 못 본 것이
如三月兮로다 여 삼 월 혜	석 달이나 된 듯하네

◈ 해설

여자가 사랑하는 남자의 모습을 그리며 보고 싶은 그리움을 노래한 것이다〔『석의(釋義)』〕. 성루에 올라 바장이며 기다리지만 임은 오지 않아 초조하고 불안한 심정을 감출 길이 없다. 「모시서」에서는 "학교가 폐한 것을 풍자한 것으로, 난세에 학교가 제대로 운영되지 않았다"라고 하였으나 앞의 주에서 설명했듯이 설득력이 없다. 『시집전』에서는 음분시(淫奔詩)라고 하였다.

18. 양지수(揚之水) 느릿한 물결

揚之水[160]여 양 지 수	느릿느릿한 물결

는 '왕래하는 모양'〔왕래모(往來貌)〕이었다. 『경전석문(經典釋文)』에는 "왕래견모(往來見貌)"라 하였다. 옛날에는 모(貌)자를 모(皃)라 썼는데, 천학(淺學)한 사람이 이를 견(見)자로 보고 그 밑에 모(貌)자를 하나 더 붙인 것이라 하였다. 왕래하는 주체를 '우리 님'으로 보기도 하지만 작자로 보는 것이 더 매끄럽다. 예전 두 사람이 만나 함께 즐기던 곳인 성궐에 이제 혼자 왔다 갔다 하면서 기다리며 그리워하는 것이다.

159 성궐(城闕): 성 위에 있는 망루(望樓).

160 양지수(揚之水): 격양(激揚)의 뜻으로 보기도 하고(『모전』), 유양(悠揚)의 뜻, 즉 물이 느릿느릿 잔잔히 흐르는 모습(『집전』)이라고도 한다. 아마 당시 민가(民歌)에 유행하던

不流束楚[161]로다
불 류 속 초
한 다발 싸리도 흘려보내지 못하네

終鮮兄弟[162]라
종 선 형 제
끝내 형제가 적어

維予與女[163]로니
유 여 여 여
오직 나와 너뿐

無信人之言이어다
무 신 인 지 언
남의 말 믿지 마라

人實迂女[164]니라
인 실 광 여
남은 다 너를 속이는 것

揚之水여
양 지 수
느릿느릿한 물결

不流束薪[165]이로다
불 류 속 신
한 다발 나무도 흘려보내지 못하네

終鮮兄弟라
종 선 형 제
끝내 형제가 적어

維予二人[166]이로니
유 여 이 인
오직 우리 두 사람뿐

無信人之言이어다
무 신 인 지 언
남의 말 믿지 마라

人實不信이니라
인 실 불 신
남은 다 못 믿을 것

첫머리 말일 것이다. 「왕풍·양지수(王風·揚之水)」 시 참조.

161 불류속초(不流束楚): 불류(不流)는 흘려보내지 못한다는 뜻. 속초(束楚)는 싸리나무 다발.

162 종선(終鮮): 종(終)은 기(旣)의 뜻으로 기정화된 사실을 말한다. 선(鮮)은 많지 않다. 적다는 뜻.

163 유여여여(維予與女): 유(維)는 유(惟)와 같으며 지(只)의 뜻. 여(予)는 형 자신. 여(女)는 형이 아우를 가리킨 말.

164 광(迂): 속이다. 광(誑)과 같은 글자(『모전』).

165 속신(束薪): 땔나무 다발.

166 여(予): '우리'의 뜻으로 앞 절의 '여여여(予與女)'를 말한다.

◈ 해설

「모시서」에서는 정나라에 충신과 양사(良士)가 죽고 없어져 마침내 그 때문에 홀(忽)이 사망하게 된 것을 가엾게 여겨 부른 노래로 보았다. 수용할 수 없다. 그리고 『집전(集傳)』에선 형제를 혼인한 남녀 사이의 칭호라 하고 남녀가 굳게 약속하는 말이라고 하였다. 그러나 여기에서의 '형제가 적다'는 것은 종족(宗族)이 없음을 말한다. 또는 남들의 이간(離間)으로 말미암아 뜻이 맞지 않는 형제의 형이 이를 슬퍼하며 아우에게 권하며 한 노래〔왕질(王質), 『시총문(詩總聞)』〕로 보는 것도 또한 제일감(第一感)이다.

19. 출기동문(出其東門) 동문을 나서니

出其東門[167]호니 (출 기 동 문) 저 동문을 나서자

有女如雲[168]이로다 (유 녀 여 운) 여자들 향기롭고 예쁜 운초처럼 많네

---

167 출기동문(出其東門): 동문(東門)은 정나라 성 동쪽 문〔『공소(孔疏)』〕. 앞의 '동문지선(東門之墠)' 참조.

168 여운(如雲): 구름처럼 많다는 뜻(『모전』). 그러나 주희(朱熹)는 "아름답고 많은 것〔미차중야(美且衆也)〕"으로 해석했는데 시의 뜻을 좀 더 확장한 것은 매우 적절해 보인다. 제2장의 초본식물인 '도(荼)'와 같은 범주로 본다면 '구름〔운(雲)〕'보다 '향초〔운(芸)〕'이 더 적절할 수 있다는 것이다. 중국 민국(民國) 초기에 낙양(洛陽)에서 수십 개의 작은 돌에 새겨진 『노시(魯詩)』의 잔결자(殘缺字)들이 출토되었는데, 이를 한나라 석경(石經)이라 하며 나진옥(羅振玉, 1866~1940)이 정리했다. 그중 「출기동문(出其東門)」의 '雖則如雲'이 '雖則如芸'으로 되어 있는데〔나진옥(羅振玉), 『한희평석경잔자집록(漢熹平石經殘字集錄)』〕, 진방회(陳邦懷, 1897~1986)는 운(芸)이 본자(本字)일 것〔『일득집(一得集)』〕으로 단정하고 있다. 운(芸)은 운향(芸香)을 말하며 다년생 초본식물(草本植物)로서 일종의 풀이지만 뿌리는 목질(木質)로 되어 있어 예부터 운초(芸草)라고도 하고 운향수(芸香樹)로도 불렀다. 여름에 노란색의 작은 꽃이 피는데 꽃과 잎이 모두 강렬한

雖則如雲이나
수 칙 여 운

匪我思存[169]이로다
비 아 사 존

縞衣綦巾[170]이여
호 의 기 건

聊樂我員[171]이로다
료 락 아 원

비록 운초 같이 예쁘고 많다 하나

내 마음에 둔 여인은 없네

흰 옷에 파란 수건 쓴 그녀만이

나를 즐겁게 해줄 것인데

냄새가 있기 때문에 향초(香草)로서 '운향'이라고 한 것. 그리고 이 운향은 향기로 유명할 뿐 아니라 관상용으로도 가치가 커서 일찍부터 재배되었다[삼국시대 위(魏) 하안(何晏, 193?~249)의 「경복전부(景福殿賦)」, 서진(西晉) 부함(傅咸, 239~294)의 「예향부(芸香賦)」 등 참조]. 그래서 구름처럼 많다는 의미보다 자태가 빼어난 것을 취하는 것이 전체 시의(詩意) 전달에 합당하다는 것이다. 일반적으로 꽃이 한두 송이만 피는 것은 아니므로 꽃으로 비유할 땐 으레 많다는 느낌이 없을 수 없고 운초(芸草)의 노랗고 작은 꽃이 넓고 많게 피어있는 것이 저절로 눈에 확 들어온다. 하지만 일차적인 비유 범주는 향기롭거나 자태가 빼어난 것에 있다는 것이다. 즉 "문을 나서니 여인들 향기롭고 예쁜 꽃 같다", "비록 향기롭고 예쁜 꽃 같더라도……"가 "어여쁜 여자들이 구름같이 많다", "여자들이 구름같이 많다고 해도"보다는 더 현실적이고 시각적으로도 가깝다. 향기롭고 고운 꽃들이 여기저기 가득 피어 있는 듯한 여인과 마치 구름이 밀려온 듯 많은 여인들은 미학적 느낌이 다르다. 이 시를 성문 밖 가우(歌圩)에서 짝을 고르는 대창(對唱) 과정의 노래라고 보고 많은 남녀가 구름처럼 모였다고 볼 수도 있으나 많다는 것만을 고집할 필요는 없을 것이다. 「제풍·폐구(齊風·敝笱)」 제1장 '기종여운(其從如雲)'의 경우와는 다르다. 그리고 제2장의 제2, 3구에는 "여도(如荼)"와도 대(對)가 된다.

169 비아사존(匪我思存): 비(匪)는 비(非)와 같이 '아님'의 뜻. 사존(思存)은 생각이 있는 것, 곧 마음을 둔 것. 좀 더 구체적으로 보면, 존(存)은 문(問)의 뜻[『설문(說文)』, 『묵자(墨子)』 등 참조]으로, 상대방의 의중을 노래로 묻고 노래로 답하는 과정에서 묻고자 하는 대상이면 마음이 가는 상대이다. 이것은 소수민족에 아직 남아 있는 문답 형식의 대가(對歌)의 흔적으로 본다.

170 호의기건(縞衣綦巾): 호의(縞衣)는 흰 옷. 기(綦)는 짙은 녹색 또는 쑥색(『모전』). 건(巾)은 패건(佩巾) 또는 두건(頭巾). 그래서 기건(綦巾)은 쑥색의 무늬 또는 도안이 있는 수건. 이 호의와 기건은 출가하지 않은 처녀들의 복색이었다고 한다[『통석(通釋)』]. 주희(朱熹)는 여자의 의복 중에 가난하고 누추한 것으로, 이 시의 화자가 스스로 자기의 아내를 지목한 것이라 하였다(『집전』).

171 료락아원(聊樂我員): 료(聊)는 어조사로, 차(且)의 뜻(『정전』). 또는 원하다[원(願)]의 뜻(『모전』). 운(員)은 운(云)과 같은 어조사이며, 그래서 이 구절은 '아차락운(我且樂云: 나 또한 즐기리)'로 해석할 수 있다고 한다[『공소(孔疏)』].

出其闉闍[172]호니 출 기 인 도	저 성문 밖으로 나서자
有女如荼[173]로다 유 녀 여 도	여자들 산다화 같네
雖則如荼나 수 칙 여 도	비록 산다화 같이 예쁘고 많아도
匪我思且[174]로다 비 아 사 차	내 마음 가는 여자는 없네
縞衣茹藘[175]여 호 의 여 려	흰 옷에 꼭두서니 빨간 수건 쓴 그녀만이
聊可與娛로다 료 가 여 오	함께 즐길 만한데

◈ 해설

일반적으로 한 여자만을 사랑하는 남자의 연가(戀歌)로 본다. 정(鄭)나라의 축제장이자 유흥지인 동문 밖을 가보면 아름다운 여인들이 많이 있기는 하나 자기 마음을 즐겁게 해주는 이는 단 한 사람, 흰 옷에 파란 수건을 쓴 여자뿐이

---

172 인도(闉闍): 인(闉)은 '굽은 성'(曲城)으로, 성문 밖에 다시 둥글게 성벽을 쌓아 성문을 막은 것(『공소(孔疏)』). 도(闍)는 성문의 대(臺) 또는 망루. 합하여 성문으로 쓰였다.

173 도(荼): 띠꽃(모화(茅華))으로 가볍고 희어서 사랑할 만하다고 했다(『집전』). 삘기(새로 돋아난 어린 꽃 이삭으로 단맛이 있어 식용한다)가 패어 흰 꼬리를 내민 것(『정전』). 그래서 '여도(如荼)'는 여자들이 삘기처럼 곱고 많은 것을 가리키며, 「패풍·곡풍(邶風·谷風)」 시의 '도(荼: 씀바귀)'와는 다른 것으로 본다고 했다. 다른 해석도 가능하다. 씀바귀 도(荼)는 차 다(茶)의 초자(初字)로 본다(북송(北宋)의 서현(徐鉉, 917~992), 남송(南宋) 위료옹(魏了翁, 1178~1237)의 『공주선다기(邛州先茶記)』). 여기에서의 도(荼)는 가볍고 흰 띠꽃으로 보기보다는 산다화(山茶花)로 보는 것이 앞의 운향과 짝이 맞다. 산다(山茶)는 상록(常綠)의 관목으로 겨울과 봄에 크고 붉은 꽃이 피는 빼어난 관상식물이다. 특히 눈 속에 붉게 핀 산다화는 역대로 시인 문사들의 칭송을 받았다.

174 저(且): 어조사. 또는 조(徂)자와 통하여, '사저(思且)'는 '생각이 가는 것' 곧 '마음이 쏠린다'는 뜻으로 풀기도 한다(『정전』).

175 여려(茹藘): 꼭두서니. 이것으로 빨간 물을 들일 수 있어, 여기서는 꼭두서니로 물들인 빨간 수건을 말한다(『정전』).

라는 것이다. 「모시서」는 정나라의 공자(公子)들이 여러 번 서로 다투어 전란(戰亂)이 끊이지 않으므로, 남녀가 서로 떨어지게 되어 백성들이 그의 집안을 보전하려 하였고, 이 시는 나라의 어지러움을 슬프게 여긴 것이라 하였다. 『집전(集傳)』에선 어느 남자가 음풍(淫風)이 크게 성행하는 유흥지의 음분(淫奔)한 여인들을 보고는 자신의 아내가 비록 가난하고 누추하지만 그런대로 스스로 즐길 수 있다고 하면서 지조를 지켜서 습속에 변화되지 않은 한 남자를 칭송하였는데, 이 해석도 도학자(道學者)적 목적에 맞춘 것이다. 호의기건(縞衣綦巾)이나 여려(茹藘)가 빈한(貧寒)한 여성을 상징하는 것으로 해석한 것도 의도적이다. 한 무리의 여자들 중에서 쑥색 수건이나 붉은 수건을 허리에 둘렀거나 머리에 둘렀거나 비단옷을 입었거나 그 여인에게 마음을 둔 것이지 그 여인이 빈한하다는 것은 결코 아니다.

이 시 역시 소수민족의 청년 남녀들이 짝을 고르는 과정과 관련된다. 특정한 행사일에 수많은 남녀들이 동문 밖 언덕에 모여 노래를 부르고 춤을 추면서 짝을 찾는다. 이런 배경으로 시를 읽는다면, 제1장의 '운(雲)'은 운초(芸草)의 향기를 강조하기보다는 그 노랗고 작은 꽃이 언덕과 평지의 여기저기에 마치 비단을 깔아놓은 듯 구름같이 많다는 의미로 보는 것이 나을지도 모른다. 즉 운(雲)과 도(荼)에는 아름답거나 향기롭다는 의미보다는 아름다우면서 '많다'는 의미로 푸는 것이 이러한 고대 민속 행사에 어울린다는 것이다. 우리의 일반적인 통념은 '아무리 예쁜 여자가 많아도'인데 그 어느 하나만을 선택하여 '아무리 예뻐도'나 '아무리 많아도'라고 말하기에는 허전하다. 주희의 도학자적 해석은 당시로는 의미 있는 것이었겠지만 고대적 관점에서는 수용하기 어려운 건 사실이다. 그러나 '운(雲)'의 해석을 "아름답고 많은 것〔미차중야(美且衆也)〕"라고 한 것은 매우 적절해 보인다.

20. 야유만초(野有蔓草) 들판의 덩굴풀

野有蔓草[176]하니 야 유 만 초	들판의 덩굴풀
零露漙兮[177]로다 영 로 단 혜	이슬이 방울방울 맺혀 있네
有美一人이여 유 미 일 인	아름다운 한 사람
淸揚婉兮[178]로다 청 양 완 혜	맑은 눈 넓은 이마가 예쁘기도 해라
邂逅相遇[179]하니 해 후 상 우	뜻밖에 서로 만났지만
適我願兮[180]로다 적 아 원 혜	바로 내가 바라던 사람
野有蔓草하니 야 유 만 초	들판의 덩굴풀
零露瀼瀼[181]이로다 영 로 양 양	이슬에 흥건히 젖어 있네
有美一人이여 유 미 일 인	아름다운 한 사람
婉如淸揚[182]이로다 완 여 청 양	예쁘구나 맑은 눈 넓은 이마
邂逅相遇하니 해 후 상 우	뜻밖에 서로 만났지만
與子偕臧[183]이로다 여 자 해 장	그대와 함께 좋을시고

---

176 만초(蔓草): 덩굴풀.

177 영로단혜(零露漙兮): 영(零)은 물방울이 떨어지는 것. 단(漙)은 『경전석문(經典釋文)』에는 단(團)으로 되어 있으며, 곧 "이슬이 방울방울 맺힌 모양"(『통석(通釋)』).

178 청양완혜(淸揚婉兮): 청양은 눈썹과 눈 사이가 예쁘고 아름다운 것(『집전』). 또는 청(淸)은 눈이 맑은 것을. 양(揚)은 이마가 넓은 것을 말한다. 완(婉)은 예쁜 것.

179 해후(邂逅): 우연히 만나는 것(『모전』).

180 적(適): 꼭 들어맞는 것.

181 양양(瀼瀼): 이슬이 많이 내린 모양. 「소아·육소(小雅·蓼蕭)」의 『모전(毛傳)』 참조.

182 완여(婉如): 완연(婉然)과 같다. 예쁜 모양.

◈ 해설

남녀가 들판에서 우연히 만나 서로 사랑하게 된 것을 노래하였다〔『집전(集傳)』〕. 「모시서」에서는 남녀가 우연히 만나게 될 것을 상상하고 읊은 노래라고 했는데, 주희(朱熹)의 견해가 더 좋아 보인다.

중춘(仲春) 때의 제의적(祭儀的)인 축제(祝祭) 행사와 함께 당시 행해지던 야합혼(野合婚)의 민속을 보여준다. 『주례(周禮)』에는 당시 남녀가 회합하는 풍속이 있었다고 전한다. 이 시기에는 다소 음란한 사람도 이 회합에 참석하는 것이 금지되지 않고 오히려 특별한 이유 없이 참가하지 않는 사람에게는 벌이 따른다. 미혼 남녀들뿐 아니라 과부와 홀아비들을 짝지어 주기 위해 국가적으로 배려한 것이다〔『주례·지관·매씨(周禮·地官·媒氏)』 참고〕.

손작운(孫作雲)은 이 시를 두고 남녀의 밀회시(密會詩)라고 해석하였다. 이 시의 배경이 되는 '들판'과 '이슬'에서 쉽게 남녀의 야합(野合)을 연상할 수 있기 때문이다. 속어인 노수(露水) 또는 노수부처(露水夫妻)는 비정상적인 관계의 남녀를 일컫는 말이며, 노수인연(露水姻緣) 또는 노수연(露水緣)은 '야합'을 에둘러 하는 말이다〔손작운(孫作雲), 『시경여주대사회연구(詩經與周代社會硏究)』〕.

21. 진유(溱洧)　　진수와 유수 물가에서

溱與洧[184]이 진 여 유	진수와 유수는

---

183 여자해장(與子偕臧): 자(子)는 여자를 가리킴. 해(偕)는 함께하는 것. 장(臧)은 선(善)의 뜻으로 좋다 또는 잘된 것. 문일다(聞一多)는 장(藏)의 생략가차(省略假借)로 보고, 그윽하고 으슥한 곳에 숨는 것이라 하였다〔문일다(聞一多), 『류초(類鈔)』〕.

184 진여유(溱與洧): 진수와 유수. 모두 정나라에 있는 강물 이름. 앞의 「정풍·건상(鄭風·

方渙渙兮[185]어늘 방 환 환 혜	마침 넘실거리고
士與女[186]이 사 여 녀	남자와 여자는
方秉蕑兮[187]로다 방 병 간 혜	마침 난초 들고 있다
女曰觀乎[188]인저 여 왈 관 호	여자가 '가 볼까요?' 하니
士曰旣且[189]로다 사 왈 기 저	남자 말이 '벌써 갔다 온걸'
且往觀乎洧之外[190]인저 차 왕 관 호 유 지 외	'그래도 또 유수 너머로 구경 가요
洵訏且樂[191]이라 순 우 차 락	정말 재미있고 즐거울 텐데'
維士與女이 유 사 여 녀	남자와 여자는
伊其相謔[192]하며 이 기 상 학	웃으며 장난치고
贈之以勺藥[193]이로다 증 지 이 작 약	작약을 서로 꺾어 주네

褰裳)」시 참조.

185 방환환혜(方渙渙兮): 방(方)은 현재를 나타내는 조사. 환환은 봄물이 성한 모양(『모전』).

186 사(士): 남자.

187 병간(秉蕑): 병(秉)은 잡다, 손으로 드는 것. 간(蕑)은 들에 나는 난초. 정나라 풍속으로 3월 상사(上巳)일이 되면 진수와 유수 가에서 초혼속백(招魂續魄)을 하고, 난초를 들고 불상(不祥: 상서롭지 못한 것)을 불제(祓除: 재앙을 물리침)하였다 한다(『한시(韓詩)』, 『집전(集傳)』).

188 관호(觀乎): 진수와 유수 가로 가서 상사일의 행사를 구경했느냐는 뜻. '구경한다'는 뜻 이외에 '관(觀)'에 대해서 몇 가지 서로 다른 독특한 견해가 있다. [해설] 참조.

189 저(且): 조(徂)와 통하며, 기저(旣且)는 벌써 가 봤다는 뜻(『석의(釋義)』).

190 차왕관호유지외(且往觀乎洧之外): 이 구절을 끊어 읽는 방법에 대한 견해가 다양하다. 위의 본문과는 달리 '且往觀乎? 洧之外'로 끊어 읽으면 '그래도 또 가 보시지요? 유수의 밖은……'으로 번역된다.

191 순우차락(洵訏且樂): 순(洵)은 참으로, 진실로. 우(訏)는 크게 소리 지르다, 즐겁게 노래하다. 『한시(韓詩)』에는 우(盱)라 쓰고 즐거운 모습이라 하였다(왕선겸(王先謙), 『집소(集疏)』).

192 이기상학(伊其相謔): 이(伊)는 그들. 또는 이(咿: 선웃음 치다)와 통하여 이기(伊其)는 이연(咿然)과 같은 말로 웃는 소리를 형용한 말(『석의(釋義)』). 학(謔)은 희롱하다.

溱與洧이 진 여 유	진수와 유수는
瀏其淸矣[194]어늘 류 기 청 의	더없이 맑고
士與女이 사 여 녀	남자와 여자는
殷其盈矣[195]로다 은 기 영 의	빽빽이 찼다
女曰觀乎인저 여 왈 관 호	여자가 '가 볼까요?' 하니
士曰旣且로다 사 왈 기 저	남자 말이 '벌써 갔다 왔는걸'
且往觀乎洧之外인저 차 왕 관 호 유 지 외	'그래도 또 유수 너머로 구경 가요
洵訏且樂이라 순 우 차 락	정말 재미있고 즐거울 텐데'
維士與女이 유 사 여 녀	남자와 여자는
伊其將謔[196]하여 이 기 장 학	웃으며 장난치고
贈之以勺藥이로다 증 지 이 작 약	작약을 서로 꺾어 주네

◈ 해설

사랑하는 남녀가 들에 나와 즐기는 모습을 노래한 시이다. 「모시서」에서는 나라에 전쟁이 그치지 않고 남녀가 서로 저버리니 음풍(淫風)이 크게 성행하여 구제할 수 없는 그런 혼란함을 풍자한 것이라 하였다. 『시집전』은 3월 상사일(上

---

193 작약(芍藥): 『한시(韓詩)』에 이초(離草)라 하였는데, 이별할 때 이 풀을 주었다고 한다. 헤어질 때 작약을 꺾어 애인에게 준 것(『공소(孔疏)』).

194 류기(瀏其): 물이 맑은 모양. 또는 깊은 모양(『집전』).

195 은기영의(殷其盈矣): 은(殷)은 많은 것 또는 성대(盛大)함. 영(盈)은 진수와 유수 사이에 남녀가 운집하여 가득 차 있다는 것.

196 장(將): 앞 장의 '상(相)'과 같은 뜻으로 보고, '서로'의 뜻이다.

巳日)에 물가에서 난초를 캐어 상서롭지 못한 것을 액막이로 제거하는 정(鄭)나라 풍속을 말하면서, 그날 유수(洧水) 물가의 땅이 넓고 커서 즐길 만하기 때문에 남녀가 서로 희롱하고 또 작약을 선물하여 두터운 은정(恩情)을 맺는데 이 시는 음분자(淫奔者)가 스스로 서술한 것이라 하였다. 나아가 청(淸) 방옥윤(方玉潤)은 이 시가 정나라 지역의 소리·노래·음악이 음란하다는 '정성음(鄭聲淫)'의 표본이며 "성인(聖人)이 이를 남겨 놓은 것은 염사(艶詞)의 그 시초를 보라는 것이고 또 음란한 풍속이 끝나기 어려움을 보라는 것이니 만세의 경계(警戒)가 될 것이다. 그러나 '정성음(鄭聲淫)'은 성군(聖君)도 반드시 버리는 바인데 어떻게 남아 있는가?"라고 이 시의 의의에 대해 보충했다. 이러한 고대의 풍속에 관련된 내용은 「용풍·상중(鄘風·桑中)」 시 [해설]에서 이미 언급했다.

다만 이 시 속의 '관(觀)'과 『묵자·명귀(墨子·明鬼)』(燕之有祖, 當齊之社稷, 宋之有桑林, 楚之有雲夢也, 此男女之所屬而觀也)의 '속이관(屬而觀)'의 대비를 통해 봄날 제의적(祭儀的) 축제에서 남녀가 교합하고 사람들은 둘러서서 그것을 구경하는 습속인 남녀의 환회(歡會: 환락의 만남)와 유관(遊觀: 놀며 구경함)의 속성을 좀 더 현장감 있게 이해할 수 있다.

제8 제풍(齊風)

춘추시대 오패의 하나인 제(齊)나라 땅이었던 지금의 산동성 동북부 일대에서 채집한 것으로 모두 11수의 시가 실려 있다.

제나라는 주나라 무왕(武王: BC 1122~1116년 재위) 때 주나라 개국 공신인 태공망(太公望) 여상(呂尙), 즉 강태공을 시봉했던 곳이다. 동서는 바다에서 황하에 이르고 남북은 산동성의 목릉(穆陵)에서 무체(無棣)에 이르는 대국이었다. 태공은 영구〔營丘: 지금의 산동성 창락현(昌樂縣) 동남쪽〕에 도읍하였는데, 5세 호공(胡公)에 이르러는 박고(薄姑)〔또는 포고(蒲姑: 지금의 산동성 박흥현(博興縣) 근처)〕로 옮겼고, 다시 그의 아들 헌공(獻公)은 임치(臨菑: 지금의 산동성 임치현)로 도읍을 옮겼다. 전국시대 초기에 전화(田和)가 제나라 임금 자리를 뺏고 여전히 제(齊)라 하였으나 이미 그것은 태공의 강씨(姜氏) 나라가 아니다.

1. 계명(鷄鳴) 닭이 울어

雞旣鳴矣[1]니 계 기 명 의	닭이 벌써 울어
朝旣盈矣[2]라 하니 조 기 영 의	조정에 사람들 가득 찼겠어요
匪雞則鳴이라 비 계 즉 명	닭이 우는 게 아니라
蒼蠅之聲[3]이로다 창 승 지 성	쉬파리 소리일 거요
東方明矣니 동 방 명 의	동녘이 밝아 와
朝旣昌矣[4]라 하니 조 기 창 의	조정에 모두들 모였겠어요
匪東方則明이라 비 동 방 즉 명	동녘이 밝는 게 아니라
月出之光이로다 월 출 지 광	달이 비치는 빛일 거요
蟲飛薨薨[5]이니 충 비 홍 홍	벌레들 윙윙 날아

1 계기명의(鷄旣鳴矣): 새벽닭이 우는 것.

2 조기영의(朝旣盈矣): ① 조(朝)는 조정(朝廷), 조회(朝會)하는 곳. 영(盈)은 군신들이 조회하러 가득히 모인 것『공소(孔疏)』. 영정(盈廷 또는 盈庭)은 조정에 가득하다는 뜻이다〔「소아 · 소민(小雅 · 小旻)」, 「초사 · 대초(楚辭 · 大招)」 등 참조〕. 그래서 이 구절을 어진 비(妃)가 임금인 남편에게 조회에 나가기를 재촉하는 말로 해석했다. ②또는 조(朝)를 조(早)로 보고 새벽 또는 이른 아침으로 풀기도 한다. 이럴 때 영(盈)은 새벽에 날이 밝아오는 것〔『역 · 서괘(易 · 序卦)』, "屯者, 盈也. 屯者, 物之始生也."〕, 아침 햇살이 가득하다는 뜻으로 볼 수도 있다.

3 창승(蒼蠅): 쉬파리. 이 구절은 남편이 일찍 일어나지 않으려고 핑계 대는 말로 해석했다.

4 창(昌): ① 앞장의 영(盈)과 마찬가지로 백관들이 조회에 많이 모인 것. 영(盈)보다 더욱 성(盛)하다는 뜻에서 창(昌)이라 하였다고 한다〔『공소(孔疏)』〕. ②또는 햇살이 비추다, 아침 햇살이 더욱 밝다, 아침 기운이 더욱 강해졌다는 의미로 풀 수도 있다.

5 홍홍(薨薨): 새벽이 되어 벌레들이 윙윙 날기 시작한 것.

甘與子同夢[6]이언마는
감 여 자 동 몽

그대와 함께 단꿈 꾸고 싶지만

會且歸矣[7]라
회 차 귀 의

대신들 모였다 돌아갈 테니

無庶予子憎[8]이로다
무 서 여 자 증

나 때문에 그대가 미움 사지 않았으면

◈ 해설

일반적으로 한 관원의 현숙한 아내가 아침 일찍 남편의 출근을 재촉하는 시로 본다. 조정의 조회는 새벽같이 일찍 열리게 마련이어서 잠자리에서 일어나기 싫어하는 남편에게 일찍 일어날 것을 권하는 내용이라는 것이다. 시의 구조나 흐름이 앞의 시 「여왈계명(女曰鷄鳴)」과 유사하며 또 전체가 대화체로 이루어져 있다.

「모시서」에서는 제(齊)나라 애공(哀公)이 황음(荒淫)하고 태만하여 여색에만 빠져서 정사(政事)를 돌보지 않으므로 어진 비(妃)가 밤낮으로 경계하여 올바르게 됨을 읊은 것이라 하였으나 그 근거를 알 수 없다. 또 『시집전』에서도 애공 때의 작품이라고 명시하지는 않았으나 역시 어진 왕비가 행여 조회에 늦을세라 새벽이면 몇 번이고 임금께 고하여 정사를 올바로 돌보도록 재촉하므로 시

---

6 감여자동몽(甘與子同夢): 감(甘)은 '—하고 싶다'는 뜻. 동몽(同夢)은 함께 누워 단꿈을 즐기는 것으로 말할 수 없이 친애함을 나타낸다(『정전』).

7 회차귀의(會且歸矣): ① 백관들이 조회하러 모였다가 임금이 나오지 않으므로 그대로 돌아가는 것(『집전』). ② 회(會)는 '만나다', '때마침' 등의 뜻이 있어 '때 맞춰 돌아가시라' 너무 늦으면 사람들이 미워하게 된다는 의미로 본다. 또는 응당(應當)·총회(總會) 곧 '마땅히'의 뜻도 있다.

8 무서여자증(無庶予子憎): 무서(無庶)는 서무(庶無)의 도치. 서(庶)는 서기(庶幾)의 뜻으로 희망의 의미가 있다. 여(予)는 '나 때문'(『집전』)으로 해석한다. 자(子)는 여자의 남편 또는 대부나 임금. 자증(子憎)은 백관들이 임금을 미워하게 되는 것. 또는 여자(予子)를 '나와 그대'로 풀어서 사람들이 우리를 미워하지 않게 하다로 해석할 수도 있다.

인이 아름답게 여겨 이 시를 지었다고 했다. 그러나 쉬파리나 벌레가 나는 소리는 궁중의 일과는 어울리지 않는다. 아무래도 군주가 아닌 것은 물론 어느 한 신하의 가정으로 보기에도 너무 의도적인 듯하며, 오히려 일반 백성들의 오래된 혼속(婚俗) 속에서의 애정사를 그린 것으로 여겨진다.

이 시에서 굳이 '조기영의(朝既盈矣)'를 '조정에 신하가 가득하다'는 식으로 해석할 필요는 없다. 오히려 '아침이 밝았다'고 새기는 것도 그리 무리는 없다. 제2장의 '조기창의(朝既昌矣)'를 '조정에 백관들이 더 많이 모였다'로 해석하는 것도 억지스럽다. 즉 각 주(注)들의 ②번 또는 후자를 적용하여, 남녀가 은밀히 만나 하루를 보낸 다음 날 새벽 남자가 더 머무르고 싶어 하지만 주위의 눈이 있어 여자가 돌아가기를 재촉하는 것을 주제로 본다〔당막요(唐莫堯), 『시경신주전역(詩經新注全譯)』〕.

이것은 소수민족의 주혼(走婚)과 유사한 부분이다. 주혼은 모계사회를 유지하고 있는 운난성(雲南省)의 소수민족인 마사인(摩梭人)의 생활방식으로 여자들은 13세에 성인식을 치른 이후로 성인 남자 누구와도 애인관계를 맺고 자식을 낳아 기를 수 있는 혼인 방식의 하나이다. 남자는 여자의 집으로 찾아가서 아침 새벽 해 뜨기 전에 나와야 한다. 이를 바탕으로 다음과 같이 새롭게 번역한다. 제3장 전체를 여자의 말로 볼 수도 있다〔『김학주 신완역 시경』〕.

雞既鳴矣　"닭이 벌써 우니
朝既盈矣　아침이 이미 밝았겠네요"
匪雞則鳴　"닭이 우는 게 아니라
蒼蠅之聲　쉬파리 소리일 거요"

東方明矣　"동녘이 밝아 와
朝既昌矣　아침이 이미 환하겠네요"
匪東則明　"동녘이 밝은 게 아니라
月出之光　달이 비치는 빛일 거요"

蟲飛薨薨	"벌레들 윙윙 날고 있으니
甘與子同夢	그대와 함께 단꿈 꾸고 싶은데"
會且歸矣	"이제 바로 돌아가야
無庶予子憎	그대와 내가 미움 받지 않을 거예요"

2. 선(還) 날렵한 모습

子之還兮[9]여 자 지 환 혜	그대의 날렵한 모습이여
遭我乎猺之間兮[10]라 조 아 호 노 지 간 혜	나와 노산 골짜기에서 만났네
竝驅從兩肩兮[11]러니 병 구 종 량 견 혜	나란히 달려 두 마리 큰 짐승 뒤쫓았는데
揖我謂我儇兮[12]라 읍 아 위 아 현 혜	내게 인사하며 날더러 날쌔다 하네

子之茂兮[13]여 자 지 무 혜	그대의 튼튼한 모습이며
遭我乎猺之道兮라 조 아 호 노 지 도 혜	나와 노산 길목에서 만났네

---

9 선(還): 날랜 모양(『모전』).

10 노지간(猺之間): 노(猺)는 제(齊)나라에 있던 산 이름이며, 간(間)은 산골짜기의 뜻.

11 병구종량견혜(竝驅從兩肩兮): 병구(竝驅)는 그대〔子〕와 내〔我〕가 말을 나란히 달리는 것(『공소(孔疏)』). 종(從)은 뒤쫓는 것. 견(肩)은 세 살 된 짐승(『모전』), 곧 큰 짐승.

12 읍(揖): 손을 맞잡고 허리를 약간 굽히는 간단한 경례. 현(儇)은 앞의 선(還)과 비슷한 말로 역시 재빠르고 날렵한 것.

13 무(茂): 미(美)와 통하여, 사냥하는 솜씨가 멋지다는 뜻.

竝驅從兩牡兮[14]러니 병 구 종 량 모 혜	나란히 달려 두 마리의 짐승 뒤쫓았는데
揖我謂我好兮[15]라 읍 아 위 아 호 혜	내게 인사하며 날더러 멋있다 하네

子之昌兮[16]여 자 지 창 혜	그대의 건장한 모습이여
遭我乎猺之陽兮[17]라 조 아 호 노 지 양 혜	나와 노산 남쪽에서 만났네.
竝驅從兩狼兮[18]러니 병 구 종 량 랑 혜	나란히 달려 두 마리 이리 뒤쫓았는데
揖我謂我臧兮[19]라 읍 아 위 아 장 혜	내게 인사하며 날더러 훌륭타 하네

◈ 해설

사냥의 즐거움을 노래한 것이다. 사냥길에서 만난 친구는 사냥하는 솜씨가 놀라운 멋진 남자였다. 그래도 그는 사냥이 끝난 뒤에 자기더러 오히려 어쩌면 그렇게 사냥을 멋지게 하느냐고 칭찬한다. 은연중에 사냥꾼들의 씩씩한 기상이 느껴진다. 「모시서」에서는 제(齊)나라 애공(哀公)이 사냥을 지나치게 좋아하여 사냥 잘하는 것을 어진 일이라 하므로 이를 풍자한 것이라 하였다. 그리고 『집전(集傳)』에서도 이와 비슷하게 사냥꾼들이 길에서 만나 서로 날렵함을 칭찬하며 그것이 잘못임을 스스로 알지 못하는 것을 풍자한 것이라 하였다.

---

14 모(牡): 수컷.
15 호(好): 사냥을 잘한다는 뜻으로, 앞의 미(美)와 비슷한 뜻.
16 창(昌): 잘한다는 뜻. 여기서는 사냥을 잘한다는 것.
17 양(陽): 산의 남쪽. 또는 물의 북쪽.
18 랑(狼): 이리.
19 장(臧): 선(善)과 통하여 사냥하는 재주가 좋다는 말.

3. 저(著) 문간에서

俟我於著乎而[20]하니
사 아 어 저 호 이

充耳以素乎而[21]요
충 이 이 소 호 이

尙之以瓊華乎而[22]로다
상 지 이 경 화 호 이

나를 문간에서 기다리시는 이
귀막이는 흰 실끈에
꽃무늬 옥돌을 달으셨네.

俟我於庭乎而[23]하니
사 아 어 정 호 이

充耳以靑乎而[24]요
충 이 이 청 호 이

尙之以瓊瑩乎而[25]로다
상 지 이 경 영 호 이

나를 뜰에서 기다리시는 이
귀막이는 파란 실끈에
꽃무늬 옥돌을 달으셨네.

---

20 사아어저호이(俟我於著乎而): 사(俟)는 기다리다. 저(著)는 문병(門屛)의 사이(『모전』), 곧 옛사람들은 정문과 본채 사이에 담벼락을 세웠는데 이것을 병(屛)이라 한다. 또는 정문 안의 양쪽 숙(塾) 사이를 저(宁)라 하는데, 저(著)는 저(宁)와 통한다〔『공소(孔疏)』〕. 숙(塾)은 문간 양쪽에 있는 방. 따라서 저(著)는 '문간'의 뜻. 혹자는 저(宁)를 영벽(影壁)으로 해석하는데, 특히 산동의 민가(民家)에서 흔히 볼 수 있는 것으로 참고할 만하다. 영벽이란 대문 안이나 병문(屛門) 안에 설치한 장벽으로 대개 부조(浮彫)로 장식한 것이 많으며, 내부를 직접 볼 수 없도록 공간을 차단하는 역할을 하고 귀신을 막아 주는 역할도 한다고 한다. 목제(木製)도 있고 이동할 수 있도록 만든 것도 있다. 아문(衙門)의 병장(屛牆)도 영벽이라 부른다. 호이(乎而)는 조사로서 감탄의 느낌이 있다. 부모·친구와 이별하는 슬픔에 훌쩍훌쩍 울면서도 신랑이 기다리는 모습을 바라보며 행복이 충만하기를 고대하는 복잡한 심정이 교차되어 있는 것처럼 느껴진다.

21 충이이소(充耳以素): 충이는 귀를 덮도록 만들어진 장식으로, 귀막이 옥 진(瑱)〔「위풍·기욱(衛風·淇奧)」 참조〕. 소(素)는 소사(素絲). 이소(以素)는 흰 실로 충이(充耳)의 끈을 만든 것. 그 끈으로 옥돌을 매달아 진(瑱)으로 쓴다〔『공소(孔疏)』〕.

22 상지이경화(尙之以瓊華): 상(尙)은 부가(附加)·부착(附着)의 뜻. 경(瓊)은 광택이 아름다운 옥. 본래는 붉은 옥〔적옥(赤玉)〕이라 했다. 경화(瓊華)는 옥돌을 꽃 모양으로 조각한 것으로, 이것을 흰 실〔소사(素絲)〕에 매달아 충이(充耳)가 된다.

23 정(庭): 대문에서 안문〔침문(寢門)〕에 이르는 사이. 이 구절은 신랑이 신부를 인도하여 침문(寢門)에 이르러 읍(揖)하고 들어가는 때를 말한다(『집전』).

24 청(靑): 청사(靑絲) 곧 푸른 실.

俟我於堂乎而[26]하니
사 아 어 당 호 이

充耳以黃乎而[27]요
충 이 이 황 호 이

尙之以瓊英乎而[28]로다
상 지 이 경 영 호 이

나를 대청에서 기다리시는 이

귀막이는 노란 실끈에

꽃무늬 옥돌을 달으셨네.

◈ 해설

여자가 출가할 때 시집에 이르러 자기를 기다리는 신랑의 모습을 읊은 시이다. 또는 시집올 때의 일을 되새기며 노래한 것으로 볼 수도 있다. 당시 제나라 풍속은 혼례 때 신랑은 한 발 먼저 자기 집으로 돌아와 문밖에서 신부를 기다렸다가 친영(親迎)의 예에 따라 뜰로 그리고 대청으로 맞아들이게 되어 있었다. 시에는 저(著)에서 정(庭), 다시 당(堂)에서 기다린 것은 친영의 예에 따라 한 것이다. 그런데 그럴 때마다 귀막이 옥돌을 꿰거나 매는 실이 흰색에서 청색, 다시 황색으로 바뀌었다. 그 이유는 알 수 없다.

「모시서」에서는 친영하지 않는 시속(時俗)을 풍자한 것이라 하였다. 『시집전』은 이를 받아 여조겸(呂祖謙)의 말을 인용하기를 "혼례에 신랑이 신부의 집에 가서 친영을 할 때 전안〔奠雁: 혼인날 신랑이 신부 집에 기러기를 가지고 가서 상 위에 놓고 재배(再拜)하는 예〕을 마치고 나서 수레를 타고 먼저 돌아와 문밖에서 기다리다가 신부가 도착하면 읍(揖)을 하여 맞아들인다. 그런데 제나라 풍속은 친영을 하지 않았기 때문에 신부가 신랑집 문에 도착해서야 비로소 그가 자기를 기다리고 있음을 본 것이다"라고 하였다. 『의례·사혼례(儀禮·士昏禮)』의

25 경영(瓊瑩): 영(瑩)은 영(榮)의 가차로서 역시 꽃의 뜻. 『이아(爾雅)』에 "나무는 화(華)라 하고, 풀은 영(榮)이라 한다" 하였다. 따라서 경영(瓊瑩)은 앞의 경화(瓊華)나 뒤에 나오는 경영(瓊英)과 같은 말이다.

26 당(堂): 대청. 계단을 오른 뒤에 당(堂)에 이르는 것을 말한다(『집전』).

27 황(黃): 황사(黃絲) 곧 누런 실.

28 경영(瓊英): 경화(瓊華)와 같은 말(『모전』).

내용과 같다. 그런데 이 시에서는 또 신랑이 문밖에서 기다리지 않고 문간 안에서 기다리는 것처럼 보인다. 지나친 천착(穿鑿)인 듯하며, 지방에 따른 습속의 차이를 인정할 때 역시 친영 때 남편의 인상을 노래한 것이라 보는 것이 좋겠다. 자신의 애인을 기린 시라 보아도 좋을 것이다.

정약용의 주장은 또 다르다. 충이(充耳)나 경영(瓊塋)은 혼례와는 관계가 없고, 관복(官服)이나 패세(佩帨) 등 거론할 것이 많은데 하필 충이를 말했는가. 노(魯)나라 장공(莊公)을 풍자한 것이라고 하였다. 문강(文姜)이 제나라에서 돌아오자 장공이 앉아서 기다렸다. 이를 일러 "나를 기다린다"고 하였는데, 마치 운무(雲霧) 속에 앉아 있듯 문과 병풍 사이를 벗어나지 않아서 나라 사람들의 말이 왁자한데도 귀를 막고 있는 셈이니 이것이 충이를 거론한 이유일 것이라고 했다. 귀막이옥과 '귀막이옥을 매다는 끈'은 기실 모두 귀를 막는 물건이다〔다산(茶山) 정약용, 『강의(講義)』〕.

4. 동방지일(東方之日)　　동쪽의 해

東方之日兮여　　동녘의 해 같은
동 방 지 일 혜

彼姝者子[29]이　　저 아름다운 여인이
피 주 자 자

---

29 피주자자(彼姝者子): 피(彼)는 저. 주(姝)는 예쁘고 아름다운 것으로, 본래는 미녀의 뜻이었으나 똑같은 구가 사용된 「용풍·간모(鄘風·干旄)」에서는 대부가 수레를 타고 찾아가는 현자(賢者)의 현자다운 그러한 것, 즉 '어진', '좋은' 것을 가리킨다(『정전』). 이 구는 「패풍·간혜(邶風·簡兮)」의 '피미인혜(彼美人兮)'와 같은 것으로, 옛날에는 남자를 '미인'이라 칭할 수 있었다〔왕선겸(王先謙), 『집소(集疏)』〕. 자(子)는 상대방에 대한 높임 또는 미칭(美稱).

在我室兮[30]로다 재 아 실 혜	내 방에 와 있네
在我室兮하여 재 아 실 혜	내 방에 와서는
履我卽兮[31]로다 이 아 즉 혜	내 발걸음만 따라 다니네

東方之月兮여 동 방 지 월 혜	동녘의 달 같은
彼姝者子이 피 주 자 자	저 아름다운 여인이
在我闥兮[32]로다 재 아 달 혜	내 집안에 와 있네
在我闥兮하여 재 아 달 혜	내 집안에 와서는
履我發兮[33]로다 이 아 발 혜	내 발자취만 따라 다니네

◈ 해설

1. 연인끼리 정답게 노는 모습을 그린 사랑의 시이거나 신혼(新婚)의 환희를 읊은 시로 본다. 동쪽의 해나 달은 여인의 아름다움을 견준 말이다. 아름다운

---

30 재아실혜(在我室兮): 내 방에 놀러 와 있다는 뜻.

31 이아즉혜(履我卽兮): 리(履)는 발자국을 밟으며 뒤에 붙어 다니는 것(『집전』). 즉(卽)은 바싹 붙어 남녀가 행동하는 것을 말한다. 또는 옛날에는 슬(厀)로 썼으며, 이는 슬(膝)과 같아서 '무릎'의 뜻이라 하였다〔양수달(楊樹達), 『적미거소학술림(積微居小學述林)』〕.

32 달(闥): 문안〔문내(門內)〕의 뜻(『집전』).

33 발(發): 행(行)의 뜻(『모전』). 『집전(集傳)』에서는 행거(行去: 길을 떠남)라고 하며 "섭아이행거(躡我而行去)", 즉 "내 발자취를 따라 떠나감"이라고 하였는데, 그 의미가 분명하지 않다. 발(發)은 발(癶)에서 온 글자로 이 발(癶)은 '한 쌍의 발〔쌍족(雙足)〕'의 모양을 본뜬 것이다. 즉 발(發)은 족(足)·각(脚)의 의미라는 것이다〔양수달(楊樹達)〕. 그리고 서정범(徐廷範)은 "밟다(踏)는 발〔足〕에서의 전성(轉聲)이다. '팔딱팔딱 뛴다'의 '팔'은 발〔足〕의 뜻을 지닌다고 하겠다. 중국어 보(步)와 관련된다고 여겨진다. 발(發)도 '발〔足〕'에서 비롯했다고 여겨진다"고 하였다〔서정범(徐廷範), 『우리말의 뿌리』〕.

여인(또는 신부)이 남자의 집에 와서 연인 곁을 떠나지 않고 즐겁게 노는 모습을 그렸다. 「모시서」에서는 군신(君臣)이 실도(失道)하여 남녀가 음분(淫奔)하는 제(齊)나라의 쇠락한 풍속을 풍자한 것이라 하였다.

2. 왜 '發'자가 우리말의 발이나 다리를 뜻하는 족(足)·각(脚)의 의미로 사용되었는가? 우리말 '발'의 어원은 어떻게 되는가? 그리고, 그냥 간단히 '연인들의 즐겁게 노는 모습'일까? 동방이라는 점, 제나라, 거인의 발자국을 밟고 회임(懷妊)한 사건, 어쩌면 그 신화 같은 얘기를 민간에서 패러디하여 연인들 사이에 유행한 노래는 아닐까? 일종의 감응주술(感應呪術)은 아닐까? 또는 무당의 춤으로 보고 과거의 신화적인 행위를 반복함으로써 재생하고자 하는 것은 아닐까? 또, 우리 놀이 중의 '그림자밟기'는 종국엔 어떤 의미를 담은 것일까?

3. 일설에는 이 시가 『시경』 시에서 유일하게 어린아이를 대상으로 한 것이라고 했다〔원강(元江)〕. '피주자자(彼姝者子)'를 '저 아름다운 여인의 아들'로 번역하고 그 아이가 동방의 해처럼 달처럼 환하게 잘생겼으며 부친의 집에서 부친과 함께 놀고 있는 모습을 그렸다는 것이다. 기발하며 참고할 만하다.

5. 동방미명(東方未明)　　동녘이 밝지도 않았는데

東方未明이어늘 동 방 미 명	동녘이 밝지도 않았는데
顚倒衣裳[34]이로다 전 도 의 상	허둥대며 옷을 거꾸로 입네
顚之倒之는 전 지 도 지	허둥대며 거꾸로 입음은

34 전도의상(顚倒衣裳): 전도(顚倒)는 허둥지둥하여 옷을 거꾸로 입는 것. 곧 이 구절은 저고리를 아래에, 바지를 위에 입는 것〔『공소(孔疏)』〕.

自公召之[35]로다
자 공 소 지

관청에서 급히 부르기 때문

東方未晞[36]어늘
동 방 미 희

동녘에 동트지도 않았는데

顚倒裳衣로다
전 도 상 의

허둥대며 거꾸로 옷을 입네

倒之顚之는
도 지 전 지

거꾸로 허둥대며 입음은

自公令之로다
자 공 령 지

관청에서 급히 명하기 때문

折柳樊圃[37]면
절 류 번 포

버들가지 꺾어 채소밭에 울타리 치면

狂夫瞿瞿[38]어늘
광 부 구 구

광포한 사람도 함부로 범하지 않는데

不能晨夜[39]하여
불 능 신 야

밤낮을 가릴 줄 몰라

不夙則莫[40]로다
불 숙 즉 모

새벽 아니면 저녁때 부르시네

---

35 자공소지(自公召之): 자(自)는 '—로부터'의 뜻〔종(從)〕. 공(公)은 공소(公所), 곧 임금의 처소. 소(召)는 조회에 부르는 것.

36 희(晞): 동이 트는 것.

37 절류번포(折柳樊圃): 절(折)은 꺾다. 류(柳)는 버드나무로서 부드럽고 연약한 나무. 번(樊)은 울타리. 포(圃)는 채소밭. 연약한 버들가지를 꺾어 채소밭 울타리를 친다는 것인데, 이렇게 해봐야 출입을 금지함에 도움이 되지 않는다.

38 광부구구(狂夫瞿瞿): 광부(狂夫)는 광우(狂愚)한 남자(『공소(孔疏)』), 곧 어리석은 자. 또는 미친 사람. 구구(瞿瞿)는 두려워하여 조심하는 모양. 또는 놀라 돌아보는 모양(『집전』). 버들가지 울타리가 비록 약하여 믿을 만한 것이 못 되지만 광부(狂夫)는 오히려 놀라서 돌아보고 감히 넘지 못한다는 것. 나아가서 누구나 보면 바로 채소밭의 경계를 알고 조심하게 된다는 뜻. 이렇게 어리석거나 미친 사람도 간단한 한계를 분별하는데 임금은 아무것도 분별할 줄 모른다는 비유로 사용되었다.

39 불능신야(不能晨夜): 신(晨)은 새벽. 새벽과 밤의 한계도 구별하지 못하는 것(『집전』).

40 불숙즉모(不夙則莫): 숙(夙)은 조(早)와 같이, '이르다'는 뜻. 모(莫)는 저녁 모(暮)의 옛 글자. 이 구절은 '이르지 않으면 늦다', '너무 일찍 소집하지 않으면 너무 늦게 소집하는 것'으로, 임금이나 조정의 명령이 때에 맞지 않는 것을 말한다.

◈ 해설

임금이나 조정의 명령이 때에 맞지 않음을 풍자한 시이다. 제1, 2장에서는 이른 새벽에 갑작스런 명령을 받고 허둥대며 저고리를 아래에 입고 바지를 위에 입을 만큼 서두르는 모습을 그렸고, 제3장에서는 채소밭에 버들가지와 같은 약한 울타리라도 쳐 놓으면 아무리 광폭한 사람일지라도 그 규율을 분별하고 감히 그 울타리를 망가뜨리거나 뛰어넘지 않는데 관청에서는 때 없이 정령을 발하여 규율이 서지 않음을 나타냈다. 또는 낮은 관리의 부인이 그러한 것에 대하여 원망하는 것으로 보아도 무난하다.

「모시서」에서는 조정의 기거(起居)에 절도가 없고 정령(政令)에 때가 없어 시간을 알리는 임무를 맡은 관리가 그 직책을 수행할 수 없게 되어 무절제함을 풍자한 것이라 하였다. 이는 공(公), 즉 공소(公所)를 임금의 처소로 본 것인데 그렇게 보아도 통한다 하겠다. 그러나 이를 구태여 시간을 알리는 일을 맡은 관리하고만 연관시킬 것은 아니라고 본다. 관원이나 관리의 대신이 이른 새벽과 늦은 저녁의 구분도 없이 고되게 일을 하며 그 상사(上司) 또는 임금의 규율 없는 생활을 탓한 것으로 보면 될 것이다.

6. 남산(南山) 높은 남산에

南山崔崔[41]어늘 남 산 최 최	높다란 남산에
雄狐綏綏[42]로다 웅 호 수 수	수여우 어슬렁어슬렁

41 남산최최(南山崔崔): 제(齊)나라 도성의 남쪽에 있는 산(『모전』). 최최(崔崔)는 높고 큰 모양.
42 웅호수수(雄狐綏綏): 웅호(雄狐)는 수여우. 옛날부터 사악하고 홀리는 음란한 짐승으로

魯道有蕩[43]이어늘 (노 도 유 탕)	노나라 가는 평탄한 길
齊子由歸[44]로다 (제 자 유 귀)	제나라 딸 그 길 따라 시집갔네
旣曰歸止[45]어늘 (기 왈 귀 지)	이미 시집간 사람을
曷又懷止[46]오 (갈 우 회 지)	어이 또 그리워하나?

葛屨五兩[47]이며 (갈 구 오 량)	칡신 다섯 켤레와
冠緌雙止[48]니라 (관 유 쌍 지)	갓끈 한 쌍

생각해 왔다. 수수(綏綏)는 천천히 왔다 갔다 하는 모양(「위풍 · 유호(衛風 · 有狐)」 참조). 『정전(鄭箋)』에서는 수여우가 짝을 찾아 남산 위를 어슬렁거리는 것을 노(魯)나라 환공(桓公)의 부인이며 자기의 누이인 문강(文姜)과 정을 통한 제나라 양공(襄公)에 비유한 것이라 하였다. 양공의 짓이 수여우가 짝을 찾아다니는 것처럼 수치스럽고 가증하다는 것. 또는 짝을 찾는 모양이라 했다(『집전』).

43 노도유탕(魯道有蕩): 노도(魯道)는 제나라에서 노나라 가는 길. 탕(蕩)은 평탄(平坦)의 뜻으로 유탕(有蕩)은 탄연(坦然) 곧 평평한 모양(『석의(釋義)』).

44 제자유귀(齊子由歸): 제자(齊子)는 제나라 제후의 자녀, 곧 문강(文姜)을 가리킴(『공소(孔疏)』). 유(由)는 종(從)의 뜻으로(『집전』), '이 길을 따라서'의 뜻. 귀(歸)는 시집가는 것(出嫁).

45 기왈귀지(旣曰歸止): 왈(曰)과 지(止)는 조사.

46 갈우회지(曷又懷止): 갈(曷)은 어찌. 하(何)의 뜻. 회(懷)는 『모전(毛傳)』에서는 그리워함(思)이라 하였다. 『정전(鄭箋)』에서는 돌아가다(래(來))로 풀었는데 최근에는 이 설에 더 동의하는 것 같다. 즉 이미 시집갔는데 왜 또다시 돌아왔는가 라고 하면서 그 돌아온 것을 비난한 것. 방언에 특히 제노지간(齊魯之間)에서는 래(來)를 회(懷)라고도 하며, 회(懷)는 집으로 돌아가는 것(회가(回家))을 말하기도 한다(양웅(揚雄)의 『방언(方言)』, 청나라 호문영(胡文英)의 『오하방언고(吳下方言考)』). 그리고 지금 산동 사람들은 집으로 돌아가는 것을 '회가(回家)'라고 말하는데 혹 급해지면 '회(懷)'라고 한다고 한다(유운흥(劉運興), 『시의지신(詩義知新)』).

47 갈구오량(葛屨五兩): 갈구(葛屨)는 칡껍질로 만든 신. 양(兩)은 양(緉: 신 한 켤레)과 통하여 신 두 짝(한 켤레)이며, 오(五)는 다섯의 뜻이 아니라 오(伍)와 통하여 오량(伍緉)으로 읽힌다.

48 관유(冠緌): 갓끈으로, 얼굴 양편으로 늘어져 맬 수 있도록 된 것. 쌍(雙)은 짝을 이룬다는 뜻.

魯道有蕩이어늘 노나라 가는 평탄한 길
노 도 유 탕

齊子庸止[49]로다 제나라 딸 그 길 따라 시집갔네
제 자 용 지

旣曰庸止어늘 이미 간 사람을
기 왈 용 지

曷又從止[50]오 어이 또 따르는가?
갈 우 종 지

蓺麻如之何[51]오 삼을 심으려면 어떻게 하나?
예 마 여 지 하

衡從其畝[52]니라 가로 세로로 밭을 잘 갈아야 하네
횡 종 기 무

取妻如之何[53]오 장가를 들려면 어떻게 하나?
취 처 여 지 하

必告父母[54]니라 반드시 부모님께 고해야 하네
필 고 부 모

旣曰告止어늘 이미 부모님께 고한 사람
기 왈 고 지

曷又鞠止[55]오 어이 또 궁지에 몰아넣는가?
갈 우 국 지

---

49 용(庸): 용(用)의 뜻. 앞의 유(由)와 마찬가지로〔『통석(通釋)』〕 이 길을 사용하여 노나라로 시집갔다는 뜻.

50 종(從): 따르다. 누가 누구를 따르는지에 대해서는 이견이 있다. 『정전(鄭箋)』에서는 문강이 노환공에게 시집갔는데 양공은 왜 다시 그녀를 전송하며 따라가서 음행을 하는가라고 하였고, 『통석(通釋)』에서는 문강이 노환공을 따라 제나라로 간 것을 지칭했다.

51 예(蓺): 곡식을 심다.

52 횡종기무(衡從其畝): 횡(衡)은 옛 횡(橫)자이며, 종(從)은 종(縱)과 통함. 횡은 동서(東西), 종은 남북(南北) 방향이다. 이 구절은 가로 세로로 밭을 가는 것으로서, 밭을 잘 재고 잘 가꾸는 것을 말하며 장가를 들 때에는 먼저 반드시 부모와 상의해야 함을 비유로 말한 것이다. 6세기 전반 북위(北魏) 가사협(賈思勰)의 농서(農書) 『제민요술(齊民要術)』에 "삼을 삼는 데에는 많이 갈수록 좋으며, 가로 세로 일곱 전 이상 갈면 삼대에 잎새도 없이 잘 자란다"고 하였다.

53 취처(取妻): 장가드는 것.

54 필고부모(必告父母): 반드시 부모님께 아뢰는 것. 부모님께 말씀드려 의견을 따르는 것.

55 국(鞠): 궁(窮)과 통하여 곤액(困厄)의 뜻. 노환공이 문강의 처지를 곤궁(困窮)하게 만드는 것 또는 문강으로 하여금 욕심을 극에 달하게 하는 것.

析薪如之何[56]오 석 신 여 지 하	장작을 패려면 어떻게 하나?
匪斧不克[57]이니라 비 부 불 극	도끼 없이는 팰 수가 없지
取妻如之何오 취 처 여 지 하	장가를 들려면 어떻게 하나?
匪媒不得[58]이니라 비 매 부 득	중매 없이는 들 수가 없지
旣曰得止어늘 기 왈 득 지	이미 장가든 사람
曷又極止[59]오 갈 우 극 지	어이 또 곤경에 몰아넣는가?

◈ 해설

제(齊)나라 양공(襄公)이 누이 문강(文姜)과 사통(私通)한 것을 풍자한 시이다. 문강은 노(魯) 환공(桓公)에게 출가한 후에까지도 오라비와의 통간(通奸)을 계속했다. 그래서 첫 장에서는 제(齊) 양공을 풍자하고 제2장에서는 문강을 풍자했으며 제3, 4장에서는 노(魯) 환공이 문강을 자기 아내로 이미 맞이했으면 의당 이러한 행위에 제재를 가해야 함에도 불구하고 끝내 버려두었기 때문에 환공도 역시 지아비 될 능력을 상실한 것이라고 풍자한 것이다〔『춘추좌전』「환공(桓公) 18년(BC 694년)」, 『사기·노세가(史記·魯世家)』 참조〕.

여우〔狐〕는 음탕한 성관계를 비유하는 것으로 많이 사용된다. 이 시에서 밭을 갈고 마를 심는 것으로 장가들려면 반드시 부모에게 고해야 한다는 것을 비유하고 있어서 어떻게 보면 도덕적 교훈인 것 같다. 그러나 최초의 본의는 아마도 남녀의 성관계를 지칭하는 것이었을 것이다. 서한(西漢) 시대에 해당하는 로

---

56 석신(析薪): 장작을 쪼개다.

57 비부불극(匪斧不克): 비(匪)는 비(非)와 같은 뜻. 부(斧)는 도끼. 극(克)은 능(能)의 뜻.

58 비매부득(匪媒不得): 매(媒)는 중매. 옛날에는 반드시 중매인을 사이에 두고 혼인을 하였다. 부득(不得)은 불능(不能)의 뜻, 곧 결혼하지 못하는 것.

59 극(極): 위의 국(鞠)과 같이 궁(窮)과 통하여 욕심을 극에 달하게 하다는 뜻.

마의 시인 루크레티우스(Lucretius, BC 96?~55?)의 글에 "여인의 밭을 갈다"라는 표현이 있고, 셰익스피어의 『안토니와 클레오파트라(*Antony and Cleopatra*)』에서도 "그가 그녀를 갈면 그녀는 열매를 맺으리라", "나의 밭을 경작하는 이, 나로 하여금 힘들이지 않고 수확하게 한다"라고 하였다. 이런 예는 매우 많다. 그리고 중국의 속어에도 이와 유사한 예가 있다. 이러한 것들은 「남산(南山)」 시가 성(性)과 혼인의 상징이 풍부하다는 것을 설명해 준다. 수여우〔웅호(雄狐)〕와 갈구(葛屨)와 마 심기〔예마(蓺麻)〕, 장작과 도끼 등에 이러한 비유와 상징이 보인다.

7. 보전(甫田) 넓은 밭

無田甫田[60]이어다 무 전 보 전	넓은 밭은 농사짓지 마라
維莠驕驕[61]리라 유 유 교 교	가라지만 무성하게 자랄 걸
無思遠人이어다 무 사 원 인	멀리 있는 사람 생각하지 마라
勞心忉忉[62]리라 노 심 도 도	마음만 아프게 괴로운 것을

---

60 무전보전(無田甫田): 무(無)는 '—하지 마라'는 뜻. 막(莫)과 같다. 앞의 전(田)은 동사로 사용되어 '밭을 갈다, 경작하다'는 뜻. 보전(甫田)은 큰 밭.

61 유유교교(維莠驕驕): 유(維)는 조사. 유(莠)는 가라지로, 밭에 많이 나는 잡초. 벼 싹을 해치는 풀. 교교(驕驕)는 높이 무성하게 자란 모양. 큰 밭은 힘에 겨워 제대로 관리하지 못하므로 잡초만 무성하게 될 것이라는 것으로, 쓸데없이 분수에 넘치는 짓은 하지 않는 것이 좋다는 뜻. 『노시(魯詩)』에서는 교교(喬喬)로 쓰고 있다.

62 노심도도(勞心忉忉): 노심(勞心)은 근심스런 마음. 도도(忉忉)는 근심하는 모양(『모전』)

無田甫田이어다 무 전 보 전	넓은 밭 농사짓지 마라
維莠桀桀[63]이리라 유 유 걸 걸	가라지만 높다랗게 자랄 걸
無思遠人이어다 무 사 원 인	멀리 있는 사람 생각하지 마라
勞心怛怛[64]이리라 노 심 달 달	마음만 애타게 괴로운 것을

婉兮孌兮[65]여 완 혜 련 혜	어리고 예쁘던
總角丱兮[66]를 총 각 관 혜	두 갈래 머리 총각도
未幾見兮[67]면 미 기 견 혜	얼마 만에 만나면
突而弁兮[68]리라 돌 이 변 혜	어느새 관 쓴 어른이 되었다네

◈ 해설

먼 곳에 가 있는 남편을 그리워하는 여인의 노래이다. 제1, 2장에서는 넓은 밭을 갈아 주는 이 없어 남편에 대한 그리움이 더욱 가중됨을 그렸다. 그러면서도 짐짓 멀리 가 있는 사람 생각지 말라고 한 것은 가눌 길 없는 그리움에 여인

---

63 걸걸(桀桀): 길게 자란 모양. 게게(揭揭)의 가차(假借)이며, 게게는 긴 모양〔진환(陳奐), 『전소(傳疏)』〕. 앞의 교교(驕驕)와 비슷한 뜻(『모전』).

64 달달(怛怛): 슬퍼하는 모양. 앞의 도도(忉忉)와 비슷한 뜻.

65 완혜련혜(婉兮孌兮): 완(婉)과 련(孌)은 나이 어리고 예쁜 모양(『모전』).

66 총각관혜(總角丱兮): 총각은 남자가 장가들기 전에 두 가닥으로 땋아 올린 머리. 관(丱)은 총각 머리 모양.

67 미기견혜(未幾見兮): 미기(未幾)는 많지 않은 시간. 얼마간의 기간. 견(見)은 만나는 것.

68 돌이변혜(突而弁兮): 돌이(突而)는 돌연(突然), 갑자기의 뜻. 변(弁)은 고깔. 관(冠: 모자)의 일종으로 가죽으로 만들기도 하고 베나 비단으로 만들기도 했다. 옛날 남자는 20세에 관례를 행하고 성인이 되었다.

의 시름만 더욱 빼저리게 하기 때문이다. 제3장에서는 어린애가 어느새 어른이 됨을 그림으로써 청년이 노년이 되고 또 사멸하는 것을 말한 듯하다. 한 찰라나 다름없는 사이에 일어나는 일이어서 하마 남편의 모습도 이전과 많이 달라졌으리란 뜻을 담고 있다. 「모시서」에서는 "제나라 양공이 예의도 없이 큰 공만 구하며 덕을 닦지도 않고 제후들이 따르기를 바라면서 뜻만 커가지고 마음만 수고롭게 하여 구하는 것이 도리에 맞지 않음을 풍자한 것"이라 했다. 주희는 '제 양공 풍자'를 '당시 사람들을 경계하는 것'으로 바꾸었을 뿐 도덕적 주제에는 변함이 없다. 근거 없는 말이다. 현대 학자 고형(高亨)은 "농가의 자식이 아직 성년이 되기도 전에 통치자에게 잡혀가서 먼 곳에서 수자리 살고 있는데, 그의 가족이 그를 그리워하며 이 노래를 부른 것"이라고 하였다. 이것도 일종의 병역을 풍자한 것으로 보았는데 그럴싸하지만 적절하지 않다. 원시 사유에서 '전(田: 밭)'은 여성의 은유(隱喩)이며, 이에 대해 '묘(苗: 어린 벼나 싹)'는 남성의 은유로 작용하기 때문에 이 시를 남녀 간의 애정시로 보는 것이 좀 더 타당성이 있다.

8. 노령(盧令)　　사냥개 방울

盧令令[69]이요　　사냥개 방울 소리 달랑달랑
노 령 령

69 노령령(盧令令): 노(盧)는 사냥개, 본시 한(韓)나라의 명견(名犬)이라 하여 한노(韓盧)라 부른다. 『전국책(戰國策)』에는 한노를 천하의 준견(駿犬)이라 했다. 노(盧)는 노(黸)와 통하여 검은색과 관련 있다고도 한다. 역대로 명견으로는 은우(殷虞)·진오(晉獒)·초여황〔楚茹黃, 또는 초광(楚獷)〕·한노(韓盧)·송작(宋鵲)〔『광아(廣雅)』〕 등이 있었다. 영령(令令)은 개의 목에 단 금속 고리가 울리는 소리(『모전』). 옛날에는 방울 대신 둥근 고리를 두 개 이상 달았다고 한다.

其人美且仁[70]이로다 기 인 미 차 인	그 사람 멋지고 어질기도 하여라
盧重環[71]이요 노 중 환	사냥개 목에 큰 고리 작은 고리
其人美且鬈[72]이로다 기 인 미 차 권	그 사람 멋지고 씩씩하여라
盧重鋂[73]이요 노 중 매	사냥개 목에 큰 고리 작은 쌍고리
其人美且偲[74]로다 기 인 미 차 시	그 사람 멋지고 억세어라

◈ 해설

사냥하는 사람의 멋진 모습을 노래한 시이다. 「모시서」에서는 양공이 지나치게 사냥을 좋아하는 것을 풍자한 것이라 했는데, 견강부회인 듯하다.

---

70 기인미차인(其人美且仁): 기인(其人)은 '그 사람'으로, 개를 데리고 사냥하는 사람을 칭한다. 그 사람의 외모가 멋지고 마음씨가 어질어 보인다는 뜻.

71 중환(重環): 작은 고리와 큰 고리. 『모전(毛傳)』에 '자모환(子母環)'이라 했고, 『공소(孔疏)』에 의하면 큰 고리가 작은 고리를 꿰고 있는 것. 개의 목에 방울처럼 달던 것.

72 권(鬈): 수염과 구레나룻이 아름다운 모양(『집전』). 글자의 구성을 보면 본뜻은 아마도 머리카락이 굽은 모양〔『집운(集韻)』〕, 곧 고수머리 같은 것으로 추측할 수 있을 것이며 여기에서 한걸음 더 나아가 머리카락이 좋은 모양〔『설문(說文)』〕이라 하기도 하고, 용장(勇壯)한 것(『정전』)라고도 풀이했다.

73 중매(重鋂): 하나의 큰 고리가 두 개의 작은 고리를 꿰고 있는 것(『집전』).

74 시(偲): 수염이 많은 모양(『집전』). 힘이 있고 강한 것〔『설문(說文)』, 『경전석문(經典釋文)』〕. 또는 다재(多才)한 것.

9. 폐구(敝笱) 낡은 통발

敝笱在梁[75]하니
폐 구 재 량
낡은 통발 돌다리에 놓아

其魚魴鰥[76]이로다
기 어 방 환
잡힌 고기 방어와 큰 잉어

齊子歸止[77]하니
제 자 귀 지
제나라 딸 시집갈 적에

其從如雲[78]이로다
기 종 여 운
따라가는 이들 마치 구름 같네

敝笱在梁하니
폐 구 재 량
낡은 통발 돌다리에 놓아

其魚魴鱮[79]로다
기 어 방 서
잡힌 고기 방어와 연어

齊子歸止하니
제 자 귀 지
제나라 딸 시집갈 적에

---

75 폐구재량(敝笱在梁): 폐(敝)는 해진 것. 구(笱)는 통발. 대나 싸리를 엮어 봇물 막은 가운데를 트고 거기에 대어 놓아 흘러 내려오는 고기를 잡는 물건. 양(梁)은 고기를 잡기 위해 막아 놓은 어살. 가운데를 트고 통발을 대어 놓는다. 「패풍·곡풍(邶風·谷風)」 참조.

76 방환(魴鰥): 방(魴)은 방어(魴魚). 환(鰥)은 고기 이름일 것이나 무슨 고기인지 알 수 없다. 왕인지(王引之)는 흔(鯶)으로 양주(揚州) 지방에서 흔자어(鯶子魚)라 하는 고기라고 하였다〔왕인지(王引之), 『경의술문(經義述聞)』〕. 잉어 종류의 큰 고기인 듯하다. 이렇게 봇물 가운데 통발이 해져 있어 큰 고기들이 마음대로 들락날락거리는 것은 출가하는 행렬의 성대함에 비유한 것. 또는 아무런 제재도 없이 마음대로 오고 가는 것을 비유한 것. 앞 구의 '통발'이나 물고기는 성기(性器)나 성행위(性行爲)를 상징한 것으로도 본다〔문일다(聞一多)〕.

77 제자귀지(齊子歸止): 제자(齊子)는 제나라의 딸, 즉 문강(文姜). 자(子)는 남녀에 다 쓰인다. 앞의 「남산(南山)」 시 참조. 귀(歸)는 『집전(集傳)』에선 일단 출가했다가 제나라로 돌아오는 것이라 하였으나, 출가하는 것으로 봄이 타당하다. 지(止)는 조사.

78 여운(如雲): 구름처럼 성(盛)하다는 것(『모전』). 제2, 3장에서 대(對)가 되는 것은 우(雨)·수(水)이다. 그래서 「정풍·출기동문(鄭風·出其東門)」의 '여운(如雲)'을 '여운(如芸)'으로 해석한 것과 다르다. 음행(淫行)을 하러 온 문강의 종자(從子)가 많다는 것은 그의 뻔뻔스러움을 말한다.

79 서(鱮): 연어.

其從如雨[80]로다
기 종 여 우

따라가는 이들 마치 비 오듯 많네

敝笱在梁하니
폐 구 재 량

낡은 통발 돌다리에 놓아

其魚唯唯[81]로다
기 어 유 유

잡힌 고기 많기도 하다

齊子歸止하니
제 자 귀 지

제나라 딸 시집갈 적에

其從如水[82]로다
기 종 여 수

따라가는 이들 마치 흐르는 물 같네

◈ 해설

제나라 제후의 딸인 문강(文姜)이 시집갈 때의 모습을 그린 시라고 한다. 대부분 앞의 「남산(南山)」에 나온 문강이 노나라 환공에게 시집가는 것을 이르는 말로 보는데, 작품 내용만 보고는 확정할 수 없으나 큰 상관은 없겠다. 다만 문강의 음란한 행위와 관련시켜 잘못 천착할 우려가 있을 따름이다.

「모시서」에서는 역시 노나라 환공이 미약하여 문강의 음행을 막지 못하므로 제나라 사람들이 제·노 두 나라를 걱정한 시라고 했다. 또 『집전(集傳)』에서는 낡은 통발을 노나라 환공에 비유하고 큰 고기를 문강에 비유하여 문강이 환공의 나약함을 기화로 많은 종자를 이끌고 제나라에 돌아와 양공과 음행한 것을 그린 것이라 했다. 그래서 통발이 낡아 큰 고기들이 멋대로 들락날락하는 것으로 풀이했다.

---

80 여우(如雨): 빗방울이 떨어지는 듯 많다는 뜻(『모전』).
81 유유(唯唯): 멋대로 들락날락하는 모양(『모전』).
82 여수(如水): 강물처럼 매우 많다는 뜻.

10. 재구(載驅) 수레를 달려

載驅薄薄[83]하니
재 구 박 박
수레가 급히 달리는 소리

簟茀朱鞹[84]이로다
점 불 주 곽
대로 만든 뜸에 붉은 가죽 장식

魯道有蕩[85]이어늘
노 도 유 탕
노나라 오가는 길 평탄하여

齊子發夕[86]이로다
제 자 발 석
제나라 딸 조석으로 다니네

四驪濟濟[87]하니
사 려 제 제
네 필 검정 말 의젓해서

垂轡濔濔[88]로다
수 비 니 니
늘어진 고삐도 곱고 부드럽네

---

83 재구박박(載驅薄薄): 재(載)는 조사. 구(驅)는 수레를 타고 달리는 것. 박박(薄薄)은 의성어로 수레가 빨리 달리는 소리(『모전』).

84 점불주곽(簟茀朱鞹): 점(簟)은 대나무로 만든 네모 무늬의 자리〔방문석(方文席)〕(『모전』). 불(茀)은 수레의 가리개(『모전』). 점불은 대나무를 네모진 무늬가 되도록 엮어 수레의 가리개로 한 것. 부인들의 수레에는 앞뒤에 발을 쳐서 안이 보이지 않도록 하였다〔「위풍·석인(衛風·碩人)」 참조〕. 곽(鞹)은 털을 제거한 짐승 가죽이며, 주곽(朱鞹)은 그 가죽 바탕에 붉은 칠을 한 것으로 제후들의 수레인 노거(路車)는 붉은 가죽으로 싸고 그 위에 꿩 깃으로 장식하였다.

85 노도유탕(魯道有蕩): 노도(魯道)는 노나라로 가는 길, 또는 노나라에서 오는 길. 유탕(有蕩)은 탕연(蕩然)으로 평탄한 것〔앞의 「남산(南山)」 참조〕.

86 제자발석(齊子發夕): 제자(齊子)는 문강을 지칭한다〔「제풍(齊風)」의 앞 시 「남산(南山)」, 「폐구(敝笱)」 등 참조〕. 발석(發夕)은 저녁〔夕〕에 출발하여 아침에 도착하는 것(『모전』)이라 하였고, 또는 단석(旦夕)의 뜻으로 이른 새벽에 출발하여 저녁에 도착하는 것〔『통석(通釋)』〕이라 했다. 어쨌든 문강이 염치도 없이 빨리 양공을 만나려고 서둘렀음을 말한 것이다.

87 사려제제(四驪濟濟): 사려(四驪)는 수레를 끄는 복마(服馬)와 준마(驂馬)의 네 마리 말. 제제(濟濟)는 아름다운 모양(『모전』).

88 수비니니(垂轡濔濔): 비(轡)는 고삐. 니니(濔濔)는 부드러운 모습(『집전』). 드리워진 고삐의 수가 많고 가지런한 모습.

魯道有蕩이어늘 노 도 유 탕	노나라 오가는 길 평탄하여
齊子豈弟[89]로다 제 자 개 제	제나라 딸 태연스레 즐거워하네

汶水湯湯[90]이어늘 문 수 상 상	문수는 넘실넘실 흐르고
行人彭彭[91]이로다 행 인 방 방	행인들 웅성웅성 수없이 많네
魯道有蕩이어늘 노 도 유 탕	노나라 오가는 길 평탄하여
齊子翱翔[92]이로다 제 자 고 상	제나라 딸 유유히 노니네

汶水滔滔[93]어늘 문 수 도 도	문수는 출렁출렁 흐르고
行人儦儦[94]로다 행 인 표 표	행인들 수없이 북적북적하네
魯道有蕩이어늘 노 도 유 탕	노나라 오가는 길 평탄하여
齊子遊敖[95]로다 제 자 유 오	제나라 딸 즐거워 노니네

---

89 개제(豈弟): 개(豈)는 개(愷)와 통하여 즐겁다〔樂〕는 뜻. 제(弟)는 제(悌)와 통하여 이(易) 곧 평이(平易)의 뜻(『모전』). 즉 개제(愷悌)와 같다. 즐겁고 평안하여 거리낌이나 부끄러움이 없는 것을 말한다(『집전』).

90 문수상상(汶水湯湯): 문수(汶水)는 강물의 이름으로, 본류를 대문하(大汶河)라고 하는데 제나라 남쪽과 노나라 북쪽 경계를 흘렀다. 상상(湯湯)은 물이 성한 모양(『집전』).

91 행인방방(行人彭彭): 행인은 동행인, 곧 문강의 종자(從子). 방방(彭彭)은 많은 모양(『모전』). 음행을 하러 온 문강의 종자가 많다는 것은 그의 뻔뻔스러움을 말한다.

92 고상(翱翔): 수레를 타고 유유히 노닐 듯이 오는 것. 마치 새가 날아다니듯 사방으로 놀러 다니는 것. 역시 문강의 부끄러움을 모르는 행동을 말한 것〔「정풍·청인(鄭風·淸人)」 참조〕.

93 도도(滔滔): 물이 흐르는 모양(『모전』).

94 표표(儦儦): 사람이 많은 모양(『모전』).

95 유오(遊敖): 노니는 것. 오유(敖遊), 고상(翱翔)과 비슷한 뜻(『집전』)이다.

◈ 해설

노(魯)나라 환공(桓公)에게 시집간 문강(文姜)이 그의 친오빠인 제(齊)나라 양공(襄公)과 밀회하기 위하여 달려오는 모습을 노래한 것이다. 보는 사람도 많은데 수레까지 성대하게 꾸미고서 많은 종자(從者)를 거느리고 부끄러운 줄도 모르고 한길을 달려 제나라에 음행(淫行)하러 오가는 문강의 수레를 보고 양공과 문강을 풍자하는 시라 하였다.

11. 의차(猗嗟) 아아, 멋있어라

猗嗟昌兮[96]여 의 차 창 혜	아아, 멋있어라!
頎而長兮[97]며 기 이 장 혜	훤칠하게 큰 키에
抑若揚兮[98]하고 억 약 양 혜	시원하고 반듯한 이마와

---

96 의차창혜(猗嗟昌兮): 의(猗)는 의(欹)와 통하며 감탄하여 기리는 말. 차(嗟)도 감탄사. 창(昌)은 성한 모양(『모전』)으로, 곧 용모가 뛰어난 것.

97 기이장혜(頎而長兮): 기(頎)는 키가 훤칠한 것. 기이(頎而)는 기연(頎然)과 같다. 장(長)도 키가 크다는 뜻.

98 억약양혜(抑若揚兮): 몇 가지 해석이 있다. ① 억(抑)은 누르다. 양(揚)은 들어 올리다. 약(若)은 조사로 여(與: ―와)와 같다. 활을 쏠 때 화살을 겨누는 모양. 『노자(老子)』 77장 "하늘의 도는 활을 잡아당기는 것과 같다. 높으면 누르고〔抑之〕 낮으면 든다〔擧之〕"를 참조하여, 화살을 올렸다 내렸다 하며 겨냥하는 것이라는 설〔『석의(釋義)』〕. ② 이 구를 주희는 "미지성야(美之盛也)"라 했는데, 이를 "억제하되 드날리는 듯하다"로 번역한 것〔성백효(成百曉) 역(譯)〕. ③ 억(抑)은 『모전(毛傳)』에서는 "미색(美色)"이라 했는데, 의(懿)와 통하여 아름답다는 뜻이며, 양(揚)은 「용풍·군자해로(鄘風·君子偕老)」에서와 마찬가지로 이마〔額, 眉上〕를 칭하여 앞이마가 넓고 바르다는 것. 그래서 '아름다움이 성한 것'이라고 한 것에 부합된다. ④ 억약(抑若)을 억연(抑然)과 같이 보고 '양(揚: 이마가 넓은 것)'

美目揚兮[99]며
미 목 양 혜

巧趨蹌兮[100]하고
교 추 창 혜

射則臧兮[101]로다
사 즉 장 혜

아름다운 눈 크게 뜨고

잽싼 걸음걸이

활쏘기 잘도 하여라

猗嗟名兮[102]여
의 차 명 혜

美目淸兮요
미 목 청 혜

儀旣成兮[103]하여
의 기 성 혜

終日射侯[104]하되
종 일 석 후

不出正兮[105]하니
불 출 정 혜

展我甥兮[106]로다
전 아 생 혜

아아, 훌륭하여라!

아름다운 눈 맑고

활쏘기 의식과 요령 다 갖추어

온 종일 과녁을 쏘는데

한 번도 표적에서 빗나가지 않아

진정 우리 임금의 조카로다

을 수식하는 상황어로 해석하여 '아름다운 이마'로 번역된다〔공영달(孔穎達)〕.

99 미목양혜(美目揚兮): 미목(美目)은 아름다운 눈. 양(揚)의 뜻도 이마가 넓은 것과 눈을 크게 뜨고 보는 것(『집전』, "目之動也") 등이 있다. 여기서는 후자를 택했다.

100 교추창혜(巧趨蹌兮): 교(巧)는 동작이 잽싼 것. 추(趨)는 빠른 걸음으로 움직이는 것 또는 빨리 달리는 것. 창(蹌)은 교추(巧趨)하는 모양(『모전』) 또는 추(趨)와 같이 나는 듯이 빨리 달리는 것. 그래서 '교추-창'과 '교-추창'으로 끊어 읽을 수 있다. 어쨌거나 동작이 민첩한 것을 말한다.

101 사즉장혜(射則臧兮): 사(射)는 활쏘기. 장(臧)은 선(善)과 통하여 잘하는 것.

102 명(名): ① 칭(稱)과 같이 그 위의(威儀)와 기예(技藝)가 이름날 만함을 말한 것(『집전』). ② 제1장의 창(昌)과 같이 창성의 뜻. ③ 또는 피부나 얼굴이 희고 깨끗한 것을 말하기도 한다〔『통석(通釋)』〕.

103 의기성혜(儀旣成兮): 의(儀)는 사의(射儀: 활쏘기 의식, 규칙이나 요령). 활쏘기를 할 때에는 일정한 격식이나 요령이 있었다. 성(成)은 비(備)의 뜻으로(『정전』), 그 격식이나 요령을 다 갖춘 것. 이 구는 그 일을 마칠 때까지 예에 어긋남이 없음을 말한 것이다(『집전』).

104 석후(射侯): 석(射)은 맞히다. 후(侯)는 천이나 가죽을 쳐서 만든 과녁.

105 정(正): 후(侯) 가운데의 까만 표적〔『공소(孔疏)』〕.

106 전아생혜(展我甥兮): 전(展)은 진실로. 아생(我甥)은 우리 임금의 생질. 노나라 장공(莊公)은 환공과 문강 사이에 난 아들이므로 양공(襄公)의 생질뻘이다. 이 시는 장공을 기린 것.

猗嗟孌兮[107]여
의 차 련 혜

아아, 잘났기도 하여라!

淸揚婉兮[108]로다
청 양 완 혜

미목이 청수한 얼굴에

舞則選兮[109]하고
무 즉 선 혜

춤을 추면 가락에 맞고

射則貫兮[110]며
사 즉 관 혜

활을 쏘면 과녁을 뚫는데

四矢反兮[111]니
사 시 반 혜

네 대 화살이 한 표적에 꽂히니

以禦亂兮[112]로다
이 어 란 혜

그 재주는 세상 어지러움 막으리라

◈ 해설

제나라 사람들이 노(魯)나라 장공(莊公)의 빼어난 용모와 사술(射術: 활쏘기)을 찬미한 시이다. 『공양전(公羊傳)』에 의하면, 장공은 이름이 동(同)인데 제나라 양공(襄公)과 그 누이 문강이 통간(通姦)해 낳은 아들로 노나라 환공의 소생이 아니라고 했다. 그래서 「모시서」는 이 작품을 노나라 장공에 대한 풍자로 풀었다. 즉 장공이 이처럼 위의(威儀)와 기예(技藝)를 지니고 있으면서도 예로써 어머니의 비행을 막지 못해 자식의 도리를 잃었으므로 제나라 사람들이 이 점을

---

107 연(孌): 예쁜 것.

108 청양(淸揚): 눈이 청명한 것과 이마가 넓은 것(「용풍·군자해로(鄘風·君子偕老)」 참조).

109 무즉선혜(舞則選兮): 선(選)은 가지런하다는 뜻(『모전』)으로, 여기서는 춤과 음악의 가락이 잘 맞는 것(『공소(孔疏)』). 여기의 춤은 활을 쏘는 사람이 활과 화살을 들고 추는 흥무(興舞)로서 활쏘기 의식의 하나(왕인지(王引之), 『주례술문(周禮述聞)』).

110 관(貫): 표적에 들어맞는 것(『모전』), 과녁을 뚫는 것(『공소(孔疏)』).

111 사시반혜(四矢反兮): 사시(四矢)는 한 벌의 화살(『모전』). 활쏘기 할 때면 승시(乘矢)라 하여 네 대의 화살을 한 벌로 하여 한꺼번에 쏘았다. 반(反)은 반복의 뜻(『정전』)으로, 네 대의 쏜 화살이 거듭하여 똑같은 표적에 들어맞는 것.

112 어란(禦亂): 사방의 어지러움을 막는 것. 사의(射儀)에서 네 대의 화살을 한 벌로 하여 한꺼번에 쏘는 것은 사방을 지킨다는 뜻을 지녔다고 한다(『정전』).

애석히 여겨 이 시를 썼다는 것이다. 그러나 작품 내용만 봐 가지고는 풍자의 기미를 느낄 수 없다. 이 작품이 「제풍(齊風)」에 속해 있고 또한 제2장 끝 구절에 '전아생혜(展我甥兮: 진정 우리 임금의 조카)'라 한 것을 가지고 노나라 장공과 연관시킨 것으로 보인다. 그러나 장공의 어머니와는 작품상에 아무런 관계도 엿보이지 않으며, 실상은 이 작품을 장공과 연관시키는 데에도 무리가 없지 않다.

제9 위풍(魏風)

「위풍(魏風)」은 모두 일곱 편이 있다. 주나라 초기에 동성(同姓)인 희성(姬姓)을 위(魏)에 봉하여 주 혜왕(惠王) 16년(BC 661년)에 이르러 진(晋)나라 헌공(獻公)에게 멸망하였다. 처음에 누구를 봉하였고 어떻게 후대가 이어졌는지 알 수 없다. 멸망 이후 대부 필만(畢萬)의 채읍(采邑)으로 삼았고, 그의 후손이 한(韓)·조(趙)·진(晋)나라의 셋으로 쪼개어 그중 하나를 다시 위(魏)나라라고 하였는데, 이것이 전국시대 칠웅(七雄)의 하나인 위(魏)나라이며, 여기의 위나라는 아니다.

그 땅은 지금의 산서성(山西省) 예성현(芮城縣) 동북에 있었다. 토지가 건조하고 생산이 적어 풍속이 검소하며 인색하였고 백성들의 생활은 다른 지역에 비해서 고달팠다. "그 지역은 땅이 좁고 험하여 백성들은 빈곤하고 풍속이 검소하다"고 주희(朱熹)도 말했던 것이다. 「위풍(魏風)」의 시는 「국풍(國風)」 중에서도 그 풍격이 가장 일치하는데 대부분이 당시 통치 계급 지배층을 풍자하고 폭로하는 것이었다. 딴은 원망과 노여움의 노래가 많은 것은 위나라의 정치가 어지럽고 나라가 위태롭던 때의 작품이기 때문일 것이다. 이 시들은 정현(鄭玄)의 『시보(詩譜)』에 의하면 주나라 평왕(平王: BC 770~720년 재위)과 환왕(桓王: BC 719~697년 재위) 때의 작품이다.

1. 갈구(葛屨)　　칡신

糾糾葛屨[1]여 규 규 갈 구	칡껍질 얽어 만든 신
可以履霜[2]이로다 가 이 이 상	그 신으로 서리 내린 땅이라도 밟겠네
摻摻女手[3]여 섬 섬 여 수	갓 시집 온 곱고 가는 여인의 손
可以縫裳[4]이로다 가 이 봉 상	그 손으로 바지라도 깁게 하겠네
要之襋之[5]하여 요 지 극 지	바지허리 달고 저고리 깃 달아
好人服之로다 호 인 복 지	좋은 님 입으셨네
好人提提[6]하여 호 인 제 제	좋은 님은 점잖아
宛然左辟[7]이고 완 연 좌 피	공손하게 왼쪽으로 비켜 다니며

---

1 규규갈구(糾糾葛屨): 규규(糾糾)는 동여맨 모양(『모전』), 엉성하게 얽어 놓은 모양〔『공소(孔疏)』〕. 갈구(葛屨)는 칡껍질로 엮어 만든 신.

2 가이이상(可以履霜): 가이(可以)는 글자대로의 뜻 외에 하이(何以)의 가차로도 본다. 이상(履霜)은 서리가 내린 땅을 밟고 다니는 것. 여름에 신는 칡신을 겨울에 신게 한다는 것은 위(魏)나라 사람들의 수전노와 같은 편협한 행동을 말한다. 또는 그래서 칡신을 신고 어찌 서리 내린 땅을 밟겠는가라는 뜻. 둘 다 뜻이 통한다.

3 섬섬여수(摻摻女手): 섬섬(摻摻)은 섬섬(纖纖)과 같은 말로(『모전』), 곱고 가는 모양. 여수(女手)는 시집와서 석 달도 안 된 여자의 손. 옛날에는 시집가서 석 달이 되어야 묘당(廟堂)에 인사드리고 바느질 같은 여공(女工)을 하였다(『집전』).

4 상(裳): 치마. 여기서는 남자의 하의.

5 요지극지(要之襋之): 요(要)는 요(褄)와 통하여 바지허리〔『공소(孔疏)』〕. 극(襋)은 저고리의 깃〔『공소(孔疏)』〕. 각각 동사로 쓰였다.

6 호인제제(好人提提): 호인(好人)은 좋은 사람, 여기서는 남편을 가리킨다. 제제(提提)는 안서(安舒)한 모양(『집전』). 곧 편안하고 한가한 모양. 제제(媞媞)의 가차(假借)로 보인다. 또는 행동이 점잖게 뵈는 것〔『통석(通釋)』〕. 좋은 사람이 편안하고 한가하여 하는 일 없는 것을 풍자한 듯하다.

佩其象揥[8]로다
패 기 상 체

維是褊心[9]이니
유 시 편 심

是以爲刺[10]하노라
시 이 위 자

상아 족집게를 찼네

다만 마음이 급하고 편협하여

그래서 이렇게 나무라네

◈ 해설

「모시서」에 "「갈구(葛屨)」 시는 마음이 조급하고 좁은 것을 풍자한 것이다. 위(魏)나라는 땅이 비좁아 백성들은 잔꾀가 많고 이익만을 좇으며, 임금은 검소하나 인색하고 마음이 조급하고 좁아서 덕으로 다스리지 못하였다"고 했다. 이 시의 주제에 대해서는 주석서마다 거의 해설이 다르다. 그만큼 시의 내용이 불분명하여 이해하기 쉽지 않다는 말이다.

마지막 구에서 풍자한다고 밝혀 놓았으니 풍자시임은 의심할 바가 없지만 중요한 몇 가지 점이 분명하지 않다. "풍자한 사람은 누구이며, 누구를 풍자한 것인가? 풍자한 사람과 풍자당한 사람은 어떤 관계인가? 왜 풍자한 것인가?"

『집전(集傳)』에서는 갓 시집온 여인이 시가(媤家)의 인색하고 편협한 마음을 풍자한 시라고 하였다. 여자가 시집을 가면 석 달이 지나서 묘당에 뵙고 나서야 비로소 친히 일손을 잡는 것이 예(禮)라고 하는데, 시집 사람들이 지나치게 인

7 완연좌피(宛然左辟): 완연(宛然)은 사양하는 모양(『집전』), 곧 공손한 것. 또는 몸을 굽혀 피하는 모양. 피(辟)는 피(避)와 통하여 좌피(左辟)는 길에서 만나면 공손히 왼편으로 비켜서는 것(『집전』).

8 패기상체(佩其象揥): 패(佩)는 허리에 차는 것. 상체(象揥)는 상아로 만든 족집게. 「용풍·군자해로(鄘風·君子偕老)」에는 귀부인의 머리 장식의 일종으로 나왔으나 여기에서는 남자가 허리에 차는 장식이라 한다[청나라 성선(成僎), 『시설고략(詩說考略)』].

9 유시편심(維是褊心): 유(維)는 '다만' 또는 위(爲)와 통하여 원인을 뜻하는 '—때문에'의 뜻. 편(褊)은 본래 옷이 작은 것으로, 편심(褊心)은 마음이 급하고 좁은 것(『정전』). 그 사람이 위와 같다면 풍자할 만한 것이 없을 듯한데, 풍자하는 이유가 이것임을 지적했다.

10 자(刺): 풍자의 뜻. 이 구는 이 시를 지은 목적을 말했다.

색하고 성정이 급하고 편협하여 갓 시집온 새색시에게 시집오자마자 바느질을 시킨 것을 풍자한 것이라 하였다. 그 외 바느질하는 여자 노예가 이른바 '호인(好人)'을 풍자한 것이라고도 하고〔정준영(程俊英)의 『시경역주(詩經譯注)』, 고형(高亨)의 『시경금주(詩經今注)』, 진자전(陳子展)의 『직해(直解)』〕, 첩(妾)이 적처(嫡妻)를 풍자한 것〔문일다(聞一多)의 『풍시류초(風詩類鈔)』, 여관영(余冠英)의 『시경선(詩經選)』〕, 첩 또는 처가 남편을 원망하는 것 등이라는 해설도 있다.

2. 분저여(汾沮洳)　분수 가의 진펄

彼汾沮洳[11]에　저 분수 가의 진펄에서
피 분 저 여

言采其莫[12]로다　푸성귀를 캔다
언 채 기 모

---

11 피분저여(彼汾沮洳): 분(汾)은 강 이름. 지금의 산서성 영무현(寧武縣) 서남쪽 관잠산(管涔山)에서 시작하여 서남쪽으로 정낙현(靜樂縣) 옛 태원부(太原府)·분주(汾州)·곽주(霍州)·평양(平陽)·강주(絳州) 등 여러 부(府)와 주(州)의 경계를 거쳐 형하현(滎河縣) 북쪽에서 황하로 들어간다(『석의(釋義)』). 저여(沮洳)는 물이 들어와 낮고 습한 땅(『집전』), 곧 진펄을 말한다.

12 언채기모(言采其莫): 언(言)은 기(其)와 함께 조사로 사용되었다. 모(莫)는 야채, 즉 나물의 일종으로, 『모전(毛傳)』에는 채(菜)라고만 하였는데, 『집전(集傳)』에서는 "버들과 같고, 잎은 두껍고 길며 털과 가시가 있는데 국을 끓여 먹을 수 있다"고 하였다. 삼국시대 오(吳)나라 육기(陸璣)의 『모시초목조수충어소(毛詩草木鳥獸蟲魚疏)』(『육소(陸疏)』)에서는 중원 지역 및 주위 사방에서 모두 산미(酸迷)라고 부르며 기주(冀州) 사람들은 건강(乾絳), 황하와 분수(汾水) 사이에서는 모(莫)로 부른다고 했다. 발음의 유사함으로 보아 혹 산모(酸模, 酸母) 또는 손무(蓛蕪), 일명 산양제(山羊蹄) 등으로도 불렸을 것이다. 맛이 시기 때문에 '산(酸)'을 붙였을 것이며 날것으로 먹을 수 있으며 약으로도 쓰인다고 한다. 우리말로는 미상이라 그냥 나물로 쓴다.

彼其之子[13]여 피 기 지 자	저 기씨 집안 자제는
美無度[14]로다 미 무 도	아름답기 한이 없다
美無度이나 미 무 도	아름답기 한이 없어도
殊異乎公路[15]로다 수 이 호 공 로	너무나 귀족 자제답지 못해라

彼汾一方[16]에 피 분 일 방	저 분수 가 한쪽에서
言采其桑이로다 언 채 기 상	뽕잎을 딴다
彼其之子여 피 기 지 자	저 기씨 집안 자제는
美如英[17]이로다 미 여 영	아름답기 꽃과 같다
美如英이나 미 여 영	아름답기 꽃과 같아도
殊異乎公行[18]이로다 수 이 호 공 행	너무나 귀족 자제답지 못해라

---

13 피기지자(彼其之子): 기(其)는 3인칭 지시대명사가 아니라 성씨의 하나〔㠱·其·己·紀로 표기되지만 모두 같은 족성(族姓)이다〕로 본다. 지(之)는 관형어. 자(子)는 자제. 이 구는 이 작품 외에도 「양지수(揚之水)」〔왕풍(王風)〕·「고구(羔裘)」〔정풍(鄭風)〕·「초료(椒聊)」〔당풍(唐風)〕·「후인(候人)」〔조풍(曹風)〕 등 네 개 작품에도 출현하며 모두 '기씨의 자제'로 해석할 수 있다.

14 미무도(美無度): 도(度)에 크게 도량(度量) 및 기량(器量) 등과 한도(限度)의 두 가지 뜻이 있기 때문에 대개 두 가지의 해석이 가능하다. "아름다우나 도량이 없다"는 것과 뒷장의 '美如英', '美如玉'과 맞추며 "그 아름다움을 자와 치수로 헤아릴 수 없다"는 것(『집전』). 여기서는 후자를 택한다.

15 수이호공로(殊異乎公路): 수(殊)는 매우. 이(異)는 다르다, 또는 '—답지 않다'는 뜻. 공로(公路)는 제후의 노거(路車: 고대 제후가 타던 수레)를 관장하는 관리로서, 진(晋)나라에서는 경대부(卿大夫)의 서자(庶子)가 임명되었다고 한다(『집전』). 이 부분과 앞 구와의 연결 등에 대한 해석은 전체의 주제를 풍자(諷刺)로 보느냐 찬미(讚美)로 보느냐에 따라 달라진다. [해설] 부분을 참조할 것.

16 일방(一方): 한편, 한쪽.

17 미여영(美如英): 영(英)은 꽃. 화(華)와 같다(『집전』).

18 공행(公行): 공로(公路)와 비슷한 관리로서 제후의 병거를 관장하였으며 종행(從行)을

彼汾一曲[19]에 피 분 일 곡	저 분수 가 한 모퉁이에서
言采其藚[20]이로다 언 채 기 속	쇠귀나물을 캔다
彼其之子여 피 기 지 자	저 기씨 집안 자제는
美如玉이로다 미 여 옥	아름답기 구슬 같다
美如玉이나 미 여 옥	아름답기 구슬 같아도
殊異乎公族[21]이로다 수 이 호 공 족	너무나 귀족 자제답지 못해라

◈ 해설

이 시에 대해 역대로 이설(異說)이 많았다. 「모시서」에서는 "검소함을 풍자한 것이다. 군자가 검소하고 근면하지만 그 예(禮)를 얻지 못한 것을 풍자하였다"고 하였다. 이후 『정전(鄭箋)』은 "나물 캐는 건 공로(公路)의 예가 아니다"라 하였고, 『시집전』에서는 "아름다운 건 아름답지만 그 검색(儉嗇)하고 편급(褊急)한 모양은 특히 귀인(貴人) 같지 않다"고 하여 대체로 이와 유사하다.

그 외 청나라 요제항(姚際恒)은 "풍자의 뜻 없고 또 검소라는 뜻도 없다. 공족대부(公族大夫)를 칭찬하는 시이다. 나물 캐는 것으로 기흥(起興)하고, 당시 공족의 사람들이 교만하여 예법을 지키지 않는데 이 사람은 헤아릴 수 없을 만큼 아름다우면서도 일반 공족의 무리와는 다르다"〔요제항(姚際恒), 『시경통론(詩經通論)』〕고 했다. 왕선겸(王先謙)은 『한시외전(韓詩外傳)』을 참조하면서 물가에 현자(賢者)가 있는데 낮은 곳에서 은거하며 나물을 캐어 자급하고 있지만 그 재

위주로 하여 대부들이 맡았다〔『석의(釋義)』〕.

19 곡(曲): 물이 굽이쳐 흐르는 곳〔『집전』〕.

20 속(藚): 쇠귀나물. 소석(水舄)·우순(牛脣)이라고도 하며〔『모전』〕, 마디풀로 된 식물〔『공소(孔疏)』〕.

21 공족(公族): 제후의 종족들을 관장하는 관리. 역시 대부들이 임명되었다〔『석의(釋義)』〕.

덕(才德)은 당시 지위가 있는 공족·공행들보다 높다고 했다〔왕선겸(王先謙), 『집소(集疏)』〕. 정약용의 주장도 이에 가깝다. 또는 하위의 노동 인민이 가장 훌륭한 인격과 재능을 가지고 있는데, 상위의 공족세경(公族世卿)의 자제가 미칠 바가 결코 아니라고도 했다〔진자전(陳子展), 『국풍선역(國風選譯)』〕.

그리고 계욱승(季旭昇)은 '피기지자(彼其之子)'의 '기(其)'를 '기씨(其氏)'라고 논증하며 주장하였는데, 나물을 캐는 것은 『시집전』과 동일하게 흥(興)이라 했고, 그래서 나물을 캐는 것은 화자(나)이며, '피기지자'는 찬미의 대상이고, 공로·공족 등은 시인의 풍자 대상이라고 했다. 즉 위(魏)나라 사람들이 기씨의 자제를 빌려 그 군자(또는 임금)가 검소하나 예에 맞지 않음을 풍자한 것으로 "우리들의 관리인 공로(公路)가 어찌 그들에 비길 수 있으랴. 그런 공족(公族)의 사람들과는 크게 다르다"는 의미라고 했다.

위(魏)나라는 희성(姬姓)으로 공족(公族)들은 당연히 희성이며 나라의 중요한 사람들이다. 저 '피기지자(彼其之子)'는 당연히 희성이 아니다. 그래서 시에서 그가 공족과 다르다고 했지만 그 속뜻은 분명히 풍자한 것이다.

3. 원유도(園有桃) 동산의 복숭아나무

園有桃[22]하니 (원 유 도) 동산의 복숭아나무

22 원유도(園有桃): 동산에 복숭아나무가 있다는 것. 그리고 그 열매를 먹는다는 이 부분의 시적 장치와 수사(修辭)를 흥(興)이라 하고, 불우한 현자(賢者)가 시국을 걱정하는 것 또는 애인과의 갈등을 노래한 것을 주제로 보는 것이 일반적인 견해이다. 복숭아와 대추가 굶주림을 보충하는 먹거리로 해석되고, 지식인 또는 몰락한 귀족이 빈곤을 염려하며 자신을 알아주지 않음을 한탄하면서 시름 때문에 노래한다고 해석하는 것은 견강부회한 느낌이 있다. 그래서 관점을 전환하여 고대 농업 작물의 수확제의(收穫祭儀) 활

其實之殽[23]로다 (기실지효)	그 열매를 따 먹는다
心之憂矣라 (심지우의)	마음속 근심에
我歌且謠[24]로다 (아가차요)	나는 노래나 불러 본다
不知我者는 (부지아자)	나를 모르는 이는
謂我士也驕[25]로다 (위아사야교)	나더러 건방지다 하면서
彼人是哉[26]어늘 (피인시재)	그분 하는 일 옳은데
子曰何其[27]오? 하나니 (자왈하기)	그대는 무슨 말을 하냐고 하지만
心之憂矣를 (심지우의)	마음속 근심을
其誰知之리오 (기수지지)	그 누가 알랴?
其誰知之리오 (기수지지)	그 누가 알아주지도 않는데
蓋亦勿思[28]로다 (개역물사)	어이 다 놓아 버리지 못하는가?

동의 여운으로 푸는 것도 신선하다([해설] 참조).

23 기실지효(其實之殽): 기실(其實)은 그 열매, 즉 복숭아. 효(殽)는 먹는 것〔식(食)〕(『집전』). 효(肴)와도 통한다.

24 가차요(歌且謠): 가(歌)는 합곡(合曲) 곧 노래를 부르는데 반주가 있는 것이며, 요(謠)는 도가(徒歌) 곧 반주 없이 육성으로만 노래하는 것이라 했다(『집전』). 즉 가요로 노래하는 것. 시름을 풀기 위해 노래라도 불러 볼까라는 뜻.

25 위아사야교(謂我士也驕): 사(士)는 바로 시인의 자칭인 아(我)를 가리켜 하는 말로 '당신' 정도의 뜻. 교(驕)는 건방지고 교만한 것.

26 피인시재(彼人是哉): 피인(彼人)은 '그 사람'으로 임금을 가리킨다(『정전』)고도 하고, 남자가 사랑하던 여자로 보기도 한다. 시재(是哉)는 '옳다', '잘못하는 일 없다'는 뜻.

27 자왈하기(子曰何其): '당신은 어째서 그런 말을 하는가', '무슨 말을 하는가'의 뜻. 나아가, '무엇을 걱정하고 불평하는가'라는 뜻.

28 개역물사(蓋亦勿思): 개(蓋)는 합(盍)과 통하며, 하불(何不)의 합음(合音). '어찌 —하지 않는가'의 뜻. 역(亦)은 어조사. 물사(勿思)는 '생각을 말자, 근심을 말자'는 뜻. 이미 아무도 나를 알아주는 사람이 없는데 어찌 그걸 놓아 버리지 못하는가의 뜻이다. 또는 개(蓋)를 발어사로 본다면, '누가 알리요. 대체로 생각하지 않는데' 정도로 해석할 수 있다.

園有棘[29]하니 원 유 극	동산의 대추나무
其實之食이로다 기 실 지 식	그 열매를 따 먹는다
心之憂矣라 심 지 우 의	마음속 근심에
聊以行國[30]이로다 료 이 행 국	잠시 도성 안을 쏘다녀 본다
不知我者는 부 지 아 자	내 마음 모르는 이는
謂我士也罔極[31]이로다 위 아 사 야 망 극	나더러 젊은이가 불평이 많다며
彼人是哉어늘 피 인 시 재	그분 하는 일 다 옳은데
子曰何其어? 하나니 자 왈 하 기	그대는 무슨 말을 하냐고 하지만
心之憂矣여 심 지 우 의	마음속 근심을
其誰知之리오? 기 수 지 지	그 누가 알랴?
其誰知之리오? 기 수 지 지	그 누가 알아주지도 않는데
蓋亦勿思로다 개 역 물 사	어이 다 놓아 버리지 못하는가?

◈ 해설

「모시서」에서는 "나라가 작고 대국에 바싹 붙어 있는 데다가 임금이 너무 검소하고 인색하게 되어 백성을 잘 쓰지도 못하고 덕(德)스러운 교화(敎化)도 없어

---

29 극(棘): 대추나무 비슷한 야생 관목으로, 대추보다 작은 열매가 열리는 나무.

30 료이행국(聊以行國): 료(聊)는 또한, 잠시. 행국(行國)은 나라 안을 돌아다니는 것(『집전』), 번뇌나 걱정을 씻기 위해 도성을 돌아다니며 노니거나 바람을 쐬는 것.

31 망극(罔極): 망(罔)은 무(無), 극(極)은 지(止)와 통하여 '끝 또는 멈춤이 없다'는 뜻. 여기서는 변화가 일정하지 않다는 의미로, 마음이 방자하여 끝닿은 데가 없음을 말한 것(『집전』). 그래서 무량(無良) 곧 좋지 못한 것 또는 정직하지 않은 것을 말한다.

땅이 날로 침탈당하여 줄어들므로 대부가 걱정하여 이 시를 지은 것으로, 시국을 풍자한 것"이라 했고, 『시집전』도 이에 따랐다.

복숭아와 대추는 이 시에서 무슨 의미를 갖고 있는가. 이 두 과일이 굶주림을 보충하는 먹거리로 해석되고, 지식인 또는 몰락한 귀족이 빈곤을 염려하며 자신을 알아주지 않음을 한탄하면서 시름 때문에 노래한다고 해석하는 것은 견강부회한 느낌이 있다. 『모전(毛傳)』에서는 "동산의 복숭아나무, 그 열매를 따 먹는다〔園有桃, 其實之食〕"로 "나라에 백성이 있으니 그들의 힘을 얻는다〔國有民, 得其力〕"를 흥(興)하였다고 했다. 이 대비를 통해 마치 고대의 숙어(熟語)나 상용어(常用語)처럼 느껴지는데, 나무가 백성으로 비유되었다. 그러나 다산(茶山) 정약용은 그 뒤 시구에서 "백성의 힘〔民力〕"을 말하지 않았으니 그 해설이 잘못되었다고 했다. 그리고 제시한 해설은 봉건예교국가인 조선의 뛰어난 학자로서의 면모를 유감없이 보여준다. "복숭아와 대추가 비록 아름답지만 오곡(五穀)만은 못한데, 단지 정원이나 밭〔원포(園圃)〕은 가깝고 전답(田畓)은 멀기 때문에 다만 안주와 과일로서 그릇이나 제기(祭器)를 채우는 것을 귀하게 여긴 것"으로 위나라 임금이 근신(近臣) 등만 믿어서 등용하고 초야(草野)의 현인(賢人)들을 구하지 않으므로 이를 비유한 것이라 했다. 그리고 뒤 시구에서는 주위 사람들의 무지와 비판 속에 깊은 근심과 탄식이 이어지니 이 비유가 더욱 절실하다. 즉 시의 작자인 초야의 군자가 시국에 대해 깊은 걱정을 하던 터에 눈앞에서 바로 근신(近臣)을 생각하게 하는 복숭아를 보면서 기흥(起興)한 것이라는 해설인 셈이다. 다시 임금에게는 "대저 가까이서 익숙한 자는 좋아하기가 쉽고 멀리 있는 사람은 소원(疎遠)하기 쉬운 법"이니 이 시를 깊이 살피기를 권유했다.

이 시를 고대의 종교 의식 및 민속 문화와 관련지어 볼 수 있다. 농업 경제가 발달해지고 치국 이념이 갖추어졌다고 하더라도 일반 백성들 사이에선 그 오랜 전통인 샤머니즘(shamanism)과 토테미즘(totemism)은 부분적으로 남아 있을 것이다. 그래서 관점을 전환하여 고대 농업 작물의 수확제의(收穫祭儀) 활동의 여운으로 푸는 것도 신선하다.

심고 가꾸는 농업이 보급된 이후 사람들의 주요한 먹거리의 원천은 재배 농업의 수확물로 바뀌었다. 그래서 농작물은 원시 종교 관념에서 비교적 높은 위치를 획득했고, 이 당시는 토템 숭배가 강했기 때문에 사람들은 종종 농작물에게 본 부락의 토템 성물(聖物)과 유사한 지위를 주었다. 이러한 원인으로 사람들은 수확할 때 장차 죽게 될 농작물에 대해 용서와 애도를 표하며 혼령을 위로하고 조상의 나라로 보내는 융성한 의식을 거행하였다. 이로써 피살된 수확물의 원망과 보복을 피하고자 했는데, 사람들이 가장 염려하는 보복 방식은 곧 내년의 흉년이다. 이 때문에 수확 제의는 초기 토템 제례의 파생 현상이다. 근대 시기에 와서 이런 풍속은 애초의 그 기원과 동기를 잊어 버렸으며, 어떤 것들은 초기의 원시 종교 색채를 완전히 상실하고 추수감사절과 같은 수확 계절의 대중오락으로 변했다.

복숭아를 수확하지만 결국 죽이는 과정이라 죄책감이 있어 마음이 아프고 슬프다. 그러나 어쩔 수 없이 수확제 행사에 참여하여 노래를 부를 수밖에 없다. 죄책감이 더욱 커지는데, 이를 극대화하기 위해 '저 사람들〔彼人〕'을 설정하여 '내 마음도 모르면서', '교만하다고 성토한다'고 하소연한다. 그러고는 복숭아에게 '너는 어떻게 생각하느냐?'고 물으며 '네가 몰라주면 누가 알아주리! 한번 생각해 봐라'라고 탄식하는 듯하지만 기실은 용서를 강요하는 것 같다. 한편으로는 달래고 한편으로는 협박한다. 바라는 목적을 달성하고자 하는 주술(呪術) 의식이 짙다.

제2장의 제4구 '료이행국(聊以行國)'은 '수확물을 싣고 성안을 도는 것'을 말한다. J. G. 프레이저의 『황금가지』에는 수확제 행사의 하나로 곡식단을 수레에 싣고 화려하고 요란하게 시가지를 행진하는 예들을 들고 있는데, 바로 이와 같은 의미로도 볼 수 있다. 이런 관점에서의 번역을 따로 싣지 않는다.

4. 척호(陟岵) 민둥산에 올라

陟彼岵兮[32]하여
척 피 호 혜

瞻望父兮[33]하노라
첨 망 부 혜

父曰[34]
부 왈

嗟予子行役[35]하여
차 여 자 행 역

夙夜無已[36]리라
숙 야 무 이

저 민둥산에 올라

아버님 계신 곳 바라본다

아버님께선 말씀하시리라

아아, 내 아들 출정하여

밤낮 쉴 새도 없으리라

---

32 척피호혜(陟彼岵兮): 척(陟)은 오르다. 호(岵)는 초목이 없는 산, 곧 민둥산(『모전』). 『이아(爾雅)』와 『광운(廣韻)』에는 "산에 초목이 많은 것"으로 되어 있고, 우리 자전(字典)에도 "산숲질 호"로 되어 있어 『모전(毛傳)』·『집전(集傳)』과는 상반된다. 일단 『집전』의 해석을 따른다. 노래 불려진 고대 가요와 같은 시에서 그 전달하고자 하는 내용과 의미야 당연히 중요하지만 음(音)도 그에 못지않게 중요한데 일반적으로 이 점에 대해서는 소홀하다. 부모는 자녀가 의지하는 대상으로서 「소아·육아(小雅·蓼莪)」에 "無父何怙, 無母何恃(아버님 안 계시면 누굴 의지하고, 어머님 안 계시면 누굴 믿나?)"라고 하였다. 그래서 부(父)를 호(怙), 모(母)를 시(恃)라 칭하며, 부친이 죽으면 실호(失怙)라 하고 모친이 죽으면 실시(失恃)라 했다. 민둥산 호(岵)와 부친의 이칭(異稱) 호(怙)는 발음이 같다. 시인이 부친(怙)을 생각하는 것을 민둥산(岵)에 오르는 것으로 흥(興)을 일으킨 것은 기실 그 음이 같은 것을 교묘하게 활용한 것이다. 글로 쓰기를 대계(大鷄: 큰 닭)라고 해도 그 음만을 듣는 사람에게는 닭으로 인식되기보다는 같은 발음의 대길(大吉 daji: 크게 길하다)로 받아들여지는 것과 같은 이치로서 이를 쌍관어(雙關語)라고도 부른다. 어머니(恃)와 형(兄)을 기(屺)와 강(岡)에 오르는 것과 연결시킨 것도 같은 이치이다. 주(注) 39와 주(注) 43 참조.

33 첨망(瞻望): 멀리 바라보다.

34 부왈(父曰): 이별할 때 부친이 한 부탁이라기보다는, 멀리 행역(行役) 나간 사람이 부친을 그리워하니 부친이 자기를 생각하는 어투가 생각난 것으로 본다〔전종서(錢鍾書, 1910~1998), 『관추편(管錐編)』〕.

35 차여자행역(嗟予子行役): 차(嗟)는 감탄사 아아. 여자(予子)는 내 아들. 행역(行役)은 나라의 토목질이나 군역(軍役)으로 멀리 끌려 나가는 것.

36 숙야무이(夙夜無已): 숙야(夙夜)는 이른 새벽부터 밤늦게까지. 결국은 '밤낮'이나 비슷한 말. 무이(無已)는 멈추지 못한다, 곧 쉬지 못하는 것.

上愼旃哉[37]하여 부디 몸조심하여
상 신 전 재

猶來無止[38]하라 어서 돌아와 멀리 머물러 있지 마라
유 래 무 지

陟彼屺兮[39]하여 저 민둥산에 올라
척 피 기 혜

瞻望母兮하노라 어머님 계신 곳 바라본다
첨 망 모 혜

母曰 어머님께선 말씀하시리라
모 왈

嗟予季行役[40]하여 아아, 내 막내아들 출정하여
차 여 계 행 역

夙夜無寐[41]리라 밤낮 잠잘 새도 없으리라
숙 야 무 매

上愼旃哉하여 부디 몸조심하여
상 신 전 재

猶來無棄[42]하라 어서 돌아와 타관에서 죽지 마라
유 래 무 기

---

37 상신전재(上愼旃哉): 상(上)은 상(尙)과 통하여 '부디'의 뜻으로 희망을 표현한다(『집전』). 신(愼)은 조심하는 것. 전(旃)은 지언(之焉)의 소리가 합친 것으로〔왕인지(王引之), 『경전석사(經傳釋詞)』〕, 지(之)와 같은 조사. 이렇게 하는 것은 아마도 어기(語氣)에 있어서 더욱 깊고 간절하기 때문일 것.

38 유래무지(猶來無止): 유(猶)는 마땅히, 의당의 뜻. 래(來)는 돌아오다. 무지(無止)는 밖(또는 그곳)에 머물러 있지 마라는 뜻. 살면 반드시 돌아오고 죽으면 그곳에 머물러 오지 못하는 것이라 했다(『집전』). 또는 지(止)는 잡힘〔獲〕곧 적군에게 잡혀 포로가 된다는 뜻으로도 읽힌다.

39 기(屺): 초목이 있는 산(『모전』, 『집전』). 그러나 『설문(說文)』, 『이아(爾雅)』와 우리 자전에는 "산에 초목이 없는 것", 즉 "민둥산 기"라고 되어 있어 역시 『모전(毛傳)』·『집전(集傳)』과는 상반된다. 왕선겸(王先謙)은 풀은 있고 나무가 없는 산을 칭한다고 했다. 여기서도 민둥산으로 해석한다. 주(注) 32 후반의 설명을 연장해 본다. 기(屺: qi)와 치(峙: chi, shi)는 상고시대에는 같은 부(部)에 속했고 첩운(疊韻)으로 서로 통했다. 치(峙: chi, shi)와 시(恃: shi)는 음이 같아 시인은 어머니를 생각하면서 척기(陟屺)하는 것으로 흥을 일으켰다.

40 계(季): 막내, 막둥이.

41 무매(無寐): 잠도 못 자고 일하는 것.

42 무기(無棄): 기(棄)는 죽어서 그 시신을 버린다는 뜻〔死而棄其尸〕(『집전』). 그래서 뒷장의 무사(無死: 죽지 마라)와 같은 뜻으로 본다(『통석(通釋)』). 또는 어머니나 우리 집을

陟彼岡兮[43]하여 척 피 강 혜	저 산등성이에 올라
瞻望兄兮하노라 첨 망 형 혜	형님 계신 곳 바라본다
兄曰 형 왈	형님께선 말씀하시리라
嗟予弟行役하여 차 여 제 행 역	아아, 내 아우 출정하여
夙夜必偕[44]리라 숙 야 필 해	밤낮 쉴 새도 없으리라
上愼旃哉하여 상 신 전 재	부디 몸조심하여
猶來無死하라 유 래 무 사	어서 돌아와 외지에서 죽지 마라

◈ 해설

「모시서」에서는 효자가 행역(行役) 나가 부모 형제를 그리워하는 시라고 했다. 위나라가 워낙 작고 대국에 붙어 있어 외침을 자주 겪었고, 또 큰 나라를 위하여 백성들이 부역하는 일이 잦아 부모 형제가 이산(離散)하는 일이 많았다고 한다.

행역에 나가 있는 사람이 산 위에 올라가 고향 쪽을 바라보며 가족들이 작자가 고생하고 있으리라 생각하며 살아서 어서 빨리 돌아오기를 바랄 것이라고 상상하는 내용으로 본다.

'저버리지 마라'는 뜻.

43 강(岡): 산등성이, 언덕. 주(注) 32와 주(注) 39의 설명을 다시 간단히 적용한다. 강(岡)은 옛 글자가 '岘'이었고, 이 둘은 음과 뜻이 다 상통하므로 시인은 형을 생각하면서 척강(陟岡)하는 것으로 흥을 일으켰다.

44 필해(必偕): 반드시 함께하다. 이 뜻은 부역하는 동료들과 함께 일하고 함께 그쳐서 자유롭지 못함을 말한 것(『집전』). 또는 혼자 활동하지 말고 반드시 동료들과 함께 행동하라는 뜻.

5. 십무지간(十畝之間)　　십 무(畝)의 땅

十畝之間兮[45]여　　십 무(畝)의 땅 안에
십 무 지 간 혜

桑者閑閑兮[46]니　　뽕 따는 이 여유로워
상 자 한 한 혜

行與子還兮[47]하리라　　그대와 함께 돌아가리라
행 여 자 선 혜

十畝之外兮[48]여　　십 무(畝)의 땅 근처에
십 무 지 외 혜

桑者泄泄兮[49]니　　뽕 따는 이 한가로워
상 자 예 예 혜

行與子逝兮[50]하리라　　그대와 함께 떠나가리라
행 여 자 서 혜

---

45 십무지간(十畝之間): 십 무(畝) 되는 넓이의 땅 사이. 무(畝)는 땅 넓이의 단위인데, 6척 사방을 1보〔步: 우리나라의 평(坪)〕라 하고, 1백 보를 무(畝)라 하였다. 따라서 10무는 1천 평 넓이의 땅. 정확한 수치를 말하는 것이 아니고 넓고 좁음을 말하고자 했을 것이다. 시의 주제나 내용 전개에 따라 달라질 수 있다. [해설] 참조.

46 상자한한(桑者閑閑): 상자(桑者)는 뽕따는 사람. 굳이 뽕따는 사람만을 지칭하기보다는 뽕나무를 키우거나 잠업(蠶業)에 종사하는 사람 및 관련 제사나 행사에 참여하는 사람들을 포괄적으로 칭하는 것으로 보아도 좋을 듯하다. 한한(閑閑)은 『모전(毛傳)』에서는 "남녀 구별 없이 오고 가는 모양"이라 했고, 『집전(集傳)』에서는 왕래하는 사람들의 자득(自得)한 모양이라고 했다.

47 행여자선(行與子還): 행(行)은 장차의 뜻. 또는 따르다〔隨, 從〕의 뜻도 있다. 자(子)는 그대, 곧 뜻이 맞는 친구(『집전』). 선(還)은 돌아간다〔歸〕는 뜻(『집전』).

48 외(外): 밖, 또는 근처의 뜻. 인근 또는 이웃에 있는 뽕밭.

49 예예(泄泄): 한한(閑閑)과 비슷한 말로(『집전』), 한가로운 모양. 또는 말 많이 하는 모양, 수다스러운 모양〔呭, 詍〕.

50 서(逝): 가다〔往〕. 벼슬을 버리고 그곳 전원으로 가 버릴까 하는 것.

◈ 해설

「모시서」에서는 나라가 점차 깎이어 작아져서 백성들이 살 곳이 없음을 말하며 그 시국을 풍자한 것이라고 했다. 이를 받아 『시집전』에서는 "정국이 혼란하고 나라가 위태로워 현인(賢人)이 벼슬 살기 싫어 그 벗과 더불어 전원으로 귀은(歸隱)하고자 하는 것"이라 하였다. 이런 해석은 작품 자체보다는 위(魏)나라의 시대 상황을 참조하여 그에 빗댄 의도적 도학적 발상에서 비롯되었다. 『정전(鄭箋)』에서는 옛날 한 사람이 소유한 땅은 백 무(百畝)였는데 여기서 십 무(十畝)라 한 것은 위(魏)나라가 땅이 심하게 깎이어 어려워졌음을 나타내는 것이라고 하였다. 최근에는 몇 가지 새로운 해석이 제기되었다.

① 나라가 어지럽고 정국은 위태로운데 뽕 따는 여인의 한가하고 자득(自得)한 모습을 보고 그녀와 함께 떠나가고자 하는 시.

② 뽕을 따는 한 무리의 여인들이 힘들고 긴장된 노동 이후 삼삼오오 무리를 이루어 함께 집으로 돌아가며 부르는 노래〔정준영(程俊英), 당막요(唐莫堯) 등〕.

6. 벌단(伐檀) 박달나무 베어

坎坎伐檀兮[51]하여
감 감 벌 단 혜

광광 박달나무 수레 재목 베어

51 감감벌단혜(坎坎伐檀兮): 감감(坎坎)은 나무를 찍는 소리(『모전』). 벌단(伐檀)은 박달나무를 베다. 제2장과 제3장에선 폭(輻)과 윤(輪)으로 쓸 나무를 베는 것으로 보아 여기서는 수렛감으로 박달나무를 벤 것으로 봄이 좋을 듯하다. 『모전(毛傳)』에서는 이 부분의 시적 수사를 부(賦)로 보았는데 눈앞의 일을 그대로 서술했다는 의미가 된다. 단(檀)과 제 2, 3장의 폭(輻)·륜(輪)은 그 범주가 같지 않다. 단(檀)은 나무이고, 폭(輻)·륜(輪)은 수레의 조립체이다. 단(檀)은 진(軫, zhěn: 수레 뒤턱 나무)을 대체하여 사용된 것일 것. 그러면 모두 수레의 중요한 부분이며 수레를 대신해서 사용된 단어가 된다. 애초 '박달

寘之河之干兮[52]하니 치 지 하 지 간 혜	황하 물가에 버려두니
河水淸且漣猗[53]로다 하 수 청 차 련 의	황하 물만 맑게 잔물결 친다
不稼不穡[54]이어늘 불 가 불 색	농사도 짓지 않고서
胡取禾三百廛兮[55]며 호 취 화 삼 백 전 혜	어이 3백 호 곡식을 거둬들이며
不狩不獵[56]이어늘 불 수 불 렵	사냥도 하지 않고서
胡瞻爾庭有縣貆兮[57]오 호 첨 이 정 유 현 훤 혜	어이 그대 뜰에 걸린 담비 보이는가?
彼君子兮[58]여 피 군 자 혜	저 진정한 군자는
不素餐兮[59]로다 불 소 찬 혜	하는 일 없이 남의 밥 먹지 않는다네

나무'로 받아들여 수용한 것은 '伐' 때문이었을 것이다. '伐'에는 '베다'라는 의미 외에 격(擊)·공(攻)의 뜻이 있고, 공(攻)에는 치(治: 다스리다, 만들다)의 뜻이 있다〔유운흥(劉運興), 『시의지신(詩義知新)』〕.

52 치지하지간(寘之河之干): 치(寘)는 놓다. 치(置)와 통함. 간(干)은 물가.

53 연의(漣猗): 연(漣)은 바람이 불어 물에 잔물결이 이는 것(『모전』). 의(猗)는 조사로 혜(兮)와 같다.

54 불가불색(不稼不穡): 가(稼)는 씨 뿌리는 것이며, 색(穡)은 거두어들이는 것, 곧 농사짓는 것.

55 호취화삼백전(胡取禾三百廛): 호(胡)는 어찌. 화(禾)는 곡식. 전(廛)은 『모전(毛傳)』엔 일부지거(一夫之居)의 뜻이라 했는데, 『정전(鄭箋)』에서는 일부(一夫)는 땅 1백 무(畝)를 받는데 이것을 1전(廛)이라 한다고 했다. 화삼백전은 3백 부(夫)가 받는 땅, 곧 3백 호(戶) 분에 대한 전부(田賦)를 받아들이는 것을 말한다〔『석의(釋義)』〕. 여기서 '삼백'은 정수가 아니라 많은 것을 형용하는 숫자로 본다.

56 불수불렵(不狩不獵): 수렵(狩獵)은 사냥하는 것. 엄격히 따지면 겨울 사냥을 수(狩), 밤에 하는 사냥을 렵(獵)이라 한다(『정전』).

57 호첨이정유현훤(胡瞻爾庭有縣貆): 이(爾)는 너. 탐욕스런 관리를 가리킴. 현(縣)은 매달다. 현(懸)과 통함. 원(貆)은 담비.

58 군자(君子): 정말 덕이 있고 높은 지위에 있는 사람.

59 소찬(素餐): 아무 하는 일 없이 밥 먹고 지내는 것. 앞의 구절과 연결하여 다른 해석도 가능하다. 벌목공의 노래로 보면 위의 군자는 '진정한 군자'의 의미가 아니다. 아마도 "저들 군자(탐심 많은 위정자)들은 공밥을 안 먹겠지" → "공밥 안 먹는다고 말들 하지" 정도로서 뒤집어 말하는 완곡한 비판이다〔진자전(陳子展)〕.

坎坎伐輻兮[60]하여
감 감 벌 폭 혜
쾅쾅 수레바퀴살 재목 베어

寘之河之側兮하니
치 지 하 지 측 혜
황하 곁에 버려두니

河水淸且直猗[61]로다
하 수 청 차 직 의
황하 물만 맑게 똑바로 흐른다

不稼不穡이어늘
불 가 불 색
농사도 짓지 않고서

胡取禾三百億兮[62]며
호 취 화 삼 백 억 혜
어이 3백 창고 곡식을 거둬들이며

不狩不獵이어늘
불 수 불 렵
사냥도 하지 않고서

胡瞻爾庭有縣特兮[63]오
호 첨 이 정 유 현 특 혜
어이 그대 뜰에 걸린 수짐승 보이는가?

彼君子兮여
피 군 자 혜
저 진실한 군자는

不素食兮로다
불 소 식 혜
하는 일 없이 남의 밥 먹지
않는다는데

坎坎伐輪兮[64]하여
감 감 벌 륜 혜
쾅쾅 수레바퀴 재목 베어

寘之河之漘兮[65]하니
치 지 하 지 순 혜
황하 물가에 버려두니

河水淸且淪猗[66]로다
하 수 청 차 륜 의
황하 물만 맑게 잔잔히 흐른다

不稼不穡이어늘
불 가 불 색
농사도 짓지 않고서

---

60 폭(輻): 수레바퀴 살. 여기서는 바퀴살을 만들 재목으로, 벌폭은 앞의 벌단과 실제로는 같은 말.

61 직(直): 직파(直波)(『모전』) 또는 직류(直流)(『석의(釋義)』)의 뜻으로 흔히 보는데, 물이 평평하면 흐르는 물이 곧게 보인다고 한다〔엄찬(嚴粲), 『시집(詩緝)』〕.

62 억(億): 만만(萬萬)으로(『모전』), 여기서는 곡식을 묶은 다발 수를 말한다(『정전』).

63 특(特): 세 살 된 짐승(『모전』)으로, 결국은 다 자란 큰 짐승의 뜻.

64 륜(輪): 바퀴를 만들 재료 즉 바퀴 감 목재.

65 순(漘): 물가.

66 륜(淪): 물이 바람에 작은 무늬를 이루어 구르는 것 같은 것(『모전』).

胡取禾三百囷兮[67]며 호 취 화 삼 백 균 혜	어이 3백 창고 곡식을 거둬들이며
不狩不獵이어늘 불 수 불 렵	사냥도 하지 않고서
胡瞻爾庭有縣鶉兮[68]오 호 첨 이 정 유 현 순 혜	어이 그대 뜰에 널린 메추리 보이는가?
彼君子兮여 피 군 자 혜	저 진정한 군자는
不素飧兮[69]로다 불 소 손 혜	하는 일 없이 남의 밥 먹지 않는다는데

◈ 해설

「모시서」에서는 탐욕스러움을 풍자한 것이라 했다. 관직에 있는 자가 탐욕스러워 공도 없이 녹봉만 받아먹고 앉아 있으니 군자가 나아가 벼슬할 수 없었다는 것이다. 그러나 주희(朱熹)는 "탐욕을 풍자한 것"이라는 이 설에 동의하지 않는다. 오히려 공밥을 먹지 않는 군자를 찬미한 것이라 하였다. "여기 어떤 사람이 힘써 박달나무를 베는 것은 장차 수레를 만들어 육지로 가려 한 것인데 지금 물가에 버려두었으니 황하의 물은 맑고 잔잔한데 그것을 쓸 데가 없었다. 비록 자신의 힘만으로 살아가려 하였으나 할 수가 없었다. 그러나 스스로 생각하기를 밭을 갈지 않으면 벼를 먹을 수 없고 사냥하지 않으면 고기를 먹을 수 없다고 여겼다. 이 때문에 마음에 곤궁하고 굶주리게 된 것을 달게 여겨 후회하지 않았다. 시인이 그 일을 서술하여 찬탄하기를 이 사람은 진실로 헛되이 밥 먹을 사람이 아니라고 한 것이다"(『시집전』). 즉 농사를 짓지 않으면 먹을 것이 있을 수 없으니 스스로 노력해야 함을 깨닫고 스스로 궁핍한 것을 후회하지 않았다

---

67 균(囷): 곳집. 방형으로 지은 창고를 '창(倉)', 둥글게 지은 창고를 '균(囷)'이라 한다.
68 순(鶉): 메추리.
69 소손(素飧): 앞의 소찬(素餐), 소식(素食)과 같은 말.

는 것이다. 저 군자는 열심히 노력하여 저렇게 창고에 뜰에 먹을 것이 풍부한 것이니, 참된 군자는 하는 일 없이 밥 먹는 사람이 아니로다라는 자아 반성과 경탄의 시라는 셈이다. 여러 가지 논란들이 있으나, 결론은 「모시서」의 설을 따라 과도한 세금 착취와 시위소찬(尸位素餐)하는 이들에 대한 비판에 현자의 회재불우(懷才不遇)의 안타까움이 겹쳐진 시라는 것이다.

7. 석서(碩鼠)　　큰 쥐

碩鼠碩鼠[70]여 석 서 석 서	쥐야 쥐야 큰 쥐야!
無食我黍[71]어다 무 식 아 서	우리 기장 먹지 마라
三歲貫女[72]어늘 삼 세 관 여	3년이나 너를 섬겼건만
莫我肯顧[73]하니 막 아 긍 고	날 돌아보지도 않는구나
逝將去女[74]하며 서 장 거 여	가련다, 이제 너를 버리고

70 석서(碩鼠): 들에 있는 큰 쥐로, 대체로 가렴주구(苛斂誅求)하는 관리에 비유했다.

71 무(無): 하지 마라. 막(莫)과 같다.

72 삼세관여(三歲貫女): 삼세(三歲)는 여러 해의 뜻으로, 정수가 아니다. 관(貫)은 섬긴다〔事〕는 뜻(『모전』). 관(慣)과 통하며 익혔다〔습(習)〕(『집전』) 습관이 되었다는 뜻으로 보아도 좋다. 여(女)는 너, 그대의 뜻.

73 고(顧): 돌아보고 생각해 주는 것(『집전』).

74 서장거여(逝將去女): 서(逝)는 가다〔往〕(『모전』). 또는 발어사〔왕인지(王引之), 『경전석사(經傳釋詞)』〕. 또는 서(誓)의 가차로서 맹서한다는 뜻으로도 푼다. 장(將)은 장차. 거(去)는 일반적으로 '떠나다'로 해석해 왔는데, 여기서는 '보내다', '쫓아 보내다〔축(逐), 출(黜)〕', 강하게 말하면 '제거하다'는 뜻으로 본다. 여(女)는 여(汝)와 같이 '너'의 뜻이다. 그래서 거여(去女)도 '너를 떠나'의 뜻에서 '너를 쫓아 보내다'의 뜻으로 푼다. 이 구절을 새

適彼樂土[75]하리라　　저 행복의 땅으로 가련다
적 피 낙 토
樂土樂土여　　행복의 땅이여 행복의 땅이여
낙 토 낙 토
爰得我所[76]로다　　거기에서 내 쉴 곳 찾으리
원 득 아 소

碩鼠碩鼠여　　쥐야 쥐야 큰 쥐야!
석 서 석 서
無食我麥이어다　　우리 보리 먹지 마라
무 식 아 맥
三歲貫女어늘　　3년이나 너를 섬겼건만
삼 세 관 여
莫我肯德[77]하니　　날 봐주지도 않는구나
막 아 긍 덕
逝將去女하여　　가련다, 이제 너를 버리고
서 장 거 여
適彼樂國하리라　　저 행복의 나라로 가련다
적 피 낙 국
樂國樂國이여　　행복의 나라여 행복의 나라여
낙 국 낙 국
爰得我直[78]이로다　　거기 가면 내 곧게 살리라
원 득 아 직

롭게 해석하면 '가거라! 너를 떠나보내려 하노라'로 된다. [해설] 참조.

75 적피낙토(適彼樂土): 적(適)은 가다. 낙토(樂土)는 시인의 상상 속의 낙원으로 행복이 있는 땅, 즐거운 땅, 살기 좋은 땅으로, 아래의 낙국(樂國)이나 낙교(樂郊)도 같은 뜻이다. 조금씩의 차이가 있을지 모르지만 각운을 맞추기 위한 변조(變調)이다. 이 뒤의 두 구는 시인의 말이 아니라 쥐가 시인의 말에 대해서 응대하는 말로 본다. [해설] 참조.

76 원득아소(爰得我所): 원(爰)은 어(於) 곧 '이에'의 뜻(『집전』). 득아소(得我所)는 내 몸을 편히 할 곳을 얻는다는 뜻〔『석의(釋義)』〕.

77 긍덕(肯德): 나에게 덕을 베풀려고 하지 않다(『정전』). 덕(德)은 동사, 곧 시덕(施德)이나 보덕(報德)의 뜻으로 쓰였다. 『집전(集傳)』에서는 귀은(歸恩) 곧 은혜를 돌려주는 것이라 했다.

78 직(直): 바른 도 또는 바른 것〔正〕(『모전』). 따라서 이 구절은 '나의 곧은 삶을 얻다', '올바르게 살게 되다'로 번역한다. 또는 처소의 뜻이거나 직(職)과 같다〔왕인지(王引之), 『경의술문(經義述聞)』〕.

碩鼠碩鼠여 석 서 석 서	쥐야 쥐야 큰 쥐야!
無食我苗[79]어다 무 식 아 묘	우리 곡식 먹지 마라
三歲貫女어늘 삼 세 관 여	3년이나 너를 섬겼건만
莫我肯勞[80]하니 막 아 긍 로	날 위로하지도 않는구나
逝將去女하여 서 장 거 여	가련다, 이제 너를 버리고
適彼樂郊[81]하리라 적 피 낙 교	저 행복의 들로 가련다
樂郊樂郊여 낙 교 낙 교	행복의 들이여 행복의 들이여
誰之永號[82]리요! 수 지 영 호	거기엔 긴 한숨 없으리라

◈ 해설

「모시서」에서 "과중하게 세금을 거두는 것을 풍자한 시"라고 하였다. 여기의 큰 쥐는 가렴주구(苛斂誅求)하는 임금이나 위정자에 비유한 것이며, 그리고 이를 벗어난 행복한 생활에 대한 추구와 갈망을 표현한 것이라는 설이 지배적이다. 위의 번역은 이런 관점을 그대로 반영했다.

일본 학자 마에노 나오아키(前野直彬, 1920~1998)와 이시카와 다다히사(石川忠久, 1932~)는 "처자가 남편에 대해 빈정대고 바가지 긁는 것을 공연함으로써

---

79 묘(苗): 곡식 싹.

80 노(勞): 위로하다.

81 교(郊): 도성의 밖, 곧 교외.

82 수지영호(誰之永號): 지(之)는 가다〔往〕. 또는 기(其)와 같은 뜻〔『통석(通釋)』〕. 영(永)은 길다. 호(號)는 큰 소리로 울부짖다는 뜻. 또는 노래하다. '누가 거기에 가서 길게 탄식하는가'의 뜻. 곧 거기에 가면 이후로는 탄식할 일 없으리라는 뜻. 또는 수(誰)를 유(唯)로 풀어 '그곳에선 오직 노래 부르면서 살리라'로 해석하기도 한다〔우성오(于省吾), 『신증(新證)』〕.

관중들이 한번 웃고 즐기는 축제일 활동의 노래"로 보았다(『중국고시명편감상사전(中國古詩名篇鑑賞辭典)』). 익살과 농담을 가미한 곡조로 진행되는 예인(藝人)들의 즉흥적인 공연이라는 것이다. "쥐야, 쥐야, 큰 쥐야!"라고 부른 다음 남편을 놀리고 다시 빈정대며 말한다. 이제부터는 내가 심은 기장 먹을 생각 말아라! 남편을 놀리는 것이 이 시의 주제이다. 이어서 제3·4구에서는 사건의 경위를 말하고, 후반 4구에서 "나는 너를 떠나 저 낙토로 가리라"라고 선언한다. 당시 사회에서 아내가 남편을 장난삼아 공개적으로 놀리고 모욕하는 행위가 가능했는지, 또 이런 희학(戲謔)적인 내용이 축제일에 공연될 만큼 문화적·예술적으로 사회 인식이 성숙했을지에 대한 의문이 없지 않다.

초기 농경 사회에서의 인류들은 머릿속에 원시 종교 관념이 가득하여 탐관오리의 착취를 반대하거나 비판·풍자한다는 숭고한 생각이나 인식을 가질 수 없었다. 그들에게 쥐라는 동물은 가렴주구(苛斂誅求)하는 임금이나 위정자로 비유·상징되기 이전에 힘들게 경작하고 수확한 농작물을 갉아먹고 훔쳐 가는 약삭빠르고 얄미운 대상이었을 것이다. 그래서 그 당시 인류는 추수가 끝난 연말 12월에 농업에 관련된 신령들을 대상으로 납제(臘祭)[83](또는 사제(蜡祭))를 거행하면서 호랑이와 고양이를 맞이하는 등 여러 신들에게 제사를 지냈다. 그들의 종교 의식은 매우 강렬했다. 납제 중에 고양이 신을 맞아들여 들쥐를 몰아내려고 불렀던 것은 어떤 주술적(呪術的)인 제가(祭歌)였을까? 혹 이 「위풍·석

---

83 제사의 대상은 농업에 관련된 8종의 신령(신지(神祇))인데, 구체적인 대상과 그 지위에 대해서는 다소의 차이가 있으나 대체로 다음과 같다. 1. 선색(先嗇), 즉 농신(農神)인 신농씨(神農氏) 2. 사색(司嗇): 주나라의 개국 선조인 후직(后稷) 3. 농(農): 밭의 신(神) 전준(田畯) 또는 전관(田官) 4. 우표철(郵表畷): 전제(田制)·도로·객사(客舍)·우역(郵驛) 등을 담당하며, 강계(疆界)를 확정 지은 신 5. 묘호신(猫虎神): 들쥐와 멧돼지는 농가에 큰 피해를 주는 대표적인 짐승인데, 고양이와 호랑이는 그들의 천적(天敵)이다. 6. 방신(坊神): 물을 저장하여 수재를 방어하는 제방신 7. 수용신(水庸神): 홍수를 방지하고 도랑 등 물길을 안배하는 수리 시설 담당 신 8. 곤충신(昆蟲神): 곤충의 피해를 면하기 위해. 또는 '곤충신' 대신 '백곡지종(百穀之種)', '백종(百種)', 즉 '온갖 곡식의 씨'를 넣기도 한다. 그래서 "납팔(臘八)" 혹은 "팔사(八蜡)"라는 단어가 있게 되었다(『경전석의(經典釋義)』).

서(魏風 · 碩鼠)」와 같은 유형의 노래가 아니었을까? 그리고 「빈풍·칠월(豳風 · 七月)」에 귀뚜라미가 침상 밑으로 들어오는 10월이 지나 한 해를 마감하며 겨울에 대비하기 위해 "벽 구멍 막고 쥐를 연기 쪼여 내쫓고, 북향 창 막고 진흙으로 문틈 바른다(穹窒熏鼠, 塞向墐戶)"고 한 것도 이와 무관치 않다.

중국을 비롯한 세계 각 지역에서 쥐를 몰아내려는 전설과 경고의 내용이 적지 않다. 제임스 프레이저(James George Frazer)의 해설에 의하면, 원시인들은 어떤 동물들에 대해서 그들을 죽이거나 쫓아 버리려고 했지만 또 한편으로는 달래거나 화해해야 할 필요도 있었다. 고대 이집트 농부들은 다음과 같이 쥐들을 몰아내었다. "한 장의 종이에다 다음과 같이 쓴다. '너희에게 명령하노니, 모든 곳에 있는 쥐들이여, 너희들은 나에게 해를 끼쳐서는 안 된다. 그리고 나는 또 다른 쥐들이 해를 끼치려고 하는 것도 용인하지 않을 것이다. 내가 너희들에게 저쪽의 땅(종이 위에다 어떤 땅인지를 구체적으로 쓴다)을 주겠다. 그러나 만약 여기에서 너희들을 잡으면 모든 신들의 어머니에게 맹세하노니 반드시 너희를 일곱 조각으로 갈가리 찢어 버릴 것이다.' 다 쓴 후에 이 종이를 해가 떨어지기 전 글자를 쓴 부분이 밖으로 향하도록 주의하면서 아직 부서지지 않은 바위 위에 걸어 놓는다."

또 다른 지역에서는 쥐를 쫓아 버리려면 반드시 다음과 같은 말을 반복해서 읊조려야 한다. "암쥐여, 숫쥐여! 위대한 신의 이름으로 너희에게 명하노니 나의 방에서 나가라. 나의 모든 집에서 나가 다른 곳으로 가서 평생을 보내도록 하라." 그런 후에 이런 말들을 종이 위에 쓰고 잘 접어서 쥐들이 다니는 길목에 놓아둔다. 이런 주술은 해가 떠오를 때 진행된다.

이런 관점에서 제1장을 다시 번역해 본다.

쥐야 쥐야 큰 쥐야!
내 기장 먹지 마라.
3년 동안 너를 잘 섬겼는데
나를 돌아보지 않는구나.

이제 너를 보내려 하노라
저 낙토로 너를 보내려 하노라.
(쥐의 노래) 낙토여, 낙토여! 거기에는 내 쉴 곳 있으리.

마지막 두 구는 쫓겨나는 쥐가 받아 하는 말로 본다. 비록 이렇게 납제와 연관시켜 보았다고 하나 이 작품은 이미 위나라의 정치 사회 상황을 반영하면서 『시경』 전체 시에서도 대표적인 반부패·반착취의 강력한 저항시로 정평이 나 있다. 그리고 원시 종교의 주술적 요소는 시대의 발전에 따라 점점 더 깊이 지하로 내려가 묻어진다. 그렇다고 그 원형을 배제할 수는 없다.

제10 당풍(唐風)

진(晉)나라 땅이었던 지금의 산서성(山西省) 태원(太原) 일대, 곧 태행산(太行山)·항산(恒山)의 서쪽 태원(太原)·태악(太岳)의 평야 지대에서 채집한 것으로 모두 12수의 시가 실려 있다.

이 진나라의 시를 「당풍(唐風)」이라 한 것은 그 시조 숙우(叔虞)를 주(周)나라 성왕(成王)이 이곳에 봉할 적에 당후(唐侯)라 하였기 때문이다. 당이란 국호를 진(晋)이라 고친 것은 숙자섭(叔子燮)에 이르러서였다. 도읍은 태원인 진양(晉陽)에서 이후 곡옥(曲沃)·강(絳)·익(翼)으로 옮겨 다녔다. 이곳은 모두 산서성 경내에 있던 곳이다.

이 지역은 토지가 척박하고 백성이 가난하여 근검질박(勤儉質朴)하면서 우사심원〔憂思深遠: 『춘추좌전』에서 계찰(季札)이 「당풍(唐風)」을 평한 말〕, 즉 깊고 먼 것을 근심스럽게 생각하여 당요(唐堯) 곧 요(堯)임금의 유풍(遺風)이 있었다고 한다. 그래서 자연스레 「당풍(唐風)」의 시에는 생활고를 반영한 탓인지 우수(憂愁)의 색채가 짙으며 생사(生死)의 근심이 배어 있다. 한 걸음 더 나아가 급시행락(及時行樂: 때에 맞추어 놀며 즐기는 것)을 말하며 후세 시인들에게 광달(曠達)의 기풍을 열어 주었다고도 한다.

1. 실솔(蟋蟀) 귀뚜라미

蟋蟀在堂[1]하니 (실솔재당) — 귀뚜라미 집안에 드니

歲聿其莫[2]로다 (세율기모) — 한 해도 어느덧 저물어 가네

今我不樂이면 (금아불락) — 지금 내가 즐기지 않으면

日月其除[3]리라 (일월기제) — 세월은 덧없이 지나가리

無已大康[4]하고 (무이대강) — 그러나 지나치게 즐기지만 말고

職思其居[5]하라 (직사기거) — 항상 집안일도 생각해야지

好樂無荒[6]히 (호락무황) — 즐거워도 지나치지 않도록

良士瞿瞿[7]니라 (양사구구) — 훌륭한 선비는 두려워하고 조심한다네

---

1 실솔재당(蟋蟀在堂): 실솔(蟋蟀)은 귀뚜라미. 재당(在堂)은 귀뚜라미는 본래 바깥에 있는 것인데 집의 방문 가까이 문 밖에 있다는 것은 날씨가 추워지고 세모(歲暮)에 가까워졌다는 것을 말한다. 「빈풍 · 칠월(豳風 · 七月)」에 "十月蟋蟀, 入我牀下"라 하였고, 『모전(毛傳)』에서는 '재당(在堂)'이 음력 10월이라 하였다. 음력 10월이 세모(歲暮)이고, 음력 11월은 다음 해 정월이 된다.

2 세율기모(歲聿其莫): 세(歲)는 한 해. 율(聿)은 조사로서 왈(曰)과 같다. 또는 드디어〔遂〕. 기(其)는 장차. 모(莫)는 저녁 또는 저물다.

3 일월기제(日月其除): 일월(日月)은 세월의 뜻. 기(其)는 장차. 제(除)는 가다〔去〕.

4 무이대강(無已大康): 이(已)는 이(以)와 통하여 용(用)의 뜻. 대(大)는 태(太)와 통하며 '너무나'의 뜻. 강(康)은 낙(樂)과 통하며 즐기는 것. 그래서 대강(大康)은 즐거움이 지나친 것〔過於樂〕(『집전』)이다.

5 직사기거(職思其居): 직(職)은 상(常), 곧 '언제나'의 뜻〔『이아(爾雅)』〕. 그리고 상(常)은 상(尙)에서 나왔기 때문에 직(職)은 상(尙)과도 통한다. 그래서 '오히려', '게다가'의 뜻으로 푼다〔『통석(通釋)』〕. 거(居)는 살고 있는 곳의 일, 곧 집안일을 말한다. 또는 맡고 있는 직책이나 지위.

6 황(荒): 지나치게 즐기는 것.

7 양사구구(良士瞿瞿): 양사(良士)는 훌륭한 사람. 구구(瞿瞿)는 구(懼)와 통하며 두려워하

蟋蟀在堂하니
실 솔 재 당
歲聿其逝[8]로다
세 율 기 서
今我不樂이면
금 아 불 락
日月其邁[9]리라
일 월 기 매
無已大康하고
무 이 대 강
職士其外[10]하라
직 사 기 외
好樂無荒히
호 락 무 황
良士蹶蹶[11]니라
양 사 궤 궤

귀뚜라미 집안에 드니
이해도 어느덧 다 가누나
지금 내가 즐기지 않으면
세월은 덧없이 지나가리
그러나 지나치게 즐기지만 말고
항상 바깥일도 생각해야지
즐거워도 지나치지 않도록
훌륭한 선비는 부지런하고
분발한다네

蟋蟀在堂하니
실 솔 재 당
役車其休[12]로다
역 거 기 휴
今我不樂이면
금 아 불 락
日月其慆[13]니라
일 월 기 도

귀뚜라미 집안에 드니
행역 갈 수레도 쉰다
내가 지금 즐기지 않으면
세월은 덧없이 지나가리

며 조심하는 모양.

8 서(逝): 가다.

9 매(邁): 지나가다.

10 기외(其外): 집 밖의 일『석의(釋義)』, 곧 남을 위한 일이나 나랏일. 또는 직무 이외의 일.

11 궤궤(蹶蹶): 움직여 일을 함에 민첩한 모양(『집전』). 또는 놀라 일어나는 모양. 곧 놀라 일어나듯 정신을 바짝 차리는 것.

12 역거기휴(役車其休): 역거(役車)는 백성들이 짐을 실어 나르는 데 쓰는 수레. 곡식을 거두어들일 때도 이 수레를 썼다『공소(孔疏)』. 휴(休)는 쉬게 되는 것. 일이 없어지는 것. 이 구절은 농사일이 끝나 한가해진 것을 말한다.

13 도(慆): 지나다. 경과하다〔過〕의 뜻(『모전』).

無已大康하고
무 이 대 강
그러나 지나치게 즐기지만 말고

職士其憂[14]하라
직 사 기 우
항상 걱정스런 일 생각해야지

好樂無荒히
호 락 무 황
즐거워도 지나치지 않도록

良士休休[15]니라
양 사 휴 휴
훌륭한 선비는 분발하고 조심한다네

◈ 해설

당나라 풍속은 부지런하고 검소하여 백성들은 1년 내내 조금도 쉬지 않고 일한다. 세모(歲暮)의 한가한 때가 되어야 서로 음식을 차려 놓고 술 마시며 즐겼다. 이때 일이 끝났음을 기뻐하여 너무 지나치게 본분에 어긋나도록 즐겨서는 안 된다고 경계하는 뜻을 노래한 것이다(『집전』). 「모시서」에서는 진(晋)나라 희공(僖公)을 풍자한 것이라 하였다.

2. 산유추(山有樞) 산에는 스무나무

山有樞[16]하고
산 유 추
산에는 스무나무

---

14 사기우(思其憂): 근심스런 일이 닥칠 것은 생각하여 조심하는 것.

15 휴휴(休休): 편안하고 한가로운 모양으로, 즐거워하되 절도가 있어 너무 지나침에 이르지 않으니 편안한 것이라 했다(『집전』). 놀라 두려워하는 모양.

16 산유추(山有樞): 추(樞)는 스무나무. 『모전(毛傳)』엔 치(茌: 오미자)라 하였으나, 『공소(孔疏)』에는 '자유(刺楡)'라 하였다. 자유는 느릅나뭇과의 낙엽교목으로 '스무나무'라고 부른다.

隰有楡[17]로다 습 유 유	진펄에는 느릅나무
子有衣裳이로되 자 유 의 상	그대 옷이 있어도
弗曳弗婁[18]하며 불 예 불 루	입지 않고 아껴 두고
子有車馬로되 자 유 거 마	그대 수레와 말이 있어도
弗馳弗驅[19]면 불 치 불 구	타지 않고 달리지 않고 두었다가
宛其死矣[20]어든 완 기 사 의	만약 죽어지면
他人是愉[21]리라 타 인 시 유	딴 사람이 그걸 즐기리라

山有栲[22]하고 산 유 고	산에는 북나무
隰有杻[23]로다 습 유 뉴	진펄에는 박달나무
子有廷內[24]로되 자 유 정 내	그대 안마당 있어도
弗洒弗埽[25]하며 불 쇄 불 소	물 뿌리고 쓸고 하지 않고
子有鐘鼓[26]로되 자 유 종 고	그대 종과 북 있어도

---

17 습유유(隰有楡): 습(隰)은 질펄. 유(楡)는 느릅나무. 이 두 구의 비유적인 의미는 [해설] 참조.

18 불예불루(弗曳弗婁): 예(曳)는 끌다. 옛날 옷은 길어서 입고 다니면 땅에 끌렸다. 루(婁)도 끌다는 뜻으로, 예(曳)와 같다.

19 불치불구(弗馳弗驅): 치(馳)는 달리다. 구(驅)는 수레나 말을 모는 것.

20 완기(宛其): 완연(宛然), 곧 죽은 모양〔宛然以死〕(『집전』). 또는 약(若)과 같은 뜻. 만약.

21 유(愉): 기쁘게 해주다.

22 고(栲): 산저(山樗: 산 가죽나무)로서(『모전』), 가죽나무 비슷하면서도 색이 좀 희고 잎이 좁은 북나무(『집전』).

23 뉴(杻): 『모전(毛傳)』엔 억(檍) 곧 박달나무라 했다. 또는 재(梓: 가래나무)의 일종.

24 정내(廷內): 정(廷)은 정(庭)과 통하며, 정내는 정중(庭中) 곧 집 안을 가리킨다.

25 불쇄불소(弗洒弗埽): 쇄(洒)는 쇄(灑)와 같다. 물 뿌리다. 소(埽)는 소(掃)의 본자(本字)로, '쓸다'의 뜻. 통칭하여 청소하는 것.

弗鼓弗考[27]면　　치지 않고 놔두었다가
불 고 불 고

宛其死矣어든　　만약 죽어지면
완 기 사 의

他人是保[28]리라　　딴 사람이 그걸 차지하리라
타 인 시 보

山有漆[29]하고　　산에는 옻나무
산 유 칠

隰有栗[30]이로다　　진펄에는 밤나무
습 유 률

子有酒食이로되　　그대 술과 음식 있어도
자 유 주 식

何不日鼓瑟[31]하며　　어이해 날마다 거문고 타면서
하 불 일 고 슬

且以喜樂[32]하며　　기뻐하고 즐겁게 지내며
차 이 희 락

且以永日[33]고　　날을 길게 보내지 않는가
차 이 영 일

宛其死矣어든　　만약 죽어지면
완 기 사 의

他人入室[34]하리라　　딴 사람이 이 집에 들어오리라
타 인 입 실

---

26 종고(鐘鼓): 종과 북.

27 불고불고(弗鼓弗考): 고(鼓)는 두드리다. 고(考)는 치다.

28 보(保): 보유의 뜻(『공소(孔疏)』). 또는 점유(占有), 곧 가져간다는 뜻.

29 칠(漆): 옻나무.

30 율(栗): 밤나무.

31 일고슬(日鼓瑟): 일(日)은 날마다 또는 아침부터 저녁까지, 하루 종일. 고슬(鼓瑟)은 슬을 타는 것. 슬(瑟)은 현악기의 일종.

32 희락(喜樂): 기쁘고 재미있게 즐기는 것.

33 영일(永日): 영(永)은 종(終)과 통하며, 그래서 종일(終日)의 뜻(『석의(釋義)』). 또는 영(永)은 장(長)과 같으며, 사람이 근심이 많으면 날이 짧음을 느끼는데 음식을 먹고 마시며 음악이 있으면 이날을 길게 보낼 수 있다(『집전』)고 했다. 날을 늘이다, 곧 확대하면 영년익수(延年益壽)·장수(長壽)의 뜻. 여기서는 '오래 살다'로 해석하는 것도 좋을 듯. 각운을 맞추기 위해 일(日)을 썼을 것이다.

34 입실(入室): 방으로 들어가는 것. 온 집안을 몽땅 차지해 버리는 것을 뜻한다.

◈ 해설

검약(儉約)하다가 제때에 즐기지 못하면, 죽을 때 후회하게 될 거라는 내용의 시이다. 대부들이 친구에게, 아내가 남편에게 때에 맞춰 즐기라는 급시행락(及時行樂)의 뜻으로 노래 부른 것으로 보는 것이 일반적이다. 「모시서」는 진(晋)나라 소공(昭公)을 풍자한 것이라 하였다. 도를 닦아 나라를 바로잡지도 못하고 재물이 있어도 쓰지 못하는 등 정치가 황폐하고 백성이 흩어져 장차 망하게 되어 사방의 이웃 나라들이 그 나라를 취하고자 도모하는 데도 알지 못하는 것을 풍자하였다는 것이다. 견강부회이다. 그리고 재물을 아끼지 않고 향락하는 퇴폐적인 귀족을 풍자한 것이라는 해석도 적절치 않다.

『시경』의 작품 중에 '山有□, 隰有□'의 구식(句式)이 적지 않은데(「패풍·간혜(邶風·簡兮)」, 「정풍·산유부소(鄭風·山有扶蘇)」, 「진풍·신풍(秦風·晨風)」, 「진풍·거린(秦風·車鄰)」, 「소아·사월(小雅·四月)」 등) 이 시들의 화자는 여자이며, 대개는 애정에 관한 연가(戀歌)인데 초목이 각각의 장소에 있는 것으로써 남녀나 부부가 적절한 짝을 구하는 것이나 제자리를 찾는 것('各得其所', '各得其宜'), 또는 나아가 군신 간에 제자리를 지키는 것을 비유한다. 이 시의 작자 또는 화자는 귀부인으로 보인다. 각 절의 제 1, 2구 '山有□, 隰有□'로써 부부 사이에서 서로 처함에 마땅한 바를 얻었음을 비유했다. 그녀가 남편에 대해 애정 어린 관심을 갖고 있기 때문에 입을 것이나 마차나 주식(酒食), 악기 등이 있음에도 즐기지 못하는 것을 안타깝게 여기고 제때에 즐기기를 청하는 것이다.

3. 양지수(揚之水) 솟구치는 물결

揚之水[35]에
양 지 수

솟구치는 물결에

白石鑿鑿[36]이로다 백 석 착 착	선명하게 씻긴 흰 돌
素衣朱襮[37]으로 소 의 주 박	흰 옷에 붉은 깃 달아
從子于沃[38]하리라 종 자 우 옥	곡옥에 가서 그대 따르리라
旣見君子[39]하니 기 견 군 자	이미 그대를 뵈었으니
云何不樂[40]이리요 운 하 불 락	어이 즐겁지 않으랴

揚之水여 양 지 수	솟구치는 물결에
白石皓皓[41]로다 백 석 호 호	새하얗게 씻긴 흰 돌
素衣朱繡[42]로 소 의 주 수	흰 옷에 붉은 수 놓아
從子于鵠[43]하리라 종 자 우 곡	곡(鵠) 땅에 가서 그대 따르리라
旣見君子하니 기 견 군 자	이미 그대를 뵈었으니
云何其憂[44]리요 운 하 기 우	어이 근심할 일 있으랴

---

35 양지수(揚之水): 격양(激揚)의 뜻으로 보기도 하고(『모전』), 유양(悠揚)의 뜻, 즉 물이 잔잔히 흐르는 모습(『집전』)이라고도 한다. 「왕풍(王風)」과 「정풍(鄭風)」에도 나왔다.

36 착착(鑿鑿): 선명한 모양(『모전』). 또는 돌이 뾰족하게 쌓여 있는 모양(『집전』).

37 소의주박(素衣朱襮): 소의(素衣)는 염색하지 않은 흰 옷. 주박(朱襮)은 붉은 수를 놓은 깃을 단 것. 제후의 옷을 말한다(『모전』).

38 종자우옥(從子于沃): 자(子)는 환숙(桓叔)을 가리키며(『공소(孔疏)』), 옥(沃)은 진나라의 큰 읍(邑) 곡옥〔曲沃: 지금의 산서성 문희현(聞喜縣)〕을 말한다(『집전』). 제후의 옷을 만들어 가지고 곡옥으로 가서 환숙에게 바치고 그를 따르겠다는 뜻. 또는 옥(沃)은 '물가 호숫가'로 보고 '님 따라 물가로 놀러 가다'라는 해석도 가능하다. [해설] 참조.

39 기견군자(旣見君子): 곡옥에 가서 환숙을 만난 것.

40 운(云): 조사.

41 호호(皓皓): 맑게 흰 모양〔潔白〕(『모전』).

42 주수(朱繡): 주박과 마찬가지로 옷깃에 붉은 수를 놓은 것(『집전』).

43 곡(鵠): 곡옥의 고을 이름(『모전』)이라 했으나 곡옥의 가차(假借)로 쓰여 바로 곡옥을 칭한다〔『통석(通釋)』〕.

揚之水여
양 지 수

白石粼粼[45]이로다
백 석 인 린

我聞有命[46]이나
아 문 유 명

不敢以告人[47]이로다
불 감 이 고 인

솟구치는 물결에

밝게 반짝이는 흰 돌

나는 명령 내리셨단 말 듣고도

남에게 감히 그 말 못해라

◈ 해설

「모시서」는 진(晋)나라 소공〔昭公: 소후(昭侯)와 같다〕을 풍자한 시라고 하였다. 진나라 소후(昭侯)가 그 숙부인 성사(成師)를 곡옥(曲沃)에 봉하니, 이가 환숙(桓叔)이다. 그 뒤에 환숙이 덕이 있어 강성해지고 소후는 미약하자, 백성들이 장차 소후를 배반하고 환숙을 따르려는 사람이 많아졌다. 그러므로 이 시를 지은 것이라고 하였다(『집전』). 『춘추좌전』「환공(桓公) 2년」과 『사기·진세가(史記·晋世家)』에 이에 관한 기록이 있다. 이 역사적 사건의 결론은 진나라 대신인 반호(潘虎)가 그의 군주 소후를 시해하고 환숙을 맞았다는 것이다. 그래서 이 시의 작자를 반호로 보고 그가 환숙과 반란을 계획할 때 썼다는 것이다. 그리고 각 장을 '양지수(揚之水)'로 시작하는데, 이것은 소후가 미약하여 환숙을 제

---

44 운하기우(云何其憂): 어찌 근심이 있겠느냐, 곧 아무런 걱정도 없게 될 것이라는 뜻.

45 인린(粼粼): 물 맑아 돌이 보이는 모양(『집전』).

46 아문유명(我聞有命): 나는 명령을 들었다. 환숙이 장차 진(晉)나라를 전복시키려는 계획을 들었다는 것.

47 불감이고인(不敢以告人): 이 두 구에 대해 당시 진나라 정변(政變)의 역사적 사실과 관련이 있다고 생각하는 사람이 많다. 역대로 여러 가지 설이 있다. ① 정변에 찬동하는 입장. 감히 남에게 말하지 못하다. 비밀이 누설되면 큰일이기 때문에 환숙을 위하여 숨겨주는 것(『집전』). ② 집권자가 자신을 벌할까 또는 자신이 민심을 움직인다고 소공이 말할까 두려워 감히 개입하지 못하는 것〔『노시(魯詩)』, 『정전(鄭箋)』〕. ③ 현재의 집권자에게 충성하는 입장에서 교묘하게 비밀을 고한다. 사람들에게 감히 고하지 않는다는 것은 바로 소공에게 고했기 때문이라는 것〔엄찬(嚴粲), 『시집(詩緝)』〕.

압하지 못하고 더구나 곡옥에 봉하여 더욱 강대해진 것이 마치 물이 돌을 치는데 돌을 상하게 하지는 못하고 오히려 더욱 빛이 나게 하는 것과 같다는 비유로 사용되었다〔『통석通釋』〕.

그런데 이 시는 몇 가지 문제가 있다.

1. 제3장이 제1, 2장과 크게 다르다는 것으로 단옥재(段玉裁)가 이미 지적하였다. 앞의 두 장은 6구이며 제3장은 4구로, 한(漢)나라 초에 전해지면서 탈락되거나 잘못됨이 있었을 것이라 하였다. 제3장의 마지막 두 구는 아마도 죽간(竹簡)이 끊어졌다가 이어졌을 것으로 보인다. 〈삼가시(三家詩)〉의 하나인 『제시(齊詩)』는 『모전(毛傳)』, 『정전(鄭箋)』의 해석과는 크게 다르다. 여자가 남편 또는 연인과 함께 곡옥에 놀러 간 그 즐거움을 기록한 시라고 했다. '고옥(皐沃)'은 못〔澤〕이나 호수〔湖〕를 말하는 것이지 고유명사 '옥(沃)', '곡옥(曲沃)'을 지칭한 것은 아니다. 물론 호택(湖澤)이 있었기 때문에 곡옥이란 지명을 얻게 되었을 가능성은 있지만 여기서는 시인이 남편 또는 연인과 호숫가에서 논 것을 말한다.

2. 제1, 2장의 5, 6구 "旣見君子, 云何不樂", "旣見君子, 云何其憂"는 『시경』에서 일종의 상투어가 된 것으로, 부부지간 또는 연인 사이에서 이별한 후 다시 상봉할 때의 기쁨과 즐거움을 묘사할 때 항상 사용된 것이다. 「주남·여분(周南·汝墳)」, 「소남·초충(召南·草蟲)」, 「정풍·풍우(鄭風·風雨)」 등과 「소아(小雅)」의 「동궁(彤弓)」, 「상호(桑扈)」, 「도인사(都人士)」 등에 보인다. 그런데 『모전(毛傳)』과 『정전(鄭箋)』은 이 작품이 「당풍(唐風)」이라는 이유로, 그리고 또 '從子于沃' 구절이 있다는 이유로 "곡옥이 강하여 진나라에게 모반하였다(沃强叛晋)"라고 부회했다.

4. 초료(椒聊) 산초

椒聊之實[48]이여 (초료지실) — 산초의 송이진 열매
番衍盈升[49]이로다 (번연영승) — 무성하게 열려 됫박에 가득하다
彼其之子[50]여 (피기지자) — 저 기씨의 자손들
碩大無朋[51]이로다 (석대무붕) — 위대하기 비할 데 없다
椒聊且[52]여 (초료저) — 산초 송이
遠條且[53]로다 (원조저) — 가지가 멀리 뻗었다

椒聊之實이여 (초료지실) — 산초의 송이진 열매
蕃衍盈匊[54]이로다 (번연영국) — 무성하게 열려 두 손에 가득하다

---

48 초료지실(椒聊之實): 초(椒)는 산초. 열매가 검붉은 색이며 작은 원형으로 향기가 강하다. 료(聊)는 어조사로 보기도 하고(『집전』), 초목의 열매가 열려 올망졸망 모여 있는 모양으로도 본다. 또는 규(朻) 구(梂)와 같은 것이라 한다(『이아(爾雅)』). 문일다(聞一多)는 지금의 말로는 '도로(嘟嚕)' 곧 포도 등의 송이나 꾸러미라고 했다(문일다(聞一多), 『류초(類鈔)』).

49 번연영승(蕃衍盈升): 번(蕃)은 번성하다, 많다는 뜻. 연(衍)은 넘치다, 넓다는 뜻. 번연(蕃衍)은 열매가 알알이 많이 맺힌 것. 영승(盈升)은 그 열매를 따서 담은 것이 됫박에 넘치는 것.

50 피기지자(彼其之子): 저기 저 우리 님. 또는 저 기씨의 자손. 최근의 연구에 의하면, 기(其)는 3인칭 지시대명사가 아니라 성씨의 하나(㠱, 其, 己, 紀로 표기되지만 모두 같은 족성(族姓)이다)로 본다. 지(之)는 관형어. 자(子)는 자제. 「왕풍·양지수(王風·揚之水)」 참조.

51 석대무붕(碩大無朋): 석대(碩大)는 위대하다 또는 높고 크다. 무붕(無朋)은 무비(無比)와 같이 짝이 없다, 비길 데 없다는 뜻.

52 저(且): 어조사.

53 원조(遠條): 가지가 길게 멀리 뻗은 것(『집전』).

彼其之子여 피 기 지 자	저 기씨의 자손들
碩大且篤[55]이로다 석 대 차 독	위대하고 독실하다
椒聊且여 초 료 저	산초 송이
遠條且로다 원 조 저	가지가 멀리 뻗었다

◈ 해설

「모시서」에서는 진(晉) 소공(昭公)을 풍자한 것이라 하면서, 군자가 환숙(桓淑)의 힘이 강성해지고 정치를 잘해 나가는 것을 보고는 그의 후손들이 번성해져서 장차 진나라를 차지하게 될 것임을 알았다 하였다. 소공은 그 숙부인 성사(成師)를 곡옥(曲沃)에 봉했었는데, 이 사람이 환숙이다. 그 뒤 옥(沃)은 강성해지고 진나라는 미약하자 백성들이 진나라를 버리고 곡옥으로 가려 했다. 산초의 열매는 환숙의 자손이 번성함에 비유하고, 산초나무 가지가 멀리 뻗었다는 것은 국운(國運)의 발전에 비유한 것으로 보았다. 여기에 다시 환숙의 수하인 '저 기씨의 자손들, 위대하고 독실하다'는 것으로 그 세력의 강대함을 뒷받침한다.

그러나 역사적인 내용을 제거하면, 자손이 많기를 축송하는 시이다. 그 대상은 한 남자일 수도, 젊은 남자가 선택한 체격이 건장한 아가씨일 수도 있고, 또는 체격이 좋고 풍만하여 건강하고 자식이 많은 부인일 수도 있다. 한(漢)나라 때 황후의 궁실을 '초방(椒房)'이라 했는데 이 역시 아들 많기를 원한 것이다. 그래서 이 시를 신부를 찬미하고 귀한 자식 많이 낳기를 축원하는 축혼가(祝婚歌)로도 볼 수 있다.

---

54 국(匊): 국(掬)과 통하며 두 손으로 움켜쥐거나 받들어 드는 것. 한 움큼.

55 독(篤): 행동이 독실(篤實)한 것.

5. 주무(綢繆) 땔나무 묶어 놓고

綢繆束薪[56]일새 주 무 속 신	꽁꽁 묶은 땔나무 다발
三星在天[57]이로다 삼 성 재 천	삼성별이 하늘에 떴네
今夕何夕[58]고 금 석 하 석	이 밤이 어떤 밤인가
見此良人[59]이로다 견 차 량 인	뜻밖에 이 어진 이 만났네
子兮子兮[60]여 자 혜 자 혜	아아 기쁠시고!
如此良人何오 여 차 양 인 하	이같이 어진 이를 어이할까?
綢繆束芻[61]일새 주 무 속 추	꽁꽁 묶은 건초 다발
三星在隅[62]로다 삼 성 재 우	삼성별이 동남쪽에 떴네

---

56 주무속신(綢繆束薪): 주무(綢繆)는 전면(纏綿: 병이나 감정에 사로잡히거나 곡조가 구성지고 애절한 것)의 뜻(『집전』)으로, 나무 다발을 얽어 묶는 모양(『공소(孔疏)』). 그래서 긴밀하게 결속된다는 뜻이 되어 정이 깊고 밀접한 것으로 인신(引伸)되면서 비로소 전면(纏綿)과 같은 뜻이 된다. 속신(束薪)은 땔나무를 동동 묶어서 다발로 만드는 것. 이것은 대개 혼인과 애정으로 비유된다.

57 삼성(三星): 삼성(參星)(『모전』). 『정전(鄭箋)』엔 심성(心星)이라 했는데 모두 28수(宿) 중의 하나. 삼성은 10월에, 심성은 2월에 나타난다고 한다(『공소(孔疏)』). 별이 나타나는 것은 저녁을 뜻하며, 옛날에는 결혼을 밤에 하였다.

58 하석(何夕): 어떤 저녁인가. 얼마나 즐거운 저녁이냐의 뜻. 놀라움과 기쁨의 말이다.

59 양인(良人): 『모전(毛傳)』엔 미실(美室) 곧 아름다운 처(妻)라 하였고, 『집전(集傳)』엔 남편을 가리킨다고 했다. 고대에는 대개 부녀자가 남편을 칭하는 말이었다. 남자건 여자건 '좋은 님' 곧 애인을 가리키는 말임에는 틀림없다.

60 자혜(子兮): 아아! 라고 하여 기쁨을 나타내는 감탄사. 여기에서의 자(子)는 2인칭 대명사가 아니다. 차자호(嗟嗞乎)와 같다(『모전』).

61 추(芻): 마소에 먹일 풀.

62 우(隅): 하늘의 동남쪽 모퉁이(『모전』). 저녁에 나타난 별이 여기에 이르렀으면 밤이 오래

今夕何夕고 금석하석	이 밤이 어떤 밤인가
見此邂逅[63]로다 견차해후	뜻밖에 이 좋은 짝을 만났네
子兮子兮여 자혜자혜	아아 기쁠시고!
如此邂逅何오 여차해후하	이같이 만난 분 어이할까?

綢繆束楚[64]일새 주무속초	꽁꽁 묶은 싸리 다발
三星在戶[65]로다 삼성재호	삼성별이 방문 위에 떴네
今夕何夕고 금석하석	이 밤이 어떤 밤인가
見此粲者[66]로다 견차찬자	뜻밖에 이 멋진 분을 만났네
子兮子兮여 자혜자혜	아아 기쁠시고!

된 것을 말한다(『집전』).

63 해후(邂逅): 우연히 기약 없이 만나는 것. 여기서는 우연히 만난 사람을 지칭한다. 마치 제3자가 이 한 쌍의 신혼부부를 칭하는 듯이 보이는데, 뜻밖이라기보다는 오히려 천정배필(天定配匹)이라고 말하는 느낌이 강하다. '이 만남!', '이 우연!'이라고 말할 때 그 속내는 만남이 운명이라는 것. 그런데 각 장의 제4, 6구를 보면, '見此良人', '見此邂逅', '見此粲者'라 하여 해후(邂逅)는 양인(良人)·찬자(粲者)와 같이 쓰였으니 당연히 명사이며 배필을 지칭하는 것이어야 한다. '해후(邂逅: xiehou)'가 해구(解遘)〔『경전석문(經典釋文)』〕·해구(解構)〔『회남자·전언훈(淮南子·詮言訓)』〕·해구(解垢)〔『장자·거협(莊子·胠篋)』〕 등으로도 쓰이는 것으로 봐서 처음부터 정해진 글자가 있었던 것은 아니고 음을 비슷하게 읽었을 뿐이다. 즉 이 시 속의 '해후(邂逅)'는 '우(偶: ou)'(짝, 우연히)를 천천히 읽은 것으로 본다. '우연'이라는 의미와 '좋은 짝'이라는 의미가 결합하여 양인(良人) 등 신랑을 칭하는 같은 범주의 뜻이 되었다〔유운흥(劉運興), 『시의지신(詩義知新)』〕. 또는 마서진(馬瑞辰)은 『통석(通釋)』에서 제3자가 신랑 신부 한 쌍을 합하여 이르는 말로 '이 한 쌍'의 '좋은 배필'의 뜻이라 하였다. 제1장은 '양인(良人)', 즉 신랑에 대한 제3자의 노래이며, 제3장은 '찬자(粲者)', 즉 신부에 대한 제3자의 노래라는 것이다.

64 초(楚): 싸리나무.

65 재호(在戶): 방문 앞. 문은 반드시 남쪽으로 내는데 저녁에 나타난 별이 이에 이르렀으면 밤이 깊은 것(『집전』).

66 찬자(粲者): 찬(粲)은 미(美)와 통하며, 미인 곧 여자 애인 또는 신부를 가리킨다.

如此粲者何오 여 차 찬 자 하	이같이 어여쁜 이 어이할까?

◈ 해설

「모시서」에서는 진(晋)나라가 어지러워 제때에 남녀가 혼인하지 못함을 노래한 것이라 하였고, 주희(朱熹)는 때를 놓쳤다가 결혼하는 것을 노래한 것이라 했다. 이 시에서 진나라의 혼란은 찾아볼 수 없고 혼인과 유관함은 확실하다. 여러 가지 견해가 있지만 현대 학자들의 견해를 종합하여 정리한다.

결혼하는 저녁에 제3자가 신혼의 부부를 곁에서 보는 것처럼 설정하여 제1장은 신부가 신랑을 보고 일어난 감정을 그녀의 입장에서 썼고, 제2장은 짝을 이룬 배필 한 쌍을 보면서 썼으며, 제3장은 신랑이 신부를 보며 일어난 감정을 그를 대신해서 썼다. 그래서 이 시는 화촉을 밝힌 밤에 그 아름다움을 칭찬하고 신혼부부를 놀리거나 신방을 시끄럽게 하면서 부르는 일종의 축혼가(祝婚歌)로 보인다. 이것을 중국에서는 료신방〔鬧新房. 또는 료동방(鬧洞房), 료방(鬧房)〕이라고 하는데, 남녀노소가 참여하여 신부에게 난처한 질문도 하고 신랑 친구들은 신랑에게 술을 많이 먹이기도 한다. 신방에 귀를 대어 엿듣기도 하며 방문을 뚫어 방 안의 동정을 엿보는 것도 아마도 이것이 발전된 형태일 것이다.

6. 체두(杕杜) 외로운 아가위나무

有杕之杜[67]여 유 체 지 두	외로이 우뚝 선 아가위나무
其葉湑湑[68]로다 기 엽 서 서	그 잎새 무성하다

獨行踽踽[69]하니 (독행우우)	혼자서 쓸쓸히 가는 길
其無他人[70]이리오만 (기무타인)	어이 남이야 없을까만
不如我同父[71]니라 (불여아동부)	내 형제만은 못해라
嗟行之人[72]은 (차행지인)	아아 길 가는 사람들
胡不比焉[73]고 (호불비언)	어이해 내게 가까이 않을까
人無兄弟[74]어늘 (인무형제)	형제 없는 사람
胡不佽焉[75]고 (호불차언)	어이해 도와주지 않을까?

有杕之杜여 (유체지두)	외로이 우뚝 선 아가위나무
其葉菁菁[76]이로다 (기엽청청)	그 잎새 무성하다
獨行睘睘[77]하니 (독행경경)	혼자서 고독하게 가는 길

67 유체지두(有杕之杜): 체(杕)는 나무가 외로이 우뚝 선 모양(『모전』). 유체(有杕)는 체연(杕然)과 같다. 과일 색이 붉은 아가위〔적당(赤棠)〕를 두(杜)라 하고, 흰 것을 당(棠)이라 한다.

68 서서(湑湑): 무성한 모양(『집전』). 이 두 구는 나무가 홀로 외로이 서 있으나 잎이 무성하다는 것으로 흥(興)을 일으키고, 나 이 유랑자가 형제나 친지 없이 홀로 가는 것이 나무보다 못하다는 것을 비유했다.

69 우우(踽踽): 친한 사람 없어 외로운 모양(『집전』).

70 타인(他人): 남들. 자신과 성이 다른 사람(『정전』).

71 동부(同父): 아버지를 같이 한 형제의 뜻(『집전』). 또는 범위를 더 넓혀 조부(祖父)·증조(曾祖)·고조(高祖)를 부(父)의 범주에 포함시키기도 한다. 그러면 고조가 같은 족곤제(族昆弟)까지를 칭하게 된다〔진환(陳奐), 『전소(傳疏)』〕.

72 차행지인(嗟行之人): 차(嗟)는 감탄사. 행지인(行之人)은 행인.

73 비(比): 친근하다는 뜻. 또는 돕다.

74 인(人): 작자 자신. 자기는 '사람으로서' 형제가 없다는 뜻.

75 차(佽): 돕다.

76 청청(菁菁): 무성한 모양.

77 경경(睘睘): 의지할 곳 없는 모양(『모전』).

其無他人이리오만 기 무 타 인	어이 남이야 없을까만
不如我同姓[78]이니라 불 여 아 동 성	내 친척만은 못해라
嗟行之人은 차 행 지 인	아아 길 가는 사람들
胡不比焉고 호 불 비 언	어이해 내게 가까이 않을까
人無兄弟어늘 인 무 형 제	형제 없는 사람
胡不佽焉고 호 불 차 언	어이해 도와주지 않을까?

◈ 해설

이 시는 형제 없어 기댈 곳 없는 쓸쓸하고 외로운 처지를 노래한 것이다. 당시의 혈연종법제도(血緣宗法制度) 하에서 친족의 정(情)의 중요성을 강조한 시로 보인다. 길에 오가는 사람들은 많지만 다 타인이요, 자신의 힘든 처지를 도와주고 외로움을 덜어 줄 형제나 혈육은 하나도 없다는 것이다. 「모시서」에서는 시대를 풍자한 시라 하며, 군주가 그 종족을 친애하지 못하여 골육이 이산되고 형제가 없어져서 진(晋)나라가 병탄된 것을 말했다. 곧 이 독행자(獨行者)를 진나라 군주〔소공(昭公)〕로 본 것이다.

---

78 동성(同姓): 성(姓)이 같은 일가들. 여기서는 형제를 중심으로 말한 것이라 본다.

7. 고구(羔裘)　　염소 갖옷

羔裘豹袪[79]로
고 구 표 거
自我人居居[80]로다
자 아 인 거 거
豈無他人 이리요
기 무 타 인
維子之故[81]니라
유 자 지 고

염소 갖옷에 표피 소매
나의 그 사람 거만스럽다
어이 다른 사람 없을까마는
오직 그대는 나의 옛사람이라네

羔裘豹褎[82]로
고 구 표 수
自我人究究[83]로다
자 아 인 구 구
豈無他人 이리요
기 무 타 인
維子之好[84]니라
유 자 지 호

염소 갖옷에 표피 소매
나의 그 사람 오만스럽다
어이 다른 사람 없을까마는
오직 그대는 나의 배필이라네

---

79 고구표거(羔裘豹袪): 고구(羔裘)는 염소 털가죽으로 만든 옷으로 경대부들이 입었다. 「소남·고양(召南·羔羊)」, 「정풍·고구(鄭風·羔裘)」 시 참조. 표(豹)는 표범. 거(袪)는 소매. 표거(豹袪)는 표범 가죽으로 소매를 단 것.

80 자아인거거(自我人居居): 자(自)는 용(用)의 뜻(『모전』)으로, 부리는 것(『정전』). 또는 계〔洎: 뜻은 급(及)〕의 오자로도 본다. 아인(我人)은 우리 백성. 또는 자아인(自我人)은 '내 사람(나의 애인)'으로 해석하기도 한다. 거거(居居)는 악한 마음을 품고 친하게 굴지 않는 모양(『모전』). 또는 거거(倨倨)의 차자(借字)로 태도가 오만한 것.

81 유자지고(維子之故): 유(維)는 유(惟)와 같으며 '다만'의 뜻. 또는 '때문에', '위하여'의 뜻. 자(子)는 너, 곧 대부(大夫). 지(之)는 관형형 '—의', 또는 '—이다'〔시(是)〕. 고(故)는 연고, 까닭. 또는 고구(故舊) 곧 옛사람.

82 수(褎): 옷소매. 수(袖)의 옛 글자체.

83 구구(究究): 앞의 거거(居居)와 같은 말(『모전』).

84 호(好): 은호(恩好)〔『공소(孔疏)』〕. 옛날에 잘 지내며 은혜지고 한 일. 또는 배우자(配偶者)의 뜻도 있다〔「주남·관저(周南·關雎)」 주(注) 참조〕. 호구(好逑)는 배우자 배필의 뜻. 문일다(聞一多)는 호(好)의 본뜻은 동사로는 사랑한다는 뜻이고, 명사는 배우자, 형용사는 아름답다·좋다는 뜻이라 하였다〔문일다(聞一多), 『시경통의(詩經通義)』. 「위풍·모

◈ 해설

진(晋)나라 사람들이 그들을 위에서 지배하는 사람들이 백성들의 괴로움을 생각해 주지 않음을 원망한 것이라 했다(「모시서」). 이를 근거로 채읍(采邑)을 가지고 있는 진나라의 어느 경대부를 지배자로 받들고 있는 백성들이 몰인정한 대부의 행동을 생각할 때 딴 고을로 떠나가서 살고도 싶지만 여러 가지 옛날의 은의(恩誼) 때문에 쉽게 그러지 못하는 심정을 읊은 것이라 한다(『정전』). 주희는 이 시가 무엇을 말한 것인지 알 수 없으며, 그래서 감히 억지로 해석할 수 없노라고 하였다. 이 시는 노예와 노예주 또는 농노와 봉건 영주의 관계가 아니고 남녀 부부 관계로 보는 것이 매끄럽다. 남편이 그렇게 오만하고 태도가 악질적일지라도 역시 부부 관계이기 때문에 그래도 오래된 배필로 받아들이는 것으로 보인다. 문일다(聞一多)는 이 시를 혼인시로 분류했다.

8. 보우(鴇羽) 너새 깃

肅肅鴇羽[85]여 숙 숙 보 우	깃을 퍼득이며 나는 너새들
集于苞栩[86]로다 집 우 포 허	새순 돋은 상수리나무에 내려앉았다

과(衛風·木瓜)」 "영이위호(永以爲好)" 참조].

85 숙숙보우(肅肅鴇羽): 숙숙(肅肅)은 너새가 날개 치는 소리. 보(鴇)는 기러기 비슷한 물새로서 반점 무늬가 있고 뒤 발톱이 없다고 한다[『본초강목(本草綱目)』]. 대개 날개 길이 60센티미터, 꽁지 길이 2, 30센티미터 가량이나 되는 큰 새라고 한다. 너새는 본래의 성질이 나무에 앉지 않는데(『모전』) 나무 위에 앉았다고 했으니 그 제자리를 잡지 못한 것으로써 고향 떠나 멀리 행역(行役) 나온 것을 비유한 것으로 본다. 그러나 너새의 독특한 성질의 근거를 알 수 없다. 새들이 나무 위에 모여 있는 것을 보고 가족들이 함께 살아가는 모습을 연상했을 수도 있다. 우(羽)는 날개깃.

王事靡盬[87]라
왕 사 미 고

나랏일 그칠 새 없어

不能蓺稷黍[88]하니
불 능 예 직 서

돌아가 차기장 메기장 심을 수 없고

父母何怙[89]오
부 모 하 호

부모님은 무얼 의지해 사시나

悠悠蒼天이여
유 유 창 천

아득히 푸른 하늘이여

曷其有所[90]오
갈 기 유 소

언제나 안거할 곳 있을까

肅肅鴇翼이여
숙 숙 보 익

날개 퍼득이며 나는 너새들

集于苞棘이로다
집 우 포 극

새순 돋은 대추나무에 내려앉았다

王事靡盬라
왕 사 미 고

나랏일 그칠 새 없어

不能蓺黍稷하니
불 능 예 서 직

돌아가 메기장 차기장 심을 수 없고

父母何食고
부 모 하 식

부모님은 무얼 잡숫고 사시나

---

86 집우포허(集于苞栩): 집(集)은 새들이 나무 위에 내려앉는 것. 집(集)의 본자는 새[추(隹)] 세 마리가 나무 위에 내려앉은 형상을 나타낸 것이다. 포(苞)는 나무떨기. 허(栩)는 상수리나무.

87 왕사미고(王事靡盬): 왕사(王事)는 나랏일. 반드시 주나라 천자(天子)만을 지칭하는 것은 아니고 제후국의 군주도 왕이라 칭할 수 있다. 미고(靡盬)는 불식(不息), 곧 쉬지 않는 것. 고(盬)는 식(息)의 뜻[왕인지(王引之), 『경의술문(經義述聞)』]이며, 식(息)에는 '멈추다, 그치다'는 뜻과 '휴식, 쉬다'는 뜻이 있는데 여기서는 전자에 가깝다. 근래의 학자들은 거의 이 설을 따른다.
그리고 고(盬)는 고(古)·고(故)가 그 본자(本字)이며, 고(古)·고(故)는 우리가 통상으로 사용하는 '옛날', '옛것' 이외에 그 본뜻은 작(作)과 작의 초문(初文)인 사(乍)와 주(做) 등과 제자(制字) 원리 및 의미가 상통한다. 그래서 『이아(爾雅)』에서는 치(治)·사(肆)·력(力) 등으로 풀었고 『설문(說文)』에서는 고(故)를 사(使)로 풀었다. 그 의미는 '하다', '다하다'이다. 그래서 이 구절은 '왕의 일도 다하지 못하였으니' 정도로 해석할 수 있다. [해설] 참조.

88 예직서(蓺稷黍): 예(蓺)는 곡식을 심는 것. 직서(稷黍)는 차기장과 메기장.

89 호(怙): 믿다, 의지하다.

90 소(所): 안신지소(安身之所). 몸 편히 둘 곳. 멈춰 쉴 곳.

悠悠蒼天이여 유 유 창 천	아득히 푸른 하늘이여
曷其有極[91]고 갈 기 유 극	언제나 행역 끝날 날 있을까

肅肅鴇行[92]이여 숙 숙 보 항	푸드득 줄지어 나는 너새들
集于苞桑이로다 집 우 포 상	새순 돋은 뽕나무에 내려앉았다
王事靡盬라 왕 사 미 고	나랏일 그칠 새 없어
不能蓺稻粱[93]하니 불 능 예 도 량	돌아가 벼 수수 심을 수 없고
父母何嘗[94]고 부 모 하 상	부모님은 무얼 잡숫고 사시나
悠悠蒼天이여 유 유 창 천	아득히 푸른 하늘이여
曷其有常[95]고 갈 기 유 상	언제나 평화로운 때 있을까

◈ 해설

「모시서」에 의하면, 진(晋)나라는 소공(昭公) 뒤 큰 혼란이 5대에 이어져서 군자가 낮추어 정역(征役)에 종사하느라 그 부모를 봉양하지 못하여 부모를 생각하고 세상을 풍자하며 이 시를 지었다고 하였다. 군자는 평안한 곳에 거처해야 하는데 지금은 정역에 나가 있기 때문에 위험하고도 고생스러운 것이 마치 너새가 나무에 앉아 있는 것과 같음을 비유한 것이다(『정전』). 5대는 소공(昭公)·

91 극(極): 종료(終了). 역사(役事)의 끝장.
92 행(行): 기러기 같은 새들이 행렬을 지어 나는 것.
93 도량(稻粱): 벼와 수수.
94 상(嘗): 맛보다, 곧 잡숫는 것.
95 상(常): 평상(平常) 또는 정상(正常). 유상(有常)은 옛날 평상 때와 같이 안정되어 역사(役事)가 없어지는 것.

효후(孝侯)·악후(鄂侯)·애후(哀侯)·소자후(小子侯)로서 소자후에 이르러 곡옥 환숙의 손자인 무공(武公)에 의해 병탄(倂呑)되었다. 이렇게 보면 이 시는 춘추 초기 진나라의 내란 시기에 쓰인 것으로 보인다.

9. 무의(無衣) 어찌 옷이 없으리

豈曰無衣七兮[96]리오만 기 왈 무 의 칠 혜	어이 옷 일곱 벌인들 없다 할까만
不如子之衣[97]의 불 여 자 지 의	그대 옷만큼
安且吉兮[98]로다 안 차 길 혜	편안하고 좋은 것 없어라
豈曰無衣六兮[99]리오만 기 왈 무 의 육 혜	어이 옷 여섯 벌인들 없다 할까만

---

96 기왈무의칠(豈曰無衣七): 칠(七)은 칠명(七命)을 말하며, 명(命)은 신분과 작위를 드러낸다. 후백(侯伯)의 예는 7명(命)이고 면복(冕服)은 7장(章)이라 하였는데, 그 수레와 깃발과 의복을 모두 일곱으로 제한한다(『집전』). 7장(章)이란 화의삼장(畵衣三章: 雉·火·宗彝)·수상사장(繡裳四章: 藻·粉米·黼·黻)의 일곱 가지 옷에 수놓는 무늬를 뜻한다. 이는 제후 중에서도 후백(侯伯)의 옷인데, 천자의 명에 의하여 입게 되는 것이다. 무공은 이제까지 이 옷을 입을 자격이 없었던 것.

97 자(子): 천자(天子)를 가리키며, 자지의(子之衣)는 천자의 명복(命服: 관리 및 그의 배우자가 등급에 따라 입는 제복)을 말한다.

98 안차길(安且吉): 안(安)은 편안하다. 길(吉)은 좋다〔善〕.

99 육(六): 천자의 경(卿)은 6명(命)으로 거기의복(車旗衣服)을 여섯 가지로 장식한다고 하였다. 『정전(鄭箋)』에서 앞 절에서는 7이라 하고 여기서 6으로 내려온 것은 겸양하는 것으로, 감히 후백이 될 수 없다면 6명(命)의 옷이라도 받아 천자의 경(卿)들 속에 끼이게 되는 것이 좋겠다는 뜻을 나타낸다고 하였다.

不如子之衣의
불 여 자 지 의

그대 옷만큼

安且燠兮[100]로다
안 차 욱 혜

편안하고 따뜻한 것 없어라

◈ 해설

「모시서」에 "무의(無衣)는 진나라 무공(武公)을 찬미한 것이다. 무공이 진나라를 차지했을 때 그의 대부가 무공을 위하여 천자의 사신에게 명(命)을 청하면서 지은 것"이라고 하였다. 무공의 이름은 칭(稱)으로 곡옥(曲沃) 환숙(桓叔)의 손자이다. 『사기(史記)』에 따르면, 그가 진나라를 병합하고는 보기(寶器)로 주(周)나라 이왕(釐王)에게 뇌물로 바치자 왕은 무공을 진나라 군주로 삼아 제후의 반열에 올렸다고 한다〔『사기·진세가(史記·晋世家)』 참조〕. 이런 점을 고려하면 이 시는 무공을 기리거나 풍자한 것이라기보다 『집전(集傳)』의 설명처럼 주왕에게 뇌물을 보내면서 무공의 사신이 왕명을 청한 시라고 보는 것이 무난하다. "내가 이 7장(章)의 옷이 없어서가 아닌데도 반드시 명(命)을 청하는 것은 천자의 명으로 입는 것이 더 편안하고 또 길하기 때문이라고 말한 것"이라 하여 그 배경을 말하였다.

시에서 후백(侯伯)들이 입는 7명(命)의 옷이나 천자의 경(卿)들이 입는 6명(命)의 옷을 내려 줬으면 좋겠다는 뜻을 나타낸 것은 곧 후백이나 적어도 경에 임명해 달라는 뜻을 말한 것으로 보인다.

---

100 욱(燠): 따스한 것.

10. 유체지두(有杕之杜) 우뚝한 아가위나무

有杕之杜[101]여 유 체 지 두	외로이 우뚝 선 아가위나무
生于道左[102]로다 생 우 도 좌	길 왼쪽에 자란다
彼君子兮[103]여 피 군 자 혜	저 훌륭하신 분
噬肯適我[104]로다 서 긍 적 아	내게 오셔 주었으면
中心好之[105]나 중 심 호 지	마음속으로 그를 좋아하는데
曷飮食之[106]오 갈 음 식 지	어찌하면 그에게 음식을 자시게 할꼬

有杕之杜여 유 체 지 두	외로이 우뚝 선 아가위나무
生于道周[107]로다 생 우 도 주	길 오른쪽에 자란다
彼君子兮여 피 군 자 혜	저 훌륭하신 분

---

101 유체지두(有杕之杜): 유체(有杕)는 나무가 우뚝 홀로 서있는 모양. 체연(杕然)과 같다. 두(杜)는 아가위나무. 아직 출가하지 않아 짝이 없는 여자 또는 곁에 사랑하는 사람이 없어 홀로 외로운 부녀가 자신을 비유한 것으로 본다. 『모전(毛傳)』에서도 비(比)라 하였다.

102 도좌(道左): 길의 좌측. 또는 동쪽이라고 한다.

103 피군자(彼君子): 군자는 남자의 미칭(美稱)으로, 작자가 그리는 훌륭한 사람.

104 서긍적아(噬肯適我): 서(噬)는 발어사(『집전』). 『한시(韓詩)』엔 서(逝)로 되어 있는데 가차자(假借字)이며, 하시(何時: 언제) 또는 급(及)으로 풀기도 한다. 적아(適我)는 내게로 오는 것.

105 중심호지(中心好之): 심중(心中) 곧 마음속. 호(好)는 좋아하다, 사랑하다.

106 갈음사지(曷飮食之): 갈(曷)은 '어찌하면' 또는 합(盍: 何不)과 같이 '어찌 —않으리'의 뜻. 또 '언제'로 해석하기도 한다. 음사(飮食)는 동사로 보이며 '마시고 먹게 하다'는 뜻. 성애의 욕망을 만족시키는 은어(隱語)이다. 지(之)는 그 사람.

107 주(周): 우(右: 오른쪽)와 고음(古音)이 같은 부(部)에 속하는 차자(借字)이며(『통석(通釋)』), 『한시(韓詩)』에서도 '우(右)'로 되어 있다.

噬肯來遊로다 서 긍 내 유	놀러 오셔 주었으면
中心好之나 중 심 호 지	마음속으로 그를 좋아하는데
曷飮食之오 갈 음 식 지	어찌하면 그에게 음식을 자시게 할꼬

◈ 해설

「모시서」에서는 진나라 무공이 어진 이를 등용하지 않음을 풍자한 시라고 했는데 취할 바가 아니다. 현대의 학자들은 이 시가 통치 계급이 손님을 환영하는 짧은 노래라고도 하고 걸식자의 노래 또는 부인이 전쟁이나 부역에 나간 정부(征夫)를 그리워하는 시라고 한 것 등도 각각의 관점을 확보하고 있지만, 여자가 연인을 그리는 시로 보는 것이 좋을 듯하다. 특히 '식(食)'이 『시경』 속의 은어(隱語)로 성애(性愛)를 상징하는 것이란 점을 감안하면 더 그렇다.

11. 갈생(葛生) 칡덩굴 자라

葛生蒙楚[108]하고 갈 생 몽 초	칡덩굴 자라 가시나무 덮고
蘞蔓于野[109]로다 염 만 우 야	가위톱덩굴이 들판에 뻗어 있네

108 갈생몽초(葛生蒙楚): 갈(葛)은 칡. 몽(蒙)은 덮다. 초(楚)는 가시나무.

109 염만우야(蘞蔓于野): 염(蘞)은 가위톱. 한약재로 쓰이는 덩굴풀로 잎이 가늘고 무성하며 까만 열매가 달리지만 먹지는 못한다. 만(蔓)은 덩굴. 갈(葛)과 염(蘞)은 모두 덩굴풀로 다른 나무에 의지하여 자란다. 이는 여자가 남편에 의지하는 삶을 비유한 것이다

予美亡此[110]하니
여 미 무 차
나의 님 여기 없으니

誰與獨處[111]오
수 여 독 처
누가 홀로 있는 나와 지낼까

葛生蒙棘[112]하고
갈 생 몽 극
칡덩굴 자라 대추나무 덮고

蘞蔓于域[113]이로다
염 만 우 역
가위톱덩굴 묘지에 뻗어있네

予美亡此하니
여 미 무 차
나의 님은 여기 없어

誰與獨息[114]고
수 여 독 식
누가 홀로 있는 나와 쉴까

角枕粲兮[115]며
각 침 찬 혜
뿔베개 곱고

〔『통석(通釋)』〕. 여기서 만(蔓)은 만연(蔓延)과 같은 동사로 사용되었다. 야(野)는 들. '野'를 '야'로 읽는다면 앞 구의 '楚'와 제4구의 '處'와는 운이 맞지 않는다. 제2장 제1·2·4구의 끝 글자 '棘·域·息'과 제3장의 '粲·爛·旦'이 같은 운을 맞추고 있는 것과는 다르다. 그래서 『집전(集傳)』에는 상여반(上與反)이라 하여 '서' 또는 'shu'로 읽어서 각 운을 맞추려고 했으나 어색하다. 결론부터 말하면 '野'는 '墓(묘: mu)'가 와전된 것이다. 墓가 楙(무: mu)와 음이 같기 때문에 楙로 썼는데, 이 글자가 '埜'와 비슷하여 후인들이 잘못 옮겨 적었고, 이 글자는 野의 옛 글자〔『옥편·토부(玉篇·土部)』, "埜, 古文野"〕이기 때문에 결국 '野'로 썼다는 것이다〔유운흥(劉運興), 『시의지신(詩義知新)』 참조〕. 野를 墓로 읽으면 다음 구절과 매끄럽게 바로 연결될 뿐만 아니라 제2장 제2구의 '域'과 대(對)가 맞는다. 혹자는 제1장의 압운(押韻)에 관계하는 초(楚)·야(野)·여(與)·처(處) 모두가 어운(魚韻)에 속한다고 하며 별 문제 삼지 않기도 한다〔향희(向熹), 『시경사전(詩經詞典)』, 1986〕.

110 여미무차(予美亡此): 여미(予美)는 나의 아름다운 사람, 곧 그녀의 남편을 말한다(『정전』). 무차(亡此)는 무차(無此), 곧 이곳에 없다는 것.

111 수여독처(誰與獨處): 수여(誰與)와 독처(獨處)로 끊어 읽고 새기는 것이 옳다. '누가 함께하리? 홀로 지낸다'는 뜻〔『정전(鄭箋)』, 『시집(詩緝)』〕.

112 극(棘): 대추나무 비슷한 나무. 「패풍·개풍(邶風·凱風)」, 「당풍·보우(唐風·鴇羽)」 시에도 보임.

113 역(域): 영역(塋域)(『모전』), 곧 무덤 위. 묘지(墓地). 묘역(墓域).

114 식(息): 머물러 있는 것. 또는 침식(寢息).

錦衾爛兮[116]로다
금 금 란 혜
비단 이불 눈부시네

予美亡此하니
여 미 무 차
나의 님은 여기 없어

誰與獨旦[117]고
수 여 독 단
누가 홀로 있는 나와 밤을 새울까

夏之日과
하 지 일
기나긴 여름 낮

冬之夜[118]여
동 지 야
기나긴 겨울 밤

百歲之後[119]라도
백 세 지 후
백 년이 지난 뒤라도

歸于其居[120]하리라
귀 우 기 거
그와 함께 묻히리라

冬之夜와
동 지 야
기나긴 겨울 밤

夏之日이여
하 지 일
기나긴 여름 낮

百歲之後라도
백 세 지 후
백 년이 지난 뒤라도

歸于其室[121]하리라
귀 우 기 실
그와 함께 묻히리라

---

115 각침찬혜(角枕粲兮): 각침(角枕)은 소뿔로 만들거나 장식한 베개. 본래는 납량(納凉)용이었지 시체 염하는 용도만은 아니었다. 찬혜(粲兮)는 선명한 모양.

116 금금란혜(錦衾爛兮): 금금(錦衾)은 비단 이불. 란혜(爛兮)는 찬란한 모양. 각침이나 비단 이불은 부부가 생전에 함께 사용했던 것으로 이를 보자 다시 오랜 정이 일어난 것이다. 이 금침(衾枕)은 시집올 때 해 가지고 온 물건으로 볼 수도 있다.

117 독단(獨旦): 홀로 새벽까지 지새는 것(『집전』).

118 하지일, 동지야(夏之日, 冬之夜): 날짜가 쉽게 지나가지 않는 것을 말한다. 하루의 날이 가장 길기로는 여름 낮이고, 하루의 밤이 가장 길기로는 겨울밤이다. 여름에 지내려니 낮이 길고, 겨울에 지내려니 밤이 길다(『집전』). 그래서 그것을 선택했는데 그 이유는 길고 길어서 홀로서는 더욱 견디기 어렵기 때문이다.

119 백세지후(百歲之後): 백년이 지난 후, 곧 죽은 뒤의 뜻. 그리움이 긴 것을 극단적으로 말했다.

120 기거(其居): 죽은 이의 무덤(『정전』). 거(居)는 분묘(墳墓)(『정전』).

◈ 해설

「모시서」에 진(晉)나라 헌공(獻公)은 전쟁을 좋아하여 백성들에 죽는 이가 많았다고 한다. 그러나 이 시에서 전쟁의 냄새는 맡을 수 없고, 남편 또는 연인의 죽음을 맞은 여인의 지극한 슬픔과 외로움과 그리움이 절절하게 배어 있다. 즉 이미 죽은 짝을 애도하는 시이다. 그래서 혹자는 이 시를 두고 천고(千古)의 도망시(悼亡詩: 죽은 이를 애도하는 시)의 남상(濫觴)이라고 했다.

12. 채령(采苓) 감초 캐러

采苓采苓[122]을 (채령채령)	감초 캐러 감초를 캐러
首陽之巓[123]가 (수양지전)	수양산 꼭대기에 가나?
人之爲言[124]을 (인지위언)	남의 거짓말
苟亦無信[125]이어다 (구역무신)	믿지를 마오

---

121 실(室): 죽은 이의 묘실(墓室)·묘혈(墓穴), 곧 무덤 속을 가리킨다.

122 채령(采苓): 복령, 곧 감초(甘草)를 캐다. 「패풍·간혜(邶風·簡兮)」에도 보임.

123 수양지전(首陽之巓): 수양(首陽)은 산 이름. 수양산으로 불리는 산은 다섯 개가 있는데, 옛 진(晋)과 당(唐)의 수양산은 황하 동쪽 포판(蒲坂)에 있으며 뇌수산(雷首山)이라고도 불렀다. 지금의 산서성 평양(平陽) 또는 영제현(永濟縣) 남쪽이다. 백이(伯夷)·숙제(叔齊)가 굶어 죽은 수양산이 아니다. 전(巓)은 산꼭대기. 감초는 야산에도 흔한 풀인데 하필 높은 수양산 꼭대기로 캐러 갈 이유가 없다. 이는 터무니없는 얘기이니 이런 남의 말은 듣지 말라는 것.

124 위언(爲言): 위언(僞言)으로 거짓말. 옛날에는 爲·僞·譌(와)가 같이 쓰였다(『전소(傳疏)』). 또는 참소하는 말(『집전』).

125 구역무신(苟亦無信): 구(苟)는 차(且)의 뜻. 조사로 쓰인 역(亦)과 합쳐 강조의 뜻을 나타냄. 무신(無信)은 물신(勿信), 곧 믿지 말라는 뜻.

舍旃舍旃[126]하여 사 전 사 전	그 말 버려 버리고
苟亦無然[127]이면 구 역 무 연	그렇게 여기지 않는다면
人之爲言이 인 지 위 언	남의 거짓말
胡得焉[128]이리요 호 득 언	어이 먹혀들 수 있으리오

采苦采苦[129]를 채 고 채 고	씀바귀 캐러 씀바귀를 캐러
首陽之下아 수 양 지 하	수양산 아래에 가나?
人之爲言을 인 지 위 언	남의 거짓말
苟亦無與[130]어다 구 역 무 여	상대를 마오
舍旃舍旃하여 사 전 사 전	그 말 버려 버리고
苟亦無然이면 구 역 무 연	그렇게 여기지 않는다면
人之爲言이 인 지 위 언	남의 거짓말
胡得焉이리요 호 득 언	어이 먹혀들 수 있으리오?

采葑采葑[131]을 채 봉 채 봉	순무 캐러 순무를 캐러

---

126 사전(舍旃): 사(舍)는 사(捨)와 통하며 '버리다'의 뜻. 전(旃)은 지언(之焉)의 합성어로 조사. 「위풍 · 척호(魏風 · 陟岵)」에도 보임. 사전(舍旃)은 남의 말을 들으면 '흘려버려라'는 뜻.

127 무연(無然): 그렇게 생각하지 않다. 그렇다고 인정하지 않는 것.

128 호득언(胡得焉): 호(胡)는 어찌. 득(得)은 마음을 얻는 것. 어찌 먹혀들겠는가.

129 고(苦): 고채(苦菜)(『모전』). 씀바귀. 또는 도(荼)라고도 한다. 「패풍 · 곡풍(邶風 · 谷風)」 참조.

130 무여(無與): 무용(無用)(『모전』). 아는 체도 않는 것. 또는 무이(無以), 곧 듣고 믿지 말라는 뜻.

131 봉(葑): 순무. 「패풍 · 곡풍(邶風 · 谷風)」에도 보임.

首陽之東가 수 양 지 동	수양산 동쪽에 가나?
人之爲言을 인 지 위 언	남의 거짓말
苟亦無從이어다 구 역 무 종	따르지 마오
舍旃舍旃하여 사 전 사 전	그 말 버려 버리고
苟亦無然이면 구 역 무 연	그렇게 여기지 않는다면
人之爲言이 인 지 위 언	남의 거짓말
胡得焉이리요 호 득 언	어이 먹혀들 수 있으리오?

◈ 해설

「모시서」에선 진나라 헌공이 참언(讒言)을 듣기 좋아했으므로 그것을 풍자한 것이라 하였다. 일반적으로 남의 허튼 말을 잘 듣는 사람들을 경계하는 노래로 봄이 좋을 것이다.

각 장의 첫 두 구의 해석이 좀 다르다. 제1장의 감초〔苓〕는 '습유령(隰有苓)'〔「패풍·간혜(邶風·簡兮)」〕이라 하여 진펄에 맞지 산에 맞지 않고, 순무〔葑〕는 밭에 맞으며, 씀바귀〔苦〕는 밭〔田〕에서 자란다. 그래서 이 세 가지는 모두 수양산에 반드시 있는 것은 아니며, 이것들을 수양산에서 캔다고 한 것은 믿을 수 없는 말을 고의로 만든 것이다. 아마도 이 첫 두 구들은 당시의 상투어(常套語) 또는 속어(俗語)로서 황당한 거짓말을 비유하는 데 사용한 것으로 시인이 빌려 쓴 것이 아닐까 한다.

제11 진풍(秦風)

진(秦)이란 농서〔隴西: 감숙성(甘肅省)〕의 골짜기 이름이다. 옛날 백익〔伯益: 백예(伯翳)라고도 함〕이 우(禹)의 치수를 도와 공을 세워 영(嬴)이라는 성(姓)을 받았다고 한다. 6세손 대락(大駱)은 성(成)과 비자(非子) 두 아들을 낳았는데, 비자는 주나라 효왕(孝王: BC 909~895년 재위) 때 주나라를 섬겼고 말을 잘 길러 말이 크게 번식하자 효왕은 그를 부용(附庸: 제후에 속하는 작은 나라)으로 삼아 진(秦) 땅을 채읍(采邑)으로 내렸다. 선왕(宣王: BC 827~780년 재위) 때 견융(犬戎)이 성(成)의 일족을 멸하자 선왕은 비자의 증손 진중(秦仲)을 대부로 삼아 서융을 치게 하였다. 그는 패하여 죽음을 당했다. 그러나 서융에 가까운 곳에 자리했던 미개지 진이 비로소 거마(車馬)와 예악(禮樂) 및 시어(侍御) 제도 등의 문화적인 생활양식을 갖추게 되었다. 진중의 아들은 장공(莊公)이고 장공의 아들은 양공(襄公)인데, 양공은 견융이 공격해 와서 주 유왕(幽王)을 죽였을 때 주나라를 구하기 위해 분전(奮戰)했으며 평왕(平王: 770~720년 재위)이 난을 피해 동쪽 낙읍(洛邑)으로 옮길 때 병력을 이끌고 호송하였다. 이 일로 평왕은 양공을 제후로 봉하고 기산(岐山) 서쪽의 땅을 주었다. 이에 비로소 진나라는 제후의 나라가 되었다. 현손(玄孫) 덕공(德公) 때에는 옹〔雍: 지금의 섬서성 흥평현(興平縣)〕으로 도읍을 옮겼고, 그의 아들 목공(穆公)은 영토를 넓히고 서융을 제패했다.

진족(秦族)은 예부터 유목 민족이었으며 그들의 선조들은 힘이 있고 잘 달리며 그들의 업적은 새·짐승·소·말 등과 밀접한 관계가 있어 목축 경제를 주업으로 하였다. 그래서 그들의 시에는 수레와 말, 그리고 사냥의 일들과 상무(尙武) 정신과 강개격앙(慷慨激昂)이 주조(主調)를 이룬다.

1. 거린(車鄰)　수레 소리

有車鄰鄰[1]이며 유 거 린 린	덜컹거리는 수레들
有馬白顚[2]이로다 유 마 백 전	이마에 흰 털 난 말
未見君子[3]하니 미 견 군 자	훌륭하신 분을 뵙지 못해
寺人之令[4]이로다 시 인 지 령	내시를 통해 알린다
阪有漆[5]이며 판 유 칠	언덕에는 옻나무
隰有栗[6]이로다 습 유 율	진펄에는 밤나무
旣見君子라 기 견 군 자	훌륭하신 분을 뵙고
竝坐鼓瑟[7]이로다 병 좌 고 슬	나란히 앉아 거문고 탄다

---

1 린린(鄰鄰): 여러 대의 수레가 지나가는 소리(『모전』).

2 백전(白顚): 이마에 흰 털이 있는 말로, 적상(的顙)이라고 한다(『집전』). 대성마(戴星馬)라고도 한다〔『공소(孔疏)』〕.

3 군자(君子): 진중(秦仲)을 가리킨다(『집전』). 진(秦)나라는 양공(襄公)의 조부인 진중 때에 비로소 주나라 선왕(宣王)의 명으로 대부가 되어 주(周)나라를 섬겼다. 그러나 진중이라고 확정할 수는 없다. 그렇다고 하더라도 진(秦)나라의 임금일 것이다. 또는 비자(非子)라는 설도 무시할 수 없다. "부용(附庸)이었으니 부용도 제후(諸侯)인데 제후이면서 앞에서 사령(使令)으로 부리는 일개 환관이 없었겠는가"〔다산(茶山) 정약용〕라고 주장할 수 있다.

4 시인지령(寺人之令): '寺'는 내시이거나 부서(部署)·관사(官舍)일 때는 '시'로 읽는다. 시인(寺人)은 고대 궁중에서 임금을 가까이에서 모시는 낮은 신하로서 대체로 엄인(閹人: 거세한 남자)으로 충당되었고 뒷날의 환관(宦官)에 해당된다. 시인(侍人) 또는 내시(內侍). 일설에는 임금을 모시는 신하. 영(令) 역시 내시의 관명(官名)이니 뒷날 지록위마(指鹿爲馬)로 유명한 조고(趙高)가 중거부령(中車府令)이 되었던 것도 곧 그 유제(遺制)이다. 령(令)은 또 사(使)와 뜻이 통하며, 이 구는 내시를 시켜 통하면 군자를 뵐 수 있다는 말.

5 판유칠(阪有漆): 판(阪)은 언덕. 칠(漆)은 옻나무.

6 습유율(隰有栗): 습(隰)은 진펄. 율(栗)은 밤나무.

今者不樂이면 (금 자 불 락)	지금 즐기지 못하면
逝者其耋[8]이리라 (서 자 기 질)	세월 흘러 어느새 여든 살 되리라

阪有桑이며 (판 유 상)	언덕에는 뽕나무
隰有楊[9]이로다 (습 유 양)	진펄에는 버드나무
既見君子라 (기 견 군 자)	훌륭하신 분을 뵙고
竝坐鼓簧[10]이로다 (병 좌 고 황)	나란히 앉아 생황 분다
今者不樂이면 (금 자 불 락)	지금 즐기지 못하면
逝者其亡[11]이리라 (서 자 기 망)	세월 흘러 어느새 죽으리라

◈ 해설

진(秦)나라는 서융(西)戎 가까운 땅에 살고 있어서 낮은 문화를 지니고 있었으나 주나라 대부가 된 진중(秦仲)에 이르러 비로소 거마(車馬)·예악(禮樂)·시어(侍御) 제도를 갖추었다(「모시서」). 이 시는 이처럼 진나라의 문화 수준을 높인 진중을 찬미한 것이라고 했다. 그러나 확증할 수는 없다. 『시집전』에서는 "이때

7 병좌고슬(並坐鼓瑟): 병좌(並坐)는 나란히 앉다 또는 빈객(賓客)들 혹은 군신(君臣)들이 모두 앉다. 고슬(鼓瑟)은 슬을 뜯는 것으로, 인신(引伸)하여 풍악을 울리며 연음(燕飮)하는 것을 뜻한다.

8 서자기질(逝者其耋): 서자(逝者)는 흘러가는 것, 곧 세월의 흐름. 질(耋)은 80세 노인, 곧 사람이 늙어 감을 뜻한다.

9 양(楊): 가지가 늘어지지 않는 것을 양(楊), 늘어지는 것을 유(柳)라 한다.

10 황(簧): 생황(笙簧). 생황은 부는 것이지만 앞의 고슬(鼓瑟)과 마찬가지로 풍악을 울리는 것을 뜻하므로 고황이라 한 것으로 보인다.

11 망(亡): 사망의 뜻.

진나라 군주가 비로소 거마와 내시(內侍: 시인(寺人)) 같은 관직을 두게 되었고, 알현하려는 자는 반드시 먼저 내시로 하여금 알리도록 하였다. 그래서 나라 사람들이 이를 처음 보고는 자랑하며 찬미한 것이라 하였다"라고 하였다.

위의 주장을 그대로 받아들인다면, 제1장의 '수레'와 '말'은 역시 「진풍(秦風)」의 특징일 뿐만 아니라 거마에 대한 새로운 제도를 확립했다는 자부심의 표현일 수 있다.

슬(瑟)·황(簧) 또는 생(笙)은 진족(秦族) 고유의 악기가 아니다. 그들의 전통적인 악기는 부(缶)·옹(瓮) 등 대개 흙으로 빚은 독이나 항아리 같은 타악기이며 현악기로는 다소 거친 5현(絃)의 쟁(箏) 등이 있었다. 뒷날 이 쟁(箏)으로 연주한 곡조를 듣고 조식(曹植)은 「공후인(箜篌引)」에서 "진나라의 쟁은 어이 그리 강개한가"라고 했다. 즉 이 시에서 군자가 슬(瑟)·황(簧)을 연주한다는 것도 기실은 새로운 문물을 받아들였다는 의미일 수 있고, 나아가 나란히 앉아 그 연주를 듣는다는 것은 필시 일반 신하와의 일이 아니라 어진 이를 얻어 융숭하게 접대하는 모습으로도 보인다. 진(秦)나라 이사(李斯)의 「간축객서(諫逐客書)」나 전한(前漢) 가의(賈誼)의 「과진론(過秦論)」 등을 통해서도 진나라가 현자를 얻는 일을 중시했음을 알 수 있는바 그건 이와 같은 조종(祖宗)의 유운(遺韻)이 있어서 그랬을 것이라고 추측된다(다산(茶山) 정약용, 『강의(講義)』).

위의 내용을 바탕으로 생각해보면 이 시가 진나라의 군신(君臣)이 서로 즐기는 것을 묘사한 것으로 보아도 무난해 보인다.

2. 사철(駟驖) 　　검정 사마

駟驖孔阜[12]하니 사 철 공 부	네 필의 커다란 검정 말

六轡在手[13]로다
육 비 재 수
여섯 고삐 줄을 손에 쥐었다

公之媚子[14]이
공 지 미 자
임금님의 사랑하는 사람들

從公于狩[15]로다
종 공 우 수
임금님 따라 사냥을 간다

奉時辰牡[16]하니
봉 시 신 모
몰아오는 이 암수 짐승들

辰牡孔碩[17]이로다
신 모 공 석
그 짐승들 크기도 하다

公曰左之[18]하며
공 왈 좌 지
임금님은 왼쪽으로 몰아라 하고

舍拔則獲[19]이로다
사 발 즉 획
활을 쏘아 그 짐승을 잡는다

---

12 사철공부(駟驖孔阜): 사철(駟)은 수레를 끄는 네 필의 말로서, 가운데 두 마리 복마(服馬)와 양쪽 가의 두 마리 참마(驂馬). 철(驖)은 검붉은 말. 공(孔)은 매우, 심히. 부(阜)는 크다. 허구리가 살지고 체격이 건장한 것을 말한다.

13 육비재수(六轡在手): 비(轡)는 고삐. 사마(四馬)의 고삐는 본래 말 한 필에 두 개씩이라 모두 여덟이나, 양쪽 참마의 안쪽 고삐는 수레에 매어 두어 여섯 줄만이 수레 모는 손에 쥐어진다. 그러므로 육비(六轡)라 하는 것.

14 공지미자(公之媚子): 공(公)은 진나라 양공. 미(媚)는 사랑하다. 애(愛)와 같다(『공소(孔疏)』). 자(子)는 공의 신하들.

15 수(狩): 사냥하는 것.

16 봉시신모(奉時辰牡): 봉(奉)은 두 손을 펴고 짐승을 몰아 한 곳에 모아 놓고 임금이 쏘기를 기다리는 것(『집전(集傳)』, 명말청초(明末淸初) 하해(何楷)의 『시경세본고의(詩經世本古義)』). 시(時)는 시(是)와 같은 조사. 신(辰)은 그때그때에 나는 짐승들이라고 하였으나(『모전』, 『집전』, 『정전』), 신(麎: 큰 사슴)과 통하며 모(牡)에 대(對)가 되는 암짐승을 뜻한다고도 한다(『통석(通釋)』). 모(牡)는 수컷.

17 석(碩): 크다.

18 좌지(左之): '왼쪽으로 몰아라'는 뜻. 옛날에 짐승을 쏠 때에는 수레를 왼쪽으로 몰게 하여 짐승의 왼쪽(심장)을 맞히는 것이 가장 알맞게 죽이는 것이라 했다(『집전』). 또는 활 쏘기 편하다(『후전(後箋)』).

19 사발즉획(舍拔則獲): 사(舍)는 방(放)의 뜻, 곧 화살을 쏘는 것. 발(拔)은 화살을 쥐고 뽑는 화살 끝. 즉(則)은 연결사로 '곧(便)'의 뜻. 획(獲)은 짐승을 맞혀 잡는 것.

遊于北園[20]하니 유 우 북 원	북쪽 동산에 노닐어
四馬旣閑[21]이로다 사 마 기 한	네 필의 말 발걸음도 익숙하다
輶車鸞鑣[22]로 유 거 란 표	방울 소리 울리는 경거에
載獫歇驕[23]로다 재 렴 헐 교	사냥개들 실려 쉬고 있다

◈ 해설

「모시서」에서는 진나라 양공(襄公)을 기린 것이라 했다. 진나라는 양공 때에 이르러 비로소 제후가 되어 사냥과 놀이를 즐길 수가 있었다고 한다. 이 시는 양공이 신하들과 사냥하는 모습을 노래한 시이다. 옛날의 사냥은 단순한 놀이에 그치지 않고 심신 단련과 군사훈련을 위한 준비로도 볼 수 있다.

---

20 유우북원(遊于北園): 사냥이 끝나고 북쪽 원유(園囿)로 놀러가는 것(『집전』). 일설에는 북원(北園)에서 사냥하는 것을 말한다고 한다(『전소(傳疏)』).

21 사마기한(四馬旣閑): 사마(四馬)는 사철(駟驖). 한(閑)은 길들고 익숙해진 것(『집전』). 한(嫻: 익숙하게 되다)과 통함.

22 유거란표(輶車鸞鑣): 유(輶)는 가벼운 수레. 유거(輶車)는 공이 탄 수레가 아니라 사냥할 때 짐승을 뒤쫓고 쏘고 할 때 타는 가벼운 수레. 란(鸞)은 봉황새 비슷한 전설적인 새인데, 여기서는 난새의 소리를 본뜬 것이라 했다(『집전』). 난(鑾: 천자가 타는 수레의 말고삐에 다는 방울)과 통하며 방울로 해석한다. 표(鑣)는 말 재갈. 난표는 말 재갈에 단 난새의 소리를 닮은 방울.

23 재렴헐교(載獫歇驕): 렴(獫)은 사냥개의 일종. 주둥이가 긴 것을 렴(獫)이라 하고, 주둥이가 짧은 것을 헐교(歇驕)라 한다(『집전』)고 하였다. 또는 헐교(歇驕)는 뽐내며 뛰던 다리를 쉬는 것〔엄찬(嚴粲), 『시집(詩緝)』〕. 수레에 개를 싣고 가는 것은 발의 힘을 쉬게 하고자 함이다(『집전』).

3. 소융(小戎)

병거

小戎俴收[24]요
소 융 천 수
五楘梁輈[25]로다
오 목 량 주

수레 턱 낮은 병거에
다섯 군데 가죽 감은
구부정한 수레채

游環脅驅[26]며
유 환 협 구
陰靷鋈續[27]이며
음 인 옥 속
文茵暢轂[28]이요
문 인 창 곡

복마(服馬) 참마(驂馬) 고삐와
가로나무에 맨 가슴걸이의 흰 쇠고리
호피 자리에 기다란 바퀴통

---

24 소융천수(小戎俴收): 소융(小戎)은 병거(兵車: 전쟁용 수레)(『모전』). 신하들이 타는 병거이기 때문에 소융이라 한다. 천(俴)은 얕은 것으로, 천(淺)과 통함. 수(收)는 짐을 싣는 수레턱나무로 진(軫)이라 한다(『모전』). 병거는 짐을 많이 싣지 않고 가볍도록 턱나무가 얕게 되어 있다. 대거(大車)의 안 턱나무는 앞 턱나무에서 뒤 턱나무까지 길이가 8척인데 병거는 4척 4촌에 불과하므로 천진(淺軫)이라 한다〔『공소(孔疏)』〕.

25 오목량주(五楘梁輈,): 오목(五楘)은 멍에의 다섯 군데를 가죽으로 감은 것. 양주(梁輈)는 수레채의 앞쪽이 다리 보양 구부정한 것〔『공소(孔疏)』〕. 수레체는 수레 종류에 따라 이름이 다른데 대거는 원(轅:끌채), 병거와 전거(田車) 및 승거(乘車)는 주(輈)라 한다.

26 유환협구(游環脅驅): 유환(游環)은 양 복마(服馬)의 등 위에 가죽으로 만든 고리를 전후로 이동하도록 달아 놓고, 여기에 양 참마(驂馬)의 바깥쪽 고삐를 꿰어 수레 모는 사람이 손에 쥐어 참마가 밖으로 빠져나가지 않도록 한 것(『집전』). 협구(脅驅)는 가죽으로 만들어 앞은 멍에의 양 끝에 매고 뒤는 수레 턱나무 양쪽에 매어 복마의 옆구리 바깥쪽에 늘어져 참마가 달릴 때 안으로 들어옴을 막는 역할을 하는 것(『집전』).

27 음인옥속(陰靷鋈續): 음(陰)은 암범(揜軓)이라 하여(『집전』) 수레 앞 턱나무를 덮어 막은 판(板)을 말하는데, 턱나무를 감춘다는 뜻에서 음이라 한 것이다. 또는 검은색〔黔〕의 가차로 검다는 뜻. 인(靷)은 두 가닥 가죽으로 만든 끈으로 앞쪽은 참마의 목에 걸고 뒤끝은 음판(陰板) 위에 매어둔다(『집전』). 옥(鋈)은 흰 쇠〔백금(白金)〕(『모전』). 옥속(鋈續)은 흰 쇠로 가슴걸이 끈을 잇는 고리를 만든 것(『정전』). 흰 쇠란 백동·백철·백은 등을 모두 말한다.

28 문인창곡(文茵暢轂): 문인(文茵)은 무늬가 있는 자리, 곧 호피 자리(『모전』). 창(暢)은 길다는 뜻. 곡(轂)은 바퀴통. 창곡은 긴 바퀴통. 대거의 바퀴통은 1척 반, 병거의 바퀴통은 3척 2촌이었다고 한다(『집전』).

駕我騏馵[29]로다
가 아 기 주

내 청부루와 왼쪽 뒷발 흰 말이 끈다

言念君子[30]하니
언 념 군 자

님을 생각하면

溫其如玉[31]이로다
온 기 여 옥

구슬같이 온유한 모습

在其板屋[32]하니
재 기 판 옥

지금은 서융의 판잣집에 계셔

亂我心曲[33]이로다
난 아 심 곡

내 마음속 어지러워라

四牡孔阜[34]하니
사 모 공 부

네 필의 커다란 수말

六轡在手[35]로다
육 비 재 수

여섯 고삐 줄을 손에 쥐었다

騏駵是中[36]이요
기 류 시 중

청부루와 월따말은 가운데

騧驪是驂[37]이로다
왜 려 시 참

공골말과 가라말은 참마

---

29 기주(騏馵): 기(騏)는 청흑색의 말로 바둑돌 무늬가 있는 것. 주(馵)는 왼쪽 발목이 흰 말.

30 언념군자(言念君子): 언(言)은 조사. 군자(君子)는 작자가 남편을 이르는 말. 이 앞 구절까지는 여인이 남편이 종군할 때의 위세 있던 군 대열을 생각한 것이고, 여기서부터 지금의 그리움을 말한다.

31 온기여옥(溫其如玉): 남편의 모습이 옥처럼 온유하다는 뜻. 온기(溫其)는 온연(溫然)과 같다. 옥의 아름다움에는 다섯 가지 덕〔五德〕이 있는데, 윤택하면서 따스한 것〔潤澤以溫〕이 인(仁)이 있는 바〔『설문(說文)』〕라고 했다.

32 판옥(板屋): 서융(西戎)의 판옥(『모전』). 천수(天水) 농서(隴西: 감숙성)의 산에는 나무가 많고 주민들은 판자로 집을 짓는다고 하였다〔『공소(孔疏)』〕.

33 심곡(心曲): 마음의 깊은 곳. 이 구는 그리워하지만 만날 수 없어 마음이 어지러워진 것을 말한다〔『석의(釋義)』〕.

34 사모공부(四牡孔阜): 사모(四牡)는 수레를 끄는 사마(駟馬)가 모두 수말임을 뜻한다. 공(孔)은 매우, 심히. 부(阜)는 크다는 뜻. 공부(孔阜)는 매우 크다는 뜻. 앞 「진풍·사철(秦風·駟驖)」 시에도 보임.

35 육비(六轡): 여섯 줄의 고삐.

36 기류시중(騏駵是中): 기(騏)는 청흑색의 말. 류(駵)는 붉은 몸체에 검은 갈기가 있는 말로 월따말이라고 한다〔적마흑렵(赤馬黑鬣)〕. 류(騮)라고도 쓴다. 시중(是中)은 사마 중에서 가운데의 두 마리 복마(『정전』).

37 왜려시참(騧驪是驂): 왜(騧)는 주둥이가 검고 털이 누런 말. 려(驪)는 검은 말. 참(驂)은 복

龍盾之合[38]이요 용 순 지 합	용무늬 그린 방패 한 쌍에
鋈以觼軜[39]이로다 옥 이 결 납	참마 안 고삐 맨 흰 쇠고리
言念君子하니 언 념 군 자	님을 생각하면
溫其在邑[40]이로다 온 기 재 읍	서융 고을에 계실 온유한 모습
方何爲期[41]오 방 하 위 기	이제 돌아올 날 언젠가?
胡然我念之[42]오 호 연 아 념 지	어이해 나 이토록 그리울까

俴駟孔群[43]이어늘 천 사 공 군	엷은 갑옷 입은 네 필의 말 어울리고
厹矛鋈錞[44]로다 구 모 옥 대	세모창 밑 흰 쇠 물미를 댔다
蒙伐有苑[45]이어늘 몽 벌 유 원	호피로 싼 고운 방패와

마 바깥쪽의 두 마리 참마. 지금은 거의 사용하지 않지만 각각 공골말과 가라말로 쓴다.

38 용순지합(龍盾之合): 용순(龍盾)은 용이 그려져 있는 방패(『모전』). 합(合)은 합쳐서 수레에 싣는 것(『모전』). 수레의 넓이는 한 개의 방패로 막을 수 없기 때문에 여러 개의 방패를 합쳐 벌려서 화살을 막는다. 곧 차전패(遮箭牌)라고 하는 것.

39 옥이결납(鋈以觼軜): 옥(鋈)은 도금을 하는 것. 결(觼)은 참마의 안쪽 고삐를 매어 놓는 고리. 이 고리는 수레 앞턱나무에 달려 있다〔『공소(孔疏)』〕. 납(軜)은 참마의 안쪽 고삐.

40 온기재읍(溫其在邑): 온기(溫其)는 온연(溫然)과 같다. 즉 온유한 모습으로 서쪽 변경 오랑캐들의 고을에 계시다는 뜻(『집전』).

41 방하위기(方何爲期): 방(方)은 장(將)의 뜻〔『통석(通釋)』〕. 기(期)는 돌아올 날.

42 호연(胡然): '어쩌면 그렇게도'의 뜻. 또는 대연(大然).

43 천사공군(俴駟孔群): 천(俴)은 엷은 갑옷을 입힌 것(『정전』). 공(孔)은 매우, 심하게. 군(群)은 네 마리 말이 조화되게 잘 어울리는 것(『정전』).

44 구모옥대(厹矛鋈錞): 구모(厹矛)는 세모창. 옥대(鋈錞)는 세모창 손잡이 하단 평평한 밑부분을 흰 쇠로 입혀 놓은 것(『집전』). 우리말로 물미라고 한다.

45 몽벌유원(蒙伐有苑): 몽(蒙)은 섞임〔雜〕. 또는 용(龍)과 옛 음이 가까워 통한다〔『통석(通釋)』〕. 벌(伐)은 중간(中干)(『모전』), 곧 중간 크기의 방패로 순(盾)의 다른 이름. 『한시(韓詩)』에는 벌(瞂: 방패)로 쓰고 있다. 몽벌(蒙伐)은 잡우(雜羽) 곧 여러 깃털의 무늬를 그린 중간 크기의 방패. 또는 용무늬 방패. 몽(夢)에 대한 다른 해석이 있다. 몽은 총(冢)의 가차자로, 총(冢)의 본의는 몽호피(蒙虎皮) 곧 호랑이 가죽〔虎皮〕을 뒤집어쓰는 것.

虎韔鏤膺[46]이로다
호 창 루 응
앞가슴에 쇠를 새겨 붙인 호피 활집

交韔二弓[47]하니
교 창 이 궁
활집에 두 개 활을 엇갈리게 꽂고

竹閉緄縢[48]이로다
죽 폐 곤 등
대로 만든 활도지개 묶어 놓았다

言念君子하니
언 념 군 자
님을 생각하면

載寢載興[49]하도다
재 침 재 흥
자나 깨나 그 생각

厭厭良人[50]이여
염 염 양 인
온화하고 어지신 임

秩秩德音[51]이로다
질 질 덕 음
쌓이고 쌓인 사랑의 말씀

고대 전쟁 중에 호랑이 가죽으로 위장하여 적에게 위협을 가하고 놀라게 했으며 사람뿐 아니라 말과 병장기도 모두 호피로 싸서 위장하여 적에게 위협을 가하고 놀라게 했다. 방패도 호피로 쌀 가능성이 많다. 선진(先秦) 시기의 방패는 대개 덩굴, 나무 또는 가죽으로 만들었으며, 그래서 몽벌(蒙伐)은 호피로 싼 방패를 말하며, 방패에 우식(羽飾) 곧 깃털 장식을 한 일은 없다〔호후선(胡厚宣, 1911~1995), 계욱승(季旭昇)〕. 유원(有苑)은 원연(苑然)과 같으며 무늬가 고운 모양(『집전』).

46 호창루응(虎韔鏤膺): 호창(虎韔)은 호랑이 가죽으로 만든 활집(『모전』). 루(鏤)는 쇠에 조각하여 장식으로 붙이는 것. 응(膺)은 활집의 가슴 즉 중간 앞쪽 부분. 누응(鏤膺)은 활집의 가슴 부분에 쇠에 조각한 것을 장식으로 붙인 것〔엄찬(嚴粲), 『시집(詩緝)』〕.

47 교창이궁(交韔二弓): 활집에 두 개의 활을 엇갈리게 꽂아놓는 것(『모전』). 창(韔)은 동사로 쓰였다.

48 죽폐곤등(竹閉緄縢): 죽폐(竹閉)는 대나무로 만든 것으로 활을 바로잡는 도구인데, 비〔䩛, 鞸: 『제시(齊詩)』에서는 폐(閉)를 비(柲)로 썼다〕·궁경(弓檠)이라고 하며, 우리말로는 활도지개. 곤(緄)은 줄 또는 끈. 등(縢)은 묶다. 곤등(緄縢)은 끈으로 묶는 것으로, 활을 사용하지 않을 때 활도지개를 활대 안쪽에 긴밀하게 끼우고 끈으로 활과 도지개를 함께 묶어서 활이 변형되지 않도록 한다〔『공소(孔疏)』〕.

49 재침재흥(載寢載興): 재(載)는 어조사. 누웠다가 일어났다가 하며 안정되지 않는 것. 잘 때나 깨어 일어날 때나 남편이 그립다는 뜻. 님을 생각함이 깊어서 기거(起居)가 편안하지 못함을 말한 것(『집전』).

50 염염양인(厭厭良人): 염염(厭厭)은 안정된 모양. 염(懕: 편안하고 넉넉함)과 같다. 양인(良人)은 좋은 님. 남편을 가리킨다.

51 질질덕음(秩秩德音): 질질(秩秩)은 차례가 있는 모양(『집전』). 즉 일을 함에 있어 문란하지 않고, 그 행위와 진퇴(進退)가 예절에 맞는 것. 또는 청백(淸白)〔『이아(爾雅)』〕, 곧 맑고 깨끗함. 덕음(德音)은 애정의 말. 그래서 이 구절은 한마디 한마디 얘기한 여러 가지

◈ 해설

「모시서」에서는 진나라 양공(襄公)을 기린 시라고 했다. 시에 나오는 군자나 양인(良人)은 부인이 임금인 양공을 흠모하여 그렇게 부른 것이라고 하였다. 그러나 남편이 출정할 때의 수레의 장엄한 모습을 찬탄하고 전쟁에 나간 남편을 그리워하는 여인의 노래로 보는 것이 좋겠다. 무위(武威)도 당당하게 출정하던 광경이 눈에 선하지만 돌아오지 않는 그가 사무치게 그리운 것이다. 진나라 양공은 주나라 평왕(平王)의 명으로 서융을 정벌하였다. 작자의 남편은 양왕을 따라 서융(西戎) 정벌에 참가한 장군이거나 경대부의 하나일 가능성이 많다.

이 시는 모두 3장에 각 장은 10구(전 6구, 후 4구로 나눌 수 있다)로 되어 있다.

제1장은 주로 수레를, 제2장은 주로 말을, 제3장은 주로 병기(兵器)를 말하고 있으며, 그에 대한 단어들이 풍부하다. 각장의 후반에 '님을 생각하면(言念君子)' 등의 님 그리는 말로써 맺으면서 남성적 상무(尙武) 정신과 여성적 정서를 결합시켜 조탁함이 빼어나다.

4. 겸가(蒹葭) 갈대

蒹葭蒼蒼[52]하니 겸 가 창 창	갈대는 푸르고 푸른데
白露爲霜[53]이로다 백 로 위 상	흰 이슬 내려 서리 되네

애정의 기약들.

52 겸가창창(蒹葭蒼蒼): 겸가(蒹葭)는 갈대. 겸은 갈대의 한 종류이며 가(葭)는 대개 어린 갈대로 보는데, 겸가는 갈대 종류의 풀을 통칭한 것으로 본다. 창창(蒼蒼)은 무성한 모양. 또는 푸른색. 가을의 갈대 잎은 이슬 내리고 서리 내리면 푸른색을 띤다고 한다. 「정풍·자금(鄭風·子衿)」에도 보임.

所謂伊人[54]이 소 위 이 인	내 사모하는 그 사람
在水一方이로다 재 수 일 방	강물 저쪽에 있는데
遡洄從之[55]나 소 회 종 지	물결 거슬러 올라가 따르려 해도
道阻且長[56]이며 도 조 차 장	길 험하고 멀며
遡游從之[57]나 소 유 종 지	물결 따라서 내려가 따르려 해도
宛在水中央[58]이로다 완 재 수 중 앙	아스라이 강물 가운데 있네

蒹葭淒淒[59]하니 겸 가 처 처	갈대는 우거져 무성한데
白露未晞[60]로다 백 로 미 희	흰 이슬 내려 아직 촉촉하네
所謂伊人이 소 위 이 인	내 사모하는 그 사람
在水之湄[61]로다 재 수 지 미	강물 가에 있는데
遡洄從之나 소 회 종 지	물결 거슬러 올라가 따르려 해도
道阻且躋[62]며 도 조 차 제	길 험하고 가파르며

53 백로위상(白露爲霜): 대개 음력 9월 이후에 해당된다(『전소(傳疏)』).

54 소위이인(所謂伊人): 소위(所謂)는 '바로 그', '내가 말하는 그 사람'의 뜻. 이(伊)는 '이' 또는 '그'.

55 소회종지(遡洄從之): 소회(遡洄)는 물결을 거슬러 올라가는 것. 종지(從之)는 그를 따르는 것, 곧 그에게로 가는 것.

56 조차장(阻且長): 조(阻)는 험한 것. 장(長)은 멀다는 뜻.

57 소유(遡游): 물결 따라 내려가는 것. 또는 건너가는 것(『모전』).

58 완(宛): 여전히 저 멀리 보이는 것. '마치 ―와 같다'는 뜻〔彷佛〕.

59 처처(淒淒): 풀이 무성한 모양. 처처(萋萋)와 같다.

60 희(晞): 마르다.

61 미(湄): 물가

62 제(躋): 오르다(『집전』). 가기 힘든 오르막길로 되어 있는 것(『정전』).

遡游從之나 소 유 종 지	물결 따라서 내려가 따르려 해도
宛在水中坻[63]로다 완 재 수 중 지	아스라이 모래섬에 있네
蒹葭采采[64]하니 겸 가 채 채	갈대는 더부룩한데
白露未已[65]로다 백 로 미 이	흰 이슬 내려 아직 안 말랐다
所謂伊人이 소 위 이 인	내 사모하는 그 사람
在水之涘[66]로다 재 수 지 사	강물 가에 있네
遡洄從之나 소 회 종 지	물결 거슬러 올라가 따르려 해도
道阻且右[67]며 도 조 차 우	길 험하고 꾸불꾸불하며
遡游從之나 소 유 종 지	물결 따라서 내려가 따르려 해도
宛在水中沚[68]로다 완 재 수 중 지	아스라이 강 속의 섬에 있네

◈ 해설

「모시서」에서는 진(秦)나라 양공(襄公)이 주나라의 예〔주례(周禮)〕를 쓰지 않아 나라를 견고하게 하지 못함을 풍자한 것이라 하였다. 잘 납득되지 않는다. 정현(鄭玄)이 이에 대해 다소 구체적으로 말했다. "진나라가 주나라의 옛 땅에 있

63 지(坻): 강물 가운데의 섬〔『공소(孔疏)』〕. 작은 모래섬.
64 채채(采采): 처처(萋萋)와 같은 말로(『모전』), 무성한 모양.
65 이(已): 지(止)와 통하며, 이슬이 아직 완전히 마르지 않았다는 것을 말한다.
66 사(涘): 물가.
67 우(右): 우회(迂回), 곧 빙 돌아가게 됨을 말한다(『정전』).
68 지(沚): 모래톱.

으면서 그 사람들이 주나라의 덕(德)을 입은 지 오래되었다. 지금 양공이 새로 제후가 되었는데 아직 주나라의 예법을 익히지 못했기 때문에 나라 백성들이 수긍하지 않은 것이다." 상당히 추상적이다. 그리고 이 시에는 어진 사람을 갈구하는 뜻이 언외(言外)에 넘친다. 진나라가 현자 찾는 걸 급선무로 여겼기 때문에 이런 해석도 가능하다〔다산(茶山) 정약용, 『강의(講義)』〕. 임금이 이 시를 읊으면 현자를 구하는 것이요, 여인이 이 시를 읊으면 짝을 그리워하는 애정시가 된다.

현대에 와서는 점차 대표적인 애정시로 확정되었으며 중국의 유행가 가사로도 활용되어 대중의 사랑을 받고 있다. 사모하면서도 가까이할 수 없는 안타까운 마음을 표현하였다. 여기서 강물은 그와 연인 사이의 간격을 상징하는 것으로 보이며, 험하고도 먼 길은 그에게 가까이 할 방법의 어려움을 말하는 것이다. 나아가서는 그 이미지가 "숨은 듯 보이는 듯, 있는 듯 없는 듯 아득하기가 지극하여〔표묘(漂渺)〕"〔명말(明末) 종성(鍾惺, 1574~1624), 『시경평점(詩經評點)』〕, 「국풍(國風)」 속의 제일의 표묘문자(縹緲文字), 즉 일종의 몽롱시(朦朧詩)로 인정되기도 하는 바, 거칠고 질박한 「진풍(秦風)」 중에서 독특한 격조를 가지고 있다.

5. 종남(終南) 종남산

終南何有[69]오 종 남 하 유	종남산에 무엇이 있나?
有條有梅[70]로다 유 조 유 매	산추나무와 매화나무 있지

---

69 종남(終南): 주나라의 명산으로, 중남(中南)·남산(南山)이라고도 함. 지금의 진령(秦嶺)으로 섬서성 서안(西安) 남쪽에 있다.

70 유조유매(有條有梅): 조(條)는 산추(山楸)나무. 껍질과 잎새는 희고 나무 빛깔도 희며 결이 고와서 거판(車板)의 좋은 재목으로 친다〔『공소(孔疏)』〕. 아마도 개오동나무나 가래

君子至止[71]하시니 군 자 지 지	군자께서 여기 오셨는데
錦衣狐裘[72]며 금 의 호 구	비단옷에 여우 갖옷 입고
顔如渥丹[73]이시니 안 여 악 단	얼굴은 붉게 물들인 듯하시니
其君也哉[74]로다 기 군 야 재	진정 위의가 존엄하여라

終南何有오 종 남 하 유	종남산에 무엇이 있나
有紀有堂[75]이로다 유 기 유 당	산버들나무와 팥배나무 있지
君子至止하시니 군 자 지 지	군자께서 여기 오셨는데

나무 아닐까 싶다. 산초(山椒)나무와는 다르다. 매(梅)는 매화나무.

71 군자지지(君子至止): 지(止)는 조사. '군자'를 굳이 임금으로 볼 이유는 없다. 그리고 양공이 종남산에 와서 친히 자신의 백성인 농민들의 일을 살펴본 것으로도 해석할 필요도 없다. 이 구는 「소아·정료(小雅·庭燎)」, 「소아·첨피락의(小雅·瞻彼洛矣)」에서도 보이는데 모두 제후가 주(周)의 조정에 조회(朝會)차 온 것이거나 작명(爵名)을 받기 위해 온 것(『정전』)으로 해석된다. 그래서 이 구절은 다른 나라 제후나 대부가 진나라를 내방하러 온 것으로 보인다.

72 금의호구(錦衣狐裘): 금의(錦衣)는 채색 있는 비단옷. 호구(狐裘)는 흰 여우 털가죽으로 만든 옷〔『공소(孔疏)』〕. "군주는 호백구(狐白裘)를 입는데, 비단옷을 갖옷 위에 덧입는다〔『예기·옥조(禮記·玉藻)』〕"고 했다(『집전』).

73 악단(渥丹): 악(渥)은 젖다, 물들다. 이 구절은 얼굴이 물을 들인 것같이 붉다는 뜻.

74 기군야재(其君也哉): 기(其)는 야(也)·재(哉)와 함께 조사이며, 강조의 뜻을 나타낸다. 또는 기(其)는 극(極: 매우)의 뜻으로도 볼 수 있다. 그리고 군(君)은 일반적으로 명사인 임금의 뜻으로 보지 않고 그 위의(威儀)가 존엄(尊嚴)하다 또는 인군(人君)답다는 뜻으로 본다(『정전』). 즉 용모와 의복이 그 임금 됨에 걸맞다는 뜻(『집전』). 『설문(說文)』에 '君, 尊也'라 하였다.

75 유기유당(有紀有堂): 기(紀)는 기(杞)와 통하며 산버들나무이지 구기자나무가 아니다. 당(堂)은 당(棠)과 통하며 팥배나무〔당리(棠梨)〕. 앞의 '條', '梅'와 함께 좋은 나무들로서 우수한 인재를 비유한다. 『집전(集傳)』에서는 기(紀)를 산의 모서리라고 하였고, 당(堂)을 산의 넓고 평평한 곳이라 했는데 근거를 알 수 없다.

黻衣繡裳[76]이며
불 의 수 상

불 무늬 웃옷에 수놓은
바지 입으시고

佩玉將將[77]하시니
패 옥 장 장

패옥 부딪치는 구슬 소리 쟁쟁 울리니

壽考不忘[78]이로다
수 고 불 망

만수무강하소서

◈ 해설

「모시서」에서는 진(秦)나라 양공(襄公)이 서융을 친 공로로 주(周)나라 평왕(平王)으로부터 주나라의 옛 땅인 기서(岐西) 땅을 받아 비로소 제후가 되고 훌륭한 의복을 받으니 대부가 이를 아름답게 여기고 시를 지어 경계하고 권면한 것이라 하였다. 그러나 시에서 권계(勸戒)의 뜻은 볼 수 없다. 진(秦)나라 사람들이 그들의 임금을 찬미한 시로 보는 것이 가장 일반적이다.

종남산의 좋은 나무로써 좋은 인재를 비유하였는데, 여기의 '군자'는 반드시 진양공(秦襄公)이라 할 수는 없고 진나라의 어떤 귀족이거나 또는 다른 나라 제후일 수도 있다. 굳이 '임금'으로 본 이유의 하나인 제1장 제6구 '기군야재(其君也哉)'의 '군(君)'은 군자의 위의(威儀)가 존엄한 것, 그리고 나아가서 군자다움으로 볼 수 있다. 그래서 이 시는 다른 나라 제후나 대부가 진나라를 내방한 것으로도 볼 수 있으며, 따라서 이 시는 '영빈(迎賓)' 악가(樂歌)이며, 당시의 악관이 지은 것으로 본다.

---

76 불의수상(黻衣繡裳): 불(黻)은 흑색과 청색을 엇섞어 가며 두 개의 기〔己, 또는 궁(弓)〕자를 맞붙여〔또는 아형(亞形)〕 이어 놓은 것 같은 모양으로 만든 무늬. 불의(黻衣)는 그 불(黻)무늬를 놓은 상의. 수상(繡裳)은 수를 놓은 치마.

77 패옥장장(佩玉將將): 패옥(佩玉)은 허리에 찬 옥. 장장(將將)은 구슬이 부딪쳐 울리는 소리로 장장(鏘鏘)과 같다.

78 수고불망(壽考不忘): 수고(壽考)는 늙도록 오래 사는 것. 곧 장수. 고(考)는 노(老). 불망(不忘)은 불망(不亡)·불이(不已) 곧 끝남이 없다는 뜻. 이 구는 만수무강(萬壽無疆)과 같은 말.

6. 황조(黃鳥) 꾀꼬리

交交黃鳥[79]이 교 교 황 조	꾀꼴꾀꼴 지저귀는 꾀꼬리
止于棘[80]이로다 지 우 극	대추나무에 내려앉는다
誰從穆公[81]고 수 종 목 공	누가 목공을 따라 죽는가?
子車奄息[82]이로다 자 거 엄 식	자거씨 아들 엄식
維此奄息이여 유 차 엄 식	이 엄식이야말로
百夫之特[83]이로다 백 부 지 특	백 사람이라도 당할 훌륭한 분
臨其穴[84]하여 임 기 혈	그 무덤에 들어갈 적에

---

79 교교황조(交交黃鳥): '교교'는 교교(咬咬: 새소리)와 통하며 새가 우는 소리〔『통석(通釋)』〕. 또는 날아 왕래하는 모양(『집전』). 또는 작은 모양. '황조'는 곤줄매기. 또는 꾀꼬리〔황작(黃雀)〕. 「주남·갈담(周南·葛覃)」에도 나옴.

80 지우극(止于棘): '지'는 멈춰 내리다, 깃들다. '극'은 대추나무. 꾀꼬리가 棘·桑·楚에 내려앉는 것은 제자리를 찾는 것으로 보고, 세 명의 훌륭한 신하가 따라 죽은 것이 제대로 죽은 것이 아님을 역으로 비유하면서 풍자했다고 한다〔"黃鳥于飛, 集于灌木", 「주남·갈담(周南·葛覃)」〕. 또는 반대로 그 나무들에 내려앉는 것이 제자리를 찾지 못한 것이라고도 한다. 棘·楚는 작은 나무이고 桑 또한 꾀꼬리가 내려앉기에는 적당한 곳이 아니라는 해석이다. 일설에는 '棘'은 급(急), '桑'은 '상(喪)', '楚'는 '통초(痛楚)' 또는 '고초(苦楚)'를 말하는 것이라 했다〔『통석(通釋)』〕.

81 수종목공(誰從穆公): 종(從)은 남의 죽음을 따라 죽는 것(『집전』). 『춘추좌전』「문공(文公) 6년」에 의하면 진나라 목공이 죽었을 때 그 유명(遺命)으로 자거씨(子車氏)의 세 아들, 곧 이 시에 나오는 엄식(奄息)과 중항(仲行)·침호(鍼虎)가 순사하였다. 진나라 사람들은 이들의 죽음을 슬퍼하고 '황조'를 노래 불렀다고 한다. 목공은 성이 영(嬴), 이름은 임호(任好)이다.

82 자거엄식(子車奄息): 자거(子車)는 성(姓). '엄식'은 이름.

83 백부지특(百夫之特): 특(特)은 필(匹)의 뜻을 지녔고, 필은 당(當)과 통한다〔『통석(通釋)』〕. 따라서 이 구는 백 사람을 당해 낼 만한 사람. 당해 내다는 뜻으로 필적(匹敵)이란 말도 있다.

84 혈(穴): 묘혈. 목공이 묻히는 무덤구덩이(『정전』).

惴惴其慄[85]이로다
췌 췌 기 율

두려워 부르르 떨었다

彼蒼者天[86]이여
피 창 자 천

저 푸르른 하늘이여

殲我良人[87]이로다
섬 아 량 인

우리의 어지신 분을 죽이려는가

如可贖兮[88]인댄
여 가 속 혜

그 몸 바꿀 수만 있다면

人百其身[89]이로다
인 백 기 신

백 사람이라도 대신 죽으련만

交交黃鳥이
교 교 황 조

꾀꼴꾀꼴 지저귀는 꾀꼬리

止于桑이로다
지 우 상

뽕나무에 내려앉는다

誰從穆公고
수 종 목 공

누가 목공을 따라 죽는가?

子車仲行[90]이로다
자 거 중 항

자거씨 아들 중항

維此仲行고
유 차 중 항

이 중항이야말로

百夫之防[91]이로다
백 부 지 방

백 사람이라도 막아 낼 용감한 분

臨其穴하여
임 기 혈

그 무덤에 들어갈 적에

惴惴其慄이로다
췌 췌 기 율

두려워 부르르 떨었다

---

85 췌췌기율(惴惴其慄): 췌췌(惴惴)는 두려워하는 모습. 율(慄)은 떨다.

86 피창자천(彼蒼者天): 창자(蒼者)는 창연(蒼然), 푸르른 것. 창자천(蒼者天)은 창연한 하늘.

87 섬아량인(殲我良人): 섬(殲)은 죽여 버리는 것〔『석의(釋義)』〕. 양인(良人)은 좋은 사람, 훌륭한 사람. 여기서는 엄식을 가리킨다.

88 여가속(如可贖): 여(如)는 만약. 속(贖)은 무역(貿易)의 뜻(『집전』), 곧 물건을 주고 다른 것으로 바꾸는 것.

89 인백기신(人百其身): 딴 사람 백 명으로라도 그의 한 몸과 바꾸겠다는 말.

90 중항(仲行): 이름. 자거씨의 둘째 아들.

91 방(防): 당(當)의 뜻으로(『정전』), 그의 용맹이 백 사람을 당한다는 말〔엄찬(嚴粲), 『시집(詩緝)』〕.

彼蒼者天이여 피 창 자 천	저 푸르른 하늘이여
殲我良人이로다 섬 아 량 인	우리의 어지신 분을 죽이려는가
如可贖兮인댄 여 가 속 혜	그 몸 바꿀 수만 있다면
人百其身이로다 인 백 기 신	백 사람이라도 대신 죽으련만

交交黃鳥이 교 교 황 조	꾀꼴꾀꼴 지저귀는 꾀꼬리
止于楚로다 지 우 초	가시나무에 내려앉는다
誰從穆公고 수 종 목 공	누가 목공을 따라 죽는가?
子車鍼虎로다 자 거 침 호	자거씨 아들 침호
維此鍼虎[92]여 유 차 침 호	이 침호야말로
百夫之禦[93]로다 백 부 지 어	백 사람이라도 막아 낼 지혜로운 분
臨其穴하여 임 기 혈	그 무덤에 들어갈 적에
惴惴其慄이로다 췌 췌 기 율	두려워 부르르 떨었다
彼蒼者天이여 피 창 자 천	저 푸르른 하늘이여
殲我良人이로다 섬 아 량 인	우리의 어지신 분을 죽이려는가
如可贖兮인댄 여 가 속 혜	그 몸 바꿀 수만 있다면
人百其身이로다 인 백 기 신	백 사람이라도 대신 죽으련만

92 침호(鍼虎): 사람 이름.

93 어(禦): 당(當)의 뜻(『모전』)으로, 그의 지혜가 백 사람을 당한다는 말.

◈ 해설

진목공(秦穆公)을 따라 순장(殉葬)된 자거씨(子車氏)의 세 아들을 진나라 사람들이 애도한 시이다. 「모시서」에 "황조는 세 사람의 훌륭한 신하를 애도한 것이다. 진나라 사람들은 목공이 이 사람들을 종사(從死)케 하였기 때문에 이를 풍자하는 뜻으로 이 시를 지었다"고 하였다. 『춘추좌전』 「문공 6년」과 『사기·진본기(史記·秦本紀)』에 이 시의 배경이 되는 관련 역사 기록이 있다. 당시 순장된 사람은 그 밖에도 177명이 있었다고 한다.

진나라는 평소 유목을 위주로 하면서 감숙성 천수 일대 중국의 서북에 치우쳐 있으며 오랫동안 융적(戎狄)과 이웃하고 있었기 때문에 그 습속도 그들과 가까웠다. 그 대표되는 것이 낙후된 결혼 풍속과 야만적인 순장제(殉葬制)이다.

사마천(司馬遷)은 『사기·진본기(史記·秦本紀)』에서 "진(秦) 목공(穆公)이 죽으면서 백성들을 저버리고 그 훌륭한 신하들을 거두어 갔다. 선왕(先王)은 세상을 떠날 때에도 오히려 덕을 남겼거늘 하물며 백성들이 애석하게 여기는 훌륭한 신하를 빼앗아감에랴!"라고 하여 목공(穆公)을 책망하며 그의 아들 강공(康公)이 그들을 죽인 것이 아니라 하였고, 소식(蘇軾)은 "예전에 목공은 살아 있을 때에도 맹명(孟明)을 죽이지 않았거늘 어찌 죽는 날에 차마 그 훌륭한 신하들을 순장케 했겠는가?"라고 하며 세 사람이 스스로 공을 따라 죽은 것이지 목공의 뜻이 아니라고 여겼다. 과연 목공의 잘못인가, 제도의 잘못됨인가. 아니면 신의(信義)를 중하게 여긴 목공의 신하들의 의리가 빼어남인가.

7. 신풍(晨風) 새매

鴥彼晨風[94]이여 율 피 신 풍	쏜살같은 저 새매

鬱彼北林[95]이로다 울 피 북 림	울창한 저 북림으로 날아가네
未見君子[96]라 미 견 군 자	그분을 뵙지 못해
憂心欽欽[97]이로다 우 심 흠 흠	시름하는 마음 하염없네
如何如何로 여 하 여 하	어이하여 어이하여
忘我實多[98]오 망 아 실 다	날 이토록 잊으시나요?

山有苞櫟[99]이며 산 유 포 력	산에는 상수리나무 떨기들
隰有六駁[100]이로다 습 유 육 박	진펄에는 빽빽한 가래나무
未見君子라 미 견 군 자	그분을 뵙지 못해
憂心靡樂[101]이로다 우 심 미 락	시름하는 마음 즐거울 날 없네
如何如何로 여 하 여 하	어이하여 어이하여

---

94 율피신풍(鴥彼晨風): 율(鴥)은 빠르게 날아가는 모양(『모전』). 율피(鴥彼)는 율율(鴥鴥)과 같다. 신풍은 『설문(說文)』에 신풍(鷐風)으로 쓰며 새매를 말한다. 전(鸇)과 같다(『모전』). 등이 청흑색이고 맹금류이며 굽은 부리로 비둘기·제비·참새 등을 잡아먹고 산다〔『공소(孔疏)』〕. 이 새가 울 때 큰 바람 소리와 같으므로 일명 신풍(晨風)이라 한다고 하였다〔이시진(李時珍), 『본초강목(本草綱目)』〕.

95 울피북림(鬱彼北林): 울피(鬱彼)는 울울(鬱鬱)과 같으며, 삼림이 무성한 모양(『집전』). '북림'은 숲 이름(『모전』).

96 군자(君子): 부인이 남편을 지칭하는 말.

97 흠흠(欽欽): 근심이 그치지 않는 모양(『집전』).

98 실다(實多): 다(多)는 심(甚)의 뜻〔『석의(釋義)』〕. 실다(實多)는 정말 심하다는 뜻.

99 포력(苞櫟): 포(苞)는 떨기. 력(櫟)은 상수리나무.

100 육박(六駁): 육(六)은 다수 즉 많은 것을 뜻한다. 또는 륙(蓼: 여뀌, 크다)의 가차자로 길다는 뜻. 박(駁)은 나무 이름으로 박마(駮馬)라고 하며 재유(梓楡)인데, 그 나무껍질이 청백색이어서 멀리서 보면 마치 얼룩말과 같으므로 박마라고 한 것이다〔『육소(陸疏)』, 『집전(集傳)』〕. 가래나무〔재(梓)〕나 느릅나무〔유(楡)〕와 비슷한 나무일 것으로 여기서는 가래나무로 번역함.

101 미락(靡樂): 미(靡)는 없다〔無〕는 뜻. 즐거움이 없는 것.

忘我實多오 날 이토록 잊으시나요?
망 아 실 다

山有苞棣[102]며 산에는 아가위나무 떨기들
산 유 포 체

隰有樹檖[103]로다 진펄에는 우뚝 선 팥배나무
습 유 수 수

未見君子라 그분을 뵙지 못해
미 견 군 자

憂心如醉로다 시름하는 마음 술 취한 듯하네
우 심 여 취

如何如何로 어이하여 어이하여
여 하 여 하

忘我實多오 날 이토록 잊으시나요?
망 아 실 다

◈ 해설

밖에 나가 오래도록 돌아오지 않는 남편을 생각하며 시름에 겨운 아내가 부른 노래이다. 「모시서」에서는 진나라 강공(康公)이 목공의 유업(遺業)을 잊고 어진 신하들을 저버리므로 이를 풍자한 것이라 하였는데 견강부회한 것 같다. 북림 상공을 배회하는 새매를 보고 남편의 귀가를 생각하고, 산과 진펄에 무성한 나무들을 보고 풍성하고 행복한 집안을 떠올렸을 것이다.

---

102 체(棣): 당체(唐棣) 또는 울리(鬱李). 아가위나무.

103 수수(樹檖): 수(樹)는 서 있는 모양〔『통석(通釋)』〕로, 앞의 포(苞) 곧 떨기로 자라있는 것에 대조하여 말한 것. 수(檖)는 팥배나무〔산리(山梨)〕.

8. 무의(無衣) 옷이 없다면

豈曰無衣오 기 왈 무 의	어이 옷이 없다 할까만
與子同袍[104]로다 여 자 동 포	그대와 같은 전포 입으리라
王于興師[105]시어든 왕 우 흥 사	왕께서 군사를 일으키시면
修我戈矛[106]하여 수 아 과 모	내 짧은 창과 긴 창 닦아
與子同仇[107]하리라 여 자 동 구	그대와 함께 짝이 되리라

豈曰無衣오 기 왈 무 의	어이 옷이 없다 할까만
與子同澤[108]이로다 여 자 동 탁	그대와 같은 속옷 입으리라
王于興師시어든 왕 우 흥 사	왕께서 군사를 일으키시면
修我矛戟[109]하여 수 아 모 극	내 긴 창과 미늘 창 닦아
與子偕作[110]하리라 여 자 해 작	그대와 함께 일어나리라

---

104 여자동포(與子同袍): 포(袍)는 두루마기로 겉에 입는 긴 옷. 여기서는 전포(戰袍)로 본다. 그대와 두루마기 또는 전포(戰袍)를 함께 입겠다는 것은 한마음 한뜻으로 생사고락(生死苦樂)을 함께하겠다는 말.

105 왕우흥사(王于興師): 왕(王)는 주나라 평왕(平王)를 가리키는 것으로 본다〔『석의(釋義)』〕. 흥사(興師)는 군사를 일으키는 것.

106 과모(戈矛): 모두 창을 말하는데, '과'는 길이 6척 6촌, '모'는 2장(丈)의 긴 창(『모전』).

107 동구(同仇): 구(仇)는 짝. 또는 공동의 적으로 삼아 함께 대적하는 것. 즉 진나라 백성들이 평왕이 미워하는 견융(犬戎)을 적으로 하는 것을 말한다〔『석의(釋義)』〕. 여기서는 전자를 취했다.

108 탁(澤): 탁(襗)의 가차로 속고의. 설의(褻衣)(『정전』). 속옷으로 살갗에 직접 닿아서 때와 기름을 가까이하므로 택(澤)이라 한다고 했다(『집전』)

109 극(戟): 거극(車戟)이라고도 하며(『모전』), 두 개로 갈래진 창으로 길이는 1장 6척〔『공소(孔疏)』〕.

豈曰無衣오 기 왈 무 의	어이 옷이 없다 할까만
與子同裳[111]이로다 여 자 동 상	그대와 같은 바지 입으리라
王于興師시어든 왕 우 흥 사	왕께서 군사를 일으키시면
修我甲兵[112]하여 수 아 갑 병	내 갑옷과 무기 닦아
與子偕行[113]하리라 여 자 해 행	그대와 함께 나아가리라

◈ 해설

진나라 사람들이 임금을 도와 종군(從軍)하면서 그 강개(慷慨)를 읊은 시이다. 천자인 주(周) 평왕(平王)이 동천할 때 진양공(秦襄公)이 평왕을 호위해 간 것을 두고 이르는 말이다.

「모시서」에서는 진나라 임금이 전쟁을 자주하므로 백성들이 이를 풍자한 것이라 했는데 시에서는 풍자의 느낌을 찾을 수 없다. 진나라 땅이 서융(西戎)에 가까워 전쟁 준비에 숙련이 되었고 기개와 용력(勇力)을 숭상하였으므로 이런 시구가 나오게 되었다. 『집전(集傳)』에서도 진나라 사람들의 풍속이 대개 기개를 숭상하고 용력을 앞세워 삶을 잊고 죽음을 가볍게 여겼으므로 이 시에 나타났다고 했다. 시 속의 주인공은 호방하며 낙관적인 성격에 상부상조의 정신을 갖춰 「진풍(秦風)」의 전형적인 풍격을 대표하는 것으로 보인다.

춘추 말엽에 오자서(伍子胥)가 오(吳)나라 군대를 이끌고 초나라의 영도(郢都)를 공격한 후 초나라의 신포서(申包胥)가 진(秦)나라에 와서 급하게 구원을

---

110 해작(偕作): 함께 일어나다. 작(作)은 기(起)의 뜻.

111 상(裳): 남자의 하의. 옛날에는 남자들도 바지가 아니라 치마와 같은 것을 입었다.

112 갑병(甲兵): 갑(甲)은 갑주(甲冑) 곧 몸을 보호하는 갑옷의 총칭, 병(兵)은 병기(兵器) 곧 무기의 총칭.

113 행(行): 전쟁에 나가는 것.

요청하였을 때 진목공이 이 시를 읊었다고 한다(『춘추좌전』「정공 4년」). 그들의 호탕하고도 강개한 상무 정신의 한 부분을 볼 수 있다.

9. 위양(渭陽) 위수의 북쪽 기슭

我送舅氏[114]하여 아 송 구 씨	나는 외숙부를 전송하러
曰至渭陽[115]이로다 왈 지 위 양	위수 북쪽에 다다랐다
何以贈之[116]오 하 이 증 지	무엇을 선물할까?
路車乘黃[117]이로다 노 거 승 황	수레와 누런 사마
我送舅氏하니 아 송 구 씨	나는 외숙부를 전송하며
悠悠我思[118]로다 유 유 아 사	끝없이 솟는 그리움

114 구씨(舅氏): 구(舅)는 외삼촌. 구씨는 외삼촌, 외숙(外叔). 여기서의 외숙은 진(晋)나라 중이(重耳)이고 시를 읊는 사람은 진나라 강공(康公)이다. [해설] 참조.

115 왈지위양(曰至渭陽): 왈(曰)은 조사. 위(渭)는 위수(渭水). 양(陽)은 강의 북쪽 산의 남쪽 기슭을 말한다. 북쪽 기슭은 남향 경사이므로 햇볕이 잘 쬐이므로 양이라 한다. 진나라는 이때 옹〔雍: 지금의 섬서성 봉상현(鳳翔縣) 남쪽〕에 도읍하고 있었다. 지위양(至渭陽), 즉 위양에 이른다는 것은 동쪽으로 가서 외숙을 함양〔咸陽: 지금의 섬서성 장안현(長安縣)〕으로 전송하는 것. 함양은 옹에서 보아 위수 북쪽 기슭에 있다(『정전』).

116 증(贈): 이별의 선물을 주는 것.

117 노거승황(路車乘黃): 노거(路車)는 제후의 수레(『집전』). 승황(乘黃)은 수레를 끄는 사마(駟馬)가 모두 누런 것(『모전』. 「정풍·대숙우전(鄭風·大叔于田)」 시 참조.

118 유유아사(悠悠我思): 유유(悠悠)는 긴 모습. 외숙을 보내려 하니 돌아가신 어머님 생각이나 외숙이 겪은 여러 가지 고난 등이 하염없이 길게 이어지듯이 떠오르는 것을 말한

何以贈之오
하 이 증 지

瓊瑰玉佩[119]로다
경 괴 옥 패

무엇을 선물할까?

아름다운 옥돌과 패옥

◈ 해설

진(秦)나라 태자 강공(康公)이 진(晉)나라로 돌아가는 외숙부 중이(重耳)를 전송하는 시이다(『시집전』). 「모시서」에서는 강공이 어머니를 생각하여 부른 노래라고 하였는데, 비록 외숙을 전송하며 돌아가신 어머니를 생각했을 것이지만 주제는 전송으로 보아야 할 것이다.

강공의 어머니는 진(晉) 헌공(獻公)의 딸이다. 진(晉) 헌공(獻公)은 처음 가후(賈侯)의 딸을 부인으로 삼았으나 아들이 없었다. 다시 부친의 첩이었던 제강(齊姜)을 취하여 진(秦) 목공(穆公) 부인과 태자 신생(申生)을 낳았다. 다시 융녀(戎女: 서쪽 변방의 이민족 여인) 두 사람을 맞아 큰 융희(戎姬)는 중이(重耳)를 낳고, 작은 융희는 이오(夷吾)를 낳았다.

진(秦)나라 강공(康公) 영영(嬴罃)의 모친은 중이(重耳)의 배 다른 남매이다. 헌공은 BC 672년 여융(驪戎)을 정벌하였는데 여융족이 여희(驪姬)와 그녀의 여동생을 헌공에게 바쳤는데 여희는 해제(奚齊)를 낳고 그녀의 여동생은 탁자(卓子)를 낳았다. 여희가 총애를 받아 해제를 태자로 앉히려고 신생과 중이와 이오를 죽이려고 했다. BC 656년 신생은 자살하고 중이와 이오는 도주했다. 이후 중이는 19년 동안 각국을 떠돌아다니다가 마침내 진(秦)나라에 도착하였고 진(秦) 목공(穆公)의 지지를 받아 귀국하여 진(晉)나라의 군주가 되었다. 태자일 때의 진(秦) 강공(康公)이 중이를 전송할 때는 BC 636년이다.

다. 사(思)는 감회나 생각.

119 경괴옥패(瓊瑰玉佩): 경(瓊)은 붉은 옥. 괴(瑰)는 옥돌 이름. 경괴는 옥 다음 가는 아름다운 돌. 옥패(玉佩)는 허리에 차는 패옥.

10. 권여(權輿) 처음엔

於我乎[120] 어 아 호	처음엔 내게
夏屋渠渠[121]러니 하 옥 거 거	큰 도마에 융숭히 하더니
今也 금 야	지금은
每食無餘[122]로다 매 식 무 여	끼니마다 먹는 것도 여유가 없다
于嗟乎[123]라 우 차 호	아아!
不承權輿[124]로다 불 승 권 여	처음과 달라졌구나

---

120 어아호(於我乎): 어호(於乎)와 아(我)의 결합문으로 본다. 어호는 감탄사로 중고(中古) 시대 이래의 문적(文籍)에는 모두 '오호(嗚呼)'로 되었다고 한다〔당(唐) 안사고(顔師古, 581~645), 『광류정속(匡謬正俗)』〕. 또는 아(俄: 갑자기, 바로 조금 전, 얼마 전)로 보고 '아아, 바로 얼마 전엔'으로 번역할 수 있다.

121 하옥거거(夏屋渠渠): 두 개의 다른 의견이 있다. ① 하(夏)는 크다〔大〕의 뜻. 그래서 하옥(夏屋)은 큰 집. 또는 하(厦: 큰 집)와 같다. 거거(渠渠)는 큰 모양. 또는 깊고 넓은 모양(『집전』). ② 하옥(夏屋) 자체를 고대의 식기(食器)의 일종으로 본다. 청동기 혹은 칠기로 만드는데 형체가 집과 닮았다. 『정전(鄭箋)』에 "屋, 具也. 夏屋, 大具"라고 했으며, 「노송·비궁(魯頌·閟宮)」에 '대방(大房)'이 있는데 이것도 옥으로 장식한 도마〔조(俎)〕로서 그 형태가 네 개의 기둥이 있고 지붕이 평평한 집과 유사하다. 곧 하옥과 대방은 당시의 도마의 형태로써 이름 붙인 속칭이라는 것이다. 그래서 사람이 사는 집으로 해석하면 잘못되었다는 것〔진자전(陳子展), 『직해(直解)』〕. 거거(渠渠)는 가득 담은 모양. 음식을 융숭하게 대접하는 것이며 바로 다음 구와 연결이 매끄럽다.

122 매식무여(每食無餘): 끼니때마다 남는 것이 없는 것, 곧 음식을 조금 주며 형편없이 대접하는 것을 말한다.

123 우차호(于嗟乎): '우차'는 우차(吁嗟)와 같으며 비탄의 소리. 호(乎)는 어기사(語氣詞).

124 불승권여(不承權輿): 승(承)은 계(繼) 곧 승계하다, 잇는다는 뜻. 권여(權輿)는 처음의 뜻(『집전』). 초목이 시생(始生)하는 것에서 인신되었다. 곧 처음과 같은 좋은 대접을 하지 않는다는 뜻.

於我乎 어아호	처음엔 내게
每食四簋[125]러니 매식사궤	끼니마다 성찬 베풀더니
今也 금야	지금은
每食不飽로다 매식불포	끼니마다 배도 덜 찬다
于嗟乎라 우차호	아아!
不承權輿로다 불승권여	처음과 달라졌구나

◈ 해설

군주의 현자에 대한 대접이 시종여일(始終如一)하지 못함을 말하는 시이다. 「모시서」에서는 선군(先君), 즉 목공(穆公)의 옛 신하를 잊어 버렸고 어진 이와 함께함에 있어서도 처음만 있고 끝이 없어서 강공(康公)을 풍자한 것이라 했다. 그러나 이 시는 처음에는 융숭한 대접을 받던 사람이 쫓겨나서 그의 불평을 노래한 것, 좀 더 구체적으로 말하면 진(秦)나라의 몰락한 귀족이 금석지감(今昔之感)을 느끼고 한탄한 노래라고 보는 것이 옳을 것이다.

그런데 각 장을 보면, 제2장은 먹는 것으로 일치하는데, 제1장은 얼핏 보아도 거주하는 집〔夏屋〕과 음식〔食〕이 서로 대비되고 있는바 적절해 보이지 않는다. 모두 먹는 것으로 통일하는 것도 무방한 것 같다. 또는 그리고 1, 2장을 각각 거주하는 집과 음식을 말한 것으로 보는 것도 가능하다. 하옥(夏屋)을 글자 그대로 큰 집을 가리키는 것으로 보면, '每食無餘'의 해석이 달라질 필요가 있다. 음

125 궤(簋): 고대의 밥 또는 반찬을 담는 제기(祭器) 또는 식기(食器)이며, 모난 것을 보(簠), 둥근 것을 궤라 한다. 보에는 도량(稻粱: 벼와 기장)을 담았고, 궤에는 서직(黍稷: 기장)을 담았다(『공소(孔疏)』). 여기서는 궤는 밥그릇과 반찬 그릇 전체를 대표한다. 사궤(四簋)는 특히 성찬을 대접하는 것을 말한다(『집전』).

근상통(音近相通)에 따라 '每息無舍'로 보고 '쉬거나 잘 때에도 집이 없다'는 뜻으로 푼다.

제12 진풍(陳風)

「진풍(陳風)」은 복희씨(伏羲氏)의 옛 땅이라고 하는 지금의 하남성 회양현(淮陽縣) 지역에서 수집된 것으로 모두 10수이다. 주(周) 무왕(武王) 때 순(舜)임금의 후손 우알보(虞閼父)가 도정(陶正: 질그릇 굽는 일을 관장하는 벼슬)으로 있었는데, 무왕이 그의 재주가 뛰어남을 보고 그의 아들 규만(嬀滿)에게 맏딸 태희(太姬)를 시집보내고 또 그를 진(陳)에 봉했다. 이 사람이 바로 진의 조상으로 호공(胡公)이다.

진나라 땅은 우공(禹貢) 예주〔豫州: 지금의 하남성 개봉부(開封府)〕의 동쪽인데 남으로는 안휘성 박주(亳州)에 이르는 일대에 해당한다. 그곳은 고산준령이 없이 넓고 평탄했다. 태희가 자식이 없어 미신을 숭상하고 무격(巫覡)과 가무를 좋아하여 그 지방의 민속에 많은 영향을 미쳤다. 진나라는 민공(閔公) 24년 곧 노애공(魯哀公) 17년에 초혜왕(楚惠王)에게 멸망했다.

주(周) 무왕(武王)은 주(周)의 문화를 강제로 진(陳)에 심으려 하지 않고 진(陳)으로 하여금 무격문화(巫覡文化)를 이어가도록 했다. 그래서 춘추시대 진(陳)나라는 무풍(巫風)이 여전히 매우 성행했고, 무풍 속의 가무(歌舞)로써 '신(神)을 기쁘게 하고 사람들을 즐겁게(媚神娛人)' 하는 기풍이 진(陳)나라 상층 귀족들에게 성행했으며 국왕 본인도 아마 대무(大巫)였을 것이다.

1. 완구(宛丘)　　　　완구

子之湯兮[1]여 자 지 탕 혜	그대 아름답게 춤을 추네
宛丘之上兮[2]로다 완 구 지 상 혜	완구 위에서
洵有情兮[3]나 순 유 정 혜	진정 정감은 있어도
而無望兮[4]로다 이 무 망 혜	망제(望祭)의 예절은 없어라
坎其擊鼓[5]여 감 기 격 고	쿵쿵 북을 친다
宛丘之下로다 완 구 지 하	완구 아래서
無冬無夏히 무 동 무 하	겨울도 여름도 없이

---

1 자지탕혜(子之湯兮): 자(子)는 완구에서 춤추고 있는 사람. 대개는 무녀(巫女)로 푼다. 탕(湯)은 탕(蕩)과 통하며(『모전』), 방탕 또는 유탕(遊蕩: 놀고 방탕함)의 뜻. 또는 흔들흔들 춤추는 자태를 형용한 것. 결국 춤추는 모습의 아름다움을 형용한 것.

2 완구(宛丘): 사방이 높고 가운데가 낮은 언덕(『모전』). 나중에는 지명이 되어 유락(遊樂)하는 장소로서 지금의 하남성 회영현을 가리킨다. 이곳에 언덕이 있어 완구라고 했다. 북위(北魏) 역도원(酈道元)의 『수경주(水經注)』에 의하면, 완구는 진성(陳城: 진나라 도성)의 남쪽에 있으며 여기서 동문까지를 완구지도(宛丘之道)라 하여 가무(歌舞)하는 장소였다고 했다. 완(宛)은 완(碗: 주발)의 형태에서 뜻을 취했을 것이라고 했다.

3 순유정(洵有情): 순(洵)은 신(信)과 통하며 '정말로', '진실로'의 뜻. 유정(有情)은 애정이 있다, 곧 그대에게 애정을 느끼고 있다는 뜻. 또는 진실로 정사(情思)가 있어 즐거울 만한 것을 말한다(『집전』).

4 무망(無望): 그 위의(威儀)가 우러러볼 만한 것이 없다(『집전』). 그래서 희망이 없다. 가까이하기를 바랄 수는 없다는 뜻으로 보인다. 또는 '(당신에게 진실로 정을 품고 있지만) 그러나 당신은 그렇게 예쁘게 생기지 않았다', '그렇게 바라볼 만한 것은 없다'는 뜻으로도 푼다. 또 '망사(望祀)', '망제(望祭)'를 지내는 예절을 갖추지 않았다는 뜻으로도 본다. [해설] 참조.

5 감기(坎其): 감연(坎然)으로 북소리를 형용한 말(『모전』).

値其鷺羽[6]로다 치 기 노 우	해오라기 깃을 들고
坎其擊缶[7]여 감 기 격 부	통통 질장구 친다
宛丘之道[8]로다 완 구 지 도	완구 길에서
無冬無夏히 무 동 무 하	겨울도 여름도 없이
値其鷺翿[9]로다 치 기 로 도	해오라기 깃 일산 들고

◈ 해설

「모시서」에서는 "유공(幽公)을 풍자한 것이니, 황음 방탕하여 법도가 없어서였다"라고 하였고, 주희(朱熹)는 "이 사람이 완구 위에서 항상 진탕 놀고 있는 것을 백성들이 보고 그 일을 서술하면서 풍자한 것이다. 비록 진실로 정감이 있어 즐길만 하지만 바라보고 배울 만한 위의(威儀)가 없다"고 말했다. 그리고 최술(崔述)은 "진(陳)나라가 오래 지속하지 못할 것을 알 수 있다"며 역시 풍자의 의미를 강조했다.

상고시대(上古時代)에 춤은 근원적으로 제의(祭儀)와 관련되어 있었다. 북과 질장구를 치고 깃털을 흔들며 춤을 추는 것은 단순한 놀이에 그치지 않는 제의

---

6 치기노우(値其鷺羽): 치(値)는 지(持: 가지다)의 뜻(『모전』). '노우(鷺羽)'는 백로의 깃으로 만든 부채같이 생긴 물건. 춤추는 사람이 손에 들고 추었다. 「패풍·간혜(邶風·簡兮)」에는 꿩 깃으로 만든 적우(翟羽)를 들고 춤을 추었다.

7 부(缶): 질그릇. 항아리 모양으로 된 악기의 일종이며 이를 두드리며 박자를 맞추었다(『공소(孔疏)』). 양쪽의 입 부분은 작고 중간의 배 부분이 큰 와기(瓦器)로 질장구라고 해도 무방할 것.

8 완구지도(宛丘之道): 완구로 통하는 길.

9 도(翿): 무구(舞具). 새 깃털을 모아 만든 물건으로 춤출 때 손에 들고 사용하였다. 앞의 우(羽)와 같다. 또는 새 깃으로 만든 일산(日傘).

의 중요한 일부분이었다. 『설문(說文)』에서 기우제(祈雨祭) 우(雩)는 날개 우(羽)를 따른다고 했다. 기우제 춤 우무(雩舞)는 우무(羽舞), 즉 깃털 춤이다. '해오라기 깃털〔노우(鷺羽)〕'을 든 것은 곧 깃털 춤을 추는 것이며, 그것은 또한 기우제 춤임을 말하는 것이다. 주대(周代)의 우제(雩祭)는「황무(皇舞)」로써 하기로 규정되었는데 이 춤은 새의 깃털〔조우(鳥羽)〕 장식을 이용한다. 이 새의 깃털은 무풍(巫風)이 성행했던 은상(殷商)의 현조(玄鳥) 토템의 영향과 흔적으로 볼 수 있다. 더구나 진(陳)나라 땅은 은상의 후예들이 살았던 곳이다.

그리고 춤추는 것은 무당 특히 여자 무당〔무녀(巫女)〕의 본업이자 그의 특징이다. 또 춤출 때 반드시 "우(吁)! 우(吁)!" 또는 "우차(吁嗟)!" 하고 소리 지르는데 이것은 곧 기우제에서 비를 부르는 주술(呪術)이며, 이 주문과도 같은 소리는 곧 명령이다. 그녀는 '언어주술(言語呪術)'과 '가무(歌舞)'로써 하늘이 비를 내리도록 명령하는 것이다. 기우제는 농업 중심 사회에서는 매우 중요한 일이다. 무녀가 광적으로 춤을 추는 것은 인간의 일로써 천지자연(天地自然) 또는 신(神)의 일에 영향을 미치려 하는 일종의 '교감주술(交感呪術)'이다.

모계 씨족사회의 영향으로 보면 母(모)/mu·女(녀)/nu·巫(무)/wu·無(무)/wu·舞(무)/wu·雨(우)/yu·雩(우)/yu·吁(우)/yu 등의 글자들은 발음이 가깝고 형태 및 의미가 통하는 '문화언어군(文化言語群)'을 구성한다. 유사(類似)한 발음에 의해 동일 범주의 효과를 발휘한다는 것이다. 「완구(宛丘)」 시 내용의 흐름에 맞게 이 언어군을 조합해 보면, "여자 무당〔무녀(巫女)〕이 깃〔우(羽)〕을 들고 '우우우!(吁)', '우우우!(雨)' 소리 지르며 춤〔무(舞)〕을 추는 것은 비〔우(雨)〕 내리기를 기구(祈求)하며 기우제〔우(雩)〕를 지내는 것"이다〔소병(蕭兵), 『나사지풍(儺蜡之風)』 참고〕.

문일다(聞一多)는 이런 내용들을 인용하며 「완구(宛丘)」 시에 나오는 춤은 비를 청하는 것으로서, 겨울은 비를 청하는 시기가 아닌데도 "겨울도 여름도 없이"라고 한 것은 풍자한 것이라고 해석했다. 그리고 이후 이 시의 주제는 대개 남녀의 연정과 우무(羽舞)의 묘사로 보는 견해로 갈라졌다. 번수운(樊樹云)은 "진나라의 종교 제사를 반영하는 매우 일반적인 민간무무시(民間巫舞詩: 민간의 무당춤을 묘사한 시)로서, 춤추는 사람은 무녀"라 하였고, 나아가 "춤추는 여인 곧 무녀(巫女, 舞女)에게 애모의 정을 느낀 일종의 애정시"라고 하면서 둘을 조합하였다 〔번수운(樊樹云), 『시경종교문화탐미(詩經宗敎文化探微)』, 2001〕.

그런데 과연 이 시를 연가(戀歌)나 애정시로 볼 수 있을까? 제1장 제3, 4구 "진정 정감은 있어도, 바랄 바 없어라(洵有情兮, 而無望兮)"를 연애 감정의 발로로 보고 이를 연가(戀歌)로 푸는 경향이 많았다. 시대의 변화에 따라서 그 해석 방법과 적용이 달라지는 경우도 많지만 일단 그 출현한 시대의 제반 상황을 이해하는 것이 우선이다. 역시 무녀가 종교 의식 중에 춤추는 것을 묘사한 것으로 보는 것이 나을 것이다. 이 시에서 애정이라는 감정의 유무는 그리 중요하지 않다. 그 해결의 실마리는 '망(望)'의 해석에 있다. '이무망혜(而無望兮)'에 대해 『정전(鄭箋)』과 『시집전』에서는 "(그러나) 그 위의는 보고 배울 만한 것이 없다"고 했는데 이에 대해 이설(異說)이 있다.

마서진(馬瑞辰)은 '망(望)'은 '망사(望祀)', '망연(望衍)', '망제(望祭)'라고 했다. 여기서는 '망제'로 통일한다. '망제'는 '교제(郊祭)'에 부속된 작은 제사인데, 교제는 하늘에 지내는 것이고, 망제는 산천(山川)과 일월성신(日月星辰)에게 지낸다. '망(望)'은 곧 멀리 바라보며 제사를 지내는 것을 말한다. 그리고 망제는 대개 희생 동물과 기장을 제물로 마련해야 하는 제사이다. 이 시는 「진풍(陳風)」이 무(巫)를 좋아하여 수시로 행하며 무(巫)를 놀이 삼아서 애초부터 망제(望祭)의 예절이 없으므로 이렇게 말했다는 것이다. 즉 정감은 있어도 망제 지내는 예절이 없다는 풍자적인 의미로 읽힌다.

진(陳)나라에서 지내는 제사의 춤이 '진정 정감 있는 춤사위라서 즐길 만하지만' 희생 동물이나 기장 등의 제물도 없이 제사 지낸답시고 춤추고 있다는 가벼운 풍자도 보이긴 하지만 주(周)나라의 제례(祭禮)와는 다른 소박하고 원시적이면서도 다소 강렬한 제사 방식을 묘사했다고 본다. 그래서 '망제'는 제물을 차려놓고 제사 지내는 것을 의미한다. 혹 '제물을 제대로 갖추지 않고 신이 강림하기를 바라며 춤추는 주술적 제사'에서 '제물을 갖추는 제사'로의 변화의 모습이나 대비도 읽을 수 있지 않을까.

2. 동문지분(東門之枌)　동문의 느릅나무

東門之枌[10]과 동 문 지 분	동문의 느릅나무와
宛丘之栩[11]여 완 구 지 허	완구의 도토리나무
子仲之子[12]가 자 중 지 자	자중씨의 따님이
婆娑其下[13]로다 파 사 기 하	그 아래서 덩실덩실

穀旦于差[14]하니 곡 단 우 차	길일을 골라
南方之原[15]이로다 남 방 지 원	남쪽 들에서
不績其麻[16]하고 부 적 기 마	삼베 길쌈 아니하고
市也婆娑[17]로다 시 야 파 사	모여서 덩실덩실

---

10 동문지분(東門之枌): 동문(東門)은 진나라 도성의 동문으로 행사 또는 행락 장소일 것이다. 분(枌)은 흰 느릅나무. 백유(白楡)(『모전』). 껍질이 흰 느릅나무.

11 허(栩): 도토리나무, 참나무. 「당풍·보우(唐風·鴇羽)」에도 보임.

12 자중지자(子仲之子): 자중(子仲)은 진나라 대부의 성(姓)으로 본다(『모전』). 지자(之子)는 시자(是子)〔『공소(孔疏)』〕 곧 '이 사람'인데, 『정전(鄭箋)』에선 남자로 보았으나, 주희(朱熹)는 여자 곧 자중씨의 딸로 보았다(『집전』).

13 파사기하(婆娑其下): 파사(婆娑)는 춤을 너울너울 추는 모양. 기하(其下)는 동문의 느릅나무와 완구의 도토리나무 밑을 말한다. 앞의 「완구(宛丘)」 시에서도 지적했듯이 진나라 도성의 동문으로부터 남쪽의 완구에 이르는 일대는 행락의 장소였다.

14 곡단우차(穀旦于差): 곡(穀)은 선(善)과 통함(『모전』). '곡단'은 좋은 날 아침. 우(于)는 조사로 왈(曰)과 같다. 차(差)는 가다〔왕(往)〕의 뜻으로 조(徂: 가다)로 읽고 뜻도 서로 통한다고 했다〔우성오(于省吾), 『신증(新證)』〕. 또는 가리다〔택(擇)〕의 뜻(『정전』).

15 남방지원(南方之原): 남쪽의 들, 곧 완구 땅을 가리킨다. '원(原)'은 높으면서 평탄한 곳.

16 부적기마(不績其麻): 삼베를 짜지 않는다. 그들이 늘 하던 일이지만 손을 놓고 들로 춤추러 가는 것. 적(績)은 길쌈하는 것.

17 시(市): 시정(市井), 시집(市集) 곧 많이들 모인다는 뜻. 또는 패(沛), 패(芾)와 통한다. 그

穀旦于逝[18]하니 (곡 단 우 서)	길일에 놀러
越以鬷邁[19]로다 (월 이 종 매)	모두들 몰려가네
視爾如荍[20]하니 (시 이 여 교)	개미 날갯짓 같은 날랜 춤 보여주니
貽我握椒[21]로다 (이 아 악 초)	내게 한 줌의 산초를 주네

◈ 해설

「모시서」에서는 진(陳)나라 유공(幽公)이 황음해서 그 풍화(風化)로 남녀들이

래서 빠른 모양, 또는 춤을 날렵하게 추는 모양(『석의(釋義)』). 『한서·예악지(漢書·禮樂志)』, "靈之來, 神哉沛" 참조.

18 서(逝): 놀러 가는 것.

19 월이종매(越以鬷邁): 월이(越以)는 조사, 발어사. 종(鬷)은 여러 사람들(『집전』), 총(總)과 같다. 종매(鬷邁)는 함께 무리 지어 가는 것.

20 시이여교(視爾如荍): 시(視)는 시(示)와 통용되어, 현시(顯示)·전시(展示)의 뜻으로도 본다. 교(荍: qiao)는 금규화(錦葵花)로 형규(荊葵)라고도 하며 여름에 자주색이나 흰색의 꽃이 피며 관상용으로 많이 재배된다. 또 비부(芘芣: pifu)라고 하며(『모전』), 비비(蚍蜉)·비배(蚍衃)로도 쓴다. 그리고 식물을 지칭하는 이 글자들은 곤충에게도 적용되어 비부(蚍蜉)와도 같이 쓰여 '큰개미[대의(大螘)]'나 '날개미[비의(飛螘), 위(螱: 흰개미)]'를 뜻하기도 한다. 그리고 교(荍)는 또 '메밀'이라고도 하여 교(蕎)·교맥(蕎麥)이라고도 쓰는데, 이시진(李時珍)의 『본초강목(本草綱目)』에서는 이를 묶어 다음과 같이 설명하였다. "교맥(蕎麥) 곧 메밀은 줄기가 약하고 위로 뻗어 올라가는데[교(翹: qiao)], 쉽게 자라고 쉽게 거둘 수 있으며[수(收)] 갈아서 가루로 만들면 보리[맥(麥)]와 같기 때문에, 교(蕎)라 하고 교(荍)라 하며 보리[麥]와 같은 이름을 쓴다." 교(荍)·교(蕎)는 또 교(蟜)와도 음이 같으며 용교(蠬蟜: 개미)와 같다. 즉 이 구절은 춤을 추는 것이 마치 날개미가 날개를 펼치고 비상하는 것과 같다는 뜻이다. 남자가 그런 힘 있고 날랜 춤을 추면서 여자를 기쁘게 하며 과시하는 것을 말한다[유운흥(劉運興), 『시의지신(詩義知新)』]. 그래서 예전에는 대부분 '그대를 보니 금규화 같은데'로 번역했지만 여기서는 '그대에게 개미 날갯짓과 같은 날랜 춤을 보여주니'로 번역할 수 있을 것이다.

21 이아악초(貽我握椒): 이(貽)는 주다. 사랑의 선물로 보내는 것. 악(握)은 한 줌. 초(椒)는 산초(山椒). 이것은 남녀 간의 애정이 맺어졌음을 말한다. 아마도 다자(多子)의 뜻을 취했을 것.

본래의 할 일을 버려두고 저잣거리에 나가 어지러이 놀아나므로 이것이 싫어 부른 노래라고 하였다. 그리고 『시집전』에서는 젊은 남녀들이 교외에 몰려나가 춤추며 정담(情談)하는 모습을 노래한 것이라 했는데, 아마도 민간의 집단 춤을 반영한 것으로 보인다.

『시경』 속에 춤이 나오는 시가 많은데, 궁중의 단체 춤이 있는가 하면(「패풍·간혜(邶風·簡兮)」), 귀족들이 취한 후에 추는 춤이 있고(「소아·보전지습·빈지초연(小雅·甫田之什·賓之初筵)」), 귀족들의 제사에 사용되는 춤 등이 있는데 다만 가사만 있지 그 춤은 분명하지 않다. 민간의 춤도 있는데, 「왕풍·군자양양(王風·君子陽陽)」 같은 것은 남녀의 혼합 춤일 것이고, 「진풍·완구(陳風·宛丘)」는 여자의 단독 춤일 것이다. 이 시는 남녀의 단체 춤, 즉 집단무(集團舞)일 것이다. 춘삼월이나 여름에 과일이 익었을 때 남녀가 함께 모이는 옛 관습과 관련 있다. 당시 남녀의 약속 장소는 대체로 성문 부근의 야외로 산이 있는 곳이나 물가 또는 숲이 있는 곳이었다.

교(荍)를 금규화로 보면, 금규화는 여름에 꽃이 피고, 산초(초(椒))도 여름에 익기 때문에 이 무도회는 대체로 농업이 마친 계절 후이거나 추수 전에 거행되고, 그 장소는 나라의 동문 완구(宛丘)의 나무 아래나 남쪽 높고 평평한 곳이거나 시장일 것이다.

제1, 2장에는 춤추는 모습을 말했는데 제3장에도 예외는 아닐 것으로 보이며, 여인이 한 줌의 산초를 답례로 주었다면 그에 합당한 행위가 있었어야 할 것이다. 그리고 이 시가 무풍(巫風)에서 발전한 축제 행사에서 무도(舞蹈)를 통한 남녀의 만남과 희열을 노래했다면 제3장에서는 만무(萬舞)와 같은 남성에게 걸맞은 힘이 있고 날랜 춤 동작이 있는 것이 좋을 것이다. 그래서 주(注)와 같이 번역하였다.

3. 형문(衡門)

형문의 아래에서

衡門之下[22]여
형 문 지 하
可以棲遲[23]로다
가 이 서 지
泌之洋洋[24]이여
비 지 양 양
可以樂飢[25]로다
가 이 요 기

그 형문의 아래에서
편하게 쉬거나 살 수 있을까?
샘물이 넘쳐흘러도
배고픔을 면할 수 있을까?

---

22 형문지하(衡門之下): 형문(衡門)은 횡문(横門)으로 좌우 두 기둥 위에 나무를 가로로 얹어 세운 문, 막대기를 세우고 위에다 가로 대어 놓은 극히 초라한 문(『모전』). 또한 그러한 초라한 문이 달린 오막살이집을 뜻한다. 그래서 훗날 형모(衡茅)처럼 간략하고 누추한 거처를 뜻하게 되었고 아래의 비수(泌水)와 함께 안빈낙도(安貧樂道)하는 군자의 은거지(隱居地)의 뜻으로 오랫동안 사용되었다. 그러나 이런 해석에 동의하지 않는 의견들이 있다. 형문이나 묘문(墓門)도 진나라 성문의 이름이며, 형문은 횡(横)과 같아 동서(東西)로 있는 것으로 동문이거나 서문이라고 했다〔왕인지(王引之), 문일다(聞一多) 등〕. 이 문으로 거마(車馬)가 끊임없이 지나가며 오고 가는 사람들이 붐비기 때문에 그 아래는 휴식하거나 거처할 장소가 될 수 없는 일이다. 그래서 다음 구의 해석도 함께 수정되어야 한다.

23 가이서지(可以棲遲): 서지(棲遲)는 유식(遊息)의 뜻으로(『모전』), 마음 편히 푹 쉬는 것. 마음 편히 다리 뻗고 살아감을 뜻한다. 가이(可以)는 '—할 수 있다'로 푸는 것이 일반적이었는데 가(可)와 하(何)가 통용되므로 하이(何以)로 해석한다. 그리고 반문구(反問句)인 '그곳에서 살 수 있겠는가?'로 해석해야 아래 위가 잘 통한다고 했다〔손작운(孫作雲), 『시경여주대사회연구(詩經與周代社會研究)』〕. 아래 주(注) 25도 마찬가지이다.

24 비지양양(泌之洋洋): 비(泌)는 천수(泉水) 곧 샘물이라 했다(『모전』). 또는 샘물의 이름이라고도 하며, 『한시(韓詩)』에서는 비(祕)라고 썼다. 양양(洋洋)은 물이 넓은 모습이지만 샘물을 형용한 것이므로 넘쳐흐르는 모양이라 본다.

25 가이요기(可以樂飢): 요(樂)는 요(療)와 통하며, 병을 고치는 것. 『한시외전(韓詩外傳)』, 『열녀전(列女傳)』 등에는 이 시를 인용하면서 모두 '료(療)'라 썼다. 따라서 요기(樂飢)는 요기(療飢) 곧 주림을 면하는 것을 말한다〔『통석(通釋)』〕. 또는 그 글자대로 '굶주림을 즐기다'로 해석할 수도 있다. 그러나 주(注) 23과 같이 가이(可以)의 해석을 달리하여 '샘물을 마셔서 굶주림을 해결할 수 있겠는가?'로 푼다. 그리고 기(飢)는 은어(隱語) 또는 쌍관어(雙關語)로서 남녀의 정욕(情慾)을 지칭한다.

豈其食魚[26]를 기 기 식 어	물고기를 먹는 데
必河之魴[27]이리요 필 하 지 방	어이 꼭 황하의 방어라야 하나
豈其取妻를 기 기 취 처	장가를 드는 데
必齊之姜[28]이리요 필 제 지 강	어이 꼭 제나라 강씨 딸이라야 하나

豈其食魚를 기 기 식 어	물고기를 먹는 데
必河之鯉리요 필 하 지 리	어이 꼭 황하의 잉어라야 하나
豈其取妻를 기 기 취 처	장가를 드는 데
必宋之子[29]리요 필 송 지 자	어이 꼭 송나라 자씨 딸이라야 하나

◈ 해설

1. 「모시서」에서는 "진(陳)나라 희공(僖公)이 착하면서도 입지(立志)하지 않으므로 이 시를 지어 그 임금을 가르친 것"이라 했는데 근거 없는 견강부회이다.

---

26 식어(食魚): 물고기를 먹는다는 말. 그러나 이 두 개의 글자 모두 성행위와 성욕 및 생식 숭배 등 성적(性的)인 것과 관련 있는 은어(隱語) 또는 상징어 곧 쌍관어(雙關語)이다. 즉 물고기는 짝을 상징하며, 물고기를 잡는 것은 짝을 구하는 것이요, 물고기를 찌거나 먹는 것 등은 남녀 간의 짝짓기나 합환(合歡)을 의미한다.

27 방(魴): 방어(魴魚). 황하의 방어와 잉어[이(鯉)]는 자금까지도 맛있기로 유명하다고 한다. 물고기를 먹는 데 꼭 황하의 방어가 맛있다고 하여 그것만을 먹어야 할 필요가 없다는 것은, 사람은 반드시 출세하여 부귀영화를 누리고 살아야만 하는 것이 아니라는 뜻.

28 제지강(齊之姜): 제나라는 당시 강성한 나라였다. 강(姜)씨는 제나라 제후의 성(姓). 제강(齊姜)은 제나라의 강씨 성을 가진 여자로, 귀족의 아름다운 여자를 가리킨다.

29 송지자(宋之子): 송(宋)은 오래된 나라. 자(子)는 송나라 제후의 성씨로, 앞의 제강과 마찬가지로 아름다운 귀족의 딸을 가리킨다.

『한시외전(韓詩外傳)』은 어진 사람이 세상에 나가지 않고 은거하는 생활을 노래한 것이라 하였다. 초라한 초막에 샘물 마시며 살아가도 즐거움은 그 속에 있다는 것이다. 주희(朱熹)도 "은거하면서 안빈자락(安貧自樂)하며 달리 구할 것이 없는 사람의 시"(『집전』)라 했으며 이는 오랫동안 공인되어 왔다. 좋은 음식에 아름다운 귀족 여인을 처로 두고 살아야만 꼭 즐거운 것이 아니라 소박한 은자(隱者)의 생활 속에도 즐거움이 있는 것이라는 해석이다. 그래서 제1장은 대체로 다음과 같이 번역할 수 있다. "초라한 집일망정/ 마음 편히 살 수 있다/ 넘쳐흐르는 샘물로/ 배고픔을 면할 수 있다."

2. 문일다(聞一多)는 이 시를 애정시로 보았다. 형문 아래는 마치 성 모퉁이(城隅)나 성궐처럼 남녀가 서로 만나 노닐며 쉬는 장소이다. 고대 남녀가 은밀히 만나는 곳은 일반적으로 산에 기대어 있거나 물가인데 비밀스런 일을 하기에 좋다. 그래서 산일 때는 '밀(密)'이라 하고 물일 때는 '비(泌)'라고 부른다. '비지양양(泌之洋洋)'에는 이런 의미가 포함되어 있다. 결국 이것은 남녀의 밀회의 장소로서 형문에서 만나 비수의 물가로 가는 것이라 했다.

3. 제1장과 나머지 제2, 3장과는 그 내용과 정서가 판연히 다르다. 주희의 말에 의하면 안빈자락을 하는 것인데 다음 장에서 갑자기 물고기 먹는 것과 장가 든다는 말이 이어지는 것은 어딘가 매끄럽지 않다. 그렇다면 이 시도 남녀 대창(對唱) 방식의 상열지사(相悅之詞)로 보아 본시의 제1장 4구를 중복시켜 '전체 2장, 각 장 8구'로 보는 것도 무방하지 않겠는가.

(남) 衡門之下, 可以棲遲. 泌之洋洋, 可以樂飢.
(여) 豈其食魚, 必河之魴. 豈其取妻, 必齊之姜,

(남) 衡門之下, 可以棲遲. 泌之洋洋, 可以樂飢.
(여) 豈其食魚, 必河之鯉. 豈其取妻, 必宋之子.

「주남·권이(周南·卷耳)」처럼 첫 구를 중복 구로 새롭게 해석해 볼 수도 있을 것이며, 이렇게 되면 앞 구(句)에서 남자는 강력한 성적 욕망으로 여인을 유혹하고 뒤 구(句)에서 여인은 그런 대상으로 굳이 귀족 집 여인을 찾을 필요가 있겠는가 라고 되받아치는 형태가 된다.

4. 동문지지(東門之池)　　동문 밖 연못

東門之池[30]여 동 문 지 지	동문 밖의 연못은
可以漚麻[31]로다 가 이 구 마	삼 담그기 좋아라
彼美淑姬[32]여 피 미 숙 희	저 아리따운 희씨네 둘째 아가씨와
可與晤歌[33]로다 가 여 오 가	함께 짝지어 노래 주고받을 만하네

30 동문지지(東門之池): 동문(東門)은 진나라 도성의 동문으로 행락 장소. 지(池)는 성지(城池).

31 구마(漚麻): 삼을 물에 담가 두는 것. 삼을 물에 담가두면 껍질이 부드러워진다. 그러면 그 껍질을 벗기어 베를 짤 실을 만든다.

32 피미숙희(彼美淑姬): 미(美)는 아름다운 것. 숙(淑)은 선(善)과 통하며 훌륭한 것, 좋은 것. 또는 '피미맹강(彼美孟姜)'(「정풍·유녀동거(鄭風·有女同車)」)과 같은 방식으로 두 번째 아가씨, 곧 숙(叔)으로 봐야 한다고 한다(『전소(傳疏)』). 즉 맹강(孟姜)에 대해 숙희(叔姬)가 되어 희씨 성을 가진 둘째 아가씨의 뜻이다. 희(姬)는 원래 황제(黃帝)의 성. 자손이 염제(炎帝)의 자손인 강씨와 함께 주나라와 제나라를 각각 세워 매우 창성하였다. 그리고 미녀들이 이 희씨와 강씨네 집에서 많이 나서 이 희와 강이 미인의 대칭(代稱) 또는 여인의 미칭으로 변하였다(『공소(孔疏)』).

33 오가(晤歌): 우(遇)와 뜻이 통한다(『모전』). 또는 우(偶)와 통하여 '짝을 짓는 것'을 뜻한다. 그래서 오가(晤歌)는 그 여자와 짝이 되어 함께 노래하는 것. 또는 대가(對歌) 곧 서로 노래로 주고받으며 애정을 표시하는 것.

東門之池여 동문지지 | 동문 밖의 연못은
可以漚紵[34]로다 가이구저 | 모시 담그기 좋아라
彼美淑姬여 피미숙희 | 저 아리따운 희씨네 둘째 아가씨와
可與晤語로다 가여오어 | 함께 짝지어 얘기 나눌 만하네

東門之池여 동문지지 | 동문 밖의 연못은
可以漚菅[35]이로다 가이구관 | 왕골 담그기 알맞네
彼美淑姬여 피미숙희 | 저 아리따운 희씨네 둘째 아가씨와
可與晤言이로다 가여오언 | 함께 짝지어 소곤거릴 만하네

◈ 해설

한 남자가 동문 밖 강가에서 일하고 있는 여인을 좋아하게 된 것을 읊은 시로 보인다. 또는 남녀가 기회를 틈타 밖에서 만나서 노래를 부르며 서로 정을 속삭이는 시라 해도 좋다. 「모시서」에서는 "임금의 혼음(昏淫)함을 미워하고 어진 여인을 군자의 짝이 되게 하고자 생각하면서 그 시대상을 풍자한 것. 즉 진(陳)나라 유공(幽公)을 풍자한 것"이라 했는데 역시 근거가 없다.

---

34 저(紵): 모시(풀).
35 관(菅): 왕골.

5. 동문지양(東門之楊) 동문의 버드나무

東門之楊[36]이여 동 문 지 양	동문의 버드나무
其葉牂牂[37]이로다 기 엽 장 장	그 잎새 무성하다
昏以爲期[38]하니 혼 이 위 기	저물녘에 만나자 약속하고서
明星煌煌[39]이로다 명 성 황 황	샛별이 빛나도록 아니 온다

東門之楊이여 동 문 지 양	동문의 버드나무
其葉肺肺[40]로다 기 엽 패 패	그 잎새 무성하다
昏以爲期하니 혼 이 위 기	저물녘에 만나자 약속하고서
明星晢晢[41]로다 명 성 제 제	샛별이 반짝이도록 아니 온다

---

36 양(楊): 가지가 늘어지지 않는 버드나무.

37 장장(牂牂): 무성한 모양(『모전』). 애인과 만나기로 약속한 동문 밖에 밀회 장소에는 잎새 무성한 버드나무만이 서 있다.

38 혼이위기(昏以爲期): 혼(昏)은 황혼(黃昏), 저녁. 기(期)는 만나기로 기약한 것.

39 명성황황(明星煌煌): 명성(明星)은 계명성(啓鳴聲) 곧 샛별. 황황(煌煌)은 크게 반짝이는 모양(『집전』).

40 패패(肺肺): 패패(芾芾)의 가차(假借)로, 앞의 장장(牂牂)과 비슷한 말(『모전』). 즉 잎이 무성한 모양.

41 제제(晢晢): 별 반짝이는 모양. 별빛이 밝은 모양(『모전』). 앞의 황황(煌煌)과 같다(『집전』).

◈ 해설

남녀가 만날 약속을 하고서 시간이 지나도록 한쪽이 오지 않음을 말한 시이다. 「모시서」에서는 결혼 때 신랑이 친영(親迎)을 나갔으나 신부가 제시간에 나타나지 않아 그 시대의 혼란한 예속(禮俗)을 풍자한 것이라 하였다. 옛사람들은 황혼 무렵에 신부를 맞이했기 때문에 이러한 추측을 낳은 것이겠는데, 반드시 혼인 때의 일로만 국한시킬 필요는 없을 것 같다.

6. 묘문(墓門) 묘문

墓門有棘[42]하니 묘 문 유 극	묘문의 가시나무
斧以斯之[43]로다 부 이 사 지	도끼로 잘라 내네
夫也不良[44]하니 부 야 불 량	그 사람 나쁜 줄을
國人知之로다 국 인 지 지	나라 사람들 다 알고 있네
知而不已[45]하나니 지 이 불 이	알면서도 그만두지 않으니

---

42 묘문유극(墓門有棘): 묘문(墓門)은 진나라 성문의 이름(『후전(後箋)』). 흉하고 궁벽한 지역이라 가시나무가 많이 자란다고 하였다(『집전』). 일설에는 진나라의 광야의 땅이라 했으며, 또 귀족의 묘지에는 담장이 있고 문이 있으므로 묘문이라 한다고도 했다. 또는 옛날에는 흔히 성 북쪽에 장사 지냈으니 북문(北門)일 것이라고도 했다. 극(棘)은 가시나무.

43 부이사지(斧以斯之): 부(斧)는 도끼. 사(斯)는 자르는 것. 가시나무를 자르는 것은 악인이 나쁜 짓을 함을 뜻한다.

44 부야불량(夫也不良): 부(夫)는 피(彼)와 같고 '저 사람'의 뜻. 불량하여 지탄을 받고 있는 사람을 가리킨다. 불량(不良)은 불선(不善), 좋지 못한 것, 나쁜 짓을 하는 것.

45 불이(不已): 부지(不止), 곧 멈추지 않다.

誰昔然矣[46]로다 수 석 연 의	옛날대로 그 모양이네
墓門有梅[47]하니 묘 문 유 매	묘문의 매화나무
有鴞萃之[48]로다 유 효 췌 지	올빼미들 모여드네
夫也不良하니 부 야 불 량	그 사람 나쁜 줄을
歌以訊之[49]로다 가 이 신 지	노래로 타일렀네
訊予不顧[50]하나니 신 여 불 고	타일러도 돌아보지 않아
顚倒思予[51]리라 전 도 사 여	신세 망치고서야 날 생각하리

◈ 해설

행실이 좋지 못한 한 사람을 원망하고 풍자하는 시이다. 「모시서」에서는 "진

---

46 수석연의(誰昔然矣): 수(誰)는 주(疇)와 통하며, 수석(誰昔)은 왕석(往昔)·주석(疇昔) 곧 '옛날'의 뜻. 연(然)은 여차(如此) 곧 '이와 같다'는 뜻.

47 매(梅): 『노시(魯詩)』와 후한(後漢) 왕일(王逸)의 『초사(楚辭)』 주(注)에는 극(棘)으로 썼다. 만약 매(梅)로 쓴다면 앞 장의 극(棘)과는 미악(美惡)으로 나누어져 적절하지 않다. 매(梅)는 옛 글자로는 매(楳)로 썼는데 이 글자가 극(棘)과 형체가 유사하여 잘못 적었을 것이다. 그러나 알 수 없다.

48 유효췌지(有鴞萃止): 효(鴞)는 올빼미. 악조(惡鳥), 즉 나쁜 새로 알려져 있음. 췌(萃)는 모이다. 지(止)는 조사. 매화나무는 살기 좋았던 진나라, 올빼미는 이곳의 '불량한 사람'에 비유한 것이다.

49 가이신지(歌以訊之): 가(歌)는 이 시를 말한다(『정전』). 신(訊)은 고(告)의 뜻으로(『모전』) 잘못을 알려주는 것이라 했는데, 『노시(魯詩)』와 『한시(韓詩)』에는 수(誶: 욕하다)로 쓰고, 간(諫)한다는 뜻이다. 또 지(之)는 지(止)로 썼으며 모두 조사이다.

50 신여불고(訊予不顧): 신여(訊予)는 여신(予訊)이 도치된 것으로, 내가 권고(勸告)하였다는 뜻. 고(顧)는 돌아보다, 거들떠보다.

51 전도(顚倒): 넘어지다, 실패하다. 곧 신세 망치게 되는 것. 또는 흑백이 뒤바뀌는 것.

타(陳佗)는 훌륭한 스승이 없어 불의를 저지르게 되고 백성들에게 악이 가해져서 진타를 풍자한 것"이라 하였다. 진타는 문공(文公)의 아들이며 환공(桓公)의 동생인데, 환공이 병들자 그의 큰 아들 면(免)을 죽이고 그 자리를 대신 차지했다. 바로 여공(厲公)이다. 환공이 진타를 제거하지 못함을 풍자한 것이라고 보는 것이 옳다.

백성들이 알아도 진타가 불의를 저지르는 것을 그만두지 않는 것이 가시나무를 도끼로 베어 내도 다시 자라나는 것과 같고, 사람들이 그 잘못을 알려 주어도 돌아보지 않는 것이 마치 매화나무에 올빼미가 앉아 있는데 쫓아도 떠나지 않는 것과 같다고 했다. 이런 말을 하기 위한 장치로 묘문(墓門)에서 흥(興)을 일으킨 것이다.

7. 방유작소(防有鵲巢) 방죽 위의 까치집

防有鵲巢[52]며 (방 유 작 소)	방죽 위엔 까치집 있고
邛有旨苕[53]로다 (공 유 지 초)	터진 물길에는 맛있고 고운 갈대 있네

---

52 방유작소(防有鵲巢): 방(防)은 방축(防築) 또는 제방(堤防), 우리말로 둑·뚝방·방죽 등. 작(鵲)은 까치. 소(巢)는 새 둥지. 장계성(張啓成)은 『박물지(博物志)』를 인용하며 방(防)과 아래의 공(邛)을 지명이라 하였다. "공(邛)이라는 땅은 진현(陳縣)의 북쪽에 있고, 방정(防亭)은 거기에 있다(邛地在陳縣北, 防亭在焉)"〔장계성(張啓成), 『시경풍아송연구논고(詩經風雅頌硏究論稿)』〕. 수용하지 않는다.

53 공유지초(邛有旨苕): 공(邛)은 언덕. 구(丘)의 뜻(『모전』). 지(旨)는 맛있다는 뜻이지만 '곱다', '아름답다'로 봐도 무방하다〔『후전(後箋)』〕. 초(苕)는 일반적으로 능소화(凌霄花)라고 하는데 활엽 덩굴나무이다. 초요(苕饒)라고도 하며 줄기는 노두(勞豆) 곧 완두와 비슷한데 가늘고, 잎은 질려(蒺藜)와 비슷한데 푸르며, 그 줄기와 잎은 녹색이고 생식(生食)할 수 있으며 소두곽(小豆藿) 곧 팥잎과 같다고 한다(『모전』). 이 첫 두 구는 흥

誰侜予美[54]하여
수 주 여 미

누가 내 아름다운 님을 꾀어

心焉忉忉[55]오
심 언 도 도

이 마음 시름겹게 하나

中唐有甓[56]하며
중 당 유 벽

뚝방 위엔 되강오리 있고

邛有旨鷊[57]이로다
공 유 지 역

터진 물길에는 맛있고 고운 수초(綬草) 있네

誰侜予美하여
수 주 여 미

누가 내 아름다운 님을 꼬여

(興)으로, 자연의 질서대로 제자리에 있는 자연스런 현상을 눈에 띈 그대로 노래한 것이며 그래서 뒤에 올 갈등과 대비시키는 역할을 한다. 이와 다른 해석도 있다. 초(苕)는 또 옛날에는 갈대를 지칭하는 초(芀)·위(葦)의 가차(假借)로 초(苕)를 많이 사용하였다(『통석(通釋)』). 즉 수초(水草)로 보는 것이다. 이럴 경우 이 구절은 까치는 나무 위에 둥지를 틀지 강가 제방 위에 트는 것이 아니며, 갈대는 물가에서 자라는 것이지 산 위에서 자라는 것이 아니기 때문에, 있을 수 없는 것을 말하면서 곧 참언(讒言), 즉 거짓으로 꾸며서 남을 헐뜯어 윗사람에게 고하여 바치는 행위나 그런 말을 비유한 것으로 해석한다. 두 가지 설이 정반대인데, 후자의 경우 고의로 제자리가 아닌 것을 상정(想定)하였기 때문에 자연스럽지 않다. 제2장 첫 두 구의 내용과 대비해 봐야 할 것이다. 그런데 공(邛)을 언덕이 아닌 다른 의미로 해석할 수 있다. [해설] 참조.

54 수주여미(誰侜予美): 주(侜)는 거짓말로 남을 꾀는 것. 여미(予美)는 내가 예뻐하는 사람, 나의 사랑하는 사람.

55 심언도도(心焉忉忉): 언(焉)은 어조사. 도도(忉忉)는 근심하는 모양.

56 중당유벽(中唐有甓): 중(中)은 중정(中庭)(『모전』), 즉 뜰 가운데. 당(唐)은 당도(堂塗), 곧 중정의 문에서 당하(堂下)까지 이르는 길(『공소(孔疏)』). 당(堂)은 대청에 해당된다. 벽(甓)은 오지벽돌. 중국에서는 집이나 성을 쌓는데 예부터 흙으로 구운 오지벽돌을 많이 썼다. 집안의 뜰에는 지금도 거의 벽돌을 깐다(『김학주 신완역 시경』). 이와 다른 견해가 있다. 당(唐)은 당(塘)으로 제당(堤塘)이며 위의 제방(堤防)과 같다. 옛날 당(塘)은 모두 당(唐)으로 썼으며 후에 토(土)를 붙여 나라 이름이나 성씨의 당(唐)과 구별했다고 한다. 벽(甓)도 벽(鷿)으로 읽고 벽체(鷿鷉: 되강오리, 논병아리)를 말하는데 물새로서 강이나 호수에 서식하고 잠수에 매우 뛰어나며 물고기와 두꺼비 등을 잡아먹는다고 한다. 후자를 취한다.

57 역(鷊): 수초(綬草)라 하였는데(『모전』), 작은 잡색의 수실 무늬 비슷한 풀(『공소(孔疏)』). 즉 인끈[수(綬)] 같은 풀을 말하는데 곧 역(虉)이다. 이 풀 또한 수초(水草: 물풀)라 하였다.

心焉惕踢[58]고 이 마음 시름겹게 하나
심 언 척 척

◈ 해설

「모시서」에서는 선공(宣公)이 참소하는 말을 잘 믿어 군자가 이를 걱정하여 쓴 시라고 했다. 『시집전』에서는 사통(私通)하는 남녀가 혹시 다른 사람에게 이간질 당하거나 남의 꼬임에 빠져 마음이 흔들리지나 않을까 근심하는 시라고 했다.

혹자는 나무에 지어야 할 까치집이 방죽에 있고, 저습지에 있어야 할 능소화나 수초(水草)가 높은 언덕에 나 있으며, 집 짓는 데에 쓰일 벽돌이 뜰 안 길에 놓여 있다고 하면 이는 이치에 맞지 않아 믿을 수 없는 말이지만 누가 이런 거짓말로 내 사랑하는 이를 속이지나 않을까 내 마음은 걱정스럽다는 내용으로 해석한다. 사실 각 장의 제3, 4구는 사건의 경위나 화자의 정서 및 심리 상태를 그대로 표출한 것이라 시 전체의 주조(主調)를 구성하며 달리 해석할 여지가 없다. 문제는 제1, 2구의 해석에 달려 있다. 그리고 '공(邛)'의 의미 설정이 중요하다.

「소남·작소(召南·鵲巢)」에 "까치 둥우리에 비둘기가 들어가 산다(維鵲有巢, 維鳩居之)"라고 했다. 까치집인데 비둘기가 사는 것은 여자가 출가하여 남자의 집에 들어가 사는 것을 비유한 것이다. 즉 작소(鵲巢)는 짝짓기와 가정을 비유한다.

'공(邛)'은 음근상통(音近相通)의 영향으로 '虹(홍)'으로 읽히며, '虹'은 '訌(홍)'과 통한다. 이 두 글자에는 궤란(潰亂: 제방의 옆이 터지며 큰물이 어지럽게 흘러나옴)과 혹란(惑亂: 유혹하여 혼란하게 함)의 뜻이 있다〔「대아·억(大雅·抑)」: "彼童而角, 實虹小子". 『집전(集傳)』: "虹, 潰亂也". 고형(高亨) 주(注): "虹, 通訌, 惑亂"〕. 곧 공(邛)은 옆에서 터져 흘러나오는 난류(亂流)를 말하며, 제방을 때리고 부수며 나오는 것이므로 사랑하던 짝의 가정 탈출을 비유한다. 사랑하는 짝과 결혼하여 집을

58 척척(惕惕): 도도(忉忉)와 같이 근심하는 모양.

이루었는데 다른 사람이 유혹하여 짝이 도주하는 것이므로 이것은 비둘기가 까치집으로 가지 않는 것과 같으며 또 물고기가 옆에서 터진 난류 속의 맛있고 아름다운 물풀에 의해 유혹당하여 저수지를 빠져나가는 것과 같다.

다시 정리하면, 방(防)은 제방으로 물을 막는 것이고, 공(邛)은 물을 트는 곳 또는 터져 있는 곳이다. 이 시의 독법(讀法)의 핵심은 여기에 있다. 물을 막는다 함은 기실 여인을 붙잡는다는 것이고 이는 곧 혼인을 하여 가정을 이룸을 암시한다. 바로 뒤에 이어지는 작소(鵲巢)의 상징적 의미와 같다. 물을 막은 방죽에는 까치나 물새가 있다. 공(邛)은 그 막아 놓았던 물길이 터져서 물고기가 그리로 빠져나가듯이 그 여인이 다른 곳으로 도주할 수 있음을 말하며, 여기에는 반드시 맛있고 예쁜 수초(水草)도 많다. 물고기는 짝·여인의 은어(隱語)이다. 이 수초가 물고기를 유혹하듯 내 예쁜 사람을 다른 사람이 유혹한다. 그래서 제3구 "누가 나의 님을 꾀어"라는 말로 이어진다.

결국 『시집전』의 해설과 유사하다. 다만 두 남녀의 사이를 사통(私通)에서 넓혀 혼인한 부부까지로 확대할 필요가 있겠다.

8. 월출(月出)

월출

月出皎兮[59]어늘
월 출 교 혜

佼人僚兮[60]로다
교 인 료 혜

환한 달 돋아

아름다운 임의 고운 얼굴

---

59 교(皎): 달이 환하게 비치는 것.

60 교인료혜(佼人僚兮): 교인(佼人)은 미인(美人)으로, 애인을 가리킨다. 료(僚)는 여기서는 아름다운 모양(『모전』). 달을 보니 아름다운 애인의 모습이 떠오른다는 뜻.

舒窈糾兮[61]여 서 요 교 혜	하늘하늘 춤추는 아리따운 그녀 모습
勞心悄兮[62]로다 로 심 초 혜	시름겨운 마음 하염없어라
月出皓兮[63]어늘 월 출 호 혜	하얀 달 돋아
佼人懰兮[64]로다 교 인 류 혜	아름다운 임의 어여쁜 얼굴
舒慢受兮[65]여 서 우 수 혜	하늘하늘 춤추는 온유한 그녀 모습
勞心慅兮[66]로다 로 심 소 혜	시름겨운 마음 그지없어라
月出照兮[67]어늘 월 출 조 혜	밝은 달 돋아
佼人燎兮[68]로다 교 인 료 혜	아름다운 임의 환한 얼굴
舒夭紹兮[69]여 서 요 소 혜	하늘하늘 춤추는 곱다란 그녀 모습

---

61 서요교혜(舒窈糾兮): 서(舒)는 발성자(發聲字)로, 별 뜻이 없음〔『통석(通釋)』〕. 또는 얌전하고 날렵하게 걷거나 춤추는 모양〔「소남·야유사균(召南·野有死麕)」 시 참조〕. 요교(窈糾)는 요조(窈窕)와 같은 말로〔『통석(通釋)』〕, 「주남·관저(周南·關雎)」 시 참조. 또는 여인의 몸매가 날씬한 것으로 유료(蚴蟉: 벌레가 몸을 꿈틀거리며 가는 모양)와 같은 뜻으로도 본다.

62 노심초혜(勞心悄兮): 노(勞)는 우(憂)의 뜻〔『회남자·정신훈(精神訓)』편(篇)의 고유(高誘)의 주(注)〕. 초(悄)는 근심하는 것. 또는 그 모양.

63 호(皓): 달빛이 밝게 비치는 것.

64 류(懰): 예쁜 것, 아름다운 것.

65 우수(慢受): 『옥편(玉篇)』에 의하면 '서지지모(舒遲之貌)'〔『석의(釋義)』〕, 곧 여인의 얌전한 거동을 형용한 말. 앞의 서(舒)와 같은 뜻으로, 뜻을 중복하여 표현한 것으로 본다.

66 소(慅): 근심하는 모양〔『공소(孔疏)』〕.

67 조(照): 밝게 비추다〔소(昭)〕.

68 료(燎): 명(明)의 뜻으로(『집전』), 이 구절은 여인이 달빛이 맑게 비추는 그 아래에서 그 고운 모습이 밝게 드러나는 것을 묘사한 듯하다.

勞心慘兮[70]로다 시름겨운 마음 쓰라려라
로 심 참 혜

◈ 해설

밝은 달을 쳐다보며 남자가 연인을 그리는 노래로 보는 것이 일반적이다. 「모시서」에서는 관직에 있는 사람이 덕을 좋아하지 않고 미색만을 애기하는 호색(好色)을 풍자한 것이라고 하였으나 아무래도 적절하지 않다. 『시집전』에선 남녀가 서로 좋아하며 즐기고 그리워하는 노래, 곧 남녀상열상념지사(男女相悅相念之詞)라고 하였다.

민속학자들의 연구에 따르면 신(神)에게 제례(祭禮) 드리는 가무 활동은 황혼에 시작하여 깊은 밤에까지 계속된다고 한다. 이 시는 이러한 가무 활동으로 밝은 달 아래에서 춤을 너울너울 추는 무녀(巫女)의 아름답고 마음을 움직이는 자태를 노래한 것이다. 바라볼 수는 있어도 가까이할 수 없는 마음에 비탄해하는 것은 「완구(宛丘)」와 같으나 그 정도는 더욱 깊어 보인다. 그래서 이 시를 애정무가(愛情巫歌)로 볼 수 있다. 그리고 『초사·구가·상부인(楚辭·九歌·湘夫人)』의 풍격과 흡사하며, 또한 조식(曹植)의 「낙신부(洛神賦)」와 연결시켜 볼 만하다. 영원과 절대 및 신성(神聖)에 대한 동경과 그에 따르는 비애를 느낄 수 있다. 조지훈의 「승무(僧舞)」와 비교하면 적절할 것 같다.

이 시는 3장에 12구로 되어 있는데 각 구의 세 번째 글자는 거의 같은 운자(脚字)를 쓰고 있으며 거기에 감탄사 '혜(兮)'를 더하여 분명한 리듬감을 갖고 있는 것이 마치 북을 둥둥 치는 것 같다. 여기에서 시인은 시가의 운율미와 춤의

---

69 요소(夭紹): 『문선·서경부(文選·西京賦)』의 '요소(要紹)'와 같은 말로서 고운 자태와 얼굴 모습을 말한다(『후전(後箋)』, 『통석(通釋)』). 곧 요교(窈糾)·요조(窈窕)와 같은 표현이다.

70 참(慘): 조(懆)라고도 쓰며, '근심으로 불안한 모양'이다. 왕선겸(王先謙)의 『집소(集疏)』에 의하면, 위진(魏晋) 시대에 조(曹)씨를 피휘(避諱)하기 위하여 조(喿)를 참(參)으로 많이 썼고, 그래서 참(慘)이라 쓴 것은 조(懆)로 읽는다는 것이다. '참'으로 읽으면 제3장의 각운도 맞지 않는다.

리듬감을 교묘히 결합시키고 있다.

9. 주림(株林) 주(株) 땅의 숲

胡爲乎株林[71]고 호 위 호 주 림	무엇하러 주읍(株邑) 숲에 갔나?
從夏南[72]이리라 종 하 남	하남을 따라갔던 것
匪適株林[73]이요 비 적 주 림	주읍 숲에 간 게 아니라
從夏南이니라 종 하 남	하남을 따라갔던 것이네
駕我乘馬[74]하여 가 아 승 마	나의 네 말 수레 타고서

71 호위호주림(胡爲乎株林): 호(胡)는 어찌. 또는 무엇. 호위(胡爲)는 '무엇하러', '무슨 일로'의 뜻. 호(乎)는 반문(反問)의 느낌이 강하다. 주림(株林)은 주읍(株邑)의 교외 또는 주(株) 땅의 숲을 말한다. 주(株)는 읍의 이름으로, 하씨(夏氏)의 고을로서 지금의 하남성 자성현(柘城縣)에 해당한다고 한다〔『석의(釋義)』〕. 임(林)은 야(野)의 별칭이라 하였다〔『통석(通釋)』〕. 여기에 하희(夏姬)의 집이 있었다.

72 하남(夏南): 하징서(夏徵舒)를 가리킴. 자(字)는 자남(子南)이다. 진나라의 영공(靈公)이 그의 대부(大夫) 하숙경(夏叔卿)이 죽은 뒤 그의 처 하희(夏姬)와 정을 통하였다. 하징서는 하희의 아들이다. 하씨 성에 자남(子南)이라는 자(字)를 합쳐 하남(夏南)이라 한 것이다. 어머니를 들지 않고 아들 이름을 댄 것은 그가 호주(戶主)이기 때문이라〔『공소(孔疏)』〕 하였지만, 아들로써 그의 어머니 하희를 대신한 일종의 은사(隱詞)이다.

73 비적(匪適): 비(匪)는 비(非)와 같으며, 아니다의 뜻. 적(適)은 가다.

74 가아승마(駕我乘馬): 가(駕)는 수레를 타는 것. 아(我)는 진나라 사람들이 영공의 입장에서 아(我)라 한 것이라 하였다〔『정전』〕. 즉 시인이 영공의 입을 빌려 영공을 조롱한 것으로 본다. 승마(乘馬)는 사마(四馬). 곧 한 조가 되어 수레를 끄는 네 마리의 말. 승(乘)은 사(四)의 뜻이다.

說于株野[75]로다
세 우 주 야

주읍 들에 가 쉬었네

乘我乘駒[76]하여
승 아 승 구

나의 네 망아지 수레 타고서

朝食于株[77]로다
조 식 우 주

주읍에 가 아침밥도 먹었네

◈ 해설

「모시서」에서는 진(陳)나라 영공(靈公)과 하희(夏姬)와의 통간(通姦)을 풍자한 시라고 하였다. 영공은 그의 대부(大夫) 하숙경(夏叔卿)이 죽은 뒤 그의 아내 하희와 간음했다. 그들의 정이 깊어 영공이 아침저녁으로 쉴 새 없이 주읍(株邑)을 왕래하므로 백성들이 이를 보고 그 음란함을 풍자했으나, 영공과 하희의 사이를 차마 터놓고 말하지는 못하고 하희의 아들 하남(夏南)을 찾아간다고 말했다. 「모시서」도 같은 해석이다. 하희는 원래 정(鄭)나라 목공(穆公)의 딸인데 영공 이외에 대부 공녕(孔寧)·의행보(儀行父) 등과도 통간했다. 『춘추좌전』 「선공(宣公) 9년」에서 『춘추좌전』 「선공(宣公) 11년」 사이와 『사기·진세가(史記·陳世家)』에 이에 관한 기록이 보인다.

---

75 세우주야(說于株野): 세(說)는 머무는 것. 또는 수레를 멈추고 쉬는 것. 주야(株野)는 앞의 주림(株林)과 같으며, 하희의 집이 있는 곳을 말함.

76 승아승구(乘我乘駒): 구(駒)는 6척 이하의 말을 칭한다(『집전』). 앞의 승(乘)은 가(駕)와 마찬가지로 수레를 타는 것이며, 뒤의 승(乘)은 사(四)의 뜻.

77 조식(朝食): 아침 식사를 하는 것. 또는 남녀 성애(性愛)의 만족을 지칭하기도 한다.

10. 택파(澤陂) 못 둑

彼澤之陂[78]엔 피 택 지 파	저 못가의 둑에
有蒲與荷[79]로다 유 포 여 하	부들과 연꽃이 있네
有美一人[80]이여 유 미 일 인	오직 한 분 아름다운 님이여
傷如之何[81]오 상 여 지 하	이 아픈 가슴 어이할까?
寤寐無爲[82]하여 오 매 무 위	자나 깨나 아무 일 못하고
涕泗滂沱[83]로다 체 사 방 타	눈물 콧물만 주르륵
彼澤之陂엔 피 택 지 파	저 못가의 둑에

78 피택지파(彼澤之陂): 택(澤)은 못이나 호수. 파(陂)는 '피'로도 읽고, 파(坡)와 통하며 방죽이나 제방(堤防)의 뜻.

79 유포여하(有蒲與荷): 포(蒲)는 부들. 수초(水草)로 못이나 얕은 물에서 자라며 잎은 부채를 만들거나 줄기를 말려서 자리를 만드는 데 쓴다. 하(荷)는 연(蓮), 연잎, 연꽃 등. 바로 눈앞의 경물을 보고 기흥(起興)하였다.

80 미일인(美一人): 아름다운 사람. 남자가 여자를, 또는 여자가 남자를 지칭하는 것 모두 다 가능하다. 유일미인(有一美人)의 도치문이라 볼 수도 있지만, 미(美)를 형용사로 보기보다는 미자(美者) 곧 '아름다운 사람'으로도 볼 수 있다.

81 상(傷): 마음이 아픈 것. 또는 양(陽)의 가차자로 본다. 『노시(魯詩)』와 『한시(韓詩)』에는 양(陽)으로 쓰고 있는데, '양(陽)'은 여자가 자신을 낮춰 말하는 겸칭(謙稱)이라고 한다〔『이아(爾雅)』에 "陽, 予也"라 했고, 학의행(郝懿行)의 『이아의소(爾雅義疏)』에는 "여자 중에 비천한 자를 양(陽)이라 한다(女之賤者稱陽)"라고 했다〕. 그리고 이와 혹 연관되는 듯한 시구가 있는데, 「소아·체두(小雅·杕杜)」의 "日月陽止, 女心傷止(세월 흘러 시월 되니 여인의 마음 서글퍼지네)"를 참고할 만하다.

82 무위(無爲): 아무 일도 손에 잡히지 않아 하지 못하는 것.

83 체사방타(涕泗滂沱): 체(涕)는 눈물 흘리는 것. 사(泗)는 콧물 흘리는 것. 방타(滂沱)는 큰 비가 오듯 하는 것.

有蒲與蕑[84]이로다
유 포 여 간
부들과 연꽃이 있네

有美一人 이여
유 미 일 인
오직 한 분 아름다운 님이여

碩大且卷[85]이로다
석 대 차 권
훤칠하고 어여뻐라

寤寐無爲하여
오 매 무 위
자나 깨나 아무 일 못하고

中心悁悁[86]이로다
중 심 연 연
마음속에 시름만 가득

彼澤之陂 엔
피 택 지 파
저 못가의 둑에

有蒲菡萏[87]이로다
유 포 함 담
부들과 연꽃이 있네

有美一人 이여
유 미 일 인
오직 한 분 아름다운 님이여

碩大且儼[88]이로다
석 대 차 엄
훤칠하고 의젓하여라

寤寐無爲하여
오 매 무 위
자나 깨나 아무 일 못하고

輾轉伏枕[89]하도다
전 전 복 침
엎치락뒤치락 베개에 머리 묻네

---

84 간(蕑): 난초. 산에서 나는 난이 아니라 못에서 나는 택란(澤蘭). 『모전(毛傳)』엔 난(蘭)이라고만 했다.

85 석대차권(碩大且卷): 석(碩)은 외양이 크고 멋진 것. 대(大)는 행동이 훌륭한 것. 권(卷)은 권(婘)의 가차로, 어여쁘다는 뜻(『석의(釋義)』).

86 연연(悁悁): 읍읍(悒悒)과 같은 말로(『모전』), 근심하는 모양.

87 함담(菡萏): 함(菡)과 담(萏)은 연꽃 봉오리. 활짝 핀 연꽃은 부용(芙蓉)이라 한다.

88 엄(儼): 긍장(矜莊)한 모양(『모전』), 곧 의젓한 것.

89 전전복침輾轉伏枕): 전전輾轉)은 이리 뒹굴 저리 뒹굴 잠 못 이루는 것. 「주남·관저(周南·關雎)」 시에 보임. 복침伏枕)은 베개에 머리를 파묻는 것. 마음의 괴로움이 극에 달했을 때 눈물과 시름을 가눌 수 없어 하는 행동.

◈ 해설

남녀가 서로 사랑하고 그리워하는 시이다. 화자에 대해서는 의견이 갈리기도 하지만 대체로 여성의 어투로 본다. '상(傷)'(또는 陽)이 여성 자칭(自稱)이라는 것과 낮고 습한 곳에서 자라는 식물들이 여성에 많이 비유된다는 것이 그 근거이다. 또는 『정전(鄭箋)』에서는 부들을 남성으로, 연꽃을 여성의 용체(容體)로 보고 연못가에 부들과 연꽃이 어우러져 있는 것은 남녀가 좋은 짝을 이룬 것을 비유한 것이며, 그래서 여인 자신이 홀로 외롭게 있음을 슬퍼하는 것이라 하였다. 「모시서」에서는 진(陳)나라 영공(靈公)의 군신(君臣)들이 간음하므로 남녀가 서로 즐기면서 근심에 젖어 그리워하는 문란해진 시대상을 풍자한 것이라 했다. 무리한 해석이다. 주희(朱熹)는 이 시의 뜻이 「진풍·월출(陳風·月出)」과 유사하다고 했다. 그리워하고 바라볼 수는 있어도 가까이할 수 없어 안타깝고 괴로운 심정이 절절하게 잘 나타나 있다.

제13 회풍(檜風)

고신씨 때 화정(火正) 축융(祝融)의 봉지(封地)로 그 후 예의 나라 회(檜), 즉 지금의 하남성 정주 지방에서 수집된 것으로, 모두 4수의 시가 있다. 주(周)나라 평왕(平王) 때 정(鄭)나라 무공(武公)에게 이미 멸망했다. 그래서 「정풍(鄭風)」에도 이 지역과 관련된 작품이 여러 편 나오고 있어 「회풍(檜風)」의 시와 그 지역이나 악조(樂調)가 다를 것이 없으나 「회풍」의 시는 다만 이 나라가 정(鄭)나라에 합병되기 이전의 시일 것이라는 점이 특색이다.

1. 고구(羔裘) 염소 갖옷

羔裘逍遙[1]하며 고 구 소 요	염소 갖옷 입고서 소요하시며
狐裘以朝[2]로다 호 구 이 조	여우 갖옷 입고 조회하시네
豈不爾思[3]리오 기 불 이 사	어이 그대를 걱정하지 않으리오만
勞心忉忉[4]로다 노 심 도 도	시름하는 마음 하염없어라
羔裘翺翔[5]하며 고 구 고 상	염소 갖옷 입고서 나돌아 다니시며
狐裘在堂[6]이로다 호 구 재 당	여우 갖옷 입고 조당에 나오셨네
豈不爾思리요 기 불 이 사	어이 그대를 걱정하지 않으리오만
我心憂傷[7]이로다 아 심 우 상	내 마음 시름겨워 아파라

---

1 고구소요(羔裘逍遙): 고구(羔裘)는 치의(緇衣)와 함께 제후의 조복(朝服)으로, 부드러운 염소 털가죽으로 만든 옷. 소요(逍遙)는 왔다 갔다 하며 마음 내키는 대로 노니는 것. 고구는 제후가 조회를 할 때 치의(緇衣)와 함께 입는 것인데(『집전』), 놀러 다닐 때 고구를 입었음은 제후가 법도에 벗어나는 짓을 하는 것이라고 하였다.

2 호구이조(狐裘以朝): 호구(狐裘)는 여우의 부드러운 털가죽으로 만든 옷으로, 금의(錦衣)와 함께 천자를 찾아가 뵐 때 입는 옷(『집전』). 조회에 호구를 입는 것도 제후가 정치를 법도대로 하지 않음을 뜻한다. 조(朝)는 조회(朝會) 또는 조당(朝堂: 군주를 조회에서 배알하는 곳).

3 기불이사(豈不爾思): 이(爾)는 그대, 자기가 사랑하는 사람.

4 노심도도(勞心忉忉): 노(勞)는 우(憂)의 뜻. 노심(勞心)은 근심하는 마음. 도도(忉忉)는 근심하는 모양. 「진풍·방유작소(陳風·防有鵲巢)」 시에 보임.

5 고상(翺翔): 하늘을 빙빙 돌며 나는 것. 왔다 갔다 노니는 것. 소요(逍遙)와 비슷한 말(『모전』).

6 당(堂): 공당(公堂) 또는 조당(朝堂). 제후가 정치를 처리하는 곳(『전소(傳疏)』).

7 상(傷): 근심하는 것.

羔裘如膏[8]하니
고구여고

염소 갖옷 기름칠한 듯

日出有曜[9]로다
일출유요

떠오르는 햇빛에 반짝이네

豈不爾思리요
기불이사

어이 그대를 걱정하지 않으리오만

中心是悼[10]로다
중심시도

마음속만 더욱 슬퍼라

◈ 해설

「모시서」에 의하면 회(檜)나라 군주가 그의 나라가 작고 좁은 데도 도를 활용하지 않고 옷을 깨끗이 하고서 소요하고 놀며 잔치하기를 좋아하고 정사를 소홀히 함을 보고 그의 대부가 그를 버리고 떠나가면서 풍자하며 지은 시라고 했다. '호구이조(狐裘以朝)'의 주(注)에서 보듯 의복이 법도에 맞지 않다는 것과 걱정하고 시름겨워한다는 내용이 시의 효용성을 정치 사회적 풍자성에서 찾으려는 의식과 어울려 만들어 낸 결과일 것이다. 그런대로 일리가 있다.

최근에는 대체로 귀족 부인이 어떤 귀족 남자를 그리워하는 시로 보고 있다. 그러나 그 구체적인 해석은 같지 않다. 회(檜)나라의 대부가 공사(公事)로 나라를 떠나 있는데 그 부인이 그리워하며 읊었다는 것이라고도 하고, 귀족 부녀자가 총애를 잃고 홀로 거처하며 그 남편을 그리워하며 읊은 것이라고도 한다. 또는 여인이 남편을 버리고 다른 남자에게로 도망하려 함에 망설여지면서 슬퍼지는 것이라 하고, 여인이 높은 자리에 있는 자기 애인을 생각하며 자기를 거들떠보아 주지 않음을 원망하는 것이라고도 한다.

첫 연 '羔裘逍遙, 狐裘以朝'는 귀족 부인이 그 남편이 집에서 머무는 것과 공사

---

8 여고(如膏): '고'는 응고된 동물성 지방, 곧 기름. 기름처럼 윤기가 나는 것.

9 유요(有曜): 요연(曜然)과 같으며 요요(耀耀) 곧 빛나는 모습. 고구의 가죽털이 햇살을 받아 빛이 나는 것.

10 도(悼): 슬퍼하다. 애통하다. 또는 두려워지다.

처리하는 일상적인 것을 회억(回憶)하는 것으로 보이는데, 무엇이 그녀로 하여금 그다지도 슬프게 하는지는 시가 너무 간략하고 그 원인을 말한 글자가 없어서 알 길 없고 결국 뒷사람들은 여러 가지 추측을 하게 된다.

2. 소관(素冠) 하얀 모자

庶見素冠兮[11]여 서 견 소 관 혜	하얀 모자 쓴 님 보고파
棘人欒欒兮[12]하여 극 인 란 란 혜	야위고 초췌해진 몸
勞心慱慱兮[13]로다 노 심 단 단 혜	시름겨운 마음 근심스러워라

---

11 서견소관(庶見素冠): 서(庶)는 서기(庶幾)와 같이 바람〔願〕과 희망을 나타내거나 또는 다행·요행의 뜻으로 쓰인다. 소관(素冠)은 뒤의 소의(素衣)·소필(素韠)과 함께 상복(喪服)으로 보고 삼년상을 치르지 못함을 풍자한 것이라 하였다(『모전』). 그러나 고인의 상복은 반드시 흰색을 숭상한 것은 아니었다. 옛날의 관례〔冠禮: 곧 성인례(成人禮)〕에도 소관을 썼는데, 『의례·사관례·시관(儀禮·士冠禮·始冠)』에 정현(鄭玄)은 "백포관(白布冠)은 지금의 상관(喪冠)과 같은 것"이라 주를 달았다. 옛날에는 그렇지 않았음을 알 수 있다. 「정풍·출기동문(鄭風·出其東門)」 시에도 여자들이 평시에 입는 옷으로 호의(縞衣) 곧 흰 명주옷이 나왔다〔『석의(釋義)』〕. 청나라 적호(翟灝)의 『통속편(通俗編)』 권25의 논증에 의하면 흰색을 흉식(凶飾)이라 싫어하게 된 것은 당대(唐代) 이후라 한다. 따라서 이곳의 소관은 깨끗하고 소박한 복장을 한 사람을 뜻하는 것으로 본다.

12 극인란란(棘人欒欒): 극(棘, ji)은 척(瘠, ji: 파리하다)과 통하며, 극인(棘人)은 병든 사람 또는 그리움에 병들어 몸이 여윈 사람을 말한다〔『통석(通釋)』〕. 상을 당한 사람을 이후 일반적으로 극인(棘人)이라고 하는데, 앞 주(注) 전반과 같이 이 시를 상례(喪禮)와 관계 있다고 보고 해석한 것으로서, 이런 해석은 이 시에서 비롯되었으나 후기자(後起字) 뒤에 사용된 글자로서 이 시에 적용될 것은 아니다. 란란(欒欒)은 몸이 여윈 모양(『모전』). 이 구절은 여자가 자신을 노래한 것임.

13 노심단단(勞心慱慱): 노(勞)는 우(憂)의 뜻. 단단(慱慱)은 근심하는 모양.

庶見素衣兮여
서 견 소 의 혜

我心傷悲兮니
아 심 상 비 혜

聊與子同歸兮[14]로다
료 여 자 동 귀 혜

하얀 옷을 입은 이 보고파

내 마음 서러워

그대와 함께 돌아가리라

庶見素韠兮[15]여
서 견 소 필 혜

我心蘊結兮[16]니
아 심 온 결 혜

聊與子如一兮[17]로다
료 여 자 여 일 혜

하얀 슬갑을 두른 이 보고파

내 마음 한이 맺혀

그대와 함께 하나같이 되리라

◈ 해설

「모시서」에서는 사람들의 도덕심이 점차 희박해져서 꼭 지켜야 했던 삼년상을 길다고 없앰으로써 못 지키게 되자 당시의 현인(賢人)이 이를 안타깝게 여겨 풍자한 것이라 하였다. 또는 회(檜)나라 임금이 화려한 옷치장에만 힘쓰고 국사에 소홀함을 마음 아파한 어진 신하가 귀은(歸隱)하고자 하는 시라고 하였다.

그러나 굴만리(屈萬里)는 "여자가 남자를 사모하여 부른 사랑의 노래"라고 하였다〔굴만리(屈萬里), 『시경석의(詩經釋義)』〕. 이 시에 대한 해석의 차이는 결국 '동귀(同歸)'에 대한 해석의 차이에서 비롯된 것으로 대개 다음과 같이 정리할 수 있다.

1. 효자가 삼년상 지키는 것을 찬미한 것.

---

14 료여자동귀(聊與子同歸): 료(聊)는 차(且)의 뜻으로 희망을 나타낸다. 자(子)는 흰 옷을 입은 사람, 그리운 사람을 가리킴. 동귀(同歸)는 함께하는 것〔『통석(通釋)』〕. 또는 행동을 같이하는 것〔『공소(孔疏)』〕.

15 필(韠): 폐슬(蔽膝)〔『집전』〕, 또는 슬갑(膝甲). 곧 무릎 가리개.

16 온결(蘊結): 마음에 한(恨) 같은 것이 쌓이고 맺히는 것.

17 여일(如一): 한 몸처럼 마음과 행동을 같이하는 것.

2. 아가씨가 효자와 사랑을 맺고 싶어 하는 것.

3. 남편이 죽자 상심하여 그와 함께 죽기를 원하는 것.

4. 상가(喪家)와 비통함을 함께 나누는 것으로, 위로하며 조문하는 조사(弔辭)로 본다. 그렇다면 '동귀(同歸)'나 '여일(如一)'은 '마찬가지', '함께한다'는 뜻이다.

3. 습유장초(隰有萇楚) 진펄의 장초나무

隰有萇楚[18]하니 습 유 장 초	진펄에 난 장초나무
猗儺其枝[19]로다 아 나 기 지	그 가지 하늘하늘 부드럽게 날리고
夭之沃沃[20]하니 요 지 옥 옥	작고 예쁜 모습 싱그럽고 윤기 흐르니
樂子之無知[21]하노라 낙 자 지 무 지	너의 짝 없음을 즐거워하노라

18 습유장초(隰有萇楚): 습(隰)은 진펄. 장초(萇楚)는 요익(銚弋)이라고도 하는데(『모전』), 지금의 양도(羊桃)라 하였다〔『집전』, 『육소(陸疏)』〕. 또는 미후도(獼猴桃: 다래 또는 키위)라고도 하며 열매는 먹을 수 있으며 복숭아 비슷하다. 잎은 길고 좁으며 꽃은 자색과 적색이고, 줄기와 가지는 부드러워 종이를 만들 수 있다고 한다〔『공소(孔疏)』〕. 우리나라에선 흔히 보리수라고 하지만 다른 식물이다.

19 아나(猗儺): 아나(婀娜)와 같으며, 유순(柔順)함(『모전』). 가지와 줄기가 유약(柔弱)한 것〔『공소(孔疏)』〕. 곧 가볍고 부드럽고 아리따운 모습. 전적으로 싱싱하고 예쁘다는 것만을 지칭하는 것이 아니라 가지가 유연하여 바람 따라 율동을 잘 타는 모습이 포함되어야 하며, 꽃과 열매도 그 가지에 달려 있어 제2, 3장에서 같은 표현을 사용했다.

20 요지옥옥(夭之沃沃): 요(夭)는 어리고 예쁜 모양(『집전』). 또는 '도지요요(桃之夭夭)'와 같은 뜻으로 싱싱한 것이라 했다. 옥옥(沃沃)은 아름다워 광택이 나는 모양.

21 낙자지무지(樂子之無知): 지(知)는 배필(配匹) 또는 짝짓다·사랑하다의 뜻〔『정전』, 『이아(爾雅)』〕. 지각(知覺)의 '지(知)'가 아니다. 「위풍·환란(衛風·芄蘭)」의 "능불아지(能不我知)" 참조. 문일다(聞一多)는 남녀 간에 은밀히 서로 연애하는 것이라 했다〔문일다(聞一

隰有萇楚하니 습 유 장 초	진펄에 난 장초나무
猗儺其華로다 아 나 기 화	그 꽃 하늘하늘 부드럽게 날리고
夭之沃沃하니 요 지 옥 옥	작고 예쁜 모습 싱그럽고 윤기 흐르니
樂子之無家[22]하노라 낙 자 지 무 가	너의 집 없음을 즐거워하노라

隰有萇楚하니 습 유 장 초	진펄에 난 장초나무
猗儺其實이로다 아 나 기 실	그 열매 하늘하늘 부드럽게 날리고
夭之沃沃하니 요 지 옥 옥	작고 예쁜 모습 싱그럽고 윤기 흐르니
樂子之無室[23]하노라 낙 자 지 무 실	너의 집 없음을 즐거워하노라

◈ 해설

이 시의 해석에 있어 관건이 되는 것은 '낙자지무지(樂子之無知)'이다. 「모시서」에서는 "군주가 음탕하고 방자한 것을 나라 사람들이 미워하여 정욕(情慾)이 없는 자를 그리워한 것"이라 하였다. 『집전(集傳)』에서는 "정치가 번거롭고 부역(賦役)이 무거워 사람들이 그 고통을 이기지 못하여, 초목이 무지하여 근심이 없는 것보다 못함을 탄식한 것"이라 했다. 곽말약(郭沫若)은 이에서 발전하여 "파산한 귀족의 염세(厭世)의 작품"이라고 했다. 그래서 난세에 사는 사람이 사는 것을 즐거워하지 않는 반상적(反常的) 심리를 그린 시라고 했다.

그러나 언뜻 보아도 한 남자가 진펄에 자라난 장초나무를 보고 흥을 일으켜

多), 『류초(類鈔)』].

22 무가(無家): 아직 결혼을 못하여 자기 집을 이루지 못하고 있는 것.

23 무실(無室): 앞의 무가(無家)와 같은 뜻.

작고 예쁘며 몸매가 가녀린 여인이 아직 짝이 없음을 알고 기뻐하는 내용임을 알 수 있다.

4. 비풍(匪風) 바람도 불지 않고

匪風發兮[24]여 비풍발혜 — 바람도 불지 않고
匪車偈兮[25]로다 비거걸혜 — 수레 달려오지 않아
顧瞻周道[26]하니 고첨주도 — 한길을 돌아다보면
中心怛兮[27]로다 중심달혜 — 마음속 슬퍼져라

匪風飄兮[28]여 비풍표혜 — 바람 회오리치지 않고
匪車嘌兮[29]로다 비거표혜 — 수레 흔들거리지 않아

---

24 비풍발(匪風發): 『시경』에서 '匪'의 뜻은 과거 대체로 세 가지로 해석되었다. 斐〔「위풍·기욱(衛風·淇奧)」, "有匪君子"〕·非·彼 등이다. 비(匪)는 피(彼) 곧 '저'를 가리키는 대명사로 쓰였다고 했다. 바로 다음 구의 '비'도 마찬가지이다〔왕인지(王引之), 『경의술문(經義述聞)』〕. 그러나 여기서는 『시집전』을 따라 '非'의 뜻으로 새긴다. 발(發)은 바람이 드날리는 모양(『집전』) 또는 바람이 크게 이는 것이라 했는데, 필발(觱發)의 가차로 곧 바람이 찬 모양을 뜻한다〔양수달(楊樹達), 『적미거소학금석논총(積微居小學金石論叢)』〕.

25 걸(偈): 수레를 빨리 달리는 것(『모전』). 할(轄)로도 읽고 수레의 바퀴통과 굴대가 마찰되는 소리 또는 수레가 달리며 내는 소리로 본다〔양수달(楊樹達)〕.

26 고첨주도(顧瞻周道): 고첨(顧瞻)은 뒤돌아보는 것. 주도(周道)는 큰 길 또는 주나라로 가는 길(『집전』). 또는 주(周) 왕실(王室)의 정교(政敎).

27 달(怛): 슬퍼하는 것.

28 표(飄): 회오리바람.

顧瞻周道하니
고 첨 주 도
한길을 돌아다보면

中心弔兮[30]로다
중 심 조 혜
마음속 아파라

誰能亨魚[31]에
수 능 팽 어
누가 생선 삶고

漑之釜鬵[32]오
개 지 부 심
가마솥 씻을까?

誰將西歸[33]에
수 장 서 귀
누가 서쪽에 돌아가

懷之好音[34]고
회 지 호 음
좋은 소식 가져올까?

◈ 해설

"나라가 작고 정사가 혼란하니, 화란(禍亂)이 미칠까 근심하여 주나라의 도를 생각한 것"(「모시서」)이라 하였다. 나아가 회(檜)나라 정치가 어지러워 백성이 집 없이 길거리에서 떠돌아다니는 것을 풍자하고, 고통 속에서 구원을 바라는

---

29 표(嘌): 수레가 흔들리며 가는 모양(『집전』). 또는 수레가 매우 빨리 달리는 모양〔『설문(說文)』〕.

30 조(弔): 근심하고 아파하는 것.

31 팽(亨): 삶는 것. 팽(烹)의 본자. 본문에는 한글음 표시 때문에 '亨'을 썼는데 본래는 '亨'이다.

32 개지부심(漑之釜鬵): 개(漑)는 씻다(『집전』) 또는 생선 넣은 가마솥에 물을 알맞게 붓는 것〔엄찬(嚴粲), 『시집(詩緝)』〕. 부(釜)는 가마솥, 심(鬵)은 큰 가마솥. 『시집전』에서는 '누가〔수(誰)〕'의 술부를 '팽어'까지만 보고 "누가 능히 생선을 요리하겠는가?"로 보았으며, 그래서 이 구절은 "그런 사람이 있다면 내가 그를 위해 가마솥을 씻어 주겠다"로 해석했다. 3, 4구도 마찬가지이다.

33 서귀(西歸): 서쪽의 주나라로 돌아가는 것. 회(檜)나라는 주나라의 동쪽에 있었다.

34 회지호음(懷之好音): 회(懷)는 귀(歸)와 같으며 뜻은 궤증(饋贈) 곧 '주다, 보내다, 올리다'는 뜻. 호음(好音)은 좋은 소식〔『석의(釋義)』〕. 『시집전』의 방식에 따르면 "(서쪽으로 돌아가는 사람이 있다면) 그를 위해 좋은 목소리로 위로하겠다"는 뜻이 된다.

시라고 했다. 바람이나 수레가 사람을 길거리에 몰아치지 않아도 악정에 쫓겨, 한길에서 사방을 돌아보며 마음 아프게 선정(善政)과 기쁜 소식을 바라는 내용으로 본 것이다.

그러나 이 시 역시 '길 떠난 임을 그리는 여인의 심정' 정도로 보아도 무리가 없다. 팽어(烹魚)의 의미는 만나서 함께 좋은 음식을 만들어 먹는다는 직접적인 것과 나아가 물고기가 성적인 상징을 포함한다는 점을 적용하여 성적(性的) 갈구를 상징하는 것으로 본다.

'바람'이 없다는 것은 소리가 없다는 것이며(불다-부는 것-소리와 음성 등), 나에게 속삭이는 음성 및 소리가 없다는 것은 결국 외롭거나 적막하다는 것으로, 이는 소식·그리움의 돌출·성적 자극 등등의 요소가 없는 것을 말한다.

그리고 '수레'에 대한 의미도 혹 왕래·소식·사자(使者) 등으로 인신할 수 있을 것이다.

제14 조풍(曹風)

산동성 조주(曹州) 근처에서 수집된 것. 주나라 무왕(武王)이 은(殷)나라 주왕(紂王)을 정벌한 뒤 아우 진탁(振鐸)을 봉했던 곳인데, 그 영역은 산동성 하택현(荷澤縣)과 정도현(定陶縣) 일대에 해당하고 제26세 백양(伯陽) 때에 송(宋)나라 경공(景公)에게 멸망했다.

1. 부유(蜉蝣) 하루살이

蜉蝣之羽[1]여 부 유 지 우	하루살이의 깃이여
衣裳楚楚[2]로다 의 상 초 초	의상이 선명하구나
心之憂矣여 심 지 우 의	이 마음 시름겨워라
於我歸處[3]오 어 아 귀 처	나는 어디로 가 살아야 하나
蜉蝣之翼[4]이여 부 유 지 익	하루살이의 날개여
采采衣服[5]이로다 채 채 의 복	화려한 옷이로구나
心之憂矣여 심 지 우 의	이 마음 시름겨워라
於我歸息[6]고 어 아 귀 식	나는 어디로 가 쉬어야 하나
蜉蝣掘閱[7]하니 부 유 굴 열	하루살이 구멍 뚫고 나올 때

---

1 부유(蜉蝣): 하루살이. 몸이 작고 황흑색(黃黑色)이며 날개는 반투명이며 성충(成蟲)은 대개 아침에 나서 저녁에 죽는다. 덧없는 인생에 비유한다.

2 의상초초(衣裳楚楚): 의상(衣裳)은 하루살이의 날개를 지칭한다. 아래의 '의복(衣服)', '마의(麻衣)'도 마찬가지이다. 초초(楚楚)는 선명한 모습.

3 어아귀처(於我歸處): 어(於)는 옛 까마귀 오(烏)이며 의문사 어찌 하(何)와 같은 뜻. 여기서는 하처(何處) 곧 '어디'의 뜻이다〔임의광(林義光), 『시경통해(詩經通解)』〕. 귀처(歸處)는 돌아가 머물다. 처(處)는 지(止)와 같다. 따라서 이 구절은 '어느 곳으로 나는 돌아가 머물러야 하는가?'의 뜻이다. 혹은 글자의 대표 뜻을 그대로 따라 '나에게로 돌아와 쉬어라' 또는 '돌아와 쉴 곳은 이 몸이다'라고 번역하기도 한다. 이럴 때 각 장의 제1, 2구는 옷을 곱게 차려입고 집을 나서는 남편의 화려한 의상을 지칭하기도 한다.

4 익(翼): 날개.

5 채채(采采): 화려하게 꾸민 모양(『집전』).

6 귀식(歸息): 앞의 귀처(歸處)와 같다.

麻衣如雪[8]이로다 마의여설	삼베 무늬 옷 눈같이 희다
心之憂矣여 심지우의	이 마음 시름겨워라
於我歸說[9]오 어아귀세	나는 어디로 가 머물러야 하나

◈ 해설

「모시서」에서는 조(曹)나라 소공(昭公)이 사치에만 눈이 어두워 있는 것을 풍자한 것이라 했고, 『시집전』에서는 눈앞에 보이는 작은 즐거움만 알고 당장 닥쳐올 화를 내다볼 줄 모르는 이를 하루살이에 비유하여 꾸짖은 노래라고 하였다. 즉 하루살이의 깃과 날개는 얇고 광택이 있으며 거의 투명하기 때문에 사랑할 만하지만 아침에 났다가 저녁에 죽어 오래 생존하지 못하는 것에서 자신이 돌아갈 곳이 어디인지 비감해하는 것을 읊었다는 것이다. 인생이 짧고 영화가 순간에 지나지 않는 것을 한탄하는 시로 보는 것이나 또는 대부들이 나랏일에는 마음을 두지 않고 화려한 옷이나 걸치고 하루하루를 즐기려는 경향을 근심하여 노래한 것으로 보는 것이 일반적이다.

그러나 옛사람들은 베로 짠 옷을 형용할 때 종종 하루살이의 날개로 비유하며 우의(羽衣)로 부르는데, 일반적으로 우의는 그 얇은 것이 새의 날개가 아니라 벌레의 날개와 같기 때문이다.

---

7 굴열(掘閱): 굴(掘)은 파다 또는 뚫고 나오다. 열(閱)은 혈(穴)과 통한다. 전국시대 초(楚)나라 송옥(宋玉)의 「풍부(風賦)」의 "공혈내풍(空穴來風)"을 『장자(莊子)』에서는 "공열내풍(空閱來風)"이라 한 것과 같다〔『통석(通釋)』〕. 따라서 '굴열'은 하루살이 유충이 구멍을 뚫고 분토(糞土) 가운데로부터 처음 나올 때를 의미한다.

8 마의여설(麻衣如雪): 삼베옷이 눈과 같다고 했는데, 하루살이의 날개는 흰색이 아니라 황흑색이라 이와 같이 말할 수는 없지만 시인이 과장한 것으로 본다.

9 귀세(歸說): '세'는 수레를 멈추고 쉬는 것. 『집전(集傳)』에서는 사식(舍息: 머물러 쉬는 것)이라 했다. 결국 앞의 귀처(歸處)와 같다.

2. 후인(候人) 후인

彼候人兮[10]는 피 후 인 혜	저 후인은
何戈與祋[11]어늘 하 과 여 대	짧은 창 메고 있고
彼其之子[12]여 피 기 지 자	저 기씨의 자제들
三百赤芾[13]이로다 삼 백 적 불	붉은 슬갑 두른 3백 명 속에 있네
維鵜在梁[14]하니 유 제 재 량	보 둑에 있는 사다새

---

10 후인(候人): 길에서 손님을 맞아들이고 배웅하는 낮은 관리(『모전』). 사방에서 오는 이를 조정으로 모시고 들어가거나 배웅할 때 무기를 들고 간도(奸盜)를 막는다〔『공소(孔疏)』〕. 즉 호위병이나 의장대에 해당하는 천역(賤役)의 관리로, 여기서는 어진이가 중용되지 못하고 이런 낮은 관리 노릇을 하고 있음을 가리킨다.

11 하과여대(何戈與祋): 하(何)는 하(荷)와 통하며 둘러메고 있는 것(『모전』). 과(戈)는 길이 6척 6촌의 창〔『공소(孔疏)』〕. 대(祋)는 수(殳)와 통하여(『모전』) 길이 1장 2척의 대창〔『공소(孔疏)』〕.

12 피기지자(彼其之子): 기(其)는 3인칭 지시대명사가 아니라 성씨의 하나〔㠱·其·己·紀로 표기되지만 모두 같은 족성(族姓)이다〕로 본다. 지(之)는 관형어. 자(子)는 자제. 이 구는 이 작품 외에도 「양지수(揚之水)」〔왕풍(王風)〕·「고구(羔裘)」〔정풍(鄭風)〕·「초료(椒聊)」〔당풍(唐風)〕·「후인(候人)」〔조풍(曹風)〕 등 네 편 작품에도 출현하며 모두 '기씨의 자제'로 해석할 수 있다. [해설] 참조.

13 삼백적불(三百赤芾): 삼백(三百)은 3백 사람. 3은 실제의 수가 아닌 대개의 숫자로 많은 수를 나타낸다. 불(芾)은 필(韠)의 뜻으로, 「회풍·소관(檜風·素冠)」에 나온 슬갑(膝甲) 또는 폐슬(蔽膝)로 '앞가리개'를 말함. 『공소(孔疏)』에 의하면, '불'과 '필'은 같은 것이지만, 제복(祭服)일 경우에는 '불', 다른 옷일 경우에는 '필'이라 한다고 한다. 대부 이상이 입는 조복(朝服)의 한 부분으로서 붉게 염색한 것이다. 『모전(毛傳)』에는 대부 이상은 "붉은 앞가리개를 하고 큰 수레를 탄다(赤芾乘軒)"고 하였다. 이 적불은 본래 천자가 대부에게 내리는 것으로, 여기서 적불은 대부 차림을 하고 있는 사람들을 말한다. 또는 그런 복장을 하고 있는 사람들 중의 하나라는 뜻으로도 본다. 이는 일반적인 해석으로 지나치게 과장되었거나 정확하지 않다. '3백 명의 여인' 또는 '적불의 관복 3백 벌'로도 볼 수 있다. [해설] 참조.

不濡其翼[15]이로다
불 유 기 익

그 날개 젖지 않았고

彼其之子여
피 기 지 자

저 기씨의 자제들

不稱其服[16]이로다
불 칭 기 복

그 옷 어울리지 않네

維鵜在梁하니
유 제 재 량

보 둑에 있는 사다새

不濡其咮[17]로다
불 유 기 주

그 부리 젖지 않았고

彼其之子여
피 기 지 자

저 기씨의 자제들

不遂其媾[18]로다
불 수 기 구

그 혼사 이루어지지 않았네

---

14 유제재량(維鵜在梁): 제(鵜)는 사다새. 제호(鵜鶘)라고도 부르는 흰 물새. 부리는 길고 푸르스름하며 턱과 아랫부리 밑바닥에 큰 주머니가 있어 물고기를 잡아 넣었다가 새끼를 먹인다. 사다새는 "물 몇 말을 마셔도 만족하지 않는다"(『회남자(淮南子)』)고 한 것은 턱밑 주머니가 있기 때문이며, 이것은 탐욕스럽고 포학한 사람이 지위에 있는 것을 비유한 것이다. 간단히 말하면, 소인이 지위에 있는 것을 비유한 것(다산(茶山) 정약용, 『강의(講義)』). 량(梁)은 돌과 나무를 쌓아 물을 막아놓은 어살. 중간을 틔워 놓아 물이 흘러내리게 하고 거기에 발을 대어 물고기를 잡는다.

15 유(濡): 젖다. 사다새는 물 가운데에서 날개를 적시며 물고기를 잡아먹어야 하는 건데 보 둑 위에 앉아 있다. 할 일을 않고 감투만 쓴 소인들에 비유한 것이다. 이 구는 또는 탐욕이 많고 포학한 새가 거드럭거리며 어량(魚梁)에 앉아서 부리와 날개를 적시지 않은 채 단지 통발에 들어가는 물고기만 엿보는 것이 바로 탐욕이 많고 포학한 사람이 우뚝한 지위에 있으면서 비루한 일을 가까이하지 않고 앉아서 지위의 귀함을 향유하는 것과 같다고 했다(정약용).

16 불칭기복(不稱其服): 칭(稱)은 어울리다. 이 구절은 그 소인들의 행동이 그들이 입고 있는 관복과 어울리지 않는다는 말. 즉 덕(德)은 박(薄)하면서 복장은 화려하고 존귀하게 꾸민 것.

17 주(咮): 새의 입부리.

18 불수기구(不遂其媾): 수(遂)는 칭(稱)의 뜻(『집전』). 어울리는 것. 구(媾)는 총(寵)의 뜻으로(『집전』), 총애와 은총을 말한다. 또는 수(遂)는 성취의 뜻이며, 구(媾)는 결혼 및 성교(性交)를 말한다. 손작운(孫作雲)의 「시경연가발미(詩經戀歌發微)」에 따르면 남자가 주동적으로 구애를 하지 않아 연애가 이루어지지 않은 것이라 하였다.

薈兮蔚兮[19]여 회 혜 울 혜	초목 울창하게 우거진
南山朝隮[20]로다 남 산 조 제	남산에는 아침 무지개
婉兮孌兮[21]여 완 혜 련 혜	앳되고 고운
季女斯飢[22]로다 계 녀 사 기	아가씨만 굶주리네

◈ 해설

1. 조(曹)나라 임금이 소인배들을 등용하고 현인군자(賢人君子)를 소원(疎遠)하게 대함을 풍자한 시라고 한다(「모시서」). 어진 이들이 중용되지 못해 창을 들고 손님을 맞이하고 전송하기 위한 의장대 노릇을 하는데 수많은 소인들이 득지(得志)하고 있음을 말했다. 그것도 원래 천자가 대부에게 내리는 것으로 열국의 경대부들이 천자의 명을 받고서야 비로소 사용하는 붉은 슬갑을 두른 이가 3백이나 된다 하여 조공(曹公)의 총애 남발을 나타낸다고 하였다. 『춘추좌전』

---

19 회혜울혜(薈兮蔚兮): 회(薈)는 풀이 많이 난 것. 위(蔚)는 초목이 우거진 것. 이 둘은 본래 초목이 우거진 모양을 뜻하지만, 여기서는 구름이 뭉게뭉게 일어나며 장차 비가 오려는 모양이라고 했다(『모전』). 곧 아래의 '아침 무지개'를 말한다.

20 조제(朝隮): 제(隮)는 무지개. 조제(朝隮)는 아침에 무지개가 서편으로 뜨는 것. 「용풍·체동(鄘風·蝃蝀)」 시에 보임. 옛사람은 무지개를 요기(妖氣)로 보았다. 남녀가 사랑하여 정욕(情欲)과 성 충동이 일어난 것을 비유한 것으로 본다. 또는 의복이 찬란하지만 마음에 실덕(實德)이 없음이 무지개 기운이 빽빽하고 무성한 것과 같음을 말한 것이라 했다〔정약용〕.

21 완혜련혜(婉兮孌兮): 완(婉)은 나이 적은 모습이라 하였다(『모전』). 어여쁜 모양. 연(孌)은 예쁜 것.

22 계녀사기(季女斯飢): 계녀(季女)는 소녀. 사(斯)는 조사. 기(飢)는 굶주리다. 또는 은어(隱語)로서 남녀 사이의 정욕(情慾)을 지칭한다. 『집전(集傳)』에서는 소녀가 어리고 예쁘며 스스로 보전하여 망령되이 남을 따르지 않는데 도리어 굶주리고 곤궁함은 현자(賢者)가 도(道)를 지키다가 도리어 빈천(貧賤)해짐을 말한 것이라고 하였다. 여기서는 이 설을 취하지 않는다. 혼인이 이루어지지 않아 소녀가 복록이 없음을 말한 것이라 했다〔다산(茶山) 정약용〕.

「희공(僖公) 28년」에 진(晋)나라 문공〔文公: 중이(重耳)〕이 조(曹)나라를 정벌한 기록이 있는데 3월에 조나라에 들어와 조공의 죄상을 선포하기를 현인 희부기(僖負羈)를 등용하지 않으면서 '승헌자(乘軒者)'가 3백이나 되었다고 했다. 그러나 기실 3백이나 되는 수레를 탄 사람이 누구인지는 밝히지 않았다. 대개는 묻거나 확인하지 않고 '대부'라고 하거나 '피기지자(彼其之子)'의 기씨(曁氏)라고 했지만 이치에 맞지 않는 것 같다. 제후의 소국에는 대부가 5인이며, 천자의 대부도 27인이다. 『사기·진세가(史記·晋世家)』에 『춘추좌전』과 거의 같은 내용이 있는데, "美女乘軒者三百人"이라고 하였다. 즉 당시 여인에 대한 총애가 심하여 '수레 탄 미녀가 3백 명'에 도달했다는 말이다. 시에서는 본래 '적불(赤芾)'만을 말했는데, 『모시전(毛詩傳)』에서 해설하면서 "대부 이상 적불승헌(赤芾乘軒)한다"고 확대한 것이다. 이 시에서의 '적불(赤芾)'은 천자가 대부에게 내린 것이 아니라 일반 여인들이 사용하는 폐슬(蔽膝: 무릎 가리개)이나 수건과 같은 것으로서 「정풍·동문지선(鄭風·東門之墠)」의 '여려(茹藘)' 곧 붉은 염료를 만드는 '꼭두서니'와 같은 것이 아닐까 한다. 어쨌든 그런 여인 3백 명이 조(曹) 공공(共公)에게 총애를 받고 있다는 것으로 보면 나라가 작으면서 음일(淫佚)하기는 진(陳)·정(鄭)나라와 마찬가지이다〔위원(魏源), 『시고미(詩古微)』〕. 고형(高亨)은 '삼백적불(三百赤芾)'에 대해 한 사람이 적불의 관복 3백 벌을 가지고 있는 것으로 해석했다〔고형(高亨), 『시경금주(詩經今注)』〕. 일리가 있다. 어쨌거나 이 시의 주제가 조나라 임금이 별 재간 없는 기씨(曁氏)의 자제를 총애하여 진정한 현자를 멀리함을 풍자한 것이라는 데는 일치한다.

2. 손작운(孫作雲)은 아리따운 소녀가 후인(候人), 즉 낮은 군관(軍官)에게 구애(求愛)하는 것이라 하였다. 사다새는 물고기를 잡아먹는 물새인데 날개와 부리가 젖지도 않았다는 것은 물고기를 잡아먹으려고 하지 않는다는 것으로 이는 연애와 결혼에 있어 남자가 주동적으로 구애하지 않았기 때문에 혼사가 이루어지지 않은 것을 암시한다. 구름이 일고 남산에 무지개가 뜨며 소녀가 굶주린다는 것은 일종의 은어(隱語)로서 남녀가 서로 사랑하여 충동과 욕정이 일어남을 비유한 것이다. 그래서 이 시는 연가(戀歌), 즉 사랑의 노래이다. 그러나 「진

풍·월출(陳風·月出)」이 남자가 쓴 것이고, 「진풍·택피(陳風·澤陂)」가 여자의 입장에서 쓴 것과는 달리 이 시는 제3자가 후인을 조롱하고 계녀(季女)를 희학(戱謔)하는 듯한 느낌을 준다.

3. 시구(鳲鳩) 뻐꾸기

鳲鳩在桑[23]하니
시 구 재 상

其子七兮[24]로다
기 자 칠 혜

淑人君子[25]여
숙 인 군 자

其儀一兮[26]로다
기 의 일 혜

其儀一兮니
기 의 일 혜

心如結兮[27]로다
심 여 결 혜

뻐꾸기가 뽕나무에 있으니
그의 새끼가 일곱이네
선량하고 훌륭하신 군자시여
그 모습과 언동이 한결 같으시네
그 모습과 언동이 한결 같으시니
마음도 맺은 듯 단단하시네

---

23 시구재상(鳲鳩在桑): 시구(鳲鳩)는 포곡(布穀)이라고도 하는 뻐꾹새. 뻐꾹새는 새끼를 먹일 때 먹이는 순서가 아침에는 위에서 아래로 내려오고, 저녁에는 아래에서 위로 올라가 균일(均一)하여 똑같다. 이로써 흥을 일으켜 군자가 하민(下民)에 대하여 '그들을 여일하게 보고, 마음을 다해 양민하는 것(視之如一, 盡心養民)'을 비유했다.

24 칠(七): 개수로 '여러 마리'의 뜻을 나타낸다. 어쩌면 '일(一)', '결(結)'과의 운각(韻脚)을 맞추기 위해 선택했을 것.

25 숙인(淑人): 숙(淑)은 선(善)과 통하며, 훌륭한 사람을 말한다. 따라서 숙인과 군자는 동격으로 같은 사람으로 본다.

26 의일(儀一): 의(儀)는 거동 또는 태도. 즉 언행이 한결 같은 것.

27 여결(如結): 물건을 굳게 묶어서 흩어지지 않게 함과 같은 것(『집전』).

鳲鳩在桑하니
시 구 재 상

빼꾸기가 뽕나무에 있으니

其子在梅[28]로다
기 자 재 매

그 새끼들은 매화나무에 있네

淑人君子여
숙 인 군 자

선량하고 훌륭하신 군자시여

其帶伊絲[29]로다
기 대 이 사

큰 띠엔 흰 실 깃 달았네

其帶伊絲니
기 대 이 사

큰 띠엔 흰 실 깃을 달고

其弁伊騏[30]로다
기 변 이 기

고깔엔 오색 구슬 솔기 달았네.

鳲鳩在桑하니
시 구 재 상

빼꾸기가 뽕나무에 있으니

其子在棘이로다
기 자 재 극

그 새끼들은 가시나무에 있네

淑人君子여
숙 인 군 자

선량하고 훌륭하신 군자시여

其儀不忒[31]이로다
기 의 불 특

그 모습과 언동 어긋남이 없네

其儀不忒하니
기 의 불 특

그 모습과 언동 어긋남이 없으시니

---

28 시구재상, 기자재매(鳲鳩在桑, 其子在梅): 뻐꾸기는 항상 뽕나무에 있다고 말하고 그 새끼는 장(章)마다 나무를 달리한 것은, 새끼는 제 스스로 날아가되 어미는 옮겨가지 않고 제자리를 지키는 것을 말함이라 하였다(『집전』).

29 기대이사(其帶伊絲): 대(帶)는 대대(大帶). 대대란 천자로부터 사(士)에 이르기까지 모두가 착용하는 관복의 띠(『공소(孔疏)』). 이 대대는 흰 실[소사(素絲)]로 짜서 만들고 잡색의 장식을 한다(『집전』). 이(伊)는 어기조사(語氣助詞). 사(絲)는 흰 실.

30 기변이기(其弁伊騏): 변(弁)은 피변(皮弁)으로(『모전』), 제후가 조회할 때나 천자를 조알(朝謁)할 때 쓰던 주나라 관의 일종(『공소(孔疏)』). 대개는 사슴의 껍질로 만든다. 기(騏)는 청흑색(青黑色)의 말로 바둑무늬가 있는 얼룩말이라고 한다. 여기서는 그 색과 무늬만을 지칭한 것으로 본다. 즉 그가 쓴 피변이 청흑색이라는 해석이다. 또는 기(王+綦)로 쓰는 것이 옳다고 하며(『정전』), 피변의 솔기에 오채(五采) 구슬을 꿰어 장식한 것(『공소(孔疏)』)이라 했다. 이것은 제후의 피변이며, 사(士)의 피변에는 그런 장식이 없었다.

31 불특(不忒): 언동이 정도에 어긋남이 없다는 말(『석의(釋義)』). 특(忒)은 어긋나다 또는 둘[二].

正是四國[32]이로다
정 시 사 국
사방의 나라를 바로 잡으셨네

鳲鳩在桑하니
시 구 재 상
뻐꾸기가 뽕나무에 있으니

其子在榛[33]이로다
기 자 재 진
그 새끼들은 개암나무에 있구나

淑人君子여
숙 인 군 자
선량하고 훌륭하신 군자시여

正是國人이로다
정 시 국 인
온 나라 사람 바로 이끄셨네

正是國人하니
정 시 국 인
온 나라 사람 바로 이끄셨으니

胡不萬年[34]이리요
호 불 만 년
어찌 만수무강 않으시랴

◈ 해설

뻐꾹새는 새끼가 이리저리 옮겨 다니지만 어미는 있던 자리를 떠나지 않고 한결같다고 한다. 이처럼 한결같은 마음을 가진 선량하고 훌륭한 분이 자신은 물론 국민과 천하를 바로잡는 것을 아름답게 여겨 부른 노래라고 하였다(『집전』). 그러나 그러면서도 무엇을 가리킨 것인지는 모르겠다고 했다. 「모시서」에서는 '지위에 있는 사람들 중에 군자가 없고 마음을 씀이 한결같지 못함을 풍자한 것'이라 하였다. 조(曹)나라 공공(共公)이 친근한 소인들을 임용한 역사적 사실을 중시하여 내린 결론이다. 그러나 풍자라기보다는 앙모(仰慕)의 노래로 보는 것이 좋을 듯하다.

---

32 정시사국(正是四國): 정(正)은 바로잡다. 혹은 바로잡히게 된다는 뜻으로, 바꾸어 말하면 '본뜬다'는 말[『석의(釋義)』]. 또는 준칙(準則)이나 모범. '사국'은 사방의 나라로 천하를 가리킴.

33 진(榛): 개암나무.

34 호불만년(胡不萬年): 호(胡)는 어찌. '만년'은 만세(萬歲), 곧 만수무강의 뜻.

4. 하천(下泉) 흘러내리는 샘물

冽彼下泉[35]이여 (열 피 하 천)
浸彼苞稂[36]이로다 (침 피 포 랑)
愾我寤嘆[37]하며 (개 아 오 탄)
念彼周京[38]이로다 (염 피 주 경)

차가운 저 샘물 흘러내려
저 가라지풀 포기 적시네
후유 하고 자다 깨어 탄식하며
저 주나라 서울을 생각하네

冽彼下泉이여 (열 피 하 천)
浸彼苞蕭[39]로다 (침 피 포 소)
愾我寤嘆하며 (개 아 오 탄)
念彼京周로다 (염 피 경 주)

차가운 저 샘물 흘러내려
저 쑥대 포기를 적시네
후유 하고 자다 깨어 탄식하며
저 주나라 서울을 생각하네

冽彼下泉이여 (열 피 하 천)

차가운 저 샘물 흘러내려

---

35 열피하천(冽彼下泉): 열(冽)은 찬 것. 하천(下泉)은 샘물이 흘러내리는 것(『모전』). 또는 아래에 있는 샘물.

36 침피포랑(浸彼苞稂): 침(浸)은 적시다. 포(苞)는 떨기. 「진풍·신풍(秦風·晨風)」 등에 보임. 랑(稂)은 가라지. 유(莠: 강아지풀, 고들빼기)의 종류로(『집전』), 벼와 비슷한 풀. 낭은 물속에선 잘 자라지 않으므로 가라지 포기를 샘물이 흘러내려 적신다는 것은 나라의 정치가 올바로 되고 있지 않음에 비유한 것이다.

37 개아오탄(愾我寤嘆): 개(愾)는 탄식하는 소리(『모전』). 오(寤)는 자다가 깨어나는 것(『공소(孔疏)』).

38 주경(周京): 주나라 왕실의 도성(都城)으로 천자가 거처하는 곳. 제2, 3장의 경주(京周)·경사(京師)도 모두 같은 말이다. 주나라 천자의 도성을 생각한다는 것은 조(曹)나라 같은 작은 나라가 어지러워도 이를 잘 거느리지 못할 정도로 미약해진 왕조의 권위를 탄식한다는 것.

39 소(蕭): 쑥.

浸彼苞蓍[40]로다 저 시초풀 포기를 적시네
침 피 포 시

愾我寤嘆하며 후유 하고 자다 깨어 탄식하며
개 아 오 탄

念彼京師로다 저 서울을 생각하네
염 피 경 사

芃芃黍苗[41]를 아름다운 기장 싹을
봉 봉 서 묘

陰雨膏之[42]니라 단비가 촉촉이 적셔 주네
음 우 고 지

四國有王[43]하여 사방 나라에서 받드는 임금님 계신데
사 국 유 왕

郇伯勞之[44]니라 순백이 그를 위로해 드리네
순 백 로 지

◈ 해설

조나라 사람들이 주나라 왕실이 쇠미해져 사방의 제후들이 약육강식하는 것을 걱정하는 한편 천자를 도와 많은 공을 세운 순백(郇伯)을 찬미한 시이다.

---

40 시(蓍): 시초. 점 대가치를 만드는 풀.

41 봉봉서묘(芃芃黍苗): 봉봉(芃芃)은 아름다운 모양(『모전』). 「소아·서묘(小雅·黍苗)」 시의 『모전(毛傳)』에선 '장대한 모양'이라 했다. 서묘(黍苗)는 기장 싹.

42 음우고지(陰雨膏之): 음우(陰雨)는 단비. 고지(膏之)는 곡식을 적셔 윤택하게 했다는 뜻.

43 사국유왕(四國有王): 사국(四國)은 사방의 나라, 곧 천하. 유왕(有王)은 천자가 있어 천하를 다스리고 있다는 말. 또는 제후국이 내조(來朝)하여 주나라 왕 곧 천자를 알현(謁見)하는 것(『정전』).

44 순백로지(郇伯勞之): 순백(郇伯)은 진(晋)나라 대부인 순력(荀躒) 곧 지백(知伯)을 말한다. 『춘추좌전』과 『사기』의 기록에 의하면 이에 관련된 역사는 대략 다음과 같다. 노나라 소공(昭公) 22년에 주나라의 경왕(景王)이 죽고 태자 수(壽)도 죽자 왕자 맹(猛)이 즉위하였는데, 다른 왕자 조(朝)가 난을 일으켜 맹(猛)을 공격하여 죽이자 윤씨(尹氏)가 왕자 조(朝)를 세웠다. 뒷날 진(晋) 문공(文公)이 대부 순력을 파견하여 조(朝)를 치고 맹(猛)의 아우 망(匄)을 세웠으니 그가 곧 경왕(敬王)이다. 노(勞)는 위로의 뜻.

「모시서」에서는 공공(共公)의 폭정으로 해서 백성들이 살 곳을 잃고 현명한 천자와 주백〔州伯: 곧 순백(郇伯)〕을 그리며 부른 노래라고 하였다. 난세에 현명한 임금을 생각한 것이다.

순백은 주(周) 문왕(文王)의 후예인 순력(荀躒)이며 주백(州伯)으로서 천자를 도와 제후들을 다스리는 데 공이 컸다. 그래서 이 시는 경왕(敬王) 4년, 즉 BC 516년에 지어졌으며, 그래서 『시경』 3백 편 중 가장 늦게 지어진 것으로 보고 있다.

'하천(下泉)' 곧 아래에 있는 샘물은 위로 물을 대줄 수가 없고, 단시 가라지풀이나 쑥 따위를 적시고 잠기게 할 뿐이다. 이는 주나라 왕실이 미약하여 은택이 백성에게 미치지 않음을 말한 것이다. 마지막 장의 '단비〔음우(陰雨)〕'는 하늘로부터 오는 것으로, 그래서 그 은택이 오곡(五穀)에 미친다. 이는 주나라 왕실이 예전에는 융성하여 은택이 아래로 내려왔음을 말한 것이다.

제15 빈풍(豳風)

주나라의 발상지이기도 한 빈(豳)나라 땅, 즉 기산(岐山)의 북쪽인 지금의 섬서성(陝西省) 서북쪽 빈읍현(邠邑縣) 부근의 평평하고 낮은 들을 중심으로 해서 유행하던 노래를 모은 것이 「빈풍(豳風)」이다. 옛날 우(虞)나라와 하(夏)나라 때 기(棄)가 농사를 관장하는 관리인 후직(后稷)이 되어 지금의 무공현(武功縣)인 태(邰)에 봉해졌었다. 성은 희(姬)씨였다.

이후 기의 아들 불줄(不窋)은 맡은 직책을 잘 하지 못하여 융적(戎狄)들이 사는 땅으로 쫓겨났다. 불줄은 국요(鞠陶)를 낳았고 국요는 공류(公劉)를 낳았는데, 공류가 이 후직의 업을 다시 수복하여 백성들을 잘살도록 하고 또 국토의 이점을 살펴 빈(豳) 땅에 도읍을 정하고 나라를 세웠다. 그 뒤 8세를 지나 고공단보(古公亶父) 곧 태왕(太王)이 기산의 남쪽으로 도읍을 옮아가 기주(岐周)라 하고, 다시 태왕의 손자인 문왕(文王)은 풍(豊)으로 옮기고 그 아들 무왕(武王)은 호〔鎬: 지금의 섬서성 장안현(長安縣)〕로 옮겼으며 은(殷)나라 주왕(紂王)을 쳐서 드디어 천자가 되었다. 무왕이 죽고 성왕(成王)이 즉위하였는데 나이가 어려서 임금의 일을 행하지 못하자 주공(周公) 단(旦)이 총재(冢宰)로서 섭정(攝政)하면서, 후직과 공류의 풍속 교화(教化)가 유래한 바를 서술하여 시 한 편을 지어 성왕을 경계하였으니 이를 「빈풍(豳風)」이라 하고, 후인들이 또 주공이 지은 것과 주공을 위하여 지은 모든 시를 모아서 뒤에 붙였다.

1. 칠월(七月)　　　　칠월

七月流火[1]하고 (칠월류화)　　칠월에 화성이 서쪽으로 기울면

九月授衣[2]하니라 (구월수의)　　구월에 추위 날 옷을 내린다

一之日觱發[3]하고 (일지일필발)　　동짓달에 싸늘한 바람 일고

二之日栗烈[4]하나니 (이지일율렬)　　섣달에 매서운 강추위 몰아쳐

無衣無褐[5]이면 (무의무갈)　　추위 날 옷 없으면

何以卒歲[6]리요 (하이졸세)　　이해를 어이 넘길까?

三之日于耜[7]하고 (삼지일우사)　　정월에 쟁기 손질하여

---

1 칠월류화(七月流火): 칠월(七月)은 지금의 음력 7월과 같다. 이 시에서는 모두 하력(夏曆)을 쓰고 있는데, 주나라의 선조인 공류(公劉)가 하(夏)나라 사람이기 때문에 그렇게 쓴 것 같다. 류(流)는 흘러내리는 것. 화(火)는 화성(火星)(『정전』). 대화(大火) 또는 심성(心星)·남성(南星)이라고도 부른다. 이 별은 6월 초저녁엔 정남쪽에 보이다가 7월이 되면 점점 서쪽으로 내려간다. '유화'는 화성이 서쪽으로 내려가는 것을 말한다.

2 수의(授衣): 겨울 준비로 가족에게 겹옷을 지어 주는 것.

3 일지일필발(一之日觱發): 일지일(一之日)은 하력 11월. 주나라 역(曆)으로는 정월에 해당한다. 11월을 '일지일'이라 한 것은 10을 단위로 할 때 11월은 다시 첫날로 접어드는 달이기 때문이다. 따라서 뒤에 나오는 이지일(二之日)은 12월〔주력(周曆) 2월〕, 삼지일(三之日)은 1월〔주력(周曆) 3월〕, 사지일(四之日)은 2월〔주력(周曆) 4월〕에 각각 해당한다. 필발(觱發)은 쌀쌀한 바람이 이는 것(『모전』).

4 율렬(栗烈): 한기(寒氣)의 뜻으로(『모전』), 추위가 심해져서 뼈에 스미는 것.

5 무의무갈(無衣無褐): 의(衣)는 귀한 사람의 고급스런 옷. 갈(褐)은 짐승의 털이나 거친 천으로 만든 짧은 옷〔短衣〕으로 천한 사람들이 입는 옷을 가리킨다(『정전』). 따라서 이 구절은 귀천을 막론하고 누구나 '옷 준비가 없다면'의 뜻.

6 졸세(卒歲): 한 해를 마치는 것. 동짓달과 섣달은 춥기 때문에 견디지 못할 것이라는 뜻에서 한 말이다.

7 우사(于耜): 우(于)는 위(爲)와 통하며〔『통석(通釋)』〕 손질한다는 뜻. 사(耜)는 여기서는 보습뿐 아니라 쟁기를 모두 뜻한다. 우사(于耜)는 쟁기를 손질하는 것.

四之日擧趾[8]니 사 지 일 거 지	이월에 밭을 갈 때
同我婦子[9]하여 동 아 부 자	내 아내 아이들 함께
饁彼南畝[10]하면 엽 피 남 무	저 남쪽 밭에 밥 날라 오면
田畯至喜[11]하니라 전 준 지 희	권농관이 보고 기뻐한다
七月流火하고 칠 월 유 화	칠월에 화성이 서쪽으로 기울면
九月授衣하니라 구 월 수 의	구월에 추위 날 옷을 내린다
春日載陽[12]하여 춘 일 재 양	봄날 따뜻한 날씨
有鳴倉庚[13]이어든 유 명 창 경	꾀꼬리 울어 댈 때
女執懿筐[14]하여 여 집 의 광	아가씨들 움푹한 대광주리 들고
遵彼微行[15]하여 준 피 미 행	저 오솔길 따라
爰求柔桑[16]하니라 원 구 유 상	연한 뽕잎 따러 간다
春日遲遲[17]하니 춘 일 지 지	봄날 기나긴 해

---

8 거지(擧趾): 발을 들어 쟁기를 밟으며 밭을 가는 것.

9 부자(婦子): 처와 자식.

10 엽피남무(饁彼南畝): 엽(饁)은 들로 밥을 날라다 주는 것(『집전』). 남무(南畝)는 남쪽 양지 비탈 쪽 밭.

11 전준(田畯): 전관(田官)과 같으며 농사를 담당하는 관리로 권농관(勸農官)(『모전』).

12 재양(載陽): '재'를 조사로 보고, 양(陽)은 햇볕이 따뜻하게 내리쬐는 것. 또는 양양(陽陽)으로 보고 온난한 모양.

13 창경(倉庚): 황리(黃鸝)라고도 하며 꾀꼬리.

14 의광(懿筐): 의(懿)는 깊다는 뜻(『공소(孔疏)』). '광'은 대광주리. 그래서 의광은 바닥이 깊은 대광주리(『모전』)

15 준피미행(遵彼微行): 준(遵)은 따르다. 미행(微行)은 미세한 길(『공소(孔疏)』). 오솔길.

16 원(爰): 조사로 '이에'의 뜻.

17 지지(遲遲): 더딘 것.

采蘩祁祁[18]하며 채 번 기 기	다북쑥 소복이 캐노라면
女心傷悲[19]하여 여 심 상 비	불현듯 서글퍼지는 여인의 마음
殆及公子同歸[20]로다 태 급 공 자 동 귀	공자님께 시집가고파
七月流火하고 칠 월 유 화	칠월에 화성이 서쪽으로 기울면
八月萑葦[21]니라 팔 월 환 위	팔월에 갈대를 벤다
蠶月條桑[22]이라 잠 월 조 상	누에 치는 삼사월에 뽕잎 가려내고
取彼斧斨[23]하여 취 피 부 장	도끼를 가지고
以伐遠揚[24]이요 이 벌 원 양	길게 뻗은 가지 쳐내어
猗彼女桑[25]이니라 의 피 여 상	어린 뽕나무 무성히 자라게 한다

---

18 채번기기(采蘩祁祁): 번(蘩)은 백호(白蒿)라고도 하며(『모전』) 쑥의 일종. 기기(祁祁)는 많은 모양(『모전』). 또는 더디거나 조용한 모습(『이아(爾雅)』), 즉 황망하지 않고 서두르지 않는 모습.

19 여심상비(女心傷悲): 묘령(妙齡)의 여인들이 봄철에 이성을 그리고 마음이 서글퍼지는 것. 또는 공자(公子)를 따라 곧 시집가게 되어 있으므로 부모 곁을 떠날 것을 생각하여 마음이 서글퍼지는 것이라 하였다.

20 태급공자동귀(殆及公子同歸): 태(殆)는 장(將)과 통하며 '장차'의 뜻. 또는 위(危)와 통하며 '두렵다'는 뜻으로도 푼다. 급(及)은 여(與)와 통하며 '더불어'의 뜻. '공자'는 임금〔빈공(豳公)〕의 아들(『집전』).

21 환위(萑葦): 둘 다 갈대이며 서로 다른 종류. 또는 동사로 사용되어 갈대를 베어 모으는 것. 뒤에 발 같은 걸 만드는 데 쓴다(『모전』, 『공소(孔疏)』).

22 잠월조상(蠶月條桑): 잠월(蠶月)은 누에를 치는 달로서, 일반적으로 하력(夏曆) 3월을 뜻한다. 이 시에 3월을 들지 않은 것은 잠월이 곧 3월이기 때문이다. 조(條)는 도(挑)의 가차로서 '고르다, 선택하다'의 뜻. 즉 뽕잎을 가려내는 것을 말한다. 『한시(韓詩)』에도 '挑'로 썼다. 『집전(集傳)』에서는 뽕나무 가지 치는 것으로 보았다.

23 장(斨): 자루를 끼는 구멍이 사각형인 도끼(『모전』).

24 원양(遠揚): 가지가 멀리 뻗은 것과 위로 치뻗은 것. 또는 위로 멀리 뻗은 것.

25 의피여상(猗彼女桑): 의(猗)는 기(掎)와 통하며 가지를 "휘어 당기는 것"(『후전(後箋)』). 또는 의피(猗彼)가 의의(猗猗)와 같으며 길고 무성한 모양으로도 푼다. 여상(女桑)은 어

七月鳴鵙[26]하고 칠 월 명 격	칠월에 왜가리가 울면
八月載績[27]하나니 팔 월 재 적	팔월에 길쌈을 하는데
載玄載黃[28]하여 재 현 재 황	검정색 노란색 물들여
我朱孔陽[29]이어든 아 주 공 양	내가 들인 빨강색 제일 고와
爲公子裳[30]하니라 위 공 자 상	공자님 바짓감 삼는다

四月秀葽[31]하고 사 월 수 요	사월에 애기풀 이삭이 나면
五月鳴蜩[32]며 오 월 명 조	오월에 매미가 울고
八月其穫[33]하고 팔 월 기 확	팔월에 곡식을 거둬들이면
十月隕蘀[34]이니라 시 월 운 탁	시월엔 초목에 낙엽이 진다

린 뽕나무. 『모전(毛傳)』에서 이상(荑桑)이라고 했는데, 이에 대해 왕선겸(王先謙)은 풀이 처음 나는 것을 이(荑), 나무가 처음 나는 것을 이(桋)라 한다고 했다〔왕선겸(王先謙), 『집소(集疏)』〕. 그래서 이 구절은 '부드러운 가지 휘어잡고 뽕잎 딴다'는 것과 '어린 뽕나무 길고 무성하게 자라게 한다'의 두 종류로 번역할 수 있다.

26 격(鵙): 왜가리. 백로(白鷺, 伯勞)라고도 하며(『모전』), 몸 전체가 화려하고 우는 소리가 크고 낭랑하지만 그러나 그리 듣기 좋지는 않다. 또는 때까치라고도 한다.

27 재적(載績): 재(載)는 조사. 적(績)은 길쌈하는 것.

28 재현재황(載玄載黃): 재(載)는 어기조사(語氣助詞). 현(玄)과 황(黃)은 아래 구의 주(朱)와 함께 각각 실에 물감을 들인 것.

29 아주공양(我朱孔陽): 주(朱)는 붉게 물들인 것. 공(孔)은 매우. 양(陽)은 밝은 것. 또는 광택. 즉 밝고 고운 것을 말한다.

30 상(裳): 공자가 남자이므로 치마 같은 남자의 하의. 여기서는 바지로 풀었다.

31 수요(秀葽): 수(秀)는 풀의 개꼬리 같은 이삭이 나는 것. 요(葽)는 아기풀. 원지(遠志)라고도 하며 맛이 써서 고요(苦葽)라고도 한다. 4월에 뿌리와 잎새를 따서 말렸다가 약으로 쓴다〔엄찬(嚴粲), 『시집(詩緝)』〕.

32 조(蜩): 매미.

33 확(穫): 익은 곡식을 수확하는 것(『집전』).

34 운탁(隕蘀): 운(隕)은 떨어지다. 탁(蘀)은 낙엽.

一之日于貉[35]하여 일 지 일 우 학	동짓달에 담비 잡으러 가선
取彼狐狸[36]하여 취 피 호 리	여우랑 삵괭이 잡아
爲公子裘하니라 위 공 자 구	공자님 갖옷감 삼는다
二之日其同[37]하여 이 지 일 기 동	섣달에 여럿이 사냥을 가선
載纘武功[38]하여 재 찬 무 공	무술을 익혀
言私其豵[39]이요 언 사 기 종	작은 짐승은 우리가 갖고
獻豜于公[40]하니라 헌 견 우 공	큰 짐승은 임금님께 바친다

五月斯螽動股[41]요 오 월 사 종 동 고	오월에 여치는 다리 비벼 울고
六月莎鷄振羽[42]요 유 월 사 계 진 우	유월에 베짱이 날개 떨며 운다
七月在野[43]요 칠 월 재 야	칠월에 들에서 지내다가

---

35 우학(于貉): 여우 담비 같은 짐승들을 사냥하는 것(『집전』).

36 리(狸): 살쾡이.

37 동(同): 임금과 신하 및 백성들이 다 함께 사냥하는 것(『정전』).

38 재찬무공(載纘武功): 찬(纘)은 계속하다. 무공(武功)은 무사(武事) 군사(軍事) 또는 그것을 연마하는 것. 사냥은 짐승을 잡는 것도 중요했지만 무사를 익히는 데 더 큰 목적이 있었다.

39 언사기종(言私其豵): 언(言)은 조사. 사(私)는 개인이 잡은 작은 짐승은 개인이 소유한다는 것. 종(豵)은 한 살 된 돼지. 여기서는 작은 짐승으로 보아도 좋다.

40 견(豜): 세 살 된 돼지(『모전』).

41 사종동고(斯螽動股): 사종(斯螽)은 「주남·종사(周南·螽斯)」의 종사(螽斯)와 같은 여치. 동고(動股)는 두 다리를 비벼 소리를 내는 것. 여치가 운다는 뜻.

42 사계진우(莎鷄振羽): 사계(莎鷄)는 베짱이. 베를 짠다는 데서 지어진 이름으로 일명 낙위(絡緯)·방직낭(紡織娘)이라고 하는데(爾雅翼) 실은 베를 짜는 것이 아니라 그 내는 소리가 마치 베틀 소리와 같이 들렸기 때문이다. 사(莎)는 베틀 북 사(梭)와 동음(同音)이며, 계(鷄)는 베짱이가 닭처럼 배가 불룩하기 때문일 것이다. 진우(振羽)는 날개를 떨며 소리를 내는 것.

43 재야(在野): 뒤에 나오는 귀뚜라미가 들에 있다는 것.

八月在宇[44]요
팔 월 재 우

팔월에 처마 밑에서 살고

九月在戶[45]요
구 월 재 호

구월에 문안에 있다가

十月蟋蟀[46]이
시 월 실 솔

시월에 귀뚜라미는

入我牀下[47]하니라
입 아 상 하

내 침상 밑으로 들어온다

穹窒熏鼠[48]하며
궁 질 훈 서

벽 구멍 막고 쥐를 연기 쪼여 내쫓고

塞向墐戶[49]하니라
색 향 근 호

북향 창 막고 진흙으로 문틈 바른다

嗟我婦子여
차 아 부 자

아아 내 아내와 아이들아

曰爲改歲[50]니
왈 위 개 세

마지막 가는 이해를

入此室處[51]어다
입 차 실 처

이 방에 들어와 편히 쉬어라

六月食鬱及薁[52]하며
유 월 식 울 급 욱

유월에 아가위랑 머루랑 따 먹고

---

44 재우(在宇): 집 처마 밑에 있다는 뜻(『집전』).

45 호(戶): 방문.

46 실솔(蟋蟀): 귀뚜라미.

47 상(牀): 방안의 침상. 귀뚜라미는 날씨가 추워짐에 따라 들에서 점점 사람 있는 곳으로 가까이 들어온다. 여기서는 귀뚜라미를 빌려 기온의 변화를 노래한 것이다〔『공소(孔疏)』〕.

48 궁질훈서(穹窒熏鼠): 궁(穹)은 궁(窮)과 통하고, 다시 공(空)과도 뜻이 통한다〔『석의(釋義)』〕. 질(窒)은 막는다는 뜻. 궁질(穹窒)은 집 안의 벽이나 담 같은 곳에 난 구멍을 모두 막는 것. 훈서(熏鼠)는 불을 때어 불기와 연기로 쥐구멍을 그슬려 쥐들을 쫓아내는 것.

49 색향근호(塞向墐戶): 색(塞)은 막다. 향(向)은 북쪽으로 향한 창(『모전』). 색향(塞向)은 북향 창을 막는 것. 근호(墐戶)는 진흙을 문에 발라 바람을 막는 것. 일반 백성들은 대나 싸리를 짜서 만든 문을 썼으므로 그대로 두면 겨울에 찬바람이 많이 들어온다.

50 왈위개세(曰爲改歲): 왈(曰)은 어기조사(語氣助詞). 개세(改歲)는 해가 바뀌는 것. 해가 바뀌는 동짓달 섣달은 몹시 춥다.

51 입차실처(入此室處): 밖에 있지 말고 방으로 들어와 편히 추운 겨울을 지내자는 뜻.

52 식울급욱(食鬱及薁): 울(鬱)은 체(棣), 곧 아가위 종류(『모전』). 열매는 크기가 오얏만 하며 빨갛고 맛이 있다. 『본초강목(本草綱目)』에는 작리(雀李)·거하리(車下李)라고도 한

七月亨葵及菽[53]하며 칠 월 형 규 급 숙	칠월에 아욱국에 콩 쪄 먹으며
八月剝棗[54]하며 팔 월 박 조	팔월에 나뭇가지 두들겨 대추를 따고
十月穫稻하여 시 월 확 도	시월에 벼를 베어
爲此春酒[55]하여 위 차 춘 주	봄 술을 담가선
以介眉壽[56]하니라 이 개 미 수	노인의 장수를 바란다
七月食瓜[57]하며 칠 월 식 과	칠월에 오이 따 먹고
八月斷壺[58]하며 팔 월 단 호	팔월에 박을 따며
九月叔苴[59]하며 구 월 숙 저	구월에 삼씨 줍고
采荼薪樗[60]하여 채 도 신 저	씀바귀 캐고 가죽나무 땔감 베어
食我農夫[61]하니라 사 아 농 부	우리 농부들 먹인다

다. 욱(薁)은 『모전(毛傳)』에서는 영욱(蘡薁: 까마귀머루)이라 하고, 『공소(孔疏)』에선 울(鬱)과 비슷한 과일이라 하였다. 통설을 따라 '머루'로 번역한다〔『석의(釋義)』〕.

53 팽규급숙(亨葵及菽): 팽(亨)은 팽(烹)의 본자(本字)로 삶는다는 뜻. 규(葵)는 아욱. 숙(菽)은 통.

54 박조(剝棗): 나무에 달린 대추를 두드려 떨어지게 하는 것.

55 춘주(春酒): 겨울에 담아서 봄에 익은 술.

56 이개미수(以介眉壽): 개(介)는 돕는다 또는 기구(祈求)하다. 미수(眉壽)는 사람이 늙으면 눈썹이 길어지므로 장수의 뜻. 이 구절은 노인에게 술을 올리며 오래오래 사시도록 기원하는 것.

57 과(瓜): 참외.

58 단호(斷壺): 호(壺)는 호(瓠)와 같으며 통칭 박 또는 호로(葫蘆)라고 한다. 단호는 박을 덩굴로부터 따내는 것.

59 숙저(叔苴): 숙(叔)은 줍다〔습(拾)〕. 저(苴)는 삼〔마(麻)〕의 씨를 말함(『모전』).

60 채도신저(采荼薪樗): 도(荼)는 씀바귀. 신(薪)은 땔나무인데, 여기서는 동사로 쓰여 땔나무로 자른다는 뜻. 저(樗)는 개똥나무. 땔나무밖에 안되는 악목(惡木).

61 사(食): 먹이다.

九月築場圃[62]하고 구 월 축 장 포	구월에 채마밭에 타작마당 닦고
十月納禾稼[63]하나니 시 월 납 화 가	시월에 거둬들이는 곡식은
黍稷重穋[64]과 서 직 중 륙	차기장 메기장과 늦 곡식 이른 곡식
禾麻菽麥이니라 화 마 숙 맥	그리고 벼 삼씨 콩 보리 등
嗟我農夫여 차 아 농 부	아아 농부들은
我稼既同[65]이니 아 가 기 동	우리 곡식 다 모아들이곤
上入執宮功[66]이니라 상 입 집 궁 공	안에 들어와 집일을 한다
晝爾于茅[67]요 주 이 우 모	낮에는 띠풀을 손질하고
宵爾索綯[68]하여 소 이 삭 도	밤에는 새끼를 꼬아
亟其乘屋[69]이니 극 기 승 옥	서둘러 지붕을 이고 나야
其始播百穀[70]이니라 기 시 파 백 곡	비로소 곡식을 씨 뿌린다

62 장포(場圃): 여름에 채소를 심었던 집 옆의 채마밭을 곡식을 타작할 마당으로 만드는 것(『정전』).

63 납화가(納禾稼): 납(納)은 추수하여 거두어들이는 것 또는 들여놓다. 화가(禾稼)는 농사지은 곡물들.

64 서직중륙(黍稷重穋): 서(黍)는 메기장. 직(稷)은 차기장. 중(重)은 늦게 익는 좁쌀류의 곡식. 륙(穋)은 일찍 익는 좁쌀류의 곡식. 〈삼가시(三家詩)〉에서는 각각 종(種)과 륙(稑)으로 쓰고 있다.

65 기동(既同): 이미 수확물을 함께 모아 놓았다는 것.

66 상입집궁공(上入執宮功): 상입(上入)은 들로부터 마을의 집으로 들어가는 것. 또는 공(公)이 사는 곳, 즉 궁실로 가는 것으로도 푼다. 집(執)은 일하는 것. 작(作)의 뜻(『석의(釋義)』). 궁공(宮功)은 집 손질. 또는 궁실을 건축하고 수선하는 일.

67 주이우모(晝爾于茅): 주(晝)는 낮. 이(爾)는 조사. 또는 '너'를 뜻하는 대명사. 우(于)는 취(取)하다는 뜻. 모(茅)는 띠풀. 즉 우모(于茅)는 지붕을 이을 띠풀을 거두어들이는 것.

68 소이삭도(宵爾索綯): 소(宵)는 밤. 삭(索)는 새끼. 도(綯)는 새끼를 꼬다.

69 극기승옥(亟其乘屋): 극(亟)은 '급히'의 뜻(『정전』). 승옥(乘屋)은 지붕에 오르는 것으로, 그 목적은 지붕을 잇거나 수선하는 것.

70 기시파백곡(其始播百穀): 기시(其始)는 '곧 장차'의 뜻. 이 구절은 장차 다시 여러 곡식들

二之日鑿氷沖沖[71]하여
이 지 일 착 빙 충 충

선달에 쩡쩡 얼음을 떠다가

三之日納于凌陰[72]이니라
삼 지 일 납 우 능 음

정월에 얼음 창고에 들여다 놓고

四之日其蚤[73]에
사 지 일 기 조

이월 달 이른 아침 얼음 꺼낼 때

獻羔祭韭[74]하니라
헌 고 제 구

염소와 부추 바쳐 제사 지낸다

九月肅霜[75]하고
구 월 숙 상

구월에 된서리 내리면

十月滌場[76]이어든
시 월 척 장

시월에 타작마당 치우고

朋酒斯饗[77]하여
붕 주 사 향

두어 통 술로 잔치를 벌여

曰殺羔羊[78]하여
왈 살 고 양

염소랑 양이랑 잡고

躋彼公堂[79]하여
제 피 공 당

저 임금 계신 곳에 올라가

稱彼兕觥[80]하니
칭 피 시 굉

술잔을 들어 빈다

을 파종(播種)하고 농사지어야 할 내년이 있음을 상기시킴으로써 일을 빨리 끝내고 좀 쉬자는 뜻을 말했다.

71 착빙충충(鑿氷沖沖): 착빙(鑿氷)은 얼음을 깨는 것. 충충(沖沖)은 얼음을 깨는 소리.

72 능음(凌陰): 얼음 창고(『모전』).

73 조(蚤): 조(早)와 통하여 조조(早朝) 곧 이른 아침의 뜻.

74 헌고제구(獻羔祭韭): 작은 새끼 양과 부추로 제물을 장만하여 추위를 관장하는 신에게 제사 지내는 것.

75 숙상(肅霜): 된서리. 즉 기운이 추워져서 서리가 내리는 것. 또는 쌍성(雙聲)이며 옛 연면자(聯綿字)로 분리해서 해석할 수 없고, 그래서 숙상(肅爽: 가을 하늘 높고 기운이 맑은 것)의 뜻이라고 했다〔왕국유(王國維), 『관당집림(觀堂集林)』〕.

76 척장(滌場): 추수한 곡물의 타작이 다 끝나 마당을 깨끗이 치우는 것. 왕국유는 이 또한 쌍성이며 연면자로서 척탕(滌蕩: 씻어 없애다. 흔들어 움직이다)과 같아서 초목이 다 떨어진 모습이라 하였다.

77 붕주사향(朋酒斯饗): 붕주(朋酒)는 두 동이〔양준(兩樽)〕의 술(『모전』). 사(斯)는 조사. 향(饗)은 잔치를 벌이다.

78 왈살고양(曰殺羔羊): 왈(曰)은 조사. 살고양(殺羔羊)은 양을 잡는 것.

79 제피공당(躋彼公堂): 제(躋)는 오르다. 공당(公堂)은 임금의 조당(朝堂). 즉 빈(豳)나라 임금이 있는 곳.

80 칭피시굉(稱彼兕觥): 칭(稱)은 '들다'의 뜻. 시(兕)는 외뿔 난 들소. 굉(觥)은 뿔 술잔. 시

萬壽無疆[81]이로다 만 수 무 강	만수무강을

◈ 해설

이 시는 빈(豳)나라 농민의 세시(歲時) 생활과 농가의 정경을 노래한 것이다. 굴만리(屈萬里)는 "「빈풍·칠월(豳風 · 七月)」의 시는 주공(周公)을 따라 동정(東征)한 빈(豳)나라 사람들이 향토를 생각하며 지은 것인 듯하다"(『석의(釋義)』)고 하였다. 「모시서」에서는 주공이 관숙(管叔)과 채숙(蔡叔)이 그를 모함하는 허튼 소문을 퍼뜨리어 동도(東都)로 피해 있으면서, 나이 어린 성왕(成王)에게 농사짓는 어려움을 알리기 위하여 조상으로부터 전해 내려오는 풍습을 읊은 것이라 하였다. 『시집전』의 해설도 이와 유사하며 추가하기를 그 만든 시를 맹인 악사로 하여금 아침저녁으로 낭송하게 하여 가르쳤던 것이라 하였다.

본래 빈(豳)이라는 나라 자체는 주공(周公)과 아무런 관계가 없다. 그런데도 「모시서」에선 이 시부터 주공과의 관계 아래 시를 풀이하였고, 「빈풍(豳風)」의 모든 시들은 주공과 관련이 있는 것이라 하였다. 굴만리는 주공이 동정할 때 빈(豳)나라 옛 땅 사람들이 많이 따라갔던 것 같다고 하였다. 그렇기 때문에 이때 부른 노래는 모두가 빈(豳) 땅의 성조(聲調)이며 주공의 동정(東征)과 관계가 있다는 것이다.

굉(兕觥)은 들소 뿔 술잔.

81 만수무강(萬壽無疆): 만수(萬壽)는 대수(大壽). 강(疆)은 경계. 무강(無疆)은 끝이 없다 또는 한이 없다. 한없이 오래 사는 것을 말한다.

2. 치효(鴟鴞)　　올빼미

鴟鴞鴟鴞[82]아 치 효 치 효	올빼미야 올빼미야!
旣取我子[83]어니 기 취 아 자	이미 내 새끼 잡아먹었으니
無毁我室[84]이어다 무 훼 아 실	내 집은 허물지 마라
恩斯勤斯[85]하여 은 사 근 사	알뜰살뜰 돌보며
鬻子之閔斯[86]니라 죽 자 지 민 사	어린 자식 기르느라 고생하였네
迨天之未陰雨[87]하여 태 천 지 미 음 우	하늘이 장맛비를 내리기 전에
徹彼桑土[88]하여 철 피 상 토	저 뽕나무 뿌리의 껍질을 벗겨다가

---

82 치효(鴟鴞): 올빼미. 휴류(鵂鶹)라고도 하는 악조(惡鳥)로서 딴 새의 새끼를 잡아먹고 산다고 한다(『집전』). 치(鴟)는 수리부엉이라고도 하나 여기서는 함께 묶어 올빼미로 한다.

83 기취아자(旣取我子): 무경(武庚)이 이미 관(管)나라와 채(蔡)나라를 망쳐 놓은 것에 비유한 것(『집전』). [해설] 참조.

84 훼(毁): 허물다.

85 은사근사(恩斯勤斯): 사(斯)는 어기조사(語氣助詞)로 영탄(詠嘆)의 뜻이 있다. 은근(恩勤)은 사랑을 기울이며 부지런히 일하고 애를 쓰는 것. 즉 알뜰살뜰 보살피는 모양. 이후 부모나 어른이 후손이나 후배를 어루만지며 키우는 자애와 고생을 지칭하게 되었다.

86 죽자지민사(鬻子之閔斯): 죽(鬻)은 육(育)의 가차자로 양육(養育)의 뜻(『집전』). 그래서 '육'으로도 읽는다. 이럴 때는 '자식을 양육하는 것의 고생함'의 뜻이 된다. 그리고 어리다〔치(稚)〕로 풀면 국자(鬻子)는 '어린 아들이 불쌍하다'의 뜻이 된다. 민(閔)은 불쌍하게 여기다. 사(斯)는 앞 주와 같다.

87 태천지미음우(迨天之未陰雨): 태(迨)는 미치다〔급(及)〕(『집전』). 음우(陰雨)는 장맛비, 또는 구름 끼고 비가 옴.

88 철피상토(徹彼桑土): 철(徹)은 철(撤)과 통하며 거두다, 벗기다〔(박(剝))〕(『모전』)의 뜻. 또는 취하다〔취(取)〕(『집전』). 상토(桑土)는 뽕나무 뿌리의 껍질. 토(土)는 두(杜)와 통하며 뿌리의 뜻〔『전소(傳疏)』〕.

綢繆牖戶[89]로다
주 무 유 호
창과 문 얽어 놓으면

今女下民[90]이
금 여 하 민
이제 너희 아래 백성이

或敢侮予[91]아
혹 감 모 여
누가 감히 날 업신여길까

予手拮据[92]하며
여 수 길 거
나는 손과 입이 다 닳도록

予所捋荼[93]며
여 소 랄 도
내 처소에 갈대꽃 날라 오고

予所蓄租[94]로다
여 소 축 조
내 처소에 띠풀 쌓아
자리 만들었으니

予口卒瘏[95]는
여 구 졸 도
내 입이 다 병난 것은

曰予未有室家[96]니라
왈 여 미 유 실 가
아직 내 집이 없었기 때문이라

予羽譙譙[97]하며
여 우 초 초
내 날개깃이 모지라지고

---

89 주무유호(綢繆牖戶): 주(綢)와 무(繆)는 얽는다는 뜻. 유(牖)는 창. 호(戶)는 드나드는 문. 창과 문을 얽었다는 것은 새 둥우리를 만들었다는 뜻.

90 금여하민(今女下民): 여(女)는 너희. 하민(下民)은 하토(下土)에 있는 사람들(『집전』) 또는 둥지 아래의 백성들. 또는 낮은 백성들.

91 혹감모여(或敢侮予): 혹(或)은 부정(不定)대명사. 모(侮)는 모욕하다, 업신여기다. 여(予)는 작은 새가 스스로를 칭하는 1인칭.

92 길거(拮据): 손과 발을 부지런히 움직여 일하는 것. 작은 새가 손과 입을 함께 움직여 일하는 모양(『집전』).

93 랄도(捋荼): 랄(捋)은 채취(採取)의 뜻. 도(荼)는 환초(萑苕)로서(『모전』), 갈대꽃. 이것을 따서 둥우리에 깐다〔『전소(傳疏)』〕.

94 축조(蓄租): 축(蓄)은 쌓는다는 뜻. 조(租)는 조(蒩)의 가차로서 띠풀. 둥우리에 띠풀을 뜯어다 까는 것〔『통석(通釋)』〕.

95 졸도(卒瘏): 입병. 졸(卒)은 췌(顇: 파리하다, 병들다)와 통한다. 도(瘏)는 '병들다'의 뜻.

96 왈(曰): 원인을 말한다.

97 초초(譙譙): 부지런히 일하느라 깃이 모지라진 것.

予尾翛翛[98]어늘
여 미 소 소

予室翹翹[99]는
여 실 교 교

風雨所漂搖[100]니
풍 우 소 표 요

予維音曉曉[101]로다
여 유 음 효 효

내 꼬리 깃이 마르고 망가졌으며

내 집은 위태롭고

비바람에 휘날리고 흔들거려

나는 두려움에 부르짖노라

◈ 해설

「모시서」에서 주공(周公)이 난(亂)을 구하기 위하여 부른 노래라고 하였다. 주나라 무왕(武王)은 은나라 주왕(紂王)을 멸한 뒤 그의 아들 무경〔武庚: 녹부(祿父)〕을 죽이지 않고 은나라 옛 땅에 봉하여 제사를 잇게 하였다. 그리고 자기의 형제인 관숙·채숙·곽숙(霍叔) 세 사람을 삼감(三監)이라 하여 무경을 감독하도록 하였다. 무왕이 죽자 어린 성왕(成王)이 즉위하여 그의 숙부인 주공이 성왕을 보좌하였다. 이때 무경은 주공의 형제인 삼감을 꾀어 주공이 주나라 왕위를 탐내고 있다고 허튼 소문을 퍼뜨리게 하고 이를 틈타 회이(淮夷)를 이끌고 반란을 일으켰다.

그래서 성왕을 섭정(攝政)하던 주공은 세상 사람들의 의혹을 밝히기 위하여 동쪽 땅으로 갔다. 주공은 성왕의 명을 받들어 군대를 일으켜서 동쪽을 정벌하고 관숙과 무경을 죽이고 채숙을 쫓아 보냈다. 그리하여 동쪽은 2년 만에 안정되었으며 누가 허튼 소문을 퍼뜨렸는지 판명되었다. 주공은 이에 이 '치효' 시를 지어 성왕에게 보냄으로써 우국의 충정(衷情)을 밝혔다고 한다. 이는 『상서·금등

98 소소(翛翛): 부지런히 일하느라 꼬리의 깃이 말라서 윤기가 없고 망가진 것. 소(翛)는 당송(唐宋)의 판본에서는 수(修)로 쓰고 있는데, 진환(陳奐)은 『전소(傳疏)』에서, 「왕풍·중곡유퇴(王風·中谷有蓷)」의 '수(脩)'를 '마르다(干)'로 풀었다. 수(脩)와 수(修)는 통한다.

99 교교(翹翹): 위태로운 모습(『모전』).

100 표요(漂搖): 물에 떠 있는 것같이 흔들거리는 것.

101 효효(曉曉): 두려워 소리치는 것.

(尙書·金縢)』편과 『사기·노세가(史記·魯世家)』에 있는 기록을 근거로 한 것이다.

이 시는 금언시(禽言詩)이다. 시 전체가 어미 새의 입장에서 올빼미나 그 누구에게 울부짖듯이 하소연하는 내용이다.

3. 동산(東山) 　　동산

我徂東山[102]하여 아 조 동 산	나는 동산에 가서
慆慆不歸[103]러라 도 도 불 귀	오랫동안 돌아오지 못했는데
我來自東할새 아 래 자 동	내가 동쪽에서 올 적에
零雨其濛[104]이러라 영 우 기 몽	보슬보슬 비가 내렸었네
我東曰歸[105]에 아 동 왈 귀	내가 동쪽에서 돌아가리라 하며
我心西悲[106]러라 아 심 서 비	내 마음은 서쪽 생각에 슬퍼했었네
制彼裳衣[107]하여 제 피 상 의	돌아가 입을 옷 지으며

---

102 아조동산(我徂東山): 조(徂)는 가다. 여기서는 전쟁에 나간 것. 동산(東山)은 산 이름으로 일설에는 노나라의 동산이라고 한다〔왕선겸(王先謙), 『집소(集疏)』〕.

103 도도(慆慆): 오래된 모습. 〈삼가시(三家詩)〉에서는 도(滔)로 쓰고 있으며 유(悠)로도 썼다.

104 영우기몽(零雨其濛): 영우(零雨)는 떨어지는 비. 기몽(其濛)은 몽몽(濛濛)과 같으며 이슬비가 내리는 모양.

105 아동왈귀(我東曰歸): 아동(我東)은 내가 동쪽에 있을 때. 왈귀(曰歸)는 돌아갈 것을 생각하는 것.

106 서비(西悲): 서쪽의 집 생각을 하고 돌아가지 못하는 자기 처지를 슬퍼한다는 것.

107 제피상의(制彼裳衣): 평상시 입을 옷을 만들다. 또는 돌아가는 길에 입을 옷을 만드는 것〔『통석(通釋)』〕.

勿士行枚[108]로다 물 사 행 매	다시는 전장에 나가지 않으리라 했었지
蜎蜎者蠋[109]이여 연 연 자 촉	꿈틀꿈틀 뽕나무 벌레
烝在桑野[110]로다 증 재 상 야	홀로 들판 뽕나무에 기어오르고
敦彼獨宿[111]이여 퇴 피 독 숙	웅크리고 홀로 자는 병사
亦在車下로다 역 재 거 하	수레 밑에서 새우잠 잔다
我徂東山하여 아 조 동 산	나는 동산에 가서
慆慆不歸러라 도 도 불 귀	오랫동안 돌아오지 못했는데
我來自東할새 아 래 자 동	내가 동쪽에서 올 적에
零雨其濛이러라 영 우 기 몽	보슬보슬 비가 내렸었네
果蠃之實[112]이 과 라 지 실	하늘타리 열매

---

108 물사행매(勿士行枚): 사(士)는 종사(從事)의 뜻(『모전』). 행매(行枚)는 행군하면서 적군에게 발각되지 않게 하기 위하여 젓가락 같은 대나무로 만든 매(枚)를 모두 입에 물어 소리 내는 것을 방지하였다(『정전』). 또는 정강이를 감싸는 각반(脚絆). 문일다(聞一多)는 행을 행(胻: 정강이), 매를 휘(徽)와 같이 보고 후세에서 말하는 행등(行縢)·행전(行纏) 곧 지금의 각반으로 해석했다〔문일다(聞一多), 『류초(類鈔)』〕. 어쨌든 이 구절은 다시는 군대 일에 종사하지 않겠다고 마음먹었다는 것을 말한다.

109 연연자촉(蜎蜎者蠋): 연연(蜎蜎)은 벌레가 꿈틀거리는 것. 촉(蠋)은 뽕나무벌레. 누에 비슷하게 생긴 벌레.

110 증재상야(烝在桑野): 증(烝)은 '곧〔내(乃)〕'의 뜻. 증(曾)과 같은 음으로 첩운(疊韻)이 되며, 그래서 증(曾)의 차자(借字)이고, 내(乃)의 뜻이라고 했다〔『통석(通釋)』〕. 또는 발어사로도 봄. 상야(桑野)는 들판의 뽕나무. 뽕나무밭.

111 퇴피(敦彼): 퇴퇴(敦敦)와 같다. 추워서 몸을 둥글게 웅크리고 새우잠을 자는 모양〔『석의(釋義)』〕.

112 과라(果蠃): 괄루(栝樓) 또는 과루(瓜蔞) 천과(天瓜)라고도 하며, 잎은 외와 같고 덩굴이 뻗으며 청흑색이다. 6월에 꽃이 피고 7월에 열매가 열린다. 우리말로는 '하늘타리'라

亦施于宇[113]며 역 이 우 우	그 덩굴 처마 밑까지 뻗고
伊威在室[114]하고 이 위 재 실	쥐며느리는 방 안에
蠨蛸在戶[115]며 소 소 재 호	다리 긴 갈거미는 문에 있고
町畽鹿場[116]하고 정 탄 녹 장	집 근처 빈터는 사슴 놀이터 되어
熠燿宵行[117]이러라 습 요 소 행	반딧불이 반짝이리
不可畏也요 불 가 외 야	생각하면 두렵기보다
伊可懷也[118]로다 이 가 회 야	그곳이 그리워라

我徂東山하여 아 조 동 산	나는 동산에 가서
慆慆不歸러라 도 도 불 귀	오랫동안 돌아오지 못했는데
我來自東일새 아 래 자 동	내가 동쪽에서 올 적에

고 하는데 그 정확한 이름을 알 수 없다.

113 역이우우(亦施于宇): 역(亦)은 조사. 이(施)는 뻗다. 「주남·갈담(周南·葛覃)」 시에 보임. 우(宇)는 집의 처마. 앞의 「빈풍·칠월(豳風·七月)」 시에 보임.

114 이위(伊威): 벌레 이름으로 위서(委黍)(『모전』), 서부(鼠婦)(『집전』)라고 하는 쥐며느리를 말한다. 『설문(說文)』에서는 이위(蛜威)로 썼다. 몸빛은 청회색이며 썩은 나무나 마루 밑 같은 습한 곳에 산다. 몸은 타원형이고 여러 개의 발이 달려있다.

115 소소(蠨蛸): 다리가 긴 거미(『전소(傳疏)』). 문에 출입하는 사람이 없으면 거미줄을 쳐서 막는다(『집전』).

116 정탄녹장(町畽鹿場): 정탄(町畽)은 집 곁의 빈 땅으로 사람이 없기 때문에 사슴들이 마당으로 삼은 것이라 했다(『집전』). 또는 사슴의 발자국(『통석(通釋)』). 녹장(鹿場)은 사슴이 나와 노는 장소.

117 습요소행(熠燿宵行): 습요(熠燿)는 인(燐) 또는 인광(燐光)으로 속칭 귀화(鬼火)라 하며, '도깨비불'이다. 소(宵)는 밤. 소행(宵行)은 야행(夜行)과 같다. 또는 밤에 다니는 것으로 보고 반디 또는 반딧불로 풀기도 한다. 그럴 때 '습요'는 반딧불이 반짝이는 모양으로 해석된다(『집전』, 『공소(孔疏)』).

118 이가회(伊可懷): 이(伊)는 시(是)의 뜻으로 여기서는 '그곳'. 회(懷)는 그리운 것.

零雨其濛이러라 영 우 기 몽	보슬보슬 비가 내렸네
鸛鳴于垤[119]하고 관 명 우 질	황새가 개미 둔덕에서 울고
婦歎于室[120]하며 부 탄 우 실	아내는 집에서 탄식하며
洒埽穹窒[121]하고 쇄 소 궁 질	청소하고 쥐구멍 막고 할 때
我征聿至[122]리라 아 정 율 지	내 마침 돌아왔다
有敦瓜苦[123]여 유 퇴 과 고	대롱대롱 달린 여주
烝在栗薪[124]이로다 증 재 율 신	그 덩굴 밤나무 장작더미에 걸렸다

---

119 관명우질(鸛鳴于垤): 관(鸛)은 물새로서 학(鶴)과 비슷하다고 했으니(『집전』) '황새'로 옮긴다. 질(垤)은 개밋둑. 날씨가 흐려져서 비가 내리려 하면 구멍에 사는 것들이 먼저 아는데, 그래서 개미가 둑에 나오고 황새가 가서 잡아먹고는 그 위에서 우는 것이라 했다(『집전』). 예부터 '황새가 하늘을 우러러 길게 울면 반드시 비가 내린다'(이시진(李時珍), 『본초강목(本草綱目)』)는 말도 있다.

120 부탄(婦歎): 작자의 아내가 남편의 노고(勞苦)를 생각하며 탄식하는 것이라 했다(『집전』). 또는 탄(歎)을 기뻐서 중얼중얼 두고두고 말하는 것이나 찬탄하며 노래하는 것으로도 푼다. 다음 구에서 집안을 청소하고 쥐구멍을 막는 것 등은 남편이 귀가할 것을 미리 알았거나 예감한 것을 말하며, 그래서 '탄식'이라는 표현은 적절치 않고 기쁜 의미로 푸는 것이 옳을 것이다.

121 쇄소궁질(洒埽穹窒): 쇄(洒)는 물로 닦는 것. 소(埽)는 쓸다. 궁질(穹窒)은 쥐구멍을 막는 것. 앞의 「빈풍·칠월(豳風·七月)」 시에 나왔음.

122 아정율지(我征聿至): 정(征)은 행(行) 즉 '간다'는 뜻. 율(聿)은 조사로 '때마침'의 뜻이 있다.

123 유퇴과고(有敦瓜苦): 유퇴(有敦)는 퇴연(敦然)과 같으며 둥근 모양. 또는 데굴데굴한 것. 과고(瓜苦)는 고과(苦瓜)의 도치일 것이며, 고포(苦匏)와 같고 맛이 쓴 조그만 박. 오이는 아니다. 옛날에는 호(壺)·호(瓠)·포(匏)는 모두 통칭할 수 있었다. 옛날 결혼식의 대례(大禮)에 교배례(交拜禮) 다음에 합근례(合巹禮)가 있는데 술잔을 주고받는 절차로서 그 술을 합환주(合歡酒)라 하고, 박을 두 개의 쪽박으로 나누어 신랑 신부가 각각 그 한쪽씩을 들고 또는 하나의 바가지에 술을 나누어 마신다. 한 통의 박이 나누어졌다가 두 개의 바가지가 하나가 된다는 것으로 남녀가 따로 태어났다가 다시 만나 부부가 되었다는 의미가 있다. 여기의 '고과'는 아마도 결혼식의 대례 중 합근례와 연관있을 것이다.

124 증재율신(烝在栗薪): 증(烝)은 조사. 율신(栗薪)은 밤나무 더미. 땔나무를 하려고 잘라 쌓아 놓은 것. 또는 율(栗)과 열(裂)의 소리가 같아 잘 쪼개 놓은 땔나무라고도 한다

自我不見이
자 아 불 견

내 그것을 보지 못한 지

于今三年이로다
우 금 삼 년

어느덧 3년

我徂東山하여
아 조 동 산

나는 동산에 가서

慆慆不歸러라
도 도 불 귀

오랫동안 돌아오지 못했는데

我來自東일새
아 래 자 동

내가 동쪽에서 올 적에

零雨其濛이로다
영 우 기 몽

보슬보슬 비가 내렸네

倉庚于飛[125]여
창 경 우 비

꾀꼬리 날아

熠燿其羽[126]로다
습 요 기 우

그 날개 곱고 빛난다

之子于歸[127]여
지 자 우 귀

그녀 시집올 적에

皇駁其馬[128]로다
황 박 기 마

수레 끈 말은 황백색과 적백색

親結其縭[129]하니
친 결 기 리

어머니가 딸 허리에 채워 준 수건

九十其儀[130]로다
구 십 기 의

그 번식 가지가지

(『정전』).

125 창경(倉庚): 꾀꼬리.

126 습요(熠燿): 선명한 모양(『집전』). 또는 곱게 빛나는 모양.

127 지자우귀(之子于歸): 지자(之子)는 시자(是子) 곧 '이 사람'으로 자기의 아내를 말한다. 우귀(于歸)는 시집왔던 당시를 생각하는 것이다.

128 황박(皇駁): 황(皇)은 황백(黃白)색. 박(駁)은 얼룩무늬처럼 뒤섞여 있는 것을 말함. 『집전(集傳)』에는 박(駁)을 유백(騮白)이라 하였는데, 유(騮)는 검은 갈기가 달린 붉은 말이라 하였으니 대개 얼룩무늬가 있고 흰 무늬가 있는 것을 말하는 듯하다. 이 말이 신부가 탄 수레를 끌었다는 뜻이다.

129 친결기리(親結其縭): 리(縭)는 부인의 휘(褘) 곧 작은 띠(『모전』). 결혼할 때 신부가 허리에 차는 수건으로, 신부의 어머니가 그것을 채워 준다〔『공소(孔疏)』〕. 따라서 친(親)은 전쟁에 나간 사내의 아내인 지난날 신부의 어머니를 말한다.

130 구십기의(九十其儀): 구십(九十)은 9종(種), 10종을 말하며 '여러 가지' '많다'는 뜻. 의

其新孔嘉[131]하니
기 신 공 가

其舊如之何[132]오
기 구 여 지 하

신혼부부도 그토록 좋은 걸

오랜 부부야 오죽하랴?

◈ 해설

주공(周公)이 동정(東征)하여 3년 만에 돌아왔는데, 돌아오는 군사들을 위로하니 대부가 이를 찬미하였고, 그래서 이 시를 지었다고 하였다(「모시서」). 전체적으로 보면, 주공의 동정에 종군했던 사람이 3년 만에 귀가하며 고향과 처자를 그리워하는 마음을 술회(述懷)한 작품이다. 앞의 「빈풍·치효(豳風·鴟鴞)」 시에서도 언급한 것처럼 은나라 주왕(紂王)의 아들 무경(武庚)은 관숙·채숙·곽숙의 삼감(三監)을 꾀어 난을 일으키려 하였다. 이에 주공은 동정을 하여 3년 만에 이들을 평정했던 것이다.

이 작품의 표현력과 상상력은 『시경』 작품 중에서도 높은 수준으로 알려져 있다. 역대 해석도 세세한 부분적 차이를 제외하고는 거의 일치한다.

4장으로 이루어져 있고, 각 장은 12구로 구성된 비교적 긴 시편이다. 「모시서」에 따르면, 제1장은 그 완전함을 말한 것이요, 제2장은 병사들이 전쟁터에서 고향을 그리워함을 말한 것, 제3장은 병사의 아내와 가족들이 병사를 그리워했음을 말한 것, 제4장은 남녀가 때를 만난 것을 즐거워한 것이라 했다. "그 완전함을 말한 것"이란 병사들의 몸을 온전히 보존하고 돌아와 죽거나 부상한 괴로움이 없음을 말한 것이라 풀이하였으나(『집전』), 종군했을 때의 간절한 집 생각과 종군의 노고를 회상한 것으로 본다.

(儀)는 예절로, 시집가는 여자가 갖추어야 하는 의례와 절차.

131 기신공가(其新孔嘉): 신(新)은 신혼 때. 공가(孔嘉)는 부부의 사이가 대단히 좋았다는 뜻.

132 기구여지하(其舊如之何): 좋았던 신혼의 우리의 사이가 세월이 오래되었으니 어떠하겠는가. 말할 것도 없이 더욱 좋을 것이라는 뜻. 또는 오래되었으니 알 수 없어 홀로 물어보는 것으로도 푼다.

4. 파부(破斧) 부서진 도끼

旣破我斧[133]요
기 파 아 부

又缺我斨[134]이나
우 결 아 장

周公東征[135]은
주 공 동 정

四國是皇[136]이시니
사 국 시 황

哀我人斯[137]이
애 아 인 사

亦孔之將[138]이로다
역 공 지 장

내 도끼 이미 부서졌고

내 도끼 이가 빠져도

주공이 동쪽으로 정벌하심은

온 세상 바로 잡은 것이니

우리 백성들 아끼시는 마음

또한 너무도 크다

---

133 부(斧): 도끼.

134 우결아장(又缺我斨): 결(缺)은 이가 빠지다. 장(斨)은 도끼 자루 구멍이 네모진 것. 이 제1, 2구는 주공(周公)의 동정(東征)에 종군한 백성들이 자신의 곤고(困苦)함을 말한 것으로 보는 것(『집전』)이 일반적이다. 이럴 때 이 구의 수사 기교는 부(賦)(『집전』)이다. 또한 다음 구에 나오는 주공의 상황을 말한 것으로도 볼 수 있으며 그래서 아부(我斧)·아장(我斨), 즉 '우리 도끼'라고 한 것은 주공에 대한 애정의 표시로 본다. 이럴 때는 흥(興)으로 볼 수 있다.

135 주공동정(周公東征): 주공이 무경과 삼감(三監)을 친 것. 앞의 「빈풍·치효(豳風·鴟鴞)」, 「빈풍·동산(豳風·東山)」 시 참조.

136 사국시황(四國是皇): 사국(四國)은 사방의 나라. 곧 온 세상(『집전』). 황(皇)은 광(匡)의 뜻(『모전』)으로, 바로잡는다는 의미.

137 애아인사(哀我人斯): 애(哀)는 '가련히 여기다', 즉 아끼고 사랑하는 것. 아인(我人)은 우리 백성들 또는 사졸(士卒)들의 자칭. 사(斯)는 조사. 또는 이 구를 위의 주공과 관련시키지 않고 '불쌍하다 우리들 이런 사람은'으로 번역할 수도 있으며, 그렇게 한다면 제1, 2구는 자신들의 입장을 말하는 것으로 간주된다.

138 역공지장(亦孔之將): 역(亦)은 조사. 공(孔)은 매우. 장(將)은 큰 것. 제2, 3장의 '가(嘉)', '휴(休)'와 같은 범주의 뜻일 것. 『광아(廣雅)』에서는 이 장(將)을 미(美)라고 했는데, 고문에서는 대(大)와 미(美)는 같은 뜻이었다. 즉 미(美)는 '羊+大(큰 양)'으로 파자(破字)된다.

既破我斧요 기 파 아 부	내 도끼 이미 부서지고
又缺我錡[139]나 우 결 아 의	내 톱 이가 빠졌어도
周公東征은 주 공 동 정	주공이 동쪽으로 정벌하심은
四國是吪[140]시니 사 국 시 와	온 세상 교화시킨 것이니
哀我人斯이 애 아 인 사	우리 백성을 아끼시는 마음
亦孔之嘉[141]로다 역 공 지 가	너무도 훌륭하여라

既破我斧요 기 파 아 부	내 도끼 이미 부서지고
又缺我銶[142]나 우 결 아 구	내 끌 이가 빠졌어도
周公東征은 주 공 동 정	주공이 동쪽으로 정벌하심은
四國是遒[143]시니 사 국 시 주	온 세상 안정시킨 것이니
哀我人斯이 애 아 인 사	우리 백성을 아끼시는 마음
亦孔之休[144]로다 역 공 지 휴	너무도 아름다워라

---

139 의(錡): 『집전(集傳)』엔 끌의 한 종류라 하였으나, 마서진(馬瑞辰)은 거(鋸), 곧 톱과 같은 것이라 했다(『통석(通釋)』). 일설에는 가래〔삽(臿)〕라 하고(『후전(後箋)』), 또 호미〔서(鋤)〕라 하였다.

140 와(吪): 화(化)와 통하며(『모전』), 교화 또는 좋게 변화시키는 것.

141 가(嘉): 훌륭한 것.

142 구(銶): 끌. 『모전(毛傳)』에는 '목속(木屬)' 곧 나무 등속이라 하였는데, 마서진은 끌 자루라 하였다(『통석(通釋)』).

143 주(遒): 거두어 견고히 하는 것(『집전』). 또는 공고(鞏固)히 하다. 옛날에는 추(揫)와 같은 소리이며 같은 뜻으로 사용되었다. 『광아(廣雅)』에는 '揫, 固也'라 하였다. 그리고 「상송·장발(商頌·長發)」의 "백록시주(百祿是遒)"를 〈삼가시(三家詩)〉에서는 추(揫)로 썼다.

144 휴(休): 아름다운 것.

◈ 해설

「모시서」에서 이 시는 주공(周公)을 기린 것이라 하였다. 단순히 주공 동정(東征)의 위대한 업적을 기렸을 뿐 아니라 동정의 어려움과 고통에다 생환(生還)의 기쁨도 아울러 노래한 것으로 봄이 좋겠다. 어찌 보면 원망의 기운도 있어 보인다. 『시집전』에서는 앞의 시 「빈풍·동산(豳風·東山)」에서 주공이 자기들의 일을 위로해 주었으므로 이를 말하여 그 뜻에 보답하였다고 했다.

도끼나 끌 등은 정식 무기가 아니라, 행군할 때 길가의 나무 등을 제거하거나 군중(軍中)에서 토목건축 등을 담당하는 후세의 공병(工兵)의 작업 도구일 것이다. 고대에는 농기구를 병기(兵器)로 사용하여 농병(農兵)이 구분되지 않았을 것이다.

5. 벌가(伐柯) 도낏자루 베려면

伐柯如何[145]오 벌 가 여 하	도낏자루 베려면 어떻게 하나?
匪斧不克[146]이니라 비 부 불 극	도끼가 아니면 할 수 없다네
取妻如何오 취 처 여 하	아내를 얻으려면 어떻게 하나?
匪媒不得[147]이니라 비 매 부 득	중매쟁이 아니면 얻을 수 없네

---

145 벌가(伐柯): 도낏자루를 만들려고 나무를 베는 것. 가(柯)는 도낏자루[부병(斧柄)].

146 비부불극(匪斧不克): 비(匪)는 비(非)와 같은 부정사. 불극(不克)은 도낏자루 만들 나무를 벨 수 없다는 뜻. 극(克)은 능(能)의 뜻.

147 매(媒): 중매쟁이. 중국에선 옛날에 반드시 중매인을 중간에 두고 혼사를 이루었다.

伐柯伐柯여 벌 가 벌 가	도낏자루 베려면 도낏자루 베려면
其則不遠[148]이로다 기 칙 불 원	그 본보기는 멀리 있지 않다네
我覯之子[149]하니 아 구 지 자	내 그대를 만나 보니
籩豆有踐[150]이로다 변 두 유 천	변두(籩豆)가 잘 마련되어 있네

◈ 해설

「모시서」에서는 주공(周公)을 기린 것이라 하며, 조정에서 주공의 성덕(聖德)을 알아주지 않음을 주나라 대부가 풍자한 것이라 하였다. 그리고 주희(朱熹)는 주공이 동쪽에 있을 때 동쪽 사람들이 주공 만나 보기 어려움을 결혼하는 데 비유하여 노래한 것이라 하였다. 그리고 나아가 예의를 배우려 한다면 바로 손에 쥐고서 새로 도낏자루를 만들 나무를 베는 도끼의 자루가 새 도낏자루의 본보기가 되듯 우리 면전의 주공이 바로 그 표준이 된다고 한 것이다.

다산(茶山) 정약용은 「모시서」의 해설을 보충했다. "주공이 동쪽에 있을 때 남들이 알아주지 않는 데도 성내지 않고 스스로 제 몸을 드러낸 적이 없었으니, 마치 처녀가 집에 있으면서 그저 중매쟁이의 말만 기다리는 것과 같았다. 그

148 기칙불원(其則不遠): 칙(則)은 규범, 본보기의 뜻. 도낏자루를 만들 나무를 벨 때 표준으로 삼을 만한 본보기를 말하며, 그것이 불원(不遠) 곧 멀지 않다는 것은 그 본보기가 바로 손에 쥐고 나무를 베는 도끼에 자루가 있기 때문이다.

149 아구지자(我覯之子): 구(覯)는 만나다. 남녀가 만나 상열(相悅)·교합(交合)하는 것의 은유로 많이 사용된다. 지자(之子)는 '이 사람[시자(是子)]', 곧 결혼하는 상대방을 가리킨다.

150 변두유천(籩豆有踐): 변(籩)은 대나무로 만들며 과일이나 포 같은 것을 담는 데 쓴다[『석의(釋義)』]. 두(豆)는 목제가 많으며 또 질그릇이나 구리로도 만드는데 굽이 높고 젓갈이나 장(醬)·부침 등의 음식을 담는 데 썼다[『석의(釋義)』]. 제사와 연회에 사용되었다. 천(踐)은 행렬을 이룬 모양(『모전』), 또는 아름다운 모양. 유천(有踐)은 또는 천천(踐踐)과 같다.

러므로 '중매쟁이 아니면 얻을 수 없네'라고 말한 것이다. 성왕(成王)이 주공이 돌아오는 것을 맞이할 적에 마치 초례(醮禮)의 음식을 함께 먹고 조상의 제사를 서로 돕는 듯한 점이 있었다. 그래서 '변두(籩豆)가 잘 마련되어 있네'라고 말한 것이다."

위의 예들은 시로써 역사를 해설하고, 역사로써 시를 이해하려는 오랜 전통적인 관점이다. 더구나 "주공 만나 보기 어려움을 결혼하는 데 비유하여 노래한 것"이라는 해설은 실로 천사만려(千思萬慮)의 고뇌가 보인다. 그러나 달리 주제를 찾는 것도 쉽지 않지만, 결혼에 관한 시로 보는 것이 제일감(第一感)이다. '석신(析薪: 땔나무 패는 것)', '속신(束薪: 땔나무 묶는 것)' 등과 마찬가지로 벌가(伐柯)도 혼인을 비유한다. 도낏자루 만드는 데 도끼가 필요한 것처럼 남자가 결혼하는 데 반드시 필요한 것은 중매인이 있어야 한다는 것이다. 「위풍·맹(衛風·氓)」의 "내가 약속을 어기는 게 아니라, 그대에게 좋은 중매 없어서여라(匪我愆期, 子無良媒)"도 그 한 예이다. 뿐만 아니라 위의 단어들은 성행위(性行爲)를 상징한다. 이미 오래전에 그 은유(隱喩)의 본뜻이 사라지고 전통적인 거대한 관성(慣性)만이 남아 있을 뿐이지만 언어 문자를 통하여 그 일단을 확인할 수 있다.

제2장에서는 벌가(伐柯)에 법칙이 있는 것처럼 결혼에도 예의(禮義)가 있어야 한다는 것을 말하면서 그 가까운 예를 '변두유천(籩豆有踐)'이라 했는데, 이는 신혼 때의 상차림으로 본다. 『의례·사혼례(儀禮·士昏禮)』에 그런 기록이 있다. 결혼한 그날 첫 저녁에 신랑 집에서 친척들을 맞기 위한 준비로 음식들을 진열하는데, 침실 문 바깥 동쪽 방향에다 세 개의 솥에 작은 돼지와 다른 희생 및 물고기, 새나 작은 짐승의 마른 고기 등을 끓인다. 그리고 방 안에는 식초〔초(醯)〕를 탄 장(醬) 2두(豆: 제기 이름), 절여서 만든 동규 나물〔동규채(冬葵菜)〕와 소라장 4두 등 이 6두는 하나의 수건으로 덮어서 먼지가 앉는 걸 막고, 기장〔서직(黍稷)〕을 모두 4돈〔敦: 식기(食器)의 이름으로 구리로 만든다. 몸체와 뚜껑이 같은 반구형(半球形)으로 되어 있어 합치면 구형(球形)이 된다〕으로 하고 모두 뚜껑을 덮어 보온한다. 격식을 갖춘 고대 민간의 혼인 풍속을 반영한 것이다. 그래서 이 시를 남자가 신혼 때 부르는 노래라고도 하고, 아직 혼인하지 않은 청년에게 매

파(媒婆)를 들여 중매하게 하고 예의를 특히 중시하라고 경험을 전수하는 듯한 혼례의 노래라고 한다. 그러나 제2장의 '아(我)'가 누구인지, 이 시의 화자 또는 시인은 누구인지는 다소 혼란스러움이 남는다. 또는 각 장의 제1, 2구는 남자가, 제3, 4구는 여자가 대창(對唱)하는 것처럼도 보인다.

그러면 왜 하필 도끼〔부(斧)〕일까. 어쩌면 이 시를 이해하는 열쇠일지 모른다. 도끼는 일찍이 석기 시대의 생산 도구 중에 아마도 가장 많이 사용된 도구의 하나일 것이다. 초기의 글자는 근(斤)이었고 뒷날 부(父)의 소리를 따라 부(斧)가 만들어졌는데, 단순히 형성자(形聲字)만은 아니고 특수한 의미가 포함되어 있다. 간단히 말해서 부월(斧鉞)처럼 권력을 상징하는 외에 남성 생식기를 상징하며, 자체 형태를 봐도 도끼 몸체의 구멍과 자루가 결합되어 있는 모양은 남녀 교합을 연상시킨다. 하남성 임여현(臨汝縣)에서 출토된 신석기 채도(彩陶) 그림인 「관어석부도(鸛魚石斧圖)」는 좌측에 황새가 물고기를 입에 물고 있고 그 옆으로 도끼 윗부분과 자루가 결합되어 있는 모양이다. 둘 다 교합(交合)의 은유(隱喩)로 볼 수 있다는 것이다.

6. 구역(九罭) 　　아홉 주머니 그물

九罭之魚[151]에 구 역 지 어	아홉 주머니 그물에 걸린 고기는
鱒魴[152]이로다 준 방	송어와 방어

151 구역지어(九罭之魚): 역(罭)은 물고기 그물. 구역(九罭)은 작은 물고기를 잡는 촘촘한 그물(『모전』)이라 하고, 또는 아홉 주머니가 달린 그물(『집전』), 어망으로 물고기가 들어가는 곳이 아홉 군데가 있는 그물(『공소(孔疏)』)이라고 했다.

152 준방(鱒魴): 준(鱒)은 혼(鯶: 잉어)과 비슷한데 비늘이 가늘고 눈이 붉다고 한다(『집

我覯之子[153]하니 아 구 지 자	내 그분을 만나 보니
袞衣繡裳[154]이로다 곤 의 수 상	용 그린 웃옷에 수놓은 바지 입으셨네

鴻飛遵渚[155]하니 홍 비 준 저	기러기 날아올라 모래톱을 따르나니
公歸無所[156]아 공 귀 무 소	공께서 돌아가면 계실 곳 없으리니
於女信處[157]시니라 어 여 신 처	그대와 함께 오래 머무리라

전』). 또는 필(鮅: 상피리)라고 한다. 대개는 송어로 본다. 방(魴)은 방어(魴魚). 「주남·여분(周南·汝墳)」 시에도 보임. 둘 다 물고기 중에 아름다운 것이라 한다.

153 아구지자(我覯之子): 구(覯)는 만나다. 지자(之子)는 시자(是子) 곧 '이 사람'으로 주공을 가리키는 것으로 본다(『집전』).

154 곤의수상(袞衣繡裳): 곤의(袞衣)는 용(龍)을 그린 웃옷(『집전』). 수상(繡裳)은 수놓은 치마. 『모전(毛傳)』에는 곤의상(袞衣裳)은 9장(章)인데, 상의(上衣)에 그리는 것은 첫째 용이요, 둘째는 산(山)이요, 셋째는 화충(華蟲)이니 꿩이요, 넷째는 불〔화(火)〕이요, 다섯째는 종이(宗彝)인데 호유(虎蜼: 범과 꼬리 긴 원숭이)로 모두 다섯이며, 아래치마에 수를 놓는 것은 여섯째 마름〔조(藻)〕이요, 일곱째 분미(粉米)요, 여덟째 보(黼)요, 아홉째 불(黻)로 모두 넷이다. 곤의에 그린 용을 권룡(卷龍)이라 했는데, 천자의 옷에 그린 용은 한 마리는 올라가고 한 마리는 내려오는 두 마리 용임에 비하여, 상공(上公)의 옷에 그린 용은 내려오는 용이다. 용의 머리가 숙여 있고 몸이 둥글게 굽어 있기 때문에 곤(袞)이라 한다. 주공은 상공에 해당되기 때문에 이 옷을 입었다.

155 홍비준저(鴻飛遵渚): 홍(鴻)은 기러기. 준(遵)은 따르는 것. 저(渚)는 작은 모래섬, 또는 모래톱.

156 공귀무소(公歸無所): 공(公)은 주공으로 본다. 소(所)는 거소.

157 어여신처(於女信處): 여(女)는 여(汝)와 같으며 '너'의 뜻. 동쪽 땅의 백성들을 범칭(汎稱)한 것. 신(信)은 두 밤 자는 것(『모전』). 처(處)는 머물고 있다는 뜻. 신처(信處)는 주공이 동쪽 땅에 임시로 잠깐 머물고 있음을 뜻한다. 이럴 경우 번역은 '그대들에게 잠시 머무시는 거지' 정도가 된다. 이 시를 연가(戀歌)로 볼 때 이 구절의 해석은 달라질 수 있다. 어(於)는 여(與)와 같고〔예: 『논어·자로(論語·子路)』, "吾黨之直者異於是"〕, 여(女)는 '너'로 앞 구의 공(公)과 동일인으로 보면 '너와 함께 오래 머문다'는 뜻.

鴻飛遵陸[158]하니 (홍 비 준 륙)	기러기 날아올라 뭍을 따르나니
公歸不復[159]이시니 (공 귀 불 복)	공께서 돌아가시면 다시 오지 않으리니
於女信宿[160]이시니라 (어 여 신 숙)	그대와 함께 오래 머무리라

是以有袞衣兮[161]니 (시 이 유 곤 의 혜)	그래서 곤의를 숨겨 놓았으니
無以我公歸兮[162]하여 (무 이 아 공 귀 혜)	우리 공을 돌아가게 하지 마오
無使我心悲兮어다 (무 사 아 심 비 혜)	내 마음 슬프게 만들지 마오

◈ 해설

주공(周公)이 동쪽에 있을 때 동도(東都) 사람들이 그를 만나 볼 수 있음을 기뻐한 것이라 하였다. 작은 고기를 잡는 조밀한 그물에 큰 고기가 들어 있다든지 창공을 나는 기러기가 모래톱이나 뭍을 따라 나는 것은 주공이 동정(東征)해 간 곳에 머물고 있음을 비유했다. 그러나 그의 덕을 기리는 동도의 사람들은 가면 다시 오지 않을 주공과의 이별을 못내 아쉬워한다.

---

158 육(陸): 뭍. 높고 평평한 땅(『집전』).

159 복(复): 동쪽 땅으로 되돌아오는 것.

160 신숙(信宿): 앞의 신처(信處)와 같은 뜻.

161 시이유곤의(是以有袞衣): 시이(是以)는 고(故) 또는 소이(所以)와 같다. 유(有)는 취(取)와 같거나〔『통석(通釋)』, 『광아(廣雅)』〕, 수장(收藏)의 뜻이다〔문일다(聞一多), 『류초(類鈔)』〕. 낭군이 떠나가지 못하도록 곤의를 취하여 숨겼다는 뜻으로 본다.

162 무이아공귀(無以我公歸): 이(以)의 본의는 사람이 손으로 끄는〔설(挈)〕 모양을 본뜬 것이며, 그래서 제휴(提携)나 '이끌다', '데리고 가다'는 뜻이 있다〔계욱승(季旭昇), 『시경고의신증(詩經古義新證)』〕. 이 구는 바로 다음 구와 같은 구식(句式)이며 '이(以)'는 동사로 사용된 '사(使)'와는 같은 동사 범주여야 한다.

그물이 촘촘하면 큰 물고기도 걸린다는 것은 참소(讒訴)가 교묘하면 성인(聖人)도 벗어나지 못함을 비유한 것이고, "기러기 날아올라 모래톱을 따르나니(鴻飛遵渚)"는 높이 날아올라 화(禍)를 피해서 뜻밖의 재앙에 걸리지 않음을 말한 것으로도 이해된다. 주공의 역사적인 일에 너무 집착한 해설이다.

또 한 귀족 여인이 귀족 남자를 사랑하게 된 것을 노래한 연가로도 본다. 본시 작은 물고기를 잡기 위해 설치한 그물에 송어와 방어(魴魚) 같은 큰 물고기가 걸린 것으로 큰 기쁨을 말한다. 물고기를 잡거나 먹는 것은 애정과 혼인과 성애(性愛)를 비유하며, 바로 다음 구 '아구지자(我覯之子)'로 연결된다. 이후 기러기 남편은 무슨 일인지 물속에서 물고기를 잡지 않고 모래톱을 따라 높이 날며 집을 떠나는데 여인은 집을 나가서는 즐거움을 누릴 곳 없을 터이니 가지 말고 나와 함께 오래 지내자고 희망한다. 한번 가면 돌아오지 않을 것으로 생각하는 것으로 봐서 이 남자는 부모의 동의 없이 여인과 동거하는 것이며 이 남자가 가는 곳은 부모의 집일지 모른다. 만남의 기쁨으로 시작하여 마음에 흡족한 낭군을 만났지만 결국 겉모습만 보고 속마음을 읽지는 못했다. 정 많은 여인의 혼인 비극으로 보인다.

7. 낭발(狼跋) 늙은 이리

狼跋其胡[163]요
낭 발 기 호

이리가 나아가면 턱밑 살이 밟히고

---

163 낭발기호(狼跋其胡): 랑(狼)은 이리. 발(跋)은 밟다. 호(胡)는 턱 밑의 늘어진 살(『집전』). 늙은 이리 턱 밑에는 늘어진 살이 붙는다(『모전』). 이 구절은 늙은 이리가 앞으로 가려다가 그의 턱 밑에 늘어진 살이 밟히어 가지 못하는 것.

載疐其尾[164]로다
재 치 기 미

물러서면 꼬리에 걸려 넘어진다

公孫碩膚[165]하시니
공 손 석 부

도량 넓으신 그분

赤舃几几[166]로다
적 석 궤 궤

붉은 신이 점잖고 의젓하다

狼疐其尾요
낭 치 기 미

이리가 물러서면 꼬리에
걸려 넘어지고

載跋其胡로다
재 발 기 호

나아가면 턱밑 살이 밟힌다

公孫碩膚하시니
공 손 석 부

도량 넓으신 그분

德音不瑕[167]로다
덕 음 불 하

덕 있는 말씀에 한마디 잘못도 없다

---

164 재치기미(載疐其尾): 재(載)는 조사로, '곧'의 뜻이 있다. 치(疐)는 넘어지다. 치기미(疐其尾)는 늙은 이리가 뒤로 물러서려다 자기 꼬리에 걸려 넘어진다는 뜻. 이 구절은 주공이 유언(流言)으로 말미암아 동쪽 땅으로 피신했던 일에 비유한 것(『집전』)이라 한다.

165 공손석부(公孫碩膚): 공손(公孫)은 왕손(王孫)과 비슷한 말로 주공(周公)을 가리킨다고 했지만 이 시는 주공과는 무관한 것 같다. 빈공(豳公)의 자손으로 보는 것〔왕선겸(王先謙), 『집소(集疏)』〕이 좋겠다. 석부(碩膚)는 허우대가 좋은 것〔『석의(釋義)』〕. 마음이 넓고 덩치가 있는 것〔『통석(通釋)』〕. 또는 부(膚)가 여(臚: 살갗, 배 앞부분 살)와 같은 뜻으로, 결국 배가 살진 것〔문일다(聞一多), 『류초(類鈔)』〕. 배가 크고 배가 많이 나온 것은 복이 있다는 것을 의미한다.

166 적석궤궤(赤舃几几): 적석(赤舃)은 붉은 신. 금으로 장식하기 때문에 금석(金舃)이라고도 한다〔왕선겸(王先謙), 『집소(集疏)』〕. 상공(上公)의 복장인 면복(冕服)에 격에 맞는 신(『집전』). 궤궤(几几)는 구리와 주석의 합금으로 만든 신코의 장식물이 아름다운 모양. 또는 〈삼가시(三家詩)〉에서는 '이이(已已)'로 쓰고 있는데 발음이 같다. 신발의 코의 형태나 무늬가 칼집의 코처럼 굽어 있기 때문에 '已已'라고 했다〔왕선겸(王先謙), 『집소(集疏)』〕.

167 덕음불하(德音不瑕): 덕음(德音)은 성덕(盛德)을 기리는 말, 또는 성예(聲譽). 불하(不瑕)는 하자(瑕疵)가 없다, 과실이 없다는 뜻.

◈ 해설

「모시서」는 "「낭발(狼跋)」은 주공(周公)을 기린 것이다. 주공이 성왕을 대신하여 섭정을 하자 멀리로는 네 나라〔관(管)·채(蔡)·곽(霍)·무경(武庚)〕가 허튼 소문을 퍼뜨리고 가까이로는 임금이 알아주지 않았다. 주나라 대부가 그럼에도 주공이 성(聖)됨을 잃지 않았던 것을 기린 것이다"라고 하였다. 『시집전』에서도 같다. 주공이 비록 의심과 비방을 당했으나 거기에 대처하는 태도에서 상도(常道) 곧 떳떳함을 잃지 않았기 때문에 시인이 찬미한 것이라 하였다.

찬미의 대상을 주공으로 보는 것은 적절하지 않은 듯하고, 도량 있고 풍채도 좋은 귀족을 찬미한 것으로 보는 것이 좋겠다.

이 시에 나오는 이리〔랑(狼)〕는 지금의 일반 견해로는 아마도 좋지 않은 짐승으로 보고 비유가 적절하지 않다고 여길 것이다. 이는 과거 그 시대와는 다르다. 여우도 지금은 교활한 짐승이고 까마귀도 상서롭지 못한 새로 본다. 그러나 『시경』 속에서는 여인이 자신의 사랑하는 짝을 여우에게 비기고, 까마귀도 길상(吉祥)의 새로 보았다. 이리도 마찬가지이다. 능력이 뛰어나고 행동이 신속하며 짐승으로서는 뛰어나다 하여 '량(良)'을 붙였다고 하였다.

상도를 잃지 않고 도량이 넓은 것을 말하면서 굳이 '붉은 신'을 꺼낸 것은 밟히고 넘어진다는 것에 대하여 말한 것이기 때문이며, 또한 심지(心志)의 동정(動靜)이 반드시 걸음걸이에 나타나기 때문이라 한다〔다산(茶山) 정약용(丁若鏞), 『강의(講義)』〕.

Ⅱ. 소아(小雅)

주희는 『시집전』의 주(注)에서, 아(雅)는 정(正)의 뜻이며 정악(正樂)의 노래를 뜻한다고 하였다. 옛날에는 또 아(雅)는 하(夏)나라의 하(夏)와 통하였으니 『순자·영욕(荀子·榮辱)』편에 "월나라 사람은 월나라에서 사는 게 편하고, 초나라 사람은 초나라에 사는 게 편하며, 군자는 중국 땅에 사는 게 편하다(越人安越, 楚人安楚, 君子安雅)"고 하였고, 『순자·유효(荀子·儒效)』편에서는 "초나라에 살면 초나라 풍습을 따르고, 월나라에 살면 월나라 풍습을 따르며, 중국에 살면 중국 풍습을 따른다(居楚而楚, 居越而越, 居夏而夏)"고 하였다. 이로써 보면 아(雅)는 하(夏)와 같은 뜻으로 사용되었음을 알 수 있다. 그리고 『묵자·천지하(墨子·天志下)』에선 「대아·황의(大雅·皇矣)」 시의 "제위문왕(帝謂文王)" 이하 여섯 구를 인용하고 이를 '대하(大夏)'라고 하였으니, 아(雅)가 하(夏)와 통했음이 분명하다.

하나라는 옛날 문화 수준이 높았던 황하 유역 일대의 땅이며, 아(雅)는 이 중원 일대에 유행하고 왕조에서 정성(正聲)이라 숭상하는 음악이었다〔『석의釋義』〕. 여러 나라 민요인 「국풍(國風)」에 비하여 하나라로부터의 음악의 전통을 이어받은 정악(正樂)이 바로 아(雅)이다. 따라서 그 음악은 풍(風)보다 더 장중하고 우아하였을 것이다.

「소아(小雅)」와 「대아(大雅)」의 구별에 대하여 주희는 다음과 말하였다.

"정소아(正小雅)는 연향(宴饗) 때 연주하던 음악이고, 정대아(正大雅)는 회조(會朝)할 때 연주하던 음악이며, 제사 지낸 고기를 받고 음복(飮福)할 때 훈계하는 말을 노래한 것이다. …… 그렇기 때문에 가사의 기세(氣勢)도 같지 않고 음절 또한 다르다."

용도와 음절에 따라 구분하였다는 것이다. 어쨌든 이처럼 아(雅)는 연향과 조회에 쓰인 음악이기 때문에 대부분이 사대부들의 작품이라 여겨진다. 그러나 소아(小雅) 가운데는 슬퍼하고 원망하는 구절이라든지 우세(憂世)·풍자(諷刺)하는 내용의 「국풍(國風)」에 가까운 「진풍·황조(秦風·黃鳥)」, 「소아·아행기야(小雅·我行其野)」, 「소아·곡풍(小雅·谷風)」, 「소아·하초불황(小雅·何草不黃)」 등의 작품들도 적지 않다. 아마도 그 가사의 풍격으로 보아서는 「국풍(國風)」과 비슷하지만 악조(樂調)가 달라서 아(雅)에 포함시켰을 것이다〔『김학주 신완역 시경』 인용 및 정리〕.

그리고 나아가 아(雅)도 가사의 풍격에 차이가 있다 하여 정(正)과 변(變)으로 구별하였는데, 「소아(小雅)」와 「대아(大雅)」는 물론 「국풍(國風)」도 이를 적용시켰다.

「소아(小雅)」는 다시 「정소아(正小雅)」와 「변소아(變小雅)」로 나뉜다. 「소아·녹명(小雅·鹿鳴)」에서부터 「소아·청청자아(小雅·菁菁者莪)」에 이르는 「정소아(正小雅)」 22수(그중 6수는 제목만 전함)는 대부분 문왕(文王)·무왕(武王)·성왕(成王) 때의 환희에 찬 시기의 향연가(饗宴歌)이다. 「소아·유월(小雅·六月)」 이하 58수의 「변소아(變小雅)」는 대부분이 난세를 풍자한 선왕(宣王) 때의 우세가(憂世歌)라든지 유왕(幽王) 때 정치의 모순을 풍자한 작품과 그 밖에 축송가(祝頌歌) 등이 많다〔『河正玉 詩經(하정옥 시경)』 인용 및 정리〕.

제1 녹명지습(鹿鳴之什)

아(雅)와 송(頌)에는 여러 나라의 구별이 없이 10편을 1권으로 묶어 '습(什)'이라 하였는데, 이것은 군제(軍制)에 10명을 1십(一什)이라 함과 같은 것이다(『집전』). 『공소(孔疏)』에선 또 아송(雅頌)은 편수가 많아서 한데 묶어 놓기 어려우므로 10편을 1권으로 나누어 묶고 권수의 편을 '십장(什長)'으로 하여 권중의 편을 모두 거느리게 한 것이라 하였다. 즉 '一습(什)'이라 구분하여 묶은 것은 편의상의 구분이지 무슨 절대적인 가치를 지니는 것은 아니다.

그런데 이렇게 편의상 구분했지만 오랜 시간이 지나면서 굳어질 수밖에 없을 것이고, 또 개인의 편의에 따라 달라질 수 있을 터라 현재 그 묶는 방식에도 최소 대표적인 두 종류가 있다. 그 이유는 작품 이름은 있지만 실제 내용이 없는 시가 6편(10.「남해(南陔)」· 11.「백화(白華)」· 12.「화서(華黍)」· 14.「유경(由庚)」· 16.「숭구(崇丘)」· 18.「유의(由儀)」)이 있어 그 작품들을 10편 속에 포함시키느냐 제외하느냐에 따라 다르기 때문인데, 그에 따라 선두 첫 작품인 '십장(什長)'의 이름 또한 달라질 수밖에 없었다. 위에서 붙인 작품 앞의 번호는 『시집전』에 배열되어 있는 순서에 따른 것이다. 작품의 내용이 있거나 없거나 제목에 따라 있는 순서 그대로 10편씩 묶은 것 같아 비록 시대로는 한참 뒤이지만 아마 원형에 가까울 것이라는 판단에서이다.

「소아(小雅)」는 제목만 있고 내용은 없는 작품 6편을 포함하면 모두 80편이라 내용의 유무에 관계없이 순서대로 10편씩 나누면 딱 떨어진다. 이를 따른 『시집전』은 그래서 8개의 습(什)이 있으며, 두 번째 습(什)은 이름만 있는 「백화(白華)」편으로 시작하면서 '제2 백화지습(白華之什)'이 된다. 이후 「동궁(彤弓)」·「기보(祈父)」·「소민(小旻)」·「북산(北山)」·「상호(桑扈)」·「도인사(都人士)」의 습(什)으로 이어진다. 현존하는 작품으로 보면 제1습은 모두 9편, 제2습은 5편이며 나머지는 모두 10편씩이다. 여기까지 문제는 없지만 내용이 없는 작품이 '십장(什長)'으로 되는 좀 불편한 모습이다.

『정전(鄭箋)』에는 '제1 녹명지습(鹿鳴之什)'에 「녹명(鹿鳴)」에서 13.「어리(魚麗)」까지 10편을 앞에 놓고 그 뒤로 이름만 있는 3편도 포함시켰으며 '제2습'을 이름뿐인 작품 3편으로 시작할 수 없어서인지 15.「남유가어(南有嘉魚)」로 시작하고 다음에 17.「남산유대(南山有臺)」를 놓은 바로 다음에 이름뿐인 작품 3편을 나란히 묶어 놓으면서 26.「길일(吉日)」까지 또다시 모두 13편을 배치했다. 그리고 이후 모두 10편씩 분류되지만 마지막 '습(什)'은 모두 14편이 될 수밖에 없고, 전체적으로는 '제2 남유가어지습(南有嘉魚之什)'에 이어 「홍안(鴻鴈)」·「절남산(節南山)」·「곡풍(谷風)」·「보전(甫田)」·「어조(魚藻)」 등 모두 7개의 '습(什)'이 있다.

일반적으로 언뜻 보기에 복잡한 듯하지만 실질적인 『정전(鄭箋)』의 분배를 따른다. 여기에서도 마찬가지이다. 현대 시기 중국에서 출판된 『시경』 관련 서적에서는 이런 십장(什長: 공사현장에서 일꾼들을 감독·지시하는 우두머리나 병졸 열 사람의 우두머리)식 분류나 배치를 따르지 않는다. 아마도 작은 활자체로 편집한 책의 출판이 용이해졌는데 이중 삼중으로 분류하고 배치하는 것이 오히려 번거로울 수 있기 때문일 것이다.

1. 녹명(鹿鳴) 사슴이 울며

呦呦鹿鳴[1]이여 유 유 녹 명	메에메에 사슴이 울며
食野之苹[2]이로다 식 야 지 평	들판의 개제비쑥 뜯고 있네
我有嘉賓[3]하여 아 유 가 빈	내게 좋은 손님 오셨으니
鼓瑟吹笙[4]이로다 고 슬 취 생	거문고 타고 생황 불며 즐기네
吹笙鼓簧[5]하여 취 생 고 황	생황 불어 함께 즐기며
承筐是將[6]하니 승 광 시 장	광주리 받들어 폐백 드리니
人之好我하여 인 지 호 아	그 손님 나를 좋아하여
示我周行[7]이로다 시 아 주 행	내게 바르고 큰 길 일러 주네

---

1 유유(呦呦): 사슴이 우는 소리(『모전』). 또는 사슴들이 서로 부르는 소리로 의성어. 사슴은 부드럽고 맛있는 풀을 만나면 서로 불러서 함께 먹으므로 빈객(賓客)이나 친구와 함께 화락하게 지냄에 비유하며, 나아가 잔치할 때 이를 노래하며 흥을 일으켰다.

2 평(苹): 쑥의 일종으로 파호(皤蒿: 위가 흰 쑥), 속칭으로는 애호(艾蒿)라고 한다. 곧 개제비쑥. 연할 때는 먹을 수 있다.

3 가빈(嘉賓): 자기와 뜻이 맞는 좋은 손님.

4 고슬취생(鼓瑟吹笙): 슬(瑟)은 현악기(「주남·관저(周南·關雎)」 참조). 생(笙)은 생황(笙簧)이라 하는 취주 악기. 생이나 슬은 모두 연례(宴禮)에 쓰이는 악기임.

5 황(簧): 생(笙)의 일종으로, 생(笙) 중에서 큰 것을 이른다(『통석(通釋)』).

6 승광시장(承筐是將): 승(承)은 받들다(봉(奉)). 광(筐)은 폐백을 담아 빈객에게 주는 광주리(『공소(孔疏)』). 시(是)는 조사. 장(將)은 '나아가 올리다(헌(獻) 또는 진봉(進奉))'. 즉 이 구는 손님을 맞아 잔치를 베풀고 풍악을 올릴 뿐 아니라 폐백까지 드린다. 손님을 극진히 환대하는 것. 폐백은 옛날 초견례(初見禮)에 주고받던 예물이다.

7 시아주행(示我周行): 시(示)는 '말하다, 알려 주다'(어(語)). 주행(周行)은 본시 주나라로 가는 길(『모전』). 주나라로 가는 길은 큰길이었으므로 대도(大道) 곧 위대한 도의 뜻으로 전용되었다(『공소(孔疏)』). 일종의 쌍관어(雙關語)이다. 손님은 덕이 있는 분이라 잔치를 즐기며 좋은 말을 하며 인륜의 올바른 훌륭한 도가 무엇인가를 말해 주는 것으로 본다.

呦呦鹿鳴이여 — 메에메에 사슴이 울며
유 유 녹 명

食野之蒿[8]로다 — 들판의 다북쑥 뜯고 있네
식 야 지 호

我有嘉賓하니 — 내게 좋은 손님 오셨고
아 유 가 빈

德音孔昭[9]하여 — 그분 말씀 하도 밝아서
덕 음 공 소

視民不恌[10]니 — 백성들에게 두터운 마음 보이시니
시 민 부 조

君子是則是傚[11]로다 — 지위 높으신 분들도 본받고 배우네
군 자 시 칙 시 효

我有旨酒[12]니 — 내게 맛있는 술 있으니
아 유 지 주

嘉賓式燕以敖[13]로다 — 반가운 손님이 마시며 즐기네
가 빈 식 연 이 오

呦呦鹿鳴이여 — 메에메에 사슴이 울며
유 유 녹 명

食野之芩[14]이로다 — 들판의 사슴 먹이를 뜯고 있네
식 야 지 금

---

8 호(蒿): 긴(菣: 제비쑥)이라고도 하며(『모전』), 청호(靑蒿)라고도 한다 하니(『집전』), 제1장의 평(苹)과 비슷한 쑥이면서도 더 파란 것인 듯하다.

9 덕음공소(德音孔昭): 덕음(德音)은 덕행으로 말미암은 명성 또는 명망(名望). 여기서는 손님의 명성. 공(孔)은 매우. 소(昭)는 밝다.

10 시민부조(視民不恌): 시(視)는 보여주다. 시(示)와 같다(『정전』). 조(恌)는 투박(偸薄: 경박함)(『집전』) 또는 경조(輕佻: 가볍고 방정맞다)〔진화(陳奐)의 『전소(傳疏)』〕. 이 구를 '백성들 보기를 가볍게 하지 않으니', '백성들을 존중하니' 등으로 해석할 수 있으나 '애정을 보이다' 또는 '가르치다'는 의미로 풀었다.

11 시칙시효(是則是傚): 시(則)은 법칙. 효(傚)는 효(效)와 통하며 본받는다는 뜻〔『공소(孔疏)』〕.

12 지주(旨酒): 맛좋은 술〔『공소(孔疏)』〕.

13 식연이오(式燕以敖): 식(式)은 조사. 연(燕)은 연(宴)과 통하며 잔치하는 것.〔『석의(釋義)』〕. 오(敖)는 오유(敖遊)의 뜻으로〔『공소(孔疏)』〕, 즐겁게 노는 것.

14 금(芩): 『모전』엔 풀이름이라 했는데, 『육소(陸疏)』에 의하면 줄기는 비녀대 같고 잎은 대나무 같은 덩굴풀로, 택지 낮은 개펄에 나며 마소도 이를 즐겨 먹는다 했다. 그 외 황금(黃芩: 속서근풀)·수근(水芹: 미나리)·석곡(石斛: 산중의 바위나 늙은 나무에 붙어사는 풀의 한 가지. 석골풀) 등으로 풀기도 하는데, 제 1, 2장에서 말한 평(苹)과 호(蒿) 등이

我有嘉賓하여 아 유 가 빈	내게 좋은 손님 오시어
鼓瑟鼓琴하니 고 슬 고 금	거문고 타면서 즐긴다
鼓瑟鼓琴하며 고 슬 고 금	거문고 타며 즐겨
和樂且湛[15]이로다 화 락 차 담	화락하고 한없이 즐거워라
我有旨酒하여 아 유 지 주	내게 맛있는 술 있어
以燕樂嘉賓之心이로다 이 연 락 가 빈 지 심	반가운 손님의 마음 즐겁게 한다

◈ 해설

반가운 손님을 맞아 연회를 즐기는 시이다. 사슴이 먹이를 발견하고 소리 내어 울며 친구를 불러 함께 뜯듯 반가운 손님을 맞아 음악을 연주하고 초견례(初見禮)에 주고받는 예물을 올리며 향기로운 술을 마시고 대도(大道)를 논하는 모습이다. 「모시서」에 여러 신하와 반가운 손님에게 잔치하는 것이라 했는데, 『의례(儀禮)』에 보아도 연례(燕禮)나 향음주례(鄉飮酒禮) 때 이 「녹명(鹿鳴)」과 다음의 「사모(四牡)」, 「황황자화(皇皇者華)」를 노래한다고 했다. 그리고 「향음주(鄉飮酒)」편 정현(鄭玄)의 주(注)에 「녹명(鹿鳴)」은 임금과 신하 및 사방에서 온 손님들의 잔치에 도를 강론하고 덕을 닦는 악가(樂歌)라고 하였다. 이처럼 이 악가(樂歌)는 원래 신하나 훌륭한 손님을 맞아 잔치할 때 사용하는 것이었으나 후에는 향인(鄉人)의 주빈(主賓)들 사이에까지 확대되어 쓰였다.

모두 쑥의 종류이니 여기도 쑥의 한 종류로 해석하는 것이 무난하다〔『통석(通釋)』〕.

15 담(湛): 오래 즐기는 것〔낙지구(樂之久)〕(『집전』). 또는 흥이 다하도록 즐기는 것.

2. 사모(四牡) 네 필 수말

四牡騑騑[16]하고
사 모 비 비
네 필 수말 한없이 달려도

周道倭遲[17]로다
주 도 위 지
한길은 멀리 돌아 아득하다

豈不懷歸[18]리요
기 불 회 귀
어이 돌아가고픈 마음 없으랴?

王事靡盬[19]하여
왕 사 미 고
나랏일 끝나지 않아

我心傷悲로다
아 심 상 비
내 마음 애닯고 서러워라

四牡騑騑하고
사 모 비 비
네 필 수말 한없이 달려

嘽嘽駱馬[20]로다
탄 탄 락 마
숨을 헐떡이는 가리온 말

豈不懷歸리요
기 불 회 귀
어이 돌아가고픈 마음 없으랴?

王事靡盬하여
왕 사 미 고
나랏일이 끝나지 않아

不遑啓處[21]로다
불 황 계 처
편히 쉴 겨를이 없어라

---

16 사모비비(四牡騑騑): 모(牡)는 수컷. 사모(四牡)는 한 수레를 끄는 네 마리 수말. 비비(騑騑)는 쉬지 않고 달리는 모양(『모전』).

17 주도위지(周道倭遲): 주도(周道)는 주행(周行)과 같은 말로, 주나라로 가는 길(『석의(釋義)』). 위지(倭遲)는 원래는 '왜'로 읽지만 여기서는 '위'로 읽고, 『한시(韓詩)』에는 위이(倭夷)로 되어 있으며, 『집전(集傳)』에는 회원(回遠)한 모양, 곧 꾸불꾸불하고 먼 모양이다.

18 회귀(懷歸): 고향인 주나라로 돌아갈 것을 생각하는 것.

19 왕사미고(王事靡盬): 왕사(王事)는 국사(國事). 고(盬)는 '쉬다, 멈추다'〔식(息)〕의 뜻. 미고(靡盬)는 '쉴 틈이 없다, 끝나지 않고 바쁘다'는 뜻.

20 탄탄락마(嘽嘽駱馬): 탄탄(嘽嘽)은 숨이 차 헐떡거리는 모양(『모전』). 락(駱)은 검은 갈기의 흰말. 낙마(駱馬)는 수레를 끄는 네 마리의 말, 즉 사모(四牡)를 설명한 것.

21 계처(啓處): 계(啓)는 궤(跪)와 뜻이 통하며(『모전』), 처(處)는 거(居)의 뜻. 그래서 계처(啓處)는 무릎을 땅에 대고 편히 앉아 쉬는 것. 또는 계(啓)는 기(跽: 꿇어앉다)의 가차(假借)이며, 거(居)는 고(尻: 엉덩이를 땅에 대고 무릎을 세워 앉음)의 가차라고도 한다〔정

翩翩者鵻[22]여 편 편 자 추	훨훨 나는 집비둘기
載飛載下[23]하여 재 비 재 하	날다가는 내려와서
集于苞栩[24]로다 집 우 포 허	새 순 돋는 상수리나무에 모여 앉는다
王事靡盬니 왕 사 미 고	나랏일이 끝나지 않아
不遑將父[25]로다 불 황 장 부	아버님 봉양할 겨를이 없어라
翩翩者鵻여 편 편 자 추	훨훨 나는 집비둘기
載飛載止하여 재 비 재 지	날다가는 멎고서
集于苞杞[26]로다 집 우 포 기	새 순 돋은 산버들나무에 모여 앉는다

준영(程俊英)·장견원(蔣見元)의 공저(共著) 『시경주석(詩經注析)』, 양백준(楊伯峻)의 『논어역주(論語譯注)』).

22 편편자추(翩翩者鵻): 편편(翩翩)은 펄펄 나는 모양. 추(鵻)는 '집비둘기'로서 부불(夫不)(『모전』), 또는 발구(鵓鳩)라고도 한다. 『설문(說文)』에서는 추(鵻)와 준(隼: 새매)을 '축구(祝鳩)'라 하여 하나의 동일한 새로 보고 있으며, 진환(陳奐)은 『춘추좌전』 「소공(昭公) 17년」의 "祝鳩氏, 司徒也"를 참조하여 축구(祝鳩)는 추구(鵻鳩)이며 이 새가 효성스러워서 사도(司徒)가 되었고 백성의 교육을 주관하였다고 하면서 이 시에서 추(鵻)가 상수리나무나 구기자나무에 내려앉는 것은 부모를 봉양함을 기흥(起興)하는 것이라 하였다(『전소(傳疏)』).

23 재(載): 즉(則)과 같은 조사.

24 포허(苞栩): 포(苞)는 떨기. 허(栩)는 상수리나무 또는 참나무. 포허(苞栩)는 「당풍·보우(唐風·鴇羽)」 시에도 보임. 펄펄 집비둘기가 날아가다가 내려와 상수리나무 떨기에 모여 앉는다는 것은 사람도 오랜 정역(征役) 끝에 집으로 돌아와 안식할 날이 있다는 것을 말한다. 그러나 작자는 아직도 집에 돌아오지 못하여 애태우고 있다.

25 장(將): 봉양(奉養)의 뜻.

26 기(杞): 산버들. 즉 떨기로 자라나는 기류(杞柳)를 말하며 작은 교목(喬木)이다. 간혹 구기자나무(구기(枸杞))로 번역하기도 하는데 구기자나무는 낙엽 지는 관목(灌木)으로 여기서는 적절하지 않다.

王事靡盬니
왕 사 미 고

不遑將母로다
불 황 장 모

나랏일이 끝나지 않아
어머님 봉양할 겨를이 없어라

駕彼四駱[27]하여
가 피 사 락

載驟駸駸[28]하도다
재 취 침 침

豈不懷歸리요
기 불 회 귀

是用作歌[29]하니
시 용 작 가

將母來諗[30]이로다
장 모 래 심

저 네 필 가리온 말을 몰고
나는 듯이 달려간다
어이 돌아가고픈 마음 없으랴?
이 노래 지어
어머님 그릴 뿐

---

27 가피사락(駕彼四駱): 가(駕)는 수레를 타는 것. 락(駱)은 검은 갈기의 흰말. 사락(四駱)은 사모(四牡)·사마(四馬)와 같다.

28 재취침침(載驟駸駸): 취(驟)는 달리다. 침침(駸駸)은 말이 빨리 달리는 모양(『모전』).

29 시용작가(是用作歌): '用是作歌'의 도치문으로, 이로 인해 노래를 짓는다는 뜻.

30 장모래심(將母來諗): 심(諗)은 염(念)과 같은 뜻(『모전』)으로, 생각한다는 것. 래(來)는 시(是)와 통한다. 그래서 이 구절은 '유모시념(惟母是念)' 곧 오직 어머님 생각만 나는 것을 말한다〔『석의(釋義)』〕. 다른 해석도 가능하다. 앞의 제3, 4장 끝 구절에서 각각 부(父)와 모(母)를 봉양할 겨를이 없음을 말했는데 여기서 다시 모친만을 언급한다는 것은 달리 고려할 만한 여지를 준다. 옛날에는 '무(毋)' 자(字)가 없었기 때문에 '모(母)' 자(字)를 빌려 사용하였다고 한다〔명말청초(明末淸初) 황생(黃生), 『자고의부합안(字詁義府合按)』〕. 그리고 '래(來)'는 『설문(說文)』에서 래(勑) 자(字)를 "로(勞)로 풀며, 또한 래(來)로도 쓴다"고 한 것과 『이아·석고(爾雅·釋詁)』의 "來, 勤也"와, 『설문(說文)』(力部)의 "勤, 勞也" 등을 참고하면 로(勞), 즉 '근심하고 슬퍼하다'의 뜻으로 읽어도 무방할 것 같다. 그래서 이 구절은 장모로념(將毋勞念: 더 이상 염려하고 슬퍼하지 않으련다)로 읽히며, 이러한 정서의 기복은 뒷날 한(漢)나라 때 작자 미상의 「고시십구수(古詩十九首)」의 "棄捐勿復道, 努力加餐飯" 등과도 유사하다〔유운흥(劉運興), 『시의지신(詩義知新)』〕.

◈ 해설

멀리 밖으로 출사(出仕) 또는 출정(出征)한 사람이 돌아가지 못함을 한탄하는 노래이다. 맡은 일이 채 끝나지 않아 돌아가지 못하는 애달픈 마음, 하늘을 훨훨 날던 집비둘기는 나뭇가지에 내려앉아 쉬는데 이 작품의 작자는 다만 노래를 지어 부모에 대한 그리움을 달래볼 따름이다. 「모시서」에서는 사신(使臣)이 온 것을 위로한 것이라 했다. 앞 「녹명(鹿鳴)」 해설에 설명한 바와 같이 「사모(四牡)」는 연례(燕禮)나 향음주례(鄉飮酒禮)에 많이 불리어졌고, 『춘추좌전』에도 제후들이 사신을 맞아 이들을 위로할 때면 이 노래를 불렀던 기록이 여러 군데 보여, 이 작품은 뒤에 와서 사신을 위로할 때 주로 쓰이는 악가(樂歌)가 된 것임을 알 수 있다.

그러나 『모전(毛傳)』에서는 주나라 문왕이 아직 서백이었던 시절에 제후를 이끌고 은(殷)나라 주왕(紂王)의 조정에 나아갔던 일을 주공이 노래하여 후세의 법으로 삼았다고 했고 정현도 이를 따르고 있다.

「사모(四牡)」의 노래는 오히려 「국풍(國風)」의 「당풍·보우(唐風·鴇羽)」와 매우 가까워 보인다. 다만 「당풍·보우(唐風·鴇羽)」의 시에서 엿볼 수 있었던 애처로운 정감이 다소 엷어졌고 그 대신 시로서의 형태가 한층 더 다듬어졌다고 할 수 있을 뿐이다. 어쩌면 행역(行役)에 나아갔던 사람들 사이에서 생겨났던 노래를 따서 조정의 악가(樂歌)로 삼아 편곡하여 멀리에서 찾아온 사신을 위무하는 잔치에서 연주되었으리라고 생각된다.

3. 황황자화(皇皇者華)　　화려한 꽃

皇皇者華[31]여 황 황 자 화	화려한 꽃 피었다

于彼原隰[32]이로다
우 피 원 습
저 벌판과 진펄에

駪駪征夫[33]여
신 신 정 부
급히 돌아가는 사람

每懷靡及[34]이로다
매 회 미 급
행여 못 미칠까 매양 걱정

我馬維駒[35]니
아 마 유 구
내 말은 망아지

六轡如濡[36]로다
육 비 여 유
여섯 고삐 윤이 나는 듯 곱다

載馳載驅[37]하여
재 치 재 구
달리고 달려서

周爰咨諏[38]하도다
주 원 자 추
두루 묻고 찾아본다

---

31 황황자화(皇皇者華): 황황(皇皇)은 황황(煌煌)과 통하여, 휘황(輝煌)한 것. 여기서는 화려한 모양. 화(華)는 꽃.

32 원습(原隰): 원(原)은 높고 평평한 땅(『모전』). 습(隰)은 낮고 습한 곳, 즉 진펄. 이 둘은 모든 땅을 지칭하는 것으로 보기도 한다.

33 신신정부(駪駪征夫): 신신(駪駪)은 빨리 달리는 모양. 일설에는 많은 모양이라고도 하였으나 취하지 않는다. 정부(征夫)는 길을 가는 사람〔행인(行人)〕(『모전』), 또는 사신과 그 관속(官屬).

34 매회미급(每懷靡及): 매(每)는 '매양', '항상'의 뜻. 회(懷)는 생각하다. 미급(靡及)은 미급(未及)·불급(不及)의 뜻. 즉 사신으로서의 사명에 미급 즉 미치지 못함이 있을까 걱정하는 것으로 본다. 그 외 매(每)에는 ① 풀이 무성한 모양〔초성(草盛)〕 ② 탐(貪) ③ '비록〔수(雖)〕'의 뜻이 있는데, 이를 바탕으로 매회(每懷)를 회사(懷私)로 풀고, 이 구를 '각자가 비록 사사로운 일이 많으나 돌보지 못한다', '비록 다양하게 고려해도 두루 온전하게 하지 못한다' 는 등으로 해석하기도 한다.

35 구(駒): 망아지.

36 육비여유(六轡如濡): 육비(六轡)는 사마(四馬)의 여섯 줄 고삐. 유(濡)는 곱게 윤이 나는 것(『모전』).

37 재치재구(載馳載驅): 재(載)는 조사. 치(馳)는 말 달리다. 구(驅)는 수레를 몰다.

38 주원자추(周爰咨諏): 주(周)는 두루(『집전』). 또는 충실한 것(『정전』). 원(爰)은 조사. 또는 우(于)와 같다. 자추(咨諏)는 현명한 이를 방문하여 묻는 것. 즉 자문을 구하는 것. 자추(咨諏)는 제3, 4, 5장의 자모(咨謀)·자탁(咨度)·자순(咨詢) 등과 서로 미묘한 차이가 있겠지만 대체로는 비슷한 말이다. 『국어·노어(國語·魯語)』에 숙손목자(叔孫穆子)의 말에 "咨才爲諏, 咨事爲謀, 咨議爲度, 咨親爲詢"라고 했는데, 김계화(金啓華)는 임의광(林義

我馬維騏[39]니
아 마 유 기

六轡如絲[40]로다
육 비 여 사

載馳載驅하여
재 치 재 구

周爰咨謀[41]하도다
주 원 자 모

내 말은 청부루

여섯 고삐 실처럼 가지런하다

달리고 달려서

두루 묻고 의논한다

我馬維駱[42]이니
아 마 유 락

六轡沃若[43]이로다
육 비 옥 약

載馳載驅하여
재 치 재 구

周爰咨度[44]하도다
주 원 자 탁

내 말은 가리온

여섯 고삐 매끈하게 빛난다

달리고 달려서

두루 묻고 헤아려 본다

我馬維駰[45]이니
아 마 유 인

六轡旣均이로다
육 비 기 균

載馳載驅하여
재 치 재 구

周爰咨詢[46]하도다
주 원 자 순

내 말은 은총이

여섯 고삐 이미 가지런하다

달리고 달려서

두루 묻고 알아본다

光)의 말을 인용하면서 이것들의 차이를 분석하였다. 아래의 주(注)들을 참조할 것.

39 기(騏): 청흑색의 말.

40 여사(如絲): 길쌈하는 실처럼 고르게 당기어 있는 것.

41 자모(咨謀): 모(謀)는 꾀하다. 자모(咨謀)는 『국어(國語)』의 "자의위모(咨事爲謀)"에 따라 해석하면 '방문하여 계획을 모의하면서 타인과 자신의 뜻을 결합하는 것'을 말한다.

42 락(駱): 검은 갈기의 흰말.

43 옥약(沃若): 광택이 있는 모양으로, 앞 장의 여유(如濡)와 비슷한 말(『집전』).

44 자탁(咨度): 탁(度)은 헤아리다. 역시 앞의 모(謀)와 비슷한 말(『집전』). 『국어(國語)』의 "자의위탁(咨議爲度)"에 의거해 좀 더 구체적으로 해석하면 '방문 상의하는 것'을 말한다.

45 인(駰): 옅은 흑색과 백색의 털이 섞인 말(『모전』).

46 자순(咨詢): 순(詢)은 꾀하다. 『국어(國語)』의 "자친위순(咨親爲詢)"을 따라 좀 더 구체적

◈ 해설

사신이 사방으로 나가 두루 민정을 살피는 시이다. 「모시서」에서는 임금이 사신을 보낼 때 부른 노래라 했는데, 원래는 사신으로 떠나는 사람의 노래이었지만 앞 「사모(四牡)」의 경우와 마찬가지로 나중에 사신을 보낼 때 쓰이는 악가(樂歌)가 된 것으로 본다.

손작운(孫作雲)은 이 시의 제2, 3, 4, 5장을 "제후가 주나라 조정으로 가는 것(朝周)을 찬미한 시"라고 했다. 또한 제1장은 "정부(征婦)가 정부(征夫)를 그리워하는 시"로, 본래는 두 편이었는데 착간(錯簡)에 의해 한 편으로 합해졌기 때문이라고 했다.

4. 상체(常棣) 아가위꽃

常棣之華[47]여 상 체 지 화	산앵두나무꽃
鄂不韡韡[48]아 악 불 위 위	어찌 선명하지 않으리

으로 해석하면 '어떤 일을 실제로 친히 경험한 사람을 방문하여 그의 자문을 청하는 것' 그래서 '전적으로 타인의 말을 듣고 채용하는 것'을 말한다.

47 상체지화(常棣之華): 상(常)은 당(棠)의 가차(假借)로서, 상체(常棣)는 당체(棠棣) 당체(唐棣)와 같으며, 우리말로는 아가위라고 한다. 열매가 앵두와 비슷하며 먹을 수 있고 그래서 산앵두나무라고도 하고 또는 산사자(山査子)라고도 한다. 그러나 문일다(聞一多)는 이 상체(常棣)를 수레의 휘장(揮帳: 장막), 즉 상유(裳帷) 또는 유상(帷裳)으로 보고, 형제의 잔치를 읊은 시로서 형제가 함께 오는데 그 수레의 장식이 이러함을 노래한 것이라 했다. 상(常)은 의상(衣裳)의 상(裳)이며, 체(棣)는 유(帷)로 읽어야 한다는 것. 이와 유사한 구가 나왔을 때 대개는 수레의 출현과 연관이 있는 것도 이 설을 주장하는 배경이다. 「소남·하피농의(召南·何彼襛矣)」, 「소아·상상자화(小雅·裳裳者華)」 등 참조.

48 악불위위(鄂不韡韡): 악(鄂)은 악(萼)과 통하며 꽃받침. 『집전(集傳)』에서는 '악'을 '밝으

凡今之人[49]은 범금지인	무릇 이 세상의 사람에
莫如兄弟니라 막여형제	형제보다 좋은 이 없어라
死喪之威[50]에 사상지위	죽음의 두려움에도
兄弟孔懷[51]하며 형제공회	형제만이 더없이 염려해 주고
原隰裒矣[52]에 원습부의	벌판이나 진펄에 사로잡혀 가도
兄弟求矣[53]하니라 형제구의	형제만이 서로 찾아다닌다
脊令在原[54]하니 척령재원	할미새 벌판에 날아

로 드러나는 모양'으로 해석하고, 불(不)을 기불(豈不) 곧 '어찌 —않겠는가'의 뜻으로 보았는데, 대개는 악부(萼跗)의 가차로 본다. 즉 꽃받침을 뜻하며 상체가 여러 개의 작은 화판(花瓣)이 모여 꽃을 이루었으므로 꽃받침이 환하게 빛난다고 한 것. 위위(韡韡)는 꽃이 훤히 밝은 모양. 그러나 문일다(聞一多)는 악(鄂è)을 갈(曷hé, 何hé)의 음을 빌린 것으로 보고 '어찌'라는 의문사로 해석한다〔何彼襛矣, 唐棣之華. 曷不肅雝, 王姬之車(어쩌면 저리도 고울까/산앵두나무의 꽃!/얼마나 듣기 좋은가/공주의 수레방울 소리)〕(「소남·하피농의」)의 의미가 완전히 동일하다고 본 것〔문일다(聞一多)의 『신의(新義)』, 우성오(于省吾)의 『신증(新證)』〕.

49 범금지인(凡今之人): 모든 지금 세상의 사람들.

50 사상지위(死喪之威): 사상(死喪)은 사람의 죽음과 장례에 대한 것. 위(威)는 외(畏)와 통하며 두려운 것

51 공회(孔懷): 공(孔)은 매우. 회(懷)는 관심을 갖고 염려해 주는 것.

52 원습부의(原隰裒矣): 원(原)은 높고 평평한 땅(『모전』). 습(隰)은 낮고 습한 곳, 즉 진펄. 이 둘은 모든 땅을 지칭하는 것으로 보기도 한다. 부(裒)는 모여 있는 것. 시신이 언덕과 습지에 쌓여 있는 것(『집전』).

53 구(求): 찾다. 시신을 찾는 것. 일설에는 무덤을 찾는 것이라고도 한다.

54 척령(脊令): 척령(鶺鴒)이라고도 쓰며, 옹거(雝渠)라고도 한다(『모전』). 우리말로는 할미새. 참새 종류로서 다리와 꼬리가 길고 부리가 뾰족하며, 등은 청회색, 배는 백색, 목 밑은 까만 무늬가 있다(『육소(陸疏)』). 공중을 날 때에는 울고, 걸을 때에는 몸을 흔드는데 이것이 마치 큰 일이 난 것에 대한 반응으로 보인 듯하다. 그래서 사람에게 어려운 사고

兄弟急難[55]이로다 형 제 급 난	형제가 어려움을 당한 듯
每有良朋[56]이나 매 유 량 붕	아무리 좋은 친구 있다 해도
況也永歎[57]이니라 황 야 영 탄	그저 긴 탄식만 해줄 뿐

兄弟鬩于牆[58]이나 형 제 혁 우 장	형제들 집안에서 다투는 일 있어도
外禦其務[59]니라 외 어 기 무	밖으로는 남의 업신여김을 함께 막는다
每有良朋이나 매 유 량 붕	아무리 좋은 친구 있다 해도
烝也無戎[60]이니라 증 야 무 융	와서 도와주는 이 없어라

喪亂旣平[61]하여 상 란 기 평	환란이 다 평정되어
旣安且寧[62]하면 기 안 차 녕	안정되고 편안해지면
雖有兄弟나 수 유 형 제	형제가 있어도

가 생겼음에 비유한 것으로 읽혔다(『모전』). 또는 일설에는 할미새가 무리를 이루어 나는 것이 마치 형제들이 함께 어울려 지내는 것과 유사하다고 했다.

55 급난(急難): 다급하고 어려운 일.

56 매유량붕(每有良朋): 매(每)는 '비록' 수(雖)의 뜻. 양붕(良朋)은 좋은 벗.

57 황야영탄(況也永歎): 황(況)은 하물며, 더욱더. 영탄(永歎)은 길게 탄식하는 것.

58 혁우장(鬩于牆): 혁(鬩)은 싸우다. 우장(于牆)은 담 안, 곧 집 안〔『공소(孔疏)』〕.

59 외어기무(外禦其務): 어(禦)는 막다. 무(務)는 모(侮)와 통하여, 밖에서 모욕(侮辱)을 가해 오는 것(『정전』). 『춘추좌전』에서 이 구절을 인용할 때 '모(侮)'로 쓰고 있다.

60 증야무융(烝也無戎): 증(烝)은 '곧〔내(乃)〕', '바로'의 뜻으로 대개 발어사로 쓰인다. 증(曾)과 동음(同音) 첩운(疊韻)으로 증(曾)의 차자(借字)이다〔『통석(通釋)』〕. 융(戎)은 돕는 것〔조(助)〕(『집전』).

61 상란(喪亂): 앞의 사상(死喪)·급난(急難)·외모(外侮) 같은 것을 통틀어 하는 말.

62 기안차녕(旣安且寧): 안녕하게 된 뒤.

不如友生[63]이니라 불 여 우 생	친구만 못하게 느껴지지만
儐爾籩豆[64]하여 빈 이 변 두	좋은 안주 잘 차려 놓고
飮酒之飫[65]라도 음 주 지 어	마시는 술 흡족해도
兄弟旣具[66]라야 형 제 기 구	형제들 모두 한자리 모여야
和樂且孺[67]이니라 화 락 차 유	즐겁고 서로 사랑스러우리라
妻子好合[68]이 처 자 호 합	처와 자식들이 잘 어울림이
如鼓瑟琴[69]이라도 여 고 슬 금	마치 금슬을 연주하듯 하더라도
兄弟旣翕[70]이라야 형 제 기 흡	형제들 모여 화합해야
和樂且湛[71]이니라 화 락 차 담	화락하고 한없이 즐거우리라

---

63 우생(友生): 붕우(朋友)와 같은 말. 생(生)은 어조사 내지 접미사에 해당된다. 안정된 후에 형제가 벗보다 못하다고 한 것은 형제는 마땅히 친해야 함을 강조한 것〔『전소(傳疏)』〕.

64 빈이변두(儐爾籩豆): 빈(儐)은 진(陳)의 뜻으로, 진설(陳設)하는 것, 차려 놓는 것. 변(籩)은 과일 같은 것을 담는 대그릇. 두(豆)는 요리한 음식을 담는 나무 그릇. 변두(籩豆)는 본래 제기(祭器)이지만, 음식을 잘 장만한 것을 뜻한다.

65 음주지어(飮酒之飫): 지(之)는 시(是)와 같으며 구 가운데의 조사로 실제적인 뜻은 없다. 어(飫)는 배부른 것〔염(饜)〕(『집전』). 또는 사사로운 집안의 잔치.

66 구(具): 구(俱)의 뜻. 다 무고하게 형제가 모여 있는 것.

67 화락차유(和樂且孺): 화락(和樂)은 화순(和順)하며 즐거운 것. 유(孺)는 어린아이가 부모를 사모하는 것(『집전』), 또는 유(濡)의 가차자로 '즐거움이 오래가는 것'을 말한다. 또한 골육(骨肉) 간에 서로 친한 것을 말한다고 한다〔왕선겸(王先謙), 『집소(集疏)』〕.

68 처자호합(妻子好合): 처자(妻子)는 처와 자식. 호합(好合)은 정(情)과 뜻이 투합하여 잘 화합하는 것.

69 슬금(瑟琴): 합주할 때 가락이 조화되는 것처럼 잘 어울려 즐겁게 사는 것.

70 흡(翕): 합(合)의 뜻. 또는 화목.

71 담(湛): 즐거움이 오래가는 것.

宜爾室家[72]하며 의 이 실 가	그대 집안 화목케 하고
樂爾妻帑[73]하네 락 이 처 노	그대 처자식 즐겁게 하는 것을
是究是圖[74]면 시 구 시 도	이것을 연구하고 이것을 꾀하면
亶其然乎[75]인저 단 기 연 호	도리가 그러함을 믿게 될 것이라

◈ 해설

형제의 우애를 강조하며 읊은 시 또는 형제끼리 잔치를 하며 부른 노래이다. 아가위꽃(산앵두꽃)에 꽃받침이 두드러져 보이듯 형제의 사이는 어느 경우보다도 친근하다는 것이다. 「모시서」에서는 주(周)나라 무왕(武王)의 형제들인 관숙(管叔)·채숙(蔡叔) 등이 실도(失道)했음을 가엾이 여겨 이 시를 지어서 형제들의 잔치에 쓰인 악가(樂歌)라 했다. 그래서 정현(鄭玄)은 이 시의 작자를 소공(召公)이라 했으나 입증할 근거는 없다. 임금이 형제끼리 모여 주연을 베풀 때 부르던 것에서 형제의 사랑을 강조하는 노래로 발전한 것으로 본다.

---

72 의(宜): 잘 화합케 하는 것.

73 노(帑): 자녀.

74 시구시도(是究是圖): 시(是)는 우시(于是), 즉 '이에'. 구(究)는 궁리하다. 도(圖)는 꾀하다.

75 단기연호(亶其然乎): 단(亶)은 신(信)과 통하여 '진실로', '믿다'의 뜻(『모전』). 기연(其然)은 '그렇게 된다', '화합하고 즐기게 된다'는 뜻. 호(乎)는 조사로서 상의성(相議性) 질문의 의미를 갖는다.

5. 벌목(伐木)　　나무를 벤다

伐木丁丁[76]이어늘 벌 목 쟁 쟁	나무 베는 소리 쩡쩡
鳥鳴嚶嚶[77]하니 조 명 앵 앵	새 지저귀는 소리 짹짹
出自幽谷[78]하여 출 자 유 곡	깊숙한 골짝에서 날아와
遷于喬木[79]하도다 천 우 교 목	높다란 나무에 앉는다
嚶其鳴矣여 앵 기 명 의	짹짹 우는 지저귐은
求其友聲이로다 구 기 우 성	벗을 찾는 소리
相彼鳥矣[80]라도 상 피 조 의	저 새들을 보아도
猶求友聲이어늘 유 구 우 성	벗을 찾는 소리인데

---

76 쟁쟁(丁丁): 도끼로 나무를 찍는 소리. 이 시는 새로 집을 지어 거처를 옮기며 친척 어른들과 친구들을 불러 잔치를 열고(즉 집들이, 들턱) 술과 음식을 권하는 음주가로 볼 수 있고, 혼인과 관계되는 신혼집 짓기 행사와 그 뒤를 잇는 잔치와 연계시킨다면 이 시는 그 잔치에서 주인이 읊는 음주가(飮酒歌)로 볼 수 있으며 그 첫 구의 벌목하는 소리 자체로도 결혼과 신혼집 낙성 잔치를 연상했을 것이다. [해설] 참조.

77 앵앵(嚶嚶): 새가 우는 소리. 또는 벗이나 짝을 찾는 소리. 앞 구의 도끼로 나무 찍는 소리와 어울려 쌍곡선을 그리며 벗들과 손님들을 모신 집들이 또는 피로연의 즐거움을 더욱 고조시킨다.

78 유곡(幽谷): 깊은 산골짜기.

79 천우교목(遷于喬木): 교목(喬木)은 큰 나무. 이 두 구절은 집들이로 보면 더 넓고 새로운 세상으로 옮겼음을, 신혼집 낙성 피로연으로 보면 결혼의 당사자가 공개적으로 짝을 찾아 확인하며 더 넓고 높으며 새로운 세상으로 나아감을 비유적으로 보여준다. 당대(唐代) 이후 앵앵(嚶嚶) 울며 날아가는 새를 황앵(黃鶯: 꾀꼬리)으로 하고 이 새가 골짜기에서 교목으로 옮겨 날아가는 것을 앵천(鶯遷) 또는 앵천우목(鶯遷于木)·앵천교목(鶯遷喬木) 등이라 부르면서 과거에 급제하거나 승급발탁(升級拔擢)되거나 거처를 옮기는 것〔천거(遷居)〕 등의 송사(頌辭)로 사용하였다.

80 상(相): 보다.

矧伊人矣[81]로
신 이 인 의

不求友生[82]가
불 구 우 생

神之聽之[83]하여
신 지 청 지

終和且平[84]이니라
종 화 차 평

하물며 이 사람이

벗을 찾지 않을까

삼가 벗의 말 따르면

화락하고 편안해지리라

伐木許許[85]어늘
벌 목 호 호

釃酒有藇[86]로다
시 주 유 서

나무 베며 여럿이 흥겹게
어이샤 어이샤

거른 술 곱기도 하여라

---

81 신이인의(矧伊人矣): 신(矧)은 하물며. 이인(伊人)은 '이 사람'. 집들이로 볼 경우 집 주인 자신을 지칭하는 것으로, 혼인과 관련지어 볼 경우에는 자신의 자녀를 지칭하는 것으로 본다.

82 우생(友生): 친구. 앞의 시 「소아·상체(小雅·常棣)」에 보임.

83 신지청지(神之聽之): 신(神)은 『이아·석고(爾雅·釋詁)』에 신(愼) 곧 '삼가다', '신중히 하다'의 뜻이라 했다〔『통석(通釋)』〕. 그래서 신지(神之)는 친구와의 관계를 삼가 잘 지키는 것. 청(聽)은 종(從), 즉 듣고 따르는 것으로, 좋은 말을 잘 듣고 잘 어울리는 것.

84 종화차평(終和且平): '종(終)—차(且)'는 '—하고도 —하다'의 뜻으로, '기(既)—차(且)'와 같다.

85 호호(許許): 반절(反切)로 호고반(呼古反: 虎hǔ)으로 되어 있어서 '허'로 읽지 않고 '호'로 읽는다. 『설문(說文)』에는 '소소(所所)'로 인용하고 '나무 베는 소리'라고 하였다. 『옥편(玉篇)』에도 '소(所)는 벌목성(伐木聲)이라' 했으니 호호(許許)도 나무 베는 소리로 봄이 좋다고 했다〔『통석(通釋)』〕. 그러나 『집전(集傳)』에서는 여러 사람들이 함께 힘을 모을 때 내는 소리〔衆人用力之聲〕라고 했는데, 즉 사람들이 벌목하는 과정에서 함께 힘을 모을 때 메기는 '어이샤', '에이야' 등과 같은 소리로 메김소리라고도 한다. 『회남자·도응훈(淮南子·道應訓)』에서는 "큰 나무를 들 때 앞에서 邪許(야호)라고 외치면 뒤를 이어 이에 응한다"고 하였다. 무거운 것을 들 때 힘쓰기를 권하는 노래라고 했다. 그래서 이 구의 '벌목(伐木)'은 직접적으로 나무를 베는 한 동작과 과정만을 묘사한 것이 아니라 적절한 나무를 찾아 베어 넘어뜨리고 들어서 옮기고 집을 짓는 전 과정을 총체적으로 칭하는 것으로 보인다.

86 시주유서(釃酒有藇): 시(釃)는 술을 거르는 것. 『설문(說文)』에서는 일설에는 순주(醇酒), 곧 전국술이라고 했고, 『통석(通釋)』도 이를 따랐다. 서(藇)는 아름답다는 뜻이며, 유서(有藇)는 서연(藇然)과 같고 술이 맛있어 보이는 것.

旣有肥羜[87]하여 기 유 비 저	살진 어린 양 잡아 놓고
以速諸父[88]하니 이 속 제 부	일가 어른들 청했노라
寧適不來[89]언정 영 적 불 래	때마침 오지 못해도
微我弗顧[90]니라 미 아 불 고	나를 돌아보지 않음이 아니어라
於粲洒埽[91]오 오 찬 쇄 소	아아, 말끔히 쓸고 닦고서
陳饋八簋[92]로다 진 궤 팔 궤	여덟 그릇 음식을 차려 놓았다
旣有肥牡[93]하여 기 유 비 모	살진 수짐승 잡아 놓고
以速諸舅[94]하니 이 속 제 구	친척 어른들 청했노라
寧適不來언정 영 적 불 래	때마침 오지 못해도
微我有咎[95]니라 미 아 유 구	내게 잘못 있어서는 아니어라

87 저(羜): 어린 양.

88 속제부(速諸父): 속(速)은 부르다, 초청하다. 제부(諸父)는 친구 중에서 같은 성(姓)이면서도 존경하는 사람들(『집전』). 또는 같은 족성(族姓)으로 연배나 항렬이 하나 높은 사람들에 대한 존칭.

89 영적불래(寧適不來): 영(寧)은 반문(反問)의 의미가 강한데 여기서는 일반적인 '차라리'로 해석하기에는 좀 멀다. 적(適)은 '마침 일이 생겨'의 뜻.

90 미아불고(微我弗顧): 미(微)는 비(非)의 뜻. 고(顧)는 거들떠보는 것.

91 오찬쇄소(於粲洒埽): 오(於)는 감탄사. 찬(粲)은 깨끗하고 밝은 것. 쇄(洒)는 물을 뿌리는 것. 소(埽)는 쓸다. 쇄소(洒埽)는 친구들을 초빙할 방을 깨끗이 쓸고 닦는 것.

92 진궤팔궤(陳饋八簋): 진(陳)은 진열하다. 궤(饋)는 음식〔『석의(釋義)』〕. 궤(簋)는 음식을 담는 그릇. 팔궤는 여러 그릇의 뜻.

93 모(牡): 수짐승.

94 제구(諸舅): 친구 중에서 성(姓)이 다르면서 존경하는 자(『집전』). 성이 다른 친척 중 연배가 하나 높은 사람들에 대한 존칭. 대개는 어머니의 형제나 처의 아버지 연배 등을 칭한다.

95 구(咎): 허물.

伐木于阪[96]이어늘 벌 목 우 판	산비탈에서 나무 벨 때
釃酒有衍[97]이로다 시 주 유 연	빛 좋게 술을 거르고
籩豆有踐[98]하니 변 두 유 천	가지런히 음식 차려 놓으니
兄弟無遠[99]이로다 형 제 무 원	형제 같은 친구들도 멀다 않고 와서 즐긴다
民之失德[100]은 민 지 실 덕	사람들 덕을 잃음은
乾餱以愆[101]이니 건 후 이 건	소홀한 마른 음식 대접 탓
有酒湑我[102]하며 유 주 서 아	술 있으면 걸러 내오고
無酒酤我[103]하며 무 주 고 아	술 없으면 받아 오며

96 판(阪): 산비탈.

97 유연(有衍): 연연(衍衍)과 같으며 아름다운 모양(『모전』). 또는 많은 모양(『집전』).

98 변두유천(籩豆有踐): 변(籩)은 과일 같은 것을 담는 대그릇. 두(豆)는 요리한 음식을 담는 나무 그릇. 변두(籩豆)는 제기(祭器)이지만, 여기서는 이 그릇에 가득한 음식과 안주를 말한다. 유천(有踐)은 천천(踐踐)은 정연하게 진열된 모양(『집전』) 또는 아름다운 모양.

99 형제무원(兄弟無遠): 형제(兄弟)는 같은 연배〔同年輩〕의 친구들. 또는 형제처럼 친한 친구들. 무원(無遠)은 소원(疏遠)하지 않다, 멀지 않다 곧 가까이서 친근하게 지낸다는 뜻. 또는 이 자리에서 함께 있다〔同在〕. 즉 함께한다. 또는 멀다 하지 않다. 비록 거리상으로는 멀리 있다고 하더라도 멀다고 하지 않고 찾아오는 것, 불원천리(不遠千里)와 같은 의미로 본다.

100 실덕(失德): 덕(德)은 혜(惠)·화(和)와 통하며, 실덕(失德)은 화(和)함 곧 '함께 잘 어울림'을 잃는 것(『석의(釋義)』).

101 건후이건(乾餱以愆): 건(乾)은 중국 음으로 하늘을 뜻할 때에는 'qian'으로 읽고 물기가 없거나 말린 것의 의미로 쓰일 때에는 'gan(漧)'으로 읽지만, 우리말로는 예전에는 간혹 '간'으로 읽기도 했으나 통일해서 '건'으로 읽는다. 건조(乾燥)하다, 건과(乾果) 등의 예가 있다. 후(餱)는 말린 밥. 건후(乾餱)는 『집전(集傳)』에서는 '식지박자(食之薄者)' 곧 형편없는 음식으로 대접함을 말한다고 했다. 건(愆)은 허물, 과실(過失).

102 서아(湑我): 서(湑)는 술을 거르다. 이 구절은 '술을 내게 걸러다오', '술을 걸러라'의 뜻.

103 고(酤): 술을 사 오다.

坎坎鼓我[104]하고 감 감 고 아	둥둥 북치고
蹲蹲舞我[105]하여 준 준 무 아	더덩실 춤추어
迨我暇矣[106]하여 태 아 가 의	나 한가로울 때
飮此湑矣[107]로다 음 차 서 의	걸러 놓은 이 술을 마시리라

◈ 해설

일반적으로는 오랫동안 알고 지낸 사람들〔고구(故舊)〕 및 친구들과 한자리에 모여 연회를 즐기는 시로 본다(「모시서」). 사람이 친구가 있어야하고 친구에게 후대해야 함을 권하는 내용이다.

이 시의 첫 시작은 같은 벌목(伐木)이지만 「위풍·벌단(魏風·伐檀)」의 벌목과는 우선 큰 차이가 있다. 노동을 강조한 것이 아니라 벌목하면서 일어나는 그 소리와 행위로부터 기흥(起興)하여 화합과 우정의 귀함을 강조하고 있다. 우선 첫 문제는 벌목의 목적이다. 결론적으로 말하여 새로운 집을 지어 거처를 옮기기 위한 것으로 친척 어른들과 친구들의 도움을 받아 흥겹게 어울려 작업을 하고 나서〔제2장의 '伐木許許' 주(注) 참조〕 함께 잔치를 베푸며 술을 권하는 민가적(民歌的) 권주가(勸酒歌)로 볼 수 있다. 그리고 시의 제1장에 바로 이어서 새소리로써 새로운 벗이나 짝을 찾는 것을 말하면서 벗이 있어야 함으로 연계시키고 있는데, 이것은 기본적으로 이 권주(勸酒)하는 전체 배경이 새로운 벗을 만나는 일이나 짝을 찾아 공개 확인하는 일 곧 혼인과 무관하지 않음을 보여준

---

104 감감고아(坎坎鼓我): 감감(坎坎)은 둥둥 북치는 소리. 마지막 장의 네 구의 아(我)와 동사를 모두 도치시켰다.

105 준준(蹲蹲): 덩실덩실 춤추는 모습.

106 태아가의(迨我暇矣): 태(迨)는 미치다〔及〕. 하(暇)는 틈.

107 서(湑): 거른 술, 곧 청주(淸酒).

다. 전자로 보면 이 시는 새로 지은 집으로 거처를 옮기고 '집들이'(또는 들턱)하는 것으로 볼 수 있고, 후자로 보면 당연히 신혼집 낙성 피로연(披露宴)으로 볼 수 있다. 즉 결혼하는 행사보다도 현실적으로 신혼부부가 살아갈 집을 짓는 일이 더 강조되어 공동체 사회인 당시 모든 사람들이 힘을 합쳐 나무를 베고 집을 짓는 과정에서 손님들을 접대하는 모습을 그린 것으로 보는 것이다.

또한 제3장이 특히 후반부에서 돌연히 '아(我)'가 계속 출현하며 다소 매끄럽지 않게 느껴지는 이유는 중국의 소수민족들에 현존하고 있는 '음주가(飮酒歌)' 풍습과의 비교를 통해 분명해진다. 대개는 주객(主客) 간의 대창(對唱)이 많으며 길게 이어지게 마련이다. 이를 참고하여 보면, 이 시의 제1, 2장은 주인이 손님들을 청해 술을 올리며 부르는 노래이며, 제3장은 손님〔我〕이 이를 받아서 다시 술을 올리며 화답(和答)하는 노래로 보인다. 그리고 제1장과 제2장의 입장도 달라 보이는데, 제1장은 집들이로 보면 남자 주인이 새로운 거처에 대한 감흥과 신구(新舊) 이웃 벗의 중요함을 강조한 것, 혼인과의 연계로 보면 결혼을 주관하는 대표이거나 신혼집 낙성 피로연을 준비한 주인이 자녀의 결혼을 축하하고 의미를 더하며 당부하는 내용이며, 제2장은 정성을 다해 음식과 안주와 술을 준비하였고 주위 어른들에게도 빠짐없이 알려 드렸음을 강조하면서 본격적으로 술을 권하는 내용으로 주인이나 주부(主婦) 또는 신부(新婦)가 노래한 것으로 보인다〔당막요(唐莫堯), 「'벌목'여낭덕채음주가('伐木'與郞德寨飮酒歌)」 참고.〕.

그래서 이 시를 혹 문왕(文王)이 지었다고 하는 설도 근거가 없는 것이다. 아마도 민간에서 지어져 뒷날 귀족이 내용을 보충하여 사용하였거나 귀족 문인이 민가(民歌)를 모방하여 지은 것일 가능성이 커 보인다.

최근의 연구에 의하면, 씨족 시대에는 '취락회식(聚落會食: 모여 식사하는 것)'의 풍속이 있었는데, 계급 사회에 들어가면서 이런 풍속이 일종의 의례(儀禮)로 바뀌었다. 이것이 이른바 '향음주례(鄕飮酒禮)'라는 것이다〔양관(楊寬), 『고사신탐·향음주례여향례신탐(古史新探 · 鄕飮酒禮與饗禮新探)』〕. 이 시는 이런 풍속이나 의례와 관련이 있을 것이다.

6. 천보(天保) 하늘의 보살핌

天保定爾[108]하사 천 보 정 이	하늘이 당신을 보우하시어
亦孔之固[109]시로다 역 공 지 고	더없이 굳건케 하셨네
俾爾單厚[110]이시니 비 이 단 후	당신에게 크고 두텁게 베푸시니
何福不除[111]리오 하 복 부 제	어느 복인들 내리지 않으리오?
俾爾多益이시니 비 이 다 익	당신을 더더욱 이롭게 하시어
以莫不庶[112]로다 이 막 불 서	많은 복록 아니 내릴 때 없어라

天保定爾하사 천 보 정 이	하늘이 당신을 보우하시어
俾爾戩穀[113]이로다 비 이 전 곡	당신에게 복록 누리게 하셨네
罄無不宜[114]하여 경 무 불 의	모두가 합당치 않은 것 없어
受天百祿[115]이로다 수 천 백 록	하늘이 내리시는 모든 복을 받으셨네

---

108 보정(保定): 안정. 보호하고 도와 안정하게 함. 이(爾): 너, 당신. 임금을 가리킴.

109 공(孔): 매우. 고(固): 굳건함.

110 비(俾): —로 하여금. 사(使)와 같이 사역동사. 단(單): 크다〔大〕, 진실로〔亶〕의 뜻. 단후(單厚)는 하늘이 내린 복록이 크고도 두텁다는 뜻.

111 제(除): 내리다〔授〕〔『통석(通釋)』〕. 제(除)는 여(余)와 통하고, 여(余)는 여(予)의 고금자(古今字)인데 여(予)는 '주다'는 뜻. 벼슬을 내린다는 말을 제관(除官)·제배(除拜)라 하고, 벼슬을 제수(除授)한다는 말도 사용되었다. 또 갖추다〔備〕의 뜻으로도 읽힌다〔『석의(釋義)』〕. 또 많다〔다(多)〕로도 푼다. 제〔除: 『설문(說文)』, "從阜余聲"〕와 여(余)와 여(餘)는 고음(古音)이 가까우며 뜻도 통한다. 여(餘)는 '남다, 넉넉하다' 등의 뜻이 있다〔우성오(于省吾), 『신증(新證)』〕.

112 서(庶): 많다〔衆〕는 뜻. 많은 복록을 가리킨다.

113 전곡(戩穀): 복록의 뜻.

114 경(罄): 모두. 진(盡)과 같다.

降爾遐福[116]하시되 / 강이하복
당신에게 너무 큰 복 내리시어

維日不足[117]이니라 / 유일부족
받을 시간이 미처 모자라네

天保定爾하사 / 천보정이
하늘이 당신을 보우하시어

以莫不興이라 / 이막불흥
흥성치 않은 것 없어라

如山如阜[118]하고 / 여산여부
마치 산처럼 언덕처럼

如岡如陵[119]하며 / 여강여릉
산등성이처럼 구릉처럼 크고 높으며

如川之方至하여 / 여천지방지
마치 냇물이 막 흘러오듯

以莫不增이로다 / 이막부증
불어나지 않은 것 없어라

吉蠲爲饎[120]하여 / 길견위치
몸을 정결히 하고
술과 음식 마련하여

是用孝享[121]하고 / 시용효향
정성스레 조상께 올리고

禴祠烝嘗[122]을 / 약사증상
봄 여름 가을 겨울, 철마다 제사를

---

115 백록(百祿): 여러 가지 모든 녹.

116 하(遐): 멀다, 매우 크다.

117 유일부족(維日不足): 복을 길게 너무 많이 내리시어 받기에 시간이 모자랄 듯하다는 뜻.

118 부(阜): 큰 땅덩이〔大陸〕, 또는 흙산〔土山〕.

119 강(岡): 낮은 언덕. 능(陵): 큰 언덕. 산(山)·부(阜)·강(岡)·능(陵)의 크기나 규모에 대해서는 각각의 해설이 다르지만, 모두 복록이 높고 크며 풍부함을 형용한 것.

120 길견위치(吉蠲爲饎): 길은 선(善)과 통하여 잘한다는 뜻이다. 견은 깨끗하다(潔). 그래서 길견은 청결하다는 뜻과 목욕재계(沐浴齋戒)하여 몸을 깨끗이 한다는 뜻이 있다. 또 길(吉)을 길일(吉日)을 가리는 것으로도 보기도 한다. 치(饎)는 주식(酒食)·음식(飮食)의 뜻.

121 효향(孝享): 효성스런 마음으로 조상들께 음식을 올리는 것〔제향(祭享)〕.

于公先王[123]하시니 우 공 선 왕	선공 선왕께 드리니
君曰卜爾[124]하시되 군 왈 복 이	선군의 말씀이 당신에게 보답하기를
萬壽無疆하시도다 만 수 무 강	만수무강하라 하시네
神之弔矣[125]라 신 지 조 의	신이 내려오시어
詒爾多福이며 이 이 다 복	당신에게 많은 복 주시고
民之質矣[126]라 민 지 질 의	어질고 순박한 백성들
日用飲食이니 일 용 음 식	날마다 먹고 마시며 즐긴다
羣黎百姓[127]이 군 려 백 성	여러 백성들과 귀족들
徧爲爾德[128]이로다 편 위 이 덕	두루 당신의 덕분이라 한다

---

122 약사증상(禴祠烝嘗): 약(禴)은 여름 제사. 사(祠)는 봄 제사. 증(烝)은 겨울 제사. 상(嘗)은 가을 제사.

123 우공선왕(于公先王): 공은 선공(先公)을 말하며, 태왕(太王) 이전의 주 왕실(周王室)의 조상들로 임금이 되지 못했기 때문에 공이라 칭한다. 선왕은 태왕 이후의 주나라 선대(先代) 임금들을 칭한다.

124 군왈복이(君曰卜爾): 군(君)은 선군(先君), 즉 선공과 선왕을 가리킨다. 복(卜)은 보(報)의 뜻으로 제사에 보답한다는 말이다. 복이(卜爾)는 너의 제사에 보답한다는 말이다.

125 적(弔): 지(至)와 같으며, 이른다는 뜻(『집전』). 금문(金文) 숙(叔) 자(字)와 예서(隸書) 조(弔) 자와 모양이 비슷한 데다, 숙(淑)과 숙(叔)이 통용되었다. 이 조(弔) 자도 숙(淑) 자가 잘못 쓰인 것으로 보고, 숙(淑)이 선(善)과 통하므로 '좋게 보다, 가상히 여기다'로 풀이하기도 한다.

126 질(質): 질박(質朴)하고 진실함. 또는 성(成)의 뜻으로, 안정됨을 말한다.

127 군려(羣黎): 백성들, 일반 대중. 백성(百姓)은 백관(百官), 곧 여러 관리들. 이 말이 요즘의 서민대중을 지칭하는 백성의 뜻으로 쓰인 것은 전국(戰國) 시대 이후라고 한다.

128 변위이덕(徧爲爾德): 편(徧)은 두루. 위이덕(爲爾德)은 당신의 덕 때문이다. 또는 위(爲)를 동사(행하다)로 보고, 백성과 관리들이 당신의 덕을 본받아 행한다는 뜻으로도 푼다(『집전』).

如月之恆[129]하고 여 월 지 긍	상현달같이 점점 차 가고
如日之升하며 여 일 지 승	해의 떠오름과 같으며
如南山之壽[130]하여 여 남 산 지 수	남산의 무궁함과 같아
不騫不崩[131]하며 불 건 불 붕	이지러지지도 무너지지도 않으며
如松栢之茂하여 여 송 백 지 무	소나무 잣나무처럼 무성하여
無不爾或承[132]이로다 무 불 이 혹 승	당신을 계승하지 않음이 없어라

◈ 해설

신하가 임금을 축복하는 시로서, 임금의 덕과 은총을 기리는 내용으로 되어 있다. 「모시서」에서는 신하가 임금에게(또는 아랫사람이 윗사람에게) 보답하는 뜻으로 노래한 것, 즉 군주는 아랫사람에게 몸을 낮추어 그 정사를 이루고, 신하는 아름다움을 군주에게 돌려 그 윗사람에게 보답한 것이라 했는데, 이는 『모전(毛傳)』, 『시집전』 등에서 말한 바와 마찬가지로 「녹명(鹿鳴)」에서 「벌목(伐木)」까지 다섯 편의 시로써 임금이 신하에게 잔치하고 노래해 준 데에 대한 보답으로 이 시를 노래한 것이라는 말이다.

---

129 긍(恆): 달이 상현(上弦)일 때. 달이 밝아지는 것.
130 수(壽): 장수(長壽) 곧 무궁함을 말한다.
131 불건불붕(不騫不崩): 건(騫)은 이지러지다. 붕(崩)은 붕괴(崩壞)하다. 무너지다.
132 혹(或): 조사.

7. 채미(采薇) 고사리 캐자

采薇采薇[133]여 채 미 채 미	고사리를 캐러 가자 고사리를 캐자
薇亦作止[134]로다 미 역 작 지	고사리가 돋아났네
曰歸曰歸[135]여 왈 귀 왈 귀	돌아가자 돌아들 가자
歲亦莫止[136]로다 세 역 모 지	이해도 저물어 가네
靡室靡家[137]는 미 실 미 가	집 없이 떠도는 것은
玁狁之故[138]며 험 윤 지 고	험윤 오랑캐 때문
不遑啓居[139]도 불 황 계 거	편히 쉴 겨를이 없음도
玁狁之故니라 험 윤 지 고	오랑캐 때문

---

133 미(薇): 고사리, 고비.

134 작지(作止): 작(作)은 생(生)의 뜻(『모전』). 즉 땅에서 돋아나는 것. 지(止)는 조사.

135 왈(曰): 조사. 왈귀(曰歸)는 돌아가자는 뜻.

136 모(莫): 날이 저무는 것. 또는 한 해가 저무는 것. 모(暮)의 본자(本字).

137 미실미가(靡室靡家): 실가(室家)는 집. 곧 집이 없는 것. 수역(戍役), 즉 수자리 살러 간 사람이 집을 떠나 있는 것을 뜻함.

138 험윤(玁狁): 중국의 서북쪽 변방에 살던 소수민족으로 비하하여 오랑캐라고 부른다. 은말(殷末)에서 주초(周初)까지는 귀방(鬼方)이라고 했고, 진한(秦漢) 때에는 흉노(匈奴) 혹은 호(胡)라 불렀다. 서주(西周) 중엽에 험윤이란 이름이 생겼다고 한다〔왕국유(王國維), 『귀방곤이험윤고(鬼方昆夷玁狁考)』〕. 춘추시대에는 융(戎)과 적(狄)으로, 수당(隋唐)에는 돌궐(突厥)로 불렸으며, 지금의 감숙(甘肅)과 섬서(陝西)의 북부 및 내몽고 서부에 흩어져 살았다고 한다. 옛날부터 이들은 중원(中原)으로 자주 침입하여 중국을 괴롭혀 왔다.

139 불황계거(不遑啓居): 황(遑)은 겨를. 계거(啓居)는 무릎을 땅에 대고 편히 앉아 있는 것〔앞의 「소아·사모(小雅·四牡)」 시에 보임〕.

采薇采薇여 채 미 채 미	고사리를 캐러 가자 고사리를 캐자
薇亦柔止[140]로다 미 역 유 지	고사리가 부드럽네
曰歸曰歸여 왈 귀 왈 귀	돌아가자 돌아들 가자
心亦憂止로다 심 역 우 지	마음만 시름겹네
憂心烈烈[141]하여 우 심 렬 렬	시름하는 마음에 애가 타서
載飢載渴[142]이로다 재 기 재 갈	굶주린 듯 목마른 듯
我戍未定[143]이니 아 수 미 정	내 수자리 삶이 정처 없어
靡使歸聘[144]이로다 미 사 귀 빙	사람 보내 문안케 할 수도 없네

采薇采薇여 채 미 채 미	고사리를 캐러 가자 고사리를 캐자
薇亦剛止[145]로다 미 역 강 지	고사리가 자라 뻣뻣해졌네
曰歸曰歸여 왈 귀 왈 귀	돌아가자 돌아들 가자
歲亦陽止[146]로다 세 역 양 지	이해도 벌써 시월

---

140 유(柔): 부드럽게 돋아 있는 것. 조금 성장한 것을 말한다.

141 열렬(烈烈): 근심하는 모양『집전』. 근심스러워 마음이 마치 불붙는 듯한 것.

142 재기재갈(載飢載渴): 재(載)는 조사로, 즉(則)과 같은 뜻. 기갈(飢渴)은 근심하는 마음이 목마른 듯 굶주린 듯하다는 말.

143 아수미정(我戍未定): 수(戍)는 수자리. 여기서는 변경에서의 전쟁을 말함. 미정(未定)은 정처(定處)가 없는 것〔『석의(釋義)』〕.

144 미사귀빙(靡使歸聘): 미사(靡使)는 미소(靡所)가 되어야 한다고 했다〔『통석(通釋)』〕. 소(所)는 조사. 귀(歸)는 귀(饋)와 통하는데, 양웅(揚雄)의 『방언(方言)』에 '귀(饋)는 사(使)의 뜻'이라 했다〔『통석(通釋)』〕. 빙(聘)은 빙문(聘問)으로 사람을 보내어 안부를 묻는 것. 그래서 이 구절은 '미소사문(靡所使問)'과 같다.

145 강(剛): 뻣뻣해진 것.

146 양(陽): 음력 10월. 옛날엔 음양 사상을 바탕으로 10월을 '양(陽)'이라 했다. 속칭(俗稱) '시월소양춘(十月小陽春)' 곧 시월은 작은 봄날이라고 했다.

王事靡盬[147]라 왕 사 미 고	나랏일이 끝나지 않아
不遑啓處[148]하니 불 황 계 처	편히 쉴 겨를이 없어
憂心孔疚[149]나 우 심 공 구	시름하는 마음에 깊은 병이 들어도
我行不來[150]니라 아 행 불 래	나는 한번 가고 돌아올 길 없어라

彼爾維何[151]오 피 이 유 하	저 무성한 꽃은 무엇인가?
維常之華[152]로다 유 상 지 화	아가위꽃이라네
彼路斯何[153]오 피 로 사 하	저 높고 큰 것은 무엇인가?
君子之車[154]로다 군 자 지 거	장군님 수레라네
戎車旣駕[155]하여 융 거 기 가	병거를 끌고 가는
四牡業業[156]이로다 사 모 업 업	네 필 말은 건장하다
豈敢定居[157]리요 기 감 정 거	어이 한곳에 머물러 있겠는가?

---

147 왕사미고(王事靡盬): 왕사(王事)는 나랏일. 미고(靡盬)는 불식(不息)으로 '그치지 않았다'는 뜻.

148 계처(啓處): 편히 지내다. 앞의 계거(啓居)와 같은 말.

149 공구(孔疚): 공(孔)은 크다. 구(疚)는 병들었다. 근심하는 것이 마치 병든 것과 같다는 뜻.

150 래(來): 귀래(歸來), 즉 돌아오다. 또는 래(勑)와 통하여 위로하다는 뜻. 제2장의 끝 구절이 '미사귀빙(靡使歸聘)', 즉 사람 보내어 위문한다는 것인데 이 구와 대문(對文)이 되는 것으로 보면 래(勑)로 보는 것도 타당하다. 이럴 경우 '내가 가서 위로하다'는 뜻이 된다.

151 이(爾): 『설문(說文)』에는 이(薾)로 인용되었으며, 꽃이 번성한 모양(『모전』).

152 상(常): 상체(常棣)·당체(棠棣), 아가위.

153 피로사하(彼路斯何): 로(路)는 노거(路車) 곧 수레의 뜻. 또는 큰 모양으로 수레가 높고 큰 것을 말한다(『이아(爾雅)』). 사(斯)는 유(維)와 같은 조사.

154 군자(君子): 장수를 뜻함.

155 융거(戎車): 병거(兵車).

156 업업(業業): 장(壯)한 모양.

157 정거(定居): 일정한 곳에 머물러 사는 것.

一月三捷[158]이로다 일 월 삼 첩	한 달에 세 번은 싸워야 할 것을
駕彼四牡하니 가 피 사 모	저 병거 끄는
四牡騤騤[159]로다 사 모 규 규	네 필 말 튼튼하다
君子所依[160]요 군 자 소 의	장군님은 병거 타고
小人所腓[161]로다 소 인 소 비	병사들은 병거 옆 뒤로 숨는다
四牡翼翼[162]하니 사 모 익 익	네 필 말 나란히 달리고
象弭魚服[163]이로다 상 미 어 복	상아 박은 활고자 상어 가죽 활주머니로다
豈不日戒[164]리요 기 불 일 계	어이 하루인들 경계 않으랴?
玁狁孔棘[165]이로다 험 윤 공 극	험윤 오랑캐가 하도 성화라서

---

158 일월삼첩(一月三捷): 삼(三)은 많은 수. 첩(捷)은 접촉(接觸)과 같으며 여기서는 교전(交戰)을 말한다. '싸워 이기는 것'(『집전』)으로 해석하는 것은 시의 의미에 부합되지 않는 듯하다.

159 규규(騤騤): 말이 건장한 모습.

160 의(依): 수레에 타는 것(『집전』). 수레를 타면 제 위치에 서는 것이므로 입승(立乘)이라고 하는데 수레 위에 서서 기대기 때문에 의(依)라고 하였다.

161 소인소비(小人所腓): 소인(小人)은 사졸(士卒)을 말한다. 비(腓)는 비호(庇護)·엄호(掩護)의 뜻으로 비(厞)와 같다. 비(厞)는 은(隱: 숨다)과 같아서, 병졸들은 수레를 타지 않고 수레를 엄폐물로 삼아 화살과 돌을 피한다는 것이다. 『집전(集傳)』에서 정자(程子)를 인용하기를 '비(腓)는 따라 움직이는 것이다. 발의 장딴지처럼 발이 움직이면 따라 움직이는 것'이라고 한 것은 수레를 따라 움직이는 병졸을 비유한 것이다.

162 익익(翼翼): 가지런히 줄지은 모양(『집전』). 훈련이 세련(洗鍊) 난숙(爛熟)한 모양.

163 상미어복(象弭魚服): 상(象)은 상아(象牙). 미(弭)는 활고자(활의 양끝머리 완곡하게 굽은 곳으로 시위를 메는 부분. 상아나 뼈로 만든다). 어(魚)는 어수(魚獸)로 돼지같이 생겼는데 동해에서 나며 등은 무늬가 있고 배는 순청색이다(『공소(孔疏)』). 대개는 상어로 본다. 어복(魚服)은 상어 껍질 가죽으로 만든 궁낭(弓囊) 곧 활주머니.

164 일계(日戒): 매일 경계하는 것.

昔我往矣엔 — 옛날 내가 떠나올 적엔
석 아 왕 의

楊柳依依[166]러니 — 버들가지 무성하게 하늘거리더니
양 류 의 의

今我來思[167]엔 — 오늘 내가 돌아가려니
금 아 래 사

雨雪霏霏[168]리라 — 눈비가 흩날린다
우 설 비 비

行道遲遲[169]하여 — 가는 길 더디어
행 도 지 지

載渴載飢로다 — 목마른 듯 굶주린 듯
재 갈 재 기

我心傷悲어늘 — 내 마음 쓰라려도
아 심 상 비

莫知我哀로다 — 내 서러움 아는 이 없어라
막 지 아 애

◈ 해설

수자리 사는 한 병사가 자신의 노고를 읊은 시. 「모시서」나 『시집전』에서는 수자리에 나가는 사람을 보낼 때 부른 것이라 했는데, 내용을 보면 집에 돌아가고파 시름하고 수자리 생활이 정처 없어 집과 안부를 나누지도 못하는 안타까움이 그려져 있다. 「모시서」에 또 이 작품은 주(周) 문왕(文王) 때 서쪽엔 곤이(昆夷) 북쪽에는 험윤(玁狁)의 환난이 있어 천자가 장수에게 명해 수자리 보내어 나라를 수비케 한 것이라 했다. 그러나 왕국유(王國維)의 『귀방곤이험윤고(鬼方昆夷玁狁考)』를 보면, 험윤이란 이름이 서주(西周) 중엽 이후에 생겼고 그 이

---

165 공극(孔棘): 매우 긴박한 것. 극(棘)은 급(急)의 뜻.

166 의의(依依): 무성한 모양. 은은(殷殷)과 같다(『통석(通釋)』). 뒤에는 연련(戀戀)하여 떠나지 못하는 뜻으로 바뀌었다.

167 사(思): 조사.

168 비비(霏霏): 눈비가 부슬부슬 오는 것.

169 지지(遲遲): 더딘 모양.

전인 은말(殷末) 주초(周初)에는 귀방(鬼方)이라 일컬었다고 했다. 이에 따른다면 이 시는 문왕 때의 작품일 수가 없고 적어도 서주 중엽에야 나온 것이라 보아야 옳다. 동기(銅器)의 명문(銘文)에 험윤이라 한 것을 두고 고증한 결과이다. 「소아·출거(小雅·出車)」, 「소아·유월(小雅·六月)」 등의 시들과 아울러 생각할 때 선왕(宣王) 때(BC 827~782년)의 작품으로 보는 것이 일반적이다.

주희에 의하면 옛날에는 변방을 지키는 사람들을 2년 만에 교대시켰다 한다. 「소아·채미(小雅·采薇)」, 「소아·출거(小雅·出車)」, 「소아·체두(小雅·杕杜)」의 세 노래에는 서로 공통된 시구가 있는 것으로 보아 진중에서 흔히 불렸던 것을 따서 조정의 악가(樂歌)로 편제했던 흔적이 뚜렷하다.

8. 출거(出車) 　병거 출동

我出我車[170]를 아 출 아 거	나는 내 병거 출동한다
于彼牧矣[171]로다 우 피 목 의	저 들판으로
自天子所[172]하여 자 천 자 소	천자 계신 곳에서
謂我來矣[173]로다 위 아 래 의	나를 이곳에 오게 하였다

---

170 아출아거(我出我車): 아(我)는 출정하는 우리들. 곧 이 시의 작자를 포함한 장수와 사졸들. 우리의 병거(兵車)를 내어 전쟁터로 나갔다는 뜻.

171 목(牧): 목지(牧地)(『모전』). 『이아(爾雅)』에 읍외(邑外)를 교(郊), 교외(郊外)를 목(牧)이라 한다고 했지만, 목(牧)은 교(郊)와 같이 고을에서 멀리 떨어진 들판으로〔『통석(通釋)』〕, 여기서는 바로 작자가 와 있는 전쟁터를 뜻한다.

172 자천자소(自天子所): 자(自)는 '—로부터'의 뜻. 천자(天子)는 주(周)나라 임금. 즉 주왕(周王)이 있는 곳으로부터.

召彼僕夫[174]하여 저 수레 모는 병졸 불러
소 피 복 부

謂之載矣[175]요 출정 준비시키고
위 지 재 의

王事多難이라 나랏일 다난해서
왕 사 다 난

維其棘矣[176]로다 애도 무척 먹었다
유 기 극 의

我出我車를 나는 내 병거 출동한다
아 출 아 거

于彼郊矣[177]로다 저 들판으로
우 피 교 의

設此旐矣[178]에 이 현무 그려진 기를 꽂고
설 차 조 의

建彼旄矣[179]하니 저 깃대에 쇠꼬리 단 기 세웠다
건 피 모 의

彼旟旐斯[180]이 저 새매 그려진 기와 현무 그려진 기
피 여 조 사

胡不旆旆[181]리요 어이 펄럭이지 않으랴?
호 불 패 패

---

173 위아래의(謂我來矣): 나를 이곳으로 오도록 하였다. 곧 출정 명령이 내린 것을 뜻한다. 위(謂)는 사(使)의 뜻(『광아(廣雅)』).

174 복부(僕夫): 어부(御夫), 즉 수레를 모는 하인 또는 병졸.

175 위지재의(謂之載矣): 위(謂)는 사(使)의 뜻. 실을 만한 물건들을 싣게 하는 것으로 곧 출정 준비.

176 극(棘): 다급한 것.

177 교(郊): 고을 밖의 교외. 여기서는 앞의 목(牧)과 마찬가지로 전쟁터인 들판을 가리킨다.

178 설차조의(設此旐矣): 설(設)은 세우다. 조(旐)는 거북과 뱀이 그려져 있는 깃발이라고 했는데 아마도 현무(玄武)일 것이다. 옛날 깃발에는 아홉 가지가 있었는데, 모두 그려져 있는 무늬와 용도가 달랐다.

179 모(旄): 모우(旄牛: 긴 털을 가진 소)의 쇠꼬리로 만든 장식을 깃대 위에 단 것. 후세에는 모우의 꼬리 대신 꿩 깃 같은 것으로 만들어 꽂았다.

180 피여조사(彼旟旐斯): 여(旟)는 새매가 그려져 있는 깃발. 「용풍·간모(鄘風·干旄)」 시에 보임. 사(斯)는 조사.

181 패패(旆旆): 깃발이 펄럭이는 모양(『집전』). 이 구는 깃발이 날리어 장수와 사졸의 불안한 심정을 떨쳐버리는 것을 비유했다.

憂心悄悄[182]하니
우 심 초 초

僕夫況瘁[183]로다
복 무 황 췌

시름하는 마음 근심에 쌓여

병졸도 더욱 병들었다

王命南仲[184]하사
왕 명 남 중

往城于方[185]하시니
왕 성 우 방

出車彭彭[186]하며
출 거 방 방

旂旐央央[187]이로다
기 조 앙 앙

天子命我하사
천 자 명 아

城彼朔方[188]하시니
성 피 삭 방

赫赫南仲[189]이여
혁 혁 남 중

玁狁于襄[190]이로다
험 윤 우 양

임금께서 남중에게 명하시어

방(方) 땅에 가서 성을 쌓게 하셨다

수많은 병거 출동하니

교룡기와 현무기가 뚜렷하다

천자께서 내게 명하시어

저 북방에 성을 쌓게 하셨다

혁혁히 빛나는 남중

오랑캐를 쳐 없애리라

---

182 초초(悄悄): 근심하는 모양.

183 황췌(況瘁): 황(況)은 더욱이. 췌(瘁)는 병이 든 것.

184 남중(南仲): 장군 이름. 『한서(漢書)』「고금인표(古今人表)」에 남중을 선왕(宣王) 때 사람이라 하였고, 허혜정(鄦惠鼎) 솥의 명문(銘文)에 남중이 나오는데 왕국유(王國維)는 바로 이 시의 남중이라 했다. 그리고 혜갑반(兮甲盤)과 괵계반(虢季盤)은 모두 선왕 때의 동기(銅器)인데 험윤 정벌에 관한 기사가 적혀 있다〔왕국유(王國維), 『귀방곤이험윤고(鬼方昆夷玁狁考)』〕.

185 왕성우방(往城于方): 성(城)은 동사로 사용되어 성(城)을 수축하는 것. 방(方)은 지명으로 「소아·유월(小雅·六月)」의 "침호급방(侵鎬及方)"의 방(方)이다. 왕국유는 종주(宗周) 이기(彝器)에 흔히 보이는 방(蒡) 또는 방경(蒡京)이라 하였다. 그곳은 포(蒲) 땅〔뒤의 포주(蒲州)〕에 해당한다〔왕국유(王國維), 『주방경고(周蒡京考)』〕.

186 방방(彭彭): 많고 성(盛)한 모양.

187 기조앙앙(旂旐央央): 기(旂)는 청황(青黃)의 교룡(交龍)을 그린 깃발(『모전』). 앙앙(央央)은 선명한 모양.

188 삭방(朔方): 북방.

189 혁혁(赫赫): 위명(威名)이 밝게 빛나는 것(『집전』).

190 양(襄): 제(除)의 뜻으로, 쳐 없애는 것. 『제시(齊詩)』에는 양(攘)으로 되어 있다.

昔我往矣에
석 아 왕 의

黍稷方華[191]러니
서 직 방 화

今我來思엔
금 아 래 사

雨雪載塗[192]리라
우 설 재 도

王事多難이라
왕 사 다 난

不遑啓居하니
불 황 계 거

豈不懷歸리요
기 불 회 귀

畏此簡書[193]니라
외 차 간 서

옛날 내가 떠나올 적엔

기장과 피 한창 개화하더니

오늘 내가 돌아가려니

눈비가 내려 길이 질척인다

나랏일 다난해서

편히 쉴 겨를이 없어

어찌 돌아가고 싶지 않으랴?

천자의 명령이 두려워라

喓喓草蟲[194]이며
요 요 초 충

趯趯阜螽[195]이로다
적 적 부 종

未見君子라
미 견 군 자

풀벌레 울고

새끼 메뚜기가 뛴다

당신을 뵙지 못해

---

191 서직방화(黍稷方華): 서(黍)는 메기장. 직(稷)은 차기장. 방화(方華)는 막 꽃이 피어 있다. 곡식이므로 '막 이삭이 패어 있었다'는 뜻.

192 우설재도(雨雪載塗): 우설(雨雪)은 비와 눈. 재(載)는 재(在)의 뜻. 도(塗)는 진흙, 얼음이 풀려 진흙탕이 된 것을 말한다(『집전』). 일설에는 길[도(途), 로(路)].

193 간서(簡書): 계명(戒命)(『모전』). 이웃 나라에 위급함이 있으면 서로 경계하여 명한다 하고 또는 장수를 보낼 때 책명(策命)하는 말이라고 한다(『집전』). 죽간(竹簡) 위에 쓴 문서로서 주왕(周王)의 명령 또는 군령(軍令). 이 군령 때문에 집에 돌아가지 못한다는 것이다.

194 요요초충(喓喓草蟲): 요요(喓喓)는 벌레 소리. 초충(草蟲)은 여치. 여기부터 제6구까지는 「소남·초충(召南·草蟲)」의 시구와 완전히 일치하는데, 아마도 당시 유행한 민가(民歌)일 것이다. 「소남·초충(召南·草蟲)」의 주제는 아내가 전쟁에 나간 남편을 그리워하는 것으로 민가(民歌)가 원래 이러할 것인데, 이 시의 작자가 「소남·초충(召南·草蟲)」 시의 몇 구절을 인용하여 그리움을 표현한 것으로 보인다. 그래서 이 몇 구절은 전체 시의 흐름과는 달리 돌발적이다.

195 적적부종(趯趯阜螽): 적적(趯趯)은 뛰는 것. 부종(阜螽)은 메뚜기.

憂心忡忡[196]하니 시름겨운 마음 그지없어
우 심 충 충

旣見君子라야 당신을 뵈어야만
기 견 군 자

我心則降[197]이로다 내 마음 놓이겠다
아 심 즉 항

赫赫南仲이여 혁혁히 빛나는 남중
혁 혁 남 중

薄伐西戎[198]이로다 서쪽 오랑캐를 정벌하리라
박 벌 서 융

春日遲遲[199]하고 봄날이 더디더니
춘 일 지 지

卉木萋萋[200]며 초목이 무성하고
훼 목 처 처

倉庚喈喈[201]며 꾀꼬리 지저귀고
창 경 개 개

采蘩祁祁[202]로다 아가씨들 흰 산쑥 수북이 캘 때
채 번 기 기

執訊獲醜[203]하여 간첩을 사로잡고 나쁜 무리 붙잡아
집 신 획 추

薄言還歸[204]하니 승리하고 돌아온다네
박 언 선 귀

---

196 충충(忡忡): 근심하는 모습.

197 항(降): 마음이 가라앉는 것. 안정의 뜻.

198 박벌서융(薄伐西戎): 박(薄)은 조사. 또는 애오라지〔료(聊)〕의 뜻(『집전』). 서융(西戎)은 옛날 서북쪽에 살던 민족. 일설에는 험윤(玁狁) 부락을 가리킨다고도 함.

199 지지(遲遲): 날이 더디다. 해가 길다.

200 훼목처처(卉木萋萋): 훼목(卉木)은 풀과 나무. 처처(萋萋)는 풀이 무성한 모습.

201 창경개개(倉庚喈喈): 창경(倉庚)은 꾀꼬리. 개개(喈喈)는 새가 우는 소리.

202 채번기기(采蘩祁祁): 번(蘩)은 애탕쑥. 기기(祁祁)는 많은 모양. 「빈풍·칠월(豳風·七月)」 참조.

203 집신획추(執訊獲醜): 집(執)은 잡다, 생포하다. 신(訊)은 그 괴수(魁首)로서 마땅히 신문(訊問)해야 할 자(『집전』) 또는 간첩(間諜)을 말한다. 획(獲)은 괵(馘)과 통하며 적을 생포하거나 죽여 그 왼쪽 귀를 자르는 것. 추(醜)는 무리〔중(衆)〕(『집전(集傳)』, 『통석(通釋)』). 또는 적군에 대한 멸시의 호칭.

204 박언선귀(薄言還歸): 박언(薄言)은 모두 어조사. 또는 박연(薄然)과 같으며 '급속하게'의 뜻. 선(還)은 '돌다, 돌아오다〔선(旋)〕'의 뜻이며 나아가 개선(凱旋)의 뜻.

赫赫南仲이여 혁혁남중 / 혁혁히 빛나는 남중 장군

玁狁于夷[205]로다 험윤우이 / 저 오랑캐를 평정하였네

◈ 해설

「모시서」에 이 시는 전쟁에서 돌아온 장수를 위로할 때 부른 노래라 하였다. 이것은 험윤(玁狁) 정벌에 나갔던 군인이 돌아와 그때 일을 회고하여 노래한 것으로 생각된다. 『한서·흉노전(漢書·匈奴傳)』에서 이 시를 선왕(宣王) 때 지은 것이라 하였다. 문체로 보더라도 『한서』의 설이 옳은 듯하다〔『석의釋義』〕.

이 시의 제5장은 「소남·초충(召南·草蟲)」의 시구와 같으며 제6장은 「빈풍·칠월(豳風·七月)」의 시와 같다. 이로 미루어 보면 「빈풍·칠월(豳風·七月)」의 시도 여러 가지를 주워 모은 것이라고 생각된다.

9. 체두(杕杜) 　외로운 아가위나무

有杕之杜[206]여 유체지두 / 홀로 우뚝 솟은 아가위나무

有睆其實[207]이로다 유환기실 / 주렁주렁 그 열매 달려 있네

---

205 이(夷): 평(平)과 통하며(『모전』), 평정되었다는 뜻.

206 유체지두(有杕之杜): 유체(有杕)는 나무가 우뚝한 모양. 두(杜)는 아가위나무〔산사(山査)나무〕. 또는 팥배나무〔당리(棠梨)〕. 나무가 홀로 우뚝 서 있는 모습으로 기흥(起興)하여 의지할 데 없이 외로운 것을 비유하였다.

207 유환(有睆): 환(睆)은 열매가 달려 있는 모양(『모전』). 또는 열매가 둥글둥글한 모양.

王事靡盬[208]라
왕 사 미 고
繼嗣我日[209]이로다
계 사 아 일
日月陽止[210]라
일 월 양 지
女心傷止니
여 심 상 지
征夫遑止[211]어다
정 부 황 지

나랏일이 끝나지 않아
나 혼자만의 나날이 계속되네
세월은 이미 시월
여인의 마음 쓰라려라
떠나신 임 하마 여가 있을 텐데

有杕之杜여
유 체 지 두
其葉萋萋[212]로다
기 엽 처 처
王事靡盬라
왕 사 미 고
我心傷悲로다
아 심 상 비
卉木萋止[213]라
훼 목 처 지
女心悲止니
여 심 비 지
征夫歸止어다
정 부 귀 지

홀로 우뚝 솟은 아가위나무
그 잎사귀 무성하네
나랏일이 끝나지 않아
내 마음 서럽고 아프네
초목이 무성하여
여인의 마음 서러워라
떠나신 임 하마 돌아올 텐데

陟彼北山[214]하여
척 피 북 산

저 북산에 올라

---

208 왕사미고(王事靡盬): 왕사(王事)는 나랏일. 미고(靡盬)는 불식(不息)으로 '그치지 않았다'는 뜻.

209 계사아일(繼嗣我日): 계사(繼嗣)는 계속 이어지다. 아일(我日)은 나 혼자만의 나날. 또는 우리들의 떨어져 있는 나날. 또는 우리 님의 고된 행역(行役)의 나날.

210 일월양지(日月陽止): 일월(日月)은 세월. 양(陽)은 음력 10월. 지(止)는 어조사.

211 정부황지(征夫遑止): 정부(征夫)는 행역(行役)에 나간 사람. 황(遑)은 겨를. 지(止)는 어조사. '돌아올 겨를도 없는가'라는 뜻.

212 처처(萋萋): 나뭇잎이 무성한 모양.

213 훼(卉): 풀의 총칭.

言采其杞[215]로다
언 채 기 기
구기자를 따네

王事靡盬라
왕 사 미 고
나랏일이 끝나지 않아

憂我父母[216]로다
우 아 부 모
우리 부모 걱정하게 하네

檀車幝幝[217]하며
단 거 천 천
박달나무 수레 터덜거리고

四牡痯痯[218]하니
사 모 관 관
네 필 말은 지치고 병들었으니

征夫不遠[219]이로다
정 부 불 원
떠나신 임 돌아올 날 멀지 않으리

匪載匪來[220]라
비 재 비 래
수레 타고 오시지 않아

憂心孔疚[221]어늘
우 심 공 구
근심으로 오랜 병이 되었네

期逝不至[222]라
기 서 부 지
기약한 때 지나도 오시지 않아

---

214 척(陟): 오르다.

215 언채기기(言采其杞): 언(言)은 어조사. 기(杞)는 구기(枸杞)로 길가나 들에 나는 낙엽 관목. 여름에 담자색(淡紫色) 꽃이 피며 고추 비슷한 빨간 열매가 달림. 열매를 구기자(枸杞子), 잎새를 구기엽(枸杞葉), 근피(根皮)는 지골피(地骨皮)라 하여 한약재로 쓰임. 우울증을 치료하는 데 효과가 있다고 한다.

216 우아부모(憂我父母): 우(憂)는 걱정하게 하다, 걱정을 끼쳐 드린다는 뜻. 아(我)는 이 시의 화자(話者)인 부인 자신. 부모(父母)는 행역(行役) 나간 남편의 부모일 것이라 아(我)도 '우리'로 번역했다.

217 단거천천(檀車幝幝): 단(檀)은 박달나무. 박달나무는 나무질이 단단하여 수레 재료는 물론 건축재나 가구재로 많이 쓰인다. 천천(幝幝)은 너덜너덜하게 해진 모양〔폐모(蔽貌)〕(『모전』). 본래는 수레의 휘장이 너덜너덜하게 해진 모양이었을 것이나 수레 자체가 낡아서 터덜거리는 것〔탄탄(嘽嘽)〕을 형용한 것으로 인신(引伸)한 것으로 보인다〔『석의(釋義)』〕.

218 관관(痯痯): 말이 지치고 병들어서 타박타박 맥없이 걷는 모양.

219 불원(不遠): 돌아올 날이 멀지 않은 듯하다는 말.

220 비재비래(匪載匪來): 비(匪)는 비(非)·불(不)과 통함. 재(載)는 싣다 또는 수레를 타는 것. 비재(匪載)는 수레를 타고 오지 않는다는 것. 비래(匪來)는 돌아오지 않는 것.

221 구(疚): 오랜 병.

222 기서(期逝): 기(期)는 돌아오기로 약속한 날짜. 서(逝)는 지나가는 것.

而多爲恤[223]이로다 이 다 위 휼	자꾸 시름만 더하네
卜筮偕止[224]하여 복 서 해 지	거북점 시초점 치는 점마다
會言近止[225]하니 회 언 근 지	똑같이 돌아올 날 가까웠다 하여
征夫邇止[226]로다 정 부 이 지	떠나신 임 하마 가까워졌을 텐데

◈ 해설

전쟁터에 나간 남편이 돌아오기를 기다리는 아내의 마음을 그린 시이다. 「모시서」에서는 행역(行役)에서 돌아온 사람을 위로하는 악가(樂歌)라 했다. 내용은 남편을 그리는 아내의 노래이지만 귀환자들은 이 노래를 듣고 모두 감격의 눈물을 흘렸을 것이다.

---

223 이다위휼(而多爲恤): 휼(恤)은 근심하는 것. 많이 걱정된다 또는 가장 걱정된다는 뜻.

224 복서해지(卜筮偕止): 복(卜)은 말린 거북 껍질을 불로 지져 껍질에 금이 가는 모양을 보고 길흉을 판단하는 점. 서(筮)는 시초(蓍草)로 만든 점가지(점대: 점을 치는 데에 쓰는 댓가지)로 역괘(易卦)에 맞춰 길흉을 판단하는 시초점. 옛날에는 국가나 개인을 막론하고 이 복서로 대사(大事)를 결정지었다. 해(偕)는 두 가지 점을 다 치는 것.

225 회언근지(會言近止): 회(會)는 합(合)의 뜻(『정전(鄭箋)』, 『집전(集傳)』). 또는 옛날 복(卜)은 삼조(三兆)를 쓰고, 서(筮)는 삼역(三易)을 쓰면서 각각 한 사람이 그것을 관장하는데, 즉 복(卜)과 서(筮) 각각 세 사람이 하며 세 사람이 점치는 것을 회(會)라 한다(『통석(通釋)』). 삼조(三兆)는 껍질에 금이 가는 무늬 모양에 따라 옥조(玉兆)과 와조(瓦兆)와 원조(原兆)로 나누는 것이거나 이 점을 세 번 치는 것을 말하는데, 그 구체적인 것은 정확하게 알 수 없다. 또한 이에 덧붙여 회(會)와 합(合)의 글자는 모두 집(亼)을 따르며, 각각 세 사람인데 그래서 회언(會言)이나 합언(合言)은 세 사람이 합하여 똑같이 말했다는 뜻. 즉 점을 친 결과가 일치했다는 것을 말한다. 근(近)은 남편의 돌아올 날이 가까워 온 것.

226 이(邇): 가깝다(근(近)). 남편이 가까이 오고 있으리라는 뜻.

10. 어리(魚麗)　　물고기 걸려

魚麗于罶[227]하니　　물고기가 통발에 걸렸는데
어 리 우 류
鱨鯊[228]로다　　날치와 모래무지라네
상 사
君子有酒하니　　군자에게 술이 있으니
군 자 유 주
旨且多[229]로다　　맛있고도 풍성하네
지 차 다

魚麗于罶하니　　물고기가 통발에 걸렸는데
어 리 우 류
魴鱧[230]로다　　방어와 가물치라네
방 례
君子有酒하니　　군자에게 술이 있으니
군 자 유 주
多且旨로다　　풍성하고도 맛이 좋네
다 차 지

魚麗于罶하니　　물고기가 통발에 걸렸는데
어 리 우 류
鰋鯉[231]로다　　메기와 잉어라네
언 리

---

227 어리우류(魚麗于罶): '麗'는 일반적으로 '려'로 읽지만 음은 반절로 '역치반(力馳反)'이라 함에 따라 '리'로 읽는다. 리(罹)와 통하며 '걸리다', '(재앙을) 만나다'는 뜻. 류(罶)는 냇물을 막아 가운데 급류를 만들고 그곳에 쳐놓은 통발.

228 상사(鱨鯊): 상(鱨)은 날치. 일명 황협어(黃頰魚)라고도 한다〔『육소(陸疏)』〕. 사(鯊)는 모래무지. 담수(淡水)에 사는 작은 물고기로 몸은 둥글고 검은색 무늬가 있다. 귀주(貴州)에서는 속칭 '흘사(吃沙)'라고 하는데 입을 벌려 모래를 먹을 수 있기 때문이라 한다. 큰 바다의 상어가 아니다.

229 지(旨): 맛있는 것.

230 방(魴): 방어(魴魚). 례(鱧): 가물치.

231 언(鰋): 메기. 리(鯉): 잉어.

君子有酒하니 군자유주 — 군자에게 술이 있으니
旨且有[232]로다 지차유 — 맛있고도 많다네

物其多矣니 물기다의 — 차린 음식이 풍성하니
維其嘉矣[233]로다 유기가의 — 정말 좋기도 해라

物其旨矣니 물기지의 — 차린 음식이 맛있으니
維其偕矣[234]로다 유기해의 — 정말 입에 맞아라

物其有矣니 물기유의 — 차린 음식이 풍부하니
維其時矣[235]로다 유기시의 — 정말 시절에 맞아라

◈ 해설

『모전(毛傳)』에서는 만물이 풍성하고 많아서 예(禮)를 갖출 수 있음을 찬미한 것이라 하였다. 그러나 여기의 예는 연례(燕禮)이니 주희의 "잔치에 통용되던 악가(樂歌)"(『집전』)라는 설명이 이해하기 간단하다.

---

232 유(有): 다(多)와 같은 뜻. 즉 많고 풍부하다는 것.

233 유기가의(維其嘉矣): 유기(維其)는 어조사로 강조의 뜻을 나타낸다. 또는 '그것 때문에'의 뜻. 이 두 구가 도치되었다고도 한다〔진환(陳奐), 『전소(傳疏)』〕. 가(嘉)는 선(善)과 통하여 좋다는 뜻.

234 해(偕): 함께 즐기는 것. 즉 함께 먹자는 뜻. 또는 모두 갖추었다는 것.

235 시(時): 때에 알맞은 것. 또는 때에 잘 맞추어 신선하다는 뜻으로도 푼다.

11. 남해(南陔)　　　남해

뒤의 「백화(白華)」, 「화서(華黍)」와 함께 이 세 편은 제목만 있고 시는 없다. 「모시서」에선 "그 가사가 없어진 것"이라 했고, 주희(朱熹)는 "이것은 생(笙: 생황)으로 연주되던 악곡이어서 곡조는 있으나 가사가 없는 것"이라 하였다(『집전』). 학자에 따라 견해가 분분하지만 『집전』의 설이 이치에 가깝다. 「모시서」에 「남해(南陔)」는 효자가 서로 경계하여 부모를 봉양함을 읊은 것이라 하였다.

『의례·향음주례(儀禮·鄕飮酒禮)』에 거문고〔슬(瑟)〕를 타며 「녹명(鹿鳴)」, 「사모(四牡)」, 「황황자화(皇皇者華)」를 노래한 다음 생황이 당(堂) 아래로 들어오고 경쇠〔경(磬)〕가 남북에 마주 서서 「남해(南陔)」, 「백화(白華)」, 「화서(華黍)」를 연주한다고 했다. 『의례·연례(儀禮·燕禮)』에도 거문고를 타며 위의 세 작품을 노래한 다음, 생황을 부는 악공(樂工)이 들어가 악기를 매달아 놓은 가운데에 서서 이 세 곡을 연주한다고 했다.

12. 백화(白華)　　　백화

이것도 가사는 없고 생(笙)으로 연주하던 악곡이다. 「모시서」에서는 효자의 결백함을 읊은 것이라고 하였다.

13. 화서(華黍) 　　　　화서

이것 역시 가사 없는 생곡(笙曲)이다. 「모시서」에서는 시화세풍(時和歲豊)하여 서직(黍稷)에 마땅함을 읊은 것이라 하였다.

제2 남유가어지습(南有嘉魚之什)

1. 남유가어(南有嘉魚)　　남쪽에 좋은 물고기 있으니

南有嘉魚[1]니 남 유 가 어	남쪽에 좋은 물고기 있으니
烝然罩罩[2]다 증 연 조 조	가리마다 가득가득 많기도 하네
君子有酒니 군 자 유 주	군자에게 술이 있어
嘉賓式燕以樂[3]이로다 가 빈 식 연 이 요	좋은 손님과 잔치하며 즐기네
南有嘉魚니 남 유 가 어	남쪽에 좋은 물고기 있으니
烝然汕汕[4]이로다 증 연 산 산	그물마다 가득가득 많기도 하네

---

1 남유가어(南有嘉魚): 남(南)은 남방의 장강(長江)과 한수(漢水) 사이(『집전』). 가어(嘉魚)는 크고 맛있는 좋은 물고기(『공소(孔疏)』).

2 증연조조(烝然罩罩): 증(烝)은 중(衆)과 통하며, 증연(烝然)은 많은 모양. 조(罩)는 ① 대오리를 엮어서 밑이 없이 통발과 비슷하게 만든 것으로 『집전(集傳)』에서는 '착(篧: 가리)'이라 하고, 얕은 물의 물고기를 잡는 데 쓰인다. 조조(罩罩)는 그 통발이 여기저기 빽빽하게 놓여 있는 모양에서 나아가 통발마다 비어 있지 않아 좋은 물고기가 가득 차서 많은 것을 말한다(『집전(集傳)』, 원매(袁梅)의 『시경역주(詩經譯注)』). ② 또는 조(罩)를 도(掉: 흔들다, 흔들리다)로 읽으므로 물속에서 물고기가 꼬리를 흔들며 노니는 모양으로도 본다(대진(戴震)의 『모정시고정(毛鄭詩考正)』, 임의광(林義光)의 『시경통해(詩經通解)』). ③ 또는 통발에 고기가 걸려 펄떡거리는 데서 많은 물고기들이 펄떡거리는 모양으로도 푼다. 많다는 뜻에서 ②와 같은 범주로 본다. 제1, 2구를 묶어서 보면, 남쪽에 좋은 물고기가 있어 통발마다 가득 차서 매우 많다는 뜻인데, 통발과 그물로 물고기를 잡는 것과 그물 속으로 물고기가 들어오는 것으로 기흥(起興)하여 손님이 와서 일찍 가지 못하도록 하여 마음 놓고 즐기도록 하는 것을 비유하였으며 또한 좋은 물고기로 접대한다는 느낌을 불러일으켜서 쌍관(雙關) 의미가 있다.

3 식연이요(式燕以樂): 식(式)은 어조사. 연(燕)은 연(宴)과 통하며 잔치한다는 뜻. 요(樂)는 반절로 '오교반(五敎反: 요)'과 '역각반(歷各反: 락)' 두 개가 있으며, 이에 대응하는 제2구의 조(罩)도 '장교반(張敎反: 조)'과 '죽탁반(竹卓反: 작)' 두 개가 있는데(『집전』), '조'로 읽으면 이에 맞추어 '요'로 읽어야 운을 맞추게 되므로 '요'로 읽는다.

4 산산(汕汕): ① 어망(漁網)이 많은 모양. 산(汕)은 물고기를 잡는 어구(漁具), 즉 그물의 일

君子有酒니 군 자 유 주	군자에게 술이 있어
嘉賓式燕以衎[5]이로다 가 빈 식 연 이 간	좋은 손님과 잔치하며 즐기네

南有樛木[6]하니 남 유 규 목	남쪽에 가지 늘어진 나무 있는데
甘瓠纍之[7]로다 감 호 류 지	단박 덩굴이 얽혀 있네
君子有酒니 군 자 유 주	군자에게 술이 있어
嘉賓式燕綏之[8]로다 가 빈 식 연 수 지	좋은 손님과 잔치하며 즐기네

翩翩者鵻[9]여 편 편 자 추	훨훨 나는 저 비둘기들
烝然來思[10]로다 증 연 래 사	떼 지어 무리 지어 날아오네
君子有酒니 군 자 유 주	군자에게 술이 있어

종으로 옛날 이름은 요고(撩罟)라고 하며 속칭으로는 초망(抄网)이라 한다. 『집전(集傳)』에서는 '소(橾: 물고기를 떠올리는 그물)'라 하였다. 제1장의 조(罩)는 통발이고 산(汕)은 그물인데 그것들이 많이 설치되어 있고 그 속에 물고기가 가득 채워져 매우 많은 모양이라는 것. ②또는 물고기 떼들이 유유히 헤엄치는 모양. 산산(散散)과 같으며 정처 없이 소요자재(逍遙自在)하는 모양〔임의광(林義光), 『시경통해(詩經通解)』〕.

5 간(衎): 즐기는 것.

6 규목(樛木): 가지가 늘어져 밑으로 처진 나무〔「주남·규목(周南·樛木)」 참조〕.

7 감호류지(甘瓠纍之): 호(瓠)는 박. 박에는 단것과 쓴 것이 있는데 단박〔甘瓠〕은 먹을 수 있다(『집전』). 루(纍)는 얽혀 있다는 뜻. 아름다운 열매인 단박의 덩굴이 규목을 휘감아 얽혀 있는 것은 동일한 구가 있는 「주남·규목(周南·樛木)」 시를 참조하면 하늘이 많은 복록을 내린 것으로, 그리고 주인과 손님의 관계로 생각하면 연원이 오래되고도 깊은 화합과 신뢰로 비유된다.

8 수(綏): 편안하다.

9 편편자추(翩翩者鵻): 편편(翩翩)은 새가 나는 모양. 추(鵻)는 집비둘기. 무리를 이룬 비둘기가 날아오는 것은 손님들이 잔치에 오는 것으로 비유된다.

10 사(思): 어조사.

嘉賓式燕又思[11]로다 가 빈 식 연 우 사	좋은 손님과 잔치하며 술 권하네.

◈ 해설

앞의 「소아·어리(小雅·魚麗)」와 마찬가지로 잔치에 통용되던 시이다(『집전』). 「모시서」는 어진 이와 더불어 즐김을 노래한 것이라고 했다. 태평성세의 군자가 지성(至誠)으로써 현자(賢者)와 더불어 함께함을 즐거워하는 것이라는 말이다. 제1, 2장의 물고기는 반갑고 좋은 손님들이 많이 모였음에 비유하였고, 제3장의 가지 늘어진 나무에 단박 덩굴이 얽혀 있음은 주인과 손님의 연원이 오래되고도 깊은 화합과 신뢰의 관계에, 집비둘기 훨훨 날아 옴은 많은 손들과의 화락에 비유하였다. 또한 이것들은 풍성한 잔치 음식을 암시하는 쌍관적(雙關的) 의미가 있다 해도 무난할 것이다.

2. 남산유대(南山有臺)　　남산에는 산앵도나무

南山有臺[12]요 남 산 유 대	남산에는 산앵도나무가 있고

---

11 우(又): 우(右)의 고자(古字)로, 유(侑: 권하다, 갚다)와 통한다고 했다〔『통석(通釋)』〕. 여기서는 술을 권하는 것〔권주(勸酒), 경주(敬酒)〕. 그러나 일설에는 유(侑)에는 갚는다는 보답의 뜻이므로 우(右)의 뜻에는 맞지 않으며, 우(右)에는 돕다〔조(助)·우(祐)〕는 뜻이 있고 우(又)는 손〔수(手)〕·오른손〔우수(右手)〕의 모양과 같으므로 '돕다'에서 인신(引伸)하여 권(勸)하다는 뜻이 강하다고 주장하는데 이것이 더 설득력이 있다.

12 남산유대(南山有臺): 남산(南山)은 남쪽에 있는 산을 말하며 특정한 하나의 산을 지칭하는 것은 아니다. 대(臺)는 대(薹)를 말하며 사초〔莎草: 향부자(香附子)〕의 일종으로,

北山有萊[13]로다
북 산 유 래

樂只君子[14]여
낙 지 군 자

邦家之基[15]로다
방 가 지 기

樂只君子여
낙 지 군 자

萬壽無期[16]로다
만 수 무 기

북산에는 명아주가 있네

즐거워라 군자여

나라의 터전일세

즐거워라 군자여

만수무강하시리라

南山有桑이요
남 산 유 상

北山有楊[17]이로다
북 산 유 양

樂只君子여
낙 지 군 자

남산에는 뽕나무

북산에는 백양나무

즐거워라 군자여

부수(夫須)라고도 하며(『모전』), 도롱이〔사립(簑笠)〕를 만들 수 있다고 한다〔『육소(陸疏)』〕. 향부자(香附子)는 기(氣)를 잘 통하게 하고 통증을 없애는 작용이 있어, 울증·적취(積聚)·월경 불순 따위에 쓴다고 한다. 또는 부수(夫須)는 부서(扶胥)·부소(扶蘇)와 같고 이를 빨리 발음하면 부(扶)이며, 부(扶)는 부체(扶栘)·당체(唐棣: 산앵두나무)이며 백양(白楊)과는 종(種)이 다른 같은 것으로 또 체양(栘楊)이라고도 한다〔『후전(後箋)』, 『본초강목(本草綱目)』〕. 즉 대(臺)는 체(栘)의 음을 빌린 것이라는 말이다. 전자는 초본(草本) 식물로 본 것이고, 후자는 나무로 본 것이다. 뒤에 나오는 7종은 모두 나무인데, 대(臺)를 풀로 보는 것은 적절해 보이지 않는다. 후자를 취한다. 그리고 이 나무들은 유용한 나무로서 우수한 인재나 '군자'를 비유한 것으로 볼 수도 있다.

13 래(萊): 명아주〔려(藜)〕. 잎은 향기로워서 먹을 수 있으며 약에 쓰인다(『집전』). 또는 량(椋) 곧 푸조나무(느릅나무과의 낙엽 활엽 교목)라고도 한다. 『이아(爾雅)』에 '椋, 卽來'라 하였고 래(萊)는 래(來)의 가차(假借)로 본다. 여기서는 후자를 따른다.

14 지(只): 어조사. 군자(君子)는 대체로 현자(賢者)를 가리키는 듯한데, '나라의 터전', '나라의 빛', '백성의 부모' 등과 만수무강하시라 축수하는 것 등으로 보면 왕자(王者)일 것도 같다. 그러나 '백성의 부모'라 해서 반드시 천자나 임금이어야 할 이유는 없다. 현자나 훌륭한 관리도 그런 칭호가 가능하기 때문이다. 양자 다 무난하다. [해설] 참조.

15 방가지기(邦家之基): 방가(邦家)는 국가(國家). 기(基)는 기초, 근본.

16 무기(無期): 다하는 때가 없이 무한한 것. 무강(無疆)과 같다.

17 양(楊): 백양(白楊)나무로 본다. 수양(水楊), 즉 포류(蒲柳)는 일반적으로 물가에서 자라므로 이 시 산에 있다는 것과는 차이가 있을 것.

邦家之光이로다 방 가 지 광	나라의 빛이로다
樂只君子여 낙 지 군 자	즐거워라 군자여
萬壽無疆이로다 만 수 무 강	만수무강하시리라

南山有杞[18]요 남 산 유 기	남산에는 가죽나무
北山有李로다 북 산 유 리	북산에는 오얏나무
樂只君子여 낙 지 군 자	즐거워라 군자여
民之父母리오 민 지 부 모	백성의 어버이로다
樂只君子여 낙 지 군 자	즐거워라 군자여
德音不已[19]로다 덕 음 불 이	칭송 소리 끝이 없네

南山有栲[20]요 남 산 유 고	남산에는 복나무
北山有杻[21]로다 북 산 유 뉴	북산에는 참죽나무
樂只君子여 낙 지 군 자	즐거워라 군자여
遐不眉壽[22]리오 하 불 미 수	어이 장수하지 않으랴?

---

18 기(杞): 가죽나무〔저(樗)〕. 일명 구골(狗骨)(『집전』). 이시진(李時珍)의 『본초강목(本草綱目)』에서는 구골수(枸骨樹)라 하며 두중(杜仲)과 같다고 했다. 물가에서 자라는 기류(杞柳) 곧 갯버들·냇버들은 아니고, 구기자나무는 관목(灌木)이므로 아니라고 본다.

19 덕음(德音): 덕행으로 얻게 된 좋은 명성. 또는 기리는 말, 칭송의 소리.

20 고(栲): 북나무. 산저(山樗)라고도 한다(『집전』).

21 뉴(杻): 감탕나무. 억(檍)이라고도 한다(『집전』).

22 하불미수(遐不眉壽): 하(遐)는 호(胡)나 하(何)와 통하며 '어찌'의 뜻. 미수(眉壽)는 오래도록 사는 것. 「빈풍·칠월(豳風·七月)」에 보임. 어찌 오래 살지 않겠느냐는 뜻.

樂只君子여
낙 지 군 자

德音是茂[23]로다
덕 음 시 무

즐거워라 군자여

그 칭송 소리 무성해라

南山有枸[24]요
남 산 유 구

北山有楰[25]로다
북 산 유 유

樂只君子여
낙 지 군 자

遐不黃耇[26]리오
하 불 황 구

산에는 호깨나무

북산에는 광나무

즐거워라 군자여

어이 머리 누레지도록
장수하지 않으랴?

樂只君子여
낙 지 군 자

保艾爾後[27]로다
보 애 이 후

즐거워라 군자여

그대 후손도 보우하리라

◈ 해설

「모시서」에서는 어진 이를 얻는 즐거움을 노래한 것이라 했는데 그 근거가 약

---

23 무(茂): 성하다, 자자하다. 또는 무(懋)와 고금자(古今字)인데 무(懋)는 면(勉)으로 많이 풀기 때문에 '德音是勉'으로 보기도 한다〔우성오(于省吾), 『신증(新證)』〕.

24 구(枸): 호깨나무. 지구(枳枸)(『모전』) 또는 지구(枳椇). 탱자나무〔지(枳)〕라고도 하고 그 열매가 엿과 같이 달아서 목밀(木蜜)이라고도 한다 하였는데, 목밀도 대추나 호깨나무로 불리는 등 이름이 혼란스러우나 탱자나무는 아닌 것 같다.

25 유(楰): 광나무. 서재(鼠梓)나무라고도 한다(『집전』). 나뭇잎과 나뭇결이 추자나무와 같으며 그래서 고추(苦楸)라고 부른다고 한다〔『육소(陸疏)』〕.

26 황구(黃耇): 나이 들어 장수하는 것. 황(黃)은 황발(黃髮)로 어려서는 머리카락이 검다가 늙으면서 희게 되고 흰 것이 오래되면 누렇게 변한다〔『공소(孔疏)』〕. 그리고 늙으면 신체가 구루(傴僂) 즉 굽어지는데 구(耇)도 그런 뜻에서 오래 산 것을 뜻한다.

27 보애이후(保艾爾後): 보(保)는 편안하게 보호하는 것. 애(艾)는 예(乂)와 통하며 양(養)의 뜻으로 기르고 다스려 성장하게 하는 것(『모전』). 이(爾)는 너, 그대. 후(後)는 후대의 자손.

하고, 이것도 잔치에서 흔히 쓰이던 것으로 연회에서 군자, 즉 덕과 지위를 겸비한 사람을 축복하는 노래라고 함에는 이견(異見)이 없다.

그러나 축복의 대상이 누구인가에 대해서는 논란이 적지 않다. 첫째로 군자는 여러 빈객(賓客)을 지칭하며, 그래서 이 시는 천자(天子)가 신하들을 축복하는 것이라는 주장이다〔『모전』, 『집전』, 원(元)나라 유근(劉瑾)의 『시전통석(詩傳通釋)』 등〕. 둘째로는 신하인 악공(樂工)들이 천자를 축복하는 시라는 주장이다〔남송(南宋) 여조겸(呂祖謙, 1137~1181)의 『여씨가숙독시기(呂氏家塾讀詩記)』, 엄찬(嚴粲)의 『시집(詩緝)』, 요제항(姚際恒)의 『시경통론(詩經通論)』, 방옥윤(方玉潤)의 『시경원시(詩經原始)』 등〕. 두 가지 설 모두 그 근거가 있고 일리가 있다.

일반적으로 봐서 이런 연회의 악가(樂歌)들은 악공들이 노래한 것이며 이 시 속에서 말하는 군자란 악공의 눈에 보이는 연회에 참석한 귀족들일 것이다. 그리고 각 장의 첫 두 구를 남산(南山)과 북산(北山)으로 짝 지은 것은 연회의 주객(主客) 관계를 상징하였을 것이다. 이런 종법사회(宗法社會)에서 천자가 거행하는 연회라고 하는 것은 본래 내부의 결속을 강화하기 위한 것으로 축복의 내용도 쌍방향으로 보는 것이 무난해 보인다. 즉 악공의 입을 빌려서 신하가 천자를 축복하고 또 천자가 신하들을 축복한다는 것이다.

이렇게 축복하는 시에서 흥을 일으키는 각 장의 두 구들은 모두 풀이나 나무를 이용했다. 대개 제1장의 대(臺)와 래(萊)를 풀로 보고 나머지 4장은 모두 8종의 나무로 해석했다.

3. 유경(由庚) 유경

가사가 없는 생곡(笙曲)이다. 경(庚)은 도(道)와 같다. 만물이 각각 그러함을 얻은 것은 그 도(道)로 말미암은 것이라는 내용인 듯하다. 『의례(儀禮)』의 「향음주례(鄕飮酒禮)」와 「연례(宴禮)」에는 다음과 기록하고 있다. "앞의 음악이 끝나면 모두 교대하여 「어리(魚麗)」를 노래로 읊고 「유경(由庚)」을 생황으로 연주하며, 「남유가어(南有嘉魚)」를 노래로 읊고 「숭구(崇邱)」를 생황으로 연주하며, 「남산유대(南山有臺)」를 노래로 읊고 「유의(由儀)」를 생황으로 연주한다. 한 번 노래로 읊고 한 번 악기로 연주하는 것을 말한다." 주희는 이를 상고하고 "그렇다면 이 여섯 가지는 한때의 시(詩)로 모두 손님을 연향(燕饗)할 때에 상하에 통용되는 음악이다. 모공(毛公)이 「어리(魚麗)」를 나누어 앞의 습(什)을 채웠는데, 해설하는 자가 이것을 살피지 못하고 마침내 「어리(魚麗)」 이상을 문왕(文王)·무왕(武王) 때의 시라 하고, 「어리(魚麗)」 이하를 성왕(成王) 때의 시라 하였으니 그 잘못이 심하다"고 하였다.

앞에서 '습(什)'의 분류와 배치에 대해 말했는데, 주희가 '제2 백화지습(白華之什)'의 세 번째에 「어리(魚麗)」를 놓고, 이어서 「유경(由庚)」, 「남유가어(南有嘉魚)」, 「숭구(崇邱)」, 「남산유대(南山有臺)」, 「유의(由儀)」 순으로 배열한 것은 이런 이유에서였다는 것이다.

4. 숭구(崇邱) 숭구

가사가 없는 생곡(笙曲)이다. 만물이 그 높고 큼을 지극히 한 것을 읊은 것이다.

5. 유의(由儀)　　유의

가사는 없고 곡만 있는 생황 연주곡이다. 만물의 생장(生長)이 각각 그 마땅함을 얻은 것을 읊었다.

6. 육소(蓼蕭)　　기다란 다북쑥

蓼彼蕭斯[28]에 육 피 소 사	기다랗게 자란 저 다북쑥에
零露湑兮[29]로다 영 로 서 혜	이슬이 촉촉이 내렸네
旣見君子[30]니 기 견 군 자	이미 군자를 뵈었으니
我心寫兮[31]로다 아 심 사 혜	내 마음 후련하네
燕笑語兮[32]니 연 소 어 혜	잔치하여 술 마시고 웃으며 얘기하니

---

28 육피소사(蓼彼蕭斯): 육(蓼)은 풀이 길게 자란〔장대(長大)〕 모양인데, 여뀌를 칭할 때에는 '료'로 읽는다. 육(蓼)은 료(翏)를 따르며 같은 발음인데 료(翏)가 '높이 나는 모양'이므로 육(蓼)도 그와 뜻이 가까운 '길게 자란 모양'으로 푼다〔『통석(通釋)』〕. 소(蕭)는 쑥. 사(斯)는 어조사.

29 영로서혜(零露湑兮): 영(零)은 물방울이 뚝뚝 떨어지는 것. 서(湑)는 이슬이 맺혀 있는 모양(『집전』). 또는 맑고 깨끗한 모양. 「대아·부예(大雅·鳧鷖)」 시 "이주기서(爾酒旣湑)"에서 서(湑)는 '술을 거르다', '거른 술'의 뜻인데 인신(引伸)하여 '맑다'의 뜻이 된다.

30 군자(君子): 『정전(鄭箋)』에서는 천자(天子)라 하였고, 『집전(集傳)』에서는 제후를 지칭한다고 하였다.

31 사(寫): 사(瀉)와 통하며, '쏟아내다', '속이 후련하다'는 뜻. 「패풍·천수(邶風·泉水)」 시의 "이사아우(以寫我憂)"의 사(寫)와 같은 뜻〔『석의(釋義)』〕.

是以有譽處兮[33]로다 즐겁고 편안하네
시 이 유 예 처 혜

蓼彼蕭斯에 기다랗게 자란 저 다북쑥에
육 피 소 사
零露瀼瀼[34]이로다 이슬 내려 방울방울 맺혔네
영 로 양 양
旣見君子니 이미 군자를 뵈었으니
기 견 군 자
爲龍爲光[35]이로다 사랑받고 영광스러워라
위 룡 위 광
其德不爽[36]하니 그 은덕 어긋남이 없으니
기 덕 불 상
壽考不忘[37]이로다 끝없이 오래오래 사시리라
수 고 불 망

蓼彼蕭斯에 기다랗게 자란 저 다북쑥에
육 피 소 사
零露泥泥[38]로다 이슬 내려 흠뻑 젖었네
영 로 니 니
旣見君子니 이미 군자를 만나 보니
기 견 군 자

---

32 연(燕): 잔치〔연(宴)〕하여 술을 마시는 것(『정전』, 『집전』).

33 시이유예처혜(是以有譽處兮): 시이(是以)는 '그래서〔소이(所以)〕'. 유(有)는 어조사. 예(譽)는 예(豫)와 통하며 '즐겁다〔락(樂)〕' 또는 '편안하다〔안(安)〕'는 뜻. 처(處)는 안락(安樂)의 뜻(『집전』). 또는 동사 거(居)로 보고, 좋은 거처를 편안하고 즐거워한다고 하였다〔다산(茶山) 정약용, 『강의(講義)』〕.

34 양양(瀼瀼): 이슬이 많은 모양(『집전』).

35 위룡위광(爲龍爲光): 용(龍)은 총(寵)과 통하며 총애와 영광의 뜻.

36 상(爽): 어그러지다〔차(差)〕(『집전』).

37 수고불망(壽考不忘): 수(壽)는 오래 사는 것. 고(考)는 노(老). 불망(不忘)은 '잊지 못한다'. 또는 망(忘)은 옛날에 망(亡)과 통했고, 망(亡)은 무(無)와 통했다. 그래서 불망(不忘)은 불무(不無) 또는 무진(無盡)으로도 해석된다. 즉 '다함없이 장수하시라'는 뜻. 또는 군자가 오래도록 살면서 스스로 그 덕을 잃지 않아서 늙어서도 게을리 하지 않는다는 말로도 읽힌다〔다산(茶山) 정약용, 『강의(講義)』〕.

38 니니(泥泥): 이슬에 흠뻑 젖어있는 모양(『모전』).

孔燕豈弟[39]로다 무척도 즐겁고 화목하네
공연개제

宜兄宜弟[40]라 형도 아우도 의좋아
의형의제

令德壽豈[41]로다 아름다운 덕 오래도록 즐거우리라
영덕수개

蓼彼蕭斯에 기다랗게 자란 저 다북쑥에
육피소사

零露濃濃[42]이로다 이슬이 내려 흠뻑 젖었네
영로농농

旣見君子니 이미 군자를 만나 보니
기견군자

鞗革沖沖[43]하며 쇠 장식 고삐 치렁치렁하고
조혁충충

和鸞雝雝[44]하니 방울 소리 어울려 딸랑대니
화란옹옹

萬福攸同[45]이로다 만복이 다 모이네
만복유동

---

39 공연개제(孔燕豈弟): 공(孔)은 크다, 심하다. 연(燕)은 편안하다. 개(豈)는 개(愷)와 통하여, 즐거움. 제(弟)는 이(易)의 뜻(『모전』) 또는 제(悌)와 같아서, 마음이 가볍고 흐뭇한 것 또는 공경하며 화합하는 것. 그래서 개제(豈弟: 愷悌)는 화락(和樂) 곧 즐겁고도 화목한 것.

40 의형의제(宜兄宜弟): 의(宜)는 마땅하다는 뜻. 형제간의 의가 좋은 것. 여기서의 '형제'는 성(姓)이 같은 제후 간의 관계를 말한다. 주(周) 왕조는 종법제도(宗法制度)를 실시하며 동성(同姓)의 제후에게 지역을 나누어 다스리게 하였으므로 정치상으로는 군신(君臣) 관계로 맺어져 있으나 혈족으로는 형제 관계에 있었다. 이 구를 통해서 종족 혈연 의식이 주(周) 왕조의 정치 원칙의 중요한 내용임을 알 수 있다. 배경을 크게 고려하지 않고 일반적으로 말한다면 잔치 분위기가 마치 형제들이 모인 것처럼 화락했음을 강조한 것으로도 볼 수 있다.

41 영덕수개(令德壽豈): 영덕(令德)은 미덕(美德)과 같으며, 훌륭한 덕. 수개(壽豈)는 장수하면서 또한 즐거운 것.

42 농농(濃濃): 이슬이 짙은 모양.

43 조혁충충(鞗革沖沖): 조(鞗)는 쇠로 만든 고삐 끝의 장식. 혁(革)은 가죽 고삐〔『석의(釋義)』〕. 충충(沖沖)은 충충(忡忡)으로도 쓰며, 장식 달린 말고삐의 끝이 늘어져 있는 모양.

44 화란옹옹(和鸞雝雝): 화(和)와 란(鸞)은 모두 수레의 방울 이름. 수레 앞 가로나무〔식(軾)〕에 달린 것을 화(和), 말 재갈에 달린 것을 란(鸞)이라 한다(『집전』). 옹옹(雝雝)은 방울 소리.

45 유동(攸同): 유(攸)는 소(所)의 뜻. 동(同)은 한곳에 모이는 것〔취(聚)〕.

◈ 해설

제후들이 천자를 조현(朝見)하고 천자의 덕을 칭송한 시이다. 제후들이 멀리서 와 조회할 때 천자가 주연을 베풀어 은총과 영광을 보이므로 이 시를 지었고 이러한 때의 악가(樂歌)로 쓰이게 된 것이라 한다. 「모시서」엔 은택(恩澤)이 사해(四海)에 미침을 노래한 것이라 하였다. 시의 내용을 천자의 덕에 감복하여 멀리서 제후들이 조현(朝見)하는 것이라 보았기 때문이다.

쑥은 제후나 만민(萬民)을, 이슬은 주나라 임금을 지칭하여 다북쑥에 이슬이 내린 것은 곧 우로(雨露)가 만물을 적셔주어서 윤택하게 해주는 것으로 주나라 임금의 은택이 천하를 덮는 것을 비유한 것으로 본다.

7. 담로(湛露) 흠뻑 내린 이슬

湛湛露斯[46]여 담 담 로 사	흠뻑 내린 이슬
匪陽不晞[47]로다 비 양 불 희	햇볕 나지 않으면 마르지 않네
厭厭夜飮[48]이여 염 염 야 음	즐거운 밤의 술자리

---

46 담담(湛湛): 이슬이 많이 내린 모양(『모전』). 일반적으로 '담'으로 읽고 '즐기다, 빠지다, 맑다' 등으로 푸는데, 『집전(集傳)』에서 '직감반(直減反: zhan)'으로 되어 있어 '잠'으로 읽는 일이 많으나 '담'으로 읽는 것이 옳다고 생각된다.

47 비양불희(匪陽不晞): 비(匪)는 비(非)와 같다. 양(陽)은 햇볕, 또는 양(暘)으로 읽히며 해돋이〔일출(日出)〕를 뜻한다. 희(晞)는 마르다. 이 구절은 이슬이 많이 내려 햇볕이 아니면 마르지 않는다는 뜻이다.

48 염염야음(厭厭夜飮): 염염(厭厭)은 편안한 모양〔안(安)〕, 만족하여 흐뭇한 모양〔족(足)〕, 오래라는 뜻〔구(久)〕(『집전』). 야음(夜飮)은 밤의 주연(酒宴), 또는 사사로운 연회〔私燕〕(『집전』). 천자가 동성(同姓)의 제후들과 함께 하는 연회로 일반적인 야음(夜飮)과는 다

不醉無歸[49]로다 불 취 무 귀	취하지 않으면 아니 돌아간다네
湛湛露斯여 담 담 로 사	흠뻑 내린 이슬
在彼豐草[50]로다 재 피 풍 초	저 무성한 풀밭에 맺혀 있네
厭厭夜飮이여 염 염 야 음	즐거운 밤의 술자리
在宗載考[51]로다 재 종 재 고	종실에 차렸네
湛湛露斯여 담 담 로 사	흠뻑 적신 이슬
在彼杞棘로다 재 피 기 극	저 산버들과 가시나무에 내렸네
顯允君子[52]여 현 윤 군 자	밝고 진실한 군자들은
莫不令德[53]이로다 막 불 령 덕	아름다운 덕 아닌 것 없네

르다(『후전(後箋)』). 『의례(儀禮)·연례(燕禮)』에 '밤에는 두 뜰과 마당과 문에 모두 큰 촛불을 설치한다'고 했는데, 이 야음은 주(周) 왕조 종법제도(宗法制度)에 관련된 하나의 예절로서 이를 빌려 분봉(分封)된 동성(同姓) 제후들을 연결하고 정치적 결속을 강화하였을 것이다.

49 불취무귀(不醉無歸): 취하지 않으면 돌아가지 않는다. 천자가 내린 밤의 술잔치의 기회는 매우 진귀한 것이라 취하지 않고는 돌아가지 않는다는 것. 또는 화자의 관점에 따라서 '취하지 않으면 보내지 않는다'로도 해석된다.

50 풍초(豐草): 무성한 풀.

51 재종재고(在宗載考): 종(宗)은 종실(宗室)로 동성(同姓)을 말한다. 재(載)는 즉(則)(『정전』) 또는 어조사. 고(考)는 잔치가 이루어졌다는 뜻〔성(成)〕. 야음(夜飮)은 반드시 종실에서 한다는 뜻. 또는 천자는 천하의 대종(大宗)이며 천하 제후들의 종실이 되는 것〔진환(陳奐), 『전소(傳疏)』〕. 또는 야음을 할 때 동성들은 반드시 조종(祖宗)의 신령(神靈)에게 제사를 지내야 한다는 것으로, 이성(異姓)과의 차별을 보이는 것〔임의광(林義光), 『시경통해(詩經通解)』〕.

52 현윤군자(顯允君子): 현(顯)은 밝다. 윤(允)은 참되다. 우성오(于省吾)는 준(駿)으로 읽고 뜻은 '크다〔대(大)〕'라고 하였다. 군자(君子)는 여기서는 제후로서 빈객(賓客)이 된 자를 칭한다(『집전』).

其桐其椅[54]여 기 동 기 의	오동나무와 가래나무
其實離離[55]로다 기 실 리 리	열매 맺어 늘어져 있네
豈弟君子[56]여 개 제 군 자	즐겁고 편안한 군자들은
莫不令儀[57]로다 막 불 령 의	모두가 아름다운 거동 아님이 없네

◈ 해설

천자가 제후들에게 베푼 밤의 잔치에 부른 악가(樂歌)이다. 『춘추좌전』「문공(文公) 4년」에 영무자(甯武子)가 "옛날 제후가 왕에게 조현(朝見)하고 정교(政敎)를 받으면 왕이 잔치를 베풀어 즐기며 이에 「담로(湛露)」를 읊었다"고 한 말을 기록하고 있다. 시에서 듬뿍 내린 이슬은 천자의 은택에, 이슬을 맞은 풀이나 나무들은 제후들에 비유한 것일 게다. 그리고 끝 장의 오동나무와 가래나무 열매는 나라의 풍요와 군신의 화락을 비유한 것으로 보인다. 여기서의 '군자(君子)'는 동성(同姓)·이성(異姓) 구별 없이 제후들을 함께 말한 것이다.

---

53 영덕(令德): 아름다운 덕. 좋은 덕. 『집전(集傳)』에서는 술을 많이 마셔도 혼란스럽지 않아서 그 덕을 족히 받들 만함을 말한 것이라 하였다.

54 기동기의(其桐其椅): 기(其)는 '그'. 동(桐)은 오동나무. 의(椅)는 산오동나무 또는 가래나무. 목질(木質)이 단단하여 금슬(琴瑟)을 만드는 좋은 나무이며, 좋은 나무는 군자에 비유하였다.

55 리리(離離): 늘어진 모양(『모전』).

56 개제(豈弟): 개제(愷悌)와 같으며 화락(和樂)한 모양.

57 영의(令儀): 의(儀)는 거동. 즉 취해도 그 위의(威儀)를 잃지 않음을 말한 것(『집전』). 또는 빈객인 제후들이 인사하고 돌아갈 때 절도에 맞고 예의를 잃지 않는 것(『정전』).

8. 동궁(彤弓) 붉은활

彤弓弨兮[58]를
동 궁 초 혜

受言藏之[59]려니
수 언 장 지

我有嘉賓[60]이어늘
아 유 가 빈

中心貺之[61]라
중 심 황 지

鐘鼓旣設[62]하고
종 고 기 설

一朝饗之[63]로다
일 조 향 지

활줄 풀어 놓은 이 붉은활을
어서 받아 넣으시오
나에게 훌륭한 손님 있어
진심으로 그를 좋아하나니
종과 북 벌여 놓고
곧장 잔치하리라

彤弓弨兮를
동 궁 초 혜

활줄 풀어 놓은 이 붉은활을

---

58 동궁초혜(彤弓弨兮): 동궁(彤弓)은 붉은활. 천자가 공(功)이 있는 제후에게 내리는 것임. 초(弨)는 활줄을 팽팽하게 해놓지 않고 느슨히 풀어 놓은 것『모전』. 천자가 제후들에게 주는 활은 팽팽히 매지 않은 활이었다. 오래 저장하면서 활의 장력(張力)을 손상하지 않게 하는 방법이다.

59 수언장지(受言藏之): 수(受)는 받다. 언(言)는 어조사로 언(焉)과 같다. 장(藏)은 궁인(弓人)이 만들어 바치는 활을 받아 왕부(王府)에 잘 간직해 두는 것『집전』. 그러나 이 구의 주어를 제후로 보고 제후가 천자로부터 활을 받아서 넣는 것, 그리고 나아가 자손들에 의해 간직되는 것으로 해석한다〔진환(陳奐)〕.

60 아유가빈(我有嘉賓): 아(我)는 여기서는 천자의 자칭. 가빈(嘉賓)은 제후를 가리킨다.

61 황(貺): 주다, 선물하다『집전』. 시의 내용은 붉은활을 손님에게 주고 잔치를 베푸는 것인데 황(貺)을 썼고 그 속에 '준다'는 뜻이 있으므로 당연히 그렇게 해석되어 왔으나 제2, 3장과의 대비를 통하여 강력한 이설(異說)이 제기되었다. 황(貺)은 황(況)과 통하며 『광운(廣韻)』에 "貺, 善也"라고 하였다. 즉 '좋아하다〔善〕'〔『통석(通釋)』〕의 뜻으로, 뒤의 '희(喜)', '호(好)'와 같다. 우성오(于省吾)는 본래 '황(皇)'으로 써야 하며 그 뜻은 '찬미(讚美)하다'의 뜻이라 했다. 지(之)는 제후를 지칭한다.

62 종고(鐘鼓): 종과 북뿐만 아니라 연악(燕樂)에 쓰인 모든 악기들을 대표한 것이다.

63 일조향지(一朝饗之): 일조(一朝)는 '바로 그 아침'의 뜻. 그에게 잔치를 베푸는 성의가 큼을 말한다. 향(饗)은 손님에게 베푸는 큰 잔치『집전』.

受言載之[64]려니
수 언 재 지
我有嘉賓이어늘
아 유 가 빈
中心喜之라
중 심 희 지
鐘鼓既設하고
종 고 기 설
一朝右之[65]로다
일 조 우 지

어서 받아 실으시오
나에게 훌륭한 손님 있어
진심으로 그를 기뻐하나니
종과 북 벌여 놓고
곧장 잔치하며 술 권하리라

彤弓弨兮를
동 궁 초 혜
受言櫜之[66]려니
수 언 고 지
我有嘉賓이어늘
아 유 가 빈
中心好之라
중 심 호 지
鐘鼓既設하고
종 고 기 설
一朝醻之[67]로다
일 조 수 지

활줄 풀어 놓은 이 붉은활을
어서 받아 활집에 싸서 넣으시오
나에게 훌륭한 손님 있어
진심으로 그를 좋아하나니
종과 북 벌여 놓고
곧장 잔치하며 술 권하리라

◈ 해설

천자가 공 있는 제후에게 잔치를 베풀고 활을 상으로 내릴 때 부른 악가(樂歌)이다. 「모시서」에서도 같은 해설을 했고 원래 동궁(彤弓)은 천자가 공 있는 제후에게 하사하는 물건일 뿐더러 천자나 제후만이 사용할 수 있는 악기인 종과

---

64 재(載): 간수하다. 장(藏)과 뜻이 통함(『통석(通釋)』).
65 우(右): 술을 권하다. 「소아·남유가어(小雅·南有嘉魚)」 주(注) 참조.
66 고(櫜): 활집. 여기서는 동사로 사용되어 활집에 잘 넣어 두는 것.
67 수(醻): 술을 권하는 것.

북을 벌여 놓았다는 것으로 볼 때 충분히 납득이 간다.

『춘추좌전』「희공(僖公) 28년」 진(晋)나라 문공(文公)이 초나라와의 전쟁에서 승리한 후 주(周)나라 양왕(襄王)에게 초나라의 포로를 바치며 보고했더니 양왕은 특별히 융성한 의식을 거행하고 문공에게 동궁(彤弓) 등을 상으로 내렸다. 후세 진(晋)나라의 신하들은 이 일을 언급하면서 매우 자부심을 가졌고 또한 그것을 패업(霸業)의 상징으로 여겼다. 즉 천자가 제후에게 동궁을 내리는 것은 일종의 권력의 상징으로 곧 이른바 정벌의 권력을 빌려 주어서 왕실을 보위하는 것이다.

제후가 사신에게 잔치를 베풀고 음악을 연주하는 것으로 『춘추좌전』「문공 4년」의 기록에도 보인다. 위(衛)나라의 사신 대부 영무자(甯武子)가 노(魯)나라에 왔을 때 노공(魯公)이 잔치를 베풀고 악공들로 하여금 「담로(湛露)」와 「동궁(彤弓)」을 연주하게 하여 우호의 뜻을 보였다고 한다.

9. 청청자아(菁菁者莪) 무성한 다북쑥

菁菁者莪[68]여 청 청 자 아	무성한 다북쑥
在彼中阿[69]로다 재 피 중 아	저 언덕 가운데 있네
旣見君子니 기 견 군 자	이미 군자를 만나 뵈오니

---

68 청청자아(菁菁者莪): 청청(菁菁)은 무성한 모양. 아(莪)는 다북쑥. 쑥의 일종으로 나호(蘿蒿)라고도 함(『모전』). 3월 중에는 줄기를 날로도 먹을 수 있고 삶으면 향기가 나고 맛이 좋다고 한다(『육소(陸疏)』).

69 재피중아(在彼中阿): 아(阿)는 언덕. 큰 구릉을 말한다(『모전』). 중아(中阿)는 아중(阿中)의 도치로 언덕 가운데.

樂且有儀[70]로다
락 차 유 의
즐겁고도 예의 바르네

菁菁者莪여
청 청 자 아
무성한 다북쑥

在彼中沚[71]로다
재 피 중 지
저 모래톱 가운데 있네

旣見君子니
기 견 군 자
이미 군자를 만나 뵈오니

我心則喜로다
아 심 칙 희
내 마음 기쁘고 흐뭇하네

菁菁者莪여
청 청 자 아
무성한 다북쑥

在彼中陵[72]이로다
재 피 중 릉
저 산 구릉에 있네

旣見君子니
기 견 군 자
이미 군자를 만나 뵈오니

錫我百朋[73]이로다
석 아 백 붕
내게 많은 선물을 주시네

汎汎楊舟[74]여
범 범 양 주
둥실둥실 떠가는 버드나무 배

載沉載浮[75]로다
재 침 재 부
잠기는 듯 떠오르듯

---

70 의(儀): 예의(禮儀).

71 지(沚): 모래톱.

72 릉(陵): 큰 언덕. 또는 큰 흙산.

73 석아백붕(錫我百朋): 석(錫)은 주다. 고대에는 조개껍질〔패(貝)〕을 화폐로 썼는데, 5패를 1관(串)이라 하고 2관을 1붕(朋)이라 한다고 하였다〔왕국유(王國維)〕. 즉 1붕은 10패로 열 개의 조개껍질을 꿴 것을 말한다. 일설에는 1붕이 4패라고 하고〔『한서·식화지(漢書·食貨志)』〕, 또 5패라고도 한다〔『집전』〕. 백붕(百朋)은 수량이 매우 많은 것을 말한다.

74 범범양주(汎汎楊舟): 범범(汎汎)은 물에 떠다니는 모양. 양주(楊舟)는 버드나무로 만든 배〔『모전』〕.

75 재침재부(載沈載浮): 재(載)는 우(又) 또는 즉(則)〔왕선겸(王先謙), 『집소(集疏)』〕. 뱃머리가 올라왔다 내려갔다 하는 것.

既見君子니 | 이미 군자를 만나 뵈었으니
기 견 군 자

我心則休[76]로다 | 내 마음 느긋하네
아 심 칙 휴

◈ 해설

「모시서」에서는 인재를 육성함을 즐기는 것이라 하였다. 그러나 주희는 이를 비판하며 "손님을 맞아 잔치하며 즐기는 시"(『집전』)라고 하였다. 그러나 스스로 다른 글에서 다시 구설(舊說)을 인용하였으니〔「백록동부(白鹿洞賦)」, '樂菁莪之長育'〕 그래도 이 설이 무난한 편임을 알 수 있으며 둘 다 가능하다. 그 외 "남녀의 밀회", "여인이 애인과의 만남을 기뻐하는 시", "민가풍(民歌風)의 애정시' 등으로 보기도 한다.

대표적인 두 종류의 관점을 자세히 분석해 보자. 첫째, 인재 육성을 즐거워하는 시. 이는 대개는 '기견군자(既見君子)'와 '낙차유의(樂且有儀)' 두 구에서 도출되었을 것이다. 이 시 전체의 화자는 학문을 익히는 학생이 되고 '군자'는 학문과 지위와 부귀를 겸비한 스승이 된다. 언덕과 모래톱과 구릉은 인재가 배출되는 장소를, 제3장의 말구(末句)는 장려금을, 제4장의 버드나무 배가 오르락내리락하는 것은 학생의 불안한 심리 상태를 말한다고 본다. 이 시는 춘추시대부터 이렇게 인용되었고 이후 줄여서 '청아(菁莪)'는 인재 육성의 뜻으로 광범위하게 사용되었다. 둘째, 중국 소수민족의 청년 남녀의 혼전 사교 활동은 상당히 개방적이면서도 예의를 매우 중시하여 문란하지 않다. 그들의 단체 또는 개인의 만남의 장소는 언덕과 모래톱과 구릉으로 산도 있고 물도 있으며 다북쑥이 무성한 곳이다. 제3장의 말구는 서로 주고받는 선물의 양이 많음을 말하는 것이며 제4장은 역시 오락가락하며 안정되지 않는 심정을 비유한 것으로 보인다. 만나기 전에는 마치 정처 없이 떠도는 배가 잠겼다 떠올랐다 하듯 마음이 불안하더

---

76 휴(休): 아름답다, 기쁘다.

니, 만나고 나니 가라앉으며 한없이 기뻐짐을 그린 마치 연가(戀歌)와도 같은 작품이다.

이 만남의 기쁨을 노래한 이 시가 다양한 양상의 만남으로 확충된다. 현자와의 만남을 통해 인재로 육성되는 것으로 볼 수 있고, 빈객을 맞아 잔치할 때의 악가(樂歌)로 사용할 수도 있고 연인의 밀회에도 사용할 수도 있다는 것이다.

10. 유월(六月) 유월

六月棲棲[77]하여 유 월 서 서	유월 달 뒤숭숭하여
戎車既飭[78]하며 융 거 기 칙	병거를 준비해 놓고
四牡騤騤[79]어늘 사 모 규 규	억센 네 필 수말
載是常服[80]이로다 재 시 상 복	군복 입은 병사들을 싣는다

---

77 유월서서(六月棲棲): 고대에 여름과 겨울에는 군대를 일으키지 않는데 6월인데도 군대를 출동시킨 것은 험윤이 침입하여 이 일이 위급하기 때문이라고 하였다(『정전』). 서북방의 유목 민족들은 일반적으로 가을과 겨울 사이에 침입하기 때문에 후세에 '방추(防秋)'라고 했는데, 여름에 험윤이 군대를 일으킨 것은 실로 돌발적인 일이다. 서(棲)는 서(栖)와 통하며, 서서(棲棲)는 서성거리는 것을 말한다. 『논어·헌문(論語·憲問)』에 "공자는 무엇 때문에 서성거리고 있는가?(丘何爲是栖栖者歟)"의 서서(栖栖)와 같은 뜻이다. 또는 황황(惶惶: 당황)하여 불안한 모양. 여기서는 나라 형세가 뒤숭숭함을 말한다.

78 융거기칙(戎車既飭): 융거(戎車)는 병거(兵車) 곧 군대의 전쟁용 수레. 칙(飭)는 정비(整備)의 뜻.

79 사모규규(四牡騤騤): 사모(四牡)는 네 마리의 수말. 규규(騤騤)는 튼튼한 것, 강한 것.

80 상복(常服): 군중(軍中)에서 입는 평상복, 즉 군복으로, 붉은 가죽으로 고깔모자를 만들고 또 상의를 만들고 흰 치마에 흰색의 신을 신는다(『집전』). 일종의 군대 '유니폼'이다. 이 구는 군복 입은 사람을 수레에 실었다는 것. 또는 수레에 군복을 실었다는 것으로도

玁狁孔熾[81]라
험 윤 공 치

오랑캐들이 너무 강성해져서

我是用急[82]이니
아 시 용 급

우리 형세 다급해지고

王于出征[83]하사
왕 우 출 정

임금님께서 출정하라 명하시어

以匡王國[84]시니라
이 광 왕 국

우리나라 바로잡으려 하셨네

比物四驪[85]여
비 물 사 려

힘과 색깔 가지런히 맞춘
네 마리 검정 말

閑之維則[86]이로다
한 지 유 칙

길 잘 들어 질서가 있다

본다. 상(常)에 희다는 뜻이 있어, 소복(素服)·상복(喪服)과 같이 보며 부친인 여왕의 상례(喪禮)를 행하면서 군대를 일으킨 것으로 본다〔다산(茶山) 정약용〕.

81 험윤공치(玁狁孔熾): 험윤(玁狁)은 당시 서북쪽 변방에 살던 소수민족으로 비하하여 오랑캐라고 부른다. 「소아·채미(小雅·采薇)」, 「소아·출거(小雅·出車)」 시 참조. 공(孔)은 매우, 심히. 치(熾)는 기세가 대단한 것. 또는 강성해진 것.

82 아시용급(我是用急): 시용(是用)은 '이 때문에〔인차(因此)〕'. 급(急)은 극(亟: 경망하다)·계(戒)·계(悈)·극(棘) 등과 음이 같아서 통용되며〔『통석(通釋)』〕, 긴급하여 경계하고 조심하고 준비하는 것 또는 긴급 행동의 뜻이다.

83 왕우출정(王于出征): 우(于)은 '가다〔지(之), 왕(往)〕'의 뜻. 또는 명령하다. 주나라 천자가 직접 출병한 것은 아니고 왕이 군대를 일으키고 출정하도록 명령한 것을 말한다.

84 광(匡): 바로잡다. 또는 보위(保衛)하다.

85 비물사려(比物四驪): 비(比)는 제(齊)와 같이 '가지런히 하다'는 뜻과 류(類)와 같이 '서로 비슷하다'는 뜻으로 많이 푼다. 물(物)은 짐승인 말을 지칭한다. 그래서 비물(比物)은 그 힘을 똑같게 하는 것(『모전』)이라 했다. 나라의 큰일인 제사(祭祀)·조근(朝覲)·회동(會同) 등엔 말의 색깔을 구분하여 나누어 주고〔毛馬而頒之〕, 모든 군사(軍事)에는 말의 힘을 고르게 하여 나누어 준다〔物馬而頒之〕〔『공소(孔疏)』〕고 했는데 전쟁용 수레는 강한 것을 숭상하지 색깔 같은 것을 취하지 않기 때문이다. 비물(比物)은, 또 사려(四驪: 네 마리 검은 말)는 비록 힘을 가지런하게 하는 것을 중점으로 하지만 또한 색깔이 같은 것을 마다하지 않는다〔공영달(孔穎達), 『정의(正義)』〕고 하였으니 색깔도 유사하게 검은 말을 배치하여 조련을 잘함을 말한다.

86 한지유칙(閑之維則): 한(閑)은 한습(嫻習)의 뜻, 곧 길이 잘 든 것. 유(維)는 어조사 또는 유(有)의 뜻. 칙(則)은 법칙, 질서.

維此六月에 (유차유월) — 이 유월 달에

旣成我服[87]하여 (기성아복) — 우리 군복 만들고

我服旣成이어늘 (아복기성) — 우리 군복 다 만들어

于三十里[88]로다 (우삼십리) — 하루 30리를 진군한다

王于出征하사 (왕우출정) — 임금님 출정하시어

以佐天子시니라 (이좌천자) — 천자님을 보좌하신다

四牡脩廣[89]하니 (사모수광) — 키 크고 떡 벌어진 네 필 수말

其大有顒[90]이로다 (기대유옹) — 그 덩치 크기도 하다

薄伐玁狁[91]하여 (박벌험윤) — 오랑캐를 쳐서

以奏膚公[92]이로다 (이주부공) — 큰 공을 세우리라

有嚴有翼[93]하여 (유엄유익) — 위엄 있게 조심스럽게

---

87 복(服): 전복(戰服), 군복. 또는 복마(服馬)로 해석하기도 한다. 주나라 수레의 제도에 한 채의 수레에 네 필의 말인데 중간의 두 필을 복마(服馬)라고 한다. 즉 5월에 말을 나누어 주면 규정과 법칙 및 작전에 따라 조련하고 6월이 되면 조련이 마무리되어 출정할 때가 된다는 것인데(『통석(通釋)』) 중심이 되는 두 마리 복마가 이미 확정되었다는 뜻(임의광(林義光), 『시경통해(詩經通解)』). 대개는 군복을 위시한 군장(軍裝)이 갖춰진 것으로 말한다(『정전』).

88 우삼십리(于三十里): 우(于)는 왕(往: 가다)의 뜻. 곧 군대가 하루에 30리 진군했다는 뜻. 긴급한 상황에서도 서둘러 쫓아가지 않는 것은 윤길보의 자신 있으면서도 차분한 용병술이거나 사병들을 살피는 대장의 풍도(風度)를 표현한 것으로도 볼 수 있다.

89 수광(脩廣): 말이 키가 크고 살찐 것(『석의(釋義)』).

90 유옹(有顒): 옹연(顒然). 큰 모양. 옹(顒)은 본래 머리가 큰 모양이다.

91 박(薄): 어조사.

92 이주부공(以奏膚公): 주(奏)는 위(爲)의 뜻(『모전』)으로 '이루는 것' 곧 성공. 부공(膚公)은 큰 공(功)(『모전』).

93 유엄유익(有嚴有翼): 유엄(有嚴)은 위엄이 있고 엄숙한 모양. 유익(有翼)은 공경하고 근

共武之服[94]하니 공 무 지 복	군무를 신중히 하고
共武之服하여 공 무 지 복	군무를 신중히 하여
以定王國이로다 이 정 왕 국	우리나라 안정시킨다

玁狁匪茹[95]하여 험 윤 비 여	오랑캐 억세어
整居焦穫[96]하여 정 거 초 호	초호에 진을 치고
侵鎬及方[97]하여 침 호 급 방	호(鎬) 땅과 방(方) 땅 침입하여
至于涇陽[98]이어늘 지 우 경 양	경수 북쪽에 이르렀다
織文鳥章[99]이며 직 문 조 장	아군 깃발 표지는 새매 표지
白旆央央[100]하니 백 패 앙 앙	깃발 아래 흰 띠 선명하게 펄럭이고

신하는 모양(『집전』). 또는 익(翼)은 새의 날개처럼 양편에 부하를 거느린 것으로 해석하기도 한다.

94 공무지복(共武之服): 공(共)은 공(恭)과 통하여 삼가다 공손하다. 무(武)는 정벌. 복(服)은 일〔사(事)〕. 무지복(武之服)은 군사(軍事). 신중히 정벌에 힘쓰겠다는 뜻. 또는 최복(縗服), 즉 상복(喪服)을 입고 전쟁에 나간다는 뜻으로도 본다. [해설] 참조.

95 비여(匪茹): 비(匪)는 비(非). 여(茹)는 부드럽다. 그래서 유약(柔弱)하지 않다, 즉 강하다는 뜻〔『통석(通釋)』〕. 또는 여(茹)를 헤아리다〔탁(度)〕(『집전』)로 보기도 한다.

96 정거초호(整居焦穫): 정(整)은 정(正)·정(征)과 통하여 왕(往)의 뜻. 초호(焦穫)는 땅 이름. 주나라의 땅이며 험윤과 접경 지역으로 지금의 섬서성 경양현 경계에 있었다〔『석의(釋義)』〕.

97 침호급방(侵鎬及方): 이전의 설에 의하면 호(鎬)는 고대 북방의 지명으로 서주(西周)의 호경(鎬京)이 아니고 방(方)은 삭방(朔方)이라고 했는데 근세의 연구에 의해 각각 호경과 풍경(豊京)으로 확인되었다.

98 경양(涇陽): 경수(涇水)의 북쪽. 경수 하류의 위수(渭水)와 합쳐지는 부근을 가리킨다. 험윤은 지금의 산서성 서부로부터 이 부근으로 침입해 온 것〔왕국유(王國維)〕.

99 직문조장(織文鳥章): 직(織)은 지(識)로 씀이 옳으며, 지(識)는 치(幟: 깃발)와 통한다〔『통석(通釋)』〕. 그래서 직문은 무늬가 있는 기. 조장(鳥章)은 새매 같은 표지를 그린 깃발.

100 백패앙앙(白旆央央): 백패(白旆)는 희고 긴 천을 조(旐: 현무기) 밑에 달아 놓은 것. 앙앙(央央)은 선명한 모양.

元戎十乘[101]으로 원 융 십 승	선봉 설 큰 병거 열 채
以先啓行[102]이로다 이 선 계 행	앞장서서 길을 인도한다

戎車既安하니 융 거 기 안	병거가 편안하여
如輊如軒[103]이며 여 지 여 헌	오르락내리락 까불거리고
四牡既佶[104]하니 사 모 기 길	건장한 네 필 수말
既佶且閑[105]이로다 기 길 차 한	억세면서도 길 잘 들었다
薄伐玁狁하여 박 벌 험 윤	오랑캐를 쳐서
至于大原[106]하니 지 우 대 원	태원 땅에 이르러
文武吉甫[107]여 문 무 길 보	문무겸전한 길보님은
萬邦爲憲[108]이로다 만 방 위 헌	온 세상의 모범이어라

吉甫燕喜[109]하니 길 보 연 희	길보님 잔치에 기뻐하심은

---

101 원융십승(元戎十乘): 원(元)은 큰 것. 융(戎)은 융거(戎車). 즉 대형 수레. 십 승(十乘)은 수레 열 대. 이들은 군의 선봉이다(『집전』).

102 이선계행(以先啓行): 앞서 길을 열어 인도해 나가는 것.

103 여지여헌(如輊如軒): 수레의 앞이 낮았다 뒤가 낮았다 하며 덜컹거리고 가는 모습.

104 길(佶): 건장(健壯)한 모양(『정전』).

105 한(閑): 길이 잘 든 것, 훈련이 잘 된 것.

106 대원(大原): 지명. 한(漢)나라 한동군(漢東郡)으로 지금의 산서성 서부(『석의(釋義)』).

107 문무길보(文武吉甫): 문무(文武)는 능문능무(能文能武) 곧 문무겸전(文武兼全)의 뜻. 「대아(大雅)」의 「숭고(崧高)」, 「증민(烝民)」은 모두 길보(吉甫)의 작품이며, 여기에서는 또 군사를 거느리고 있으니 정말로 문무에 뛰어났던 것 같다(『석의(釋義)』).

108 헌(憲): 법으로 받든다, 모범으로 삼는다는 뜻.

109 연희(燕喜): 연(燕)은 연(宴). 즉 연회를 베풀어 경축하다. 또는 도치문으로 보고 경하(慶賀)의 연회로도 푼다.

既多受祉[110]로다 기 다 수 지	많은 복 받았기 때문
來歸自鎬[111]하니 내 귀 자 호	호(鎬) 땅에서 돌아온 것은
我行永久[112]로다 아 행 영 구	내가 떠난 지 오래되었구나
飮御諸友[113]하니 음 어 제 우	여러 벗들에게 술과 음식 권하나니
炰鼈膾鯉[114]로다 포 별 회 리	자라 찜도 잉어회도 있구나
侯誰在矣[115]요 후 수 재 의	그 자리에 있는 벗은 누구인가?
張仲孝友[116]로다 장 중 효 우	효성스럽고 우애로운 장중이로다

◈ 해설

험윤(玁狁) 정벌에 공을 세운 윤길보(尹吉甫)를 찬미한 시로 본다. 주(周) 선왕(宣王: BC 827~782년 재위) 때 북쪽의 오랑캐〔험윤(玁狁)〕가 자주 침입해 오므로 왕명을 받은 윤길보가 이를 정벌하여 개선해서 돌아오자 여기 종군했던 사람이 이 시를 노래했다는 것이다. 윤길보는 「대아(大雅)」에 나오는 「숭고(崧高)」, 「증

---

110 지(祉): 복, 행운. 여기서는 승리.

111 내귀자호(來歸自鎬): 길보가 호경으로부터 돌아오며 풍경(豐京)에 이르러 경축 잔치를 받았다는 것. 문왕은 풍(豐)에 도읍하였고 무왕은 호(鎬)에 도읍하여 그 거리가 30리였는데, 나라의 큰일이 있을 때마다 종주(宗周)로부터 걸어서 풍묘(豐廟)에 그 일을 고했다고 한다.

112 영구(永久): 오래되었다는 뜻.

113 음어(飮御): 음식과 술을 대접하는 것.

114 포별회리(炰鼈膾鯉): 포(炰)는 포(炮)와 같은 자로 고기를 통째로 굽는 것. 별(鼈)은 자라. 회(膾)는 생회(生膾), 즉 물고기나 육류를 날 것으로 얇게 저민 것. 리(鯉)는 잉어.

115 후(侯): 유(維)와 같은 발어사.

116 장중효우(張仲孝友): 장중(張仲)은 길보의 초대를 받아 연회에 참석한 친구 중의 한 사람. 효우(孝友)는 부모님께 효도 잘하고 형제 사이엔 우애 좋기로 이름난 사람.

민(烝民)」의 작자이면서 또한 「소아·유월(小雅·六月)」에서와 같이 군사를 거느리고 오랑캐 정벌을 간 문무겸비한 사람이었다. 『시경통석(詩經通釋)』의 저자 이진동(李辰冬, 1907~1983)과 같은 사람은 『시경』의 시 모두가 다 윤길보 개인의 작품이라고 주장하기도 했다. 동의하는 사람은 없다.

주나라 왕실은 성왕(成王) 강왕(康王)이 죽은 후로 날로 쇠미해지고 8대가 지나 여왕(厲王) 희호(姬胡)가 포학하자 주나라 사람들이 그를 쫓아내어 체(彘) 땅에 있게 하였다. 이때 험윤이 쳐들어와서 경읍(京邑)까지 이르렀다. 여왕이 죽자 그의 아들 선왕(宣王)이 즉위하여 윤길보에게 명하여 험윤을 치게 했다. 그런데 이렇게 군사를 일으켜 출정한 것이 험윤의 침범에 대한 수동적 대응이 아니라 선왕이 나라를 바로잡는 것이 급선무라 여겨 부친 여왕의 상례(喪禮)를 행하면서 상복(喪服)을 입고 유월에 군사를 일으켰다고 했다〔다산(茶山) 정약용, 『강의(講義)』〕.

11. 채기(采芑) 고들빼기를 캐러

薄言采芑[117]를
박 언 채 기
고들빼기를 캔다

于彼新田[118]하며
우 피 신 전
재작년에 일군 저 밭에서

---

117 박언채기(薄言采芑): 박(薄)과 언(言)은 모두 어조사. 기(芑)는 고채(苦菜: 씀바귀 또는 고들빼기) 비슷하고 줄기는 청백색이며 그 잎을 뜯으면 흰 즙이 나온다. 부드러운 것은 날로 먹을 수 있으며 삶아서 나물로 먹을 수 있다고 한다〔『공소(孔疏)』〕. 또는 백거(白苣: 흰 상추)인데 집에서 키우며 야채(野菜)가 아니고 쓴 상추도 아니며 청주(青州)에서 기(芑)라고 한다고 했다〔『본초강목(本草綱目)』〕.

118 신전(新田): 일군 지 2년 되는 밭〔『모전』〕.

于此菑畝[119]로다 우 차 치 무	작년에 일군 이 밭에서
方叔涖止[120]하니 방 숙 리 지	방숙님 오실 적에
其車三千[121]이러니 기 거 삼 천	그 수레 3천 채에
師干之試[122]로다 사 간 지 시	병사들을 훈련시킨다
方叔率止하여 방 숙 솔 지	방숙님은 이를 이끌고서
乘其四騏[123]하니 승 기 사 기	네 필 청부루를 탔다
四騏翼翼[124]이로다 사 기 익 익	나란히 달리는 네 필의 청부루
路車有奭[125]하며 노 거 유 석	병거는 붉고
簟茀魚服[126]이며 점 불 어 복	대자리 덮개에 상어 가죽 곁채

119 치무(菑畝): 일군 지 1년 되는 밭(『모전』).

120 방숙리지(方叔涖止): 방숙(方叔)은 주(周) 선왕(宣王) 때의 경사(卿士)이자 조정의 원로로서 명을 받아 형만(荊蠻)을 치는 장수가 되었다. 리(涖)는 임(臨)·리(莅)와 통하며 군사를 거느리고 나오는 것. 지(止)는 어조사, 또는 지(之)와 같으며 전선(前線)의 뜻.

121 기거삼천(其車三千): 사마병법(司馬兵法)에 의하면 병거 1승에 갑사(甲士) 3인과 보졸(步卒) 72인이 따른다 했으니(『정전』) 대부대이다. 병거가 매우 많다는 것을 말하는 것으로 실수(實數)는 아니다.

122 사간지시(師干之試): 사(師)는 무리〔중(衆)〕로서 사병(士兵)을 뜻하며, 간(干)은 한(扞) 곧 '막다'의 뜻 또는 방패〔순(盾)〕과 같아서 사간은 지금의 갑병(甲兵)을 뜻한다. 시(試)는 용(用)과 같아서 결국은 용병(用兵)하는 것이거나 사병들의 연습 훈련을 말한다.

123 기(騏): 털빛이 검푸른 말. 청부루라고 한다.

124 익익(翼翼): 나란히 가지런한 모양, 즉 훈련이 잘되어 있는 것을 말한다.

125 노거유석(路車有奭): 노거(路車)는 제후들이 타는 큰 수레. 노(路)는 로(輅)의 차자(借字). 석(奭)은 혁(赩)과 통하여 붉다는 뜻. 유석(有奭)은 석연(奭然)이나 석석(奭奭)과 같으며 붉은 모양. 제후들의 노거는 붉은 가죽을 수레채에 대었다〔「제풍·재구(齊風·載驅)」 참조〕.

126 점불어복(簟茀魚服): 점불(簟茀)은 네모 무늬의 대자리로 만든 수레 곁채. 어복(魚服)은 상어와 같은 물고기 가죽으로 만든 수레 장식의 일종으로 수레의 자리 양쪽을 덮은 것. 복(服)에는 거상(車箱), 즉 수레 곁채의 뜻이 있다. 일설에는 「소아·채미(小雅·采薇)」의 "어복(魚服)"처럼 화살집〔복(箙), 시복(矢服), 전통(箭筒)〕이라 하나 이 장에서는

鉤膺鞗革[127]이로다
구 응 조 혁

말의 배띠엔 쇠고리 고삐에 쇠 장식

薄言采芑를
박 언 채 기

고들빼기를 캔다

于彼新田하며
우 피 신 전

재작년에 일군 저 밭에서

于此中鄕[128]이로다
우 차 중 향

마을 가운데 이 밭에서

方叔涖止하니
방 숙 리 지

방숙님 오실 적에

其車三千이러니
기 거 삼 천

그 수레 3천 채에

旂旐央央[129]이로다
기 조 앙 앙

교룡기와 현무기 뚜렷하다

方叔率止하여
방 숙 솔 지

방숙님은 이를 이끄나니

約軝錯衡[130]이며
약 기 착 형

가죽으로 묶은 바퀴통에
무늬 새긴 횡목

八鸞瑲瑲[131]이로다
팔 란 창 창

여덟 개 말방울이 짤랑거린다

수레와 말에 대한 묘사라서 적절치 않다.

127 구응조혁(鉤膺鞗革): 구(鉤)는 말 배띠의 쇠고리(『석의(釋義)』). 응(膺)은 말 배띠. 조혁(鞗革)은 가죽 고삐에 달린 쇠 장식. 앞의 「소아·육소(小雅·蓼蕭)」 시 참조.

128 중향(中鄕): 향(鄕)은 소(所)의 뜻. 소(所)는 또 처(處)와 통하여, 중향은 치묘(菑畝)의 중처(中處)의 뜻(『전소(傳疏)』). 옛날 공전(公田)에서 사는데 여사(廬舍: 오두막집)가 그 속에 있고 그 집 둘레에 상마(桑麻)와 채소들을 심고 두둑에는 오이를 심는다고 했는데, 밭 속에 오두막집이 있는 것을 두고 말한 것(『통석(通釋)』).

129 기조앙앙(旂旐央央): 기(旂)는 청황(靑黃)의 교룡(交龍)을 그린 깃발(『모전』). 조(旐)는 거북과 뱀 또는 현무(玄武)가 그려져 있는 깃발. 앙앙(央央)은 선명한 모양.

130 약기착형(約軝錯衡): 약(約)은 묶다(속(束)). 기(軝)는 수레바퀴통. 병거의 차축(車軸)이 바퀴 양쪽으로 튀어나와 있는데 약기(約軝)는 그것을 붉은 가죽으로 동여맨 것(『모전(毛傳)』, 『집전(集傳)』). 착(錯)은 무늬를 교차로 새긴 것. 형(衡)은 수레 앞쪽 끌채 위의 횡목(橫木: 앞가로나무).

131 팔란창창(八鸞瑲瑲): 팔란(八鸞)은 여덟 개의 방울. 말 재갈 양편에 달린 방울을 란(鸞)이라 하며, 말이 네 필이기 때문에 팔란이다. 창창(瑲瑲)은 방울 소리.

服其命服[132]하니
복 기 명 복

朱芾斯皇[133]이며
주 불 사 황

有瑲葱珩[134]이로다
유 창 총 형

천자께서 내리신 옷 입어
붉은 폐슬 반짝이고
푸른 패옥 짤랑거린다

鴥彼飛隼[135]이여
율 피 비 준

其飛戾天[136]이며
기 비 려 천

亦集爰止[137]로다
역 집 원 지

方叔涖止하니
방 숙 리 지

훨훨 급히 나는 저 새매
하늘에 닿을 듯이 날아오르다가
나무에 모여 앉는다
방숙님 오실 적에

---

132 복기명복(服其命服): 복(服)은 입다. 명복(命服)은 천자가 명한 것으로 그의 신분에 맞는 옷. 귀족은 천자가 명을 내려 그에게 작위를 내리고 그에 따라 규정된 의복을 입도록 허락하는데 이를 말한다.

133 주불사황(朱芾斯皇): 불(芾)은 불(韍)과 통하며 폐슬(蔽膝) 곧 앞가리개 또는 무릎가리개를 말한다. 주불(朱芾)이라고 했지만, 옛날 예복(禮服)의 불(芾)은 천자는 순주(純朱)이고 제후는 주황(朱黃)이었으니 '주황색의 폐슬'로 보아야 한다〔『공소(孔疏)』〕. 상고시대의 의복은 다만 배 앞에 짐승 가죽을 걸치는 것이었는데 점차 진화하여 일종의 등급을 구별하는 복식으로 바뀌었다. 황(皇)은 황황(煌煌)과 같으며(『집전』), 빛나는 것. 사(斯)가 형용사와 결합하면 일반적으로 중언(重言)에 해당된다. 즉 사황(斯皇)은 '황황(皇皇)'과 같다.

134 유창총형(有瑲葱珩): 유창(有瑲)은 창창(瑲瑲: 방울 소리)과 같다. 총(葱)은 파와 같은 푸른색. 형(珩)은 패옥(佩玉)의 맨 위에 가로댄 옥(『집전』). 또는 패옥의 일종. 앞의 주불(朱芾)이나 총형(葱珩)은 작위가 높은 상공(上公)에게 해당되는 것.

135 율피비준(鴥彼飛隼): 율(鴥)은 빨리 나는 모양. 준(隼)은 새매.

136 려천(戾天): 려(戾)는 이르다〔지(至)〕. 새매가 하늘에 닿을 듯이 높이 나는 것.

137 역집원지(亦集爰止): 역(亦)은 '또〔우(又)〕'의 뜻. 집(集)은 새가 나무 위에 앉는 것. 원(爰)은 어조사, '이에'. 또는 원지(爰止)는 이에 머물러 쉬는 것〔『석의(釋義)』〕. 또는 원(爰)을 완(緩)으로 푼다. 위의 여천(戾天)이 높고 빠른 것을 보여주고 있다면, 나무 위에 내려와 앉아 있는 것은 느리고 차분한 것을 말한다. 빠르고 느림이 때가 있고 자재한 것은 방숙의 수레나 군마가 절도 있음을 드러내기 위함이라는 것. 「왕풍·토원(王風·兎爰)」에서 원원(爰爰)을 완(緩)으로 풀었던 예도 있다.

其車三千이러니 그 수레 3천 채에
기 거 삼 천

師干之試로다 병사들을 훈련시킨다
사 간 지 시

方叔率止하여 방숙님은 이를 이끌고서
방 숙 솔 지

鉦人伐鼓[138]어늘 징 치는 군사 북을 쳐
정 인 벌 고

陳師鞠旅[139]로다 부대를 정렬시키고 출동 훈시를 한다
진 사 국 려

顯允方叔[140]이여 밝고 진실한 방숙님
현 윤 방 숙

伐鼓淵淵[141]이며 북소리 둥둥 울려서
벌 고 연 연

振旅闐闐[142]이로다 소리 맞춰 부대를 정렬시킨다
진 려 전 전

蠢爾蠻荊[143]이 어리석은 형만 오랑캐
준 이 만 형

---

138 정인벌고(鉦人伐鼓): 정(鉦)은 징. 옛날의 군대는 북을 치면 진격하고 징을 치면 멈추었다(『모전』). 이 구절은 징잡이와 북재비가 따로 있어 징잡이는 징을 치고 북재비는 북을 친다는 것인데 두 가지를 모두 쓰지 않고 한쪽의 한 가지씩만을 쓰고 나머지 부분을 생략했다. 예를 들면 '鉦人伐鉦, 鼓人伐鼓'라고 써야 할 것을 '鉦人伐鼓'라고 쓴 것이다. 이를 호문(互文)이라 한다(『정전』).

139 진사국려(陳師鞠旅): 진사(陳師)는 군대를 진열하는 것이며 국려(鞠旅)는 군사들을 모아 놓고 서고(誓告)를 하는 것. 옛날 군대가 전쟁을 하기 전에 장수가 부하를 모아 놓고 '서(誓)'라 하여 전쟁에 관한 훈시를 하였다. 사(師)와 려(旅)는 모두 군대를 말하는 것인데, 전자는 2천5백 명을, 후자는 5백 명이라 하였다(『집전』).

140 현윤(顯允): 현(顯)은 밝은 것. 윤(允)은 진실한 것. 영명(英明)하고 충성(忠誠)된 것. 또는 호령(號令)이 분명하고 상벌(賞罰)에 신뢰가 있는 것.

141 연연(淵淵): 북소리(『모전』).

142 진려전전(振旅闐闐): 진려(振旅)는 군사들을 정비하고 훈련시켜 전쟁에 대비하는 것. 『춘추공양전』과 『이아(爾雅)』의 "군대가 나가는 것을 치병(治兵), 들어오는 것을 진려(振旅)라 한다"는 설(說)과 『정전(鄭箋)』에서 전쟁이 그치고 장차 돌아갈 것이라고 한 것은 본뜻이 아니다(『석의(釋義)』, 『전소(傳疏)』). 전전(闐闐)은 북소리가 울리는 것(『집전』), 또는 많은 사람들이 움직이는 소리〔군행성(群行聲)〕(『이아(爾雅)』 곽박(郭璞) 주(注)). 혹자는 징소리에 맞춰 군대가 들어오는 것이니 징소리로 보기도 한다.

143 준이만형(蠢爾蠻荊): 준(蠢)은 어리석다, 경거망동하다. 또는 벌레 따위가 꿈틀거린다

大邦爲讎[144]로다 대 방 위 수	대국을 원수 삼아 상대한다
方叔元老[145]니 방 숙 원 로	방숙님은 나라의 원로
克壯其猶[146]로다 극 장 기 유	그 지략 한이 없다
方叔率止하니 방 숙 솔 지	방숙님은 부하를 이끌고서
執訊獲醜[147]로다 집 신 획 추	간첩을 사로잡고 악인을 붙잡는다
戎車嘽嘽[148]하니 융 거 탄 탄	수많은 병거 달리는 소리
嘽嘽焞焞[149]하여 탄 탄 퇴 퇴	덜커덩 덜커덩 끝이 없이
如霆如雷[150]로다 여 정 여 뢰	천둥 울리고 벼락 치듯 진동한다
顯允方叔이여 현 윤 방 숙	밝고 진실한 방숙님
征伐玁狁이러니 정 벌 험 윤	험윤 오랑캐를 쳐
蠻荊來威[151]로다 만 형 래 위	형만 오랑캐 두려워한다

는 뜻으로 불순한 세력이나 보잘것없는 무리가 법석을 부리는 것. 즉 준이(蠢爾)를 준동(蠢動)하다는 말의 의태어로 볼 수도 있다. 만(蠻)은 남쪽 변방민족 오랑캐. 형(荊)은 초(楚) 지방. 남쪽 오랑캐들을 방숙이 친 것.

144 대방위수(大邦爲讎): 대방(大邦)은 대국(大國), 곧 중국(中國). 수(讎)는 원수.

145 원로(元老): 천자의 중신(重臣).

146 극장기유(克壯其猶): 극(克)은 '잘하다, 할 수 있다〔능(能)〕'. 장(壯)은 크다. 유(猶)는 유(猷)의 가차(假借)로 계획과 모책(謀策).

147 집신획추(執訊獲醜): 집(執)은 잡다, 생포하다. 신(訊)은 그 괴수(魁首)로서 마땅히 신문(訊問)해야 할 자(『집전』) 또는 간첩(間諜)을 말한다. 획(獲)은 괵(馘)과 통하며 적을 생포하거나 죽여 그 왼쪽 귀를 자르는 것. 추(醜)는 무리〔중(衆)〕(『집전』, 『통석』). 또는 적군에 대한 멸시의 호칭. 「소아·출거(小雅·出車)」 참조.

148 탄탄(嘽嘽): 많은 수레 소리.

149 퇴퇴(焞焞): '탄탄(嘽嘽)'과 같이 수레 소리를 형용한 것으로, 「왕풍·대거(王風·大車)」 시의 "톤톤(啍啍)"과 같은 뜻일 것임(『석의(釋義)』). 돈(焞)으로 읽는 것도 문제없어 보이지만 『집전(集傳)』의 반절〔토뢰반(吐雷反)〕을 따라 읽기로 한다.

150 여정여뢰(如霆如雷): 정(霆)은 천둥. 뢰(雷)는 우레.

151 래위(來威): 래(來)는 시(是)와 같은 조사〔『석의(釋義)』〕. 위(威)는 위세에 굴복하는 것

◈ 해설

형만(荊蠻) 정벌에 공을 세운 방숙(方叔)을 찬미한 시이다. 주(周)나라 선왕(宣王) 때 남쪽의 초나라 지경의 오랑캐가 배반하므로 왕명을 받은 방숙이 군대를 조련하여 남정(南征)하여 이를 굴복시켰다. 이에 함께 종군했던 사람이 이 시를 지어 방숙의 공을 노래한 것이다.

12. 거공(車攻) 수레 견고하고

我車旣攻[152]하며 (아 거 기 공)
내 수레 수리해서 견고하고

我馬旣同[153]하여 (아 마 기 동)
내 말들도 가지런히 마련되어

四牡龐龐[154]하니 (사 모 농 롱)
힘찬 네 필 수말

駕言徂東[155]이로다 (가 언 조 동)
수레를 타고 동쪽으로 간다

田車旣好[156]하니 (전 거 기 호)
사냥 수레 훌륭하고

四牡孔阜[157]로다 (사 모 공 부)
네 필 수말도 무척 크다

〔위복(威服)〕. 또는 외(畏)로 보고 두려워하여 복종한다는 뜻(『집전』).

152 공(攻): 견고(堅固)의 뜻(『모전』). 곧 탄탄한 것.

153 동(同): 제(齊)의 뜻(『모전』). 잘 갖춘 것.

154 농롱(龐龐): 강성(强盛)한 모양(『전소(傳疏)』). 또는 장대(壯大)한 모양.

155 가언조동(駕言徂東): 가(駕)는 수레를 끌다. 언(言)은 어조사. 조(徂)는 가다. 동(東)은 동도(東都) 낙읍(雒邑)을 말한다. 낙읍은 주나라 도읍 호경(鎬京)의 동쪽에 있다.

156 전거(田車): 사냥할 때 타는 수레.

東有甫草[158]어늘
동 유 보 초

駕言行狩[159]로다
가 언 행 수

동쪽 포전의 풀이 있어
수레를 타고 사냥 간다

之子于苗[160]하니
지 자 우 묘

選徒囂囂[161]로다
선 도 효 효

建旐設旄[162]하여
건 조 설 모

搏獸于敖[163]로다
박 수 우 오

그분 사냥을 가시는데
몰이꾼 뽑고 세느라 왁자지껄하다
현무기 세우고 쇠꼬리기 달고는
오산에서 짐승을 잡는다

---

157 사모공부(四牡孔阜): 사모(四牡)는 네 마리 수말. 공(孔)은 매우, 심히. 부(阜)는 크다, 장대하다.

158 보초(甫草): 넓고 무성한 초지(草地). 보(甫)는 크다는 뜻. 『한시(韓詩)』에서는 포(圃: 밭)로 쓰고 있다. 일설에는 지명으로 보전(甫田)을 말하며, 주희(朱熹)는 당시의 개봉부(開封府) 중모현(中牟縣) 서포전택(西圃田澤)이라고 하였다. 선왕 때에는 정(鄭)나라가 아직 없을 때라 동도의 기내(畿內) 안에 있었으나 후에 정나라에 귀속되었다(『집전』).

159 행수(行狩): 행(行)은 거행하다. 수(狩)는 통상적으로는 겨울의 수렵을 말하는데 여기서는 특별히 불을 놓아 밭을 태우고 사냥하는 것을 말한다. 『이아(爾雅)』에서 밭에 불을 놓는 것[화전(火田)]을 수(狩)라 한다고 했다. 사냥은 계절에 따라 그 이름도 다르다. 봄 사냥은 수(蒐), 여름 사냥은 묘(苗), 가을 사냥은 선(獮), 겨울 사냥은 수(狩)라고 했다.

160 지자우묘(之子于苗): 지자(之子)는 그 사람들. 사냥하는 사람. 일설에는 주(周) 선왕(宣王)라고 하였다. 옛사람들은 존귀한 사람을 부를 때 종종 직접 칭하지 않고 폐하(陛下)·전하(殿下)·각하(閣下)·좌우(左右) 등처럼 그 속한 곳을 칭하여 본인을 대신하므로 그렇게 본 것. 묘(苗)는 본래는 여름 사냥을 말하는 것이지만 여기서는 일반적인 수렵. 사냥의 뜻(『집전』). 앞 구의 '수(狩)'처럼 압운(押韻)을 위해 글자를 바꾸었을 것이다.

161 선도효효(選徒囂囂): 선(選)은 선발하다. 산(算)으로 읽거나 또는 수(數)의 뜻으로 '세다', '점검하다'. 도(徒)는 사냥을 돕는 무리. 효효(囂囂)는 소리가 시끄러운 것의 형용.

162 건조설모(建旐設旄): 조(旐)는 거북과 뱀이 그려진 기(旗). 또는 현무기. 모(旄)는 쇠꼬리로 만든 기(旗) 장목. 여러 가지 깃발을 세운 것.

163 박수우오(搏獸于敖): 박(搏)은 잡다. 오(敖)는 산 이름으로 지금의 개봉부 영택현(榮澤縣) 서북쪽에 있다(『전소(傳疏)』).

駕彼四牡하니
가 피 사 모

四牡奕奕[164]이로다
사 모 혁 혁

赤芾金舃[165]으로
적 불 금 석

會同有繹[166]이로다
회 동 유 역

저 네 필 수말을 탄다

빠르고 차분한 네 필 수말

붉은 폐슬에 금장식 붉은 신

회동하려는 제후들 꼬리를 잇네

決拾既佽[167]하여
결 습 기 차

弓矢既調[168]하니
궁 시 기 조

射夫既同[169]하여
사 부 기 동

助我舉柴[170]로다
조 아 거 시

활깍지와 팔찌 이미 갖추었고

활과 화살 손질 벌써 마쳤네

활 쏘는 이들 모두 모여

나를 거들어 잡은 짐승
들어다 쌓는다

---

164 혁혁(奕奕): 훈련이 잘 된 모양. 말이 빠르면서도 침착한 모양.

165 적불금석(赤芾金舃): 적불(赤芾)은 앞의 시 「소아·채기(小雅·采芑)」의 '주불(朱芾)'과 같은 것으로 붉은색 무릎 덮개〔폐슬(蔽膝)〕. 금석(金舃)은 붉은 신에 금장식(金粧飾)을 한 것(『집전』). 모두 제후들의 복색(服色)이다(『모전』).

166 회동유역(會同有繹): 회동(會同)은 일이 있을 때 제후가 천자를 조현(朝見)하는 것(『모전』). 대개 회(會)는 때때로 조현하는 것이며, 동(同)은 여러 제후들이 한꺼번에 조현하는 것(『모전』). 유역(有繹)은 역연(繹然)으로 사람이 많아서 죽 늘어서 있는 모양.

167 결습기차(決拾既佽): 결(決)은 결(抉)과 통하며, 활줄을 당길 때 오른손 엄지손가락〔무지(拇指)〕에 끼는 상아나 짐승 뼈로 만든 깍지(『집전』). 습(拾)은 활을 쏠 때 왼팔에 끼는 가죽으로 만든 팔찌(『집전』). 차(佽)는 '나란히 하다〔제(齊)〕'와 통하며 '갖추다〔제비(齊備)〕'의 뜻이다.

168 조(調): 활의 강약(強弱)이 화살의 경중(輕重)과 서로 걸맞도록 하는 것(『집전』). 화살의 무게나 활의 장력 및 명중 거리 등을 조정하는 것.

169 사부기동(射夫既同): 사부(射夫)는 활 쏘는 사람, 혹은 회동한 제후들〔『전소(傳疏)』〕. 동(同)은 다 같이 모이는 것. 또는 합우(合偶)와 같으며 우(偶)는 두 사람이므로 합우는 시합한다는 뜻이 있다.

170 조아거시(助我舉柴): 아(我)는 우리들 사냥하는 사람들. 거(舉)는 쌓다. 시(柴)는 자(骴)의 가차자(假借字)로서 잡은 짐승 또는 쌓아 놓은 짐승을 말한다. 즉 잡은 짐승이 많아 이를 들어서 쌓는다는 것.

四黃既駕[171]하니
사 황 기 가
네 필 황마가 수레를 끌고

兩驂不猗[172]로다
양 참 불 의
양쪽 곁말은 치우치지 않고

不失其馳[173]어늘
불 실 기 치
알맞게 잘 달려

舍矢如破[174]로다
사 시 여 파
활을 쏘면 깨어질 듯 박힌다

蕭蕭馬鳴[175]이며
소 소 마 명
이제 한가로이 말이 울고

悠悠旆旌[176]이로다
유 유 패 정
깃발이 유유하게 나부낀다

徒御不驚[177]이며
도 어 불 경
몰이꾼도 마부도 깜짝 놀라고

大庖不盈[178]이로다
대 포 불 영
임금님 푸줏간은 가득 찬다

---

171 사황(四黃): 네 필의 누런 말.

172 양참불의(兩驂不猗): 참(驂)은 곁말. 의(猗)는 한쪽으로 기울어 바르지 못한 것(『집전』).

173 치(馳): 달리다. 여기서는 달리는 법. 수레를 모는 자가 그 모는 법을 놓치지 않는 것.

174 사시여파(舍矢如破): 사시(舍矢)는 활을 쏘는 것. 여파(如破)는 마치 깨칠 듯이 힘차게 들어맞는 것. 또는 여(如)는 이(而)와 같고, 파(破)는 중(中)으로 활을 쏘아 짐승에 명중시키는 것으로 보기도 한다.

175 소소(蕭蕭): 말들이 우는 소리.

176 유유패정(悠悠旆旌): 유유(悠悠)는 깃발이 흩날리는 모습, 밑으로 늘어뜨려져 있는 모습. 패정(旆旌)은 깃발. 말들이 우는 소리 들리고 깃발들이 흩날리는 모습만 보이는 것은 군대의 진용(陣容)이 엄숙한 것을 말한다.

177 도어불경(徒御不驚): 도(徒)는 보졸(步卒). 어(御)는 수레를 모는 마부(『집전』). 불(不)은 몇 가지로 해석이 가능하다. ① 불경(不驚)은 조용히 행동하여 사람들을 놀라게 하지 않는 것. ② 비(丕)와 통하며 '크다'는 뜻. ③ 부정부사(否定副詞)로 반대로 말하여 강조하는 것, 즉 '아니 놀라다'를 '놀라다'로 해석한다(『정전』). ④ 어조사로서 의미 없이 사용되었다. 아예 불(不)을 빼고 해석한다〔왕인지(王引之), 『경전석사(經傳釋詞)』〕. ⑤ 기불(豈不) 곧 '어찌 —하지 않다'. 또 경(驚)을 경(警)으로 보고 '어찌 엄숙하게 경호하지 않겠는가'로 해석한다. ②를 취하여 '매우 놀라다'로 해석하는데, 사냥한 동물이 무척 많았기 때문이다. 이는 다음 구 '대포불영(大庖不盈)'도 마찬가지이다.

178 대포불영(大庖不盈): 대포(大庖)는 임금의 푸줏간. 불영(不盈)은 비만(丕滿), 즉 '가득 차다'의 뜻. 또는 '어찌 차지 않을 것인가'

之子于征[179]하니
지 자 우 정

그분 사냥 떠나신다고

有聞無聲[180]이로다
유 문 무 성

소문만 듣고 떠나는 소리
못 들었는데

允矣君子[181]여
윤 의 군 자

진실로 훌륭하신 분

展也大成[182]이로다
전 야 대 성

진정 큰일 이루셨도다

◈ 해설

주(周)나라 선왕(宣王)이 동도(東都)에서 제후들을 회견하고 사냥한 것을 그린 시이다. 옛날 주공이 성왕을 돕던 주나라 초기에는 뭇 제후들이 동도에 와서 조현(朝見)하였으나 이후 나라가 쇠약해지면서 그러한 예가 없어졌다가 선왕 때에 이르러 안으로 정사를 바로잡고 밖으로 오랑캐를 물리쳐 옛날의 예를 회복하고 포전(圃田)에서 사냥을 하므로 여기 참가했던 사람이 이를 흥겨이 여겨 이 노래를 지어 부른 것이다.

그래서 선왕(宣王)의 복고(復古)를 노래한 것이라 했다. "선왕은 안으로 정사(政事)를 닦고 밖으로는 오랑캐들을 물리쳐 문왕(文王)과 무왕(武王) 때의 영토를 회복하였다. 거마제도(車馬制度)를 조정하고 기계(器械)를 정비하고는 다시 제후들을 동도(東都)로 모아 놓고 사냥을 하면서 거도(車徒: 마부와 몰이꾼)들을 뽑았다"(『모전』, 『집전』)고 하였다.

『묵자(墨子)』 「명귀(明鬼)」편에도 "주나라 선왕은 제후들을 모아 포전(圃田: 보

179 정(征): 행(行)의 뜻.

180 유문무성(有聞無聲): 군사가 행군한다는 소문만 들리고 그 가는 소리를 듣지 못한다는 것으로 지극히 엄숙함을 말한 것(『집전』).

181 윤(允): 진실로.

182 전야대성(展也大成): 전(展)은 '진실로'. 대성(大成)은 크게 성공하다.

전(甫田)] 땅에서 사냥을 하였는데 수레가 수백 승이나 되었다"고 하였다.

주희에 의하면 제1장은 동도로 가려는 것을 읊고, 제2장은 보전으로 사냥을 가려는 것, 제3장은 동도에 이르러 사냥을 하며 거도(車徒)를 뽑는 모양, 제4장은 제후들이 동도로 회조(會朝)하러 오는 것, 제5장은 제후들이 회동하여 사냥하는 것, 제6장은 사냥할 때의 말몰이와 활쏘기에 뛰어난 재주를, 제7장은 사냥을 마친 것을, 제8장은 이러한 모든 일이 처음부터 끝까지 훌륭하게 마쳐진 것을 전체적으로 서술한 것이다.

13. 길일(吉日) 좋은 날

吉日維戊[183]에 길 일 유 무	길일을 가려 강일인 무일에
旣伯旣禱[184]하니 기 백 기 도	마조신에게 제사하고 빈다

---

183 유무(維戊): 유(惟)로도 쓰며 어조사로, 시간을 나타내는 말 앞에 상용되었다. 무(戊)는 천간(天干)의 기수(奇數: 1, 3, 5, 7, 9일. 甲·丙·戊·庚·壬)는 강일(剛日)이다. 우수(偶數)는 유일(柔日)이라 한다. 무(戊)날은 다섯 번째로 강일이며, 말 타는 일 같은 바깥일은 강일이 좋다 한다. 다음 장의 '경오'를 참조하여 혹 무진(戊辰)일로 추측한다(『집전』).

184 기백기도(旣伯旣禱): 기(旣)는 이미. 백(伯)과 도(禱)는 말의 조상[마조(馬祖)]이나 말의 신[마신(馬神)]에게 제사 지내는 것. 옛날 마제(禡祭)는 군대를 진주(進駐) 시킨 곳에서 군신(軍神)에게 지내는 제사인데[『설문(說文)』], 마(禡) 자(字)는 맥(貊)의 음(音)을 빌렸고 '百'과 같이 읽었는데, 이것이 백(伯)과 마(禡)의 음이 가까워 빌려 쓸 수 있는 이유가 된다[청(淸) 진교종(陳喬樅, 1809~1869), 『삼가시유설고(三家詩遺說考)』]. 도(禱)는 『설문(說文)』에 "도(禂), 도생(禱牲), 마제야(馬祭也)"라고 했는데, 이 시에서는 도(禂)라고 쓰는 것이 맞다고 했다[왕선겸(王先謙), 『집소(集疏)』]. 말의 힘을 비릴 때는 반드시 먼저 그 조상에게 제사 지내야 한다는 것이다(『정전』). 여기서 백(伯)은 말의 조상에게 그의 말이 병이 없이 강건하기를 비는 것[『공소(孔疏)』]이며, 도(禱)는 더 많은 짐승이 잡히도록 비는 것(『모전』).

田車既好[185]하여
전 거 기 호
사냥 수레 튼튼하고

四牡孔阜어늘
사 모 공 부
네 필 수말도 아주 장대하여

升彼大阜[186]하며
승 피 대 부
저 큰 언덕에 올라

從其羣醜[187]로다
종 기 군 추
숱한 짐승을 뒤쫓는다

吉日庚午[188]에
길 일 경 오
길일을 가려 경오날에

既差我馬[189]하여
기 차 아 마
내 잘 달리는 말 골라서

獸之所同[190]에
수 지 소 동
짐승들 한데 모여서

麀鹿麌麌[191]어늘
우 록 우 우
암사슴 수사슴 우글거리는 곳

漆沮之從[192]하여
칠 저 지 종
칠수와 저수가에서 쫓아

天子之所[193]로다
천 자 지 소
천자님 계신 곳으로 짐승을 몰아온다

瞻彼中原하니
첨 피 중 원
저 벌판을 바라보니

其祁孔有[194]로다
기 기 공 유
큰 암사슴 많기도 하다

---

185 전거(田車): 사냥 수레.

186 승피대부(升彼大阜): 승(升)은 오르다. 대부(大阜)는 높은 땅, 큰 언덕.

187 종기군추(從其羣醜): 종(從)은 쫓음, 추적. 군추(羣醜)는 짐승의 무리(『정전』).

188 경오(庚午): 일곱 번째 날로 역시 강일(剛日)이다. 무진(戊辰)일 후의 3일째 되는 날.

189 차(差): 택(擇)하다.

190 동(同): 모이다〔취(聚)〕. 소동(所同)은 모이는 장소.

191 우록우우(麀鹿麌麌): 우(麀)는 암사슴. 우우(麌麌)는 우글우글하는 모양〔중다(衆多)〕(『모전』).

192 칠저지종(漆沮之從): 칠저(漆沮)는 모두 강물 이름. 주(周) 왕조의 발상지이자 지금의 섬서성 경내에 있는 기산(岐山)이나 빈현(彬縣) 일대. 종(從)은 동물들을 뒤쫓는 것.

193 천자지소(天子之所): 천자가 사냥하는 곳.

儦儦俟俟[195]하여 표 표 사 사	달리는 놈 서성대는 놈
或羣或友[196]어늘 혹 군 혹 우	세 마리씩 두 마리씩
悉率左右[197]하여 실 솔 좌 우	모두들 좌우에서 짐승을 몰아
以燕天子[198]로다 이 연 천 자	천자님을 즐겁게 해드린다
旣張我弓하고 기 장 아 궁	내 활을 벌려 잡고
旣挾我矢[199]하여 기 협 아 시	내 화살을 끼워
發彼小豝[200]하여 발 피 소 파	저 작은 암퇘지 쏘고
殪此大兕[201]하여 에 차 대 시	이 큰 들소 단발에 잡아
以御賓客[202]하고 이 어 빈 객	손님들에게 올리고
且以酌醴[203]로다 차 이 작 례	맛좋은 술도 권한다

---

194 기기공유(其祁孔有): 기기(其祁)는 기연(祁然)과 같으며, 많은 모양. 또는 크다〔대(大)〕(『모전』). 또는 신(麎: 큰사슴)으로 써야 하며 '신'은 빈미(牝麋: 큰 암사슴)이라 하였다(『정전』). 공유(孔有)는 많이 있다는 뜻.

195 표표사사(儦儦俟俟): 표표(儦儦)는 달리는 모양(『모전』). 사사(俟俟)는 서성대는 모양(『모전』). 둘 다 사슴 떼가 놀라 두려워하는 모양이라 하였다〔엄찬(嚴粲), 『시집(詩緝)』〕.

196 혹군혹우(或羣或友): 군(羣)은 세 마리 이상이 떼 지어 있는 것. 우(友)는 두 마리가 짝을 지은 것(『모전』).

197 실솔좌우(悉率左右): 좌우에서 모두가 짐승을 천자에게 활을 쏘기 알맞도록 모는 것(『정전』).

198 연(燕): 즐기다. 즐겁게 하다.

199 협(挾): 끼우다.

200 발피소파(發彼小豝): 발(發)은 발사. 파(豝)는 암퇘지.

201 에차대시(殪此大兕): 에(殪)는 죽다. 여기서는 잡는 것. 시(兕)는 외뿔 난 들소.

202 어(御): 음식을 올리는 것. 관대(款待)하다.

203 작례(酌醴): 작(酌)은 술잔에 술을 따르는 것. 예(醴)는 단술, 좋은 술의 일종.

◈ 해설

「모시서」에서 선왕(宣王)의 전렵(田獵) 곧 사냥을 찬미한 노래라고 하였다. 시의 내용이 천자의 사냥을 형용한 것임에는 틀림없으나 그 천자가 선왕이 틀림없다는 증거는 없다.

제3 홍안지습(鴻鴈之什)

1. 홍안(鴻鴈) 기러기 떼

鴻鴈于飛[1]하니
홍 안 우 비
기러기 떼 날며

肅肅其羽[2]로다
숙 숙 기 우
파다닥 날개 치네

之子于征[3]하니
지 자 우 정
그분 길을 떠나시어

劬勞于野[4]로다
구 로 우 야
들판에서 고생하시네

爰及矜人[5]이
원 급 긍 인
불쌍한 사람들과 함께

哀此鰥寡[6]로다
애 차 환 과
이 홀아비와 과부들을 동정하네

鴻鴈于飛하여
홍 안 우 비
기러기 떼 날아

集于中澤[7]이로다
집 우 중 택
못 가운데 모이네

之子于垣[8]하니
지 자 우 원
그분 담을 쌓으니

---

1 홍안우비(鴻鴈于飛): 홍(鴻)은 큰 기러기. 안(鴈)은 작은 기러기(『집전』). 우(于)는 어조사.

2 숙숙(肅肅): 날개 치는 소리. 「당풍·보우(唐風·鴇羽)」 시에 보임. 이 기러기는 유랑민 자신들에 비유한 것이다.

3 지자우정(之子于征): 지자(之子)는 그 사람. 유민들이 자신을 가리키는 말(『집전』). 정(征)은 길을 나선 것[행(行)].

4 구로(劬勞): 고생하는 것.

5 원급긍인(爰及矜人): 원(爰)은 우언(于焉)의 합음(合音)으로 '이에'의 뜻. 급(及)은 미치다. 긍인(矜人)은 자신들처럼 유랑하며 고생하는 불쌍한 사람들. 긍(矜)은 고(苦)라 했다(『이아(爾雅)』).

6 애차환과(哀此鰥寡): 애(哀)는 애련(哀憐)의 뜻. 환(鰥)은 홀아비. 과(寡)는 과부. 인신(引伸)하여 나이 들어 고통스럽고 힘들지만 함께할 동반자가 없는 사람들을 지칭한다.

7 중택(中澤): 택중(澤中). 기러기가 못에 내려앉음은 유민들이 편히 살 곳을 얻음에 비유한 것.

8 우원(于垣): 담을 치는 것.

百堵皆作[9]이로다 (백도개작)	수많은 담이 모두 만들어지네
雖則劬勞나 (수칙구로)	비록 고생스럽긴 해도
其究安宅[10]이로다 (기구안택)	마침내 몸담을 집 마련하려 하네
鴻鴈于飛하니 (홍안우비)	기러기 떼 날아
哀鳴嗸嗸[11]로다 (애명오오)	기럭기럭 슬피우네
維此哲人[12]은 (유차철인)	이 어지신 분은
謂我劬勞어늘 (위아구로)	나더러 고생한다 하는데
維彼愚人은 (유피우인)	저 어리석은 이는
謂我宣驕[13]라네 (위아선교)	나더러 사치스럽다고 하네

◈ 해설

사방으로 흩어져 떠돌아다니던 백성들이 좋은 지도자를 만나 안주할 곳을 마련한 기쁨을 노래한 시이다. 첫 장에서는 날아가는 기러기의 모습에서 유민(流民)들이 집이 없어 들판에서 고생하는 모습을 그렸고, 제2장에서는 마침내

---

9 백도개작(百堵皆作): 도(堵)는 담장. 『모전(毛傳)』에선 1장(丈)을 판(板)이라 하고 5판을 도(堵)라 한다고 하였다. 백도(百堵)는 집의 담이나 벽을 매우 많이 쌓은 것을 말한다.

10 기구안택(其究安宅): 구(究)는 마침내. 안(安)은 편안하게 하다. 또는 의문대명사로 보기도 하는데 적절해 보이지 않는다. 택(宅)은 거처. '마침내 거처를 안정시켰다'.

11 오오(嗸嗸): 오(嗷)로도 쓰이며, 슬피 우는 소리.

12 철인(哲人): 밝고 지혜 있는 사람. 어진 사람.

13 선교(宣驕): 선(宣)은 보이다. 교(驕)는 교만. 즉 교만하게 보이는 것. 또는 매우 사치스럽다〔왕인지(王引之), 『경의술문(經義述聞)』〕.

유민들이 성을 쌓으며 차차 안주하게 된 것을, 제3장에서는 유민들이 그들의 고생을 알아주는 어진 지도자에게 감격해하는 모습을 그렸다. 「모시서」에 따르면 「홍안(鴻鴈)」의 시는 선왕(宣王)을 칭송하는 것이라 했다. 주희도 선왕의 일이라는 증거는 없다고 하고, 작자는 유민이며 성을 쌓는 것이라 하였다.

2. 정료(庭燎)　　뜰의 횃불

夜如何其[14]오 야 여 하 기	밤이 얼마나 되었나?
夜未央[15]이나 야 미 앙	아직도 밤중이네
庭燎之光[16]이로다 정 료 지 광	뜰의 횃불만이 밝게 타고 있네
君子至止[17]하니 군 자 지 지	군자가 이르러
鸞聲將將[18]이로다 난 성 장 장	방울 소리 쨍그렁쨍그렁

---

14 기(其): 어기조사(語氣助詞). 의문을 표시한다.

15 야미앙(夜未央): 날이 새지 않은 것. 앙(央)은 중(中)의 뜻으로 한밤중이 못 되었다로 해석한다(『모전(毛傳)』, 『설문(說文)』). 또는 진(盡)의 뜻(『초사(楚辭)』 왕일(王逸) 주(注)). 일설에는 자야(子夜)(『집전』). 앙(央)을 『모전(毛傳)』에서는 단(旦)이라고 했는데 이는 차(且)자의 잘못이며, 차(且)는 음이 조(徂)로 왕(往: 가다)의 뜻이라고 했다(『통석(通釋)』, 『전소(傳疏)』). 앙(央)을 차(且)로 풀이한 것을 보면 음은 당연히 조(徂)이다. 세월이 흘러간 것은 모두 '갔다(往)'고 하는데 이와 같이 밤이 다 가지 않았다는 말이다.

16 정료(庭燎): 뜰에 세워 놓은 횃불.

17 군자(君子): 제후들을 가리킴(『모전』). 또는 사랑하는 사람이 오기를 기다리는 심정을 읊은 시로 해석한다면 '사랑하는 님'이 될 것이다.

18 난성장장(鸞聲將將): 난(鸞)은 말 재갈 양편에 달린 방울. 장장(將將)은 장장(鏘鏘)의 가차로 방울 소리.

夜如何其오 야 여 하 기	밤이 얼마나 되었나?
夜未艾[19]나 야 미 애	밤은 아직 한창이네
庭燎晣晣[20]이로다 정 료 절 절	뜰의 횃불만이 활활 타고 있네
君子至止하니 군 자 지 지	군자가 이르러
鸞聲噦噦[21]로다 난 성 홰 홰	말방울 소리 댕그렁댕그렁

夜如何其오 야 여 하 기	밤이 얼마나 되었나?
夜鄉晨[22]이나 야 향 신	새벽이 가까워져 오네
庭燎有煇[23]로다 정 료 유 휘	뜰의 횃불들이 빛을 내며 타네
君子至止하니 군 자 지 지	군자가 이르러
言觀其旂[24]로다 언 관 기 기	그 깃발들 보이네

◈ 해설

새벽 일찍 제후들이 조회하러 궁중으로 모여드는 것을 노래한 시이다. 「모시서」에서는 역시 주(周) 선왕(宣王)을 찬미하고 인하여 경계한 작품이라고 했다. 선왕이 일어나 조회를 보려고 선잠을 자며 늦을세라 시간이 얼마쯤 됐느냐고

---

19 애(艾): 앙(央)과 같다. 그치다, 끝나다.

20 절절(晣晣): 밝은 모양, 환하게 밝히는 것.

21 홰홰(噦噦): 말방울 소리.

22 야향신(夜鄉晨): 향(鄉)은 향(向)의 가차자. 향신(鄉晨)은 새벽이 되어 가는 것.

23 유휘(有煇): 휘연(煇然). 빛나는 모양, 밝은 모양. 또는 날이 밝으려 하여 연기와 빛이 서로 섞여지는 것을 본 것(『집전』).

24 언관기기(言觀其旂): 언(言)은 어조사. 기(旂)는 제후들의 수레에 꽂는 깃발.

물으면서 조회 시간을 기다리고, 그러는 사이 말방울 울리며 제후들이 당도하는 소리를 듣고 그들의 깃발도 본다는 것이다.

3. 면수(沔水) 넘치는 강물

沔彼流水[25]여 면 피 유 수	넘쳐흐르는 저 강물
朝宗于海[26]로다 조 종 우 해	바다로 모두 흘러들고
鴥彼飛隼[27]이여 율 피 비 준	급히 나는 저 새매
載飛載止로다 재 비 재 지	날다가는 나무에 멈춰 앉네
嗟我兄弟[28]와 차 아 형 제	아아 슬프도다 내 형제와
邦人諸友[29]여 방 인 제 우	이 나라 사람들과 여러 벗들이여
莫肯念亂[30]하니 막 긍 념 란	아무도 난리를 염려하려 않네

---

25 면(沔): 물이 가득 넘쳐흐르는 것.

26 조종우해(朝宗于海): 조(朝)는 제후들이 봄에 천자를 찾아뵙는 것. 종(宗)은 여름에 제후들이 천자를 찾아뵙는 것(『집전』). 제후들이 천자 한 분에게로 다 모여들며 충성을 바치듯이 강물도 모두가 바다로 흘러든다는 말.

27 율피비준(鴥彼飛隼): 율(鴥)은 새가 획획 나는 것. 준(隼)은 새매. 새매가 신속하게 빠른 속도로 나는 것을 말한다.

28 형제(兄弟): 동성(同姓)으로서 가까운 사람을 말함.

29 방인(邦人): 국인(國人). 나라 사람. 일반적으로 많은 사람을 뜻한다. 제우(諸友)는 여러 벗들. 모두 이성(異姓)으로 대개는 제후를 말함.

30 막긍념란(莫肯念亂): 긍(肯)은 하려 드는 것. 염(念)은 걱정하다, 고려하다. 또는 지(止)의 뜻이라 했다. 염(念)은 니(尼)와 쌍성(雙聲)이며 니(尼)는 지(止)이므로 염(念)에는 지(止)의 뜻이 있다는 것(『통석(通釋)』). 난(亂)은 나라의 어지러움 곧 난리(亂離).

誰無父母[31]리요 (수무부모) — 부모 없는 사람이 있겠는가?

沔彼流水는 (면피유수) — 넘쳐흐르는 저 강물
其流湯湯[32]이로다 (기류상상) — 물결치며 흘러가고
鴥彼飛隼이여 (율피비준) — 급히 나는 저 새매
載飛載揚[33]이로다 (재비재양) — 날다가는 솟구쳐 오르네
念彼不蹟[34]하여 (염피부적) — 저 도를 따르지 않는 이 걱정스러워
載起載行[35]이로다 (재기재행) — 일어섰다 걸었다 해보지만
心之憂矣여 (심지우의) — 마음속 근심을
不可弭忘[36]이로다 (불가미망) — 그만둘 수도 잊을 수도 없어라

鴥彼飛隼이여 (율피비준) — 급히 나는 저 새매
率彼中陵[37]이로다 (솔피중릉) — 저 언덕을 따라 날아가네

---

31 수무부모(誰無父母): 우리 형제와 여러 벗들이 난리를 염려하지 않으니 누가 홀로 부모가 없겠는가? 난리가 나면 근심이 혹 부모에게 미칠 것이니 어찌 염려하지 않을 수 있겠는가(『집전』). 천자가 백성들의 부모라는 뜻으로 이해하여 나라의 혼란과 더불어 나라를 다스리는 천자에게도 큰 타격이 된다고 해석할 수 있을 것이나 근거가 약하다. 참언에 의해 부모를 잃게 된 그 아들이 나라의 혼란과 함께 억울하고도 안타까운 심정을 토로한 것으로 본다. [해설] 참조.

32 상상(湯湯): 물결치며 흐르는 모양.

33 양(揚): 높이 솟구쳐 올라가는 것. 큰물이 급히 흐르는 모양.

34 적(蹟): 법도. 법도를 따르는 것(『집전』). 불적(不蹟)은 정도(正道)를 따르지 않는 것, 법도에 따라 일을 처리하지 않는 것.

35 재기재행(載起載行): 재(載)는 우(又)·차(且)의 뜻. 방 안에서 일어나 서성거리는 것. 앉으나 서나 불안한 것. 마음에 걱정과 고민이 있음을 나타낸다.

36 미(弭): 그치다, 없어지다〔지(止), 식(息)〕.

民之訛言[38]을
민 지 와 언

백성들의 뜬소문

寧莫之懲[39]고
영 막 지 징

어이 막지 못하는가?

我友敬矣[40]면
아 우 경 의

나의 친구여 몸을 삼가게나

讒言其興[41]가
참 언 기 흥

참언이 이미 분분히 일어나네

◈ 해설

나라가 어지러워짐을 근심하는 시이다. 난세에 참인(讒人)이 바른 사람을 모함하므로 어지러운 세상을 근심하며 벗끼리 서로 경계하여 부른 노래이다. 백성들이 유언비어를 퍼뜨리고 남을 모함하는 정도(正道)에 어긋나는 행동을 탓하며 나라를 걱정하는 작품이라 하겠다. 강물은 흘러서 결국은 바다로 가고, 저 효자 새인 새매는 하늘 높이 날아도 옛집을 그리워하며 내려와 가지에서 쉬는데 나는 돌아갈 곳이 없다. 난리가 일어나려 하는데 형제와 나라 사람과 여러 벗들은 그 염려도 하지 않는다. 정치하는 사람들은 난리를 멈추려 하지 않고 백성들로 하여금 고난을 겪게 한다. 뉘라서 부모가 없겠는가. 부모를 애민(哀憫)

---

37 솔피중릉(率彼中陵): 솔(率)은 따르다. 중릉(中陵)은 능중(陵中). 릉(陵)은 큰 언덕, 큰 흙산.

38 와언(訛言): 나라를 어지럽히는 뜬소문. 요언(謠言), 참언(讒言).

39 영막지징(寧莫之懲): 영막징지(寧莫懲之)로 뒷부분이 도치된 것. 영(寧)은 내(乃)의 뜻(『집전』)이라 했고, 또는 '어찌·왜'의 뜻. 징(懲)은 제지(制止)(『집전』, 『정전』), 또는 징(懲)은 징(徵)과 통하며 징(徵)에는 심(審)의 뜻이 있다〔『통석(通釋)』〕. 즉 자세히 살핀다는 뜻. 곧 '어찌 자세히 살피지 않는가'.

40 경(敬): 공경하다(『집전』). 또는 경(儆)과 통하여, 근신(謹愼)과 경계(警戒)의 뜻.

41 참언기흥(讒言其興): 참언(讒言)은 남을 모함하는 말. 앞 구의 경(敬)을 경(儆)으로 보고 '벗들이여 스스로 경계하라' 나라가 어지러우면 참언이 많아진다는 것으로 번역하였다. 『집전(集傳)』에서는 앞 구와 연결하여 "우리 벗들이 공경한다면 참소하는 말이 일어날 수 있겠는가"로 해석했다. 마치 기(其)를 '어찌〔기(豈)〕'에 가까운 의문사로 본 듯하다.

하는 뜻이 보이며, 그래서 시인은 집 떠난 유랑객으로도 본다.

「면수(沔水)」의 시는 여태까지의 「소아(小雅)」의 시와는 전혀 그 풍취(風趣)가 다르며, 이 시 다음부터 차차 풍자(諷刺)하는 시가 나타나게 된다.

주희는 이 시 마지막 장의 그 처음 부분에 "沔彼流水, ………"라는 두 구절이 빠진 것이 아닌가 하고 의혹을 보이고 있다.

앞에서 이미 주제를 제시하여 "나라가 어지러워짐을 근심하는 시"라고 하였지만, 부분적으로는 명쾌하지 않고 난해하다. 그 난해한 이유가 최소한 셋이 있다. 첫째, 시에 착간(錯簡)이 있다. 전체가 3장이며 제1, 2장은 8구인데 마지막 장은 6구로서 다른 장의 앞 2구와 유사한 내용의 구가 유실되었다고 본다. 게다가 제1, 2구는 다른 장의 제3, 4구와 거의 동일하다. 둘째, 은어(隱語)와 수수께끼 같은 말들을 많이 사용하여 의미를 추측하기 어렵다. 특히 제1, 2장의 앞 4구의 강물이 흘러가고 새매가 재빨리 날아가는 것. 셋째, 시가 어떤 배경도 제공해주지 않아서 수수께끼를 풀 어떤 명확한 단서도 없다. 그래서 역대로 많은 학자들이 거의 만족할 만한 해석을 하지 못했다. 「모시서」는 "규선왕야(規宣王也)"〔선왕(宣王)을 규간(規諫)한 것〕라는 네 글자만 남겼고, 제(齊)·노(魯)·한(韓) 삼가(三家)는 어떤 말도 남기지 않았다. 주희는 다만 "난을 걱정하는 시〔우란지시(憂亂之詩)〕"라고 했고, 방옥윤(方玉潤)은 "미상(未詳)"이라 하면서 "그 시의 뜻이 선왕(宣王) 전후의 여러 시들과는 크게 달라서 해석하기 어려우므로 식자(識者)를 기다려야 할 것"이라 하였다. 그러나 남송(南宋) 말 왕응린(王應麟, 1223~1296)은 『곤학기문(困學紀聞)』에서 단서를 제공하였다. "선왕(宣王)이 ……그의 신하 두백(杜伯)을 죽이고 그 죄를 비난한 즉, 「면수(沔水)」의 규간(規諫)과 참언기흥(讒言其興)을 볼 수 있을 것이다"라고 했다. 그리고 명말청초(明末清初) 하해(何楷)가 왕응린의 해석에 동의하며 이 시의 작자 등에 대해 더 많은 의견을 제기하였다. "(이 시가 지어진 것은) 두백이 참언을 만나 죽임을 당하려 할 즈음 좌유구(左儒九)가 간언하였으나 왕이 그 말을 듣지 않았을 때가 아닐까"〔『시경세본고의(詩經世本古義)』〕라고 한 것이다.

주나라 선왕(宣王)이 대부(大夫) 두백을 죽인 사건은 BC 785년, 즉 선왕 43년에 일어났다〔『죽서기년(竹書紀年)』〕. 선왕은 정사(正史)에서 말하는 것처럼 그렇게 완전한 '부흥의 성군(聖君)'은 아니었던 모양이다. 선왕의 첩 여구(女鳩)가 두백과 사통(私通)하려 했으나 두백은 그녀를 따르지 않았고, 결국 여구는 선왕 앞에서 거꾸로 두백을 무고(誣告)하게 되었다. 선왕은 여구의 참언을 듣고 두백을 초지(焦地)에 가두었다. 두백의 친구인 좌유구가 선왕에게 간했으나 선왕은 이 말을 듣지 않고 그와 두백을 함께 살해하고 두백의 아들 습숙(隰叔)을 진(晉)나라로 축출시켰다. 이것이 이 시의 본의와 부합하는지는 말하기 어렵지만 믿을 만한 사료가 발견되기 전까지는 일단 이 설을 수용하려고 하며, 이로써 몇 가지 불확실했던 부분을 해설하고자 한다.

제1장의 후4구는 난을 걱정하는 것이며 그 심정은 '차(嗟)', 즉 탄식으로 표출되는데, 탄식하는 그 이유는 무엇인가? 형제와 여러 벗을 위해 탄식하고, 아무도 나라의 혼란을 걱정하지 않음을 탄식한다. "여러 벗들이 어쨌거나 난리를 걱정하지 않지만 그러나 누군들 부모가 없겠는가, 그런데 어찌 나 홀로 부모님이 이 지경에 이르게 하였는가?"로 풀었다〔하해(何楷)〕.

제3장의 끝 두 구는 시의 흐름상 도치가 되어야 매끄럽다. "사람들의 뜬소문을 어찌 제지하지 않는가?"를 바로 이어받아 "참언이 많아진다" 그러니 "벗들이여 근신하고 경계하라"로 이어지는 것이 합리적이다. 그러나 압운을 하기 위해 도치시켰을 것이다.

4. 학명(鶴鳴) 학이 울어

鶴鳴于九皐[42]어늘
학 명 우 구 고

학이 구택 언덕에서 울어

聲聞于野[43]로다
성 문 우 야

그 소리 온 들에 울리고

魚潛在淵[44]이요
어 잠 재 연
물고기 깊은 못에 잠겼다가

或在于渚[45]로다
혹 재 우 저
이따금 물가로 나오네

樂彼之園[46]에
낙 피 지 원
즐거워라 그의 동산에

爰有樹檀[47]하며
원 유 수 단
박달나무 심겨져 있고

其下維蘀[48]이로다
기 하 유 탁
그 아래 개암나무 자라네

它山之石[49]이
타 산 지 석
사산의 돌은

可以爲錯[50]이로다
가 이 위 착
옥을 가는 숫돌로도 쓸 수 있다네

鶴鳴于九皐어늘
학 명 우 구 고
학이 구택 언덕에서 울어

---

42 학명우구고(鶴鳴于九皐): 구(九)는 높다〔고(高)〕는 뜻(『석의(釋義)』). 또는 실수가 아닌 허수(虛數)로 구비가 많다는 것. 고(皐)는 물가의 언덕(『석의(釋義)』). 또는 소택(沼澤) 곧 늪이나 호수. 그래서 구고(九皐)를 '물가의 높은 언덕', '굽이진 호수' 등으로 풀 수 있다. 학의 울음소리는 8, 9리(里) 멀리까지 들린다(『집전』). 이 구절은 은사(隱士)가 숨어 살기는 하지만 그의 명성은 멀리 퍼진다는 뜻으로 많이 사용된다.

43 문(聞): 들리다, 도달하다.

44 어잠재연(魚潛在淵): 잠(潛)은 물에 잠기다. 연(淵)은 연못.

45 저(渚): 물가. 이 구절은 물고기가 못 속에 잠겼다가 물가에 나와 있기도 한다는 것은, 세상에 나가 일을 하다가 시세(時勢)가 허락하지 않으면 물러나 몸을 닦는 군자의 생활 태도에 비유한 것으로 보기도 한다.

46 낙피지원(樂彼之園): 낙(樂)은 즐겁다는 뜻 외에도 여기서는 사랑스럽다는 뜻으로 푸는 것도 좋다. 은자(隱者)가 숨어 사는 집의 동산.

47 원유수단(爰有樹檀): 원(爰)은 이에. 또는 어조사. 수(樹)는 동사로 쓰여 나무를 심다. 단(檀)은 박달나무.

48 탁(蘀): 떨어진 낙엽. 또는 석(檡)의 가차자로 보아 개암나무. 『모전(毛傳)』에서는 낙엽의 뜻으로 보았으나 제2장의 곡(穀)을 악목(惡木)이라 한 것으로 보아 탁(蘀)도 분명히 악목의 일종일 것으로 생각하고 석(檡:가시나무)의 가차로 풀이하기도 한다.

49 타산지석(它山之石): 타(他)는 타(他)와 같은 자, 또는 타산(他山)은 사산(蛇山)으로 산의 이름이라고도 한다. 시 번역은 후자를 따른다.

50 착(錯): 옥을 가는 숫돌. 착(厝: 숫돌)의 가차자로 본다.

聲聞于天이로다 성 문 우 천	그 소리 온 하늘에 울리고
魚在于渚요 어 재 우 저	물고기 물가에 놀다가
或潛在淵이로다 혹 잠 재 연	이따금 깊은 못에 잠기네
樂彼之園에 낙 피 지 원	즐거워라 그의 동산에
爰有樹檀하며 원 유 수 단	박달나무 심겨져 있고
其下維穀[51]이로다 기 하 유 곡	그 아래 닥나무 자라네
它山之石이 타 산 지 석	사산의 돌은
可以攻玉[52]이로다 가 이 공 옥	옥을 갈 수 있다네

◈ 해설

은사(隱士)를 초빙하여 좋은 자리를 주는 것과 관련 있는 이른바 초은(招隱)의 시이다〔방옥윤(方玉潤), 『시경원시(詩經原始)』〕. 「모시서」에서는 주(周)나라 선왕(宣王)을 찬미한 작품이라 하였다. 『모전(毛傳)』에 선왕이 현인(賢人) 중에 출사(出仕)하지 않은 사람을 구하도록 깨우친 것이라 했다.

『순자·유효(荀子·儒效)』편에 이 시를 인용하고 해설하기를 "군자는 궁한 곳에

---

51 곡(穀): 『모전(毛傳)』에 악목(惡木)이라 하였는데, 닥나무〔저(楮)〕를 말하며 그 껍질로는 종이를 만든다〔『석의(釋義)』〕.

52 공(攻): 갈다. 이에 대해 『집전(集傳)』에서 정자(程子)의 말을 인용하고 있는데, 그 뜻이 깊어서 참고할 만하다. "옥(玉)의 온윤(溫潤)함은 천하에 지극히 아름다운 것이요, 돌의 거침은 천하에 지극히 나쁜 것이다. 그러나 두 개의 옥을 서로 갈면 그릇을 이룰 수 없고, 돌로써 옥을 간 뒤에야 옥의 그릇이 이루어질 수 있다. 이것은 마치 군자가 소인과 더불어 거처함에 소인이 횡역(橫逆)으로 침범한 뒤에 군자가 닦아 반성하고 두려워 피하며 마음을 분발하고 성질을 참아서 증익(增益)하고 예방하여 의리(義理)가 생겨나고 도덕이 이루어짐과 같다."

처하면서도 영예롭게 여기고, 홀로 거처하면서도 즐거워한다. 숨어 있지만 드러나고 은미하지만 밝다"고 했다. 또한 후한(後漢) 왕충(王充, 27~104)의 『논형(論衡)』에도 이 시를 가리켜 군자가 비록 불우한 처지에 있다 하여도 그 이름은 조정에까지 들리는 것이라고 했다. 학이나 물고기가 모두 상서로운 것이며 현자가 초야에 묻혀 유유자적하는 모습으로 비유함은 잘 어울리는 것이라고 할 수 있다. 위로는 밝은 군주가 있다고는 하지만 그 밑에는 소인이 없는 것도 아니다. 초야에 묻힌 어진 사람을 맞이하여 이른바 타산지석(他山之石)으로 삼으라는 가르침일 것이다.

이 자체에 의미를 찾지 않고 그냥 풍경을 그린 한 편의 산수자연시〔진자전(陳子展), 『직해(直解)』〕이거나, 작은 정원을 노래한 일종의 '소원부(小園賦)'로 본다. 그런데 시에서 왜 산석(山石)을 말하면서 그 기특(奇特)한 형상을 말하지 않고 그 효용을 말했는가? 돌로 옥을 갈 수 있다는 것은 은사가 나라를 다스릴 수 있다는 것의 비유로 볼 수 있는가?

'타산지석(他山之石)'은 사산(蛇山)의 바위가 좋다는 것에서 시작되었다. 『설문(說文)』에 타(它)는 벌레 충(蟲)이라 했다. 단옥재(段玉裁) 주(注)는 "지금 사람들은 사(蛇)와 타(它)를 다른 뜻 다른 음으로 본다"고 하며, "왼쪽 옆에 충(蟲)을 더한 것은 속자(俗字)"라고 하였다. 즉 '它'가 본자(本字)이고 그 본의는 뱀이며 뒤에 벌레 '虫'을 붙여 '蛇'가 되었는데 그 음이나 뜻은 같다. 즉 타산(它山)은 사산(蛇山)이다. 정원(또는 동산) 속에 산이 있는 것을 사산(蛇山)이라고 한다. 한유(漢儒)들이 "현자를 구하는 것〔求賢〕"으로 주석하였기 때문에 이후의 주석가들이나 이 시를 이용하는 사람들이 옛 글자인 '它'를 '他'로 바꾸어서 "마음을 비워서 다른 사람에게서 배우고 거울삼는다", "다른 산에 있는 돌이라도 나의 옥을 갈고 다듬는 데 쓸 수 있다"는 성어(成語)가 되었다.

이 시는 원림지소(園林池沼)의 아름다움을 노래한 시인데, 서주(西周) 시기에 영대(靈臺) 영소(靈沼)를 만들었다. 「대아·영대(大雅·靈臺)」에 이 일을 기록했는데, 이 시와 서로 같거나 경관이 유사한 곳이 있다. 이곳은 노니는 곳이지 사냥하는 곳이 아니다. 『춘추좌전』 「희공 32년」에 "정나라에 원유가 있고, 진나라에는 구유가 있다(鄭有園囿, 秦有具囿)"라고 했는데 원유(園囿)와 구유(具囿)는 모두 새와 짐승을 기르는 곳이다. 그리고 위(衛)나라 의공(懿公)은 학을 좋아하여 나라도 잃었다는 것은 분명한 역사적 사실이다〔당막요(唐莫堯), 『시경신주전역(詩經新注全譯)』〕.

5. 기보(祈父) 사마님

祈父[53]여 기 보	사마님!
予王之爪牙[54]어늘 여 왕 지 조 아	나는 임금님의 발톱과 이빨 같은 장수이거늘
胡轉予于恤[55]하여 호 전 여 우 휼	어찌하여 나를 근심 속에서 전전하여
靡所止居[56]오 미 소 지 거	머물러 살 곳 없게 합니까?

53 기보(祈父): 육군(六軍: 천자의 군대)을 관장하는 직책을 맡고 있는 관리(『모전』). 또는 왕기(王畿)의 병갑(兵甲)을 관장하는 최고 무관(武官). 또는 사마(司馬)라고도 한다. 기보(圻父)라고도 쓴다. 기(祈)는 기(圻)·기(畿)와 같으며, 고대 도성(都城)이 소재하는 천리의 땅을 기(畿)라고 한다. 이후에는 경성(京城)의 관할 지역을 통칭하며, 경기(京畿)라고 하였다. 보(父)는 보(甫)와 통한다.

54 조아(爪牙): 조(爪)는 손톱. 여기서는 짐승의 발톱. 아(牙)는 어금니. 짐승은 발톱으로 할퀴고 이빨로 물어뜯으며 싸움한다. 자기가 임금의 발톱과 이빨이라는 것은 용맹스런 군사임을 자처한 것으로 폄하(貶下)의 뜻은 전혀 없다. 오히려 관직이 높은 장군이 되어야 불릴 수 있지 일반 무사나 낮은 관직은 스스로 그렇게 부를 수 없었다고 한다〔『한서·진탕전(漢書·陳湯傳)』 참조〕.

55 호전여우휼(胡轉予于恤): 호(胡)는 어찌 또는 왜. 전(轉)은 들어가다〔입(入)〕. 일설에는 이(移)의 뜻이며 나아가 멈추지 않고 이곳저곳을 옮겨 다니게 하는 것. 휼(恤)은 근심하다. 또는 진휼(賑恤)과 같으며, 진휼하러 다니는 직책이라고도 하였다〔유운흥(劉運興)〕.

祈父여 기 보	사마님!
予王之爪士[57]어늘 여 왕 지 조 사	나는 임금님의 범발톱 같은 군자이거늘
胡轉予于恤하여 호 전 여 우 휼	어찌하여 나를 근심 속에서 전전하여
靡所底止[58]오 미 소 저 지	편안히 머물 곳 없게 합니까?

祈父여 기 보	사마님!
亶不聰[59]이로다 단 불 총	정말로 귀가 어두우십니다
胡轉予于恤하여 호 전 여 우 휼	어찌하여 나를 근심 속에서 전전하여
有母之尸饔[60]고 유 모 지 시 옹	또 밥상도 올리지 못하게 합니까?

---

56 미소지거(靡所止居): 미(靡)는 없다, 아니다. 지거(止居)는 머물러 편히 사는 것〔안거(安居)〕.

57 조사(爪士): 조아지사(爪牙之士)의 뜻(『집전』). 호사(虎士)를 말한다. 주나라 관리 호분씨(虎賁氏)에 호사 8백 명이 있다고 했다. 호분은 숙위(宿衛)하는 신하로 금군(禁軍) 또는 근위군(近衛軍)에 속하는데 이들을 전쟁터로 전전하게 하였기 때문에 원망하는 것으로 해석한다〔『통석(通釋)』〕. 이때의 사(士)는 사졸(士卒)의 사(士)가 아니라 사대부(士大夫)·경사(卿士)의 '사'이다. 또는

58 저지(底止): 종지(終止). 저(底)는 지(至)와 지(止)의 뜻.

59 단불총(亶不聰): 단(亶)은 진실로. 불총(不聰)은 귀가 밝지 못하다는 뜻. 옛날 월왕(越王) 구천(勾踐)도 오(吳)나라를 칠 때 늙은 부모님만 계시고 형제가 없는 사람들은 모두 집으로 돌려보냈고, 위(魏)나라 공자(公子) 무기(無忌)가 조(趙)나라를 구할 때도 형제가 없는 독자들은 돌아가 부모님을 봉양하도록 하였다 한다. 옛날부터 노친(老親)이 있으면서도 형제가 없는 사람은 정역(征役)을 면제해 주는 것이 원칙이었는데도 기보(祈父)인 당신은 이런 말도 듣지 못했느냐는 뜻이다(『집전』).

60 유모지시옹(有母之尸饔): 시(尸)는 베풀다〔시(施), 진(陳)〕(『모전』), 또는 주관함〔주(主)〕(『집전』). 또는 잃다〔실(失)〕〔『통석(通釋)』〕. 옹(饔)은 밥, 식사. 그래서 시옹(尸饔)은 노모가 손수 집에서 밥상을 차려 올리는 것으로 노모가 집안일로 고생하고 있는 것을 말하며(『집전』), 또는 봉양함을 잃었다는 것으로 이리저리 전전하느라 노모조차도 봉양하지 못함을 말한다〔『통석(通釋)』〕. 그런데 유모(有母)는 이와는 달리 우무(又毋)와 고음(古

◈ 해설

『집전(集傳)』에 오랫동안 전쟁에 나가 있는 군사가 돌아가 노부모를 봉양하고자 하나 자기를 집으로 돌려보내 주지 않음을 원망하는 시라고 하였다. 이 군사는 지금의 국방장관에 해당하는 기보(祈父)를 부르며 오랫동안 종군(從軍)했는데도 노부모가 계신 자기를 왜 안 돌려보내느냐고 원망하고 질책하는 것이다.

6. 백구(白駒) 흰 망아지

皎皎白駒[61]이 (교 교 백 구)	희고 새하얀 망아지
食我場苗[62]라 하여 (식 아 장 묘)	내 밭의 곡식 싹을 먹인다
縶之維之[63]하여 (집 지 유 지)	발을 묶고 고삐 조여 붙잡아서
以永今朝[64]하여 (이 영 금 조)	이 아침 다 가도록 끌어
所謂伊人[65]이 (소 위 이 인)	바로 그 사람
於焉逍遙[66]케 하리라 (어 언 소 요)	이곳에서 노닐게 하리라

音)이 같기 때문에 '又毋之尸饔(또 밥상을 올리지도 못하게 하다)'로 해석할 수 있다〔우성오(于省吾), 『신증(新證)』〕.

61 교교백구(皎皎白駒): 교교(皎皎)는 흰 모양, 새하얀 것. 구(駒)는 망아지. 『설문(說文)』에서는 말이 두 살이 된 것을 말한다 하였고, 일설에는 5척 이상의 말이라 한다.

62 장묘(場苗): 장(場)은 채전(菜田), 포(圃) 곧 채소밭의 뜻. 묘(苗)는 농작물의 어린 싹.

63 집지유지(縶之維之): 집(縶)은 잡아매는 것. 유(維)는 끈으로 매는 것(『집전』)

64 이영금조(以永今朝): 영(永)은 종(終)의 뜻, 또는 '길게 하다, 늘이다〔장(長)〕'. 오늘의 이 아침이 다하도록 붙잡다 또는 이 아침을 연장하다.

65 이인(伊人): 저 사람.

皎皎白駒이 교 교 백 구	희고 새하얀 망아지
食我場藿[67]이라 하여 식 아 장 곽	내 밭의 콩잎을 먹인다
縶之維之하여 집 지 유 지	발을 묶고 고삐 조여 붙잡아서
以永今夕하여 이 영 금 석	이 저녁 다 가도록 끌어
所謂伊人이 소 위 이 인	바로 그 사람
於焉嘉客케 하리라 어 언 가 객	이곳에서 좋은 손님 되게 하리라

皎皎白駒이 교 교 백 구	희고 새하얀 망아지
賁然來思[68]면 분 연 래 사	쏜살같이 달려온다
爾公爾侯[69]하여 이 공 이 후	그대를 공후로 삼아
逸豫無期[70]케 하리라 일 예 무 기	언제까지고 편히 즐기게 하리라
愼爾優遊[71]하며 신 이 우 유	그대 한가로이 노는 것 삼가고
勉爾遁思[72]어다 면 이 둔 사	그대 은둔할 생각 말아 줬으면

---

66 어언소요(於焉逍遙): 어언(於焉)은 어시(於是), 곧 '이곳에'의 뜻. 소요(逍遙)는 노닐며 쉬는 것.

67 곽(藿): 콩잎. 콩 싹의 뜻으로 보아도 좋다.

68 분연래사(賁然來思): 분연(賁然)은 빠른 모양. 분(奔)과도 통하며『통석(通釋)』, '비'로도 읽는다. 사(思)는 어조사.

69 이공이후(爾公爾侯): 당신을 공(公)에라도 봉하고 후(侯)에라도 봉해 주겠다. 곧 높은 벼슬을 주겠다는 뜻.

70 일예무기(逸豫無期): 일예(逸豫)는 일락(逸樂)과 같으며 편히 즐기는 것. 무기(無期)는 기한이 없는 것, 끝이 없는 것.

71 신이우유(愼爾優遊): 신(愼)은 신중히 하여 지나치지 말라는 것『집전』. 우유(優游)는 속 편히 한가롭게 노는 것.

72 면이둔사(勉爾遁思): 면(勉)은 힘써 성실히 하는 것인데, 여기서는 면(免) 곧 '—하지 말라'는 뜻으로 쓰였으며『집전(集傳)』에서는 무결(無決) 곧 '결단하지 말라'의 뜻이라 하였

皎皎白駒이 교 교 백 구	희고 새하얀 망아지
在彼空谷[73]하니 재 피 공 곡	저 깊은 골짜기에 있다
生芻一束[74]이러니 생 추 일 속	싱싱한 꼴풀 한 다발 먹이는데
其人如玉이로다 기 인 여 옥	그 사람은 옥처럼 아름답다
毋金玉爾音[75]하여 무 금 옥 이 음	그대 소식 너무 금옥같이 귀하게 하지 말고
而有遐心[76]이어다 이 유 하 심	나를 멀리하는 마음 갖지 마소서

◈ 해설

현인(賢人)이 출사하지 않으려는 것을 임금이 안타까워하는 시이다. 현인이 흰 망아지를 타고 오므로 그를 될수록 오래 머물게 하려고 망아지를 매어 두고 곡식의 싹이라든지 콩잎 등을 먹였으나 끝내 그를 만류하지 못하여 떠나가는 것을 아쉬워하는 정이 담겼다. 「모시서」에서는 대부가 선왕(宣王)을 풍자한 것이라 하고, 『정전(鄭箋)』에서는 현자를 머물게 하지 못함을 풍자한 것이라 하였는

다. 둔(遁)은 숨다, 은둔하다. 사(思)는 어조사.

73 공곡(空谷): 공(空)은 『한시(韓詩)』에는 궁(穹)으로 되어 있는데, 궁곡(穹谷)은 깊은 골짜기〔深谷〕을 말한다.

74 생추일속(生芻一束): 생추(生芻)는 마소에게 먹이는 싱싱한 꼴풀. 속(束)은 다발.

75 무금옥이음(毋金玉爾音): 음(音)은 명성(名聲)의 뜻이며 그대의 명성만을 너무 금옥(金玉)처럼 귀중히 여기지 말라는 뜻이라 하는데 이는 매끄럽지 않다. 금옥(金玉)은 진중(珍重)하고 애석(愛惜)히 여긴다는 뜻이며 동사로 사용되었다. 음(音)은 옥음(玉音) 곧 남의 편지나 말을 높여 부르는 말로 본다. 즉 그대의 소식을 너무 금옥처럼 아끼지 말고 수시로 연락해 달라는 부탁이며 이별한 후 소식이 통하지 않을까를 걱정하는 것〔왕선겸(王先謙), 『집소(集疏)』〕이다.

76 이유하심(而有遐心): 윗 구의 '무(毋)'에 걸려 '나를 멀리하려는 마음을 갖지 말라'는 뜻.

데 확증은 없다. 하해(何楷)는 은(殷)나라 사람들이 흰색을 숭상했고 이 시에서 흰말을 말했으므로 무왕(武王)이 기자(箕子)를 전별하는 시라고 했다. 손작운(孫作雲)은 이와 유사하여 주(周)나라에 와서 제사를 도우는 송공(宋公)을 찬미한 시로 보았다. '흰 망아지'를 타고 온 것은 은나라 사람이 흰색을 숭상했기 때문이라 하였다. 그리고 이 시는 「주송·유객(周頌·有客)」 시에 가깝다. 특히 "손님이 온다 손님이 온다, 흰 말을 타고(有客有客, 亦白其馬)", "밧줄을 주어, 그 말을 붙들어 매게 한다(言授之縶, 以縶其馬)"라는 시구는 더 그렇다. 이 시에 관한 「모시서」의 풀이를 보면 은(殷) 왕족인 미자(微子)가 와서 주의 종묘(宗廟)에 참배하는 것이라 했다. 또한 『모전(毛傳)』에서는 은나라에서는 백색(白色)을 숭상한다고 했다. 말하자면 은나라의 미자가 흰말을 타고 옴에 그를 오래토록 붙잡아 두고자 원하는 시라는 것이다. 뿐만 아니라 「주송·진로(周頌·振鷺)」의 시는 하(夏)와 은(殷)의 자손이 주 왕실(周王室)의 자손이 되어 찾아와서 제사를 도움을 읊은 것이라 했다. 로(鷺)란 하얀 새이니, 이것 또한 은나라 사람들의 백마와 관련성이 있는 것이 아닌가 싶다. 『주역(周易)』의 분괘(賁卦)의 육사효(六四爻)에 "흰말을 타고 나는 듯이 달려가고 싶다. 도둑이 아니고 혼인을 청하는 것이(白馬翰如, 匪寇婚媾)"라 하였음도 함께 생각되어 이와 무관해 보이지 않는다.

주(周) 왕실이 전 왕조인 은나라 왕족들을 이렇게 후하게 접대하는 또 다른 이유도 있을 것이다. 실제로 주나라 초기부터 은의 왕족들에 대해 반역의 조짐과 위협을 미연에 차단하기 위해서 우선은 와해 정책을 쓰면서도 한편으로는 유화책(宥和策)을 쓰면서 은나라 조상의 제사를 지내게 하고 관직을 주는 등 우대하고 공경하였다. 시 속에서 경객(敬客)·류객(留客)·오객(娛客)의 뜻을 반복적으로 말하며 친밀함을 표시하였지만 실제로는 이를 빌려 틈을 해소하고 그 마음을 묶어 놓으려는 의도가 있었을 것이다.

7. 황조(黃鳥) 곤줄박이

黃鳥黃鳥[77]여
황 조 황 조
곤줄박이야 곤줄박이야

無集于穀[78]하며
무 집 우 곡
닥나무에 모여 앉지 마라

無啄我粟[79]이어다
무 탁 아 속
우리 조를 쪼지 마라

此邦之人이
차 방 지 인
이 나라 사람들이

不我肯穀[80]이니
불 아 긍 곡
나를 잘 대해 주지 않으니

言旋言歸[81]하여
언 선 언 귀
돌아가자 돌아가리라

復我邦族[82]하리라
복 아 방 족
내 일가친척들 사는 나라로

黃鳥黃鳥여
황 조 황 조
곤줄박이야 곤줄박이야

無集于桑하며
무 집 우 상
뽕나무에 모여 앉지 마라

無啄我粱[83]이어다
무 탁 아 량
우리 수수를 쪼지 마라

---

77 황조(黃鳥): 곤줄박이. 노란색의 작은 새. 보통 황리(黃鸝) 또는 황앵(黃鶯), 창경(倉庚, 鶬鶊)이라 하여 '꾀꼬리'로 보았다. 그러나 꾀꼬리가 몸빛이 화려하고 나무에 살며 절대로 땅에 앉지 않고 곤충이나 과일을 주식으로 삼는 것과는 달리 황조는 곡물을 주식으로 하고 몸이 작으며 관목에서 쉬는 것 등으로 보아 참새처럼 생긴 곤줄박이로 보는 것도 설득력이 있다. 또는 곤줄매기·산작(山雀, Parus varius)이라고도 한다. 「주남·갈담(周南·葛覃)」 참조.

78 무집우곡(無集于穀): 무(無)는 막(莫)·물(勿)과 같이 '—하지 말라'는 뜻. 집(集)은 나무 위에 많은 새가 앉아 있는 것. 곡(穀)은 닥나무. 앞의 「소아·학명(小雅·鶴鳴)」 시 참조.

79 무탁아속(無啄我粟): 탁(啄)은 쪼아 먹다. 속(粟)은 조.

80 불아긍곡(不我肯穀): '不肯穀我'의 도치문. 곡(穀)은 선(善)과 통하여(『모전』) 잘 지내는 것.

81 언선언귀(言旋言歸): 언(言)은 어조사. 이 구는 발길을 돌려 돌아가는 것.

82 복아방족(復我邦族): 복(復)은 되돌아가다. 방족(邦族)은 본국에 살고 있는 족인(族人). 동족이 살고 있는 옛 땅.

此邦之人이 차 방 지 인	이 나라 사람들이
不可與明[84]이니 불 가 여 명	나와 믿고 지내려 하지 않아
言旋言歸하여 언 선 언 귀	돌아가자 돌아가리라
復我諸兄[85]하리라 복 아 제 형	내 여러 형님들 계신 곳으로

黃鳥黃鳥여 황 조 황 조	곤줄박이야 곤줄박이야
無集于栩[86]하며 무 집 우 허	도토리나무에 모여 앉지 마라
無啄我黍이어다 무 탁 아 서	우리 기장 쪼지 마라
此邦之人이 차 방 지 인	이 나라 사람들이
不可與處[87]이니 불 가 여 처	나와 함께 지내려 하지 않아
言旋言歸하여 언 선 언 귀	돌아가자 돌아가리라
復我諸父[88]하리라 복 아 제 부	내 여러 친척 어른들 계신 곳으로

◈ 해설

타국에 가 있는 사람이 안주할 곳을 얻지 못하고 떠돌아다니면서 고향에 돌

---

83 량(粱): 고량(高粱)이라는 '수수' 종류의 곡식〔『석의(釋義)』〕.

84 명(明): 맹(盟)으로 씀이 옳으며, 믿음〔맹약(盟約)〕의 뜻〔『정전』〕. 근년 산서(山西) 지방에 출토된 『후마맹서(侯馬盟書)』 중에 맹(盟) 자는 모두 명(明)으로 씌어졌다고 한다〔원보천(袁宝泉)·진지현(陳智賢), 『시경탐미(詩經探微)』〕. 여명(與明)은 믿고 더불어 지내는 것.

85 제형(諸兄): 족형(族兄)으로, 자신의 친형을 칭하는 것이 아니다.

86 허(栩): 도토리나무.

87 여처(與處): 더불어 함께 잘 지내는 것.

88 제부(諸父): 동족(同族)의 숙부(叔父)·백부(伯父).

아가고파 하는 시이다. 「모시서」에서는 선왕(宣王)을 풍자한 것이라 했는데, 선왕과는 무관한 것 같고 다만 시에서 당시의 사회 문제를 폭넓게 말해서 선왕이거나 그 어떤 주나라 왕과는 무관하지는 않을 것이다.

이 시는 언뜻 보아도 형식과 구성면에서 「위풍·석서(魏風·碩鼠)」 시와 많이 유사하다. 나에게 부담과 불편과 손해를 주는 것에서 화자가 벗어나려고 하는 것까지 많이 닮아 있다. 당시 현실 사회를 중심으로 살펴보자. 서주(西周) 말 사회의 격렬한 동요는 필연코 대량의 유민들을 양산했을 것이며, 왕조는 이런 사람들에 대해서 객지에서 안치하는 방법을 취했을 것이다. 시간이 좀 흘러 이 타향에서 먹고 살려는 유민들과 본토인 사이에 마찰과 충돌이 생겼을 것이며 이 시는 이러한 배경에서 지어졌다고 본다. 이치상으로는 기내(畿內)의 나라들은 모두 같이 주나라에서 나온 것으로 동족(同族)의 우의(友誼)를 갖추고 있을 것이다. 그리고 종법제의 가족국가 사회는 동성(同姓) 관계를 매우 중시하였다. 그러나 현실적 상황에서는 동방(同邦) 관계가 동족(同族) 관계보다 가까웠을 것이며 사람들은 각자의 이익을 위하여 서로 친밀하지 않았다. 동족의 친애함을 중시하는 사회에서 이것은 사람들의 관심을 불러일으키지 않을 수 없었고, 시인이 이를 표현한 것은 필연적인 일일 것이다. 「모시서」에서 그렇게 말한 것은 세상의 도리가 무너지고 있는 이런 현상의 책임을 주나라 왕에게 돌리고자 한 것이 아닌가 한다〔섭석초(聶石樵), 『시경신주(詩經新注)』〕.

또 다른 해석도 가능하다. 당시의 전쟁이 주(周) 왕조와 변경의 소수민족과의 대규모 전쟁만이 있었던 것은 아니고 그전에서부터 왕조의 힘이 미치지 못하는 무수한 씨족들 간의 불화로 인한 이합집산(離合集散)들이 있어 왔을 것이다. 부모나 형제를 잃고 살아남은 아이들은 노예나 양자·양녀로 가기 일쑤였을 것이다. 1900년대 초기 중국 사회에도 아이들을 사고파는 행위가 공공연히 존속되었다는 것을 볼 때 과거 부모 없는 아이들을 매매하고 그 노동력을 착취하는 행위는 아이들에 대한 인간적 동정심보다 더 강했을 것이다. 양부모에게는 최소한 기본적으로 노동력을 제공해 주는 큰 이익이 있기 때문에 이러한 일들은 없어지지 않았다. 즉 이 시가 「왕풍·갈류(王風·葛藟)」처럼 타국 또는 타향에 떠돌다가 다른 사람의 양자(녀)로 들어간 사람의 애탄(哀歎)의 노래라는 것이다〔당막요(唐莫堯), 『시경신주전역(詩經新注全譯)』〕.

8. 아행기야(我行其野) 나는 벌판을 가고

我行其野하니 아 행 기 야	나 홀로 벌판을 가는데
蔽芾其樗[89]러라 폐 패 기 저	가죽나무만 무성하게 그늘졌네
昏姻之故[90]로 혼 인 지 고	혼인으로 해서
言就爾居[91]나 언 취 이 거	그대 집에 와 사는데
爾不我畜[92]하니 이 불 아 휵	그대 나를 잘 대해 주지 않으니

---

89 폐패기저(蔽芾其樗): 폐패(蔽芾)는 나뭇잎이 무성한 모양 또는 잎이 처음 자라난 모양. 저(樗)는 가죽나무 또는 개똥나무. 악목(惡木: 쓸모없는 나무)이라 한다(『집전』). 이 구절은 버림받은 여인이 홀로 친정으로 돌아가는 길에 악목인 가죽나무를 만난 것으로 마치 악부(惡夫)와의 고약한 인연을 비유한 것으로 볼 수 있다. '芾'는 '비', '불'로도 읽는데 『집전(集傳)』의 '方昧反'을 따라 '패'로 읽는다.

90 혼인지고(昏姻之故): 혼(昏)은 혼(婚)과 통함. 인(姻)도 혼인하는 것. 신랑의 아버지〔인(姻)〕와 신부의 아버지〔혼(婚)〕가 서로를 '혼인'이라 부른다고 한다(『정전』). 즉 사돈이다. '혼인했기 때문'이라는 말은 곧 단순히 합쳐진 것이 아니라 결혼이 합법적이었다는 것을 말한다.

91 언취이거(言就爾居): 언(言)은 곧〔내(乃)〕. 취(就)는 따르다, 나아가다. 그래서 취혼(就婚)은 결혼을 하는 것, 좁게는 남자가 결혼하여 신부의 집으로 들어가 사는 것을 말한다. 데릴사위로 가는 것을 '취혼우여가(就婚于女家)'라고 하는 것도 그 한 예이다. 이거(爾居)는 너의 집, 또는 너와 함께 거주하다.

92 이불아휵(爾不我畜): 휵(畜)은 양(養)의 뜻으로(『집전』), 밥을 먹여 주는 것. 일설에는 좋아하다, 잘 대해 주다〔『맹자(孟子)』, "畜君者, 好君也"〕. '畜'은 본래 '축'으로 읽어야 하

復我邦家[93]하리라
복 아 방 가

내 고향집으로 돌아가리라

我行其野하여
아 행 기 야

나는 홀로 벌판을 가다가

言采其蓫[94]이로다
언 채 기 축

소루쟁이를 뜯어 먹네

昏姻之故로
혼 인 지 고

혼인으로 해서

言就爾宿이나
언 취 이 숙

그대 집에 와 자는데

爾不我畜하니
이 불 아 축

그대 나를 잘 대해 주지 않으니

言歸斯復[95]하리라
언 귀 사 복

돌아가리라 되돌아가리라

我行其野하여
아 행 기 야

나는 홀로 벌판을 가다가

言采其葍[96]이로다
언 채 기 복

잔 무를 캐어 먹네

不思舊姻이요
불 사 구 인

지난날 혼인한 건 생각 않고

求爾新特[97]이니
구 이 신 특

그대 새 짝을 찾고 있음은

成不以富[98]요
성 불 이 부

진정 재산이 많아서가 아니라

나 '기르다'는 뜻으로 사용될 때에는 '휵(慉)'의 가차(假借)로 사용되어 '휵'으로 읽는다.

93 복아방가(復我邦家): 복(復)은 돌아가다〔返〕. 방가(邦家)는 고향집.

94 축(蓫): 소루쟁이. 양제(羊蹄)라고도 하는 나물로, 삶아 먹을 수 있지만 많이 먹으면 설사하기 때문에 옛날부터 악채(惡菜)로 인식되어 왔다.

95 언귀사복(言歸斯复): 귀(歸)는 결혼한 여자가 버림받아 어머니 집으로 돌아가는 것. 사(斯)는 어떤 곳에는 사(思)로 되어 있으며 모두 어조사이다.

96 복(葍): 잔 무우. 구체적인 이름이 있을 터이나 확실하지 않아서 이렇게 표기한다. 뿌리는 새하얗고 삶아 먹는다(『육소(陸疏)』). 『모전(毛傳)』에는 역시 악채(惡菜)라 하였다.

97 신특(新特): 특(特)은 짝, 배필의 뜻(『집전』). 새로운 짝을 말한다.

98 성(成): 성(誠)의 가차자로, '정말', '확실히'의 뜻. 『논어』에는 '성(誠)'으로 인용하고 있다. 이 구절은 새로 들어오는 저 사람이 부유하기 때문에 좋아하고 내가 가난한 것을 싫어

亦祇以異[99]니라
역 지 이 이

다만 마음이 변했기 때문이라네

◈ 해설

「모시서」에서는 이 작품 역시 주나라 선왕(宣王)을 풍자한 것이라 했다. 물론 임금이 정치를 잘못하여 민심이 어지럽고 사나와졌기 때문에 이런 음혼지속(淫婚之俗)에 의해 가정 혼인의 비극이 발생하였다지만(『정전(鄭箋)』 참고), 근거 없는 말이다. 타지에 혼인해서 간 여인이 보살핌을 받지 못하고 고생하다가 버려져서 고향에 돌아가고파 하는 시, 즉 기부시(棄婦詩)로 보는 것이 일반적이었다.

이와는 정반대로 정진탁(鄭振鐸, 1898~1958)은 데릴사위의 처지를 쓴 것이라 하였다(『중국속문학사(中國俗文學史)』). 이 시가 버림받은 여인의 시라고 하는데 노예보다 못한 대접을 받으며 살고 있는 데릴사위의 탄식으로는 볼 수 없는지, 비록 코에 걸면 코걸이 귀에 걸면 귀고리이겠지만, 그리고 다소 아전인수(我田引水)가 될 수도 있겠지만 일단 몇 가지 단서를 찾아볼 수 있다.

제1장의 '취이거(就爾居)', 제2장의 '취이숙(就爾宿)'의 '취(就)'의 용도가 단순해 보이지 않는다. 데릴사위라고 할 때 '췌서(贅壻)'라고 하고, 또 '취서(就壻)'라고도 한다. 그리고 이를 풀이할 때 "여자의 집으로 장가간 남자(就婚于女家之男子)"라고 하는데(『한어대사전(漢語大辭典)』) 이때의 '就'는 '나아가다, 따르다' 등의 뜻일 것이다. '췌(贅)'는 가난한 집의 아이가 자라나서 데릴사위로 가는 것으로 사람의 몸에 난 사마귀(우췌(肬贅))와 같은 존재이기 때문이라고 했으며 그 주어는 신랑 또는 사위이다. 제3장의 '불사구인(不思舊姻)'에서도 그 단서를 발견할

해서가 아니라는 뜻(『집전』). 좀 더 보충하면, 새 사람이 확실히 나보다 더 부유하여 너의 생활이 나아진다면 그래도 봐줄 수 있겠지만 그런 것도 아님이 확실하다는 것.

99 역지이이(亦祇以異): 지(祇)는 다만. 또는 때마침. 이(異)는 새롭고 신기한 것, 즉 옛사람인 나와는 다른 사람이라는 뜻. 또는 '변심하다, 두 마음을 갖다'는 뜻. 여기서는 후자를 취한다.

수 있다. 제1, 2장에서는 '昏姻'을 사용했으니 문제될 것은 없지만, 여기에서 왜 하필이면 '姻'을 썼는가. 일반적으로 사용 빈도가 더 높은 '婚'으로 써도 될 일이다. 압운의 영향도 받지 않는다. 앞에서도 언급했지만 '姻'은 신랑 또는 사위의 아버지를 칭한다. 즉 구인(舊姻)은 남자 측을 지칭하는 것이다. 이렇게 보면 이 시의 화자는 당연히 신랑 사위가 되어야 한다.

그렇다면 문제는 제3장에서 여자가 또다시 다른 남자를 맞아들였다는 말이 되는데 일반적인 상식으로 그게 가능했을까 하지만 데릴사위는 노예와 다름이 없었기 때문에 전혀 문제가 되지 않았다고 한다〔고힐강(顧頡剛)의 『사림잡식(史林雜識)』, 맹묵문(孟默聞)의 『전서견문(滇西見聞)』 참조〕.

9. 사간(斯干) 산골짝의 시냇물

秩秩斯干[100]이요 질 질 사 간	맑고 맑은 산골짝의 시냇물
幽幽南山[101]이며 유 유 남 산	그윽하고 그윽한 남산에 흐른다
如竹苞矣[102]요 여 죽 포 의	대나무가 빽빽이 자란 듯
如松茂矣로다 여 송 무 의	소나무가 무성히 우거진 듯
兄及弟矣이 형 급 제 의	형과 아우들

100 질질사간(秩秩斯干): 질질(秩秩)은 물이 맑은 모양(『이아(爾雅)』). 사(斯)는 차(此). 간(干)은 간(澗)과 통하여 산골짜기의 시냇물(『모전』).

101 유유(幽幽): 심원(深遠)한 모양(『모전』).

102 포(苞): 풀과 나무가 무더기로 자라나 무성한 것.

式相好矣[103]요 식 상 호 의	서로 사이좋게 지내며
無相猶矣[104]로다 무 상 유 의	아무도 탓하고 해치는 일 없어라

似續妣祖[105]하여 사 속 비 조	선조와 선비(先妣)의 뜻을 이어
築室百堵[106]하니 축 실 백 도	큰 집 짓고 긴 담 쌓아
西南其戶[107]로다 서 남 기 호	서향 문 남향 문 모두 내었네
爰居爰處[108]하며 원 거 원 처	이곳에 거처하며
爰笑爰語로다 원 소 원 어	웃으며 얘기하며 화목하게 지내리

約之閣閣[109]하며 약 지 각 각	담틀 널판때기를 꽁꽁 동여매어
椓之橐橐[110]하니 탁 지 탁 탁	공이로 흙을 쿵쿵 쳐서 다진다

---

103 식(式): 발어사.

104 유(猶): 우(尤)와 통하여(『정전』), 서로 옥신각신하는 것. 또는 속이다〔기(欺)〕. 또는 꾀하다〔모(謀)〕.

105 사속비조(似續妣祖): 사(似)는 사(嗣)와 통하여, 사속(似續)은 계승(繼承)의 뜻. 비(妣)는 지금은 죽은 어미를 지칭하지만 옛날에는 조모(祖母) 이상을 모두 비(妣), 조부 이상을 모두 조(祖)라 하였다. 그러므로 서주(西周) 시대의 글과 갑골문 및 초기 금문(金文)에서는 모두 조비(祖妣)를 대칭으로 쓰고 있다. 『서경(書經)』의 「요전(堯典)」〔『위고문(僞古文)』「요전(堯典)」〕에 비로소 고비(考妣)를 대칭하는 글이 나오는데 이것으로도 이 책이 후대에 쓰인 글임을 알 수 있다고 한다. 『이아(爾雅)』의 "모사왈비(母死曰妣)"라 한 것도 「요전(堯典)」을 근거로 한 말인 듯하다〔『석의(釋義)』〕. 이 구는 조상들의 제사를 이어 받든다는 뜻이다.

106 백도(百堵): 도(堵)는 담장. 짓는 집이 크고 많음을 나타내는 것〔앞의 「소아·홍안(小雅·鴻鴈)」 시 참조〕.

107 호(戶): 문(門).

108 원(爰): 이에〔于是〕.

109 약지각각(約之閣閣): 약(約)은 끈으로 묶다, 붙들어 매다. 각각(閣閣)은 『한시(韓詩)』엔 격격(格格)으로 되어 있으며, 담틀의 나무 판때기를 꼭꼭 동여매는 소리.

風雨攸除[111]며　　그래서 비바람 피하고
풍 우 유 제

鳥鼠攸去하여　　새와 쥐 들어오지 못해
조 서 유 거

君子攸芋[112]로다　　임께서 이 집에 거처하리라
군 자 유 우

如跂斯翼[113]하며　　네 구석 기둥은 발돋움하는 듯하고
여 기 사 익

如矢斯棘[114]하며　　네 모퉁이 모서리는 활을 쏜 듯 똑바르다
여 시 사 극

如鳥斯革[115]하며　　추녀는 새가 날개를 편 듯하고
여 조 사 혁

如翬斯飛[116]니　　나는 꿩처럼 그 색깔 찬연하다
여 휘 사 비

君子攸躋[117]로다　　그래서 임께서 이 집에 오르리라
군 자 유 제

殖殖其庭[118]이며　　평평하고 반듯한 뜰과
식 식 기 정

---

110 탁지탁탁(椓之橐橐): 탁(椓)은 나무공이로 흙을 치며 다지는 것(『석의(釋義)』). 탁탁(橐橐)은 공이로 흙을 쳐서 다지는 소리.

111 유제(攸除): 유(攸)는 유(由) 또는 용(用)의 뜻. 이하의 유(攸)도 모두 같다. 제(除)는 피하다(면피(免避)).

112 우(芋): 우(宇)의 가차자로, 집에 사는 것. 곧 거처하는 것.

113 여기사익(如跂斯翼): 기(跂)는 기(企)와 같으며 발돋움하는 것. 사(斯)는 어조사. 익(翼)은 새의 날개처럼 양팔을 쭉 편 것(『모전』). 이 구절은 집 전체의 모양을 형용한 것이다.

114 여시사극(如矢斯棘): 극(棘)은 급(急: 빠르다)과 통하여 화살이 빠르면 곧으므로(직(直)), 집들의 가지런함이 마치 시위를 벗어난 빠른 화살이 곧은 것처럼 반듯하다는 것. 또는 능렴(稜廉) 곧 집 모퉁이(능(稜), 능각(稜角))가 반듯한 것(렴(廉)).

115 여조사혁(如鳥斯革): 혁(革)은 『한시(韓詩)』엔 혁(革羽)으로 되어 있으며, 새가 날개를 편 모양. 이 구절은 지붕 추녀를 형용한 것이다.

116 휘(翬): 꿩의 일종으로 오색(五色)을 갖추어 무늬를 이루고 있으며 털을 빛이 난다. 지붕의 추녀가 꿩이 날 때의 날개 모양 같고, 또 그처럼 색깔이 곱다는 뜻.

117 제(躋): 집 뜰 위로 올라가는 것.

有覺其楹[119]이며
유 각 기 영 — 훤칠한 문 앞의 두 기둥
噲噲其正[120]이며
쾌 쾌 기 정 — 훤해서 상쾌한 대청과
噦噦其冥[121]이니
홰 홰 기 명 — 은은히 아늑한 내실
君子攸寧[122]이로다
군 자 유 녕 — 그래서 임께서 이 집에 편히 살리라

下莞上簟[123]하니
하 관 상 점 — 밑에 돗자리 깐 위에 대자리 깔고
乃安斯寢이로다
내 안 사 침 — 거기 편안히 잠자리라
乃寢乃興하여
내 침 내 흥 — 자고 일어나서
乃占我夢하니
내 점 아 몽 — 내 꿈을 점쳐 보면
吉夢維何오
길 몽 유 하 — 좋은 꿈 무엇을 꾸었나?
維熊維羆[124]와
유 웅 유 비 — 작은 곰 큰 곰과
維虺維蛇[125]로다
유 훼 유 사 — 작은 뱀 큰 뱀이로다

---

118 식식기정(殖殖其庭): 식식(殖殖)은 평평하고 반듯한 모양(『모전』).

119 유각기영(有覺其楹): 각(覺)은 직(直)의 뜻(『정전』)이며, 유각(有覺)은 각연(覺然)과 같고 곧은 모양이다. 또는 높고 큰 것을 말한다(『모전』). 영(楹)은 기둥. 본래는 문 앞의 두 기둥만을 영(楹)이라 하였다〔『석의(釋義)』〕.

120 쾌쾌기정(噲噲其正): 쾌쾌(噲噲)는 밝고 훤한 모양〔『통석(通釋)』〕. 정(正)은 정중(正中)의 곳, 즉 대청을 뜻한다〔『석의(釋義)』〕. 또는 정침(正寢). 또는 대낮〔백주(白晝)〕.

121 홰홰기명(噦噦其冥): 홰홰(噦噦)는 매매(昧昧)와 같은 뜻으로, 어둑어둑하고 아늑한 것〔『통석(通釋)』〕. 명(冥)은 어두운 곳, 곧 대청 안의 방을 말한다(『집전』). 내실(內室) 또는 방의 후미진 곳.

122 녕(寧): 안(安)과 같은 뜻으로, 편안하다는 것.

123 하관상점(下莞上簟): 관(莞)은 왕골로 짠 돗자리. 점(簟)은 대자리.

124 유웅유비(維熊維羆): 유(維)는 어조사. 웅(熊)은 곰. 비(羆)는 큰 곰.

125 유훼유사(維虺維蛇): 훼(虺)는 독사. 사(蛇)는 뱀.

大人占之[126]하니
대 인 점 지

점장이님 꿈풀이하여 하는 말

維熊維羆는
유 웅 유 비

작은 곰 큰 곰은

男子之祥[127]이요
남 자 지 상

아들 낳을 길조요

維虺維蛇는
유 훼 유 사

작은 뱀 큰 뱀은

女子之祥이로다
여 자 지 상

딸 낳을 길조란다

乃生男子하면
내 생 남 자

아들을 낳으면

載寢之牀[128]하며
재 침 지 상

침대에 뉘어 놓고

載衣之裳[129]하며
재 의 지 상

좋은 옷 입혀 주고

載弄之璋[130]하니
재 롱 지 장

구슬 가지고 놀게 하리라

其泣喤喤[131]이라
기 읍 황 황

그 울음소리는 우렁차고

朱芾斯皇[132]하여
주 불 사 황

붉은 폐슬 번쩍여

---

126 대인(大人): 점치는 사람을 높여 부른 말. 옛사람들은 점을 존중하였으므로 점치는 사람을 존경했다. 『주례(周禮)』에 태복지관(太卜之官)이 있다.

127 남자지상(男子之祥): 상(祥)은 상서(祥瑞). 남자를 낳을 상서로운 꿈이라는 뜻. 곰이나 큰 곰은 양물(陽物)로 산에 있고 힘이 세고 튼튼하므로 아들을 뜻한다. 그리고 독사나 뱀은 음물(陰物)로 굴 속에 살며 유약(柔弱)하고 숨어있기를 잘 하므로 딸을 낳을 꿈이라는 것이다(『집전』).

128 재침지상(載寢之牀): 재(載)는 즉(則), 취(就)의 뜻. 상(牀)은 침대. 아기를 침대에 눕힌다는 것은 존중함을 뜻한다(『집전』).

129 의지상(衣之裳): 의상(衣裳)의 뜻으로 옷을 잘 입힘을 뜻한다(『모전』).

130 재롱지장(載弄之璋): 장(璋)은 반규(半珪: 반쪽 홀)(『모전』). 귀족의 조빙(朝聘: 제후가 친히 또는 사신을 파견하여 천자를 배알하는 것)과 제사(祭祀)에 사용된 예기(禮器). 여기서는 이것을 모방하여 영아(嬰兒)가 가지고 놀도록 만든 것으로, 고관이 되는 것과 왕후(王侯)의 덕을 양성함을 상징한 것이다. 『공소(孔疏)』엔 왕숙(王肅)의 말을 인용하여 "군신(群臣)들이 왕을 따라 예를 행할 적에는 장(璋)을 들었다"고 하였다.

131 황황(喤喤): 큰 소리. 크게 우는 소리. 아이 우는 소리가 큰 것은 부귀의 상징이라고 했다.

室家君王[133]이로다 실 가 군 왕	집안의 가장 귀한 사람이어라
乃生女子하여 내 생 여 자	딸을 낳으면
載寢之地[134]하며 재 침 지 지	바닥에 뉘어 놓고
載衣之裼[135]하며 재 의 지 석	포대기로 싸주고
載弄之瓦[136]하니 재 롱 지 와	실패 가지고 놀게 하리라
無非無儀[137]라 무 비 무 의	잘못이나 말대꾸하는 일 없고
唯酒食是議[138]하여 유 주 식 시 의	술 빚고 밥 짓는 일만 얘기하여

---

132 주불사황(朱芾斯皇): 주불(朱芾)은 붉은 슬갑, 즉 무릎 덮개. 천자의 불(芾)은 순주(純朱), 제후의 불(芾)은 황주(黃朱)라 했으니 주불을 입는다는 것은 왕후(王侯) 같이 귀하게 됨을 상징하고 그렇게 기원하는 것이다. 황(皇)은 황(煌)과 통하여 옷이 화려하고 빛나는 모양. 사황(斯皇)은 황황(皇皇)과 같다.

133 실가군왕(室家君王): 실가(室家)는 일반 가정이나 주나라 왕실. 군(君)은 제후를, 왕(王)은 천자를 지칭한다고 본다〔여관영(余冠英), 『시경선(詩經選)』〕. 아이가 장차 주불(朱芾)을 입는 주나라 왕실의 군왕이라는 뜻. 또는 집안의 가장 귀한 사람이라는 뜻.

134 침지지(寢之地): 땅에 누인다는 것으로 남자 아이보다 중시 받지 못함을 말하는 것으로 『정전(鄭箋)』에서는 낮추는 것〔비지(卑之)〕이라고 하였다.

135 석(裼): 포대기〔강보(襁褓)〕.

136 와(瓦): 기와. 여기서는 와전(瓦塼) 또는 방전(紡甎) 곧 실패를 말하는데 흙을 구워 만들며 길쌈할 때 실을 감는 것이다. 농와(弄瓦)는 여자아이에게 길쌈이나 바느질과 같은 노동을 익혀 근면함을 지니도록 하려는 뜻으로 실패를 갖고 놀게 한 것이다〔왕선겸(王先謙)의 『집소(集疏)』, 후한(後漢) 반소(班昭), 45~117?)의 『여계(女誡)』〕.

137 무비무의(無非無儀): 비(非)는 어긋나다, 그릇되다. 무비(無非)는 여자가 혼인 후에 시어머니와 남편의 뜻을 위배하지 않는 것. 의(儀)는 도(度)와 같아서 법도(法度)를 스스로 헤아리는 것이며, 무의(無儀)는 그릇된 행동 즉 일을 헤아리지 않고 마음대로 하는 것으로 여자로 하여금 시비(是非)를 논하지 않도록 하는 것. 의(儀)는 의(議)와 통한다.

138 유주식시의(唯酒食是議): 유(唯)는 오직〔只〕. 주식(酒食)은 술 빚고 밥 짓는 일 등 집안일을 말한다. 의(議)는 얘기하며 관심을 갖는 것.

無父母詒罹[139]로다
무 부 모 이 리

부모에게 근심 끼치는 일 없도록
해야 하리

◈ 해설

새 집을 짓고서 이를 축복하는 노래이다. 집 지을 곳의 주위 환경과 형제간의 우애에서부터 시작하여 집을 짓는 모습과 집 안팎의 모습을 묘사하고 그 집에서 살며 좋은 꿈을 꾸고 아들딸 낳아 걱정 없이 잘 기르며 살 것이라는 축복의 내용이다. 「모시서」에서는 주나라 선왕(宣王)이 궁전을 완공한 것을 경축한 노래라고 했다.

손작운(孫作雲)은 이 시를 주(周) 선왕(宣王)의 신궁(新宮)이 낙성된 후 제사를 거행하며 악공(樂工)들이 부른 노래라고 하며, 선왕이 궁전을 중수(重修)한 이유는 농노(農奴)의 난〔서주(西周) 시기 도성 부근에서 군중들이 여왕(厲王)을 반대하여 일으킨 일종의 정치 투쟁〕이 일어났을 때 군중들에 의해 파괴되었기 때문이며, 그래서 즉위한 후 중수한 것이며 새로운 노래를 지어서 조종(祖宗)에게 제사 지냈다고 하였다.

그런데 신궁 낙성의 노래 속에 첫 장부터 형제간에 서로 탓하지 말고 화목하기를 강조하는 살풍경이 들어가 있는 것은 농노의 난 때 종족들이 단결하지 못한 일이 있었기 때문이며 이 시를 지은 것은 난이 끝나고 얼마 지나지 않아 아직 그 아픔이 남아 있을 때 곧 선왕 즉위한 후 오래되지 않은 때일 것으로 추측할 수 있다.

그리고 기타 신궁 낙성 제사시〔「노송·비궁(魯頌·閟宮)」, 「상송·은무(商頌·殷武)」 등〕와는 또 다른 내용으로, 장수(長壽)·창성(昌盛)·국가공고(國家鞏固)와 안

---

139 무부모이리(無父母詒罹): 무(無)는 '—하지 않게 하다〔不使〕'. 이(詒)는 주다〔이(貽)〕, 끼치다. 리(罹)는 근심 걱정〔우(憂)〕(『모전』).

정 등과 달리 자녀에 대한 것, 즉 중남경녀(重男輕女)나 일종의 현모양처와 같은 봉건 통치의 근간을 강조한 이유는 어쩌면 백성들에 대한 새로운 사고와 인식을 제공하는 것이거나 일종의 홍보 전략은 아닐는지.

꿈에 곰을 보면 아들을 낳는다는 생각은 원시 시기 주족(周族)이 곰을 토템으로 한 토템 신앙에서 왔다고 본다. 그리고 뱀 꿈을 꾸면 딸을 얻는다는 것은 주족(周族)이 사(姒)씨 성을 가진 여자를 아내로 삼은 일이 많았고, 사(姒)씨는 하(夏) 민족의 후예로 원시 시기의 하족(夏族)은 용사(龍蛇)를 토템으로 했기 때문에 이러한 습속이 생긴 것으로 본다.

10. 무양(無羊) 양이 없는가

誰謂爾無羊이리요 수 위 이 무 양	누가 그대에게 양이 없다고 하나?
三百維群[140]이로다 삼 백 유 군	3백 마리가 떼를 짓고 있는데
誰謂爾無牛리요 수 위 이 무 우	누가 그대에게 소가 없다고 하나?
九十其犉[141]이로다 구 십 기 순	큰 황소만도 아흔 마리나 되는데
爾羊來思[142]하니 이 양 래 사	저기 오는 그대의 양
其角濈濈[143]이로다 기 각 즙 즙	그 많은 뿔 부딪치지 않고

140 유(維): 위(爲)와 같다.

141 순(犉): 누런 소에 입술이 검은 것(『모전』). 또는 키가 7척이 되는 소〔『이아(爾雅)』〕. 곧 크고 건장한 소를 말한다. 이 구절은 큰 소가 90두(頭)나 된다는 뜻.

142 사(思): 어조사.

143 즙즙(濈濈): 양들이 그 뿔을 모으고 쉬고 있는 모습〔『모전(毛傳)』, 『통석(通釋)』〕. 집(戢:

爾羊來思하니 이 양 래 사	저기 오는 그대의 소
其耳濕濕[144]이로다 기 이 습 습	그 많은 귀들 촉촉하여 건강하네

或降于阿[145]하며 혹 강 우 아	언덕에서 내려오는 놈
或飮于池하며 혹 음 우 지	연못에서 물 마시는 놈
或寢或訛[146]로다 혹 침 혹 와	누웠거나 돌아다니는 놈
爾牧來思[147]하니 이 목 래 사	저기 오는 그대의 목동
何蓑何笠[148]이며 하 사 하 립	도롱이에 삿갓 쓰고
或負其餱[149]로다 혹 부 기 후	건량까지 짊어졌네
三十維物[150]이라 삼 십 유 물	색깔 따라 짐승들 서른 가지
爾牲則具[151]로다 이 생 즉 구	그대 제물 다 갖춰졌네

그치다, 거두다)과 통한다〔『경전석문(經典釋文)』, 『이아(爾雅)』〕. 또는 양들은 뿔이 부딪치면 잘 싸우는데 모여서 서로 뿔을 접촉하지 않고 있는 것〔송(宋) 왕안석(王安石, 1021~1086), 『시의구침(詩義鉤沉)』〕은 화목한 것이며 또한 목양(牧羊)을 잘하는 것을 말한다.

144 습습(濕濕): 소들이 되새김질하며 귀를 움직이는 것(『모전』). 또는 쇠귀가 윤이 나는 모양. 대개 소나 양들은 병들면 건조해지므로 소를 키우는 사람은 소의 귀가 축축하고 윤택(潤澤)한 것을 보고 건강함을 안다고 한다〔왕안석(王安石), 『시의구침(詩義鉤沉)』〕.

145 혹강우아(或降于阿): 강(降)은 내려오다. 아(阿)는 큰 언덕.

146 혹침혹와(或寢或訛): 침(寢)은 누워서 쉬는 것. 와(訛)는 움직이고 있는 것(『모전』).

147 이목래사(爾牧來思): 이(爾)는 너. 목(牧)은 소와 양을 방목하는 목동으로, 천한 사람이며 실은 노예이다. 래(來)는 오다. 사(思)는 어조사.

148 하사하립(何蓑何笠): 하(何)는 하(荷)와 통하여 짊어지다, 어깨에 매다. 사(蓑)는 도롱이. 립(笠)은 삿갓. 목동이 비가 오고 있거나 비올 때를 대비한 것.

149 후(餱): 건량(乾糧). 요기할 마른 음식을 준비하고 소와 양 떼 뒤를 슬슬 따라다닌다.

150 삼십유물(三十維物): 삼십(三十)은 많다는 뜻. 물(物)은 본래는 털의 색(色)을 말하는데, 여기서는 소떼를 구별하는 것으로 30두(頭)의 소가 하나의 색(色)이 된다. 고대에는 제사의 대상이 다르면 그에 따라 다른 색의 가축을 희생(犧牲)으로 사용했다.

爾牧來思하니 이 목 래 사	저기 오는 그대의 목동
以薪以蒸[152]이며 이 신 이 증	굵고 가는 땔나무 짊어지고
以雌以雄[153]이로다 이 자 이 웅	암수 여러 짐승들도 사냥해 오네
爾羊來思하니 이 양 래 사	저기 오는 그대의 양
矜矜兢兢[154]하며 긍 긍 긍 긍	한데 모여 조심스레 따라오며
不騫不崩[155]하며 불 건 불 붕	떨어지거나 흩어지는 일 없네
麾之以肱[156]하니 휘 지 이 굉	목동이 팔을 한번 휘저으면
畢來既升[157]이로다 필 래 기 승	다들 와서 우리로 들어가네
牧人乃夢[158]하니 목 인 내 몽	목축 관리 꿈을 꾸니

---

151 이생즉구(爾牲則具): 생(牲)은 제물(祭物)로 쓸 짐승, 즉 희생(犧牲). 구(具)는 갖추다. 옛날에는 제사에 따라 제물로 쓰는 소의 색깔도 달랐다. 여기서는 서른 가지 색의 소가 있으니 아무 제사에라도 쓸 수 있을 만큼 모든 색깔의 소가 갖추어져 있다는 뜻이다.

152 이신이증(以薪以蒸): 이(以)는 취(取)의 뜻. 신(薪)은 굵은 땔나무. 증(蒸)은 가는 땔나무. 또는 나무와 풀을 아울러 말하는 것으로 '섶[시초(柴草)]' 즉 땔감을 준비하는 것이다.

153 이자이웅(以雌以雄): 자웅(雌雄)은 암컷과 수컷인데, 여기서는 금수(禽獸), 즉 날짐승과 길짐승을 말한다. 목동이 한가하고 여력이 있을 때 땔나무도 하고 사냥하여 여러 가지 짐승도 잡아 오고 하는 것(『정전』).

154 긍긍긍긍(矜矜兢兢): 긍긍(矜矜)은 긍지를 갖는 모양[『석의(釋義)』]. 긍긍(兢兢)은 조심하는 모양[『석의(釋義)』]. 또는 모두 무리를 잃을까 조심하고 두려워하는 모양.

155 불건불붕(不騫不崩): 앞의 「소아·천보(小雅·天保)」 시에도 보였음. 여기서는 양 떼가 흩어지지 않음을 뜻한다.

156 휘지이굉(麾之以肱): 휘(麾)는 지휘하다. 굉(肱)은 팔.

157 필래기승(畢來既升): 필(畢)은 모두[전(全)], 또는 일제히[제(齊)]. 승(升)은 우리로 들어가는 것.

158 목인(牧人): 앞 구의 '이목(爾牧)'과 동일인으로 보아야 할지는 분명하지 않다. 여기서는 동일인으로 보지 않는다. '이목(爾牧)'을 '그대의 목동'으로 소와 양을 방목하는 노예로 본다면, 여기의 목인(牧人)은 많은 양과 소를 기르고 있는 일종의 목장주 귀족이거나 제물로 쓸 짐승[육생(六牲)]들을 번식시키고 키우는 관리를 지칭하는 것으로 본다[『주

衆維魚矣[159]며 (중유어의)	황충이 물고기로 되고
旐維旟矣[160]로다 (조유여의)	현무기가 새매기로 바뀌네
大人占之하니 (대인점지)	점쟁이님 꿈풀이하여 하는 말
衆維魚矣는 (중유어의)	황충이 물고기로 되는 것은
實維豊年이요 (실유풍년)	진정 풍년들 징조요
旐維旟矣는 (조유여의)	현무기가 새매기로 바뀌는 것은
室家溱溱[161]이로다 (실가진진)	집안이 융성할 징조란다

례(周禮)』].

159 중유어의(衆維魚矣): 『모전(毛傳)』에서 중(衆)은 인(人) 곧 사람을 말하는 것이며, 사람이 물고기로 변하는 꿈이라 했다. 또는 중유어(衆維魚)는 유중어(維衆魚)로 많은 물고기를 뜻한다[『석의(釋義)』]. 또는 중(衆)은 종(螽), 즉 황충(蝗蟲)으로 우리말로는 '풀무치' 또는 '누리'라고 하는 메뚜깃과에 속하는 곤충을 말한다. 그리고 유(維)는 내(乃)와 같아서 이 구는 황충이라는 곤충이 물고기로 변하는 기이한 꿈의 내용을 말한다[『통석(通釋)』]. 어(魚)는 여(餘)·유(裕)와 음이 비슷하여 많은 물고기는 넉넉함과 풍년을 뜻한다. 뒤 구(句)와 같은 형태로 보아도 중(衆) 자가 어(魚)를 꾸미는 '많은'의 뜻일 수 없다.

160 조유여의(旐維旟矣): 조(旐)는 현무기(玄武旗)로 교야(郊野)에 세우는 것이니 사람을 통솔함이 적고, 여(旟)는 새매를 그린 기로 주리(州里)에 세우는 것이니 사람을 통솔함이 많은데 조(旐)가 여(旟)로 된 꿈을 꾸었다는 것으로 사람이 많아진 것을 말한다(『집전』). 또는 앞의 주(注)와 마찬가지로 유조여(維旐旟)로 보고 '여러 가지 깃발'을 말하며, 그 깃발 아래에 사람들이 많다는 뜻으로 푼다. 또는 현무기가 새매기로 바뀌었다는 것. 『집전(集傳)』에서 말한 것과는 다른 해석이 가능하다. 모두 병거(兵車)에 꽂는 것인데 사람의 많고 적음을 말하는 것이 아니다. 조(旐)에 그려져 있는 거북과 뱀은 모두 주나라 사람들의 토템으로 영물이다. 여(旟)에 그려져 있는 새매는 용맹함을 상징하며 옛사람들은 '효조(孝鳥)'로 보았다. 그래서 효유(孝友)를 상징한다. 효우(孝友)가 있어야 전 가족이 단결하며 창성할 수 있다는 것이다.

161 진진(溱溱): 창성(昌盛)하는 것. 사람들이 많은 모양(『모전』). 『노시(魯詩)』에는 진진(蓁蓁)으로 되어 있으며, 초목이 무성한 모양. 이 구절은 가족이나 종족이 흥성해지는 것을 말한다.

◈ 해설

축산을 잘 하여 소와 양이 많은 것을 노래하고 더욱 융성해지기를 비는 시이다. 「모시서」에서는 선왕(宣王)이 목축을 이룬 것을 노래한 것이라 하였는데 근거 없다.

제4장 목인(牧人)의 꿈에 풀무치〔황충(蝗蟲)〕가 물고기로 변한다는 것과 관련된 내용에 대해서 옛날부터 그런 말이 있었던 모양이다. 송대(宋代) 육전(陸佃)이 쓴 『비아(埤雅)』에 "피택(陂澤), 즉 물 막은 보에 물고기가 사는 곳에 한발을 만나 햇살이 강하면 마침내 비황(飛蝗)으로 변하고, 만약 비가 많이 내려 충분해지면 모두 물고기로 변한다"고 했다. 그리고 "장마 지면 물고기가 생기고, 가뭄 들면 황충이 생긴다(澇生魚, 旱生蝗)"라고 했는데, 이것은 황충의 산란의 습성을 이해하지 못하고 가뭄 드는 해 강에 물이 없어 물고기가 황충으로 변했다고 잘못 생각한 것이다.

제4 절남산지습(節南山之什)

1. 절피남산(節彼南山)　　높은 저 남산에

節彼南山[1]이며 절 피 남 산	높은 저 남산
維石巖巖[2]이로다 유 석 암 암	바위들이 쌓여 있네
赫赫師尹[3]이여 혁 혁 사 윤	높으신 태사와 윤씨
民具爾瞻[4]이로다 민 구 이 첨	백성들이 모두 그대를 우러러보네
憂心如惔[5]하며 우 심 여 담	시름하는 마음 불타는 듯하고
不敢戲談[6]하니 불 감 희 담	다시는 농담도 할 수 없네
國既卒斬[7]이어늘 국 기 졸 참	나라가 끝내 망하는데
何用不監[8]고 하 용 불 감	어이 거울삼아 살피지 않는가?

---

1 절(節): 고준(高峻)한 모양(『모전』). 찰(巀, jie)과 통하며 차자(借字)이다〔『설문(說文)』, 『옥편(玉篇)』〕. 절피(節彼)는 절절(節節)과 같다.

2 암암(巖巖): 바위가 쌓여 있는 모양. 높은 남산의 바위는 태사와 윤씨의 높은 지위에 비유한 것.

3 혁혁사윤(赫赫師尹): 혁혁(赫赫)은 지위의 높음을 형용한 말. 사윤(師尹)은 태사와 윤씨로, 모두 관명(官名). 구설(舊說)에는 윤씨를 태사의 성으로 보았으나 옳지 않다. 옛날에는 내사윤(內史尹)과 작책윤(作冊尹)을 왕왕 윤씨라고도 불렀다〔『석의(釋義)』〕. 태사는 삼공〔三公: 태사(太師)·태부(太傅)·태보(太保)〕의 하나이며(『집전』), 윤씨와 함께 나라의 정사를 도맡은 높은 벼슬〔왕국유(王國維), 『서작책시윤씨설(書作冊詩尹氏說)』〕.

4 민구이첨(民具爾瞻): 구(具)은 '모두'의 뜻. 이(爾)는 그대, 너. 첨(瞻)은 우러러보는 것.

5 담(惔): 애타는 것.

6 희담(戲談): 장난으로 말하는 것(『정전』), 곧 농담하는 것.

7 국기졸참(國既卒斬): 졸(卒)은 마침내. 참(斬)은 단(斷)과 같으며 멸망의 뜻. 주(周) 왕조의 운명이 이미 끝났다는 말인데, 과장하여 주의를 환기시켰다.

8 하용불감(何用不監): 용(用)은 이(以)〔『전소(傳疏)』〕. 감(監)은 보다〔시(視)〕, 살피다〔찰(察)〕.

節彼南山이여
절 피 남 산

높은 저 남산

有實其猗[9]로다
유 실 기 의

그 언덕은 넓기도 하네

赫赫師尹이여
혁 혁 사 윤

높으신 태사와 윤씨

不平謂何[10]오
불 평 위 하

그대 처사 고르지 못함은
어인 일인가?

天方薦瘥[11]라
천 방 천 차

하늘이 거듭 재난을 내려

喪亂弘多[12]하여
상 란 홍 다

환난이 자꾸 늘어 가고

民言無嘉[13]어늘
민 언 무 가

백성들 한마디 좋다는 말 없는데

憯莫懲嗟[14]로다
참 막 징 차

일찍이 경계하여 삼가지 않았다

尹氏大師이
윤 씨 대 사

윤씨와 태사는

---

9 유실기의(有實其猗): 유실(有實)은 실실(實實)과 같으며 광대한 모양. 의(猗)는 아(阿)와 통하며 언덕을 말한다.

10 불평위하(不平謂何): 불평(不平)은 공평하고 고르게 다스리지 않는 것(『정전』). 위하(謂何)는 위하(爲何)·내하(奈何)〔『석의(釋義)』〕·운하(云何)(『정전』)와 같으며 '무엇 때문인가', '어쩌자는 건가'의 뜻.

11 천방천차(天方薦瘥): 방(方)은 바야흐로. 천(薦)은 '거듭, 가중시키다'〔중(重)〕(『모전』). 차(瘥)는 병(病), 고통. 〈삼가시(三家詩)〉에는 차(䣊)로 썼다. 『설문(說文)』에서 차(䣊)는 잔예전(殘薉田), 즉 허물어지고 풀이 거친 밭. 하늘이 흉년을 내려서 백성들은 떠돌거나 흩어지고 논밭은 황폐하여 심고 가꿀 수 없는 것을 말한다. 차(䣊)로 쓰는 것이 의미가 심장(深長)하다〔왕선겸(王先謙), 『집소(集疏)』〕.

12 상란홍다(喪亂弘多): 상란(喪亂)은 화란(禍亂) 또는 사망과 동란(動亂)의 뜻. 홍(弘)은 크다, 넓다.

13 민언무가(民言無嘉): 가(嘉)는 선(善)의 뜻. 백성들은 당신들에 관하여 좋은 말을 하는 이가 없다는 뜻.

14 참막징차(憯莫懲嗟): 참(憯)은 증(曾), 즉 일찍이. 참막(憯莫)은 부증(不曾). 징(懲)은 경계하고 삼가는 것. 또는 제지(制止)하는 것. 차(嗟)는 탄식하다, 회개하다.

維周之氐[15]니 유 주 지 저	주나라의 기둥
秉國之均[16]이면 병 국 지 균	국정을 잡았으면
四方是維[17]하며 사 방 시 유	천하 사방과 잘 연결하고
天子是毗[18]하여 천 자 시 비	천자를 보필하여
俾民不迷니라 비 민 불 미	백성들 길 잃게 하지 말아야 할 것을
不弔昊天[19]이여 부 조 호 천	야속한 하늘이여!
不宜空我師[20]니라 불 의 공 아 사	우리 백성들 곤궁케 하지 말아야 할 것을

弗躬弗親[21]이면 불 궁 불 친	몸소 정사를 돌보지 않아
庶民弗信하나니 서 민 불 신	백성들 믿지 않는다

---

15 저(氐): 근본, 초석.

16 병국지균(秉國之均): 병(秉)은 잡다. 나라의 권세를 잡고 다스리는 것. 균(均)은 균(鈞)과 통하며 국정(國政)의 뜻. 또는 도기(陶器)를 만들 때 소용되는 돌림판을 균(鈞)·도균(陶鈞)〔도차(陶車)·배차(坏車)·물레라고도 함〕이라고 하는데, 이것은 태사와 윤씨가 국정을 장악하여 뜻대로 요리하는 것을 비유한다.

17 유(維): 유지, 지탱하는 것〔『석의(釋義)』〕. 평화가 유지되는 것. 또는 연계되어 있다〔유계(維繫)〕.

18 비(毗): 보좌하는 것(『정전』).

19 부조호천(不弔昊天): 부조(不弔)는 불숙(不淑)·불선(不善). 호천(昊天)은 넓고 큰 하늘. 기가 막혀서 하늘을 부른 것이다. 『이아(爾雅)』에는 계절별로 하늘을 달리 부르고 있는데, 순서대로 창천(蒼天)·호천(昊天)·민천(旻天)·상천(上天)이 그것이다. 그러나 대부분은 계절과 관계되는 흔적을 찾아볼 수 없다. 다만 여기서는 그냥 하늘을 칭하는 것이 아니라 마치 절대적 권위를 갖고 있는 하늘로 보인다.

20 불의공아사(不宜空我師): 공(空)은 궁(窮)과 통하여 곤궁하게 하다는 뜻. 사(師)는 중민(衆民) 즉 많은 사람. 우리 백성들을 곤궁에 빠트려서는 안 된다는 뜻.

21 불궁불친(弗躬弗親): 몸소 자신이 일을 올바로 실천하지 않는 것. 주어를 주왕(周王)으로 본다.

弗問弗仕[22]로 불 문 불 사	정사를 묻지도 돌보지도 않으니
勿罔君子[23]어다 물 망 군 자	관원들 속이지 마라
式夷式已[24]하여 식 이 식 이	공평한 마음으로 잘못 그만두고
無小人殆[25]어다 무 소 인 태	천한 백성들 위태롭게 마라
瑣瑣姻亞[26]는 쇄 쇄 인 아	하찮은 사돈 동서들까지
則無膴仕[27]니라 칙 무 무 사	후한 벼슬 시키지 마라

昊天不傭[28]하여 호 천 불 용	하늘은 공평하지 않아
降此鞠訩[29]이며 강 차 국 흉	이 재난을 내리고
昊天不惠하여 호 천 불 혜	하늘이 은혜 베풀지 않아
降此大戾[30]시로다 강 차 대 려	이 큰 죄를 내렸다

---

22 사(仕): 사(事)의 뜻(『집전』)으로, 섬기다. 또는 살피다〔찰(察)〕(『정전』).

23 물망군자(勿罔君子): 망(罔)은 속이다. 군자(君子)는 현자(賢者) 곧 정인군자(正人君子), 또는 일반 관리. 일설에는 주나라 왕(王).

24 식이식이(式夷式已): 식(式)은 어조사. 이(夷)는 정치를 공평하고 고르게 잘하는 것. 이(已)는 나쁜 짓이나 폭정을 그만두다는 뜻. 또는 '자신의 마음을 안정시키고 멈출 바를 알라'는 뜻.

25 무소인태(無小人殆): 무(無)는 물(勿)·막(莫)의 뜻. 소인(小人)은 낮은 백성들. 태(殆)는 위태로운 것. 또는 가깝다는 뜻. '백성들을 위태롭게 하지 마라'는 뜻 외에 '소인들과 가까이하지 마라', '소인으로 인해 위태롭게 되지 마라'(『정전』)는 등으로 해석할 수 있다.

26 쇄쇄인아(瑣瑣姻亞): 쇄쇄(瑣瑣)는 자잘한 모양. 인(姻)은 사돈의 뜻(『정전』). 아(亞)는 아(婭)로도 쓰며 동서(同壻). 그래서 인아(姻亞)는 인척(姻戚)들을 뜻한다.

27 무사(膴仕): 무(膴)는 두텁다〔후(厚)〕(『모전』). 사(仕)는 벼슬하다, 임용하다. 따라서 분에 넘치게 높은 벼슬을 주어 일하게 하는 것.

28 호천불용(昊天不傭): 용(傭)은 『한시(韓詩)』에는 용(庸)으로 쓰고 있으며, 균(均)(『모전』)·상(常)의 뜻. 곧 이 구절은 하늘의 뜻이 공평하지 않다는 뜻.

29 강차국흉(降此鞠訩): 강(降)은 내리다. 국(鞠)은 궁한 것, 어려운 것. 흉(訩)은 어지러운 것. 국흉(鞠訩)은 재화(災禍)·재난(災難)의 뜻.

君子如屆[31]면
군 자 여 계

관원들 바른 정사 행하면

俾民心闋[32]이며
비 민 심 결

백성의 마음 가라앉혀지고

君子如夷[33]면
군 자 여 이

관원들 공평히 다스리면

惡怒是違[34]하리라
오 노 시 위

증오와 원한 사라지련만

不弔昊天이여
부 조 호 천

야속한 하늘이여!

亂靡有定하여
난 미 유 정

환난이 오랫동안 평정되지 않고

式月斯生[35]하여
식 월 사 생

다달이 일어나

俾民不寧하도다
비 민 불 녕

백성들 편할 날이 없다

憂心如酲[36]하니
우 심 여 정

시름하는 마음 술병 난 듯한데

誰秉國成[37]이리요
수 병 국 성

누가 국정을 맡고 있는 건가

---

30 려(戾): 일상에서 벗어난 것, 곧 재난(災難)을 뜻한다. 또는 악(惡)이나 죄(罪).

31 군자여계(君子如屆): 군자(君子)는 높은 관리들, 곧 태사와 윤씨를 가리킨다. 또는 정인군자(正人君子). 여(如)는 만약. 계(屆)는 극(極)과 통하여(『모전』), 멈출 곳을 얻다〔『통석(通釋)』〕 또는 멈추다, 이르다는 뜻. 또는 정(正)의 뜻. 그래서 해석도 다양하다. '군자 관리들이 폭정을 멈추면', '올바른 군자가 권력을 잡고 친정(親政)을 한다면', '관리들이 바르다면' 등.

32 결(闋): 마치다, 다하다. 여기서는 마음이 '가라앉는다'는 뜻.

33 이(夷): 균등하게 다스리는 것.

34 오노시위(惡怒是違): 오(惡)는 증오. 노(怒)는 노여움, 원한. 위(違)는 거(去)(『모전』), 즉 없어짐 또는 리(離), 즉 멀어짐의 뜻.

35 식월사생(式月斯生): 식(式)과 사(斯)는 같은 어조사. 달마다 더욱 심해진다는 뜻(『정전』). 또는 월(月)을 월(抈)로 보고 생(生)은 생령(生靈)·생민(生民)·창생(蒼生)으로 봐서 앞 구의 주어 난(亂)이 백성들을 괴롭히고 고통스럽게 한다는 뜻으로도 본다.

36 정(酲): 술병(病), 숙취. 술로 생긴 병.

37 국성(國成): 국정(國政). 성(成)은 평(平)과 통하며(『모전』), 또한 균(均)과도 통하여 국균(國鈞)은 국정(國政)과 같다. 일설에는 국정의 이미 정해져 있는 오래된 법규〔성규(成規)〕.

不自爲政하여 부 자 위 정	몸소 정사를 행하지 않아
卒勞百姓[38]이로다 졸 로 백 성	끝내 백성을 괴롭힌다

駕彼四牡하니 가 피 사 모	저 네 필 수말이 끄는 수레를 타니
四牡項領[39]이로다 사 모 항 령	말들의 목 굵기도 하다
我瞻四方하니 아 첨 사 방	나는 사방을 둘러보아도
蹙蹙靡所騁[40]이로다 축 축 미 소 빙	움츠러들어 달려갈 곳 없다

方茂爾惡[41]이면 방 무 이 악	그대들 나쁜 짓 한창이니
相爾矛矣[42]리니 상 이 모 의	그대들을 보면 창으로 찔러 죽이고 싶지만

---

38 졸로백성(卒勞百姓): 졸(卒)은 마침내. 노(勞)는 노고(勞苦), 곧 고생시키는 것.

39 항령(項領): 항(項)은 대(大)와 통하여, 목이 큰 것, 곧 네 마리 말의 장대함을 뜻한다. 항(項)은 홍(鴻, 공추)의 가차이며, 대개 공(工) 자가 들어가는 동물과 기물(器物)들은 배가 튀어나오거나 덩치가 큰 편이다〔문일다(聞一多)의 「시신대홍자설(詩新臺鴻字說)」, 「패풍·신대(邶風·新臺)」 참고〕. 말이 오랫동안 수레를 끌지 않았기 때문에 특히 목이 살졌다는 것인데, 이것은 마치 사람이 안장에 오랫동안 말을 타지 않으면 넓적다리〔비(髀)〕에 살이 찌는 것과 마찬가지이다. 자신이 오랫동안 한가하게 있으며 사용되지 않았기 때문에 말조차 살졌지만 국사는 오히려 날이 갈수록 궁지에 빠진다는 것을 말한다.

40 축축미소빙(蹙蹙靡所騁): 축축(蹙蹙)은 웅크리고 수축되어 펴지 못하는 모양. 또는 마음이 위축되는 것. 빙(騁)은 달리다. 나라의 도처에 재난이 일어나므로 갈 곳도 없다는 뜻.

41 방무이악(方茂爾惡): 방(方)은 방금(放禽). 무(茂)는 성하다, 많다. 무악(茂惡)은 크게 죄악을 만들다는 뜻.

42 상이모의(相爾矛矣): 상(相)은 보다. 모(矛)는 창으로, 여기서는 창을 사용하는 것 곧 살인을 하는 것으로 풀기도 한다. 또는 그대들을 보면 창으로 찔러 죽이겠다는 뜻. 또는 무(敄)의 차자(借字)로 이는 무(務)나 모(侮)로 쓰기도 하는데 모(侮)는 업신여기고 오만한 것〔우성오(于省吾), 『신증(新證)』〕.

旣夷旣懌[43]이면 기 이 기 역	평화롭게 잘 다스리어 즐겁게 살게만 된다면
如相酬矣[44]로다 여 상 수 의	술잔이라도 권하듯 하리라
昊天不平[45]이라 호 천 불 평	하늘마저 공정치 못하고
我王不寧이시어늘 아 왕 불 녕	우리 임금 편치 못하거늘
不懲其心[46]이요 부 징 기 심	그 마음 고치지 않고
覆怨其正[47]이로다 복 원 기 정	도리어 바로잡는 이 원망한다
家父作誦[48]하여 가 보 작 송	가보가 시를 지어
以究王訩[49]하나니 이 구 왕 흉	왕실 재난의 내력을 알아본다
式訛爾心[50]하여 식 와 이 심	그대 마음을 움직여
以畜萬邦[51]이어다 이 휵 만 방	온 세상을 잘 다스리도록 하고자

---

43 기이기역(旣夷旣懌): 이(夷)는 공평하게 다스리는 것. 역(懌)은 열(悅)과 통하여 기쁘다. '그대들 정치를 공평하게 잘하여 우리가 기뻐하게 되면'의 뜻.

44 수(酬): 술을 권하다〔권주(勸酒)〕.

45 불평(不平): 공평하지 않은 것.

46 징(懲): 마음을 다잡아 고치는 것.

47 복원기정(覆怨其正): 복(覆)은 반대로. 기정(其正)은 그렇게 된 것의 정당함. 그 바르게 될 것. 또는 간쟁(諫諍)하는 사람. 자기를 바로 잡아 줄 사람.

48 가보작송(家父作誦): 가보(家父)는 이 시를 지은 대부의 이름. 송(誦)은 시가(詩歌). 작송(作誦)은 시를 지어 풍간(諷諫)하는 것.

49 이구왕흉(以究王訩): 구(究)는 궁구(窮究)하다. 흉(訩)은 흉(凶)과 같으며, 왕흉(王訩)은 왕 또는 왕조(王朝)에게 재난을 가져온 원흉. 주왕(周王)의 죄인. 또는 왕조의 화근(禍根).

50 식와이심(式訛爾心): 식(式)은 어조사. 와(訛)는 동(動)과 통하여 변화시키다〔개변(改變)〕.

51 휵(畜): 양(養)과 통하여 천하만민을 보살피고 안무(安撫)하는 것. 정치를 잘하여 잘 살

◈ 해설

가보(家父)라는 주나라 대부가 정사를 제대로 돌보지 않는 태사와 윤씨를 풍자한 시이다. 작자 가보(家父)는 정직하고 용기 있는 사람이어서 작품에 자신의 이름을 밝힘으로써 권세를 두려워하지 않고 감히 태사 윤씨에게 정의를 행하도록 권하고 있다. 「모시서」에서는 가보(家父)가 주나라 유왕(幽王)을 풍자한 작품이라고 했다. 굴만리(屈萬里)의 『시경석의(詩經釋義)』에 의하면 시 중에 "나라가 끝내 망하는데"라는 구절을 들어 이 작품의 제작 시기를 평왕(平王) 이후 동주(東周) 초기로 추정하고 있다.

2. 정월(正月) 사월

正月繁霜[52]하니 정 월 번 상	사월 달에 때 아닌 서리 내려
我心憂傷이어늘 아 심 우 상	내 마음 시름에 겹고 아픈데
民之訛言[53]이 민 지 와 언	백성들의 뜬소문도

도록 하는 것.

52 정월번상(正月繁霜): 정월(正月)은 하력(夏曆)으로 4월이고 주력(周曆) 6월이다. 이 달은 정양(正陽)의 달이라 하여 정월(正月)이라 부른다. 하력(夏曆)은 음력과 같다. 『사기·역서(史記·曆書)』에 "하(夏)나라의 정월은 정월로, 은(殷)나라는 정월을 12월로, 주(周)나라는 정월을 11월로 하였다"고 하였다. 후세에는 오직 진(秦)나라만이 하(夏)나라의 10월을 정월로 하였으며, 한(漢) 초에는 이를 그대로 쓰다가 한무제(漢武帝) 때에 이를 고쳐 하(夏)나라의 정월을 썼다. 그 뒤로는 중국에서 양력을 쓰기 전까지 계속 이 하력(夏曆)의 정월, 곧 음력이 쓰였다〔김학주(金學主)〕. 번상(繁霜)은 서리가 많이 내리는 것. 봄 여름에 서리가 많이 내리는 것은 이상(異常) 현상으로 흉년과 재앙과 사회 동란(動亂)의 조짐이다.

53 와언(訛言): 요언(謠言), 곧 뜬소문. 또 일설에는 유언(流言)은 유언이되 전혀 근거가 없

亦孔之將[54]이로다 역 공 지 장	더더욱 심하게 퍼지네
念我獨兮하여 염 아 독 혜	생각하면 나만이 홀로
憂心京京[55]하니 우 심 경 경	근심 걱정 그지없고
哀我小心이요 애 아 소 심	애달파라 나의 이 작은 마음
癙憂以痒[56]이로다 서 우 이 양	근심으로 병이 들었네

父母生我하여 부 모 생 아	부모님은 나를 낳으시어
胡俾我瘉[57]오 호 비 아 유	어이해 내 마음 병들게 하셨나
不自我先[58]이며 부 자 아 선	보다 먼저 낳든지
不自我後[59]로다 부 자 아 후	보다 뒤에 낳든지 하지 않으시고
好言自口며 호 언 자 구	좋은 말도 입에서
莠言自口[60]라 유 언 자 구	궂은 말도 입에서 나오는 것
憂心愈愈[61]하여 우 심 유 유	시름하는 마음 깊어져서

는 말은 아니고 위정자가 반드시 자세히 들어 살펴야 할 말

54 역공지장(亦孔之將): 역(亦)은 어조사. 공(孔)은 매우, 심히. 장(將)은 대(大)와 같이 커다란 것.

55 경경(京京): 근심이 없어지지 않는 모양.

56 서우이양(癙憂以痒): 서(癙)는 우(憂)와 같이 근심을 말한다. 양(痒)은 병(病). 곧 우울병.

57 호비아유(胡俾我瘉): 호(胡)는 어찌. 유(瘉)도 병(病).

58 부자아선(不自我先): 자(自)는 재(在)·우(于)와 같다. 내가 태어나기를 좀 더 일찍 하지 못했다, 또는 부모님이 나를 좀 더 앞서서 낳아 주지 못하였다는 뜻. 이 이전에 살았다면 고통은 아마도 없었을 것이라는 한탄이다.

59 부자아후(不自我後): 내가 태어나기를 좀 더 뒷날 태어나지 못했다는 것. 뒤에 태어났으면 고통이 없었을 것이라는 탄식이며, 결국 이전도 이후도 아닌 바로 이 시기에 태어나 이렇게 근심하고 병들었다는 뜻이다.

60 유(莠): 강아지풀, 추하다. 유언(莠言)은 추한 말.

是以有侮[62]로다
시 이 유 모

그래서 이렇게 병이 되었네

憂心惸惸[63]하여
우 심 경 경

시름하는 마음 그지없네

念我無祿[64]하노라
염 아 무 록

살아갈 길 없는 내 처지 생각하면

民之無辜[65]이
민 지 무 고

죄 없는 백성들이

幷其臣僕[66]이로다
병 기 신 복

모두 잡혀 종이 되고

哀我人斯는
애 아 인 사

가련타 우리 이 사람들

于何從祿[67]고
우 하 종 록

어디 가서 살 길을 찾나

瞻烏爰止[68]하니
첨 오 원 지

저 까마귀들 보라

于誰之屋고
우 수 지 옥

어느 집 지붕에 날아가 앉나

---

61 유유(愈愈): 『노시(魯詩)』엔 유유(瘐瘐)로 되어 있고, 병든 모양〔『통석(通釋)』〕.

62 시이유모(是以有侮): 시이(是以)는 '이 때문에〔因此〕'. '이처럼 시름으로 인하여 남에게 싫어하는 바가 되었으므로'의 뜻. 모(侮)는 업신여기는 것. 또는 매(痗: 앓다, 괴로워하다)와 음이 가까워서 서로 통한다. 「위풍·백혜(衛風·伯兮)」와, 「소아·정월(小雅·正月)」 바로 다음 작품인 「소아·시월지교(小雅·十月之交)」에도 보인다.

63 경경(惸惸): 근심하는 모양.

64 무록(無祿): 식록(食祿)이 없는 것, 곧 먹고 살 방도가 없는 것〔『석의(釋義)』〕.

65 고(辜): 죄(罪)의 뜻.

66 병기신복(幷其臣僕): 병(幷)은 다 같이. 신복(臣僕)은 포로(捕虜)가 되어 종이 된 자나 죄를 져서 종이 된 자. 노예.

67 우하종록(于何從祿): 우하(于何)는 어디로 가서. 종록(從祿)은 먹고 살 길을 찾는 것.

68 첨오원지(瞻烏爰止): 첨(瞻)은 바라보다. 오(烏)는 까마귀. 원(爰)은 이에 또는 어디에. 지(止)는 멈추다, 내려앉다. 중국의 옛날 습속에 까마귀는 부잣집에 앉는다고 했다. 먹을 것이 있기 때문이다. 이 구절은 온 세상 백성들이 가난하니 까마귀는 뉘 집에 앉겠는가 라는 뜻. 까마귀가 머무는 곳이 재앙이 내릴 곳이라는 인식은 훗날 까마귀가 흉조(凶鳥)가 된 이후의 일이다.

瞻彼中林[69]하니 첨 피 중 림	저 숲 속을 보라
侯薪侯蒸[70]이로다 후 신 후 증	굵고 가는 땔나무들뿐
民今方殆[71]어늘 민 금 방 태	백성들이 지금 위험 속에 있어도
視天夢夢[72]이로다 시 천 몽 몽	하늘을 보면 흐리멍텅하기만 하네
旣克有定[73]이면 기 극 유 정	그러나 나라를 안정시키려만 한다면
靡人弗勝[74]이니 미 인 불 승	이겨 내지 못할 사람 없을 것을
有皇上帝[75]이 유 황 상 제	거룩하신 상제께선
伊誰云憎[76]이리요 이 수 운 증	도대체 누구를 미워하시는가
謂山蓋卑[77]나 위 산 개 비	사람들 산이 하도 낮다고 말하지만
爲岡爲陵[78]이니라 위 강 위 릉	높은 산등성이며 높은 구릉이라네

---

69 중림(中林): 임중(林中), 숲 속.

70 후신후증(侯薪侯蒸): 후(侯)는 유(維)와 같은 어조사. 신(薪)은 굵은 땔나무. 증(蒸)은 가는 땔나무. 앞의 「소아·무양(小雅·無羊)」 시 참조.

71 태(殆): 위태로운 것.

72 몽몽(夢夢): 몽(夢)은 『설문(說文)』에 불명(不明)의 뜻이라 하였다. 곧 혼혼(昏昏)·망망(芒芒)(『통석(通釋)』)과 같으며 흐리멍텅한 것.

73 기극유정(旣克有定): 극(克)은 능(能)의 뜻. 정(定)은 안정(安定). 또는 '세상 일체가 네(하늘)가 주재하는 것이라 이미 정해져 있는 것'으로도 푼다.

74 미인불승(靡人弗勝): 이기지 못할 사람이 없다. 곧 '누가 막더라도 물리치고 뜻대로 할 수 있다'는 뜻.

75 유황(有皇): 황연(皇然) 또는 황황(皇皇)과 같으며 위대한 모양.

76 이수운증(伊誰云憎): 이(伊)와 운(云)은 모두 어조사. 증(憎)은 미워하다.

77 위산개비(謂山蓋卑): 위(謂)는 말하다. 개(蓋)는 합(盍)과 통하며 하기(何其), 즉 '어찌 그—'의 뜻. 비(卑)는 낮다, 작다는 뜻. 곧 산이 어찌 낮다고 말하는가.

78 위강위릉(爲岡爲陵): 강(岡)과 릉(陵)은 산등성이와 언덕으로 높은 것을 말한다. 또는 산의 종류에는 높고 낮은 것이 다 포함되어 있으니 산이 낮다고만 말할 수 없다는 뜻으로도 읽힌다. 백성들의 유언비어(流言蜚語)가 이와 같다는 뜻(『집전』).

民之訛言을
민 지 와 언
백성의 이 뜬소문을

寧莫之懲[79]이로다
영 막 지 징
어이 징벌하지 않는가?

召彼故老[80]하여
소 피 고 로
저 노인을 부르고

訊之占夢[81]하니
신 지 점 몽
해몽하는 이에게 물으면

具曰予聖[82]이라 하니
구 왈 여 성
모두 나는 성인이노라 하지만

誰知烏之雌雄[83]고
수 지 오 지 자 웅
누가 까마귀 암수를 알까?

謂天蓋高나
위 천 개 고
하늘이 아무리 높다 해도

不敢不局[84]이요
불 감 불 국
몸을 굽히지 않을 수 없고

謂地蓋厚나
위 지 개 후
땅이 아무리 두껍다 해도

不敢不蹐[85]이로다
불 감 불 척
조심해서 걷지 않을 수 없어라

維號斯言[86]이
유 호 사 언
이렇게 부르짖는 말

有倫有脊[87]이어늘
유 륜 유 척
도리에 맞고 조리 있어도

---

79 영막지징(寧莫之懲): 영(寧)은 어찌. 징(懲)은 제지(制止)하다.

80 소피고로(召彼故老): 소(召)는 초(招)와 같으며 '부르다'의 뜻. 고로(故老)는 나이 많고 존경 받는 사람(『석의(釋義)』).

81 신지점몽(訊之占夢): 신(訊)은 묻다. 점몽(占夢)은 꿈 점을 치는 관리. 즉 꿈의 해몽과 그 길흉을 묻는 것.

82 구왈여성(具曰予聖): 구(具)는 구(俱)와 통하며 '모두'의 뜻. 성(聖)은 성명(聖明)한 것. 여성(予聖)은 자신이 성인(聖人)처럼 성명(聖明)하기 때문에 무엇이나 다 안다고 말하는 것.

83 수지오지자웅(誰知烏之雌雄): 까마귀는 겉으로 봐서 암수를 분간하기 어렵다. 까마귀의 암수도 모른다는 것은 고로(故老)나 점몽(占夢)의 말이 모두 믿을 수 없다는 뜻이다.

84 국(局): 몸을 굽히는 것.

85 척(蹐): 조심조심 살금살금 걷는 것.

86 유호사언(維號斯言): 호(號)는 부르짖는 것. 사언(斯言)은 이러한 말들. 바로 앞의 네 구절.

87 유륜유척(有倫有脊): 륜(倫)은 법도. 척(脊)은 이(理)의 뜻. 즉 도리(道里)에 맞는 것.

哀今之人은 애금지인 — 서러워라 오늘의 이 사람들
胡爲虺蜴[88]고 호위훼척 — 어이해 독사나 도마뱀들처럼 되었나

瞻彼阪田[89]하니 첨피판전 — 저 울퉁불퉁 메마른 밭을 보라
有菀其特[90]이어늘 유울기특 — 유달리 무성한 곡식의 싹
天之扤我[91]여 천지올아 — 하늘이 나를 흔들어 꺾으려 함이
如不我克[92]이시로다 여불아극 — 마치 나를 당하지 못할까 걱정하듯 하고

彼求我則[93]이 피구아칙 — 저들이 내 허물 찾는 것이
如不我得[94]하며 여불아득 — 마치 나를 어쩌지 못할까 걱정하듯 하며

執我仇仇[95]이 집아구구 — 내게 원수처럼 대하는 것이

---

88 훼척(虺蜴): 훼(虺)는 독사. 척(蜴)은 도마뱀. 독을 사용해서 사람을 해치는 것으로 보기도 하고, 사람을 보면 도망가는 것으로 보기도 한다.

89 판전(阪田): 울퉁불퉁하고 메마른 밭(『모전』).

90 유울기특(有菀其特): 울(菀)은 무성한 것. 풀이름일 때에는 '완'으로 읽는다. 유울(有菀)은 울울(菀菀)과 같다. 특(特)은 특출하게 무성한 곡식 싹. 이것은 간난(艱難) 속에 허덕이는 자신의 모습을 비유적으로 말한 것.

91 올(扤): 움직이다〔동(動)〕. 위태롭다는 뜻도 있다〔『석의(釋義)』〕.

92 여불아극(如不我克): 극(克)은 '이기다'는 뜻. 이 구절은 '나를 이기지 못하는 듯이 하다' 곧 '이기지 못하는 사람을 대하듯 온 능력을 다하여 위태로운 처지로 몰아넣는다'는 것.

93 피구아칙(彼求我則): 피(彼)는 권력을 잡고 있는 사람들. 칙(則)은 구의 끝에 쓰는 어조사. 『집전(集傳)』에는 법칙(法則)이라고 했으나 시의 뜻과는 맞지 않고, 우성오(于省吾)의 『신증(新證)』에서는 패(敗)와 통하며, 패(敗)는 괴(壞)의 뜻을 지니고 과실(過失)의 뜻이라 하였다. 즉 이 구절은 '위정자들은 나를 해하려고 나의 잘못만을 찾는다'는 뜻.

94 여불아득(如不我得): 나를 어쩌지 못하는 것처럼 한다 곧 심하게 구는 것을 뜻한다.

95 집아구구(執我仇仇): 집(執) 잡다 또는 대하다. 구구(仇仇)는 원수를 대하듯 하는 것. 또는 힘을 주어 꽉 잡지 않고 느슨하게 잡은 모양.

亦不我力[96]이로다
역 불 아 력

나를 억누르지 못할까 싶어 한다

心之憂矣이
심 지 우 의

마음속의 시름은

如或結之[97]로다
여 혹 결 지

얽힌 듯 맺혔다

今茲之正[98]은
금 자 지 정

오늘의 이 국정

胡然厲矣[99]오
호 연 려 의

어이 이토록 사나운가

燎之方揚[100]도
요 지 방 양

막 타오르는 요원의 불길도

寧或滅之[101]니
영 혹 멸 지

잘하면 끌 수 있는데

赫赫宗周[102]를
혁 혁 종 주

빛나던 주나라의 대종을

褒姒威之[103]로다
포 사 혈 지

포사가 망쳐 버렸다

終其永懷[104]하니
종 기 영 회

하염없이 근심할 적에

---

96 역불아력(亦不我力): 또한 나를 힘으로 당해 내지 못하는 이 대하듯 한다는 뜻.

97 결(結): 마음 속에 맺히는 것.

98 정(正): 정(政)과 통함.

99 려(厲): 사나운 것.

100 요지방양(燎之方揚): 요(燎)는 들불[야화(野火)]. 양(揚)은 성(盛)의 뜻. 불길이 왕성할 때.

101 영혹멸지(寧或滅之): 영(寧)은 내(乃)의 뜻. 혹(或)은 어떤 사람.

102 종주(宗周): 주(周) 왕조(王朝). 주(周) 왕조는 제후국들을 봉(封)한 종주국(宗主國)이기 때문에 종주라 했다. 서주(西周)의 왕도(王都)가 있는 서울을 말하며 풍(豊)·호경(鎬京)·낙읍(洛邑)이며, 여기서는 호경을 말한다.

103 포사혈지(褒姒威之): 포사(褒姒)는 유왕(幽王)의 후(后). 유왕은 포사에게 빠져 나라를 어지럽히어 서주(西周)는 마침내 견융(犬戎)에게 멸망당하게 되었다. 혈(威)은 멸(滅)과 통하여 멸망의 뜻.

104 종기영회(終其永懷): 종(終)은 이미의 뜻. 회(懷)는 마음속에 품고 있는 시름. 영회(永懷)는 깊은 근심. 또는 근심이 길어지다.

又窘陰雨[105]로다 우 군 음 우	또 흐리고 비 오는 날씨에 괴로워라
其車旣載[106]하고 기 거 기 재	수레에 짐을 가득히 싣고
乃棄爾輔[107]하니 내 기 이 보	그대 덧방나무를 버렸으니
載輸爾載[108]하여 재 수 이 재	그대 실은 짐 떨어져
將伯助予[109]로다 장 백 조 여	어른더러 나를 도와 달라 외치는 꼴

無棄爾輔하여 무 기 이 보	그대 덧방나무를 버리지 말고
員于爾輻[110]하고 운 우 이 복	그대 바퀴살을 더 늘리고
屢顧爾僕[111]하면 누 고 이 복	그대 바퀴 받침 이따금 돌아보면
不輸爾載하여 불 수 이 재	그대 짐을 떨어뜨리지 않고
終踰絶險[112]이 종 우 절 험	끝내 험한 길 넘어갈 줄을

---

105 우군음우(又窘陰雨): 군(窘)은 군색하게 한다, 곧 괴롭힌다는 뜻. 음우(陰雨)는 흐리고 비 오는 것. 또는 장맛비〔음우(霪雨)〕.

106 재(載): 짐을 싣는 것. 또는 어조사로 즉(則)의 뜻.

107 보(輔): 수레 양편 가에 대어 놓은 짐판, 곧 거상(車箱)으로 여기에 짐을 싣는다〔『전소(傳疏)』〕. 또는 수레를 도우는 사람〔왕선겸(王先謙), 『집소(集疏)』〕. 수레에 부착되어 있는 것 중에서 보(輔)라는 이름이 있는 것은 없고 또한 부착된 것을 버리는 것은 아닌 듯하다.

108 재수이재(載輸爾載): 재(載)는 어조사. 수(輸)는 떨어뜨리다. 재(載)는 실은 물건.

109 장백조여(將伯助予): 장(將)은 청(請)의 뜻. 백(伯)은 나이 많은 사람들. 조여(助予)는 나를 도와 달라고 하는 것. 이 수레의 짐을 떨어뜨리는 것은 나라의 정사(政事)를 그르침에 비유한 것.

110 운우이복(員于爾輻): 운(員)은 늘이는 것. 복(輻)은 바퀴살. 바퀴살을 늘이어 수레바퀴를 튼튼하게 만드는 것. 또는 복(輻)은 복(輹)이 맞고 곧 복토(伏兎)라 하며 수레〔車輿〕의 바닥에 장치하여 수레와 굴대를 연결 고정하는 나무라고 한다.

111 누고이복(屢顧爾僕): 누(屢)는 자주. 고(顧)는 돌아보다. 복(僕)은 수레를 모는 하인. 하인을 자주 돌아봄으로써 주의를 시켜 수레를 잘 몰도록 하는 것이다. 복(僕)은 밑의 관리들을 비유한 것.

曾是不意[113]리라
증 시 불 의

일찍이 생각하지도 못했으리라

魚在于沼[114]나
어 재 우 소

물고기가 못 속에 있어도

亦匪克樂[115]이로다
역 비 극 락

즐기지도 못하네

潛雖伏矣[116]나
잠 수 복 의

깊숙이 잠겨 엎드려 있어도

亦孔之炤[117]로다
역 공 지 작

너무도 뚜렷하게 드러나 보여

憂心慘慘[118]하여
우 심 참 참

시름하는 마음 슬퍼지고

念國之爲虐[119]하노라
염 국 지 위 학

국정의 포악스러워짐을 염려하네

彼有旨酒[120]하며
피 유 지 주

저들은 맛있는 술에

又有嘉殽[121]하여
우 유 가 효

또 좋은 안주 있어

洽比其鄰[122]하며
흡 비 기 린

이웃과 의좋게 친하며

---

112 종유절험(終踰絶險): 유(踰)는 넘다. 절험(絶險)은 극히 험한 길.

113 증시불의(曾是不意): 증(曾)은 일찍이, 또는 내(乃)의 뜻. 불의(不意)는 뜻밖에도 수레가 짐을 싣고 험한 길을 잘 넘어가게 될 것이라는 뜻. 정신을 차려 사리에 맞도록 정치를 하면 나라를 의외로 쉽게 잘 다스려질 것이라는 뜻.

114 소(沼): 연못.

115 비극락(匪克樂): 불능락(不能樂). 즉 즐길 수 없다는 뜻.

116 잠수복의(潛雖伏矣): 수잠복(雖潛伏)(『석의(釋義)』). 비록 잠기어 엎드려 있다 하더라도.

117 작(炤): 밝고 뚜렷한 것. 중국 발음은 'zhao'이며 일반적으로는 '소'로 읽고 소(昭)와 같은 뜻이다. 이 장(章)의 짝수 구(句)의 끝 자(字)인 '락(樂)', '학(虐)'의 입성운(入聲韻)과 맞추기 위해 '작'으로 읽는다.

118 참참(慘慘): 시름으로 말미암아 마음이 슬퍼지는 것.

119 학(虐): 포학(暴虐)한 짓을 하는 것.

120 피유지주(彼有旨酒): 피(彼)는 소인배 위정자들. 지주(旨酒)는 맛있는 술.

121 가효(嘉殽): 좋은 안주.

122 흡비기린(洽比其鄰): 흡(洽)은 합(合)의 뜻. 비(比)는 함께 친하게 지내는 것. 흡비(洽比)

昏姻孔云[123]이어늘 혼 인 공 운	인척들과도 아주 잘 지내는데
念我獨兮하여 염 아 독 혜	생각하면 나만이 홀로
憂心慇慇[124]이로다 우 심 은 은	근심 걱정으로 마음 아프네
佌佌彼有屋[125]하며 차 차 피 유 옥	저들은 화려한 집 지니고
蔌蔌方有穀[126]이어늘 속 속 방 유 곡	쉽사리 관작도 얻는데
民今之無祿은 민 금 지 무 록	백성들 당장 살 길 없고
天夭是椓[127]이로다 천 요 시 탁	하늘의 재앙마저 당한다

는 모두 합친다는 뜻. 인(鄰)은 이웃, 친근한 사람들.

123 혼인공운(昏姻孔云): 혼인(昏姻)은 사돈들, 여기서는 인척(姻戚)들 모두를 가리킨다. 운(云)은 우(友)와 같은 뜻으로(『정전』), 친하게 잘 지내는 것. 또는 선(旋)과 통하여 주선(周旋)의 뜻.

124 은은(慇慇): 마음이 아픈 모양.

125 차차피유옥(佌佌彼有屋): 차차(佌佌)는 선명한 모양. 「패풍·신대(邶風·新臺)」 시의 "체(泚)"는 대(臺)의 선명함을, 「용풍·군자해로(鄘風·君子偕老)」 시의 "체(王此)"는 적의(翟衣)의 선명함을 형용하였는데 이 차차(佌佌)도 마찬가지로 집의 화려함을 형용한 것이다〔『석의(釋義)』〕. 또는 작다는 뜻에서 비열(卑劣)한 소인(小人)으로 보기도 한다(『모전』). 그래서 보잘것없는 소인배들이 집을 가지고 있다는 것.

126 속속방유곡(蔌蔌方有穀): 속속(蔌蔌)은 수레바퀴가 굴러가는 소리를 형용한 것〔『석의(釋義)』〕. 또는 가난한 모양(『모전』). 이 구절은 『한시(韓詩)』와 『후한서·채옹전(後漢書·蔡邕傳)』에도 나오는데 모두 '유(有)' 자가 없다. 『경전석문(經典釋文)』에도 "판본(板本)에 따라 방유곡(方有穀)이라 되어 있는 것도 있지만 옳지 않다"고 하였다. 『후한서·채옹전(後漢書·蔡邕傳)』 주(注)에는 곡(穀)을 곡(轂)으로 쓰고 있는데, 이현(李賢)은 방(方)은 병(竝)의 뜻이며, 방곡(方轂)은 수레바퀴통을 나란히 하고 수레가 달리는 것이라 하였다. 그래서 소인(小人)들이 화려한 집에 살면서 수레를 나란히 하고 달리며 놀러다니고 있다는 뜻이다〔『석의(釋義)』〕. 『모전(毛傳)』에서는 곡(穀)을 녹(祿)으로 풀어, 가난하고 누추한 사람들은 복록(福祿)을 소유하는 것이라 해석하였다.

127 천요시탁(天夭是椓): 천요(天夭)는 하늘의 재화(災禍)(『모전』). 『한시(韓詩)』엔 "요요(夭夭)"로 되어 있고, 소장모(少壯貌), 즉 '젊고 건장한 모습'에서 그런 사람을 가리킨다고 본다〔『석의(釋義)』〕. 탁(椓)은 해(害)의 뜻(『정전』, 『집전』), 곧 해침을 당하는 것. 타격을

哿矣富人[128]이어니와 가 의 부 인	부자들은 그래도 괜찮지만
哀此惸獨[129]이로다 애 차 경 독	애달파라 이 의지할 곳 없는 외로운 이들

◈ 해설

소인배들이 정권을 쥐고 학정(虐政)하는 것을 한탄한 시이다. 「모시서」는 주나라 대부가 유왕(幽王)을 풍자한 시라고 했다. 그러나 시 중에 "혁혁한 주나라를 포사(褒姒)가 멸망시켰다"는 구절이 있으니, 유왕 때의 작품이 아니라 앞의 「절피남산(節彼南山)」과 마찬가지로 동주(東周) 초기의 시일 것으로 추정된다〔『석의釋義』〕. 이 시기의 혼란 정국의 대표적인 모습, 특히 유왕과 포사의 황음(荒淫)과 아첨하는 신하들의 중용(重用), 그리고 이로 인한 조정의 혼란과 국가가 패망의 길로 들어서는 과정 등은 『사기·주본기(史記·周本紀)』를 참고하면 될 것이다.

3. 시월지교(十月之交)　시월 초

十月之交[130]인 시 월 지 교	시월로 바뀌는

가하는 것.

128 가의부인(哿矣富人): 가(哿)는 가(可)·가(嘉)와 통하여 '괜찮다'는 뜻.

129 경독(惸獨): 홀아비·과부·자식 없는 노인·고아 같은 의지할 곳 없는 외로운 사람들.

130 시월지교(十月之交): 주력(周曆) 10월은 하력(夏曆) 8월이다. 교(交)는 9월에서 10월로

朔日辛卯[131]에
삭 일 신 묘

日有食之[132]하니
일 유 식 지

亦孔之醜[133]로다
역 공 지 추

彼月而微[134]어니와
피 월 이 미

此日而微니
차 일 이 미

今此下民이
금 차 하 민

亦孔之哀로다
역 공 지 애

초하루 신묘일에

해가 먹히는 일이 일어났으니

아주 나쁜 흉조로다

저 달이 줄어들고

이해가 줄어져

오늘의 이 백성들

한없이 슬퍼라

日月告凶[135]하여
일 월 고 흉

不用其行[136]하니
불 용 기 행

해와 달이 흉조 알림은

제 길을 따르지 않았기 때문이고

진입하는 시기를 말한다. 또는 일월(日月)이 교차하는 월초(月初)(『모전』)라고 한다.

131 삭일신묘(朔日辛卯): 삭일(朔日)은 월삭(月朔), 곧 한 달의 초하룻날(『석의(釋義)』). 삭(朔)은 달빛이 다시 살아오는 것인데, 하력(夏曆)으로는 초하룻날이다. 일식(日食)은 반드시 삭일(朔日)에 일어난다. 이때 달은 태양과 지구의 사이에 위치한다. 신묘(辛卯)는 이 날의 간지(干支)를 말한다. 유왕(幽王)의 시기로 환산하면 유왕 6년(BC 776년) 10월 초하룻날이라고 한다.

132 일유식지(日有食之): 식(食)은 식(蝕)과 통하며, 일식(日蝕)이 있었음을 말한 것이다. 천문학자들의 측정에 의하면 세계적으로 가장 이르고 믿을 만한 일식 기록이라고 한다.

133 역공지추(亦孔之醜): 공(孔)은 매우. 추(醜)는 추악(醜惡)한 흉조(凶兆)라는 뜻. 옛날에는 임금이 올바른 정치를 못하면 하늘은 천변(天變)으로 경고하였는데, 일식이나 지진 같은 것이 그 대표적인 것이라 믿었다.

134 피월이미(彼月而微): 피(彼)는 저번 또는 전번. 따라서 뒤에 나오는 '차(此)'는 이번의 뜻. 미(微)는 작아지는 것으로, 일월(日月)의 '식(蝕)'을 뜻한다. 「패풍·백주(邶風·柏舟)」 시 참조.

135 고흉(告凶): 흉조(凶兆)를 알리다.

136 불용기행(不用其行): 하늘이 해와 달을 정상적으로 운행하지 않는다는 뜻. 또는 행(行)은 도(道)의 뜻(『모전』)으로 궤도(軌道)와 같다. 이 구절은 불유기도(不由其道)와 같다. 곧 '올바른 도 또는 길을 따르지 않았기 때문에'의 뜻(『석의(釋義)』).

四國無政[137]하여
사 국 무 정
천하에 옳은 정사 없음은

不用其良[138]이로다
불 용 기 량
현량한 사람 쓰지 않았기 때문이네

彼月而食은
피 월 이 식
저 달이 먹히는 것은

則維其常[139]이어니와
칙 유 기 상
늘 있는 일이라 하지만

此日而食은
차 일 이 식
이해가 먹히는 것은

于何不臧[140]고
우 하 부 장
어디가 잘못된 건가?

爗爗震電[141]이
엽 엽 진 전
번쩍번쩍 뇌성벽력 울림은

不寧不令[142]이로다
불 녕 불 령
불안하고 좋지 않은 징조

百川沸騰[143]하며
백 천 비 등
강물마다 끓어오르고

---

137 사국무정(四國無政): 사국(四國)은 온 나라, 곧 천하. 무정(無政)은 올바른 정치가 없다는 것.

138 불용기량(不用其良): 양(良)을 현인(賢人)으로 보면, 군왕이 현인을 등용하지 않았다는 뜻이 되고, 좋은 정치로 보면 '좋은 정치를 펼치지 않았기 때문'으로 풀이된다〔『석의(釋義)』〕.

139 상(常): 그래도 보통 있는 일이란 뜻. 해와 달의 '먹힘' 현상, 즉 월식(月蝕)과 일식(日蝕)은 모두 떳떳한 일〔상(常)〕이 아니지만 월식은 그래도 보통 있는 일로 간주하고 일식은 좋지 못하다고 한 것은 음(陰)이 양(陽)에 항거하다가 이기지 못함은 그런대로 말할 수 있지만, 음이 양을 이겨서 가리는 것은 말할 수 없기 때문이다. 그래서 『춘추(春秋)』에 일식(日蝕)은 반드시 기록하되 월식(月蝕)을 기록함이 없는 것도 이 때문이라 한다(『집전』).

140 우하부장(于何不臧): 우하(于何)는 어하(於何). 장(臧)은 선(善)과 통하며, 부장(不臧)은 불선(不善) 곧 '잘못'과 같다.

141 엽엽진전(爗爗震電): 엽(爗)은 엽(燁)과 같은 글자로 엽엽(爗爗)은 번갯불이 번쩍번쩍하는 모양. 진(震)은 벼락 또는 우레〔뢰(雷)〕치는 것, 전(電)은 번개. 천둥과 번개 등을 비롯한 이상(異常) 현상이 심하면 백성들이 불안해하고 이것을 정치가 잘못된 징조로 돌리는 것이 과거의 관례였다.

142 불녕불령(不寧不令): 녕(寧)은 안(安). 따라서 불녕(不寧)은 불안(不安)과 같다. 령(令)은 선(善)과 통하여 불령(不令)은 불선(不善)과 같다.

143 백천비등(百川沸騰): 백천(百川)은 모든 냇물. 비등(沸騰)은 끓어오르는 것.

山冢崒崩[144]하여 산 총 줄 붕	산꼭대기 갑자기 무너져
高岸爲谷[145]이요 고 안 위 곡	높은 언덕 골짜기 되고
深谷爲陵이어늘 심 곡 위 릉	깊은 골짝이 언덕이 돼도
哀今之人은 애 금 지 인	슬프다 오늘의 사람들
胡憯莫懲[146]고 호 참 막 징	어이해 뉘우칠 줄 모르나?

皇父卿士[147]와 황 보 경 사	황보는 경사가 되고
番維司徒[148]와 번 유 사 도	번씨는 사도가 되며
家伯爲宰[149]와 가 백 위 재	가백은 재부가 되고
仲允膳夫[150]와 중 윤 선 부	중윤은 선부가 되며
聚子內史[151]와 추 자 내 사	추자는 내사가 되고

---

144 산총줄붕(山冢崒崩): 총(冢)은 산꼭대기. 줄(崒)은 졸(卒)로 쓰인 판본도 있으며, 졸(猝)의 뜻으로 급(急)과 통한다. 또는 쇄(碎)로 보아야 위의 비등(沸騰)과 대(對)가 된다고도 한다〔『통석(通釋)』〕. 붕(崩)은 산이 무너지는 것. 이상은 지진을 형용한 것으로, 『국어(國語)』 주어(周語) 상(上)에도 '유왕(幽王) 2년에 서주의 삼천(三川: 涇水·渭水·洛水)이 모두 흔들렸다' 또 '이해엔 삼천(三川)이 마르고 기산(岐山)이 무너졌다'고 기록하고 있다.

145 안(岸): 언덕.

146 호참막징(胡憯莫懲): 참(憯)은 일찍이〔증(曾)〕(『모전』) 또는 어찌〔何莫〕. 징(懲)은 제지하는 것 또는 정신 차리는 것.

147 황보경사(皇父卿士): 황보(皇父)는 사람의 자(字)(『정전』). 경사(卿士)는 여기서는 육경(六卿)의 우두머리〔『후전(後箋)』〕. 뒷날의 재상(宰相)과 같다.

148 번유사도(番維司徒): 번(番)은 인명. 유(維)는 어조사. 사도(司徒)는 벼슬 이름으로, 온 나라의 인구와 토지를 관장했다(『정전』).

149 가백위재(家伯爲宰): 가백(家伯)은 인명 또는 자(字). 재(宰)는 재부(宰夫)로 여러 신하와 백성들의 복역(复逆)을 관장한다〔『석의(釋義)』〕.

150 중윤선부(仲允膳夫): 중윤(仲允)은 사람의 자(字)(『정전』). 선부(膳夫)는 임금의 음식과 반찬을 관장하는 관리(『정전』).

151 추자내사(聚子內史): 추(聚)는 사람의 성씨. 내사(內史)는 작록(爵祿)의 폐치(廢置)와

蹶維趨馬[152]와 궤 유 추 마	궤씨는 추마가 되며
楀維師氏[153]는 우 유 사 씨	우씨는 사씨가 되어
豔妻煽方處[154]로다 염 처 선 방 처	요염한 여인의 선동 심해라

抑此皇父[155]이 억 차 황 보	아아, 황보가
豈曰不時[156]리요 기 왈 불 시	어이 잘못됐다고 하랴
胡爲我作[157]하되 호 위 아 작	어찌하여 나를 부리면서
不卽我謀[158]오 불 즉 아 모	내게 와 의논하지 않는가
徹我牆屋[159]하여 철 아 장 옥	내 집과 담은 무너지게 되고
田卒汙萊[160]어늘 전 졸 오 래	밭은 마침내 물 고이고 잡초 우거져도

살생여탈(殺生與奪)의 법을 맡은 관리(『정전』).

152 궤유추마(蹶維趨馬): 궤(蹶)는 사람의 성씨. 추마(趨馬)는 임금의 말에 관한 일을 관장하는 관리(『정전』). '趨'는 본래 음이 '취'이지만 독촉(督促)이나 급하다는 의미로 쓰일 때에는 칠주반(七走反)이라 '추'로 읽는다.

153 우유사씨(楀維師氏): 우(楀)는 사람의 성씨. '거'로 읽기도 한다. 사씨(師氏)는 감찰 담당 관리.

154 염처선방처(豔妻煽方處): 염(豔)은 요염한 것. 염처(艶妻)는 포사(褒姒)를 가리킨다. 선(煽)은 한창인 것. 방처(方處)는 병처(竝處)와 같으며 나란히 하여 어울려 지내는 것.

155 억(抑): 어조사. 또는 희(噫)와 같은 감탄사(『정전』).

156 불시(不時): 시(時)는 시(是)와 통하여, 옳지 않다고 하는 것.

157 호위아작(胡爲我作): 호위(胡爲)는 위호(爲胡)·위하(爲何)로, '왜', '어찌하여'의 뜻. 작(作)은 사역(使役)의 뜻(『석의(釋義)』), 일을 시키는 것.

158 모(謀): 모의(謀議), 또는 의논하는 것.

159 철아장옥(徹我牆屋): 철(徹)은 철(撤)과 통하여 훼철(毁撤), 무너지는 것. 장옥(牆屋)은 담과 집.

160 전졸오래(田卒汙萊): 졸(卒)은 마침내. 오(汙)는 웅덩이. 래(萊)는 밭을 묵혀 잡초가 나는 것.

曰予不戕[161]이라
왈 여 부 장

내가 널 해치려는 것이 아니라

禮則然矣[162]라 하라
예 칙 연 의

도리가 그러하다고 한다

皇父孔聖[163]하여
황 보 공 성

황보는 아주 약아서

作都于向[164]하고
작 도 우 상

상(向) 땅에 고을을 만들고

擇三有事[165]하니
택 삼 유 사

손수 고른 삼경

亶侯多藏[166]하며
단 후 다 장

정말 다들 재산 많은 부자

不憖遺一老[167]하여
불 은 유 일 로

옛 신하 한 분이라도 남겨

俾守我王[168]하고
비 수 아 왕

우리 임금님 지키게 하려 않고

擇有車馬[169]하여
택 유 거 마

수레와 말 가진 이 다 골라서

以居徂向[170]이로다
이 거 조 상

상(向) 땅으로 간다

---

161 장(戕): 해치는 것『정전』).

162 예(禮): 윗사람인 황보가 아랫사람을 부리는 예(禮). 이 시의 작자는 황보의 밑에 있던 대부인 듯하다.

163 공성(孔聖): 매우 성명(聖明)하다. 여기서는 풍자의 뜻을 지니어 '총명하다', '매우 약다'는 뜻.

164 작도우상(作都于向): 도(都)는 성(城)의 뜻〔『석의(釋義)』〕. 상(向)은 고을 이름으로, 지금의 하남성 제원현(濟源縣) 경계에 있었다〔『석의(釋義)』〕. 황보의 이러한 행동은 미리 피난의 준비를 하는 것.

165 삼유사(三有事): 나랏일을 맡은 삼경(三卿). 이 구절은 황보 자신이 3경들을 택했다는 뜻.

166 단후다장(亶侯多藏): 단(亶)는 진실로. 후(侯)는 어조사. 다장(多藏)은 저장된 재물이 많은 것.

167 불은유일로(不憖遺一老): 은(憖)은 원하다, 하려하다는 뜻. 다음 구에까지 걸린다. 유(遺)는 남기다. 한 사람의 현명한 고로(古老)라도 남기는 것을 말한다.

168 비수아왕(俾守我王): 비(俾)는 하게 하다. 수(守)는 지키다〔보위(保衛)〕.

169 유(有): 어조사.

170 이거조상(以居徂向): 거(居)는 조사. 조(徂)는 가다.

黽勉從事[171]하여 민 면 종 사	부지런히 힘써 따라 일하며
不敢告勞[172]로다 불 감 고 로	괴롭단 말 한마디 못하고
無罪無辜어늘 무 죄 무 고	죄 없고 허물없어도
讒口囂囂[173]로다 참 구 효 효	모함하는 소리 들끓는다
下民之孼[174]은 하 민 지 얼	백성이 받는 죄는
匪降自天이요 비 강 자 천	하늘에서 내린 것 아니라
噂沓背憎[175]이 준 답 배 증	면전에서 칭찬하고 뒤에선 미워하는
職競由人[176]이니라 직 경 유 인	다투어 해치는 사람들 때문

悠悠我里[177]여 유 유 아 리	하염없는 내 시름
亦孔之痗[178]로다 역 공 지 매	너무나도 괴로워라
四方有羨[179]이어늘 사 방 유 선	온 세상 즐겁고 풍족해도

---

171 민면종사(黽勉從事): 민면(黽勉)은 일에 힘쓰다. 종사(從事)는 황보를 따라 일하는 것.

172 고로(告勞): 노고(勞苦)를 얘기하는 것.

173 참구효효(讒口囂囂): 참(讒)은 남을 모함하는 것. 참구(讒口)는 참언(讒言). 효효(囂囂)는 시끄러운 것.

174 얼(孼): 죄를 받는 것.

175 준답배증(噂沓背憎): 준(噂)은 『춘추좌전』과 『설문해자(說文解字)』에 모두 준(僔)으로 되어 있으며(『석의(釋義)』) '모인다'는 뜻. 답(沓)은 중복되는 것, 말이 많은 것. 준답(噂沓)은 모이면 말이 많은 것을 말한다. 배증(背憎)은 등 돌려 뒤에서 미워하는 것.

176 직경유인(職競由人): 직(職)은 주로 말미암는다는 뜻(『정전(鄭箋)』, 『석의(釋義)』). 경(競)은 강한 힘이나 폭력 또는 다투어 높이는 것. 이 구절은 '다툼을 주로 하는 사람으로 말미암는다'는 것.

177 리(里): 『한시(韓詩)』에는 리(瘇)로 쓰고 있으며, 근심 내지 병(病)의 뜻.

178 매(痗): 병(病)이 되다.

179 유선(有羨): 선선(羨羨)과 같으며, 여유가 있고 부유한 것.

我獨居憂하며
아 독 거 우

民莫不逸[180]이어늘
민 막 불 일

我獨不敢休로다
아 독 불 감 휴

天命不徹[181]이니
천 명 불 철

我不敢傚[182]로다
아 불 감 효

我友自逸[183]하니라
아 우 자 일

나만 홀로 근심에 싸이고
백성들 다 편하고 즐거워도
나만 홀로 쉬지 못해라
천명이 고르지 못해
나는 본받을 수 없어라
내 벗들의 편한 삶을

◈ 해설

「모시서」는 주 유왕(幽王) 때 한 대부가 경사(卿士)로 있는 황보(皇父)의 난정(亂政)을 풍자한 시라고 했다. 경사는 백관의 우두머리로서 오늘날 내각 수반과 같은 직위이고 대부는 그 아래 관속이다. 『정전(鄭箋)』에서는 여왕(厲王)을 풍자한 것이라 하였다. 여왕 25년 10월 삭일(朔日) 신묘(辛卯)에 일식(日蝕)이 있었기 때문이다. 그러나 유왕 6년 10월 초하루 신묘일에도 일식이 있었으며 또 『죽서기년(竹書紀年)』과 『국어·주어(國語·周語)』의 기록에는 유왕 2년에 지진이 일어나 경수(涇水)·위수(渭水)·낙수(洛水)의 삼천(三川)이 마르고 기산(岐山)이 무너졌다고 하여 시의 내용과 합치된다. 이로써 이 작품은 유왕 때에 지어졌다고 봄이 타당하다.

---

180 일(逸): 편히 즐기다.
181 철(徹): 도(道)의 뜻(『모전』). 길을 따르는 것. 즉 이 구절은 천명이 도(道)를 따라 운행하지 않는 것을 말한다.
182 효(傚): 본받다.
183 아우(我友): 같은 관리들.

4. 우무정(雨無正) 끝없는 비

浩浩昊天[184]이 (호호호천)	넓고 넓은 하늘이여
不駿其德[185]하사 (부준기덕)	언제나 은혜를 베풀기만 하지 않아
降喪饑饉[186]하여 (강상기근)	상란과 기근을 내려
斬伐四國[187]하시니 (참벌사국)	천하 사람을 죽이고 친다
旻天疾威[188]는 (민천질위)	푸르른 하늘이 포학하여
弗慮弗圖[189]로다 (불려불도)	우리를 걱정하지도 생각하지도 않는다
舍彼有罪[190]는 (사피유죄)	저 죄지은 사람들은 버려두어
旣伏其辜[191]니와 (기복기고)	그 허물 숨겨 주고

184 호호호천(浩浩昊天): 호호(浩浩)는 광대(廣大)한 모양(『집전』). 호천(昊天)은 하늘.

185 부준기덕(不駿其德): 준(駿)은 장(長)의 뜻(『모전』). '오래오래', '언제나'의 뜻으로 상(常)과 통한다. 덕(德)은 은덕, 은혜의 뜻. 이 구절은 하늘은 덮어놓고 '언제까지나 똑같이 사랑하시지 않는다' 곧 사람이 정도(正道)를 따라 올바른 행동을 하면 사랑하고, 도에 벗어나는 일을 하면 벌을 내린다는 뜻.

186 강상기근(降喪饑饉): 강(降)은 내리다. 상(喪)은 상란(喪亂). 기근(饑饉)은 굶주리는 것. 『묵자(墨子)』「칠환(七患)」편에 "한 가지 곡식을 거두지 못하게 된 것을 근(饉), 오곡(五穀)을 모두 거두지 못하게 된 것을 기(饑)라 한다"고 하였고, 『모전(毛傳)』에서는 곡식이 익지 않는 것을 기(饑), 채소가 익지 않는 것을 근(饉)이라 한다고 했다.

187 참벌사국(斬伐四國): 참벌(斬伐)은 서로 죽이고 치고 하는 것. 사국(四國)은 천하 또는 천하 사람.

188 질위(疾威): 포학과 같은 말(『집전』).

189 불려불도(弗慮弗圖): 려(慮)는 생각하다. 도(圖)는 꾀하다. 이 구절은 '천하 사람들이 올바른 길을 생각하지 않고 올바른 일을 꾀하지 않았기 때문이다'라는 뜻(『석의(釋義)』).

190 사피유죄(舍彼有罪): 사(舍)는 사(赦)와 통하여 용서받다는 뜻(『석의(釋義)』). 또는 사(捨)와 통하여 버리다는 뜻. 유죄(有罪)는 죄가 있는 사람.

191 기복기고(旣伏其辜): 복(伏)은 은(隱)의 뜻, 숨다. 기고(其辜)는 그들의 허물.

若此無罪는 약 차 무 죄	이 죄 없는 사람들은
淪胥以鋪[192]로다 윤 서 이 포	모두 괴로움 속에 빠뜨린다
周宗既滅[193]하여 주 종 기 멸	주나라 호경이 이미 망해
靡所止戾[194]하니 미 소 지 려	머무를 곳 없고
正大夫離居[195]하여 정 대 부 리 거	높은 관리들은 떠나가
莫知我勩[196]하여 막 지 아 예	우리 괴로움 아는 이 없어라
三事大夫[197]는 삼 사 대 부	삼경과 대부들은
莫肯夙夜[198]하여 막 긍 숙 야	아침저녁으로 일하려 하지 않고
邦君諸侯[199]는 방 군 제 후	임금과 제후들은
莫肯朝夕[200]일세 막 긍 조 석	조석으로 나와 일하려 않아
庶曰式臧[201]이어늘 서 왈 식 장	그들 착해지기 바랐더니

192 윤서이포(淪胥以鋪): 륜(淪)은 빠지다〔몰(沒)〕. 서(胥)는 서로, 모두. 포(鋪)는 『한시(韓詩)』에서는 부(痡)로 썼고 병(病)의 뜻이며 괴로움을 당하는 것.

193 주종(周宗): 종주(宗周)를 잘못 거꾸로 쓴 것〔왕선겸(王先謙), 『집소(集疏)』〕. 호경(鎬京)을 말한다. 또는 주(周)나라 종족(宗族)〔『통석(通釋)』〕, 주나라 왕실.

194 지려(止戾): 려(戾)는 정(定)의 뜻(『모전』). 지려(止戾)는 머물러 사는 것.

195 정대부리거(正大夫離居): 정(正)은 장(長)과 통하여 장관(長官)의 뜻. 정대부(正大夫)는 장관대부(『정전』). 또는 육경(六卿)의 장(長)을 대정(大正)이라 하는데, 정대부(正大夫)는 이를 말한다. 이(離)는 이산(離散)의 뜻. 이거(離居)는 호경(鎬京)을 떠나는 것.

196 예(勩): 노고(勞苦)의 뜻.

197 삼사(三事): 삼유사(三有事), 삼공(三公)의 뜻.

198 숙야(夙夜): 새벽과 밤. 아침 일찍 일어나고 밤늦게 자면서 나랏일에 전력을 다하는 것. 이 시는 주나라가 동천(東遷)할 때의 작품으로 궁정 없는 피난길이어서 군신의 예가 문란해져 있음을 말하는 것.

199 방군(邦君): 국군(國君). 임금.

200 조석(朝夕): 제후들이 아침저녁으로 조정에 나와 일하는 것.

覆出爲惡[202]이로다 복 출 위 악	도리어 더욱 악한 짓만 한다

如何昊天이여 여 하 호 천	어찌하여 하늘은
辟言不信[203]고 벽 언 불 신	법도에 맞는 말 믿지 않는가
如彼行邁[204]이 여 피 행 매	저대로 가다가는
則靡所臻[205]이로다 즉 미 소 진	갈 곳도 없어지리
凡百君子[206]는 범 백 군 자	관리된 모든 사람들은
各敬爾身이어다 각 경 이 신	제각기 자기 몸을 조심하라
胡不相畏[207]리요 호 불 상 외	어찌 서로 두려워하지 않는가?
不畏于天가 불 외 우 천	하늘도 두려워하지 않는가?

戎成不退[208]하며 융 성 불 퇴	병란이 일어나 물러날 줄 모르고
飢成不遂[209]하여 기 성 불 수	흉년이 들어 그칠 줄 몰라라

---

201 서왈식장(庶曰式臧): 서왈(庶曰)은 서기(庶幾)로 '바람'을 뜻함. 식(式)은 어조사. 장(臧)은 착하다.

202 복출위악(覆出爲惡): 복(覆)은 반(反) 즉 '반대로'의 뜻(『모전』). 출위악(出爲惡)은 악한 짓을 하는 것.

203 벽언(辟言): 벽(辟)은 법. 벽언(辟言)은 법도에 맞는 말.

204 행매(行邁): 길을 가듯 앞으로 나아가는 것. 또는 원행(遠行).

205 즉미소진(則靡所臻): 진(臻)은 이르다. 미소진(靡所臻)은 어디로 갈지 모른다, 어떻게 될지 모른다.

206 범백군자(凡百君子): 범(凡)은 무릇. 백군자(百君子)는 모든 관리[백관(百官)]들을 뜻함.

207 외(畏): 두려워하다.

208 융성불퇴(戎成不退): 융성(戎成)은 전란이 형성된 것. 불퇴(不退)는 물러나지 않는다. 가라앉지 않는다는 뜻. 『집전(集傳)』에서는 병란이 일어나도 왕의 악행이 물러가지 않는다는 뜻이라 했다.

曾我暬御[210]이
증 아 설 어

가까이서 임금 모시던 나만이

憯憯日瘁[211]어늘
참 참 일 췌

시름에 겨워 나날이 병이 짙어진다

凡百君子는
범 백 군 자

모든 관원들은

莫肯用訊[212]이요
막 긍 용 신

제대로 간언하려고도 하지 않고

聽言則答[213]하며
청 언 즉 답

임금의 말을 그대로 받아들이고

譖言則退[214]로다
참 언 즉 퇴

귀에 거슬리는 말은 피해 버린다

哀哉不能言[215]이여
애 재 불 능 언

애달파라 말 못하는 이

---

209 기성불수(飢成不遂): 기(飢)는 굶주리다. 기(饑)와 같다. 수(遂)는 안(安)의 뜻(『모전』), 곧 안정되는 것. 또는 추(墜)와 같이 소실(消失), 즉 '사라지다' 내지 '그치다'의 뜻으로 푼다〔우성오(于省吾), 『신증(新證)』〕. 『집전(集傳)』에선 나아감〔진(進)〕으로 풀어, "기근이 들어도 왕의 개과천선(改過遷善)하려는 생각이 나아가지 않는다"로 해설했다.

210 증아설어(曾我暬御): 증(曾)은 일찍이. 여기선 '다만'의 뜻〔『석의(釋義)』〕. 설어(暬御)는 시어(侍御)와 같으며 좌우 가까이에서 시중들며 따라다니는 신하를 말한다.

211 참참일췌(憯憯日瘁): 참참(憯憯)은 근심하는 모양(『정전』). 일췌(日瘁)는 나날이 병이 심한 것.

212 용신(用訊): 용(用)은 이(以)와 같다. 신(訊)은 '묻다, 자세히 알아보다'는 뜻보다 '고(告)하다, 아뢰다'(『집전』)의 뜻이 강하다. 또는 간(諫)하다. 『노시(魯詩)』에는 '수(誶)'로 쓰고 있는데, 역시 간(諫)하다는 뜻이 강하다. 그리고 이 장의 압운(押韻)을 보면 오히려 수(誶)가 더 적합해 보인다.

213 청언칙답(聽言則答): 청언(聽言)은 순종하여 듣기 좋은 말, 곧 그들의 비위에 맞는 말〔『통석(通釋)』〕. 또는 청(聽)과 성(聖)은 옛날에 통용되었다. 『상서(尙書)』「무일(無逸)」편의 "차궐불청(此厥不聽)"을 『한석경(漢石經)』에는 '성(聖)'으로 썼으며, 다음 구 '참언(譖言)'과 짝이 되므로 '성언(聖言)'으로 읽는 것이 옳다〔우성오(于省吾), 『신증(新證)』〕. 답(答)은 대답하고 받아들이는 것. 『집전(集傳)』의 해설에 "임금이 비록 물어서 그 말을 듣고자 하나 또한 대답만 할 뿐이요 감히 말을 다하지 아니하며—"라고 한 것도 '청언'의 언(言)이 임금의 말임을 드러내는 것이다.

214 참언칙퇴(譖言則退): 참언(譖言)은 참언(讒言)과 같으며 참소(讒訴)·비방(誹謗)하는 말. 즉 그 말이 자신에게 미치면 물러나〔退〕 손을 놓고 왕에게 충성하지 않는다는 것.

215 불능언(不能言): 교묘하게 아첨하는 말을 할 줄 모르는 사람, 곧 현인(賢人)(『모전』).

匪舌是出[216]이니 비 설 시 출	혀로 말을 해내지 못해
維躬是瘁[217]로다 유 궁 시 췌	제 몸만 병이 든다
哿矣能言[218]이여 가 의 능 언	좋겠구나 말 잘하는 이
巧言如流하여 교 언 여 류	교묘한 말이 물 흐르듯 해
俾躬處休[219]로다 비 궁 처 휴	제 몸 편히 지내게 한다
維曰于仕[220]나 유 왈 우 사	벼슬살이하러 가라 하지만
孔棘且殆[221]로다 공 극 차 태	너무 어렵고 위태로워라
云不可使[222]는 운 불 가 사	일을 해내지 못하면
得罪于天子요 득 죄 우 천 자	천자님께 죄를 짓고
亦云可使는 역 운 가 사	또 일을 해내면
怨及朋友[223]로다 원 급 붕 우	동료들에게 원한을 산다

---

216 비설시출(匪舌是出): 혀로 다 자기의 뜻을 표출하지 못한다는 뜻. 그는 정도(正道)에 벗어나지 않으므로 다른 위정자의 귀에 그의 말이 거슬리기 때문에 말 못하는 것. 또는 출(出)을 졸(拙) 이나 출(絀)로 읽고 혀가 서투르거나 위축(萎縮)되어 있기 때문이 아니라는 해설도 한다.

217 유궁시췌(維躬是瘁): 유(維)는 다만. 궁(躬)은 자신. 췌(瘁)는 병들다.

218 가의능언(哿矣能言): 가(哿)는 가(可)와 통하여(『모전』), '좋겠다'는 뜻으로 풍자하는 것. 능언(能言)은 말을 잘하는 사람.

219 비궁처휴(俾躬處休): 비(俾)는 하게 하다. 처(處)는 거(居), 휴(休)는 안락(安樂). 처휴(處休)는 안락하고 좋은 처지에 몸이 놓이게 하는 것.

220 유왈우사(維曰于仕): 유(維)는 어조사. 왈(曰) 곧 말하는 주체는 타인이거나 자신이거나 무방하다. 우(于)는 왕(往)과 같이 '가다'는 뜻. 사(仕)는 벼슬하는 것.

221 공극차태(孔棘且殆): 공(孔)은 매우, 심히. 극(棘)은 급(急)하다. 태(殆)는 위태한 것.

222 운불가사(云不可使): 운(云)은 말하다 또는 가정(假定)의 뜻을 갖는다. 또는 의미 없는 어조사. 사(使)는 일을 하는 것. 또는 부리다. 도(道)를 곧게 하여 시키는 대로 일을 할 수 없다고 하면 천자에게 죄를 얻는 것이라는 뜻.

謂爾遷于王都[224]하니 위 이 천 우 왕 도	그대들께 서울로 옮기라 하니
曰予未有室家[225]라 하나 왈 여 미 유 실 가	나는 거기에 집도 없다고 핑계 댄다
鼠思泣血[226]이나 서 사 읍 혈	근심 걱정에 피눈물 흘리며
無言不疾[227]하나니 무 언 부 질	말하면 마음 아프지 않은 일 없으니
昔爾出居[228]엔 석 이 출 거	옛날 그대들이 나가 살 때엔
誰從作爾室고 수 종 작 이 실	누가 따라가서 그대 집 지어 주었던가?

◈ 해설

『시경』의 시제(詩題)는 거의 모두가 첫 구에서 딴 것이었다. 그러나 이 시에는 '우무정(雨無正)'이란 말이 아무 데도 나오지 않는다. 주희는 그의 『집전(集傳)』에서 원성(元城) 유씨〔劉氏: 유안세(劉安世)〕의 말을 인용하여 "일찍이 『한시(韓詩)』를 읽어 보니 '우무극(雨無極)'이란 시가 있었는데 …… 『모시(毛詩)』에 비하여 편머리에 '우무기극, 상아가색(雨無其極, 傷我稼穡)'이란 여덟 자가 더 있었다"고 하

223 원급붕우(怨及朋友): 붕우(朋友)는 동료들. 도를 굽혀서라도 일을 한다면 동료들의 질투와 원망을 받게 된다는 것〔『석의(釋義)』〕.

224 위이천우왕도(謂爾遷于王都): 왕도(王都)는 왕성(王城)으로 동도(東都) 낙양(洛陽)을 말하며, 평왕(平王) 때 이미 이곳으로 옮겼다.

225 미유실가(未有室家): 집이 없다. 새로 옮길 도성에 거처할 집이 없다는 것.

226 서사읍혈(鼠思泣血): 서(鼠)는 서(癙)와 같이 '속 끓이다', '근심하다'〔우(憂)〕의 뜻(『집전』). 읍(泣)은 소리 없이 눈물 흘리며 우는 것. 읍혈(泣血)은 피눈물을 흘리는 것.

227 무언부질(無言不疾): 질(疾)은 시기하다의 질(嫉)과 통함. 자기의 말은 미움을 사지 않는 말이 없다. 또는 질통(疾痛) 곧 아프다는 뜻.

228 석이출거(昔爾出居): 옛날 그대가 나라가 어지러워지자 피난하려고 나가 살던 때〔『석의(釋義)』〕.

고 유씨의 말이 그럴듯하다고 했다. "비가 끝없이 와서 우리 농사지은 곡식을 모두 망쳤다"는 이 「모시서」에서 없어진 첫 구는 어지러운 정치가 온 국민의 생활을 망쳤다는 비유일 것이다. '정(正)'은 '극(極)'의 뜻으로 '우무정'은 '우무극'과 같은 말이다. 알지 못하는 사이에 「모시서」에서 이 첫 구가 떨어져 달아난 것이라 봄이 좋을 것이다. 그러나 이 말에 대해서 의심하는 학자들이 있었다.

주나라가 동천할 때에 뭇 신하들이 이산(離散)하고 나라를 구할 사람이 없는 어지러운 시국을 임금을 옆에서 모시던 시어지신(侍御之臣)이 한탄한 시이다. 「모시서」에는 대부가 유왕(幽王)을 풍자한 것이라 하였지만, 시의 내용으로 살펴보면 정대부(正大夫)들이 다 떠나간 뒤에 측근의 신하가 지은 것으로 보인다. 그리고 유왕을 풍자했다기보다는 정치를 올바로 하지 않아 나라를 멸망시킨 뒤에도, 또 동주(東周)의 서울로 오지 않으려는 경대부들을 풍자한 것이라 봄이 옳다.

5. 소민(小旻) 　　높은 하늘

旻天疾威[229]하사 민 천 질 위	높은 하늘의 포학한 위풍이
敷于下土[230]하여 부 우 하 토	지상에 펼쳐져
謀猶回遹[231]하니 모 유 회 휼	꾀하는 일 사악하고 간사로워

---

229 민천질위(旻天疾威): 민(旻)은 그윽하고 멀다는 뜻(『모전』). 민천(旻天)은 아득히 높은 하늘. 질위(疾威)는 포학(暴虐)의 뜻으로, 여기서는 천벌(天罰)을 뜻한다. 「소아·우무정(小雅·雨無正)」 시에 보임.

230 부우하토(敷于下土): 부(敷)는 펴다. 하토(下土)는 하늘 밑의 땅, 온 세상을 뜻함.

231 모유회휼(謀猶回遹): 모유(謀猶)는 모책(謀策), 정책. 즉 나라 다스리는 일을 꾀하는

何日斯沮[232]리요 언제나 멎으려나
하일사저

謀臧不從[233]하며 좋은 계획은 따르지 않고
모장부종

不臧覆用[234]하나니 나쁜 계획만 도리어 써서
부장복용

我視謀猶컨대 그 계획 내가 보기엔
아시모유

亦孔之邛[235]이로다 무척도 두려운 것들
역공지공

潝潝訿訿[236]하나니 친하다가도 금방 욕하는 꼴들
흡흡자자

亦孔之哀로다 너무나도 안타까워라
역공지애

謀之其臧은 계획이 좋으면
모지기장

則具是違[237]하고 모두들 피하거나 거절하고
즉구시위

謀之不臧은 계획이 나쁘면
모지부장

則具是依하나니 모두들 따라하나니
즉구시의

것. 조정의 중대한 계획. 유(猶)는 유(猷)와 같다. 회(回)는 사(邪)의 뜻(『모전』). 곧 사악한 것. 휼(遹)은 벽(辟)의 뜻. 간사한 것.

232 사저(斯沮): 사(斯)는 이것 곧 천벌을 가리킨다. 또는 어조사. 저(沮)는 그치다.

233 장(臧): 선(善)과 통하며 좋고 훌륭한 것.

234 복(覆): 반(反)의 뜻.

235 역공지공(亦孔之邛): 공(孔)는 크다, 심히. 공(邛)은 병폐(病弊)와 같은 뜻. 또는 공(恐)과 음이 가까워 서로 통하는데, 두려움 외에 사람들로 하여금 두렵게 하는 일이라는 뜻도 있다. 『회남자(淮南子)』에 "國有大恐"이라고 했다.

236 흡흡자자(潝潝訿訿): 흡(潝)은 『한시(韓詩)』에는 흡(翕)으로 쓰고 있으며, 이는 새가 한꺼번에 날아오르는 모양이며, 선(善)하지 않은 모양이라 했다. 흡흡(潝潝)은 부화뇌동(附和雷同)하거나 의기투합(意氣投合)하듯이 서로 화합하는 것. 여럿이 모여서 나쁜 모의를 하는 것. 자자(訿訿)는 서로 비방(誹謗)하는 것(『집전』).

237 즉구시위(則具是違): 구(具)는 구(俱)와 같으며 '모두', '함께'의 뜻. 위(違)는 위배(違背)의 뜻.

我視謀猶컨대
아 시 모 유
伊于胡底[238]오
이 우 호 저

그 계획들 내가 보기엔
어느 지경에 이를지 몰라라

我龜既厭[239]이니
아 귀 기 염
不我告猶[240]하여
불 아 고 유
謀夫孔多[241]니
모 부 공 다
是用不集[242]이로다
시 용 부 집
發言盈庭[243]하니
발 언 영 정
誰敢執其咎[244]오
수 감 집 기 구
如匪行邁謀[245]라
여 비 행 매 모
是用不得于道[246]로다
시 용 부 득 우 도

내 거북도 이제 지쳐서
내게 계획의 길흉 일러 주지 않고
계획을 내는 사람은 하도 많아
일이 이루어지지 않네
발언하는 이는 조정에 가득하지만
누가 감히 그 잘못 책임질까
저 길 가는 사람의 계획 같아
제 길을 잡을 수 없어라

---

238 이우호저(伊于胡底): 이(伊)는 어조사. 우(于)는 왕(往)과 같이 '가다'의 뜻. 호(胡)는 하(何). 또는 우호(于胡)를 어하(於何)로도 보고 '어디에'로 해석할 수 있다. 저(底)는 이르다〔至〕.

239 아귀기염(我龜既厭): 귀(龜)는 점치는 데 쓰는 거북. 염(厭)은 미워하다, 싫어하다.

240 유(猶): 유(猷)와 같으며 꾀, 계획을 말한다. 계획의 결과의 좋고 나쁨이나 길흉(吉凶)을 말한다. 이 구절은 귀복(龜卜), 즉 거북점이 더 이상 영험하지 않게 되었다는 것.

241 모부(謀夫): 계획과 모책을 내는 사람.

242 시용부집(是用不集): 시용(是用)은 시이(是以)와 같다. 집(集)은 취(就)와 쌍성자로 '이루다'의 뜻.

243 발언영정(發言盈庭): 발언(發言)은 발언하는 사람. 영정(盈庭)은 조정(朝廷)에 가득하다.

244 집기구(執其咎): 집(執)은 책임지다, 감당하다는 뜻. 구(咎)는 잘못〔죄과(罪過)〕.

245 여비행매모(如匪行邁謀): 비(匪)는 비(非)의 뜻. 행매(行邁)는 길을 직접 가보는 것. 즉 직접 먼 길을 가지 않고 앉아서 모의하는 것을 말한다. 일설에는 비(匪)를 피(彼), 행매모(行邁謀)를 모우로인(謀于路人), 즉 행인에게 계책을 묻는 것이라 했다.

246 부득우도(不得于道): 정도(正道)에서 벗어나는 것. 또는 길을 나섬에 한 발자국도 들어서지 못한다는 뜻(『정전』). 그래서 백성들이나 무리들이 따르지 않는다는 것.

哀哉爲猶여
애 재 위 유

안타까워라 이 계획들

匪先民是程[247]이며
비 선 민 시 정

옛 성현을 본받지도 않고

匪大猶是經[248]이요
비 대 유 시 경

원대한 계획에 따르지도 않으니

維邇言是聽[249]이며
유 이 언 시 청

오직 가볍고 친근한 말만 듣고

維邇言是爭이로다
유 이 언 시 쟁

그런 말만 가지고 다툴 뿐이네

如彼築室于道謀[250]라
여 피 축 실 우 도 모

저 집 짓는 일을 길 가는 사람과 의논함과 같아서

是用不潰于成[251]이로다
시 용 불 궤 우 성

끝내 이루어질 수가 없으리라

國雖靡止[252]나
국 수 미 지

나라가 비록 크지 않아도

或聖或否[253]며
혹 성 혹 부

통달한 사람도 그렇지 않은 사람도 있으며

---

247 비선민시정(匪先民是程): 선민(先民)은 고인(古人), 옛사람들. 정(程)은 본뜨는 것.

248 대유시경(大猶是經): 대유(大猶)는 대도(大道)·대로(大路). 경(經)은 행(行), 즉 '행하다', '길을 가다', '따르다'의 뜻〔『통석(通釋)』〕, 또는 법(法)·상(常)과 통하여 일정한 법도로 삼는 것〔우성오(于省吾), 『신증(新證)』〕.

249 유이언시청(維邇言是聽): 유(維)는 어조사. 이언(邇言)은 깊이가 없거나 멀리 보지 못한 천근(淺近)한 말. 또는 친근하거나 주변 사람의 말.

250 여피축실우도모(如彼築室于道謀): 축실(築室)은 집을 짓는 것. 우도모(于道謀)는 길가에서 길 가는 사람을 붙들고 집 짓는 일을 계획하는 것. 즉 사람마다 각각 다른 의견을 가지고 있어서 이루기 힘들다는 뜻이다. 옛말 "작사도변, 삼년불성(作舍道邊, 三年不成)" 곧 길가에 집을 지으려면 3년이라도 완성하지 못한다는 말과 같다.

251 궤(潰): 마침내〔수(遂)〕의 뜻〔『모전』〕. 또는 도달하다.

252 미지(靡止): 지(止)는 지(至)·질(晊)과 같으며, 질(晊)은 대(大)와 같다〔『통석(通釋)』〕. 그래서 크지 않다 곧 작다는 뜻.

253 혹성혹부(或聖或否): 혹(或)은 '어떤 이' 혹자. 성(聖)은 예지(叡智)가 있는 사람, 만사에 통달한 사람, 덕을 고루 갖춘 사람. 부(否)는 그렇지 않은 것.

民雖靡膴[254]나 민 수 미 무	백성이 비록 많지 않아도
或哲或謀[255]며 혹 철 혹 모	현명한 이와 재주 있는 이도 있고
或肅或艾[256]로다 혹 숙 혹 애	신중한 이와 일처리에 밝은 이도 있으리니
如彼流泉하여 여 피 류 천	저 흐르는 샘물처럼
無淪胥以敗[257]어다 무 륜 서 이 패	다 같이 패망 속으로 쓸려 가지 말았으면

不敢暴虎[258]와 불 감 포 호	맨손으로 호랑이와 싸울 수 없고
不敢馮河[259]를 불 감 빙 하	걸어서 황하 건널 수 없음을
人知其一[260]이나 인 지 기 일	사람들은 그 하나는 알지만
莫知其他[261]로다 막 지 기 타	그 밖의 것은 알지 못하네

---

254 무(膴): 많은 것. 무(幠)와 같이 읽으며 '덮다, 크다〔大〕'는 뜻이다〔왕선겸(王先謙), 『집소(集疏)』〕.

255 혹철혹모(或哲或謀): 철(哲)은 명철(明哲)한 것. 모(謀)는 총명하게 꾀하는 것.

256 혹숙혹애(或肅或艾): 숙(肅)은 삼가며 신중한 것〔근신(謹愼)〕. 애(艾)는 예(乂)와 통하며, 잘 다스리는 것 또는 일처리에 밝은 것.

257 무륜서이패(無淪胥以敗): 무(無)는 물(勿)과 같은 뜻. 륜(淪)은 물에 빠지다. 서(胥)는 서로, 모두. 패(敗)는 패망, 멸망. 이 구절은 샘물이 옆의 진흙 같은 것까지 함께 띄워 흘러내리듯, 어진 사람과 좋은 사람들이 악한 자들과 함께 어울려 망하지 않도록 하라는 뜻.

258 포호(暴虎): 맨손으로 호랑이를 잡는 것. 포(暴)는 박(搏)과 통함.

259 빙하(馮河): 강물을 걸어서 건너는 것. 빙(馮)은 빙(淜)의 가차음(假借音)으로 배 없이 강을 건너는 것을 말한다.

260 인지기일(人知其一): 사람들은 불감포호(不敢暴虎)나 불감빙하(不敢馮河)와 같은 천근(淺近)한 이치 한쪽만을 안다는 뜻.

261 기타(其他): 소인들을 경계해야 한다는 것. 아첨하는 신하들을 신임하고 중용(重用)하는 것 등의 잠재적인 위험.

戰戰兢兢[262]하여 전 전 긍 긍	두려워하고 조심하기를
如臨深淵하고 여 림 심 연	마치 깊은 못에 이른 듯해야 하고
如履薄冰하라 여 리 박 빙	마치 살얼음을 밟고 가는 듯해야 하네

◈ 해설

임금이 소인의 나쁜 계책을 따라 나라를 다스리어 나라를 혼란에 빠뜨리고 있음을 대부가 풍자한 시이다. 현신(賢臣)을 등용하지 않고 매사에 좋은 말을 듣지 않고 나쁜 계책에 따라 나라를 혼란에 빠뜨리므로 하늘을 향해 원망한 것이다. 「모시서」에선 유왕(幽王)을 대부가 풍자한 것이라 하였는데, 꼭 유왕이라는 증거는 없지만 유왕 때 같은 혼란기의 작품임엔 틀림없다.

「소민(小旻)」을 비롯하여 바로 다음의 「소완(小宛)」, 「소변(小弁)」과 「곡풍지습(谷風之什)」의 「소명(小明)」의 네 작품 제목에는 모두 작품 내용과 관련 없이 '小' 자가 붙어 있다. 본래 『시경』의 편명은 대부분 첫 장 첫 구의 전체나 한 두 글자를 이용하는데 이 작품을 비롯한 몇 작품은 그렇지 않다. 이 이유를 설명하는 세 가지 견해가 있다. 첫째, 이 시가 풍자하는 내용이 앞의 「시월지교(十月之交)」, 「우무정(雨無正)」 등과 비교할 때 작기 때문이라는 것으로 정현(鄭玄)과 공영달(孔穎達)의 견해이다. 둘째, 주희는 『집전(集傳)』에서 소철(蘇轍)의 말을 인용하여 「대아(大雅)」와는 달리 「소아(小雅)」에 속한 작품임을 나타내기 위함이라 했다. 「대아」에 속한 작품은 「소민(召旻)」, 「대명(大明)」, 「독완(獨宛)」, 「변(弁)」이라 했는데, 그중에 없어진 작품은 공자(孔子)가 이를 빼버린 것 같다고 했다. 공자의 산시설(刪詩說)에는 의문이 많겠으나 '小' 자가 「대아」와 「소아」의 구별을 위해 쓰

262 전전긍긍(戰戰兢兢): 전전(戰戰)은 두려워하는 모습. 긍긍(兢兢)은 경계하는 모양(『모전』).

여 그대로 전해 왔다는 말은 그럴듯하다. 셋째, '민천(旻天)'이 다루는 범위가 넓기 때문에 '天'을 빼고 '小'를 썼다는 것으로, 요제항(姚際恒)의 설이다.

6. 소완(小宛) 작은 산비둘기

宛彼鳴鳩[263]여 완 피 명 구	조그마한 저 산비둘기
翰飛戾天[264]이로다 한 비 려 천	날개 치며 하늘 높이 날아오르네
我心憂傷하니 우 심 우 상	내 마음 시름에 겨워
念昔先人이로다 염 석 선 인	옛 선조들을 생각하고
明發不寐[265]하여 명 발 불 매	날이 밝도록 잠 못 이루며
有懷二人[266]이로다 유 회 이 인	두 분 부모님 그리워하네
人之齊聖[267]은 인 지 제 성	명철하고 성덕 있는 사람은

263 완피명구(宛彼鳴鳩): 완(宛)은 작은 모양(『집전』). 완피(宛彼)는 완완(宛宛). 명구(鳴鳩)는 산비둘기〔반구(斑鳩)〕(『집전』)라고도 하고 매의 일종이라고도 한다. 조그마한 새라는 점에서 산비둘기로 보고, 마치 하늘에 닿도록 높이 난다는 점에서 매로 보는 듯하다.

264 한비려천(翰飛戾天): 한(翰)은 날개 치는 것. 여천(戾天)은 하늘 높이 나는 것. 「소아·채기(小雅·采芑)」 시에 보임.

265 명발불매(明發不寐): 명발(明發)은 날이 새려고 훤해지는 것(『집전』). 발(發)에 단(旦)의 뜻이 있다. 불매(不寐)는 잠들지 못하다.

266 유회이인(有懷二人): 두 사람은 부모를 가리킴(『집전』).

267 제성(齊聖): 제(齊)는 지혜와 사려가 빠른 것으로 속통(速通)이라 한다면, 성(聖)은 예지가 넓게 통한 대통(大通)이라 할 수 있다. 제성(齊聖)은 따라서 총명하고 예지가 있

飮酒溫克[268]이어늘 음 주 온 극	술 마셔도 온화한데
彼昏不知[269]는 피 혼 부 지	저 미련하고 지혜 없는 사람은
壹醉日富[270]로다 일 취 일 부	항상 취해 날로 심해지네
各敬爾儀[271]어다 각 경 이 의	제각기 그대 행동 삼가라
天命不又[272]니라 천 명 불 우	하늘도 돕지 않으리라

中原有菽[273]하니 중 원 유 숙	벌판의 대두 콩을
庶民采之로다 서 민 채 지	백성들이 딴다
螟蛉有子[274]어늘 명 령 유 자	뽕나무벌레 새끼들
蜾蠃負之[275]로다 과 라 부 지	나나니벌이 데려다 키운다

는 것을 말한다〔왕선겸(王先謙), 『집소(集疏)』〕.

268 온극(溫克): 극온(克溫)이며, 온유(溫柔)할 수 있는 것〔『석의(釋義)』〕. 술을 마시고도 절제할 수 있고 온화한 태도를 유지할 수 있다는 것.

269 피혼부지(彼昏不知): 혼(昏)은 머리가 멍청한 것. 부지(不知)는 지혜가 없고 총명하지 못한 사람.

270 일취일부(壹醉日富): 일(壹)은 한결같이, 쭉, 언제나의 뜻. 부(富)는 복(畐)과 통하는데 『설문해자(說文解字)』에 "복(畐)은 만(滿)의 뜻"이라 하였다〔『통석(通釋)』〕. 따라서 부(富)는 자만(自滿) 또는 교만의 뜻이다. 일부(日富)는 날로 자만해지는 것.

271 각경이의(各敬爾儀): 경(敬)은 경(儆)의 가차로 근신(謹愼) 곧 경계의 뜻. 의(儀)는 위의(威儀)나 행동.

272 불우(不又): 우(又)는 옛 우(右)자로서 우(佑)와 통하며 '돕다'의 뜻〔『석의(釋義)』〕. 『집전(集傳)』에서는 복(复)이라 하여 '다시'의 뜻으로 보았는데 의미로 무리는 없다. 즉 천명은 다시 오지 않는다는 뜻.

273 중원유숙(中原有菽): 중원(中原)은 원중(原中)이며, 언덕 가운데. 숙(菽)은 콩.

274 명령(螟蛉): 뽕나무벌레(『모전』).

275 과라부지(蜾蠃負之): 과라(蜾蠃)는 토봉(土蜂: 땅벌)·세요봉(細腰蜂)이라고도 하는 나나니벌. 『공소(孔疏)』에 의하면 뽕나무벌레의 유충(幼蟲)을 나나니벌이 나무에서 업어다 7일 만에 자기 새끼로 만든다고 한다. 이는 옛사람들이 나나니벌에 뽕나무벌레 새끼를 잡아다 먹는 것을 잘못 본 것이지만, 자식들을 교육시켜 훌륭한 사람을 만드는

教誨爾子[276]하여 교 회 이 자	그대 자식을 가르치고 깨우쳐
式穀似之[277]어라 식 곡 사 지	그처럼 착하게 길러라

題彼脊令[278]하니 제 피 척 령	저기 보이는 할미새
載飛載鳴이로다 재 비 재 명	날며 지저귀며 한다
我日斯邁[279]하며 아 일 사 매	나는 나날이 나아가고
而月斯征[280]이로다 이 월 사 정	다달이 나아가 꾸준히 애쓴다
夙興夜寐[281]하여 숙 흥 야 매	일찍 일어나고 늦게 자며
無忝爾所生[282]이어라 무 첨 이 소 생	그대 낳아 주신 분 욕되게 하지 말라

데 비유한 것이다.

276 회(誨): 가르치다.

277 식곡사지(式穀似之): 식(式)은 어조사. 곡(穀)은 선(善)의 뜻. 여기서는 선하게 만드는 것. 사지(似之)는 '그 나나니벌처럼'이라는 뜻. 또는 사(嗣)와 같으며 '잇다'는 뜻.

278 제피척령(題彼脊令): 제(題)는 보다(『모전』). 또는 제피(題彼)가 제제(題題)와 같고 또 제제(提提)와 같아서 새가 무리 지어 나는 모양〔주광기(朱廣祁), 『논고(論稿)』〕이라 했다. 이는 제4장 첫 구 "완피명구(宛彼鳴鳩)"와 같은 구식(句式)으로 형용어가 와야 한다는 것이며, 「소아·소변(小雅·小弁)」에 "귀비제제(歸飛提提)"의 제(提)와 같다. 척령(脊令)은 척령(鶺鴒)이라고도 쓰며, 할미새이다.

279 아일사매(我日斯邁): 매(邁)는 멀리 가다〔원행(遠行)〕. 나는 날로 꾸준히 발전한다는 것. 또는 나의 하루하루가 빨리 지나간다는 뜻〔왕안석(王安石), 『시의구침(詩義鉤沉)』〕.

280 이월사정(而月斯征): 이(而)는 너. 정(征)은 '멀리 간다'는 뜻. 월사정(月斯征)은 다달이 꾸준히 나아가는 것. 위의 주와 마찬가지로 세월이 저 멀리 간다, 즉 나나 너와는 상관없이 지나간다는 의미로 풀 수 있다. 그래서 이 두 구를 합친 '일매월정(日邁月征)'도 두 가지로 볼 수 있는데, 첫째는 쉬지 않고 노력하는 것, 둘째는 세월은 나와 함께하지 않고 그냥 무심하게 흘러간다는 것이다. 주제 설정에 따라서 어느 하나를 선택할 수 있다.

281 숙흥야매(夙興夜寐): 아침 일찍 일어나고 밤늦게 자는 것.

282 무첨이소생(無忝爾所生): 첨(忝)은 욕되는 것. 이소생(爾所生)은 그대를 낳은 이 곧 부모님을 가리킨다. 즉 부모님을 욕되게 하지 마라는 뜻.

交交桑扈[283]이 (교 교 상 호)	짹 짹 짹 우짖는 콩새가
率場啄粟[284]이로다 (솔 장 탁 속)	마당을 돌며 곡식을 쪼다
哀我塡寡[285]하여 (애 아 전 과)	애달파라 내 이 병들고 궁한 몸
宜岸宜獄[286]이로다 (의 안 의 옥)	감옥에 갇혀 있다
握粟出卜[287]하여 (악 속 출 복)	곡식을 들고 가서 점을 쳐
自何能穀[288]고 하다 (자 하 능 곡)	어찌하면 좋아질까 알아본다

溫溫恭人[289]이 (온 온 공 인)	온화하고 공손한 사람이

---

283 교교상호(交交桑扈): 교교(交交)는 교교(咬咬)와 통하여 새 울음소리. 「진풍·황조(秦風·黃鳥)」 시 참조. 상호(桑扈)는 청작(靑雀) 또는 절지(竊脂)라고 하는 새 이름. 부리는 구부러져 있고 육식을 한다(『집전』). 구체적으로 무슨 새인지 우리말로 무엇이라 하는지 확인할 수 없어 일단 '청작새'라 해두었다. 그리고 새로운 연구에 의하면 이 새는 육식을 하는 것이 아니라 씨앗이나 과일, 잎, 어린 싹 등을 좋아하고, 떼를 지어 날며 운다고 한다〔정작신(鄭作新, 1906~1998), 『중국적조류(中國的鳥類)』〕

284 솔장탁속(率場啄粟): 솔장(率場)은 탈곡(脫穀)하는 마당을 찾아다니는 것. 탁(啄)은 쪼다. 속(粟)은 곡식. 식육하는 청작새가 곡식을 쪼다는 것은 본성(本性)에 어긋나는 일이며, 작자가 겪고 있는 괴로움에 비유한 것으로 본다. 주희(朱熹)는 옛날의 제왕이 악한 일을 행하지 않는 것을 청작새가 곡식을 먹지 않는 것과 같이 한다고 하였다〔주희(朱喜), 『주자어류(朱子語類)』〕.

285 전과(塡寡): 전(塡)은 전(瘨)과 통하여 병이 든 것(『집전』). 또는 진(殄)의 가차(假借)로 '다하다, 궁하다'는 뜻. 과(寡)는 재물이 적어서 궁(窮)한 것〔『통석(通釋)』〕. 그래서 전과(塡寡)는 병들고 궁한 것.

286 의안의옥(宜岸宜獄): 의(宜)는 옛날엔 차(且)자와 형체가 비슷했으며 뜻도 통하였다〔『통석(通釋)』, 『석의(釋義)』〕. 안(岸)은 『한시(韓詩)』와 『설문해자(說文解字)』 등의 인용에는 안(犴)으로 되어 있다. 안(犴)은 감옥. 조정에서는 옥(獄)이라 했고 향정(鄕亭)에서는 안(犴)이라 했다고 한다.

287 악속출복(握粟出卜): 악속(握粟)은 곡식으로 귀신에게 제사 지내거나 복채로 내놓으려고 곡식을 손에 움켜쥐고 가는 것. 출복(出卜)은 점을 쳐서 길흉을 묻는 것.

288 자하능곡(自何能穀): 스스로 어떻게 하면 선(善)해질 수 있을까 하는 뜻.

289 온온공인(溫溫恭人): 온온(溫溫)은 온화한 모양. 공인(恭人)은 남에게 공손하게 하는

如集于木[290]하여 (여집우목)	나무 위에 올라앉아 있듯이
惴惴小心[291]이 (췌췌소심)	무서워하고 조심하기를
如臨于谷[292]하여 (여림우곡)	깊은 골짜기에 이르는 듯
戰戰兢兢[293]이 (전전긍긍)	두려워하고 조심하기를
如履薄氷이어라 (여리박빙)	살얼음을 밟듯이 하라

◈ 해설

난세에 사는 사람이 시국을 한탄하면서도 근신(勤愼)함으로써 화를 면하고자 스스로 경계한 시이다. 나라가 어지러우므로 형제들을 돌아보고 부모를 그리며 시국을 원망하고 자식을 잘 교육시키고, 부모를 욕되게 하지 않으며 재난을 당하지 않기 위해 언제나 조심해야 함을 노래했다. 「모시서」에서는 대부가 주(周) 선왕(宣王)을 풍자한 것이라 했고, 『정전(鄭箋)』에서는 여왕(厲王)을 풍자했다고 했으며, 공영달(孔穎達)의 『정의(正義)』에서는 유왕(幽王)을 풍자했다고 했다. 주희는 "형제가 서로 경계하는 시"라고 했다.

것 또는 공손하고 조심하는 사람.

290 여집우목(如集于木): 나무 위에 올라앉은 것 같음. 떨어지지 않을까 조심함을 말한다.

291 췌(惴): 근심하고 두려워하는 것.

292 여림우곡(如臨于谷): 골짜기 절벽에 임하는 같다. 그처럼 두려워하며 조심함을 뜻한다.

293 전전긍긍(戰戰兢兢): 전전(戰戰)은 두려워하는 모양. 긍긍(兢兢)은 경계하는 모양(『모전』).

7. 소변(小弁) 갈가마귀

弁彼鸒斯[294]여 변 피 여 사	즐거운 저 갈가마귀
歸飛提提[295]로다 귀 비 시 시	떼 지어 날아 돌아간다
民莫不穀[296]이어늘 민 막 불 곡	모두들 다 잘 지내는데
我獨于罹[297]로다 아 독 우 리	나만 홀로 재난 만났다
何辜于天[298]고 하 고 우 천	하늘에 무슨 죄를 지었을까?
我罪伊何오 아 죄 이 하	내 죄가 무엇인가?
心之憂矣여 심 지 우 의	마음의 시름
云如之何[299]오 운 여 지 하	어이할까?
踧踧周道[300]여 척 척 주 도	평평한 한길에
鞫爲茂草[301]로다 국 위 무 초	가득히 무성한 풀

---

294 변피여사(弁彼鸒斯): 변(弁)은 날며 날개를 치는 모양(『집전』). 또는 즐거운 모양〔樂〕. 이때의 변(弁)은 변(昪) 자의 가차자(假借字)로, '기뻐하다, 희희낙락하는 모양'의 뜻. 변피(弁彼)는 변변(弁弁)과 같다. 여(鸒)는 갈까마귀로 까마귀보다 약간 작고 배가 희며 떼 지어 날아다니기 좋아한다〔『공소(孔疏)』〕. 사(斯)는 어조사.

295 시시(提提): '提'는 원래 '제'로 읽지만, 여기서는 '시shi'로 읽고, 새가 무리 지어 날아가는 모양.

296 곡(穀): 선(善)의 뜻.

297 리(罹): 근심하는 것 또는 재난(災難).

298 고(辜): 죄(罪)의 뜻. 또는 허물.

299 운(云): 어조사.

300 척척주도(踧踧周道): 척척(踧踧)은 평탄한 모양. 주도(周道)는 넓은 길 또는 주나라로 가는 길.

301 국(鞫): 영(盈)의 뜻, 가득한 것. 또는 막힘〔궁(窮)〕(『집전』).

我心憂傷이여
아 심 우 상

惄焉如擣[302]로다
녁 언 여 도

假寐永嘆[303]하여
가 매 영 탄

維憂用老[304]하니
유 우 용 로

心之憂矣여
심 지 우 의

疢如疾首[305]로다
진 여 질 수

내 마음 시름겨워

방아질하듯 마음 졸인다

옷 입은 채 누워 길게 탄식하니

근심으로 다 늙어 간다

마음의 시름으로

열병에 머리도 깨질 듯 아프구나

維桑與梓[306]도
유 상 여 재

必恭敬止[307]니
필 공 경 지

靡瞻匪父[308]며
미 첨 비 부

靡依匪母[309]로다
미 의 비 모

뽕나무와 가래나무에도

반드시 공경심이 일어

우러러 봄에 아버님 아님이 없고

의지함에 어머님 아님이 없어라

---

302 녁언여도(惄焉如擣): 녁(惄)은 배가 고픈 듯한 마음으로 걱정하는 것. 「주남·여분(周南·汝墳)」 시의 『모전(毛傳)』엔 '기의(飢意)'라 하였다. 도(擣)는 절구로 찧다, 방아질·다듬이질하다.

303 가매(假寐): 의관(衣冠)을 벗지 않고 그대로 자는 것(『모전』). 또는 글자의 뜻 그대로 가수면(假睡眠) 상태로 보는 것도 무난할 듯하다.

304 용(用): 이(以)의 뜻.

305 진여질수(疢如疾首): 진(疢)은 열병. 여(如)는 이(而)의 뜻을 가진 접속사. 질수(疾首)는 수질(首疾), 즉 두통, 머리가 아픈 것.

306 유상여재(維桑與梓): 유(維)는 어조사. 상(桑)은 뽕나무. 재(梓)는 가래나무. 『오대사(五代史)』에서 왕건립(王建立)이 말하기를 "뽕나무는 삶을 기르고, 가래나무는 죽은 이를 보낸다. 이것이 뽕나무와 가래나무가 꼭 공경 받는 이유"라고 하였다. 뽕나무는 누에를 길러 길쌈을 하게 하고, 가래나무로는 관(棺)을 만들기 때문이다.

307 지(止): 어조사. 이 구절은 선인(先人)들이 이 소중한 나무를 심었기 때문에 뒤의 자손들이 선인들을 생각하면 이 뽕나무와 가래나무에 대해 공경하는 마음이 일어난다는 것. 그래서 이후 상재(桑梓)는 고향 마을을 뜻하게 되었다.

308 미첨비부(靡瞻匪父): 첨(瞻)은 높여서 우러러봄. 우러러보아 아버지 아님이 없다 곧 눈을 뜨고 보면 모두가 아버지 모습을 생각게 한다는 뜻.

不屬于毛[310]여 불 촉 우 모	어느 하나 부모 발부에 이어지지 않으며
不離于裏[311]아 불 리 우 리	어느 것 하나 부모 골육에 붙지 않는가?
天之生我여 천 지 생 아	하늘이 나를 내셨는데
我辰安在[312]오 아 신 안 재	내 좋은 날은 언제 있을까?

菀彼柳斯[313]여 울 피 류 사	무성한 버드나무에
鳴蜩嘒嘒[314]며 명 조 혜 혜	매미 울음소리 맴맴
有漼者淵[315]에 유 최 자 연	깊은 연못가에
萑葦淠淠[316]로다 환 위 비 비	물억새와 갈대가 총총 자란다

---

309 미의비모(靡依匪母): 의(依)는 의연(依戀), 즉 친근하여 의지하는 것. 가까이 의지함에는 어머니 아님이 없다는 뜻.

310 불촉우모(不屬于毛): 촉(屬)은 붙어 있다, 연결되다〔연(連)〕. '터럭도 부모와 연결되어 있지 않은가'라고 한 것은 부모가 나를 사랑하지 않기 때문에 탄식한 것이다.

311 불리우리(不離于裏): 리(離)는 리(罹)·려(麗)와 통하며 '붙다, 이어지다, 걸리다'의 뜻. 리(裏)는 속이므로 가슴속. 즉 '가슴속에서 걸리지도 않는가'라는 뜻. 털은 표면·외면이므로 아버지와 연결되고, '속'은 내면으로 어머니와 이어지는데 안팎으로 의지할 곳이 없는 고독과 불행을 드러내고 있다.

312 아신안재(我辰安在): 신(辰)은 좋은 때〔『석의(釋義)』〕. 안재(安在)는 '어디 있는가', '언제나 오려나'의 뜻.

313 울피류사(菀彼柳斯): 울(菀)은 무성한 것. 울피(菀彼)는 울울(菀菀)과 같다. 사(斯)는 어조사.

314 명조혜혜(鳴蜩嘒嘒): 조(蜩)는 매미. 혜혜(嘒嘒)는 매미가 우는 소리.

315 유최자연(有漼者淵): 유최(有漼)는 최연(漼然)으로, 깊은 모양. 자(者)는 지(之)의 뜻으로 어조사.

316 환위비비(萑葦淠淠): 환(萑)은 갈대의 일종, 물억새. 위(葦)는 갈대. 비비(淠淠)는 무성한 모양.

譬彼舟流[317]이
비 피 주 류
마치 저 떠내려가는 배가

不知所屆[318]니
부 지 소 계
어디에 가 닿을지 모르는 듯하니

心之憂矣여
심 지 우 의
마음의 시름

不遑假寐[319]로다
불 황 가 매
옷 입은 채 잠잘 겨를도 없어라

鹿斯之奔여
록 사 지 분
사슴이 내달음이여

維足伎伎[320]며
유 족 기 기
그 다리 날듯이 달리고

雉之朝雊[321]는
치 지 조 구
꿩이 아침에 울음이여

尙求其雌로다
상 구 기 자
그 암컷을 찾는다네

譬彼壞木[322]이
비 피 괴 목
마치 저 병든 나무

疾用無枝[323]니
질 용 무 지
병들어 가지가 없듯

心之憂矣여
심 지 우 의
마음의 시름

寧莫之知[324]로다
영 막 지 지
알아주는 이 없어라

---

317 비피주류(譬彼舟流): 비(譬)는 비유하면 '마치 —와 같다'는 뜻. 주류(舟流)는 배가 흐르는 물에 떠내려가는 것.

318 계(屆): 이르다. 다다르다.

319 불황가매(不遑假寐): 황(遑)은 여가, 겨를. 옷 입은 채 잠잘 경황도 없다.

320 유족기기(維足伎伎): 기(伎)는 기(跂)와 통하여, 기기(伎伎)는 발의 움직임이 더딘 모양(『모전』). 사슴이 그의 무리를 떠나지 않으려고 어정어정 걸어가는 모양으로(『정전』), 부모님 곁을 지키려는 작자의 심정을 비유한 것. 그러나 앞의 구(句)에서 '분(奔)'이라 하여 달린다고 하고서 그 다리가 느릿느릿하다고 하는 것은 맞지 않다. 기(伎)에 '천천하다'의 의미가 있지만, 기(岐)와 통하여 날아가는 모양, 즉 신속한 모양이다. 그래야 사슴이 날듯이 달리는 것이 뒤 구(句)의 꿩이 암컷을 찾는 것과 분위기가 맞는다.

321 치지조구(雉之朝雊): 치(雉)는 꿩. 조(朝)는 아침. 구(雊)는 수꿩이 우는 것.

322 괴(壞): 외(瘣)와 통하여, 나무가 병들고 상한 것(『모전』).

323 질용무지(疾用無枝): 질(疾)은 병든 것. 용(用)은 이(以) 또는 이(而)의 뜻.

相彼投兎[325]하면
상 피 투 토
저 그물에 빠진 토끼를 보면

尙或先之[326]며
상 혹 선 지
간혹 풀어 주는 이 있고

行有死人 하면
행 유 사 인
길에 죽은 사람 있으면

尙或墐之[327]어늘
상 혹 근 지
간혹 묻어 주는 이 있는데

君子秉心[328]은
군 자 병 심
임의 마음 쓰심은

維其忍之[329]로다
유 기 인 지
너무도 잔인스러워라

心之憂矣여
심 지 우 의
마음의 시름

涕既隕之[330]로다
체 기 운 지
눈물만 흘러내려라

君子信讒[331]은
군 자 신 참
임께서 모함하는 말 믿으심이

---

324 영막지지(寧莫之知): 영(寧)은 내(乃)의 뜻. 막지지(莫之知)는 아무도 알아주지 않는다.

325 상피투토(相彼投兎): 상(相)은 보다. 투(投)는 엄(掩)의 뜻으로(『정전』), 토끼를 잡으려고 그물을 씌우는 것. 또는 그물 속으로 들어간 토끼.

326 상혹선지(尙或先之): 상(尙)은 오히려. 선(先)은 개(開)의 뜻으로, 그물을 열어서 빠져나가게 하는 것(『통석(通釋)』). 또는 선(先)은 생(生)으로 읽고 '살리다'로 새긴다. 「대아·상유(大雅·桑柔)」에 "신신기록(甡甡其鹿)"이라는 구가 있는데 신(甡: shen)은 '많이 모인 모양', '뭇 생명들이 나란히 서 있는 모양'으로 『공소(孔疏)』에서 "甡은 詵字"라 했고, 단옥재(段玉裁)는 선선(詵詵)·신신(駪駪)·신신(侁侁)·신신(莘莘)으로도 쓰며 모두 가차(假借)라 하였는데 전부 'shen' 또는 'xin'으로 읽고 '많은 모양'이다. 곤경에서 사람이나 동물을 구조하여 생명을 보전하게 하는 것을 생(生)이라 한다. 그물에 걸린 토끼도 누군가 그물을 열고 방생(放生)하는 일도 있는데 자기는 없음을 말한다.

327 근(墐): 근(殣)과 통하며 묻다, 매장하다. 임자 없는 시체를 장사 지내 주는 수도 세상엔 있는데 자기를 동정하는 이는 없음을 뜻한다.

328 군자병심(君子秉心): 군자(君子)는 임금을 가리키는 말. 정현(鄭玄)은 유왕(幽王)을 가리킨다 하였다. 또는 처자가 남편을 부르는 말. 병심(秉心)은 마음가짐, 마음 씀.

329 인(忍): 잔인하다.

330 체기운지(涕既隕之): 체(涕)는 눈물. 운(隕)은 떨어지다.

331 군자신참(君子信讒): 군자(君子)는 자기를 쫓아낸 사람, 임금이나 남편. 참(讒)은 근거 없이 모함하는 말.

如或酬之[332]니 여 혹 수 지	술잔 주고받는 것 같고
君子不惠[333]라 군 자 불 혜	임께서 자혜롭지 않아
不舒究之[334]로다 불 서 구 지	차근차근 살펴보시지 않네
伐木掎矣[335]며 벌 목 기 의	벌목하려면 나무를 매어 끌어당겨야 하고
析薪杝矣[336]어늘 석 신 타 의	장작을 패려면 나뭇결 따라야 하거늘
舍彼有罪[337]요 사 피 유 죄	저 죄지은 사람은 버려두고
予之佗矣[338]로다 여 지 타 의	내게 죄를 짊어지운다
莫高匪山[339]이며 막 고 비 산	높지 않고는 산이 아니며
莫浚匪泉[340]이로다 막 준 비 천	깊지 않고는 샘이 아니어라
君子無易由言[341]이니 군 자 무 이 유 언	임께선 말을 가벼이 마오

---

332 수(酬): 술잔을 주고받는 것.

333 혜(惠): 사랑하는 것.

334 서구(舒究): 천천히 자세하게 잘 구명(究明)해 보는 것.

335 기(掎): 한쪽으로 잡아당기는 것. 큰 나무를 베려면 칡 줄기나 끈으로 묶어 한쪽으로 잡아당기며 잘라야 넘어지며 사람을 다치게 하지 않는다.

336 석신타의(析薪杝矣): 석(析)은 쪼개다. 신(薪)은 장작. 타(扡)는 치(杝)와 같으며 나뭇결을 따라 쪼개는 것. 이 두 구는 마치 당시의 상투어 같다. 모든 일은 사리를 따라야 하는데, 자기 임금은 덮어놓고 남이 모함하는 말만 믿고 자기를 멀리한다는 뜻.

337 사피유죄(舍彼有罪): 사(舍)는 사(捨)와 통하며 '버리다'는 뜻. 유죄(有罪)는 죄가 있는 사람.

338 여지타의(予之佗矣): 타(佗)는 짊어지다. 죄를 자기에게 짊어지우는 것『석의(釋義)』.

339 막고비산(莫高匪山): 높지 않은 산은 없다, 산은 모두 높다는 뜻.

340 막준비천(莫浚匪泉): 준(浚)은 물이 깊은 것. 깊지 않은 샘은 없다, 샘은 깊어야 한다는 뜻. 이 두 구는 군자의 자중(自重)함과 위엄을 비유한 것.

341 군자무이유언(君子無易由言): 군자(君子)는 님, 또는 부모님이나 임금을 가리킴. 무(無)

耳屬于垣[342]이니라 이 촉 우 원	귀가 담에도 있다오
無逝我梁[343]하여 무 서 아 량	내 고기 보(洑)에 가지 마오
無發我笱[344]어다 무 발 아 구	내 고기 광주리 들어내지 마오
我躬不閱[345]이니 아 궁 불 열	내 몸도 받아들이지 못하면서
遑恤我後[346]아 황 휼 아 후	내 뒷일을 어느 하가에 걱정하나요?

◈ 해설

「모시서」는 유왕(幽王)을 풍자한 시라고 했다. 유왕이 포사(褒姒)를 총애하여 태자 의구(宜臼)를 폐하였으므로 태자의 스승이 이것을 지었다는 것이다. 주희는 의구의 자작이라 하였고(『집전』), 〈삼가시(三家詩)〉는 윤길보(尹吉甫)의 아들 백기(伯奇)가 지은 것이라 하였다. 어쨌든 난세에 참언을 걱정하고 재난을 두려워하는 것으로, 조정에서 모함으로 인해 쫓겨난 신하의 노래이거나 모두들 다 잘 지내는데 홀로 재난을 당하여 부모에게서도 떨어진 자식의 억울함과 괴로움을 노래한 작품으로 본다.

는 물(勿)·막(莫)과 같이 '하지 마라'는 뜻. 이(易)는 가볍고 쉽게 여기는 것. 유언(由言)은 남의 말을 따르는 것. 또는 말로 하는 것.

342 이촉우원(耳屬于垣): 촉(屬)은 '붙이다, 대다'의 뜻. 원(垣)은 담. 담장에도 귀가 붙어 있다는 것은 모든 말을 빼놓지 않고 잘 들어야 함을 뜻한다.

343 무서아량(無逝我梁): 서(逝)는 가다. 양(梁)은 어살. 물고기를 잡을 통발을 대기 위하여 냇물을 막고 가운데만 튀어놓은 것.

344 무발아구(無發我笱): 발(發)은 열다. 구(笱)는 통발.

345 아궁불열(我躬不閱): 궁(躬)은 자신(自身). 열(閱)은 용납되다.

346 황휼아후(遑恤我後): 황(遑)은 겨를. 휼(恤)은 근심하다. 아후(我後)는 나의 뒷일.

8.교언(巧言)	간사한 말
悠悠昊天[347]은 유 유 호 천	아득히 넓은 하늘은
曰父母且[348]니라 왈 부 모 저	이 세상 사람의 부모라 하더니
無罪無辜어늘 무 죄 무 고	죄도 허물도 없는데
亂如此憮[349]아 난 여 차 무	어찌 이처럼 큰 재난 내리는가
昊天已威[350]시나 호 천 이 위	하늘이 아무리 엄해도
予愼無罪[351]며 여 신 무 죄	나는 진정 죄 없고
昊天泰憮[352]시나 호 천 태 무	하늘이 아무리 커도
予愼無辜니라 여 신 무 고	나는 진정 허물없어라
亂之初生은 난 지 초 생	재난이 처음 일어난 것은
僭始旣涵[353]이며 참 시 기 함	모함하는 말을 받아들임에서 비롯되었고
亂之又生은 난 지 우 생	재난이 또다시 일어난 것은

---

347 유유(悠悠): 심원(深遠)한 모양, 아득한 것.

348 왈부모저(曰父母且): 하늘은 인민(人民)의 부모라 한다는 뜻. 저(且)는 어조사.

349 무(憮): 큰 것, 심한 것.

350 위(威): 위노(威怒)의 뜻으로 천벌이 내리는 것. 또는 포학(暴虐)의 뜻.

351 신(愼): 성(誠)과 통하여(『모전』), 진(眞)의 뜻. 정말, 참말로.

352 태무(泰憮): 태(泰)는 태(太), 즉 '너무'의 뜻. 태무(泰憮)는 매우 큰 것.

353 참시기함(僭始旣涵): 참(僭)은 참(譖)의 가차자로, 참언(讒言)의 뜻(『석의(釋義)』). 남을 모함하는 것. 함(涵)은 함양(涵養)의 뜻으로, 자라나는 것. 또는 용납(容納)하다(『모전』).

君子信讒이니라
군 자 신 참

임께서 참언을 믿어서였다

君子如怒[354]면
군 자 여 노

임께서 참언에 노하신다면

亂庶遄沮[355]며
난 서 천 저

재난은 이내 막아지고

君子如祉[356]면
군 자 여 지

임께서 바른 말에 기뻐하신다면

亂庶遄已리라
난 서 천 이

재난은 이내 끝이 나리라

君子屢盟[357]이니
군 자 누 맹

임께서 맹약을 자꾸만 바꿔

---

354 노(怒): 화내다. 참언을 하는 사람에 대하여 노하는 것. 이렇게 간단히 군자(君子)의 인간적인 호오(好惡)를 직접적으로 제시하는 것이 더욱 현실적이고 문학적이기는 하지만 그 속의 의미를 확장시켜 보는 것도 무난할 것이다. 이에서 인신(引伸)되었지만 『광아·석고(廣雅·釋詁)』에 노(怒)는 '건(健)'이라 하였는데, 즉 많은 경우 노(怒)는 '강건(强健)', '기세가 강성함', '분기(奮起) 분발(奮發)' 등의 뜻을 취하고 있다. 『장자(莊子)』에 "春雨日時, 草木怒生", "(鵬) 怒而飛, 其翼若垂天之雲" 등에서도 보인다. 그리고 『주역(周易)』의 "天行健, 君子以自强不息"의 예처럼 건(健)은 다시 건(乾)과 통한다. 즉 천도(天道)의 의미와 같은 건강(乾綱) 곧 군권(君權) 또는 조정의 기강(紀綱)을 제대로 펼치는 것을 말한다.

355 난서천저(亂庶遄沮): 서(庶)는 거의. 천(遄)은 바로, 곧. 저(沮)는 막다.

356 지(祉, zhi): 복(福)(『모전』). 기뻐하는 것. 곧 현인(賢人)이나 선한 말을 받아들이기 좋아하는 것(『집전』). 복이 있으므로 기쁘다는 의미도 된다〔『이아(爾雅)』 곽주(郭注)〕. 이 글자는 앞의 '노(怒)'와 짝이 되기 때문에 기뻐하는 것으로 해석하는 것이 적절하다〔『통석(通釋)』〕. 또는 이 글자는 지(沚, zhi)로 읽는다. 『광아·석고(廣雅·釋詁)』에 지(沚)를 질(質)이라 했는데 동음(同音)이기 때문뿐 아니라 지(沚)가 물밑 또는 바닥〔수저(水底)〕의 뜻도 있고 질(質)에도 바탕·근본의 뜻이 있어 의미로도 서로 통용(通用)된다. 질(質)에는 또한 '중정무사(中正無邪)한 것', '물어서 그 근본을 찾는 것', '증험(證驗)' 등의 의미가 있어 '질문(質問)', '대질(對質)' 등의 단어가 사용된다. 참언(讒言)은 허공에서 일어나는 바람과 같은 것이며 거짓으로써 참된 것을 혼란시키는 것이기 때문에 의문점이 있으면 반드시 그 근본부터 묻고 따져야 한다. 따라서 '군자여지(君子如沚)'는 '군자여질(君子如質)'로 읽어야 그 뜻이 명확해진다〔유운흥(劉運興), 『시의지신(詩義知新)』 참조〕.

357 누맹(屢盟): 누(屢)는 자주, 누차. 맹(盟)은 맹서(盟誓). 즉 맹세를 자주 하는 것이니 곧 이미 한 약속이나 맹세를 자주 바꾼다는 뜻이다.

亂是用長[358]이며 난 시 용 장	재난이 더욱 늘어나고
君子信盜[359]니 군 자 신 도	임께서 소인들을 믿어
亂是用暴[360]며 난 시 용 포	재난이 더욱 맹렬해지며
盜言孔甘[361]이니 도 언 공 감	소인들의 말 하도 달콤해서
亂是用餤[362]이로다 난 시 용 담	재난이 더욱 심해진다.
匪其止共[363]이며 비 기 지 공	저 지나치게 공손한 사람들은
維王之邛[364]이로다 유 왕 지 공	임금님의 괴로움만 될 뿐

奕奕寢廟[365]를 혁 혁 침 묘	웅장한 궁전과 종묘는
君子作之며 군 자 작 지	임께서 건설했고
秩秩大猷[366]를 질 질 대 유	조리 분명한 법도는

---

358 난시용장(亂是用長): 용(用)은 이(以)의 뜻. 따라서 시용(是用)은 시이(是以), 즉 '그래서'의 뜻. 장(長)은 자라나는 것, 더해지는 것.

359 도(盜): 도적(盜賊). 참인(讒人), 소인(小人)을 가리킴.

360 포(暴): 맹렬해지는 것(『석의(釋義)』).

361 공감(孔甘): 공(孔)은 매우. 감(甘)은 달다.

362 담(餤): 본래는 음식을 권하는 것을 말하지만 여기서는 음식을 즐기듯 좋아하게 되어 점점 더해 간다, 많아진다는 뜻.

363 비기지공(匪其止共): 지(止)는 고문자에서는 족(足)과 같은 글자(『석의(釋義)』). 공(共)은 함께하다, 공직(供職)하다 또는 공손(恭遜)하다(『통석(通釋)』)는 두 가지 의미가 가능하다. 지공(止共)은 족공(足恭)으로 『논어』 「공야장(公冶長)」에 나오는 "巧言令色足恭"과 같이 교언영색(巧言令色)의 과도한 공손을 말한다. 비(匪)는 대개 비(非)로 풀었는데, 여기서는 피(彼)의 뜻으로 경멸하는 뜻이다.

364 공(邛): 병폐가 되는 것. 앞의 「소아·소민(小雅·小旻)」 시에 보임.

365 혁혁침묘(奕奕寢廟): 혁혁(奕奕)은 높고 큰 모양. 침(寢)은 사람의 거소(居所), 곧 궁전을 말함. 묘(廟)는 신(神)의 거소, 곧 종묘(宗廟)를 말함. 그리고 '앞에 묘(廟), 뒤에 침(寢)'(『예기(禮記)』, 정주(鄭注))이라고 했다.

366 질질대유(秩秩大猷): 질질(秩秩)은 차례가 뚜렷한 모양. 또는 밝고 지혜로운 모양(『이아

聖人莫之[367]니다 　　성인이 계획하셨다
성 인 막 지

他人有心[368]을 　　다른 사람의 속셈을
타 인 유 심

予忖度之[369]니 　　내 헤아려 알아
여 촌 탁 지

躍躍毚兎[370]이 　　깡충깡충 뛰는 약은 토끼
적 적 참 토

遇犬獲之[371]니라 　　개를 만나면 잡히리라
우 견 획 지

荏染柔木[372]을 　　부드럽고 좋은 나무
임 염 유 목

君子樹之[373]며 　　임께서 심으시고
군 자 수 지

(爾雅)』). 유(猷)는 도(道) 또는 나라의 법도(法度)나 계책.

367 막(莫): 『제시(齊詩)』에는 모(謨)로 썼고, 모(謀)와 같으며 '계획', '정하다'는 뜻(『집전』).

368 타인유심(他人有心): 다른 사람이 따로 다른 마음을 갖고 있는 것. 다른 사람의 속셈.

369 촌탁(忖度): 헤아리는 것.

370 적적참토(躍躍毚兎): 적적(躍躍)은 적적(趯趯)과 같으며 도약하는 모양(『석의(釋義)』). 참(毚)은 교활한 토끼(『모전』). 토(兎)는 토끼.

371 우견획지(遇犬獲之): 개를 만나면 잡힌다는 것. 곧 소인들의 참소(讒訴)하는 마음을 알아낼 수 있음에 비유한 것이다. 그러나 동사 획(獲)의 주어가 사냥개가 되고 목적어인 '지(之)'가 토끼를 칭하는 것이 되어야 하는데, 개를 만나는 주어를 토끼로 놓으니 획(獲)은 수동이 되고 지(之)는 불필요한 장식이 되어 좀 어색하다. 우(遇)는 사냥개 갈(猲) 또는 헐(歇)로 읽는 것이 좋을 듯하다. 제후가 조현(朝見)할 때 겨울에 만나는 것을 우(遇) 또는 알(謁)이라고 하는데 그 발음이 가깝고 또 사냥개를 칭하는 갈(猲) 또는 헐(歇)과도 가깝다. 「진풍·사철(秦風·駟驖)」 시 참조.

372 임염유목(荏染柔木): 임염(荏染)은 부드러운 모양. 또는 초목이 점차 부드럽게 자라나는 것. 유목(柔木)은 가래나무나 오동나무 옻나무 같은 좋은 재목이 되는 나무를 가리키며(『모전』), 현인의 바른 말에 비유한 것이다(『정전』). 유(柔)는 유약(柔弱)이 아니라 좋다〔선(善)〕는 뜻으로 쓰였다. 혹 이 유목을 연약하여 쓸모없는 재목으로 보고, 소인배들을 비유한 것으로 해석하기도 하는데, 그리 적절해 보이지 않는다. 교언(巧言)을 하는 소인배는 따지고 보면 임금이 키운 것이기는 하지만 절대로 유약(柔弱)하지 않기 때문이기도 하다.

373 수(樹): 심다.

往來行言[374]을 왕 래 행 언	오가는 유언(流言)
心焉數之[375]니라 심 언 수 지	마음에 헤아려 본다
蛇蛇碩言[376]도 이 이 석 언	허풍스런 큰소리
出自口矣요 출 자 구 의	입에서 나오고
巧言如簧[377]은 교 언 여 황	생황 소리 같은 간사한 말
顔之厚矣로다 안 지 후 의	그 얼굴 정말 두꺼워라

彼何人斯오 피 하 인 사	저 사람 누구인가?
居河之麋[378]하며 거 하 지 미	황하 가에 살며
無拳無勇[379]이나 무 권 무 용	주먹도 용기도 없으면서
職爲亂階[380]로다 직 위 란 계	재난 일으키기를 일삼는다

---

374 왕래행언(往來行言): 왕래(往來)는 '오며 가며'의 뜻이지만, 나아가서 대화하는 중에 말이 오고 가고 하는 응대(應對)의 뜻이다. 행언(行言)은 그냥 '말' 또는 '뜬말, 유언비어'〔『통석(通釋)』, 『석의(釋義)』〕. 행(行)에 말〔言〕의 뜻과 유동(流動)의 뜻 등이 다 포함되어 있기 때문이다. 대화하는 말이 오고 가기 때문에 그 동적(動的)인 부분을 강조하는 의미에서 행(行)을 붙였다고 볼 수 있다.

375 심언수지(心焉數之): 수(數)는 옳고 그름을 분별하는 것(『집전』). 지(之)는 행언(行言). 나무를 심고 바로 세운 것으로 '말을 바로 세움〔입언(立言)〕'을 비유했다. 마음속으로 자신이 한 말을 헤아려 보는 것을 말한다.

376 이이석언(蛇蛇碩言): 이이(蛇蛇)는 이이(訑訑)와 같은 말로 '큰소리로 세상을 속이는 모양'〔『통석(通釋)』〕. 석언(碩言)은 대언(大言), 즉 큰소리.

377 교언여황(巧言如簧): 교언(巧言)은 매끈하고 간사한 말. 여황(如簧)은 생황(笙簧) 곧 피리와 같은 악기 소리처럼 듣기 좋다는 뜻.

378 미(麋): 『노시(魯詩)』에는 미(湄)로 썼으며, 물가의 뜻. 간사한 그 녀석은 황하 가의 습지(濕地) 좋지 못한 땅에 살고 있다는 뜻.

379 권(拳): 주먹. 곧 힘의 뜻(『모전』). 또는 큰 용기〔왕선겸(王先謙), 『집소(集疏)』〕.

380 직위란계(職爲亂階): 직(職)은 일삼는 것. 또는 다만〔지(只)〕의 뜻〔『통석(通釋)』〕. 난계(亂階)는 어지러움을 한 가지 한 가지 더 많이 만든다는 뜻.

既微且尰[381]하니 기 미 차 종	정강이에 종기 나고 발이 부어
爾勇伊何[382]오 이 용 이 하	그대 용기 무엇 하랴?
爲猶將多[383]나 위 유 장 다	속임수를 아무리 부린다 해도
爾居徒幾何[384]오 이 거 도 기 하	너희 무리가 얼마나 되겠는가?

◈ 해설

소인배들의 교묘한 참언에 상처입고 밀려난 어진 선비가 임금을 풍자하며 자신의 처지를 노래한 것이다. 제목의 '교언(巧言)'은 소인들의 간사한 참언을 말하며, 이처럼 시의 첫 장 첫 구절에서가 아닌 뒷부분 본문에서 나오는 하나의 단어를 제명(題名)으로 삼은 것은 『시경』에선 예외에 속한다. 이 시의 강력한 주제이기 때문에 선택했을 것이다. 「모시서」에서는 대부가 참언에 괴로움을 못 이겨 이 시를 지어서 주 유왕(幽王)을 풍자했다고 했는데 이 시에 나오는 '군자'가 유왕을 가리키는지는 확언할 수 없다.

그리고 이 '군자(君子)'가 지칭하는 그 대상이나 성격이 동일하지 않아 보인다. 제2장 '군자신참(君子信讒)'의 군자는 주왕(周王) 또는 「시월지교(十月之交)」의 황보(皇父) 같은 중신(重臣)들이고, 제4장 '군자작지(君子作之)'는 '성인모지(聖人謀之)'와 대문(對文)이므로 선왕(先王)을 지칭하는 것으로 보이며, 제5장 '군자수지(君子樹之)'의 군자는 비록 해석의 차이에 따라 다소 달라질 수 있겠지만 일반적

---

381 기미차종(既微且尰): 미(微)는 미천(微賤)함. 또는 한양(骭瘍)으로(『모전』), 정강이에 종기가 나는 병. 종(尰)은 발이 붓는 병(『모전』).

382 이(伊): 유(維)와 같은 어조사.

383 위유장다(爲猶將多): 유(猶)는 유(猷)와 통하여 '꾀', '모책(謀策)'의 뜻. 장(將)은 '크다, 많다' 또는 방(方)·차(且)의 뜻〔『석의(釋義)』〕.

384 이거도(爾居徒): 거(居)는 '일거월저(日居月諸)'의 '거'와 같은 어조사. 이거도(爾居徒)는 이도(爾徒)와 같아서 '너희 무리들'의 뜻.

으로 보면 임금이나 중신 등을 포괄하여 인품과 덕이 높은 인물이다. 그리고 제3장에서는 군자와 왕(王)이 함께 나오기 때문에 군자를 주왕(周王)으로 볼 수 없고 중신으로 보는 것이 자연스럽다.

9. 하인사(何人斯) 저이는 누구인가

彼何人斯[385]오 피하인사	저이는 누구인가
其心孔艱[386]이로다 기심공간	그 마음 아주 고약하네
胡逝我梁[387]하되 호서아량	어이 내 어살엔 가면서
不入我門[388]고 불입아문	내 집에는 들르지 않나?
伊誰云從[389]고 이수운종	그 누가 따라 다녔던가?
維暴之云[390]이로다 유포지운	오직 포공이었다네

385 피하인사(彼何人斯): 앞의 「소아·교언(小雅·巧言)」 시에도 나왔지만 누구인지 몰라서 하는 말이 아니라 '저 사람 제가 무어길래' 정도의 낮추는 뜻이 있다.

386 간(艱): 간험(艱險)의 뜻, 곧 '고약하다'.

387 량(梁): 물고기 잡으려고 물을 막아 놓은 방죽 또는 제방을 말한다. 방죽에 간다는 것은 자기에게 이(利)가 생길 곳에만 간다는 뜻. [해설] 참조.

388 불입아문(不入我門): 내 집 문을 들어오지 않는다. 곧 변심(變心)했다는 뜻.

389 이수운종(伊誰云從): 이(伊)와 운(云)은 어조사. 또는 이(伊)는 '그', '저'의 뜻. 운(云)은 시(是)와 같다고도 한다〔왕인지(王引之), 『경전석사(經傳釋詞)』〕. 종(從)은 따라다니다, 동행(同行)의 뜻.

390 유포지운(維暴之云): 유(維)는 어조사. 포(暴)는 포공(暴公)을 가리킨다『모전』. 포공은 경사(卿士)로서 친구인 소공(蘇公)을 참소하였고, 소공은 이 시를 지어 절교하였다고 한다『모전』. 고유명사로 본 것이다. 지(之)는 시(是)의 뜻. 운(云)은 운운(云云)처럼 말

二人從行[391]하나니 이 인 종 행	두 사람 함께 다녔는데
誰爲此禍[392]오 수 위 차 화	누가 이 화근을 만들었나?
胡逝我梁하되 호 서 아 량	어이 내 고기 보(洑)엔 가면서
不入唁我[393]오 불 입 언 아	내게 들러 위로해 주지 않나?
始者不如今[394]이러니 시 자 불 여 금	예전에는 지금 같지 않았는데
云不我可[395]로다 운 불 아 가	이젠 날 좋다 아니한다

彼何人斯오 피 하 인 사	저이는 누구인가?
胡逝我陳[396]고 호 서 아 진	어이 내 뜰 앞을 지나가나?
我聞其聲이나 아 문 기 성	그 소리는 들리지만
不見其身이로다 불 견 기 신	그의 모습은 보이지 않는다

하다는 뜻. 또는 여기서는 명사로 사용되어 참언(讒言)을 지칭한다고도 본다. 이럴 때는 '포공이 한 말'로 해석된다〔『전소(傳疏)』〕. 그러나 주희(朱熹)는 "시 속에 포(暴) 자만 있을 뿐 공(公)자나 소공(蘇公)이라는 말이 없는데 무얼 근거로 이렇게 말하느냐"고 이 설에 대해 회의하고 있다. 이 시를 남녀의 애정 관계에서 버림을 받은 일방〔대개는 여인〕이 지은 것으로 보고, 이 구절은 남자의 포학(暴虐)함을 지적한 것, 아니면 최소한 그 남자의 성씨를 포(暴)로 설정하면서 난폭(亂暴)함을 은유적으로 드러내는 것으로 본다. 그러면 본문의 번역과는 달리 '그 누가 나를 따라 다녔는데, (이제 와서) 난폭하게 구는가?'로 번역할 수도 있을 것.

391 이인종행(二人從行): 이인(二人)은 연애하던 쌍방. 종행(從行)은 동행(同行). 두 사람이 좋았던 시절을 회상하는 것.

392 화(禍): 두 사람의 사이가 벌어지게 된 불행의 화근(禍根).

393 언(唁): 위로하다.

394 시자(始者): 처음에, 그전에.

395 가(可): 좋은 것, 괜찮은 것. 또는 과(過)의 가차(假借)로 본다. 「소남·강유사(召南·江有汜)」의 '불아과(不我過)'(나를 찾지 않다)와 같은 구식(句式)이라는 것. 또는 가(哿)의 가차로 보고 '좋다', '즐겁다'〔락(樂)〕로 이해된다〔『전소(傳疏)』〕.

396 진(陳): 당도(堂途)(『모전』)로서, 당 앞에서 대문에 이르는 길.

不愧于人이어니와 불 괴 우 인	사람에겐 부끄러울 것 없다 하더라도
不畏于天가 불 외 우 천	하늘조차 두렵지 않는가
彼何人斯오 피 하 인 사	저이는 누구인가
其爲飄風[397]이로다 기 위 표 풍	그는 회오리바람
胡不自北[398]이며 호 부 자 북	어이 북쪽에서 아니 불어오며
胡不自南고 호 부 자 남	어이 남쪽에서 아니 불어오나
胡逝我梁고 호 서 아 량	어이 내 어살엔 가서
祗攪我心[399]이로다 지 교 아 심	내 마음 흔들어 놓기만 하나
爾之安行[400]에도 이 지 안 행	그대 천천히 다닐 적에도
亦不遑舍[401]어니 역 불 황 사	내 집에 와 쉴 겨를 없었는데
爾之亟行[402]에 이 지 극 행	그대 급히 다닐 적에
遑脂爾車[403]아 황 지 이 거	그대 수레에 기름칠 겨를 있으리

---

397 표풍(飄風): 회오리바람. 『시경』의 애정시에서 '바람'은 남성의 성욕(性慾) 또는 성충동(性衝動)을 비유하는 경우가 대부분이다.

398 호부자북(胡不自北): '어째서 회오리바람이 북쪽에서 불어오듯 나타나 나를 만나지 않는가?'라는 뜻. 호부자남(胡不自南)도 이와 같음. 또는 바람이 남쪽에서 불거나(또는 불어오거나) 북쪽에서 불거나 하지 않고 하필이면 왜 나(우리 집)에게만 불어오는가로 해석할 수 있다.

399 지교아심(祗攪我心): 지(祗)는 지(只)의 뜻으로, 다만. 교(攪)는 흔들다.

400 안행(安行): 천천히 다니는 것[서행(徐行)](『집전』).

401 불황사(不遑舍): 사(舍)는 지(止)와 같은 뜻. 내 집에 와서 머물러 쉴 겨를도 없다는 뜻.

402 극(亟): 급한 것.

403 지(脂): 기름을 치는 것. 서행할 때에는 쉴 겨를이 없다고 하고, 급하다고 말하면서는

壹者之來[404]면 한번쯤 와주면
일 자 지 래

云何其盱[405]리요 어이 그토록 눈 빠지게 바라랴
운 하 기 우

爾還而入이면 그대 돌아와 들러 주면
이 환 이 입

我心易也[406]어늘 내 마음 기뻐해질 것을
아 심 이 야

還而不入하니 돌아와 들르지 않으니
환 이 불 입

否難知也[407]로다 그 비열함은 이해하기 어려워라
비 난 지 야

壹者之來면 한번쯤 와 준다면
일 자 지 래

俾我祇也[408]니라 나는 안심할 텐데
비 아 기 야

伯氏吹壎[409]하고 맏이는 흙피리 불고
백 씨 취 훈

어떤 겨를에 수레에 기름을 치는가? 지금 기름 친다는 것은 급하지 않다는 것인데, 급히 가야 한다는 핑계를 대고 날 보러 오지 않는다는 뜻(『집전』). 또는 지(支)의 가차(假借)로 보고, 의미는 지(榰)와 통하여 수레를 멈추게 한다는 것. 천천히 다닐 때도 그러한데 하물며 급히 다니는데 수레를 멈출 겨를이 있겠는가라는 뜻으로 본다.

404 일자지래(壹者之來): 일자(壹者)는 '한 번'의 뜻. 또는 '예전', '과거에'〔석자(昔者)〕. '네가 왔을 때'.

405 우(盱): 눈을 부릅뜨고 눈 빠지도록 바라보는 것. 또는 우(吁)의 가차(假借)로 슬픔으로 병이 든 것. 내가 얼마나 비탄에 젖었는지!

406 이(易): 열(悅)(『모전』), 곧 희열(喜悅) 기쁘다는 뜻. 또는 안이(安易).

407 비난지야(否難知也): 부(否)는 비(丕)와 통용되어 '정말', '매우'의 뜻. 또는 『주역』의 비괘(否卦)처럼 '비'로 읽으며 악운(惡運)이나 불선(不善)의 뜻을 가지고 있으며, 또 비(鄙)와 통한다. 즉 비열하고 천하다는 뜻. 『집전(集傳)』에서는 이 구를 "네 마음을 내 알 수 없다"로 해설하였는데, 이 둘을 묶어서 '돌아와서도 집에 들어오지 않으니 너의 그 비열한 그 마음을 알 수 없구나'로 번역한다.

408 기(祇): 안정의 뜻. 또는 기(疧)의 가차로 우울증에 가까운 병(病)이라 하였다〔『전소(傳疏)』〕.

409 백씨취훈(伯氏吹壎): 백씨(伯氏)는 큰형. 훈(壎)은 흙을 구워 만든 악기로, 대개 성인

仲氏吹篪[410]라 중 씨 취 지	둘째는 대피리 불 듯
及爾如貫[411]이러니 급 이 여 관	그대와 그 어린 시절처럼 지내고 싶은데
諒不我知[412]니 양 불 아 지	진정 나를 몰라준다면
出此三物[413]하여 출 차 삼 물	닭과 개와 돼지 내다가
以詛爾斯[414]하리라 이 조 이 사	그대를 저주하리라
爲鬼爲蜮[415]이면 위 귀 위 역	귀신이나 물여우 같아서

남자의 주먹만 하고 위는 뾰족하고 밑은 평평하여 저울추처럼 생겼다. 여섯 개의 구멍이 있으며 작은 것은 달걀만 한 것도 있다.

410 중씨취지(仲氏吹篪): 중씨(仲氏)는 중형(仲兄). 여기서 백형(伯兄)·중형(仲兄)이라 칭한 것은 여자의 그 애인에 대한 호칭이다. 이런 경향은 『시경』 속에 자주 보인다. 「패풍·곡풍(邶風·谷風)」에서는 "연이신혼, 여형여제(宴爾新婚, 如兄如弟)"라 하여 부부를 형제로 불렀다. 두 사람을 지칭하거나 부르는 듯하지만 실은 한 사람이다. 이는 어쩌면 고대의 군혼제(群婚制)나 일처다부제(一妻多夫制)의 흔적으로 본다. 「패풍·모구(邶風·旄丘)」 시 참조할 것. 지(篪)는 대나무로 만들고 구멍이 일곱 개인데 하나는 위로 나 있는, 옆으로 부는 횡적(橫笛)(『공소(孔疏)』). 이 구절은 백형(伯兄)·중형(仲兄)과 함께 악기를 불 때 형제들이 우애 좋은 것처럼, 또 화음(和音)이 되듯 그대와 잘 지내고 싶었다는 뜻.

411 급이여관(及爾如貫): 급(及)은 여(與). 관(貫)은 끈으로 물건을 꿰는 것. 그대와 한 줄로 꿴 듯 가까이서 잘 지내고 싶다는 뜻. 관(貫)은 또 기관(羈貫)이라 하여 옛날 동년(童年), 즉 어린 시절 8세 이상이 되면 머리를 땋아 주는데 남자아이는 관(貫, 丱)이라 하고 여자아이는 기(羈)라 한다. '너와 그 어린 시절처럼 지내고 싶다'는 뜻으로도 해석된다.

412 량(諒): 신(信)과 통하여, '정말로'의 뜻.

413 삼물(三物): 돼지와 개와 닭(『모전』). 옛날 사람들은 남을 저주할 때 이 세 가지를 제물로 바쳐 재앙을 내리도록 빌었다.

414 이조이사(以詛爾斯): 조(詛)는 맹세 또는 저주하는 것. 사(斯)는 어조사. 위의 삼물(三物)을 내어놓고 찔러 피를 내어서 제사 지내며 맹세하거나 또는 저주하며 그대에게 재앙이 내리도록 하겠다는 것(『석의(釋義)』).

415 역(蜮,蟚): 단호(短狐)라고 하며(『모전』), 여기서는 물여우로 번역한다. 강물에 사는데 강물에 비친 사람의 그림자를 보면 이를 쏘아 병들어 죽게 하였다. 그래서 사영(射影)이라고도 부른다. 또는 모래를 물었다가 사람을 쏘아, 맞으면 피부에 부스럼이 나게 된

則不可得[416]이어니와 | 그 심술은 측량할 수 없겠지만
칙 불 가 득

有靦面目[417]하니 | 부끄러운 그 얼굴
유 전 면 목

視人罔極[418]이니라 | 남들에게 보이기 망극하구나
시 인 망 극

作此好歌하여 | 이 좋은 노래 지어
작 차 호 가

以極反側[419]하노라 | 부정한 사람 바로잡는다
이 극 반 측

◈ 해설

「모시서」에 의하면 주나라의 경사(卿士)인 포공(暴公)이란 사람이 친구인 소공(蘇公)을 참소하였고, 소공은 이 시를 지어 그를 풍자하며 절교하였다고 한다. 이 시는 가까운 친구에게 모함을 받아 해를 입고 그를 풍자한 시.

그러나 문일다(聞一多)는 버림받은 여인, 즉 기부(棄婦)의 시라고 주장한다. 특히 제1, 2, 4장에 '호서아량(胡逝我梁)' 구가 있는데, 그에 의하면 실제로 물고기를 잡는 어살로 간 것이 아니라 여인이 이미 몸을 허락한 것을 은유(隱喩)한 것이다. 그리고 물고기는 여성의 은밀한 부분을 상징하는 것이며 배우자를 뜻하는 일종의 은어(隱語)이며, 그래서 물고기를 잡거나 낚시를 하는 것은 짝을 구하

다고도 한다〔『공소(孔疏)』〕. 역(蜮)도 귀신처럼 사람의 눈에 잘 뜨이지 않는 것이기도 하고 그 출현을 예측할 수 없는 것이다.

416 불가득(不可得): 불가득견(不可得見)의 뜻(『집전』). 볼 수 없다, 찾을 수 없다. 또는 '귀신 같은 추악한 사람이라 그 심술(心術)은 예측할 수는 없지만'의 뜻으로 본다.

417 유전면목(有靦面目): 유전(有靦)은 전연(靦然)과 같으며, 부끄러워하는 것. 면목(面目)은 볼 낯. 또는 활(婳)과 같이 교활하다는 뜻.

418 시인망극(視人罔極): 시(視)는 보이다〔시(示)〕. 망극(罔極)은 불량(不良)·불선(不善)의 뜻〔『석의(釋義)』〕.

419 이극반측(以極反側): 극(極)은 정(正)과 통하여 규정(糾正). 반측(反側)은 '반대로 기울어만 가는 그대의 마음'의 가리키며(『집전』), 또한 전전(輾轉)의 뜻으로 변화가 무상(無常)함을 뜻한다.

거나 애정 또는 성행위를 의미하는 은어이다. 이것은 동서양의 고대 시기의 많은 문양(紋樣)에서도 이미 증명되었다. 양(梁)은 어량(魚梁)을 의미하며 얕은 내에 돌을 쌓아 둑을 만들어서 물을 막아 놓은 곳으로 속칭 보 또는 패(壩)라고 하고, 여기에 통발〔구(笱)〕을 담가 놓고 물고기를 잡는다. 또 그대로 보면 교량(橋梁)의 의미도 있다. 이 또한 성적(性的) 모티브와 무관하지 않다. 어릴 때 어른들로부터 많이 들었던 "다리 밑에서 주웠다"는 그 '다리'가 한강대교 등을 지칭하는 것이 아님은 조금만 생각해 보면 알 수 있다.

이 시를 쓴 여인이 그 모든 은유를 다 이해하고 썼다고 보지 않아도 된다. 오랜 세월 동안 사용되어 상투어가 되었을 것이며 현실적으로는 남녀의 애정이 노골화되기 좋은 배경과 분위기가 주어지는 장소이었기 때문일 것이다.

어쨌든 이 시는 변심한 남자에 대한 원망과 아직 남은 기대가 교차하는 모순된 애정 심리를 매우 강력한 어조로 표출한, 버림받은 여인의 노래로 보는 것이 가장 무난해 보인다.

10. 항백(巷伯) 항백

萋兮斐兮[420]로 처 혜 비 혜	알록달록 아름답게
成是貝錦[421]이로다 성 시 패 금	조개 무늬 비단 짜였네

420 처혜비혜(萋兮斐兮): 처(萋)는 풀이 무성한 것. 무늬가 얼룩덜룩 화려한 것. 비(斐)는 무늬가 아름다운 것.

421 성시패금(成是貝錦): 패금(貝錦)은 조개 모양의 무늬가 있는 비단〔『석의(釋義)』〕. 이는 참인(讒人)들이 타인의 죄를 얽어서 그들을 모함하고 해하려는 것이 마치 잘 짜인 비단 같음을 비유한 것.

彼譖人者[422]여 — 저 모함하는 사람
피 참 인 자

亦已大甚[423]이로다 — 진정 너무도 심해라
역 이 태 심

哆兮侈兮[424]로 — 입을 크게 벌려
치 혜 치 혜

成是南箕[425]로다 — 남기성 이루었네
성 시 남 기

彼譖人者여 — 저 모함하는 사람
피 참 인 자

誰適與謀[426]오 — 누가 가서 그와 모의하는가
수 적 여 모

緝緝翩翩[427]하여 — 간사스럽게 소곤대어
즙 즙 편 편

謀欲譖人하나니 — 남을 모함하려 모의한다
모 욕 참 인

愼爾言也[428]어라 — 그대들 말조심하라
신 이 언 야

---

422 참인(譖人): 참(讒)과 같다. 나쁜 말 간사한 말로 남을 모함하는 자들.

423 태심(大甚): 태(太)로 쓴다. 너무 심하게 모함했다는 뜻.

424 치혜치혜(哆兮侈兮): 치(哆)와 치(侈)는 모두 입을 크게 벌린 모양. 기성(箕星)의 혀가 넓은 모양을 형용한 것이라고 했다〔『통석(通釋)』〕.

425 남기(南箕): 기성(箕星)을 말한다. 28수(宿)의 하나로서 네 개의 별로 이루어진 성좌(星座)이다〔『공소(孔疏)』〕. 이 네 개의 별이 합해서 사다리〔梯〕 모양을 형성하는데, 이것은 또 키 모양이다. 옛사람들은 기성(箕星)이 구설(口舌)을 주관한다고 믿었기 때문에 이를 참언하는 사람에게 비유한 것이다〔여관영(余冠英), 『시경선(詩經選)』〕. 교언(巧言)을 늘어놓는 참인(讒人)의 한껏 벌린 입과 혀가 마치 기성(箕星)의 모양과 비슷하여 한 말일 것이다.

426 수적여모(誰適與謀): 적(適)은 주(主)의 뜻(『집전』). 또는 가다〔往〕. 여모(與謀)는 함께 모의하다.

427 즙즙편편(緝緝翩翩): 즙(緝)은 집(咠)과 통하여, 귓속말하는 것. 귀에 대고 속삭이는 모양(『모전』). 글자 자체가 귀에 입을 대고 있는 모양이다. 편편(翩翩)은 편편(諞諞)으로 씀이 옳으며, 교묘한 말을 하는 모양〔『통석(通釋)』〕.

428 신(愼): 성실(誠實) 또는 진실로.

謂爾不信[429]이리라 그대 말 믿기지 않는다 하리라
위 이 불 신

捷捷幡幡[430]하여 약삭빠르고 재빠르게
첩 첩 번 번
謀欲譖言이로다 모함하는 말 하려 모의한다
모 욕 참 언
豈不爾受[431]리요 어찌 그대 말 받아들여지지 않을까만
기 불 이 수
旣其女遷[432]하리다 끝내는 너희가 쫓겨 갈 것을
기 기 여 천

驕人好好[433]어늘 교만한 사람들 좋아들 하고
교 인 호 호
勞人草草[434]로다 괴로운 사람들 시름겨워라
노 인 초 초
蒼天蒼天이여 푸른 하늘이여 푸른 하늘이여
창 천 창 천
視彼驕人하사 저 교만한 사람들 보시고
시 피 교 인
矜此勞人[435]하소서 이 괴로운 사람들 가엾이 여기소서
긍 차 로 인

---

429 위이불신(謂爾不信): 위(謂)는 말하다〔설(說)〕. 불신(不信)은 '믿지 않다'가 아니라 '믿기지 않다'는 뜻.

430 첩첩번번(捷捷幡幡): 첩첩(捷捷)은 첩첩(倢倢)과 통하여, 약삭빠른 말을 하는 모양〔『통석(通釋)』〕. 번번(幡幡)은 자꾸 되풀이하는 모양(『집전』).

431 기불이수(豈不爾受): 수(受)는 임금이 참인(讒人)들의 교묘한 말을 그대로 믿고 받아들이는 것.

432 기기여천(旣其女遷): 여(女)는 너〔여(汝)〕, 그대. 천(遷)은 임금이 너희들의 거짓을 알고 결국은 쫓아내 버릴 것이라는 뜻. 또는 그것이 돌고 돌아서 마침내 너에게 이를 것이라는 뜻.

433 교인호호(驕人好好): 교인(驕人)은 교만한 자들, 남을 모함하는 자들을 가리킴. 호호(好好)는 기뻐하는 모양(『모전』). 또는 교만하며 자득(自得)한 모양.

434 노인초초(勞人草草): 노인(勞人)은 노고(勞苦)가 많은 사람, 곧 참해(譖害)를 받아 고생하는 자기를 가리킨다. 초초(草草)는 노심(勞心)하는 모양(『모전』).

435 긍(矜): 불쌍히 여기는 것.

彼譖人者여 피 참 인 자	저 모함하는 사람들
誰適與謀오 수 적 여 모	누가 가서 그와 모의하는가
取彼譖人하여 취 피 참 인	저 모함하는 사람들 잡아서
投畀豺虎[436]하리라 투 비 시 호	승냥이와 범에게 던져 주리라
豺虎不食이어든 시 호 불 식	승냥이와 범이 먹지 않으면
投畀有北[437]하리라 투 비 유 북	북녘의 신에게 던져 주고
有北不受어든 유 북 불 수	북녘의 신이 받지 않으면
投畀有昊[438]하리라 투 비 유 호	하느님께 던져 주리라

楊園之道[439]여 양 원 지 도	양원으로 가는 길이
猗于畝丘[440]로다 의 우 무 구	묘구를 따라 나 있다
寺人孟子[441]이 사 인 맹 자	시인(寺人) 맹자가
作爲此詩하노니 작 위 차 시	이 시를 지어

---

436 투비시호(投畀豺虎): 비(畀)는 주다. 시(豺)는 승냥이.

437 유북(有北): 유(有)는 어조사. 북방의 한량(寒凉)한 불모지(『집전』). 옛날에 북방은 흉지(凶地)라 여겼다(『석의(釋義)』).

438 유호(有昊): 호(昊)는 호천(昊天)으로 '하느님'을 말한다. 하느님에게 보내어 벌을 받도록 하겠다는 뜻.

439 양원지도(楊園之道): 양원(楊園)은 정원의 이름(『모전』). 낮은 땅으로(『집전』), 시인(寺人)인 맹자(孟子)가 살고 있는 곳인 듯함. 지도(之道)는 가는 길.

440 의우무구(猗于畝丘): 의(猗)는 의(倚)와 통하여, 가까이 나 있다는 뜻(『석의(釋義)』). 묘구(畝丘)는 언덕 이름(『모전』). 양원으로 가는 길이 높은 언덕 위에 나 있다는 것은, 자기는 낮은 신분이지만 높은 정도(正道)를 따라 살고 있음에 비유한 것이다.

441 시인맹자(寺人孟子): 시인(寺人)은 내시(內侍)와 같은 벼슬로 내궁(內宮)의 예의를 맡는 관직. 맹자(孟子)는 시인인 작자의 이름.

凡百君子는 범 백 군 자	여러 훌륭하신 분들
敬而聽之어다 경 이 청 지	삼가 들려 드리고자 하노라

◈ 해설

시인(寺人) 맹자(孟子)가 모함하는 사람의 간사함을 풍자한 시. 이 시의 제목으로 쓰인 「항백(巷伯)」은 시인의 우두머리를 뜻하는데 무엇 때문에 작품 속에 전혀 나오지도 않는 이 말을 제목으로 삼았는지 알 수가 없다. 『정전(鄭箋)』에 의하면 시인을 참해(讒害)하므로 그 화(禍)가 항백(巷伯)에게까지 미칠까 하여 붙였다고 했는데 확실하지 않고, 이 시의 작자가 자신의 직위를 겸양해서 작품 안에서 항백이라 하지 않고 시인이라 한 것을 후인이 항백이라 제명(題名)한 것이 아닌가 여겨진다.

제5 곡풍지습(谷風之什)

1. 곡풍(谷風)　　　골짜기 바람

習習谷風[1]이여 (습 습 곡 풍)	쏴아 쏴 불어오는 산골짝 바람
維風及雨로다 (유 풍 급 우)	바람에 비가 섞여 내리네
將恐將懼[2]엔 (장 공 장 구)	무섭고 두려울 적엔
維予與女[3]러니 (유 여 여 여)	나와 너 환난을 함께하더니
將安將樂엔 (장 안 장 락)	편하고 즐거울 적엔
女轉棄予로다 (여 전 기 여)	너 도리어 나를 버리네
習習谷風이여 (습 습 곡 풍)	쏴아 쏴 불어오는 산골짝 바람
維風及頹[4]로다 (유 풍 급 퇴)	바람 불고 또 천둥도 치네

---

1 습습곡풍(習習谷風): 습습(習習)은 부드러운 모양, 살랑살랑. 곡풍(谷風)은 동풍(東風)(『정전』). 여기서 동풍이 산들산들 분다는 것은 남편과 잘 지내던 때를 비유한 것으로 보았다. 이와는 다른 해석이 있다. 곡풍(谷風)은 산골짜기에서 불어오는 바람으로 큰 바람〔대풍(大風)〕이며, 그래서 습습(習習)은 삽삽(颯颯), 즉 쏴쏴 부는 바람 소리를 말한다. 제2장의 내용은 거의 폭풍을 말하고 있고, 제3장은 초목을 모두 말라죽게 만들 정도의 바람임을 말하고 있다〔엄찬(嚴粲), 『시집(詩緝)』〕. 이는 남편의 포학함과 갑작스런 화냄을 비유한 것으로 본다〔문일다(聞一多), 『신의(新義)』〕. 또는 첫 구는 살랑살랑 동풍이 부는 것으로, 둘째 구 이하는 기후의 돌변함을 말한 것으로도 본다. 「패풍·곡풍(邶風·谷風)」 참조.

2 장공장구(將恐將懼): 장(將)은 어조사로, 차(且)·우(又)와 같다. 공(恐)과 구(懼)는 '두려움'으로, 생활에 위협을 받고 여러 가지 걱정이 많은 것. 또는 신혼(新婚) 때의 격동(激動)적인 심정을 말한 것으로 보기도 한다. 후한(後漢) 때 장형(張衡, 78~139)의 「동성가(同聲歌)」, "邂逅乘際會, 得充君後房. 情好新交接, 恐懼如探湯" 참조.

3 유(維): 오직〔지(只)〕.

4 퇴(頹): 바람이 사납게 부는 것. 부드러운 동풍이 사나워졌음을 말하며, 이는 즐거웠던 남편과의 사이에 파탄이 생긴 것을 비유한 것으로 본다. 또는 '隤'로 읽고 뢰(雷)의 뜻이라

將恐將懼엔
장공장구
무섭고도 두려울 적엔

寘予于懷[5]러니
치여우회
나를 품에 안아 주더니

將安將樂엔
장안장락
편하고 즐거울 적엔

棄予如遺[6]로다
기여여유
나를 똥오줌처럼 버리네

習習谷風이
습습곡풍
쏴아 쏴 불어오는 산골짝 바람

維山崔嵬[7]나
유산최외
저 산은 높고도 높네

無草不死며
무초불사
죽지 않은 풀이 없고

無木不萎[8]로다
무목불위
시들지 않은 나무는 없는데

忘我大德이요
망아대덕
내 큰 덕을 잊고

思我小怨이로다
사아소원
내 작은 원망만 기억한다네

하였다〔문일다(聞一多), 『신의(新義)』〕. 앞 장의 제2구와 대조해 보면 일리가 있다.

5 치(寘): 치(置)와 같은 자로서, 여기서는 품에 품는 것.

6 여유(如遺): 버린 것인 듯, 잊은 것〔망(忘)〕인 듯. 그러나 잊은 듯 버렸다는 것은 말은 그럴싸해도 매끄럽지 않다. 또는 유(遺)에는 대소변 또는 소변(小便)이나 정액을 배설한다는 뜻이 있다.

7 최외(崔嵬): 산이 높은 모양. 각 장의 제1, 2구의 '바람'을 남편이 성을 낸 것에 비유한다면, 이것은 남편의 무정(無情)하고 냉혹한 모습을 비유한 것으로 본다〔문일다(聞一多)〕.

8 위(萎): 초목이 시드는 것. 이 3, 4구는 초목이 언젠가는 시들어 죽을 수밖에 없다는 당연성이, 부부 사이에나 붕우 사이에나 때로 작은 원망이 있을 수밖에 없다는 당연성을 비유한 것으로 본다.

◈ 해설

소박맞은 여인〔기부(棄婦)〕이 마음 변한 남편을 원망하며 부른 노래이다. 「패풍·곡풍(邶風·谷風)」과 마찬가지로 이전에 살기가 어렵고 갖가지 걱정이 많을 적에는 환난을 함께했는데 이제 살 만하게 되어 편안하고 즐겁게 되자 언제 보았더냐는 듯이 버리는 무정(無情)함을 원망하고 질타했다. 「모시서」에서는 유왕(幽王)을 풍자한 것이라 하며, 천하의 습속(習俗)이 각박해져서 친구 사이의 도(道)가 끊어져 서로 원망하는 시로 보았다. 『시집전』은 유왕 때라고 한정하지는 않았으나 역시 붕우가 서로 원망하는 시로 보았다.

2. 육아(蓼莪) 더부룩한 다북쑥

蓼蓼者莪[9]니 (육륙자아)	커다랗게 자란 저 다북쑥
匪莪伊蒿[10]로다 (비아이호)	다북쑥이 아니라 약쑥이네
哀哀父母여 (애애부모)	슬프다 부모님들
生我劬勞[11]셨도다 (생아구로)	날 낳아 기르느라 고생하셨는데

9 육륙자아(蓼蓼者莪): 육륙(蓼蓼)은 길게 자란 모양. 아(莪)는 다북쑥. 또는 포낭호(抱娘蒿)

10 비아이호(匪莪伊蒿): 비(匪)는 비(非)의 뜻. 이(伊)는 시(是)와 같다. 호(蒿)는 쑥. 아(莪)와 호(蒿)는 본래 같은 쑥이지만, 봄에 나물로 뜯을 때를 아(莪), 대가 길게 자란 것을 호(蒿)라 한다〔『석의(釋義)』〕. 또는 아(莪)는 식용과 약재로 쓰이는 좋은 나물〔美菜〕이고, 호(蒿)는 천한 풀〔賤草〕이라고도 했다(『모전』). 그래서 아(莪)는 인재를, 호(蒿)는 그다지 유용(有用)하지 않은 인물을 비유하며, 부모의 은공(恩功)에 보답하지 못하는 안타까운 심정을 드러낸다.

11 생아구로(生我劬勞): 구로(劬勞)는 노고(勞苦)와 같이 수고한다는 뜻.

蓼蓼者莪니 커다랗게 자란 저 다북쑥
요 요 자 아

匪莪伊蔚[12]로다 다북쑥이 아니라 제비쑥이네
비 아 이 위

哀哀父母에 슬프다 부모님들
애 애 부 모

生我勞瘁[13]셨도다 날 낳아 기르느라 병드셨는데
생 아 노 췌

缾之罄矣[14]여 작은 술그릇이 빈 것은
병 지 경 의

維罍之恥[15]로다 큰 술그릇의 부끄러움
유 뢰 지 치

鮮民之生[16]이여 가난한 사람의 삶은
선 민 지 생

不如死之久矣로다 일찍 죽어 버림만 못해라
불 여 사 지 구 의

無父何怙[17]며 아버님 안 계시면 누굴 의지하고
무 부 하 호

無母何恃[18]오 어머님 안 계시면 누굴 믿나?
무 모 하 시

---

12 위(蔚): 일명 마신호(馬薪蒿)·모호(牡蒿)라고 하며, 보통 쑥보다 대가 굵고 크다〔『석의(釋義)』〕.

13 노췌(勞瘁): 췌(瘁)는 여위다, 병들다. 즉 고생하여 병드는 것.

14 병지경의(缾之罄矣): 병(缾)은 병(甁)과 같은 글자. 경(罄)은 그릇이 비어 있는 것.

15 유뢰지치(維罍之恥): 유(維)는 오직〔只〕 또는 어조사. 뢰(罍)는 술독, 술통. 치(恥)는 부끄러움, 수치(羞恥). 병(缾)이나 뢰(罍)는 모두 주기(酒器) 질그릇으로, 병(缾)은 작은 것이고 뢰(罍)는 큰 것인데 뢰에 있는 술을 병에 담아 사용했을 것이다. 병(缾)은 자식이나 백성을 비유하고, 뢰(罍)는 부모나 임금을 비유하는 것으로 본다. 병이 비면 뢰의 수치이며 뢰가 차면 왕의 수치라고 했으며〔왕안석(王安石)〕, 병은 뢰에 도움을 주고 뢰는 병에 도움을 주는 것이 마치 부모 자식이 서로 의지하는 것과 같다고 하였다〔『집전』〕. 그래서 백성이 곤궁하는 것은 왕실의 수치이며, 자식이 빈곤하거나 무능한 것은 부모의 수치라는 뜻이다.

16 선민(鮮民): 선(鮮)은 드물다. 또는 과(寡)의 뜻으로〔『모전』〕, 선민(鮮民)은 가난한 백성. 또는 부모가 돌아가시고 안 계시는 고아(孤兒)를 말하며 뒷날에는 고애자(孤哀子)라고 부른다〔왕안석(王安石)〕.

17 호(怙): 믿다, 의지하다.

18 시(恃): 의지하다. 이 구절에 근거해서 아버지를 잃는 것을 '실호(失怙)', 어머니를 잃는 것

出則銜恤[19]이요 출 칙 함 휼	밖에 나가면 부모님 걱정
入則靡至[20]로다 입 칙 미 지	안에 들면 몸 둘 곳 몰라라

父兮生我하시고 부 혜 생 아	아버님 날 낳으시고
母兮鞠我[21]하시니 모 혜 국 아	어머님 날 기르실 때
拊我畜我[22]하시며 부 아 휵 아	나를 어루만지고 귀여워하시며
長我育我[23]하시며 장 아 육 아	나를 키우고 감싸 주셨다
顧我復我[24]하시며 고 아 복 아	나를 돌보시고 걱정하시며
出入腹我[25]하시니 출 입 복 아	드나들 적마다 나를 안아 주셨다
欲報之德이나 욕 보 지 덕	그 은혜 갚으려 해도
昊天罔極[26]이로다 호 천 망 극	하늘이 무정해라

을 '실시(失恃)'라고 한다.

19 함휼(銜恤): 함(銜)은 머금다, 받다. 휼(恤)은 근심, 동정. 함휼(銜恤)은 근심을 지니는 것. 집을 나가서는 부모님 걱정을 하게 된다는 뜻. 또는 밖에 나가 일을 해도 부모님이 안 계시기 때문에 슬픔을 지니고 있다는 것.

20 미지(靡至): 무소귀(無所歸)의 뜻으로(『집전』), 집에 들어와도 돌아갈 곳이 없는 것 같다는 뜻이다. '부모님이 안 계시면 집에 들어와도 집에 온 것 같지 않다'는 뜻.

21 국(鞠): 기르다, 양육하다.

22 부아휵아(拊我畜我): 부(拊)는 쓰다듬어 주는 것. 휵(畜)은 기르다. 또는 사랑하다.

23 장아육아(長我育我): 장(長)은 키워 자라게 하다. 육(育)은 복육(覆育)의 뜻으로(『정전』), 감싸주는 것. 또는 교육(教育)하는 것.

24 고아복아(顧我復我): 고(顧)는 돌아보다, 돌보다. 복(復)은 또다시 돌아보는 것. 부모가 나가실 때에는 반복해서 돌아보고 또 돌아본다는 뜻. 또는 보호하다.

25 복(腹): 후(厚)(『이아(爾雅)』) 또는 복(複: 겹옷)(『통석(通釋)』)과 같아 후애(厚愛), 즉 두터이 사랑하는 것.

26 호천망극(昊天罔極): 망극(罔極)은 두 가지 뜻이 있다. 무량(無量)의 뜻으로 끝이 없다는 말과 중정(中正)하지 못하다는 것. 여기의 호천망극(昊天罔極)은 하늘이 무정해서 은혜를 갚지 못하고 있다는 뜻.

南山烈烈[27]이요 남 산 열 렬	남산은 높이 솟아 있고
飄風發發[28]이로다 표 풍 발 발	회오리바람 몰아친다
民莫不穀[29]이어늘 민 막 불 곡	사람들은 그럭저럭 잘들 살아가는데
我獨何害[30]오 아 독 하 해	나만 홀로 어이 부모 봉양 못하나?

南山律律[31]이요 남 산 율 율	남산은 우뚝 솟아 있고
飄風弗弗[32]이로다 표 풍 불 불	회오리바람 불어댄다
民莫不穀이어늘 민 막 불 곡	못 사는 사람 아무도 없는데
我獨不卒[33]이로다 아 독 불 졸	나만 홀로 어이 부모 봉양 못하나?

---

27 열렬(烈烈): 높고 큰 모양. 지난(至難)한 것을 말한다.

28 표풍발발(飄風發發): 표풍(飄風)은 회오리바람. 발발(發發)은 빠른 모양(『모전』). 또는 바람이 강하게 부는 소리.

29 곡(穀): 선(善)의 뜻으로, 잘 지내는 것. 또는 양(養)의 뜻(『정전』).

30 아독하해(我獨何害): 해(害)는 '해치다'는 뜻으로 읽을 때는 'hai'로 읽지만, 'he'로 읽을 때도 있는데 이때는 의문대명사 '어찌'〔갈(曷)〕와 동사 '막다, 끊다'〔알(遏e)〕의 뜻이다(「주남·갈담(周南·葛覃)」 참조). 즉 과거 이 '害' 자를 읽을 때 '해(hai)'로 읽지 않았고 '갈'이나 '알'에 가까운 음으로 읽었다는 것은 이 장의 압운(押韻)이 '烈(렬)', '發(발)'과 대비해 보면 알 수 있다. 다음 장의 압운이 '律(률)', '弗(불)', '卒(졸)'로 제대로 되어 있는 것과 비교된다. 『서경(書經)』「상서·탕서(商書·湯誓)」에 "時日曷喪"이라고 한 것을 『맹자(孟子)』「양혜왕(梁惠王)」편에서 인용하면서 "時日害喪"이라고 했다. '갈'이나 '알'에 가까운 음으로 읽었을 때 그 뜻도 단순히 '해치다'의 뜻이 아님은 자명하다. 『관자(管子)』「칠법(七法)」의 "莫當其前, 莫害其後"에 대해 우성오(于省吾)는 해(害)과 알(遏)이 옛날에 통했다고 하였다. 알(遏)은 막다〔制止〕, 끊다〔絶〕의 뜻이며, 버리다〔棄〕의 뜻도 있다. 부모가 죽는 것은 자식을 버리고〔棄〕 가는 것과 같아서 부모가 사망하는 것을 '기(棄)'라고 하며, 자식의 입장에서는 부모를 봉양(奉養)해야 하는데 못하게 되었으므로 '봉양 받으심을 버리셨다'는 뜻으로 '기양(棄養)'이라고도 한다. 즉 해(害)는 알(遏)로 읽어야 하고, 그 뜻은 '기양(棄養)'이며 이 구는 '나는 홀로 어이하여 봉양하지 못하나'의 뜻이다.

31 률률(律律): 앞 장의 열렬(烈烈)과 같이 높고 큰 모양.

32 불불(弗弗): 발발(發發)과 같이 빠른 모양.

◈ 해설

이 시는 백성들이 노고함에도 효자가 그의 부모를 끝까지 봉양하지 못하는 안타까움을 노래한 것이다. 「모시서」에선 역시 유왕(幽王) 때의 시로 보았으나 근거는 알 수 없다.

3. 대동(大東) 동쪽 나라

有饛簋飧[34]이요 유 몽 궤 손	대그릇에 가득히 익은 음식
有捄棘匕[35]로다 유 구 극 비	구부정한 대추나무 주걱
周道如砥[36]하니 주 도 여 지	한길은 숫돌처럼 평평하며
其直如矢로다 기 직 여 시	그 곧기가 화살 같다
君子所履[37]요 군 자 소 리	귀족들 밟고 다니는 그 길
小人所視[38]니 소 인 소 시	낮은 백성들 바라볼 뿐

---

33 불졸(不卒): 종결(終結)하지 못하다. 일을 잘 처리하지 못하다. 그러나 여기서의 본뜻은 부모를 끝까지 잘 봉양하지 못한 것, 즉 종양(終養)하지 못한 것을 말한다.

34 유몽궤손(有饛簋飧): 몽(饛)은 음식을 수북이 담은 모양. 궤(簋)는 대로 만든 제기 이름. 손(飧)은 저녁밥 또는 간단한 식사.

35 유구극비(有捄棘匕): 구(捄)는 담다. 가늘고 긴 모양. 극비(棘匕)는 대추나무로 만든 숟가락.

36 주도여지(周道如砥): 주도(周道)는 큰 길 또는 주나라 도성으로 향한 길. 여지(如砥)는 숫돌과 같이 평평함.

37 군자소리(君子所履): 군자(君子)는 관리들. 리(履)는 밟고 다니는 것.

38 소인소시(小人所視): 소인(小人)은 지위 없는 낮은 백성. 소시(所視)는 보기만 한다는 뜻. 옛날 주나라의 국도는 관리들만 다닐 수 있었고 평민들은 통행을 금하였으므로 그

睠言顧之[39]요 뒤돌아 돌아보고
권 언 고 지

潸言出涕[40]로다 주르륵 눈물 흘린다
산 언 출 체

小東大東[41]에 크고 작은 동쪽 나라들
소 동 대 동

杼柚其空[42]이로다 베틀의 북은 비었고
저 축 기 공

糾糾葛屨[43]에 촘촘히 짠 칡신으로
규 규 갈 구

可以履霜[44]이로다 어이 찬 서리 위를 다니랴
가 이 리 상

佻佻公子[45]이 날래고 빨리 말달리는 관리들
조 조 공 자

것을 보기만 했다는 것이다〔『석의(釋義)』〕.

39 권언(睠言): 돌아보다. 돌이켜 보다. 권(眷)과 같음. 언(言)은 어조사. 또는 권연(睠然)과 같은 말로 뒤돌아보는 모양.

40 산언(潸焉): 눈물 흘리다. 눈물 흐르는 모양.

41 소동대동(小東大東): 소동(小東)은 한(漢)나라의 동군(東郡), 곧 지금의 산동성 복현(濮縣) 일대에 해당되는 지방. 대동(大東)은 노(魯)나라 동쪽 일대〔『석의(釋義)』〕. 수탈하는 작은 것 큰 것을 모두 동쪽에서 한다(『정전』). 동방의 작고 큰 별들. 또는 소동(小東)은 근동(近東)으로 방백국(方伯國)인 제(齊)나라가 관할하는 동이(東夷)의 여러 나라를, 대동(大東)은 원동(遠東)으로 역시 방백국인 연(燕)나라 관할의 구맥(九貊)의 여러 나라를 칭하는 것으로 본다.

42 저축기공(杼柚其空): 저(杼)는 북. 베틀의 씨줄을 담는 물건. 축(柚)은 축(軸)의 가차로, 도투마리. 베틀의 날줄을 감아 둔 물건(『집전』). 베틀의 북과 도투마리가 텅 비어 있다는 것은 대동(大東)과 소동(小東) 지방 백성들의 생활이 곤궁함을 말하는 것이다. 또는 저축(杼柚)은 그 발음의 유사함으로 서구(抒臼)로 읽으며, 즉 유(揄)와 같이 '절구에서 퍼내다'는 뜻〔「대아·생민(大雅·生民)」에 보임〕으로, 요(舀)와 같은 뜻이다. 즉 절구 속의 쌀을 퍼내어 가서 텅 비게 하였다는 뜻.

43 규규갈구(糾糾葛屨): 규규(糾糾)는 짜여지고 동여맨 모양(『모전』), 엉성하게 얽어놓은 모양〔『공소(孔疏)』〕. 갈구(葛屨)는 칡껍질로 엮어 만든 신.

44 가이리상(可以履霜): 이상(履霜)은 서리 내린 땅을 밟고 가는 것. 이 두 구는 「위풍·갈구(魏風·葛屨)」 시에 보였음. 칡껍질로 만든 신으로 서리를 밟는다는 뜻이 아니라, 가(可)는 하(何)로 보아야 하고, '어찌 밟느냐'는 뜻.

45 조조공자(佻佻公子): 조조(佻佻: tiao)는 홀로 가는 모양(『모전』). 또는 몸을 크게 흔들며

行彼周行[46]하여
행 피 주 행
저 한길을 다니고

旣往旣來[47]하니
기 왕 기 래
끊임없이 오가는 모습에

使我心疚[48]로다
사 아 심 구
내 마음 아파라

有冽氿泉[49]에
유 열 궤 천
차갑게 곁으로 솟는 샘물에

無浸穫薪[50]이어다
무 침 확 신
베어다 놓은 땔나무 적시지 마라

契契寤歎[51]하니
계 계 오 탄
시름에 괴로워 잠깬 채 탄식하는

哀我憚人[52]이로다
애 아 탄 인
불쌍하다 우리 이 고생하는 백성들

거드름 피는 모양. 고달프다, 가다가 피로한 모양의 뜻이 있다. 공자(公子)는 담(譚)나라 공자(公子)를 가리킨다(『모전』)고 하였는데, 알 수 없다. 「모시서」에 의하면 동쪽 나라들이 부역(賦役)에 시달리고 재물에 궁함을 담나라 대부가 풍자한 것이라 한다. 그러나 담나라와 이 시의 관계가 무엇에 근거를 둔 것인지 알 길은 없다. 일반적으로는 '경박한 귀족 자제들'로 번역하는데, 시의 뜻과는 부합되지 않는 것 같다. 조조(佻佻)는 또 『한시(韓詩)』에서는 조조(嬥嬥: tiao)라 쓰고 오가는 모양이라 했으며, 왕일(王逸)은 초초(苕苕: tiao, shao)라고도 쓰고 있는데 이 세 종류의 글자는 본자(本字)가 아니다. 도(跳: tiao)로 읽어야 한다. 즉 날래고 빨리 달리는 모양이다. 여기에서의 공자(公子)는 주도(周道)를 통해 소동과 대동의 여러 나라들을 왕래하며 조세(租稅)를 책임지는 주 왕실(周王室)이나 방백국의 관리를 말한다.

46 주행(周行): 앞의 주도(周道)와 같은 뜻.

47 기왕기래(旣往旣來): 기(旣)는 앞뒤의 일이 긴밀하게 이어지는 것을 뜻하여, 이 구는 왕래가 끊이지 않는 것을 말한다〔낙역왕반(絡繹往返)〕〔유운흥(劉運興), 『시의지신(詩義知新)』〕.

48 구(疚): 오랜 병. 병으로 고생하다.

49 유열궤천(有冽氿泉): 유열(有冽)은 열연(冽然)과 같으며, 추운 모양 또는 차가운 모양. 궤천(氿泉)은 산허리에서 흘러나오는 샘물(『모전』).

50 무침확신(無浸穫薪): 침(浸)은 적시다. 확(穫)은 여기서는 나무를 하는 것. 확신(穫薪)은 해놓은 땔나무. 모아 놓은 땔나무를 물에 적시지 말라는 것은 쓸데없이 더 백성을 고생시키지 말라는 뜻(『집전』).

51 계계오탄(契契寤歎): 계계(契契)는 근심하고 괴로워 함. 오탄(寤歎)은 잠자다가 깨어나서 잠을 못 이루고 탄식하는 것.

52 탄(憚): 노(勞)와 같이, 힘들다 지치다의 뜻. 탄인(憚人)은 작자와 같이 고생만 하는 사람들.

薪是穫薪[53]이면 신 시 확 신	땔나무 베어다 놓으면
尙可載也며 상 가 재 야	수레에 실어 갈 수 있고
哀我憚人이면 애 아 탄 인	불쌍하다 우리 이 고생하는 백성들
亦可息也니라 역 가 식 야	돌아가 쉴 수 있어야 하리라

東人之子[54]는 동 인 지 자	동쪽 나라 사람들은
職勞不來[55]요 직 로 불 래	고생만 할 뿐 돌아오지 않고
西人之子[56]는 서 인 지 자	서쪽 나라 사람들은
粲粲衣服[57]이로다 찬 찬 의 복	아름다운 옷 입었다
舟人之子[58]는 주 인 지 자	북방의 맥족 사람들은
熊羆是裘[59]요 웅 비 시 구	곰 가죽 말곰 가죽 구하느라 사냥만 하고

---

53 신시확신(薪是穫薪): 해놓은 땔나무〔穫薪〕는 땔나무로 쓸 수 있다는 뜻.

54 동인지자(東人之子): 동쪽 여러 나라의 사람들을 가리킴〔『석의(釋義)』〕.

55 직로불래(職勞不來): 직(職)은 주(主)와 통하여 직로(職勞)는 '주로 수고만 시키는 것'. 또는 직(職)을 지(只)로 풀기도 하며 뜻은 거의 같다. 래(來)는 래(勑)와 통하여 위로받는 것.

56 서인지자(西人之子): 서쪽 나라 사람들로, 대개는 주(周)나라 사람을 뜻한다. 그러나 일설에는 당시 방백국인 제(齊)나라의 백성들이라고 했다.

57 찬찬(粲粲): 선명한 모습. 동쪽의 자기들만 고생하지 서쪽의 주나라 또는 제나라 사람들은 옷 잘 입고 잘 산다는 뜻.

58 주인지자(舟人之子): 주(舟)는 주(周)로 쓰는 것이 옳다고 했다(『정전』). 그러나 일설에는 고대 동북(東北)의 소수민족을 학(貈)이라 하였고, 글자는 맥(貊)·맥(貉)으로 썼다. 즉 북방인(北方人) 또는 북방의 나라라고 하였다. 아래의 곰 가죽으로 옷을 만들어 입는 등은 주(周)나라로 보기보다는 북방의 부여(扶餘)·예맥(濊貊)에 가깝다.

59 웅비시구(熊羆是裘): 웅(熊)은 곰. 비(羆)는 말곰. 구(裘)는 갖옷. 곰 등의 가죽으로 갖옷 만들어 입는 것을 말한다. 또는 구(求)와 통하여 구한다는 뜻으로도 보고, 두 가지 해석이 가능하다. 첫째는 손작운(孫作雲)의 해석으로 주나라 왕족이나 관리들이 곰 사냥을

私人之子[60]를 사 인 지 자	연나라 가신의 자제들은
百僚是試[61]로다 백 료 시 시	이 사람들을 온갖 노예로 쓴다
或以其酒[62]라도 혹 이 기 주	어쩌다 술이 있다고 하더라도
不以其漿[63]이며 불 이 기 장	좋은 술은 아니고
鞙鞙佩璲[64]도 현 현 패 수	길게 늘어뜨린 아름답다는 패옥도
不以其長이로다 불 이 기 장	긴 것이 아니다

좋아하는 것, 둘째는 구맥(九貊)의 백성들은 주왕(周王) 및 방백(方伯)인 연(燕)나라가 동북의 특산인 진귀한 모피(毛皮)를 지나치게 요구하고 부렴(賦斂)하므로 어쩔 수 없이 종일 위험한 사냥을 해야 하는 처지에 있다는 것을 말한다〔유운흥(劉運興), 『시의지신(詩義知新)』〕.

60 사인지자(私人之子): 사인(私人)은 「대아·숭고(大雅·崧高)」 시의 "천기사인(遷其私人)"의 사인(私人)과 같은 말로, 개인의 가신(家臣)을 가리킨다. 그래서 이 구는 주나라의 가신(家臣)들로서 동쪽 나라에서 벼슬하는 사람들이라 했다〔『석의(釋義)』〕. 또는 사가(私家)의 노예로 보기도 한다. 그러나 일설에는 사(私)는 현조(玄鳥)를 나타내는 을(鳦: yi)·을(乙)과 발음 및 그 옛 글자체가 유사하다 하여 연(燕)나라로 본다. 즉 방배국인 연나라 사람들의 자제(子弟).

61 백료시시(百僚是試): 백료(百僚)는 모든 벼슬자리. 시(試)는 시험하다, 쓰다〔용(用)〕. 즉 벼슬자리엔 전부 사인(私人) 주나라의 가신인 관리의 자식이 쓰고 있다는 것. 또는 백예(百隷)와 같이 집안에 있는 모든 종류의 노예들을 말한다고 한다. 즉 『춘추좌전』에 나오는 여(輿)·예(隷)·료(僚)·복(僕)·대(臺)·어(圉)·목(牧) 등〔손작운(孫作雲), 『시경여주대사회연구(詩經與周代社會硏究)』〕.

62 혹이기주(或以其酒): '간혹 술이 있다고 하더라도'의 뜻〔『석의(釋義)』〕.

63 불이기장(不以其漿): 장(漿)은 박주(薄酒), 즉 담백한 술〔담주(淡酒)〕. 또는 여기서는 술안주로 마시는 술국이라고도 함. 그것만큼도 여기지 않는다는 뜻. 또는 술로 생각하지 않는다, 충분하다고 여기지 않는다.

64 현현패수(鞙鞙佩璲): 현현(鞙鞙)은 노리개를 길게 늘어뜨린 모양(『집전』). 패(佩)는 허리에 차다. 수(璲)는 수(襚)와 통하여 수수(綬襚), 곧 인끈의 뜻〔『통석(通釋)』〕. 인끈은 길수록 귀한 것인데 여기서 길지 않다고 한 것은 곤궁한 모양을 나타낸 것이다. 또는 장(長)에는 여(餘)의 뜻이 있어 주(周)나라 또는 제(齊)나라 사람들에게 남아도는 패옥조차도 동쪽 사람에게는 없다는 뜻.

維天有漢[65]하니 유 천 유 한	하늘엔 은하수
監亦有光[66]이며 감 역 유 광	빛나 보이고
跂彼織女[67]이 기 피 직 녀	마음과 힘 기울이는 저 직녀성
終日七襄[68]이로다 종 일 칠 양	하루에도 일곱 번 베틀에 오른다

雖則七襄이나 수 즉 칠 양	일곱 번 베틀에 올라도
不成報章[69]이며 불 성 보 장	비단 베 한 조각 짜내지 못하고
睆彼牽牛[70]이 환 피 견 우	반짝이는 저 견우성
不以服箱[71]이로다 불 이 복 상	수레 한 번 끌지 못한다
東有啓明[72]이요 동 유 계 명	동쪽에는 새벽 샛별

---

65 한(漢): 은한(銀漢) 곧 은하(銀河)를 말한다.

66 감역유광(監亦有光): 감(監)은 보다, 살피다. 또는 감(鑑)과 통하는데, 이는 청동기로 물을 채우는 것이며 또한 물을 채워서 사람을 비춰 보는 것. 역(亦)은 어조사. 은하수가 사람을 비추는데 빛만 있지 그림자가 보이지 않으므로 실제의 빛이 아니라는 뜻(여관영(余冠英), 『시경선(詩經選)』).

67 기피직녀(跂彼織女): 기(跂)는 발돋움하고 바라보는 것(『석의(釋義)』). 또는 제기(踶跂)와 같으며 마음과 힘을 기울이는 모양(『집운(集韻)』). 직녀(織女)는 별 이름.

68 종일칠양(終日七襄): 양(襄)은 베틀에 오르는 것. 이 구는 하루에 일곱 번이나 베틀에 오르는 것. 별이 순행하는 데 있어 묘시(卯時)와 유시(酉時) 사이 즉 아침부터 저녁까지 별이 일곱 번 위치를 옮긴다(『집전』)는 데서 그렇게 말한 것인데, 동쪽 백성들의 노고에 비유한 것이다.

69 불성보장(不成報章): 보(報)는 반(反)의 뜻으로(『모전』), 베를 짤 때 북이 한번 왔다 갔다 하는 것(『공소(孔疏)』). 장(章)은 무늬를 이루는 것. 그래서 보장(報章)은 직녀가 짠 비단의 무늬.

70 환피견우(睆彼牽牛): 환(睆)은 별이 반짝거리는 것. 견우(牽牛)는 별 이름.

71 불이복상(不以服箱): 복(服)은 가(駕)의 뜻으로(『석의(釋義)』), 수레를 끄는 것. 상(箱)은 거상(車箱)으로(『모전』), 수레에서 사람이 올라타는 부분을 말한다.

72 계명(啓明): 금성(金星)으로 샛별.

西有長庚[73]이며
서 유 장 경
서쪽에는 저녁 샛별

有捄天畢[74]이
유 구 천 필
구부정한 천필성(天畢星)만

載施之行[75]이로다
재 시 지 행
줄지어 펼쳐 있다

維南有箕[76]하니
유 남 유 기
남쪽에 키 모양의 기성

不可以簸揚[77]이며
불 가 이 파 양
곡식 까불 수 없고

維北有斗[78]하니
유 북 유 두
북쪽에 국자 모양의 북두성

不可以挹酒漿[79]이로다
불 가 이 읍 주 장
술 뜰 수 없어라

維南有箕하니
유 남 유 기
남쪽의 기성은

載翕其舌[80]이며
재 흡 기 설
혀 말아 사람을 삼킬 듯

---

73 장경(長庚): 계명(啓明)과 같은 별이나, 서쪽에 있을 때에는 장경, 새벽 동쪽에 있을 때에는 계명이라 부른다.

74 유구천필(有捄天畢): 유구(有捄)는 성좌(星座)의 모양이 구부정하고 긴 것. 천필(天畢)은 성좌 이름. 필(畢)은 짐승을 잡는 그물로 긴 자루에 달린 그물. 이 성좌의 모양이 그렇게 생긴 데서 붙여진 이름〔『석의(釋義)』〕.

75 재시지행(載施之行): 재(載)는 어조사. 시(施)는 설(設)과 통하여 벌려 있는 것. 행(行)은 행렬(行列), 줄지은 것〔『석의(釋義)』〕. 또는 도로.

76 유남유기(維南有箕): 기(箕)는 성좌 이름으로, 곡식을 불리는 데 쓰는 키같이 생긴 데서 붙여진 이름. 기(箕: ji)는 제(齊: qi, ji)와 동음이고, 두(斗)는 그 작용인 뜨고 퍼내는 것인 읍(挹)이 구(斞)와 통용되는데, 이 구(斞)는 석(奭)과 두(斗)가 결합된 글자로, 연(燕)나라의 시조인 소공(召公) 석(奭)을 은근히 칭하는 것으로 볼 수 있다. 제나라는 연나라의 남쪽이고 연은 제의 북쪽이다. 교묘하게 합치된다. 주(周) 왕조를 대신하여 동인들을 약탈하며 탐욕을 채우는 것을 비난한 것.

77 파양(簸揚): 파(簸)는 까불리다. 양(揚)은 위로 올려 바람에 불리는 것. 즉 키로 곡식을 까불러 날리는 것.

78 두(斗): 남두성(南斗星)〔『공소(孔疏)』〕. 여섯 개의 별로 구성되어 있는데 국자같이 생긴 성좌로 기성(箕星)의 북쪽에 있다.

79 읍(挹): 읍(挹)은 떠내는 것〔요(舀)〕.

80 재흡기설(載翕其舌): 흡(翕)은 인(引)의 뜻. 혀를 안으로 끌어당겨 수축되어 있음과 같은

維北有斗하니
유 북 유 두

西柄之揭[81]이로다
서 병 지 게

북쪽의 북두성은

서쪽으로 난 자루 들어 퍼가려는 듯

◈ 해설

동쪽의 여러 나라들이 서쪽 주 왕실(周王室)의 차별 대우와 과중한 부역을 원망한 시이다. 동쪽의 나라 사람들이란 주나라가 멸망시킨 은(殷)나라의 유민들일 것이고, 이들의 저항에 대한 주 왕실의 정책은 자연 가혹한 점도 없지 않았을 것이다. 이 작품은 이러한 정국에서 초래된 착취와 차별 대우와 생활고 등을 호소한 것이다. 특히 제6, 7장은 하늘을 우러러 하소연하여도 아무 소용이 없을뿐더러 오히려 하늘조차 서쪽의 주 왕실만 돕고 동쪽 사람들을 착취하려 한다고 하여 극도의 원망을 나타내었다.

4. 사월(四月)

사월

四月維夏[82]이요
사 월 유 하

사월 달 여름이 시작하더니

것으로, 기성(箕星)이 마치 혀를 말아 물건을 삼킬 듯한 모양을 하고 있음을 말한다(『전소(傳疏)』).

81 서병지게(西柄之揭): 서병(西柄)은 남두성의 자루가 언제나 서쪽으로 뻗어 있음을 뜻한다(『집전』). 게(揭)는 들다. 국자같이 생긴 남두성은 자루를 들어 밑의 사람들의 물건을 떠가려는 듯이 보인다는 것. 이 구절은 동쪽 나라 백성들이 하늘의 별을 보면서 고생하는 자기들을 모른 체하는 하늘을 원망한 것이다.

82 사월유하(四月維夏): 사월(四月)은 하력(夏曆)으로 지금의 음력과 같다. 유(維)는 시(是).

六月徂暑[83]니라 / 유월조서 — 유월 달엔 무더위가 한창이네

先祖匪人[84]가 / 선조비인 — 나의 조상님은 사람이 아니런가

胡寧忍予[85]오 / 호녕인여 — 어찌하여 날 버려두시는 걸까

秋日凄凄[86]하니 / 추일처처 — 가을이라 으스스 스산한 날씨

百卉具腓[87]로다 / 백훼구비 — 초목들 모두 시들어 말라 죽었네

亂離瘼矣[88]니 / 난리막의 — 난리와 근심으로 병이 깊으니

爰其適歸[89]오 / 원기적귀 — 어디로 돌아갈 거나

冬日烈烈[90]하니 / 동일열렬 — 겨울날 매운 추위 살을 에는 듯하고

飄風發發[91]이로다 / 표풍발발 — 회오리바람 사납게 불어대누나

여름이 시작된다는 말. 음력 4월에 입하(立夏)가 있다.

83 유월조서(六月徂暑): 조(徂)는 가는 것. 조서(徂暑)는 '더위로 간다' 곧 '한창 더워진다'는 뜻. 유월에는 화성(火星)이 정남(正南)에 와서 더위가 극도에 이르게 된다.

84 선조비인(先祖匪人): 비인(匪人)은 사람으로 취급하지 않는 것. 선조에 대한 원망의 말. 또는 인(人)을 타인(他人)으로 보고 '선조는 타인이 아닌데'의 뜻으로도 푼다〔청(淸) 왕부지(王夫之, 1619~1692), 『시경패소(詩經稗疏)』〕.

85 호녕인여(胡寧忍予): 녕(寧)은 내(乃)의 통하여〔『석의(釋義)』〕, 이에. 인(忍)은 차마 이토록 나로 하여금 고통을 당하게 할 수 있느냐의 뜻.

86 처처(凄凄): 쌀쌀해지는 것.

87 백훼구비(百卉具腓): 백훼(百卉)는 모든 초목. 구(具)는 구(俱)이며, 비(腓: 장딴지, 다리 베는 형벌)는 병(病)이나 변(變)으로 해석하는데 미(靡: 쓰러져서 말라죽다)에 가깝다.

88 막(瘼): 병이 나는 것(『모전』).

89 원(爰): 원(爰)은 의문대명사로 '어디로'의 뜻. 『공자가어(孔子家語)』에는 '해(奚)'로 인용되어 있다.

90 열렬(烈烈): 매섭게 추운 모양(『정전』).

91 표풍발발(飄風發發): 표풍(飄風)은 회오리바람. 발발(發發)은 바람이 씽씽 부는 소리. 이상 네 구는 앞의 「소아·육아(小雅·蓼莪)」 시에도 보였음.

民莫不穀이어늘 민 막 불 곡	백성들은 모두다 잘들 사는데
我獨何害[92]오 아 독 하 해	어찌하여 나 홀로 괴로워하나
山有嘉卉[93]하니 산 유 가 훼	산에는 좋은 나무 있으니
侯栗侯梅[94]로다 후 율 후 매	밤나무 매화나무로다
廢爲殘賊[95]하니 폐 위 잔 적	크게 해치고 괴롭히면서
莫知其尤[96]로다 막 지 기 우	스스로의 허물을 알지 못하네.
相彼泉水[97]하니 상 피 천 수	흘러가는 저 샘물 바라보면
載淸載濁[98]이로다 재 청 재 탁	때에 따라 맑았다 흐렸다 하는데
我日構禍[99]하니 아 일 구 화	나는 나날이 재앙만을 당하니
曷云能穀[100]고 갈 운 능 곡	어찌하면 잘살 수 있으랴

---

92 아독하해(我獨何害): 「소아·육아(小雅·蓼莪)」 시 참조.

93 가훼(嘉卉): 수목(樹木)을 말하며, 현인(賢人)이나 시인 자신을 칭한다. 훼(卉)는 초목(草木)을 두루 칭하는 말이다.

94 후(侯): 유(維)와 같은 어조사(『정전』). 또는 시(是)의 뜻.

95 폐위잔적(廢爲殘賊): 폐(廢)는 지위에서 내쫓는 것. 또는 불(㚕)의 가차(假借)이며 불(㚕)은 대(大)의 뜻〔『통석(通釋)』〕. 위(爲)는 유연(猶然)·언(焉)의 뜻으로 부사나 형용사 뒤에 쓰인다. 잔적(殘賊)은 남을 해치는 사람. 또는 그러한 것.

96 우(尤): 잘못, 죄의 뜻(『정전』).

97 상(相): 보다.

98 재(載): 어조사로, 유(有)와 같은 뜻. 맑을 때도 있고 흐릴 때도 있다는 뜻.

99 구(構): 구(遘)의 가차로, '만나다, 당하다'의 뜻.

100 갈운능곡(曷云能穀): 갈운(曷云)은 하일(何日)의 뜻. 또는 '어찌하면〔何〕'. 능곡(能穀)은 능선(能善)과 같으며, 잘살 수 있게 되겠는가 라는 뜻.

滔滔江漢[101]이 도 도 강 한	도도하게 흐르는 양자강과 한수는
南國之紀[102]니라 남 국 지 기	남쪽 나라 살리는 젖줄이라네
盡瘁以仕[103]어늘 진 췌 이 사	부서져라 힘을 다해 섬겼건만
寧莫我有[104]오 영 막 아 유	어찌하여 나를 아니 챙겨 주시나
匪鶉匪鳶[105]이 비 단 비 연	저 독수리와 저 솔개는
翰飛戾天[106]이요 한 비 려 천	날개 치고 하늘로 오르네
匪鱣匪鮪[107]이 비 전 비 유	저 전어와 저 다랑어는
潛逃于淵이라 잠 도 우 연	못 속으로 깊숙이 숨네
山有蕨薇[108]요 산 유 궐 미	산에는 고사리와 고비가 있고
隰有杞桋[109]로다 습 유 기 이	진펄에는 구기자 가시목 있네

---

101 도도강한(滔滔江漢): 물이 질펀한 것. 강(江)은 장강(長江), 한(漢)은 한수(漢水).

102 기(紀): 강기(綱紀)의 뜻(『모전』). 남쪽 나라의 주류(主流)로서 모든 작은 흐름들을 받아들인다는 뜻으로, 반대로 주왕(周王)은 현인들을 받아들이지 못함을 비유하였다.

103 진췌이사(盡瘁以仕): 진(盡)은 전심전력(全心全力)을 다하다. 췌(瘁)는 병이 나다. 사(仕)는 사(事)와 같아서 벼슬하며 섬기는 것.

104 영막아유(寧莫我有): 녕(寧)은 어찌. 유(有)는 우(友)와 통하여, 가까이 잘 지내는 것(『석의(釋義)』).

105 비단비연(匪鶉匪鳶): 비(匪)는 피(彼)와 통함(『석의(釋義)』). 이하 모두 같다. 단(鶉)은 단(鷻)과 같으며, 대형 맹금(猛禽)류인 수리. 연(鳶)은 솔개.

106 한비려천(翰飛戾天): 한(翰)은 날개. 한비(翰飛)는 높이 나는 것. 여천(戾天)은 하늘에 닿는 것.

107 비전비유(匪鱣匪鮪): 전(鱣)은 전어. 유(鮪)는 다랑어. 모두 대어(大魚)이다. 새들은 하늘로 멀리 올라가고 물고기는 못 밑으로 깊이 달아나지만 자신은 도망갈 수도 없다는 것을 암시한다.

108 궐미(蕨薇): 궐(蕨)은 고사리. 미(薇)는 고비.

君子作歌하여 군 자 작 가	군자 여기에 노래 지어서
維以告哀하노라 유 이 고 애	이 내 설움 애타게 호소한다네

◈ 해설

「모시서」에 따르면, 대부가 유왕(幽王)을 풍자한 시로서, 조정에 있는 자들이 너무 지나치게 탐욕하고 잔인하기 때문에 제후의 나라에서는 더 이상 그 화를 입고 있을 수 없어서 그 원한을 풀고자 하는 전란이 한꺼번에 터지고 말았다고 한다. 또한 주희(朱熹)는 난리를 만나게 된 자기 스스로의 불행을 슬퍼하는 시라고 했다.

5. 북산(北山) 북쪽 산에 올라

陟彼北山하여 척 피 북 산	북쪽 산에 올라서서
言采其杞[110]로다 언 채 기 기	구기자를 뜯는다

---

109 습유기이(隰有杞桋): 기(杞)는 구기자나무. 이(桋)는 가시목. 잎새는 참나무 같은데 껍질이 희고 엷으며 나무가 단단해서 수레바퀴통을 만드는 데 흔히 쓰인다〔『석의(釋義)』〕.

110 언채기기(言采其杞): 언(言)은 어조사. 기(杞)는 구기자 열매. 구기자는 식용(食用)이 아니라 약용(藥用)일 것. 산에 올라 그 무엇을 캐고 따는 것은 아마도 당시의 일종의 관용어(慣用語)일 것으로, 높은 곳에 올라 걱정스런 생각들을 풀고 열매나 나물 등을 따고 캐면서 울적한 마음의 병을 다스리는 것이다.

偕偕士子[111]이 해 해 사 자	씩씩한 사나이들
朝夕從事나 조 석 종 사	아침저녁 일만 하네
王事靡盬[112]라 왕 사 미 고	나라님의 일 끝이 없어
憂我父母로다 우 아 부 모	부모님을 걱정하네

溥天之下[113]이 부 천 지 하	넓고 넓은 하늘 아래가
莫非王土며 막 비 왕 토	다 임금님 땅이며
率土之濱[114]이 솔 토 지 빈	모든 땅 가의 사람
莫非王臣이어늘 막 비 왕 신	모두가 임금님 신하이거늘
大夫不均[115]이라 대 부 불 균	대부들을 고루 쓰지 않아
我從事獨賢[116]이로다 아 종 사 독 현	내가 하는 일 유독 많네

四牡彭彭[117]하나 사 모 방 방	네 마리 말 건장하고

111 해해사자(偕偕士子): 해해(偕偕)는 건장하고 씩씩한 모양(『모전』). 사자(士子)는 사자(仕者), 곧 나랏일을 하는 벼슬아치(『모전』).

112 왕사미고(王事靡盬): 왕사(王事)는 나랏일. 미고(靡盬)는 끝 또는 그침이 없다는 뜻.

113 부(溥): 넓은 것, 보(普)의 뜻〔『석의(釋義)』〕.

114 솔토지빈(率土之濱): 솔(率)은 '모든'의 뜻. 빈(濱)은 물가 또는 가장자리. 옛사람들은 중국 땅의 사방 바깥은 모두 바다라고 생각하여 사해(四海)라고 불렀으며, 그 땅에 있는 모든 큰물인 구천(九川)을 터서 그에 이르게 한다고 하였다. 사람 사는 곳은 기본적으로 물이 있는 곳이었다.

115 대부불균(大夫不均): 불균(不均)은 균등하지 않다. 임금이 대부들을 고루 등용하고 고루 대우하지 않는 것. 또는 대부가 하는 일이 공정(公正)하지 않다. 또는 대부라고 해서 다 같은 것은 아니고 각자 맡은 바가 다르며 가지각색이라는 뜻으로도 푼다.

116 독현(獨賢): 홀로 어진 것. 현(賢)은 다(多)와 같으며 처음에는 재산〔패(貝)〕이 많은 것을 칭했으나 이후에는 많은 것을 넓게 칭한다.

王事傍傍[118]이로다
왕 사 방 방
나랏일 많기도 하네

嘉我未老[119]며
가 아 미 로
다행히도 이 몸 아직 늙지 않아

鮮我方將[120]하여
선 아 방 장
지금 바로 한창이라

旅力方剛[121]이라
여 력 방 강
정력이 왕성하여

經營四方이로다
경 영 사 방
온 나라를 보살피네

或燕燕居息[122]이어늘
혹 연 연 거 식
어떤 이는 한가하게 편히 쉬고 있는데

或盡瘁事國[123]하며
혹 진 췌 사 국
어떤 이는 온갖 고생하며 나랏일 하고

或息偃在牀[124]이어늘
혹 식 언 재 상
어떤 이는 침대에 누워 쉬는데

或不已于行[125]이로다
혹 불 이 우 행
어떤 이는 쉬지 않고 돌아다니네

或不知叫號[126]어늘
혹 부 지 규 호
어떤 이는 호출도 모른 채 놀고 있는데

---

117 방방(彭彭): 힘이 있고 보기에도 좋은 모양.

118 방방(傍傍): 성(盛)한 것〔『석의(釋義)』〕, 곧 많은 것.

119 가(嘉): 다행히도.

120 선아방장(鮮我方將): 선(鮮)은 선(善)과 통하며 앞의 가(嘉)와 비슷한 뜻. 장(將)은 장(壯)과 통하여(『모전』), 방장(方將)은 '막 한창'이란 뜻.

121 여력방강(旅力方剛): 려(旅)는 려(膂)와 통하며(『집전』), 여력(膂力)은 근육의 힘, 체력 또는 정력(精力)의 뜻. 강(剛)은 강건(强健)한 것.

122 혹연연거식(或燕燕居息): 혹(或)은 혹유(或有). 연연(燕燕)은 즐기는 모습. 거식(居息)은 땅에 앉거나 누워 쉬는 것.

123 진췌(盡瘁): 병이 나도록 수고를 다하는 것.

124 식언(息偃): 식(息)은 휴식. 언(偃)은 눕다. 곧 누워서 쉬는 것.

125 불이우행(不已于行): 우행불이(于行不已)의 도치문. 돌아다님 또는 분주하게 오가는 것이 그침이 없다는 것.

126 부지규호(不知叫號): 윗전에서의 어떤 명령이나 호출이 있는지도 모른다. 즉 집 안에 깊숙이 들어앉자 안일(安逸)하게 놀고 있는 것. 또는 스스로의 고통을 외칠 줄도 모른

或慘慘劬勞[127]하며 혹 참 참 구 로	어떤 이는 비참하게 고생만 하고 있네
或棲遲偃仰[128]이어늘 혹 서 지 언 앙	어떤 이는 느긋하게 뒹굴고 있고
或王事鞅掌[129]이로다 혹 왕 사 앙 장	어떤 이는 나랏일에 여념이 없네

或湛樂飮酒[130]어늘 혹 담 락 음 주	어떤 이는 즐거이 술을 마시고
或慘慘畏咎[131]하며 혹 참 참 외 구	어떤 이는 탈이 날까 두려워하네
或出入風議[132]어늘 혹 출 입 풍 의	어떤 이는 들락날락하며 입만 놀리고
或靡事不爲[133]로다 혹 미 사 불 위	어떤 이는 안 하는 일 없이 수고하네

다, 즉 고통을 감내하면서 묵묵히 시키는 대로 일만 한다는 뜻. 제5장의 구성을 풀어 보면 제4장과 제6장의 구성과 마찬가지로 '락(樂)－고(苦)－락－고'의 대칭 방식으로 진행되는 것이 타당해 보이는데, 이 첫 구절을 고(苦)로 보면 형평이 맞지 않다. 그래서 전자로 해석한다.

127 참참구로(慘慘劬勞): 참참(慘慘)은 처참한 모양. 또는 우려하여 불안한 모양. 구로(劬勞)는 고생스럽게 일을 하여 지치다.

128 서지언앙(棲遲偃仰): 서지(棲遲)는 놀며 편히 지내는 것. 언앙(偃仰)은 이리저리 뒹굴뒹굴하며 편히 지내는 것.

129 앙장(鞅掌): 앙(鞅)은 하(荷)와 통함(『정전』). 장(掌)은 봉(捧)과 통하여, 손으로 들고 다니는 것(『정전』). 따라서 앙장(鞅掌)은 짐을 짊어지고 물건을 들고 다닌다는 뜻으로 수고를 많이 함을 말한다. 또는 사람에게 일이 많은 모양〔『통석(通釋)』〕.

130 담락(湛樂): 담(湛)은 빠지는 것. 즉 과도하게 향락(享樂)하는 것.

131 외구(畏咎): 일을 잘 못하여 죄를 지게 되지나 않을까 두려워하는 것.

132 풍의(風議): 바람을 일으키듯 멋대로 떠들고 다니는 것. 방언(放言)과 유사하며, 떠들면서 책임을 지지 않는 것.

133 미사불위(靡事不爲): 하지 않는 일이 없다는 뜻으로, 지나치게 수고함을 말한다.

◈ 해설

행역(行役)에서 사람을 부리는 꼴이 공평치가 않고 자기 홀로 나랏일에 힘을 쓰며 고생하게 되어 부모를 봉양하지 못하는 점을 한탄한 시이다. 일은 남보다 몇 배 더 하면서도 남처럼 대우를 못 받는 데 대한 불평이 시 전체에 깔려 있다.

6. 무장대거(無將大車)　　큰 수레 몰지 마라

無將大車[134]어다 무 장 대 거	큰 수레를 몰지 마오
祇自塵兮[135]리라 지 자 진 혜	먼지만 뿌옇게 뒤집어쓰리
無思百憂어다 무 사 백 우	생각지 마오 백 가지 시름
祇自疧兮[136]리라 지 자 저 혜	자기 몸만 상하리니

無將大車어다 무 장 대 거	큰 수레를 몰지 마오
維塵冥冥[137]이리라 유 진 명 명	먼지만 자욱하리
無思百憂어다 무 사 백 우	생각지 마오 백 가지 시름

---

134 무장대거(無將大車): 장(將)은 도와서 나가게 한다〔부진(扶進)〕는 뜻, 즉 몰고 나아가는 것. 대거(大車)는 평지에서 짐을 싣는 큰 수레 또는 소가 끄는 수레를 말한다〔『공소(孔疏)』〕.

135 지자진혜(祇自塵兮): 지(祇)는 적(適)의 뜻(『정전』)으로, '다만, 오직'. 자진(自塵)은 스스로 먼지를 뒤집었다는 것.

136 저(疧): 기(疧)로 씀이 옳다〔『석의(釋義)』〕. 병이 많은 것.

137 유진명명(維塵冥冥): 명명(冥冥)은 자욱하게 먼지가 나는 모양.

不出于熲[138]이리라
불 출 우 경

불안에서 벗어나지 못하리니

無將大車어다
무 장 대 거

큰 수레를 몰지 마오

維塵雍兮[139]리라
유 진 옹 혜

먼지가 온 몸을 뒤덮으리

無思百憂어다
무 사 백 우

생각지 마오 백 가지 시름

祇自重兮[140]리라
지 자 중 혜

마음만 더욱 무거우리

◈ 해설

「모시서」에서는 어진 대부가 소인과 함께 일한 것을 뉘우치는 시라 하였고, 〈삼가시(三家詩)〉에서도 비슷한 설이 있다. 그러나 주희(朱熹)는 행역(行役)하는 사람들의 괴로움을 노래한 것이라 주장하면서 큰 수레를 모는 행역(行役)의 실지 풍경을 묘사한 것으로 보았다. 그리고 소가 끄는 수레라고 하였는데, 그렇다면 무거운 짐을 싣고 옛날의 도로 위를 가는 것이니 먼지를 많이 뒤집어쓸 수밖에 없다. 이 시의 작자는 이것으로 부담이 막중하면서도 이익도 없는 도로(徒勞)에 불과한 업무를 담당하며 시름과 고통에 병드는 통치자들을 비유했을지 모른다.

각 장의 첫 두 구절은 다만 뒤에 오는 내용을 수식하는 역할을 할 뿐이라고 볼 수도 있다. 백 가지 시름이 있다 한들, 그것을 괴로워하며 생각한들 무슨 소

---

138 불출우경(不出于熲): 마음속의 불안을 떨치고 벗어날 방도가 없다는 뜻. 경(熲)은 경(耿)과 통하여, 마음이 불안하여 귀가 달아오르는 것『통석(通釋)』. 또는 경(警)·경(儆)과 통하여 경계(警戒)를 벗어나지 않는 것을 말한다.

139 옹(雍): 앞을 가리도록 자욱하게 먼지가 이는 것.

140 중(重): 무겁다. 또는 병이 가중(加重)되는 것. 또는 루(累)의 뜻『모전』, 곧 거북한 일이 생기는 것.

용이 있겠느냐는 식의 간단한 노래로 본다.

7. 소명(小明) 밝은 하늘

明明上天[141]이 (명명상천) 밝고 밝은 하늘이
照臨下土[142]니라 (조림하토) 하늘 아래 온누리 비추네
我征徂西[143]하여 (아정조서) 이 몸이 나서서 서쪽에 가니
至于艽野[144]하니 (지우구야) 머나먼 황무지 변방에 왔네
二月初吉[145]이러니 (이월초길) 12월 동짓달의 상순이니
載離寒暑[146]로다 (재리한서) 어느 틈에 여름 가고 겨울 지났네

---

141 명명상천(明明上天): 밝고 밝은 하늘.

142 조림하토(照臨下土): 군왕이 천하의 일을 살피고 다스리는 것으로 비유할 수 있겠지만(『정전』), 『시경』 속의 '천(天)', '호천(昊天)', '민천(旻天)', '상천(上天)' 등은 대개는 그냥 하늘을 지칭한다. 여기서는 하늘이 인간 세상의 불평(不平)을 굽어 살펴 주기를 바라는 것.

143 아정조서(我征徂西): 정(征)은 정벌 또는 행역(行役) 가는 것. 조(徂)는 향해 가는 것.

144 구야(艽野): 구(艽)는 나라의 끝 또는 궁벽한 땅. 그래서 구야(艽野)는 머나먼 변방의 황무지를 말한다.

145 이월초길(二月初吉): 주력(周曆) 2월은 하력(夏曆) 12월에 해당한다. 초길(初吉)은 음력 상순을 말하는데 반드시 초하루를 지칭하는 것이 아니라 초하루에서 10일까지, 일설에는 초하루에서 7, 8일까지를 이른다.

146 재리한서(載離寒暑): 재(載)는 조사로서 뜻은 없으며, 리(離)는 리(罹)와 통하여 거치다(經歷)는 뜻. 한서(寒暑)는 추위와 더위이지만 1년 세월의 대칭이다. 즉 한 번의 추위와 더위를 보냈다는 뜻이다. 또는 추위와 더위의 시달림을 겪었다는 뜻.

心之憂矣여
심 지 우 의

마음속 이 내 시름은

其毒大苦[147]로다
기 독 대 고

마치 독약처럼 쓰고 괴롭네

念彼共人[148]하니
염 피 공 인

뒤에 두고 온 친구 생각하면은

涕零如雨[149]로다
체 령 여 우

흐르는 눈물 비 오듯 하네

豈不懷歸리요
기 불 회 귀

어찌 돌아갈 생각 없으리

畏此罪罟[150]니라
외 차 죄 고

지은 죄의 그물이 두렵네

昔我往矣엔
석 아 왕 의

예전에 집을 나서서 떠나올 적에

日月方除[151]러니
일 월 방 제

해가 새로 바뀌는 봄이었는데

曷云其還[152]고
갈 운 기 환

어느 날에 다시 돌아가리오

歲聿云莫[153]로다
세 율 운 모

어느 틈에 이해도 저물어 가네

念我獨兮하니
염 아 독 혜

생각하면 나 홀로 외롭건만

我事孔庶[154]로다
아 사 공 서

내가 할 일 참으로 많기도 하네

---

147 기독대고(其毒大苦): 독(毒)은 근심이 심하여 마음이 독약을 먹은 것처럼 괴로운 것.

148 공인(共人): 공인(恭人)과 같으며 공손하고 근신(謹愼)한 사람으로 대개 조정에 있는 동료를 지칭한다. 제4, 5장의 '군자'가 이에 대응한다. 혹 집사람이나 고향 사람으로 해석한다면 시 전체의 뜻과 맞지 않다.

149 체령(涕零): 체(涕)는 눈물, 또는 눈물 흘리는 것. 영(零)은 물방울이 뚝뚝 떨어지는 것.

150 죄고(罪罟): 죄망(罪網), 즉 죄의 그물 또는 법망(法網)의 뜻. 자기 마음대로 집으로 돌아가려니 법망에 걸리게 될 것이 두렵다는 뜻.

151 일월방제(日月方除): 제(除)는 낡은 것을 없애고 새 것을 낳음(『모전』). 즉 해가 바뀜. 그래서 제야(除夜)는 한 해의 마지막 밤을 보낸다는 의미가 된다.

152 갈운(曷云): 하시(何時)의 뜻(『집전』).

153 세율운모(歲聿云莫): 세(歲)는 해. 율(聿)은 마침내. 모(莫)는 모(暮)의 본자(本字)로, '저물다, 저녁'의 뜻.

154 공서(孔庶): 심중(甚衆), 즉 매우 많다는 뜻.

心之憂矣에
심 지 우 의
마음속에 도사린 이 내 시름은

憚我不暇[155]로다
탄 아 불 가
끊임없이 덧없이 괴롭힌다네

念彼共人하여
염 피 공 인
뒤에 두고 온 친구 생각하면은

睠睠懷顧[156]로다
권 권 회 고
돌이켜 볼 때마다 그리워지네

豈不懷歸리요
기 불 회 귀
어찌 돌아갈 생각 없으리

畏此譴怒[157]니라
외 차 견 노
오로지 꾸지람이 두렵네

昔我往矣엔
석 아 왕 의
예전에 집을 나서서 떠나올 적에

日月方奧[158]러니
일 월 방 욱
따스한 봄날이었는데

曷云其還고
갈 운 기 환
어느 날에 다시 돌아가리

政事愈蹙[159]이로다
정 사 유 축
나랏일이 더욱 촉급하네

歲聿云莫라
세 율 운 모
어느 틈에 이 해도 저물어가고

采蕭穫菽[160]이리라
채 소 확 숙
다북쑥을 뜯으며 콩을 따네만

心之憂矣여
심 지 우 의
마음속 이 내 시름은

---

155 탄아불가(憚我不暇): 탄(憚)은 근심으로 병이 되는 것. 가(暇)는 틈, 겨를.

156 권권회고(睠睠懷顧): 권(睠)은 권(眷)과 통하며, 돌아오다. 권권(睠睠)은 돌아보는 모양. 회고(懷顧)는 그리움에 온 길을 되돌아보는 것.

157 견노(譴怒): 견책(譴責) 또는 죄책(罪責)의 뜻. 즉 죄를 문책하는 것.

158 욱(奧): 욱(燠)과 같은 글자로, 따스한 것.

159 정사유축(政事愈蹙): 정사(政事)는 제1장의 '我征徂西'와 같이 정역(征役)의 일, 즉 전쟁에 관계되는 일을 말한다. 그러나 크게 '나랏일'로 볼 수 있다. 축(蹙)은 급박 또는 재촉의 뜻.

160 채소확숙(采蕭穫菽): 채소(采蕭)는 땔나무로 쑥대를 베는 것. 확(穫)은 수확. 숙(菽)은 콩. 콩 등을 수확하는 계절은 이미 가을과 겨울의 사이에 있음을 말한다.

自詒伊戚[161]이로다 자 이 이 척	스스로 책망하고 슬퍼할 뿐
念彼共人하니 염 피 공 인	뒤에 두고 온 친구 생각하면은
興言出宿[162]이로다 흥 언 출 숙	밤중에도 일어나 어정대네
豈不懷歸리요 기 불 회 귀	어찌 돌아갈 생각 없으리
畏此反覆[163]이로다 외 차 반 복	억울한 누명 쓸까 걱정이라네

嗟爾君子[164]는 차 이 군 자	아아 이 세상의 군자들이여
無恒安處[165]어라 무 항 안 처	편안히 세월 보낼 생각 마시오
靖共爾位[166]하여 정 공 이 위	그대들 맡은 일에 힘을 다하여
正直是與[167]하며 정 직 시 여	마음 곧은 사람과 함께 일하면
神之聽之[168]면 신 지 청 지	신령께서도 이를 들으시고

---

161 자이이척(自詒伊戚): 이(詒)는 끼치다, 주다. 이(伊) 저, 이. 또는 어조사. 척(戚)은 근심하고 슬퍼하다. 스스로 걱정을 만든다는 뜻.

162 흥언출숙(興言出宿): 흥(興)은 자다가 일어나는 것. 언(言)은 어조사. 숙(宿)은 숙소.

163 반복(反覆): 죄를 뒤집어쓰는 것. 또는 반복(反復)과 같으며 변화무쌍하게 죄를 덮어씌우는 것. 그러나 복(覆)에는 살핀다는 뜻이 있어, 형옥(刑獄)을 살피는 것으로 이것이 두려워 감히 돌아가지 못한다는 뜻.

164 차이군자(嗟爾君子): 차(嗟)는 감탄사. 군자(君子)는 높은 벼슬하는 사람.

165 무항안처(無恒安處): 무(無)는 물(勿), 막(莫)과 같이 '―하지 마라'는 뜻. 항(恒)은 항상. 안처(安處)는 일하지 않고 편히 지내는 것. 항상 또는 오랫동안 편안하기를 탐하지 마라는 뜻.

166 정공이위(靖共爾位): 정(靖)은 일을 처리하는 것. 또는 선(善)과 같이 잘하다는 뜻. 공(共)은 공(恭)의 뜻으로〔『석의(釋義)』〕, 삼가다.

167 여(與): 함께 일하는 것. 또는 거(擧)와 통하여, 거행(擧行)·행사(行事)의 뜻.

168 신지청지(神之聽之): 신(神)은 『이아·석고(爾雅·釋詁)』에 신(愼) 곧 '삼가다', '신중히 하다'의 뜻이라 했다〔『통석(通釋)』〕. 그래서 신지(神之)는 친구와의 관계를 삼가 잘 지키는 것. 청(聽)은 종(從), 즉 듣고 따르는 것으로, 좋은 말을 잘 듣고 잘 어울리는 것. 「소아·벌목(小雅·伐木)」 시에서 보였음.

式穀以女[169]리라
식 곡 이 여

그대에게 많은 복 내리시리라

嗟爾君子는
차 이 군 자

아아 이 세상의 군자들이여

無恒安息이어다
무 항 안 식

편안히 세월 보낼 생각 마시오

靖共爾位하여
정 공 이 위

그대들 맡은 일에 힘을 다하여

好是正直[170]하며
호 시 정 직

마음 곧은 사람과 가까이하면

神之聽之하여
신 지 청 지

신령께서도 이를 들으시고

介爾景福[171]이어라
개 이 경 복

그대에게 크나큰 복 내리시기를

◈ 해설

주나라 대부가 2월에 서쪽 땅으로 종군(從軍)하여 해가 다가도록 돌아가지 못하므로 하늘을 부르며 호소한 시이다(『집전』). 대개 선왕(宣王) 때 험윤(玁狁) 정벌에 종군한 것으로 생각된다〔『석의釋義』〕.

「모시서」에선 대부가 난세에 벼슬한 것을 후회한 시라고 하였다.

이 편명을 왜 '소명(小明)'이라고 했는가? 『정전(鄭箋)』에서는 "유왕(幽王)이 날마다 그 총명함이 줄어들어 정사를 훼손한 것을 말한다"고 했다. 유왕이라 한 것은 믿을 바 못된다. 그러나 주어진 제목 '밝음이 작아진다', '작아지는 빛'이란

---

169 식곡이여(式穀以女): 식(式)은 어조사. 곡(穀)은 선(善)의 뜻. 착한 것, 좋은 것. 또는 녹(祿)의 뜻. 이(以)는 급(及)의 뜻〔『석의(釋義)』〕. 또는 주다〔與, 給〕의 뜻도 가능하다. 여(女)는 너. 이 구절은 좋은 일이 그대에게 미치리라는 뜻. '이여식곡(以女式穀)'의 도치문으로, 다음 장의 마지막 구절 '개이경복(介爾景福)'과 짝이 된다.

170 호(好): 애호(愛好).

171 개이경복(介爾景福): 개(介)는 빌다, 추구하다. 또는 주다. 경(景)은 큰 것.

또한 자신의 암담한 마음을 나타내는 것으로도 보인다. 그리운 고향엔 갈 수도 없고 매일 거친 들판에서 고생을 하자니 모든 광명이 줄어드는 듯한 기분을 느끼지 않을 수 없었을 것이다.

8. 고종(鼓鐘) 종소리

鼓鐘將將[172]하고 고 종 장 장	쇠북소리 쟁쟁 울리고
淮水湯湯[173]하니 회 수 상 상	회수는 넘실거리네
憂心且傷이로다 우 심 차 상	시름에 겨워 마음조차 아프니
淑人君子[174]에 숙 인 군 자	어여쁘신 임이시여
懷允不忘[175]이로다 회 윤 불 망	꿈에선들 잊으리까

---

172 고종장장(鼓鐘將將): 고(鼓)는 치다. 종(鐘)은 쇠북이라고도 한다. 장장(將將)은 쇠북 치는 소리. '종소리'라고 번역하면 현대에 와서 워낙 다양한 종이 있어서 그 의미가 달라질 수 있으므로 '쇠북소리'로 통칭한다.

173 회수상상(淮水湯湯): 회수(淮水)는 하남성 동백산(桐柏山)에서 시작하여 동쪽으로 하남·안휘·강소성 등을 거쳐 장강(長江)에 유입된다. 하류는 본래 바다로 들어가는 하도(河道)가 있었는데 황하가 범람한 후 큰 줄기가 강으로 유입되었다고 한다. 상상(湯湯)은 강물이 물결치는 모양. 애도하는 사람의 무덤이 회수가 보이는 곳에 있었던 것 같다〔『석의(釋義)』〕.

174 숙인군자(淑人君子): 숙인(淑人)은 맑고 선한 사람 또는 현인(賢人). 군자(君子)는 선군(先君)·선왕(先王)을 지칭하는 것으로 본다.

175 회윤불망(懷允不忘): 회(懷)는 품다. 윤(允)은 진실함의 뜻. 또는 회(懷)에는 지(至)의 뜻〔『이아(爾雅)』〕이 있고 윤(允)은 믿음의 뜻이 있는 바, 회윤(懷允)은 복합사(複合詞)로서 지덕(至德) 즉 최고의 덕이나 지신(至信) 곧 '지극한 믿음'으로 본다〔『정전』〕. 불망(不忘)은 잊을 수 없다는 뜻이 아니라, 불이(不已)의 뜻〔『석의(釋義)』〕으로 '끊임없다', '언제

鼓鐘喈喈[176]하고
고 종 개 개

淮水湝湝[177]하니
회 수 개 개

憂心且悲로다
우 심 차 비

淑人君子여
숙 인 군 자

其德不回[178]로다
기 덕 불 회

쇠북소리 쟁쟁 울리고
회수는 늠름하게 흐른다
시름에 겨워 슬퍼지니
어여쁘신 임이시여
그 덕망 올바르시네

鼓鐘伐鼛[179]하고
고 종 벌 고

淮有三洲[180]하니
회 유 삼 주

憂心且妯[181]로다
우 심 차 추

淑人君子여
숙 인 군 자

其德不猶[182]로다
기 덕 불 유

쇠북 치고 큰 북 울려
삼주에 회수 흐르니
시름에 마음 어지럽네
어여쁘신 임이시여
그 덕망 아니 미치리

나 그러하다'는 뜻이다. 즉 망(忘)은 망(亡)의 가차이다(「진풍 · 종남(秦風 · 終南)」 참조). 그들의 지극한 덕은 영원무궁하다는 뜻이다.

176 개개(喈喈): 장장(將將)과 같이 종을 치는 소리(『모전』).

177 개개(湝湝): 앞의 상상(湯湯)과 같이 강물이 물결치는 모양(『모전』).

178 불회(不回): 회(回)는 사(邪)의 뜻(『집전』)으로 간사한 것. 따라서 불회(不回)는 삿됨이나 그릇됨이 없었다는 말이다.

179 벌고(伐鼛): 벌(伐)은 격(擊) · 고(鼓)와 같은 뜻. 고(鼛)는 큰북.

180 삼주(三洲): 주(洲)는 섬 또는 모래톱. 회수 가운데 세 개의 모래로 된 섬이 있었는지, 아니면 삼주(三洲)라고 불렸던 섬이 있었는지는 분명하지 않다. 안풍진(安豊津) 쪽의 회수 가운데 섬이 있었는데 관주(關洲)라고 불렀으며 곽구현(霍邱縣) 북쪽에 있다고 했다(역도원(酈道元), 『수경주(水經注)』). 또 이 곽구현 동북쪽에 옛 이름으로 진회주(鎭淮洲)가 있었는데 파묻혀서 못이 되었다 한다(진환(陳奐)).

181 추(妯): 슬퍼하는 것.

182 불유(不猶): 불이(不已)의 뜻(『석의(釋義)』). 유(猶)는 또 속이다(사(詐))의 뜻이 있다.

鼓鐘欽欽[183]하고 고 종 흠 흠	쇠북소리 드높은데
鼓瑟鼓琴하며 고 슬 고 금	금슬이 어울리네
笙磬同音[184]하니 생 경 동 음	생과 경도 가락 맞춰
以雅以南[185]하며 이 아 이 남	아(雅)와 남(南)을 연주하고
以籥不僭[186]이로다 이 약 불 참	피리 잡고 추는 춤 의젓하시네

◈ 해설

「모시서」는 유왕(幽王)을 풍자한 것이라고만 하였고, 주희는 시의 뜻이 분명하지 않다고 하였으며 왕안석(王安石)의 말을 인용하여 유왕이 회수(淮水) 가에서 음악을 연주하며 돌아가기를 잊음에 사람들이 근심한 나머지 마음이 쓰라려 옛날의 군자를 잊지 못함을 읊었다고 하는데, 이 또한 확신할 수 없다고 하였다.

『정전(鄭箋)』에 의하면, 예부터 종고(鐘鼓)의 가락은 야외에서 하지 않는 것인데도 불구하고 지금 회수 가에 나와서 그 선왕의 음악을 연주하니 그것이 바로 예가 아님을 들어 비방하는 것이라고 하였다.

---

183 흠흠(欽欽): 종을 치는 소리.

184 생경동음(笙磬同音): 생(笙)은 생황. 경(磬)은 돌로 만든 타악기. 동음(同音)은 함께 소리를 내는 것 곧 합주하는 것.

185 이아이남(以雅以南): 이(以)는 위(爲)나 용(用)의 뜻. 아(雅)는 아악(雅樂)으로 중원(中原)의 정악(正樂)을 말한다〔『석의(釋義)』〕. 남(南)은 남쪽 나라의 음악(『모전』). 일설에는 둘 다 악기 이름. 아(雅)는 그 형체가 양쪽을 양가죽으로 입힌 칠통(漆筒)처럼 생겼다고 하였고〔장병린(章炳麟)〕, 남(南)은 종(鐘)을 만드는 틀의 모양인데 다시 변해서 방울〔령(鈴)〕로 되었다고 한다〔곽말약(郭沫若)〕.

186 이약불참(以籥不僭): 약(籥)은 피리. 또는 피리를 쥐고 불면서 추는 춤〔籥舞〕. 참(僭)은 어긋나다, 어지럽다〔난(亂)〕는 뜻. 불참(不僭)은 어지럽지 않고 질서 있게 잘 진행되는 것.

굴만리(屈萬里)는 "남국(南國)의 어떤 임금을 애도하는 시가 아닌가 한다"고 했는데 크게 걸림이 없는 해설인 것 같다. 궁중에서 연주되고 있는 아악(雅樂)의 화음을 들으면서 그 악기들의 음의 조화처럼 훌륭한 덕망을 지녔던 고인(故人)을 생각한다는 것이다.

9. 초자(楚茨) 더부룩한 가시나무

楚楚者茨[187]는 초 초 자 자	더부룩한 가시나무엔
言抽其棘[188]이로다 언 추 기 극	가시가 뾰족뾰족
自昔何爲[189]오 자 석 하 위	예부터 무얼 하였나
我蓺黍稷[190]이니라 아 예 서 직	메기장과 차기장 심었지
我黍與與[191]며 아 서 여 여	메기장도 무성하고
我稷翼翼[192]하여 아 직 익 익	차기장도 우거져서
我倉旣盈하며 아 창 기 영	창고도 그득 차고

---

187 초초자자(楚楚者茨): 초초(楚楚)는 무성하고 빽빽한 모양(『집전』). 자(茨)는 가시나무.

188 언추기극(言抽其棘): 언(言)은 어조사. 추(抽)는 솟아나 있다. 또는 빼다, 뽑다〔제(除)〕. 극(棘)은 가시. 이를 흥(興)으로 보면, 무엇을 뜻하는지 확실치 않다.

189 자석하위(自昔何爲): '예부터 왜 이렇게 하였나?' 또는 '고인(古人)들은 어떻게 살았나?'는 뜻.

190 아예서직(我蓺黍稷): 아(我)는 우리들. 예(蓺)는 심다. 서직(黍稷)은 차기장과 메기장. 옛날부터 제물로 쓰이는 대표적인 곡식이었다.

191 여여(與與): 번성한 모양(『정전』).

192 익익(翼翼): 번성한 모양(『정전』).

我庾維億[193]이로다 아 유 유 억	노적가리 산더미네
以爲酒食하여 이 위 주 식	술과 음식 장만하여
以享以祀[194]하며 이 향 이 사	제물 차려 제사 지내며
以妥以侑[195]하여 이 타 이 유	신주를 안치하고 술을 올리며
以介景福[196]이로다 이 개 경 복	큰 복 내리시기 비네

濟濟蹌蹌[197]하며 제 제 창 창	여럿이 왔다 갔다 하며
絜爾牛羊[198]하여 결 이 우 양	소와 양 정결히 잡아
以往烝嘗[199]하니 이 왕 증 상	제사를 지내러 가니
或剝或亨[200]하며 혹 박 혹 형	과일을 깎기도 하고 고기를 삶기도 하며
或肆或將[201]이로다 혹 사 혹 장	벌여 놓기도 하고 바치기도 하네

---

193 아유유억(我庾維億): 유(庾)는 곡식을 노천(露天)에 쌓아 놓은 노적가리. 억(億)은 본래는 가득 차있는 것[영(盈)]이었는데, 여기서는 많은 것을 형용한 말.

194 이향이사(以享以祀): 이(以)는 용(用)의 뜻. 향(享)은 제물을 바치는 것. 사(祀)는 제사 지내는 것.

195 이타이유(以妥以侑): 타(妥)는 조상의 신(神)을 상징하는 '시(尸)'를 맞이하여 자리에 안치시키는 것(『정전』). 유(侑)는 음식을 시(尸)에게 권하는 것(『정전』).

196 이개경복(以介景福): 개(介)는 빌다, 추구하다. 또는 주다. 경(景)은 큰 것.

197 제제창창(濟濟蹌蹌): 제제(濟濟)는 사람이 많은 모양. 창창(蹌蹌)은 제사 준비를 위하여 사람들이 왔다 갔다 하는 모양.

198 결이우양(絜爾牛羊): 결(絜)은 결(潔)과 통하며, 깨끗한 것. 우양(牛羊)은 제물로 쓸 소와 양.

199 이왕증상(以往烝嘗): 증(烝)은 겨울 제사. 상(嘗)은 가을 제사(『정전』). 증상(烝嘗)은 여기서는 일반적으로 제사 전부를 가리킨다.

200 혹박혹형(或剝或亨): 박(剝)은 희생(犧牲)을 도살하고 가죽을 벗기는 것. 팽(亨)은 팽(烹)과 같은 글자로, 고기를 삶는 것.

祝祭于祊[202]하니 축 제 우 팽	축관이 사당 문 안에서 제사 지내니
祀事孔明[203]하며 사 사 공 명	제사가 매우 잘 진행되네
先祖是皇[204]하여 선 조 시 황	조상들 돌아오시어
神保是饗[205]이시니 신 보 시 향	선조의 혼이 제사 잡수시니
孝孫有慶[206]하여 효 손 유 경	효성스런 자손은 복이 있어
報以介福[207]하니 보 이 개 복	큰 복을 보답으로 받아
萬壽無疆이로다 만 수 무 강	만수무강하겠네

執爨踖踖[208]하여 집 찬 적 적	날렵하게 음식 만들고

---

201 혹사혹장(或肆或將): 사(肆)는 진(陳)의 뜻으로(『모전』), 제물을 진열하는 것. 장(將)은 제물을 받들고 나가는 것.

202 축제우팽(祝祭于祊): 축(祝)은 제사 지낼 때 제례(祭禮)를 진행하며 신에게 축도(祝禱)의 글을 올리거나 신의 말을 전달하는 사람. 팽(祊)은 사당 문 안을 뜻하며, 사당 문 안에서 축(祝)이 먼저 제사 지내는 것은 신들을 인도하는 뜻이다(『정전』). 팽(閍)으로도 쓴다. 대개는 색제(索祭)라 하여 신령(神靈)이 이르도록 부르는 것이다. 사당의 안은 조상들의 신령들이 깃든 곳이지만 후손은 그 계신 곳을 알지 못하므로 이 제사를 지낸다.

203 공명(孔明): 매우 분명한 것, 매우 분명히 제대로 갖추어진 것. 또는 청결(淸潔)한 것.

204 황(皇): 왕(暀)과 통하여(『정전』), 돌아오는 것. 임하는 것. 또는 찬미(讚美)하는 것으로도 푼다.

205 신보시향(神保是饗): 신보(神保)는 신고(神考)의 이명(異名), 곧 돌아가신 아버지나 할아버지를 가리킴[왕국유(王國維)]. 또는 '시(尸)'에 대한 미칭(美稱)으로 영보(靈保)라고도 한다. 혼령이 그 몸에 붙는다고 무당들이 말하는데, 이것이 옛날의 '시(尸)'이며, 그래서 중국 남방에서는 무당을 속칭(俗稱) 태보(太保)라고 하고 또 시인(尸人)이라고도 하였다. 향(饗)은 신이 제사를 받아 잡수시는 것을 말한다.

206 효손유경(孝孫有慶): 효손(孝孫)은 효성스런 자손. 경(慶)은 복(福)을 가리킴(『집전』).

207 보이개복(報以介福): 보(報)는 은덕(恩德)에 보답하여 지내는 제사. 곧 보제(報祭)라고도 함. 또는 보답을 받는다는 뜻. 개복(介福)은 복을 빈다는 뜻.

208 집찬적적(執爨踖踖): 집찬(執爨)은 부엌일을 하는 것, 곧 음식을 만드는 것. 적적(踖踖)은 빨리 움직이는 것(『이아(爾雅)』).

爲俎孔碩[209]하며 위 조 공 석	제기에 큰 짐승 담아 놓으며
或燔或炙[210]하며 혹 번 혹 적	굽기도 하고 지지기도 하고
君婦莫莫[211]하여 군 부 막 막	주부는 공경히 움직이며
爲豆孔庶[212]하니 위 두 공 서	음식 매우 많으니
爲賓爲客[213]이로다 위 빈 위 객	손님들 위한 것일세
獻酬交錯[214]하니 헌 수 교 착	술잔 서로 주거니 받거니
禮儀卒度[215]하며 예 의 졸 도	예의 모두 법도에 맞고
笑語卒獲[216]일새 소 어 졸 획	웃고 얘기하며 모두가 화합하니
神保是格[217]하여 신 보 시 격	조상들의 혼이 내려오셔서
報以介福하니 보 이 개 복	큰 복 내려 주시니
萬壽攸酢[218]이로다 만 수 유 작	장수하게 되셨네

---

209 위조공석(爲俎孔碩): 조(俎)는 짐승 제물을 담는 제기(祭器)(『집전』). 위조(爲俎)는 짐승 제물을 그릇에 담은 것. 공석(孔碩)은 매우 풍성하다.

210 혹번혹적(或燔或炙): 번(燔)은 고기를 굽는 것(『정전』). 적(炙)은 고기를 불에 지지는 것(『정전』).

211 군부막막(君婦莫莫): 군부(君婦)는 부녀자들, 주부들(『집전』). 군(君)은 군(群)의 뜻. 막막(莫莫)은 모모(慔慔)와 통하여 성실하게 힘쓰는 모양〔『통석(通釋)』〕.

212 위두공서(爲豆孔庶): 두(豆)는 안주 같은 것을 담는 제기(祭器). 서(庶)는 많다는 뜻.

213 위빈위객(爲賓爲客): 음식을 하는 것은 빈객(賓客)을 위한 것이라는 뜻. 빈객은 조제자(助祭者)일 수 있고〔『석의(釋義)』〕, 제사 후에 초대받은 사람들 일 수 있다.

214 헌수교착(獻酬交錯): 헌(獻)은 주인이 손님에게 술을 따라 권하는 것(『정전』). 수(酬)는 주인이 먼저 마시고 다시 손님에게 권하는 것을 말한다. 교착(交錯)은 서로 주거니 받거니 하는 것.

215 졸도(卒度): 졸(卒)은 모두. 도(度)는 법도에 맞는 것(『모전』).

216 획(獲): 득(得)과 통하여, 득의(得意)의 뜻(『집전』). 또는 확(矱)으로 읽고 자〔척(尺)〕, 규구(規矩), 법의 뜻〔우성오(于省吾)〕.

217 격(格): 신이 강림하는 것〔『석의(釋義)』〕.

218 유작(攸酢): 유(攸)는 이(以)의 뜻. 작(酢)은 보답의 뜻(『집전』).

我孔熯矣[219]니 아 공 한 의	매우 삼가
式禮莫愆[220]알새 식 례 막 건	예에 어긋남이 없는데
工祝致告[221]하되 공 축 치 고	축관이 기도를 드리기를
徂賚孝孫[222]하시며 조 뢰 효 손	효성스런 자손에게 복 내려 주십사 하며
苾芬孝祀[223]하니 필 분 효 사	향 피우고 제사 드리니
神嗜飮食[224]하여 신 기 음 식	조상의 신은 음식을 즐기시고
卜爾百福[225]하되 복 이 백 복	여러 가지 복
如幾如式[226]이며 여 기 여 식	바라는 대로 법도대로 내려주시네
旣齊旣稷[227]이며 기 제 기 직	공경스럽고 날렵하며
旣匡旣勅[228]일새 기 광 기 칙	올바르고 정제하게 제사 지내니

219 한(熯): 공경(恭敬)하다. 또는 근(謹)의 뜻〔우성오(于省吾), 『신증(新證)』〕.

220 식례막건(式禮莫愆): 건(愆)은 과실. 곧 예에 어긋남이 없다는 뜻.

221 공축치고(工祝致告): 공(工)은 관(官)과 통하여 공축(工祝)은 축관(祝官) 곧 제사 지낼 때 축(祝)을 읽는 관원〔『통석(通釋)』〕. 치고(致告)는 기도를 드리는 것.

222 조뢰(徂賚): 조(徂)는 가다. 또는 차(且)와 같다. 뢰(賚)는 주다, 하사하다. 즉 신이 가서 복을 내려달라고 하는 것〔『석의(釋義)』〕.

223 필분효사(苾芬孝祀): 필분(苾芬)은 향을 피우는 것, 향기가 나는 것. 효사(孝祀)는 향사(享祀)와 같으며 조상의 혼령이 제물을 흠향(歆饗)하시는 것〔『통석(通釋)』〕.

224 기(嗜): 즐기다.

225 복(卜): 주다.

226 여기여식(如幾如式): 기(幾)는 기(期)와 통하여〔『모전』〕, 여기(如幾)는 기대한 것처럼. 여식(如式)은 법도대로. 곧 제사 예절이 법도나 규정에 잘 맞았다는 뜻.

227 기제기직(旣齊旣稷): 제(齊)는 재(齋)와 통하여〔『석의(釋義)』〕, 공경스러운 것. 직(稷)은 질(疾)과 통하여〔『모전』〕, 일을 날렵하고 신속하게 하는 것.

228 기광기칙(旣匡旣敕): 광(匡)은 올바르게 하다. 칙(敕)은 정제(整齊)히 하는 것〔『석의(釋義)』〕.

永錫爾極[229]하되
영 석 이 극
오래도록 복 내리심을

時萬時億[230]이니라
시 만 시 억
이루 헤아릴 수 없이 많이 하시네

禮儀既備하며
예 의 기 비
예의 다 갖추고

鐘鼓既戒[231]하여
종 고 기 계
악기도 모두 갖추어 연주하며

孝孫徂位[232]하니
효 손 조 위
효성스런 자손 자리에 드니

工祝致告[233]로다
공 축 치 고
축관이 기도를 드리네

神具醉止[234]라
신 구 취 지
신들이 모두 취하여

皇尸載起[235]어늘
황 시 재 기
신주가 자리에서 일어나자

鼓鐘送尸[236]하니
고 종 송 시
풍악 울리며 신주를 전송하니

神保聿歸[237]로다
신 보 율 귀
조상들의 신도 마침내 돌아가시네

---

229 영석이극(永錫爾極): 석(錫)은 사(賜)와 통하여, 내려 주다. 극(極)은 중정(中正)과 통하여 선(善)의 뜻. 좋은 일.

230 시만시억(時萬時億): 시(時)는 시(是)와 통한다(『정전』). 만(萬)은 억(億)과 함께 내리시는 좋은 일이 많음을 뜻한다.

231 계(戒): 비(備)와 통하여(『석의(釋義)』), 갖추는 것. 즉 이미 준비가 다 되었다는 것.

232 효손조위(孝孫徂位): 효손이 자리로 가다. 즉 제례가 끝난 뒤 효손이 당하(堂下) 서쪽으로 가서 자리 잡는 것이다(『모전』).

233 치고(致告): 공축(工祝), 즉 축관(祝官)이 신의 뜻을 대신하여 축복의 뜻을 바치거나 신의 뜻을 전달하는 것. 여기서는 의식의 진행 순서를 선포하는 것일 수 있다.

234 신구취지(神具醉止): 신(神)은 제사를 받는 조상의 신령. 구(具)는 구(俱)와 통하여 모두.

235 황시재기(皇尸載起): 황(皇)은 대(大)의 뜻. 존경의 뜻으로 붙인 것. 시(尸)는 제사 때 제사를 받는 조상을 살아 있는 사람으로 상징하는 것으로, 대개 사자(死者)의 손자뻘 되는 사람들로 한다. 신들이 모두 취하면 시(尸)가 일어나 나아간다(『공소(孔疏)』).

236 고종송시(鼓鐘送尸): 고종(鼓鐘)은 북과 종. 송시(送尸)는 신주(神主) 또는 시동(尸童)을 전송하는 것.

237 율(聿): 마침내.

諸宰君婦[238]이 제 재 군 부	여러 사람들과 주부가
廢徹不遲[239]하니 폐 철 부 지	재빨리 제상 물리고
諸父兄弟[240]이 제 부 형 제	집안 여러 사람들이
備言燕私[241]로다 비 언 연 사	모두 모여 잔치하네

樂具入奏하여 악 구 입 주	악기 모두 들여와 연주하며
以綏後祿[242]이로다 이 수 후 록	편안히 복을 누리네
爾殽既將[243]하니 이 효 기 장	안주 모두 들여오니
莫怨具慶[244]이라 막 원 구 경	아무런 한없이 모두가 즐기네
既醉既飽하여 기 취 기 포	모두 취하고 배부른 뒤에
小大稽首[245]로다 소 대 계 수	윗사람 아랫사람 모두 절하네

---

238 제재(諸宰): 재(宰)는 가신(家臣). 즉 가신들(『석의(釋義)』).

239 폐철부지(廢徹不遲): 폐(廢)는 치우는 것. 철(徹)은 거두다. 곧 제사 지낸 물건들을 철거하는 것. 부지(不遲)는 동작이 빠름을 말한다.

240 제부형제(諸父兄弟): 제사에 참석한 온 집안사람들을 가리킨다.

241 비언연사(備言燕私): 비(備)는 '모두 모여'의 뜻. 언(言)은 어조사. 연사(燕私)는 사연(私燕)으로, 제사가 끝난 뒤 동성(同姓)의 일가끼리 모여 하는 잔치(『정전』). 묘(廟)에서 제사 지내고 침(寢)에서 잔치를 하기 때문에, 제사 지낼 때 사용했던 악기도 모두 침(寢)으로 들여와 연주한다(『집전』). 규모가 좀 작다면 우리 식의 '음복(飮福)'이라 해도 무방할 것.

242 이수후록(以綏後祿): 수(綏)는 편안한 것(안(安)). 록(祿)은 복(福). 이 구절은 제사를 마친 후 신령이 남겨 준 술을 마시고 음식을 먹고 신이 내려 준 복을 받았다고 생각하는 것을 말한다. 또는 후(後)를 후(厚)로 풀기도 한다.

243 이효기장(爾殽既將): 효(殽)는 안주. 장(將)은 음식을 들여오는 것.

244 막원구경(莫怨具慶): 막원(莫怨)은 무원(無怨), 곧 이곳에 모인 여러 일가들 사이에 아무런 원망도 없는 것. 구경(具慶)은 모두가 다 같이 경하(慶賀)하며 즐기는 것.

245 소대계수(小大稽首): 소대(小大)는 장유(長幼)를 말함. 계수(稽首)는 끝으로 모두 함께 재배(再拜)하는 것.

神嗜飮食하여 신 기 음 식	신이 음식을 즐기시고
使君壽考[246]로다 사 군 수 고	자손들 오래오래 살게 하시네
孔惠孔時[247]하여 공 혜 공 시	매우 순조롭고 매우 알맞게
維其盡之[248]하니 유 기 진 지	온갖 예를 다하니
子子孫孫이 자 자 손 손	자자손손이
勿替引之[249]로다 물 체 인 지	제사 폐기하지 말고 길이 존속하기를

◈ 해설

예의(禮儀) 정연한 제사를 노래한 것이다. 아울러 귀족이 제사를 거행하며 복을 구하는 시이다.「모시서」에서는 유왕(幽王)을 풍자한 것이라 보고, 정치가 번거롭고 부세(賦稅)가 무거워 밭은 묵고 황폐해져서 기근(饑饉)과 재난이 겹쳐 백성들은 마침내 유랑하게 되었으므로 제사를 올바로 지내지 못하게 되었다. 이에 군자가 옛일을 생각하며 지은 것이라는 말이다. 유왕 때의 작품인지는 모르겠지만, 상상의 노래일 가능성은 많다. 주희(朱熹)도 여씨(呂氏)를 인용하여 덕이 성(盛)하고 정치가 닦여진 때가 아니면 이러한 제사가 시행되기는 어려웠으리라고 보았다.

이 제사는 어떤 종류의 제사인가? 고대의 제사는 계절에 따라 약(禴)·사

---

246 수고(壽考): 오래 늙도록 사는 것

247 공혜공시(孔惠孔時): 혜(惠)는 순(順)과 통하여(『정전』), 모든 제사 일이 순조롭게 끝난 것. 시(時)는 시(是)와 통하여, 모두가 제대로 잘된 것(『석의(釋義)』).

248 진지(盡之): 진례(盡禮) 곧 모든 예를 다한 것(『석의(釋義)』).

249 물체인지(勿替引之): 체(替)는 폐지하다. 인(引)은 장(長)의 뜻으로, 길게 존속(存續)하는 것. 두 글자씩 끊어서 읽어야 제대로 뜻이 통하는 것 같다. 즉 이 제사를 폐기하지 말고, 길게 존속하라는 뜻.

(祠)·증(烝)·상(嘗)이 있고, 성질에 따라 하늘 제사〔제천(祭天), 교(郊)〕·시조 제사〔체(禘)〕·조상 제사·군신(軍神) 제사〔마(禡)〕 등등이 있는데, 이 시는 조상에게 보답하는 제사, 즉 '보제(報祭)' 또는 '보(報)'일 것이다. 시 속에서도 몇 차례 보인다. 『국어·노어(國語·魯語)』에 체(禘)·교(郊)·조(祖)·종(宗)·보(報) 다섯 개의 제사가 나라의 전사(典祀)라고 했다.

10. 신남산(信南山) 길게 뻗은 저 남산은

信彼南山[250]은 길게 뻗어 있는 저 남산은
신 피 남 산

維禹甸之[251]로다 그 옛날 우임금이 다스리던 곳
유 우 전 지

畇畇原隰[252]을 언덕과 들판을 잘 일구어
윤 윤 원 습

曾孫田之[253]라 후손들이 농사를 짓네
증 손 전 지

我疆我理[254]하니 경계를 정하고 정돈하여
아 강 아 리

---

250 신피남산(信彼南山): 신(信)은 신(伸)과 통용되어, '길게 뻗어있다'는 뜻. 이곳의 남산(南山)은 영원히 창성하는 조상과 자손들의 관계를 상징한 것이다.

251 유우전지(維禹甸之): 유(維)는 어조사. 우(禹)는 우왕(禹王). 하(夏)나라 초대 임금으로 중국 구주(九州)의 물을 다스린 공으로 순(舜)임금으로부터 선양(禪讓)을 받아 천자가 되었다. 전(甸)은 다스리다.

252 윤윤원습(畇畇原隰): 윤윤(畇畇)은 밭을 개간해 놓은 모양. 원습(原隰)은 들판과 언덕. 또는 높은 곳과 낮은 곳, 곧 각처(各處)를 두루 말한 것.

253 증손전지(曾孫田之): 증손(曾孫)은 주제(主祭)하는 후손을 가리킨다(『집전』). 전(田)은 밭일을 하다, 즉 농사를 짓다.

254 아강아리(我疆我理): 강(疆)은 밭의 경계를 분명히 하는 것(『집전』). 리(理)는 밭의 도랑이나 길 같은 것을 잘 정리하는 것(『집전』).

南東其畝[255]로다　　남으로 동으로 이랑이 뻗었네
남 동 기 무

上天同雲[256]이라　　하늘은 온통 구름 덮이고
상 천 동 운
雨雪雰雰[257]이로다　　눈이 펄펄 날리더니
우 설 분 분
益之以霢霂[258]하니　　보슬비까지 내리어
익 지 이 맥 목
既優既渥[259]하여　　넉넉하고 윤택해졌네
기 우 기 악
既霑既足[260]하여　　흠뻑 풍족하게 내려
기 점 기 족
生我百穀이로다　　모든 곡식 싹이 텄네
생 아 백 곡

疆埸翼翼[261]하고　　밭두둑 가지런하고
강 역 익 익
黍稷彧彧[262]하니　　메기장 차기장 무성하니
서 직 욱 욱
曾孫之穡[263]하여　　후손들이 이를 거두어
증 손 지 색

---

255 남동기무(南東其畝): 밭이랑이 남북과 동서로 잘 뻗어 있다는 것.

256 동운(同雲): 구름 일색(一色)이라 장차 눈이 올 징후를 말한다고 하였다(『집전』). 눈이 오려고 구름이 하늘을 덮은 것. 또는 설운(雪雲) 곧 눈 내리는 구름.

257 우설분분(雨雪雰雰): 우(雨)는 동사로 사용되어 눈이 '내리는 것'을 말한다. 분분(雰雰)은 눈이 펄펄 날리는 것.

258 익지이맥목(益之以霢霂): 익(益)은 더하다. 겨울에 눈이 와 쌓였었는데, 봄이 오자 '그 위에 더—'의 뜻. 맥(霢)은 이슬비. 목(霂)은 부슬부슬 내리는 비.

259 기우기악(既優既渥): 우(優)는 넉넉한 것. 악(渥)은 윤택한 것. 우(優)는 『설문(說文)』에서는 우(瀀)로 인용하였다.

260 기점기족(既霑既足): 점(霑)은 촉촉이 젖어 윤택한 것. 족(足)은 착(浞)의 가차로 윤택하고 넉넉한 것. 둘 다 같은 뜻이다.

261 강역익익(疆埸翼翼): 역(埸)은 밭의 경계. 강역(疆埸)은 밭 경계 안을 뜻함. 익익(翼翼)은 가지런하게 정돈된 모양〔정제(整齊)〕.

262 욱욱(彧彧): 무성한 것.

263 색(穡): 거두다.

以爲酒食하여 술을 빚고 밥을 지어
이 위 주 식
畀我尸賓[264]하니 신주와 손님들께 드리니
비 아 시 빈
壽考萬年이로다 만년토록 누리면서 살아가리라
수 고 만 년

中田有廬[265]요 밭 가운데엔 움막이 있고
중 전 유 려
疆埸有瓜[266]어늘 두둑엔 오이 있네
강 역 유 과
是剝是菹[267]하여 껍질 벗기고 소금에 절여
시 박 시 저
獻之皇祖[268]하니 조상님께 바치니
헌 지 황 조
曾孫壽考하여 자손들이 오래오래 살며
증 손 수 고
受天之祜[269]로다 하늘의 복 받겠네
수 천 지 호

祭以淸酒[270]하고 맑은 술로 제사 지내고
제 이 청 주
從以騂牡[271]하여 붉은 수소 통째로 잡아
종 이 성 모
享于祖考[272]하니 조상님께 바치려고
향 우 조 고

---

264 비아시빈(畀我尸賓): 비(畀)는 주다. 시빈(尸賓)은 신령과 손님.

265 중전유려(中田有廬): 중전(中田)은 전중(田中)의 뜻(『정전』), 밭 가운데. 려(廬)는 농사짓는 편의를 위해 밭 가운데 만들어 놓은 움막(『정전』).

266 과(瓜): 외.

267 시박시저(是剝是菹): 박(剝)은 껍질을 벗기는 것. 저(菹)는 김치처럼 소금에 절여 만든 음식.

268 황조(皇祖): 황(皇)은 대(大)의 뜻. 조상들을 높이는 말.

269 호(祜): 복.

270 청주(淸酒): 맑은 술. 제사에 쓰는 술.

271 종이성모(從以騂牡): 종(從)은 다시 제물로 써서 올리는 것. 성모(騂牡)는 털이 붉은 수소.

272 향(享): 흠향(歆饗)케 하는 것.

執其鸞刀[273]하여
집 기 란 도
以啓其毛[274]하고
이 계 기 모
取其血膋[275]로다
취 기 혈 료

방울 달린 칼 들고
털은 벗겨 내고
피와 기름 받아내네

是烝是享[276]하니
시 증 시 향
苾苾芬芬[277]하여
필 필 분 분
祀事孔明이어늘
사 사 공 명
先祖是皇[278]하사
선 조 시 황
報以介福[279]하니
보 이 개 복
萬壽無疆이로다
만 수 무 강

이를 제사상에 올리니
향기가 그윽하게 피어 오르네
제사 잘 지내니
조상들 오셔서 흠향하시고
이 보제를 지내 복 내려
주시길 비옵나니
후손들 만수무강하리라

---

273 란도(鸞刀): 방울이 달린 칼.

274 계(啓): 여기서는 벗기는 것. 짐승의 털을 벗기는 것은 순결함을 고하는 것이라고 한다(『정전』). 또는 『장자(莊子)』의 "포정해우(庖丁解牛)"의 해(解)처럼 가르고 해부(解剖)하는 것으로, 모(毛)는 털을 말하기 보다는 털을 지닌 모든 들짐승〔주수(走獸)〕을 통칭한다고 본다.

275 혈료(血膋): 료(膋)는 창자 기름. 피로써는 제물을 죽였음을 고하고, 기름으로써는 이를 태워 신에게 냄새를 알린다고 한다(『정전』).

276 시증시향(是烝是享): 제물을 올리는 것. 증(烝)은 진헌(進獻)의 뜻(『모전』).

277 필필분분(苾苾芬芬): 향기가 진하게 나는 것.

278 황(皇): 왕(暀)과 통하여, 돌아오는 것. 이상 4구는 앞의 「소아·초자(小雅·楚茨)」 시에도 보임.

279 보이개복(報以介福): 여기서의 보(報)도 「소아·초자(小雅·楚茨)」 시와 마찬가지로 보제(報祭)로 본다. 개(介)는 빌다. 이 구절도 보제(報祭)로 조상님께 복 내려 주시길 기원한다는 뜻.

◈ 해설

앞의 「소아·초자(小雅·楚茨)」 시와 마찬가지로 제사를 노래한 시이다. '보이개복(報以介福)'은 특히 보제(報祭)임을 분명히 보여준다. 그런데 첫 구절에서 우(禹)임금을 언급한 것은 무슨 까닭인가?

"서주(西周)의 왕기(王畿)는 지금의 섬서성에 있으며 하족(夏族)의 옛 땅이다. 주족(周族)은 원시 사회 시기에 하족과 밀접한 관계가 있었다. 전해 오는 말로 주(周)의 시조인 후직(后稷) 기(棄)는 유태씨(有邰氏)의 딸과 결혼했다. 이 '유태'는 곧 '유사(有姒)'이며, '사(姒)'는 하족의 성(姓)이다. ……그 후 상(商)나라 때 하족들은 섬서 지역에서 유신국(有莘國)을 세웠는데, 문왕의 처 태사(太姒)는 이 유신국의 장녀이다. 주(周) 유왕(幽王)의 비 포사(褒姒)도 하족의 후예이다. ……"〔손작운(孫作雲), 『시경여주대사회연구(詩經與周代社會研究)』〕

제6 보전지습(甫田之什)

1. 보전(甫田)　　넓은 밭

倬彼甫田[1]이여 (탁 피 보 전)	저 크고 넓은 밭에서
歲取十千[2]이로다 (세 취 십 천)	해마다 많게도 수확하네
我取其陳[3]하여 (아 취 기 진)	나는 묵은 곡식 가져다가
食我農人[4]하니 (사 아 농 인)	우리 집 농부들 먹여 주니
自古有年[5]이로다 (자 고 유 년)	예부터 계속해서 풍년이 드네
今適南畝[6]하니 (금 적 남 무)	이제 남쪽 양지바른 밭에 나가
或耘或耔[7]며 (혹 운 혹 자)	김매고 북돋우니
黍稷薿薿[8]어늘 (서 직 의 의)	메기장 차기장 무성하게 자라네
攸介攸止[9]에 (유 개 유 지)	크게 자라 익으면

---

1 탁피보전(倬彼甫田): 탁(倬)은 큰 모양. 보(甫)는 큰 것. 그래서 보전(甫田)은 대전(大田)과 같다.

2 세취십천(歲取十千): 취(取)는 세를 받는 것. 십천(十千)은 만(萬)으로 많다는 뜻〔『석의(釋義)』〕.

3 진(陳): 해묵은 곡식.

4 사(食): 먹이다.

5 자고유년(自古有年): 자고(自古)는 자석(自昔)과 같으며, '여러 해 이래' 또는 예부터. 유년(有年)은 풍년의 뜻(『집전』).

6 남묘(南畝): 남쪽 양지 바른 밭.

7 혹운혹자(或耘或耔): 운(耘)은 김매다. 자(耔)는 북돋는 것.

8 서직의의(黍稷薿薿): 서(黍)는 메기장. 직(稷)은 차기장. 의의(薿薿)는 무성한 모양.

9 유개유지(攸介攸止): 유(攸)는 급(及)의 뜻. 개(介)는 여기서는 대개 두 가지의 뜻으로 본다. 첫째로는 '크다〔大〕'는 뜻이고, 지(止)는 지(至)와 같으며 곡식이 여물 때까지 이르다는 뜻으로 이를 묶으면 '서직(黍稷)이 커서 여물게 되면'의 뜻이다. 둘째는, 게(愒)·게(憩)와 통하여 '쉬다〔休息〕' 또는 사(舍)의 뜻으로 '밭의 움막에 머무는 것'(『정전』), 지(止)도 지식(止息)의 뜻으로 '쉬는 것'으로 이를 묶으면 '머물러 쉬다'는 뜻이다. 「대아·생민(大雅·生

烝我髦士[10]로다 증 아 모 사	우리네 착한 농부들 대접하리라
以我齊明[11]과 이 아 자 명	내 수북이 담은 젯밥과
與我犧羊[12]으로 여 아 희 양	내 순색의 양 잡아
以社以方[13]하니 이 사 이 방	토지신과 사방신께 제사 지낸다
我田旣臧[14]은 아 전 기 장	우리 농사 잘된 것
農夫之慶[15]이로다 농 부 지 경	농부들의 복
琴瑟擊鼓[16]하여 금 슬 격 고	금과 슬을 타고 북을 치며
以御田祖[17]하여 이 아 전 조	신농씨를 모셔 놓고서

民)』에도 같은 구절이 있다.

10 증아모사(烝我髦士): 증(烝)은 진(進)의 뜻으로(『모전』), 접견하는 것〔『석의(釋義)』〕. 모사(髦士)는 농부 가운데서도 뛰어난 사람.

11 이아자명(以我齊明): 제(齊)는 자(粢)와 같으며(『집전』), 제사에 사용되는 청결한 기장을 말하며 또는 제물로 바친 곡식의 총칭으로도 쓰인다. 그래서 젯밥이라 한다. 명(明)은 성(成)의 가차자(假借字)로, 성(盛)의 뜻. 곧 수북히 담는 것. 또는 자명(齊明)은 명자(明齊)이며 명자(明粢)와 같고, 제사에 사용되는 청결한 기장을 말한다. 『예기·곡례(禮記·曲禮)』에 '稷曰明粢'라고 했다.

12 희양(犧羊): 제물로 쓰려고 잡은 양. 희(犧)는 순색(純色)이라고 했다(『집전』).

13 이사이방(以社以方): 사(社)는 후토(后土)의 신에게 제사하는 것(『모전』). 방(方)은 사방의 신에게 제사 지내는 것〔『공소(孔疏)』〕. 여기서는 둘 다 동사로 사용되었다.

14 장(臧): 선(善)의 뜻으로, 밭농사가 잘된 것.

15 경(慶): 복(福)의 뜻

16 격(擊): 북을 '치다'라는 동사로 보면 이 구절은 구조가 이상하다. 악기 이름으로 본다. 요고(搖鼓: 흔들이북)와 비슷하다. 『상서·익직(尙書·益稷)』의 "알격명구(戛擊鳴球)"에서 알(戛)은 가볍게 친다는 뜻이며, 구(球)는 옥경(玉磬)을 말하며, 격(擊)은 북의 일종으로, 죽통(竹筒)의 양쪽에 가죽을 입히고 그 중간에 방울 같은 추를 달아서 양쪽을 다 두드려 소리 나게 하는 것이라 하였다〔고형(高亨), 『시경금주(詩經今注)』〕.

17 이아전조(以御田祖): 아(御)는 아(迓)와 통하여 '맞이하다'의 뜻. 또는 어(禦)와 통하여 제사 지낸다는 뜻이라 했다. 전조(田祖)는 농사를 처음으로 시작하신 분(『모전』)으로, 또

以祈甘雨하고 (이기감우) — 단비 내려 달라 빌고
以介我稷黍[18]하여 (이개아직서) — 우리 곡식 잘 자라도록 빌어
以穀我士女[19]로다 (이곡아사여) — 내 식솔 남녀들 먹이리라

曾孫來止[20]에 (증손래지) — 증손자 나오는데
以其婦子[21]로 (이기부자) — 마을의 아낙네들
饁彼南畝[22]어늘 (엽피남무) — 저 남쪽 밭에 점심 내어 간다
田畯至喜[23]하여 (전준지희) — 권농관도 몹시 기뻐
攘其左右[24]하여 (양기좌우) — 좌우의 음식을 집어
嘗其旨否[25]로다 (상기지부) — 그 맛이 어떤가 먹어 본다
禾易長畝[26]하니 (화이장무) — 온 밭에 벼가 넘실넘실

는 농신(農神) 곧 신농씨(神農氏)라고 했다(『공소(孔疏)』). 이를 제사 지내는 곳이 선농단(先農壇) '御'는 '맞이하다'의 뜻일 때는 '아(迓)'와 같고 '아'로 읽는다고 하였다(『집전』).

18 개(介): 빌다. 구하다.

19 이곡아사녀(以穀我士女): 곡(穀)은 양(養)과 통하여, 먹여 살리는 것. 사녀(士女)는 자기 영역 안의 남녀들. 대개는 계급이나 귀천의 구별이 없는 일반적인 칭호.

20 증손래지(曾孫來止): 증손(曾孫)은 앞의 「소아·신남산(小雅·信南山)」 시에서와 같이 주제자(主祭者)이며(『집전』), 동시에 이 고을의 영주(領主). 농부는 그의 소작인이나 마찬가지이다.

21 이기부자(以其婦子): 그 즉 증손의 부인과 자식. 또는 농부의 부녀자들.

22 엽(饁): 들판으로 가져다 먹는 식사. 즉 새참.

23 전준지희(田畯至喜): 전준(田畯)은 권농관. 이상 세 구는 「빈풍·칠월(豳風·七月)」 시에 보였음.

24 양기좌우(攘其左右): 취(取)의 뜻(『집전』). 또는 양(讓)의 뜻. 이에 따라 좌우(左右)의 뜻도 달라진다. 전자는 '좌우에 있는 음식을 집어서', 후자는 '좌우의 사람들로 하여금'의 뜻. 여기서는 전자를 따른다.

25 상기지부(嘗其旨否): 음식이 맛있나 없나 맛보는 것.

26 화이장무(禾易長畝): 화(禾)는 벼. 이(易)는 치(治)의 뜻으로(『모전』), 김매고 북돋우는

終善且有[27]라 / 종선차유 — 잘도 되고 풍성하기도 해라

曾孫不怒[28]하며 / 증손불노 — 증손자 역정 낼 일 없고

農夫克敏[29]이로다 / 농부극민 — 농부들 더욱 재빠른 일손

曾孫之稼[30]이 / 증손지가 — 증손자의 곡식이

如茨如梁[31]이며 / 여자여량 — 지붕같이 다리같이 쌓이고

曾孫之庾[32]이 / 증손지유 — 증손자의 노적가리

如坻如京[33]이로다 / 여지여경 — 언덕같이 산같이 쌓였다

乃求千斯倉[34]하며 / 내구천사창 — 천이나 되는 창고와

乃求萬斯箱[35]이러니 / 내구만사상 — 만이나 되는 짐수레 마련하니

黍稷稻粱[36]이 / 서직도량 — 기장과 피와 벼와 수수는

것을 말한다〔『전소(傳疏)』〕. 장묘(長畝)는 경묘(竟畝)로(『집전』), 밭을 끝까지 다 김매고 북돋우는 것. 또는 이(移)와 통하여 벼가 무성한 모습〔『통석(通釋)』〕.

27 종선차유(終善且有): '종(終)—차(且)'는 '기(旣)—차(且)'와 마찬가지로 '—하고 또 —하다'는 뜻. 유(有)는 많다〔多〕, 풍성하다는 뜻.

28 불노(不怒): 화내지 않다.

29 민(敏): 민첩(敏捷)한 것. 빠른 것.

30 가(稼): 농사지은 것.

31 여자여량(如茨如梁): 자(茨)는 초가지붕처럼 많이 쌓인 것(『정전』). 량(梁)은 다리가 높다랗게 걸려 있듯 곡식이 많이 쌓인 것.

32 유(庾): 곡식의 노적가리. 또는 창고.

33 여지여경(如坻如京): 지(坻)는 저(阺)와 통하며, 언덕. 경(京)은 높은 언덕〔고구(高丘)〕(『모전』).

34 내구천사창(乃求千斯倉): 사(斯)는 조사. 이 구절은 곡식을 저장하기 위하여 많은 창고를 구하는 것.

35 내구만사상(乃求萬斯箱): 상(箱)은 거상(車箱)으로 짐 싣는 수레를 말한다. 많은 곡식을 운반하기 위하여 만 대의 수레를 구하는 것이다.

36 량(粱): 수수.

農夫之慶이라 농 부 지 경	농부들의 복
報以介福[37]하니 보 이 개 복	보답으로 복을 빌어
萬壽無疆이로다 만 수 무 강	만수무강하리라

◈ 해설

주(周) 왕조의 농사시(農事詩)로 당시 통치자가 농업 생산을 중시한 두 가지 면을 주로 묘사했다. 신(神)에게 제사하며 복을 구하는 것과 엽례(饁禮)를 거행하며 권농(勸農)하는 것이다.

모두 4장이며 각 장은 10구로 구성되어 있는데, 제1장은 임금(또는 공경대부)이 전답을 순시하며 농사일을 독려하는 것에서 제3장은 이를 받아 임금이 손수 엽례(饁禮)를 거행하며 농부들과 음식을 나누며 권농하는 것을 묘사했다. 제2장은 사방신(四方神)과 토지신 및 전조(田祖: 신농씨)에게 제사 지내며 풍년을 기구(祈求)하는 것을 묘사하였고, 제4장은 이 풍년의 공을 신의 보우(保佑)로 돌리며 축제와도 같은 보제(報祭)를 지내면서 그 복으로 만수무강하기를 기원하는 내용이다. 「모시서」에서는 역시 유왕(幽王)을 풍자한 것으로 보고 군자가 현재를 슬퍼하며 옛날을 생각하는 것이라 하였다.

37 보이개복(報以介福): 보(報)는 은덕(恩德)에 보답하여 지내는 제사. 곧 보제(報祭)라고도 함. 개(介)는 '구하다, 빌다'의 뜻. 보답의 제사를 지내 큰 복을 빈다는 뜻. 또는 보답을 받는다는 뜻. 개복(介福)은 복을 빈다는 뜻.

2. 대전(大田) 한밭

大田多稼[38]라
대 전 다 가
크나큰 이 한밭에 많은 농사지으니

既種既戒[39]하여
기 종 기 계
씨앗 가리고 농구 갖춰

既備乃事[40]하니
기 비 내 사
준비 끝났으면 일 시작하네

以我覃耜[41]로
이 아 염 사
날카로운 쟁기로 밭을 일구어

俶載南畝[42]하여
숙 재 남 무
남쪽 밭부터 다듬질하고

播厥百穀[43]하니
파 궐 백 곡
온갖 곡식의 씨를 뿌리니

既庭且碩[44]이라
기 정 차 석
꼿꼿하고 크게 자라

曾孫是若[45]이로다
증 손 시 약
증손자는 흡족하네

既方既阜[46]하여
기 방 기 조
이삭 내밀어 패더니만

既堅既好[47]니라
기 견 기 호
단단히 잘 여물어 가니

---

38 다가(多稼): 많은 농사를 짓는 것.

39 기종기계(既種既戒): 종(種)은 아직 파종(播種)하기 전의 일로서 선종(選種), 즉 씨를 가리는 것(『정전』). 계(戒)는 비(備)와 통하여 농구(農具)를 갖추는 것(『정전』).

40 내사(乃事): 기사(其事). 농사일 준비에 관한 일,

41 이아염사(以我覃耜): 염(覃)은 날카로운 것. 사(耜)는 쟁기의 보습.

42 숙재(俶載): 숙(俶)은 비로소. 또는 하다〔作〕. 재(載)는 일.

43 궐(厥): 그것〔기(其)〕.

44 기정차석(既庭且碩): 정(庭)은 정(挺)과 통하여 곧다. 석(碩)은 크고 건장한 것.

45 약(若): 낙(諾)과 통하여, '만족', '만의(滿意)'의 뜻〔『석의(釋義)』〕. 또는 순(順)과 통함(『모전』).

46 기방기조(既方既阜): 방(方)은 방(房)과 통하여 이삭이 패어 꽃피는 것(『정전』). 조(阜)는 이삭이 패기는 했으나 아직 여물지 않은 것(『모전』).

47 기견기호(既堅既好): 견(堅)은 곡식알이 단단히 잘 여무는 것(『정전』). 호(好)는 잘 익은 것.

不稂不莠[48]어든 불 랑 불 유	잡초와 가라지 없게 하고
去其螟螣[49]과 거 기 명 특	명충과 황충을 잡아 없애고
及其蟊賊[50]이라야 급 기 모 적	벌레와 해충을 잡아 없애면
無害我田穉[51]니 무 해 아 전 치	우리 밭의 어린 이삭 해가 없으리니
田祖有神[52]은 전 조 유 신	밭의 신께서는 신통하시어
秉畀炎火[53]리라 병 비 염 화	벌레 잡아 불길 속에 던지시리

有渰萋萋[54]하여 유 엄 처 처	구름이 뭉게뭉게 일더니
興雨祁祁[55]하여 흥 우 기 기	비가 되어 내리네
雨我公田[56]이요 우 아 공 전	우리 공전 적신 뒤에
遂及我私[57]하여 수 급 아 사	우리 사전에도 내리네

48 불랑불유(不稂不莠): 랑(稂)은 가라지, 곡식을 해치는 잡초. 유(莠)는 가라지 풀.

49 명특(螟螣): 명(螟)은 곡식 속을 먹는 해충(『모전』). 특(螣)은 곡식의 잎새를 먹는 해충(『모전』).

50 급기모적(及其蟊賊): 모(蟊)는 곡식 뿌리를 먹는 해충. 적(賊)은 곡식 마디를 먹는 해충(『모전』).

51 치(穉): 어린 곡식 싹.

52 전조유신(田祖有神): 전조(田祖)는 농사를 처음으로 시작하신 분(『모전』)으로, 또는 농신(農神) 곧 신농씨(神農氏)라고 했다(『공소(孔疏)』). 유신(有神)은 신통한 것.

53 병비염화(秉畀炎火): 병(秉)은 잡다. 비(畀)는 주다. 염(炎)은 불을 피우는 것. 밤에 밭 사이에다 불을 피워 놓으면 해충들이 모두 날아와 불에 타 죽는다. 이것은 마치 밭의 신인 신농씨가 벌레들을 잡아 불꽃 속으로 던져 주는 것 같다는 것이다.

54 유엄처처(有渰萋萋): 유엄(有渰)은 엄연(渰然)으로, 비구름이 피어오르는 모양. 처처(萋萋)는 구름이 성한 모양(『집전』).

55 흥우기기(興雨祁祁): 흥우(興雨)는 비를 일으키다, 비를 내리다. 〈삼가시(三家詩)〉에서는 흥운(興雲) 곧 구름이 일어난다고 하였다. 기기(祁祁)는 매우 많은 모양.

56 공전(公田): 나라나 관가(官家)의 밭. 정전제(井田制)에선 9등분한 밭 가운데에서 그중의 하나를 공전(公田)으로 하였다.

彼有不穫穉[58]하며
피 유 불 확 치

저기에는 베지 않은 늦곡식이 있고

此有不斂穧[59]하며
차 유 불 렴 제

여기에는 걷지 않은 볏단이 있네

彼有遺秉[60]하며
피 유 유 병

저기엔 남아 있는 볏단이 있고

此有滯穗[61]하니
차 유 체 수

여기엔 떨어진 이삭이 있으니

伊寡婦之利[62]로다
이 과 부 지 리

불쌍한 과부들의 차지라네

曾孫來止에
증 손 래 지

증손자가 오시자

以其婦子로
이 기 부 자

농부의 부인은

饁彼南畝어늘
엽 피 남 무

남쪽 밭에 새참 날라 오니

田畯至喜로다
전 준 지 희

권농관도 기뻐하네

來方禋祀[63]하여
내 방 인 사

사방의 신에게 제사 드리는데

以其騂黑[64]과
이 기 성 흑

붉은 소 검은 소 잡고

與其黍稷으로
여 기 서 직

메기장 차기장으로 밥 지어

---

57 사(私): 개인 소유의 땅.

58 불확치(不穫穉): 확(穫)은 수확하다. 치(穉)는 벼의 뜻. 곧 베지 않은 늦곡식의 뜻.

59 불렴제(不斂穧): 렴(斂)은 거두어들이다. 제(穧)는 볏단. 즉 베어만 놓고 거둬들이지 않은 벼.

60 유병(遺秉): 유(遺)는 버리다. 병(秉)은 벼 다발.

61 체수(滯穗): 체(滯)는 누유(漏遺), 즉 흘려 빠뜨린 것. 수(穗)는 벼 이삭.

62 이과부지리(伊寡婦之利): 이(伊)는 어조사. 이 구절은 과부 같은 노동 능력이 없는 사람들이 이 빠뜨린 벼 다발이나 벼 이삭을 주워 자기의 몫으로 한다는 뜻.

63 내방인사(來方禋祀): 내(來)는 어조사. 또는 오다. 방(方)은 사방의 신(神)에 대한 제사. 인(禋)은 정결히 제사 지내는 것. 땔나무를 태워서 연기가 하늘로 올라가게 하며 희생물이나 옥백(玉帛)을 나무 위에 올려 태우는 제사를 말한다.

64 이기성흑(以其騂黑): 성(騂)은 붉은색의 제물용 소. 흑(黑)은 제사용의 검은색의 돼지나 양.

以享以祀[65]하여 / 이향이사 — 제물 올리고 제사 지내며

以介景福이로다 / 이개경복 — 큰 복 내려 달라 기도하네

◈ 해설

농사짓고 풍년을 감사드리는 제사를 지내는 모습을 노래한 것이다.

3. 첨피락의(瞻彼洛矣) 저 낙수를 바라보니

瞻彼洛矣[66]하니 / 첨피락의 — 저 낙수를 바라보니

維水泱泱[67]이로다 / 유수앙앙 — 물결이 출렁거리네

君子至止[68]하시니 / 군자지지 — 군자님 오셔서 머무르시니

福祿如茨[69]로다 / 복록여자 — 복과 록이 지붕처럼 연이어지네

---

65 이향이사(以享以祀): 이(以)는 용(用)의 뜻. 향(享)은 제물을 바치는 것. 사(祀)는 제사 지내는 것.

66 첨피락의(瞻彼洛矣): 첨(瞻)은 우러러보다. 낙(洛)은 서주(西周)의 낙수(洛水). 북낙수(北洛水)라고도 하며 지금의 섬서성(陝西省) 북부에 있으며 위수(渭水)로 유입된다. 하남(河南)의 낙수가 아니다.

67 유수앙앙(維水泱泱): 유(維)는 기(其)와 같다. 앙앙(泱泱)은 강물이 넘실넘실 출렁이며 흘러가는 모양

68 군자지지(君子至止): 군자(君子)는 주나라 임금을 가리킨다(『집전』). 지(止)는 어조사.

69 여자(如茨): 짚으로 이어 놓은 초가지붕과 같다는 뜻으로, 많은 것을 형용한 것. 「소아·초자(小雅·楚茨)」 시에도 보임.

韎韐有奭[70]하니 매 합 유 석	붉은 가죽 군복 입고
以作六師[71]로다 이 작 륙 사	전군을 일으켜 호령하시네

瞻彼洛矣하니 첨 피 락 의	저 낙수를 바라보니
維水泱泱이로다 유 수 앙 앙	물결이 출렁거리네
君子至止하시니 군 자 지 지	군자님 오셔서 머무르시니
鞞琫有珌[72]이로다 병 봉 유 필	칼집의 옥 장식도 아름답네
君子萬年토록 군 자 만 년	군자님은 만년토록 오래 사셔서
保其家室이로다 보 기 가 실	길이길이 나라를 보전하시리

瞻彼洛矣하니 첨 피 락 의	저 낙수를 바라보니
維水泱泱이로다 유 수 앙 앙	물결이 출렁거리네
君子至止하시니 군 자 지 지	군자님 오셔서 머무르시니
福祿旣同[73]이로다 복 록 기 동	복과 녹이 아울러 모여들었네

---

70 매합유석(韎韐有奭): 매(韎)는 모수(茅蒐)라는 풀로 물들인 붉은 가죽(『집전』). 합(韐)은 필〔韠: 슬갑(膝甲)〕대신 걸치는 옛 군복. 즉 앞쪽을 가리는 군복. 유석(有奭)은 석연(奭然)·석석(奭奭)과 같으며 붉은 모양.

71 이작륙사(以作六師): 이(以)는 이(而)과 같다. 작(作)은 흥(興)·기(起)와 같으며, 일으키다. 육사(六師)는 6군(軍)으로 천자의 군대 전체를 뜻함.

72 병봉유필(鞞琫有珌): 병(鞞)은 칼집. 봉(琫)은 유희(劉熙)의 『석명(釋名)』에 의하면 "칼집의 입에 장식한 것을 봉(琫), 밑 끝 쪽의 장식을 병(琕)이라 한다"고 하였는데, 병(琕)은 병(鞞)과 같은 글자이다〔『석의(釋義)』〕. 유필(有珌)은 필연(珌然)과 같은 말로〔『석의(釋義)』〕, 칼집 장식이 아름다운 모양.

73 동(同): 취(聚)의 뜻(『집전』). 모이다.

君子萬年토록 (군 자 만 년) — 군자님은 만년토록 오래 사셔서
保其家邦[74]이로다 (보 기 가 방) — 길이길이 나라를 보전하시리

◈ 해설

주희(朱熹)는 "이것은 천자가 제후들을 동도〔東都: 낙읍(洛邑)〕에 모아 놓고 무사(武事)를 강(講)할 때 제후가 천자를 기린 시"라 하였다. 주나라 천자를 기린 시임에는 틀림없는 듯하다. 「모시서」에서는 제후들에게 작명(爵名)을 내리고 선(善)한 것을 상주고 악한 것은 벌주던 옛 어진 임금을 생각함으로써 유왕(幽王)을 풍자한 것이라 하였는데, 그 근거가 확실하지 않다.

4. 상상자화(裳裳者華) 화려한 꽃

裳裳者華[75]여 (상 상 자 화) — 화려한 꽃이여
其葉湑兮[76]로다 (기 엽 서 혜) — 잎새도 싱그럽네
我覯之子[77]하니 (아 구 지 자) — 우리 님을 만나니

---

74 가방(家邦): 국가(國家)의 뜻.

75 상상자화(裳裳者華): 상(裳)은 옛날에는 상(常)과 같은 자였다. 그리고 고본(古本)에는 '상상(常常)'으로 쓴 것도 있는데(『집전』), 성(盛)의 뜻이라 하였으니 화려한 것을 뜻한다〔『통석(通釋)』〕.

76 서(湑): 성(盛)한 모양. 또는 말끔한 것.

77 아구지자(我覯之子): 구(覯)는 만나다. 지자(之子)는 시자(是子)로, 이 시에서 찬미하는

我心寫兮[78]로다 아 심 사 혜	내 마음 후련하네
我心寫兮하니 아 심 사 혜	내 마음 후련하니
是以有譽處兮[79]로다 시 이 유 예 처 혜	이렇게 편한 것을
裳裳者華여 상 상 자 화	화려한 꽃이여
芸其黃矣[80]로다 운 기 황 의	노랗게 반짝이네
我覯之子하니 아 구 지 자	우리 님을 만나니
維其有章矣[81]로다 유 기 유 장 의	몸가짐이 의젓하네
維其有章矣니 유 기 유 장 의	몸가짐이 의젓하니
是以有慶矣[82]로다 시 이 유 경 의	그래서 경사 이어지리
裳裳者華여 상 상 자 화	화려한 꽃이여
或黃或白이로다 혹 황 혹 백	노란 것도 있고 흰 것도 있네
我覯之子하니 아 구 지 자	우리 님을 만나니
乘其四駱[83]이로다 승 기 사 락	네 말 끄는 수레 탔네

높은 벼슬자리에 있는 사람을 가리킨다.

78 사(寫): 사(瀉)와 통하여, 마음이 후련해지는 것.

79 예처(譽處): 안락(安樂)의 뜻.

80 운(芸): 많은 것(『통석(通釋)』).

81 유장(有章): 장(章)은 법칙의 뜻도 있어 유장(有章)은 행동이 예에 맞는 것(『석의(釋義)』).

82 경(慶): 복(福)의 뜻. 경사(慶事).

83 락(駱): 검은 갈기의 흰말. 사락(四駱)은 검은 갈기의 흰 털빛 네 마리 말(四馬)이 끄는 수레.

乘其四駱하니
승 기 사 락

네 말 끄는 수레 타니

六轡沃若[84]이로다
육 비 옥 약

여섯 고삐 윤이 나네

左之左之[85]에
좌 지 좌 지

좌로 갈 땐 좌로

君子宜之[86]며
군 자 의 지

군자께서 알맞게 하시고

右之右之에
우 지 우 지

우로 갈 땐 우로

君子有之이로다
군 자 유 지

군자 모습 갖추셨네

維其有之[87]라
유 기 유 지

군자 모습 갖추셨으니

是以似之[88]로다
시 이 사 지

그래서 근사하네

◈ 해설

『시집전』에서는 천자가 제후를 칭찬하는 내용이라고 했는데, 확실한 근거는 없고 어쨌든 높은 지위에 있는 사람을 기린 것이다(『석의釋義』). 「모시서」에서는 옛날의 벼슬하던 사람을 읊어 유왕(幽王)을 풍자한 것이라 하였으나 풍자적인 표현은 전혀 보이지 않는다.

---

84 육비옥약(六轡沃若): 비(轡)는 고삐. 옥약(沃若)은 윤이 나는 모양. 이상 네 구는 앞의 「소아·황황자화(小雅·皇皇者華)」 시에 보임.

85 좌지좌지(左之左之): 왼쪽 일을 해야 되면 왼쪽 일을 하는 것. 『모전(毛傳)』에선 좌(左)는 양도(陽道)로 조회(朝會)와 제사에 관한 일을 가리킨다 하였다.

86 군자의지(君子宜之): 군자(君子)는 천자를 가리킴. 의(宜)는 합당하게 잘 처리하는 것.

87 유(有): 우(友)와 통하여, 친하게 하는 것.

88 사(似): 사(嗣)와 통하여(『모전』), 후사를 잇는 것.

5. 상호(桑扈) 청작새

交交桑扈[89]여
교 교 상 호
有鶯其羽[90]로다
유 앵 기 우
君子樂胥[91]하니
군 자 락 서
受天之祜[92]로다
수 천 지 호

짹짹 우는 청작새
깃털이 곱기도 하네
군자님이 즐기시니
하늘의 복 받으셨네

交交桑扈여
교 교 상 호
有鶯其領[93]이로다
유 앵 기 령
君子樂胥하니
군 자 락 서
萬邦之屛[94]이로다
만 방 지 병

짹짹 우는 청작새
그 목이 곱기도 하네
군자님이 즐기시니
만국의 울타리 되시네

之屛之翰[95]하니
지 병 지 한

울타리 되시고 담 기둥 되시니

---

89 교교상호(交交桑扈): 교교(交交)는 교교(咬咬)와 통하여 새 울음소리. 상호(桑扈)는 청작(靑雀) 또는 절지(竊脂)라고도 하는 새. 또는 콩새. 앞의 「소아·소완(小雅·小宛)」 시에 보임.

90 유앵기우(有鶯其羽): 앵(鶯)은 문채(文彩) 나는 모양. 유앵(有鶯)은 앵연(鶯然).

91 군자락서(君子樂胥): 군자(君子)는 천자(天子)를 가리킴(『집전』). 낙서(樂胥)는 환락(歡樂), 즉 즐긴다는 뜻〔『통석(通釋)』〕. 서(胥)는 개(皆)와 통하고, 개(皆)는 가(嘉)와 음이 비슷하고 같은 뜻이며, 가(嘉)는 락(樂)의 뜻을 가진다.

92 호(祜): 복.

93 령(領): 목.

94 병(屛): 울타리. 보호자의 뜻.

95 지한(之翰): 지(之)는 시(是)와 같은 뜻. 한(翰)은 간(幹)과 통하여, 담 기둥의 뜻〔『공소(孔疏)』〕.

百辟爲憲[96]이로다
백 벽 위 헌

모든 제후들 본받으시네

不戢不難[97]하니
불 즙 불 난

크게 화목하고 크게 공경하니

受福不那[98]로다
수 복 불 나

받으시는 복도 한량없네

兕觥其觩[99]하니
시 굉 기 구

뿔잔은 구부정하고

旨酒思柔[100]로다
지 주 사 유

맛있는 술은 부드럽네

彼交匪敖[101]하니
피 교 비 오

사귐에 교만하지 않으시니

萬福來求[102]로다
만 복 래 구

만복이 모여드네

◈ 해설

천자를 찬미한 시이다. 주희(朱熹)는 천자가 제후들을 모아 놓고 잔치할 때 부르던 노래로 보았으나, 천자의 입장에서 부른 노래라 보기는 힘들다. 「모시서」

---

96 백벽위헌(百辟爲憲): 벽(辟)은 군(君) 또는 제후(諸侯). 백벽(百辟)은 모든 제후들을 가리킴. 헌(憲)은 법(法)이다.

97 불즙불난(不戢不難): 즙(戢)은 즙(濈)과 통하여, 화(和)의 뜻. 난(難)은 난(戁)과 통하여, 공경하는 것『통석(通釋)』.

98 나(那): 많은 것.

99 시굉기구(兕觥其觩): 시(兕)는 외뿔소. 굉(觥)은 소뿔로 만든 술잔. 기구(其觩)는 구부정한 모양.

100 지주사유(旨酒思柔): 지주(旨酒)는 맛있는 술, 좋은 술. 사(思)는 조사. 유(柔)는 가(嘉)·선(善)의 뜻도 지니고 있다『통석(通釋)』.

101 피교비오(彼交匪敖): 글자 그대로 '저 사귐이 오만하지 않다'로 볼 수 있고, 피(彼)를 '아닐' 비(匪)의 오자(誤字)로 보고 두 글자씩 끊어서 해석한다. 교(交)는 교(姣: 예쁘다)·모(侮: 업신여기다)와 같아서, 비교(匪交)는 모욕하지 않다, 경멸하지 않다는 뜻.

102 구(求): 구(逑)와 통하여, '모이는 것'.

에선 이것도 위아래 예의 없는 유왕(幽王)을 풍자한 것이라 하였다. 그러나 청작새의 아름다운 깃이 천자의 덕을 상징했음에 틀림없다.

6. 원앙(鴛鴦) 원앙새

鴛鴦于飛[103]하니 원 앙 우 비	원앙새 날아가니
畢之羅之[104]로다 필 지 라 지	그물 쳐서 잡아야지
君子萬年히 군 자 만 년	군자님은 만년토록
福祿宜之[105]로다 복 록 의 지	복록을 누리시네

鴛鴦在梁[106]하니 원 앙 재 량	원앙새가 어살에서
戢其左翼[107]이로다 즙 기 좌 익	왼쪽 깃을 접고 쉬고 있네
君子萬年히 군 자 만 년	군자님은 만년토록

---

103 원앙(鴛鴦): 암수의 사이가 좋기로 유명한 물새 이름.

104 필지라지(畢之羅之): 필(畢)은 자루는 긴데 작은 그물이 달린 그물 이름. 라(羅)는 그물. 여기서는 모두 동사로 사용되어 그물을 치는 것이다.

105 의지(宜之): 이를 편히 누리는 것. 의당(宜當), 합당(合當). 소안(所安)[『설문(說文)』].

106 량(梁): 어살. 고기를 잡기 위해 냇물을 막아놓은 보.

107 즙기좌익(戢其左翼): 즙(戢: ji)은 끼운다는 뜻. 원앙새가 왼쪽 날개만을 거둔다는 것은 암수가 서로 기대기 위함이라고 하는데 적절한 해석은 아닌 듯하다. 『한시(韓詩)』에선 첩(捷: jie, cha)으로 풀었으며, 삽(揷)과 통하는데 새들이 나무 위에서 쉴 때 목이 길거나 주둥이가 짧거나에 관계없이 반드시 그 부리를 왼쪽 날개에 끼운다고 한다[왕선겸(王先謙), 『집소(集疏)』].

宜其遐福[108]이로다
의 기 하 복

큰 복 누리소서

乘馬在廐[109]하니
승 마 재 구

타는 말이 마구간에 있으니

摧之秣之[110]로다
최 지 말 지

꼴 베어 먹이 주네

君子萬年히
군 자 만 년

군자님은 만년토록

福祿艾之[111]로다
복 록 애 지

복록을 거두소서

乘馬在廐하니
승 마 재 구

타는 말이 마구간에 있으니

秣之摧之로다
말 지 최 지

먹이 주러 꼴을 베네

君子萬年히
군 자 만 년

군자님은 만년토록

福祿綏之[112]로다
복 록 수 지

복록으로 편안하시리

◈ 해설

일반적으로 천자(天子)를 송축(頌祝)하는 시로 본다. 궁정의 연회(燕會)에서 신하들이 노래했음 직하다. 제1, 2장의 원앙새는 보기에도 화려하면서 암수가 항상 함께 있으며 잠시라도 떨어지거나 서로 위배(違背)하는 일이 없는 새이다.

---

108 하(遐): 대(大)의 뜻〔『석의(釋義)』〕.

109 승마재구(乘馬在廐): 승(乘)에는 수사(數詞)로서 '4'라는 뜻이 있다. 또는 네 마리 말이나 네 마리 말이 끄는 수레를 뜻한다. 여기서는 네 마리 말〔사마(四馬)〕. 구(廐)는 마구간.

110 최지말지(摧之秣之): 최(摧)는 좌(莝)의 뜻으로(『모전』), 꼴을 베거나 여물을 써는 것. 말(秣)은 짐승에게 사료(飼料)를 먹이는 것.

111 애(艾): 양(養)의 뜻, 누리는 것.

112 수(綏): 편안한 것.

이로써 기흥(起興)하며 천자의 만년(萬年) 복록을 송축했다. 제3, 4장에서 천자가 타는 네 마리 준마(駿馬)로 기흥(起興)하여 마구간에 있는 그 말들에게 꼴을 베어 여물을 먹인다는 것은 천자에 대하여 충성스럽게 일하겠다는 작자의 뜻에 비유한 것으로 해석할 수 있다. 주희(朱熹)는 제후들이 「상호(桑扈)」 시에 화답(和答)한 것이라 하였다. 앞 시 「상호(桑扈)」는 천자가 제후들을 모아 놓고 잔치하며 그들을 기린 것이고, 이 시는 제후들이 그에 화답하여 천자의 덕을 송축한 것이라는 풀이이다. 바로 앞뒤로 배치한 것이나 두 시 모두 전체 4장(章)에 각 장 8구(句)로 되어 있고 제1, 2장의 첫 구를 새〔상호(桑扈), 원앙(鴛鴦)〕로 시작한다는 동일한 구성 및 시를 진행하는 화자(話者)의 입장에서 보아도 그럴듯하다.

그러나 원앙의 오래된 의미를 따라 귀족의 결혼을 축하하는 시로도 본다〔요제항(姚際恒)〕. 「소아·어조지습·백화(小雅魚藻·之什·白華)」 시 제7장 "원앙새가 어살에서, 왼쪽 깃을 접고 쉬고 있네. 그분은 야속하게도, 그 마음 이랬다 저랬다 하네(鴛鴦在梁, 戢其左翼. 之子無良, 二三其德)"도 앞 두 구는 이 시 제2장의 1, 2구와 똑 같고 결혼과 관련 있어 보인다.

즉 어살에 있다는 것으로 시인은 그 초혼(初婚)을 미화(美化)한 것이며, 승마(乘馬)는 친영(親迎)의 일을 읊으면서 축송한 것이라는 해석이다. 「주남·한광(周南·漢廣)」의 "之子于歸, 言秣其馬"와 같다. 그리고 『시경』에서 어(魚)·량(梁)·구(笱) 등은 혼인이나 연애 내지 성애(性愛)와 관련이 있다.

7. 규변(頍弁) 점잖은 고깔

有頍者弁[113]이여 유 규 자 변	점잖고 둥근 고깔
實維伊何[114]오 실 유 이 하	무엇하러 썼는가

爾酒旣旨[115]하며
이 주 기 지

맛있는 술에

爾殽旣嘉[116]하니
이 효 기 가

좋은 안주 있는데

豈伊異人[117]이리요
기 이 이 인

어찌 우리 남남인가

兄弟匪他[118]로다
형 제 비 타

다름 아닌 형제들이네

蔦與女蘿[119]이
조 여 여 라

담쟁이와 새삼 덩굴이

施于松栢[120]이로다
이 우 송 백

소나무 잣나무를 감고 있네

未見君子[121]라
미 견 군 자

군자들 만나지 못할 때엔

憂心奕奕[122]이러니
우 심 혁 혁

마음의 시름 가득하더니

旣見君子하니
기 견 군 자

이제 군자들 만나니

庶幾說懌[123]이로다
서 기 열 역

내 마음 기뻐지네

---

113 유규자변(有頍者弁): 유규(有頍)는 규연(頍然)으로, 잘 고정시킨 점잖은 변(弁)의 둥근 모양을 말한다. 또는 머리를 들어 세운 모양. 변(弁)은 가죽이나 베로 만든 모자로 주(周)나라의 관(冠). 고깔모자.

114 실유이하(實維伊何): 실(實)은 시(是)와 통함(『정전』). 유(維)는 위(爲)의 뜻〔『전소(傳疏)』〕. 이(伊)는 조사. 그런 관(冠)을 잘 고정시켜 쓰고 모인 것은 무엇 때문인가 라는 뜻. 구체적인 설명은 없지만 잔치에 참석하기 위한 것으로 생각된다.

115 지(旨): 좋다, 맛있다.

116 효(殽): 술안주. 대개 육류(肉類)를 말하지만, 여기서는 안주를 통칭하였다.

117 기이이인(豈伊異人): 이인(異人)은 딴 사람들, 남들. 거기 모인 사람들은 모두 사이가 먼 남들이겠느냐는 뜻.

118 형제비타(兄弟匪他): 비타(匪他)는 '다름이 아니라', 바로 형제들의 모임이라는 뜻. 형제(兄弟)는 주(周) 왕조의 귀족들이 동족(同族: 同姓) 형제와 이성(異姓) 형제를 통칭하는 것.

119 조여여라(蔦與女蘿): 조(蔦)는 겨우살이. 여라(女蘿)는 토사(免絲)라고도 하며, 둘 다 덩굴식물〔만생(蔓生)〕이다.

120 이(施): 뻗어 가다. 「주남·갈담(周南·葛覃)」 시에도 보임. 이 구절은 형제들이 서로 믿고 의지함에 비유한 것임. 좀 더 확대하면 구족(九族)의 화목을 강조하여 종법제도(宗法制度)를 잘 유지하여 주(周) 왕조의 통치를 공고히 하려는 의미를 포함시킬 수 있다.

121 군자(君子): 여기 모인 형제들을 가리킴.

122 혁혁(奕奕): 크게 시름하는 모양.

有頍者弁이여 (유 규 자 변)	점잖고 둥근 고깔
實維何期[124]오 (실 유 하 기)	무엇하러 썼는가
爾酒旣旨하며 (이 주 기 지)	맛있는 술에
爾殽旣時[125]하니 (이 효 기 시)	철에 맞는 안주 있네
豈伊異人이리요 (기 이 이 인)	어찌 우리 남남인가
兄弟具來로다 (형 제 구 래)	형제들이 다 모였네
蔦與女蘿이 (조 여 여 라)	담쟁이와 새삼 덩굴이
施于松上이로다 (시 우 송 상)	소나무를 감고 있네
未見君子라 (미 견 군 자)	군자들 만나지 못할 때엔
憂心怲怲[126]이러니 (우 심 병 병)	마음의 시름 그지없더니
旣見君子하니 (기 견 군 자)	이제 군자들 만나니
庶幾有臧[127]이로다 (서 기 유 장)	내 마음 즐거워지네

有頍者弁이여 (유 규 자 변)	점잖고 둥근 고깔
實維在首로다 (실 유 재 수)	머리에 쓰고 있네
爾酒旣旨하며 (이 주 기 지)	맛있는 술에

---

123 서기열역(庶幾說懌): 서기(庶幾)는 거의. 열(說)은 열(悅)과 같으며, 기뻐하다. 역(懌)도 기뻐하다.

124 기(期): 기(其)로 앞 장의 '이(伊)'와 같은 말(『정전』).

125 시(時): 때에 맞다. 시절(時節)에 맞는 좋은 안주.

126 병병(怲怲): 매우 근심하는 모양.

127 장(臧): 선(善)의 뜻, 마음이 안정되는 것.

爾殽既阜[128]하니
이 효 기 부

豈伊異人이리요
기 이 이 인

兄弟甥舅[129]로다
형 제 생 구

如彼雨雪[130]이여
여 피 우 설

先集維霰[131]이라
선 집 유 산

死喪無日[132]하여
사 상 무 일

無幾相見[133]이니
무 기 상 견

樂酒今夕하여
낙 주 금 석

君子維宴이로다
군 자 유 연

풍성한 안주 있는데

어찌 우리 남남인가

형제와 숙질들이네

큰 눈 오기 전에

먼저 싸락눈이 내리듯

언제 죽을지 모르는 목숨

서로 만날 날 많지 않을 테니

오늘 밤 술 즐기며

군자들이 잔치하네

◈ 해설

이 시는 형제와 친척들이 모여 잔치하는 것을 읊은 노래이다(『집전』). 「모시

128 부(阜): 풍성한 것.

129 생구(甥舅): 생(甥)은 사위나 생질·조카. 구(舅)는 장인이나 외삼촌. 숙질(叔姪) 관계의 인척들 전부 또는 성(姓)이 다른 친척 모두를 말한다.

130 우설(雨雪): 비와 눈이 아니라, 눈이 비처럼 내리는 것을 말한다.

131 선집유산(先集維霰): 산(霰)은 싸락눈. 눈이 크게 오려면 처음에는 반드시 미온(微溫)한 기온에 눈이 내리는데, 눈이 온기(溫氣)를 만나 뭉쳐지면 싸락눈이 되고 추위가 강해지면 큰 눈으로 변한다고 했다(『정전』). 이는 늙음이 이르면 장차 죽을 징조임을 비유한 것이다(『집전』).

132 사상무일(死喪無日): 사상(死喪)은 사망(死亡). 무일(無日)은 죽는 일이 언제 발생할지 알 수 없다는 것. 또는 무다일(無多日), 즉 많은 날이 남지 않아 곧 죽을 날이 이를 것이라는 뜻으로 사람의 목숨이 유한(有限)하다는 말이다.

133 무기상견(無幾相見): 무기(無幾)는 많지 않다는 뜻. 살아서 서로 만날 날도 얼마 되지 않는다는 뜻. 그러니 시간을 다투어 인생을 즐기라는 것이다.

서」에서는 이것도 반대로 유왕(幽王)이 포학무친(暴虐無親)하여 친족들과도 함께 즐기지 못하여 외로이 망해 가고 있음을 제공(諸公)들이 풍자하는 뜻에서 지은 시로 보았다. 예전에는 이 설을 많이 따랐지만 풍자나 원망의 뜻을 억지로 찾을 필요는 없다고 본다. 앞 두 장에서는 연회에서의 음주와 환락을 서술하며 친족 간의 정을 그렸는데, 제3장에서 흥진비래(興盡悲來)한 것인지 갑자기 '죽을 날'이 얼마 남지 않았음을 말하며 비애감(悲哀感)을 노정(露呈)하였으나 이것도 기실은 형제와 친척간의 좋은 자리와 좋은 만남은 다시 하기 어려움을 강조한 것으로도 볼 수 있다.

8. 거할(車舝) 수레 굴대 빗장

間關車之舝兮[134]여 간 관 거 지 할 혜	덜커덩덜커덩 수레 굴대 빗장
思孌季女逝兮[135]로다 사 련 계 녀 서 혜	어여쁜 막내딸 시집가는 날
匪飢匪渴[136]이라 비 기 비 갈	굶주리고 목마른 듯
德音來括[137]이니 덕 음 래 괄	님 목소리 들어 보면

---

134 간관거지할혜(間關車之舝兮): 간관(間關)은 빙빙 돌아가는 것(『통석(通釋)』). 또는 빗장을 설치하는 소리(『집전』). 할(舝)은 할(轄)과 통용되었으며 수레 굴대 빗장(또는 걸쇠). 수레 굴대 양편에 바퀴가 빠지지 않도록 꽂아 놓은 빗장. 일이 없으면 벗겨 놓고, 일이 생겨 움직이게 되면 설치한다. 「패풍·천수(邶風·泉水)」 시에 보였음.

135 사련계녀서혜(思孌季女逝兮): 사(思)는 발어사. 련(孌)은 예쁜 것, 아름다운 것. 계녀(季女)는 막내딸. 서(逝)는 시집을 가는 것. 또는 친영(親迎)하러 가는 것.

136 비기비갈(匪飢匪渴): 정말로 배고프고 목마른 것이 아니라 신부를 보고픈 마음이 기갈(飢渴)이 들린 듯하다는 뜻.

137 덕음래괄(德音來括): 덕음(德音)은 그리운 사람의 목소리. 타인의 말에 대한 경칭(敬

雖無好友나 수 무 호 우	좋은 벗이 없다 해도
式燕且喜[138]어라 식 연 차 희	잔치하며 기뻐하리
依彼平林[139]에 의 피 평 림	우거진 저 숲 속에
有集維鷮[140]로다 유 집 유 교	꿩들이 모여 있네
辰彼碩女[141]는 신 피 석 녀	아리따운 저 큰 아가씨는
令德來教[142]로다 영 덕 래 교	훌륭한 덕을 가르침 받았네
式燕且譽[143]하여 식 연 차 예	즐기며 안락하게 살아가며
好爾無射[144]이로다 호 이 무 역	한없이 그대 좋아하리라
雖無旨酒나 수 무 지 주	맛있는 술 없다 해도

稱). 또는 좋은 명성(名聲)이나 평판. 래(來)는 조사로 시(是)와 같은 뜻(『석의(釋義)』). 괄(括)은 괄(佸)과 통하며, 모임 또는 만남의 뜻. 혼배(婚配)로 보아도 무방할 것임.

138 식연차희(式燕且喜): 식(式)은 어조사. 연(燕)은 편안히 즐기다. 다른 벗은 없다고 해도 신부가 있으니 즐기고 기뻐할 만하다는 것.

139 의피평림(依彼平林): 의(依)는 은(殷)과 통하여 무성한 것(『통석(通釋)』). 평림(平林)은 평지의 숲.

140 유집유교(有集維鷮): 집(集)은 새들이 나무에 날아와 앉아 있는 것. 교(鷮)는 꿩. 머리 부분이 희고 꽁지가 긴 꿩의 아름다움을 신부에 비유한 것. 특히 석녀(碩女)와 적절하게 대비된다.

141 신피석녀(辰彼碩女): 신(辰)은 시(時)의 뜻이며, 시(時)는 선(善)과 통하여 '훌륭한 것'(앞의 「소아·규변(小雅·頍弁)」 시 참조). 석녀(碩女)는 키가 큰 여인.

142 영덕래교(令德來教): 영(令)은 아름다운 것. 영덕(令德)은 미덕(美德). 교(教)는 가르침을 받았다는 뜻.

143 예(譽): 안락(安樂)의 뜻. 앞의 「소아·육소(小雅·蓼蕭)」 시에 보였음.

144 호이무역(好爾無射): 호(好)는 애호(愛好)하다. 이(爾)는 신부. 역(射)은 염(厭)과 통하며, 싫어하다.

式飮庶幾[145]며 식 음 서 기	마셔 주기 바라네
雖無嘉殽나 수 무 가 효	좋은 안주 없다 해도
式食庶幾며 식 식 서 기	먹어 주기 바라네
雖無德與女[146]니 수 무 덕 여 여	덕이 없다 해도 그대와 함께 있으니
式歌且舞어다 식 가 차 무	노래하고 춤추네

陟彼高岡하여 척 피 고 강	높은 산등성이에 올라
析其柞薪[147]이로다 석 기 작 신	갈참나무 장작을 패네
析其柞薪하니 석 기 작 신	갈참나무 장작을 패노라니
其葉湑兮[148]로다 기 엽 서 혜	그 잎새도 무성하네
鮮我覯爾[149]하니 선 아 구 이	그대와 만났으니
我心寫兮[150]로다 아 심 사 혜	내 마음 후련하네

---

145 식음서기(式飮庶幾): 식(式)은 어조사. 서기(庶幾)는 거의 또는 희구(希求)함을 뜻함.

146 수무덕여여(雖無德與女): 여(女)는 여(汝)로 본다. 앞의 '女'는 구체적으로 여인을 지칭하는 것이어서 '녀'로 읽고, 여기서는 상대방인 '그대'의 뜻으로 본다. 여여(與女)는 그대와 더불어 지내게 된 것. 이 절은 신부에게 즐기기를 권하는 내용이다.

147 석기작신(析其柞薪): 석(析)은 쪼개다. 작신(柞薪)은 갈참나무 장작. 장작을 패는 것은 결혼에서의 준비물로서의 땔감이기도 하고 그 자체로 성행위(性行爲)의 상징으로도 쓰인다.

148 서(湑): 무성한 것(『정전』).

149 선아구이(鮮我覯爾): 선(鮮)은 사(斯)의 뜻. 「소아·육아(小雅·蓼莪)」에 보였음. 또는 '다행히'의 뜻. 구(覯)는 만나다. 이 글자는 『시경』에서 대체로 남녀 간의 결합을 의미한다. 이(爾)는 너, 그대.

150 사(寫): 사(瀉)와 통하여 마음이 시원해지는 것.

高山仰止며 (고 산 앙 지)	높은 산은 우러러보고
景行行止[151]로다 (경 행 행 지)	큰 길로 나아가네
四牡騑騑[152]하니 (사 모 비 비)	네 마리 말이 수레를 끄는데
六轡如琴[153]이로다 (육 비 여 금)	여섯 줄 고삐가 거문고 줄 같네
覯爾新昏[154]이라 (구 이 신 혼)	그대 만나 결혼하여
以慰我心[155]이로다 (이 위 아 심)	내 마음 즐겁기만 하네

◈ 해설

이 시는 신혼의 즐거움을 노래한 것이다(『집전』). 첫 장은 친영(親迎) 가서 맞이하는 일을, 마지막 장은 고삐를 잡고 함께 돌아오는 것을 서술 묘사한 것으로 보인다. 그 사이는 목마른 듯 연모(戀慕)하는 마음과 환락과 희열(喜悅)의 감정을 나타내었다. 「모시서」에선 이것도 유왕(幽王)을 풍자한 것이라 하고, 포사(褒姒)가 무도한 짓을 멋대로 하기 때문에 주나라 사람이 현녀(賢女)를 얻어 임금에게 짝지어 주고 싶어서 이 시를 노래한 것이라 하였다. 전편을 봐도 풍자하거나 한탄하고 원망하는 내용은 없다.

---

151 경행행지(景行行止): 경행(景行)은 대도(大道)의 뜻. 이상 두 구는 모든 일이 법도대로 되어 감을 말한 것으로 본다. 또는 마치 높은 산을 느긋하게 바라보며 큰길을 힘차게 나아가듯 행진하는 신랑의 겉모습과 그를 통한 내면의 자랑스러움과 호쾌함을 보여준다.

152 비비(騑騑): 말이 터벅터벅 걷는 모양.

153 육비여금(六轡如琴): 육비(六轡)는 여섯 줄의 고삐. 여금(如琴)은 가야금 줄 같다는 뜻. 곧 여섯 줄의 고삐가 가야금 줄처럼 잘 조화됨을 말한 것.

154 구이신혼(覯爾新昏): 신혼(新昏)은 신혼(新婚), 즉 새롭게 결혼하다.

155 위(慰): 위로를 받는다, 기뻐진다는 뜻.

9. 청승(靑蠅)　　쉬파리

營營靑蠅[156]이　　윙윙대는 쉬파리
영 영 청 승
止于樊[157]이로다　　울타리에 앉네
지 우 번
豈弟君子[158]는　　인후하신 임
개 제 군 자
無信讒言이어다　　모함하는 말 믿지 마소서
무 신 참 언

營營靑蠅이　　윙윙대는 쉬파리
영 영 청 승
止于棘[159]이로다　　가시나무에 앉네
지 우 극
讒人罔極[160]하여　　모함하는 사람들 바르지 않아
참 인 망 극
交亂四國[161]이로다　　온 나라 어지럽히네
교 란 사 국

營營靑蠅이　　윙윙대는 쉬파리
영 영 청 승
止于榛[162]이로다　　개암나무에 앉네
지 우 진
讒人罔極하여　　모함하는 사람들은 바르지 않아
참 인 망 극

---

156 영영청승(營營靑蠅): 영영(營營)은 '윙윙'하는 의성어로 파리가 왔다 갔다 날며 내는 소리. 청승(靑蠅)은 쉬파리. 남을 모함하기 잘하는 사람들에 비유한 것.

157 번(樊): 울타리.

158 개제군자(豈弟君子): 개제(豈弟)는 개제(愷悌)와 같으며, 화락(和樂)하고 평이(平易)한 것. 군자(君子)는 임금 또는 지위가 높은 귀족을 가리킴.

159 극(棘): 대추나무. 이를 심어서 울타리로 삼는다.

160 망극(罔極): 중정(中正)하지 않은 것. 무량(無良)의 뜻, 곧 나쁜 것. 또는 끝이 없음.

161 교란사국(交亂四國): 교(交)는 구(俱)의 뜻. 사국(四國)은 사방의 여러 나라.

162 진(榛): 개암나무.

構我二人[163]이로다 (구아이인) 우리 둘을 이간질하네

◈ 해설

남을 모함하기 잘하는 자들을 쉬파리에 비유하며 풍자한 시이다. 「모시서」에서는 역시 남을 모함하는 말을 잘 믿는 유왕(幽王)을 풍자한 시로 보았다.

10. 빈지초연(賓之初筵) 잔치에 오신 손님

賓之初筵[164]에 (빈지초연) 손님이 처음 자리에 앉을 때는

左右秩秩[165]이로다 (좌우질질) 좌우 모두 질서 있네

籩豆有楚[166]하며 (변두유초) 음식 그릇 많기도 하고

---

163 구아이인(構我二人): 구(構)는 이간질하여 불화(不和)를 일으키는 것. 합(合)과 같으며, 합(合)은 교란(交亂)과 같다고 하였다(『정전』). 양단(兩端)을 얽어서 피차 서로 의심하게 하여 더욱더 의심하고 혼란하게 하는 것〔공영달(孔穎達), 『정의(正義)』〕. 이인(二人)은 시 지은이와 군자. 시 작자인 '나'와 듣는 사람(『집전』).

164 빈지초연(賓之初筵): 빈(賓)은 손님. 초연(初筵)은 처음 자리에 앉아 잔치를 시작할 때. 연(筵)은 대자리. 옛사람들이 연회할 때 상 위에 먹을 것들을 펼쳐 놓고 그 주변에 자리를 펴고 앉는다.

165 질질(秩秩): 질서 있는 모양.

166 변두유초(籩豆有楚): 변두(籩豆)는 대나무 또는 나무로 만든 여러 가지 음식 그릇. 유초(有楚)는 초초(楚楚)와 같으며, 가지런하게 잘 진설(陳設)되어 있는 모양. 또는 차(且)의 가차자로, 많은 모양〔『통석(通釋)』〕.

殽核維旅[167]하며
효 핵 유 려
안주도 푸짐하네

酒旣和旨[168]하여
주 기 화 지
술은 맛있게 빚어져

飮酒孔偕[169]로다
음 주 공 해
매우 즐겁게 술 마시네

鐘鼓旣設하여
종 고 기 설
종과 북은 걸려 있고

擧酬逸逸[170]하며
거 수 일 일
술잔 들고 왔다 갔다 하는데

大侯旣抗[171]하고
대 후 기 항
큰 과녁 펼쳐지고

弓矢斯張[172]이로다
궁 시 사 장
활에 살 먹여 당겨 보네

射夫旣同[173]하니
사 부 기 동
활 쏘는 이 다 모이니

獻爾發功[174]하여
헌 이 발 공
활쏘기 시합 아뢰는데

發彼有的[175]하여
발 피 유 적
과녁을 잘 맞히면

---

167 효핵유려(殽核維旅): 효(殽)는 주로 육류(肉類)로 만든 음식〔『통석(通釋)』〕. 핵(核)은 핵(覈)으로 인용된 곳에 있으며, 속에 씨가 있는 과일이나 또는 뼈가 붙어 있는 '갈비' 같은 고기들〔『통석(通釋)』〕. 려(旅)는 진열의 뜻〔『모전』〕.

168 화지(和旨): 화(和)는 조화(調和)의 뜻. 지(旨)는 맛있는 것.

169 해(偕): 해(諧)의 가차자로서, 화해의 뜻.

170 거수일일(擧酬逸逸): 거수(擧酬)는 술잔을 들어 올리는 것. 수(酬)는 주인이 손님에게 술잔을 올리는 것. 일일(逸逸)은 왔다 갔다 함이 차서(次序)가 있는 것〔『모전』〕, 또는 부단히 왔다 갔다 하는 것.

171 대후기항(大侯旣抗): 대후(大侯)는 군후(君侯)로서〔『모전』〕, 사례(射禮)에 군후들이 쏘는 과녁을 말한다. 후(侯)는 천이나 가죽으로 만든 과녁. 나무 시렁을 세우고 거기에 짐승 가죽을 입힌 것을 피후(皮侯)라고 하고, 베를 입혀 짐승 형태를 그려 놓은 것을 포후(布侯)라고 하며, 피후나 포후에 동그라미나 네모형의 베를 붙여 놓은 것을 질(質)·적(的)·정(正)·곡(鵠)이라 하고, 그곳을 맞춘 것〔중적(中的)〕을 승(勝)이라 한다. 항(抗)은 거(擧)의 뜻으로〔『모전』〕, 과녁을 세우는 것.

172 궁시사장(弓矢斯張): 활에 화살을 먹여 당겨 보는〔張〕 것. 연습해 보는 것을 말한다.

173 사부기동(射夫旣同): 사부(射夫)는 활 쏘는 사람들〔『정전』〕. 동(同)은 모이는 것〔취(聚)〕〔『석의(釋義)』〕.

174 헌이발공(獻爾發功): 헌(獻)은 주(奏)의 뜻으로, 아뢰다〔『정전』〕. 발(發)은 발시(發矢), 즉 화살을 쏘는 것. 공(功)은 중적(中的)의 공, 곧 과녁에 맞힌 결과〔『정전』〕.

以祈爾爵[176]이로다
이 기 이 작

술잔 들어 축수하네

籥舞笙鼓[177]하여
약 무 생 고

피리 춤에 생황과 북

樂旣和奏[178]하니
악 기 화 주

풍악이 합주하여

烝衎烈祖[179]하여
증 간 열 조

여러 조상들 즐겁게 해드리니

以洽百禮[180]로다
이 흡 백 례

모든 것이 예에 합당하네

百禮旣至[181]하니
백 례 기 지

모든 예절 다 갖추니

有壬有林[182]이로다
유 임 유 림

장엄하고 풍성하네

錫爾純嘏[183]하니
석 이 순 하

큰 복 신께서 내려 주시어

子孫其湛[184]이로다
자 손 기 담

자손들이 즐기네

---

175 발피유적(發彼有的): 피(彼)는 화살. 유적(有的)은 과녁에 맞힌 것.

176 이기이작(以祈爾爵): 작(爵)은 술잔. 사례(射禮)에서 승자가 패자에게 술을 먹이게 되어 있으므로, 활을 쏠 때 자기가 과녁을 더 많이 맞히어 상대방에게 술을 더 많이 먹이려 한다는 것(『정전』). 이(爾)는 상대방을 지칭함.

177 약무생고(籥舞笙鼓): 약무(籥舞)는 피리를 손에 들고 추는 문무(文舞)(『모전』). 생고(笙鼓)는 문무(文舞)에 반주되는 악기로, 생황과 북.

178 화주(和奏): 합주(合奏)의 뜻. 여러 소리가 조화된다고 해서 화주(和奏)라 한 것.

179 증간열조(烝衎烈祖): 증(烝)은 진헌(進獻), 간(衎)은 락(樂), 즉 즐기는 것. 열(烈)은 미(美)라 했다(『정전』). 즉 빛나는 공훈(功勳)과 위엄이 있다는 뜻. 또는 열(列)로도 읽어서 열조(烈祖)는 '여러 선조들'. 이 구는 음악을 올려서 빛나는 공훈과 위엄이 있는 선조들께서 즐기시게 한다는 것.

180 흡(洽): 들어맞는 것. 백례(百禮)의 예(禮)를 예절로 보지 않고 예물(禮物), 즉 제사 음식으로 보기도 한다.

181 지(至): 비(備)의 뜻(『석의(釋義)』). 갖추다.

182 유임유림(有壬有林): 『정전(鄭箋)』에서는 임(壬)은 임(任)이며 경대부(卿大夫)를, 림(林)은 군(君: 임금)이라 했다. 유임(有壬)은 임연(壬然), 즉 큰 모양(『모전』). 림(林)은 성(盛)과 통하며, 유림(有林)은 임연(林然), 즉 숲처럼 그 예(禮)가 많은 것을 형용했음(『통석(通釋)』).

183 석이순하(錫爾純嘏): 석(錫)은 주다. 순(純)은 대(大)의 뜻(『정전』). 하(嘏)는 복.

其湛曰樂[185]하니 기 담 왈 락	그 즐거움 무르익자
各奏爾能[186]이로다 각 주 이 능	각자 솜씨를 발휘하네
賓載手仇[187]하니 빈 재 수 구	손님들이 짝을 짓자
室人入又[188]로다 실 인 입 우	주인도 들어와 합류하네
酌彼康爵[189]하니 작 피 강 작	큰 잔에 술을 부어
以奏爾時[190]로다 이 주 이 시	과녁 맞힌 사람에게 올리네

賓之初筵에 빈 지 초 연	손님들이 처음 앉을 때는
溫溫旣恭[191]이로다 온 온 기 공	점잖고 공손하고
其未醉止엔 기 미 취 지	술 취하기 전까지는

---

184 담(湛): 오래 즐기다.

185 기담왈락(其湛曰樂): 그 즐김이 즐겁게 되었다, 곧 즐김이 무르익었다는 뜻. 왈(曰)은 조사.

186 각주이능(各奏爾能): 주(奏)는 나타내 보이는 것. 능(能)은 능력인데, 옛날에는 활 잘 쏘는 솜씨를 말하였다〔『통석(通釋)』〕.

187 빈재수구(賓載手仇): 재(載)는 즉(則)의 뜻. 수(手)는 취(取)의 뜻. 구(仇)는 짝. 여기서는 술잔을 주고받는 것보다 활쏘기 짝이자 상대를 찾는 것으로 보는 것이 무난해 보인다.

188 실인입우(室人入又): 실인(室人)은 주인(『모전』). 입(入)은 차(次)로 들어가는 것(『모전』). 차(次)는 제사나 회동 등에 사용되는 임시로 만든 장막으로, 위석(幃席)을 친 활쏘기 할 때의 경의실(更衣室) 같은 곳〔『석의(釋義)』〕. 우(又)는 또. 손님과 술잔을 주고받는 것. 또는 활쏘기 위해 차에 들어가 손님과 짝을 이루는 것.

189 작피강작(酌彼康爵): 강(康)은 강〔漮: 비다(虛)〕과 통하는데, 강(漮)과 황(荒)은 옛날 통용했고, 황(巟)은 물이 넓은 것이므로 대(大)와 통한다. 그래서 강작(康爵)은 큰 술잔〔『통석(通釋)』〕. 또는 빈 술잔(『정전』).

190 이주이시(以奏爾時): 주(奏)는 헌(獻)과 같다. 이(爾)는 그. 시(時)는 적중(的中)한 사람을 가리킨다. 곧 큰 잔에 술을 부어 화살을 과녁에 맞힌 사람에게 올리어 못 맞힌 사람에게 그 술을 마시도록 한다는 뜻이다.

191 온온기공(溫溫旣恭): 온온(溫溫)은 온화한 모양. 기공(旣恭)은 공손한 모양.

威儀反反[192]이러니 위 의 반 반	위의를 갖추더니
曰既醉止[193]엔 왈 기 취 지	술 취한 뒤엔
威儀幡幡[194]이로다 위 의 번 번	위의가 무너지고
舍其坐遷[195]하여 사 기 좌 천	자리를 떠나 옮겨 다니며
屢舞僊僊[196]이로다 루 무 선 선	너울너울 춤까지 추네
其未醉止엔 기 미 취 지	술 취하기 전까지는
威儀抑抑[197]이러니 위 의 억 억	위의가 빈틈없더니
曰既醉止엔 왈 기 취 지	술 취한 뒤엔
威儀怭怭[198]이로다 위 의 필 필	위의가 허술하고 방자해지네
是曰既醉라 시 왈 기 취	이래서 술 취하면
不知其秩[199]이로다 부 지 기 질	질서 없다 말했었지

---

192 위의반반(威儀反反): 위의(威儀)는 위엄과 예의(禮儀). 반반(反反)은 신중한 모양(『모전』).

193 왈기취지(曰既醉止): 왈(曰)은 어조사. 지(止)는 어기사(語氣詞).

194 번번(幡幡): 되풀이하는 모양(「소아·항백(小雅·巷伯)」 시에 보임). 여기서는 행동이 불안한 모양을 나타낸다(『석의(釋義)』).

195 사기좌천(舍其坐遷): 사(舍)는 사(捨)와 통하여, '버리다, 떠나다'의 뜻. 연사례(燕射禮)에서 앉아서 하는 예(禮)들인 취치(取觶)·전치(奠觶) 등을 '좌(坐)'라 하고, 움직임이 있는 예인 승강(升降)·흥배(興拜)·복석(復席)·복위(復位) 등은 '천(遷)'으로 통칭할 수 있는데, 좌천(坐遷)은 이 연사례(燕射禮) 행사에서의 예의와 격식을 말하며, 이 구절은 앉아야 하고 옮겨야 하는 이런 예와 격식을 지키지 않는 것을 말한다(『통석(通釋)』). 치(觶)는 향음주례(鄕飮酒禮)나 연사례에서 사용하는 뿔로 만든 술잔.

196 루무선선(屢舞僊僊): 누(屢)는 누차(屢次). 선선(僊僊)은 춤추는 모양. 가볍게 움직이는 모양, 또는 행동을 가벼이 하는 모양(『석의(釋義)』).

197 억억(抑抑): 빈틈없는 모양〔신밀(愼密)〕(『모전』).

198 필필(怭怭): 경박(輕薄)한 모양. 업신여기고 허술하게 행동하는 모양. 〈삼가시(三家詩)〉에는 필(佖)로 쓰고 있는데, 필(佖)은 만(滿), 즉 충만의 뜻이 있으므로 자만하거나 방자한 모양에 가깝다.

199 질(秩): 질서의 뜻.

賓旣醉止라 빈 기 취 지	손님들 술 취하여
載號載呶[200]하여 재 호 재 노	떠들고 소리치네
亂我籩豆하고 난 아 변 두	음식 그릇 어수선해지고
屢舞僛僛[201]로다 루 무 기 기	뒤뚱뒤뚱 춤을 추네
是曰旣醉니 시 왈 기 취	이래서 술 취하면
不知其郵[202]로다 부 지 기 우	제 잘못도 모른다고 했다네
側弁之俄[203]하여 측 변 지 아	관을 비스듬히 쓰고
屢舞傞傞[204]로다 루 무 사 사	비틀비틀 춤을 추네
旣醉而出[205]하면 기 취 이 출	술 취한 뒤 바로 자리 뜬다면
並受其福[206]이로다 병 수 기 복	서로가 그 복을 받겠지만
醉而不出하면 취 이 불 출	술 취한 뒤에도 가지 않으면
是謂伐德[207]이로다 시 위 벌 덕	이야말로 이른바 덕을 망치는 짓이네
飮酒孔嘉는 음 주 공 가	술이 매우 좋다는 것은
維其令儀[208]니라 유 기 령 의	오직 예의를 잘 지킬 때일세

---

200 재호재노(載號載呶): 재(載)는 어조사. 호(號)는 소리치는 것. 노(呶)는 시끄럽게 떠드는 것.

201 기기(僛僛): 뒤뚱뒤뚱 기울어지는 모양(『집전』).

202 우(郵): 우(訧)의 가차로 과(過)와 통하여, 허물의 뜻.

203 측변지아(側弁之俄): 측(側)은 기울어지는 것. 아(俄)는 기울어지는 모양.

204 사사(傞傞): 취하여 쉬지 않고 춤추는 모양(『모전』).

205 출(出): 떠나가는 것. 잔치를 끝내고 자신의 집으로 돌아가는 것.

206 병수기복(並受其福): 주인이나 손님이나 다 복을 받는 일, 즉 다행하고 좋은 일이라는 뜻.

207 벌(伐): 패(敗)의 뜻. 망치는 것.

208 유기령의(維其令儀): 유(維)는 유(唯)의 뜻. 영(令)은 선(善)의 뜻. 의(儀)는 위의(威儀).

凡此飮酒여 범 차 음 주	같은 술 마시고서
或醉或否로다 혹 취 혹 부	누군 취하고 누군 안 취했네
旣立之監[209]이요 기 립 지 감	감시자 세우고서
或佐之史[210]니 혹 좌 지 사	기록자 두어 그들 돕게 하였으니
彼醉不臧[211]을 피 취 부 장	술 취한 이가 일 저지르는 건
不醉反恥[212]하도다 불 취 반 치	안 취한 이가 부끄러이 여기는 것
式勿從謂[213]하여 식 물 종 위	공연히 많이 들라 하지 말고
無俾大怠[214]어다 무 비 대 태	크게 잘못되지 않도록 해야 하리
匪言勿言[215]하며 비 언 물 언	말 아닌 말 하지 말고
匪由勿語[216]하며 비 유 물 어	어긋난 말도 하지 말 것이니

---

209 감(監): 사례(射禮)를 감독하는 사람. 『향사례(鄕射禮)』 "입사정(立司正)" 주(注)에 "게을리 하여 예를 잃는 자는 사정(司正)을 세워 감독케 한다"고 하였으니, 이곳의 '감(監)'은 '사정(司正)'과 같은 것이다〔『통석(通釋)』〕.

210 혹좌지사(或佐之史): 좌(佐)는 돕다, 권하다. 사(史)는 기사자(記事者). 옛날 술을 마실 적엔 모두 감(監)을 세워 예(禮)에 벗어남을 막았는데, 노인들은 또 '사(史)'를 두어 감(監)을 도우면서 말하는 것을 기록하게 하였다. 다만 젊은이들은 사(史)가 없었다. 즉 감(監)은 의례(儀禮)를 살피는 것이고, 사(史)는 말을 기록하는 것〔『통석(通釋)』〕.

211 부장(不臧): 불선(不善)한 짓을 하는 것.

212 불취반치(不醉反恥): 불취(不醉)는 불취자(不醉者) 곧 취하지 않은 사람. 반취(反恥)는 반대로 수치로 알았다는 뜻. 즉 옆에 있는 사람은 취하지 않았지만 취한 사람이 하는 행동을 보고 스스로 부끄럽게 여긴다는 것.

213 식물종위(式勿從謂): 식(式)은 조사. 물종위(勿從謂)는 글자대로 해석하면 '(술 취한 상대를) 따라서 말하지 마라', '말 받아주지 마라'는 뜻이지만 정확하게는 '따라서 술을 권하지 마라'는 뜻. 위(謂)는 근로(勤勞)의 근(勤)과 권면(勸勉)의 뜻을 가지고 있으며, 덩달아 그에게 권하여 더 많이 마시도록 하지 말라는 뜻이다.

214 무비대태(無俾大怠): 태(怠)는 태만의 뜻도 가능하지만 괴(壞)의 뜻도 있어〔양웅(揚雄), 『방언(方言)』〕, 크게 나쁘게 되지 않도록 하라는 뜻.

215 비언(匪言): 부당한 말〔『석의(釋義)』〕.

216 유(由): 식(式)과 통하며, 법(法)의 뜻. 비유(匪由)는 법도에 벗어나는 말〔『통석(通釋)』〕.

由醉之言[217]은 — 술 취해서 하는 말은
유 취 지 언

俾出童羖[218]로다 — 숫양은 뿔이 없다는 식의 말 나오지
비 출 동 고

三爵不識[219]이니 — 석 잔 술에 인사불성인데
삼 작 불 식

矧敢多又[220]아 — 하물며 더 마시라 술 권할손가
신 감 다 우

◈ 해설

「모시서」에선 위(衛)나라 무공(武公)이 유왕(幽王)을 풍자한 시라 하였고, 주희(朱熹)의 『집전(集傳)』에서는 위나라 무공이 술을 마시고 잘못을 뉘우치어 이 시를 지었다고 하였다. 그러나 위나라 무공을 인용한 근거가 없다. 이 시는 마서진(馬瑞辰) 등의 견해대로 대사례(大射禮)의 모습을 노래한 것이라 봄이 좋겠다. 선왕(先王)들은 제사를 지내기에 앞서 반드시 대사례를 거행하였다〔『통석(通釋)』, 『석의(釋義)』〕. 대사례를 시작할 때부터 끝나 잔치를 하는 과정을 전부 노래하고, 잔치에서 술을 많이 마시고 탈선하는 행동이 흔함을 훈계한 것이다.

---

217 유취지언(由醉之言): 취하여 나오는 말. 유(由)는 인(因)의 뜻.

218 비출동고(俾出童羖): 동(童)은 독(禿)과 통하여, 민둥산 또는 뿔 없는 것을 말한다. 고(羖)는 수양. 동고(童羖)는 뿔 없는 수양. 이 구절은 술에 취하면 수양은 모두 뿔이 있는데도 뿔 없는 수양이 있다는 것과 같은 말을 하게 된다는 뜻.

219 삼작불식(三爵不識): 삼작(三爵)은 석 잔이란 뜻. 일반적으로 신하가 임금을 연회에서 모실 때 석 잔을 넘으면 예가 아니라고 하였고〔『춘추(春秋)』〕, 군자가 술을 마심에 석 잔이면 물러난다고 한 바 평시에 연회를 할 때를 지칭하므로 석 잔이라 하였다. 불식(不識)은 의식을 잃게 되는 것.

220 신감다우(矧敢多又): 신(矧)은 하물며. 우(又)는 유(侑)의 가차자로, 술을 권하는 것〔『석의(釋義)』〕.

제7 어조지습(魚藻之什)

1. 어조(魚藻) 물고기와 마름풀

魚在在藻[1]하니 어 재 재 조	물고기 어디 있나, 마름풀 사이에 있네
有頒其首[2]로다 유 분 기 수	그 머리 큼직도 하네
王在在鎬[3]하니 왕 재 재 호	임금님께선 어디 있나, 호경에 계시는데
豈樂飮酒[4]로다 개 락 음 주	즐겁게 술을 마시네
魚在在藻하니 어 재 재 조	물고기 어디 있나, 마름풀 사이에 있네
有莘其尾[5]로다 유 신 기 미	그 꼬리 길기도 하네
王在在鎬하니 왕 재 재 호	임금님께선 어디 있나, 호경에 계시는데
飮酒樂豈로다 음 주 락 개	술 마시며 즐거워하시네

---

1 어재재조(魚在在藻): 조(藻)는 마름풀, 수초(水草). '在' 자가 두 개 연속으로 되어 있는 것을 평이하게 해석하기에는 탐탁지 않다. 그래서 두 글자씩 끊어서 '물고기는 어디 있나? 마름풀 사이에 있네'로 번역한다〔오개생(吳闓生), 『회통(會通)』〕.

2 유분(有頒): 분연(頒然)과 같으며, 머리가 큰 모양.

3 호(鎬): 호경(鎬京), 서주(西周)의 서울. 지금의 섬서성 장안현(長安縣) 서쪽이었다.

4 개(豈): 즐기다. 개(愷)와 같은 자.

5 유신(有莘): 신연(莘然)으로, 긴 모양.

魚在在藻하니 어 재 재 조	물고기 어디 있나, 마름풀 사이에 있네
依于其蒲[6]로다 의 우 기 포	부들 잎 의지하고 노닐고 있네
王在在鎬하니 왕 재 재 호	임금님께선 어디 있나, 호경에 계시는데
有那其居[7]로다 유 나 기 거	편안하게 쉬며 계시네

◈ 해설

이 시는 천자(天子)를 기린 것이다. 「모시서」에선 유왕(幽王)을 풍자하기 위하여 옛 무왕(武王)을 노래한 것이라 보았고, 주희(朱熹)는 천자가 제후들에게 잔치를 베풀자 제후가 천자를 기린 시로 보았다.

2. 채숙(采菽) 콩을 따서

采菽采菽[8]을 채 숙 채 숙	콩을 따고 콩을 따서
筐之筥之[9]로다 광 지 거 지	모난 광주리 둥근 광주리에 담았네

---

6 포(蒲): 부들, 수초(水草). 이 구절은 물고기가 부들 가까이에서도 논다는 뜻.
7 나(那): 편안하다, 안락하다(『정전』).
8 숙(菽): 콩.
9 광지거지(筐之筥之): 광(筐)은 모진 대광주리. 거(筥)는 둥근 대광주리.

君子來朝[10]에 군 자 래 조	제후들이 천자 뵈러 내조하는데
何錫予之[11]오 하 석 여 지	무엇을 내려 주셨나
雖無予之[12]나 수 무 여 지	비록 줄 만한 것 없어도
路車乘馬[13]로다 노 거 승 마	큰 수레랑 네 필 말이랑 주셨네
又何予之오 우 하 여 지	또 무엇을 내려 주셨나
玄袞及黼[14]로다 현 곤 급 보	검은 곤룡포와 도끼 무늬 바지

觱沸檻泉[15]에 필 불 함 천	펑펑 솟는 샘물가에서
言采其芹[16]이로다 언 채 기 근	미나리를 캔다네
君子來朝에 군 자 래 조	제후들이 천자 뵈러 내조하는데
言觀其旂[17]로다 언 관 기 기	그 깃발들 보이네

---

10 군자래조(君子來朝): 군자(君子)는 제후들을 가리킴. 내조(來朝)는 조정에 와서 뵙는 것.

11 석여(錫予): 석(錫)은 내리다, 주다. 여(予)는 내리다, 주다. 천자가 내조한 제후에게 선물로 내리는 것.

12 수무여지(雖無予之): '비록 줄 것이 없지만'은 내릴 물건이 대단치 않다는 겸사(謙辭)(『정전』). 곧 '별것은 아니지만', '대단치는 않지만'의 뜻.

13 노거승마(路車乘馬): 노거(路車)는 제후들이 타는 수레. 승마(乘馬)는 네 필의 말 또는 네 필의 말이 끄는 수레. 여기서는 네 필의 말로 본다. 말은 물론 물건을 셀 때 네 개를 승(乘)이라 한다.

14 현곤급보(玄袞及黼): 현(玄)은 검은 것. 곤(袞)은 곤룡포. 현곤급보(玄袞)은 검은 천에 둥글게 굽은 용이 그려져 있는 저고리를 말한다(『정전』). 구장법복(九章法服)의 하나〔『공소(孔疏)』〕. 보(黻)는 도끼 모양이 연이어지는 흑백 무늬. 구장법복에선 보(黼) 무늬가 상〔裳: 하의(下衣)〕에 그려져 있었으므로, 여기서는 보 무늬를 수놓은 바지를 뜻한다.

15 필불함천(觱沸檻泉): 필불(觱沸)은 샘물에 솟아나는 모양(『모전』). 불(沸)는 샘물이 솟아나는 것이 마치 물이 끓어오르는 것과 같음을 말한다. 함천(檻泉)은 지금 솟아오르고 있는 샘물(『모전』). 함(檻)은 『노시(魯詩)』와 『한시(韓詩)』에서는 남(濫)으로 쓰고 있으며, 차자(借字)이다. 물이 솟아오르며 넘치는 모양이다.

16 근(芹): 미나리.

其旂淠淠[18]하며 기 기 비 비	그 깃발 수없이 펄럭거리고
鸞聲嘒嘒[19]하며 난 성 혜 혜	말방울 소리 딸랑딸랑
載驂載駟[20]하니 재 참 재 사	참마 타고 사마 타고
君子所届[21]로다 군 자 소 계	제후들이 다다르네

赤芾在股[22]요 적 불 재 고	다리에 붉은 슬갑 두르고
邪幅在下[23]로다 사 폭 재 하	그 아래 행전을 찼네
彼交匪紓[24]하니 피 교 비 서	저 단단히 둘러 느슨하지 않으니

---

17 언관기기(言觀其旂): 언(言)은 어조사. 관(觀)은 보인다는 뜻. 기(旂)는 여기서는 제후의 수레에 꽂힌 여러 가지 깃발을 뜻함.

18 비비(淠淠): 많은 깃발이 펄럭이는 모양(『모전』).

19 난성혜혜(鸞聲嘒嘒): 난(鸞)은 말 재갈에 달린 방울. 혜혜(嘒嘒)는 짤랑짤랑 나는 소리.

20 재참재사(載驂載駟): 어떤 때는 삼마〔驂〕를 끌고 어떤 때는 사마〔駟〕를 끈다. 또는 바깥 두 마리 말을 참마(驂馬)라 하고, 두 복마(服馬)를 사(駟)라고 하여, 한 대의 수레를 끄는 이 네 마리 말들을 부린다는 뜻.

21 계(届): 이르다. 다다르다.

22 적불재고(赤芾在股): 불(芾)은 슬갑(膝甲). 제후들을 붉은 슬갑을 걸쳤다〔「조풍·후인(曹風·候人)」 시에도 보임〕. 슬갑은 앞을 가리는 것이어서 아래 폭은 넓적다리에까지 이른다. 그래서 재고(在股)라 한 것.

23 사폭재하(邪幅在下): 사폭(邪幅)은 후세의 행전(行纏)처럼(『정전』) 무릎에서 발목까지를 천으로 묶은 것. 사폭은 따라서 슬갑 밑에 있으므로 재하(在下)라 한 것이다〔『석의(釋義)』〕. 행전은 바지나 고의를 입을 때 정강이에 감아 무릎 아래 매는 물건. 반듯한 헝겊으로 소맷부리처럼 만들고 위쪽에 끈을 두 개 달아서 돌라매게 되어 있다.

24 피교비서(彼交匪紓): 『순자(荀子)』에 이 시를 인용하며 피(彼)를 비(匪: 非)로 쓰고 있다. 앞의 시 「소아·상호(小雅·桑扈)」에도 보였음. 교(交)는 오(敖)의 뜻〔왕인지(王引之), 『경의술문(經義述聞)』〕. 그래서 피교(彼交)는 비오(匪敖)와 같아서 교만하지 않는 것. 서(紓)는 완(緩)과 통하며(『모전』), 태만(怠慢)의 뜻. 즉 오만하지 않고 태만하지 않는 것을 말한다. 또는 이 구절을 글자 그대로 풀어서, 교(交)는 교제(交際)(『모전』, 『집전』)나 '묶는다'는 의미로, 서(紓)는 느슨하다는 뜻으로 하였는데 『집전(集傳)』의 해석은 이치에 맞지 않는 것 같고 다만 앞의 슬갑과 행전을 묶은 것이 느슨하거나 헐겁지 않다는 것으로

天子所予로다
천 자 소 여
천자께서 내리신 것이라네

樂只君子여
낙 지 군 자
즐거워라 제후들

天子命之[25]로다
천 자 명 지
천자께서 임명하시고

樂只君子여
낙 지 군 자
즐거워라 제후들

福祿申之[26]로다
복 록 신 지
복록이 겹겹이 내리네

維柞之枝[27]여
유 작 지 지
떡갈나무 가지

其葉蓬蓬[28]이로다
기 엽 봉 봉
그 잎새 무성하네

樂只君子여
낙 지 군 자
즐거워라 제후들

殿天子之邦[29]이로다
전 천 자 지 방
천자님 나라 안정시키고

樂只君子여
낙 지 군 자
즐거워라 제후들

萬福攸同[30]이로다
만 복 유 동
온갖 복 다 모이네

平平左右[31]이
평 평 좌 우
점잖고 훌륭한 신하들

도 볼 수 있으며 이것이 천자가 내린 것이라는 말이 된다.

25 명지(命之): 고대의 제왕이 의물(儀物)이나 작위(爵位)를 신하에게 내리며 조서(詔書) 반포하는 것을 명(命)이라 했다. 지(之)는 제후를 지칭한다. 여기서는 임명한 것을 말한다.

26 신(申): 중(重)과 통하여(『모전』), 거듭하는 것. 즉 거듭 내리는 것.

27 작(柞): 떡갈나무.

28 기엽봉봉(其葉蓬蓬): 봉봉(蓬蓬)은 무성한 모양(『모전』). 떡갈나무의 잎이 무성하다는 것은 군자가 재간이 있는 것을 비유한 것으로 본다.

29 전(殿): 진(鎭)과 통하여, 안정시키는 것.

30 유동(攸同): 유(攸)는 내(乃)의 뜻. 동(同)은 모이다〔취(聚)〕.

31 평평좌우(平平左右): 평평(平平)은 『한시(韓詩)』에는 편편(便便)이라 쓰고 있으며, 한아(閒雅)한 모양〔『경전석문(經典釋文)』〕. 또는 밝고 지혜로운 모양〔『이아(爾雅)』〕. 좌우(左右)는 제후들의 신하들(『집전』).

亦是率從[32]이로다 역 시 솔 종	제후들 모시고 뒤를 따르네

汎汎楊舟[33]여 범 범 양 주	두둥실 뜬 버드나무 배
紼纚維之[34]로다 불 리 유 지	밧줄로 매었네
樂只君子여 낙 지 군 자	즐거워라 제후들
天子葵之[35]로다 천 자 규 지	천자께서 치적 헤아리시고
樂只君子여 낙 지 군 자	즐거워라 제후들
福祿膍之[36]로다 복 록 비 지	복록이 더더욱 두터워지네
優哉遊哉[37]히 우 재 유 재	편안하고 유유하게
亦是戾矣[38]로다 역 시 려 의	제후들이 다다르네

---

32 역시솔종(亦是率從): 역(亦)은 어조사. 솔종(率從)은 수종(隨從), 수행(隨行)의 뜻.

33 범범양주(汎汎楊舟): 범범(汎汎)은 물에 둥실둥실 떠 있는 모양. 양주(楊舟)는 버드나무로 만든 배.

34 불리유지(紼纚維之): 불(紼)은 뱃머리 밧줄(『모전』). 리(纚)는 유(維)와 마찬가지로 붙들어 매는 것(『집전』). 유(維)는 매다, 묶다. 배를 밧줄로 묶듯이 천자가 제후들을 잘 묶어 안전하게 보호하고 있는 것을 비유하였다.

35 규(葵): 규(揆)와 통하여(『모전』), 제후들의 치적이나 덕을 헤아리는 것.

36 비(膍): 두터운 것.

37 우재유재(優哉游哉): 우(優)와 유(游)는 제후들이 내조(來朝)하는 모습으로, 의젓하고 점잖은 것. 또는 한가하고 자득(自得)한 모양.

38 역시려의(亦是戾矣): 역시(亦是)는 어시(於是)와 같고, 려(戾)는 '이르다, 도달하다'〔지(至)〕는 뜻. 지극(至極)하다는 의미와 '이에 내조하며 머물고 있다'는 뜻

◈ 해설

제후들이 조회(朝會)에 참석하러 모여드는 모양을 시인이 노래한 것이다. 제후들의 늠름하고 훌륭함과 천자로부터 받은 복록을 누리는 모습이 어우러져 표현되었다.

각 장 첫머리의 콩·샘물·떡갈나무·버드나무 배 등은 모두 흥(興)으로서 꼭 무엇을 비유하였거나 시인의 머릿속에서 제후들이 내조하는 모습과 어떤 연상 작용이 있었는지 단정 지을 수는 없지만 몇 가지 단서는 발견할 수 있을 것이다. 즉 콩을 따서 광주리에 담는 것의 풍요로움과 그 만족감은 제후들이 천자에게 내조(來朝)할 때의 든든함과 풍요로움으로 비유된다. 그래서 바로 무얼 하사할 것인가 하는 말로 이어진다. 솟아올라 넘치는 샘물과 그 곁에서 뜯은 미나리 역시 풍요와 안정을 말하고 있는 것으로 보인다. 떡갈나무 가지와 잎새가 무성한 것은 제후들이 사방에 퍼져 있어 나라를 안정시키는 것에 비유되며, 버드나무로 만든 배가 밧줄로 매어 있는 것은 천자가 그들을 헤아려서 안전하게 보호하는 것으로 비유된다.

3. 각궁(角弓) 뿔활

騂騂角弓[39]이여 성 성 각 궁	잘 휜 뿔활은
翩其反矣[40]로다 편 기 반 의	핑 하고 튕겨지네

---

39 성성각궁(騂騂角弓): 성성(騂騂)은 활이 조화되게 잘 구부러진 모양(『집전』). 각궁(角弓)은 뿔로 장식된 활(『집전』).

40 편기반의(翩其反矣): 편(翩)은 반대로 튕겨지는 모양(『모전』). 또는 소리. 반(反)은 반대로 튕겨지는 것(『모전』). 활은 쏘지 않을 때 활줄을 풀어 놓으면 바깥쪽으로 활대가 튕겨

兄弟昏姻[41]은
형 제 혼 인
無胥遠矣[42]어다
무 서 원 의

형제나 친척들은
서로 멀리하지 말아야지

爾之遠矣면
이 지 원 의
民胥然矣며
민 서 연 의
爾之教矣면
이 지 교 의
民胥傚矣[43]니다
민 서 효 의

그대가 멀리하면
백성들도 따라 그렇게 하고
그대가 가르치면
백성들도 따라 본받게 되네

此令兄弟[44]는
차 령 형 제
綽綽有裕[45]나
작 작 유 유
不令兄弟는
불 령 형 제
交相爲瘉[46]로다
교 상 위 유

훌륭한 형제들은
너그러이 정이 넘치지만
좋지 못한 형제들은
서로 헐뜯기 일쑤이지

民之無良[47]은
민 지 무 량

좋지 못한 백성들은

진다. 형제나 골육(骨肉)이라 하더라도 도에 어긋나는 행동을 하면 이 화살대 줄을 풀어 놓듯이 서로 멀어진다는 것이다.

41 혼인(昏姻): 이성(異姓) 친척을 말함. 혼(昏)은 혼(婚)의 고체(古體).

42 서(胥): 서로.

43 효(傚): 본받다.

44 령(令): 선(善)의 뜻. 훌륭한 것.

45 작작유유(綽綽有裕): 작작(綽綽)은 너그러운 모양. 유(裕)는 여유가 있는 것. 형제간에 우애가 넘침을 뜻한다.

46 유(瘉): 병. 여기서는 헐뜯는다는 뜻.

47 량(良): 선(善)의 뜻. 무량(無良)은 불량(不良) 또는 불선(不善).

相怨一方[48]하며 상 원 일 방	오직 상대방을 원망하며
受爵不讓[49]하나니 수 작 불 양	벼슬만은 사양하지 않으니
至于已斯亡[50]이로다 지 우 기 사 망	자신을 망치게 되네
老馬反爲駒[51]하여 노 마 반 위 구	늙은 말이 오히려 망아지라 생각하고
不顧其後[52]로다 불 고 기 후	뒷일은 생각 않네
如食宜饇[53]요 여 사 의 어	먹는 데에는 남보다 배부르려 들고
如酌孔取[54]로다 여 작 공 취	술 마시는 데엔 남보다 많이 마시려 하네
*毋*教猱升木[55]이어다 무 교 노 승 목	원숭이에게 나무 오르게 하지 말고

---

48 일방(一方): 상대방. 자기의 입장에서 남만을 일방적으로 원망하는 것.

49 작(爵): 작위(爵位). 술잔, 벼슬, 지위.

50 지우기사망(至于已斯亡): 지우(至于)는 '―에 이르다'. 기(已)는 자기. 즉 '자기 자신에 이르러서는'의 뜻. 사(斯)는 조사 또는 취(就)의 뜻. 망(亡)은 망치다, 또는 망각하다.

51 노마반위구(老馬反爲駒): 힘없는 늙은 말이 젊은 망아지처럼 생각하는 것. 능력 없는 소인들이 자기가 유능한 것처럼 행동함에 비유한 말(『집전』).

52 불고기후(不顧其後): 뒷일은 생각하지 않고 바로 눈앞의 작은 이익에 급급한 것. 또는 그렇게 설쳐대는 것. 장차 임무를 감당하지 못하는 환(患)이 있을 것이라는 뜻(『집전』).

53 여사의어(如食宜饇): 사(食)는 먹이다. 의(宜)는 차(且)자와 옛날에는 통용되었다. 또는 '많다'〔다(多)〕로 해석한다. 고문(古文)에서 의(宜)를 '宩'로 썼다고 한다〔『통석(通釋)』〕. 「주남·종사(周南·螽斯)」에도 보임. 어(饇)는 배부른 것.

54 여작공취(如酌孔取): 작(酌)은 술을 따르는 것. 공(孔)은 심히, 매우. 취(取)는 술잔을 들어 마시는 것.

55 무교노승목(*毋*教猱升木): 노(猱)는 원숭이. 원숭이는 소인에 비유한 것으로, 원숭이를 나무에 올려 보내지 말라는 것은 소인에게 간사한 짓을 하도록 허용하지 말라는 것. 원숭이가 나무에 오르는 나무를 타는 것은 본성이라 가르칠 필요도 없는데 나무 타기를 가르친다는 것은 마치 소인이 골육(骨肉)의 은혜가 박한데, 군자가 또 그 아첨하는 사람

如塗塗附[56]니라 (여도도부) 진흙에 진흙 보태는 짓 말아라
君子有徽猷[57]면 (군자유휘유) 군자가 아름다운 도 지킨다면
小人與屬[58]하리라 (소인여촉) 소인들도 의지하게 될 걸세

雨雪瀌瀌[59]이나 (우설표표) 눈이 펑펑 내리지만
見晛曰消[60]하니라 (견현왈소) 햇빛만 보면 녹는데
莫肯下遺[61]요 (막긍하유) 제 몸 굽히려 들진 않고
式居婁驕[62]로다 (식거루교) 늘 교만하게만 구네

雨雪浮浮[63]나 (우설부부) 눈이 펄펄 내리지만

을 좋아하여 부르는 것과 같다는 뜻이라 했다(『집전』).

56 여도도부(如塗塗附): 진흙 위에 진흙을 더 붙이는 것과 같은 짓, 곧 간사한 소인에게 간사한 짓을 하도록 기회나 상황을 만들어 주는 것을 비유한 것.

57 군자유휘유(君子有徽猷): 군자(君子)는 임금이나 윗사람을 가리킴. 휘(徽)는 아름다운 것. 유(猷)는 도(道)나 법칙의 뜻.

58 소인여촉(小人與屬): 소인(小人)은 낮은 백성들. 촉(屬)은 의지하고 따르게 되는 것.

59 우설표표(雨雪瀌瀌): 우(雨)는 명사 '비'가 아니고 동사 '내리다'로 푼다. 우설(雨雪)은 눈이 내리다. 표표(瀌瀌)는 눈이 많이 내리는 모양(『정전』).

60 견현왈소(見晛曰消): 현(晛)은 햇빛, 햇빛이 나다. 눈이 아무리 많이 와도 햇볕만 보면 녹아 버린다는 것은, 소인들이 아무리 등쌀을 대더라도 임금님이나 윗사람이 잘 다스리면 아무런 문제도 생기지 않고 오히려 교화를 받아 없어지고 만다는 뜻.

61 막긍하유(莫肯下遺): 유(遺)는 수(隨)의 뜻(『정전』). 하유(下遺)는 자기를 낮추고 남의 의견을 따르는 것. 임금이나 윗사람이 아랫사람들을 향해 겸허(謙虛)하고 유순(柔順)하지 않는 것.

62 식거루교(式居婁驕): 식(式)은 조사. 거(居)는 편안히 거처하는 것. 또는 처신. 루(婁)는 루(屢)와 통하여 누차·자주의 뜻. 또는 루(婁)는 높다〔고(高)〕, 산꼭대기의 뜻이 있다〔『통석(通釋)』〕.

63 부부(浮浮): 앞의 표표(瀌瀌)와 같은 뜻으로 눈이 펄펄 많이 내리는 모양.

見晛曰流[64]하니라
견 현 왈 류

햇빛만 보면 녹는데

如蠻如髦[65]라
여 만 여 모

오랑캐들처럼 행동하니

我是用憂[66]로다
아 시 용 우

나는 늘 걱정이네

◈ 해설

「모시서」에 "부형(父兄)들이 유왕(幽王)을 풍자한 것이다. 집안사람들과 친히 지내지 않고 아첨 잘하는 간사한 자들을 좋아하여 집안끼리 서로 원망하므로 이 시를 지었다"고 하였다. 유왕이 대상인지는 몰라도 임금이 간사한 무리들의 참언(讒言)을 믿어 한 집안 사람들이 서로 원망함을 풍자한 것임에는 틀림없어 보인다.

4. 울류(菀柳) 무성한 버드나무

有菀者柳[67]엔
유 울 자 류

시들고 마른 버드나무 아래에선

---

64 류(流): 소(消)와 같이 눈이 녹는 것[『통석(通釋)』].

65 여만여모(如蠻如髦): 만(蠻)은 남쪽 오랑캐. 모(髦)는 서이(西夷) 곧 서쪽 오랑캐의 별명[『정전』].

66 용(用): 이(以)의 뜻.

67 유울자류(有菀者柳): 유울(有菀)은 울연(菀然)과 같은데, 대개 두 가지 뜻이 있다. 첫째는, 무성한 모양[『모전』]. 무성한 그늘이라 쉬기에 좋음을 말한다. 둘째는, 마르고 병든 모양[『통석(通釋)』]. 즉 주나라 왕이 혼음(混淫)하고 조정이 부패한 것을 비유함으로 읽힌다. 즉 '울'로 읽을 때는 울(鬱)과 같으며 무성한 모양이고, '원'(於阮反)으로 읽을 때는

不尙息焉[68]가 불 상 식 언	쉬기 바라지 않는가
上帝甚蹈[69]이시니 상 제 심 도	하느님은 매우 변화무상하시니
無自暱焉[70]이어다 무 자 닐 언	스스로 나쁜 짓 하지 말라
俾予靖之[71]면 비 여 정 지	내게 그를 다스리게 하신다면
後予極焉[72]이리라 후 여 극 언	곧 나는 그를 처벌하리라

有菀者柳에 유 울 자 류	무성한 버드나무 아래
不尙愒焉[73]가 불 상 게 언	쉬기를 바라지 않는가
上帝甚蹈이시니 상 제 심 도	하느님은 매우 엄하시니
無自瘵焉[74]이어다 무 자 채 언	스스로 못된 짓 하지 말게
俾予靖之면 비 여 정 지	내게 그를 다스리게 하신다면

원(苑)·원(菀)·원(葾)이 통용되며 '시들다, 지다'의 뜻이다〔『통석(通釋)』〕.

68 불상식언(不尙息焉): 상(尙)은 바라다. 또는 증(曾)과 같은 뜻〔『통석(通釋)』〕. 식(息)은 쉬다. 즉 주나라 조정에 의지할 수 없다는 비유로 쓰였다. 언(焉)은 의문조사. 또는 종결어미〔『통석(通釋)』〕.

69 도(蹈): 동(動)의 뜻(『모전』)이라 하였는데, 동(動)은 변(變)과 통하여 희로애락의 변화가 무상(無常)한 것을 말한다〔『통석(通釋)』〕. 글자 그대로 '밟다, 실천하다' 등으로 해석하여 이 구절을 '하느님은 매우 확실하게 실천하신다'로 번역하는 것은 적절하지 않다.

70 닐(暱): 가까이하다(『모전』). 또는 병(病)의 뜻으로〔『통석(通釋)』〕, 병폐가 될 나쁜 짓을 하는 것.

71 비여정지(俾予靖之): 비(俾)는 사(使)와 같이, '—하여금'의 뜻. 정(靖)은 치(治)와 같으며(『모전』), 안정시키다, 다스리다.

72 후여극언(後予極焉): 후(後)는 뒤에 곧. 극(極)은 극(殛)의 가차자로 주(誅)의 뜻〔『정전(鄭箋)』, 『통석(通釋)』〕이며 처벌하는 것. 이 구절은 나에게 정국을 맡겨 다스리라 하고는 후에는 다른 사람들의 참언(讒言)을 믿어 공적을 자세히 살피지도 않고 나를 처벌한다는 말이다.

73 게(愒): 게(憩)와 통하여, 쉬는 것.

74 채(瘵): 병폐가 될 못된 짓을 하는 것.

後予邁焉[75]이리라
후 여 매 언

곧 나는 그를 쫓아내리라

有鳥高飛는
유 조 고 비

새가 높이 날아

亦傅于天[76]이니라
역 부 우 천

하늘에 닿을 듯하네

彼人之心은
피 인 지 심

저자의 마음은

于何其臻[77]고
우 하 기 진

어떻게 되어 먹은 건가

曷予靖之[78]리요
갈 여 정 지

언제면 내가 그를 다스리게 될까

居以凶矜[79]이로다
거 이 흉 긍

흉악하고 위태롭게 처신하네

◈ 해설

어떤 간악(奸惡)한 자를 두고 노래한 것이 분명하다. 「모시서」에서는 유왕(幽王)을 풍자한 것이라 하였는데, 사실 여부는 알 길이 없다.

---

75 매(邁): 행(行)과 같은 뜻인데, 여기서는 내보내는 것 곧 추방의 뜻.

76 역부우천(亦傅于天): 역(亦)은 조사. 부(傅)는 지(至)의 뜻(『모전』)으로, 이르다. 이 구절 '새는 날아서 하늘 높이 이른다'는 것은 그래도 목적과 지향이 있는 것을 말하며, 다음 구절을 말하기 위해 반유(反喩)로 사용되었다. 즉 다음 두 구의 '저자의 마음은 어디로 가나'를 말하기 위한 것.

77 우하기진(于何其臻): 우하(于何)는 어하(於何)와 같으며, '어디로, 어디에'의 뜻. 진(臻)은 이르다. 이 구절은 '그자의 마음이 어디로 갈 건가?'의 뜻으로, 왕의 마음이 변화무상하여 어떻게 될지 알 수 없음을 말한 것.

78 갈(曷): 하시(何時), 언제의 뜻.

79 거이흉긍(居以凶矜): 거(居)는 처신(處身)하는 것. 흉(凶)은 화(禍), 긍(矜)은 위(危)의 뜻으로(『모전』), 위태로운 것.

5. 도인사(都人士)　　도성 양반

彼都人士[80]여 피 도 인 사	저 도성 양반은
狐裘黃黃[81]이로다 호 구 황 황	누런 여우 갖옷 입으셨네
其容不改[82]하며 기 용 불 개	얼굴에 위엄이 있고
出言有章[83]이로다 출 언 유 장	말은 조리가 있네
行歸于周[84]하니 행 귀 우 주	주나라로 돌아가면
萬民所望이로다 만 민 소 망	만백성이 바라보리

彼都人士여 피 도 인 사	저 도성 양반은
臺笠緇撮[85]이로다 대 립 치 촬	띠풀 삿갓에 검은 베 두건 쓰셨네

---

80 피도인사(彼都人士): 도(都)는 왕도(王都)(『집전』), 즉 도성(都城). 그래서 도성에서 온 세련되고 멋있는 사람으로 해석한다. 또는 일설에는 미(美)와 같다고 했다. 「정풍·유녀동거(鄭風·有女同車)」의 "순미차도(洵美且都)"와 「정풍·산유부소(鄭風·山有扶蘇)」의 "불견자도(不見子都)"의 '도(都)'와 같다(『통석(通釋)』). 즉 '아름다운 모양'으로 미색(美色)이나 미덕(美德)을 모두 도(都)라 칭하며, 도인(都人)은 미인(美人)과 같다.

81 호구황황(狐裘黃黃): 호구(狐裘)는 여우 갖옷. 황황(黃黃)은 황황(煌煌)과 같으며, 빛나는 모양.

82 기용불개(其容不改): 용(容)은 행동거지와 용모, 즉 위의(威儀)를 말한다. 불개(不改)는 바꾸지 않음, 유상(有常)의 뜻으로 곧 변함없이 단정한 것.

83 유장(有章): 조리가 있는 것. 또는 문아(文雅)하며 법도(法度)가 있는 것.

84 행귀우주(行歸于周): 주(周)는 충신(忠信)(『모전』). 즉 행위가 모두 충심(忠心)과 믿음에 부합한다는 뜻. 또는 일설에는 주(周)나라의 도성인 호경(鎬京)으로 돌아간다는 뜻(『집전』). 그래서 행귀(行歸)도 시집가는 것으로 보고, 이 구절을 주나라 호경으로 시집가는 것으로 보기도 한다(『석의(釋義)』).

85 대립치촬(臺笠緇撮): 대(臺)는 「소아·남산유대(小雅·南山有臺)」 시에 나왔던 대(臺)로서, 부수(夫須)라 하며 사초(莎草)를 말함. '향부자'라 하였으나 맞는지 알 수 없으며, 삿

彼君子女[86]여 피 군 자 녀	저 군자님의 따님은
綢直如髮[87]이로다 주 직 여 발	묶은 머리 삼단 같네
我不見兮니 아 불 견 혜	우린 다시 볼 수 없게 되었으니
我心不說이로다 아 심 불 열	내 마음 기쁘지 않네

彼都人士여 피 도 인 사	저 도성 양반은
充耳琇實[88]이로다 충 이 수 실	옥돌로 귀막이 하셨네
彼君子女여 피 군 자 녀	저 군자님의 따님은
謂之尹吉[89]이로다 위 지 윤 길	윤씨나 길씨집 규수 같다네
我不見兮여 아 불 견 혜	우린 다시 볼 수 없게 되었으니
我心苑結[90]이로다 아 심 원 결	내 마음 서러워지네

갓을 만드는 것으로 보아 잎이나 줄기가 길고 질긴 '왕골' 종류의 풀일 것. 립(笠)은 삿갓. 그래서 대립(臺笠)은 띠풀로 만든 갓. 치(緇)는 검은 것, 즉 검은색의 비단이나 베〔布〕. 촬(撮)은 관(冠)의 뜻(『모전』). 치촬(緇撮)은 치포관(緇布冠), 즉 검은 베로 만든 관(冠)으로(『모전』), 작아서 겨우 상투를 쥘 만하다(『집전』).

86 피군자녀(彼君子女): 군자(君子)는 귀족의 통칭(通稱), 상당한 지위에 있는 사람을 말한다. 군자녀(君子女)는 귀족의 딸, 또는 여자 곧 신부(新婦)로 본다.

87 주직여발(綢直如髮): 주(綢)는 조(稠)와 통하여 머리숱이 많은 것. 여(如)는 내(乃)·기(其)와 같은 조사〔왕인지(王引之), 『경전석사(經傳釋詞)』〕. 또는 혹 직발여주(直髮如綢)의 도치문으로 보고, 직발(直髮)은 제4장의 '권발(卷髮)'과 짝이 되며, 말아 올린 머리카락이 아니라 그대로 산발(散髮)한 모습의 아름다움을 주(綢), 즉 비단으로 비유했다.

88 충이수실(充耳琇實): 충이(充耳)는 귀막이, 진(瑱). 수(琇)는 옥돌. 실(實)은 색(塞)의 뜻으로 귀를 막은 것. 이 구는 '옥돌로 귀를 막는 충이(充耳)를 하고 있다'는 뜻.

89 위지윤길(謂之尹吉): 윤(尹)은 윤씨(尹氏). 길(吉)은 길(姞)과 통하여 길씨(姞氏)(『정전』). 윤씨와 길씨는 주나라 왕실과 혼인해 온 오래된 성씨라 한다(『정전』).

90 원결(苑結): 원(苑)은 울(菀)로 되어 있는 판본이 많으며, 같은 글자임. 원결(苑結)은 마음에 시름이 쌓이는 것.

彼都人士여 피 도 인 사	저 도성 양반은
垂帶而厲[91]로다 수 대 이 려	늘어진 띠가 휘청거리네
彼君子女여 피 군 자 녀	저 군자님의 따님은
卷髮如蠆[92]로다 권 발 여 채	말아 올린 머리가 전갈 꼬리 같네
我不見兮니 아 불 견 혜	우린 다시 볼 수 없게 되었으니
言從之邁[93]하리라 언 종 지 매	그를 따라가기라도 할까

匪伊垂之여 비 이 수 지	그가 띠를 늘어뜨린 것이 아니라
帶則有餘[94]며 대 칙 유 여	띠가 여유 있기 때문이네
匪伊卷之요 비 이 권 지	머리를 말아 올린 게 아니라
髮則有旟[95]로다 발 칙 유 여	머리끝이 올라갔기 때문이네
我不見兮니 아 불 견 혜	우린 다시 볼 수 없게 되었으니

---

91 수대이려(垂帶而厲): 수대(垂帶)는 띠를 길게 늘어뜨린 것. 이(而)는 여(如)와 같다. 려(厲)는 띠가 늘어져 있는 모양. 열(裂)로 써야 하며, 증여(繒餘) 백여(帛餘), 즉 비단의 여분의 뜻이다〔『정전(鄭箋)』, 『집소(集疏)』〕. 옛날 긴 띠로 옷을 묶고 일부분을 남겨서 밑으로 늘어뜨린 것을 말한다.

92 권발여채(卷髮如蠆): 권발(卷髮)은 머리카락을 말아 올린 것. 채(蠆)는 전갈〔헐(蠍)〕과 같은 독충으로 꼬리가 길며, 걸을 때 꼬리를 들어 치켜 올리므로 이로써 머리 모양을 비유하였다. 앞에서는 머리카락이 곧다고 하였고 여기서는 말아 올렸다고 한 것은, 앞의 것은 머리 뿌리 근처의 모양을 두고 한 말이고, 여기서는 머리끝을 묘사한 것이기 때문이다. 또는 전자는 머리를 꾸미기 전의 모습으로 볼 수도 있다.

93 언종지매(言從之邁): 언(言)은 조사. 종지매(從之邁)는 그를 따라 가고 싶다는 뜻.

94 유여(有餘): 남음이 있는 것, 여유가 있는 것. 띠를 고의로 드리우려고 한 것이 아니라 띠가 저절로 남음이 있어서라는 것.

95 여(旟): 양(揚)의 뜻(『모전』), 즉 올라간 것. 유여(有旟)는 여연(旟然)으로, 머리가 말려 올라간 것. 머리털을 고의로 말아 올린 것이 아니라 머리털이 저절로 올라갔음을 말한 것으로 자연스레 아름다워 수식(修飾)을 빌릴 필요가 없음을 말한 것.

云何盱矣[96]오　얼마나 가슴 아픈가
운 하 우 의

◈ 해설

귀한 집안의 따님이 주(周)나라로 출가하는 모양을 노래한 것이다〔『석의釋義』〕. 주나라의 신랑은 시종 훌륭한 교양에 성장(盛裝)을 한 멋진 남자로 노래되고 있다. 그래서 「모시서」에서는 주나라 사람이 의복(衣服) 무상(無常)함, 즉 의복이 일정하지 못한 것을 풍자한 것이라 하였다.

6. 채록(采綠)　녹두 따는데

終朝采綠[97]이나　아침 내내 녹두를 따도
종 조 채 록

不盈一匊[98]이로다　한 줌도 차지 않네
불 영 일 국

予髮曲局[99]하니　내 머리카락 뒤엉켰으니
여 발 곡 국

---

96 운하우의(云何盱矣): 운하(云何)는 얼마나. 우(盱)는 병(病)의 뜻. 「주남·권이(周南·卷耳)」 시에도 보임.

97 종조채록(終朝采綠): 종조(終朝)는 새벽부터 조반(朝飯)때까지(『모전』). 록(綠)은 녹(菉), 곧 녹두(綠豆). 혹은 왕추(王芻)라고도 한다(『정전』).

98 불영일국(不盈一匊): 영(盈)은 차다, 채우다. 국(匊)은 한 줌. 따기 쉬운 녹두를 아침 내내 땄어도 한 줌도 되지 않는다는 것은 우수(憂愁)가 깊음을 말한다. 님에 대한 그리움이 깊어 마음이 다른 곳에 있음을 말한다.

99 여발곡국(予髮曲局): 곡국(曲局)은 권곡(卷曲). 머리카락이 엉클어져 있는 모양〔『석의(釋義)』〕. 머리카락이 엉클어져 있다고 말하는 것은 시름의 깊음이나 일의 고달픔에다 바로

薄言歸沐[100]하리라 — 돌아가 머리나 감을까
박 언 귀 목

終朝采藍[101]이나 — 아침 내내 쪽을 베도
종 조 채 람
不盈一襜[102]이로다 — 앞치마에도 차지 않네
불 영 일 첨
五日爲期[103]나 — 닷새를 기약했으나
오 일 위 기
六日不詹[104]이로다 — 엿새 되어도 아니 오네
육 일 불 첨

之子于狩[105]하면 — 그 님 사냥하시려면
지 자 우 수
言韔其弓[106]하며 — 활을 활집에 잘 넣고
언 창 기 궁
之子于釣하면 — 그 님 낚시 가시면서는
지 자 우 조
言綸之繩[107]하리라 — 낚싯줄을 챙기시라
언 륜 지 승

찾아올지도 모른다는 기다림의 요소까지 결합되어 있음을 느끼게 한다.

100 박언귀목(薄言歸沐): 박언(薄言)은 일반적으로는 어조사이지만 대개 총망(怱忙)하거나 급박(急迫)함의 의미를 갖고 있다. 이 시에서도 그런 느낌이 강하다. 목(沐)은 머리 감는 것.

101 남(藍): 남색(藍色) 물을 들이는 데 쓰이는 풀. 쪽.

102 첨(襜): 앞치마, 행주치마. 일첨(一襜)은 앞치마 자락에 하나 가득 담은 것.

103 위기(爲期): 돌아가기로 한 기한(期限) 또는 기약(期約)으로 삼은 것.

104 첨(詹): 이르다〔지(至)〕.

105 지자우수(之子于狩): 지자(之子)는 시자(是子)로 '이 사람' 곧 작자의 남편이거나 결혼하려고 마음에 둔 대상. 후자일 경우라도 이미 약속을 한 것으로 보고 '그 님'으로 번역하였다. 수(狩)는 사냥하는 것.

106 언창기궁(言韔其弓): 언(言)은 어조사. 창(韔)은 활집. 여기서는 동사로 사용되어 활집에 넣다. 그러나 실제적인 의미는 '사냥'하여 짝을 구하려면 애정의 활과 화살을 잘 준비하라는 뜻.

107 언륜지승(言綸之繩): 륜(綸)은 실을 간추리는 것(『집전』). 지(之)는 기(其)의 뜻. 승(繩)은 낚싯줄. 앞의 주와 마찬가지로, '낚시'하듯 짝을 구하려면 낚싯줄을 잘 준비하라는 뜻.

其釣維何오 기 조 유 하	무슨 고기 낚으시나
維魴及鱮[108]로다 유 방 급 서	방어와 연어일세
維魴及鱮여 유 방 급 서	방어와 연어 있으니
薄言觀者[109]로다 박 언 관 자	빨리 와서 구경하고 놀아 보세요

◈ 해설

「모시서」에서는 '자원광(刺怨曠)'이라 했는데, 이는 "장기간 별거하는 것 또는 남편이 오랫동안 집을 비우고 돌아오지 않음을 부인이 원망하는 것을 풍자한다"는 뜻이다. 즉 부부가 서로 떨어져 있음이 오래된 것을 원망하는 시로 보았다. 유왕(幽王) 때에는 부부가 서로 떨어져 있음을 원망하는 사람이 많았다는 것이다. 남편은 행역(行役)에 나가 돌아오마고 약속한 날이 지나도 소식이 없고, 그래서 여인은 손에 잡히지 않는 녹두와 쪽 풀을 뜯으며 남편을 그리는 것이다. 이후 대부분의 학자들은 이를 따랐고, 다만 세세한 부분에서 해석의 차이가 있었다. 정현(鄭玄)과 공영달(孔穎達)은 각자 다소의 차이는 있지만 큰 줄기로 보면 "남편이 행역(行役)을 나가 때가 지났음에도 돌아오지 않는 것을 원망하며,

---

108 유방급서(維魴及鱮): 방(魴)은 방어. 서(鱮)는 연어. 여기서는 여인 자신을 말한다. 「진풍·형문(陳風·衡門)」에도 물고기를 먹으려면 반드시 방어나 잉어를 먹어야 한다 하고, 취처(娶妻)할 때에는 반드시 제(齊)나라의 강(姜)씨와 송(宋)나라의 자(子)씨여야 한다고 했는데, 이 둘은 당시 귀족 여자의 통칭으로 빈한(貧寒)한 집의 여자가 아니다. 방어나 연어는 귀한 큰 물고기로서 작자인 여인 자신을 비유하며 스스로 좋은 짝임을 미화하고 과시하는 뜻도 있어 보인다.

109 박언관자(薄言觀者): 박언(薄言)은 주(注) 1639)와 같다. 관지(觀之)와 같은 말로, 구경하는 것. 자(者)는 제(諸)와 통하며, 제(諸)는 지호(之乎) 두 글자의 합음(合音)이다. 또는 관(觀)은 다(多) 즉 많다는 뜻(『정전(鄭箋)』, 『이아(爾雅)』, 『통석(通釋)』). 물건이 많아야 볼 만한 까닭에 관(觀)에 다(多)의 뜻이 있다는 것. 그러나 관(觀)에는 유(游: 놀다)·유람(遊覽)의 뜻이 있다. 여기서는 후자를 취한다.

예전 사냥과 낚시함에 여인이 따라가고 싶어도 그리 하지 않은 것은 예(禮)가 아니기 때문인데, 이제 생각하니 함께하지 못한 그것들도 후회되는 일이다" 정도로 정리할 수 있을 것이며, 주희(朱熹)는 제3·4장에 대해 "군자(君子)가 만약 돌아온다면 활도 정리해 주고 낚싯줄도 챙겨 주며 함께하고 잠시도 떨어지지 않겠다"고 하여 이별의 고통을 더욱 강조하였다. 둘 다 일리가 있고 설득력이 있으나 매끄럽지 않다.

이 시는 이미 결혼한 여인이 남편의 늦은 귀가(歸家)를 원망하는 시가 아니라 미혼(未婚)의 여인이 정인(情人)을 기다리는 시로 본다[이하 장계성(張啓成), 『시경풍아송연구논고(詩經風雅頌硏究論稿)』 참고]. 제1·2장에서 녹두와 쪽 풀을 캐는 것은 그리움과 기다림을 드러내고 있다. 돌아가 머리카락을 감겠다고 한 것은 아마도 '5일'의 약속 기간에 근접했거나 이미 지나 언제라도 올 수 있기 때문에 마음이 조급해진 까닭일 것이다. 제3장은 새를 잘 잡으려면 활과 화살을 잘 준비해야 하고, 물고기를 잡으려면 낚싯줄과 어구(漁具)를 잘 준비하라는 의미이다. 「소아·원앙(小雅 · 鴛鴦)」은 신혼을 축하하고 찬양하는 시로 그 첫 구절은 "원앙우비, 필지라지(鴛鴦于飛, 畢之羅之)"라 했고, 「소남·하피농의(召南 · 何彼穠矣)」는 왕희(王姬)의 결혼을 읊은 시인데 "기조유하, 유사이민(其釣維何, 維絲伊緡)"이라 하여, 사냥과 낚시가 짝짓기나 혼인과 바로 연결되는 은어(隱語)였음을 알 수 있다. 『시경』에서 이런 예는 무척 많아 일일이 예를 들 수 없다. 제4장에서는 낚시하는 대상 물고기를 들면서 자신을 그런 귀하고도 큰 물고기로 비유하고는 "박언관자(薄言觀者)", 즉 놀러 와 보라고 재촉한다. 관(觀)은 유(游)로 대체할 수 있으며 '놀다'는 뜻이다. 『한어대사전』에서는 바로 이 시를 인용하며 관(觀)을 '다(多)'로 해석하고, 「정풍·진유(鄭風 · 溱洧)」의 "여왈관호, 사왈기차(女曰觀乎, 士曰旣且)"의 관(觀)을 '유(游)'로 해석하였지만 이 시 역시 '유(游)'로 해석하면 전체적으로 의미가 일관된다.

7. 서묘(黍苗) 기장 싹

芃芃黍苗[110]를
봉 봉 서 묘
무성한 기장 싹을

陰雨膏之[111]로다
음 우 고 지
단비가 적시네

悠悠南行[112]을
유 유 남 행
멀리 남쪽으로 가는 길

召伯勞之[113]로다
소 백 로 지
소백께서 돌봐 주시네

我任我輦[114]이며
아 임 아 련
수레에 짐을 싣고

我車我牛[115]로다
아 거 아 우
수레에 소를 매었네

我行旣集[116]하여
아 행 기 집
우리 가서 일 다 이루고

蓋云歸哉[117]오
개 운 귀 재
언제면 돌아오게 될까

我徒我御[118]며
아 도 아 어
걷는 사람 탄 사람

---

110 봉봉(芃芃): 풀이 무성한 모양. 또는 크게 자란 모양(『모전』).

111 음우고지(陰雨膏之): 음우(陰雨)는 날이 흐려서 비가 오는 것. 고(膏)는 기름지게 하다. 여기서는 단비가 푹 적시는 것을 말한다. 이 구절은 「조풍·하천(曹風·下泉)」에도 보임

112 유유(悠悠): 아득한 모양.

113 소백로지(召伯勞之): 소백(召伯)은 소나라 목공(穆公) 호(虎)를 가리킨다. 「소남·감당(召南·甘棠)」 참고. 노(勞)는 위로의 뜻(『정전』).

114 아임아련(我任我輦): 임(任)은 재(載)의 뜻, 짐을 싣는 것. 연(輦)은 가(駕)의 뜻으로, 사람이 수레를 끄는 것. 이 구는 나의 수레에 나의 짐을 싣는 것.

115 아거아우(我車我牛): 수레의 멍에에다 소를 메는 것. 또는 그래서 소 수레를 모는 것.

116 아행기집(我行旣集): 우리가 남행(南行)하는 일을 다 이루는 것(『정전』). 집(集)은 성(成)과 같다.

117 개운귀재(蓋云歸哉): 개(蓋)는 합(盍)과 통용되어 하불(何不)의 뜻이며, 개운(蓋云)은 하시(何時)의 뜻. 운(云)은 조사.

我師我旅[119]로다 　 작은 무리 큰 무리
아 사 아 려

我行既集하여 　 우리 가서 일 다 이루고
아 행 기 집

蓋云歸處[120]오 　 언제면 돌아와 편히 살게 될까
개 운 귀 처

肅肅謝功[121]을 　 빈틈없이 사읍의 일을
숙 숙 사 공

召伯營之[122]며 　 소백께서 다스리며
소 백 영 지

烈烈征師[123]를 　 씩씩하게 가는 무리
열 렬 정 사

召伯成之[124]로다 　 소백께서 지휘했네
소 백 성 지

原隰既平[125]하며 　 들판 진펄 다 다스려지고
원 습 기 평

泉流既清[126]하여 　 샘물 냇물 다 맑아져
천 류 기 청

---

118 아도아어(我徒我御): 도(徒)는 걷는 사람(『모전』). 어(御)는 수레 탄 사람(『모전』). 또는 수레를 모는 사람.

119 아사아려(我師我旅): 사(師)는 옛날 군제(軍制)에서 5백 인을 '여(旅)', 5려(五旅)를 '사(師)'라 하였다(『모전』). '군행(君行), 즉 임금이 행할 때에는 사(師)가 따르고, 경행(卿行), 즉 경(卿)의 출행(出行)에는 여(旅)가 수행한다'고 하였다(『춘추좌전(春秋左傳)』).

120 처(處): 거(居)와 같으며, 고향(故鄕) 또는 옛집(구거(舊居))을 가리킴.

121 숙숙사공(肅肅謝功): 숙숙(肅肅)은 엄정한 모양(『정전』). 사(謝)는 땅 이름. 선왕(宣王)이 신백(申伯)을 봉한 땅. 지금의 하남성 신양현(信陽縣) 근처에 있었다.

122 영(營): 경영(經營)의 뜻.

123 열렬정사(烈烈征師): 열렬(烈烈)은 위무(威武)가 있는 모양(『정전』). 정사(征師)는 남행(南行)하고 있는 여러 사람들.

124 성(成): 이루다, 완성하다. 또는 조성(組成)의 뜻으로, 반을 짜서 이끄는 것.

125 원습기평(原隰既平): 원습(原隰)은 높은 들판과 습지, 곧 모든 땅을 지칭한다. 평(平)은 땅을 잘 다스린 것(『모전』).

126 천류기청(泉流既清): 천류(泉流)는 샘물과 강물. 청(淸)은 물이 잘 다스려져 맑게 된 것(『모전』).

召伯有成하니 (소백유성)	소백님 일 다 이루시면
王心則寧이로다 (왕심칙녕)	임금님도 편안하리

◈ 해설

주희(朱熹)는 "선왕(宣王)이 신백(申伯)을 사(謝) 땅에 봉하고 소(召)나라 목공(穆公)에게 명하여 가서 성읍을 경영케 하였다. 그리하여 소백은 무리들을 이끌고 일하러 남행하였는데, 이때 남행하는 무리 속의 한 사람이 이 시를 지은 것"이라고 해설하였는데, 이는 정현(鄭玄)의 설에 근거한 것이다. 「모시서」에선 유왕(幽王)을 풍자한 것이라 하고 소백을 소공(召公) 석(奭)으로 본 듯하다. 정현과 주희의 설이 타당하다.

8. 습상(隰桑) 진펄의 뽕나무

隰桑有阿[127]하니 (습상유아)	진펄의 뽕나무
其葉有難[128]로다 (기엽유나)	잎새가 무성하네
旣見君子[129]하니 (기견군자)	우리 님 만났으니

---

127 습상유아(隰桑有阿): 습상(隰桑)은 진펄 가운데서 자란 뽕나무. 아(阿)는 아(婀)와 통하며, 아리따운 모양. 유아(有阿)는 아연(阿然)으로, 아름다운 모양(『모전』).

128 유나(有難): 나연(難然)과 같으며, 무성하여 가지와 잎이 늘어져 있는 모양(『모전』). 나(難)는 나(儺)와 통한다.

其樂如何오
기락여하
그 즐거움 어떠하리

隰桑有阿하니
습상유아
진펄의 뽕나무

其葉有沃[130]이로다
기엽유옥
잎새가 부드럽네

旣見君子하니
기견군자
우리 님 만났으니

云何不樂[131]이리요
운하불락
어찌 즐겁지 않으리

隰桑有阿하니
습상유아
진펄의 뽕나무

其葉有幽[132]로다
기엽유유
잎새가 더부룩하네

旣見君子하니
기견군자
우리 님 만났으니

德音孔膠[133]로다
덕음공교
굳게굳게 언약을 하네

心乎愛矣어니
심호애의
마음으로 사랑하거늘

遐不謂矣[134]리요
하불위의
어찌 사랑한다 말하지 않으리

---

129 군자(君子): 사랑하는 애인을 말한다.

130 유옥(有沃): 부드러운 모양(『모전』). 또는 광택이 있는 모양(『집전』), 아름다운 모양〔『광아(廣雅)』〕. 부드러운 뽕잎은 광택도 있고 아름답기도 할 것이다.

131 운하(云何): 여하(如何)의 뜻.

132 유유(有幽): 성(盛)한 모양〔『통석(通釋)』〕. 또는 흑색(黑色)(『모전』)으로 유(黝)와 통한다.

133 덕음공교(德音孔膠): 덕음(德音)은 사랑을 언약하는 말. 공(孔)은 매우, 심히. 교(膠)는 굳다, 견고하다.

134 하불위의(遐不謂矣): 하(遐)는 하(何)와 통하여(『집전』), 어찌. 위(謂)는 사랑을 고하는 것. 일설에는 '지자우귀(之子于歸)'의 귀(歸)로 보고 시집가는 것이라 했다〔문일다(聞一多)〕.

中心藏之[135]어니 중 심 장 지	마음속에 품고 있거늘
何日忘之리요 하 일 망 지	어찌 하루인들 그대 잊으리

◈ 해설

이 시는 「정풍 · 풍우(鄭風 · 風雨)」 시와 비슷한 노래로, 남녀의 사랑을 읊은 것이다〔『석의釋義』〕. 무성한 진펄의 뽕나무는 아름다운 남녀의 사랑을 상징하는 것일 게다. 「모시서」에선 유왕(幽王)을 풍자한 시라 보고 덕 있는 군자를 생각하는 것이라 했고, 주희(朱熹)는 군자는 무엇을 가리키는 것인지 확실치 않다고 하였다. 모두 연애시로 보지 않으려는 도학자적인 입장이 반영된 것 같다.

9. 백화(白華) 하얀 꽃

白華菅兮[136]하면 백 화 관 혜	하얀 꽃 피는 왕골을 마전하면
白茅束兮[137]니라 백 모 속 혜	흰 띠 풀로 묶어 두었네

---

135 장(藏): 저장하다, 간직하다, 품다. 고본(古本)에는 장(臧)으로 되어 있고, 선(善)·호(好)의 뜻. 그래서 마음속으로 깊이깊이 그를 좋게 생각한다는 뜻. 전자가 무리 없는 듯하다.

136 백화관혜(白華菅兮): 백화(白華)는 야관(野菅)이라고도 하며(『모전』), 모(茅)의 종류인데〔『공소(孔疏)』〕 띠풀보다는 윤기가 더 있고 털이 달리지 않았다〔『석의(釋義)』〕. 3, 4월에 흰 꽃이 피어서 백화라 한 듯하다. 관(菅)은 띠풀을 베어다 마전한 것(『모전』)이라 한다. 띠풀의 섬유가 마전을 하면 부드럽고 질기어 여러 가지로 쓰일 수 있게 된다. 여기서는 왕골로 통칭한다. 여기서의 백화(白華)는 여인 자신이나 여인의 도덕적 자질 등을 상징한 것으로 본다.

之子之遠[138]이라 그분 멀리 가시어
지 자 지 원

俾我獨兮[139]로다 나 홀로 외롭게 하네
비 아 독 혜

英英白雲[140]이요 뭉게뭉게 이는 흰 구름
영 영 백 운

露彼菅茅[141]니라 이슬 되어 저 왕골과 띠풀 적셨네
노 피 관 모

天步艱難[142]이어늘 시국은 어려워만 가는데
천 보 간 난

---

137 백모속혜(白茅束兮): 흰 띠 풀로 그것을 묶는다는 것. 작자는 이런 일을 하며 멀리 간 자기의 남편을 그리는 것이며, 나아가 이는 남편에게 새로운 연인이 생겼고 서로 잘 지내며 떨어질 수 없다는 것을 비유한 것으로 보기도 한다. 그러나 이 시가 역사적인 사실과 상통하는 점이 많은 것에 근거하여 유왕(幽王)이 포사(褒姒)를 받아들이자 정부인인 신후(申后)가 버림을 받고 유왕을 풍자한 것으로 본다. 『시경』에서 흰 띠풀로 묶는 것은 남녀의 결합과 부부(夫婦)의 서로 친애(親愛)하는 정(情)을 표현·상징하는 것으로, 결백(潔白)으로써 묶어 부인(婦人)이 덕(德)이 있음과 아울러 가례(嘉禮)가 이루어졌음을 말한다. 「소남·야유사균(召南·野有死麕)」 시에도 보임. 여기에선 신후가 지난날 유왕과의 혼인을 추억하는 것으로 본다. [해설] 참조할 것.

138 지자지원(之子之遠): 지자(之子)는 시자(是子) 곧 '이 사람', '나의 님', 남편을 말한다. 지(之)는 가다. 멀리 간다는 뜻. 여기서는 유왕(幽王)이 자신인 신후를 버리고 포사(褒姒)에게로 가서 오랫동안 돌아오지 않는 것..

139 비(俾): 시키다.

140 영영(英英): 흰 구름의 모양(『모전』). 『한시(韓詩)』에는 앙(泱: 끝없다, 성한 모양)으로 되어 있다. 여기서의 백운(白雲)은 유왕으로 본다.

141 노피관모(露彼菅茅): 노(露)는 이슬이 내리는 것(『모전』). 또는 덮다[복(覆)]는 뜻. 또는 둘을 묶어서 복로(覆露)로도 쓴다[『통석(通釋)』]. 주(注) 137과 같이, 흰 구름이 야관(野菅)과 띠풀을 덮었다는 것은 남편과 새로운 연인이 동락(同樂)하는 것을 비유했다. 흰 구름과 '이슬'은 어느 정도 성애(性愛)와 생식(生殖)의 성적(性的)인 모티브를 갖고 있다. 또는 관모(菅茅)는 띠풀과 비슷하지만 더 길고 꽃도 크며 산 위에서만 자라는 것으로[『본초강목(本草綱目)』] 혼인의 상징이며 또한 여성의 상징이다. 신후가 유왕과 부부가 된 후 군왕의 은택(恩澤)을 입었음을 암유(暗喩)한 것이다.

142 천보간난(天步艱難): 천보(天步)는 시운(時運)·시국(時局)과 같은 말(『집전』). 보(步)는 발을 드는 것[擧足]을 말하며, 이는 곧 행(行)과 같다[『공소(孔疏)』]. 간난(艱難)은 어려움이나 재난.

之子不猶[143]로다
지 자 불 유

그분은 돌아오시려 들지 않네

滮池北流[144]하여
표 지 북 류

표지(滮池) 물은 북으로 흘러

浸彼稻田[145]이로다
침 피 도 전

저 논을 적셔 주네

嘯歌傷懷[146]하여
소 가 상 회

소리쳐 울고 가슴 태우며

念彼碩人[147]이로다
염 피 석 인

저 님을 그리네

樵彼桑薪[148]하여
초 피 상 신

뽕나무 땔감을 베어다가

卬烘于煁[149]이로다
앙 홍 우 심

나는 화덕에서 횃불을 붙였네

---

143 불유(不猶): 유(猶)는 도(圖)와 통하여, 돌아오기를 꾀하는 것『집전』). 또는 불유(不猶)는 무도(無道), 즉 도리에 맞지 않음. 『집전(集傳)』에서는 이 장에 대해 “구름이 물건들을 적셔 주는 것은 하찮은 것에도 미치는데 지금 시운이 어렵거늘 그대는 돌아올 도모도 하지 않으니 흰 구름이 왕골과 띠풀에 이슬을 내리는 것만도 못하다고 말한 것”으로 풀이한다. 여기서는 이를 따르지 않는다.

144 표지북류(滮池北流): 표지(滮池)는 못 이름. 풍(豊)과 호경(鎬京) 사이에 있었다『통석(通釋)』). 지금의 섬서성 서안(西安)의 서쪽에 있었다고 한다. 또는 〈삼가시(三家詩)〉에서는 표타(彪沱)로 썼고, 일설에는 물이 흐르는 모양이라 했다.

145 침피도전(浸彼稻田): 침(浸)은 적시다, 잠기게 하다. 도전(稻田)은 논. 이 구절도 제2장의 첫 두 구와 마찬가지로 못물이 벼 심은 논으로 들어가 잠겨야 벼가 생장하듯이, 지난날 유왕의 은택을 깊이 받았음을 말한다. 단순하게 실제로 묘사한 것이 아니라 소위 ‘이경취흥(以景取興)’, 즉 경치로써 흥(興)을 일으킨 것이다.

146 소가상회(嘯歌傷懷): 소가(嘯歌)는 호곡(號哭), 즉 소리치며 우는 것. 상회(傷懷)는 가슴 아파하다, 가슴 태우다.

147 석인(碩人): 살지고 키가 큰 사람. 여기서는 멀리 간 남편, 또는 유왕을 말한다.

148 초피상신(樵彼桑薪): 초(樵)는 땔나무를 하다. 상신(桑薪)은 땔나무로 쓸 뽕나무. 뽕나무는 귀한 땔나무로서 혼례용 횃불에 사용된다.

149 앙홍우심(卬烘于煁): 앙(卬)은 나, 작자. 여기서는 신후(申后). 홍(烘)은 횃불을 켜다, 불을 때다. 심(煁)은 아궁이. 뽕나무는 귀한 땔나무인데 음식을 하거나 불을 밝히는 것으로 사용하지 않고 아궁이에 불을 때는 천한 것으로 사용함은 작자를 그렇게 취급하는

維彼碩人이여 유 피 석 인	저 님 생각
實勞我心[150]이로다 실 로 아 심	진정 내 마음을 괴롭힌다
鼓鐘于宮[151]하면 고 종 우 궁	궁 안에서 종을 치니
聲聞于外 하나니라 성 문 우 외	그 소리 밖에까지 들리네
念子懆懆[152]어늘 염 자 조 조	그대 생각에 애가 타는데
視我邁邁[153]로다 시 아 매 매	나를 거들떠보지도 않네
有鶖在梁이어늘 유 추 재 량	두루미는 어살에 있고
有鶴在林[154]이로다 유 학 재 림	학은 숲속에 있네

것으로 비유하는 것이라 하였고(『집전』), 또는 마음속의 고통을 태워 버리는 것으로 비유하는데〔여관영(余冠英)〕 모두 적절하지 않다. 『시경』에서 나무를 하는 것, 즉 석신(析薪)·벌가(伐柯)·예초(刈楚)·초신(樵薪) 등은 모두 혼인의 상징이다. 주대(周代)의 풍속에 결혼은 반드시 황혼(黃昏) 무렵에 하기 때문에 반드시 나무를 하여 횃불을 만들어야 하고, 꼴을 베어 말을 먹이고 신부를 영접하여〔친영(親迎)〕 혼례를 거행한다. 그래서 양질의 뽕나무를 베는 것은 결혼을 위한 것이며 이는 신후의 지위나 신분과도 부합한다. 뒤 구(句)는 신후가 직접 아궁이에서 혼례용 횃불에 점화하는 것을 말한다. 이 역시 과거 유왕과 결혼할 때의 시끌벅적하고 화려했던 광경을 회고하는 내용이다.

150 로(勞): 힘들게 하다. 수고롭게 하다. 남편에 대한 그리움에 마음을 수고롭게 하는 것.

151 고종우궁(鼓鐘于宮): 고종(鼓鐘)은 종을 치다. 궁에서 종을 치는 것은 유왕이 포사(褒姒)를 왕후로 맞아들이며 혼례를 치른 것을 말하며, 이후 신후를 폐출(廢黜)시킨 사실이 성 밖으로 나가 모든 나라 사람들이 다 알게 된 것을 일러 '성문우외(聲聞于外)'라 하였다.

152 조조(懆懆): 시름으로 불안한 모양〔『석의(釋義)』〕.

153 매매(邁邁): 거들떠보지도 않는 모양(『집전』). 궁중에서의 결혼식 종소리가 성 밖으로 나가 모든 사람이 알게 된 후 그 영향이 위기가 되어 유왕에게 미칠 것임을 알고 작자는 유왕을 위해 근심하는데, 그는 오히려 더욱 무관심한 것을 말한다.

154 유추재량(有鶖在梁): 추(鶖)는 두루미. 학(鶴)과 비슷하면서도 좀 더 크고 긴 목에 빨간 눈을 가졌고 뱀을 잘 잡아먹는다고 한다〔『석의(釋義)』〕. 량(梁)은 어살. 두루미가 어

維彼碩人이여
유 피 석 인

저 님 생각

實勞我心이로다
실 로 아 심

진정 내 마음을 괴롭히네

鴛鴦在梁하니
원 앙 재 량

원앙새는 어살에서

戢其左翼[155]이로다
즙 기 좌 익

왼쪽 깃을 접고 쉬고 있네

之子無良하여
지 자 무 량

그분은 양심도 없는지

二三其德[156]이로다
이 삼 기 덕

그 마음 이랬다 저랬다 하네

有扁斯石[157]은
유 편 사 석

나직하게 닳은 돌은

履之卑兮[158]니라
이 지 비 혜

밟아서 낮아진 것이네

之子之遠이여
지 자 지 원

그분은 멀리 떠나가

俾我疷兮[159]로다
비 아 저 혜

나를 병들게 하네

살에 있다는 것은 두루미가 살지는 것이며, 이는 포사가 궁에 들어와 유왕의 총애를 받는 것을 말한다.

유학재림(有鶴在林): 곧 학이 숲에 있다는 것은 먹지 못해 주리게 된 것을 말하며, 이는 신후가 유왕에게 버림을 당하여 은택이 단절된 것을 뜻한다(『정전』).

155 원앙재량(鴛鴦在梁), 즙기좌익(戢其左翼): 즙(戢)은 거두어들이다. 좌익(左翼)은 왼쪽 날개. 원앙이 짝을 지어 부리를 날개 속에 넣고 함께 쉬며 노는 모양이다. 이 두 구는 「소아·원앙(小雅·鴛鴦)」의 구와 동일하며, 아마 그곳에서 인용했을 것이다. 「소아·원앙(小雅·鴛鴦)」은 본래 귀족계급의 축혼가(祝婚歌)이며, '원앙'은 오랫동안 애정이 충정(忠貞)함을 상징해 왔다. 이 구는 신후가 유왕과 함께 서로 친애하면서 백년해로하기를 원했었다는 뜻으로, 아직도 깊은 정이 남아 있음을 알 수 있다.

156 이삼기덕(二三其德): 두 마음 세 마음. 즉 마음이 왔다 갔다 오락가락 변덕(變德)이 심한 것.

157 유편사석(有扁斯石): 유편(有扁)은 편연(扁然), 납작하거나 낮은 모양.

158 이지비혜(履之卑兮): 리(履)는 밟다. 비(卑)는 낮아지다.

159 저(疷): 병(病)의 뜻. 앞의 「소아·무장대거(小雅·無將大車)」 시에 보임.

◈ 해설

「모시서」에서는 유왕(幽王)이 포사(褒姒)를 얻은 뒤 신후(申后)를 내쫓아 아래 나라들도 본을 받아 첩을 정실로 삼고 서자가 종실을 이으며 왕이 나라를 다스리지 못하므로 주(周)나라 사람들이 이 시를 지어 유왕(幽王)을 풍자한 것이라고 했다. 『시집전』에서는 유왕이 포사에게 매혹되어 신후와 그의 아들 의구(宜臼)를 내쫓으므로 쫓겨난 신후가 자신의 기막힌 처지를 한탄하여 읊은 것이라고 했다.

이 시는 유왕(幽王)에게 버림받은 신후(申后)가 유왕을 풍자한 노래로, 작자는 신후로 본다. 만약 역사적인 사실과 관련짓지 않으면, 이 시는 자신을 버리고 새로운 여인과 함께 사는 남편을 그리워하며 원망하는 여인의 마음을 노래한 것으로 볼 수 있다. 그 이유는 제6장의 "지자무량, 이삼기덕(之子無良, 二三其德)"은 대표적 기부시(棄婦詩)인 「위풍 · 맹(衛風 · 氓)」의 "사야망극, 이삼기덕(士也罔極, 二三其德)"과 남자 측을 견책(譴責)하는 어투나 단어가 일치한다는 것 등이다. 즉 이 시는 기부시(棄婦詩)로 본다.

10. 면만(緜蠻) 작은 새

緜蠻黃鳥[160]이 (면 만 황 조)
止于丘阿[161]로다 (지 우 구 아)

조그만 곤줄박이
언덕 골짜기에 앉아 있네

160 면만황조(緜蠻黃鳥): 면만(緜蠻)은 새가 조그만 모양(『모전』). 황조(黃鳥)는 곤줄박이. 「주남 · 갈담(周南 · 葛覃)」 시 참조. 앞에서 여러 번 나왔음.

161 지우구아(止于丘阿): 지(止)는 머물다, 쉬다. 구아(丘阿)는 언덕이 구부러지거나 패어 낮은 곳(『모전』). 작자가 원행(遠行)을 나가 지치고 무력(無力)한 것을 비유하거나, 또는

道之云遠이니 도지운원	길은 멀다 하고
我勞如何[162]오 아로여하	나는 지쳤으니 어찌하나
飮之食之[163]며 음지사지	마실 것 주고 먹여 주며
敎之誨之[164]며 교지회지	가르쳐 주고 깨우쳐 주며
命彼後車[165]하여 명피후거	뒤 수레에 명하여
謂之載之[166]로다 위지재지	태워 주라 했으면

緜蠻黃鳥이 면만황조	조그만 곤줄박이
止于丘隅[167]로다 지우구우	언덕 모퉁이에 앉아 있네
豈敢憚行[168]이리요 기감탄행	어찌 감히 가기를 꺼리랴
畏不能趨[169]니라 외불능추	빨리 가지 못할까 두려울 뿐
飮之食之며 음지사지	마실 것 주고 먹여 주며
敎之誨之며 교지회지	가르쳐 주고 깨우쳐 주며

작고 예쁜 곤줄박이가 날고 쉬는 것이 자재(自在)한데 작자는 지치고 배고파 처지가 낭패한 것을 비유한 것.

162 아로여하(我勞如何): 로(勞)는 피로하다, 지치다. 여하(如何)는 '어찌해야 하나'로 해석했다. '나의 수고로움 어떠하겠는가'로 해석하면 의미가 분명하지 않다.

163 사(食): 먹여주다.

164 교지회지(敎之誨之): 교(敎)는 무엇을 어떻게 할 건지 미리 가르쳐 주는 것(『정전』). 회(誨)는 일을 할 때 어떻게 해야 한다고 깨우쳐 주는 것(『정전』).

165 후거(後車): 뒤에 따라오는 수레[부거(副車)]. 시종(侍從)하는 수레.

166 위(謂): 글자대로 '이르다', 즉 '태워 주라고 말하다'는 뜻. 또는 사(使)의 뜻. 또는 귀(歸)로 읽으며, 싣고 돌아간다는 뜻[문일다(聞一多)].

167 우(隅): 모퉁이.

168 탄(憚): 꺼리다.

169 추(趨): 빨리 달려가는 것[질주(疾走)](『집전』).

命彼後車하여 명 피 후 거	뒤 수레에 명하여
謂之載之로다 위 지 재 지	태워 주라 했으면

緜蠻黃鳥이 면 만 황 조	조그만 곤줄박이
止于丘側이로다 지 우 구 측	언덕 가에 앉아 있네
豈敢憚行이리요 기 감 탄 행	어찌 감히 가기를 꺼리랴
畏不能極[170]이니라 외 불 능 극	못 이를까 두려울 뿐
飮之食之며 음 지 사 지	마실 것 주고 먹여 주며
教之誨之며 교 지 회 지	가르쳐 주고 깨우쳐 주며
命彼後車하여 명 피 후 거	뒤 수레에 명하여
謂之載之로다 위 지 재 지	태워 주라 했으면

◈ 해설

미천(微賤)한 신하나 병졸(兵卒)이 행역(行役)의 어려움을 읊은 시이다〔『석의釋義』〕. 「모시서」에서는 미천한 신하가 난세를 풍자한 것이라 하며, 대신(大臣)이 어진 마음을 쓰지 않아 미천한 자들을 망각해서 음식을 먹이고 가르치며 수레에 태워 주려 않았으므로 이 시를 지은 것이라 하였다.

---

170 극(極): 목적지에 도달하는 것〔지(至)〕.

11. 호엽(瓠葉)　　박잎

幡幡瓠葉[171]을
번 번 호 엽

나풀거리는 박잎

采之亨之[172]로다
채 지 팽 지

따다가 삶고

君子有酒하니
군 자 유 주

군자에게 술 있으니

酌言嘗之[173]로다
작 언 상 지

따라서 맛보게 한다

有兎斯首[174]를
유 토 사 수

토끼 한 마리

炮之燔之[175]로다
포 지 번 지

싸서 굽고 썰어 굽고

君子有酒하니
군 자 유 주

군자에게 술 있으니

酌言獻之[176]로다
작 언 헌 지

따라서 권해 드린다

有兎斯首를
유 토 사 수

토끼 한 마리

---

171 번번호엽(幡幡瓠葉): 번번(幡幡)은 편편(翩翩)과 통하며, 잎새가 나풀거리는 모양. 호(瓠)는 박. 박잎은 나물로 만들어 간단한 술안주로 쓴다.

172 팽(亨): 팽(烹)과 같은 글자로, 삶다. 그래서 '형'으로 읽지 않고 '팽'으로 읽는다.

173 작언상지(酌言嘗之): 작(酌)은 술을 따르다. 언(言)은 조사. 상(嘗)은 주인이 먼저 맛보는 것을 말한다(『전소(傳疏)』).

174 유토사수(有兎斯首): 토끼 한 마리를 말한다. 물고기를 셀 때 꼬리로 세는 것과 같다고 했다(『집전』). 즉 수(首)는 일종의 수량사(數量詞)로 쓰였다는 것. 또는 사(斯)와 수(首)는 모두 조사로 보기도 한다. 또는 사수(斯首)는 머리가 흰 토끼로, 토끼 가운데에서도 작은 것(『정전』).

175 포지번지(炮之燔之): 포(炮)는 짐승을 털 째 진흙에 싸서 굽는 것. 번(燔)은 불 위에 고기를 썰어 굽는 것. 이들은 모두 술안주임.

176 헌(獻): 바치다. 음주의 예(禮)에 있어 주인이 처음에 술을 따라 손님에게 올리는 것.

燔之炙之[177]로다 번 지 적 지	썰어 굽고 꿰어 굽고
君子有酒하니 군 자 유 주	군자에게 술 있으니
酌言酢之[178]로다 작 언 작 지	따라서 답배(答杯)한다
有兎斯首를 유 토 사 수	토끼 한 마리
燔之炮之로다 번 지 포 지	썰어 굽고 싸서 굽고
君子有酒하니 군 자 유 주	군자에게 술 있으니
酌言酬之[179]로다 작 언 수 지	따라서 다시 권한다

◈ 해설

안주를 마련하여 주객이 술을 마시는 시. 어쩌면 사냥을 가서 박잎을 삶은 나물과 산토끼를 구운 불고기와 같은 간단한 안주에 주인과 손님이 술잔을 주고받으며 즐기는 내용이다.

---

177 번지적지(燔之炙之): 적(炙)은 고기를 물건으로 꿰어 불 위에서 굽는 것『집전』.

178 작(酢): 손님이 주인이 바치는 술을 받아 마시고 다시 술을 따라 주인에게 올리는 것을 말한다.

179 수(酬): 주인이 술을 마신 후 다시 손님에게 술을 권하는 것.

12. 참참지석(漸漸之石) 우뚝한 바윗돌

漸漸之石[180]이여 (참참지석) 우뚝우뚝한 바윗돌
維其高矣[181]로다 (유기고의) 정말 높기도 하네
山川悠遠하니 (산천유원) 산천이 아득히 멀어
維其勞矣[182]로다 (유기로의) 정말 멀기도 하네
武人東征[183]이여 (무인동정) 동쪽 정벌 가는 무인은
不皇朝矣[184]로다 (불황조의) 한나절도 쉴 틈이 없네

漸漸之石이여 (참참지석) 우뚝한 바윗돌
維其卒矣[185]로다 (유기졸의) 높이도 솟아 있네
山川悠遠하니 (산천유원) 산천이 아득히 멀어
曷其沒矣[186]오 (갈기몰의) 언제나 다할 거나

---

180 참참(漸漸): 본래는 '점'으로 읽지만, 여기서는 다른 뜻이며 '참'으로 읽는다. 높고 험준한 모양[고준(高峻)](『모전』). 참참(嶄嶄)과 같은 말로 '높은 모양'(『통석(通釋)』). 참참(巉巉: 가파른 모양)과도 통한다.

181 유(維): 시(是)와 같다. 또는 어조사.

182 로(勞, lao): 글자로는 수고롭다는 뜻인데, '료(遼, liao)'로 읽고 '멀다'는 뜻으로 푼다. 『정전(鄭箋)』에서 "노로광활(勞勞廣闊)"이라 한 '로(勞)'도 '료(遼)'로 읽어야 한다고 하였다[왕선겸(王先謙), 『집소(集疏)』]. 제1·2구는 종적(縱的)으로 높이를 말하고 있고, 제3·4구는 횡적(橫的)으로 거리를 말하고 있다.

183 무인(武人): 장수(將帥)(『모전』). 또는 장사(將士). 또는 포괄적으로 군인을 말함.

184 불황조의(不皇朝矣): 황(皇)은 황(遑)과 통하여, '겨를'의 뜻. 조(朝)는 천자(天子)를 뵙는 것이라 하였는데 적절하지 않다. 아침 그대로의 뜻이며, 이 구절은 아침나절의 여가도 없다는 뜻.

185 졸(卒): 줄(崒)의 가차로서, 높고 험한 모양(『석의(釋義)』).

武人東征이여 무 인 동 정	동쪽 정벌 가는 무인은
不皇出矣[187]로다 불 황 출 의	빠져나갈 틈도 없네

有豕白蹢[188]하나 유 시 백 적	하얀 발톱 멧돼지가
烝涉波矣[189]며 증 섭 파 의	물결 헤쳐 건너고
月離于畢[190]하니 월 리 우 필	달이 필성 만났으니
俾滂沱矣[191]로다 비 방 타 의	큰비가 오겠네
武人東征이여 무 인 동 정	동쪽 정벌 가는 무인은

---

186 갈기몰의(曷其沒矣): 갈(曷)은 어찌 또는 하시(何時)의 뜻. 몰(沒)은 진(盡)과 같은 뜻으로(『모전』, 『집전』). 동정(東征)할 그쪽의 산천이 다하는 것. 오르고 지나는 바를 어느 때에나 다할 수 있겠느냐는 뜻(『집전』).

187 출(出): 부대로부터 빠져나오는 것. 또는 험지(險地)에서 빠져나오는 것(『후전(後箋)』). 이 구는 다만 깊이 들어갈 줄만 알고 나올 것을 도모할 겨를이 없다는 것을 말했다(『집전』).

188 유시백적(有豕白蹢): 시(豕)는 돼지. 적(蹢)은 제(蹄)와 같으며(『모전』), 발굽. 우리 음으로 '척'으로도 읽지만 반절(反切)이 '呈亦反'이므로 '적'으로 읽는다. 멧돼지는 몸 전체가 검은데 유독 발굽만 희기 때문에 '백적(白蹢)'이라고 했을 것이다. 또는 돼지 발은 으레 흙탕에 젖어 있어 더럽고 시커멓게 마련인데, 여기서는 물을 건너느라 씻겨서 하얀 발톱이 드러나 있음을 말하는 것으로도 본다.

189 증섭파의(烝涉波矣): 증(烝)은 조사. 또는 내(乃)의 뜻. 섭(涉)은 물을 건너는 것. 파(波)는 물, 물결. 돼지가 물로 뛰어드는 것은 비가 크게 올 전조(前兆)라고 보았다(『모전』). 은하수에 검은 구름〔흑운(黑雲)〕이 끼는 것을 '하작언(河作堰: 강에 방죽을 만든다)' 또는 '흑저도하(黑猪渡河: 검은 돼지가 강을 건너다)'라 불렀으며 이는 천상(天象)으로 비가 올 조짐이라 하였다〔원말명초(元末明初) 루원례(婁元禮)의 『전가오행(田家五行)』, 문일다(聞一多)〕.

190 월리우필(月離于畢): 리(離)는 리(罹)와 같으며, '붙다, 만나다', '빠지다〔함(陷)〕'의 뜻. 필(畢)은 별 이름. 앞의 「소아·곡풍지습·대동(小雅·谷風之什·大東)」 시에 보였음. 예부터 달이 가다가 필성(畢星)을 만나면 큰비가 내린다고 믿어 왔다(『모전』). 『한서·오행지(漢書·五行志)』에서는 "달이 중도(中道)를 잃고 자리를 옮겨 서쪽 필성으로 들어가면 비가 많다"고 하였다.

191 비방타의(俾滂沱矣): 비(俾)는 '—로 하여금'의 뜻. 방타(滂沱)는 큰비가 내리는 것.

不皇他矣[192]로다
불 황 타 의

딴전 필 겨를 없네

◈ 해설

이 시는 동쪽으로 정벌을 나간 장수가 지은 것이다. 산을 넘고 강을 건너는 그 끝이 보이지 않는 고달픈 행역(行役)에 다시 큰비까지 내릴 것 같은 괴로움을 노래하였다.

13. 초지화(苕之華) 능소화

苕之華[193]여
초 지 화

芸其黃矣[194]로다
운 기 황 의

心之憂矣여
심 지 우 의

維其傷矣[195]로다
유 기 상 의

능소화 예쁜 꽃

노랗게 많이도 피었네

내 마음의 시름이여

쓰리고 아프네

---

192 타(他): 타사(他事), 즉 딴 일, 딴전.

193 초지화(苕之華): 초(苕)는 능소화(凌霄花). 덩굴식물로서 꽃은 노란색이다. 화(華)는 옛 화(花)자.

194 운기황의(芸其黃矣): 운(芸)은 꽃이 무성한 것. 기황(其黃)은 꽃 빛깔이 노란 것. 작자는 화려한 능소화를 보면서 반대로 쇠미해 가는 나라나 집안의 형편을 슬퍼한 것으로 보인다.

195 유(維): 시(是)의 뜻. 또는 어조사.

苕之華여 (초지화)
其葉靑靑[196]이로다 (기엽청청)
知我如此면 (지아여차)
不如無生이로다 (불여무생)

능소화 예쁜 꽃
잎새가 무성하고 싱그럽네
내 이럴 줄 알았더라면
차라리 태어나지 않을 것을

牂羊墳首[197]며 (장양분수)
三星在罶[198]로다 (삼성재류)
人可以食[199]이나 (인가이식)
鮮可以飽[200]로다 (선가이포)

암양은 머리가 커다랗고
삼성이 통발을 비추네
먹고는 살지만
배부른 이 드무네

◈ 해설

살기 어려워진 세상을 한탄한 시이다. 「모시서」에도 대부(大夫)가 시국을 격

196 청청(靑靑): 푸릇푸릇. 또는 청청(菁菁)과 통하여, 무성한 모양〔왕선겸(王先謙), 『집소(集疏)』〕. 「당풍·체두(唐風·杕杜)」에도 보임.

197 장양분수(牂羊墳首): 장(牂)은 암양. 분수(墳首)는 머리가 큰 것. 양의 몸이 마르면 머리가 크게 보인다(『집전』). 암양은 새끼를 낳으려면 살이 쪄야 하는데 흉년으로 먹을 게 없어 말랐기 때문에 암양의 역할을 할 수 없음을, 나아가 육류 식량의 결핍을 말한다.

198 삼성재류(三星在罶): 삼성(三星)은 삼수(三宿), 삼성(參星). 별 이름. 류(罶)는 통발. 삼성(三星)이 통발 속에 있다는 것은 통발에 고기가 한 마리도 걸리지 않아서 물이 고요하므로 하늘의 별이 비치고 있음을 말한다(『집전』). 이상 두 구절은 모두 흉년과 민생(民生)의 어려움을 암시한다.

199 인가이식(人可以食): 사람이 먹고 살기는 한다는 뜻. 또는 가(可)는 하(何)의 가차로 보고 '사람들은 무엇을 먹고 사는가?'로 해석하기도 한다. 『시경』에 그런 예는 많다. 「위풍·갈구(魏風·葛屨)」, 「진풍·형문(陳風·衡門)」 등 참조.

200 선(鮮): 드문 것. 희(稀), 소(少), 과(寡)와 같은 뜻.

정한 것으로, 유왕(幽王) 때에 서융(西戎)과 동이(東夷)가 중국을 침범하여 병란(兵亂)이 함께 일어나고 기근(饑饉)이 겹치니, 군자가 주나라 왕실이 장차 망하게 됨을 걱정하고 자신이 이러한 때를 만난 것을 서글퍼한 것이라 했다.

14. 하초불황(何草不黃) 시드는 풀

何草不黃[201]고 하 초 불 황	무슨 풀이고 시들지 않나?
何日不行[202]고 하 일 불 행	어느 날이고 길 가지 않나?
何人不將[203]고 하 인 부 장	어느 누구고 길 걷지 않나?
經營四方[204]이로다 경 영 사 방	사방에 일이 많네
何草不玄[205]고 하 초 불 현	무슨 풀이고 마르지 않나?
何人不矜[206]고 하 인 불 긍	어느 누구고 병들지 않나?

---

201 하초불황(何草不黃): 풀이 모두 누렇게 시든 것으로, 만추(晩秋)나 초동(初冬) 때임을 말해 준다.

202 하일불행(何日不行): 행(行)은 길을 가다, 즉 행역(行役) 가는 것. 혹자는 세월이 흐르는 것으로 보고 '흐르지 않는 세월 있으랴'로 풀었다.

203 장(將): 행(行)의 뜻, 곧 길을 가는 것(『모전』). 또는 거느리다, 통솔하다.

204 경영사방(經營四方): 사방을 경영하다, 곧 나라에 여러 가지 어려움이 많이 생긴 것을 뜻한다. 또는 사방으로 부역 나가는 것을 말한다. 경영(經營)은 또는 왕래하는 모양〔주광기(朱廣祁), 『논고(論稿)』〕.

205 현(玄): 적흑색(赤黑色)(『정전』). 풀이 부패하여 흑색(黑色)으로 변한 것. 역시 풀이 시든 것이나 병든 것을 말한다.

哀我征夫이 슬프게도 이 나그네는
애 아 정 부

獨爲匪民[207]이로다 홀로 사람 구실 못하는가!
독 위 비 민

匪兕匪虎[208]이 외뿔소와 호랑이가
비 시 비 호

率彼曠野[209]로다 넓은 들을 쏘다니고 있네
솔 피 광 야

哀我征夫이 슬프게도 이 나그네는
애 아 정 부

朝夕不暇[210]로다 아침이고 저녁이고 쉴 겨를이 없네
조 석 불 가

有芃者狐[211]이 텁수룩한 여우가
유 봉 자 호

---

206 긍(矜): 일반적인 음은 '긍'인데 압운(押韻)이나 의미상으로 '관'(古頑反)으로 읽는다. 『한시(韓詩)』에는 환(鰥)으로 되어 있고, 늙은 홀아비가 본뜻이다. 그래서 '어느 사람인들 홀아비가 되지 않으리오'로 해석하기도 한다. 부역(賦役)에 종사하다가 때를 넘겨서도 돌아가지 못하여 실가(室家), 즉 부인과의 낙(樂)을 잃음을 말한 것이라 하였다(『집전』). 실제로 홀아비가 아니라 '홀아비 같은 생활'을 말하는 듯하다. 또는 『이아(爾雅)』에 의하면 환(鰥)은 또 병(病)의 뜻임〔왕인지(王引之), 『경의술문(經義述聞)』〕. 그러나 『통석(通釋)』에서는 병(病)·고(苦)로 푸는 것이 옳다고 했다.

207 비민(匪民): 비인(匪人)과 같은 말로, 인간이 못되고 마소처럼 부림을 당하고 있음을 말한다.

208 비시비호(匪兕匪虎): 비(匪)는 피(彼)와 통함〔『통석(通釋)』〕. 또는 비(非)로도 본다. 시(兕)는 외뿔소.

209 솔피광야(率彼曠野): 솔(率)은 순(循)의 뜻(『집전』)으로, 따르다. 순(循)은 행(行)과 통한다. 광야(曠野)는 너른 들. 외뿔소와 범이 넓은 들판을 돌아다닌다는 것은 맹수가 실제로 생명을 위협하는 일이기도 하며 또는 무서운 감독관들이 돌아다닌다는 말로 이해할 수 있다. 만약 앞의 비(匪)를 비(非)로 해석할 경우 '외뿔소도 아니고 범도 아니면서 들판을 돌아다닌다', 즉 군사들이 열악한 환경에서 임무들을 수행하는 것으로 볼 수도 있겠다.

210 가(暇): 겨를, 쉴 겨를.

211 유봉자호(有芃者狐): 유봉(有芃)은 봉봉(芃芃)으로 꼬리가 긴 모양(『모전』). 또는 무성하다. 텁수룩한 여우 털을 형용한 것.

率彼幽草[212]로다 무성한 풀밭을 쏘다니고 있네
솔 피 유 초

有棧之車[213]이 높다란 수레가
유 잔 지 거

行彼周道로다 한길을 달리고 있네
행 피 주 도

◈ 해설

주나라가 망하여 가자 행역(行役)이 끊임없게 되었으므로 행역하는 사람들이 자기의 괴로움을 읊은 것이 이 시이다. 「모시서」에서는 밑의 나라들이 유왕(幽王)을 풍자한 것으로 보았다.

212 유초(幽草): 그윽한 풀밭, 깊은 풀밭 속.

213 유잔지거(有棧之車): 유잔(有棧)은 잔연(棧然)으로 짐수레가 높은 모양[『통석(通釋)』]. 거(車)는 역거(役車) 곧 짐수레.

Ⅲ. 대아(大雅)

제1 문왕지습(文王之什)

1. 문왕(文王)

문왕

文王在上[1]하사 문 왕 재 상	문왕께선 위에 계시는데
於昭于天[2]하시니 오 소 우 천	아아, 하늘에 뚜렷하시니
周雖舊邦[3]이나 주 수 구 방	주나라는 오래된 나라라 하지만
其命維新[4]이로다 기 명 유 신	받은 하늘의 명은 새롭기만 하네
有周不顯[5]이니 유 주 불 현	주나라 임금은 매우 밝게 나라 다스리시니
帝命不時[6]로다 제 명 불 시	하느님의 명이 매우 공정히 내려지네
文王陟降[7]하시며 문 왕 척 강	문왕께선 하늘땅을 오르내리며
在帝左右[8]시니라 재 제 좌 우	하느님 곁에 있으시네

---

1 상(上): 하늘 위. 문왕(文王)의 혼령이 하늘 위에 계시다는 뜻.

2 오소우천(於昭于天): '於'는 감탄사로 쓰일 때에는 '오'로 읽는다. '아아!'의 뜻. 소(昭)는 밝다, 즉 하늘에 존재가 뚜렷하다는 뜻.

3 주수구방(周雖舊邦): 오래된 나라. 주나라는 태왕(太王) 때부터 '주(周)'라 하였으므로 오래된 나라이며, 문왕(文王)에 이르러 하늘의 명을 받았으므로, 다음 구에서 '유신(維新)'이라 한 것이다.

4 기명유신(其命維新): 명(命)은 천명(天命). 유(維)는 시(是)의 뜻. 신(新)은 새로운 나라.

5 유주불현(有周不顯): 유(有)는 명사의 앞에 쓰이는 조사. 또는 유주(有周)는 주나라를 다스리는 임금들. 불(不)은 비(丕)와 통하며, 대(大)의 뜻. 현(顯)은 빛나다, 드러나다.

6 제명불시(帝命不時): 제(帝)는 상제(上帝), 하느님. 불(不)은 위의 주(注)와 마찬가지로 비(丕)의 뜻. 시(時)는 시(是)와 통하여, 불시(不時)는 하늘의 명이 은(殷) 대신 주나라에 내려진 것이 '매우 옳은 일'이라는 뜻.

7 척강(陟降): 하늘에 올라갔다 땅으로 내려왔다 하는 것.

8 좌우(左右): 곁의 뜻.

亹亹文王[9]이 미 미 문 왕	문왕께선 부지런히 애쓰시어
令聞不已[10]시니 영 문 불 이	아름다운 기림 끊이지 않네
陳錫哉周[11]하시되 진 석 재 주	주나라에 많은 복 내리어
侯文王孫子[12]하시니 후 문 왕 손 자	문왕 자손들이 누리시네
文王孫子이 문 왕 손 자	문왕 자손들은
本支百歲[13]시며 본 지 백 세	본손과 지손이 백세토록 번성하고
凡周之士도 범 주 지 사	모든 주나라의 신하들도
不顯亦世[14]로다 불 현 역 세	세세로 크게 드러나리로다

世之不顯이니 세 지 불 현	세세로 크게 드러나니
厥猶翼翼[15]이로다 궐 유 익 익	그 계획은 신중하고 충성되네
思皇多士[16]이 사 황 다 사	빛나는 많은 신하들이

---

9 미미(亹亹): 부지런히 힘쓰는 모양(『모전』).

10 영문불이(令聞不已): 영문(令聞)은 아름다운 명성. 불이(不已)는 그침이 없다.

11 진석재주(陳錫哉周): 진석(陳錫)은 신석(申錫)의 가차로 중석(重錫)과 같으며, 내리는 복록이 많음을 뜻한다〔『통석(通釋)』〕. 재(哉)는 재(在)와 옛날에는 통용되어, 어(於)의 뜻〔우성오(于省吾), 『신증(新證)』〕. 또는 재(載)와 동성(同聲)으로 통용되며, 시(始)의 뜻〔『통석(通釋)』〕.

12 후문왕손자(侯文王孫子): 후(侯)는 유(維)와 같은 어조사. 또는 유(維)는 유(唯)와 통하며, '다만〔지(只)〕'의 뜻. 손자(孫子)는 자손(子孫)

13 본지백세(本支百世): 본(本)은 본종(本宗). 지(支)는 서계(庶系)를 가리킨다. 이 구절은 문왕의 종족과 지서(支庶)가 번창하여 백세가 지나도록 끊이지 않는다는 뜻.

14 불현역세(不顯亦世): 불현(不顯)은 비현(丕顯)과 같음. 즉 '크게 드러남'. 역세(亦世)는 혁세(奕世)와 같은 말로, 영세(永世)·누세(累世)의 뜻〔『통석(通釋)』〕. 혁(奕)을 대(大)로 해석하면 뜻이 조화롭지 못하다.

15 궐유익익(厥猶翼翼): 궐(厥)은 기(其)의 뜻. 유(猶)는 나라를 다스리는 계책. 익익(翼翼)은 신중하고 충성된 모양(『정전』).

生此王國이로다 — 이 왕국에 생겨나네
생 차 왕 국

王國克生하니 — 왕국에서 능히 길러 내니
왕 국 극 생

維周之楨[17]이로다 — 주나라의 기둥이로다
유 주 지 정

濟濟多士[18]여 — 많은 신하들 있으니
제 제 다 사

文王以寧이시로다 — 문왕께서도 마음 편하시리라
문 왕 이 녕

穆穆文王[19]이여 — 덕이 많은 문왕께서는
목 목 문 왕

於緝熙敬止[20]시로다 — 아아, 끊임없이 공경하셨네
오 즙 희 경 지

假哉天命[21]은 — 위대한 하늘의 명은
가 재 천 명

有商孫子[22]니라 — 상나라 자손들에게 있었고
유 상 손 자

商之孫子이 — 상나라 자손들은
상 지 손 자

其麗不億[23]이나 — 그 수 헤아릴 수 없었건만
기 리 불 억

---

16 사황다사(思皇多士): 사(思)는 조사. 황(皇)은 황(煌)과 통하며, 빛나다. 다사(多士)는 많은 선비.

17 정(楨): 담틀의 양쪽 가에 댄 나무. 주지정(周之楨)은 곧 주나라의 동량(棟梁)이란 말과 같다.

18 제제(濟濟): 많은 모양. 또는 장엄하고 공경하는 모양.

19 목목(穆穆): 아름다운 것(『모전』), 덕이 많은 것.

20 오즙희경지(於緝熙敬止): '於'는 감탄사일 때는 '오'로 읽고 '아아'의 뜻. 즙희(緝熙)는 끊이지 않고 일을 계속함을 뜻한다〔대진(戴震), 『모정시고정(毛鄭詩考正)』〕. 또는 광명(光明)의 뜻. 경(敬)은 근신(謹愼)함. 지(止)는 조사.

21 가(假): 큰 것〔大〕.

22 유상(有商): 상(商)나라를 다스린 사람.

23 기리불억(其麗不億): 리(麗)는 수(數)의 뜻(『모전』). 또는 무리. 리(𪊢)의 생차(省借)로, 『방언(方言)』과 『설문(說文)』에서도 리(𪊢)를 수(數)라 했다. 불억(不億)은 부지어억(不止於億) 곧 억(億)에만 그치지 않는다는 말로 그 수를 헤아릴 수 없다는 말이다(『정전』).

上帝旣命이라 상 제 기 명	하느님이 명을 새로 내리시어
侯于周服[24]이로다 후 우 주 복	주나라에 복종케 되었네
侯服于周하니 후 복 우 주	주나라에 복종케 되었으니
天命靡常[25]이로다 천 명 미 상	하늘의 명은 일정하기만 한 것은 아니네
殷士膚敏[26]이 은 사 부 민	은나라 관원들은 점잖고 민첩하게 움직여
祼將于京[27]하니 관 장 우 경	주나라 도성에서 강신할 술 따라 올리니
厥作祼將이여 궐 작 관 장	그들이 강신할 술 올릴 때에
常服黼冔[28]로다 상 복 보 후	언제나 보(黼) 무늬 바지에 은관을 썼네

---

24 후우주복(侯于周服): 후(侯)는 유(維)와 같은 조사. 우주복(于周服)은 복우주(服于周)의 도치로서, 주나라에 복종하는 것.

25 미상(靡常): 일정하지 않은 것. 천명은 한 사람에게만 머물러 있는 것이 아니라, 잘못하면 언제든 덕 있는 딴 사람에게로 넘어간다는 것을 말한다.

26 은사부민(殷士膚敏): 은사(殷士)는 은나라 중신(重臣) 또는 선비. 부(膚)는 아름다운 것, 점잖은 것. 민(敏)은 빠른 것, 민첩한 것. 우성오(于省吾)의 『신증(新證)』에서는 민민(黽敏)의 전화된 말로 면면(勉勉)과 같으며, 노력하여 종사(從事)함을 뜻한다고 하였다.

27 관장우경(祼將于京): 관(祼)은 울창주(鬱鬯酒)를 시(尸)에게 올리면 시(尸)는 술을 받아 땅에 쏟아 신(神)을 내려오게 하는 것. 장(將)은 거행(擧行)하다, 받들다. 경(京)은 주경(周京)으로 주나라의 도성. 이상 두 구는 패망한 은나라 사람이 주나라에서 제사를 돕고 있다는 것을 말한다.

28 상복보후(常服黼冔): 상(常)은 상(尙)으로도 해석한다. 복(服)은 옷을 입고 모자를 쓰는 것. 보(黼)는 은나라의 예복(禮服)으로, 아랫바지에 흑백이 교차하는 도끼 모양의 무늬를 수놓은 것. 후(冔)는 은나라 관(冠)(『모전』).

王之藎臣[29]은 왕 시 신 신	우리 임금님의 충성스런 신하 되었으니
無念爾祖[30]어다 무 념 이 조	그대들 조상은 생각 말기를

無念爾祖 하니 무 념 이 조	그대들 할아버지 생각 않는가?
聿修厥德[31]이어다 율 수 궐 덕	그분 같은 덕을 닦아야 하네
永言配命[32]이 영 언 배 명	오래도록 하늘의 명을 지키어
自求多福[33]이니라 자 구 다 복	스스로 많은 복을 누려야지
殷之未喪師[34]엔 은 지 미 상 사	은나라가 민심을 잃지 않았을 적에는
克配上帝[35]니 극 배 상 제	하느님의 뜻을 따르를 줄 알았다네

---

29 왕지신신(王之藎臣): 왕(王)은 주왕(周王). 신(藎)은 진(進)의 뜻(『모전』). 『집전(集傳)』에서는 '충성으로 나아가는 신하'라고 했는데, '진공(進貢)하는 신하'로 본다. 녹(綠)을 신초(藎草)라고도 하는데, 이는 진공(進貢)하는 풀이기 때문에 얻어진 이름이었다.

30 무념이조(無念爾祖): 무념(無念)을 '기득무념(豈得無念)' 곧 '어찌 생각하지 않을 수 있겠는가'라고 하며, 이조(爾祖) '너의 할아버지'를 문왕(文王)이라 하였는데(『집전』), 이에 대해 우성오(于省吾)의 『신증(新證)』에서는 은나라 선비들이 주나라 도성에 와서 제사를 도우는 것을 언급하며 주나라 사람들이 그들에게 옛것을 버리고 새로운 것을 도모하며 은나라 선조들을 그리워하지 말라고 권하는 말로 본다. 즉 무(無)는 물(勿), 이(爾)는 너희들 곧 은나라 선비를 말한다.

31 율(聿): 조사. 또는 마침내.

32 영언배명(永言配命): 영(永)은 길이, 영구히. 언(言)은 조사. 배명(配命)은 하늘이 내린 명에 부합하다. 길이길이 하늘이 준 명(命)을 보전하는 것을 말한다.

33 자(自): 자기 스스로. 은사(殷士) 곧 은나라 선비를 지칭한 말.

34 미상사(未喪師): 상사(喪師)는 인심(人心)을 상실(喪失)하는 것. 사(師)는 중(衆)의 뜻이다. 미상사(未喪師)는 은나라의 정치가 제대로 되어 가며 인심을 잃지 않았을 때를 말한다.

35 극배상제(克配上帝): 극(克)은 능(能)의 뜻. 배(配)는 배합(配合)의 뜻(『집전』). 배상제(配上帝)는 '상제와 짝하다'는 의미로 배천(配天)의 뜻과 같으며, 결국 군주가 되는 것을 말한다. 즉 천명(天命)을 받으면 천자(天子)가 되는데, 이것을 배천(配天), 즉 '하늘과 짝하다'라 한다(『통석(通釋)』). 『순자·대략(荀子·大略)』에 "配天而有天下者", 『장자·천지(莊

宜鑑于殷[36]이어라 의 감 우 은	마땅히 은나라를 거울삼아
駿命不易[37]니라 준 명 불 이	위대한 명 지키기 쉽지 않음을 명심하기를
命之不易니 명 지 불 이	하늘의 명 지키기 쉽지 않으니
無遏爾躬[38]이어다 무 알 이 궁	그대들 대에서 끊이지 않도록 하게
宣昭義問[39]하며 선 소 의 문	훌륭한 명성 밝게 빛나게 하고
有虞殷自天[40]이어라 유 우 은 자 천	은나라처럼 하늘의 명 잃지 않도록 걱정하길
上天之載[41]는 상 천 지 재	하느님의 일은
無聲無臭어니와 무 성 무 취	소리도 없고 냄새도 없는 것

子·天地)』에 "齧缺可以配天乎" 등이 있고, 배황천(配皇天)〔『상서·주서·소고(尙書·周書·召誥)』〕 등도 모두 같은 의미이다.

36 감(鑑): 거울.

37 준명불이(駿命不易): 준(駿)은 큰 것. 준명(駿命)은 대명(大命). 불이(不易)는 보전하기 쉽지 않다는 뜻.

38 무알이궁(無遏爾躬): 무(無)는 물(勿)과 같음. 알(遏)은 지(止)와 같으며(『모전』), 대(代)가 단절되는 것. 이궁(爾躬)은 뒤를 이을 왕들 자신.

39 선소의문(宣昭義問): 선(宣)은 밝다, 밝히다. 소(昭)는 밝다, 밝히다. 의(義)는 선(善)과 통하며, 문(問)은 문(聞)과 통하여, 의문(義問)은 앞에서 나온 영문(令聞)과 같은 말. 이 구절은 곧 그의 아름다운 명성이 밝다는 것〔『전소(傳疏)』〕.

40 유우은자천(有虞殷自天): 유(有)는 우(又)와 통함(『정전』, 『집전』). 우(虞)는 염려하다. 은(殷)은 의(依)의 뜻으로 빌려 쓴 글자〔우성오(于省吾), 『신증(新證)』〕. 자천(自天)은 하늘이 천명을 내렸다가 다시 하늘이 그 명을 거두어들이는 것.

41 재(載): 만물을 생장(生長)하게 하는 것, 또는 일(『모전』). 『중용(中庸)』에서 시(詩)의 이 부분을 인용하였고 정현(鄭玄)은 이에 대해 재(載)는 재(栽)로 읽고 '생물(生物)', 즉 만물을 생장케 하는 것을 이른다고 하였다. 만물을 생장케 하는 것을 포함해서 '사실(事實)'의 뜻이라 했다〔『전소(傳疏)』〕.

儀刑文王[42]하면
의 형 문 왕

萬邦作孚[43]하리라
만 방 작 부

문왕을 본받으면

온 세상이 믿고 따르게 되리

◈ 해설

「모시서」에선 "문왕(文王)이 천명을 받아 주나라를 이룩한 것을 읊은 것"이라 하였다. 주희(朱熹)는 다시 "주공(周公)이 문왕의 덕을 추술(追述)하여 ……성왕(成王)을 훈계한 것"이라 하였는데, 『여씨춘추(呂氏春秋)』「고악(古樂)」편에서 이 시를 인용하고 주공이 지은 것이라 한 데 근거를 둔 것 같다. 이 근거는 그다지 확고한 것은 못되지만 적어도 주나라 초기의 시임은 의심할 여지가 없는 듯하다.

2. 대명(大明)

대명

明明在下[44]하며
명 명 재 하

赫赫在上[45]이니라
혁 혁 재 상

땅 위에 문왕의 덕이 밝게 밝혀지고

하늘에는 주나라가 받은 천명이
밝게 빛나네

42 의형(儀刑): 법식(法式)으로 삼는 것, 본뜨는 것. 또는 의(儀)는 의당(宜當)의 뜻.

43 만방작부(萬邦作孚): 작(作)은 즉(則)의 뜻. 갑골문(甲骨文)에선 사(乍)를 즉(則)으로 쓰고 있는데, 작(作)은 사(乍)를 따랐으므로 의당 즉(則)과도 통한다〔『석의(釋義)』〕. 부(孚)는 믿는 것〔신(信)〕.

44 명명재하(明明在下): 명명(明明)은 밝고 밝은 것. 재하(在下)는 지상(地上). 온 세상. 문왕과 무왕의 덕이 온 세상을 밝히고 있다는 뜻.

天難忱斯[46]라 천 난 침 사	하늘은 믿고만 있기 어려운 것이라
不易維王이니 불 이 유 왕	임금 노릇 쉽지 않네
天位殷適[47]을 천 위 은 적	은나라 자손들 천자의 자리에 있었으나
使不挾四方[48]하시니라 사 불 협 사 방	세상을 다스리지 못하게 하셨네

摯仲氏任[49]이 지 중 씨 임	지나라 임씨네 둘째딸 태임이
自彼殷商[50]으로 자 피 은 상	그 은나라 땅으로부터
來嫁于周하사 래 가 우 주	주나라로 시집을 와서
曰嬪于京[51]하시니 왈 빈 우 경	주나라의 주부(主婦)가 되시어

---

45 혁혁재상(赫赫在上): 혁혁(赫赫)은 밝게 빛나는 것. 재상(在上)은 천상(天上). 주나라가 받은 천명이 하늘에 밝게 빛나고 있다는 뜻.

46 천난침사(天難忱斯): 침(忱)은 신(信)의 뜻. 사(斯)는 조사. 천명(天命)은 무상(無常)하여 믿기 어렵다는 뜻.

47 천위은적(天位殷適): 천위(天位)는 천자(또는 왕)의 지위. 적(適)은 적(嫡), 적손(嫡孫)의 뜻. 은적(殷適)은 은나라 주왕(紂王)을 가리킨다(『모전』).

48 협(挾): 협(浹)과 같으며, 달(達)의 뜻. 왕위를 잘 계승하여 나라를 다스리는 것. 옛날에는 왕위를 계승하지 못하는 것을 '불달사방(不達四方)', 즉 '사방을 다스리지 못하였다'고 하였다〔『통석(通釋)』〕.

49 지중씨임(摯仲氏任): 지(摯)는 은나라 기내(畿內)의 나라 이름(『정전』). 여남(汝南) 평여(平輿)에 지정(摯亭)이 있다고 하였다〔청나라 주우증(朱右曾)의 『시지리징(詩地理徵)』에서 『군국지(郡國志)』 주(注)를 인용한 내용. 왕선겸(王先謙)의 『집소(集疏)』〕. 평여(平輿)는 지금의 하남성 여양현(汝陽縣)〔『석의(釋義)』〕. 중씨(仲氏)는 중녀(中女)(『모전』) 곧 둘째 딸. 임(任)은 그녀의 성(姓). 지국(摯國) 임씨네 중녀로 곧 태임(大任)을 가리킨다.

50 은상(殷商): 상(商)나라는 반경(盤庚) 임금 때 은(殷)으로 도읍을 옮기고 국호도 은(殷)이라 고쳤다. 그래서 여기서는 은상(殷商)이라 한 것이다.

51 왈빈우경(曰嬪于京): 왈(曰)은 조사. 빈(嬪: 아내. 부인의 미칭)은 부(婦)의 뜻(『모전』). 또는 가(嫁), 즉 시집간다는 뜻. 여자 측에서 말하면 가(嫁)이고, 남자 측에서 말하면 빈(嬪)이라 한다〔『후전(後箋)』〕. 경(京)은 주나라의 서울〔주경(周京)〕(『집전』). 태왕(太王) 때

乃及王季[52]로
내급왕계
維德之行[53]이시로다
유덕지행
大任有身[54]하사
태임유신
生此文王하시니라
생차문왕

왕계와 함께
덕을 행하셨네
이 태임께서 아기를 배시어
문왕을 낳으셨네

維此文王이
유차문왕
小心翼翼[55]하사
소심익익
昭事上帝[56]하사
소사상제
聿懷多福[57]하시니
율회다복
厥德不回[58]하사
궐덕불회
以受方國[59]하시니라
이수방국

문왕께선
삼가고 조심하시며
하늘을 밝게 섬기어
많은 복을 누리셨으니
그분의 덕은 도에 어긋나지 않아
사방 나라들을 거두어들였네

빈(豳)에서 기(岐) 땅으로 옮기고 그 땅을 주(周)라고 이름 하였는데, 그의 아들 왕계(王季)가 여기에 도읍하였다.

52 내급왕계(乃及王季): 급(及)은 배(配)의 뜻으로, '짝짓다, 아내가 되다'는 뜻. 왕계(王季)는 태왕(太王)의 아들이며, 문왕의 아버지.

53 유덕지행(維德之行): 유(維)는 어조사. 또는 유(唯)와 같고 지(只) '다만'의 뜻. 지(之)는 조사. 또는 시(是)와 같다. 지행(之行)은 시행(是行)으로, 강조하는 말이며 이 구는 '오직 덕, 그것만을 행하였다'는 뜻.

54 태임유신(大任有身): 태임(大任)은 왕계의 아내이자 문왕의 어머니. 신(身)은 〈삼가시(三家詩)〉에서는 신(娠)으로 되어 있으며 임신, 즉 아기를 배는 것(『정전』). 제2장은 문왕의 탄생을 노래한 것.

55 소심익익(小心翼翼): 익익(翼翼)은 공신(恭愼)하는 모양(『모전』). 공손하며 삼가는 것.

56 소사(昭事): 소(昭)는 명(明)의 뜻(『정전』). 사(事)는 섬기는 것. 청결히 하여 상제(上帝)를 받들어 섬기는 것.

57 율회(聿懷): 율(聿)은 조사. 회(懷)는 래(來) 즉 '오게 하다'의 뜻(『모전』). 또는 보유(保有)의 뜻.

58 회(回): 정도(正道)에서 어긋나는 것[사(邪)](『모전』). 제3장은 문왕이 덕을 닦아 천명(天命)을 받았음을 노래했음.

天監在下[60]하사 천 감 재 하	하늘은 세상을 살피시어
有命旣集[61]하니라 유 명 기 집	명을 내리셨네
文王初載[62]에 문 왕 초 재	문왕께서 일을 시작하심에
天作之合[63]하시니 천 작 지 합	하늘이 배필을 마련하셨으니
在洽之陽[64]하며 재 흡 지 양	흡수의 북쪽
在渭之涘[65]하여 재 위 지 사	위수 가에
文王嘉止[66]에 문 왕 가 지	문왕이 아름답다고 여긴
大邦有子[67]시로다 대 방 유 자	큰 나라의 따님이 계셨네

---

59 방국(方國): 사방(四方)에서 와서 따르는 나라(『모전』).

60 천감재하(天監在下): 감(監)은 감시(監視), 곧 살피는 것. 재하(在下)는 땅 위의 세상.

61 유명기집(有命旣集): 천명이 이미 강림(降臨)하였다는 것. 집(集)은 주나라에 명(命)이 '이르게 한 것'.

62 초재(初載): 재(載)는 일[사(事)]. 또는 재(栽)와 통하며 풍성하게 키우고 수립(樹立)한다는 뜻. 그래서 초재(初載)는 품에서 처음으로 벗어나 능히 자립(自立)하는 것을 말하기도 한다.

63 합(合): 배(配)의 뜻으로(『모전』), 배필(配匹).

64 재흡지양(在洽之陽): 흡(洽)은 강물 이름. 합수(郃水)라고도 하는데[『통석(通釋)』], 곧 역도원(酈道元)의 『수경주(水經注)』에 나오는 분수(瀵水)를 말한다[주우증(朱右曾), 『시지리징(詩地理徵)』]. 한(漢)나라 때에는 합양성(郃陽城)이 있었는데, 이 시로 말미암아 생긴 이름이며, 그 옛 땅은 지금의 섬서성 대려현(大荔縣)에 있었고 옛날 신국(莘國)이 있던 곳이라 함[『석의(釋義)』]. 양(陽)은 강물의 북쪽, 산의 남쪽. 그래서 햇살이 잘 드는 곳을 말함. 한양(漢陽)은 한강(漢江)의 북쪽이란 뜻.

65 재위지사(在渭之涘): 위(渭)는 위수(渭水). 사(涘)는 물가.

66 가지(嘉止): 가(嘉)는 아름다운 것. 나아가 배우(配偶)로도 쓰인다. 지(止)는 조사. 또는 가지(嘉止)를 가례(嘉禮)로 풀기도 한다[『통석(通釋)』].

67 대방유자(大邦有子): 대방(大邦)은 대국(大國)으로, 여기서는 신(莘)나라를 가리킨다. 자(子)는 여자, 따님의 뜻으로 문왕의 후(后)인 태사(太姒)를 가리킴. 옛날에는 여자도 자(子)라고 칭했다.

大邦有子하니
대 방 유 자

俔天之妹[68]로다
견 천 지 매

文定厥祥[69]하시고
문 정 궐 상

親迎于渭하사
친 영 우 위

造舟爲梁[70]하시니
조 주 위 량

不顯其光[71]이로다
불 현 기 광

큰 나라에 따님이 계셨는데

하늘의 소녀 같으셨네

길일을 가려 예식 날 정하고

위수 가로 나가 친히 신부 맞으셨는데

배 이어 다리 놓으시니

그 빛이 매우 밝았네

有命自天하여
유 명 자 천

命此文王을
명 차 문 왕

于周于京[72]이로다
우 주 우 경

纘女維莘[73]이
찬 녀 유 신

하늘로부터 명이 내리어

이 문왕에게 명하시어

주나라 경사에서 다스리도록 하셨네

아름다운 신나라의 딸이

---

68 견천지매(俔天之妹): 견(俔)은 비유하다, 비슷하다. 매(妹)는 소녀(少女)를 가리킴. 『주역(周易)』 귀매(歸妹)의 '매(妹)'와 같은 뜻〔『석의(釋義)』〕.

69 문정궐상(文定厥祥): 문(文)은 예(禮)를 말함(『집전』). 상(祥)은 길상(吉祥)의 뜻. 이 구절은 점을 쳐서 예(禮)에 따라 결혼할 길일(吉日)을 정하는 것을 말한다.

70 조주위량(造舟爲梁): 배를 물에 나란히 띄워 놓고 그 위에 널판을 깔아서 다리를 만들고 통행할 수 있도록 한 것. 후세의 부교(浮橋)와 비슷하다〔『공소(孔疏)』, 『집전(集傳)』〕. 이는 뒤에 주례(周禮)로 고정되어 정중한 친영(親迎)의 예절로 변화되었는데, 천자(天子)는 조주(造舟), 즉 배를 만들어 사용하고, 제후(諸侯)는 유주(維舟), 즉 배를 동여매어 사용하고, 대부(大夫)는 방주(方舟), 즉 두 척의 배를 나란히 하여 사용하고, 사(士)는 특주(特舟), 즉 배 한 척을 사용하였다고 한다(『모전』). 배를 만들어 다리를 놓는 것은 문왕이 처음 창제(創制)한 것인데, 주대(周代)에 마침내 천자(天子)의 예(禮)로 삼은 것이라 했다.

71 불현(不顯): 불(不)은 비(丕), 즉 대(大)의 뜻. 크게, 매우.

72 우주우경(于周于京): 문왕 이후 그 땅에 나라를 건립한 것을 말한다. 문왕 때에는 주나라는 아직 은(殷)에 속한 신하였기 때문에, 국호(國號)를 주(周)라 하고, 읍(邑)을 경(京)으로 한 것〔반고(班固), 『백호통(白虎通)』〕은 아니다.

73 찬녀유신(纘女維莘): 찬(纘)은 찬(嬇)의 가차자〔『통석(通釋)』〕. 아름다운 것, 고운 것. 찬

長子維行[74]하여 장 자 유 행	맏아드님께 시집오시어
篤生武王[75]하시니 독 생 무 왕	무왕을 낳으셨으니
保右命爾[76]하사 보 우 명 이	하늘이 그를 보호하고 명하시어
燮伐大商[77]하시니라 섭 벌 대 상	상나라를 치게 하셨네

殷商之旅[78]이 은 상 지 려	은나라의 무리들이
其會如林[79]이어늘 기 회 여 림	숲의 나무처럼 모였는데
矢于牧野[80]하되 시 우 목 야	목야에서 군사들에게 훈시하시기를
維予侯興[81]이라 유 여 후 흥	'내가 일어났다.
上帝臨女[82]하시니 상 제 림 여	상제께서 그대들에게 임하시고 계시니

녀(嬪女)는 미녀. 신(莘)은 나라 이름. 앞의 주(注) 64 참조.

74 장자유행(長子維行): 장자(長子)는 문왕을 가리킴. 또는 일설에는 장녀(長女)를 말하며, 태사(太姒)라고 했다. 행(行)은 시집오는 것(『집전』).

75 독(篤): 조사(『통석(通釋)』).

76 보우명이(保右命爾): 우(右)는 우(佑)와 통함. 돕다. 이(爾)는 조사. 또는 무왕(武王)을 칭함. 즉 이 구절은 하늘이 무왕을 보호하여 돕고 명하는 것.

77 섭벌(燮伐): 섭(燮)은 조사, 즉 발어사로 봄(『석의(釋義)』). 『모전(毛傳)』에서는 화(和)의 뜻으로 보고 '협동하여 토벌하다'라 했고, 『통석(通釋)』에서는 습(襲)과 통한다고 했다. 그래서 '기습토벌'이나 '뜻을 이어서 토벌함'으로 이해된다.

78 려(旅): 무리. 사졸(士卒).

79 기회여림(其會如林): 무왕과 대적하기 위하여 은나라 병사들이 숲처럼 많이 모였음을 말한다. 회(會)는 '모이다'는 뜻 외에 옛날 기(旗)의 일종인 괴(旝: 대장이 지휘할 때 쓰는 붉은색 바탕의 기)의 가차자로 본다.

80 시우목야(矢于牧野): 시(矢)는 서(誓)와 통하여, 전쟁하기 전에 임금이 전 장병에게 하는 훈시. 목야(牧野)는 땅 이름. 지금의 하남성 기현(淇縣) 근처. 이하 세 구는 훈시한 말(서사(誓詞))임.

81 유여후흥(維予侯興): 유(維)는 조사. 여(予)는 무왕 자칭. 후(侯)는 내(乃).

無貳爾心[83]하다 하시다 무 이 이 심	그대들 마음 변치 마라' 하셨네
牧野洋洋[84]하니 목 야 양 양	목야는 널따란데
檀車煌煌[85]하며 단 거 황 황	박달나무 수레 곱기도 하고
駟騵彭彭[86]이로다 사 원 방 방	배가 희고 검붉은 사마는 장하기도 하네
維師尙父[87]이 유 사 상 보	태사인 태공망이
時維鷹揚[88]하여 시 유 응 양	마치 매가 나는 듯
涼彼武王[89]하여 양 피 무 왕	무왕을 도우시어
肆伐大商[90]하니 사 벌 대 상	상나라를 쳤는데
會朝淸明[91]이로다 회 조 청 명	전쟁하던 날 아침은 맑고 밝았네

---

82 여(女): 너[여(汝)], 너희들. 장병들을 가리킴.

83 무이이심(無貳爾心): 두 마음을 갖다. 또는 변심(變心)하지 말라는 뜻.

84 양양(洋洋): 넓은 모양.

85 황황(煌煌): 선명한 모양(『정전』).

86 사원방방(駟騵彭彭): 사(駟)는 수레를 끄는 네 마리 말. 원(騵)은 배가 흰 유마(騮馬). 방방(彭彭)은 강장(强壯)한 모양(『집전』).

87 유사상보(維師尙父): 사(師)는 태사(太師). 전 장병을 거느리는 사람. 상보(尙父)는 태공망(太公望)의 호(號)로, 성은 강씨(姜氏)이며 여망(呂望)·여상(呂尙)의 존칭. 속칭 강태공(姜太公). 무왕의 재상(宰相)으로 그를 도와 주나라를 세우는 데 지극히 큰 공을 세웠다.

88 시유응양(時維鷹揚): 시(時)는 시(是)의 뜻. 응양(鷹揚)은 매가 나는 듯이 활약하는 것(『모전』). 일설에는 양(揚)은 양(鸉)과 통하며, 둘 다 매의 일종이거나 매와 닮은 맹금(猛禽)류의 새.

89 량(涼): 돕는 것. 보좌(輔佐)하다.

90 사벌대상(肆伐大商): 사(肆)는 발어사. 또는 질(疾)과 통하여, 재빠르다. 『노시(魯詩)』에는 습(襲)으로 쓰고 있는데, 제6장 '섭벌대상(燮伐大商)'과 같은 뜻이다. 무왕이 은상(殷商)의 마지막 임금인 주왕(紂王)을 칠 때 기습(奇襲)의 전법을 사용했다는 것.

91 회조청명(會朝淸明): 회조(會朝)는 회전(會戰)하는 말 아침. 청명(淸明)은 청명(晴明)과

◈ 해설

이것은 문왕(文王)과 무왕(武王)을 기리는 시로서, 주초(周初)의 작품인 듯하다〔『석의釋義』〕. 「모시서」에선 문왕이 밝은 덕이 있었기 때문에 하늘이 다시 무왕에게 명을 내리셨음을 노래한 것이라 하였다. 제목을 「대명(大明)」이라 한 것은 「소아(小雅)」의 「소명(小明)」 시와 구별하기 위한 것이다.

3. 면(緜) 길게 뻗음

緜緜瓜瓞[92]이여 면 면 과 질	길게 뻗은 외 덩굴이여
民之初生[93]에 민 지 초 생	백성들을 처음 다스릴 때
自土沮漆[94]하니 자 토 저 칠	두수로부터 칠수에 이르는 지역까지 하셨는데

같으며, 날씨가 청랑(淸朗)한 것. 이 구절은 무왕이 여망의 도움을 받으며 은나라를 칠 때의 모양과 날씨 등을 노래한 것이다. 당시 역사적인 회전의 그 아침이 오기 전엔 '3일 밤낮으로 비가 그치지 않았다'〔"天雨三日不休"『한시외전(韓詩外傳)』, "天雨日夜不休"『여씨춘추(呂氏春秋)』〕고 한다. 하루아침이 못 되어 천하가 청명(淸明)해졌음을 상징적으로 말한 것이다(『집전』).

92 면면과질(緜緜瓜瓞): 면면(緜緜)은 면면(綿綿)으로도 쓰며, 연속하여 끊어지지 않는 모양(『모전』). 과(瓜)는 오이. 질(瓞)은 조그만 외. 많은 외가 달린 외 덩굴이 길게 뻗어 있는 것은 주나라 왕실 세계(世系)의 자손들이 창성(昌盛)하여 면면부절(綿綿不絶)함에 비유한 것이다.

93 민지초생(民之初生): 생민지시(生民之始)와 같은 말로, 주나라가 시작된 공류(公劉) 때를 가리킨다. 민(民)은 주나라 사람.

94 자토저칠(自土沮漆): 자(自)는 시(始)와 같으며 성장(成長)의 뜻. 토(土)는 지(地)와 같이 '터전을 잡다'로 풀이하였는데(『모전』), 『제시(齊詩)』를 따라 두(杜)로 보는 것이 옳으며,

古公亶父[95]이
고공단보

陶復陶穴[96]하여
도복도혈

未有家室[97]이시니라
미유가실

고공단보께서는
굴을 파고 기거하시며
집에 살지 않으셨네

古公亶父이
고공단보

來朝走馬[98]하사
래조주마

率西水滸[99]하사
솔서수호

고공단보께서
일찍이 말을 달리어
서쪽 칠수 가로부터

물 이름이다〔왕인지(王引之), 『경의술문(經義述聞)』〕. 지금의 섬서성 인유(麟遊)와 무공(武功)의 두 현(縣)에 있었다. 무공현의 서남은 옛 태성(邰城)의 소재지인데, 태(邰)는 주나라의 시조 후직(后稷)의 나라이다. 저(沮)와 칠(漆)은 모두 물 이름으로, 합쳐서 칠저수(漆沮水)라고도 부르는데, 옛날의 칠저수는 두 곳이 있다고 한다. 하나는 지금의 섬서성의 분현(汾縣)에 가까운 곳으로 후직의 증손(曾孫)인 공류(公劉)가 옮겨 살던 곳이며, 또 하나는 기산(岐山)에 가까운 곳으로 문왕의 조부인 태왕(太王)이 옮겨 살던 곳이다. 주나라가 처음 생겨난 곳을 말하므로 전자를 지칭한다. 이 구절은 주나라 백성이 처음 생겨난 곳이 두수(杜水)와 저수(沮水)·칠수(漆水) 사이임을 말한다〔여관영(余冠英), 『시경선(詩經選)』〕. 일설에는 저(沮)가 조(徂)와 통하여 두수(杜水)에서 칠수(漆水)에 이르기까지를 말한다고 한다〔왕인지(王引之), 『경의술문(經義述聞)』〕. 섬서성의 분현(汾縣)을 빈현(邠縣)이라고도 한다. 당시에는 빈(豳) 땅이었다.

95 고공단보(古公亶父): 고공(古公)은 호(號), 단보(亶父)는 자(字)로서 곧 태왕(太王)이다.

96 도복도혈(陶復陶穴): 도(陶)는 도(掏)와 통하며 땅을 파는 것. 복(復)은 복(覆)과 통하여, 『설문해자(說文解字)』에는 '도복(陶覆)'으로 인용하고 있다. 곧 여러 갈래의 복잡한 굴을 말한다. 혈(穴)은 곧은 단순한 굴. 일설에는 도(陶)는 구들 부엌, 복(復)은 이중 구들, 혈(穴)은 토실(土室)이라 설명했는데(『모전』) 적절하지 않다. 고인(古人)들의 혈거(穴居) 생활을 말해 준다.

97 미유가실(未有家室): 가실(家室)은 땅 위에 지은 집. 이상 제1장은 주나라 초기의 미개한 생활, 즉 주나라의 요람기(搖籃期)를 노래한 것.

98 래조(來朝): 조(朝)는 조(早)와 통하여(『집전』), 내조(來朝)는 조래(早來)의 뜻. 이것은 오랑캐〔적(狄)〕들을 피하여 움직이는 것을 말한다.

99 솔서수호(率西水滸): 솔(率)은 자(自)의 뜻. '—로부터'〔『석의(釋義)』〕. 또는 연(沿)과 통하여 '따르다'의 뜻. 수호(水滸)는 빈(豳) 땅 서쪽의 칠수(漆水) 가를 말한다.

至于岐下[100]하시니 　　기산 밑으로 오셨으니
지 우 기 하

爰及姜女[101]로 　　이에 태강도 함께
원 급 강 녀

聿來胥宇[102]하시니라 　　와서 살게 되었네
율 래 서 우

周原膴膴[103]하니 　　주나라의 넓은 들은 비옥하여
주 원 무 무

菫荼如飴[104]로다 　　쓴 마루 씀바귀도 엿처럼 달다네
근 도 여 이

爰始爰謀[105]하시며 　　이에 비로소 계획을 세우시고
원 시 원 모

爰契我龜[106]하사 　　거북으로 점쳐 보시니
원 계 아 귀

曰止曰時[107]하사 　　머물러 살 만하다 하였고
왈 지 왈 시

---

100 기(岐): 기산(岐山). 지금의 섬서성 기산현(岐山縣)에 있음. 태왕(太王)이 적인(狄人)의 난(難)을 피하여 빈(豳) 땅 서쪽 칠수(漆水) 가로부터 남쪽의 양산(梁山)을 넘고 다시 서쪽으로 가서 기산 아래에 당도한 것이다.

101 원급강녀(爰及姜女): 원(爰)은 이에. 급(及)은 배(配), 즉 배필(配匹)의 뜻. 강녀(姜女)는 강씨 성의 여자. 태왕(太王), 즉 고공단보의 처(妻)인 태강(太姜)을 가리킨다.

102 율래서우(聿來胥宇): 율(聿)은 마침내. 서(胥)는 서로. 또는 살피다. 우(宇)는 거(居)의 뜻(『모전』), 사는 것. 또는 거주하는 곳.

103 주원무무(周原膴膴): 주원(周原)은 지명으로, 기산(岐山)의 남쪽 저수(沮水)와 칠수(漆水) 사이의 평원(平原)을 말한다. 무무(膴膴)는 기름지고 아름다운 모양(『정전』).

104 근도여이(菫荼如飴): 근(菫)은 조두(鳥頭)라고도 불리는 쓴 나물. 도(荼)는 씀바귀. 또는 근도(菫荼) 둘 다 나물이나 풀이 아니고 도(塗: 진흙)나 점토(粘土)라고도 한다〔왕부지(王夫之), 『시경패소(詩經稗疏)』〕. 이(飴)는 엿.

105 원시원모(爰始爰謀): 원(爰)은 이에. 시(始)와 모(謀)는 계획하다.

106 원계아귀(爰契我龜): 계(契)는 거북 껍질에 타원형의 조그만 구멍을 칼로 뚫는 것. 그 구멍을 지지어 점을 치는 것이다〔『공소(孔疏)』〕. 귀(龜)는 점치는 데 쓰는, 껍질만을 말린 거북. 그 무늬를 보고 점을 쳐서 길흉을 판단한다.

107 왈지왈시(曰止曰時): 왈(曰)은 '말하다'. 복사(卜辭) 그 내용을 뜻한다. 일설에는 조사라고 한다. 지(止)는 치(跱)와 통하며〔『통석(通釋)』〕, 머무르다의 뜻. 『이아(爾雅)』에서는 치(跱)를 시(時)로 썼다. 시(時)는 지(止)의 뜻〔왕인지(王引之), 『경의술문(經義述聞)』〕. 점을 친 결과가 이곳에 머물러 살아도 좋다고 했다는 것.

築室于茲하시니라 축 실 우 자	여기에 집을 지으라 하였네
迺慰迺止[108]하며 내 위 내 지	머물러 살게 되자
迺左迺右[109]하며 내 좌 내 우	왼쪽에도 오른쪽에도 집 짓고
迺疆迺理[110]하며 내 강 내 리	땅 경계 긋고 도랑 파고
迺宣迺畝[111]하니 내 선 내 무	길 내어 밭 갈고 이랑 내니
自西徂東[112]하여 자 서 조 동	서쪽으로부터 동쪽에 이르기까지
周爰執事[113]하시니라 주 원 집 사	모두가 주나라 위해 일하였네
乃召司空[114]하며 내 소 사 공	집 짓는 일 맡은 사공 부르고
乃召司徒[115]하여 내 소 사 도	백성 돌보는 일 맡은 사도를 불러
俾立室家[116]하니 비 립 실 가	집을 세우게 하니
其繩則直[117]이어늘 기 승 칙 직	그 먹줄은 곧기도 하고

---

108 내위내지(迺慰迺止): 내(迺)는 내(乃)와 같은 자. 위(慰)는 거(居)의 뜻이라 했다(『방언(方言)』, 『광아(廣雅)』). 이 구절도 머물러 산다는 뜻.

109 내좌내우(迺左迺右): 좌우에 모두 집 짓고 사는 것.

110 내강내리(迺疆迺理): 강(疆)은 땅을 구획(區劃) 짓는 것. 이(理)는 땅의 형세에 따라 산수와 논밭을 구획 짓는 것. 이 구절은 「소아·신남산(小雅·信南山)」에도 보임.

111 내선내무(迺宣迺畝): 선(宣)은 쟁기로 밭을 갈아 넘기는 것(『통석(通釋)』). 묘(畝)는 밭이랑을 내는 것.

112 조(徂): 왕(往)의 뜻, 가다.

113 주원집사(周爰執事): 주(周)는 두루, 모두. 집사(執事)는 나라 위해 일하는 것. 이 제4장은 기산 밑 주나라 땅을 다스리기 시작하는 모양을 노래한 것임.

114 사공(司空): 토목공사를 맡은 벼슬 이름.

115 사도(司徒): 백성을 부리며 노역 배당이나 분배를 맡은 관리.

116 비립실가(俾立室家): 비(俾)는 '—하게 하다'. 실가(室家)는 집.

縮版以載[118]하니 (축판이재)	담틀 세워 흙을 쳐서
作廟翼翼[119]하니라 (작묘익익)	엄정하고 바르게 묘당 이룩했네
捄之陾陾[120]하며 (구지잉잉)	흙 수레에 척척 흙 담아
度之薨薨[121]하며 (탁지훙훙)	담틀에 퍽퍽 흙 쳐 넣고
築之登登[122]하며 (축지등등)	탕탕 흙 다지어
削屢馮馮[123]하여 (삭루빙빙)	펑펑 높은 곳 쳐 내려서
百堵皆興[124]하니 (백도개흥)	모든 담벽 다 세우니
鼛鼓弗勝[125]이로다 (고고불승)	북을 쳐서 일을 독려할 겨를도 없네

117 승(繩): 목수들의 먹줄. 집터를 먼저 먹줄로 반듯하게 잡아 놓는 것.

118 축판이재(縮版以載): 축판(縮版)은 담틀 판(版)을 새끼로 동여매는 것〔축(縮)〕(『통석』). 재(載)는 흙을 쳐 넣는 것. 또는 재(栽)와 통하여 담장을 세우는 것(『통석(通釋)』).

119 작묘익익(作廟翼翼): 묘(廟)는 종묘(宗廟). 도읍을 세우는데 종묘부터 짓는다. 익익(翼翼)은 엄정(嚴正)한 모양(『집전』).

120 구지잉잉(捄之陾陾): 구(捄)는 흙 수레나 그릇에 흙을 담는 것(『설문(說文)』). 잉잉(陾陾)은 흙을 퍼 담는 소리.

121 탁지훙훙(度之薨薨): 탁(度)은 흙을 담틀 속에 던져 넣는 것(『정전』). 훙훙(薨薨)은 흙을 채우거나 던져 넣는 소리(『석의(釋義)』). 또는 여러 사람들의 소리〔중성(衆聲)〕(『집전』).

122 축지등등(築之登登): 축(築)은 공이로 담틀 속에 흙을 굳게 다지는 것. 등등(登登)은 흙을 다지는 소리.

123 삭루빙빙(削屢馮馮): 삭(削)은 깎다. 루(屢)는 루(婁)·루(僂)와 통하여, 높이 솟아나온〔륭(隆)〕 곳을 가리킴(『통석(通釋)』). 빙빙(馮馮)은 흙을 쳐 내리는 소리.

124 백도개흥(百堵皆興): 도(堵)는 담. 개흥(皆興)은 수많은 담들이 동시에 일어나다.

125 고고불승(鼛鼓弗勝): 고(鼛)는 큰북. 고(鼓)는 북을 치는 것. 공동으로 일을 할 때에는 북을 쳐서 여러 사람들을 움직이거나 독려했다. 불승(弗勝)은 감당하지 못한다는 뜻으로, 백성들이 일을 즐거워하고 공사를 권면하여 북 치기를 그칠 수 없음을 말한 것(『집전』). 또는 일하는 사람이 너무 많고, 자진해서 빠르게 움직이기 때문에 북을 제대로 칠 수 없는 것을 말한다.

迺立皐門[126]하니 내 립 고 문	바깥문을 세우니
皐門有伉[127]하며 고 문 유 항	바깥문은 우뚝하고
迺立應門[128]하니 내 립 응 문	정문을 세우니
應門將將[129]하며 응 문 장 장	정문은 반듯하며
迺立冢土[130]하니 내 립 총 토	땅의 신 모시는 사당 세우고
戎醜攸行[131]이로다 융 추 유 행	큰 무리가 출행하네

肆不殄厥慍[132]하시나 사 부 진 궐 온	오랑캐들에 대한 분노 끊이지는 않았으나
亦不隕厥問[133]하시니 역 불 운 궐 문	그들을 돌보아 주는 일 게을리 하지 않으면서

---

126 고문(皐門): 왕성(王城)의 문.

127 항(伉): 항(亢)과 통하여, 유항(有伉)은 항연(伉然)으로 우뚝한 모양.

128 응문(應門): 왕궁의 정문(『모전』).

129 장장(將將): 엄정한 모양(『모전』).

130 총토(冢土): 대사(大社)(『모전』). 토지의 신을 제사하는 것.

131 융추유행(戎醜攸行): 융(戎)은 서융(西戎), 서쪽 오랑캐 또는 서쪽 변방의 이민족. 추(醜)는 추악함. 또는 못된 부류. 유행(攸行)은 떠나가는 것(『석의(釋義)』). 즉 기산 아래는 본시 곤이(混夷)들이 살고 있던 곳인데 태왕(太王)이 이곳에 나라를 세웠으므로 오랑캐들이 쫓겨 가는 것으로 본다. 또는 융(戎)은 대(大), 추(醜)는 중(衆)의 뜻으로, 융추(戎醜)는 대중(大衆)의 뜻(『모전』, 『집전』). 유행(攸行)은 큰일을 일으키고 대중을 동원할 때에는 반드시 사(社)에 제사한 뒤 출행(出行)하는 것이라 했다(『집전』).

132 사부진궐온(肆不殄厥慍): 사(肆)는 발어사, 즉 조사. 진(殄)은 끊이다. 궐(厥)은 기(其). 그런데 그 대상에 대한 해설은 다르다. 곤이(混夷)의 불만이라고도 하고(『집전』), 곤이(混夷)에 대한 단보(亶父)의 분노라고도 해석한다. 온(慍)은 성냄, 불만.

133 역불운궐문(亦不隕厥問): 역(亦)은 조사. 운(隕)은 떨어지다, 훼손되다. 문(問)은 휼문(恤問), 돌보는 것(『석의(釋義)』). 또는 문(聞)과 통하여 명성의 뜻. 이상 두 구는 『맹자』에서 말한 "문왕이 곤이를 섬겼음"을 노래한 것이다.

柞棫拔矣[134]라
작 역 발 의

行道兌矣[135]하니
행 도 태 의

混夷駾矣[136]하여
곤 이 태 의

維其喙矣[137]로다
유 기 훼 의

갈참나무 백유나무 뽑아내어
사방으로 길 통하게 하자
오랑캐들 두려워 뛰어 도망치며
어쩔 줄을 모르더라네

虞芮質厥成[138]이니
우 예 질 궐 성

文王蹶厥生[139]이니라
문 왕 궤 궐 생

우나라와 예나라의 논쟁이 화해되니
문왕께서 일어날 기세를 움직이셨네

---

134 작역발의(柞棫拔矣): 작(柞)은 갈참나무. 역(棫)은 백유나무. 총생(叢生)하는 관목(灌木)으로 가시가 달렸으며, 귀고리 같은 먹는 열매가 달리고, 백유(白桵)라고도 함〔『공소(孔疏)』, 『집전(集傳)』〕. 발(拔)은 뽑다.

135 행도태의(行道兌矣): 행도(行道)는 도로(道路). 태(兌)는 통(通)의 뜻으로, 잘 통하도록 하는 것.

136 곤이태의(混夷駾矣): 곤이(混夷)는 귀방(鬼方)으로, 서북쪽에 있던 오랑캐들〔『석의(釋義)』〕. 태(駾)는 달려 나가는 것. 또는 놀라 도주하는 것.

137 유기훼의(維其喙矣): 유기(維其)는 인기(因其)의 뜻. 훼(喙)는 숨 쉬다〔식(息)〕〔『집전』〕. 〈삼가시(三家詩)〉는 모두 희(呬: 쉬다, 숨 쉬다)로 썼으며, '단기(短氣)'〔『국어·진어(國語·晋語)』, "余病喙矣"에 대한 위소(韋昭)의 주(注)〕, 즉 짧은 숨을 헐떡이는 것을 말한다. 또는 곤(困)의 뜻으로(『모전』), 어쩔 줄 모르는 것.

138 우예질궐성(虞芮質厥成): 우(虞)는 나라 이름. 지금의 산서성 해현(解縣)에 있었다. 예(芮)는 나라 이름. 지금의 산서성 예성현(芮城縣)에 있었다. 두 나라 모두 희성(姬姓). 질(質)은 질정(質正: 묻거나 따져서 바로잡음)의 뜻(『집전』). 성(成)은 평(平)의 뜻으로(『모전』), 화해하는 것. 우(虞)나라와 예(芮)나라의 임금이 서로 토지를 다투기를 오래되었지만 해결하지 못했다. 그래서 서백(西伯) 문왕이 인인(仁人)이라 하니 가서 누가 옳은지 물어보자고 하였다. 두 사람이 함께 주나라 경계 안을 들어와 보니 밭 가는 사람은 서로 밭두둑을 양보하고, 길 가는 자는 서로 길을 양보하는 등 모두가 서로 양보하며 살아가고 있었다. 이를 보고 두 나라 임금은 감동하여 '우리 같은 소인들은 군자 나라의 경계를 밟을 수 없다'고 말하며 다투던 토지를 한전(閒田)으로 만들고 물러갔다. 천하에서 이 말을 듣고 주나라로 귀의한 나라가 40여 국에 이르렀다. 여기서는 이 일을 읊은 것이다(『모전』).

139 궤궐생(蹶厥生): 궤(蹶)는 감동시키는 것〔동(動)〕. 생(生)은 옛날에는 성(性)과 통용되었다. 그래서 '문왕이 그들의 성품을 감동시켰다'는 뜻〔『통석(通釋)』〕. 또는 송사를 해결한

予曰有疏附[140]며 여 왈 유 소 부	내 말하길 소부 잘하는 신하 있으며
予曰有先後[141]며 여 왈 유 선 후	내 말하길 선후 잘하는 신하 있으며
予曰有奔奏[142]며 여 왈 유 분 주	내 말하길 분주 잘하는 신하 있으며
予曰有禦侮[143]라 하니라 여 왈 유 어 모	내 말하길 어모 잘하는 신하 있다 하노라

◈ 해설

「모시서」에 이 시는 "문왕(文王)이 일어난 것을 태왕(太王)으로부터 근본이 심겨졌기 때문임을 노래한 것"이라 하였다. 태왕에 근거를 둔 문왕의 덕치를 노래한 것은 분명하며, 대략 주초(周初)의 작품이라 본다〔『석의(釋義)』〕.

이 일로 많은 제후들이 귀속하였으므로 '문왕이 이로부터 흥기(興起)할 세(勢)를 움직인 것'으로도 해석한다. 이때는 생(生)을 기(起)의 뜻으로 본 것이다.

140 여왈유소부(予曰有疏附): 여왈(予曰)은 시인 자신의 말이다(『정전』). 소(疏)는 소원(疏遠)한 사람들. 부(附)는 친부(親附)의 뜻〔『석의(釋義)』〕. 『정전(鄭箋)』에서는 "솔하친상(率下親上)", 즉 "아랫사람을 거느리고 윗사람을 친하게 함"이라 하였다. 대체로 말해서 신하들을 잘 단결시키고 임금을 잘 보위하는 신하를 칭한다고 본다.

141 선후(先後): 서로 앞뒤에서 인도함〔상도전후(相道前後)〕(『정전』)

142 분주(奔奏): 덕(德)으로 비유하여 깨치게 하고 성예(聲譽)를 폄〔유덕선예(喩德宣譽)〕(『정전』). 또는 분(奔)은 달리다, 주(奏)는 주(走)로 쓴 곳도 있어〔『경전석문(經典釋文)』〕 분주(奔奏)는 분주(奔走)의 뜻이며, 그래서 신하들이 분주히 보좌하는 것이나 그런 신하를 말한다〔『통석(通釋)』〕.

143 어모(禦侮): 어(禦)는 막다, 방어하다. 모(侮)는 외부로부터의 도발 행위. 그래서 무신(武臣)이 적의 예봉(銳鋒)을 꺾음〔무신절충(武臣折衝)〕이라 했다(『정전』).

4. 역복(棫樸)　　백유나무 떨기

芃芃棫樸[144]이여　더부룩한 백유나무 떨기를
봉 봉 역 복
薪之槱之[145]로다　땔나무와 모닥불 감으로 자르네
신 지 유 지
濟濟辟王[146]이여　위엄 있으신 임금님을
제 제 벽 왕
左右趣之[147]로다　좌우 신하들이 빠른 걸음으로 섬기네
좌 우 취 지

濟濟辟王이여　위엄 있으신 임금님의 제사를
제 제 벽 왕
左右奉璋[148]이로다　좌우 신하들이 옥잔 들어 돕네
좌 우 봉 장
奉璋峨峨[149]하니　옥잔 엄숙히 드니
봉 장 아 아
髦士攸宜[150]로다　뛰어난 분들에게 어울리는 일이네
모 사 유 의

---

144 봉봉역복(芃芃棫樸): 봉봉(芃芃)은 무성한 모양, 초목이 더부룩한 것. 역(棫)은 앞의 「대아·면(大雅·緜)」 시에 보임. 백유나무. 복(樸)은 나무가 떨기로 나는 것(『집전』). 또는 곡(槲: 떡갈나무)이라고도 한다. 이 구절은 주나라 왕이 용인(用人)을 잘해서 인재가 많은 것을 비유하였다.

145 신지유지(薪之槱之): 신(薪)은 벌목(伐木)하는 것. 또는 벌목하여 땔나무로 하는 것. 유(槱)는 제사 지낼 때 쌓아서 모닥불을 놓는 나무(『정전』).

146 제제벽왕(濟濟辟王): 제제(濟濟)는 공경스런 모양(『정전』), 또는 위엄이 있는 모양. 벽(辟)은 임금. 벽왕(辟王)은 뒷장의 '주왕(周王)'과 같은 분을 가리킴.

147 좌우취지(左右趣之): 좌우(左右)는 주왕 좌우의 신하들. 취(趣)는 추(趨)와 같으며 재빠른 동작으로 섬기는 것(『정전』). 또는 마음이 향하여 돌아가는 것〔귀향(歸向)〕.

148 봉장(奉璋): 봉(奉)은 봉(捧)과 같으며, 받들다, 들어 올리다. 장(璋)은 반규(半圭)인데 장찬(璋瓚)이라 하며, 여기서는 옥잔으로 번역하였다. 고대 귀족이 조빙(朝聘), 즉 천자를 알현하거나 제사 지낼 때 사용한 옥기(玉器). 제사 지낼 때 신하들이 이를 들고 제사를 돕는 것(『정전』).

149 아아(峨峨): 장엄한 모양. 장찬(璋瓚)을 공경히 받들고 있는 모양.

150 모사유의(髦士攸宜): 모사(髦士)는 준걸(俊傑)한 선비. 또는 재능이 뛰어난 사람〔앞의

淠彼涇舟[151]를
비 피 경 주
두둥실 경수 위의 배를

烝徒楫之[152]로다
증 도 즙 지
많은 사람들이 노 젓고 있네

周王于邁[153]하시니
주 왕 우 매
주나라 임금님 나가시니

六師及之[154]로다
육 사 급 지
온 군사들이 뒤따르네

倬彼雲漢[155]이여
탁 피 운 한
밝은 저 은하수는

爲章于天[156]이로다
위 장 우 천
하늘에 무늬를 이루고 있네

周王壽考[157]하시니
주 왕 수 고
주나라 임금님 만수무강하시니

遐不作人[158]이시리요
하 부 작 인
어찌 인재를 잘 쓰지 않으시랴

追琢其章[159]이요
추 탁 기 장
잘 쪼고 다듬은 문채요

「소아·보전(小雅·甫田)」 시에 보였음〕. 유(攸)는 조사. 의(宜)는 그 직책 등에 합당한 것.

151 비피경주(淠彼涇舟): 비(淠)는 배가 떠가는 모양『모전』). 비피(淠彼)는 비비(淠淠)와 같다. 경(涇)은 경수(涇水). 지금의 감숙성(甘肅省) 화평현(化平縣)에서 시작하여 동쪽으로 흘러 경천현(涇川縣)에서 섬서성으로 들어가며 동남쪽으로 흘러가다가 위수(渭水)로 합쳐진다.

152 증도즙지(烝徒楫之): 증(烝)은 무리〔중(衆)〕. 도(徒)도 무리. 즙(楫)은 동사로 사용되어 노를 젓는 것.

153 매(邁): 나아가는 것. 여기서는 출정(出征)하는 것.

154 육사급지(六師及之): 육사(六師)는 6군(軍), 천자의 군대. 급(及)은 뒤따르는 것.

155 탁피운한(倬彼雲漢): 탁(倬)은 밝은 모양『모전』). 또는 광대(廣大)한 모양. 운한(雲漢)은 은하(銀河).

156 위장우천(爲章于天): 장(章)은 무늬. 하늘에 무늬를 이루고 있는 은하수의 넓고 밝은 것으로 임금의 대명(大明)함과 사람들이 모두 우러러는 것을 비유하였다.

157 수고(壽考): 오래오래 사는 것.

158 하부작인(遐不作人): 하(遐)는 하(何)와 통함『집전』). 작인(作人)은 주왕의 재위(在位)가 오래되었고 덕(德)으로 교육하여 사람을 키우고 만들었다는 뜻〔『통석(通釋)』〕. 또는 인재를 등용하여 성취케 하는 것〔『석의(釋義)』〕.

金玉其相[160]이로다 쇠와 옥과 같은 바탕이로다
금옥기상

勉勉我王이여 근면하신 우리 임금님께선
면면아왕

綱紀四方[161]하시도다 온 세상을 바로 다스리시네
강기사방

◈ 해설

주나라의 어느 임금을 기린 시이다. 「모시서」에서는 문왕(文王)이 신하를 잘 등용함을 노래한 것이라 하였다.

5. 한록(旱麓) 한산 기슭

瞻彼旱麓[162]하니 저 한산 기슭 바라보니
첨피한록

榛楛濟濟[163]로다 개암나무 호나무가 우거졌네
진호제제

---

159 추탁기장(追琢其章): 추(追)는 조(彫)·조(雕)와 통함(『모전』). 조(彫)는 쇠에 무늬를 새기는 것. 탁(琢)은 옥을 쪼고 다듬어 그 무늬를 드러나게 하는 것. 장(章)은 문채(文彩).

160 금옥기상(金玉其相): 상(相)은 질(質)의 뜻(『모전』), 바탕. 즉 금옥(金玉)과 같은 임금의 바탕을 말하며, 그 함양(涵養)이 좋고 훌륭하다는 것.

161 강기사방(綱紀四方): 강기(綱紀)는 법도대로 올바로 다스리는 것. 사방(四方)은 온 세상.

162 첨피한록(瞻彼旱麓): 첨(瞻)은 우러러보다. 한(旱)은 산 이름. 지금의 섬서성 남정현(南鄭縣)에 있다. 『한서·지리지(漢書·地理志)』에는 한중군(漢中郡) 남정현(南鄭縣)에 한산(旱山)이 있는데, 타수(沱水)가 흘러나와 동북으로 한수(漢水)로 들어간다고 하였다. 록(麓)은 산기슭.

163 진호제제(榛楛濟濟): 진(榛)은 개암나무. 호(楛)는 호나무. 줄기가 싸리나무 비슷하며

豈弟君子[164]여 점잖으신 군자님은
개제군자
干祿豈弟[165]로다 점잖게 녹을 받으시네
간록개제

瑟彼玉瓚[166]에 산뜻한 옥돌 잔엔
슬피옥찬
黃流在中[167]이로다 황금 입이 가운데 붙었네
황류재중
豈弟君子여 점잖으신 군자님께
개제군자
福祿攸降[168]이로다 복과 녹이 내리네
복록유강

鳶飛戾天[169]이요 솔개는 하늘 위를 날고
연비려천
魚躍于淵[170]이로다 물고기는 연못에서 뛰고 있네
어약우연

붉은빛이 나고 화살대 만드는 데도 쓰인다. 제제(濟濟)는 많은 모양(『모전』). 나무들이 많은 것은 임금님의 성덕(盛德)에 비유한 것으로 보인다.

164 개제군자(豈弟君子): 개제(豈弟)는 개제(愷悌)로도 쓰며, '낙이(樂易)'의 뜻(『모전』, 『정전』). 점잖은 것. 군자(君子)는 주나라 임금.

165 간록(干祿): 간(干)은 구하다, 추구하다. 록(祿)은 천록(天祿)으로, 복(福)과 같은 뜻.

166 슬피옥찬(瑟彼玉瓚): 슬(瑟)은 깨끗하고 고운 모양(『정전』). 슬피(瑟彼)는 슬슬(瑟瑟)과 같다. 옥찬(玉瓚)은 옥의 일종인 규(圭: 홀)로 손잡이로 만든 주기(酒器)의 일종. 앞의 「대아·역복(大雅·棫樸)」 시에도 보임.

167 황류재중(黃流在中): 황(黃)은 황금으로 만들어 누런 것. 류(流)는 물을 따르는 입. 찬(瓚)에는 유(流)가 있는데 황금으로 만들어 황류(黃流)라 한 것이며, 가운데 그것이 달려 있어 '재중(在中)'이라 한 것이다(『통석(通釋)』). 가운데 황류가 달린 옥찬(玉瓚)은 임금의 덕과 올바른 다스림을 상징한 것이다. 또는 황류는 옥찬(玉瓚) 속에 담긴 황색의 술이라 하였다. 『정전(鄭箋)』에서는 거창(秬鬯), 즉 검은 기장을 찧어 울금향(鬱金香)과 함께 제조한 술로서, 황색을 띠기 때문에 황류라는 것이다.

168 유(攸): 소(所)와 같은 뜻.

169 연비려천(鳶飛戾天): 연(鳶)은 솔개. 려(戾)는 이르다.

170 어약우연(魚躍于淵): 약(躍)은 뛰다. 연(淵)은 연못. 솔개가 하늘에 날고 있고, 물고기가 연못 속에서 뛰고 있다는 것은 은택이 나는 새와 물속의 물고기에게도 미쳐 만물이 각각 그 합당한 바를 얻도록 한다는 것으로, 여기서는 정도(正道)에 맞게 움직여지고

豈弟君子이 (개 제 군 자)	점잖으신 군자님께서
遐不作人[171]이리요 (하 부 작 인)	어찌 인재를 잘 쓰지 않으리

淸酒旣載[172]하며 (청 주 기 재)	맑은 술 차려 놓고
騂牡旣備[173]하니 (성 모 기 비)	붉은 수소 잡아 놓으니
以享以祀하여 (이 향 이 사)	바쳐놓고 제사지내며
以介景福[174]이로다 (이 개 경 복)	큰 복을 비시네

瑟彼柞棫[175]은 (슬 피 작 역)	우거진 갈참나무와 백유나무는
民所燎矣[176]로다 (민 소 료 의)	백성들이 잘라서 때네
豈弟君子여 (개 제 군 자)	점잖으신 군자님은
神所勞矣[177]로다 (신 소 로 의)	신령들도 위로해 주네

있는 성군(聖君)이 다스리는 세상에 비유한 것으로 본다.

171 하부작인(遐不作人): 하(遐)는 하(何)와 통함(『집전』). 작인(作人)은 주나라 임금의 재위(在位)가 오래되었고 덕(德)으로 교육하여 사람을 키우고 만들었다는 뜻(『통석(通釋)』). 또는 인재를 등용하여 성취케 하는 것(『석의(釋義)』). 앞의 「대아·역복(大雅·棫樸)」 시에서도 보였음.

172 청주기재(淸酒旣載): 청주(淸酒)는 잘 걸러진 술. 재(載)는 진설(陳設)의 뜻.

173 성모기비(騂牡旣備): 성(騂)은 희생으로 쓰이는 붉은 소. 비(備)는 모두 갖추었다는 뜻.

174 이개경복(以介景福): 개(介)는 빌다. 경복(景福)은 큰 복.

175 슬피작역(瑟彼柞棫): 슬피(瑟彼)는 슬슬(瑟瑟)과 같다. 앞의 주(注) 166)에도 나왔지만 그 뜻은 다르다. 여기서는 많은 모양(총생(叢生))(『모전』). 작(柞)은 갈참나무.

176 료(燎): 불을 때다. 불을 놓아 곁에 있는 풀을 제거해서 잘 자라는데 해가 없도록 하여 나무가 무성하게 하는 것(『정전』, 『집전』). 인재 배양하는 것의 비유로 본다. 또는 땔나무로 베어 상제(上帝)와 삼진(三辰)에게 제사 지내는 것으로 땔나무를 쌓아 불을 때는 것이라 하였다(『통석(通釋)』).

177 로(勞): 위로의 뜻(『모전』). 또는 도우다(『정전』).

莫莫葛藟[178]여
막 막 갈 류
무성한 칡덩굴이

施于條枚[179]로다
이 우 조 매
나뭇가지 위로 뻗어 있네

豈弟君子여
개 제 군 자
점잖으신 군자님은

求福不回[180]로다
구 복 불 회
구하시는 복 어김없이 얻으리라

◈ 해설

이 시도 주(周)나라 임금의 덕을 기린 것이다. 「모시서」에서는 주나라 임금들이 조상들의 성업(聖業)을 계승 발전시켰음을 노래한 것으로 보았다. 선조인 후직(后稷)과 공류(公劉)의 유업을 대대로 닦아 태왕(太王)과 왕계(王季)가 거듭 복록을 가져오도록 하였다는 것이다. 태왕과 왕계를 지적한 근거는 알 수 없으나 주나라 천자의 덕을 기린 시임에는 틀림없다.

6. 사제(思齊) 거룩하심

思齊大任[181]이
사 제 태 임
거룩하신 태임이

---

178 막막갈류(莫莫葛藟): 막막(莫莫)은 무성한 모양(『모전』). 갈류(葛藟)는 칡덩굴.

179 이우조매(施于條枚): 이(施)는 뻗다. 조(條)는 나뭇가지. 매(枚)는 나무줄기. 「주남·여분(周南·汝墳)」 시 참조. 나무 위에 칡덩굴이 무성하게 뻗어 덮여 있다는 것은 임금님의 덕화가 백성들에게 널리 퍼져 있음을 비유한 것.

180 회(回): 사(邪)(『모전』) 또는 위배(違背)되는 것. 불회(不回)는 어긋남이 없는 것.

181 사제태임(思齊大任): 사(思)는 조사. 제(齊)는 재(齋)와 통하여, 장엄한 것(『석의(釋義)』)

文王之母시니 문왕지모	문왕의 어머님이시니
思媚周姜[182]하사 사미주강	시어머님 태강께 효도하시며
京室之婦[183]시니 경실지부	왕실의 주부 노릇 하셨는데
大姒嗣徽音[184]하시니 태사사휘음	태사께서 그 위에 아름다운 명성 이어
則百斯男[185]이시로다 즉백사남	많은 아들 낳으셨네

惠于宗公[186]하사 혜우종공	문왕께서는 선왕들 잘 따르시니
神罔時怨[187]하며 신망시원	신령들은 원망 없으시고
神罔時恫[188]하고 신망시통	신령들은 마음 아프지 않게 되셨네

또는 거룩하심. 또는 행동거지가 단정하고 공경스러운 것〔장경(莊敬)〕. 태임(大任)은 태임(太任)으로도 쓰며, 왕계(王季)의 처(妻) 또는 비(妃)로서, 문왕(文王)의 어머니. 「대아·대명(大雅·大明)」 시 참조.

182 사미주강(思媚周姜): 미(媚)는 어여쁘다, 사랑하다. 주강(周姜)은 태왕(太王) 곧 고공단보의 처(妻)이자 왕계의 어머님인 태강(太姜). 성(姓)이 강(姜)씨이며, 태왕이 주원(周原)에 살았기 때문에 주강(周姜)이라 하였다. 「대아·면(大雅·緜)」 시 참조. 즉 태임이 시어머니인 태강을 사랑하는 것을 말한다.

183 경실지부(京室之婦): 경실(京室)은 왕실(王室)의 뜻. 부(婦)는 주부(主婦).

184 태사사휘음(大姒嗣徽音): 태사(大姒)는 태사(太姒)로도 쓰며, 문왕(文王)의 비(妃). 「대아·대명(大雅·大明)」 시 참조. 사(嗣)는 계승의 뜻. 휘(徽)는 아름다운 것. 음(音)은 성예(聲譽)의 뜻으로, 휘음(徽音)은 아름다운 명성을 말한다.

185 즉백사남(則百斯男): 즉(則)은 기(其)와 같은 뜻〔왕인지(王引之), 『경전석사(經傳釋詞)』〕. 사(斯)는 조사. 백남(百男)은 다남(多男)의 뜻으로, 태사를 송축한 것이다.

186 혜우종공(惠于宗公): 혜(惠)는 순(順)의 뜻으로, 따르다. 종공(宗公)은 선공(先公)과 같은 말로〔『통석(通釋)』〕, 선왕(先王)들의 신령을 가리킨다.

187 신망시원(神罔時怨): 신(神)은 선왕들의 신령. 망(罔)은 없는 것〔무(無)〕. 시(時)는 시(是)의 뜻. 또는 소(所)의 뜻〔『통석(通釋)』〕. 원(怨)은 원망하다.

188 통(恫): 통(痛)과 통하며, 한(恨)하다, 마음 아파하다.

刑于寡妻[189]하사 당신 부인부터 바르게 대하시어
형 우 과 처

至于兄弟하사 형제들을 바르게 이끎으로써
지 우 형 제

以御于家邦하시니라 집안과 나라를 다스리셨네
이 어 우 가 방

雝雝在宮[190]하시며 부드러운 마음으로 궁에 계시고
옹 옹 재 궁

肅肅在廟[191]하사 공경하는 모습으로 묘당에 계시며
숙 숙 재 묘

不顯亦臨[192]하시며 밝게 나라에 임하시니
불 현 역 림

無射亦保[193]하시니라 싫증 내는 일 없이 편안케 보살펴 주었네
무 역 역 보

肆戎疾不殄[194]하사 큰 잘못은 매우 엄하게 징계하시어
사 융 질 부 진

---

189 형우과처(刑于寡妻): 형(刑)은 『한시(韓詩)』를 따라 정(正)의 뜻이라 했다〔육덕명(陸德明), 『경전석문(經典釋文)』〕. 또는 입법(立法) 곧 법을 세우는 것. 과처(寡妻)는 주왕(周王)의 적처(嫡妻)를 말한다. 고대 임금이 자기를 낮추어 과인(寡人)이라고 한 것처럼 문왕(文王)의 정처(正妻)에 대한 겸칭으로 '과처'라고 했다.

190 옹옹(雝雝): 온화한 모양, 부드러운 모양.

191 숙숙(肅肅): 공경하는 모양(『모전』).

192 불현역림(不顯亦臨): 불(不)은 비(丕)의 뜻. 매우, 크게. 현(顯)은 명(明)의 뜻. 역(亦)은 뒤에 나오는 것과 함께 모두 조사. 임(臨)은 나라의 정사(政事)에 임하는 것. 또는 시(視)와 같으며(『정전』), 관찰하는 것〔『통석(通釋)』〕.

193 무역역보(無射亦保): 역(射)은 싫어하다〔역(斁)·염(厭)〕. 즉 싫증나고 게을러지는 것. 보(保)는 백성들을 편안히 보호하는 것. 『통석(通釋)』에서는 앞 주(注) 192의 불(不)과 여기의 무(無)를 조사〔助詞: 또는 어사(語詞)〕로 보고 의미가 없는 것으로 해석했다. 즉 '無射'은 '射'과 같고, '射'은 야(夜)·석(夕) 자와 첩운(疊韻)으로 통용되며 '어두움〔암명(闇冥)〕'의 뜻이 있다고 했다. 그리고 이는 앞 구의 현(顯)과 대(對)가 된다. 그래서 '밝으면 임하여 살피고, 어두우면 보호하며 지킨다' 정도로 해석한다〔『통석(通釋)』〕. 즉 언제라도 주의하지 않음이 없고 근신하지 않음이 없다는 의미이다.

194 사융질부진(肆戎疾不殄): 사(肆)는 발어사. 융(戎)은 큰 것. 질(疾)은 잘못. 부(不)는 비

烈假不瑕[195]하시며 열 가 불 하	폐해 아주 없애고
不聞亦式[196]하시며 불 문 역 식	들은 말은 따르시고
不諫亦入[197]하시니라 불 간 역 입	간하는 말은 받아들이셨네
肆成人有德[198]하며 사 성 인 유 덕	어른들은 덕이 있고
小子有造[199]하니 소 자 유 조	아이들은 성취가 있으니
古之人無斁[200]이라 고 지 인 무 역	옛 성인이신 문왕께서는 싫어하심 없이
譽髦斯士[201]시로다 예 모 사 사	훌륭한 선비 다 골라 쓰셨네

(丕)로 보아 '크다'고 해석하거나 의미 없는 조사(助詞)로 본다. 이후 이 차이점이 이 시를 해석하는 가장 큰 변수가 된다. 진(殄)은 다하다. 그래서 '큰 병폐가 사라졌다'는 의미로 본다(『통석(通釋)』). 또는 '징계하다'로 보고 '큰 병폐를 매우 엄하게 징계한다'고 새긴다.

195 열가불하(烈假不瑕): 열(烈)은 려(癘)의 가차자. 병(악질(惡疾)), 폐해. 가(假)는 하(瘕)의 가차자로 병(病)의 뜻이며, '병폐'를 의미한다(『통석(通釋)』). 하(瑕)는 하(遐)와 통하여, 이(已)의 뜻(『정전』). 또는 멀다(원(遠)).

196 불문역식(不聞亦式): 불(不) 역시 앞의 주(注)에서 말한 바대로 두 가지로 해석이 가능하다. 대개는 의미 없는 조사로 본다. 역(亦)도 조사. 식(式)은 쓰다, 따르다. 즉 좋은 말을 들으면 그를 따라 사용한다는 의미.

197 입(入): 받아들이는 것. 즉 간언을 해도 그를 받아들인다는 뜻.

198 사성인유덕(肆成人有德): 사(肆)는 발어사. 성인(成人)은 어른.

199 소자유조(小子有造): 소자(小子)는 아이들. 유조(有造)는 성취함이 있다는 뜻(『집전』).

200 고지인무역(古之人無斁): 고지인(古之人)은 옛사람, 즉 문왕(文王)을 가리킴. 역(斁)은 싫어하다. 무역(無斁)은 싫어함이 없다. 또는 사람들의 싫어함과 미움을 받지 않다.

201 예모사사(譽髦斯士): 예(譽)는 기리다, 찬미하다. 모(髦)는 선(選)의 뜻으로, 고르다. 사사(斯士)는 훌륭한 선비들을 말한다.

◈ 해설

문왕(文王)의 덕을 노래한 것이다. 특히 그의 성덕(盛德)의 바탕이 되는 일들을 노래했다(『집전』). 「모시서」에서도 문왕이 성인(聖人)이 된 까닭을 노래한 것이라 하였다.

7.황의(皇矣) 위대하신 상제

皇矣上帝[202]이 황 의 상 제	위대하신 상제님께서
臨下有赫[203]하사 임 하 유 혁	위엄 있게 세상에 임하시어
監觀四方[204]하사 감 관 사 방	세상을 살펴보시고
求民之莫[205]하시니라 구 민 지 막	백성들의 고통을 알아보셨다
維此二國[206]이 유 차 이 국	하나라와 은나라
其政不獲[207]일새 기 정 불 획	정사를 잘 다스리지 못하여

---

202 황(皇): 위대한 것.

203 임하유혁(臨下有赫): 하(下)는 아래 땅. 유혁(有赫)은 혁연(赫然)으로 위엄 있는 모양.

204 감관(監觀): 살펴보다.

205 막(莫): 『노시(魯詩)』와 『제시(齊詩)』에서는 막(瘼)으로 인용하고 있으며, 즉 백성들의 '아픔'. 『모전(毛傳)』에서는 정(定)이라 하여 이 구를 '백성의 안정됨을 구하다'로 풀었다.

206 이국(二國): 하(夏)나라와 은(殷)나라(『모전』). 『상서·주서·소고(尙書·周書·召誥)』에서 소공(召公)이 성왕에게 훈계하기를 "우리들은 하(夏)나라를 거울삼지 않을 수 없으며, 또한 은(殷)나라를 거울삼지 않을 수 없습니다"라고 하였다. 당시 사람들이 많이 하(夏)와 은(殷) 두 나라의 성쇠(盛衰)를 거울로 삼았음을 알 수 있다.

207 불획(不獲): 부득(不得), 부득선(不得善), 즉 잘하지 못하는 것. 또는 민심(民心)을 얻지 못한 것.

維彼四國에 (유 피 사 국) — 온 세상의 나라들

爰究爰度[208]하시니라 (원 구 원 탁) — 살피시고 헤아려 보셨다

上帝耆之[209]는 (상 제 기 지) — 상제께서 노하심은

憎其式廓[210]이라 (증 기 식 곽) — 정사를 못 다스림을 미워하신 때문

乃眷西顧[211]하사 (내 권 서 고) — 서쪽을 돌아보시고는

此維與宅[212]하시니라 (차 유 여 택) — 여기서 함께 머무시게 되었다

作之屛之[213]하니 (작 지 병 지) — 뽑아 버리고 제거하니

其菑其翳[214]로다 (기 치 기 예) — 서서 죽은 나무와 말라 죽은 나무며

脩之平之하니 (수 지 평 지) — 닦고 평평히 하니

---

208 원구원탁(爰究爰度): 원(爰)은 조사. 또는 어시(於是), 즉 '이에'의 뜻. 구(究)는 찾다(『모전』). 탁(度)은 헤아리다.

209 기(耆): 시(諸)와 통하여, 노(怒)의 뜻〔『통석(通釋)』〕. 『모전(毛傳)』에서는 이 기(耆)와 증(憎)과 식곽(式廓)의 뜻이 상세하지 않다고 하였다.

210 증기식곽(憎其式廓): 증(憎)은 미워하다. 식(式)은 조사. 곽(廓)은 공허의 뜻으로, 올바른 정치를 못하는 것〔『석의(釋義)』〕. 또는 뜻이 상세하지 않다고 한 『모전(毛傳)』에서 제안하기로는 증(憎)은 증(增)으로 보고 '증대시키다', 식곽(式廓)은 그 규모를 말하는 것이라 했다. 또는 곽(廓)을 대(大)와 같이 보고, 이 구를 '패악(悖惡)이 큰 것을 미워하다'로 해석하기도 한다.

211 내권서고(乃眷西顧): 권(眷)과 고(顧)는 돌아보다. 서(西)는 서쪽의 주(周)나라를 가리킴.

212 차유여택(此維與宅): 여(與)는 여(予) 곧 '나'의 뜻. 택(宅)은 거(居)의 뜻(『모전』)으로, 함께 지내는 것. 즉 하늘이 문왕의 도성을 거처로 생각하며 함께 있다는 것〔왕선겸(王先謙), 『집소(集疏)』〕.

213 작지병지(作之屛之): 작(作)은 작(柞)의 가차로 보아, '뽑다', '베다'〔발기(拔起), 제목(除木)〕의 뜻. 병(屛)은 치우다, 없애다.

214 기치기예(其菑其翳): 치(菑)는 나무가 선 채로 죽은 것(『모전』). 예(翳)는 나무가 자연히 죽은 것. 넘어져 고목(枯木)이 되어 그 가지와 줄기가 땅을 덮은 것. 이 구절은 태왕(太王)이 기(岐) 땅으로 나라를 옮겼을 때의 일을 노래한 것으로 본다. 이처럼 나무를 베어 없애고 험한 산과 숲으로 이루어진 땅에 살 곳을 마련하였다는 것을 말한다.

其灌其栵[215]이로다 기 관 기 렬	떨기나무와 다시 움이 트는 나무며
啓之辟之[216]하니 계 지 벽 지	틔우고 일구니
其檉其椐[217]로다 기 정 기 거	능수버들과 영수목들이며
攘之剔之[218]하니 양 지 척 지	치우고 베어 버리니
其檿其柘[219]로다 기 염 기 자	꾸지뽕나무와 산뽕나무로다
帝遷明德[220]이라 제 천 명 덕	상제의 밝은 덕 옮기시어
串夷載路[221]어늘 관 이 재 로	오랑캐들 쇠퇴하고
天立厥配[222]하시니 천 립 궐 배	하늘에서 자신의 짝을 마련하시니

---

215 기관기렬(其灌其栵): 관(灌)은 관목(灌木), 떨기로 난 나무(『모전』). 렬(栵)은 열(烈)과 통하고, 열(烈)은 알(栭)의 뜻으로, 베어진 나무가 다시 살아나는 것.

216 계지벽지(啓之辟之): 계(啓)와 벽(辟)은 개벽(開闢)과 같은 뜻으로, 개간해 나가는 것.

217 기정기거(其檉其椐): 정(檉)은 능수버들. 하류(河柳)라고도 함(『모전』). 거(椐)는 영수목(靈壽木)으로, 마디가 분명하여 지팡이를 만드는 데 많이 쓴다〔『공소(孔疏)』〕.

218 양지척지(攘之剔之): 양(攘)은 치우다, 옮기다. 척(剔)은 잘라 내다.

219 기염기자(其檿其柘): 염(檿)은 산뽕나무〔산상(山桑)〕. 활대나 멍에를 만드는 데 많이 쓰인다. 자(柘)는 산뽕나무로 황상(黃桑)이라고도 한다. 낙엽관목(落葉灌木)으로 잎새가 두껍고도 뾰족하여 역시 누에가 먹는다. 그 나무는 활대를 만드는 데 염(檿)보다도 좋은 재목으로 친다.

220 제천명덕(帝遷明德): 제(帝)는 상제(上帝), 하느님. 명덕(明德)은 밝은 덕을 가진 군주. 태왕(太王)을 가리킴.

221 관이재로(串夷載路): 관이(串夷)는 곤이(昆夷, 混夷)로, 서쪽의 오랑캐 이름. 재(載)는 즉(則)의 뜻. 로(路)는 척(瘠)으로 된 판본도 있으며(『정전』), 피척(疲瘠) 곧 실패와 쇠퇴의 뜻임〔『통석(通釋)』〕.

222 천립궐배(天立厥配): 배(配)를 배필(配匹)이라 하고 문왕(文王)의 비(妃)인 태사(太姒)를 가리킨다고 하였으나(『모전』, 『정전』), 배천(配天)의 뜻으로 봐야 하며, 군주를 세우는 것을 말한다. 즉 천명(天命)을 받으면 천자(天子)가 되는데, 이것을 배천(配天), 즉 '하늘과 짝하다'라 한다〔『통석(通釋)』〕. 이를 풀어서 '하늘이 그 짝을 세우다'라고 한 것이다. 『순자 · 대략(荀子 · 大略)』에 "配天而有天下者", 『장자 · 천지(莊子 · 天地)』에 "齧缺可以配天乎" 등이 있고, 배황천(配皇天)〔『상서 · 주서 · 소고(尙書 · 周書 · 召誥)』〕이나 배상제(配上帝)〔「대아 · 문왕(大雅 · 文王)」〕라고도 하는데 모두 같은 의미이다.

受命旣固시로다 수 명 기 고	받으신 천명 이미 굳어지셨다
帝省其山[223]하시니 제 성 기 산	상제께서 그곳 산을 살피시어
柞棫斯拔[224]하며 작 역 사 발	갈참나무 백유나무 다 뽑혔고
松栢斯兌[225]어늘 송 백 사 태	소나무 잣나무는 무성하게 자라
帝作邦作對[226]하시니 제 작 방 작 대	상제께서 나라 세우시고 다스릴 분 세우시니
自大伯王季[227]시로다 자 태 백 왕 계	이들이 바로 태백과 왕계님
維此王季이 유 차 왕 계	이 왕계께서
因心則友[228]하사 인 심 즉 우	마음이 우애로우셔서

---

223 성(省): 살피다.

224 작역사발(柞棫斯拔): 작(柞)은 갈참나무. 역(棫)은 백유나무. 사(斯)는 조사. 발(拔)은 뽑다, 베다. 즉 나무들을 뽑아내고 땅을 개척하는 것.

225 송백사태(松栢斯兌): 송백(松栢)은 소나무와 측백나무. 태(兌)는 무성함이나 통(通)의 뜻. 송백이 무성하게 자라나고 그 사이로 길이 통하는 것이라 하였다(『모전』). 무성함으로만 본다.

226 작방작대(作邦作對): 작방(作邦)은 나라를 세우는 것. 작대(作對)는 이를 다스릴 임금을 세우는 것. 대(對)는 배(配)와 같다. 앞의 주(注) 222 참조.

227 자태백왕계(自大伯王季): 태백(大伯)은 왕계(王季)의 형이자, 태왕 고공단보의 장자(長者). 왕계(王季)는 태왕의 셋째 아들 계력(季歷)이다. 『사기·은본기(史記·殷本紀)』에 의하면 태왕에게는 세 명의 아들이 있었는데, 둘째는 우중(虞仲)이다. 막내 계력의 아들인 창(昌: 뒷날의 무왕)이 성왕(聖王)이 될 조짐이 있어 태왕은 계력을 세워 창(昌)에게 전하려고 생각하였는데, 태백과 우중이 형만(荊蠻)으로 도망하여 아우 계력에게 양위하였다고 한다. 이 두 사람으로부터 주나라의 위세가 천하에 떨치게 되었다는 것.

228 인심즉우(因心則友): 인심(因心)은 인애(仁愛)하는 마음. 인(因)은 친(親)으로 풀고, 친심(親心)은 곧 인심(仁心)이라 했다〔『전소(傳疏)』〕. 『집전(集傳)』에서는 애쓰지 않아도 마음이 저절로 그렇게 되는 것이라 하였다. 우(友)는 우애(友愛)를 말한다. 왕계가 형 태백에게 우애를 다하였고, 태백도 뒤에 왕계의 공덕이 크다는 이유에서 막내아우에게 왕위를 사양하였다.

則友其兄하사 즉 우 기 형	그 형님을 위하시고
則篤其慶[229]하사 즉 독 기 경	그 복을 두터이 하시며
載錫之光[230]하시니 재 석 지 광	빛나는 덕 보이시고
受祿無喪[231]하여 수 록 무 상	받으신 복 잃지 않으셔
奄有四方[232]이로다 엄 유 사 방	마침내 온 세상 다스리게 되셨다

維此王季를 유 차 왕 계	이 왕계님
帝度其心하시고 제 탁 기 심	상제께서 그 마음을 헤아리시고
貊其德音[233]하시니 맥 기 덕 음	그 명성이 널리 알리니
其德克明이로다 기 덕 극 명	그 덕이 능히 밝아졌다
克明克類[234]하시며 극 명 극 류	밝고 선하게 하시어

---

229 즉독기경(則篤其慶): 경(慶)은 복(福)을 뜻함. 맏형 태백의 양보를 받아 더욱 덕(德)을 닦아서 그 복 또는 집안의 경사(慶事)를 더욱 두텁게 한 것을 말한다.

230 재석지광(載錫之光): 재(載)는 즉(則). 또는 조사. 석(錫)은 사(賜)와 통하여 '주다'는 뜻. 지(之)는 태백을 지칭하는 것으로 본다. 광(光)은 빛나는 덕. 태백이 왕위를 사양한 겸양지덕(謙讓之德)을 말한다.

231 상(喪): 잃는 것.

232 엄(奄): 마침내, 문득.

233 맥기덕음(貊其德音): 맥(貊)은 『춘추좌전』과 『예기·악기(禮記·樂記)』에서는 막(莫)으로 인용하고 있으며, 포(布)의 뜻, 즉 널리 퍼뜨린다는 뜻. 덕음(德音)은 성예(聲譽).

234 극명극류(克明克類): 극명(克明)은 능히 시비(是非)를 살피는 것. 류(類)는 선(善)의 뜻으로, 나라를 잘 다스리는 것. 그래서 극류(克類)는 능히 선악(善惡)을 분별하는 것(『집전』). 이에 대해, 극명(克明)은 능히 천하를 밝게 비추는 것, 극류(克類)는 종족(宗族)을 나누고 친하게 잘 지내는 것이라 하였다. 『춘추좌전』「성공(成公) 4년」 "非我族類, 其心必異(우리 종족의 무리가 아니면 그 마음은 반드시 다를 것이다)"에 대한 후외려(侯外廬, 1903~1987)의 『중국고대사회사(中國古代社會史)』에서의 설명 참조.

克長克君[235]하시며 극 장 극 군	어른 노릇 임금 노릇 하실 자질 지니시고
王此大邦[236]하사 왕 차 대 방	이 큰 나라 임금님 되시어
克順克比[237]시로다 극 순 극 비	백성의 뜻 좇아 친화하게 되셨다
比于文王[238]하사 비 우 문 왕	문왕에 이르러
其德靡悔[239]하시니 기 덕 미 회	그 덕 펼침에 끝이 없으시니
旣受帝祉[240]하사 기 수 제 지	이어받으신 상제의 복은
施于孫子[241]하시니라 이 우 손 자	자손에게까지 뻗치었네
帝謂文王하시되 제 위 문 왕	상제께서 문왕께 말씀하시기를

---

235 극장극군(克長克君): 극(克)은 능히. 장(長)은 어른 노릇, 군(君)은 임금이나 우두머리 노릇을 잘 하는 것. 『집전(集傳)』에서는 극장(克長)을 교회불권(敎誨不倦), 즉 가르치기를 게을리 하지 않음이라고 하고, 극군(克君)은 상(賞)을 경사로 여기게 하고 형벌(刑罰)을 위엄으로 여기도록 하는 것〔상경형위(賞慶刑威)〕이라 하였는데, 어느 정도 일리는 있으나 간단히 극장(克長)은 능히 족장(族長)이 되는 것, 극군(克君)은 군장〔君長: 국군(國君), 임금〕이 되어 그 역할을 잘하는 것으로 본다.

236 왕차대방(王此大邦): 왕(王)은 '왕 노릇 하다'는 동사. 대방(大邦)은 큰 나라 곧 주나라를 말한다.

237 극순극비(克順克比): 순(順)은 백성의 뜻으로 따르고 그들과 친밀히 지내는 것. 비(比)는 『예기(禮記)』에는 비(俾)로 되어 있는데, 뜻은 종(從)과 같이 '따르다', '좇다'는 것〔『전소(傳疏)』〕.

238 비(比): 이르다, 미치다〔급(及)〕.

239 미회(靡悔): 미(靡)는 무(無)의 뜻. 회(悔)는 후회〔유한(遺恨)〕(『집전』). 그래서 이 구는 뉘우칠 만한 흠이 없는 것으로 해석된다. 또는 회(悔)는 회(晦: 그믐, 어둡다)의 가차이며, 회(晦)는 종(終)과 통하여, 이 구절은 '기덕불이(其德不已)'와 같으며 '그 덕은 끝이 없다'는 뜻이라 한다〔『통석(通釋)』〕. 『상서·홍범(尙書·洪範)』 "왈정왈회(曰貞曰悔)"의 회(悔)를 정현은 회(晦)라 하였다.

240 지(祉): 복, 행복.

241 이(施): 뻗는 것.

無然畔援[242]하며
무 연 반 원

그처럼 인심이 떨어져 나가게
하지 말고

無然歆羨[243]하여
무 연 흠 선

그처럼 탐내는 일 없게 하며

誕先登于岸[244]이라 하시다
탄 선 등 우 안

먼저 송사를 공평하도록 하라

密人不恭[245]이라
밀 인 불 공

밀(密)나라 사람들이
공손하지 못하여

敢距大邦[246]하여
감 거 대 방

감히 주나라에 대항하여

侵阮徂共[247]이라
침 완 조 공

완(阮) 땅과 공(共) 땅을 침공하였다

王赫斯怒[248]하사
왕 혁 사 노

임금께서 분연히 성내시어

爰整其旅[249]하사
원 정 기 려

군사들을 거느리시고

---

242 무연반원(無然畔援): 무연(無然)은 '그렇게 하지 말라'는 뜻. 반(畔)은 반(叛)과 통하여 도를 위반하는 것『집전』. 원(援)은 끌어당김, 딴생각을 하는 것『집전』. 그래서 반원(畔援)은 곧 마음이 도를 어기고 딴 곳으로 가는 것으로 해석된다. 또는 반환(盤桓)과 같은 뜻으로, 배회하며 앞으로 나아가지 못하는 모양〔오개생(吳闓生), 『회통(會通)』〕.

243 흠선(歆羨): 탐욕을 부리는 것. 흠(歆)은 흔(欣)이나 탐(貪)의 뜻, 선(羨)은 탐(貪)과 욕(欲)의 뜻.

244 탄선등우안(誕先登于岸): 탄(誕)은 발어사. 등(登)은 성(成)의 뜻으로『정전』, 평(平)과도 통하여 공평하게 처리하는 것〔『석의(釋義)』〕. 안(岸)은 안(犴: 들개, 옥獄)과 통하여, 옥사(獄事)·송사(訟事)의 뜻『정전』. 또는 높은 언덕으로, 높은 곳을 선점하여 아래를 통제할 수 있도록 하는 것. 『집전(集傳)』에서는 '도의 지극한 곳'이라 했는데, 아마도 앞 구의 무도(無道)함과 위법(違法)과 탐욕을 극복하기를 강조한 것으로 보인다.

245 밀인(密人): 밀(密)은 밀수씨(密須氏)의 나라『모전』. 지금의 감숙성(甘肅省) 영대현(靈臺縣)에 있었다〔『석의(釋義)』〕. 밀인(密人)은 밀(密)나라 사람들.

246 거대방(距大邦): 거(拒)와 통하여, 저항의 뜻. 대방(大邦)은 큰 나라. 곧 주(周)나라를 말함.

247 침완조공(侵阮徂共): 완(阮)과 공(共)은 모두 나라 이름으로, 둘 다 지금의 감숙성 경천현(涇川縣)에 있었다. 조(徂)는 가는 것.

248 왕혁사노(王赫斯怒): 왕(王)은 문왕(文王). 혁(赫)은 불끈 성을 내는 모양. 사(斯)는 조사.

249 원정기려(爰整其旅): 원(爰)은 이에. 기려(其旅)는 주나라의 군대.

以按徂旅[250]하사 이 안 조 려	그 무리를 막으시고
以篤于周祜[251]하사 이 독 우 주 호	주나라의 복 두터이 하시어
以對于天下[252]하시니라 이 대 우 천 하	천하에 본을 보이셨다

依其在京[253]하여 의 기 재 경	늠름한 군사들 서울에 있는데
侵自阮疆[254]하니 침 자 완 강	완(阮) 땅으로부터 전쟁 끝나 돌아와
陟我高岡하니 척 아 고 강	우리의 높은 산등성이에 올라가
無矢我陵[255]하고 무 시 아 릉	우리 언덕에 군사를 벌이지 마라
我陵我阿[256]니 아 릉 아 아	우리 언덕 우리 산등성이
無飮我泉하여 무 음 아 천	우리 샘물 마시지 마라
我泉我池니 아 천 아 지	우리 샘물 우리 못물

---

250 이안조려(以按徂旅): 안(按)은 멈추게 하는 것(『모전』). 『맹자』엔 '알(遏)'로 인용했는데, 같은 뜻이며, 그래서 '按'을 '알'로 읽기도 한다. 『집전(集傳)』에서는 이 구절을 "가서 밀수씨(密須氏)의 무리들을 막았다(往遏其衆)"고 하였는데, 두 동사가 도치된 해석이 걸린다. 조려(徂旅)는 침략하러 가는 무리.

251 이독우주호(以篤于周祜): 독(篤)은 두터이 하다. 주(周)는 주나라. 호(祜)는 복(福).

252 이대우천하(以對于天下): 대(對)는 양(揚)의 뜻〔『광아(廣雅)』〕. 즉 천하에 그 위세를 날렸다는 뜻〔『통석(通釋)』〕.

253 의기재경(依其在京): 의(依)는 군대가 성(盛)한 모양〔왕인지(王引之), 『경의술문(經義述聞)』〕. 의기(依其)는 의의(依依)와 같다. 경(京)은 주나라 서울.

254 침자완강(侵自阮疆): 침(侵)은 『집전(集傳)』에서는 완(阮)나라의 국경으로부터 진출하여 밀(密)나라를 침략한 것으로 해석하였는데, 앞 장에서 밀(密)나라가 완(阮)나라를 침략하여 주나라가 밀(密)나라 군대를 저지하였다는 내용과 맞지 않는다. 침(侵)은 침병(寢兵)의 침(寢)과 같은 뜻으로, 전쟁을 중지했다는 것으로 본다〔대진(戴震), 『모정시고정(毛鄭詩考正)』〕. 완강(阮疆)은 완나라의 변경 지방.

255 무시아릉(無矢我陵): 무(無)는 '—하지 마라'. 시(矢)는 벌이다. 진병(陳兵)의 뜻(『정전』). 능(陵)은 큰 흙산.

256 아(阿): 큰 구릉(丘陵). 큰 언덕.

度其鮮原[257]하사 도 기 선 원	선원 땅 넘으시어
居岐之陽하며 거 기 지 양	기산 남쪽에 거처하시며
在渭之將[258]하여라 재 위 지 장	위수 옆에 머무시니
萬邦之方[259]이며 만 방 지 방	온 나라들이 향하는 바이며
下民之王이시로다 하 민 지 왕	아래 백성들의 임금님 되셨다

帝謂文王하시되 제 위 문 왕	상제께서 문왕께 말씀하시기를
予懷明德[260]이나 여 회 명 덕	나는 밝은 덕을 좋아하나
不大聲以色[261]하며 부 대 성 이 색	소리와 빛으로 크게 나타내지는 않고
不長夏以革[262]이니 부 장 하 이 혁	언제나 매와 회초리로 치진 않아
不識不知[263]하여 불 식 불 지	알거나 모르거나

---

257 도기선원(度其鮮原): 도(度)는 넘어가는 것〔『석의(釋義)』〕. 또는 '탁'으로 읽고 '헤아리다'의 뜻. 선(鮮)은 선(善)과 통하여(『집전』), 좋다는 뜻. 또는 선(鮮)은 헌(巘)과 통하여 '작은 산'의 뜻. 그래서 선원(鮮原)은 산지의 평원(平原). 또는 선원(鮮原)은 땅 이름. 기주(岐周)와 가까운 땅.

258 장(將): 측(側), 옆 또는 '가'의 뜻〔『통석(通釋)』〕.

259 방(方): 향(向)의 뜻으로(『정전』), 모든 나라의 마음이 향하여져 복종하게 되는 것.

260 회(懷): 생각하고 돌봐 주는 것(『집전』).

261 대성이색(不大聲以色): 대(大)는 중시하다의 뜻. 성(聲)은 희로(喜怒)의 소리를 내는 것. 색(色)은 희로(喜怒)의 빛을 나타내는 것. 이(以)는 여(與)와 통한다〔『집전(集傳)』, 『통석(通釋)』〕. 이 구절은 일설에는 '성색(聲色)의 즐거움을 중시하지 않는 것'이라 했다.

262 부장하이혁(不長夏以革): 장(長)은 상(常)과 통하여, '언제나'의 뜻〔『광아(廣雅)』〕. 또는 '중시하다, 숭상하다', '으뜸으로, 제일로 여기다'의 뜻. 앞의 '대(大)'와 거의 같은 뜻으로 본다. 하(夏)는 가(榎, 檟)와 통하여, 하초(夏楚)로 서당에서 학생들을 벌줄 때 쓰던 회초리, 혁(革)은 편(鞭)으로 관청에서 벌줄 때 쓰던 채찍을 말한다〔『통석(通釋)』〕. 즉 항상 형벌로만 다스리지는 않는다는 뜻. 또는 회초리와 채찍의 형벌로 다스리는 것을 으뜸으로 여기지 않는다.

263 불식불지(不識不知): 알지 못한다. 또는 별로 아는 체 꾀하지 않는 것. 뒤 구(句)와 연결

順帝之則[264]이라 순 제 지 칙	상제의 법도만 따르라
帝謂文王하시되 제 위 문 왕	상제께서 문왕께 말씀하시길
詢爾仇方[265]하여 순 이 구 방	그대 이웃 나라와 꾀하여
同爾兄弟[266]하여 동 이 형 제	그대 형제와 함께
以爾鉤援[267]과 이 이 구 원	성을 공격할 사다리와
與爾臨衝[268]으로 여 이 림 충	그대의 임거와 충거로써
以伐崇墉[269]이라 이 벌 숭 용	숭나라 성을 쳐라
臨衝閑閑[270]하며 임 충 한 한	임거와 충거 덜컹거리고

하여, 자신의 사사로운 지혜나 총명(聰明)을 쓰지 않고 천리(天理)를 따르는 것(『집전』). 즉 상제(上帝)의 뜻에 절대 복종하는 것을 말한다. 『여씨춘추(呂氏春秋)』와 『회남자(淮南子)』의 고유(高誘)의 주(注)에는 모두 "불모이당(不謀而當), 불려이득(不慮而得)" 곧 "꾀하지 않아도 들어맞고, 생각하지 않아도 도리에 맞는 것"으로 이 불식불지(不識不知)를 풀이하였다. 그리고 이와 유사하게 『통석(通釋)』에서는 "생이지지(生而知之)" 곧 "나면서 아는 것"이라 하였다.

264 순제지칙(順帝之則): 순(順)은 순(循)과 통하며, 따르다. 칙(則)은 법(法).

265 순이구방(詢爾仇方): 순(詢)은 꾀하는 것(『정전』). 이(爾)는 너. 구(仇)는 원수 또는 짝, 친구. 방(方)은 나라. 구방(仇方)은 이웃의 여러 나라(『정전』).

266 동이형제(同爾兄弟): 동(同)은 함께하다 또는 협동하다. 형제(兄弟)는 형제의 나라.

267 이이구원(以爾鉤援): 이(以)는 '―로써'의 뜻이며, 다음 구(句)까지 걸린다. 구(鉤)는 갈고리. 구원(鉤援)은 갈고리로 성 위에 걸치고 성을 오르도록 만든 사다리, 즉 운제(雲梯)(『집전』). 성을 공격할 때 쓰는 기구의 하나.

268 여이림충(與爾臨衝): 임(臨)은 위에서 아래를 굽어보며 성(城)을 공격할 때 쓰는 전차, 수레. 충(衝)은 적진에 돌격할 때 쓰는 수레. 모두 성을 공격할 때 쓰는 무기로서의 수레이다.

269 숭용(崇墉): 숭(崇)은 나라 이름. 이 나라는 춘추시대까지 존속하여 진(秦)나라에 편들었다. 그 위치는 지금의 섬서성 서안(西安) 풍수(灃水)의 서쪽이라 한다. 용(墉)은 성(城)의 뜻.

270 한한(閑閑): 동요하는 모양(『모전』). 또는 느린 모양. 또는 많은 모양.

崇墉言言[271]이로다 숭 용 언 언	숭나라 성 높고 크다
執訊連連[272]하며 집 신 련 련	줄줄이 포로를 잡고
攸馘安安[273]이로다 유 괵 안 안	적의 목 베어 유유히 바친다
是類是禡[274]하여 시 류 시 마	유제 지내고 마제 지내어
是致是附[275]하시니 시 치 시 부	모두 와 복종하게 하시고
四方以無侮[276]로다 사 방 이 무 모	온 세상에 업신여기는 사람 없게 되었다
臨衝茀茀[277]하며 임 충 불 불	임거와 충거 강성하고
崇墉仡仡[278]이로다 숭 용 흘 흘	숭나라 성 높고 크다
是伐是肆[279]하며 시 벌 시 사	쳐부수고 무찌르시고

---

271 언언(言言): 높고 큰 모양(『모전』). 또는 붕괴하는 모양.

272 집신련련(執訊連連): 집신(執訊)은 포로들. 신문(訊問)할 적의 포로들을 잡다. 「소아·출거(小雅·出車)」 시에 보였음. 연련(連連)은 연속되는 모양(『집전』)

273 유괵안안(攸馘安安): 유(攸)는 조사. 괵(馘)은 적의 왼쪽 귀를 잘라서 증거로 삼아 공(功)을 보고하는 것. 군법에, 사로잡은 자가 복종하지 않으면 죽이고는 그 왼쪽 귀를 바친다(『집전』). 안안(安安)은 경솔히 포학하지 않는 것(『집전』). 또는 서서(徐徐, 舒徐)의 뜻으로, 느긋하고 유유한 모양(『정전』). 또는 은은(殷殷)의 가차로 매우 많은 모양〔고형(高亨), 『시경금주(詩經今注)』〕.

274 시류시마(是類是禡): 시(是)는 우시(于是), 즉 '이에'. 류(類)는 류(禷)의 가차(假借)로, 군대가 출정하는 등의 비상사태일 때 하늘에 고하는 제사. 마(禡)는 정벌할 지역에 이르러 군대를 진주시킨 곳에서 군법을 처음 만든 자 곧 군신(軍神)에게 제사하는 것으로 황제(黃帝)와 치우(蚩尤)가 그 대상이라 한다(『집전』). 고대 전쟁에서 말의 작용이 매우 커서 으뜸이 되기 때문에 특별히 말의 신〔마신(馬神)〕을 제사 지냈다.

275 시치시부(是致是附): 치(致)는 오게 하는 것(『집전』). 승리했으나 탈취하지 않는 것을 말한다〔『통석(通釋)』〕. 부(附)는 안무(安撫)하여 친하게 지내도록 만드는 것.

276 사방이무모(四方以無侮): 사방(四方)은 온 세상. 모(侮)는 업신여기다.

277 불불(茀茀): 강성(強盛)한 모양(『모전』).

278 흘흘(仡仡): 언언(言言)과 같은 말로, 높고 큰 것(『모전』).

279 시벌시사(是伐是肆): 벌(伐)은 공격하여 정벌하는 것. 사(肆)는 습(襲)과 통하여, 돌연

是絶是忽[280]하시니 시 절 시 홀	자르시고 없애시어
四方以無拂[281]이로다 사 방 이 무 불	온 세상에 어기는 사람 없게 되었다

◈ 해설

이 시는 주(周)나라를 기린 것이다. 하늘은 은(殷)나라를 대신하여 주나라에 명을 내리셨고, 주나라는 대대로 덕을 닦았는데 그중에서도 문왕(文王)이 가장 훌륭했었다는 것이다(「모시서」). 주희(朱熹)는 이 시를 좀 더 구체적으로 설명하여 "이 시는 태왕(太王)과 태백(太白)·왕계(王季)의 덕과 문왕이 밀(密)나라와 숭(崇)나라를 친 일을 노래한 것이다"라고 하였다.

8. 영대(靈臺) 영대

經始靈臺[282]하여 경 시 영 대	영대를 이룩하기 시작하여
經之營之[283]하시니 경 지 영 지	재고 짓고 하시니

히 습격하는 것. 「대아·대명(大雅·大明)」 시의 "사벌대상(肆伐大商)" 주(注) 참조.

280 시절시홀(是絶是忽): 절(絶)은 모살(謀殺)의 뜻. 홀(忽)은 멸망의 뜻(『모전』). 다 없애 버리는 것.

281 불(拂): 어기는 것.

282 경시영대(經始靈臺): 경(經)은 재는 것. 경시(經始)는 측량하고 이룩하기 시작하는 것. 영대(靈臺)는 훌륭한 대(臺)의 뜻으로, 문왕(文王)의 대(臺) 이름. 지금의 서안(西安) 교외에 있다.

283 경지영지(經之營之): 경영(經營)은 첩운(疊韻)이며 연면자(聯綿字)로서, 그 의미는 일

庶民攻之[284]라 서 민 공 지	백성들이 나서서 일해 주어
不日成之[285]로다 불 일 성 지	며칠 되지 않아 이룩되었네
經始勿亟[286]하시나 경 시 물 극	이룩하기 시작할 적에 서두르지 말라 하셨으나
庶民子來[287]로다 서 민 자 래	백성들은 자식이 어버이 일 돕듯 모여들었네

王在靈囿[288]하시니 왕 재 영 유	임금님께서 영대 정원에 계시는데
麀鹿攸伏[289]이로다 우 록 유 복	암사슴 수사슴 엎드려 노네
麀鹿濯濯[290]하고 우 록 탁 탁	암사슴 수사슴 살져 윤이 흐르고
白鳥翯翯[291]이로다 백 조 학 학	백조는 깨끗하고 희기도 하네
王在靈沼[292]하시니 왕 재 영 소	임금님께서 영대 늪에 계시는데
於牣魚躍[293]이로다 오 인 어 약	아아, 연못 가득히 물고기가 뛰네

을 재고 꾸려 나가는 것이기도 하고, 나아가 그 속뜻은 '분망(奔忙)하게 왕래하는 것'을 뜻한다.

284 공(攻): 공(工)과 통하며, 일을 하는 것(『모전』). 즉 만들고 짓고 하는 것.

285 불일(不日): 며칠 못 되어. 짧은 기간을 말한다.

286 극(亟): 빠른 것.

287 자래(子來): 서민들이 기뻐하고 모두 자식들이 아버지의 일을 돕듯이 달려와 일하였다는 뜻.

288 영유(靈囿): 유(囿)는 새와 짐승을 기르는 곳으로 옛날엔 천자는 백 리, 제후는 40리 사방의 유(囿)가 있었다고 한다(『모전』). 영유(靈囿)는 훌륭한 유(囿)의 뜻으로, 역시 문왕의 동산을 가리킨다.

289 우록유복(麀鹿攸伏): 우(麀)는 암사슴. 유(攸)는 조사. 복(伏)은 엎드리다.

290 탁탁(濯濯): 살지고 윤기 흐르는 모양(『집전』).

291 학학(翯翯): 결백(潔白)한 모양.

292 영소(靈沼): 문왕의 동산에 있는 못.

虡業維樅[294]이요　　종과 경틀엔 세운 나무와
거 업 유 종　　가로 나무가 아래위에 있고

賁鼓維鏞[295]이로다　　큰 북과 큰 종이 매어 있네
분 고 유 용

於論鼓鐘[296]이여　　아아, 절도 있게 종을 치니
오 론 고 종

於樂辟廱[297]이로다　　아아, 천자님 공부하는 곳 즐겁네
오 락 벽 옹

於論鼓鐘이여　　아아, 절도 있게 종을 치니
오 론 고 종

於樂辟廱이로다　　아아, 천자님 공부하는 곳 즐겁네
오 락 벽 옹

鼉鼓逢逢[298]하며　　악어 북 둥둥 울리며
타 고 봉 봉

矇瞍奏公[299]이로다　　판수 장님 음악을 연주하네
몽 수 주 공

---

293 오인어약(於牣魚躍): 오(於)는 감탄사. 인(牣)은 가득한 것.

294 거업유종(虡業維樅): 거(虡)는 종(鐘)이나 경(磬)을 매다는 틀. 특히 틀의 기둥을 말하며, 가로지른 횡목(橫木: 가름대나무)은 순(栒)이라 한다(『모전』). 업(業)은 순(栒) 위에 대어 놓은 무늬를 새겨 놓은 큰 판(『정전』). 유(維)는 조사. 종(樅)은 업(業) 위 종(鐘)이나 경(磬)을 다는 곳, 곧 「주송·유고(周頌·有瞽)」 시에 나오는 숭아(崇牙)를 말한다(『모전』, 『집전』).

295 분고유용(賁鼓維鏞): 분(賁)은 분(鼖)·분(轒)과 통하며, 대고(大鼓), 즉 큰북을 말함(『모전』). 용(鏞)은 큰 쇠북, 곧 대종(大鐘)(『모전』).

296 론(論): 륜(倫)의 뜻으로(『정전』), 차례 또는 질서가 있는 모양. 또는 북과 종소리가 잘 어울려 화해(和諧)한 것. 『상서·요전(尙書·堯典)』 "八音克諧, 無相奪倫"의 륜(倫)과 같으며, 역시 화해(和諧)의 뜻이다.

297 벽옹(辟廱): 천자가 공부하며 대사(大射) 같은 예를 행하던 곳으로, 천자의 학궁(學宮)(『집전』). 그 옛날에는 사방 주위에 물을 둘러놓은 것이 둥근 옥인 벽(璧)과 같아서 벽(辟)이라 하여 귀족들이 노니던 곳이었는데 한대(漢代)에 와서 대학(大學)이 되었다. 제후의 학궁인 반궁(泮宮)은 동·서·남의 세 곳으로만 물이 있어 모양이 반벽(半璧)과 같기 때문에 반궁이라 한 것이다.

298 타고봉봉(鼉鼓逢逢): 타(鼉)는 악어의 일종. 타고(鼉鼓)는 그 악어가죽을 입힌 북. 봉봉(逢逢)은 화(和)의 뜻(『집전』). 또는 북소리.

299 몽수주공(矇瞍奏公): 몽(矇)은 눈알이 있으면서도 보이지 않는 장님(『모전』). 수(瞍)는

◈ 해설

이는 문왕(文王)의 유락(遊樂)을 기린 시이다. 『맹자』에서는 이를 문왕 때의 작품으로 보고 있다. 「모시서」에서는 백성들이 따르기 시작함을 노래한 것이라 하였다. 문왕은 유락도 올바른 도에 벗어나지 않도록 하였기 때문에 백성들도 문왕의 유락을 함께 기뻐하였다는 내용이다.

9. 하무(下武) 뒷 발자취

下武維周[300]하여 하 무 유 주	주나라는 뒷 발자취 이어
世有哲王[301]이로다 세 유 철 왕	대대로 어진 임금 나셨네
三后在天[302]하시고 삼 후 재 천	세 임금 하늘에 계시고

눈알이 없는 장님(『모전』). 옛날의 악사(樂師)들은 모두 장님들이었으므로 악사들을 가리킨다. 주공(奏公)은 다른 곳에서 이 시를 인용하면서 주공(奏功)·주공(奏工)이라고도 썼는데, 공(公)·공(功)·공(工)이 통하여 '일〔사(事)〕'의 뜻으로, 악장(樂章)을 가리킨다〔『석의(釋義)』〕. 『모전(毛傳)』에도 공(公)은 사(事)의 뜻이라 하였다. 주(奏)는 연주(演奏)의 뜻. 또는 주공(奏公)은 그 성공(成功)을 연주하는 것, 즉 영대를 낙성하고 음악을 만드는 것을 말함이다〔『통석(通釋)』〕. 곧 이른바 공성작악(功成作樂)을 말한다.

300 하무유주(下武維周): 하(下)는 '다음' 또는 '뒤'의 뜻. 무(武)는 발자취〔보무(步武)〕. 그래서 그 선조들의 발자취를 계승한다는 뜻. 또는 하(下)가 문(文)이 되어야 하며, 그래서 문왕과 무왕이 실제로 주(周)나라를 세웠다는 뜻으로 해석하기도 한다(『집전』).

301 세유철왕(世有哲王): 세(世)는 세세(世世)로, 대대(代代)로. 철왕(哲王)은 현철(賢哲)한 임금.

302 삼후재천(三后在天): 돌아가신 태왕(太王)·문왕(文王)·무왕(武王)〔『석의(釋義)』〕 또는 태왕(太王)·왕계(王季)·문왕(文王)(『모전』)의 세 임금. 재천(在天)은 이미 죽었으나 그 정신이 위로 하늘과 더불어 합한 것이라 했다(『집전』).

王配于京[303]이로다 — 임금님은 서울 호경에서 왕이 되셨네
왕 배 우 경

王配于京 하시니 — 임금님은 서울 호경에서 왕이 되시어
왕 배 우 경
世德作求[304]로다 — 대대로 쌓은 덕에 부합되시네
세 덕 작 구
永言配命[305]하사 — 영원히 하늘의 명에 합당하도록
영 언 배 명
成王之孚[306]로다 — 임금님으로서의 믿음 이루시네
성 왕 지 부

成王之孚 하사 — 임금님으로서의 믿음 이루시어
성 왕 지 부
下土之式[307]이로다 — 세상 사람들 본받네
하 토 지 식
永言孝思[308]니 — 언제나 효도 다 하시니
영 언 효 사
孝思維則[309]이로다 — 효도는 선왕들을 본받으신 거라네
효 사 유 칙

---

303 왕배우경(王配于京): 왕(王)은 무왕(武王)(『집전』) 또는 성왕(成王)〔『석의(釋義)』〕을 가리킴. 배(配)는 부합(符合)하는 것으로, 배천(配天)을 말하며 천명(天命)에 부합되어 왕이 되는 것. 경(京)은 호경(鎬京)으로, 주(周)나라의 도성을 말한다. 옛터는 지금의 섬서성 서안(西安)시 서쪽 남풍수(南豊水)의 동쪽 강안(江岸)에 있다.

304 세덕작구(世德作求): 세(世)는 대대로. 세덕(世德)은 대대로 쌓은 덕. 작구(作求)는 추구하는 것. 또는 구(求)는 구(逑)로 읽고, 짝〔배(配), 필(匹)〕의 뜻으로〔『통석(通釋)』〕, 대대로 이어서 덕을 쌓는 것이 이전의 왕들의 뜻에 부합되어 짝이 된다는 것.

305 영언배명(永言配命): 영원히 천명에 부합한다는 뜻. 언(言)은 조사. 배명(配命)은 배천명(配天命).

306 성왕지부(成王之孚): 임금으로서의 믿음〔신망(信望)〕을 이루었다는 뜻. 또는 성왕(成王)이라는 임금의 칭호를 말한 것으로도 볼 수 있다〔위원(魏源), 『시고미(詩古微)』〕. 부(孚)는 믿음〔신(信)〕.

307 하토지식(下土之式): 하토(下土)는 상천(上天)의 대(對)로서, 사람들이 사는 세상. 식(式)은 본뜨다. 법칙.

308 영언효사(永言孝思): 언(言)와 사(思)는 조사. 효(孝)는 충효(忠孝)나 효제(孝悌)의 '효'가 아니라 아름다운 덕의 통칭(通稱)으로, 사람의 뜻을 잘 계승하고 사람의 일을 잘 펼치는 것으로 본다(夫孝者善繼人之志, 善述人之事者也)〔『중용(中庸)』〕.

媚茲一人[310]이라　　이 한 분을 모두 사랑하노니
미 자 일 인

應侯順德[311]이로다　　합당히 덕을 잘 닦았기 때문이네
응 후 순 덕

永言孝思하사　　언제나 효도 다하시며
영 언 효 사

昭哉嗣服[312]이로다　　계승한 일 밝히시네
소 재 사 복

昭茲來許[313]하사　　이렇게 앞으로 밝히시어
소 자 래 허

繩其祖武[314]면　　조상들의 발자취 이으시면
승 기 조 무

於萬斯年[315]에　　아아, 만년토록
오 만 사 년

受天之祜[316]리라　　하늘의 복 받으시리
수 천 지 호

受天之祜하시니　　하늘의 복 받으시니
수 천 지 호

---

309 칙(則): 법칙(法則). 그의 선인(先人)들을 본받은 것이라는 뜻(『모전』).

310 미자일인(媚茲一人): 미(媚)는 사랑하다, 따르다. 자(茲)는 차(此). 일인(一人)은 한 사람, 천자(天子) 곧 무왕(武王)(『집전』)이거나 성왕(成王)을 가리킨다. 또는 미자(媚茲)는 미재(美哉), 즉 천자를 찬양하는 감탄사로 보기도 한다.

311 응후순덕(應侯順德): 응(應)은 응당히, 합당하게. 후(侯)는 유(維)와 같은 조사. 순덕(順德)은 덕을 따르는 것, 덕에 힘쓰는 것.

312 소재사복(昭哉嗣服): 소(昭)는 밝히다. 재(哉)는 감탄어미. 사(嗣)는 계승의 뜻. 복(服)은 일(『정전』). 사복(嗣服)은 곧 선인의 업(業)을 계승하는 것

313 소자래허(昭茲來許): 소자(昭茲)는 앞의 소재(昭哉)와 같은 뜻. 〈삼가시(三家詩)〉에서는 재(哉)로 썼다. 래허(來許)는 후진(後進) 또는 뒤에 올 사람. 또는 앞으로 올 날, 장래의 뜻(『석의(釋義)』). 허(許)는 〈삼가시(三家詩)〉에서는 어(御)로 썼으며, 모두 진(進)의 뜻이라 했다(『통석(通釋)』).

314 승기조무(繩其祖武): 승(繩)은 승(承)과 통용되었으며 '잇다', '계승하다'의 뜻. 조무(祖武)는 조상의 사적(事迹), 즉 발자취.

315 오만사년(於萬斯年): 오(於)는 감탄사. 사(斯)는 조사. 만사년(萬斯年)은 만년(萬年)과 같다.

316 호(祜): 복(福).

四方來賀로다 사 방 래 하	사방에서 축하드리러 오네
於萬斯年에 오 만 사 년	아아, 만년토록
不遐有佐[317]아 불 하 유 좌	어찌 도움이 없으시랴

◈ 해설

「모시서」에서는 무왕(武王)이 성덕(聖德)을 간직하여 다시 천명을 받아 선인(先人)의 공(功)을 밝히며 문왕(文王)의 유업(遺業)을 잘 계승하였음을 노래한 것으로 보았다. 또는 성왕(成王)을 찬미한 시로 보기도 한다. 선왕(先王)들의 위대한 발자취를 계승하여 나라를 잘 다스렸다는 것이다.

10. 문왕유성(文王有聲)　　문왕 기리는 소리

文王有聲[318]하시니 문 왕 유 성	문왕 기리는 소리 있으니
遹駿有聲[319]이로다 휼 준 유 성	그 소리 크기도 하네

---

317 불하유좌(不遐有佐): 하(遐)는 하(何)와 통함(『집전』). 좌(佐)는 돕다. 또는 차(差)과 통하여 '잘못〔과착(過錯)〕'의 뜻〔문일다(聞一多)〕.

318 문왕유성(文王有聲): 성(聲)은 기리는 소리, 성예(聲譽). 또는 미명(美名).

319 휼준(遹駿): 휼(遹)은 율(聿)과 통하며, 어조사〔『통석(通釋)』〕. 『집전(集傳)』에서는 그 뜻이 자세하지 않고 혹 율(聿)과 같은 듯하며 발어사(發語詞)라고 하였다. 뒤에 사람들이 율(聿)을 술(述)로 훈(訓)하여 선인(先人)들의 덕과 업적을 추술(追述)하거나 계승 발양하는 것으로 사용하였다. 휼(遹)에 준순계승(遵循繼承)·소술(紹述)의 뜻도 있다. 준

遹求厥寧[320]하사 휼 구 궐 녕	세상 사람들의 안녕을 추구하여
遹觀厥成[321]하시니 휼 관 궐 성	그 이루신 것을 보게 되었으니
文王烝哉[322]신저 문 왕 증 재	훌륭하셔라, 문왕이여!
文王受命하사 문 왕 수 명	문왕께서 하늘의 명 받으시어
有此武功이로다 유 차 무 공	무공을 세우셨는데
旣伐于崇[323]하시고 기 벌 우 숭	숭(崇)나라를 치시고 나서
作邑于豊[324]하시니 작 읍 우 풍	풍(豊) 땅에 도읍을 만드셨으니
文王烝哉신저 문 왕 증 재	훌륭하셔라, 문왕이여!
築城伊淢[325]하사 축 성 이 혁	성을 쌓고 해자(垓子) 파시고
作豊伊匹[326]하시며 작 풍 이 필	풍(豊) 땅을 어울리게 만드셨으며
匪棘其欲[327]이요 비 극 기 욕	욕심대로 급히 이루시지 않으시고

(駿)은 큰 것.

320 휼구궐녕(遹求厥寧): 궐(厥)은 그것. 궐녕(厥寧)은 세상 사람들의 안녕(安寧).

321 휼관궐성(遹觀厥成): 그 이루심을 보게 되었다는 것.

322 증(烝): 미(美)의 뜻으로(『석의(釋義)』), '아름답다', '위대하다', '훌륭하다'는 것.

323 숭(崇): 나라 이름. 「대아·황의(大雅·皇矣)」 시 참조.

324 작읍우풍(作邑于豊): 읍(邑)은 도읍. 풍(豊)은 지금의 섬서성 호현(鄠縣) 또는 장안의 서북 풍수(灃水)의 서쪽으로 원래는 숭나라가 있던 곳으로 문왕이 숭나라를 멸하고 풍성(豊城)을 세우고 기(岐)로부터 이곳으로 천도하였다.

325 이혁(伊淢): 이(伊)는 '이것' 또는 조사. 혁(淢)은 해자(垓子). 밖으로부터의 침입을 막기 위하여 성 둘레에 파놓은 도랑.

326 작풍이필(作豊伊匹): 작풍(作豊)은 풍성(豊城)을 만들고 세우는 것. 필(匹)은 짝이 될 만하게 어울리도록 성을 쌓은 것.

327 비극기욕(匪棘其欲): 비(匪)는 비(非)와 같다. 극(棘)은 급(急)과 통하여 '급하게', '급히'

遹追來孝[328]시니 선왕 뜻 좇아 효도 다하셨으니
휼추래효

王后烝哉[329]신저 훌륭하셔라, 임금님이여!
왕후증재

王公伊濯[330]은 임금님의 공 위대하심은
왕공이탁

維豊之垣[331]이니라 풍(豊) 땅에 쌓은 성으로써도 알 수 있네
유풍지원

四方攸同[332]하여 사방의 제후 모여들어
사방유동

王后維翰[333]하니 임금님의 기둥 되니
왕후유한

王后烝哉신저 훌륭하셔라, 임금님이여!
왕후증재

豊水東注[334]는 풍수가 동쪽으로 흐름은
풍수동주

의 뜻. 욕(欲)은 개인의 욕심. 그래서 기(其)는 문왕(文王)을 지칭한다.

328 휼추래효(遹追來孝): 추(追)는 선왕(先王)들을 추모해서 그 뜻을 계속하며 따르는 것. 내효(來孝)는 효도를 다하는 것. 또는 내(來)는 왕(往)과 같으며, 그래서 전세(前世)의 뜻. 즉 이전 선인들의 훌륭한 덕을 계승 발양하는 것〔왕인지(王引之), 『경의술문(經義述聞)』〕. 효(孝)는 효제(孝悌)의 의미를 넘는 포괄적인 것으로 보이는데, 「대아·하무(大雅·下武)」 시의 주(注)를 참조할 것.

329 왕후(王后): 후(后)는 임금. 즉 군왕(君王). 여기서는 문왕을 가리킨다.

330 왕공이탁(王公伊濯): 공(公)은 공(功), 공(工)과 통하여 일〔사(事)〕을 말하며, 왕공(王公)은 왕사(王事), 구체적으로 말하여 작풍(作豊), 즉 풍성(豊城)을 세우는 것을 지칭한다.

331 원(垣): 담. 여기서는 풍성의 성벽을 가리킨다.

332 사방유동(四方攸同): 사방(四方)은 사방의 제후를 비롯한 각 나라들. 유(攸)는 조사. 동(同)은 회동(會同)의 뜻이며 조현(朝見)의 뜻이기도 하다.

333 한(翰): 간(幹)의 뜻으로(『모전』), 기둥이 되는 것. 또는 원(垣)과 같은 뜻으로, 바람막이와 같은 보호막을 뜻한다〔문일다(聞一多)〕.

334 풍수동주(豊水東注): 풍수(豊水)는 동북쪽으로 흘러 풍읍(豊邑) 동쪽을 거쳐 위수(渭水)에 합쳐진 다음 황하로 흘러든다. 풍읍(豊邑)의 동쪽, 호경(鎬京)의 서쪽에 있었다. 그래서 동주(東注)라고 하였다.

維禹之績[335]이로다
유 우 지 적

우(禹)임금의 공적이네

四方攸同하여
사 방 유 동

사방의 제후 모여들어

皇王維辟[336]하니
황 왕 유 벽

대왕님을 받드니

皇王烝哉신저
황 왕 증 재

훌륭하셔라, 대왕님이여!

鎬京辟廱[337]에
호 경 벽 옹

호경에서 배움 닦으시매

自西自東하며
자 서 자 동

서쪽으로부터 동쪽에 이르기까지

自南自北하여
자 남 자 북

남쪽으로부터 북쪽에 이르기까지

無思不服[338]하니
무 사 불 복

복종하지 않는 이 없었으니

皇王烝哉신저
황 왕 증 재

훌륭하셔라, 대왕님이여!

考卜維王[339]이
고 복 유 왕

점을 치시고 임금님이

宅是鎬京[340]이로다
택 시 호 경

이 호경으로 옮겨 오셨네

維龜正之[341]어늘
유 귀 정 지

거북이 바로 일러 주고

---

335 유우지적(維禹之績): 유(維)는 어조사. 우(禹)는 우(禹)임금. 적(績)은 공적. 곧 우임금의 치수(治水)를 말하는 것.

336 황왕유벽(皇王維辟): 황왕(皇王)은 대왕(大王), 여기서는 무왕(武王)을 가리킨다. 벽(辟)은 임금으로 모시고 섬기는 것. 또는 법칙.

337 호경벽옹(鎬京辟廱): 호경(鎬京)은 주나라 도성이 있는 곳. 벽옹(辟廱)은 앞의 「대아·영대(大雅·靈臺)」 시에 보였음. 여기서는 벽옹에서 무왕이 강학(講學)하고 행례(行禮)함을 말한다(『집전』).

338 무사불복(無思不服): 사(思)는 조사. 복(服)은 복종(服從)의 뜻.

339 고복유왕(考卜維王): 고복(考卜)은 점을 쳐서 알아보는 것. 이 구절은 유왕고복(維王考卜)의 도치문으로 본다.

340 택(宅): 천도(遷都)해 와서 살고 있음을 말한 것.

武王成之[342]하시니
무 왕 성 지
무왕께서 이루셨으니

武王烝哉신저
무 왕 증 재
훌륭하셔라, 무왕님이여!

豊水有芑[343]하니
풍 수 유 기
풍수가에도 시화가 자랐거늘

武王豈不仕[344]시리요
무 왕 기 불 사
무왕께서 어찌 일하지 않으시리

詒厥孫謀[345]하사
이 궐 손 모
따라야 할 계획 세우시어

以燕翼子[346]하시니
이 연 익 자
자손들 편안히 보호하셨으니

武王烝哉신저
무 왕 증 재
훌륭하셔라, 무왕님이시여!

◈ 해설

이 시는 문왕(文王)이 도읍을 풍(豊) 땅으로 옮긴 일과 무왕(武王)이 호경(鎬京)으로 옮겼던 일을 중심으로 문왕과 무왕의 공덕을 기린 것이다. 「모시서」에서는 무왕이 문왕의 정벌을 계승하여 주(紂)왕을 친 것을 노래한 것이라 하였으나 수긍되지 않는다.

---

341 유귀정지(維龜正之): 거북점을 쳐서 천도(遷都)의 길흉(吉凶)이 올바로 점괘(占卦)에 나타나는 것. 좋고 길하다고 알려 주었음을 말하는 것. 또는 정(正)은 정(貞)의 차자(借字)로서, 정(貞)은 그 일을 묻는 것[우성오(于省吾), 『신증(新證)』].

342 성(成): 점을 쳐서 물어보았던 호경으로의 천도를 마침내 '이루었다'는 뜻.

343 기(芑): 풀이름으로, 「소아·채기(小雅·采芑)」 시 참조.

344 사(仕): 사(事)와 통하며, 일하거나 섬기며 봉사하는 것.

345 이궐손모(詒厥孫謀): 이(詒)는 남겨 주는 것. 궐(厥)은 기(其), 즉 '그'의 뜻. 손(孫)은 후손. 또는 순(順)의 뜻으로(『정전』), 따르는 것. 모(謀)는 계획.

346 이연익자(以燕翼子): 연(燕)은 편안히 지내다. 익(翼)은 돕다. 자(子)는 자손들의 뜻. 또는 『집전(集傳)』에서는 아들, 즉 성왕(成王)이라 하였다.

제2 생민지습(生民之什)

1. 생민(生民) 백성을 낳으신 분

厥初生民[1]은
궐 초 생 민

時維姜嫄[2]이시니라
시 유 강 원

生民如何오
생 민 여 하

克禋克祀[3]하사
극 인 극 사

以弗無子[4]하시고
이 불 무 자

履帝武敏[5]하사
리 제 무 민

歆攸介攸止[6]니라
흠 유 개 유 지

그 처음 백성을 낳으신 분은

바로 강원님이시라

백성을 어떻게 낳으셨을까?

정결히 제사 지내시어

자식 없는 나쁜 징조 쫓아내시고

상제 엄지발가락 자국 밟고

마음 기뻐져 그 자리 쉬어 머무셨다

---

1 궐초생민(厥初生民): 주(周)나라 사람을 처음으로 낳는 것(『집전』). 궐(厥)은 기(其)와 같으며, 주족(周族)을 가리킨다. 민(民)은 인(人).

2 시유강원(時維姜嫄): 시(時)는 시(是)와 통함. 유(維)는 조사. 강원(姜嫄)은 주나라의 조상인 후직(后稷)의 어머니이기 때문에 주나라 사람을 처음 낳은 분이라 한 것이다. 강(姜)은 성(姓), 원(嫄)은 이름. 고대 전설 중의 유태씨(有邰氏)의 딸로서 제곡(帝嚳)의 비(妃). 강원의 시기는 모계씨족사회에서 부계씨족사회로의 전환을 반영하고 있으며, 강원(姜嫄)은 모계씨족사회의 여추장(女酋長)일 것으로 추정하고 있다.

3 극인극사(克禋克祀): 극(克)은 능(能)의 뜻. 인(禋)은 경건하고 정결히 제사 지내는 것〔결사(潔祀)〕. 일설에는 인(禋)은 연(煙)에서 왔으며, 연기를 올려 하늘에 제사 지내는 것이라고 하였다(通典). 사(祀)는 제사의 통명(通名).

4 이불무자(以弗無子): 불(弗)은 제거하는 것(『모전』)으로, 〈삼가시(三家詩)〉에서는 불〔祓: 푸닥거리 또는 부정(不淨)을 없애는 것〕로 썼다. 이 구절은 제사를 지내어 '자식이 없는 불상(不祥)을 제거하였다'는 뜻.

5 리제무민(履帝武敏): 리(履)는 밟다. 제(帝)는 상제(上帝), 하느님. 무(武)는 발자국〔적(迹)〕(『모전』). 민(敏)은 무(拇)의 뜻으로, 엄지발가락(『정전』). 손작운(孫作雲)은 제무민(帝武敏)을 "곰 발자국"이라고 하여 원시 주족(周族)의 곰 토템의 반영이라고 보았다.

6 흠유개유지(歆攸介攸止): 흠(歆)은 흔(欣)의 뜻, 기쁜 듯 감동이 되는 것. 강원(姜嫄)은 남편 없이 상제의 엄지발가락 자국을 밟고 마음이 기뻐지면서 임신했다고 한다. 이 흠(歆)을 앞 구의 끝 자로 연결시키기도 한다. 유(攸)는 조사. 유개유지(攸介攸止)는 머물러 쉬는 것, 즉 상제의 발가락 자국 위에 잠깐 머물러 쉬어 있었다는 것. 또는 개(介)는 크다〔대

載震載夙[7]하사 재 진 재 숙	곧 아기 배어 삼가시고
載生載育[8]하시니 재 생 재 육	아기 낳아 기르시니
時維后稷[9]이시니라 시 유 후 직	이분이 바로 후직님이시라
誕彌厥月[10]하여 탄 미 궐 월	아기 낳으실 그 달이 가득 차
先生如達[11]하시니 선 생 여 달	첫 아기를 양처럼 쉽게 낳으시고
不坼不副[12]하시며 불 탁 불 복	째지지도 터지지도 않으시고

(大)]는 뜻으로, 배가 부른 것 또는 곡식이 자란 것을 말하고, 지(止)는 알곡을 얻음에 이른 것 또는 회임(懷妊)한 것을 말한다[왕선겸(王先謙), 『집소(集疏)』]. 「소아·보전(小雅·甫田)」의 동일한 구 "유개유지(攸介攸止)" 참조할 것.

7 재진재숙(載震載夙): 재(載)는 조사. 진(震)은 신(娠)의 뜻으로[『집전(集傳)』, 『통석(通釋)』], 임신하는 것. 또는 태동(胎動)(『모전』). 숙(夙)은 숙(肅)과 통하여(『정전』), 아기를 밴 뒤 몸가짐을 공경히 하는 것. 또는 숙(肅)에 점진(漸進)의 뜻이 있어 태아가 점점 성장하는 것을 말한다고도 한다.

8 재생재육(載生載育): 생(生)은 분만(分娩)·해산(解産)한 것. 즉 이 구절은 아기를 낳아 기른 것.

9 시유후직(時維后稷): 시(時)는 시(是)의 뜻. 후직(后稷)은 본명이 기(棄)이며, 주나라의 시조(始祖)이다. 전설에 요(堯)임금 때 직관(稷官), 즉 농관(農官)으로서 탁(坼)에 봉해졌고 후직이라 하였다. 각종 식량 작물을 심는 데 능하다고 한다. 무왕(武王)은 그의 15세손이다.

10 탄미궐월(誕彌厥月): 탄(誕)은 발어사(『집전』). 미월(彌月)은 만월(滿月) 곧 달을 채우다. 임신한 뒤 열 달이 다 차는 것.

11 선생여달(先生如達): 선생(先生)은 수생(首生)(『집전』), 첫 번째로 낳는 것. 달(達)은 달(羍)과 통하여, 양의 새끼[小羊](『정전』). 양의 새끼는 쉽게 낳는다(『집전』). 아기가 어머니 배 속에 있을 때는 막(膜)으로 싸여져 있는데 속칭 포의[胞衣: 태아를 싸고 있는 막과 태반(胎盤)]라고 한다. 태어날 때 그 막이 터지고 수족(手足)이 조금 펼쳐지면서 태어나기 어렵게 된다. 그러나 양은 포의가 갖추어지고 땅에 떨어진 후에 어미가 그걸 터뜨리므로 쉽게 낳는다고 한다. 후직이 태어날 때 포의 속에 싸여져 있어 그 형태가 드러나지 않고 양의 새끼가 태어난 것처럼 하였으므로 '여달(如達)'이라 한 것이다[『통석(通釋)』].

12 불탁불복(不坼不副): 탁(坼)은 터지다. 앞의 주(注)의 '副'는 '복'으로 읽으며, 뜻은 '째지는 것'. 이 둘은 모두 어머니가 아기를 낳을 때 모체(母體)가 손상됨을 말한다. 모체의 손상은 첫 아기 때 더욱 심하다.

無菑無害[13]시니라 무 재 무 해	재난도 폐해도 없으셨다
以赫厥靈[14]하시니 이 혁 궐 령	그 영험하심 밝히시어
上帝不寧[15]이로다 상 제 불 녕	상제께서는 크게 편안하시고
不康禋祀[16]하사 불 강 인 사	정결한 제사에 크게 즐거우시어
居然生子[17]하시니라 거 연 생 자	의연히 아들을 낳게 하셨다
誕寘之隘巷[18]한데 탄 치 지 애 항	아기를 좁은 골목에 버렸으나
牛羊腓字之[19]하며 우 양 비 자 지	소와 양도 감싸 주고 아껴 줬으며
誕寘之平林[20]한데 탄 치 지 평 림	넓은 숲 속에다 버렸으나
會伐平林[21]하며 회 벌 평 림	때마침 넓은 숲의 나무를 다 베어 냈었고

13 무재무해(無菑無害): 재(菑)는 재(災)와 같은 자. 이 구절은 모자(母子)에게 모두 아무런 재해도 없었다는 말.

14 이혁궐령(以赫厥靈): 혁(赫)은 밝은 것. 또는 드러남〔현(顯)〕(『모전』). 궐령(厥靈)은 하느님의 영험하심.

15 불녕(不寧): 불(不)은 비(丕)와 통하여, 크다는 뜻. 즉 크게 안녕하신 것. 또는 '어찌 편안하지 않으실까'로 해석하기도 한다.

16 불강인사(不康禋祀): 불강(不康)도 비강(丕康)으로, 인사(禋祀) 곧 제사를 '크게 편안하게 받아들이는 것'을 말한다.

17 거연(居然): 남편이 없이도 '의젓하게'의 뜻.

18 탄치지애항(誕寘之隘巷): 치(寘)는 치(置)와 통하여, 놓다 또는 가져다 버리는 것. 애(隘)는 좁은 것. 항(巷)은 골목. 강원이 후직을 낳았을 때 아버지 없는 자식이라 하여 죽으라는 뜻에서 아무 데나 갖다 버린 것이다.

19 우양비자지(牛羊腓字之): 비(腓)는 비(芘)와 통하며(『집전』), 이 비(芘)는 비(庇)와 통하여 비호(庇護)의 뜻〔『석의(釋義)』〕. 자(字)는 유(乳)·애(愛)와 통하여, 애호하여 양육하는 것.

20 평림(平林): 평지로 된 숲.

21 회(會): 마침.

誕寘之寒氷 한데
탄 치 지 한 빙
찬 얼음 위에다 버렸으나

鳥覆翼之[22]로다
조 복 익 지
새가 날개로 덮어 주고 깔아 주었다

鳥乃去矣어늘
조 내 거 의
새가 날아가자

后稷呱矣[23]하시니
후 직 고 의
후직께서 우시니

實覃實訏[24]어늘
실 담 실 우
큰 소리 멀리 퍼져 나가

厥聲載路[25]시니라
궐 성 재 로
그 소리 길에까지 들렸다

誕實匍匐[26]하사
탄 실 포 복
기어 다니시게 되자

克岐克嶷[27]하시며
극 기 극 억
지각 있고 영민하셨고

以就口食[28]하사
이 취 구 식
음식을 잡수시게 되자

藝之荏菽[29]하시니
예 지 임 숙
콩을 심으셨다

荏菽旆旆[30]하며
임 숙 패 패
콩은 너풀너풀 길게 자랐고

---

22 조복익지(鳥覆翼之): 복(覆)은 새가 날개로 아기를 덮어 주는 것. 익(翼)은 아기 몸이 춥지 않도록 밑에 날개를 깔아 주는 것(『모전』). 즉 한 날개로 덮어 주고 한 날개로 깔아 주는 것이라 했다.

23 고(呱): 아기가 우는 것.

24 실담실우(實覃實訏): 실(實)은 시(是)와 통함. 담(覃)은 소리가 긴 것. 우(訏)는 소리가 큰 것. 이 구절은 아기의 울음소리가 길고 크게 멀리 퍼져 갔다는 뜻.

25 재로(載路): 재(載)는 만(滿)의 뜻(『집전』). 울음소리가 행길에까지 크게 들렸다는 뜻.

26 탄실포복(誕實匍匐): 실(實)은 시(是)의 뜻. 또는 우시(于是)의 뜻. 포복(匍匐)은 기다, 기어 다니다. 한두 살 어린 아기 때를 말함.

27 극기극억(克岐克嶷): 기(岐)는 지의(知意) 곧 지각이나 무슨 의도(意圖) 같은 것(『모전』). 억(嶷)은 식(識)의 뜻(『모전』).

28 이취구식(以就口食): 취(就)는 구(求)의 뜻. 구식(口食)은 스스로 먹을 수 있는 것(『집전』). 이 구절은 음식을 자신이 찾아 먹게 되는 것, 곧 6, 7세 때를 말한다.

29 예지임숙(蓺之荏菽): 예(蓺)는 예(藝)과 통하며, 곡식을 심는 것. 임(荏)과 숙(菽)은 콩, 대두(大豆)(『정전』).

禾役穟穟[31]하며 화 역 수 수	벼도 탐스럽고 예쁘게 줄지어 자랐으며
麻麥幪幪[32]하며 마 맥 몽 몽	삼과 보리도 무성하게 되었고
瓜瓞唪唪[33]하니라 과 질 봉 봉	오이 덩굴도 쭉쭉 자라게 하셨다

誕后稷之穡[34]은 탄 후 직 지 색	후직님 지으신 농사
有相之道[35]로다 유 상 지 도	땅의 도리에 따라 하셨다
茀厥豊草[36]하고 불 궐 풍 초	그 무성한 풀을 치우시고
種之黃茂[37]하니 종 지 황 무	씨앗을 가득히 뿌리시어
實方實苞[38]하여 실 방 실 포	곡식의 싹이 바야흐로 나와서는
實種實褎[39]하며 실 종 실 유	점점 자라 오르고

---

30 패패(旆旆): 길게 자란 모양(『모전』).

31 화역수수(禾役穟穟): 화(禾)는 벼. 역(役)은 열(列)의 뜻(『모전』), 곧 늘어선 것. 수수(穟穟)는 곡식 싹이 아름답고 좋은 모양(『모전』).

32 마맥몽몽(麻麥幪幪): 마(麻)는 삼. 맥(麥)은 보리. 몽몽(幪幪)은 더부룩하다, 무성한 모양.

33 과질봉봉(瓜瓞唪唪): 과질(瓜瓞)은 외 덩굴. 봉봉(唪唪)은 봉봉(菶菶)과 같으며〔『설문(說文)』〕, 풀이 우거진 것. 『모전(毛傳)』에서는 열매가 많은 모양이라 했다.

34 색(穡): 곡식을 거두는 것. 여기서는 농사짓는 것.

35 유상지도(有相之道): 상(相)은 돕다(『집전』). 또는 보다, 살피다. 『사기·주본기(史記·周本紀)』에 "상지지의(相地之宜)"(땅에 적합한 것을 살피다)라고 하였으니, 이 구절은 '토지를 관찰하는 방법이 있었다'의 뜻이다.

36 불궐풍초(茀厥豊草): 불(茀)은 불(弗)과 통하여, 제거의 뜻〔『석의(釋義)』〕. 풍초(豊草)는 많은 잡초.

37 종지황무(種之黃茂): 종(種)은 파종(播種) 곧 씨를 뿌리다. 황무(黃茂)는 무성(茂盛)의 뜻. 곡식의 형상을 묘사한 것.

38 실방실포(實方實苞): 방(方)은 시(始)〔『광아(廣雅)』〕. 포(苞)는 포(包)와 통하며, 곡식 싹이 처음 나기 시작하여 아직 펴지지도 않은 것.

39 실종실유(實種實褎): 종(種)은 묘(苗)가 땅 위로 나와서 아직 크게 자라지는 않은 것〔『석

實發實秀[40]하며 (실발실수) — 이삭 패어 여물어
實堅實好[41]하며 (실견실호) — 열매가 단단하게 영글고
實穎實栗[42]터니 (실영실률) — 영근 이삭 축축 늘어져
卽有邰家室[43]하시니라 (즉유태가실) — 후직님 태나라에 봉함 받으셨다

誕降嘉種[44]하니 (탄강가종) — 하늘에서 좋은 곡식 씨를 내려 주어
維秬維秠[45]며 (유거유비) — 검은 기장 좋은 씨앗과
維穈維芑[46]로다 (유문유기) — 붉은 차조 흰 차조
恒之秬秠[47]하여 (긍지거비) — 검은 기장 좋은 씨앗 두루 심어서
是穫是畝[48]하며 (시확시무) — 거둬다 밭에 쌓아 놓고
恒之穈芑하여 (항지문기) — 붉은 차조 흰 차조 두루 심어서

의(釋義)』). 유(褎)는 묘가 점점 자라는 것.

40 실발실수(實發實秀): 발(發)은 이삭이 패어 나오는 것(『정전』). 수(秀)는 꽃이 피는 것.

41 실견실호(實堅實好): 견(堅)은 줄기가 세어지는 것. 호(好)는 잘 자란 것. 견호(堅好)는 「소아·대전(小雅·大田)」 시에도 보였음.

42 실영실률(實穎實栗): 영(穎)은 이삭이 수그러지는 것(『모전』). 률(栗)은 이삭이 여무는 것(『통석(通釋)』).

43 즉유태가실(卽有邰家室): 즉(卽)은 나아가다. 유(有)는 조사. 태(邰)는 강원(姜嫄)의 나라임. 지금의 섬서성 무공현(武功縣)에 있었다. 이 구절은 후직이 그의 어머니의 나라인 태(邰)나라에 봉함을 받았다는 뜻.

44 탄강가종(誕降嘉種): 강(降)은 하늘에서 내려 보내는 것. 가종(嘉種)은 좋은 곡식 씨.

45 유거유비(維秬維秠): 거(秬)는 검은 기장. 비(秠)는 거(秬)와 같은 종류이지만, 한 껍질 속에 두 개의 기장 알이 들어 있는 것(『모전』).

46 유문유기(維穈維芑): 문(穈)은 붉은 차조. 기(芑)는 흰 차조.

47 긍(恒): 두루 심는 것(『정전』).

48 시확시무(是穫是畝): 확(穫)은 곡식을 거두는 것. 묘(畝)는 거둔 곡식을 밭에 쌓아 놓는 것(『집전』).

是任是負[49]하여 시 임 시 부	어깨로 메고 등으로 져다가
以歸肇祀[50]하시니라 이 귀 조 사	돌아와 제사 지내셨다
誕我祀如何오 탄 아 사 여 하	제사는 어떻게 지내셨나?
或舂或揄[51]하여 혹 용 혹 유	찧고 빻고 하며
或簸或蹂[52]하며 혹 파 혹 유	바람에 키질하고 비비고 하여
釋之叟叟[53]하며 석 지 수 수	쓰으쓱 일어선
烝之浮浮[54]하며 증 지 부 부	김이 모락모락 푸욱푹 쪄서는
載謀載惟[55]하며 재 모 재 유	길일을 택하여
取蕭祭脂[56]하며 취 소 제 지	쑥을 기름에 섞어 태워서
取羝以軷[57]하여 취 저 이 발	수양 바쳐 길의 신께 제사 드리고

49 시임시부(是任是負): 임(任)은 어깨에 둘러메는 것(『집전』). 부(負)는 등에 짊어지고 나르는 것.

50 이귀조사(以歸肇祀): 귀(歸)는 밭에서 집으로 돌아오는 것. 조(肇)는 조사. 또는 시(始)의 뜻으로, 후직이 처음 나라를 받아 제주(祭主)가 되었기 때문이다(『집전』).

51 혹용혹유(或舂或揄): 용(舂)은 절구질하다. 유(揄)는 절구에서 찧은 곡식을 끄집어내는 것(『모전』).

52 혹파혹유(或簸或蹂): 파(簸)는 키로 곡식을 까부는 것. 유(蹂)는 곡식을 비벼 겨를 벗겨 내는 것.

53 석지수수(釋之叟叟): 석(釋)은 곡식을 물에 이는 것(『집전』). 수수(叟叟)는 곡식을 물에 이는 소리.

54 증지부부(烝之浮浮): 증(烝)은 증(蒸)과 통하여, 찌는 것. 부부(浮浮)는 김이 오르는 모양(『모전』).

55 재모재유(載謀載惟): 재(載)는 칙(則)의 뜻. 모(謀)는 길일을 점치고 제사할 사람을 선택하는 것. 유(惟)는 재계(齋戒)하게 제수를 장만하고 청소하는 것(『집전』).

56 취소제지(取蕭祭脂): 소(蕭)는 쑥. 제지(祭脂)는 쑥을 갖다가 기름에 섞어 태움으로써 제사 때 신에게 기미(氣味)를 알리는 것(『석의(釋義)』). 일종의 강신제(降神祭)를 지내는 것.

57 취저이발(取羝以軷): 저(羝)는 수양. 발(軷)은 노제(路祭). 발제(軷祭)엔 두 가지가 있는

載燔載烈[58]하여 재 번 재 렬	고기를 꽂아 구워서
以興嗣歲[59]로다 이 흥 사 세	다음 해에도 풍년 들기를 빌었다
卬盛于豆[60]하니 앙 성 우 두	제기에다 제물 담고
于豆于登[61]이로다 우 두 우 등	접시며 대접이 즐비하다
其香始升 하니 기 향 시 승	그 향기 올라가
上帝居歆[62]이로다 상 제 거 흠	상제께서 즐겨 드시고
胡臭亶時[63]하니 호 취 단 시	그 향기 크고 진정 훌륭하여
后稷肇祀 로다 후 직 조 사	후직께서 제사 지내는 것
庶無罪悔[64]하여 서 무 죄 회	거의 아무런 죄도 허물도 없이
以迄于今[65]이로다 이 흘 우 금	오늘에까지 이르셨다

데, 하나는 길을 떠날 때 조상에게 지내는 제사이며, 다른 하나는 겨울에 길의 신에게 지내는 제사이다. 여기서는 후자를 말한다(『석의(釋義)』).

58 재번재렬(載燔載烈): 번(燔)은 고기를 굽는 것. 열(烈)은 고기를 꼬챙이에 꿰어 불에 굽는 것(『모전』).

59 이흥사세(以興嗣歲): 흥(興)은 풍년이 되도록 비는 것. 사세(嗣歲)는 이어지는 해 곧 다음 해, 내년. 다음 해를 일으켜 지난해의 풍년을 계승토록 하는 것(『모전』).

60 앙성우두(卬盛于豆): 앙(卬)은 나. 후직을 가리킴. 성(盛)은 그릇에 담는 것. 두(豆)는 제기.

61 우두우등(于豆于登): 두(豆)와 등(登)은 모두 제기인데, 두(豆)는 굽이 달린 접시 같은 것임에 비해, 등(登)은 국을 담을 수 있도록 만든 것임.

62 거흠(居歆): 거(居)는 조사. 흠(歆)은 신이 제물을 흠향(歆饗)하는 것.

63 호취단시(胡臭亶時): 호(胡)는 대(大)의 뜻(『광아(廣雅)』). 취(臭)는 제물의 향기를 가리킴. 단(亶)은 성(誠)의 뜻. 시(時)는 선(善)의 뜻(『통석(通釋)』).

64 서무죄회(庶無罪悔): 서(庶)는 거의. 회(悔)는 잘못의 뜻. 죄회(罪悔)는 죄과(罪過)와 같은 말임.

65 이흘우금(以迄于今): 주나라가 지금까지 아무런 죄과 없이 나라를 잘 다스려 왔다는 뜻.

◈ 해설

이 시는 조상을 높인 것이다. 후직(后稷)이 강원(姜嫄)에게서 태어나, 문왕과 무왕의 공은 그들의 조상인 후직으로부터 나왔다는 것이다. 그렇기 때문에 후직을 추존(追尊)하여 하늘에 배(配)하였다고 하였다(「모시서」).

2. 행위(行葦) 길가의 갈대

敦彼行葦[66]를 단 피 행 위	빽빽이 자란 길가의 갈대
牛羊勿踐履[67]면 우 양 물 천 리	소와 양이 밟지 않으면
方苞方體[68]하여 방 포 방 체	무성하게 자라서
維葉泥泥[69]리라 유 엽 니 니	그 잎새 번성하리라
戚戚兄弟[70]를 척 척 형 제	친근한 형제들
莫遠具爾[71]면 막 원 구 이	멀리 헤어지지 않고 여기 함께 있으면

66 단피행위(敦彼行葦): 단(敦)은 단(團)과 음이 가까워서 뜻이 서로 통하며 빽빽이 모여 자라 있는 모양(『모전』). 행(行)은 길. 위(葦)는 갈대. 행위(行葦)는 길가의 갈대. 갈대는 떨기로 자라나는 식물이므로 이로써 기흥(起興)하여 동족(同族)의 형제나 이성(異姓)의 형제들이 함께 단결해야 함을 비유한 것이다. 『집전(集傳)』에서는 이를 흥(興)으로 보았으나 '흥이비(興而比)'로 보아도 좋다.

67 물천리(勿踐履): 천(踐)은 밟고 가다. 리(履)는 밟다.

68 방포방체(方苞方體): 방(方)은 지금 바로. 포(苞)는 무성한 것. 체(體)는 형체를 이루는 것(『정전』), 곧 제대로 자라는 것.

69 니니(泥泥): 니니(苨苨)로 쓴 곳도 있으며, 무성한 모양(『석의(釋義)』).

70 척척(戚戚): 마음속으로 서로 친한 것. 또는 그런 모양.

71 막원구이(莫遠具爾): 구(具)는 구(俱)의 뜻으로 모두 함께 있는 것(『정전』). 이(爾)는 이

或肆之筵[72]이며 (혹 사 지 연)	자리 깔고 잔치 베풀어
或授之几[73]리라 (혹 수 지 궤)	안석(案席) 마련해 드리리라

肆筵設席[74]하니 (사 연 설 석)	자리를 겹으로 깔고
授几有緝御[75]로다 (수 궤 유 집 어)	공손히 안석 마련해 드린다
或獻或酢[76]하며 (혹 헌 혹 작)	혹은 술잔을 올리고 혹은 권하며
洗爵奠斝[77]하며 (세 작 전 가)	술잔을 씻고 잔을 올리며
醓醢以薦[78]하며 (담 해 이 천)	육장과 젓갈 올리며
或燔或炙[79]하며 (혹 번 혹 적)	혹은 구운 고기 올리고 혹은 산적을 올리며

(邇)와 통하여, 차(此)의 뜻〔대진(戴震)〕, 곧 '이곳에'.

72 혹사지연(或肆之筵): 혹(或)은 어떤 때, 어떤 경우. 사(肆)는 베풀다, 펴다〔陳〕. 연(筵)은 대자리.

73 궤(几): 안석(案席). 앉을 때 기대는 상. 나이가 젊은 사람에게는 자리만을 깔아 주고 나이가 많은 이들에게는 안석까지 마련해 주면서 잔치를 시작하는 것이다.

74 설석(設席): 자리를 겹으로 까는 것『모전』.

75 집어(緝御): 집(緝)은 계속하다〔속(續)〕. 어(御)는 시중들다, 모시다〔시(侍)〕. 그래서 집어(緝御)는 계속하여 시중드는 것『집전』. 또는 축적(踧踖)과 통하며, 공손한 모양〔『전소(傳疏)』〕.

76 혹헌혹작(或獻或酢): 헌(獻)은 주인이 손님에게 술을 올리는 것. 작(酢)은 손님이 답례로 술잔을 주인에게 따라 주는 것.

77 세작전가(洗爵奠斝): 작(爵)은 술잔. 세작(洗爵)은 주인이 술을 받아 마신 뒤 그 잔을 씻어 다시 손님에게 권하는 것. 전(奠)은 잔을 올리는 것. 가(斝)는 옥잔(玉盞). 가(斝)는 작(爵)보다 약간 크며, 술잔도 하(夏)나라 것은 잔(醆), 은(殷)나라 것은 가(斝), 주(周)나라 것은 작(爵)이라 하였다『모전』.

78 담해이천(醓醢以薦): 담(醓)은 간장을 넣고 고기를 삶은 것. 해(醢)보다 국물이 약간 많은 것. 해(醢)는 간장에 고기를 넣고 조린 것. 젓갈. 천(薦)은 음식을 올리는 것.

79 혹번혹적(或燔或炙): 번(燔)은 굽다. 적(炙)은 고기를 굽는 것. 고기를 구운 것을 번(燔), 간을 구운 것을 적(炙)이라 한다『정전』.

嘉殽脾臄[80]이며 좋은 순대 안주 있고
가 효 비 갹

或歌或咢[81]이로다 노래하며 북을 친다
혹 가 혹 악

敦弓既堅[82]하며 무늬 새긴 활 이미 견고하고
조 궁 기 견

四鍭既鈞[83]이어늘 네 화살촉 이미 골라
사 후 기 균

舍矢既均[84]하니 쏜 화살 모두 적중하고
사 시 기 균

序賓以賢[85]이로다 맞힌 데 따라 손님 차례 정한다
서 빈 이 현

敦弓既句[86]하며 무늬 새긴 활 잡아당기고
조 궁 기 구

既挾四鍭[87]하여 네 화살 끼어
기 협 사 후

四鍭如樹[88]하니 네 화살 꽂아 놓은 듯 다 맞히니
사 후 여 수

序賓以不侮[89]로다 손님 차례에 경박함이 없어라
서 빈 이 불 모

---

80 가효비갹(嘉殽脾臄): 가(嘉)는 좋다. 효(殽)는 안주. 비(脾)는 함(函)과 통하여, 입 아래 근처 고기 또는 혀. 갹(臄)은 입 위 언저리의 고기(『집전』).

81 악(咢): 북을 치는 것.

82 조궁기견(敦弓既堅): '敦'는 조(雕)와 통하여 '조'로 읽고 '조각하다, 아로새기다'의 뜻. 조궁(敦弓)은 여러 가지 그림이 새겨진 활. 천자가 조궁을 가졌었다. 견(堅)은 힘 있어 보이는 것(『집전』).

83 사후기균(四鍭既鈞): 후(鍭)는 깃이 없이 쇠 활촉만 달린 화살. 사후(四鍭)는 옛날 사례(射禮)에선 네 대의 화살을 한 번에 연이어 쏘았기 때문이다. 균(鈞)은 무게나 생김새가 쭉 고른 것을 말한다.

84 사시기균(舍矢既均): 사(舍)는 쏘는 것. 균(均)은 다 들어맞는 것(『모전』).

85 서빈이현(序賓以賢): 서빈(序賓)은 손님들의 순서를 정하는 것. 현(賢)은 활을 쏘아 많이 맞힌 사람.

86 구(句): 구(彀)와 통함(『집전』). 활시위를 잔뜩 당기는 것.

87 기협사후(既挾四鍭): 협(挾)은 화살과 현(弦)이 십자형(十字形)을 이루며 화살을 재어 쏜 것을 말한다. 이미 네 대의 화살을 다 쏜 것을 뜻한다.

88 여수(如樹): 손으로 갖다 꽂은 듯이 모두 제대로 들어맞았다는 뜻(『집전』).

89 모(侮): 업신여기다.

曾孫維主[90]하니 증 손 유 주	증손이 주제자(主祭者) 되니
酒醴維醹[91]로다 주 례 유 유	술과 단술이 맛이 진하도다
酌以大斗[92]하여 작 이 대 두	큰 국자로 떠서
以祈黃耉[93]로다 이 기 황 구	노인들의 장수를 기원한다
黃耉台背[94]를 황 구 태 배	허리 굽은 늙은 노인을
以引以翼[95]하여 이 인 이 익	이끌고 부축하여
壽考維祺[96]하여 수 고 유 기	오래도록 잘살게 해 드리고
以介景福[97]이로다 이 개 경 복	큰 복을 빈다.

◈ 해설

이 시는 제사를 끝낸 뒤 부형(父兄)들과 기로(耆老)들을 잔치하는 시이다(『집전』). 첫머리에 길가의 갈대를 밟지 않으면 무성하게 잘 자랄 것이라고 한 것은 동족(同族)의 형제나 이성(異姓)의 형제들이 함께 단결해야 함을 기홍(起興)하면서 비유한 것이다. 이는 주대(周代) 통치자들이 제창한 종법사상(宗法思想)과

---

90 증손유주(曾孫維主): 증손(曾孫)은 제사를 주관하는 사람 곧 주제자(主祭者)를 말한다.

91 주례유유(酒醴維醹): 례(醴)는 단술. 유(醹)는 전국술(군물을 타지 아니한 전국의 술).

92 대두(大斗): 자루의 길이가 석 자나 되는 국자(『모전』).

93 이기황구(以祈黃耉): 기(祈)는 수(壽)를 비는 것. 황(黃)은 황발(黃髮). 노인은 머리가 희어졌다가 다시 누렇게 된다. 황구(黃耉)는 노인.

94 태배(台背): 태(台)는 복어 태(鮐)와 통함. 사람이 늙으면 등에 복어의 껍질 무늬 같은 무늬가 생긴다. 그러므로 태배(台背)는 대로(大老), 즉 많이 늙은 것을 뜻한다(『모전』, 『정전』).

95 이인이익(以引以翼): 인(引)은 인도하는 것. 익(翼)은 곁에서 부축하는 것(『정전』).

96 기(祺): 길하게 잘살도록 해 드리는 것.

97 이개경복(以介景福): 개(介)는 비는 것. 경(景)은 대(大)의 뜻. 경복(景福)은 큰 복.

종법제도(宗法制度)를 선양하는 것으로도 보인다. 그들은 대개 제사와 연회 및 활쏘기〔회사(會射)〕 등의 방법으로 종족들의 친목을 돈독히 하며 단결을 꾀하고 정치적 결속력을 공고히 하였다. 「모시서」에서는 "안으로는 구족(九族)이 화목하고 밖으로는 노인들을 존경하고 섬기는" 충후(忠厚)함을 노래한 것이라 하였다. 『모전(毛傳)』에서는 8장으로 이 시를 나누고 있으나 여기서는 『집전(集傳)』을 따라 4장으로 나누었다.

3. 기취(旣醉) 벌써 취하고

旣醉以酒요 기 취 이 주	술에 벌써 취하고
旣飽以德[98]하니 기 포 이 덕	덕에 이미 배불렀다
君子萬年에 군 자 만 년	군자께서 만년토록
介爾景福[99]이로다 개 이 경 복	큰 복 누리시기를 빈다
旣醉以酒요 기 취 이 주	술에 벌써 취하고
爾殽旣將[100]이로다 이 효 기 장	네 안주 이미 올리니

98 기포이덕(旣飽以德): 은덕(恩德)의 후(厚)함을 누리고, 그것으로 배가 부르다는 뜻인데(『집전』), 일설에는 덕(德)을 식(食)으로 써야 한다고 했다. 덕(德)의 옛 글자는 덕(悳)으로, 식(食) 자와 형태가 가깝다. 그래서 잘못 썼을 가능성이 있다고 했다〔고형(高亨), 『시경금주(詩經今注)』〕. 더구나 제2장은 '기취이주, 이효기장(旣醉以酒, 爾殽旣將)'이라 하여 이미 술과 안주를 함께 말하고 있다.

99 개이경복(介爾景福): 개(介)는 주다. 경복(景福)은 큰 복.

君子萬年에 군 자 만 년	군자께서 만년토록
介爾昭明[101]이로다 개 이 소 명	밝고 뚜렷하시기 빈다
昭明有融[102]하니 소 명 유 융	환하고 밝고 뚜렷해서
高朗令終[103]이로다 고 랑 령 종	높고 밝게 오래도록 좋아라
令終有俶[104]하니 영 종 유 숙	두텁게 오래도록 좋아서
公尸嘉告[105]로다 공 시 가 고	임금의 시동 좋은 말씀 하신다
其告維何오 기 고 유 하	그 고하는 말씀 무엇인지
籩豆靜嘉[106]어늘 변 두 정 가	제기의 제물도 훌륭하고
朋友攸攝[107]이 붕 우 유 섭	제사를 돕는 이들의 도움도

---

100 이효기장(爾殽旣將): 이(爾)는 너. 효(殽)는 안주. 장(將)은 드리다, 들다. 또는 받들어서 올리다.

101 소명(昭明): 밝고 뚜렷한 것. 또는 광명(光明). 사리를 통찰하고 분별하는 학식과 능력을 말한다.

102 유융(有融): 융연(融然), 밝고 뚜렷한 모양.

103 고랑령종(高朗令終): 고랑(高朗)은 높고 밝은 것. 그의 성예(聲譽)를 말한다. 영종(令終)은 선종(善終)과 같으며, 마침을 잘하다. 또는 내내 좋은 것.

104 숙(俶): 후(厚)의 뜻으로(『정전』), 두텁다. 유숙(有俶)은 숙연(俶然). 또는 시(始)의 뜻(『집전』).

105 공시가고(公尸嘉告): 공시(公尸)는 군시(君尸). 주나라는 왕(王)이라 하였지만 옛 관습을 그대로 따라 임금의 시(尸)를 공시라 한 것이다. 진(秦)나라가 임금을 황제(皇帝)라 한 뒤에도 그 자녀들을 공자(公子)나 공주(公主)라고 칭한 것과 같다(『집전』). 시(尸)는 시동(尸童)을 말하며, 신주(神主) 대신 역할을 하는 사람. 가고(嘉告)는 좋은 말로 고하는 것, 칭찬하는 말(『집전』).

106 변두정가(籩豆靜嘉): 변(籩)과 두(豆)는 모두 제기(祭器)의 일종. 정(靜)은 선(善)의 뜻이 있어 정가(靜嘉)는 선(善)의 뜻(『통석(通釋)』).

107 붕우유섭(朋友攸攝): 붕우(朋友)는 제사를 도우는 여러 신하들을 가리킨다(『정전』).

攝以威儀로다 섭 이 위 의	위엄과 예의를 갖추었다
威儀孔時[108]어늘 위 의 공 시	위의와 예의 아주 알맞아
君子有孝子로다 군 자 유 효 자	군자님은 효자를 두셨다
孝子不匱[109]하니 효 자 불 궤	효자의 효성 다함이 없어
永錫爾類[110]로다 영 석 이 류	길이 복을 내리신다
其類維何오 기 류 유 하	무슨 복을 내리시는가
室家之壼[111]이로다 실 가 지 곤	온 집안이 화목하고
君子萬年에 군 자 만 년	군자께서 만년토록
永錫祚胤[112]이로다 영 석 조 윤	길이 복록과 후손을 내려 주리라

유(攸)는 조사. 섭(攝)은 일을 맡아 돕는 것(『모전』).

108 공시(孔時): 공(孔)은 매우, 심히. 시(時)는 시(是)와 통하여, 합당한 것〔『석의(釋義)』〕. 『집전(集傳)』에서는 '위의(威儀)가 마땅함을 얻었다'고 해석하였다.

109 효자불궤(孝子不匱): 효자(孝子)의 효(孝)는 부모에 대한 효순(孝順)만을 말하는 게 아니라 조상의 뜻을 계승하는 것도 포함한다. 궤(匱)는 효도가 다하는 것〔갈(竭)〕(『모전』). 또는 추(墜)로 읽고, 스스로 강해져서 퇴락하지 않는다는 뜻〔우성오(于省吾), 『신증(新證)』〕.

110 영석이류(永錫爾類): 석(錫)은 사(賜)의 뜻, 내려 주는 것. 류(類)는 선(善)의 뜻(『집전』). 또는 족류(族類). 여기서는 노예의 종족을 말한다. 옛날에는 전(全) 종족이 노예로 전락되고 그 노예를 상으로 내리는 일이 항상 있었다.

111 곤(壼): 곤치(捆致)의 뜻이며(『정전』), 곤치는 곤지(悃至)와 같은 말로 화목한 것〔『통석(通釋)』〕. 또는 궁중(宮中)의 통로나 복도〔항(巷)〕로서, 심원(深遠)하고 엄숙함을 말한 것(『집전』). 그래서 내궁(內宮) 또는 부녀자가 거주하는 내실(內室)로 인신되어 사용된다.

112 조윤(祚胤): 조(祚)는 복(福)의 뜻. 윤(胤)은 후사(後嗣)·후손들을 말한다〔『석의(釋義)』〕.

其胤維何오
기 윤 유 하
天被爾祿[113]하여
천 피 이 록
君子萬年에
군 자 만 년
景命有僕[114]이로다
경 명 유 복

그 자손은 어떠한고
하늘이 그들에게 복록 나누어 주시고
군자께서 만년토록
큰 명이 따르리로다

其僕維何오
기 복 유 하
釐爾女士[115]로다
리 이 여 사
釐爾女士요
리 이 여 사
從以孫子[116]로다
종 이 손 자

그 식구는 어떠한가
훌륭한 여자 내려 주셨다
훌륭한 여자 내려 주시어
여기서 자손을 낳게 되었네

---

113 천피이록(天被爾祿): 피(被)는 덮어 주다, 내려 주다. 즉 많다는 뜻. 녹(祿)은 하늘이 내려 주는 것이므로, 곧 복(福)의 뜻.

114 경명유복(景命有僕): 경명(景命)은 대명(大命)으로, 천명(天命)을 말한다. 복(僕)은 『모전(毛傳)』에선 부(附)라 하여 '따름'의 뜻이라 하였고, 『정전(鄭箋)』과 『집전(集傳)』에서도 모두 이에 따랐다. 일설에는 노예(奴隸)라고 했다〔곽말약(郭沫若), 우성오(于省吾), 진자전(陳子展)〕. 복(僕)과 부(附)는 음이 가깝고 뜻이 통한다는 것은 의심할 여지가 없지만 경전의 문자를 해석할 때 원문이 잘 통하지 않을 상황에서만 이런 방법을 쓰는 것이지 원문이 잘 통할 때 이런 방법을 쓴다면 적절하지 않다고 했다〔우성오(于省吾), 『신증(新證)』〕. 당시 사회가 노예제 사회로서 노복(奴僕) 또한 세습되었다.

115 리이여사(釐爾女士): 리(釐)는 뢰(賚)의 가차(假借)로〔『통석(通釋)』〕, 주다, 내려 주다. 여사(女士)는 여자 중에 선비의 행실이 있는 자로서, 숙원(淑媛)을 낳아 배필이 되게 함을 말한다고 하였다〔『집전』〕. 그래서 '훌륭한 여자'로 본다. 이는 앞의 '복(僕)'을 어떻게 해석하느냐에 달려 있다. 우성오(于省吾)의 『신증(新證)』에서는 여사(女士)는 사녀(士女)와 같고 고대의 남녀(男女)를 지칭하며 계급이나 귀천의 구별이 없다고 한다. 여기서는 전쟁 포로로서 남녀 노예를 말한다.

116 종이손자(從以孫子): 종(從)은 따르다. 손자(孫子)는 자손(子孫). 이 시의 '여사(女士)'는 노예를 지칭하는 것으로 그 '여사'가 낳은 자손들도 대대로 노예가 되어 주인에게 귀속되었다〔우성오(于省吾), 『신증(新證)』〕.

◈ 해설

이 시는 앞의 「행위(行葦)」 시에 대하여 부형(父兄)들이 답하기 위하여 부른 것이다(『집전』). 「모시서」에서는 술에 취하고 덕에 배부르며, 사람들은 군자의 행동을 잃지 않는 태평함을 노래한 것이라 하였다.

또는 귀족이 제사를 지내는데 시동(尸童)이 조상으로 분장하고 그를 대리해서 축사를 하는 것으로도 본다. 그리고 이 시가 갖는 수사상의 특징은 제3장부터 앞 장 마지막 구의 한 글자 또는 두 글자를 받아 그 장을 시작하는 이른바 고리가 서로 연결되듯이 연쇄적 구조를 갖고 있다는 것인데〔제2장 말구와 제3장 첫 구의 '소명(昭明)', 제3장 말구와 제4장 첫 구의 '고(告)', 같은 방식으로 '위의(威儀)', '이류(爾類)-기류(其類)', '윤(胤)', '유복(有僕)-기복(其僕)' 등으로 꿰어 있다〕 혹자는 이 점을 비롯하여 단어와 운독(韻讀)의 유창함을 들어 이 시가 「대아(大雅)」 중에서 비교적 늦은 시기의 작품일 것으로 추정한다〔우성오(于省吾), 『신증(新證)』〕.

4. 부예(鳧鷖) 물오리와 갈매기

鳧鷖在涇[117]이어늘
부 예 재 경
물오리와 갈매기 경수에서 노닐고

公尸來燕來寧[118]이로다
공 시 래 연 래 녕
임금님의 시동 잔치하여 즐겁게 한다

---

117 부예재경(鳧鷖在涇): 부(鳧)는 물오리. 예(鷖)는 갈매기. 구(鷗: 갈매기)라 하였으나 노니는 장소가 강가임을 생각할 때 바다에서 보는 갈매기와는 다른 종류일 것이다. 경(涇)은 경수(涇水). 「대아·역복(大雅·棫樸)」 시에 보였음.

118 공시래연래녕(公尸來燕來寧): 공시(公尸)는 군시(君尸). 주나라는 왕(王)이라 하였지만 옛 관습을 그대로 따라 임금의 시(尸)를 공시라 한 것이다. 진(秦)나라가 임금을 황제(皇

爾酒既清하며
이 주 기 청
술은 맑고

爾殽既馨[119]이로다
이 효 기 형
안주는 향기로워

公尸燕飮[120]하니
공 시 연 음
임금님의 시동 즐거이 술 마시고

福祿來成[121]이로다
복 록 래 성
복록을 이룩하신다

鳧鷖在沙어늘
부 예 재 사
물오리와 갈매기 모래밭에 노닐고

公尸來燕來宜[122]로다
공 시 래 연 래 의
임금님의 시동 잔치하려고
안주 장만한다

爾酒既多하며
이 주 기 다
술은 많고

爾殽既嘉로다
이 효 기 가
안주도 훌륭하여

公尸燕飮하니
공 시 연 음
임금님의 시동 즐거이 술 마시니

福祿來爲[123]로다
복 록 래 위
복록이 쏟아진다

鳧鷖在渚[124]어늘
부 예 재 저
물오리와 갈매기 모래톱에 노닐고

帝)라 한 뒤에도 그 자녀들을 공자(公子)나 공주(公主)라고 칭한 것과 같다(『집전』). 시(尸)는 시동(尸童)을 말하며, 신주(神主) 대신 역할을 하는 사람. 래(來)는 시(是)의 뜻〔왕인지(王引之), 『경전석사(經傳釋詞)』〕. 연(燕)은 잔치하다. 녕(寧)은 편하게 해주는 것.

119 형(馨): 향내가 멀리까지 풍기는 것.

120 연(燕): 즐기다.

121 복록래성(福祿來成): 「주남·규목(周南·樛木)」 시의 "복리성지(福履成之)"와 같은 말.

122 의(宜): 효(肴)의 뜻이며, 여기서는 동사로 쓰여 안주를 장만해 놓는 것. 「정풍·여왈계명(鄭風·女曰鷄鳴)」 시 참조.

123 위(爲): 조(助)의 뜻(『정전』).

124 저(渚): 물가, 모래톱, 모래섬.

公尸來燕來處[125]로다 공 시 래 연 래 처	임금님의 시동 잔치하여 머물게 한다
爾酒旣湑[126]하며 이 주 기 서	술은 걸러 내고
爾殽伊脯[127]로다 이 효 이 포	안주는 건포
公尸燕飮하니 공 시 연 음	임금님의 시동 즐거이 술 마시고
福祿來下[128]로다 복 록 래 하	복록을 내려 준다
鳧鷖在潨[129]이어늘 부 예 재 총	물오리와 갈매기 합수머리에 노닐고
公尸來燕來宗[130]이로다 공 시 래 연 래 종	임금님의 시동 잔치하여 높여 드린다
旣燕于宗하니 기 연 우 종	종묘에서 잔치하고
福祿攸降이로다 복 록 유 강	복록이 내려
公尸燕飮하니 공 시 연 음	임금님의 시동 즐거이 술 마시고
福祿來崇[131]이로다 복 록 래 숭	복록이 거듭 내린다
鳧鷖在亹[132]이어늘 부 예 재 문	물오리와 갈매기 물가에서 노닐고

---

125 처(處): 지(止)와 같으며, 머물러 쉬는 것(『모전』).
126 서(湑): 술을 거르는 것. 「소아·벌목(小雅·伐木)」 시에 보였음.
127 이포(伊脯): 이(伊)는 조사. 포(脯)는 건육(乾肉), 즉 고기 말린 것.
128 하(下): 하늘로부터 내려 주는 것.
129 총(潨): 지류(支流)가 본류(本流)와 합수(合水)하는 곳, '합수머리', '물들이'.
130 종(宗): 높이다. 여기서는 종묘(宗廟).
131 숭(崇): 중(重)과 통하여(『모전』), 중복의 뜻.
132 문(亹): 미(湄)와 음과 뜻이 통하며(『통석(通釋)』), 물가의 뜻.

公尸來止熏熏[133]이로다
공 시 래 지 훈 훈

임금님의 시동 머물러
기쁘게 해드린다

旨酒欣欣[134]하며
지 주 흔 흔

맛있는 술로 즐겁고

燔炙芬芬[135]이로다
번 적 분 분

고기구이는 향기로워

公尸燕飮하니
공 시 연 음

임금님의 시동 즐거이 술 마시고

無有後艱[136]이로다
무 유 후 간

그 후로는 어려움이 없었어라

◈ 해설

제사를 드린 다음 날 역(繹)에 손님과 시(尸)를 즐겁게 하는 것을 읊은 시. 『시집전』에 의하면, 역(繹)은 연(燕)이라고 하며 제사를 지낸 다음 날 예를 베풀고 시(尸)와 더불어 잔치하는 것을 말한다고 하였다. 「모시서」에서는 "이룩한 공을 지켜 나감〔수성(守成)〕을 노래한 시"라고 했는데, 수긍이 가지 않는다.

---

133 훈훈(熏熏): 화열(和悅), 즉 어울려 기뻐하는 모양(『모전』), 마음이 부드럽고 기쁜 것. 『설문해자(說文解字)』에서는 훈훈(醺醺)으로 인용하고 있으니 '술이 얼근히 기분 좋게 취한 모양'으로 보아도 좋다.

134 흔흔(欣欣): 즐거운 모양.

135 분분(芬芬): 향기 나는 것.

136 후간(後艱): 뒷날의 재난, 뒷날의 어려움. 후환(後患)과 같다.

5. 가락(假樂) 아름답고 즐거운 님

假樂君子[137]여 가 락 군 자	아름답고 즐거운 님이시여
顯顯令德[138]이로다 현 현 령 덕	밝고도 밝은 아름다운 덕이로다
宜民宜人[139]이라 의 민 의 인	백성에게 마땅하고 신하에게 마땅한지라
受祿于天이로다 수 록 우 천	하늘에서 복을 받으셨네
保右命之[140]하시고 보 우 명 지	보호하고 도우며 명하시어
自天申之[141]하시니라 자 천 신 지	하늘로부터 은총이 거듭되네
干祿百福[142]이라 간 록 백 복	온갖 녹과 온갖 복 얻은지라
子孫千億[143]이로다 자 손 천 억	자손이 수없이 많네

---

137 가락군자(假樂君子): 가(假)는 『중용(中庸)』과 『춘추좌전』에 모두 '가(嘉)'로 인용되어 있으니, 아름다운 것(『모전』). 감탄사로 사용되었다. 군자(君子)는 이때의 임금을 가리킨다. 『모시』에서는 이때의 임금을 성왕(成王)이라고 보았으나, 확실한 근거는 알 수 없다.

138 현현령덕(顯顯令德): 현현(顯顯)은 밝고 밝은 모양. 령(令)은 아름다운 것, 훌륭한 것.

139 의민의인(宜民宜人): 의(宜)는 잘 다스리다. 민(民)은 서민, 인민, 농업 생산자이거나 노동자, 또는 노예 계급. 인(人)은 관리(『모전』), 대체로 통치 계급의 사람. 그래서 서민들을 편안하게 하고 현인(賢人)을 잘 등용하는 것을 말한다.

140 보우명지(保右命之): 보(保)는 보호하는 것. 우(右)는 우(佑)와 통하여, 돕는 것. 명(命)은 하늘이 명을 내리는 것.

141 신(申): 거듭하는 것.

142 간록백복(干祿百福): 간(干)은 구하다, 추구하다(『정전』). 록(祿)은 복(福)의 뜻. 백복(百福)은 여러 가지 복. 문장의 구성상 간(干)은 천(千)이 되어야 하고, 글자체가 비슷해서 잘못 썼을 것이다. 즉 백복(百福)과 천록(千祿)이 짝이 된다.

143 천억(千億): 무한히 많음을 뜻한다.

穆穆皇皇[144]하여
목 목 황 황
宜君宜王[145]이라
의 군 의 왕

공경하고 아름다워
제후로도 마땅하고
천자로도 마땅하네

不愆不忘[146]하여
불 건 불 망
率由舊章[147]이로다
솔 유 구 장

잘못하지 아니하며 잊지 아니하여
모두 옛 법도 따른다

威儀抑抑[148]하며
위 의 억 억
德音秩秩[149]하고
덕 음 질 질
無怨無惡하여
무 원 무 오
率由羣匹[150]하니
솔 유 군 필
受福無疆이라
수 복 무 강
四方之綱[151]이로다
사 방 지 강

위의가 빈틈이 없고
덕 있는 말씀 떳떳하고
원망함도 미워함도 없어
모두 군중의 뜻 따르네
받으시는 복 끝이 없으시고
온 세상을 바르게 다스리신다

---

144 목목황황(穆穆皇皇): 목목(穆穆)은 공경하는 것. 황황(皇皇)은 아름다운 것(『집전』).

145 의군의왕(宜君宜王): 군(君)은 제후. 왕(王)은 천자(『집전』). 자손의 번성함이 천억(千億)에 이르러 적자(嫡子)는 천자가 되고, 서자(庶子)는 제후가 되어 그 맡은 바를 다하며 선왕(先王)의 법을 따르지 않는 자가 없음을 말한다.

146 불건불망(不愆不忘): 건(愆)은 허물. 망(忘)은 망(亡)과 통하여, 실(失)의 뜻. 그래서 건망(愆亡)은 과실(過失)의 뜻. 또는 망(忘)은 불식(不識)의 뜻으로(『설문(說文)』), 분별하지 못하거나 판단력이 없는 것.

147 솔유구장(率由舊章): 솔(率)은 순(循)과 통하여, 따르다. 구장(舊章)은 옛날의 제도나 전례(典禮). 즉 선왕(先王)의 법도.

148 억억(抑抑): 빈틈이 없는 모양. 치밀한 모양. 「소아·빈지초연(小雅·賓之初筵)」 시에도 보임.

149 덕음질질(德音秩秩): 덕음(德音)은 임금님의 덕이 있는 말씀. 또는 아름다운 명성. 질질(秩秩)은 차례가 있는 모양. 또는 떳떳함이 있는 것[유상(有常)].

150 군필(羣匹): 군중(群衆)과 같은 말(『통석(通釋)』). 또는 중신(衆臣).

151 사방지강(四方之綱): 지(之)는 시(是)의 뜻. 강(綱)은 법도대로 잘 다스려지는 것. 또는 법칙.

之綱之紀[152]하여 지 강 지 기	바르고 옳게 다스리시고
燕及朋友[153]로다 연 급 붕 우	여러 신하들까지도 즐겁게 한다
百辟卿士[154]이 백 벽 경 사	여러 제후와 경사들은
媚于天子[155]로다 미 우 천 자	천자님을 아껴 모신다
不解于位[156]하여 불 해 우 위	지위에 게으르지 않아
民之攸塈[157]로다 민 지 유 기	백성들 편안히 쉬게 되리라

◈ 해설

「모시서」에선 이 시를 성왕(成王)을 기린 것으로 보았다. 성왕인지는 모르나 적어도 주나라의 어느 임금을 기린 시임에는 틀림없다. 주희(朱熹)는 앞의 「부예(鳧鷖)」 시에 대하여 공시(公尸)가 답한 것이 이 시인 듯하다고 하였는데 일리는 있는 견해이지만 증거는 없다.

---

152 지강지기(之綱之紀): 지(之) 역시 시(是)의 뜻. 기(紀)는 올바로 잘 다스려지는 것.

153 연급붕우(燕及朋友): 연(燕)은 즐기다. 또는 안(安)의 뜻으로, 위무(慰撫)와 같다(『집전』). 붕우(朋友)는 군신(群臣), 즉 여러 신하들을 가리킴.

154 백벽경사(百辟卿士): 백벽(百辟)은 여러 제후들. 경사(卿士)는 천자의 조정에 벼슬하는 경사(卿士).

155 미(媚): 사랑하다. 애대(愛戴) 곧 추대하거나 모시는 것을 좋아하는 것.

156 해(解): 해(懈)와 통하여, 해태(懈怠)의 뜻〔『석의(釋義)』〕.

157 기(塈): 편히 쉬다〔식(息)〕〔『통석(通釋)』〕.

6. 공류(公劉) 공류

篤公劉[158]이 (독공류)	공류께서는
匪居匪康[159]하사 (비거비강)	편히 계실 겨를도 없이
迺埸迺疆[160]하여 (내역내강)	밭을 잘 정리하시고
迺積迺倉[161]하니라 (내적내창)	노적(露積) 쌓고 창고에 거두어들이셨네
迺裹餱糧[162]을 (내과후량)	마른 음식과 곡식을
于橐于囊[163]하며 (우탁우낭)	전대와 자루에 넣고
思輯用光[164]하사 (사집용광)	나라를 평화롭고 빛나게 하시려고

---

158 독공류(篤公劉): 독(篤)은 후(厚)의 뜻으로(『집전』), '두텁다, 후덕하다'는 것. 또는 「대아·대명(大雅·大明)」 시 "독생무왕(篤生武王)"의 독(篤)과 같이 발어사 또는 조사(『통석(通釋)』). 공류(公劉)는 주나라의 시조인 후직(后稷)의 증손(曾孫). 공(公)은 칭호, 류(劉)는 이름이다. 요(堯)임금 때 후직을 태(邰)에 봉한 이래 10여 세(世)에 공류에 이르러 하(夏)나라가 쇠하여 횡포가 심해졌으므로 걸(桀)을 피하여 빈(豳) 땅으로 옮겨 갔던 것이다. 이 시는 공류가 빈(豳) 땅으로 이주한 일을 읊은 것이다. [해설] 참조.

159 비거비강(匪居匪康): 비(匪)는 불(不). 거(居)는 안거(安居). 강(康)은 안락(安樂). 즉 이 구절은 편히 살 겨를이 없이 일했다는 뜻(『집전』).

160 내역내강(迺埸迺疆): 내(迺)는 조사. 또는 내(乃)와 통하며, '이에'의 뜻. 역(埸)과 강(疆)은 각각 밭 경계와 땅의 경계를 말하는데 이는 즉 밭두둑이다. 역강(埸疆)은 여기서는 동사로서 '밭을 정리하는 것'(『집전』)을 말한다.

161 내적내창(迺積迺倉): 적(積)은 곡식을 모아 노적(露積)하는 것(『집전』). 창(倉)은 곡식을 창고로 모아 들이는 것. 이는 나라를 부유하게 하였음을 칭송한 것이다(『정전』).

162 내과후량(迺裹餱糧): 과(裹)는 보따리에 싸는 것. 후(餱)는 말린 양식, 즉 건식(乾食). 량(糧)은 길을 떠날 때 가져가는 양식. 미숫가루 같은 것(『집전』).

163 우탁우낭(于橐于囊): 탁(橐)은 밑이 없이 물건을 넣고 몸에 잡아매도록 되어 있는 자루(『집전』). 낭(囊)은 밑이 있는 것으로 큰 자루. 『맹자』에도 "거자유적창(居者有積倉), 행자유과량(行者有裹糧)"이라 하였다.

164 사집용광(思輯用光): 사(思)는 조사. 집(輯)은 화목한 것, 또는 평화로운 것. 용(用)은

弓矢斯張[165]하며 (궁시사장) — 활과 화살 메고

干戈戚揚[166]으로 (간과척양) — 방패와 창과 도끼 들고

爰方啓行[167]하니라 (원방계행) — 비로소 길 떠나셨네

篤公劉이 (독공류) — 공류께서

于胥斯原[168]하시니 (우서사원) — 이 빈(豳) 땅의 들을 둘러보시니

既庶既繁[169]하며 (기서기번) — 많은 백성들이 살고 있는데

既順迺宣[170]하여 (기순내선) — 민심 따르고 뜻이 서로 통하니

而無永嘆[171]이로다 (이무영탄) — 긴 탄식할 일 없어졌네

陟則在巘[172]하시며 (척즉재헌) — 산꼭대기로 올라가다

이(以)의 뜻『석의(釋義)』). 이 구절은 백성들을 평화롭게 살게 하여 치적(治績)을 빛내는 것.

165 궁시사장(弓矢斯張): 궁시(弓矢)는 활과 화살. 사(斯)는 조사. 장(張)은 활과 화살을 여러 사람들로 하여금 죽 들게 하는 것.

166 간과척양(干戈戚揚): 간과(干戈)는 방패와 창. 척(戚)은 무기로 쓰는 도끼. 양(揚)은 월(鉞)로서(『모전』), 무기로 쓰는 도끼의 일종으로 큰 도끼를 말한다.

167 원방계행(爰方啓行): 원(爰)은 이에. 방(方)은 비로소. 계행(啓行)은 길을 떠나는 것. 「소아·유월(小雅·六月)」 시에 보였음. 이상 제1장은 공류가 이주하려고 길을 떠나게 될 때까지의 준비와 형편을 노래한 것이다.

168 서(胥): 상(相)과 통하여(『모전』), 살펴보는 것.

169 기서기번(既庶既繁): 서(庶)는 여러, 많은 것. 번(繁)은 거민(居民)이 중다(衆多)함을 말한다(『정전』).

170 기순내선(既順迺宣): 순(順)은 편안함〔안(安)〕(『집전』) 또는 그곳의 민심을 따르는 것〔『석의(釋義)』〕. 선(宣)은 두루 거주함을 말한다(『집전』). 또는 그들의 정이 두루 통하게 하는 것〔『석의(釋義)』〕.

171 이무영탄(而無永嘆): 긴 탄식을 할 일이 없게 되었다는 뜻. 즉 빈(豳) 땅으로 이주하고 난 뒤 민심이 안정되었음을 말하는 것.

172 척칙재헌(陟則在巘): 척(陟)은 오르다. 헌(巘)은 산봉우리. 그곳의 지세(地勢)를 살펴보려고 높은 곳에 올라가는 것을 말한다.

复降在原(복강재원)하시니	들판으로 내려왔다 하셨는데
何以舟之(하이주지)[173]오	무엇을 지니고 계셨나
維玉及瑤(유옥급요)[174]와	옥과 옥돌로
鞞琫容刀(병봉용도)[175]로다	아래위 장식한 칼이네

篤公劉(독공류)이	공류께서
逝彼百泉(서피백천)[176]하사	백천으로 가셔서
瞻彼溥原(첨피부원)[177]하시고	부원을 바라보신 뒤
迺陟南岡(내척남강)[178]하사	남쪽 산마루에 올라가
乃覯于京(내구우경)[179]하시니라	경(京) 땅을 살펴보셨네

---

173 주(舟): 대(帶)의 뜻(『모전』). 곧 허리에 차거나 몸에 지니는 것. 청나라 왕중(汪中, 1744~1794)은 『경의지신기(經義知新記)』에서 "주(舟)에는 패(佩) 곧 허리에 찬다는 뜻이 없으니 틀림없이 복(服) 자일 것이다. 이 글을 전사(傳寫)한 사람이 나머지 반쪽을 빠뜨린 것이다"고 하였다. 곧 복(服) 자에서 '월(月)'만을 쓴 것이 '주(舟)'로 되었다는 것이다. 어쨌든 '복(服)'도 '대(帶)'의 뜻이니 풀이에는 상관없다.

174 요(瑤): 옥돌.

175 병봉용도(鞞琫容刀): 병(鞞)은 칼집. 봉(琫)은 칼집에 한 장식. 병봉(鞞琫)은 「소아·첨피락의(小雅·瞻彼洛矣)」 시에 보였음. 용도(容刀)는 패도(佩刀). 보통 차는 칼에는 용식(容飾)이 되어 있기 때문에 그렇게 부른다. 이 장은 공류가 이주한 곳을 살피며 위의를 갖추고 정치를 잘함을 노래한 것이다.

176 서피백천(逝彼百泉): 서(逝)는 가다. 백천(百泉)은 지명으로(『석의(釋義)』), 아마도 샘이 많은 지역이었을 것이나 어디인지 정확하지 않다.

177 첨피부원(瞻彼溥原): 첨(瞻)은 우러러보다. 부원(溥原)은 지명으로(『석의(釋義)』), 부(溥)가 넓다는 뜻이니 아마도 땅이 매우 넓은 지역일 것. 왕국유(王國維)는 『관당집림(觀堂集林)』「극종극정발(克鍾克鼎跋)」이라는 글에서 극정(克鼎)의 "석여전우부원(錫女田于溥原)"의 '부원(溥原)'과 같은 곳이라 하였다(『석의(釋義)』).

178 강(岡): 산등성이.

179 내구우경(乃覯于京): 구(覯)는 보다. 경(京)은 지명(『통석(通釋)』). 또는 높은 산(『정전』) 높은 언덕(『집전』)으로, 주경(周京) 곧 주나라 서울을 가리키는 것이 아니다.

京師之野[180]에
경 사 지 야

경(京) 고을의 들에

于時處處[181]하며
우 시 처 처

살 곳을 정하고

于時廬旅[182]하며
우 시 려 려

거기에 머물러 살며

于時言言[183]하며
우 시 언 언

서로 곧은 말 해주고

于時語語[184]하시니라
우 시 어 어

서로 의논하며 살아가게 되었네

篤公劉이
독 공 류

공류께서

于京斯依[185]하시니
우 경 사 의

경(京) 땅에 편안히 기거하시니

蹌蹌濟濟[186]어늘
창 창 제 제

따라온 신하들 점잖고 위의가 있네

俾筵俾几[187]하니
비 연 비 궤

자리를 펴고 안석(案席) 베풀게 하니

旣登乃依[188]로다
기 등 내 의

모두 잔치 자리에 나와
안석에 기대어 앉네

---

180 경사(京師): 경(京)은 지명이고, 사(師)는 도읍을 말한다. 그래서 경사(京師)는 경(京) 고을이라는 뜻이다. 낙읍(洛邑)을 낙사(洛師)라고 부른 것과 같다〔『통석(通釋)』〕.

181 우시처처(于時處處): 시(時)는 시(是)의 뜻. 처처(處處)는 거처의 뜻(『집전』).

182 려려(廬旅): 려(廬)는 기(寄)의 뜻(『모전』), 곧 머물러 사는 것. 려(旅)는 려(廬)와 같은 음으로 뜻이 통하여, 기(寄)의 뜻〔『통석(通釋)』〕. 이 구의 아래 위에 모두 첩자(疊字)를 사용하고 있는데, 아마도 고본(古本)에는 려려(廬廬)로 되어 있을 것이다〔『통석(通釋)』〕.

183 언언(言言): 직언(直言)하는 것(『모전』). 곧 서로 곧은 말을 주고받으며 지내는 것.

184 어어(語語): 논란(論難)하는 것(『모전』). 곧 서로 의견을 교환하는 것.

185 의(依): 의지하여 사는 것.

186 창창제제(蹌蹌濟濟): 창창(蹌蹌)은 나아가는 모양. 제제(濟濟)는 많은 모양. 『집전(集傳)』에서는 이 모두를 신하들이 위의(威儀)가 있는 모양이라 했다. 「소아·초자(小雅·楚茨)」 시에도 보였음.

187 비연비궤(俾筵俾几): 비(俾)는 하여금〔사(使)〕. 연(筵)은 잔치하는 것. 궤(几)는 안석(案席).

188 기등내의(旣登乃依): 등(登)은 잔치 자리에 오르는 것. 의(依)는 안석(案席)에 기대어 앉는 것.

乃造其曹[189]하여 　　 이에 우리에 가서
내 조 기 조

執豕于牢[190]하며 　　 우리에서 돼지 잡으며
집 시 우 뢰

酌之用匏[191]하여 　　 바가지로 술을 떠서
작 지 용 포

食之飮之하며 　　 먹고 마시며
식 지 음 지

君之宗之[192]로다 　　 임금으로 받들고 존경하네
군 지 종 지

篤公劉이 　　 공류께서
독 공 류

旣溥旣長[193]이어늘 　　 차지한 땅 넓고 긴데
기 부 기 장

旣景迺岡[194]하여 　　 그림자로 방향 재고 언덕에 올라
기 영 내 강

相其陰陽[195]하며 　　 집의 음양 살피시고
상 기 음 양

觀其流泉하고 　　 흐르는 샘물 둘러보시는데
관 기 류 천

其軍三單[196]이로다 　　 군사들은 3군이 찼네
기 군 삼 단

---

189 내조기조(乃造其曹): 내(乃)는 곧. 조(造)는 가다, 이르다. 조(曹)는 여러 짐승을 먹이는 곳(『집전』) 또는 많은 돼지 떼. 조(造)는 〈삼가시(三家詩)〉에는 모두 고(告)라 썼으며, 이는 조상에게 고하는 제사인 고(祰)의 가차(假借)라고도 본다. 그리고 조(曹)는 조(褿)의 가차로 돼지 조상에게 제사하는 것을 말한다〔『통석(通釋)』〕.

190 집시우뢰(執豕于牢): 집(執)은 잡다. 시(豕)는 돼지. 뢰(牢)는 짐승 우리.

191 포(匏): 바가지.

192 군지종지(君之宗之): 군(君)은 동사로 사용되어 '임금으로 모시다'의 뜻. 종(宗)은 높이고 주인으로 삼는 것(『집전』). 국가가 갓 형성될 때 씨족의 추장(酋長)은 군주(君主)이면서 또한 족장(族長)이기도 했다.

193 부(溥): 넓은 것. 공류가 잡초를 베어내고 개간하여 다스리던 경(京) 땅이 넓고 길다는 뜻.

194 기영내강(既景迺岡): 영(景)은 해 그림자를 관찰하여 그 방향을 재는 것(『모전』). 그래서 '영'으로 읽는다. 강(岡)은 높은 산등성이에 올라가 지세(地勢)를 살피는 것(『모전』).

195 상(相): 집의 음양(陰陽)과 향배(向背)를 살펴보는 것.

196 기군삼단(其軍三單): 그를 따르는 사람들이 3군(軍)이 되고 남음이 없이 꼭 맞았다는 뜻. 단(單)은 남음 없이 꼭 맞음을 뜻한다(『정전』). 옛날 대국(大國)에는 천자의 6군에

度其隰原[197]하여
탁 기 습 원

진펄과 들을 측량하고

徹田爲糧[198]하며
철 전 위 량

전세 거두어 양곡 저축하며

度其夕陽[199]하니
탁 기 석 양

그곳 산 서쪽까지 재어 보니

豳居允荒[200]이로다
빈 거 윤 황

빈(豳) 땅은 정말로 넓기만 하네

篤公劉이
독 공 류

공류께서

于豳斯館[201]하사
우 빈 사 관

빈(豳) 땅에 머무시어

涉渭爲亂[202]하여
섭 위 위 란

위수를 가로질러 건너가

取厲取鍛[203]하여
취 려 취 단

굵은 돌 잔돌 주워다

止基迺理[204]하니
지 기 내 리

터전을 이룩하자

비하여 3군이 있었다.

197 탁기습원(度其隰原): 탁(度)은 측량하는 것. 습원(隰原)은 낮은 땅과 높은 땅. 또는 모든 토지.

198 철전위량(徹田爲糧): 철(徹)은 치(治)와 통하며(『모전』), 논밭을 개간하는 것. 또는 생산량의 10분의 1을 거둬들이는 세수법(稅收法)(『정전』). 량(糧)은 나라에서 쓰는 양곡(糧穀).

199 석양(夕陽): 산의 서쪽을 말한다.

200 빈거윤황(豳居允荒): 빈(豳)은 나라 이름. 지금의 섬서성 구읍현(栒邑縣) 서쪽 부근. 빈거(豳居)는 빈지(豳地)의 뜻〔『석의(釋義)』〕. 윤(允)은 진실로. 황(荒)은 넓다, 크다. 제5장은 공류가 지세를 살펴서 빈(豳) 땅에 이주하여 정착함을 노래한 것이다.

201 관(館): 동사로서 '머물러 사는 것'.

202 섭위위란(涉渭爲亂): 섭(涉)은 건너다. 위(渭)는 위수(渭水). 난(亂)은 흐르는 물을 가로질러 건너는 것(『모전』).

203 취려취단(取厲取鍛): 려(厲)는 려(礪)와 통하여, 숫돌〔마석(磨石)〕이나 굵은 돌〔『통석(通釋)』〕. 단(鍛)은 단(碫)과 통하여〔『통석(通釋)』〕, 숫돌 또는 단단한 돌.

204 지기내리(止基迺理): 지(止)는 지(址)와 통하여, 지기(止基)는 '터전'의 뜻〔『석의(釋義)』〕. 또는 지(止)는 '머무르다, 거주하다'는 뜻. 일설에는 자(玆)와 같으며, 지시대명사라고도 했다〔우성오(于省吾), 『신증(新證)』〕. 리(理)는 닦는 것.

爰衆爰有[205]하여 원 중 원 유	많은 사람들 모여들어
夾其皇澗[206]하며 협 기 황 간	황간을 끼고 좌우로 늘어서 있으며
遡其過澗[207]하며 소 기 과 간	과간을 거슬러 올라가며
止旅迺密[208]하여 지 려 내 밀	빽빽이 사람들 모여
芮鞫之卽[209]이로다 예 국 지 즉	물굽이 안팎에서 살게 되었네

◈ 해설

이 시는 주나라의 선조(先祖) 공류(公劉)가 후직(后稷)이 봉함을 받은 태(邰) 땅으로부터 빈(豳) 땅으로 옮겨와 살게 된 것을 노래한 것이다. 「모시서」에서는 성왕(成王)이 정사를 맡을 때 소강공(召康公) 석(奭)이 공류가 백성들을 위하여 이룩하신 공로를 찬양함으로써 훈계한 것이라 하였다. 그러나 이 시의 작자를 소강공이라 한 근거에 대해서는 자세히 알 수 없다.

---

205 원중원유(爰衆爰有): 원(爰)은 이에. 중(衆)은 사람이 많은 것. 유(有)는 다(多)의 뜻〔『석의(釋義)』〕. 여기서는 재물이 풍족한 것〔『집전』〕.

206 협기황간(夾其皇澗): 협(夾)은 옆에 끼는 것. 황간(皇澗)은 간수(澗水) 즉 냇물의 이름〔『모전』〕.

207 소기과간(遡其過澗): 소(遡)는 향하다. 과간(過澗)은 간수(澗水) 즉 냇물의 이름〔『모전』〕.

208 지려내밀(止旅迺密): 지(止)는 머물러 사는 것. 려(旅)는 민중(民衆) 즉 사람이 많다는 뜻. 밀(密)은 빽빽하게 많은 것〔밀다(密多)〕. 일설에는 복(宓)과 통하여, 편안하다는 뜻〔안(安)〕〔『설문(說文)』〕.

209 예국지즉(芮鞫之卽): 예(芮)는 예(汭)와 통하여, '물굽이 안쪽'〔『통석(通釋)』〕. 또는 물 이름〔왕선겸(王先謙), 『집소(集疏)』〕. 국(鞫)은 물굽이 바깥쪽〔『통석(通釋)』〕. 즉(卽)은 나아가다. 이 구절은 물굽이를 중심으로 하여 안팎 양쪽으로 모여 살게 되었다는 뜻.

7. 형작(泂酌)　멀리 흐르는 물을

泂酌彼行潦[210]하여 형 작 피 행 료	저 멀리 흐르는 물을 떠다가
挹彼注玆[211]하여 읍 피 주 자	이곳에 갖다 부어서는
可以饙饎[212]로다 가 이 분 치	찐 밥 술밥 짓는다
豈弟君子[213]여 개 제 군 자	점잖으신 님은
民之父母로다 민 지 부 모	백성들의 어버이

泂酌彼行潦하여 형 작 피 행 료	저 멀리 흐르는 물을 떠다가
挹彼注玆면 읍 피 주 자	이곳에 갖다 부어서는
可以濯罍[214]로다 가 이 탁 뢰	술잔을 씻는다
豈弟君子여 개 제 군 자	점잖으신 님은
民之攸歸[215]로다 민 지 유 귀	백성들이 믿고 따른다

---

210 형작피행료(泂酌彼行潦): 형(泂)은 형(迥)의 가차로, 먼 것. 작(酌)은 작(勺)과 통하며, 국자로 뜨는 것. 료(潦)는 빗물 또는 길바닥에 흐르는 물. 행(行)은 류(流)의 뜻. 행료(行潦)는 빗물이 모여서 길 위를 흐르는 것(『집전』).

211 읍피주자(挹彼注玆): 읍(挹)은 떠내는 것. 주(注)는 물을 붓는 것. 자(玆)는 이곳.

212 분치(饙饎): 분(饙)은 쌀을 쪄서 한번 익히고 물을 부은 다음 다시 찌는 것(『집전』). 찐 밥을 말한다. 치(饎)는 술밥.

213 개제군자(豈弟君子): 개제(豈弟)는 개제(愷悌)와 통하며, 온화하고 즐거운 것. 군자(君子)는 왕(王)을 가리킨다(『집전』).

214 탁뢰(濯罍): 탁(濯)은 씻다. 뢰(罍)는 술잔.

215 유귀(攸歸): 소귀(所歸)와 같으며, 마음속으로 믿고 따르는 것. 귀의(歸依)하는 것.

泂酌彼行潦하여 형 작 피 행 료	저 멀리 흐르는 물을 떠다가
挹彼注玆면 읍 피 주 자	이곳에 갖다 부어서는
可以濯漑[216]로다 가 이 탁 개	술통을 씻는다
豈弟君子여 개 제 군 자	점잖으신 님은
民之攸塈[217]로다 민 지 유 기	백성들을 편히 쉬게 하신다

◈ 해설

이 시는 천자를 기린 것이다. 흐르는 물을 떠다 여기에 부으면 밥도 지을 수 있고 그릇도 씻을 수 있다는 것은 임금이 정치를 잘하면 백성들이 따르고 백성들을 편히 잘살게 해줄 수 있다는 것이다. 「모시서」에서는 소강공(召康公)이 성왕(成王)을 훈계한 것이라 하였는데 그 근거를 알 수 없다.

8. 권아(卷阿) 굽이진 큰 언덕

有卷者阿[218]에 유 권 자 아	굽이진 큰 언덕에

---

216 개(漑): 개(概)와 통하며, 술통[준(樽)].
217 기(塈): 쉬는 것. 식(息)의 뜻.
218 유권자아(有卷者阿): 유권(有卷)은 권연(卷然)·권권(卷卷)으로, 굽어 있는 모양. 아(阿)는 언덕, 대릉(大陵), 즉 큰 구릉.

飄風自南[219]이로다
표 풍 자 남

豈弟君子[220]여
개 제 군 자

來游來歌[221]하여
내 유 래 가

以矢其音[222]이로다
이 시 기 음

회오리바람 남쪽에서 불어오네
점잖으신 임
놀러 와선 노래하여
그의 소리를 풀어 놓으시네

伴奐爾游矣[223]며
반 환 이 유 의

優游爾休矣[224]로다
우 유 이 휴 의

豈弟君子여
개 제 군 자

俾爾彌爾性[225]하여
비 이 미 이 성

似先公酋矣[226]로다
사 선 공 추 의

한적하게 노닐며
유유하게 쉬시네
점잖으신 임
오래오래 사셔서
선공들의 계획 이어받으리

---

219 표풍(飄風): 회오리바람.

220 개제군자(豈弟君子): 개제(豈弟)는 개제(愷悌)와 같으며, 군자(君子)는 주나라 임금(『집전』). 또는 내조(來朝)한 제후들을 가리킴(『석의(釋義)』).

221 내유래가(來游來歌): 와서 잔치를 벌이고 놀면서 노래하는 것.

222 이시기음(以矢其音): 시(矢)는 진(陳)의 뜻으로(『모전』), 베풀다. 또는 바치다. 음(音)은 노랫소리 또는 가사(歌詞). 이 구절은 '노래판을 벌인다' 또는 '노래를 지어 (임금에게) 바친다'는 뜻.

223 반환이유의(伴奐爾游矣): 반환(伴奐)은 우유한적(優游閑適)의 뜻(『집전』). 「주송·방락(周頌·訪落)」 시의 '판환(判渙)'과 같은 말이라고 하였다(『석의(釋義)』). 또는 종치(縱馳), 즉 성정(性情)을 마음껏 푼다는 뜻(『정전(鄭箋)』, 『통석(通釋)』). 이(爾)는 군자(君子)와 마찬가지로 모두 왕(王)을 지칭한다(『집전』).

224 우유이휴의(優游爾休矣): 우유(優游)는 한가(閑暇)하게 자득(自得)하는 것(『집전』). 휴(休)는 휴식(休息), 곧 쉬다.

225 비이미이성(俾爾彌爾性): 비(俾)는 사(使)의 뜻으로, '―하게 하다'는 뜻. 이(爾)는 주나라 임금 또는 제후를 가리킨다. 미(彌)는 장구(長久)함의 뜻. 『모전(毛傳)』에서는 종(終)이라 하였는데, 장구하기 때문에 능히 마칠 수 있다는 뜻. 성(性)은 생(生)과 통하며 '생명(生命)'을 뜻한다.

226 사선공추의(似先公酋矣): 사(似)는 사(嗣)의 뜻으로(『모전』), 계승하다. 유(酋)는 유(猷)의 가차자로, 계모(計謀) 또는 계획하던 유업(遺業)을 뜻한다.

爾土宇昄章[227]하니 이 토 우 판 장	이분들의 나라는 크고 밝으셔
亦孔之厚矣[228]로다 역 공 지 후 의	매우 후한 복 받으리
豈弟君子여 개 제 군 자	점잖으신 임
俾爾彌爾性하여 비 이 미 이 성	오래오래 사셔서
百神爾主矣[229]로다 백 신 이 주 의	여러 신령들께 제사 지내시네

爾受命長矣니 이 수 명 장 의	받으신 명 영원하셔서
茀祿爾康矣[230]로다 불 록 이 강 의	복록을 누리시리
豈弟君子여 개 제 군 자	점잖으신 임
俾爾彌爾性하여 비 이 미 이 성	오래오래 사셔서
純嘏爾常矣[231]로다 순 하 이 상 의	크나큰 복 언제나 누리시리

有馮有翼[232]하며 유 빙 유 익	의지할 사람 도와주는 사람 있고

---

227 이토우판장(爾土宇昄章): 토우(土宇)는 살고 있는 강토(疆土), 또는 방가(邦家) 곧 나라의 뜻〔우성오(于省吾), 『신증(新證)』〕. 또는 경기(京畿) 지역의 땅〔『전소(傳疏)』〕. 판(昄)은 크다는 뜻. 장(章)은 밝다. 그래서 판장(昄章)은 크게 밝음〔대명(大明)〕(『모전』). 또는 판도(版圖)(『집전』). 일설에는 호적(戶籍)이나 인구(人口).

228 역공지후의(亦孔之厚矣): 공(孔)은 매우, 심히. 후(厚)는 복록을 두텁게 내리는 것〔『석의(釋義)』〕. 또는 풍부하고 많다는 뜻.

229 백신이주의(百神爾主矣): 백신(百神)은 모든 여러 신들. 주(主)는 주제(主祭), 즉 제사를 주관하는 것. 또는 천지산천(天地山川)의 귀신의 주인이 되는 것(『집전』). 제법(祭法)에 '유천하자, 제백신(有天下者, 祭百神)'이라 하였으니〔『공소(孔疏)』〕, 모든 신들에게 제사 지내는 것은 천자로서의 임무의 하나였다.

230 불록이강의(茀祿爾康矣): 불(茀)은 복(福)의 뜻. 강(康)은 편안하다, 즐기다.

231 순하이상의(純嘏爾常矣): 순(純)은 대(大)의 뜻으로, 큰 것. 하(嘏)는 복(福), 축복. 상(常)은 언제나 변함없이 복을 받는 것.

有孝有德[233]하여
유 효 유 덕

효도하는 사람 덕 있는 사람 있어

以引以翼[234]하면
이 인 이 익

앞에서 이끌고 옆에서 도와주면

豈弟君子를
개 제 군 자

점잖으신 임을

四方爲則[235]하리라
사 방 위 칙

온 세상이 본받으리

顒顒卬卬[236]하며
옹 옹 앙 앙

온화하고 의기 높아

如圭如璋[237]하며
여 규 여 장

옥같이 순결하고

令聞令望[238]이라
영 문 령 망

아름다운 명성 들려

豈弟君子를
개 제 군 자

점잖으신 임

四方爲綱[239]하리라
사 방 위 강

온 세상이 법도 삼으리

鳳凰于飛[240]하니
봉 황 우 비

봉황새 날 적에

翽翽其羽[241]라
홰 홰 기 우

그 날개로 훨훨 날다가

---

232 유빙유익(有馮有翼): 빙(馮)은 의지할 사람. 익(翼)은 보좌할 사람.
233 유효유덕(有孝有德): 효(孝)는 효행이 있는 사람. 덕(德)은 덕행이 있는 사람.
234 이인이익(以引以翼): 인(引)은 앞에서 인도해 주는 것. 익(翼)은 옆에서 보좌해 주는 것.
235 칙(則): 기준이 되는 법칙. 곧 온 세상이 그를 본받는 것.
236 옹옹앙앙(顒顒卬卬): 옹옹(顒顒)은 존엄한 모양. 또는 온화하고 공경하는 모양. 앙앙(卬卬)은 지기(志氣)가 높고 맑은 모양(『정전』).
237 여규여장(如圭如璋): 규(圭)와 장(璋)은 모두 서옥(瑞玉)의 일종. 서옥처럼 순결함을 뜻한다.
238 영문령망(令聞令望): 영문(令聞)은 아름다운 명성. 영망(令望)은 위의(威儀)가 바라볼 만하고 본받을 만한 것을 말한다.
239 사방위강(四方爲綱): 사방에서 그를 법도(法度)로 삼는다는 뜻. 강(綱)은 기강(紀綱).
240 봉황우비(鳳凰于飛): 봉황(鳳凰)은 고대 전설상의 신령한 새로서 수놈을 봉(鳳), 암놈을 황(凰)이라 한다(『모전』).

亦集爰止[242]로다
역 집 원 지

藹藹王多吉士[243]하시니
애 애 왕 다 길 사

維君子使[244]라
유 군 자 사

媚于天子[245]로다
미 우 천 자

머물 곳 찾아 내려앉네
여러 임금의 훌륭한 신하들 모여서
임이 시켜서
천자님 아끼고 받드시네

鳳凰于飛하니
봉 황 우 비

翽翽其羽라
홰 홰 기 우

亦傅于天[246]이로다
역 부 우 천

藹藹王多吉人하시니
애 애 왕 다 길 인

維君子命이라
유 군 자 명

媚于庶人[247]이로다
미 우 서 인

봉황새 날 적에
날개로 훨훨 날다가
하늘 위로 올라간다
여러 임금의 훌륭한 신하들 모여서
임이 명하여
백성들을 사랑하게 하였다

鳳凰鳴矣니
봉 황 명 의

于彼高岡이로다
우 피 고 강

梧桐生矣니
오 동 생 의

봉황새가 운다
저 높은 산등성이에서
오동나무 자란다

---

241 홰홰(翽翽): 새가 날갯짓 하는 소리.

242 역집원지(亦集爰止): 집(集)은 새가 나무에 내려앉는 것. 원(爰)은 우(于)와 같은 뜻. 지(止)는 머물러 쉬다.

243 애애왕다길사(藹藹王多吉士): 애애(藹藹)는 제제(濟濟)와 마찬가지로(『모전』), 많은 모양. 길사(吉士)는 훌륭한 신하.

244 군자(君子): 주왕(周王)으로 본다.

245 미(媚): 사랑하고 돌봐 주는 것.

246 부(傅): 부(附)와 통하여, '부우천(傅于天)'은 하늘에 닿을 듯이 높이 나는 것.

247 서인(庶人): 일반 백성들.

于彼朝陽[248]이로다 우 피 조 양	저 산 동쪽 기슭에서
菶菶萋萋[249]하여 봉 봉 처 처	오동나무 무성하고
雝雝喈喈[250]로다 옹 옹 개 개	봉황새 소리 어울리다
君子之車는 군 자 지 거	임의 수레는
既庶且多[251]하며 기 서 차 다	많기도 하고
君子之馬는 군 자 지 마	임의 말은
既閑且馳[252]로다 기 한 차 치	익숙하게 달린다
矢詩不多[253]라 시 시 부 다	읊은 시 많지 않아도
維以遂歌[254]니라 유 이 수 가	노래 지어 부른다

◈ 해설

내조(來朝)해 온 제후들을 기리는 시. 이 시에서는 제후들의 위용을 노래하고 또 제후들을 칭송했다. 그래서 제후는 천자를 잘 보좌하고 백성을 사랑하도록

---

248 조양(朝陽): 산의 동쪽(『모전』).

249 봉봉처처(菶菶萋萋): 봉봉(菶菶)과 처처(萋萋) 모두 풀이나 나무가 무성하여 우거진 모양.

250 옹옹개개(雝雝喈喈): 옹옹(雝雝)과 개개(喈喈)는 모두 봉황의 울음소리가 어울려 조화된 소리.

251 서(庶): 중(衆)의 뜻으로, 많다는 것.

252 한(閑): 숙련(熟練)의 뜻, 아주 익숙한 것. 이는 내조하는 제후들의 거마(車馬)의 위의(威儀)를 노래한 것.

253 시(矢): 진(陳)의 뜻. 베풀다, 읊다. 또는 헌시(獻詩).

254 유이수가(維以遂歌): 유(維)는 다만. 이(以)는 용(用)의 뜻. 수가(遂歌)는 송찬(頌讚)하는 노래.

하였다고 했다. 여기서 제후는 천자와 백성들 사이에서 그 하는 일이 막중하므로 그 위용을 봉황새에다 비기고 있다.

9. 민로(民勞) 백성들 수고로워

民亦勞之[255]라 민 역 로 지	백성들 수고로우니
汔可小康[256]이로다 흘 가 소 강	조금이라도 편안케 했으면
惠此中國[257]하여 혜 차 중 국	우리 도읍을 사랑하여
以綏四方[258]이어다 이 수 사 방	온 세상 편안케 했으면
無縱詭隨[259]하여 무 종 궤 수	거짓말로 속이는 사람 버려두지 말고
以謹無良[260]하며 이 근 무 량	나쁜 사람 삼가며

---

255 민역로지(民亦勞止): 역(亦)과 지(止)는 모두 조사.

256 흘가소강(汔可小康): 흘(汔)은 기(幾)의 뜻(『정전』)으로, 희망을 나타낸다. 『설문(說文)』에서는 이 시를 인용하면서 흘(汔)을 기(汽)로 썼고, 『삼국지』에서는 흘(迄)로도 썼는데, 이는 모두 빌린 글자로서 본래는 걸(乞)이었을 것이며, 구(求)한다는 뜻이다〔우성오(于省吾), 『신증(新證)』〕. 소강(小康)은 소안(小安), 조그만 편안함, 어느 정도 안정된 상태.

257 혜차중국(惠此中國): 혜(惠)는 사랑함. 중국(中國)은 중원의 나라. 또는 국중(國中)과 같으며, 경사(京師) 곧 서울을 뜻하기도 함(『모전』).

258 이수사방(以綏四方): 수(綏)는 편안하게 하다. 사방(四方)은 사방의 나라로, 온 세상을 가리킨다.

259 무종궤수(無縱詭隨): 무(無)는 하지 마라. 종(縱)은 내버려두는 것. 또는 『춘추좌전』과 『당석경(唐石經)』에서 이 시를 인용하면서 종(從)으로 썼고, '따르다', '말을 듣다'는 뜻〔『후전(後箋)』〕. 궤수(詭隨)는 첩운자(疊韻字)로서 따로 각각 훈(訓)할 필요가 없으며, 거짓말하고 속이고 하는 사람을 뜻한다〔왕인지(王引之), 『경의술문(經義述聞)』〕.

式遏寇虐[261]과
식 알 구 학

약탈하고 포학스런 짓 하는 사람과

憯不畏明[262]이어다
참 불 외 명

밝고 올바름을 두려워하지 않는
사람 막아 줬으면

柔遠能邇[263]하여
유 원 능 이

먼 곳 사람 편안케 하고
가까운 사람 순종케 하여

以定我王[264]이어다
이 정 아 왕

우리나라 안정시켜 줬으면

民亦勞之니
민 역 로 지

백성들 매우 수고로우니

汔可小休로다
흘 가 소 휴

조금이라도 쉬게 하여 주기를

惠此中國하여
혜 차 중 국

우리나라를 사랑하고

以爲民逑[265]어다
이 위 민 구

백성들의 벗이 되기를

無縱詭隨하여
무 종 궤 수

거짓말하고 속이는 자들
버려두지 말고

---

260 이근무량(以謹無良): 근(謹)은 조심하는 것, 근신하는 것. 무량(無良)은 좋지 못한 사람들.

261 식알구학(式遏寇虐): 식(式)은 조사. 알(遏)은 그치다. 저지하다. 구(寇)는 남의 물건을 약탈하는 것. 학(虐)은 포학한 짓을 일삼는 것.

262 참불외명(憯不畏明): 참(憯)은 증(曾)의 뜻. 또는 경(竟)의 뜻. 명(明)은 밝은 도(道), 곧 정도(正道)를 뜻한다. 이 구절은 앞 구의 알(遏)에 걸리는 것으로 본다. 또는 '그들은 참람(僭濫)하게도 천명(天命) 또는 정도(正道)를 두려워하지 않는다'.

263 유원능이(柔遠能邇): 유(柔)는 안(安)의 뜻(『모전』)으로, 안무(安撫), 즉 편안히 어루만지는 것. 원(遠)은 멀리 있는 나라(『정전』). 능(能)은 여(伽)의 뜻으로, 순종케 하는 것(『정전』). 또는 친선(親善)의 뜻. 이(邇)는 가까운 나라, 이웃 나라.

264 이정아왕(以定我王): 아왕(我王)은 우리 왕조(王朝), 즉 주(周) 왕조를 말한다.

265 구(逑): 짝 또는 벗. 「주남·관저(周南·關雎)」의 호구(好逑)나 「주남·토저(周南·兎罝)」의 구(仇)와 비슷한 뜻이다. 민구(民逑)는 '백성들의 벗'(『석의(釋義)』).

以謹惛怓[266]하며 — 다투기 잘하는 자들 근신시키며
이 근 혼 노

式遏寇虐하여 — 약탈하고 포학한 짓 하는 자들 막아
식 알 구 학

無俾民憂어다 — 백성들 근심하지 않도록 해주길
무 비 민 우

無棄爾勞[267]하여 — 수고로움 아끼지 말고
무 기 이 로

以爲王休[268]어다 — 임금님의 다스림 아름답게 하여 주기를
이 위 왕 휴

民亦勞之니 — 백성들 수고로우니
민 역 로 지

汔可小息이로다 — 조금이라도 쉬게 해주기를
흘 가 소 식

惠此京師하여 — 우리 도읍을 사랑하고
혜 차 경 사

以綏四國이어다 — 온 세상 편케 해주기를
이 수 사 국

無縱詭隨하여 — 거짓말하고 속이는 자들 버려두지 말고
무 종 궤 수

以謹罔極[269]하며 — 좋지 않은 자들을 근신시키며
이 근 망 극

式遏寇虐하여 — 약탈하고 포학한 짓 하는 자들 막아
식 알 구 학

無俾作慝[270]이어다 — 나쁜 짓 못하게 해주기를
무 비 작 특

---

266 혼노(惛怓): 〈삼가시(三家詩)〉에서는 환효(讙嘵)라 쓰고 있는데, 훤화(讙譁)의 뜻으로(『정전』) 시끄럽게 떠들고 말다툼 잘하는 사람들을 말한다.

267 무기이로(無棄爾勞): 기(棄)는 버리고 하지 않는 것. 또는 아끼다. 이 구절은 '그대의 수고로움을 아끼지 마라'는 뜻이다.

268 이위왕휴(以爲王休): 휴(休)는 아름다운 것.

269 망극(罔極): 무량(無良)의 뜻. 선량하지 않거나 중정(中正)하지 않은 사람. 앞에 여러 번 보였음.

270 특(慝): 간사한 것.

敬愼威儀하여 경 신 위 의	위엄과 예의를 공경하고 삼가며
以近有德[271]이어다 이 근 유 덕	덕 있는 분들 가까이하기를
民亦勞之니 민 역 로 지	백성들 수고로우니
汔可小愒[272]로다 흘 가 소 게	조금이라도 쉬게 해주기를
惠此中國하여 혜 차 중 국	우리나라를 사랑하고
俾民憂泄[273]하며 비 민 우 예	백성들의 근심 없애 주기를
無縱詭隨하여 무 종 궤 수	거짓말하고 속이는 자들 버려두지 말고
以謹醜厲[274]하며 이 근 추 려	악하고 사나운 자들을 근신시키며
式遏寇虐하여 식 알 구 학	약탈하고 포학한 짓 하는 자들 막아
無俾正敗[275]어다 무 비 정 패	정도가 그릇되지 않도록 해주시길
戎雖小子[276]나 융 수 소 자	당신들은 임금님의 자식 같은 존재라 하더라도

---

271 유덕(有德): 유덕지인(有德之人). 곧 덕이 있는 사람.

272 게(愒): 쉬다. 게(憩)와 통함.

273 우예(憂泄): 근심을 흩어 없애는 것. 예(泄)는 설(渫)의 가차자로서 제거(除去)의 뜻(『전소(傳疏)』).

274 추려(醜厲): 추(醜)는 악(惡)의 뜻(『석의(釋義)』). 려(厲)는 사나운 것.

275 정패(正敗): 정도(正道)를 그르치는 것(『정전』). 또는 정(正)은 정(政)의 뜻으로, 정치가 무너지고 파괴되는 것(왕인지(王引之), 『경의술문(經義述聞)』).

276 융수소자(戎雖小子): 융(戎)은 여(汝) 곧 '너'의 뜻. 여기서는 주왕(周王)으로도 본다. 소자(小子)는 나이가 젊은 사람에 대한 호칭. 또는 천자의 입장에서 관리들을 가리켜 한 말.

而式弘大[277]니라 이 식 홍 대	그 영향은 넓고 크다는 것을 명심하기를
民亦勞之니 민 역 로 지	백성들 수고로우니
汔可小安이로다 흘 가 소 안	조금이라도 편안케 했으면
惠此中國하여 혜 차 중 국	우리나라를 사랑하고
國無有殘[278]이어다 국 무 유 잔	나라를 해치는 사람 없애 줬으면
無縱詭隨하여 무 종 궤 수	거짓말하고 속이는 자들 버려두지 말고
以謹繾綣[279]하며 이 근 견 권	일을 뒤엎고 그르치는 자들을 근신케 하며
式遏寇虐하여 식 알 구 학	약탈하고 포학스런 짓 하는 사람 막아
無俾正反[280]이어다 무 비 정 반	정도에 어긋나지 말아 줬으면
王欲玉女[281]시니 왕 욕 옥 여	임금님이시여, 그대를 좋아하여

277 이식홍대(而式弘大): 식(式)은 용(用), 즉 작용의 뜻. 곧 작용이나 영향이 매우 크다는 것.

278 잔(殘): 해치다. 인의(仁義)를 해치는 일. 『맹자·양혜왕(孟子·梁惠王)』에 "적의자위지잔(賊義者謂之殘)"이라 하였다.

279 견권(繾綣): 반복(反覆)의 뜻으로(『모전』), 일을 뒤엎는 것. 또는 소인으로서 군왕에게 아부하며 비위를 맞추는 사람(『집전』). 즉 긴권(緊綣)과 통하여 서로 뒤엉킨다는 의미이다(『통석(通釋)』).

280 정반(正反): 정도(正道)를 위반하는 것. 또는 정(正)은 정(政)의 뜻이며, 반(反)은 '전복(顚覆)', '뒤집히다, 무너뜨리다'는 뜻으로 '국정을 전복하다'로 해석할 수 있다.

281 왕욕옥여(王欲玉女): 여(女)는 너[여(汝)]. '그대를(그대들을) 보배처럼 중히 여기는 것'(『집전』). 또는 옥(玉)은 쪼고 갈아야 그 가치가 있게 되므로, 사람을 꾸짖고 훈계하여 훌륭한 인물을 만드는 것에 비유할 수 있다. 그래서 『정전(鄭箋)』에서는 옥(玉)을 군자의 덕

是用大諫[282]하노라
시 용 대 간

그래서 크게 간하는 것이라오

◈ 해설

이 시는 관리들이 서로 나라를 위해 올바로 일을 할 것을 훈계하는 것이다(『집전』). 「모시서」에서는 소목공(召穆公)이 정사를 그르친 여왕(厲王)을 풍자한 것이라 하였는데, 내용과 잘 부합되지 않는다.

10. 판(板)

하느님이 버리시면

上帝板板[283]이면
상 제 판 판

하느님이 버리시면

(德)에 비유하며, 이 구절은 '왕이시여, 내가 그대로 하여금 옥과 같이 되도록 하겠다'라고 풀었다. 다시 여기서 구법(句法)이 변하는데, 이는 뒤 구(句)의 크게 간한다는 내용과 문맥이 잘 통하지 않기 때문이다. 그래서 옥(玉)을 축(畜)이나 호(好)의 가차(假借)라 하고, 옥여(玉女)는 축여(畜女)와 같고, 다시 호여(好女)와 같아서 '좋아하다〔희(喜), 애(愛)〕'의 뜻이라 했다〔『통석(通釋)』〕. 그런 예가 적지 않다. 「소아·육아(小雅·蓼莪)」의 "父兮生我, 母兮鞠我. 拊我畜我, 長我育我"는 '아버님 날 낳으시고 어머님 날 기르실 때, 나를 어루만지고 귀여워하시며 나를 키우고 감싸 주셨다'로 해석되고, 『여씨춘추·적위(呂氏春秋·適威)』 "周書曰, 民善之則畜也, 不善則讎也"에 대해 고유(高誘)는 축(畜)을 호(好)라고 풀었다. 또 일설에는 이 구절을 임금이 옥(玉)으로 상징되는 재화와 여색(女色)을 좋아한다는 의미로 풀었다〔임의광(林義光), 『시경통해(詩經通解)』〕. 또는 이와 유사하게 옥녀(玉女)로 보고 '옥 같이 예쁜 여자'로 풀기도 한다〔주광기(朱廣祁), 『논고(論稿)』〕.

282 시용대간(是用大諫): 용(用)은 이(以)와 통하여, 시용(是用)은 시이(是以)와 같다〔『석의(釋義)』〕. 대간(大諫)은 크게 간하는 것으로, 이 목적으로 이 시를 지었음을 말한다.

283 상제판판(上帝板板): 상제(上帝)는 하느님, 또는 주왕(周王)을 빗댄 것으로 봄. 판판(板

下民卒癉[284]이로다 하 민 졸 단	백성들 모두 고생하네
出話不然[285]하며 출 화 불 연	하는 말 옳지 못하고
爲猶不遠[286]하여 위 유 불 원	나라 다스리는 계획 멀리 내다보지 못하며
靡聖管管[287]하며 미 성 관 관	나라를 걱정하는 성인도 없고
不實於亶[288]이로다 불 실 어 단	성실한 이도 없어
猶之未遠이니 유 지 미 원	나라 다스리는 계획 오래가지 못할 것이라
是用大諫하노라 시 용 대 간	이에 크게 간하는 바이네
天之方難[289]이시니 천 지 방 난	하늘은 지금 어려움 내리시고 계시니
無然憲憲[290]이어라 무 연 헌 헌	그처럼 즐기지만 말기를
天之方蹶[291]시니 천 지 방 궤	하늘은 방금 성을 내고 계시니

板)은 반(反)과 같으며, 상도(常道)를 뒤집는 것을 말한다(『모전』). 또는 『노시(魯詩)』에 판(版)으로 되어 있고, 『이아(爾雅)』에 '판판(版版)'은 벽(僻)이라 했다. 벽(僻)은 벽원(僻遠)의 뜻으로, '멀리하는 것'(『석의(釋義)』).

284 졸단(卒癉): 졸(卒)은 '모두〔진(盡)〕'의 뜻(『집전』). 『한시외전(韓詩外傳)』에는 '췌(瘁)'로 인용하고 있으니 '병(病)'의 뜻으로 보아도 좋다. 단(癉)은 '노병(勞病)', 즉 지치고 병든 것.

285 불연(不然): 맞지 않다. 또는 불합리(不合理)의 뜻.

286 위유불원(爲猶不遠): 유(猶)는 유(猷)와 같으며 계획, 계모(計謀)의 뜻. 원(遠)은 멀리 내다보는 것, 원대(遠大)의 뜻으로 보아도 좋다.

287 미성관관(靡聖管管): 미성(靡聖)은 성인(聖人)이 없다. 관관(管管)은 의거함이 없는 것(『집전』). 관관(悹悹)의 가차로서 '근심하는 모양'(『후전(後箋)』). 또는 자대(自大)·자만(自滿)하는 모양(『정전』).

288 불실어단(不實於亶): 실(實)은 충실(忠實)의 뜻. 단(亶)은 성신(誠信)의 뜻.

289 방난(方難): 방(方)은 방금. 난(難)은 어려움을 백성들에게 내리고 있는 것.

290 무연헌헌(無然憲憲): 헌헌(憲憲)은 흔흔(欣欣)과 같은 말로(『모전』), 즐기는 모양.

無然泄泄[292]어다 무 연 예 예	그처럼 말 많이 떠들기만 하지 말기를
辭之輯矣[293]면 사 지 즙 의	정령이 부드러우면
民之洽矣[294]며 민 지 흡 의	백성들이 융화되고
辭之懌矣[295]면 사 지 역 의	정령이 기쁘게 해주는 일이면
民之莫矣[296]리라 민 지 막 의	백성들이 안정된다네

我雖異事[297]나 아 수 이 사	나 비록 일이 다르지만
及爾同僚[298]로다 급 이 동 료	그대와 더불어 동료이네
我卽爾謀[299]나 아 즉 이 모	내 그대들에게 계책을 말했으나
聽我囂囂[300]로다 청 아 효 효	내 말은 귓전에서 흘리네
我言維服[301]이니 아 언 유 복	내 말은 잘 들어야만 하는 것이니
勿以爲笑하라 물 이 위 소	비웃지들 말기를

---

291 궤(蹶): 동(動)의 뜻으로(『집전』), 하늘이 동(動)하는 것은 동노(動怒) 곧 성을 내는 것.

292 예예(泄泄): 말이 많은 모양〔『통석(通釋)』〕. 『설문(說文)』에서는 예(呭: 수다스러움)로 인용했다. 『집전(集傳)』에서는 설(泄)로 보고, '느긋함, 이완(弛緩)됨'이라 하였다.

293 사지즙의(辭之輯矣): 사(辭)는 왕조(王朝)의 정령(政令). 즙(輯)은 부드러운 것〔화(和)〕.

294 흡(洽): 화합·융합하다.

295 역(懌): 기뻐하다〔열(悅)〕(『집전』).

296 막(莫): 안정의 뜻〔정(定)〕(『집전』).

297 이사(異事): 다른 일에 종사하는 것. 직무가 서로 다른 것.

298 급이동료(及爾同僚): 급(及)은 여(與)의 뜻. 이(爾)는 너, 그대, 그대들.

299 아즉이모(我卽爾謀): 즉(卽)은 취(就)의 뜻으로, 나아가다. 모(謀)는 계책을 얘기하는 것.

300 효효(囂囂): 남의 말을 듣지 않는 모양(『정전』).

301 복(服): 용(用)의 뜻〔『석의(釋義)』〕. 나의 말을 채용하여 이를 따라야만 한다는 뜻.

先民有言하되 (선 민 유 언) — 옛 분들 말씀에
詢于芻蕘[302]라 하니라 (순 우 추 요) — 나무꾼에게도 일을 물으라 하였네

天之方虐[303]이시니 (천 지 방 학) — 하늘이 지금 벌을 내리고 계시니
無然謔謔[304]이어라 (무 연 학 학) — 그처럼 장난치며 놀기만 하지 말기를
老夫灌灌[305]이나 (노 부 관 관) — 이 늙은이는 성심으로 대하는데
小子蹻蹻[306]이로다 (소 자 갹 갹) — 젊은 친구들은 교만하기만 하네
匪我言耄[307]어늘 (비 아 언 모) — 내 말은 망령이 아닌데
爾用憂謔[308]이로다 (이 용 우 학) — 그대들은 걱정을 장난으로 받아들이네
多將熇熇[309]하여 (다 장 학 학) — 말 많으면 성만 나서

---

302 순우추요(詢于芻蕘): 순(詢)은 묻다. 추요(芻蕘)는 꼴을 베고 나무를 하는 천하고 무식한 사람.

303 학(虐): 모질게 벌을 주는 것.

304 학학(謔謔): 희락(喜樂)하는 모양(『석의(釋義)』).

305 노부관관(老夫灌灌): 노부(老夫)는 작자 자신을 가리킴. 관관(灌灌)은 관관(款款)과 통하여(『모전』), 성실한 모양.

306 소자갹갹(小子蹻蹻): 소자(小子)는 일반 관리들을 가리킨 말. 갹갹(蹻蹻)은 교만한 모양(『모전』).

307 비아언모(匪我言耄): 비(匪)는 비(非)의 뜻. 모(耄)는 80, 90세를 칭하지만(『예기(禮記)』) 일반적으로는 노인, 늙다. 이 구절은 자신의 말이 단순한 늙은이의 망령은 아니라는 뜻.

308 이용우학(爾用憂謔): 용(用)은 이(以)의 뜻. 우학(憂謔)은 걱정하는 말을 장난으로 보는 것. 우(憂)를 우(優), 즉 조희(調戱)·농지거리로 보고 우희(優戱)를 연문(連文)으로 볼 수 있다

309 다장학학(多將熇熇): 다(多)는 작자의 간언(諫言)이 많은 것. 학학(熇熇)은 『주역·가인(周易·家人)』의 "학학(嗃嗃)"과 통하여 엄하고 사나운 모양, 곧 성낸 모양을 뜻한다(『석의(釋義)』). 또는 『집전(集傳)』에서는 "근심이 이르기 전에 구원하면 다스릴 수 있거니와 만일 근심스런 일이 더욱 많아지면 불이 치성(熾盛)함과 같아서 다시는 구원할 수 없

不可救藥[310]이리라
불 가 구 약

그 병은 구원하고 치료할 수 없으리

天之方懠[311]시니
천 지 방 제

하늘이 지금 노하고 계시니

無爲夸毗[312]어라
무 위 과 비

굽실거리며 아첨만 하지 말기를

威儀卒迷[313]하여
위 의 졸 미

위엄과 예의 모두 혼미해져서

善人載尸[314]로다
선 인 재 시

착한 사람들 맥을 못 추네

民之方殿屎[315]어늘
민 지 방 전 시

백성들은 지금 신음하고 있거늘

則莫我敢葵[316]요
즉 막 아 감 규

그들을 전혀 생각도 안 해주고

喪亂蔑資[317]어늘
상 란 멸 자

혼란으로 물자가 없게 되었거늘

曾莫惠我師[318]로다
증 막 혜 아 사

백성들을 걱정해 주지 않네

을 것"으로 해석하였다.

310 불가구약(不可救藥): 그 병을 치료할 약도 없다고도 해석할 수 있으나, 구(救)와 약(藥)은 각각 '구원하다', '치료하다'의 뜻을 가진 동사로 본다.

311 제(懠): 성내다, 노하다.

312 무위과비(無爲夸毗): 무위(無爲)는 '하지 마라'는 뜻으로, 제4구 '선인재시(善人載尸)'까지 걸리는 것으로 본다. 과비(夸毗)는 아첨하고 굽실거리는 것.

313 졸미(卒迷): 모두 혼미하여 진 것.

314 선인재시(善人載尸): 선인(善人)은 호인(好人). 재(載)는 즉(則)의 뜻. 시(尸)는 고대에 사람을 신(神)으로 분장케 한 것을 말하며 시동(尸童)과 같다. 또는 말하지 못하고 일하지 않고 음식만 먹을 뿐인 자를 말한다(『집전』). 또는 시체처럼 맥을 못 추는 것.

315 전시(殿屎): 전시(唸吚)〔『설문(說文)』〕와 같으며, 신음하는 소리(『모전』).

316 칙막아감규(則莫我敢葵): 아(我)는 작자가 인민, 즉 백성의 입장에서 한 말. 규(葵)는 규(揆)와 통하여(『정전』), '헤아리다 생각하다'.

317 상란멸자(喪亂蔑資): 상란(喪亂)은 전쟁, 전염병 등으로 많은 사람이 죽는 재앙. 멸(蔑)은 멸(滅)과 통하며(『집전』), 없는 것. 그래서 멸자(蔑資)는 상란(喪亂)으로 말미암아 백성들이 살아가는데 필요한 물자들이 결핍되어 있다는 뜻. 또는 무질서의 뜻〔무차(無次)〕(손작운).

318 증막혜아사(曾莫惠我師): 혜(惠)는 사랑하다, 걱정하다. 사(師)는 무리. 아사(我師)는 백성들을 가리킴.

天之牖民[319]이 천지유민	하늘이 백성들을 인도하심이
如壎如篪[320]하며 여훈여지	악기들 소리처럼 조화되고
如璋如圭[321]하며 여장여규	반쪽 서옥 합하여 홀이 되듯 잘 맞으며
如取如攜[322]하니 여취여휴	밀어 주고 끌어 주듯 하시니
攜無曰益[323]이면 휴무왈익	이끄심을 막지만 않으면
牖民孔易로다 유민공이	백성들 쉽사리 인도되리니
民之多辟[324]이니 민지다벽	백성들에 간사한 자 많다고
無自立辟[325]이어다 무자립벽	그대들 스스로 간사해지지 말기를
价人維藩[326]이며 개인유번	갑옷 입은 군인은 나라의 울타리요

---

319 유(牖): 유(誘)와 통하여, 인도하다. 또는 개명(開明) 곧 열어 밝힘(『집전』).

320 여훈여지(如壎如篪): 훈(壎)은 흙을 구워 만든 악기의 일종. 지(篪)는 횡적(橫笛). 이 구절은 악기들을 합주하는 것처럼 백성들 모두가 조화됨을 뜻한다.

321 여장여규(如璋如圭): 장(璋)은 서옥(瑞玉)의 일종. 장(璋)을 두 개 합치면 규(圭)가 된다. 따라서 이 구절을 서로 잘 합하여짐을 말한다.

322 휴(攜): 이끌다. '여취여휴(如取如攜)'는 '취함과 같고 잡아 이끄는 것과 같다'는 것으로 서로 잘 이끌어 주는 것을 말한다.

323 휴무왈익(攜無曰益): 왈(曰)은 율(聿)과 같은 조사. 익(益)은 액(搤)과 통하여 액(阨)의 뜻, 곧 이끌어 주는 것을 잡아 막는 것(『석의(釋義)』). 모두 쉬운 일을 말한 것으로, 그래서 다음 구 '유민공이(牖民孔易)'라고 한 것이다.

324 벽(辟): 사벽(邪辟)의 뜻(『정전』). 부정(不正)함.

325 입벽(立辟): 관리들 스스로가 '간사함을 내세우는 것', 곧 '간사한 짓을 자신이 하면서 백성들을 인도하는 것'(『석의(釋義)』).

326 개인유번(价人維藩): 개(价)는 개(介)의 뜻으로 '개인(价人)'은 갑옷을 입은 군인으로서 군사를 맡은 경사(卿士)를 가리킴(『정전』). 또는 개(价)와 개(价)에 '크다〔대(大)〕'의 뜻이 있어 대인(大人) 또는 대덕(大德)이 있는 사람(『집전』). 유(維)는 시(是) 또는 족(足)의 뜻. 번(藩)은 울타리.

大師維垣[327]이며
태 사 유 원

삼공은 나라의 담이 되고

大邦維屛[328]이며
대 방 유 병

제후들은 나라의 보호자요

大宗維翰[329]이며
대 종 유 한

임금의 일가는 나라의 기둥이며

懷德維寧[330]이며
회 덕 유 녕

덕 있는 이들이 나라를 편케 하고

宗子維城[331]이로다
종 자 유 성

임금님 자손이 성이 되게 하네

無俾城壞하여
무 비 성 괴

그 성 무너지지 않게 하여

無獨斯畏[332]하라
무 독 사 외

홀로 두려운 일 당하지 않게 되기를

敬天之怒[333]하여
경 천 지 노

하늘의 노여움을 경외하여

無敢戲豫[334]하며
무 감 희 예

감히 장난치고 놀지 말며

敬天之渝[335]하여
경 천 지 유

하늘의 성내심 경외하여

---

327 태사유원(大師維垣): 태사(大師)는 정사(政事)를 맡은 삼공(三公)들(『정전』). 원(垣)은 낮은 담.

328 대방유병(大邦維屛): 대방(大邦)은 나라를 다스리는 제후들을 가리킴(『정전』). 병(屛)은 울타리처럼 가려 주고 보호하는 사람.

329 대종유한(大宗維翰): 대종(大宗)은 임금의 동성(同姓) 일가들(『정전』). 한(翰)은 간(幹)의 뜻으로, '기둥'을 뜻한다.

330 회덕유녕(懷德維寧): 회덕(懷德)은 덕을 지닌 훌륭한 사람들. 녕(寧)은 나라를 편안케 하는 것.

331 종자유성(宗子維城): 종자(宗子)는 임금의 적자(嫡子)(『정전』). 성(城)은 나라의 성과 같다는 뜻.

332 무독사외(無獨斯畏): 독(獨)은 성이 무너져 서로가 고립된 것. 외(畏)는 두려워할 만한 일이 생긴다는 뜻.

333 경(敬): 경외(敬畏)의 뜻. 즉 공경하면서도 두려워하는 것.

334 희예(戲豫): 일락(逸樂)의 뜻(『석의(釋義)』).

335 유(渝): 변화를 말함. 반상(反常)의 뜻으로, 하늘의 노여움이나 그로 인해 재난(災難)을 내리는 것 등을 말한다.

無敢馳驅[336]어다 무 감 치 구	감히 멋대로 행동하지 말기를
昊天曰明[337]하사 호 천 왈 명	넓은 하늘 밝으시어
及爾出王[338]하시며 급 이 출 왕	그대와 더불어 나가 다니고 계시며
昊天曰旦[339]하사 호 천 왈 단	넓은 하늘 훤하시어
及爾游衍[340]하시니라 급 이 유 연	그대와 더불어 놀러 다니시고 계시네

◈ 해설

주희(朱熹)는 이 시도 앞의 「민로(民勞)」 시와 같은 성질의 것이라 하였다. 다만 시절의 일들을 느끼며 걱정하는 뜻이 앞의 시보다 더 깊다. 「모시서」에선 범백(凡伯)이 여왕(厲王)을 풍자한 것이라 하였는데, 근거도 알 수 없거니와 내용과도 부합되지 않아 수긍할 수 없다.

범백은 『정전(鄭箋)』에 의하면 주공(周公)의 핏줄로서 왕의 경사(卿士)가 되었다고 한다. 위원(魏源)의 『시고미(詩古微)』에 의하면 범백은 공백(共伯) 화(和)라고 한다. 그는 서주(西周) 시기 공국(共國)의 국군(國君)이었으며, BC 841년 경사(京師)에 폭동이 일어나자 여왕(厲王)이 체(彘)로 도주하였을 때 그가 왕의 일을 섭정(攝政)하였고 14년 후 선왕(宣王)이 왕위를 잇자 귀국하였다고 한다.

---

336 치구(馳驅): 제멋대로 행동함을 뜻한다(『모전』).

337 호천왈명(昊天曰明): 호(昊)는 넓고 큰 것. 왈(曰)은 조사. 이 구절은 하늘이 매우 밝으셔서 모든 일을 아시고 계심을 뜻한다.

338 급이출왕(及爾出王): 급(及)은 여(與)의 뜻. 왕(王)은 왕(往)의 뜻(『모전』)으로, 가다. 이 구절은 그대가 어디를 가서 무슨 짓을 하더라도 하늘은 언제나 그대와 함께 계시듯이 모든 일을 알고 계시다는 뜻이다.

339 단(旦): 아침. 여기서는 명(明)의 뜻(『모전』).

340 급이유연(及爾游衍): 연(衍)은 낙(樂)의 뜻. 하늘은 네가 어디를 가서 놀더라도 언제나 함께 계시니 행동을 삼가라는 뜻이다.

제3 탕지습(蕩之什)

1. 탕(蕩) 위대하신 상제님

蕩蕩上帝[1]는 탕 탕 상 제	넓고 아득하여 위대하신 상제님은
下民之辟[2]이시니 하 민 지 벽	백성의 임금이시니
疾威上帝[3]는 질 위 상 제	포학한 상제는
其命多辟[4]이로다 기 명 다 벽	그 명령 편벽함이 많도다
天生烝民[5]하시나 천 생 증 민	하늘이 뭇 백성을 내시지만
其命匪諶[6]하사 기 명 비 심	그 명 믿을 수 없어라
靡不有初[7]나 미 불 유 초	모두가 시작은 있었어도
鮮克有終[8]이니라 선 극 유 종	유종의 미 거둔 나라 드물다

---

1 탕탕상제(蕩蕩上帝): 탕탕(蕩蕩)은 위대한 모양(『석의(釋義)』). 『논어(論語)』의 "탕탕호, 민무능명(蕩蕩乎, 民無能名)"의 "탕탕(蕩蕩)", 즉 위대함의 한 유형인 '넓고 아득함'과 같은 뜻으로 본다. 또는 본래는 물이 질펀하게 흐르는 것으로, 방종(放縱)하여 법도를 지키지 않아 도가 없는 모양으로 인신(引伸)된다. 상제(上帝)는 주나라 왕을 암시하는 것으로 본다.

2 하민지벽(下民之辟): 하민(下民)은 아래 백성. 벽(辟)은 임금.

3 질위(疾威): 포학한 짓을 하는 것(『집전』). 사나운 것.

4 기명다벽(其命多辟): 명(命)은 명령으로, 정교법령(政教法令). 벽(辟)은 벽(僻)과 통하여 사벽(邪辟) 곧 사악하며 치우친 것. 즉 무도(無道)한 것. 하늘이 이처럼 편벽(偏僻)된 명을 내리시어 백성들을 괴롭히는 것은 반드시 원인이 있다는 뜻.

5 증민(烝民): 백성들.

6 기명비심(其命匪諶): 비(匪)는 비(非)의 뜻. 심(諶)은 믿다 또는 성(誠)의 뜻. 비심(匪諶)은 하늘의 명은 '믿고만 있을 수 없는 것'이란 뜻. 왜냐하면 선인(善人)에게는 복을 내리지만 악한 행동을 하면 벌을 내리고, 내렸던 명을 딴 사람에게 다시 옮겨 주기도 하기 때문이다.

7 미불유초(靡不有初): 미(靡)는 무(無)와 같다. 초(初)는 명을 받았던 시초.

8 선극유종(鮮克有終): 선(鮮)은 드물다. 극(克)은 능(能)의 뜻. 유종(有終)은 마침이 있다. 즉 끝까지 그 명을 잘 유지해 가는 것.

文王曰咨[9]라 문 왕 왈 자	문왕이 말씀하시기를
咨女殷商[10]이여 자 여 은 상	아아, 슬프다, 너희 은나라여
曾是彊禦[11]와 증 시 강 어	일찍이 강포한 사람들과
曾是掊克[12]이 증 시 부 극	가렴주구(苛斂誅求)하는 자들이
曾是在位[13]하며 증 시 재 위	자리를 차지하고
曾是在服[14]이니 증 시 재 복	일하고 있어
天降慆德[15]이나 천 강 도 덕	하늘에서 징벌을 내리셔도
女興是力[16]이로다 여 흥 시 력	그대들은 나쁜 짓만 애써 했다

文王曰咨라 문 왕 왈 자	문왕이 말씀하시기를
咨女殷商이여 자 여 은 상	아아, 슬프다, 너희 은나라여

---

9 자(咨): '아아'의 뜻. 탄식하는 소리.

10 여은상(女殷商): 여(女)는 너. 은상(殷商)은 주왕(紂王) 때의 은(殷)나라를 가리킨다.

11 증시강어(曾是彊禦): 증(曾)은 내(乃)와 같은 조사〔왕인지(王引之), 『경전석사(經傳釋詞)』〕. 또는 마침내〔경(竟)〕. 시(是)는 '이렇게'의 뜻으로 대명사. 강어(彊禦)는 강포(强暴)과 같으며, 포학한 신하를 말한다(『집전』).

12 부극(掊克): 부(掊)는 부(抔)와 부(裒)와 통하며 '거두다', '모으다'는 뜻이고, 극(克)은 호승심(好勝心)과 질투심이 강하다는 뜻으로 탐함이 한량없는 것을 말한다. 여기서는 취렴(聚斂)하는 신하를 말한다(『집전』).

13 재위(在位): 관리의 자리에 있는 것〔재관(在官)〕〔『통석(通釋)』〕.

14 복(服): 일〔사(事)〕. 종사(從事)의 뜻. 재복(在服)은 재직(在職)과 같다〔『통석(通釋)』〕.

15 도덕(慆德): 도(慆)는 방자하다는 뜻. 그래서 도덕(慆德)은 교만하고 불손한 품격〔『석의(釋義)』〕, 또는 패덕(悖德)과 같다. 강어(彊禦)하고 부극(掊克)하는 불법(不法)과 패덕(悖德)의 신하들을 칭하는 말이다. 천강도덕(天降慆德)은 하늘이 벌을 내려 백성들을 괴롭힘을 말한다.

16 여흥시력(女興是力): 여(女)는 너 또는 너희들. 흥(興)은 작(作)이나 기(起)의 뜻. '그대는 일어나 이러한 나쁜 일에만 힘쓰고 있다'는 뜻.

而秉義類[17]어늘 이 병 의 류	그대들은 선한 사람 등용해야 할 것을
彊禦多懟[18]로 강 어 다 대	포학하고 원망 많은 자로 하여금
流言以對[19]하나니 유 언 이 대	뜬소문으로 임금에게 응대하게 하나니
寇攘式內[20]라 구 양 식 내	도둑들이 안에 있는지라
侯作侯祝[21]하니 후 작 후 축	속이며 저주함이
靡届靡究[22]로다 미 계 미 구	어떻게 될지 모르게 되었다
文王曰咨라 문 왕 왈 자	문왕이 말씀하시기를
咨女殷商이여 자 여 은 상	아아, 슬프다, 너희 은나라여
女炰烋于中國[23]하여 여 포 휴 우 중 국	그대들은 나라 안에서 소리쳐
斂怨以爲德[24]하나니 염 원 이 위 덕	원한을 만들고선 그걸 덕으로 여긴다

---

17 이병의류(而秉義類): 이(而)는 너. 병(秉)은 용(用)의 뜻(『석의(釋義)』). 의류(義類)는 선류(善類), 착한 사람들. 또는 착한 족인(族人)들.

18 대(懟): 원망하다.

19 유언이대(流言以對): 유언(流言)는 근거 없이 떠돌아다니는 말. 뜬소문. 대(對)는 임금님에게 응대하는 것.

20 구양식내(寇攘式內): 구양(寇攘)은 도적질하는 자들. 식(式)은 조사. 내(內)는 안으로 들어오는 것.

21 후작후축(侯作侯祝): 후(侯)는 유(維)와 같은 조사. 작(作)은 사(詐)와 통하여(『석의(釋義)』), 속이다. 축(祝)은 저(詛)와 통하여, 저주하다.

22 미계미구(靡届靡究): 미(靡)는 비(非)의 뜻. 계(届)는 극(極)의 뜻(『모전』). 구(究)는 궁(窮)의 뜻. 이 구절은 '끝이 없다' 또는 그 궁극(窮極)이나 결말(結末)이 어떻게 될지도 모를 지경이라는 뜻.

23 여포휴우중국(女炰烋于中國): 포휴(炰烋)는 포효(咆哮)와 통하여, 큰소리치는 것. 즉 횡포한 짓을 하거나 교만한 것. 중국(中國)은 중원의 나라를 뜻함.

24 염원(斂怨): 원한을 갖게 하는 것. 원한을 쌓도록 하는 것.

不明爾德이라 불 명 이 덕	그대들 덕 밝히지 못해
時無背無側[25]하며 시 무 배 무 측	뒤에도 곁에도 좋은 신하 없고
爾德不明이라 이 덕 불 명	그대들 덕 밝히지 못해
以無陪無卿[26]이로다 이 무 배 무 경	올바른 경대부들 한 사람도 없어라

文王曰咨라 문 왕 왈 자	문왕이 말씀하시기를
咨女殷商이여 자 여 은 상	아아, 슬프다, 너희 은나라여
天不湎爾以酒시[27]어늘 천 불 면 이 이 주	하늘이 그대들 술에 빠지지 말라 했어도
不義從式[28]이로다 불 의 종 식	올바르지 못한 일만 하고 있다
旣愆爾止[29]하여 기 건 이 지	그대들 행동거지 허물 많아서
靡明靡晦[30]하며 미 명 미 회	밤과 낮 가리지 않고

---

25 시무배무측(時無背無側): 시(時)는 시(是)의 뜻. 『한시(韓詩)』에는 이(以)로 되어 있고, 소이(所以)의 뜻. 무배무측(無背無側)은 '배무신(背無臣), 측무인(側無人)'의 뜻으로(『모전』), 뒤에도 곁에도 훌륭한 신하가 없다는 말. 또는 전후좌우의 신하들이 그 관직에 걸맞지 못하여 사람이 없는 것과 같다고 말한 것(『집전』).

26 이무배무경(以無陪無卿): 배(陪)는 모시는 사람들. 또는 배이(陪貳)와 같아 삼공(三公)을 지칭한다고 하였다〔『전소(傳疏)』〕. 경(卿)은 경사(卿士)들. 모두 대신을 가리킨다.

27 면(湎): 술에 빠지는 것.

28 불의종식(不義從式): 불의(不義)는 의롭지 못한 것. 식(式)은 용(用)의 뜻. 종식(從式)은 '(의롭지 못한 일을) 따라서 쓰다'는 뜻. 또는 의(義)는 의(宜), 종(從)은 종(縱), 식(式)은 시(試), 즉 용(用)의 뜻이며 나아가 음주(飮酒)로 풀기도 한다〔진자전(陳子展), 『아송선역(雅頌選譯)』〕. 그래서 '방종하여 술을 마시지 말라'로 해석이 가능하다.

29 기건이지(旣愆爾止): 건(愆)은 허물. 지(止)는 용지(容止)·의용(儀容), 즉 몸가짐이나 행동을 가리킴.

30 미명미회(靡明靡晦): 미(靡)는 비(非)나 무(無)의 뜻. 명(明)은 낮을 가리킴. 회(晦)는 밤을 가리킴. 이 구절은 밤낮없이 죄짓는 짓만 하고 있다는 뜻.

式號式呼[31]하여 식호식호 — 고함치고 소리쳐서

俾晝作夜[32]로다 비주작야 — 낮을 밤으로 삼았다네

文王曰咨라 문왕왈자 — 문왕이 말씀하시기를

咨女殷商이여 자여은상 — 아아, 슬프다, 너희 은나라여

如蜩如螗[33]하며 여조여당 — 매미 우는 듯 시끄러우며

如沸如羹[34]하여 여비여갱 — 끓는 물과 같고 끓는 죽과 같아서

小大近喪[35]이어늘 소대근상 — 낮은 사람 높은 사람 다 망해 가는데

人尙乎由行[36]하여 인상호유행 — 사람들은 아직도 잘못을 그대로 따라 행하여

內奰于中國[37]하여 내비우중국 — 안으로는 온 나라가 성을 내고

---

31 식호식호(式號式呼): 식(式)은 조사. 호(號)는 호령하는 것, 호통치는 것. 호(呼)는 서로 호응하여 소리치는 것. 이는 술에 취한 뒤의 작태로 보아도 좋겠다.

32 비주작야(俾晝作夜): '낮을 밤으로 삼다'는 뜻으로, 낮에도 밤에 하는 것처럼 술에 취하여 호통치고 소리치며 나쁜 짓을 일삼고 있다는 말이다.

33 여조여당(如蜩如螗): 조(蜩)는 쓰르라미. 당(螗)은 말매미〔선(蟬)〕. 양웅(揚雄)의 『방언(方言)』에서는 매미 선(蟬)을 옛 송(宋)나라 위(衛)나라 지역에서는 조당(蜩螗)이라 한다고 하였다. 즉 조(蜩)와 당(螗)을 따로 해석하여 두 종류의 벌레로 보지 않고 '매미'로 풀 수도 있다(『집전』). 쓰르라미나 매미처럼 백성들이 괴로움에 울부짖고 있다는 말. 또는 시국(時局)이 어지러운 것을 말한다.

34 여비여갱(如沸如羹): 비(沸)는 끓다. 갱(羹)은 국. 끓는 물이나 뜨거운 국처럼 백성들이 걱정에 애를 태우고 있다는 말. 또는 시국이 끓는 물이나 국과 같아서 어지러운 것을 말한다(『집전』).

35 소대근상(小大近喪): 소대(小大)는 작은 자와 큰 자, 즉 백성에서 고관(高官)들까지 모두. 또는 크고 작은 일. 근(近)은 근접해 있다. 상(喪)은 실패하다, 망하다.

36 인상호유행(人尙乎由行): 상(尙)은 여전히, 오히려. 호(乎)는 조사. 유행(由行)은 유차이행(由此而行). 즉 사람들은 여전히 악함이나 잘못된 것을 고치지 아니하고 그대로 따라 행동하여 변할 줄을 모른다는 것(『집전』).

覃及鬼方[38]이로다
담 급 귀 방

오랑캐 나라까지 뻗어 갔네

文王曰咨라
문 왕 왈 자

문왕이 말씀하시기를

咨女殷商이여
자 여 은 상

아아, 슬프다, 너희 은나라여

匪上帝不時[39]라
비 상 제 불 시

상제께서 착하지 않아서가 아니라

殷不用舊[40]니라
은 불 용 구

은나라가 옛 법도를 따르지 않기 때문

雖無老成人[41]이나
수 무 로 성 인

비록 늙고 훌륭하신 어른 없어도

尙有典刑[42]이어늘
상 유 전 형

그래도 떳떳한 법이 있거늘

曾是莫聽이라
증 시 막 청

마침내 들어주지 않아

大命以傾[43]이로다
대 명 이 경

나라의 운명이 기울어진 것이로다

文王曰咨라
문 왕 왈 자

문왕이 말씀하시기를

咨女殷商이여
자 여 은 상

아아, 슬프다, 너희 은상아

人亦有言호되
인 역 유 언

사람들이 또한 말하되

---

37 비(奰): 성내다, 노하다.

38 담급귀방(覃及鬼方): 담(覃)은 뻗다. 귀방(鬼方)은 은나라 주나라 시대에 서북쪽에 있던 적국(狄國)의 이름. 「소아·채미(小雅·采薇)」 시 참조. 노여움이 먼 오랑캐들의 나라에까지도 미쳤다는 뜻.

39 비상제불시(匪上帝不時): 비(匪)는 비(非)의 뜻. 일설에는 피(彼)로 보고, 군왕을 가탁(假託)한 것으로 보기도 한다. 시(時)는 시(是)와 통하며, 다시 선(善)의 뜻〔『석의(釋義)』〕.

40 구(舊): 옛날의 전장(典章)이나 법도(法度).

41 노성인(老成人): 나이 많고 경험도 많은 사람.

42 전형(典刑): 전장(典章) 제도. 또는 법칙.

43 대명이경(大命以傾): 대명(大命)은 나라의 운명. 경(傾)은 기울다〔경복(傾覆)〕, 멸망하다.

顚沛之揭[44]에
전 패 지 게

枝葉未有害라
지 엽 미 유 해

本實先撥[45]이라 하니라
본 실 선 발

殷鑒不遠[46]하여
은 감 불 원

在夏後之世[47]하니라
재 하 후 지 세

넘어지고 뽑히어 뿌리가 드러나

가지와 잎새엔 해 없다 하여도

실은 뿌리가 먼저 끊긴 것이라 하네

은나라 본보기 멀리 있지 않고

하후의 세대에 있느니라

◈ 해설

「모시서」에서는 소목공(召穆公)이 주나라가 크게 어지러워졌음을 탄식한 작품이라 하였다. 그러나 시의 내용으로 볼 때 수긍되지 않는다. 굴만리(屈萬里)는 "이 시는 주나라 초기의 작품으로 문왕의 어투를 빌려 은나라 사람들의 악함을 밝히고 주나라 사람들이 나라를 다스리게 된 정당함을 밝힌 것인 듯하다"고 하였는데, 이치에 가깝다.

---

44 전패지게(顚沛之揭): 전(顚)은 넘어지다. 패(沛)는 뿌리가 뽑혀 넘어진 것. 분리해서 사용하지 않고, 합쳐서 '넘어지다 뽑히는 것' 또는 그 나무. 게(揭)는 뿌리가 드러나 있는 모양(『모전』).

45 본실선발(本實先撥): 본(本)은 뿌리. 실(實)은 시(是)과 같은 뜻. 발(撥)은 절(絶)과 같은 뜻으로, '끊다', '끊이다'. 큰 나무가 쓰러지려 할 때에는 가지나 잎은 꺾이고 상함이 없으나 그 뿌리는 이미 먼저 끊어진 것이니 이는 마치 상주(商周)가 쇠망했을 때 전형(典刑)이 폐해지지 않았고, 제후들이 배반하지 않았고 사방의 오랑캐들이 일어나 쳐들어오지 않았지만 그 군주가 먼저 불의(不義)한 일을 하여 스스로 하늘을 끊어서 구원할 수 없게 된 것을 비유하였다.

46 감(鑒): 거울로 삼을 만한 본보기.

47 하후(夏后): 하(夏)나라의 마지막 임금인 걸(桀)을 말한다. 포학무도(暴虐無道)한 정치를 하여 나라를 망친 걸왕(桀王)이 그의 본보기가 되는 데도 주왕(紂王)은 정신을 차리지 않는다는 뜻.

2. 억(抑) 중후하고 아름다운

抑抑威儀[48]는
억 억 위 의

維德之隅[49]니라
유 덕 지 우

人亦有言 하되
인 역 유 언

靡哲不愚[50]라 하니라
미 철 불 우

중후하고 아름다운 위의는
내면의 덕과 짝이 된다네
세상 사람들 또한 말하길
어진 사람으로 어리석지
않은 이 없다 하는데

庶人之愚[51]는
서 인 지 우

亦職維疾[52]이어니와
역 직 유 질

哲人之愚는
철 인 지 우

이 세상 백성들의 어리석음은
본시부터 탈이라 여겨 왔지만
어진 이의 어리석음이라는 것은

---

48 억억(抑抑): 빈틈없는 모양. 치밀한 모양. 「소아·빈지초연(小雅·賓之初筵)」 시에서 보였음. 또는 의(懿)와 통하여, 용모가 단정하고 아름다운 모양. 『모전(毛傳)』에서는 밀(密)이라 하였고, 학의행(郝懿行)의 『이아의소(爾雅義疏)』에서는 밀(密)을 정(靜)이라 하여, 온중(穩重)하고 정숙(靜肅)한 아름다움이라 하였다.

49 유덕지우(維德之隅): 지(之)는 시(是)의 뜻. 우(隅)는 모퉁이. 그래서 이 구절을 '그 덕은 모가 난 듯이 방정(方正)하다'는 뜻으로 푼다. 또는 '한 모서리'로 보고, '덕의 단면'으로 푼다. 그러나 우성오(于省吾)의 해석은 이와 다르다. 우(隅)는 우(偶)의 가차로서 한(漢)나라 『한산조령유웅비(漢酸棗令劉熊碑)』에서 이 시를 인용하면서 '유덕지우(惟德之偶)'라 하였는데, 우(偶)는 또 우(耦)와 통용하였으며 '짝'의 뜻이다〔우성오(于省吾), 『신증(新證)』〕. 그래서 이 구절은 '(그 겉으로 드러나는 중후하고 아름다운 위의가) 내면의 덕과 짝이 되어 안팎이 조화된다'로 푼다.

50 미철불우(靡哲不愚): 어리석지 않은 철인(哲人)은 없다. 곧 예지(叡智)가 있는 사람들〔哲人〕은 모두 어리석은 듯이 지내고 있다는 뜻. 이 의미는 대개 두 가지로 볼 수 있다. 첫째는, '대지약우(大智若愚)', 즉 '큰 지혜는 어리석은 것처럼 보인다'는 뜻. 둘째는 『논어(論語)』의 "방무도즉우(邦無道則愚)"와 같은 말로(『모전』), '나라에 도가 없으면 어리석은 듯 지낸다'는 의미로서 결국 세상이 어지러움을 말한 것.

51 서인(庶人): 중인(衆人). 많은 사람.

52 역직유질(亦職維疾): 직(職)은 실(實)의 뜻으로〔『석의(釋義)』〕, '실로'. 질(疾)은 병폐가 되는 것.

亦維斯戾[53]로다 일반적인 상식에 위반되네
역 유 사 려

無競維人[54]이면 힘껏 사람 된 도리를 다하면
무 경 유 인
四方其訓之[55]하며 사방에서 받들어 순종하며
사 방 기 훈 지
有覺德行[56]이면 크게 덕망으로 행하면
유 각 덕 행
四國順之로다 온 천하가 그를 따르지니라
사 국 순 지
訏謨定命[57]하며 크게 계획하여 국운을 안정시키며
우 모 정 명
遠猶辰告[58]하며 먼 일까지 내다보고
원 유 신 고
제때에 분부 내리며

敬愼威儀라야 일신의 위의를 삼가 조심한다면
경 신 위 의
維民之則[59]이니라 이야말로 백성의 본보기가 되리
유 민 지 칙

---

53 역유사려(亦維斯戾): 역유사(亦維斯)는 모두 조사. 려(戾)는 상도(常道)나 상식에 어긋나는 것.

54 무경유인(無競維人): 무경(無競)은 다툴 만한 이가 없는 것. 유(維)는 위(爲)·작(作)의 뜻으로 본다. 그래서 유인(維人)은 '사람됨'으로 푼다. 일설에는 무경(無競)의 무(無)를 뜻이 없는 조사로 보고, 경(競)은 축(逐)과 강(强)의 뜻이 있으므로(『이아(爾雅)』), 무(務), 즉 '노력하다'로 풀어서 '힘껏 노력하여 종사하는 사람'으로 해석할 수 있다.

55 훈(訓): 교훈으로 삼는 것. 또는 뒤 구(句)의 순(順)과 같아서(『광아(廣雅)』, 『시의회통(詩義會通)』), '순종(順從)'의 뜻. 『춘추좌전』「애공(哀公) 26년」에 이 시를 인용하면서 "四方其順之"라고 하였다.

56 유각(有覺): 각각(覺覺) 또는 각연(覺然)과 같으며, 크고 위대한 모양.

57 우모정명(訏謨定命): 우(訏)는 큰 것. 모(謨)는 계책. '큰 계책'이라 함은 국가의 큰 정치를 말할 것이다. 정명(定命)은 국운(國運)을 안정시키는 것(『석의(釋義)』). 또는 명령을 살펴 정하는 것(『집전』). 또는 개인의 운명을 결정짓는다는 뜻. 즉 '국가의 정책은 개인의 운명을 결정짓는 것이니'로 해석이 가능하다.

58 원유신고(遠猶辰告): 원유(遠猶)는 장기적이거나 원대(遠大)한 계획. 유(猶)는 유(猷)와 같다. 신고(辰告)는 세시(歲時)에 따라 또는 때에 맞추어 고하여 시행케 하는 것(『정전』).

59 칙(則): 본받는 것. 본보기.

其在于今하여 기 재 우 금	그렇거늘 지금의 세상에서
興迷亂于政[60]하여 흥 미 란 우 정	모든 것이 국정을 혼란하게 하여
顚覆厥德[61]이요 전 복 궐 덕	몸에 지닌 그 덕조차 뒤엎어 버리고
荒湛于酒[62]로다 황 담 우 주	술에 빠져 헤어날 줄을 모르는도다
女雖湛樂從[63]하며 여 수 담 락 종	그대는 오직 즐거움에 빠져
弗念厥紹[64]로다 불 념 궐 소	조상의 뒤 잇는 일 잊었구나
罔敷求先王[65]하여 망 부 구 선 왕	선왕의 도와 덕을 널리 구하여
克共明刑[66]이로다 극 공 명 형	밝은 법 펴보려 하지 않네
肆皇天弗尙[67]이시니 사 황 천 불 상	이에 하느님은 그대들 돕지 않는 것이니

---

60 흥미란우정(興迷亂于政): 흥(興)은 거(擧)와 통하여, '거개(擧皆)' 곧 '모두'의 뜻. 미란(迷亂)은 혼란.

61 전복궐덕(顚覆厥德): 전복(顚覆)은 넘어지다, 무너지다. 궐(厥)은 그〔기(其)〕.

62 황담(荒湛): 황(荒)은 큰 것. 또는 '즐거움에 빠져 돌아오지 않는 것〔從樂而不反者〕'〔『관자(管子)』〕. 담(湛)은 즐거움에 빠지는 것. 『노시(魯詩)』와 『제시(齊詩)』에서는 침(沈)으로 썼고, 『한시(韓詩)』에서는 심(愖)으로 썼는데, 모두 '술에 빠지다'는 뜻의 짐(酖)의 가차라고 하였다〔『통석(通釋)』〕.

63 여수담락종(女雖湛樂從): 여(女)는 너. 여기서는 아마도 주왕(周王)을 칭하는 듯하다. 수(雖)는 유(惟)와 통하며〔『경의술문(經義述聞)』, 『통석(通釋)』〕, '오직'의 뜻. 담락(湛樂)은 음락(淫樂)과 통하며, 과도한 즐김을 말한다. 종(從)은 종사(從事)의 뜻.

64 불념궐소(弗念厥紹): 불(弗)은 불(不). 염(念)은 생각하다. 궐(厥)은 기(其)이며, 여기서는 선왕(先王) 또는 조상을 가리킨다. 소(紹)는 선인(先人)의 유업을 계승하는 것.

65 망부구(罔敷求): 망(罔)은 불(不)의 뜻. 부(敷)는 '널리'의 뜻〔『집전』〕.

66 극공명형(克共明刑): 극(克)은 능(能)의 뜻. 공(共)은 공(恭)의 뜻으로, 공손한 것. 또는 공(拱)의 뜻으로, 집행(執行)하는 것. 명형(明刑)은 밝은 법.

67 사황천불상(肆皇天弗尙): 사(肆)는 '고(故)로', '그러므로'. 황천(皇天)은 하늘. 황(皇)은 미칭(美稱). 상(尙)은 우(右)와 통하고〔『이아(爾雅)』〕, 우(右)는 우(佑)와 통하여, '돕다'는 뜻.

如彼泉流라 — 저 샘물이 흘러감과 같은지라
여 피 천 류

無淪胥以亡[68]이어다 — 모두 함께 망하지 말기를
무 륜 서 이 망

夙興夜寐[69]하여 — 일찍 일어나고 밤늦게 자며
숙 흥 야 매

灑掃廷內[70]하여 — 뜰 안을 쓸고 닦아
쇄 소 정 내

維民之章[71]이어다 — 백성들의 모범이 되기를
유 민 지 장

脩爾車馬와 — 그대의 수레와 말과
수 이 거 마

弓矢戎兵[72]하여 — 활과 화살 및 무기를 닦아
궁 시 융 병

用戒戎作[73]하며 — 전쟁이 일어남에 대비하고
용 계 융 작

用逖蠻方[74]이어다 — 오랑캐들을 다스리기를
용 적 만 방

質爾人民[75]하며 — 그대의 인민을 안정시키며
질 이 인 민

謹爾侯度[76]하여 — 제후로서의 법도를 삼가서
근 이 후 도

---

68 무륜서이망(無淪胥以亡): 륜(淪)은 함(陷), 즉 빠짐의 뜻. 서(胥)는 서로.

69 숙흥야매(夙興夜寐): 아침에 일찍 일어나고 밤늦게 잠자다. 「위풍·맹(衛風·氓)」 시에 보임.

70 쇄소정내(灑掃廷內): 쇄(灑)는 물 뿌리다. 소(掃)는 비로 쓸다. 정내(廷內)는 정원(庭院)과 궁실의 안을 말함.

71 장(章): 법도, 본보기의 뜻.

72 융병(戎兵): 병기(兵器), 무기.

73 용계융작(用戒戎作): 계(戒)는 대비하는 것. 융작(戎作)은 전쟁이 일어나는 것.

74 용적만방(用逷蠻方): 적(逷)은 치(治)의 뜻. 『노시(魯詩)』에선 적(逖)으로 썼고, 이는 멀리 쫓아내는 것이라 했다〔왕선겸(王先謙), 『집소(集疏)』〕. 만방(蠻方)은 왕기(王畿) 바깥의 먼 이민족, 오랑캐의 나라.

75 질(質): 정(定)의 뜻(『집전』)으로, 안정시키는 것. 또는 『노시(魯詩)』와 『한시(韓詩)』에서는 고(告)라 하였고, 『제시(齊詩)』는 힐(詰)로 썼다. 이 둘 힐(詰)과 고(告)는 음과 뜻이 서로 통하고, 고(告)는 서(誓)와 함께 말로써 사람들과 경계하고 약속하는 것이므로 힐(詰)과 서(誓)는 '삼가다〔근(謹)〕'의 뜻이라 하였다〔왕선겸(王先謙), 『집소(集疏)』〕.

76 근이후도(謹爾侯度): 근(謹)은 근신(謹愼). 이(爾)는 너. 후도(侯度)는 제후로서 지켜야

用戒不虞[77]요
용 계 불 우

愼爾出話[78]하며
신 이 출 화

敬爾威儀하여
경 이 위 의

無不柔嘉[79]어다
무 불 유 가

白圭之玷[80]은
백 규 지 점

尙可磨也어니와
상 가 마 야

斯言之玷은
사 언 지 점

不可爲也니라
불 가 위 야

의외의 일에 대비하고
그대의 말을 삼가며
그대의 위의를 공경하여
훌륭하지 않음이 없기를
흰 옥의 티는
그래도 갈면 되지만
말의 티는
어떻게 할 수 없네

無易由言[81]하며
무 이 유 언

無曰苟矣[82]어다
무 왈 구 의

莫捫朕舌[83]이나
막 문 짐 설

言不可逝矣[84]니라
언 불 가 서 의

가벼이 말하지 말고
함부로 지껄이지 말기를
내 혀는 아무도 건드리지 못하지만
한 말은 좇아가 잡을 수 없는 거네

할 법도. [해설] 참조.

77 불우(不虞): 불려(不慮), 즉 생각하지도 않은 의외의 사고.

78 출화(出話): 말하는 것.

79 유가(柔嘉): 유(柔)는 가(嘉)와 함께 선(善)의 뜻을 지니고 있다(『통석(通釋)』). 글자대로 풀면, 온유(溫柔)하고 훌륭하다는 뜻.

80 백규지점(白圭之玷): 규(圭)는 서옥(瑞玉). 점(玷)은 옥에 티가 있는 것.

81 무이유언(無易由言): 무(無)는 물(勿)과 같이 '—하지 마라'의 뜻. 이(易)는 경이(輕易)·경솔(輕率)의 뜻, 가벼이 여기는 것. 유언(由言)은 말로 하는 것.

82 구(苟): 차(且)의 뜻으로, 말을 함부로 하는 것.

83 막문짐설(莫捫朕舌): 문(捫)은 만지다, 건드리다. 짐(朕)은 옛사람이 스스로를 칭하던 말로, 훗날 황제의 전용으로 바뀌었다.

84 언불가서의(言不可逝矣): 언(言)은 말한 것. 서(逝)는 가다. 불가서(不可逝)는 뒤쫓아 가서 다시 잡아 올 수 없다는 뜻.

無言不讎[85]며 무 언 불 수	어떤 말에든 대답이 있고
無德不報니 무 덕 불 보	어떤 행위에든 응보가 있는 것이니
惠于朋友[86]하며 혜 우 붕 우	친구들을 사랑하여
庶民小子[87]면 서 민 소 자	백성들과 젊은이들 사랑하면
子孫繩繩[88]하여 자 손 승 승	자손들 끊임없이 번성하여
萬民靡不承[89]하리라 만 민 미 불 승	만민이 받들게 될 것이네
視爾友君子[90]하노니 시 이 우 군 자	그대와 벗들인 군자들에게 고하노니
輯柔爾顔[91]하면 집 유 이 안	그대의 얼굴을 부드럽게 지니면
不遐有愆[92]이로다 불 하 유 건	아무런 허물도 없게 될 걸세
相在爾室[93]하니 상 재 이 실	그대가 방 안에서 반성하여 보아도
尙不愧于屋漏[94]로다 상 불 괴 우 옥 루	방 어두운 모퉁이에 대하여도 부끄러움 없기 바라네

---

85 수(讎): 대답하다〔『통석(通釋)』〕. 『한시(韓詩)』에서는 수(酬)로 썼다. 즉 응수(應酬)·응답(應答)의 뜻.

86 혜우붕우(惠于朋友): 혜(惠)는 사랑하다, 친애하다. 붕우(朋友)는 여러 신하를 지칭하는 듯.

87 서민소자(庶民小子): 서민(庶民)은 중인(衆人) 곧 많은 백성들. 소자(小子)는 젊은이, 자제(子弟).

88 승승(繩繩): 끊임없이 창성하는 것. 「주남·종사(周南·螽斯)」 시에 보였음.

89 승(承): 떠받들며 따르는 것.

90 시이우군자(視爾友君子): 시(視)는 보다. 또는 시(示)와 통하여 '고하는 것'. 우(友)는 벗과 같은 여러 신하들. 군자(君子)는 제후들을 가리키며 이우(爾友)와 동격임.

91 집유(輯柔): 유화(柔和)의 뜻.

92 불하유건(不遐有愆): 하(遐)는 조사〔『석의(釋義)』〕. 건(愆)은 허물.

93 상(相): 보다.

無曰不顯[95]이니 무 왈 불 현	말하지 말라 어두우니
莫予云覯[96]어다 막 여 운 구	아무도 나를 안 볼 거라고
神之格思[97]는 신 지 격 사	신이 강림하는 것은
不加度思[98]이니 불 가 탁 사	미리 알 수 없는 것이니
矧可射思[99]아 신 가 역 사	하물며 게을리 할 수가 있겠는가

辟爾爲德[100]이면 벽 이 위 덕	그대를 본떠 덕을 닦게 하면
俾臧俾嘉[101]이니 비 장 비 가	착하고 아름답게 될 것이니

---

94 상불괴우옥루(尙不愧于屋漏): 상(尙)은 바라다. 옥루(屋漏)는 방의 서북쪽 모퉁이(『모전』), 가장 어두침침한 곳. 방 안에 아무도 없다고 하더라도 반드시 행동을 삼가서 어두운 구석에서도 부끄러움이 없게 되기를 바란다는 뜻. 또는 신(神)의 대칭(代稱). 옛날 서북쪽 모퉁이에서 제사를 지냈고, 또 그곳은 신주(神主)를 안장(安藏)한 곳이었다고 한다〔『전소(傳疏)』〕. 『공소(孔疏)』에 따르면 옛날 토굴(土窟)에는 위쪽을 열어 창을 만들고 빛을 받아들였는데 이걸 '유(牖)'라 하였고, 거기로 빗물이 새어 들어왔으므로 또 이름하기를 '류(霤)', '중류(中霤)'라 하였는데 집 안에 햇빛이 새어 들어오는 곳이라 또 '루(漏)', '옥루(屋漏)'라 하였다고 했다. 같은 사물에 대한 다른 시각과 용도에 의해 두 개의 이름이 주어진 것이다. 그리고 바로 이곳에 신주를 안치하고 제사를 지냈으므로 '옥루(屋漏)'라고 하면 신(神)이 있는 곳을 지칭한다는 것이다.

95 무왈불현(無曰不顯): 무왈(無曰)은 '말하지 마라'는 뜻으로, 다음 구까지 걸린다. 현(顯)은 밝다, 밝히다.

96 막여운구(莫予云覯): 막(莫)은 불(不)의 뜻. 여(予)는 나. 운(云)은 조사. 구(覯)는 보다.

97 신지격사(神之格思): 격(格)은 이르다〔지(至)〕, 강림(降臨)의 뜻〔『석의(釋義)』〕. 사(思)는 조사.

98 탁(度): 헤아리다.

99 신가역사(矧可射思): 신(矧)은 하물며. 역(射)은 염(厭)의 뜻으로, 싫어서 게을리 하는 것.

100 벽이위덕(辟爾爲德): 벽이(辟爾)는 백성들이 그대를 본뜨는 것. 그러나 문맥이 매끄럽지 않아 보인다. 또는 벽(辟)은 군주 또는 명(明)의 뜻. 위(爲)는 행하다.

101 비장비가(俾臧俾嘉): 비(俾)는 하게 하다. 장(臧)은 착한 것, 훌륭한 것. 가(嘉)는 아름다운 것.

淑愼爾止[102]하여 / 숙 신 이 지 — 그대의 행동을 잘 삼가서

不愆于儀[103]어다 / 불 건 우 의 — 거동에 잘못 없기 바라네

不僭不賊[104]이면 / 불 참 부 적 — 어긋남이 없고 남을 해치는 일이 없으면

鮮不爲則[105]이니 / 선 불 위 칙 — 모두가 본받게 될 것이니

投我以桃에 / 투 아 이 도 — 내게 복숭아 던져 주면

報之以李[106]로다 / 보 지 이 리 — 그것에 대해 오얏으로 갚는다 하였네

彼童而角[107]이니 / 피 동 이 각 — 어린 양을 보고 뿔이 있다는 것 같은 말은

實虹小子[108]니라 / 실 홍 소 자 — 정말로 젊은이들을 속이려는 것이네

荏染柔木[109]에 / 임 염 유 목 — 휘청거리는 부드러운 나무에

言緡之絲[110]니라 / 언 민 지 사 — 줄을 매어 활을 만드네

---

102 숙신이지(淑愼爾止): 숙(淑)은 선(善)의 뜻(『정전』). 이(爾)는 너. 지(止)는 용지(容止), 거동의 뜻.

103 불건우의(不愆于儀): 건(愆)은 허물. 의(儀)는 위의(威儀)의 뜻.

104 불참부적(不僭不賊): 참(僭)은 거짓말을 하다, 그릇된 짓을 하다. 적(賊)은 남을 해치는 것.

105 선불위칙(鮮不爲則): 선(鮮)은 드물다. 위칙(爲則)은 법도로 삼는 것.

106 투아이도, 보지이리(投我以桃, 報之以李): 준 것이 있으면 반드시 갚음을 받게 된다는 뜻, 곧 모든 일에는 반드시 보답이 있다는 것이다.

107 피동이각(彼童而角): 동(童)은 뿔이 아직 나지 않은 어린 양(羊)(『모전』). 각(角)은 뿔이 났다는 것. 「소아·빈지초연(小雅·賓之初筵)」 시의 "비출동고(俾出童羖)"와 거의 같은 뜻.

108 실홍소자(實虹小子): 홍(虹)은 홍(訌)의 가차로서, 무너져 어지럽다〔궤란(潰亂)〕 또는 속여 넘기는 것. 소자(小子)는 젊은이.

109 임염유목(荏染柔木): 임염(荏染)은 부드러운 모양. 유목(柔木)은 잘 휘는 부드러운 나무.

110 언민지사(言緡之絲): 민(緡)은 실을 꼬아 만든 것. 꼬아 만든 줄을 입혀 활을 만든다(『모

溫溫恭人[111]은 온 온 공 인	온순하고 공손한 사람은
維德之基[112]니라 유 덕 지 기	덕의 터전이네
其維哲人은 기 유 철 인	오직 어진 사람만이
告之話言[113]하며 고 지 화 언	훌륭한 말을 하고
順德之行이로다 순 덕 지 행	행동은 덕을 따르네
其維愚人은 기 유 우 인	어리석은 사람들은
覆謂我僭[114]하나니 복 위 아 참	도리어 우리보고 속인다고 말하니
民各有心로다 민 각 유 심	백성들 마음은 모두 각각이 된다네

於乎小子여 어 호 소 자	아아, 젊은이들은
未知臧否[115]로다 미 지 장 부	아직 선함과 악함을 알지 못하네
匪手攜之[116]요 비 수 휴 지	손으로 이끌어 줄 뿐만 아니라
言示之事[117]며 언 시 지 사	일의 옳고 그름 알려 주고
匪面命之[118]요 비 면 명 지	직접 명령할 뿐만 아니라

전』). 민지사(緡之絲)는 거기에 줄을 매어 활을 만드는 것. 이는 뒤의 두 구를 말하기 위해 먼저 비유로 표현한 것이다.

111 온온공인(溫溫恭人): 온온(溫溫)은 온화한 모양. 공인(恭人)은 공손한 사람.

112 유덕지기(維德之基): 유(維)는 조사. 지(之)는 시(是)의 뜻. 기(基)는 기초.

113 화언(話言): 옛날의 좋은 말(『모전』).

114 복위아참(覆謂我僭): 복(覆)은 반(反)의 뜻(『정전』). 참(僭)은 도리에 어긋나는 것. 또는 불신(不信).

115 장부(臧否): 장(臧)은 선(善)의 뜻. 즉 선함과 그렇지 않음, 선악(善惡).

116 비수휴지(匪手攜之): 비(匪)는 비단(非但)의 뜻으로, '—할 뿐 아니라'. 휴(攜)는 끌어 주다.

117 언시지사(言示之事): 언(言)은 조사. 시지사(示之事)는 일의 시비(是非)를 일러 준다는 뜻.

言提其耳[119]로다 — 그들의 귀를 잡아끌어 주어야 하네
언 제 기 이

借曰未知[120]나 — 설사 아는 것이 없다 하더라도
차 왈 미 지

亦旣抱子[121]로다 — 역시 자식들은 낳아 길러 보았다네
역 기 포 자

民之靡盈[122]이니 — 속이 꽉 차고 완전한 사람은 없는 법이니
민 지 미 영

誰夙知而莫成[123]이리요 — 누가 아침에 알고 저녁에 성취하리요
수 숙 지 이 모 성

昊天孔昭[124]하사 — 넓은 하늘은 매우 밝으신데
호 천 공 소

我生靡樂[125]이로다 — 우리의 삶은 즐겁지 않네
아 생 미 락

視爾夢夢[126]이요 — 그대들을 보니 멍청하여
시 이 몽 몽

---

118 면명(面命): 면전에서 직접 명령하는 것.

119 언제기이(言提其耳): 제(提)는 잡아끌다. 귀를 잡고 그 귀에 대고 말해 주는 것.

120 차왈(借曰): 차(借)는 가(假)와 통하여, '가령'의 뜻.

121 역기포자(亦旣抱子): 포자(抱子)는 자식을 안는 것, 곧 자식을 기르는 것을 뜻한다. 여기서는 자기가 아는 것은 없다고 해도 자식들을 기르고 살아온 경험은 있다는 말이다.

122 민지미영(民之靡盈): 민(民)은 일반적인 사람[인(人)]으로 본다. 영(盈)은 만(滿)과 통하여, 만족의 뜻. 또는 '가득하다고 하여 자만하다'는 뜻. 또는 사람으로서 가득 차 있는 사람은 없다, 즉 완전한 사람은 없다는 뜻. 여기서는 세 번째 해석을 취한다.

123 수숙지이모성(誰夙知而莫成): 숙지(夙知)는 일찍 알다. 모(莫)는 저녁 모(暮)의 옛 글자. 모성(莫成)은 늦게 이루다. 이 구절은 앞 구절과 연결되어, '사람들이 만일 스스로 가득한 척 자만하지 아니하여 가르침과 경계함을 받아들인다면, 어찌 이미 일찍 알고서 도리어 늦게 이루는 자가 있겠는가'라는 뜻으로 본다. 또는 '사람치고 완전한 사람은 없는데 누가 아침에 안다고 저녁에 성취하겠는가?' 즉 다른 사람의 충고를 잘 받아들여야 한다는 뜻이다. 여기선 후자를 취한다.

124 공소(孔昭): 매우 밝다.

125 아생미락(我生靡樂): 정치를 올바로 하지 않았기 때문에 하늘의 노여움을 사서 우리 백성들은 즐거운 생활을 하지 못하고 있다는 뜻.

126 몽몽(夢夢): 몽몽(懜懜)과 통하여, '혼란스러워 어리둥절한 모양' 또는 '멍청한 모양'[『석의(釋義)』].

我心慘慘[127]이로다 아 심 참 참	내 마음 시름겹고 불안하기만 하네
誨爾諄諄[128]하나 회 이 순 순	그대들에게 간절히 타일러도
聽我藐藐[129]이로다 청 아 막 막	내 말을 건성으로 듣네
匪用爲教[130]요 비 용 위 교	가르침은 따르지 않고
覆用爲虐[131]이로다 복 용 위 학	반대로 장난으로 여기네
借曰未知나 차 왈 미 지	설사 아는 것이 없다 해도
亦聿既耄[132]어다 역 율 기 모	나이는 많이 먹었다네
於乎小子여 어 호 소 자	아아, 젊은이들이여
告爾舊止[133]하노라 고 이 구 지	그대들에게 옛 법도를 알려 주었네
聽用我謀면 청 용 아 모	나의 계책을 따른다면
庶無大悔리라 서 무 대 회	아마도 큰 뉘우침은 없게 될 것이네

127 참참(慘慘): 시름겨워 마음이 아픈 모양. 근심되어 불안한 모양.

128 회이순순(誨爾諄諄): 회(誨)는 가르치다, 깨우쳐 주다. 순순(諄諄)은 상세하고 익숙한 모양. 또는 간절한 모양.

129 막막(藐藐): 『노시(魯詩)』, 『한시(韓詩)』에서는 막(邈)으로 썼는데, 소원(疏遠)한 모양. 소홀히 대충하는 모양. 말 듣기 싫어 귓전으로 듣고 흘려버리는 모양.

130 비용위교(匪用爲教): 비(匪)는 비(非)의 뜻. 용위교(用爲教)는 '가르침으로 받아들이다' 또는 '자신을 가르치는 것으로 사용하다'의 뜻.

131 복용위학(覆用爲虐): 복(覆)은 반(反)의 뜻. 학(虐)은 학(謔)과 통하여, '장난으로 하는 말', '농담'.

132 역율기모(亦聿既耄): 역(亦)과 율(聿)은 모두 조사. 모(耄)는 나이가 많은 것, 나이 많은 사람.

133 고이구지(告爾舊止): 고이(告爾)는 너에게 고하다. 구(舊)는 구장(舊章), 옛날의 법도〔『석의(釋義)』〕. 지(止)는 조사로도 쓰이지만, 예절(禮節)을 가리키기도 한다. 「용풍·상서(鄘風·相鼠)」 시의 "인이무지(人而無止)"의 '지(止)'와 같다.

天方艱難이니
천 방 간 난

하늘은 지금 어려움을 내리고 계시니

曰喪厥國[134]이로다
왈 상 궐 국

나라를 잃을 지경이 되었네

取譬不遠[135]이니
취 비 불 원

내가 한 비유는 먼 것이 아니고

昊天不忒[136]이어늘
호 천 불 특

넓은 하늘은 어김이 없거늘

回遹其德[137]하여
회 휼 기 덕

그의 덕이 그릇되고 편벽되어

俾民大棘[138]하도다
비 민 대 극

백성들은 위급하게 되었네

◈ 해설

「모시서」에 "「억(抑)」은 위(衛)나라 무공(武公)이 여왕(厲王: BC 878~828년 재위)을 풍자하고 또한 스스로를 경계한 시이다"라고 하여 모두 이 설을 따라 풀이해 왔다. 그러나 굴만리(屈萬里)에 의하면 위(衛)나라 무공은 선왕(宣王) 16년(BC 812년)에 즉위하여 평왕(平王) 13년(BC 758년)에 졸하였다. 여왕(厲王) 때에는 무공은 즉위하지 않았으니 「모시서」의 설은 부당함이 명백하다. 『국어·초어(國語·楚語)』에 "좌사(左史) 의상(倚相)이 말하기를 옛날 위나라 무공은 나이 95세였는데…… 이에 의계(懿戒)를 지어 자신을 경계토록 하였다고 했다"는 글이 있다. '의(懿)'는 옛날엔 '억(抑)'과 통용되었으니 '의계'란 바로 이 시일 것으로 추정할 수 있다. 이 『국어』의 내용과 이 시 속의 "근이후도(謹爾侯道)"라는 말을 볼 때 「억(抑)」은 스스로를 깨우치기 위한 시였을 가능성이 가장 많음을 알 수 있

134 왈(曰): 조사로 사용되었으며, 『한시(韓詩)』에는 율(聿)로 썼다.

135 취비불원(取譬不遠): 취비(取譬)는 시인이 이 시 속에서 말한 각종 인과(因果) 관계나 이해관계의 비유들. 불원(不遠)은 가까이 있고 쉽게 이해할 수 있는 이치라는 뜻.

136 특(忒): 어긋나다.

137 회휼(回遹): 사벽(邪辟), 곧 정도(正道)가 아닌 것.

138 극(棘): 급(急)과 통하여, 위급의 뜻.

다. 적어도 천자인 여왕(厲王)보다는 다른 어떤 제후를 훈계한 시로 봄이 좋을 것이다.

3. 상유(桑柔)　　부드러운 뽕나무

菀彼桑柔[139]는 울 피 상 유	무성한 부드러운 뽕나무는
其下侯旬[140]이로다 기 하 후 순	그 밑에 그늘 드리웠네
捋采其劉[141]하여 랄 채 기 류	잎새 성근 가지의 잎새 훑느라
瘼此下民[142]이로다 막 차 하 민	밑의 백성들 병나겠네
不殄心憂[143]하여 부 진 심 우	끊임없이 마음 상하여
倉兄填兮[144]로되 창 황 전 혜	병이나 가슴 아픈데
倬彼昊天[145]은 탁 피 호 천	위대한 하늘은

139 울피상유(菀彼桑柔): 울(菀)은 무성한 것. 상유(桑柔)는 부드러운 뽕나무.

140 후순(侯旬): 후(侯)는 조사로, 유(維)와 같음. 순(旬)은 그늘이 널리 든 것(『모전』).

141 랄채기류(捋采其劉): 랄(捋)은 훑어 따는 것. 류(劉)는 가지와 잎새가 다 떨어지고 조금밖에 남지 않은 것.

142 막차하민(瘼此下民): 막(瘼)은 병이 나다. 하민(下民)은 뽕나무 밑에 쉬고 있는 백성들을 가리킨다. 처음엔 무성하고 그늘지던 뽕나무 잎새를 다 따버려 그늘도 시원찮은 나무 밑에 쉬고 있는 백성들을 보며 이 시를 읊었다. 뽕나무는 나라에 비유한 것으로 본다.

143 진(殄): 끊이다.

144 창황전혜(倉兄填兮): 창황(倉兄)은 창황(愴怳)과 같은 말로, 슬프고 마음 언짢은 것(『석의(釋義)』). 전(填)은 전(癲)과 통하여(『통석(通釋)』), 병이 나다.

145 탁(倬): 커다란 것.

寧不我矜[146]이로다 나를 불쌍히 여기시지도 않네
영 불 아 긍

四牡騤騤[147]하고 사마(駟馬)는 늠름하고
사 모 규 규
旟旐有翩[148]이로다 많은 깃발 펄럭이네
여 조 유 편
亂生不夷[149]하니 난리 일어나 평화롭지 못하고
난 생 불 이
靡國不泯[150]이며 온 나라가 어지러우니
미 국 불 민
民靡有黎[151]이나 많은 백성들이 죽어 없어지거나
민 미 유 려
具禍以燼[152]이로다 모두 화를 입어 겨우 살아가고 있네
구 화 이 신
於乎有哀하니 아아, 슬프다!
오 호 유 애
國步斯頻[153]이로다 나라 형편 정말 위급하구나
국 보 사 빈

國步蔑資[154]니 나라 실정은 물자도 없는데
국 보 멸 자

---

146 영불아긍(寧不我矜): 녕(寧)은 내(乃)와 같은 조사. 긍(矜)은 불쌍히 여기다.

147 규규(騤騤): 말이 건장한 모양.

148 여조유편(旟旐有翩): 여(旟)는 새매를 그린 기. 조(旐)는 거북과 뱀을 그린 기. 유편(有翩)는 편연(翩然)과 같으며, 펄럭이다.

149 이(夷): 평(平)의 뜻(『모전』).

150 민(泯): 난(亂)의 뜻.

151 민미유려(民靡有黎): 여민미유(黎民靡有)의 도치문이다. 려(黎)는 중(衆)의 뜻(『석의(釋義)』). '많은 백성들이 있지 않다'는 것으로 곧 죽었음을 뜻한다.

152 구화이신(具禍以燼): 구(具)는 구(俱)와 통하여, '모두'의 뜻. 화(禍)는 동사로 사용되어 '화를 입다'는 뜻. 신(燼)은 불타고 난 끄트머리. 많은 백성들이 모두 화를 입어 불탄 끄트머리처럼 쇠잔(衰殘)하였다는 말.

153 국보사빈(國步斯頻): 국보(國步)는 국운(國運), 나라의 형세(『석의(釋義)』). 사(斯)는 이것, 이렇게. 빈(頻)은 위급의 뜻.

154 멸자(蔑資): 물자가 결핍된 것. 앞의 「대아·판(大雅·板)」 시에 보임.

天不我將[155]하사 천 불 아 장	하늘은 우리를 돕지 아니하시어
靡所止疑[156]니 미 소 지 의	머물러 쉴 곳도 없으니
云徂何往[157]고 운 조 하 왕	어디로 가야만 하는가
君子實維[158]니 군 자 실 유	군자님들은 진실로
秉心無競[159]이로다 병 심 무 경	마음가짐 견줄 데 없어야 하는데
誰生厲階[160]하여 수 생 려 계	누가 악한 짓을 날로 더하여
至今爲梗[161]고 지 금 위 경	지금 같은 괴로움에 시달리게 되었나

憂心慇慇[162]하여 우 심 은 은	마음의 시름 하염없이
念我土宇[163]로다 염 아 토 우	우리나라를 생각하네
我生不辰[164]이니 아 생 불 신	나의 삶 때를 못 만나고
逢天僤怒[165]로다 봉 천 탄 노	하늘의 큰 노여움 만났네
自西徂東으로 자 서 조 동	서쪽으로부터 동쪽에 이르기까지

---

155 장(將): 돕다.

156 미소지의(靡所止疑): 의(疑)는 정(定)의 뜻(『모전』). 지의(止疑)는 머물러 안정하는 것.

157 운조하왕(云徂何往): 운(云)은 조사. 조(徂)는 가다. 하왕(何往)은 어디로 가야 하는가.

158 군자실유(君子實維): 군자(君子)는 정사(政事)를 맡고 있는 사람을 가리킨다. 실유(實維)는 진실로 그러하다. 또는 소위(所爲), 즉 '하는 바'.

159 병심무경(秉心無競): 병심(秉心)은 마음가짐. 마음을 잡다. 무경(無競)은 비길 데 없이 좋다는 뜻. 또는 힘껏 노력하여 종사하다는 뜻.

160 여계(厲階): 악으로 나아가는 단계. 악이나 화(禍)가 일어나는 단서 또는 그 길.

161 경(梗): 병이 나다. 본뜻은 가시가 있는 나무.

162 은은(慇慇): 한이 없는 모양.

163 토우(土宇): 나라를 가리킴. 또는 경기(京畿)의 땅. 「대아·권아(大雅·卷阿)」 시 참조.

164 불신(不辰): 좋지 못한 때.

165 봉천탄노(逢天僤怒): 봉(逢)은 만나다. 탄(僤)은 후(厚)의 뜻이며, 탄노(僤怒)는 큰 노여움.

靡所定處니 (미소정처)	안정된 살 곳 없으니
多我覯痻[166]이며 (다아구민)	많은 사건 일어나
孔棘我圉[167]로다 (공극아어)	우리나라 변경은 매우 위급하네
爲謀爲毖[168]이면 (위모위비)	계책을 신중히 세우면
亂況斯削[169]이로다 (난황사삭)	어지러운 형편 나아지리라
告爾憂恤[170]하며 (고이우휼)	정치하는 이들에게 걱정 근심 고하고
誨爾序爵[171]하노라 (회이서작)	인재를 가려내어 벼슬 주도록 깨우쳐 주려 하네
誰能執熱[172]하여 (수능집열)	누가 뜨거운 물건 쥐고서
逝不以濯[173]이리요 (서불이탁)	곧 물에 손 씻지 않으리
其何能淑[174]고 (기하능숙)	어찌하면 잘 되겠는가

---

166 다아구민(多我覯痻): 구(覯)는 만나다. 민(痻)은 병.

167 공극아어(孔棘我圉): 공(孔)은 매우. 극(棘)은 위급의 뜻. 어(圉)는 변방, 국경 지방.

168 비(毖): 삼가다.

169 난황사삭(亂況斯削): 난황(亂況)은 어지러운 상황. 사(斯)는 즉(則). 삭(削)은 삭감(削減)·감소(減少)의 뜻(『통석(通釋)』).

170 고이우휼(告爾憂恤): 이(爾)는 너. 여기서는 주왕(周王)으로 본다. 우혈(憂恤)은 우려(憂慮), 즉 근심하다.

171 회이서작(誨爾序爵): 회(誨)는 가르치다, 깨우치다. 서작(序爵)은 어진 사람들을 분별하여 순서를 따라 등용하여 벼슬을 주는 것.

172 집열(執熱): 뜨거운 물건을 손으로 쥐는 것.

173 서불이탁(逝不以濯): 서(逝)는 조사. 탁(濯)은 뜨거운 손을 찬물에 담금을 뜻한다. 앞의 구와 연결되어, 사람이면 누구나 모르고 뜨거운 물건을 쥐었다가 뜨거우면 손을 찬물에 담가 식힌다는 것을 말한다. 곧 위급한 일을 당하면 누구나 이 위난(危難)을 해결하려 하는 것이 인지상정(人之常情)임을 비유한 것이다.

174 숙(淑): 착하다, 훌륭하다.

載胥及溺[175]이로다
재 서 급 닉

모두 물에 빠진 꼴이 되었네

如彼遡風[176]이니
여 피 소 풍

바람을 안은 듯

亦孔之僾[177]로다
역 공 지 애

매우 숨 막히는 것 같네

民有肅心[178]이나
민 유 숙 심

백성들은 착해지려는 마음 있어도

荓云不逮[179]로다
병 운 불 체

그렇게 되지 못하게 하네

好是稼穡[180]하여
호 시 가 색

농사지은 곡식이나 좋아하여

力民代食[181]이니
역 민 대 식

백성들에게 부세 거둬
대신 먹고 있으니

---

175 재서급닉(載胥及溺): 재(載)는 조사 또는 즉(則)과 같은 뜻. 서(胥)는 서로, 또는 모두. 급(及)은 이르다, 미치다. 익(溺)은 물에 빠지고 잠기는 것, 나아가 멸망을 뜻한다.

176 소풍(遡風): 소(遡)는 향하다. 그래서 소풍(遡風)은 얼굴을 향해 부는 바람. 즉 역풍(逆風).

177 애(僾): 읍(唈)의 뜻으로(『모전』), 숨이 막히는 것. 이 숨 막히게 하는 바람은 어지러운 정치에 비유한 것이다.

178 숙심(肅心): 숙(肅)은 진(進)과 통하여, 전진하여 선하여지려는 것. 즉 숙심(肅心)은 선(善)으로 나아가려는 마음이나 변화시키고 개혁하려는 마음.

179 병운불체(荓云不逮): 병(荓)은 사(使)의 뜻. 운(云)은 조사. 체(逮)는 도달하다, 미치다〔급(及)〕.

180 호시가색(好是稼穡): 호(好)는 동사로서, 좋아하다. 가색(稼穡)은 백성들이 농사지은 곡식.

181 역민대식(力民代食): 역민(力民)은 백성들의 부세(賦稅)를 거둬들이는 것〔『통석(通釋)』〕. 또는 근민(勤民)과 같은 뜻으로 보고, 백성들의 힘을 사용하여 그들을 수고롭게 하는 것이나 백성들의 일에 온 마음과 힘을 다하는 것. 대식(代食)은 백성들이 농사지은 곡식을 백성들 대신 먹어버리는 것. 또는 대경(代耕)과 같이, 관리가 경작하지 않고 농부가 지은 곡식을 봉록(俸祿)으로 대신하여 그것을 먹는 것〔祿足以代其耕也(『맹자』)〕. 그래서 이 구절은 당시의 정치에 대해 긍정적 부정적 해석이 병존한다. 『집전(集傳)』에서는 긍정적으로 보고, "군자가 여왕(厲王)의 난을 보고…… 이에 물러나 농사를 지어 그 근력(筋力)을 다해서 백성들과 일을 함께하며 녹식(祿食)을 대신할 뿐이었다" 라는 소씨(蘇氏)의 말을 인용하였다. 그러나 앞뒤의 장들이 모두 정치에 대한 부정적인

稼穡維寶[182]나 가 색 유 보	보배 같은 곡식을
代食維好[183]로다 대 식 유 호	대신 먹어 주고 있음을 좋다 하네

天降喪亂하시니 천 강 상 란	하늘은 재난을 내리시어
滅我立王[184]이요 멸 아 립 왕	우리가 세운 임금 멸하시려 하네
降此蟊賊[185]하여 강 차 모 적	이 해충들을 내리시어
稼穡卒痒[186]이로다 가 색 졸 양	농사지은 곡식 모두 병들게 하였네
哀恫中國[187]이 애 통 중 국	애통하여라 우리나라는
具贅卒荒[188]이니 구 췌 졸 황	모두 위급해지고 황폐해졌으니
靡有旅力[189]이 미 유 여 력	아무런 재간 없이
以念穹蒼[190]이로다 이 념 궁 창	하늘만을 생각하네

내용이므로 긍정적으로는 볼 수 없을 것 같다.

182 유(維): 위(爲)의 뜻.

183 대식유호(代食維好): 대식(代食)은 백성들이 농사지은 곡식을 백성들 대신 먹어 버리는 것. 이 시의 작자는 '대식(代食)'을 찬성하지 않는데, 주왕(周王)은 오히려 좋은 일이라고 하는 것.

184 아립왕(我立王): 내가 세워 놓은 임금. 또는 입(立)은 위(位)와 같아서, 입왕(立王)은 재위(在位)하고 있는 임금〔손작운(孫作雲), 『시경여주대사회연구(詩經與周代社會硏究)』〕. 즉 우리의 지금 재위하고 있는 임금.

185 모적(蟊賊): 모(蟊)는 곡식의 뿌리를 먹는 해충. 적(賊)은 곡식의 줄기를 먹는 해충(『정전』).

186 졸양(卒痒): 졸(卒)은 모두. 양(痒)은 병들다.

187 통(恫): 마음 아픈 것.

188 구췌졸황(具贅卒荒): 구(具)는 구(俱), 즉 '모두'의 뜻. 췌(贅)는 속(屬)의 뜻(『모전』)이며, '매달려 잇는 기(旗)의 술과 같다'〔『춘추(春秋)』〕는 것으로 위험해진 것을 말한다(『집전』). 졸(卒)은 모두. 황(荒)은 흉년이 든 것을 말한다.

189 미유여력(靡有旅力): 려(旅)는 려(膂)와 통하여, 여력(膂力)은 체력이나 근력(筋力)을 말한다. 이 구절은 이러한 재난을 어떻게 할 만한 힘도 없다는 뜻.

190 궁창(穹蒼): 푸른 하늘.

維此惠君[191]은
유 차 혜 군

民人所瞻이로다
민 인 소 첨

秉心宣猶[192]하사
병 심 선 유

考愼其相[193]이니라
고 신 기 상

維彼不順[194]은
유 피 불 순

自獨俾臧[195]하며
자 독 비 장

自有肺腸[196]하여
자 유 폐 장

俾民卒狂[197]하도다
비 민 졸 광

도리를 따르는 임금님은
백성들이 우러르네
지닌 마음 밝고 착하여
신중히 보좌할 신하 생각하시네
도리를 따르지 않는 임금은
자기만 좋은 것이나 하며
자기 혼자만의 생각으로
백성들을 모두 정신 잃게 하네

瞻彼中林하니
첨 피 중 림

甡甡其鹿[198]이로다
신 신 기 록

朋友已譖[199]하여
붕 우 이 참

저 숲 속을 바라보니
사슴들이 우글우글하네
여러 신하들 서로 속이며

---

191 혜군(惠君): 혜(惠)는 순(順)과 통하여, 혜군(惠君)은 인심(人心)이나 도(道)에 순응하는 임금을 말한다(『정전』).

192 선유(宣猶): 선(宣)은 두루〔편(遍)〕. 또는 밝다. 유(猶)는 유(猷)와 통하여, 계책의 뜻. 또는 순(順)의 뜻임〔『통석(通釋)』〕.

193 고신기상(考愼其相): 고신(考愼)은 신중히 생각하는 것. 상(相)은 돕다. 여기서는 임금을 보좌할 대신(大臣)을 뜻함.

194 불순(不順): 앞의 혜군(惠君)과 반대되는 뜻으로, 인심이나 도에 순응하지 않는 임금.

195 자독비장(自獨俾臧): 자독(自獨)은 자기 혼자서 멋대로. 장(臧)은 선(善)의 뜻. 이 구절은 자기 혼자서만 선하다고 생각하는 것. 또는 자신이 임용한 사람을 혼자서만 선하다고 생각하는 것.

196 자유폐장(自有肺腸): 자기만의 독선적인 마음을 지니고 있는 것. 또는 자신의 사사로운 생각을 따로 가지고 있는 것.

197 졸광(卒狂): 졸(卒)은 모두. 광(狂)은 정신 잃는 것. 광란(狂亂)하는 것.

198 신신(甡甡): 많은 모양.

199 참(譖): 모함하다, 거짓말하다.

不胥以穀[200]이로다 불 서 이 곡	서로 잘 지내지 못하네
人亦有言 하되 인 역 유 언	사람들도 또한 말하기를
進退維谷[201]이라 하니라 진 퇴 유 곡	진퇴유곡이라 하네

維且聖人은 유 차 성 인	성인께서는
瞻言百里[202]어늘 첨 언 백 리	백리 저 멀리도 바라보시나
維彼愚人은 유 피 우 인	저 어리석은 사람들은
覆狂以喜[203]로다 복 광 이 희	반대로 잘못된 것을 기뻐하네
匪言不能이니 비 언 불 능	말할 줄 모르는 것도 아닌데
胡斯畏忌[204]오 호 사 외 기	어찌 이렇게 두려워하며 말 못할까

維此良人을 유 차 량 인	훌륭한 사람을
弗求弗迪[205]하며 불 구 불 적	구하지도 등용하지도 않으며
維彼忍心[206]을 유 피 인 심	잔인한 사람만을

---

200 곡(穀): 선(善)의 뜻.

201 진퇴유곡(進退維谷): 나아가고 물러남에 모두 곤궁(困窮)함. 곡(谷)은 궁(窮)의 뜻(『모전』).

202 첨언백리(瞻言百里): 첨(瞻)은 바라보다. 언(言)은 조사. 백리(百里)는 먼 거리를 가리킨다. 곧 성인(聖人)은 먼 앞날까지도 내다보고 행동한다는 것이다.

203 복광이희(覆狂以喜): 복(覆)은 반(反)과 통하여, 반대의 뜻. 광(狂)은 미친 듯 허망한 것, 즉 잘못된 것. 희(喜)는 기뻐하다.

204 호사외기(胡斯畏忌): 호(胡)는 어찌. 외(畏)는 두려워하다. 기(忌)는 꺼리다. 이 두 구는 내가 말하지 못할 것도 없는데 어째서 두려워하고 꺼리면서 입 다물고 있겠는가? 가만히 보고만 있지 못하겠기에 이 시를 쓴다는 것이다.

205 적(迪): 나아가다〔진(進)〕(『모전』). 즉 나아가 쓰임〔진용(進用)〕 또는 등용의 뜻.

206 인심(忍心): 잔인한 마음을 가진 사람. 양인(良人)의 반대.

是顧是復[207]하나니
시 고 시 복

民之貪亂[208]이여
민 지 탐 란

寧爲荼毒[209]이로다
영 위 도 독

생각하고 또 생각하고 있으니
백성들은 혼란으로 망하기 바라면서
쓰고 괴로운 생활 겪고 있네

大風有隧[210]하니
대 풍 유 수

有空大谷[211]이로다
유 공 대 곡

維此良人은
유 차 량 인

作爲式穀[212]이어늘
작 위 식 곡

維彼不順[213]은
유 피 불 순

征以中垢[214]로다
정 이 중 구

큰 바람 씽씽
큰 골짜기에 불어오네
훌륭한 사람은
하는 일 다 훌륭하지만
도리를 따르지 않는 사람은
때 낀 더러운 속으로만 들어가네

---

207 시고시복(是顧是復): 시(是)는 조사. 고(顧)는 돌아보다. 또는 이익을 좋아하는 것. 복(復)은 중복, 즉 영리를 꾀함이 많은 것. 이 구절은 돌아보고 또 돌아보는 것, 즉 잊지 못하는 것.

208 탐란(貪亂): 탐(貪)은 욕(欲)의 뜻. 탐란(貪亂)은 난이 일어나 망하기를 바라는 것(『정전』).

209 영위도독(寧爲荼毒): 영(寧)은 내(乃)의 뜻. 도(荼)는 씀바귀로 쓴 나물인데, 여기서는 쓰다〔고(苦)〕는 뜻을 취했다. 독(毒)은 독충(毒蟲)으로 여기서는 해독(害毒)의 뜻을 취했다. 백성들은 포학한 임금이 다스리는 나라는 차라리 망하기를 바라면서 난을 일으켜 쓴 나물이나 독사의 독처럼 매서운 고생을 스스로 겪고 있다는 말.

210 유수(有隧): 수연(隧然)으로 바람이 구멍에서 나오듯 씽씽 불어오는 것.

211 유공(有空): 공연(空然)으로 큰 산골짜기를 바람이 휭 하니 휩쓰는 것. 이 골짜기를 휩쓰는 바람은 일종의 사회악(社會惡)에 비유한 것으로 본다.

212 작위식곡(作爲式穀): 작위(作爲)는 하는 짓. 식(式)은 조사. 곡(穀)은 착하다, 선하다.

213 불순(不順): 도리를 순종(順從)하지 않음. 또는 그런 사람.

214 정이중구(征以中垢): 정(征)은 행(行)의 뜻. 이(以)는 우(于)와 같다. 중구(中垢)는 구중(垢中), 때처럼 더러운 가운데. 또는 구(垢)는 구(冓)와 같고, 방(房), 즉 내실(內室)로 보고, 이 구절을 밀실(密室)에서 획책(劃策)·음모(陰謀)하여 해를 가하는 것으로도 본다〔왕선겸(王先謙), 『집소(集疏)』〕.

大風有隧[215]하니
대 풍 유 수

큰 바람 씽씽 불어와

貪人敗類[216]로다
탐 인 패 류

탐욕 많은 자들이 착한 이들
패망시키네

聽言則對[217]나
청 언 즉 대

순종하는 말에는 대응하지만

誦言如醉[218]로다
송 언 여 취

간하는 말은 취한 듯이
건성으로 듣네

匪用其良하고
비 용 기 량

좋은 사람 쓰지 못하고

覆俾我悖[219]로다
복 비 아 패

반대로 우리에게 그릇된 일 하게 하네

嗟爾朋友여
차 이 붕 우

아아, 친구들이여

予豈不知而作이리요
여 기 부 지 이 작

내 어찌 모르며 하겠는가

如彼飛蟲[220]을
여 피 비 충

나는 새처럼 멋대로 굴지만

時亦弋獲[221]이로다
시 역 익 획

언젠가는 주살에 맞아 잡힐 것이네

---

215 대풍유수(大風有隧): 대풍(大風)은 일설에는 서풍(西風)이라고도 한다. 유수(有隧)는 수수(隧隧)와 같으며 매우 빠른 모양. 수(隧)는 유(遺)와 옛날에는 동성(同聲)으로 통용되었으며, 유풍(遺風)은 매우 빠른 바람을 말한다〔왕인지(王引之), 『경의술문(經義述聞)』〕.

216 탐인패류(貪人敗類): 탐인(貪人)은 재물을 탐하는 사람, 또는 탐악지인(貪惡之人). 패류(敗類)는 일반적으로 부패하고 타락한 무리들을 말한다. 또는 비족(圮族)이라는 말과 같다고 했는데(『집전』), '비족'은 곧 훼기족류(毁其族類) 곧 류(類)는 선(善)한 무리를 말하고, 패(敗)는 그들을 패하게 한다는 뜻으로도 본다.

217 청언칙대(聽言則對): 청언(聽言)은 청종(聽從)·순종(順從)하는 말, 곧 자기의 뜻에 따르는 말. 대(對)는 응대(應對), 또는 대답하는 것.

218 송언여취(誦言如醉): 송(誦)은 풍(諷)과 통하여, 자기를 풍자하는 것. 그래서 송언(誦言)은 풍간(諷諫)하는 말. 여취(如醉)는 취해서 아무것도 모르는 것처럼 행동하는 것.

219 복비아패(覆俾我悖): 복(覆)은 반(反)의 뜻. 비(俾)는 사(使)와 같다. 패(悖)는 이치에 반(反)하는 행동을 하게 하는 것〔패역(悖逆)〕.

220 비충(飛蟲): 나는 새〔비조(飛鳥)〕〔우충(羽蟲)〕.

既之陰女[222]어늘
기 지 음 여 — 이미 너희의 속내를 알고 있는데도
反予來赫[223]이로다
반 여 래 혁 — 반대로 내게 성을 내네

民之罔極[224]은
민 지 망 극 — 좋지 못한 자들은
職涼善背[225]니라
직 량 선 배 — 정말로 배반을 잘하네
爲民不利하되
위 민 불 리 — 백성들에게 불리한 짓 하기를
如云不克[226]하도다
여 운 불 극 — 마치 마음껏 하고 있네
民之回遹[227]은
민 지 회 휼 — 간악한 자들은
職競用力[228]이니라
직 경 용 력 — 오로지 다투듯 그런 일에만 힘쓰네

民之未戾[229]는
민 지 미 려 — 좋지 않는 자들은

---

221 시역익획(時亦弋獲): 시(時)는 시(是)의 뜻. 또는 유시(有時), 즉 '언젠가는 그런 때가 있다'는 뜻으로도 가능하다. 익(弋)은 주살. 획(獲)은 포획되다.

222 기지음여(既之陰女): 기(既)는 이미. 지(之)는 기(其)와 같은 뜻(『석의(釋義)』). 또는 조사. 음(陰)은 가리어 보호해 주는 것. 또는 암(諳)과 통하여 '잘 알다'는 뜻. 여(女)는 여(汝)와 같으며, 여기서는 '너의 상세한 정황'을 말한다.

223 반여래혁(反予來赫): 래(來)는 시(是)의 뜻(『석의(釋義)』). 혁(赫)은 혁(嚇)과 같으며 꾸짖거나 성을 크게 내는 것.

224 망극(罔極): 중정(中正)하지 못함. 바르지 못함.

225 직량선배(職涼善背): 직(職)은 '실로'(『석의(釋義)』). 또는 전(專)과 같으며 '오로지'의 뜻. 량(涼)은 신(信)의 뜻으로(『정전』), 정말로. 또는 박(薄)과 통하여 각박(刻薄)·경박(輕薄)한 사람(『통석(通釋)』). 선배(善背)는 배반을 잘하는 것. 또는 번복을 잘하는 것.

226 여운불극(如云不克): 운(云)은 조사. 극(克)은 승(勝)과 같다(『정전』). 이 구절은 이루해내지 못할 듯이 하는 것. 또는 할 수 없는 일을 하듯 온 힘을 기울여 하는 것.

227 회휼(回遹): 사벽(邪辟)한 것. 정도(正道)가 아닌 것. 또는 그런 사람.

228 직경용력(職競用力): 직(職)은 오로지. 경(競)은 다투다. 이는 「소아·시월지교(小雅·十月之交)」 시에 보였음. 용력(用力)은 힘을 쓰다. 또는 백성의 힘을 쓰다. 앞 장(章)의 "역민대식(力民代食)"을 지칭하는 말.

職盜爲寇[230]니라
직 도 위 구

涼曰不可[231]라 하나
양 왈 불 가

覆背善詈[232]로다
복 배 선 리

雖曰匪予[233]라 하나
수 왈 비 여

旣作爾歌[234]로다
기 작 이 가

오로지 도적질에만 힘쓰네

정말로 해서는 안 된다고 해도

등 돌리면 곧잘 욕하네

비록 나 때문은 아니라고들 하지만

그대들을 위하여 이 노래 지었네

◈ 해설

『춘추좌전』「문공(文公) 원년」에 이 시의 "대풍유수(大風有隧)" 여섯 구를 인용하여 예량부(芮良夫)의 시라 하였다. 「모시서」에서는 이를 따라 예백(芮伯)이 여왕(厲王)을 풍자한 시라 하였다. 예백은 기내(畿內)의 제후이며 부(夫)는 그의 자(字)이다〔『공소(孔疏)』〕. 그러나 시의 본문에 "천강상란(天降喪亂), 멸아입왕(滅我立王)"이란 말이 있으니 이는 주나라가 동천(東遷)한 뒤, 곧 동주(東周) 초의 시국을 한탄한 시라 봄이 좋을 것이다.

---

229 미려(未戾): 려(戾)는 선(善)의 뜻〔『광아(廣雅)』〕. 그래서 미려(未戾)는 좋지 못한 자들. 또는 려(戾)는 안정의 뜻〔『모전』〕.

230 직도위구(職盜爲寇): 직(職)은 전문적으로 하는 것. 도(盜)는 도적. 구(寇)는 도적.

231 량(涼): 신(信)의 뜻. 정말로.

232 복배선리(覆背善詈): 복(覆)은 반(反)의 뜻. 복배(覆背)는 등을 돌리는 것. 리(詈)는 욕하다.

233 비여(匪予): 비(匪)는 비(非)와 같다. 나 때문이 아니라는 뜻. 또는 비방(誹謗)의 뜻〔임의광(林義光)〕.

234 기작이가(旣作爾歌): 기(旣)는 이미. 이가(爾歌)는 너를 위해 노래한다는 뜻.

4. 운한(雲漢) 은하수

倬彼雲漢[235]이여 탁 피 운 한	밝은 저 은하수
昭回于天[236]이로다 소 회 우 천	하늘에 밝게 둘러 있네
王曰於乎[237]라 왕 왈 오 호	임금께서 말씀하시네
何辜今之人[238]고 하 고 금 지 인	아아, 지금 사람들 무슨 죄인가?
天降喪亂하사 천 강 상 란	하늘이 난리를 내리시어
饑饉薦臻[239]이로다 기 근 천 진	흉년만 거듭해서 들기에
靡神不擧[240]하며 미 신 불 거	모든 신에게 제사 드려
靡愛斯牲[241]하여 미 애 사 생	희생 제물을 아끼지 아니하고
圭璧旣卒[242]이어늘 규 벽 기 졸	옥구슬까지 다 바쳤어도
寧莫我聽[243]이로다 영 막 아 청	내 말은 들어주지 않는다

---

235 탁피운한(倬彼雲漢): 탁(倬)은 밝은 모양. 또는 광대한 모양. 운한(雲漢)은 은하수.

236 소회우천(昭回于天): 소(昭)는 밝다. 회(回)는 돌다. 또는 둘러 있는 것.

237 왕왈오호(王曰於乎): 왕왈(王曰)은 임금의 말투를 인용한 것으로, 이 시의 맨 끝까지 전부 걸리는 것으로 본다. 오호(嗚呼)와 같은 감탄사.

238 고(辜): 허물.

239 기근천진(饑饉薦臻): 기근(饑饉)은 흉년으로 굶주리는 것. 천(薦)은 중(重)과 통하여(『모전』), 거듭하는 것. 진(臻)은 이르다.

240 거(擧): 거행(擧行)하다. 곧 제사지내는 것을 가리킨다. 이 구절은 제사하는 대상이 하늘에만 그치지 않음을 말한다.

241 미애사생(靡愛斯牲): 애(愛)는 아끼다. 생(牲)은 제물(祭物)로 쓰는 짐승.

242 규벽기졸(圭璧旣卒): 규(圭)와 벽(璧)은 옥으로 만든 옥기(玉器)의 이름으로, 주나라 사람들은 조빙(朝聘)이나 신(神)에게의 제사나 상장(喪葬) 등 융성한 의식을 거행할 때 이것을 사용했다. 졸(卒)은 다하다. 이 구절은 신에게 지내는 제사가 많음을 말한 것이다.

243 영막아청(寧莫我聽): 영(寧)은 하(何)와 같이, '어찌'의 뜻. 청(聽)은 말을 듣고 따르는 것.

旱旣大甚[244]하여 한 기 대 심	가뭄이 너무 심해
蘊隆蟲蟲[245]이로다 온 륭 충 충	뜨거운 기운만 훅훅 오른다
不殄禋祀[246]하여 부 진 인 사	끊임없이 제사를 정갈하게 지내어
自郊徂宮[247]하여 자 교 조 궁	하늘 제사에서 조상 제사에 이르기까지
上下奠瘞[248]하며 상 하 전 예	위아래로 제물 바치며
靡神不宗[249]이로다 미 신 부 종	모든 신을 높이었다
后稷不克[250]이시며 후 직 불 극	후직께서는 모르는 체하시고
上帝不臨이시니라 상 제 불 림	상제께서도 강림하지 않으시며
耗斁下土[251]시나 모 두 하 토	세상을 멸망시키려고 하시어
寧丁我躬[252]이로다 영 정 아 궁	이 몸으로 그 화를 받으리라

---

244 대(大): 태(太)의 뜻. 너무.

245 온륭충충(蘊隆蟲蟲): 온륭(蘊隆)은 더운 기운이 성한 것. 충충(蟲蟲)은 충충(爞爞)과 같은 말로, 뜨거운 기운이 확확하는 모양(『석의(釋義)』).

246 부진인사(不殄禋祀): 진(殄)은 끊이다. 인사(禋祀)는 여러 가지 제사. 또는 제사의 총칭.

247 자교조궁(自郊徂宮): 교(郊)는 하늘과 땅을 제사 지내는 곳으로(『집전』), 여기서는 천지(天地)에 제사하는 교제(郊祭)를 말한다. 조(徂)는 가다, 이르다. 궁(宮)은 종묘(宗廟) 즉 조상을 제사 지내는 곳을 말한다(『정전』).

248 전예(奠瘞): 전(奠)은 제물을 땅 위에 차려 놓는 것. 예(瘞)는 제사에 쓰인 물건들을 땅 속에 끌어 묻는 것. 그래서 전(奠)은 하늘에 제사 지내는 것을, 예(瘞)는 옥(玉)을 땅속에 묻어 땅에 제사 지내는 것으로 본다.

249 종(宗): 존경(尊敬)의 뜻.

250 후직불극(后稷不克): 후직(后稷)은 주나라의 시조. 극(克)은 능(能) 또는 승(勝), 즉 감당하다, 잘하다〔선(善)〕의 뜻. 또는 각(刻)으로 씀이 옳으며, 각(刻)은 식(識)의 뜻(『정전』). 따라서 불극(不克)은 모른 체하는 것.

251 모두(耗斁): 손괴(損壞), 즉 못 살고 멸망케 하는 것.

252 영정아궁(寧丁我躬): 영(寧)은 내(乃)의 뜻. 정(丁)은 당(當)(『모전』) 또는 치(値). 궁(躬)은 신(身) 즉 내 몸 또는 자신.

旱旣大甚이라 한 기 대 심	가뭄이 너무 심해
則不可推[253]로다 칙 불 가 퇴	물리칠 수도 없게 되었다
兢兢業業[254]하여 긍 긍 업 업	두렵고 불안하여
如霆如雷[255]로다 여 정 여 뢰	마치 천둥과 벼락 치는 것 같다
周餘黎民[256]이 주 여 려 민	주나라에 남은 백성들까지도
靡有孑遺[257]어늘 미 유 혈 유	몇 사람 안 남을 것 같은데
昊天上帝이 호 천 상 제	넓은 하늘에 계신 상제께서는
則不我遺[258]로다 즉 불 아 유	나를 남겨 두시지 않으려는 것 같다
胡不相畏리요 호 불 상 외	이 어이 두렵지 않으랴?
先祖于摧[259]로다 선 조 우 최	선조의 제사가 끊어지고 말 것이

旱旣大甚이라 한 기 대 심	가뭄이 너무 심해
則不可沮[260]로다 즉 불 가 저	막을 수도 없게 되었다

---

253 퇴(推): 밀다, 버리다〔거(去)〕(『모전』).

254 긍긍업업(兢兢業業): 긍긍(兢兢)은 두려워하는 모양. 업업(業業)은 위험하여 불안한 모양(『모전』).

255 정(霆): 천둥.

256 주여려민(周餘黎民): 주(周)는 주나라. 여(餘)는 기타 나머지, 즉 가뭄에 의한 기황(饑荒)으로 사망하거나 도주하고 남은 백성들을 말함. 여민(黎民)은 머리가 검은 백성들, 서민(庶民).

257 미유혈유(靡有孑遺): 혈유(孑遺)는 나머지〔잔존(殘存)〕, 찌꺼기. 이 구절은 해를 입지 않은 자가 한 사람도 없다는 뜻.

258 유(遺): 남기다, 남겨주다. 또는 문유(問遺)·향유(餉遺)의 뜻으로, 뇌물을 주거나 위로의 의미로 음식 등을 내리는 것

259 최(摧): 꺾이어 끊기는 것. 조상의 제사가 이로부터 끊기어 없어지게 됨을 말한다(『집전』).

260 저(沮): 막다. 그치게 하다.

赫赫炎炎[261]하여 혁혁염염 — 메마르고 뜨거워

云我無所[262]로다 운아무소 — 이 몸 둘 곳 없어라

大命近止[263]나 대명근지 — 나라의 운명도 다한 듯

靡瞻靡顧[264]로다 미첨미고 — 아무도 돌보아 주지 않는다

羣公先正[265]은 군공선정 — 선왕과 선왕을 도왔던 신하들은

則不我助이니라 즉불아조 — 나를 도와주지 아니한다 하더라도

父母先祖는 부모선조 — 어버이나 선조님들께서는

胡寧忍予[266]오 호녕인여 — 어이 차마 나를 보시고만 계실까?

旱旣大甚하여 한기대심 — 가뭄이 너무 심해

滌滌山川[267]이로다 척척산천 — 산과 냇물이 바싹 말라 버렸다

---

261 혁혁염염(赫赫炎炎): 혁혁(赫赫)은 가뭄의 기운(『모전』). 염염(炎炎)은 뜨거운 기운(『모전』).

262 운아무소(云我無所): 운(云)은 조사. 무소(無所)는 몸 둘 곳이 없는 것.

263 대명근지(大命近止): 대명(大命)은 나라의 운명. 또는 사망의 운명(『통석(通釋)』). 근(近)은 거의. 지(止)는 끝장이 나는 것. 또는 근지(近止)는 죽음이 장차 이르려 함.

264 미첨미고(靡瞻靡顧): 우러러볼 곳이 없고 돌아볼 곳이 없다. 신령이 거들떠보지도 않음을 말한다.

265 군공선정(羣公先正): 군공(羣公)은 여러 임금들. 또는 이전의 제후들. 백벽(百辟)을 군공(羣公)이라 하는데, 군공은 곧 벽공(辟公)이다(『전소(傳疏)』). 선정(先正)은 여러 임금들의 관장(官長)들. 또는 경사(卿士)들.

266 호녕인여(胡寧忍予): 호(胡)는 어찌. 호녕(胡寧)은 어찌 능히. 인(忍)은 '차마'의 뜻으로, '어찌 차마 나를 그냥 두시는가'로 해석 가능하며, 여기서는 위의 조(助)를 받아서 '차마 돕지 않다'로 푼다.

267 척척(滌滌): 가뭄기가 차 있는 것(『모전』). 곧 메마른 모양. 또는 산에 나무가 없고 내에 물이 없는 것이 마치 씻듯이 제거한 것과 같음을 말한 것(『집전』). 또는 『설문(說文)』에서 이 시를 인용하기를 '숙숙산천(蔋蔋山川)'이라 하고, 숙(蔋)을 '풀이 바싹 마른 것'(草旱盡)이라 풀었으니 척(滌)과 숙(蔋)은 가차자로 사용되었음을 알 수 있다.

旱魃爲虐[268]하여 한 발 위 학	한발 귀신이 날뛰어
如惔如焚[269]이로다 여 담 여 분	마치 불붙어 타는 듯해라
我心憚暑[270]하여 아 심 탄 서	내 마음은 더위에 지쳐서
憂心如熏[271]이로다 우 심 여 훈	근심스런 마음 마치 타는 듯해라
羣公先正은 군 공 선 정	선왕과 선왕을 도왔던 신하들은
則不我聞이요 즉 불 아 문	내 말을 들어주시지 않고
昊天上帝는 호 천 상 제	넓은 하늘의 상제님은
寧俾我遯[272]이로다 영 비 아 둔	어찌 나를 도망치게 하시나

旱旣大甚이니 한 기 대 심	가뭄이 너무 심해
黽勉畏去[273]로다 민 면 외 거	애쓰며 두려움에 도망치려 한다
胡寧瘨我以旱[274]고 호 녕 전 아 이 한	어이하여 나를 가뭄으로 괴롭히실까?
憯不知其故[275]로다 참 부 지 기 고	진정 그 까닭을 알지 못해라

---

268 한발위학(旱魃爲虐): 한발(旱魃)은 가뭄 귀신. 학(虐)은 제멋대로 휩쓰는 것.

269 담(惔): 불태우는 것〔료지(燎之)〕. 애태우는 것.

270 탄서(憚暑): 탄(憚)은 꺼리다. 여기서는 '더위에 지친 것'.

271 훈(熏): 불타다. 지지다.

272 영비아둔(寧俾我遯): 녕(寧)은 어찌. 비(俾)는 하게 하다. 둔(遯)은 도망하다. 즉 가뭄을 피해 다른 지방 다른 나라로 달아나는 것.

273 민면외거(黽勉畏去): 민면(黽勉)은 힘쓰다. 외거(畏去)는 나가려 함에 갈 곳이 없어서 떠남을 두려워하는 것(『집전』). 또는 가뭄이 두려워서 도망가 버리는 것. 혹은 외거(畏去)를 거외(去畏)의 도치로 보고, '두려움, 즉 증오(憎惡)를 제거하다'〔『통석(通釋)』〕로 해석하기도 한다.

274 호녕전아이한(胡寧瘨我以旱): 호녕(胡寧)은 어찌 능히. 전(瘨)은 병든 것처럼 괴롭히는 것.

275 참(憯): 증(曾)의 뜻(『모전』, 『정전』). 전혀, 정말. 또는 마침내의 뜻.

祈年孔夙[276]하며 기 년 공 숙	올해도 일찍이 제사 지내 풍년을 빌었고
方社不莫[277]나 방 사 불 모	사방신 제사와 사직 제사도 늦지 않게 지냈지만
昊天上帝는 호 천 상 제	넓은 하늘의 상제님은
則不我虞[278]로다 즉 불 아 우	나를 헤아려 도와주시지 않는다
敬恭明神[279]이니 경 공 명 신	신명을 공경하고 정성 다했으니
宜無悔怒[280]니라 의 무 회 노	마땅히 원망과 노여움이 없어야 하리
旱既大甚이니 한 기 대 심	가뭄이 너무 심해
散無友紀[281]로다 산 무 우 기	어지러워서 기강이 없어졌다
鞫哉庶正[282]이며 국 재 서 정	여러 관청의 대신들 궁지에 빠져 있고

---

276 기년공숙(祈年孔夙): 기년(祈年)은 봄에 하느님께 제사 지내어 풍년을 비는 것『석의(釋義)』. 또는 여기에 겨울에 천종(天宗) 곧 일월성신(日月星辰)에게 풍년을 기원하는 것도 포함시킨다『집전』. 공(孔)은 매우, 심히. 숙(夙)은 일찍.

277 방사불모(方社不莫): 방(方)은 사방의 신에게 지내는 제사『정전』. 사(社)는 토지신에게 지내는 제사『집전』. 모(莫)는 모(暮)의 본자(本字). 불모(不莫)는 늦지 않게 제때에 여러 가지 제사들을 잘 지냈다는 뜻.

278 우(虞): 탁(度)의 뜻으로『정전』,『집전』, 헤아리다. 또는 조(助)의 뜻도 된다〔왕인지(王引之),『경의술문(經義述聞)』〕, 돕다.

279 명신(明神): 신들에게 자기의 정성을 밝히고 제사를 잘 받드는 것. 또는 신명(神明)으로, 명(明)은 신(神)에 대한 존칭으로 사용되었다.

280 회(悔): 한(恨)의 뜻. 후회나 원망. 이 구절은 상제(上帝)를 주어로 하기도 하지만, 여기서는 '나'를 주어로 보았다.

281 산무우기(散無友紀): 산(散)은 난(亂)의 뜻. 산란한 것. 우(友)는 유(有)의 뜻〔『통석(通釋)』〕. 기(紀)는 기강(紀綱) 또는 기율(紀律).

282 국재서정(鞫哉庶正): 국(鞫)은 궁(窮)의 뜻으로『정전』, 곤궁(困窮)함이나 궁지로 몰리는 것. 서정(庶正)은 여러 관장(官長)들.

疚哉冢宰[283]며 구 재 총 재	여러 고급 관리들 병이 났으며
趣馬師氏[284]와 취 마 사 씨	말 다스리는 관리와 임금 모시는 관리
膳夫左右[285]는 선 부 좌 우	음식 맡은 신하와 그 밖의 여러 신하들
靡人不周[286]하며 미 인 부 주	아무도 구하지 못하고
無不能止[287]로다 무 불 능 지	그 가뭄을 막을 수도 없어라
瞻卬昊天[288]하니 첨 앙 호 천	넓은 하늘 우러러보니
云如何里[289]오 운 여 하 리	이 시름을 어이하면 좋을까?

瞻卬昊天하니 첨 앙 호 천	넓은 하늘 우러러보니
有嘒其星[290]이로다 유 혜 기 성	별들만 반짝인다
大夫君子이 대 부 군 자	대부와 관원들은

---

283 구재총재(疚哉冢宰): 구(疚)는 병나다. 총재(冢宰)는 관직명으로 관장들 위의 장관, 즉 후세의 재상(宰相)에 해당됨.

284 취마사씨(趣馬師氏): 취마(趣馬)는 말을 관리하는 관원(『집전』). 사씨(師氏)는 임금을 호위하는 군사들을 관장하는 관리. 또는 궁문 수위의 책임 관리(『집전』).

285 선부좌우(膳夫左右): 선부(膳夫)는 음식을 책임지는 관리. 좌우(左右)는 임금 주변의 가까운 신하들. 또는 기타 임금을 섬기는 모든 관원들을 말한다.

286 주(周): 구(救)의 뜻(『모전』). 이 구절은 '아무도 이 가뭄을 구제하지 못한다'는 말. 또는 주(賙)의 뜻으로(『정전』), 진휼(賑恤)하다.

287 무불능지(無不能止): 지(止)는 가뭄을 멈추게 하는 것. 능하지 못하다 하여 그치는 이가 없다. 또는 무(無)는 우(雩)와 동음(同音)으로, 비를 구하는 제사, 즉 기우제를 말한다. 즉 기우제를 멈출 수 없다는 뜻.

288 첨앙(瞻卬): 첨(瞻)은 우러러보다. 앙(卬)은 앙(仰)과 같은 뜻으로, 우러러보다.

289 리(里): 우(憂)의 뜻(『정전』, 『모전』). 리(悝)와 통하여, 근심하여 병이 됨을 말한다.

290 유혜기성(有嘒其星): 혜(嘒)는 혜(暳)와 통하며, 유혜(有嘒)는 혜연(暳然)으로 '반짝거리는 모양'. 「소남·소성(召南·小星)」 시 참조.

昭假無贏[291]이로다 실수 없이 제사를 지냈다
소 격 무 영

大命近止나 나라의 운명은 다해 가지만
대 명 근 지

無棄爾成[292]이어다 그대들은 직책을 버리지 마라
무 기 이 성

何求爲我리요 어이 나만을 위해 빌겠는가
하 구 위 아

以戾庶正[293]이니라 여러 대신들도 안정시키려 해서이네
이 려 서 정

瞻卬昊天하니 넓은 하늘 우러러보노니
첨 앙 호 천

曷惠其寧[294]고 언제나 그 편안함을 내려 주시려는가
갈 혜 기 녕

◈ 해설

이것은 가뭄이 계속되는 날씨를 걱정하는 시이다. 「모시서」에서는 선왕(宣王)이 여왕(厲王)의 포학한 정사(政事)의 뒤를 이어 안으로 난(亂)을 평정할 뜻을 품고, 재앙을 만나 두려워하여 잠시도 몸을 편안히 하지 않고 행실을 닦아 재앙을 사라지게 하려고 하자, 천하 사람들은 왕화(王化)가 다시 행해지게 된 것을 기뻐하였는데, 이에 잉숙(仍叔)이 선왕을 찬미하여 이 시를 지었다고 하였다.

---

291 소격무영(昭假無贏): 격(假)은 격(格)과 통하며, 지(至)의 뜻. 소격(昭假)은 신령이 소연(昭然)히 강림한다는 뜻. 신의 강림도 소격(昭假)이라 하지만 신의 강림을 비는 제사도 소격(昭假)이라 한다. 이럴 때는 소고(昭告)로도 해석되며 그래서 초청(招請)과 같다고 했다〔곽말약(郭沫若)〕. 제사 지내며 신령과 대화할 때 사용하는 표현이다. 영(贏)은 남음, 과실 또는 잘못의 뜻〔『통석(通釋)』〕.

292 성(成): 이루는 일, 곧 직업을 가리킨다. 또는 네가 이룬 것, 즉 전공(前功).

293 이려서정(以戾庶正): 려(戾)는 정(定)의 뜻으로, 안정시키는 것. 서정(庶正)은 여러 관장들.

294 갈혜기녕(曷惠其寧): 갈(曷)은 하시(何時), '언제'의 뜻. 혜(惠)는 은혜를 내려 주다. 또는 유(維)와 같은 조사.

5. 숭고(崧高) 높은 산

崧高維嶽[295]이
숭 고 유 악
높고 큰 산이

駿極于天[296]이로다
준 극 우 천
하늘에 치솟아 있다

維嶽降神[297]하여
유 악 강 신
큰 산의 신령이 내려오시어

生甫及申[298]이로다
생 보 급 신
보씨와 신씨를 낳으셨다

維申及甫이
유 신 급 보
그 신씨와 보씨는

維周之翰[299]이로다
유 주 지 한
주나라의 기둥

四國于蕃[300]이며
사 국 우 번
사방의 나라들에 울타리 되고

---

295 숭고유악(崧高維嶽): 숭(崧)은 산이 높은 모양. 산이 크고 높은 것을 말하며, 〈삼가시(三家詩)〉에서는 숭(嵩)으로 썼다. 유(維)는 시(是)의 뜻. 악(嶽)은 악(岳)으로도 쓰며, 산 중에서 존귀한 것을 말하는데 사악(四嶽)은 동악(東嶽) 대산〔岱山: 태산(泰山)〕, 남악 형산(衡山), 서악 화산(華山), 북악 항산(恒山)이다『집전』. 여기에 중악(中嶽) 숭산(嵩山)을 더하여 오악(五嶽)이라 한다. 그러나 이 시의 구체적인 내용과 관련지어 보면 여기에서의 악(嶽)은 오악(吳嶽) 또는 오산(吳山)으로, 『서경·우공(書經·禹貢)』에 보이는 견산(岍山)이며 지금의 섬서성 농현(隴縣) 서남쪽에 있다〔『통석(通釋)』〕.

296 준극(駿極): 준(駿)은 준(峻)과 통하여 높다는 뜻. 극(極)은 지(至)의 뜻. 매우 높이 솟아 있는 것.

297 유악강신(維嶽降神): 유(維)는 '저〔피(彼)〕'의 뜻. 또는 조사. 이 구절은 악산(嶽山)이 높고 커서 그 신령(神靈)과 화기(和氣)를 내렸다는 것『집전』. 신령한 산에는 영기(靈氣)가 모여 있거나 서려 있다고 말하는 일종의 산악 신앙이다.

298 생보급신(生甫及申): 보(甫)는 보(甫)나라의 제후. 또는 중산보(仲山甫)를 말하며 당시 재상이었다고 한다〔요제항(姚際恒), 『시경통론(詩經通論)』〕. 신(申)은 신백(申伯)으로 당시 중산보의 바로 아래 직위에 있었다. 보(甫)나라와 신(申)나라는 모두 강성(姜姓)의 후손임.

299 한(翰): 간(幹)과 통하여, 기둥의 뜻.

300 우번(于蕃): 우(于)는 위(爲)와 통하여, 사방의 나라들이 주나라를 보호하여 주는 울타리가 되게 하였다는 뜻. 번(蕃)은 번(藩)과 통하여, 울타리.

四方于宣[301]이로다 — 온 세상의 담이 된다
사 방 우 선

亹亹申伯[302]을 — 부지런한 신백
미 미 신 백

王纘之事[303]하사 — 임금님 일을 이어받게 하시어
왕 찬 지 사

于邑于謝[304]하여 — 사(謝) 땅에 도읍을 정하시고
우 읍 우 사

南國是式[305]이로다 — 남쪽 나라들의 법도가 되게 하셨다
남 국 시 식

王命召伯[306]하사 — 임금께서 소백에게 명하시어
왕 명 소 백

定申伯之宅[307]하사 — 신백이 기거할 곳 마련하시고
정 신 백 지 택

登是南邦[308]하시니 — 남쪽 나라로 가시어
등 시 남 방

世執其功[309]이로다 — 대대로 그 정사 관장케 하셨다
세 집 기 공

王命申伯하사 — 임금께서 신백에게 명하시어
왕 명 신 백

式是南邦하시고 — 남쪽 나라의 법도 되게 하시고
식 시 남 방

---

301 선(宣): 원(垣)의 가차자〔『통석(通釋)』〕. 담.

302 미미(亹亹): 힘쓰는 모양, 근면한 모양.

303 찬(纘): 계승하다, 잇다. 여기서는 '계승하게 하다'는 사동으로 읽힘.

304 우읍우사(于邑于謝): 우(于)는 위(爲)의 뜻. 사(謝)는 옛날의 읍 이름. 또는 나라 이름. 지금의 하남성 신양현(信陽縣)에 있었다. 신(申)나라와 사(謝)나라는 거리가 멀지 않았으며, 사나라가 신나라보다 크기 때문에 신백을 그곳에 옮겨 봉했던 것이다〔『통석(通釋)』〕.

305 식(式): 법도로 삼는 것. 사(謝)나라는 남쪽에 있었기 때문에 남쪽의 나라들이 법도로 삼는다고 한 것이다.

306 소백(召伯): 소목공(召穆公) 호(虎)를 말한다.

307 택(宅): 집, 머무를 곳.

308 등(登): 성(成)과 통하여, 이루다(『집전』). 신백이 가는 것〔『석의(釋義)』〕. 또는 승(升)과 통하여, 승진(陞進)의 뜻〔김계화(金啓華)〕.

309 세집기공(世執其功): 세집(世執)은 대대로 맡아보는 것. 공(功)은 그곳을 다스리는 일.

因是謝人[310]하여 인 시 사 인	이 사(謝) 땅의 사람들로
以作爾庸[311]하시다 이 작 이 용	너의 성(城)을 만들게 하셨다
王命召伯하사 왕 명 소 백	임금께서 소백에게 명하시어
徹申伯土田[312]하시고 철 신 백 토 전	신백의 땅과 밭 부세를 정하게 하시고
王命傅御[313]하사 왕 명 부 어	임금께서 신백 가신에게 명하시어
遷其私人[314]하시다 천 기 사 인	그가 다스리던 사람들도 옮겨 가게 하셨다

申伯之功[315]을 신 백 지 공	신백의 일을
召伯是營[316]이로다 소 백 시 영	소백이 맡아보시고
有俶其城[317]하여 유 숙 기 성	그곳에 성을 쌓기 시작하여
寢廟旣成[318]이로다 침 묘 기 성	궁궐과 종묘를 다 이루었다
旣成藐藐[319]하니 기 성 막 막	아름답게 다 이룩하여

---

310 인시사인(因是謝人): 사인(謝人)은 사읍(謝邑) 땅의 사람들. 그 사람들로 인해서 나라를 만듦을 말한 것.

311 용(庸): 용(墉)과 통하여, 성(城)의 뜻(『모전』). 이 구절은 '너의 성(城)을 만들게 하다'는 뜻.

312 철(徹): 경계를 정하고 부세(賦稅)를 바로 잡는 것(『정전』).

313 부어(傅御): 신백의 가신(家臣)의 우두머리(『집전』). 또는 부(傅)는 근(近)의 뜻이고, 어(御)는 시(侍)의 뜻으로 임금의 시종(侍從) 장관을 말하며, 「주송·신공(周頌·臣工)」 시의 "보개(保介)"와 같은 것으로 본다(『전소(傳疏)』).

314 사인(私人): 신백의 집에서 부어(傅御) 밑에 일하던 여러 사람들. 그들까지도 모두 신백을 따라 사(謝) 땅으로 옮겨 가도록 한 것이다.

315 공(功): 사(事)의 뜻. 여기서는 축성(築城)을 말한다.

316 영(營): 경영하다, 터전을 마련하다, 계획하고 돌보아 주다.

317 숙(俶): 시작하다(『집전』).

318 침묘(寢廟): 궁전과 종묘.

王錫申伯[320]하시니라
왕 석 신 백

임금께선 신백에게 그 땅을
하사하시고

四牡蹻蹻[321]하며
사 모 갹 갹

수레 끄는 네 필 수말 건장하게

鉤膺濯濯[322]이로다
구 응 탁 탁

고리 달린 말의 배띠도 산뜻하다

王遣申伯하시니
왕 견 신 백

임금께선 신백을 보내시고

路車乘馬[323]로다
노 거 승 마

큰 수레와 네 필 말을 보내셨다

我圖爾居[324]하니
아 도 이 거

내가 그대 머물 곳 물색해 보니

莫如南土로다
막 여 남 토

이 남쪽 땅 만한 곳 없어

錫爾介圭[325]하여
석 이 개 규

그대에게 큰 홀을 내려

以作爾寶하노니
이 작 이 보

그대의 보배로 삼게 하리라

往近王舅[326]아
왕 근 왕 구

가거라 남쪽의 외삼촌이여

---

319 막막(藐藐): 아름다운 모양.

320 석(錫): 사(賜)와 통하며, '주다', '하사하다'의 뜻. 다 지은 궁전과 종묘가 있는 사(謝)나라를 신백에게 봉하여 주었다는 뜻.

321 갹갹(蹻蹻): 장건(壯健)한 모양. '교'로도 읽는다.

322 구응탁탁(鉤膺濯濯): 구(鉤)는 띠의 고리. 응(膺)은 말의 배띠. 탁탁(濯濯)은 광명(光明)한 모양(『모전』). 산뜻한 것.

323 노거승마(路車乘馬): 노거(路車)는 제후들이 타는 큰 수레. 승마(乘馬)는 그 수레를 끌 사마(四馬)(『모전』). 즉 노거와 사마도 내려 주었다는 말.

324 도(圖): 꾀하다. 이 구절부터 이 절의 끝까지는 임금이 신백에게 한 말. 이(爾)는 신백(申伯).

325 개규(介圭): 제후들이 갖는 큰 홀(笏)(『집전』). 개(介)는 개(玠: 큰 홀)와 통한다. 개규는 길이가 1척 2촌인데, 제후의 규(圭)는 9촌 이하라 했다. 여기서는 제후를 봉한 신표로 내린 큰 홀. 그래서 다음 구에 그대의 보배로 삼으라고 했다는 것이다(『정전』).

326 왕근왕구(往近王舅): 기(近)는 어조사. 본래는 '종착종공(從辵從廾)'인데 잘못되어 '종근(從斤)'으로 되었다(『집전(集傳)』, 청나라 혜동(惠棟, 1697~1758)의 『구경고의(九經

南土是保[327]어다
남 토 시 보
남쪽 땅을 보전하러

申伯信邁[328]어늘
신 백 신 매
신백이 성실하게 나아가

王餞于郿[329]로다
왕 전 우 미
임금께서는 미(郿) 땅까지
전송하셨다

申伯還南하니
신 백 환 남
신백이 남쪽으로 돌아가시어

謝于誠歸[330]로다
사 우 성 귀
사(謝) 땅으로 돌아가셨다

王命召伯하사
왕 명 소 백
임금께서 신백에게 명하시어

徹申伯土疆[331]하시고
철 신 백 토 강
신백의 땅 부세를 걷도록 하시고

以峙其粻[332]하사
이 치 기 장
양식을 갖추어

式遄其行[333]이로다
식 천 기 행
속히 가게 하셨다

申伯番番[334]하사
신 백 번 번
신백께서 늠름하시어

古義』). 왕구(王舅)는 임금님의 외삼촌. 임금은 선왕(宣王)을 가리킨다(『모전』).

327 보(保): 굳게 지키다〔고수(固守)〕.

328 신매(信邁): 신(信)은 성(誠)과 통함. 매(邁)는 사(謝)나라로 가는 것.

329 왕전우미(王餞于郿): 전(餞)은 전송(餞送)하는 것. 미(郿)는 땅 이름으로, 지금의 섬서성 미현(郿縣)으로 호경(鎬京)의 서쪽에 있었다. 굴만리(屈萬里)는 주나라 서울로부터 사(謝) 땅으로 가며는 미(郿) 땅을 지나게 되지 않으니, 미(湄)의 뜻 곧 물가의 뜻으로 봄이 옳을 것이라 하였다〔『석의(釋義)』〕.

330 사우성귀(謝于誠歸): 성귀우사(誠歸于謝)의 도치문. 정성을 가지고 사(謝) 땅으로 돌아가는 것(『정전』).

331 토강(土疆): 강토(疆土)와 같은 말.

332 이치기장(以峙其粻): 치(峙)는 치(庤)와 통하여 '갖추다'의 뜻. 장(粻)은 신백이 사(謝) 땅으로 가서 먹을 양식.

333 식천기행(式遄其行): 식(式)은 조사. 천(遄)은 빠르다.

既入于謝하여
기 입 우 사

사(謝) 땅으로 들어가

徒御嘽嘽[335]하니
도 어 탄 탄

많은 부하들을 이끄시니

周邦咸喜하여
주 방 함 희

주나라가 모두 기뻐하여

戎有良翰[336]이로다
융 유 량 한

훌륭한 인재라고 하였다

不顯申伯[337]은
불 현 신 백

덕망 높으신 신백님은

王之元舅[338]시니
왕 지 원 구

임금님의 큰 외삼촌

文武是憲[339]이로다
문 무 시 헌

문무백관의 법도 되신다

申伯之德은
신 백 지 덕

신백의 덕행은

柔惠且直[340]이로다
유 혜 차 직

유순하고 곧아서

揉此萬邦[341]하여
유 차 만 방

온 세상을 바로 잡으시고

聞于四國[342]이로다
문 우 사 국

모든 나라에 명성을 떨쳤다

---

334 번번(番番): 용무모(勇武貌)(『모전』), 건장하고 늠름한 모양.

335 도어탄탄(徒御嘽嘽): 도(徒)는 걷는 것 또는 걷는 사람. 어(御)는 수레를 탄 사람. 도어(徒御)는 신백의 종자(從者)들을 가리킨다. 탄탄(嘽嘽)은 소리가 굉장한 모양. 또는 사람이 많은 모양.

336 융유량한(戎有良翰): 융(戎)은 조사. 또는 '너'의 뜻. 한(翰)은 기둥. 양한(良翰)은 좋은 인재의 뜻.

337 불현(不顯): 불(不)은 비(丕)와 통하여 '크다', '매우'의 뜻. 현(顯)은 빛이 밝게 드러나다, 빛나다.

338 원구(元舅): 원(元)은 큰 것. 원구(元舅)는 큰 외삼촌.

339 문무시헌(文武是憲): 문무(文武)는 문인과 무인(武人). 헌(憲)은 신백을 법도로 삼는 것. 또는 문덕(文德)과 무공(武功)이 모두 모범과 법도가 된다는 뜻.

340 유혜(柔惠): 유(柔)는 온화(溫和), 혜(惠)는 순(順)과 같다. 곧 화순(和順)의 뜻.

341 유(揉): 주무르다, 부드럽게 하다, 바로잡다.

342 문(聞): 명성이 들리는 것.

吉甫作誦[343]하니 길 보 작 송	길보가 노래를 지으니
其詩孔碩[344]이로다 기 시 공 석	그 시가 매우 훌륭하여라
其風肆好[345]를 기 풍 사 호	그 소리 마침내 아름다우니
以贈申伯하노라 이 증 신 백	신백에게 드리노라

◈ 해설

선왕(宣王)은 그의 외삼촌 신백(申伯)을 사(謝)나라에 봉하였다. 길보(吉甫)가 이때 이 시로써 사(謝)나라로 가는 신백을 전송한 것이다(『집전』). 「모시서」에서는 「숭고(崧高)」는 윤길보가 선왕을 기린 것이라 하였다. 선왕 때에 천하가 다시 평화로워져 나라를 세워 제후들과 친하게 되고 신백을 포상한 것을 읊었다는 것이다. 그러나 주희(朱熹)의 견해가 내용과 더 잘 맞는다.

---

343 길보작송(吉甫作誦): 길보(吉甫)는 이 시를 지은 작자 이름. 『모전(毛傳)』에선 윤길보(尹吉甫)라 하였으나, 왕국유(王國維)는 바로 혜갑반(兮甲盤)을 만든 혜갑(兮甲)이 길보임을 논증하였다. 송(誦)은 노래의 뜻. 악공(樂工)과 악사(樂師)들이 외워 부르는 가사이다(『집전』).

344 기시공석(其詩孔碩): 시(詩)는 본시 가사(歌詞)였다. 공(孔)은 매우. 석(碩)은 크다, 위대의 뜻.

345 기풍사호(其風肆好): 풍(風)은 소리를 말한다(『집전』). 또는 시의 뜻〔『석의(釋義)』〕. 사(肆)는 조사. 또는 마침내〔수(遂)〕(『집전』).

6. 증민(烝民)　　백성들

天生烝民[346]하시니 천 생 증 민	하늘이 여러 백성들을 내시니
有物有則[347]이로다 유 물 유 칙	사물이 있음에 법칙이 있네
民之秉彝[348]라 민 지 병 이	백성들 떳떳한 성품을 지니고 있어
好是懿德[349]이로다 호 시 의 덕	아름다운 덕을 좋아하네
天監有周[350]하시고 천 감 유 주	하늘은 주나라를 돌아보시고
昭假于下[351]하사 소 격 우 하	밝게 세상으로 내려오셔서
保茲天子[352]하사 보 자 천 자	우리 천자님 보호하사
生仲山甫[353]시로다 생 중 산 보	중산보를 낳게 하셨네

---

346 증민(烝民): 여러 백성들. 증(烝)은 중(衆)과 같다.

347 유물유칙(有物有則): 물(物)은 사물. 유칙(有則)은 법칙이 있다.

348 민지병이(民之秉彝): 병(秉)은 지니다, 잡다. 이(彝)는 상(常)의 뜻으로(『모전』), 상도(常道)를 말한다(『정전』). 또는 상(常)은 성(性)이나 질(質)과 같아서 '변함없이 떳떳한 성품'으로도 읽는다〔『통석(通釋)』〕.

349 호시의덕(好是懿德): 호(好)는 좋아하다〔애(愛)〕. 의(懿)는 아름다운 것. 의덕(懿德)은 미덕(美德).

350 천감유주(天監有周): 감(監)은 보다. 유(有)는 조사. 주(周)는 주나라 왕실.

351 소격우하(昭假于下): 소격(昭假)은 신령이 소연(昭然)히 강림한다는 뜻. 신의 강림도 소격(昭假)이라 하지만 신의 강림을 비는 제사도 소격(昭假)이라 한다. 이럴 때는 소고(昭告)로도 해석되며 그래서 초청(招請)과 같다고 했다〔곽말약(郭沫若)〕. 격(假)은 격(格)과 같으며, 지(至)의 뜻이다. 제사 지내면서 신령과 대화할 때 사용하는 표현이다. 하(下)는 세상. 「대아 · 운한(大雅 · 雲漢)」 시 참조.

352 천자(天子): 선왕(宣王)을 가리킴.

353 중산보(仲山甫): 선왕(宣王) 때의 사람. 『국어(國語)』의 「주어(周語)」에는 번중산보(樊仲山甫) 번목중(樊穆仲), 「진어(晋語)」에선 번중(樊仲)이라 부르고 있다. 번(樊)은 봉읍(封邑) 이름으로, 지금의 하남성 제원현(濟源縣)이다. 목(穆)은 시(諡), 중산보는 자(字)이다〔『석의(釋義)』〕.

仲山甫之德은
중 산 보 지 덕

중산보의 덕은

柔嘉維則[354]이라
유 가 유 칙

훌륭하고도 법도가 있네

令儀令色[355]이며
영 의 령 색

훌륭한 거동에 훌륭한 모습이요

小心翼翼[356]하며
소 심 익 익

조심하고 공경하며

古訓是式[357]하며
고 훈 시 식

옛 교훈을 본받으며

威儀是力[358]하며
위 의 시 력

위의에 힘쓰고

天子是若[359]하며
천 자 시 약

천자님을 따르며

明命使賦[360]로다
명 명 사 부

밝게 명령을 펴 드리네

王命仲山甫하사
왕 명 중 산 보

임금님은 중산보에게 명하시어

式是百辟[361]하며
식 시 백 벽

모든 제후가 법도가 되게 하셨고

纘戎祖考[362]하여
찬 융 조 고

조상들을 계승하여

王躬是保[363]시니라
왕 궁 시 보

임금님의 몸을 편케 하라 하셨네

---

354 유가유칙(柔嘉維則): 유(柔)와 가(嘉)는 모두 선(善)의 뜻. 글자대로 풀이하면 온화하고 선량한 것. 「대아·억(大雅·抑)」 시에 보였음. 유(維)는 시(是)의 뜻, 또는 조사. 칙(則)은 준칙(準則)·법도(法度)가 되는 것.

355 영의령색(令儀令色): 령(令)은 선(善)의 뜻. 의(儀)는 위의(威儀) 또는 거동. 색(色)은 안색이나 용모.

356 익익(翼翼): 공경하는 모양(『정전』). 또는 근신하는 모양.

357 고훈시식(古訓是式): 고훈(古訓)은 선왕(先王)의 유훈(遺訓). 식(式)은 법도가 되는 것.

358 력(力): 힘쓰는 것. 힘써서 종사하다.

359 약(若): 순(順)의 뜻(『모전』). 즉 순종(順從)하다.

360 명명사부(明命使賦): 명명(明命)은 밝은 명령. 부(賦)는 포(布)의 뜻으로(『모전』), 펴다.

361 식시백벽(式是百辟): 식(式)은 법도 또는 모범이나 전범(典範). 백벽(百辟)은 여러 제후들. 벽(辟)은 군(君)과 같다.

362 찬융조고(纘戎祖考): 찬(纘)은 계승의 뜻. 융(戎)은 너, 그대. 조고(祖考)는 조상들.

出納王命[364]하니 출 납 왕 명	임금님의 명령 펴내고 받아들이고 하니
王之喉舌[365]이며 왕 지 후 설	임금님의 입인 셈이며
賦政于外[366]하니 부 정 우 외	밖으로 정사를 펴니
四方爰發[367]이로다 사 방 원 발	온 세상이 그에게 호응하네

肅肅王命[368]을 숙 숙 왕 명	엄하신 임금님의 명령을
仲山甫將之[369]하며 중 산 보 장 지	중산보가 도맡고 있고
邦國若否[370]를 방 국 약 부	나라의 정치가 잘 되고 안 됨을
仲山甫明之로다 중 산 보 명 지	중산보가 밝히고 있네
旣明且哲[371]하여 기 명 차 철	밝고도 어질게
以保其身이며 이 보 기 신	그의 몸 보전하여
夙夜匪解[372]하여 숙 야 비 해	일찍부터 늦게까지

---

363 왕궁시보(王躬是保): 왕궁(王躬)은 임금님의 몸 곧 주왕(周王). 보(保)는 안(安)과 같아서 임금의 안전을 보호하는 것.

364 출납(出納): 출(出)은 왕명을 반포하는 것. 납(納)은 신하들의 말을 임금님께 전달하는 것.

365 후설(喉舌): 목구멍과 혀. 대변인이라는 뜻.

366 부정우외(賦政于外): 부(賦)는 포(布), 즉 반포의 뜻. 부정(賦政)은 정령(政令), 즉 정치적인 법령을 반포하는 것. 외(外)는 왕기(王畿)의 바깥.

367 원발(爰發): 원(爰)은 우시(于是), 즉 '이에'의 뜻. 발(發)은 행(行)과 같으며, 발응(發應) 또는 호응의 뜻.

368 숙숙(肅肅): 엄숙한 모양(『집전』).

369 장(將): 도맡아 시행하는 것.

370 약부(若否): 선부(善否)의 뜻으로(『정전』), 나라의 정치가 잘되고 안 되는 것.

371 기명차철(旣明且哲): 명철보신(明哲保身)한다는 뜻.

372 해(解): 해(懈)와 통하여, 게으름.

以事一人[373]이로다
이 사 일 인

꾸준히 임금님만을 섬기네

人亦有言하되
인 역 유 언
柔則茹之[374]오
유 즉 여 지
剛則吐之라 하니라
강 즉 토 지
維仲山甫[375]는
유 중 산 보
柔亦不茹하며
유 역 불 여
剛亦不吐하며
강 역 불 토
不侮矜寡[376]하며
불 모 환 과
不畏彊禦[377]로다
불 외 강 어

옛말에 이르기를
부드러운 것은 먹고
딱딱한 것은 뱉으라 하였네
그러나 중산보는
부드럽다고 먹지 않고
딱딱하다고 뱉는 일 없이
홀아비나 과부도 업신여기지 않고
강하고 횡포한 자라도
두려워하지 않네

人亦有言하되
인 역 유 언
德輶如毛[378]나
덕 유 여 모
民鮮克擧之[379]라 하니라
민 선 극 거 지

옛말에 이르기를
덕은 가볍기 터럭은 같으나
백성 중엔 드는 이 적다 하였네

---

373 일인(一人): 천자를 가리킴.
374 여(茹): 먹다.
375 유(維): 오직〔지(只)〕.
376 불모환과(不侮矜寡): 모(侮)는 업신여기다. 환(矜)은 환(鰥)과 통하는 글자로, 홀아비. 과(寡)는 과부.
377 강어(彊禦): 강횡(强橫)의 뜻, 세고 횡포한 짓을 하는 자. 앞의 「대아·탕(大雅·蕩)」 시에 보였음.
378 유(輶): 가벼운 것, 가벼운 수레.
379 민선극거지(民鮮克擧之): 선(鮮)은 드물다. 극(克)은 능(能)의 뜻. 거(擧)는 들다. 그 터

我儀圖之[380]컨대 아 의 도 지	내가 살펴본 바로는
維仲山甫擧之니 유 중 산 보 거 지	중산보는 그것을 들었으니
愛莫助之[381]로다 애 막 조 지	그를 사랑하는데도 도와줄 일이 없네
袞職有闕[382]이면 곤 직 유 궐	임금님의 일에 결함이 있으면
維仲山甫補之로다 유 중 산 보 보 지	중산보는 바로 그것을 보충하네

仲山甫出祖[383]하니 중 산 보 출 조	중산보 길 떠날 제사 드리는데
四牡業業[384]하며 사 모 업 업	그의 사마는 건장하고
征夫捷捷[385]하며 정 부 첩 첩	부하들은 잽싸며
每懷靡及[386]이로다 매 회 미 급	언제나 제때에 도착하지 못할까 걱정하네
四牡彭彭[387]하며 사 모 방 방	사마는 터벅거리고

럭을 든 것, 곧 쉽사리 덕을 닦는 것을 말한다.

380 의도(儀圖): 헤아려 보는 것. 길보(吉甫)가 중산보(仲山甫)에 대하여 헤아려 보는 것을 말한다.

381 애막조지(愛莫助之): 중산보를 사랑한다 하더라도 덕에 있어서는 도와줄 필요가 없을 만큼 덕을 닦고 있다는 뜻.

382 곤직유궐(袞職有闕): 곤직(袞職)은 천자의 일. 궐(闕)은 결함의 뜻.

383 출조(出祖): 조(祖)는 길을 떠날 때 지내는 제사(『정전』). 조제(祖祭)는 문을 나선 뒤 지내므로 '출조(出祖)'라 한 것이다.

384 업업(業業): 건장한 모양. 「소아·채미(小雅·采薇)」 시에 보였음.

385 정부첩첩(征夫捷捷): 정부(征夫)는 중산보를 따라가는 부하들. 첩첩(捷捷)은 행동이 민첩한 모양. 「소아·채미(小雅·采薇)」 시에 보였음.

386 매회미급(每懷靡及): 매회(每懷)는 언제나 속으로 걱정하고 있는 것. 미급(靡及)은 제때에 대 가지 못하는 것.

387 방방(彭彭): 강장모(强壯貌). 또는 중성모(衆聲貌), 즉 소리가 많은 모양.

八鸞鏘鏘[388]하니	팔 란 장 장	말방울 달랑거리며 가니
王命仲山甫하사	왕 명 중 산 보	임금님이 중산보에게 명하시어
城彼東方[389]이시로다	성 피 동 방	동쪽 제나라에 성을 쌓게 하셨네
四牡騤騤[390]하며	사 모 규 규	사마는 튼튼하고
八鸞喈喈[391]로다	팔 란 개 개	말방울을 달랑거리네
仲山甫徂齊하나니	중 산 보 조 제	중산보가 제나라로 가니
式遄其歸[392]로다	식 천 기 귀	사람들은 그가 빨리 돌아오기 바라네
吉甫作誦하니	길 보 작 송	길보가 노래를 지으니
穆如淸風[393]이로다	목 여 청 풍	조화됨이 맑은 바람 같네
仲山甫永懷[394]하여	중 산 보 영 회	중산보가 길이 생각하는지라
以慰其心이어라	이 위 기 심	그 마음을 위로하노라

388 팔란장장(八鸞鏘鏘): 란(鸞)은 말 재갈 양편에 달린 방울. 사마(四馬)이므로 팔란(八鸞)인 것이다. 장장(鏘鏘)은 방울 소리.

389 성피동방(城彼東方): 성(城)은 나라의 도읍을 옮기고 성을 쌓는 것[축성(築城)]. 동방(東方)은 제(齊)나라를 가리킨다(『모전』). 『사기·제세가(史記·齊世家)』에는 태공(太公)을 영구(營丘)에 봉한 뒤로 5세 호공(胡公)에 이르러 박고(薄姑)로 도읍을 옮겼고, 그의 아들 헌공(獻公)이 호공을 죽이고 임치(臨菑)로 다시 옮겼는데 헌공 원년, 이왕(夷王) 때의 일이다. 위원(魏源)은 『시고미(詩古微)』에서 역도원(酈道元)의 『수경주(水經注)』의 호공동관(胡公銅棺)에 의거, 호공이 6세임을 증명하였다. 『사기』에선 호공 전의 1세를 빼먹었으니 헌공이 왕위에 올라 도읍을 옮긴 것은 선왕(宣王) 초년에 해당한다는 것이다.

390 규규(騤騤): 말이 건장한 모양.

391 개개(喈喈): 말방울이 달랑거리는 소리.

392 식천기귀(式遄其歸): 식(式)은 조사. 천(遄)은 빨리, 속히.

393 목(穆): 조화되다, 화합되다. 따뜻하다.

394 영회(永懷): 언제나 이 노래를 생각하는 것.

◈ 해설

이 시는 선왕(宣王)의 명으로 중산보(仲山甫)가 제(齊)나라로 성을 쌓으러 갈 때, 길보(吉甫)가 이 시를 노래하며 전송한 것이다. 「모시서」에서는 역시 선왕이 어질고 능력 있는 사람들을 등용하여 주나라를 중흥시켰음을 길보가 기린 것이라 하였다.

7. 한혁(韓奕) 위대한 한(韓)나라

奕奕梁山[395]을 (혁혁양산)　　높고 큰 양산을
維禹甸之[396]시니라 (유우전지)　　우(禹)임금이 다스렸었네
有倬其道[397]에 (유탁기도)　　그 넓고 큰 길로 나아가
韓侯受命[398]이로다 (한후수명)　　한나라 후작에 임명을 받으셨네

---

395 혁혁양산(奕奕梁山): 혁혁(奕奕)은 높고 큰 모양. 양산(梁山)은 산 이름. 청나라 강영(江永, 1681~1762)의 『시보의(詩補義)』에 "지금의 통주(通州) 서쪽에 양산(梁山)이 있는데 고안현(固安縣) 동북쪽에 해당한다"고 하였다. 한(韓)나라 경계에 있던 산이니 여기에서 말하는 한나라는 하북성(河北省) 고안현 근처에 있었다. 뒷날 전국시대의 한(韓)나라와는 다르다〔주우증(朱右曾), 『시지리징(詩地理徵)』〕. 제6장의 '연사(燕師)', '맥(貊)', '북국(北國)' 등으로 보아도 그 위치가 섬서성 쪽이 아님을 알 수 있다.

396 유우전지(維禹甸之): 우(禹)는 전설 속의 고대 부족 연맹의 수장(首長). 순(舜)임금의 명을 받아 홍수를 다스려 농토를 개간한 것으로 알려져 있다. 대우(大禹)라고도 한다. 전(甸)은 다스리다.

397 유탁기도(有倬其道): 탁(倬)은 밝은 모양(『집전』). 또는 크다. 유탁(有倬)은 탁연(倬然) 또는 탁탁(倬倬). 도(道)는 추상적인 천하의 도리나 임금이나 제후 된 도리로 말할 수 있으나, 우(禹)임금이 개간하며 만들어 놓은 넓고 큰 길〔도로(道路)〕을 말한다.

398 한후(韓侯): 한(韓)나라 제후. 무왕(武王)의 자손으로 희성(姬姓)이다〔『공소(孔疏)』〕. 한

王親命之하사
왕 친 명 지

천자께서 친히 명하시기를

纘戎祖考[399]하여
찬 융 조 고

"그대 조상들을 계승하여

無廢朕命[400]하며
무 폐 짐 명

나의 명을 저버리지 말고

夙夜匪解[401]하며
숙 야 비 해

일찍부터 늦게까지 부지런히

虔共爾位[402]면
건 공 이 위

그대 자리를 공경하고 삼가면

朕命不易[403]하리라
짐 명 불 역

나의 명은 바뀌지 않을 것이요

幹不庭方[404]하여
간 부 정 방

내조하지 않는 나라들을 다스리어

以佐戎辟[405]하라
이 좌 융 벽

그대 임금인 나를 보좌하오"

四牡奕奕[406]하니
사 모 혁 혁

사마는 웅장하게

孔脩且張[407]이로다
공 수 차 장

키 크고 몸집이 크네

후는 그의 부친의 뒤를 이어 즉위하여 제상(除喪)한 뒤 사복(士服)으로 천자를 찾아뵙고 명을 받은 것이라 한다. 후(侯)는 일반적인 제후로도 볼 수 있지만, 여기서는 후작(侯爵)에 책봉된 것을 말한다.

399 찬융조고(纘戎祖考): 찬(纘)은 잇다, 계승하다. 융(戎)은 너, 그대. 조고(祖考)는 돌아가신 할아버지. 여기서는 조상들.

400 무폐짐명(無廢朕命): 무(無)는 하지 마라. 짐(朕)은 나. 주왕(周王) 자칭.

401 숙야비해(夙夜匪解): 숙야(夙夜)는 아침 일찍부터 밤늦게까지. 비(匪)는 비(非)의 뜻. 해(解)는 해(懈)·해태(懈怠)의 뜻으로, 게으르다.

402 건공이위(虔共爾位): 건(虔)은 경(敬)의 뜻. 공(共)은 공(恭)과 통하여, 공손하다. 위(位)는 지위.

403 불역(不易): 바꾸지 않다.

404 간부정방(幹不庭方): 간(幹)은 정(正)·정(政)의 뜻으로, 바르게 함 또는 다스리는 것(『석의(釋義)』). 『주역(周易)』의 "간고(幹蠱)"의 '간(幹)' 자와 같은 뜻. 정(庭)은 정(廷)과 통하여 궁정의 뜻으로, 부정(不庭)은 내조(來朝)하지 않는 것. 방(方)은 나라〔국(國)〕의 뜻.

405 이좌융벽(以佐戎辟): 융(戎)은 너, 그대. 벽(辟)은 임금. 천자 자신을 말함.

406 혁혁(奕奕): 높고 큰 모양. 또는 성장(盛壯)한 모양. 「소아·거공(小雅·車攻)」 시에 보였음.

407 공수차장(孔脩且張): 공(孔)은 매우. 수(脩)는 길다. 장(張)은 크다〔대(大)〕는 뜻으로(『모

韓侯入覲[408]하니 한 후 입 근	한나라 제후가 천자님 뵈러 들어오는데
以其介圭[409]로 이 기 개 규	그의 큰 홀 들고
入覲于王이로다 입 근 우 왕	들어와 천자님을 뵙네
王錫韓侯하시니 왕 석 한 후	천자는 한나라 제후에게
淑旂綏章[410]과 숙 기 유 장	훌륭한 무늬 있는 깃대며 기장목과
簟茀錯衡[411]과 점 불 착 형	대자리 수레 가리개며 무늬 새긴 멍에와
玄袞赤舃[412]과 현 곤 적 석	검은 용포며 붉은 신과
鉤膺鏤鍚[413]과 구 응 루 양	고리 달린 말 배띠며 무늬 있는 말 당노와
鞹鞃淺幭[414]과 곽 굉 천 멱	가죽 붙인 수레앞턱나무며 호랑이 가죽 덮개와

전』), 몸집이 큰 것.

408 근(覲): 천자를 찾아뵙는 것. 좁게는 제후가 가을에 천자를 찾아뵙는 것을 말한다(『모전』).

409 개규(介圭): 제후들이 드는 큰 홀. 앞의 「대아·숭고(大雅·崧高)」 시 참조.

410 숙기유장(淑旂綏章): 숙(淑)은 선(善)의 뜻(『모전』), 훌륭한 것. 기(旂)는 청황(靑黃)의 교룡(交龍)이 그려진 깃발. 유(綏)는 유(緌: 깃대 끝에 쇠털을 단 기)와 통한다. 유장(綏章)은 새의 깃털을 물들이거나 들소 꼬리로 만들어서 깃대 위에 달아 표장(表章)으로 삼는 것(『집전』).

411 점불착형(簟茀錯衡): 점불(簟茀)은 대자리와 수레 가리개. 「제풍·재구(齊風·載驅)」시에 보였음. 착형(錯衡)은 꽃무늬가 새겨진 멍에. 「소아·채기(小雅·采芑)」 시에 보였음.

412 현곤적석(玄袞赤舃): 현곤(玄袞)은 제후들이 입는 검은색의 곤룡의. 적석(赤舃)은 제후들이 신는 붉은 신. 「빈풍·낭발(豳風·狼跋)」 시에 보였음.

413 구응루양(鉤膺鏤鍚): 구응(鉤膺)은 고리 달린 말 배띠. 누양(鏤鍚)은 무늬가 새겨진 말 앞이마의 장식.

414 곽굉천멱(鞹鞃淺幭): 곽굉(鞹鞃)은 수레 앞턱나무 중간을 가죽으로 싸서 사람이 그곳에

鞗革金厄[415]이로다
조 혁 금 액

고리 달린 고삐며 쇠로 만든
고리 등을 내리셨네

韓侯出祖[416]하고
한 후 출 조

한나라 제후 돌아가려고
길제사 지내고

出宿于屠[417]로다
출 숙 우 도

도(屠) 땅에 나가 머무셨네

顯父餞之[418]하니
현 보 전 지

현보가 전송하는데

清酒百壺[419]로다
청 주 백 호

맑은 술 백 병으로 하였네

其殽維何[420]오
기 효 유 하

안주는 무엇이었나

炰鱉鮮魚[421]로다
포 별 선 어

구운 자라와 생선이었네

其蔌維何[422]오
기 속 유 하

채소는 무엇이 있었나

維筍及蒲[423]로다
유 순 급 포

죽순과 부들이 있었네

기댈 수 있도록 한 것(『집전』). 천(淺)은 잔(虥: 범의 몽근 털)의 가차, 또는 천모(淺毛)의 호피(虎皮)(『모전』). 멱(幭)은 '멸'로도 읽으며, 수레 앞턱 나무인 식(軾) 위를 덮는 것.

415 조혁금액(鞗革金厄): 조혁(鞗革)은 끝에 쇠고리가 달린 가죽 고삐. 조(鞗)는 쇠로 만든 고삐 끝의 장식. 혁(革)은 가죽 고삐〔『석의(釋義)』〕. 금액(金厄)은 멍에 끝에 달린 쇠로 만든 고리〔『석의(釋義)』〕.

416 조(祖): 길을 떠날 때 지내는 제사.

417 도(屠): 땅 이름. 송대(宋代)의 학자들은 동주(同州)의 도곡(鄜谷)이라 하였으나, 그 위치로 보아 아닐 것. 주희(朱熹)는 두(杜) 땅을 말한다 하였는데, 후세의 두릉(杜陵)이 아닐까 한다〔『후전(後箋)』〕.

418 현보전지(顯父餞之): 현보(顯父)는 주나라의 경사(卿士). 전(餞)은 길 떠날 때 음식을 차려 놓고 송별하는 것. 전별(餞別).

419 호(壺): 호리병.

420 효(殽): 술안주.

421 포별(炰鱉): 포(炰)는 굽는 것. 또는 삶다〔팽자(烹煮)〕. 별(鱉)은 자라.

422 속(蔌): 나물. 또는 나물로 만든 안주(『모전』).

423 유순급포(維筍及蒲): 순(筍)은 죽순. 포(蒲)는 부들.

其贈維何오
기 증 유 하

乘馬路車로다
승 마 로 거

籩豆有且[424]하니
변 두 유 저

侯氏燕胥[425]로다
후 씨 연 서

선물은 무엇이었나
사마와 큰 수레였네
음식 그릇 많이 벌여 놓으니
한후는 기뻐 즐겼네

韓侯取妻하니
한 후 취 처

汾王之甥[426]이요
분 왕 지 생

蹶父之子[427]로다
궤 보 지 자

韓侯迎止[428]하니
한 후 영 지

于蹶之里로다
우 궤 지 리

百兩彭彭[429]하며
백 량 방 방

八鸞鏘鏘하니
팔 란 장 장

不顯其光[430]이로다
불 현 기 광

한나라 제후께서 장가드시니
여왕(厲王)의 생질 되시고
궤보의 따님 되시는 분이네
한나라 제후 장가드시러
궤씨네 마을까지 가셨네
많은 수레들 덜컹거리고
말방울 달랑거리며
매우 환한 빛을 발하였네

---

424 변두유저(籩豆有且): 변두(籩豆)는 음식을 담아 놓은 그릇, 제기. 유저(有且)는 저연(且然)으로, 많은 모양(『정전(鄭箋)』, 『통석(通釋)』).

425 후씨연서(侯氏燕胥): 후씨(侯氏)는 한후(韓侯)를 가리킴. 연서(燕胥)는 연락(燕樂)·환락(歡樂)의 뜻. 서(胥)는 개(皆)와 같고, 다시 가(嘉)와 통한다.

426 분왕지생(汾王之甥): 분왕(汾王)은 여왕(厲王)을 가리킴. 여왕(厲王)은 체(彘) 땅으로 귀양 갔는데, 체(彘) 땅은 분수(汾水) 가에 있었으므로 사람들이 분왕이라고도 불렀다(『정전』). 생(甥)은 생질, 조카. 한후의 부인은 여왕(厲王)의 생질녀라는 뜻.

427 궤보(蹶父): 주나라의 경사(卿士)(『집전』).

428 영지(迎止): 영(迎)은 친영(親迎)의 뜻. 지(止)는 조사.

429 백량방방(百兩彭彭): 백량(百兩)은 많은 수레들을 가리킴. 방방(彭彭)은 소리가 많이 나는 모양.

430 불현(不顯): 불(不)은 비(丕)의 뜻. 크게, 매우. 현(顯)은 밝히다.

諸娣從之[431]하니
제 제 종 지

祁祁如雲[432]이로다
기 기 여 운

韓侯顧之하니
한 후 고 지

爛其盈門[433]이로다
난 기 영 문

여러 아우들도 따라오니
구름처럼 많기도 하네
한나라 제후 그들을 돌아보니
찬란하게 문 안에 가득 찼네

蹶父孔武[434]하여
궤 보 공 무

靡國不到하며
미 국 부 도

爲韓姞相攸[435]하니
위 한 길 상 유

莫如韓樂이로다
막 여 한 락

孔樂韓土여
공 락 한 토

川澤訏訏[436]하며
천 택 우 우

궤보는 매우 용감하시어
가보지 않은 나라가 없으시며
한나라에 시집간 길씨 혼처
알아보셨는데
한나라보다 좋은 곳 없더라네
즐거운 한나라 땅이여
냇물 못물 넘쳐흐르고

---

431 제(娣): 옛날 여자가 제후에게 시집갈 때에는 본인의 매(妹)는 물론 질(姪: 조카딸)들까지도 따라서 갔다. 이를 잉(媵: 일종의 몸종)이라 하였는데, 제(娣)는 잉을 가리킨다.

432 기기여운(祁祁如雲): 기기(祁祁)는 많은 모양. 운(雲)은 구름. 또는 운(蕓)의 가차(假借)로, 평지 곧 유채(油菜) 꽃. 그러면 '여운(如雲)'은 많은 모양 외에도 예쁘다는 뜻을 포함한 것으로도 볼 수 있다. 「정풍·출기동문(鄭風·出其東門)」 시의 "유녀여운(有女如雲)" 참조.

433 난기영문(爛其盈門): 난기(爛其)는 난연(爛然), 찬란한 모양. 영문(盈門)은 만문(滿門)과 같이 '문에 가득하다', 즉 사람이 많다는 의미.

434 공무(孔武): 공(孔)은 매우. 무(武)는 용감하다.

435 위한길상유(爲韓姞相攸): 한길(韓姞)은 인명으로, 성(姓)은 길(姞)이고 한후(韓侯)에게 시집갔기 때문에 '한길'이라 부른다. 또는 한(韓)나라의 길씨(姞氏), 한후의 부인을 말한다. 상(相)은 보다〔간(看)〕. 유(攸)는 주소(住所), 거처. 그래서 상유(相攸)는 출가시킬 곳을 물색하는 것을 말한다.

436 우우(訏訏): 큰 모양, 크고 넓은 것.

魴鱮甫甫[437]하며
방 서 보 보

방어 연어 큼직큼직하고

麀鹿噳噳[438]하며
우 록 우 우

암사슴 수사슴이 우글우글하고

有熊有羆[439]하며
유 웅 유 비

곰도 있고 말곰도 있고

有貓有虎[440]로다
유 묘 유 호

살쾡이도 있고 범도 있다네

慶既令居[441]하여
경 기 령 거

좋게 보시고 출가시키시니

韓姞燕譽[442]로다
한 길 연 예

한나라 길씨는 편히 즐기게 되셨다네

溥彼韓城[443]이며
부 피 한 성

커다란 한나라 성은

燕師所完[444]이로다
연 사 소 완

연나라 백성들이 완성한 것

以先祖受命[445]으로
이 선 조 수 명

선조들이 받으신 명을 받들어

因時百蠻[446]하니
인 시 백 만

많은 오랑캐 나라들까지 다스리니

---

437 방서보보(魴鱮甫甫): 방(魴)은 방어(魴魚). 서(鱮)는 연어. 보보(甫甫)는 큰 모양, 크고 살찐 것.

438 우록우우(麀鹿噳噳): 우(麀)는 암사슴. 우우(噳噳)는 많은 모양(『모전』).

439 비(羆): 큰 곰. 말곰.

440 묘(貓): 산묘(山貓), 살쾡이.

441 경기령거(慶既令居): 경(慶)은 선(善)의 뜻으로, 훌륭하다고 여기는 것. 영거(令居)는 출가시켜 그곳에 살게 한 것.

442 연예(燕譽): 안락(安樂)의 뜻. 예(譽)는 예(豫)와 통하며 '즐겁다〔락(樂)〕' 또는 '편안하다〔안(安)〕'는 뜻.

443 부(溥): 큰 것. 넓다.

444 연사(燕師): 연(燕)은 나라 이름. 사(師)는 무리, 민중.

445 이선조수명(以先祖受命): 이(以)는 용(用)의 뜻. 한후(韓侯)의 선조(先祖)가 명을 받아 주나라의 후백(侯伯)이 되었는데, 그런 까닭에 한후도 그 예(禮)로써 명을 받았다는 뜻〔『전소(傳疏)』〕.

446 인시백만(因時百蠻): 인(因)은 잉(仍)과 통하여〔『이아(爾雅)』〕, '거듭, 여전히'의 뜻. 시(時)는 사(司)와 통하여 '맡다, 다스리다'의 뜻. 백만(百蠻)는 많은 변방 민족 오랑캐들을 말한다.

王錫韓侯하사 왕 석 한 후	천자님은 한나라 제후에게
其追其貊[447]이로다 기 추 기 맥	추나라 맥나라까지 맡기셨네
奄受北國[448]하여 엄 수 북 국	북쪽 나라들을 모두 맡아
因以其伯[449]하니 인 이 기 백	그곳의 방백 되시니
實墉實壑[450]하며 실 용 실 학	성을 쌓고 해자를 파고
實畝實籍[451]하고 실 무 실 적	밭을 다스리고 세금을 정하고는
獻其貔皮[452]와 헌 기 비 피	천자님께 비 가죽과
赤豹黃羆로다 적 표 황 비	붉은 표범 누런 말곰 가죽 바치셨네

◈ 해설

한(韓)나라 제후가 즉위하고 바로 내조(來朝)하여 천자의 명을 받고 돌아갈 때 시인이 이 시를 지어 전송하였다. 「모시서」에서는 윤길보(尹吉甫)가 선왕(宣王)을 기린 작품이라 하였으나 근거가 없다(『집전』). 선왕보다는 이 시의 내용은 거의 전편(全篇)이 한후(韓侯)를 기린 것으로 봄이 좋을 것이다. 다만 앞에 나온 두 편의 길보(吉甫)의 작품과 말투가 매우 비슷하기는 하다.

---

447 기추기맥(其追其貊): 추(追)는 맥(貊)과 함께 변방의 나라 이름(『모전』).

448 엄(奄): 복(覆)과 통하여 '모두'의 뜻〔『석의(釋義)』〕.

449 인이기백(因以其伯): 이(以)는 위(爲)의 뜻. 백(伯)은 제후의 우두머리. 여기서는 그 지역을 맡은 방백(方伯: 관찰사나 지금의 도지사)을 말한다.

450 실용실학(實墉實壑): 실(實)은 시(是)의 뜻(『정전』). 용(墉)은 성을 쌓는 것(『집전』). 학(壑)은 성 둘레에 해자〔호(濠)〕를 파는 것(『집전』).

451 실무실적(實畝實籍): 묘(畝)는 밭을 정리하는 것. 적(籍)은 부세(賦稅)를 정하는 것(『정전』).

452 비(貔): 큰 곰 같다고도 하고, 백호(白狐)라고도 하고 호랑이와 비슷하다고도 하니, 어떤 짐승인지 확실하게 알 수 없다〔『공소(孔疏)』〕.

8. 강한(江漢) 강수와 한수

江漢浮浮[453]하니 강 한 부 부	강수와 한수 넘실거리고
武夫滔滔[454]로다 무 부 도 도	병사들은 시끌시끌하네
匪安匪遊[455]니 비 안 비 유	즐기거나 노는 것이 아니라
淮夷來求[456]니라 회 이 래 구	회(淮) 땅의 오랑캐 정벌하러 가는 것이네
旣出我車[457]하며 기 출 아 거	병거를 내고
旣設我旟[458]하니 기 설 아 여	깃발을 세우니
匪安匪舒[459]라 비 안 비 서	편하고 천천히 노는 것이 아니라
淮夷來鋪[460]니라 회 이 래 포	회(淮) 땅의 오랑캐 치려는 것이네

---

453 강한부부(江漢浮浮): 강한(江漢)은 강수(江水), 즉 장강(長江)과 한수(漢水). 부부(浮浮)는 물이 많고 세찬 모양〔중강(衆强)〕(『모전』). 곧 두 물이 합쳐 불어나며 넘쳐나는 듯이〔창(漲)〕 굉장한 세력으로 흐르는 것〔호탕(浩蕩)〕을 말한다.

454 무부도도(武夫滔滔): 무부(武夫)는 군사들. 도도(滔滔)는 광대한 모양(『모전』). 또는 강대(强大)한 모양. 왕인지(王引之)는 "강한도도(江漢滔滔), 무부부부(武夫浮浮)"라 씀이 옳다고 주장했다〔왕인지(王引之), 『경의술문(經義述聞)』〕.

455 비안비유(匪安匪遊): 비(匪)는 비(非)의 뜻. 안(安)은 연(宴)이나 연(燕)과 통하여, 일락(逸樂)의 뜻. 이 구절은 이처럼 많은 군사들이 즐기거나 놀기 위하여 나온 사람들이 아니라는 뜻.

456 회이래구(淮夷來求): 회이(淮夷)는 회하(淮河) 유역의 오랑캐〔『석의(釋義)』〕. 즉 당시 회수(淮水) 남부에서 강소 일대에 이르는 지역에서 살고 있던 민족. 래(來)는 조사 또는 시(是)의 뜻. 구(求)는 토벌(討伐)하러 찾아가는 것〔『통석(通釋)』〕.

457 거(車): 병거(兵車).

458 여(旟): 여러 장수의 다양한 깃발을 모두 가리킨다.

459 서(舒): 서서히 움직이다. 이 구절은 회이(淮夷)의 정벌은 편히 또는 서서히 할 수 있는 것이 아니라는 뜻.

460 포(鋪): 정벌 또는 징계의 뜻. 「소아·우무정(小雅·雨無正)」 시 참조. 또는 박벌(撲伐)의

江漢湯湯[461]하며 강수와 한수 넘실거리고
강 한 상 상

武夫洸洸[462]이로다 병사들은 씩씩하네
무 부 광 광

經營四方하여 온 세상 바로 잡고
경 영 사 방

告成于王[463]이로다 성공을 임금님께 아뢰네
고 성 우 왕

四方旣平하니 온 세상 평정되니
사 방 기 평

王國庶定[464]이로다 온 나라 안정되네
왕 국 서 정

時靡有爭하니 전쟁이 없어지니
시 미 유 쟁

王心載寧[465]이로다 임금님 마음 편안하시겠네
왕 심 재 녕

江漢之滸[466]여 강수와 한수 가에서
강 한 지 호

王命召虎[467]하사 임금님이 소호에게 명하시어
왕 명 소 호

式辟四方[468]하여 온 세상 평정하여
식 벽 사 방

徹我疆土[469]하시니라 나라 땅의 세금 걷게 하셨네
철 아 강 토

뜻으로〔손작운(孫作雲)〕, 쳐서 토벌하는 것.

461 상상(湯湯): 물결치는 모양.

462 광광(洸洸): 무모(武貌)(『집전』), 즉 씩씩한 모양.

463 성(成): 성공.

464 서정(庶定): 서(庶)는 거의. 또는 행(幸)의 뜻. 정(定)은 안정의 뜻.

465 재(載): 즉(則)의 뜻. 또는 조사.

466 호(滸): 물가.

467 소호(召虎): 소목공(召穆公). 소(召)는 봉지(封地). 이름은 호(虎). 작위가 백(伯)이라서 소백(召伯)이라고도 한다. 시호(諡號)가 목공(穆公)이다. 선왕(宣王)이 소목공으로 하여금 회이(淮夷)를 평정하도록 명을 내린 것이다.

468 식벽사방(式辟四方): 식(式)은 조사. 벽(辟)은 벽(闢)의 뜻으로, 개척하는 것.

469 철(徹): 부세(賦稅)를 정하는 것. 또는 토지를 정전(井田)으로 만들어 구획하는 것. 다스리다.

匪疚匪棘[470]이니 (비구비극)	어려움도 위급함도 없어졌으니
王國來極[471]이로다 (왕국래극)	우리나라 바로 잡혔네
于疆于理[472]하여 (우강우리)	나라 땅을 다스리어
至于南海[473]로다 (지우남해)	남쪽 바다에까지 이르렀네

王命召虎하시되 (왕명소호)	임금님이 소호에게 명하시기를
來旬來宣[474]하라 (래순래선)	“두루 정사를 펴시오
文武受命[475]하시니 (문무수명)	문왕과 무왕께서 천명을 받으실 때
召公維翰[476]이로다 (소공유한)	소공께선 기둥이셨소
無曰予小子[477]어라 (무왈여소자)	나는 부족한 사람이라 말하지 말고
召公是似[478]니라 (소공시사)	소공께서 하셨던 일을 계승하시오

---

470 비구비극(匪疚匪棘): 구(疚)는 병이 나는 것. 비구(匪疚)는 병폐나 고난이 없어지는 것. 극(棘)은 급(急)과 통하여, 위급한 것. 또는 백성들에게 피해를 입히거나 위급하게 하지 않는 것.

471 왕국래극(王國來極): 래(來)는 시(是)의 뜻. 극(極)은 중(中)(『집전』)과 정(正)(『석의(釋義)』)의 뜻으로, 중앙에 처하여 바로잡는 것. 또는 준칙(準則)이 되는 것.

472 우강우리(于疆于理): 우(于)는 조사. 강(疆)은 큰 경계를 다스림. 리(理)는 작은 조리(條理)를 다스림(『집전』).

473 남해(南海): 지금의 강소성(江蘇省) 동쪽의 바다를 칭함.

474 래순래선(來旬來宣): 래(來)는 시(是)의 뜻. 순(旬)은 두루. 또는 순시(巡視)의 뜻(『통석(通釋)』). 선(宣)은 정치를 펴는 것.

475 문무(文武): 문왕(文王)과 무왕(武王).

476 소공유한(召公維翰): 소공(召公)은 소강공(召康公) 석(奭)(『모전』)으로, 소호(召虎)의 시조(始祖). 유(維)는 시(是)의 뜻. 한(翰)은 간(幹)의 뜻으로, 일의 중심이 되는 기둥.

477 무왈여소자(無曰予小子): 여(予)는 나. 선왕(宣王)이 소호(召虎)를 빌려 하는 말. 소자(小子)는 나이도 적고 경험도 적은 사람. 소호(召虎)에게 너무 겸손하여 일을 사양하지 말라는 뜻임.

478 사(似): 사(嗣)와 같으며, 계승의 뜻.

肇敏戎公[479]하여 조 민 융 공	군대 일을 잘 처리하여
用錫爾祉[480]어다 용 석 이 지	복을 받도록 하시오”
釐爾圭瓚[481]과 리 이 규 찬	“그대에게 구슬잔과
秬鬯一卣[482]하노니 거 창 일 유	검은 기장 술 한 통을 내리니
告于文人[483]하라 고 우 문 인	선조들께 고하고
錫山土田 하노니 석 산 토 전	산과 땅을 내리노니
于周受命[484]하여 우 주 수 명	주나라의 명을 받들어
自召祖命[485]이어다 자 소 조 명	소공 할아버지 본을 따르시오”
虎拜稽首[486]하여 호 배 계 수	소호는 엎드려 머리 조아리며
天子萬年 이라 하다 천 자 만 년	천자님 만세를 빌었네

---

479 조민융공(肇敏戎公): 조(肇)는 모(謀)의 뜻. 민(敏)은 금문(金文)에 민(勄) 또는 회(誨)로도 쓰이는데, 우성오(于省吾)에 의하면 역시 모(謀)의 뜻이다. 따라서 조민(肇敏)은 일을 도모하는 것. 융(戎)은 군사, 군대 일. 공(公)은 공(工) 또는 공(攻)으로도 쓰는데, 융공(戎公)은 병사(兵事), 군사(軍事)의 뜻〔왕국유(王國維)〕.

480 용석이지(用錫爾祉): 용(用)은 이(以)의 뜻. 석(錫)은 주다. 지(祉)는 그대에게 복이 주어지도록 하라는 뜻.

481 리이규찬(釐爾圭瓚): 리(釐)는 사(賜)의 뜻. 규찬(圭瓚)은 옥으로 만든 술잔. 앞의 「대아·한록(大雅·旱麓)」 시에 보였음.

482 거창일유(秬鬯一卣): 거(秬)는 검은 기장. 창(鬯)은 술의 일종. 거창(秬鬯)은 검은 기장으로 빚은 술로 제사 때 강신(降神)을 위하여 쓰인다. 유(卣)는 술통, 술병.

483 문인(文人): 문덕(文德)이 있는 사람(『모전』). 선조(先祖)들을 가리킨다(『정전』).

484 우주(于周): 우(于)는 왕(往)의 뜻. 주(周)는 기주(岐周)를 지칭한다.

485 자소조명(自召祖命): 자(自)는 용(用)의 뜻. 소조(召祖)는 소공(召公) 할아버지인 소강공(召康公) 석(奭)(『정전』)을 말한다. 이 구절은 소강공 석(奭)이 천자의 명을 받들어 나라를 위하여 많은 공을 세웠듯이 일을 잘해 달라는 말.

486 호배계수(虎拜稽首): 호(虎)는 소호(召虎). 배계수(拜稽首)는 몸을 굽혀 절하고 머리를 조아림.

虎拜稽首하여 (호배계수)	소호는 엎드려 머리 조아리고
對揚王休[487]하며 (대양왕휴)	임금님의 은덕에 응대하여 칭송하며
作召公考[488]하며 (작소공고)	소공을 추모하고 섬기며
天子萬壽라 하니라 (천자만수)	천자님의 만수를 빌었네
明明天子는 (명명천자)	밝고 밝은 천자님은
令聞不已[489]하시며 (영문불이)	아름다운 명성 끝없으시며
矢其文德[490]하사 (시기문덕)	그의 문덕을 펴시어
洽此四國[491]하니라 (흡차사국)	온 세상을 평화롭게 하시네

◈ 해설

주(周)나라 선왕(宣王)이 소목공(召穆公)에게 명하여 회수(淮水) 남쪽의 오랑캐들을 평정케 하였다. 시인이 그러한 선왕의 선정(善政)과 소호(召虎)의 공로를 기린 것이 이 시이다. 「모시서」에선 이것도 윤길보의 작(作)이라 하였으나 근거를 알 수 없다.

---

487 대양왕휴(對揚王休): 대양(對揚)은 금문(金文) 가운데 자주 보이는 말로, 응대(應對)하여 송양(頌揚)하는 것. 대(對)는 답(答)(『모전』)의 뜻. 양(揚)은 칭양(稱揚)·발양(發揚)의 뜻〔『석의(釋義)』〕. 왕휴(王休)는 왕의 미덕(美德)·은덕(恩德). 휴(休)는 미(美)의 뜻.

488 작소공고(作召公考): 고(考)는 효(孝)와 통용된다. 이 구절은 '작고소공(作考召公)'의 도치문이며, '작고(作考)'는 '추고(追考)', 즉 '선조들의 뜻을 회억(回憶)하며 잘 받드는 것'이다〔우성오(于省吾)〕.

489 영문불이(令聞不已): 령(令)은 아름다운 것. 문(聞)은 들리는 것, 명성. 불이(不已)는 끝이 없음.

490 시(矢): 시(施)의 뜻(『모전』).

491 흡(洽): 협(協)과 통하여〔『전소(傳疏)』〕, 평화롭게 하다, 조화시키다.

9. 상무(常武) 　　　덕 있는 무용

赫赫明明[492]히 혁 혁 명 명	엄하고도 밝게
王命卿士[493]하시니 왕 명 경 사	임금님은 태조의 묘에서
南仲大祖[494]며 남 중 태 조	남중을 경사에
大師皇父[495]하사 태 사 황 보	황보를 태사에 명하시어
整我六師[496]하여 정 아 육 사	우리 전군을 정돈하고
以脩我戎[497]하며 이 수 아 융	군사를 다스리게 하여
既敬既戒[498]하여 기 경 기 계	경계하고 무력 갖추어
惠此南國[499]하니라 혜 차 남 국	남쪽 나라들을 순종케 하셨네

---

492 혁혁명명(赫赫明明): 혁혁(赫赫)은 위엄 있는 모습〔『석의(釋義)』〕. 명명(明明)과 함께 천명(天命)의 엄하고 분명함을 형용한 말.

493 경사(卿士): 대장(大將)으로서의 경사를 말함(『정전』).

494 남중태조(南仲大祖): 남중(南仲)은 선왕(宣王)의 사람으로, 「소아·출거(小雅·出車)」 시에도 보였음. 태조(大祖)는 태조(太祖)의 묘(廟). 태조의 묘에서 남중을 경사에 임명한 것(『모전』).

495 태사황보(大師皇父): 태사(大師)는 삼공(三公)의 하나로, 군사(軍事)를 주관하는 관리. 황보(皇父)는 「소아·시월지교(小雅·十月之交)」에 보인 '황보'와 동일인인 듯하며〔『석의(釋義)』〕, 여기에서는 '경사(卿士)'라 하였다. 황보도 태조의 묘에서 태사(太師)로 임명한 것임(『모전』).

496 육사(六師): 육군(六軍), 천자의 전군(全軍). 1군(軍)은 1만 2천5백 명이다〔『주례·하관(周禮·夏官)』〕. 이 시는 선왕(宣王)의 친정(親征)을 기린 것으로 본다.

497 이수아융(以脩我戎): 수(脩)는 군사 훈련하는 것. 융(戎)은 군대 또는 군사.

498 기경기계(既敬既戒): 기(既)는 이미〔이(已)〕. 경(敬)은 경(儆)과 같으며 경(警)의 뜻(『정전』)으로 경계하다. 계(戒)는 비(備)의 뜻〔『석의(釋義)』〕, 무비(武備)를 갖추는 것.

499 혜차남국(惠此南國): 혜(惠)는 은혜를 베풀다. 남국(南國)은 남쪽 나라. 서(徐)나라가 난을 일으켜 남국이 불안하였기 때문에 이를 정복하자 남국이 실제로 그 혜택을 받았다는 것. 또는 정복하여 복종시킨 것을 부드럽게 표현한 것.

王謂尹氏[500]하사 임금님은 윤씨에게 명을 내리어
왕 위 윤 씨

命程伯休父[501]하시니 정(程)나라 제후 휴보를
명 정 백 휴 보
대사마에 명하니

左右陳行[502]하고 좌우로 군사들 늘어서게 하고
좌 우 진 항

戒我師旅[503]하되 군사들에게 훈계하기를
계 아 사 려

率彼淮浦[504]하여 저 회수 가를 따라
솔 피 회 포

省此徐土[505]하여 나라 땅을 살피어
성 차 서 토

不留不處[506]케 하라 하니 적들이 머물러 살지 못하게 하라 하니
불 류 불 처

三事就緖[507]로다 삼경이 모두 이에 따랐네
삼 사 취 서

---

500 윤씨(尹氏): 경사(卿士)들의 임면(任免)을 관장하는 관리. 「소아·절피남산(小雅·節彼南山)」 참조. 사씨(師氏)·보씨(保氏)·호분씨(虎賁氏) 등은 관명을 씨(氏)로 칭했다.

501 명정백휴보(命程伯休父): 명(命)은 군대를 지휘하는 대사마(大司馬)에 임명한 것(『모전』). 정백휴보(程伯休父)는 『국어·초어(國語·楚語)』의 관사보(觀射父)의 말에 의하면 선왕(宣王) 때의 사마씨(司馬氏)였다고 함. 위소(韋昭)의 주(注)에 의하면 정(程)은 나라 이름, 백(伯)은 작위, 휴보가 이름이라 한다[왕선겸(王先謙), 『집소(集疏)』]. 정(程)나라의 옛 성이 지금의 하남성 낙양현(洛陽縣) 부근에 있었다 한다.

502 좌우진항(左右陳行): 진항(陳行)은 진열하여(『정전』), 좌우 양쪽으로 대열을 이루는 것.

503 계(戒): 훈시하는 것.

504 솔피회포(率彼淮浦): 솔(率)은 따르다. 포(浦)는 물가, 포구.

505 성차서토(省此徐土): 성(省)은 순시하는 것. 서토(徐土)는 서국(徐國), 또는 서방(徐方)이라 부르며, 즉 서(徐)나라인데 회이(淮夷) 중의 하나로 회수의 북쪽에 있었다 하며, 옛말에 서나라의 국군(國君)은 백익(伯益)의 후대로 그 옛 성은 지금의 안휘성(安徽省) 사현(泗縣)의 북쪽에 있었다고 한다.

506 불류불처(不留不處): 서(徐)나라 오랑캐들을 머물지 못하게 하고 살지 못하게 하라는 것.

507 삼사취서(三事就緖): 삼사(三事)는 삼경(三卿)[『공소(孔疏)』]. 취서(就緖)는 전쟁에 대비하여 삼경(三卿)들이 모두 그들의 직분에 따라 질서 있게 일하는 것. 천자의 친정(親征)이므로 삼경도 종군한 것을 말한다[『석의(釋義)』].

赫赫業業[508]하며 혁 혁 업 업	삼엄하고 어마어마한 군사들에
有嚴天子[509]로다 유 엄 천 자	위엄 있는 천자님일세
王舒保作[510]이시나 왕 서 보 작	임금님은 천천히 편안히 가시지만
匪紹匪遊[511]하시니 비 소 비 유	더디게 가거나 노시는 건 아니니
徐方繹騷[512]로다 서 방 역 소	서(徐)나라가 소동이 일어나네
震驚徐方[513]하니 진 경 서 방	서(徐)나라를 경동시키니
如雷如霆[514]하여 여 뢰 여 정	벼락 치고 천둥 치듯이 하여
徐方震驚이로다 서 방 진 경	서(徐)나라가 흔들리네
王奮厥武하시니 왕 분 궐 무	임금님이 무용을 떨치시니
如震如怒[515]로다 여 진 여 노	천둥 울리듯 노하신 듯하네
進厥虎臣[516]하시니 진 궐 호 신	호랑이 같은 신하들 내보내니

---

508 업업(業業): 성한 모양. 「소아·채미(小雅·采薇)」 시 참조.

509 유엄(有嚴): 엄연(嚴然)으로, 위엄 있는 모양.

510 왕서보작(王舒保作): 서(舒)는 천천히, 느리다. 보(保)는 편안함, 안전함. 작(作)은 행함(『정전』), 행진하는 것. 왕사(王師), 즉 왕의 군대가 천천히 느긋하고 안전하게 나아감을 말한다.

511 비소비유(匪紹匪遊): 소(紹)는 태만(怠慢)한 것, 더딘 것〔완(緩)〕(『정전』). 왕의 군대가 천천히 안전하게 나아가고 있지만 '태만하여 더디거나 놀며 가는 것은 아니라'는 뜻.

512 서방역소(徐方繹騷): 서방(徐方)은 서(徐)나라. 역소(繹騷)는 요동(擾動)·소동(騷動)의 뜻〔『통석(通釋)』〕.

513 진경(震驚): 경동(驚動), 즉 놀라 흔들리게 하는 것. 또는 진(震)을 위풍(威風)의 뜻으로도 푼다〔『통석(通釋)』〕.

514 정(霆): 천둥 또는 벼락.

515 진(震): 벼락 치다.

516 진궐호신(進厥虎臣): 진(進)은 '나아가게 하다' 또는 '먼저 보내다'. 호신(虎臣)은 용맹하기가 호랑이 같은 장사(將士) 또는 신하.

闞如虓虎[517]로다 함 여 효 호	성난 호랑이가 울부짖는 것 같네
鋪敦淮濆[518]하여 포 돈 회 분	회수 가에서 치고 죽이고 하여
仍執醜虜[519]하니 잉 집 추 로	많은 추악한 포로들 잡으니
截彼淮浦[520]는 절 피 회 포	다스려진 회수 가는
王師之所[521]로다 왕 사 지 소	임금님 군사 머무는 곳 되었네

王旅嘽嘽[522]하니 왕 려 탄 탄	수많은 임금님의 군사들은
如飛如翰[523]하며 여 비 여 한	나는 듯 활개 치는 듯하고
如江如漢[524]하며 여 강 여 한	강수와 한수처럼 많고 힘차며
如山之苞[525]하며 여 산 지 포	산 밑동같이 튼튼하고

---

517 함여효호(闞如虓虎): 함(闞)은 호랑이가 노한 모양(『정전』). 또는 용맹한 모양. 효(虓)는 호랑이가 울부짖는 것. 포효(咆哮)와 같다.

518 포돈회분(鋪敦淮濆): 포(鋪)는 포(布)와 같이 '펴다'의 뜻(『모전』). 또는 벌(伐)과 같으며 '치다'의 뜻. 돈(敦)은 후(厚)와 같으며 '두텁다'는 뜻(『모전』). 또는 '퇴'로 읽고 대(譈: 원망하다, 죽이다)·대(憝: 원망하다, 미워하다)와 통하며, 여기서는 살벌(殺伐) 곧 치고 죽이는 것〔『석의(釋義)』〕. 분(濆)은 물가.

519 잉집추로(仍執醜虜): 잉(仍)은 취(就)의 뜻으로(『모전』), 나아가다. 추(醜)는 추악한 것, 또는 무리를 말한다. 로(虜)는 포로.

520 절(截): 자른 듯이 정제(整齊)되어 범할 수 없는 모양(『집전』), 또는 치(治)와 같으며 '다스리다'의 뜻. 또는 자른 듯이 공격하는 것.

521 왕사지소(王師之所): 왕사(王師)는 왕의 군대. 왕의 군대가 머무르는 곳. 또는 왕의 군대가 거쳐 지나간 곳〔진자전(陳子展), 『직해(直解)』〕.

522 왕려탄탄(王旅嘽嘽): 려(旅)는 군대. 탄탄(嘽嘽)은 많은 모양〔衆盛貌〕

523 한(翰): 새 깃을 펄럭이며 나는 것. 활개 치며 높이 나는 것. 행동의 민첩함을 말한다.

524 여강여한(如江如漢): 강과 같고 한수와 같다는 것은 많다는 것(『집전』), 또는 물이 흐르는 것처럼 세차다는 뜻.

525 포(苞): 뿌리, 밑동. 산의 뿌리와 같다는 것은 움직일 수 없다는 것(『집전』), 즉 공고(鞏固)하며 튼튼하다는 것을 말한다.

如川之流[526]하며 여 천 지 류	냇물의 흐름처럼
綿綿翼翼[527]하며 면 면 익 익	움직이고 끊임없이 정연하고
不測不克[528]하여 불 측 불 극	헤아릴 수도 당해 낼 수도 없는 모습으로
濯征徐國[529]이로다 탁 정 서 국	서나라를 크게 정벌하네

王猶允塞[530]하시니 왕 유 윤 색	임금님의 계책 정말로 확실하셔
徐方既來[531]로다 서 방 기 래	서나라가 항복해 왔네
徐方既同[532]하니 서 방 기 동	서나라가 동화하니
天子之功이로다 천 자 지 공	천자님의 공이로다
四方既平하니 사 방 기 평	사방이 이미 평정되니
徐方來庭[533]이로다 서 방 래 정	서나라도 내조하네
徐方不回[534]어늘 서 방 불 회	서나라가 배반하지 않게 되자

---

526 여천지류(如川之流): 냇물의 흐름과 같다는 것은 그 물길을 막을 수 없다는 것(『집전』)

527 면면익익(綿綿翼翼): 면면(綿綿)은 긴 모양. 길게 이어져서 끊을 수 없다는 뜻(『집전』). 즉 끊임없이 계속하여 오는 것. 익익(翼翼)은 군사들이 성다(盛多)한 모양(『석의(釋義)』).

528 불측불극(不測不克): 불측(不測)은 군세(軍勢)를 헤아릴 수 없는 것(『정전』). 불극(不克)은 당해 낼 수 없는 것(『정전』).

529 탁(濯): 큰 것. 「대아·문왕유성(大雅·文王有聲)」 시 참조.

530 왕유윤색(王猶允塞): 유(猶)는 계획, 작전 계획. 윤(允)은 진실로. 색(塞)은 실(實)의 뜻으로(『정전』, 『집전』), 빈틈이 없고 충실한 것.

531 래(來): 항복, 귀순(歸順)하여 오는 것.

532 동(同): 회동(會同). 또는 동화(同化)되어 복종하는 것.

533 내정(來庭): 내조(來朝)하는 것.

534 불회(不回): 회(回)는 왕명이나 정도(正道)를 어기는 것. 그래서 사악(邪惡)함이 없거나 반란을 일으키지 않는 것.

王曰還歸라 하시니라
왕 왈 환 귀

임금께서 회군하라 하시네

◈ 해설

선왕(宣王)이 서방(徐方)을 친정(親征)하여 평정하였는데 시인이 이를 기려 쓴 시이다. 제목 '상무(常武)'는 시 속에는 나오지 않지만 시의 내용을 대표하는 것으로, '상(常)'은 '상덕(常德)'의 뜻이고 무(武)는 무용(武勇)을 말한다〔대서(大序)〕. 즉 선왕의 일정한 덕을 지닌 무용을 노래한 것이 이 시라는 것이다. 「모시서」에서는 소목공의 작(作)이라 하였으나 그 근거를 알 수 없다.

주나라의 치세에 무공(武功)이 가장 현저한 것은 두 번 있는데, 그 첫 번째는 무왕(武王)이 상나라를 쳐서 멸망시키고 주나라를 건설한 것으로 그것을 기린 음악은 「대무(大武)」이며, 두 번째는 선왕(宣王)으로 중흥(中興)한 것인데 친히 서(徐)나라를 정벌하여 큰 공을 세웠으니 바로 이 작품이라 한다〔방옥윤(方玉潤), 『시경원시(詩經原始)』〕. 나아가 후세의 자손들에게 보이는 것으로 무력을 항상 사용해서는 안 되지만 또한 항상 대비할 것을 잠시도 잊어서는 안 됨을 말한 것으로 본다. 또 상(常)은 대비하며 항상 나태하지 않는 것을 말하지만 상(尙)과도 통하여 상무(尙武)의 뜻으로 보기도 한다.

10. 첨앙(瞻卬) 우러러봄

瞻卬昊天[535]하니
첨 앙 호 천

넓은 하늘을 우러러보니

則不我惠[536]로다
칙 불 아 혜

조금도 우리를 사랑하지 않으시어

孔塡不寧[537]하니 공 전 불 녕	큰 괴로움과 불안 속에
降此大厲[538]로다 강 차 대 려	이처럼 큰 재난을 내리셨도다
邦靡有定하여 방 미 유 정	나라는 안정되지 못해
士民其瘵[539]하니 사 민 기 채	관리나 백성들 모두 고통 겪고
蟊賊蟊疾[540]이 모 적 모 질	해로운 벌레가 해치는 양
靡有夷届[541]하며 미 유 이 계	그 고난 끊임없으며
罪罟不收[542]하여 죄 고 불 수	죄 그물 거두지 않아
靡有夷瘳[543]로다 미 유 이 추	어려움 빠져나올 틈이 없다

人有土田[544]을 인 유 토 전	남이 가진 땅을
女反有之[545]하며 여 반 유 지	그대는 도리어 빼앗았고

---

535 첨앙(瞻卬): 첨(瞻)은 우러러보다. 앙(卬)은 앙(仰)과 통하여, 우러르다.

536 혜(惠): 사랑하다.

537 공전(孔塡): 공(孔)은 매우, 심히. 전(塡)은 전(瘨)과 통하여〔『석의(釋義)』〕, 병고나 고난을 당하는 것. 또는 진(塵)과 통하고, 진(塵)은 구(久)와 통하기 때문에, 이 구를 '매우 오랫동안'으로 해석하기도 한다〔학의행(郝懿行), 『이아의소(爾雅義疎)』〕.

538 려(厲): 악(惡)의 뜻으로(『모전』), 재난·환난을 뜻한다.

539 사민기채(士民其瘵): 사민(士民)은 선비와 서민을 합쳐 부르는 것. 또는 관리와 백성. 채(瘵)는 노병(勞病), 즉 '힘들어서 생긴 병'의 뜻(『정전』).

540 모적모질(蟊賊蟊疾): 모(蟊)는 벼 뿌리를 먹는 해충. 적(賊)은 해치다. 질(疾)은 해충이 병들게 해치는 것.

541 미유이계(靡有夷届): 미유(靡有)는 '있지 않다, 없다'는 뜻. 이(夷)는 조사. 계(届)는 지(止)의 뜻〔『통석(通釋)』〕. 또는 극(極)과 통하여 종극(終極)의 뜻(『정전』).

542 죄고(罪罟): 죄 그물. 위정자들이 백성들에게 죄를 씌워 잡는 것을 비유한 것이다.

543 이추(夷瘳): 이(夷)는 조사. 추(瘳)는 병이 낫는 것.

544 인(人): 제후나 경대부들을 주로 가리킨다.

545 여반유지(女反有之): 여(女)는 여(汝)와 통하여 '너'의 뜻. 유(有)는 취(取)하다. 곧 천자가 제후나 경대부들의 토지를 부당하게 멋대로 빼앗아 갖는 것.

人有民人[546]을
인 유 민 인

다른 사람의 노예를

女覆奪之[547]하며
여 복 탈 지

그대는 오히려 탈취해 갔고

此宜無罪[548]를
차 의 무 죄

이 죄 없는 사람을

女反收之[549]하며
여 반 수 지

그대는 오히려 가두고

彼宜有罪를
피 의 유 죄

죄 있는 사람을

女覆說之[550]로다
여 복 열 지

그대는 반대로 좋아하네

哲夫成城[551]이나
철 부 성 성

지혜로운 남자는 나라를 세우는데

哲婦傾城이니라
철 부 경 성

지혜로운 여자는 나라를 망하게 하네

懿厥哲婦[552]이
의 궐 철 부

아아 그 지혜 많은 여자가

爲梟爲鴟[553]로다
위 효 위 치

올빼미 부엉이 같은 짓을 한다

婦有長舌[554]하여
부 유 장 설

여자에겐 긴 혀가 있어

維厲之階[555]로다
유 려 지 계

환란의 근원이 되네

亂匪降自天이요
난 비 강 자 천

그 재난 하늘이 내리신 것 아니고

---

546 민인(民人): 노예. 상주(商周) 시대 노예에 대한 칭호라고 한다.
547 복(覆): 반(反)의 뜻(『정전』).
548 의(宜): 의당(宜當), 응당(應當).
549 수(收): 수감하는 것, 잡아 가두는 것.
550 열(說): 기쁜 것. 또는 탈(脫)과 통하여, 사면(赦免)하는 것.
551 철부성성(哲夫成城): 철부(哲夫)는 지혜로운 남자. 성(城)은 나라의 뜻.
552 의(懿): 희(噫)와 통하며, 탄식하는 소리.
553 위효위치(爲梟爲鴟): 효(梟)는 올빼미. 치(鴟)는 부엉이. 밤에만 활동하는 올빼미나 부엉이와 같이 나쁜 짓을 한다는 것.
554 장설(長舌): 긴 혀. 또는 말이 많은 것을 비유함(『정전』).
555 유려지계(維厲之階): 려(厲)는 화(禍). 계(階)는 층계, 사닥다리. 화근(禍根)의 뜻.

生自婦人이니라 — 여자에게서 생겨난 것
생자부인

匪教匪誨[556]하며 — 교훈도 아니고 가르침도 못 되는 것은
비교비회

時維婦寺[557]니라 — 이 부인과 내시의 말뿐이라네
시유부시

鞫人忮忒[558]하여 — 남의 잘못은 엄격하고 악독하게 따지고
국인기특

譖始竟背[559]니라 — 참언으로 시작하여 배반으로 일을 맺네
참시경배

豈曰不極[560]이리요 — 어찌 바르지 않다 스스로 말하겠소
기왈불극

伊胡爲慝[561]고 — 그게 무슨 잘못이냐 하네
이호위특

如賈三倍[562]를 — 세 곱 장사를
여고삼배

君子是識[563]이니 — 관리들이 할 줄 알고
군자시식

---

556 비교비회(匪教匪誨): 말은 많지만 교회(教誨), 즉 교훈이나 가르침의 유익함이 없다는 것. 또는 어떤 사람도 왕으로 하여금 혼란을 초래하고 악행을 저지르도록 하지 않았다는 뜻.

557 시유부시(時維婦寺): 시(時)는 시(是)의 뜻. 부시(婦寺)는 부시(婦侍)와 같은 말로, 총애하는 부인을 말한다〔『석의(釋義)』〕. 또는 시(寺)는 내시(內侍)나 환관(宦官).

558 국인기특(鞫人忮忒): 국(鞫)은 따지는 것. 인(人)은 타인. 기(忮)는 사납다, 엄하다. 특(忒)은 악(惡)의 뜻. 또는 기특(忮忒)은 변화를 예측할 수 없이 남을 해하는 것. 즉 기(忮)는 해(害)요, 특(忒)은 변(變)(『모전』)

559 참시경배(譖始竟背): 참(譖)은 참소·비방하다. 시(始)는 처음. 경(竟)은 마침내, 종국(終局). 배(背)는 배반, 등지고 버리다.

560 극(極): 중정(中正)의 뜻. 또는 이(已)의 뜻이라 하여 '불극(不極)'을 '그침 없다, 끝이 없다'로 푼다(『모전』).

561 이호위특(伊胡爲慝): 이(伊)는 조사. 호(胡)는 어찌. 특(慝)은 사악(邪惡)의 뜻.

562 여고삼배(如賈三倍): 여(如)는 '—와 같다'. 고(賈)는 장사하는 것. 삼배(三倍)는 세 배의 이익을 남기는 것. 『정전(鄭箋)』에서는 "물건을 사고파는 일을 군자〔주유왕(周幽王)〕가 직접 하니, 정사(政事)를 묻지 않고 이익을 도모하는 것을 풍자한 것"이라 했다.

婦無公事어늘 부 무 공 사	여자는 공적인 직무도 없으면서
休其蠶織[564]이로다 휴 기 잠 직	누에치기 길쌈 일 하지 않네

天何以刺[565]고 천 하 이 척	하늘은 무엇으로 책하시려나
何神不富[566]오 하 신 불 부	신들이 언제 복을 안 내리셨던가
舍爾介狄[567]이요 사 이 개 적	나라의 큰 걱정은 버리고
維予胥忌[568]로다 유 여 서 기	우리에 대해서 투기만 하고 있네
不弔不祥[569]하며 불 조 불 상	불행하고 상서롭지 못하고
威儀不類[570]하며 위 의 불 류	위의는 형편없네
人之云亡[571]이니 인 지 운 망	어진 사람 없으니

---

563 군자시식(君子是識): 군자(君子)는 관리들 또는 주(周) 유왕(幽王). 식(識)은 알다. 관리인 군자들이 세 배나 이익이 남는 장사를 할 줄 아는 것 같다는 것은, 출세의 빠른 길로 유왕(幽王)의 총희(寵姬)인 포사(褒姒)에게 아첨함을 비유한 것으로도 본다.

564 휴기잠직(休其蠶織): 휴(休)는 그만두는 것, 집어치우는 것. 잠직(蠶織)은 누에 치고 베 짜는 것. 여자가 자기의 할 일을 집어치우고 엉뚱한 공사(公事)에 손을 대고 있다는 것(『정전』).

565 척(刺): 책(責)의 뜻(『모전』)으로, '질책하다, 꾸짖다'.

566 부(富): 복(福)의 뜻(『모전』). 복을 내리다. 일설에는 '어찌하여 신(神)은 왕을 부유하게 하지 않는가?'로 해석하기도 하는데 적절해 보이지 않다.

567 사이개적(舍爾介狄): 사(舍)는 버리다. 이(爾)는 유왕(幽王). 또는 조사. 개(介)는 크다. 적(狄)은 척(愁)와 통하며, 척(愁)은 척(惕: 두려움, 근심 걱정)과 같은 글자로, 나라의 위급을 가리킨다〔『석의(釋義)』〕. 또는 대적(大狄)과 같으며, 적(狄)에는 음벽(淫辟)의 뜻이 있으므로 원악(元惡)·원흉(元兇)의 뜻〔『통석(通釋)』〕. 일설에는 큰 환란(患亂)을 가져올 이적(夷狄) 곧 '큰 오랑캐'로 본다(『집전』).

568 유여서기(維予胥忌): 유(維)는 지(只)의 뜻으로 , 다만. 서(胥)는 서로.

569 불조(不弔): 불행의 뜻〔『석의(釋義)』〕.

570 류(類): 선(善)의 뜻.

571 인지운망(人之云亡): 인(人)은 현인(賢人)(『정전』). 운(云)은 조사. 망(亡)은 없다 또는 도망하다.

邦國殄瘁[572]로다 방 국 진 췌	온 나라가 고난에 허덕이네
天之降罔[573]이며 천 지 강 망	하늘이 벌을 내리시는데
維其優矣[574]로다 유 기 우 의	너무도 벌이 무겁네
人之云亡이여 인 지 운 망	어진 사람이 없으니
心之憂矣로다 심 지 우 의	마음은 시름에 잠기네
天之降罔이여 천 지 강 망	하늘이 벌을 내리시니
維其幾矣[575]로다 유 기 기 의	재난이 닥칠 걸세
人之云亡이여 인 지 운 망	어진 사람 없으니
心之悲矣로다 심 지 비 의	마음만 슬퍼지네
觱沸檻泉[576]이여 필 불 함 천	솟아오르는 샘물이여
維其深矣로다 유 기 심 의	깊기도 하네
心之憂矣여 심 지 우 의	마음의 시름이
寧自今矣[577]로다 영 자 금 의	어찌 지금에야 시작되었으리

---

572 진췌(殄瘁): 진(殄)은 멸하다. 췌(瘁)는 병(病). 또는 둘 다 '병들다'는 뜻.

573 망(罔): 옛 망(網) 자. 앞에서 나온 죄고(罪罟)나 죄망(罪網)과 같은 뜻으로, 여기서는 천벌이나 천재(天災)를 가리킨다(『정전』).

574 우(優): 너무한 것, 많다(『모전』). 또는 넓거나 무겁다.

575 기(幾): 거의 모두가 멸망할 지경에 이르렀다는 말. 가깝다〔근(近)〕(『모전』).

576 필불함천(觱沸檻泉): 필불(觱沸)은 샘물이 솟아오르는 모양. 함천(檻泉)은 막 솟아나고 있는 샘물. 이 구절은 「소아·채숙(小雅·采菽)」 시에도 보임.

577 영(寧): 내(乃)의 뜻〔『석의(釋義)』〕. 또는 어찌. '어찌 지금부터이겠는가?', '어찌 오늘 아침부터 시작되었겠는가?'의 뜻. 샘물이 위로 솟아나오는 것은 그 근원이 깊기 때문이

不自我先이여 부 자 아 선	내게서 먼저 시작된 것도 아니오
不自我後로다 부 자 아 후	내게서 늦게 시작된 것도 아니네
藐藐昊天[578]이여 막 막 호 천	높고 아득히 먼 하늘은
無不克鞏[579]이시니 무 불 극 공	모든 일 튼튼히 하시니
無忝皇祖[580]면 무 첨 황 조	선조님들 욕되게 안 하면
式救爾後[581]리라 식 구 이 후	그대들의 자손이라도 구원받으리라

◈ 해설

이 시는 유왕(幽王)이 그의 비(妃) 포사(褒姒)를 지나치게 총애하여 나라를 어지럽히고 있음을 풍자한 것이다. 「모시서」에서는 범백(凡伯)의 작품이라 하였는데 무엇에 근거를 둔 것인지 알 수 없다. 유왕은 포사에게 빠져 나라를 어지럽힌 끝에 견융(犬戎)의 침입을 받아 자신도 목숨을 잃고 주나라로 하여금 동천(東遷)하지 않을 수 없게 만들었다.

며, 내 마음의 근심 또한 다만 오늘 시작된 것은 아니다, 라는 뜻.

578 막막(藐藐): 높고 아득히 먼 모양〔고원(高遠)〕(『모전』).

579 극공(克鞏): 극(克)은 능(能)의 뜻. 공(鞏)은 굳다, 튼튼하다. 즉 하늘의 도(道)는 공고(鞏固)하다, 곧 틀림이 없다는 말. 또는 공(鞏)은 '가죽으로 묶다'는 뜻이므로〔『설문(說文)』〕, 약속이나 통제·조정의 뜻으로도 푼다.

580 첨(忝): 욕되는 것.

581 식구이후(式救爾後): 식(式)은 조사. 이(爾)는 유왕(幽王)을 지칭함. 후(後)는 후손들. 마지막 4구는 '하늘이 비록 고원(高遠)하여 사물에 뜻이 없는 듯하나, 그 능력이 신명불측(神明不測)하여 비록 혼란과 위기가 극에 달하더라도 만일 과오를 고치고 스스로 새로워져서 그 선조들을 욕되게 하지 않는다면 하늘의 뜻을 돌릴 수 있고 그 자손들을 구원할 수 있을 것'이라는 뜻이다.

11. 소민(召旻) 소공과 하늘

旻天疾威[582]시니 (민 천 질 위) — 하늘이 미워하여 벌하시려고
天篤降喪[583]하시니라 (천 독 강 상) — 심한 벌을 내리셨네
瘨我饑饉[584]하사 (전 아 기 근) — 우리를 흉년으로 괴롭히어
民卒流亡[585]하니 (민 졸 류 망) — 백성들은 모두 떠다니게 되었으니
我居圉卒荒[586]이로다 (아 거 어 졸 황) — 우리나라는 어떤 곳이나 황폐하였네

天降罪罟[587]하사 (천 강 죄 고) — 하늘은 죄 그물을 내리치시어
蟊賊內訌[588]이로다 (모 적 내 홍) — 해충이 들끓듯 내란이 일어났네
昏椓靡共[589]하여 (혼 탁 미 공) — 함부로 떠들고 모함하는 자들은 공손할 줄 모르고

---

582 민천질위(旻天疾威): 민(旻)은 하늘. 질(疾)은 미워하다. 위(威)는 벌을 내리는 것. 또는 질위(疾威)는 포학함의 뜻.

583 천독강상(天篤降喪): 독(篤)은 매우, 심히. 상(喪)은 화란(禍亂)이나 멸망이나 벌.

584 전아기근(瘨我饑饉): 전(瘨)은 괴롭히는 것. 또는 병(病)이나 해(害). 기근(饑饉)은 흉년이 들어 굶주리는 것.

585 민졸류망(民卒流亡): 졸(卒)은 전부, 모두. 유망(流亡)은 정처 없이 떠돌아다니는 것.

586 거어(居圉): 거(居)는 국중(國中)(『집전』). 어(圉)는 변방 근처. 복합사(複合詞)로서 나라 전체, 전국(全國)을 말한다.

587 죄고(罪罟): 죄 그물.

588 모적내홍(蟊賊內訌): 모적(蟊賊)은 벼를 먹는 해충. 내홍(內訌)은 내분·내란과 비슷한 말.

589 혼탁미공(昏椓靡共): 혼(昏)은 혼(惛)과 통하여 '어리석고 정신이 흐릿한 모양', '시끄럽게 떠들어 어지럽히는 사람'. 작(椓)은 착(諑)의 가차로서 터무니없는 말로 남을 헐뜯고 모함하는 것, 또는 그런 사람. 공(共)은 공(恭)과 통함(『통석(通釋)』). 또는 미공(靡共)은 함께 같은 일을 할 수 없다는 뜻.

潰潰回遹[590]이나 어지러이 나쁜 짓 일삼는데도
궤 궤 회 휼
實靖夷我邦[591]이로다 우리나라를 그들에게 다스리게 하네
실 정 이 아 방

皐皐訿訿[592]나 서로 속이고 비방하면서도
고 고 자 자
曾不知其玷[593]하고 자기 잘못은 전혀 깨닫지 못하고
증 부 지 기 점
兢兢業業[594]하여 서로 다투고 시끄러워
긍 긍 업 업
孔塡不寧[595]하니 매우 어렵고 편치 않으니
공 전 불 녕
我位孔貶[596]이로다 우리 처지도 매우 위태롭게 되었네
아 위 공 폄

如彼歲旱에 가뭄이 든 해에
여 피 세 한
草不潰茂[597]하며 풀이 무성하게 못 자라듯
초 불 궤 무

---

590 궤궤회휼(潰潰回遹): 궤궤(潰潰)는 어지러운 모양. 궤(潰)는 궤(憒)와 통하여 '심란(心亂)하거나 어리석은 것'. 회휼(回遹)은 사벽(邪辟) 곧 바르지 않은 자.

591 실정이아방(實靖夷我邦): 실(實)은 시(是)의 뜻. 정(靖)은 다스리다. 이(夷)는 치평(治平), 즉 나라를 다스려 편안하게 하는 것. 그래서 정이(靖夷)는 사동(使動)으로 사용되었으며 치리(治理)·통치(統治)의 뜻이다.

592 고고자자(皐皐訿訿): 고고(皐皐)는 서로 속이는 것. 자자(訿訿)는 서로 비방(誹謗)하거나 훼방(毁謗)하는 것『통석(通釋)』.

593 점(玷): 옥(玉)의 반점(斑點)이었는데, 나아가 사람의 잘못을 칭하게 되었다.

594 긍긍업업(兢兢業業): 긍긍(兢兢)은 서로 다투는 모양. 또는 삼가고 신중한 모양. 업업(業業)은 성(盛)한 모양. 여기서는 혼란함이 매우 성한 것. 또는 위태로운 모양. 「소아·채미(小雅·采薇)」와 앞의 「대아·상무(大雅·常武)」 시에 보임.

595 공전(孔塡): 공(孔)은 매우, 심히. 전(塡)은 전(瘨)의 뜻으로, 병든 것, 혼란스러운 것. 또는 진(塵)과 통하고, 진(塵)은 구(久)와 통하여 '오랫동안'의 뜻. 앞의 「대아·첨앙(大雅·瞻卬)」 시에서 보였음.

596 아위공폄(我位孔貶): 위(位)는 직위(職位) 또는 처지. 폄(貶)은 위태롭게 되다, 벼슬자리에서 쫓겨나는 것.

597 궤무(潰茂): 궤(潰)는 휘(彙)와 통하여, 무성한 모양『석의(釋義)』.

如彼棲苴[598]하니 여 피 서 저	나무 위의 시든 풀같이 되었으니
我相此邦컨대 아 상 차 방	우리나라를 보건대
無不潰止[599]로다 무 불 궤 지	어지럽기 짝이 없네
維昔之富면 유 석 지 부	옛날의 부유함은
不如時[600]하며 불 여 시	이렇지 않았으며
維今之疚[601]도 유 금 지 구	근래의 고난이라 하더라도
不如玆로다 불 여 자	이와 같지는 않았네
彼疏斯粺[602]어늘 피 소 사 패	성근 쌀인지 고운 쌀인지 모르겠는데도
胡不自替[603]하여 호 부 자 체	어째서 스스로 그만두지 않고
職兄斯引[604]고 직 항 사 인	오로지 시름만 더하게 하는가

---

598 서저(棲苴): 서(棲)는 쉬다. 저(苴)는 마른 풀. 『초사·구장(楚辭·九章)』의 왕일(王逸) 주(注)에 "생풀은 초(草)라 하고, 마른 풀은 저(苴)라 한다"고 했다. 그래서 서저(棲苴)는 나무 위에 있는 마른 풀〔『석의(釋義)』〕. 이 시든 풀은 고난에 허덕이는 백성들에게 비유한 것으로 본다.

599 궤지(潰止): 궤(潰)는 어지러운 것. 지(止)는 조사.

600 시(時): 시(是)의 뜻. 또는 금시(今時) 즉 '지금 이때'.

601 구(疚): 오래된 병(病)으로, 고난이나 빈궁(貧窮)을 뜻함.

602 피소사패(彼疏斯粺): 소(疏)는 조(粗)와 통하여 곱게 빻지 않은 고친 쌀(『정전』). 사(斯)는 차(此). 패(粺)는 정미(精米), 곧 곱게 빻은 쌀. 이 구절은 세상이 어지러워 조미(粗米)와 정미(精米)가 섞여 있어 분별할 수 없듯이 선인과 악인을 가릴 수가 없다는 말.

603 자체(自替): 체(替)는 폐(廢)의 뜻(『모전』)으로, 동란을 그만두는 것.

604 직항사인(職兄斯引): 직(職)은 전주(專主)의 뜻으로, 그 일을 오로지 주관한다는 뜻이다. 항(兄)은 황(怳)과 통하여 창황(愴怳) 곧 마음 아파하는 것(『집전』). 사(斯)는 조사. 인(引)은 인장(引長)(『집전』) 곧 끌어서 길게 늘인다는 뜻. 또는 항(兄)은 황(況)과 통하여, 더하다〔증익(增益)〕.

池之竭矣를
지 지 갈 의
못물이 마르는데

不云自頻하며
불 운 자 빈
물가로부터 물이 줄어든다 아니하고

泉之竭矣를
천 지 갈 의
샘물이 마르는데

不云自中[605]이로다
불 운 자 중
속으로부터 줄어든다 아니하네

溥斯害矣[606]라
부 사 해 의
널리 해가 미치게 하여

職兄斯弘[607]하니
직 항 사 홍
오로지 시름만을 더해 주나니

不烖我躬[608]가
부 재 아 궁
내 몸엔들 재난이 안 닥치겠는가

昔先王受命[609]엔
석 선 왕 수 명
옛날 선왕께서 천명을 받으실 적엔

有如召公[610]하여
유 여 소 공
소공 같은 분이 계셔

日辟國百里[611]러니
일 벽 국 백 리
날로 백리씩 나라를 넓혔는데

---

605 지지갈의, 불운자빈(池之竭矣, 不云自頻). 천지갈의, 불운자중(泉之竭矣, 不云自中): 빈(頻)은 빈(濱)의 뜻으로, 물가. 못물이 마르는 것은 가로부터 줄어들고, 샘물은 속으로부터 줄어든다. 그것은 못물은 밖에서 물이 흘러들어 괸 것, 즉 외인(外因) 때문이고, 샘물은 속에서 솟아난 것, 즉 내인(內因) 때문이다. 그런데도 사람들이 그렇게 말을 하지 않는 것은 이런 사실을 인정하지 않는다는 것이며, 이는 곧 지금의 혼란이 내인(內因)과 외인(外因)이 있는데 그를 살피지도 않고 나아가 혼란의 원인이 있음을 인정하지 않는다는 뜻이다. 일설에는 불운(不云)을 모두 조사로 보기도 한다. 이 구절은 아마도 옛날의 속어(俗語)이거나 격언(格言)일 것.

606 부사해의(溥斯害矣): 부(溥)는 넓은 것. 사(斯)는 조사. 또는 부사(溥斯)는 부부(溥溥)와 같아 넓은 모양. 해(害)는 해가 미치다.

607 홍(弘): 크다.

608 부재아궁(不烖我躬): 부(不)는 부정부사나 의문사로 보지 않고 조사로도 본다. 그리고 『시경』 속에서 '부(不)'가 의문사로 쓰인 예가 없다고도 한다. 재(烖)는 재(災)의 본자(本字)로, 재앙의 뜻. 아궁(我躬)은 나 자신. 그래서 '장차 내 몸에 화(禍)가 미치리라'로 번역된다.

609 선왕(先王): 문왕(文王)·무왕(武王)을 가리킴.

610 소공(召公): 소강공(召康公). 또한 소공석(召公奭)이라 칭한다.

今也日蹙國百里[612]로다 금 야 일 축 국 백 리	오늘날엔 날로 백리씩 나라가 줄어드네
於乎哀哉라 오 호 애 재	아아 슬프다
維今之人엔 유 금 지 인	지금 사람들은
不尙有舊[613]아 불 상 유 구	옛날 소공 같은 분을 숭상하지 않네

◈ 해설

이 시는 유왕(幽王)이 소인을 임용하여 나라를 어려움과 기근에 빠뜨렸음을 풍자한 것이다. 제목을 '소민(召旻)'이라 하였음은 제1절에 첫머리의 '민천(旻天)'에서 '민(旻)'자를 따고 끝장 첫머리에 나오는 '소공(召公)'에서 '소(召)'자를 딴 것이다(『집전』). 「모시서」에선 '민'을 '민(閔: 불쌍히 여기다)'의 뜻으로 보고, '소민(召閔)'이란 천하에 소공 같은 신하가 없음을 가슴 아파한 것이라 하였다. 주희(朱熹)의 설이 옳은 듯하다.

---

611 벽(辟): 벽(闢)의 뜻으로, 개척하여 넓히는 것.

612 축(蹙): 축소의 뜻.

613 불상유구(不尙有舊): 상(尙)은 숭상(崇尙)의 뜻. 유(有)는 조사. 구(舊)는 옛 신하 또는 노신(老臣). 즉 옛날 소공과 같은 어진 사람.

Ⅳ. 송(頌)

송(頌)은 종묘(宗廟)의 악가(樂歌)로서, 제사를 지낼 때 그의 성덕(盛德)을 기리고 이루어 놓은 공을 드러내어 신명(神明)에게 고한 것이다. 청나라 때의 학자 완원(阮元, 1764~1849)은 『연경실집 · 석송(揅經室集 · 釋頌)』이란 글에서 옛날에는 송(頌)이 '용(容)'자와 통용되었음을 지적하고, 노래에 춤을 겸했음을 뜻한다고 하였다. 따라서 송(頌)은 공덕의 송양(頌揚)이란 뜻도 지니고 있지만, 무(舞)의 뜻도 함께 나타내고 있는 것이다.

주송(周頌)

정현(鄭玄)은 『시보(詩譜)』에서 "주송(周頌)은 주나라 왕실이 공을 이루어 태평하고 덕이 성하던 때의 시로서, 주공(周公)이 섭정하던 성왕(成王) 즉위 초의 작품이다"라고 하였다. 그러나 주희(朱熹)는 강왕(康王) 이후의 시들도 들어 있다고 하였는데, 이 설이 일반적으로 받아들여진다. 시 본문을 통하여 성왕 이후의 작품임을 인지할 수 있는 작품들이 있기 때문이다. 그러나 「주송(周頌)」은 대부분 압운(押韻)하지 않고, 문사(文辭)도 옛 티가 많으므로 『시경』 가운데 가장 오래된 작품들이라 봄이 옳을 것이다.

제1 청묘지습(淸廟之什)

1. 청묘(淸廟) 청아한 사당

於穆淸廟[1]에 (오 목 청 묘)	아아 근엄하고 청아한 사당
肅雝顯相[2]이로다 (숙 옹 현 상)	공경스럽고 의젓한 제사 돕는 대신들이며
濟濟多士[3]이 (제 제 다 사)	수많은 선비들이
秉文之德[4]하여 (병 문 지 덕)	문왕의 덕을 받들어
對越在天[5]이요 (대 월 재 천)	하늘에 계신 분 높이 모시며

---

1 오목청묘(於穆淸廟): 오(於)는 감탄사, '아아'. 목(穆)은 미(美)의 뜻(『모전』), 아름다운 것. 청묘(淸廟)는 청결 또는 청아한 묘당(廟堂).

2 숙옹현상(肅雝顯相): 숙(肅)은 공경하는 것. 옹(雝)은 화목함(『모전』), 또는 의젓한 것. 현(顯)은 덕이 밝은 것(『정전』). 상(相)은 여기서는 명사로서 '조제자(助祭者)' 곧 제사를 돕는 공경(公卿) 제후(諸侯)들을 말한다(『집전』).

3 제제다사(濟濟多士): 제제(濟濟)는 많은 모양. 사(士)는 제사에 참례하여 일보는 사람들(『집전』).

4 병문지덕(秉文之德): 병(秉)은 병승(秉承)의 뜻으로, 받드는 것. 또는 '쥐다, 집행하다'는 뜻. 문(文)은 문왕(文王). 일설에는 문덕(文德)이라 하는데 어법적으로 적절하지 않다.

5 대월재천(對越在天): 대월(對越)은 대양(對揚)과 같은 말로, 송양(頌揚)의 뜻. 재천(在天)은 하늘에 계신 분. 문왕의 신령이 하늘에 계시다고 믿고 있다.

駿奔走在廟[6]로다 준 분 주 재 묘	바쁘게 묘당을 뛰어다니고 있네
不顯不承[7]이니 불 현 불 승	문왕의 신령께서 매우 밝게 돌봐주고 계시니
無射於人斯[8]로다 무 역 어 인 사	사람에게 미움을 받음이 없으시도다

◈ 해설

이 시는 문왕(文王)을 제사 지내는 노래이다. 「모시서」에 의하면 주공(周公)이 동쪽에 낙읍(洛邑)을 이루어 놓은 뒤 제후들을 거느리고 문왕을 제사 지낼 때 부른 악가(樂歌)이다. 주공의 낙읍 경영은 『서경·주서(書經·周書)』의 「소고(召誥)」와 「낙고(洛誥)」편에 보이며, 섭정한 지 5년째 낙읍을 완성하고 6년째 제후들이 내조하여 제사한 것이라 한다〔『공소(孔疏)』〕.

2. 유천지명(維天之命)　　하늘의 명

維天之命[9]은 유 천 지 명	하늘의 명은

---

6 준분주재묘(駿奔走在廟): 준(駿)은 빨리 달리다. 종묘에서 제사를 지낼 때의 행동이 신속하다는 것. 종묘에서는 행동이 신속하고 빠른 것을 경(敬)의 표현으로 본다〔『통석(通釋)』〕.

7 불현불승(不顯不承): 불(不) 두 글자 모두 비(丕)의 뜻〔『석의(釋義)』〕. 승(承)은 받들다. 이 구절은 '문왕의 신령이 매우 밝게 후인들을 보좌해 주시고 계시다'는 뜻〔『석의(釋義)』〕.

8 무역어인사(無射於人斯): 역(射)은 싫증내다. 사(斯)는 조사.

9 유천지명(維天之命): 유(維)는 조사. 또는 유(惟)와 같으며 '생각하다'는 뜻으로 보기도 한

於穆不已[10]시니 (오 목 불 이)	아름답기 그지없네
於乎不顯[11]토다 (오 호 불 현)	아아 밝기도 해라
文王之德純[12]이여 (문 왕 지 덕 순)	문왕의 덕의 순일함이여
假以溢我[13]시니 (가 이 일 아)	우리를 크게 이롭게 하셨으니
我其收之[14]하여 (아 기 수 지)	우리는 그것을 받아
駿惠我文王[15]하리니 (준 혜 아 문 왕)	힘써 우리 문왕 따르리니
曾孫篤之[16]어다 (증 손 독 지)	자손들은 이를 잘 받들기를

다. 천지명(天之命)은 천명(天命)과 같으며, 하늘〔天〕이 인간의 운명에 관여하며 결정한다는 인격적인 관점으로 볼 수 있고 또한 잠시도 멈추지 않고 움직이는 자연계의 모든 현상으로도 볼 수 있다. 여기서는 전자의 관점이다.

10 오목불이(於穆不已): 오(於)는 감탄사. 목(穆)은 아름답다〔美〕 또는 장엄(莊嚴)하다. 불이(不已)는 그침이 없다.

11 오호불현(於乎不顯): 오호(於乎)는 오호(嗚呼)와 같은 감탄사. 불(不)은 비(丕)의 뜻〔『석의(釋義)』〕으로 '크다'는 뜻. 그래서 불현(不顯)은 크게 광명(光明)한 것 또는 크게 드러나 빛나는 것. 앞의 「주송·청묘(周頌·淸廟)」 시 참조.

12 순(純): 순일(純一)·순수한 것.

13 가이일아(假以溢我): 가(假)는 대(大)의 뜻. 일(溢)은 익(益)의 뜻〔『석의(釋義)』〕으로 이익되게 한다는 뜻. 또는 가(假)는 하(何)와 통하고, 일(溢)은 휼(恤)과 통하여, 『춘추좌전』 「양공(襄公) 27년」에 나오는 "하이휼아(何以恤我)"와 같은 뜻으로 본다. 즉 '무엇으로 우리를 구제하시는가'라는 뜻. 휼(恤)은 구휼(救恤)하는 것으로 창고를 열어 구제하는 것(『정전』)이다.

14 수(收): 수(受)의 뜻〔『석의(釋義)』〕으로, 받아들이다.

15 준혜(駿惠): 준(駿)은 '크게, 힘써' 등의 뜻. 혜(惠)는 순종하는 것(『집전』). 또는 준(駿)이 순(馴)과 통하여 준혜(駿惠) 모두 순종의 뜻이라고도 한다.

16 증손독지(曾孫篤之): 증손(曾孫)은 후왕(後王)들을 가리키며, 여기서는 조상에 대한 자칭임. 손자의 아들 이하의 후세 자손들을 통칭하는 것〔『석의(釋義)』〕. 독(篤)은 독실하게 잘 받들어 행하는 것.

◈ 해설

이것도 문왕(文王)을 제사 지내는 시이다(『집전』). 「모시서」에선 태평함을 문왕에게 고한 것이라 하였다.

3. 유청(維清) 맑고 밝음

維清緝熙[17]하니 유 청 즙 희	맑고 밝게 끊이지 않고 이어오나니
文王之典[18]이로다 문 왕 지 전	문왕의 법도로다
肇禋[19]하여 조 인	처음으로 제사함으로부터
迄用有成[20]하니 흘 용 유 성	이룸이 있음에 이르렀으니

---

17 유청즙희(維清緝熙): 유(維)는 조사. 청(清)은 청명(淸明)한 것. 즙희(緝熙)는 계속되어 끊어지지 않는다〔繼續不絶〕는 뜻으로 「대아·문왕(大雅·文王)」 시에 보임. 또는 즙(緝)은 이음〔속(續)〕이요 희(熙)는 밝음〔明〕의 뜻이라 마땅히 청명하게 하고 이어 밝힐 것은 문왕(文王)의 법이라고 해석한다(『집전』). 『이아(爾雅)』에는 이 '즙희(緝熙)'를 '광(光)', 즉 '밝다'는 뜻으로 풀었는데 전장(典章: 법령 제도 등의 총칭)의 엄명(嚴明)함을 말한 것이라 하였다.

18 전(典): 제도나 법규 또는 법도. 주나라의 개국 이전이므로 제도나 법규라고 하기에는 적절하지는 않을 것이기에 법도나 가르침 등에 가까울 것.

19 조인(肇禋): 조(肇)는 시작하는 것. 인(禋)은 제사 지내다. 그러나 문왕이 제사를 시작했다는 것은 아니고 문왕이 군사를 일으켜 숭(崇)나라를 정벌하려 하면서 먼저 군대에게 제사 지낸 것을 말한다. 「대아·생민(大雅·生民)」에 "후직조사(后稷肇祀)"라 하여 제사를 처음 시작한 것은 후직임을 밝혔다. 그리고 문왕이 숭나라를 친 것은 세력을 확대한 것으로 아직은 천하를 장악한 것이 아니며 무왕(武王)이 상(商)나라를 쳐서 천하를 장악하기 위한 단초와 조건을 만들어 준 것이다.

20 흘용유성(迄用有成): 흘(迄)은 '지금까지' 또는 '—함에 이르러'의 뜻. 용(用)은 문왕의 법도를 쓰는 것. 또는 조사로도 본다. 유성(有成)은 정사(政事)를 이루어 놓은 것, 또는

維周之禎[21]이로다 주나라의 상서로움일세
유 주 지 정

◈ 해설

다섯 구로 이루어져 있는, 『시경』 중에서 가장 짧은 시의 하나이지만 역대로 그 해설에는 이견들이 분분하다.

문왕을 제사 지내는 노래이다(『집전』). 「모시서」에서는 이 시는 상무(象舞)를 출 때 부르는 악가(樂歌)라 하였다(『모전』). 상무는 전쟁할 때 적을 찌르고 치며 싸우는 모습을 형상한 춤으로 무왕(武王)이 지었다고 한다. 결국 이 시에는 문왕의 법도와 업적이 극히 간결하게 반영되어 있다고 보아야 할 것이며, 그렇다면 문왕이 천명을 받고 먼저 교외에서 제사를 지내고 군사를 일으켜 숭(崇)나라를 쳐서 세력을 확대한 것이 무왕이 상나라를 멸하고 주나라를 이룩하는 그 홍성의 단초와 조건을 제공한 것이 되었고 특히 이 점을 강조한 것으로 보인다.

4. 열문(烈文) 공덕 많음

烈文辟公[22]이여 공 많고 덕 많은 제후들이여
열 문 벽 공

숭나라를 정벌한 큰 공을 완성한 것. 그래서 '이룸이 있음에 이르렀으니'라고 포괄적으로 해석할 수 있다.

21 정(禎): 상서(祥瑞)의 뜻. 즉 문왕이 군대에 처음으로 제사 지내고 숭나라를 정벌한 것이 주나라가 장차 흥하는 데 하나의 상서로운 징조가 되었다는 뜻이다.

22 열문벽공(烈文辟公): 열(烈)은 무공(武功), 문(文)은 문덕(文德)을 말한다(『통석(通釋)』). 또는 열(烈)은 빛나는 것으로 공(功)을 칭하고, 문(文)은 문채(文彩)가 있는 것으로 덕

錫玆祉福[23]하니 석 자 지 복	이렇게 많은 복록을 내려 주셨고
惠我無疆[24]하여 혜 아 무 강	우리를 사랑하심 한이 없으니
子孫保之[25]로다 자 손 보 지	자손들은 이 유업을 잘 보전해야 하네
無封靡于爾邦[26]하며 무 봉 미 우 이 방	너희 나라를 크게 망치는 짓 하지 않으면
維王其崇之[27]로다 유 왕 기 숭 지	임금님은 그를 높여 줄 것이네
念玆戎功[28]하여 염 자 융 공	선인들의 큰 공 생각하여
繼序其皇之[29]어다 계 서 기 황 지	유서를 계승 발전시키기를
無競維人[30]을 무 경 유 인	이를 데 없이 훌륭한 사람을

(德)을 칭한다. 벽(辟)은 군(君)이며, 천자와 제후는 모두 군호(君號)가 있으므로 통칭하여 벽(辟)이라 한다. 벽공(辟公)은 제후들. 천자는 벽왕(辟王)이라 한다(『통석(通釋)』). 그래서 벽공은 제사를 돕는 제후를 말한다.

23 석자지복(錫玆祉福): 석(錫)은 사(賜) 곧 내려 준다는 뜻. 자(玆)는 이것 또는 이렇게. 지복(祉福)은 복.

24 혜아무강(惠我無疆): 혜(惠)는 사(賜)와 같은 뜻. 또는 은혜 및 사랑. 아(我)는 우리로서 후왕(後王)이 스스로를 칭하는 말이며 제사를 돕는 제후도 포함한다. 무강(無疆)은 끝이 없는 것.

25 보지(保之): 선공(先公)들의 유업(遺業)을 잘 보전하는 것.

26 무봉미우이방(無封靡于爾邦): 봉(封)은 대(大)와 같으며 큰 것. 또는 이익을 독점하여 자기 재산만 증식하는 것(『집전』). 미(靡)는 손(損) 또는 괴(壞)의 뜻(『통석(通釋)』)으로, 곧 손해를 입히거나 망치는 것. 또는 대죄(大罪)(『모전』, 『전소(傳疏)』). 이(爾)는 너, 그, 이. 방(邦)은 나라.

27 유왕기숭지(維王其崇之): 유(維)는 조사. 왕(王)은 제사를 받는 선왕. 기(其)는 조사. 숭(崇)은 높여 주다, 대우를 잘하다.

28 융(戎): 큰 것.

29 계서기황지(繼序其皇之): 계(繼)는 계승하다 잇다. 서(序)는 서(緖)와 통하며(『통석(通釋)』), 유서(遺緖), 즉 유업(遺業: 선대로부터 이어온 사업)의 뜻. 기(其)는 융공(戎功)을 가리킴. 황(皇)은 큰 것. 여기서는 동사로 사용되어 광대(光大)하게 하다의 뜻.

四方其訓之[31]하며 사 방 기 훈 지	온 세상은 본받을 것이며
不顯維德[32]을 불 현 유 덕	밝은 덕 있는 분을
百辟其刑之[33]하나니 백 벽 기 형 지	모든 제후들이 법도로 삼을 것이니
於乎前王不忘[34]이로다 오 호 전 왕 불 망	아아, 옛 임금님들을 잊지 말기를!

◈ 해설

주나라의 선공(先公)들을 제사 지내는 시이다. 제사를 지내면서 그때의 제후들까지도 훈계한 것이다. 「모시서」에선 성왕(成王)이 즉위하여 정치를 직접 맡으면서 조상에게 제사를 지낸 제사가(祭祀歌)라고 했다. 아울러 제후들이 조제(助祭)하는 것을 권면하고 칭송한 것으로 보는 것이 일반적이다.

---

30 무경유인(無競維人): ① 무경(無競)은 견줄 데 없는 것. 인(人)은 어진 사람. 그래서 이 구절은 '다투어 더 강함이 없고 덕으로 더 드러남이 없는 사람'의 뜻(『집전』). ② 또는 힘써 노력하여 훌륭한 사람이 되는 것. 이럴 때 무(無)는 의미가 없고, 경(競)은 무(務)로 해석하여 힘써 노력하다는 뜻이며, 유(維)는 위(爲) 또는 작(作)과 같다고 했다〔왕인지(王引之), 『경전석사(經傳釋詞)』〕. 아래 구와 함께 「대아·억(大雅·抑)」에도 같은 말이 보인다.

31 훈(訓): 교훈으로 삼는 것. 또는 순종(順從)의 뜻.

32 불현유덕(不顯維德): 불(不)은 비(丕) 곧 크다는 뜻. 현(顯)은 밝게 드러난 것. 위의 '무경유인(無競維人)' 구와 짝을 이룬다.

33 백벽기형지(百辟其刑之): 백벽(百辟)은 모든 제후. 형(刑)은 법도로 삼는 것.

34 오호전왕불망(於乎前王不忘): 오호(於乎)는 오호(嗚呼)와 같으며 감탄사. 전왕(前王)은 전대(前代)의 임금님. 곧 문왕(文王)과 무왕(武王).

5. 천작(天作)

하늘이 산을 만드시고

天作高山[35]이시어늘 천 작 고 산	하늘이 높은 산을 만드셨고
大王荒之[36]로다 태 왕 황 지	태왕께선 그것을 다스리셨네
彼作矣[37]시어늘 피 작 의	태왕께서 일으키신 것을
文王康之[38]로다 문 왕 강 지	문왕께서 다스려 편안케 하셨네
彼徂矣岐[39]에 피 조 의 기	저 험한 기산에
有夷之行[40]하니 유 이 지 행	평탄한 길이 있으니
子孫保之어다 자 손 보 지	자손들은 보전할지어다

---

35 고산(高山): 기산(岐山)을 말한다.

36 태왕황지(大王荒之): 태왕(大王)은 문왕(文王)의 조부 고공단보(古公亶父)를 말한다. 황(荒)은 치(治) 또는 개간(開墾)의 뜻(『집전』).

37 피작의(彼作矣): 피(彼)에 대한 견해에 차이가 있는데, 태왕(太王)와 천(天)의 두 가지이다. 『집전(集傳)』에서는 태왕이라 하였다. 즉 하늘이 기산을 만들어 내시고 이에 태왕이 처음 다스렸으며, 태왕이 이미 만드신 것을 문왕께서 다스려 편안케 하셨다는 뜻이다. 그리고 작(作)은 나라를 만들어 일으키는 것으로 해석했다. 이후 대체로 이를 따르는데 이와는 달리 천(天)으로도 볼 수 있다.

38 강(康): 거처를 편안하게 하다. 또는 안거(安居)하다.

39 피조의기(彼徂矣岐): 이 피(彼)는 세 가지로 해석이 가능하다. 주(注) 37에서의 태왕(太王)과 천(天) 두 가지에다 기산(岐山)을 꾸미는 '저'의 뜻이다. 조(徂)를 '가다〔往〕'의 뜻으로 보면 태왕이 빈(豳) 땅으로부터 기산 아래로 나라를 옮긴 것을 말하는 것으로 볼 수 있고, 하늘 곧 천명(天命)이 주나라로 돌아간 것으로 해석하기도 한다. 기(岐)는 기산(岐山) 지방으로, 문왕도 풍(豊) 땅으로 나라를 옮기기 전까지 이곳에서 나라를 다스렸다. 이 기(岐)의 구두(句讀)에도 이견이 있다. 즉 기(岐)를 다음 구의 첫머리에 놓아서 이 구를 세 글자로 만들면 제3구 피작의(彼作矣)와 같은 형태이며 짝을 이루는 셈이 된다.

40 유이지행(有夷之行): 이(夷)는 평(平), 행(行)은 도(道)의 뜻. 곧 평평한 길. 주나라로 모여드는 백성들이 많아서 평평한 길이 생겼다는 뜻. 또는 나라의 정치에서 대도(大道)로 나아간다는 추상적인 의미로 해석할 수도 있다.

◈ 해설

「모시서」에선 선왕과 선공들을 제사하는 것이라 하였고, 『집전(集傳)』에선 태왕을 제사하는 노래라고 하였다.

6. 호천유성명(昊天有成命) 하늘의 밝은 명

昊天有成命[41]이시어늘 호 천 유 성 명	넓은 하늘의 밝은 명을
二后受之[42]로다 이 후 수 지	문왕과 무왕께서 받으셨네
成王不敢康[43]하사 성 왕 불 감 강	성왕께선 감히 편안히 쉬시지 못하시고
夙夜基命宥密[44]하시니라 숙 야 기 명 유 밀	천명 다지려 밤낮으로 애쓰셨네

41 호천유성명(昊天有成命): 호천(昊天)은 상천(上天) 곧 넓은 하늘. 성명(成命)은 명명(明命)과 같으며 '밝은 명'의 뜻(『통석(通釋)』). 고문에서 명(明)과 성(成)은 같은 뜻이었다 하고, 『이아(爾雅)』에서도 명(明)을 성(成)으로 풀었다.

42 이후(二后): 문왕(文王)과 무왕(武王). 후(后)는 군(君)이다.

43 성왕불감강(成王不敢康): 성왕(成王)은 이름이 송(誦)이며 무왕(武王)의 아들. 강(康)은 편히 쉬다 또는 일락(逸樂).

44 숙야기명유밀(夙夜基命宥密): 숙야(夙夜)는 아침 일찍부터 밤늦게까지 또는 밤낮으로. 기(基)는 아래에 많이 쌓아 위의 것을 이어 받드는 것(『집전』) 외에 모의(謀議)하고 계획한다는 뜻이 있으며(『이아(爾雅)』) 일설에는 정령(政令)을 제정하는 것이라 했다〔왕선겸(王先謙), 『집소(集疏)』〕. 명(命)에도 정령이나 법령을 제정한다는 뜻이 있다〔왕선겸(王先謙), 『집소(集疏)』〕. 기명(基命)은 크게 보아서 모의하고 계획하여 천명을 완성하는 것 또는 좁은 의미에서 구체적으로 보면 정령과 법규를 제정하는 것. 또는 글자 기본적인 훈에 따라 '천명을 바탕으로', '명을 다지기를'로 해석되기도 한다. 유(宥)는 관대(寬大)한 것(『모전』) 또는 크고 깊음〔굉심(宏深)〕(『집전』). 밀(密)은 영(寧)의 뜻으로 안정된 것(『모전』)

於緝熙[45]하시며 오 즙 희	아아, 이어 밝히시며
單厥心[46]하시니 단 궐 심	그 마음을 성실하게 다하시니
肆其靖之[47]시니라 사 기 정 지	그러므로 천하를 안락하게 하셨네

◈ 해설

「모시서」와 『노시(魯詩)』에서는 천지를 교사(郊祀)하는 시라 하였고, 『시집전』에서는 성왕을 제사하는 시라 하였다. 전자는 내용과 부합되지 않는다. 『국어·진어(國語·晋語)』에 숙향(叔向)이 이 시를 일러 "성왕의 덕을 말한 것"이라 하였는데 성왕 생전의 찬미시로 보는 것도 가능하지 않은 것은 아니지만 제사시로 보는 것이 타당하다.

또는 정밀(靜密), 즉 고요함과 치밀함(『집전』). 이에 대해 고형(高亨)은 유밀(宥密)을 '근심하는 모양'으로 해석하였다. 宥는 有로 읽고, 유밀(有密)은 밀밀(密密)과 같은데 이는 비(毖: 삼가다, 근신하다)의 차자(借字)라는 것. 이와 함께 참고할 만한 것은 「대아·상유(大雅·桑柔)」의 "위모위비(爲謀爲毖)"가 있다. 「소아·시월지교(小雅·十月之交)」에 "민면종사, 불감고로(黽勉從事, 不敢告勞)"라고 했는데, 왕선겸은 이 '민면(黽勉)'이 『노시(魯詩)』에는 '밀물(密勿)'로 되어 있으며 그 뜻은 '근면노력(勤勉努力)'이라 하였다〔왕선겸(王先謙), 『집소(集疏)』〕. 고형의 '밀밀'과 '밀물'은 음이 서로 가깝다. 다만 그 뜻이 근신(謹愼)과 근면(勤勉)으로 다소 다를 뿐이다. 이 다양한 접근을 참고로 기명유밀(基命宥密)의 여러 번역을 정리하면, ① 천명을 바탕으로 하여 관대하고 안정된 다스림을 펴다 ② 명을 다지기를 크게 하고 치밀하게 하다 ③ 법령을 제정함에 관대하고 치밀하게 하다 ④ 법령을 제정함에 삼가고 신중했다 ⑤ 법령을 제정함에 힘써 노력했다 등이 될 수 있다.

45 오즙희(於緝熙): 오(於)는 오호(嗚呼)와 같은 감탄사. 즙희(緝熙)는 광명(光明) 곧 빛나는 것 또는 끊어지지 않고 계속함. 「대아·문왕(大雅·文王)」, 「주송·유청(周頌·維淸)」에 보임.

46 단궐심(單厥心): 단(單)은 탄(殫)과 통하여, 성심을 다하는 것. 또는 단(亶)과 소리가 가까워 서로 통하며, 단(亶)은 성(誠) 및 후(厚)의 뜻이다. 『국어·주어(國語·周語)』에서 이 시를 인용하면서 단(單)을 단(亶)으로 썼다. 궐심(厥心)은 그 마음.

47 사기정지(肆其靖之): 사(肆)는 조사 또는 고(故)의 뜻. 정(靖)은 안정, 편안함의 뜻.

7. 아장(我將) 받들어 올림

我將我享[48]이
아 장 아 향
잡고 삶아 제물로 올리나니

維羊維牛[49]니
유 양 유 우
양과 소로다

維天其右之[50]리로다
유 천 기 우 지
하늘이 도와주시네

儀式刑文王之典[51]하여
의 식 형 문 왕 지 전
문왕의 법도를 잘 본받아

日靖四方[52]하면
일 정 사 방
매일 세상을 잘 다스리면

伊嘏文王[53]이
이 하 문 왕
위대하신 문왕께선

既右饗之[54]하시리라
기 우 향 지
제사를 흠향하시리라

---

48 아장아향(我將我享): 장(將)은 봉(奉: 받듦)의 뜻. 향(享)은 헌(獻)으로 제물로 바치는 것(『정전』, 『집전』). 마서진(馬瑞辰)은 장(將)은 고문(古文)에는 장(鸞)으로 썼는데 옛 제기(祭器)에 보인다고 하였으며, 『설문해자(說文解字)』에서는 장(鸞)을 자(煮: 삶다)로 풀었고, 향(享)은 향(飨)으로 읽어야 한다고 했다〔『통석(通釋)』〕. 즉 희생(犧牲)을 삶아서〔팽자(烹煮)〕 신에게 받들어 올리는 것을 말한다.

49 위(維): 이〔是〕.

50 유천기우지(維天其右之): 유(維)와 기(其)는 조사. 우(右)는 우(佑)의 뜻으로(『정전』), 돕다. 또는 인신(引伸)되어 권(勸)의 뜻을 가지며 신을 향해 술을 올리는 것으로도 본다. 또는 소와 양을 잡아 받들어 상제에게 제향하고 말하기를 '하늘이 행여 강림하시어 이 소와 양의 오른쪽에 계실까' 하는 것.

51 의식형문왕지전(儀式刑文王之典): 의(儀)는 의(宜), 즉 의당. 또는 선(善)의 뜻(『모전』)으로, 잘하는 것. 식형(式刑)은 본받는 것. 전(典)은 전칙(典則) 전장(典章) 또는 법도의 뜻.

52 일정(日靖): 일(日)은 매일. 정(靖)은 안정시키다 또는 다스리다.

53 이하문왕(伊嘏文王): 이(伊)는 조사. 하(嘏)는 복을 내려 주는 것〔錫福〕 또는 위대한 것.

54 기우향지(既右饗之): 기(既)는 어기조사(語氣助詞). 우(右)는 유(侑)와 통하며, 신을 대리하는 시(尸)에게 제물을 먹게 하는 것(『석의(釋義)』). 위의 주(注) 50과 마찬가지로 먹고 마시기를 권하는 것. 향(饗)은 주식(酒食)으로 관대(款待)하는 것. 『이아(爾雅)』에서 상(尙)을 우(右)로 풀었으니 우(右) 역시 상(尙)으로 풀 수 있으며, 그래서 우향(右饗)은 상향(尙饗)의 뜻이다〔진환(陳奐), 『전소(傳疏)』〕.

我其夙夜[55]로 | 나는 일찍부터 밤늦게까지
아 기 숙 야

畏天之威하며 | 하늘의 위엄을 두려워하며
외 천 지 위

于時保之[56]리라 | 문왕의 유업을 보전하리라
우 시 보 지

◈ 해설

문왕을 제사하는 노래이다. 「모시서」에서도 문왕을 명당(明堂)에서 제사하는 노래라 하였다. 명당이란 『고공기(考工記)』의 정현 주(注)에 의하면 "정교(政敎)를 밝히는 당(堂)"의 뜻으로, 주대(周代)에 제후들을 접견하고 제사와 양로(養老)·교학(敎學)·선사(選士) 같은 중요한 행사를 하던 장소이다.

8. 시매(時邁) 철따라 순수(巡狩)하니

時邁其邦[57]에 | 철따라 나라를 순수(巡狩)하니
시 매 기 방

昊天其子之[58]니 | 하늘은 저분을 자식처럼 사랑하시어
호 천 기 자 지

---

55 숙야(夙夜): 아침 일찍부터 밤늦게까지 또는 밤낮으로.

56 우시보지(于時保之): 우시(于時)는 우시(于是)의 뜻. 보지(保之)는 문왕의 유업을 보전하는 것. 또는 나라를 보위하는 것.

57 시매기방(時邁其邦): 시(時)는 '때맞추어', '제때에' 또는 '때로'. 매(邁)는 행(行)의 뜻으로 순행(巡行)하는 것. 또는 순수(巡狩)하는 것. 주대(周代)에는 천자가 12년에 한 번씩 순수(巡狩)하며 산천의 여러 신(神)들을 아울러 제사 지냈다고 한다[『공소(孔疏)』].

58 호천기자지(昊天其子之): 호천(昊天)은 하늘. 기(其)는 어기조사(語氣助詞)로 희망과 기

實右序有周[59]로다 실 우 서 유 주	주나라를 돕고 순조롭게 하시네
薄言震之[60]하니 박 언 진 지	한번 진노하시자
莫不震疊[61]하며 막 불 진 첩	떨며 두려워하지 않는 이 없고
懷柔百神[62]하여 회 유 백 신	여러 신들을 달래어
及河喬嶽[63]하니 급 하 교 악	큰 강과 높은 산들에 이르니
允王維后[64]시로다 윤 왕 유 후	정말로 임금님은 참다운 임금일세
明昭有周이 명 소 유 주	밝고도 환하도다 우리 주나라
式序在位[65]하고 식 서 재 위	전통의 왕위를 계승하여

원을 표시한다. 자(子)는 동사로 쓰였으며 자식처럼 사랑하는 것.

59 실우서유주(實右序有周): 우(右)는 우(佑)와 통하며 돕는다는 뜻. 서(序)는 순(順)과 통하며 순조롭게 한다는 것으로 역시 돕는다는 뜻(『통석(通釋)』). 또는 왕위를 전하는 차례(『집전』). 유주(有周)는 주(周)이며, 유(有)는 조사(助詞).

60 박언진지(薄言震之): 박언(薄言)은 조사(助詞) 또는 총망(悤忙)과 긴박(緊迫)의 뜻으로 읽기도 한다. 진(震)는 진동시키다, 진노하다. 또는 이 구를 '번개처럼 빠른 기세로 전쟁하여 승리하다'로 해석하기도 한다. 진(震)을 뢰(雷)와 전(戰)으로 각각 풀 수 있기 때문이다.

61 진첩(震疊): 놀라고 두려워하다. 『모전(毛傳)』에 첩(疊)을 구(懼)라 하였고, 마서진(馬瑞辰)은 첩(疊)은 습(慴)의 차자(借字)이며 지금의 섭(慑: 두려워하다, 으르다)으로 외복(畏服)의 뜻이라 했다.

62 회유(懷柔): 달래는 것. 여기서는 공경히 제사함을 뜻한다. 그러나 회(懷)는 인신(引伸)하여 래(來)로 푼다(『모전』). 유(柔)는 안무(安撫)의 뜻. 그래서 『정전(鄭箋)』에서는 '내안군신(來安群神)'이라 설명하였다. 「제풍·남산(齊風·南山)」의 "기왈귀지, 갈우회지(旣曰歸止, 曷又懷止)" 주(注) 참조.

63 급하교악(及河喬嶽): 급(及)은 '—와'의 뜻. 하(河)는 큰 강. 교악(喬嶽)은 높은 산. 일설에는 하(河)를 황하(黃河), 교악을 사악(四嶽) 또는 태산(泰山)이라고도 한다. 산천을 순회하며 제사하는 것을 말한다.

64 윤왕유후(允王維后): 윤(允)은 진실로. 왕(王)은 주나라의 왕으로, 일반적으로는 무왕(武王)을 지칭하는 것으로 본다. 유(維)는 시(是)와 같은 뜻. 후(后)는 군(君)과 같으며 참다운 임금의 뜻.

65 식서재위(式序在位): 식(式)은 조사. 서(序)는 잇다, 계승하다의 뜻. 재위(在位)는 왕위

載戢干戈[66]하며
재 즙 간 과

방패와 창 거두어 감추고

載櫜弓矢[67]하고
재 고 궁 시

활과 화살 자루에 넣어 두었네

我求懿德[68]하여
아 구 의 덕

아름다운 덕을 추구하여

肆于時夏[69]하니
사 우 시 하

중국 땅에 펴니

允王保之[70]시로다
윤 왕 보 지

진실로 임금님은 나라를
잘 보전하시네

◈ 해설

이 시는 천자가 순수(巡狩 또는 巡守)하면서 조회(朝會)를 받고 산천에 제사하여 고하는 악가(樂歌)이다(『집전』). 「모시서」에서는 순수한 뒤 백신(百神)과 산천에게 제사한 것을 노래한 것이라 하였다. 그런데 『춘추좌전』 「선공(宣公) 12년」에 "재즙간과(載戢干戈)" 이하의 5구를 인용하고 무왕(武王)이 상(商)나라를 멸

(王位). 그래서 이 구는 은(殷)나라를 대신하여 천하를 다스리는 것을 말한다. 또는 서(序)를 질서가 있는 것, 재위(在位)를 지위에 있는 백관(百官)으로 풀어 '차례를 따라 벼슬을 내리다'로 해석하기도 한다.

66 재즙간과(載戢干戈): 재(載)는 조사로 즉(則)의 뜻. 즙(戢)은 거두어 모으다. 간과(干戈)는 방패와 창, 곧 전쟁 무기.

67 고궁시(櫜弓矢): 고(櫜)는 활집에 넣다. 자루 속에 넣어 두다. 궁시(弓矢)는 활과 화살. 앞 구와 함께 이 두 구는 전쟁을 끝내고 더 이상 무력(武力)을 사용하지 않는 것을 말한다.

68 아구의덕(我求懿德): 아(我)는 우리들. 구(求)는 추구하다. 의덕(懿德)은 아름다운 덕〔미덕(美德)〕. 또는 '좋은 덕을 갖춘 사람들을 널리 구하다'의 뜻으로도 볼 수 있다.

69 사우시하(肆于時夏): 사(肆)는 펴는 것〔진(陳)〕(『집전』). 시(時)는 시(是)의 뜻. 하(夏)는 주나라의 경기 지역이 있던 곳. 서주(西周)의 경기 지역은 원래 하나라 사람들의 옛 땅이었는데 주나라 사람들이 여기에 살았다. 또 주나라 초기에는 종종 스스로 하인(夏人)이라 칭하였다고 한다〔손작운(孫作雲)〕. 그래서 국중(國中) 곧 주나라의 영역을 뜻한다. 당시의 중국(中國)이므로 '중국'으로 칭한다.

70 윤왕보지(允王保之): 윤(允)은 진실로. 보지(保之)는 주나라를 보전하는 것.

한 뒤 노래한 것이라 하였다. 『국어·주어(國語·周語) 상(上)』에선 채(蔡)나라의 공모보(公謀父)가 이 5구를 인용하며 주나라 문공(文公), 즉 주공(周公)의 송(頌)이라 하였다. 굴만리(屈萬里)는 이 『국어』의 설이 가장 가깝다고 보았다〔『석의釋義』〕. 곧 무왕이 순수한 뒤에 주공이 그 일을 술회하며 지은 악가(樂歌)로 보는 것이다.

9. 집경(執競) 노력을 견지하심

執競武王[71]은 집 경 무 왕	노력을 견지하시는 무왕은
無競維烈[72]이시로다 무 경 유 렬	비길 데 없이 공 많으시네
不顯成康[73]은 불 현 성 강	밝으신 성왕과 강왕은
上帝是皇[74]이시로다 상 제 시 황	하느님이 아름답게 여기시네
自彼成康으로 자 피 성 강	성왕과 강왕으로부터 시작하여

71 집경무왕(執競武王): 집(執)은 지니다〔持〕, 경(競)은 노력 또는 자강(自强). 그래서 집경(執競)은 노력 또는 자강(自强)을 견지하다. 곧 무왕(武王)이 노력을 견지하며 나태하지 않는 것, 즉 자강불식(自强不息)하는 것을 말한다. 또는 경(競)은 강(强)의 뜻(『정전』). 그래서 집경(執競)은 강함을 지닌 것으로 풀기도 한다.

72 무경유렬(無競維烈): 무경(無競)은 '다툴 것 없이', '비길 데 없이'의 뜻. 「대아·억(大雅·抑)」, 「주송·열문(周頌·烈文)」 참조. 열(烈)은 공로가 많은 것.

73 불현성강(不顯成康): 불(不)은 비(丕) 곧 크다는 뜻. 현(顯)은 밝게 드러난 것. 성강(成康)은 주나라 성왕(成王)과 강왕(康王)(『집전』). 또는 '큰 공을 성취하고 나라를 안정되게 한 것(成大功而安之也)', 즉 성(成)을 성공(成功)으로, 강(康)을 안정(安定)으로 풀이하고 무왕을 제사하는 것으로 보기도 한다(『모전』).

74 상제시황(上帝是皇): 시(是)는 조사. 황(皇)은 미(美)의 뜻으로 찬미하는 것.

奄有四方[75]하시니 엄 유 사 방	온 세상 다스리며
斤斤其明[76]이로다 근 근 기 명	밝게 살피시네
鐘鼓喤喤[77]하며 종 고 황 황	종과 북 둥둥 울리고
磬筦將將[78]하니 경 관 장 장	경과 피리 연주하니
降福穰穰[79]이로다 강 복 양 양	많은 복 내려 주시네
降福簡簡[80]하며 강 복 간 간	내리시는 복 크고
威儀反反[81]하니 위 의 반 반	위의 삼가 신중하니
旣醉旣飽[82]하여 기 취 기 포	신이 취하고 배부르시어
福祿來反[83]이로다 복 록 래 반	복록을 돌려주시네

75 엄(奄): 문득, 이에. 또는 엄유(奄有)는 보유·소유하다.

76 근근기명(斤斤其明): 근근(斤斤)은 밝게 살피는 모양(『모전』). 또는 밝은 모양. 근(斤)은 흔(昕: 해 돋을 무렵의 밝은 모양)의 생략 가차〔省借〕〔『통석(通釋)』〕. 기(其)는 무왕 또는 성왕·강왕. 명(明)은 밝게 알고 밝게 보는 것이며 동사로 본다.

77 황황(喤喤): 큰 소리〔『석의(釋義)』〕. 또는 조화된 소리(『집전』).

78 경관장장(磬筦將將): 경(磬)은 돌로 만든 타악기. 관(筦)은 관(管)과 같으며, 대나무 통으로 만든 취주(吹奏) 악기. 장장(將將)은 소리가 모인〔集〕 모양. 『제시(齊詩)』에서는 장(鏘)으로 썼고, 『노시(魯詩)』에는 창(瑲: 옥 소리, 악기 소리)으로 썼다.

79 양양(穰穰): 많은 모양(『모전』).

80 간간(簡簡): 큰 모양(『모전』).

81 반반(反反): 근중(謹重) 곧 신중하고 무거운 모양(『집전』).

82 기취기포(旣醉旣飽): 신(神: 尸)이 취하고 배부른 것. 제물을 많이 드신 것을 말한다. 『한시(韓詩)』에는 판(昄)으로 썼다.

83 반(反): 귀(歸)의 뜻〔『통석(通釋)』〕, 곧 많이 돌아오는 것. 복을 내리시는 것이 여러 차례임을 말한다.

◈ 해설

「모시서」에서는 무왕(武王)을 제사하는 시라고 했고, 주희의 『집전(集傳)』에서는 무왕과 성왕(成王)·강왕(康王)을 제사하는 시라고 하였다. 이 두 설이 갈리게 된 것은 시 속의 성강(成康)의 해석 차이 때문이다. 「모시서」에선 성강(成康)을 "큰 공을 성취하고 나라를 안정되게 한 것(成大功而安之也)", 즉 성(成)을 성공(成功)으로 강(康)을 안정(安定)으로 풀이하고 무왕을 제사하는 것이라 하였으나, "불현성강(不顯成康)", "자피성강(自彼成康)", 및 "상제시황(上帝是皇)", "엄유사방(奄有四方)" 등의 시구로 보아도 성왕과 강왕으로 본 주희의 견해가 무난한 듯하다.

10. 사문(思文)　　문덕 있으신 후직

思文后稷[84]은 사 문 후 직	문덕 많으신 후직께서는
克配彼天[85]이시로다 극 배 피 천	하늘과 함께 배향되실 만한 어른일세
立我烝民[86]이 입 아 증 민	우리 백성들이 안정된 것은

---

84 사문후직(思文后稷): 사(思)는 조사. 문(文)은 문덕(文德)의 뜻. 후직(后稷)은 주나라의 시조로 이름은 기(棄)이며, 여러 가지 곡식을 잘 재배하여 농업을 관장하였다고 한다.

85 극배피천(克配彼天): 극(克)은 능(能)과 같은 뜻. 배(配)는 배합(配合)된다는 뜻으로 배천(配天)은 대개 두 가지 의미가 있다. 첫째는 하늘에 제사하며 선조를 함께 배향(配享)하는 것, 둘째는 그 덕이 하늘과 짝이 될 만한 것이다. 여기에서는 전자로 해석하는 것이 좋을 듯하다. 대개 체〔禘: 천자가 정월에 남교(南郊)에서 하늘에 제사 지내는 것〕·교〔郊: 남교(南郊)에서 상제를 제사 지내는 것〕·조(祖)·종(宗)의 네 가지는 천자가 배천(配天)하는 대제(大祭)라고 한다.

86 입아증민(立我烝民): 입(立)은 안정(安定)의 뜻. 또는 립(粒)과 통하며 '곡식을 먹이다'로 풀기도 한다(『집전』). 『상서·익직(尙書·益稷)』의 "증민내립(烝民乃粒)"의 '粒'도 '입(立)'으로 읽어야 한다. 입(立)은 성(成)이요, 성(成)은 정(定)이라 했다〔왕인지(王引之), 『경의술

莫匪爾極[87]이시니라 막 비 이 극	모두 그분의 큰 은덕이네
貽我來牟[88]하사 이 아 래 모	우리에게 보리와 밀을 내리시어
帝命率育[89]이시니라 제 명 솔 육	하느님은 백성들 두루 기르시게 하셨네
無此疆爾界[90]하시고 무 차 강 이 계	이곳저곳을 막론하고
陳常于時夏[91]시로다 진 상 우 시 하	온 중원 땅에 바른 도를 펴시었네

◈ 해설

후직(后稷)을 제사 지낼 때 불렀던 노래이다. 『국어·주어(國語·周語)』에서는 채(蔡)나라 공모보(公謀父)가 이 시를 인용하면서 주나라 문공(文公)의 작품이라 하였다.

문(經義述聞)』〕. 증(烝)은 중(衆)의 뜻이며, 증민(烝民)은 중민(衆民) 곧 인민(人民), 백성을 뜻한다.

87 막비이극(莫匪爾極): 막비(莫匪)는 무불(無不), 즉 '―아님이 없다'. 이(爾)는 후직. 극(極)은 지극함〔至〕. 또는 중(中) 곧 중정(中正)의 뜻. 나아가 은덕(恩德), 덕혜(德惠)의 뜻〔『석의(釋義)』〕.

88 이아래모(貽我來牟): 이(貽)는 주다, 내려 주다. 래(來)는 래(麳)와 같으며 소맥(小麥), 즉 밀(『집전』). 하늘로부터 받은 상서로운 것이라는 뜻에서 서맥(瑞麥)이라고도 한다. 모(牟)는 모(麰)와 같으며 대맥(大麥), 즉 보리. 여기서 래모(來牟)는 대맥과 소백의 통칭으로 보인다. 옛날 요임금 때 홍수로 백성들이 굶주림에 시달렸는데, 이때 후직이 여러 가지 곡식을 재배하여 흉년을 극복했다고 한다.

89 솔육(率育): 솔(率)은 '다', '두루'의 뜻. 육(育)은 양육, 곧 백성들을 기르는 것.

90 무차강이계(無此疆爾界): 지역의 구분이 없이, 즉 이곳저곳 할 것 없이. 강계(疆界)는 국경이나 경계를 말함.

91 진상우시하(陳常于時夏): 진(陳)은 펴다. 상(常)은 상도(常道) 또는 법칙. 시(時)는 시(是)의 뜻. 하(夏)는 왕기(王畿: 옛날 천하를 나눌 때 왕성으로부터 사방으로 각각 5백 리, 즉 사방 천 리의 땅을 말한다)를 말하며 달리 '중국', '중원(中原)'으로 보아도 무방하다.

제2 신공지습(臣工之什)

1. 신공(臣工) 관리들

嗟嗟臣工[1]이여 차 차 신 공	아아, 관리들이여!
敬爾在公[2]이어다 경 이 재 공	그대들의 직무를 신중히 할지어다
王釐爾成[3]하시니 왕 리 이 성	왕께선 그대들이 이루는 바를 기뻐하시리니
來咨來茹[4]어다 래 자 래 여	와서 묻고 헤아릴지어다

1 차차신공(嗟嗟臣工): 차차(嗟嗟)는 거듭 감탄하는 것(『집전』). 신공(臣工)은 군신(群臣) 또는 백관(百官)의 뜻(『집전』). 또는 집이 있는 노예를 신(臣) 또는 복(僕)이라 하고, 집 없는 노예를 중(衆)·격(鬲)·도(徒)라 하며〔이아농(李亞農, 1906~1962)〕, 공(工)을 관(官)이라 하였으니(『모전』), 신공(臣工)은 농부 또는 노예를 관리하는 낮은 농관(農官)이라고도 한다〔손작운(孫作雲)〕.

2 경이재공(敬爾在公): 경(敬)은 신(愼)의 뜻〔『석의(釋義)』〕. 즉 근신(謹愼)하는 것. 공(公)은 공가(公家), 즉 군신들의 직장을 말함.

3 왕리이성(王釐爾成): 리(釐)는 주다. 또는 뜻은 희(喜, 僖)와 통하며, '희'로 읽는다〔『석의(釋義)』〕. 즉 기뻐하다. 주희왕(周僖王)이나 노희공(魯僖公)의 '희(僖)'를 『사기』에서는 '釐'로 썼다. 이(爾)는 신공(臣工)들을 지칭하며, 성(成)은 일을 성취하여 농사가 풍년이 들도록 하는 것〔『통석(通釋)』〕.

4 래자래여(來咨來茹): 래(來)는 시(是)의 뜻. 또는 조사. 자(咨)는 자(諮)와 통하여, '묻다'의 뜻. 여(茹)는 헤아리다, 계획하다.

嗟嗟保介[5]여 차 차 보 개	아아, 보개여!
維莫之春[6]이어니 유 모 지 춘	이미 늦은 봄이 되었으니
亦又何求[7]오 역 우 하 구	무엇을 챙겨야 할꼬
如何新畬[8]오 여 하 신 여	새로 개간한 밭은 어찌할꼬
於皇來牟[9]여 오 황 래 모	아아, 아름다운 밀과 보리여
將受厥明[10]이로소니 장 수 궐 명	장차 풍년이 들겠구나
明昭上帝[11]이 명 소 상 제	밝으신 하느님께서
迄用康年[12]이시로다 흘 용 강 년	안락한 한 해를 마련해 주셨도다
命我衆人하여 명 아 중 인	우리 백성들에게 명하여
庤乃錢鎛[13]어다 치 내 전 박	가래와 호미를 잘 준비토록 하라

---

5 보개(保介): 부관(副官)의 뜻. 여기서는 농관(農官)의 부(副)라고도 하고(『집전』), 주왕(周王)의 근위(近衛) 무관(武官)이라고도 한다. 또는 좋은 날을 가려 풍년을 비는 기곡제(祈穀祭)를 지내고 다시 뒤에 천자는 적전(籍田: 천자가 경작하는 밭)을 친경(親耕)했는데 공경대부(公卿大夫)들은 이때 임금을 따라 도왔다(『예기·월령(禮記·月令)』, 『여씨춘추·맹춘기(呂氏春秋·孟春紀)』). 따라서 이곳의 보개(保介)는 호위 무관이라고도 하고, 또는 이때의 부관격인 삼공(三公) 이하 제신(諸臣)들을 가리킨다고 하였다(『전소(傳疏)』).

6 모지춘(莫之春): '莫'은 모(暮)의 옛 글자, 모춘(暮春)을 말한다. 주력(周曆) 3월이고 하력(夏曆) 정월이다.

7 역우하구(亦又何求): 역(亦)은 조사. 우(又)는 유(有)와 같다.

8 신여(新畬): 신(新)은 밭을 일군 지 2년 된 것(『모전』). 여(畬)는 일군 지 3년 된 밭.

9 오황래모(於皇來牟): 오(於)는 감탄사. 황(皇)은 아름다운 것. 내모(來牟)는 밀보리.

10 장수궐명(將受厥明): 궐(厥)은 기(其)와 같으며 앞의 내모(來牟)를 말한다. 명(明)은 성(成)과 통하며, 성(成)은 연풍곡숙(年豐穀熟)의 뜻이다(『통석(通釋)』). 즉 곡식이 익어 풍년이 드는 것.

11 명소(明昭): 밝게 보고 밝게 아는 것.

12 흘용강년(迄用康年): 흘(迄)은 흘(汔)과 통하여, 서기(庶幾)의 뜻이며, 바람을 나타낸다. 또는 걸(乞)과 통하여 '주다'는 뜻과 이르다〔지(至)〕(『집전』)는 뜻으로도 푼다. 용(用)은 이(以)와 통한다. 강(康)은 락(樂)과 통하여, 강년(康年)은 낙세(樂歲)와 같아서 풍년이 들어 즐겁게 지내는 해.

奄觀銍艾[14]리로다
엄 관 질 애

곧 낫으로 수확함을 보리로다

◈ 해설

「모시서」에서는 제후들이 제사를 돕고 돌아가자 사당에서 그들을 보내는 악가(樂歌)라 하고, 『집전(集傳)』에서는 농관(農官)을 훈계하는 시라고 하였다. 앞의 주(注) 5에서 밝혔듯이, 이 시는 봄에 풍년을 비는 기곡제(祈穀祭) 때 부른 노래인 듯하다〔『석의釋義』〕. 더구나 이 시가 「송(頌)」에 들어와 있는 것은 비록 제사에 대한 구체적인 언급은 없지만 제사와 관련이 있기 때문일 것이다.

2. 희희(噫嘻)

아아

噫嘻成王[15]이여
희 희 성 왕

아아, 성왕이시여!

旣昭假爾[16]로다
기 소 격 이

신이 밝게 강림하셨네

---

13 치내전박(庤乃錢鎛): 치(庤)는 갖추다. 전(錢)은 농기구 조(銚)의 뜻으로(『모전』), 가래. 박(鎛)은 호미〔서(鋤, 鉏)〕.

14 엄관질애(奄觀銍艾): 엄(奄)은 문득, 곧. 신속하고 빠른 것을 말한다. 질(銍)은 벼를 수확하는 짧은 낫〔겸(鐮)〕(『모전』). 또는 확(穫)의 뜻으로 거둬들이는 것. 애(艾)는 예(刈)와 통하여 곡식을 베어 들이는 것.

15 희희성왕(噫嘻成王): 희희(噫嘻)는 감탄사로 희흠(噫歆)과 같이 신을 청하며 부르는 소리〔왕선겸(王先謙), 『집소(集疏)』〕. 성왕(成王)은 무왕(武王)의 아들로 여기서는 성왕의 령(靈)을 말함.

16 기소격이(旣昭假爾): 소격(昭假)은 소격(昭格)과 같은 말로 신이 밝게 강림하시는 것〔『석의(釋義)』〕. 이(爾)는 의(矣)와 같은 조사. 또는 성왕의 혼령으로 보기도 한다.

率時農夫[17]하여 솔 시 농 부	농부들을 거느리고
播厥百穀[18]하라 파 궐 백 곡	여러 가지 곡식을 심게 하오
駿發爾私[19]하여 준 발 이 사	속히 그대들 밭을 갈아
終三十里[20]하며 종 삼 십 리	넓은 땅 이루고
亦服爾耕[21]하되 역 복 이 경	밭갈이 하는 일에는
十千維耦[22]하라 십 천 유 우	모든 사람 동원하기를

◈ 해설

이 시는 봄과 여름에 하느님께 풍년을 빌 때 부르던 악가(樂歌)라고 하였다

---

17 시(時): 시(是)의 뜻.

18 파궐백곡(播厥百穀): 파(播)는 씨 뿌리다. 궐(厥)은 조사.

19 준발이사(駿發爾私): 준(駿)은 빨리 속히. 발(發)은 발토(發土)의 뜻으로 쟁기〔사(耜), 리(犁)〕로 밭을 가는 것을 말함. 벌(伐)과 같다. '伐'은 본래 쟁기의 끝 부분의 쇠붙이로서 땅을 파는 데 사용하였으며, 여기에서는 동사가 된다(『정전』). 이(爾)는 너희들 농부. 사(私)는 본래는 사(耜)인데 음이 비슷한 까닭에 잘못 쓴 것으로 본다.

20 종삼십리(終三十里): 종(終)은 끝내다, 이룩하다. 삼십리(三十里)는 정현(鄭玄)에 따르면 "야전(野田)을 다스림에 있어서 간(間)에는 수(遂)가 있고 수(遂) 위에는 경(徑)이 있으며, 십부(十夫)에겐 구(溝: 도랑)가 있고 구(溝) 위에는 진(畛: 밭두렁)이 있으며, 백부(百夫)에게는 혁(洫: 봇도랑, 해자)이 있고 혁(洫) 위에는 도(塗: 길)가 있으며, 천부(千夫)에겐 회(澮: 봇도랑)가 있고 회(澮) 위에는 도(道)가 있으며, 만부(萬夫)에겐 천(川)이 있고 천(川) 위에는 노(路)가 있다고 하였다. 이 만부(萬夫)의 땅을 계산하면 33리 평방에 반리(半里)가 모자란다. 30리란 그 대개의 수를 말한 것으로 만부(萬夫)의 땅을 말한다"고 하였다.

21 역복이경(亦服爾耕): 복(服)은 정리하다, 일하다〔치(治)〕. 이(爾)는 너희 농부들. 경(耕)은 경작의 뜻 외에 쟁기 또는 쟁기의 쇠를 말한다. 그래서 '경작을 하다'는 뜻 외에 '쟁기의 끝 부분을 정리하다'는 뜻으로도 푼다.

22 십천유우(十千維耦): 십천(十千)은 만인(萬人). 우(耦)는 쟁기를 들고 밭가는 것. 앞의 30리 평방이 만부(萬夫)의 땅이므로 만인이라 한 것이다.

(「모시서」). 앞의 「신공(臣工)」 시와 비슷한 성격의 것이어서, 주희(朱熹)는 다 같이 농관(農官)을 훈계하는 노래라 하였다.

3. 진로(振鷺) 떼 지어 나는 백로

振鷺于飛[23]하니 진 로 우 비	백로들이 떼를 지어 날고 있네
于彼西雝[24]이로다 우 피 서 옹	서쪽 옹택 그 늪지대에서
我客戾止[25]하니 아 객 려 지	우리 손님 오셨는데
亦有斯容[26]이로다 역 유 사 용	백로 같은 우아한 모습이시네
在彼無惡[27]하며 재 피 무 오	저쪽에서도 미워하지 않고
在此無斁[28]하니 재 차 무 역	이쪽에서도 싫어하는 사람이 없네

---

23 진로우비(振鷺于飛): 진(振)은 떼 지어 나는 모양(『모전』). 로(鷺)는 백로. 제사를 도우러 내조(來朝)한 손님에 비유한 것. 일설에는 진우(振羽) 곧 우무(羽舞)를 출 때 손에 든 백로의 날개깃을 흔드는 것이라고도 했다〔『통석(通釋)』〕. 우(于)는 '—하고 있다'는 현재형.

24 서옹(西雝): 못 이름(『모전』)으로 옹택(雝澤). 옹수(雝水)가 고이어 이루어진 못으로, 기주(岐周)의 서남쪽에 있다.

25 아객려지(我客戾止): 아(我)는 주왕(周王)의 자칭(自稱)이거나 주나라의 관리 또는 백성을 포괄적으로 칭한다고 보아도 무방하다. 객(客)은 제사를 도우러 온 두 왕조의 후손(『모전』). 즉 하(夏)나라의 후손인 기(杞)나라 제후와 은(殷)나라 후손인 송(宋)나라 제후를 말한다. 려(戾)는 이르다〔지(至)〕. 지(止)는 조사.

26 역유사용(亦有斯容): 백로와 같은 결백하고 우아한 용모나 자태를 말한다.

27 오(惡): 미워하다.

28 역(斁): 싫어하다, 싫증내다.

庶幾夙夜[29]하여 서 기 숙 야	바라건대 일찍부터 밤늦게까지 노력하여
以永終譽[30]로다 이 영 종 예	여러 사람들의 신망 길이 받기를

◈ 해설

「모시서」에서는 이 시를 두 왕조의 후손들이 조제(助祭)하러 온 것을 노래한 악가(樂歌)라 하였다. "두 왕조의 후손(二王之後)"이란 하(夏)나라의 후손인 기(杞)나라 제후와 은(殷)나라의 후손인 송(宋)나라 제후를 말한다(『정전』). 백로의 백(白)은 은나라 사람들이 흰색을 숭상했던 것과 연계시킬 수 있을 것이다. 예를 들면, 「유객(有客)」 시에 "유백기마(有白其馬)"라고 하여 은나라의 후예이자 현자인 미자(微子)가 조묘(祖廟)를 배알한 것을 노래한 것도 흰색을 드러내었다.

---

29 서기숙야(庶幾夙夜): 서기(庶幾)는 희망을 나타내며 다음 구까지 걸린다. 숙야(夙夜)는 아침 일찍부터 밤늦게까지 부지런히 제사를 돕는 것을 말한다.

30 종예(終譽): 종(終)은 '마치다'(『집전』)의 뜻으로 이 구절을 '길이길이 영예롭게 마치다'로 해석하여 결국 '오래 이어가다'는 뜻으로 받아들일 수 있다. 또는 영(永)의 뜻〔문일다(聞一多), 『신의(新義)』〕이라 하나, 이는 위의 영(永)과 중복이 되어 적절하지 않다. 근래에는 중(衆)으로 읽는 경향이 강하다〔『통석(通釋)』, 『집소(集疏)』〕. 『한시(韓詩)』와 『노시(魯詩)』에도 중(衆)으로 쓰고 있다. 예(譽)는 기림, 신망(信望). 그래서 중망(衆望) 곧 여러 사람들의 신망(信望)으로 푼다.

4. 풍년(豊年)　　풍년

豊年多黍多稌[31]하여 풍 년 다 서 다 도	풍년이라 벼와 기장 풍성하네
亦有高廩[32]이 역 유 고 름	높다랗게 지어 올린 창고 있어
萬億及秭[33]어늘 만 억 급 자	곡식이 억만이라네
爲酒爲醴[34]하여 위 주 위 례	술을 빚고 단술 걸러
烝畀祖妣[35]하여 증 비 조 비	조상들께 먼저 바쳐 올리고
以洽百禮[36]하니 이 흡 백 례	갖가지 예를 다하니
降福孔皆[37]로다 강 복 공 개	내리시는 복 매우 아름답네

◈ 해설

이 시는 풍년에 추동(秋冬) 보제(報祭)에서 부르던 노래이다(『모전』). 보제란 추수를 감사하는 제사를 말하는데, 상(嘗)이라고 한다. 이것은 '상신(嘗新)' 곧 선조께서 먼저 새로운 수확물을 맛보시기를 청하는 것이고, 나아가 물품을 올린

---

31 도(稌): 도(稻)와 같으며 벼.

32 름(廩): 쌀 곳간, 창고.

33 만억급자(萬億及秭): 자(秭)는 부피의 단위로, 뭇이라고 하며 16곡(斛). 한 곡(斛)은 열 말. 또는 십억(十億)에 해당된다고도 한다. 여기서는 이루 헤아릴 수 없이 많은 곡식을 형용한 말이다.

34 례(醴): 감주(甘酒), 곧 단술.

35 증비조비(烝畀祖妣): 증(烝)은 올리다, 바치다〔진(進)〕의 뜻(『모전』). 비(畀)는 주다, 드리다. 조비(祖妣)는 돌아가신 남녀 양쪽의 조상들.

36 흡(洽): 여러 가지 예절 또는 제수(祭需)를 다 갖추는 것.

37 공개(孔皆): 공(孔)은 매우. 개(皆)는 가(嘉)의 뜻〔『통석(通釋)』〕으로, 아름답다는 뜻.

다는 뜻에서 '증(烝)'이라고 하며, 이를 합쳐 '증상(烝嘗)'이라고 말한다〔『회남자·시칙훈(淮南子·時則訓)』〕. 즉 추동의 보제 때에는 반드시 상제(上帝)로부터 곡식을 익게 하는 데 공이 있는 모든 신들이나 조상신들에게 제사하며 이 노래를 불렀다〔『후전(後箋)』〕.

5. 유고(有瞽)　　장님 악공

有瞽有瞽[38]여 유 고 유 고	장님 악공이
在周之庭[39]이로다 재 주 지 정	주나라 종묘 뜰에 있네
設業設虡[40]하니 설 업 설 거	종틀 경틀 앞세우고
崇牙樹羽[41]로다 숭 아 수 우	종과 경 매다는 판엔 오색 깃을 꽂았네
應田縣鼓[42]와 응 전 현 고	작은 북 큰 북 달아매고

---

38 고(瞽): 장님. 옛날의 악관(樂官)은 모두가 장님이었다.

39 정(庭): 종묘의 뜰.

40 설업설거(設業設虡): 업(業)은 종경(鐘磬) 틀의 횡목(橫木: 가름대나무)인 순(栒)을 덮은 대판(大版)으로, 위에는 거치(鋸齒: 톱니)가 있어서, 종경을 매달 수 있다. 거(虡)는 종경 틀의 입목(立木). 이상은 「대아·영대(大雅·靈臺)」 시에 보임.

41 숭아수우(崇牙樹羽): 숭아(崇牙)는 업(業) 위에 종(鐘)이나 경(磬)을 매어 다는 곳. 숭(崇)은 중(重)의 뜻이고, 아(牙)는 거치(鋸齒)와 같다〔왕선겸(王先謙), 『집소(集疏)』〕. 수우(樹羽)는 새 깃을 꽂아 놓는 것.

42 응전현고(應田縣鼓): 응(應)은 작은북〔소고(小鼓)〕(『모전』). 전(田)은 소고의 일종. 『제시(齊詩)』와 『노시(魯詩)』에서는 인(輴)으로 쓰고 있는데 역시 작은 북이다. 현(縣)은 현(懸)의 옛 글자로, 현고(縣鼓)는 응(應)과 전(田) 곧 작은북을 매달아 놓는 것〔『석의(釋義)』〕.

鞉磬柷圉[43]를 도 경 축 어	소고와 경쇠와 축과 어도
旣備乃奏하니 기 비 내 주	다 갖추어 연주하니
簫管備擧[44]로다 소 관 비 거	퉁소와 피리도 이에 갖추어 응하네
喤喤厥聲[45]이 황 황 궐 성	덩덩 음악 소리가
肅雝和鳴[46]하니 숙 옹 화 명	엄숙하고 조화되게 울리니
先祖是聽하시며 선 조 시 청	선조들께서 들으시고
我客戾止[47]하여 아 객 려 지	손님들도 오셔서
永觀厥成[48]이로다 영 관 궐 성	길이 이 악곡을 즐기시리라

---

43 도경축어(鞉磬柷圉): 도(鞉)는 도(鼗: 땡땡이)와 같은 글자로서, 자루가 달려 있어 그것을 손에 잡고 흔들면 양쪽에 있는 귀가 북의 표면을 때려서 소리가 나는 작은북. 경(磬)은 악기 이름으로, 돌이나 옥으로 만들며 때리면 소리가 난다. 축(柷)은 음악을 시작할 때 울리는 악기. 위가 아래보다 넓은 상자 모양으로 윗면 가운데 뚫린 구멍에 막대를 넣고 좌우 옆면을 두드려 소리를 낸다. 어(圉)는 어(敔)로서 궁중에서 쓰던 타악기의 하나이다. 엎드린 범의 모양으로, 등에 스물일곱 개의 톱니가 있어 견(籈: 긁어 소리를 내는 채. 끝이 아홉 쪽으로 갈라진 대나무로 만든다)으로 긁어서 소리를 낸다. 음악을 그치게 할 때 쓰던 것으로, 견의 끝으로 범 목덜미를 세 번 친 다음 톱니를 세 차례 긁어 신호한다.

44 소관비거(簫管備擧): 소(簫)는 퉁소. 관(管)은 적(笛) 곧 피리. 또는 적(笛)과 비슷하지만 더 작고 두 개를 나란히 하여 불며『장자(莊子)』에서 말한바 '비죽(比竹)'이라 하였다〔왕부지(王夫之)〕. 비거(備擧)는 다 함께 연주하는 것.

45 황황(喤喤): 악기 소리가 조화되게 울리는 것.

46 숙옹(肅雝): 숙(肅)은 엄숙한 것. 옹(雝)은 조화되는 것.

47 아객려지(我客戾止): 객(客)은 손님으로, 제사를 도우러 온 두 왕조의 후손(『모전』). 하(夏)나라의 후손인 기(杞)나라 제후와 은(殷)나라의 후손인 송(宋)나라 제후를 말한다(『정전』). 앞의「주송·진로(周頌·振鷺)」시 참조. 려(戾)는 이르다. 지(止)는 조사.

48 영관궐성(永觀厥成): 영(永)은 구(久)와 같으며 '오래오래'의 뜻. 관(觀)은 '보다'이며,『춘추좌전』「양공(襄公) 29년」오나라 공자 계찰(季札)의 '관악(觀樂)'과 같은 뜻이며, 궐(厥)은 기(其)이며, 성(成)은 소소구성(簫韶九成)의 성(成)으로서 악곡(樂曲)을 가리킨다(『모전』).『집전(集傳)』에서는 악결(樂闋) 곧 음악이 끝나는 것이라 했는데, 그래서 악곡이 한 번 마치는 것을 말한다. 또는 성(盛)과 같이 보고 음악의 장관(壯觀)을 뜻하는 것으로 보기도 한다.

◈ 해설

이 시는 처음으로 음악을 작곡하여 태조(太祖)의 묘에서 합주할 때 부르던 것이다(「모시서」). 악곡을 만들어 가장 높은 태조의 묘당에서 신에게 고하는 것은, 음악이 사람의 성정(性情)에 미치는 효과를 중국의 옛사람들이 매우 중시하였기 때문이다.

6. 잠(潛) 물속

猗與漆沮[49]엔 의 여 칠 저	아아, 칠저수엔
潛有多魚[50]하니 잠 유 다 어	물속에 물고기가 많네
有鱣有鮪[51]하며 유 전 유 유	전어도 있고 유어도 있고
鰷鱨鰋鯉[52]요 조 상 언 리	피라미며 날치며 메기며 잉어가 있네

---

49 의여칠저(猗與漆沮): 의여(猗與)는 찬탄하는 감탄사로(『정전』), 의혜(猗兮)와 같다. 또는 의(猗)를 의(漪)의 가차로 보고 물결이 이는 모양으로 보기도 한다. 이럴 때 여(與)는 여(歟)의 가차이며 어기사(語氣詞)이다. 칠저(漆沮)는 물 이름. 「소아·길일(小雅·吉日)」이나 「대아·면(大雅·緜)」 시 참조.

50 잠(潛): 삼(槮)으로(『모전』), 『한시(韓詩)』와 『노시(魯詩)』는 잠(涔)으로 썼다. 나무를 물속에 많이 집어넣어 고기를 보호하여 기르도록 한 곳(『공소(孔疏)』). 요즘 말로 하면 인공초(人工礁) 같은 곳일 것. 혹은 '잠길 잠' 자 그대로 해석하여 '물속 깊이'라고 해석하기도 한다(『집전』).

51 유전유유(有鱣有鮪): 전(鱣)은 전어인데, 황어(鰉魚: 철갑상어)라고 하고 황하나 강회(江淮) 등의 깊은 물속에서 살며 비늘 없는 큰 물고기라고 하였다[이시진(李時珍), 『본초강목(本草綱目)』]. 유(鮪)는 심어(鱘魚)라고 하는데 역시 다랑어나 철갑상어 종류인 듯하며 등이 용(龍)과 같다고 하였다(綱目). 모두 강해(江海)를 오가는 회유성(回遊性) 물고기로 본다. 「위풍·석인(衛風·碩人)」 시에 보임.

以享以祀[53]하여
이 향 이 사

以介景福[54]이로다
이 개 경 복

이를 잡아 제물로 삼아 제사 지내며

큰 복을 비네

◈ 해설

이 시는 늦은 겨울에 물고기를 제물로 바치고, 봄에 유어(鮪魚)를 바쳐 제사하는 악가(樂歌)이다(「모시서」). 『예기·월령(禮記·月令)』에 의하면 계동(季冬)엔 어사(漁師)에게 명하여 고기잡이를 시작하게 하고, 천자가 친히 가서 물고기 맛을 보고 먼저 침묘(寢廟)에 물고기를 올린다. 그리고 계춘(季春)에는 침묘에 유어를 올렸다고 하였다. 이 시는 그때 불렀던 악가(樂歌)이다(『집전』).

7. 옹(雝)

온화함

有來雝雝[55]하여
유 래 옹 옹

至止肅肅[56]이로다
지 지 숙 숙

오시는 모습 온화하고

사당에 이르러서는 엄숙하여라

---

52 조상언리(鰷鱨鰋鯉): 조(鰷)는 피라미. 상(鱨)은 날치. 언(鰋)은 메기. 리(鯉)는 잉어.

53 이향이사(以享以祀): 향(享)과 사(祀)는 앞에 나온 것과 같은 물고기들을 잡아 제물로 바치는 것.

54 이개경복(以介景福): 개(介)는 빌다. 경복(景福)은 큰 복.

55 유래옹옹(有來雝雝): 유래(有來)는 제사를 지내는 사람들이 오는 것. 옹옹(雝雝)은 모습이 온화한 것.

56 지지숙숙(至止肅肅): 지(至)는 묘당(廟堂)에 이르는 것. 지(止)는 조사. 숙숙(肅肅)은 공경하는 모습, 엄숙한 모양. 「대아·사제(大雅·思齊)」에 "雝雝在宮, 肅肅在廟"라고 했다.

相維辟公[57]이요 상 유 벽 공	제사를 돕는 이는 제후들이요
天子穆穆[58]이시로다 천 자 목 목	천자는 단정하고 아름다우시도다
於薦廣牡[59]하여 오 천 광 모	큰 짐승을 제물로 올려놓고서
相予肆祀[60]하니 상 여 사 사	나를 도와 제사 받드네
假哉皇考[61]하사 가 재 황 고	거룩하신 부왕의 혼령이시여
綏予孝子[62]로다 수 여 효 자	이 아들을 편안하게 살펴주소서
宣哲維人[63]이시며 선 철 유 인	밝고 어진 인품이셨으며
文武維后[64]시니 문 무 유 후	문무를 겸비한 왕이셨으니
燕及皇天[65]하여 연 급 황 천	평화로움이 하늘에까지도 미치게 하시어

57 상유벽공(相維辟公): 상(相)은 '도우다'의 뜻으로 여기서는 제사를 돕는 사람들. 유(維)는 '—이다'〔시(是)〕. 벽공(辟公)은 제후들. 벽(辟)은 군(君)의 뜻이다.

58 목목(穆穆): 아름다운 모양〔『공소(孔疏)』〕. 또는 천자의 모양(『집전』)으로 장엄한 모습.

59 오천광모(於薦廣牡): 오(於)는 감탄사. 천(薦)은 제물을 올리는 것. 광(廣)은 크다〔대(大)〕는 뜻. 무(牡)는 수컷. 제물로 쓰는 짐승. 즉 광모는 제물로 바치는 비대한 수컷 짐승을 말한다.

60 상여사사(相予肆祀): 상(相)은 도우다. 사(肆)는 제물로 바치는 짐승을 통째로 들어 올리는 것이며, 사사(肆祀)는 제사의 이름으로, 『주례(周禮)』에서 말하는 사향(肆享)에 해당되며 태조(太祖)의 묘(廟)에 큰 제사〔체(禘)〕를 지낼 때 이 사향의 예(禮)를 쓴다〔『통석(通釋)』〕.

61 가재황고(假哉皇考): 가(假)는 크다, 위대하다는 뜻. 황고(皇考)는 이미 죽은 부친에 대한 존칭으로, 문왕(文王)을 가리킴.

62 수여효자(綏予孝子): 수(綏)는 편안하게 하다(『집전』) 또는 주다. 효자(孝子)는 선인의 뜻을 이을 수 있는 아들로서 무왕(武王)의 자칭(自稱)이다.

63 선철유인(宣哲維人): 선(宣)은 명(明)과 통함. 유인(維人)은 사람됨의 뜻으로, 문왕(文王)의 인품을 말한다.

64 문무유후(文武維后): 문무(文武)는 문덕(文德)도 있고 무용(武勇)·무공(武功)도 있는 것. 유후(維后)는 임금 됨 곧 임금으로서의 자질을 말함. 후(后)는 군(君)과 같다.

65 연급황천(燕及皇天): 연(燕)은 연(宴)과 통하며, 나아가 안(安)과도 통한다. 편안하다, 평

克昌厥後[66]시로다 — 후손들 창성케 되었네
극 창 궐 후

綏我眉壽[67]하며 — 우리를 장수토록 하여주시며
수 아 미 수

介以繁祉[68]하여 — 많은 복을 누리도록 내려 주소서
개 이 번 지

旣右烈考[69]요 — 공이 많은 아버님께 제물 권하고
기 우 렬 고

亦右文母[70]로다 — 문덕 높은 어머님께 제물 올리네
역 우 문 모

◈ 해설

무왕(武王)이 문왕(文王)을 제사할 때 부른 노래이다(『집전』). 「모시서」에선 태조(太祖)의 묘(廟)에 큰 제사[체(禘)]를 지낼 때 부른 악가(樂歌)라고 하였으나 주희(朱熹)의 견해가 적절해 보인다. 이 체(禘)는 사시(四時)에 지내는 제사보다는 크고, 협(祫), 즉 합제(合祭)보다는 작다고 하였다(『정전』).

이 시는 『논어·팔일(論語·八佾)』에 인용되어 있다. 노나라 대부 맹손(孟孫), 계손(季孫), 숙손(叔孫) 세 씨족이 제례가 끝나고 제사상을 거두면서 「옹(雝)」 시를 채용해서 노래하게 했다. 공자가 말했다. "'제사를 돕는 이는 제후들이요, 천자는 단정하고 아름답다(相維辟公, 天子穆穆)'고 했다. 그것을 어찌 세 씨족의 사당에서 쓸 수 있다는 말인가?" 이 시의 제3, 4구이다. 천자가 종묘에 제사를 지낸

화롭다는 뜻. 황천(皇天)은 하늘.

66 극창궐후(克昌厥後): 극(克)은 능(能). 창(昌)은 성(盛). 궐(厥)은 기(其). 후(後)는 후손.

67 미수(眉壽): 수고(壽考)·장수(長壽)와 같은 뜻으로, 오래 살게 하는 것.

68 개이번지(介以繁祉): 개(介)는 빌다. 또는 돕다. 번(繁)은 많은 것. 지(祉)는 복(福). 즉 번지(繁祉)는 다복(多福)과 같다.

69 기우렬고(旣右烈考): 기(旣)는 이미. 우(右)는 유(侑)와 통하여, 술을 올리거나 제물(祭物)을 잡숫도록 권하는 것. 열고(烈考)는 공이 많은 아버지. 이미 죽은 부친에 대한 존칭으로, 앞의 황고(皇考)와 같이 무왕이 문왕을 가리킨 말.

70 문모(文母): 문덕(文德)이 많으신 어머니.

후 이 노래를 부르면서 제물과 제기를 철수하였다고 한다. 즉 이 시는 제사를 철수하는 악가(樂歌)이며 또한 천자가 사용하는 것이다. 그런데 대부가 그리했으니 공자가 강하게 비난한 것이다.

8. 재현(載見) 처음 뵙다

載見辟王[71]하여 재 현 벽 왕	천자님을 처음으로 뵙고
曰求厥章[72]이로다 왈 구 궐 장	그분의 법도를 구하네
龍旂陽陽[73]하며 용 기 양 양	용 그린 깃발은 산뜻하고
和鈴央央[74]하며 화 령 앙 앙	수레와 깃대의 방울 짤랑거리며
鞗革有鶬[75]하니 조 혁 유 창	고삐 고리 딸랑거리고
休有烈光[76]이로다 휴 유 렬 광	아름답게 광채가 나네

---

71 재현벽왕(載見辟王): 재현(載見)은 처음으로 뵙는 것. 벽왕(辟王)은 천자 또는 군왕(君王).

72 왈구궐장(曰求厥章): 왈(曰)은 조사. 궐(厥)은 그〔기(其)〕. 장(章)은 법도(『집전』) 또는 수레나 의복 등에 관련된 전장제도(典章制度)를 말한다.

73 용기양양(龍旂陽陽): 기(旂)는 청색과 황색의 교룡(交龍: 용 두 마리를 서로 마주하게 그린 것)을 그린 기. 양양(陽陽)은 선명한 모양〔『석의(釋義)』〕.

74 화령앙앙(和鈴央央): 화(和)는 수레 앞턱나무 앞쪽에 달린 방울(『모전』). 령(鈴)은 기(旂) 위에 달린 방울(『모전』). 앙앙(央央)은 방울이 짤랑거리는 소리.

75 조혁유창(鞗革有鶬): 조혁(鞗革)은 고삐 또는 재갈〔비(轡)〕 끝에 고리가 달린 것. 『설문(說文)』에서는 혁(革)은 륵(勒)의 생략 글자라 했다. 「소아 · 육소(小雅 · 蓼蕭)」에도 나왔음. 창(鶬)은 장(鏘)과 통하며, 유창(有鶬)은 장연(鏘然)으로 말고삐 또는 말 재갈 위의 옥석(玉石)의 소리. 또는 『제시(齊詩)』에서는 창(瑲: 옥 소리, 방울 소리)으로 썼다.

76 휴유렬광(休有烈光): 휴(休)는 아름다운 것. 열광(烈光)은 광채.

率見昭考[77]하여 솔 현 소 고	다 같이 무왕 묘 찾아가
以孝以享[78]하여 이 효 이 향	제물 바쳐 제사 지내며
以介眉壽[79]로다 이 개 미 수	만수무강을 비네
永言保之[80]하여 영 언 보 지	길이 보전하여
思皇多祜[81]로다 사 황 다 호	크고 많은 복 누리기를
烈文辟公[82]이 열 문 벽 공	공 많고 문덕 있는 제후들이
綏以多福[83]하여 수 이 다 복	많은 복 누리게 하여
俾緝熙于純嘏[84]로다 비 즙 희 우 순 하	큰 복 계속 이어받게 되었네

◈ 해설

『집전(集傳)』의 설을 대략 정리하면 이 시는 성왕(成王)을 제후들이 처음으로

---

77 솔현소고(率見昭考): 솔(率)은 다 같이. 소고(昭考)는 돌아가신 부친에 대한 아들의 존칭으로, 여기서는 무왕(武王)을 가리키는 것으로 본다(『모전』).

78 이효이향(以孝以享): 효(孝)는 향(享)과 같은 뜻으로 제물을 바쳐 제사 지내는 것(『통석(通釋)』).

79 이개미수(以介眉壽): 개(介)는 빌다. 미수(眉壽)는 수고(壽考)·장수(長壽)와 같은 뜻으로, 오래 살게 하는 것.

80 영언보지(永言保之): 영(永)은 길다〔長〕. 언(言)은 조사. 보(保)는 보전(保全)하다.

81 사황다호(思皇多祜): 사(思)는 조사. 황(皇)은 큰 것. 또는 사황(思皇)은 황황(皇皇)과 통하여 아름답고 휘황(輝煌)한 모양으로도 본다. 호(祜)는 복(福).

82 열문벽공(烈文辟公): 열(烈)은 공업(功業) 곧 공로가 많은 것. 문(文)은 문덕(文德). 벽공(辟公)은 제후들. 옛날의 제후들을 가리킨다.

83 수(綏): 편히 누리게 하는 것.

84 비즙희우순하(俾緝熙于純嘏): 즙희(緝熙)는 계속되는 것(『석의(釋義)』). 또는 광명(光明)을 쌓는 것, 학식을 쌓아서 점차 명철(明哲)하게 되는 것. 순(純)은 대(大)의 뜻. 하(嘏)는 복(福).

내조(來朝)하여 뵙고 무왕(武王) 묘에 가서 제사하는 악가(樂歌)이다. 「모시서」에서도 제후들이 처음으로 무왕 묘를 참배하는 악가(樂歌)라 하였다.

9. 유객(有客)　　　손님

有客有客[85]이며 유 객 유 객	손님 손님이 온다
亦白其馬[86]로다 역 백 기 마	흰색의 말을 타고
有萋有且[87]하니 유 처 유 저	그를 수행하는 많은 신하들도
敦琢其旅[88]로다 퇴 탁 기 려	다들 선택된 사람들
有客宿宿[89]하고 유 객 숙 숙	손님을 하루 묵게 하고
有客信信[90]하며 유 객 신 신	손님을 다시 하루 묵게 하며

85 객(客): 미자(微子)를 가리킴. 미자는 은(殷)나라 주왕(紂王)의 서형(庶兄). 성왕(成王)은 은나라 후손인 무경(武庚)의 반란을 진압하고 송(宋)나라에 봉해졌던 미자(微子)로 하여금 은나라의 제사를 받들도록 하였다. 미자(微子)는 그런 명을 받고 내조한 것이다(『모전』).

86 역백기마(亦白其馬): 역(亦)은 조사. 기(其)는 조사. 백기마(白其馬)는 흰 말.

87 유처유저(有萋有且): 유처(有萋)는 처연(萋然), 처처(萋萋)와 같으며, 풀이 무성한 모양. 유저(有且)는 저연(且然). 「대아·한혁(大雅·韓奕)」 시의 『모전(毛傳)』에 "저(且)는 많은 모양"이라 하였다. 이 구절은 미자(微子)의 종자(從者)들의 성다(盛多)함을 형용한 말이다(『석의(釋義)』).

88 퇴탁기려(敦琢其旅): 퇴(敦)는 마(磨)·조(雕)의 뜻으로, 갈다. 탁(琢)은 옥을 쪼아 다듬다. 퇴탁(敦琢)은 「대아·역복(大雅·棫樸)」 시의 "추탁(追琢)"과 같은 말로, 추탁은 조탁(彫琢)이며 여기서는 정선(精選)을 뜻한다. 려(旅)는 종자(從者)들을 가리킨다.

89 숙숙(宿宿): 숙(宿)은 하루 묵는 것. 숙숙(宿宿)은 두 번 숙(宿)하는 것.

90 신신(信信): 신(信)은 이틀 묵는 것. 신신(信信)은 두 번 신(信)하는 것으로, 사숙(四宿).

言授之縶[91]하여 언 수 지 집	밧줄을 주어
以縶其馬로다 이 집 기 마	말을 붙들어 매게 해본다
薄言追之[92]하니 박 언 추 지	떠나는 이 쫓아가
左右綏之[93]로다 좌 우 수 지	이리저리 편히 보살핀다
旣有淫威[94]하니 기 유 음 위	훌륭한 위의 갖추고 있어
降福孔夷[95]로다 강 복 공 이	신령도 복을 크게 내리리

◈ 해설

미자(微子)가 주나라에 내조(來朝)했다가 돌아가는 것을 읊은 시이다. 『모전(毛傳)』이나 『시집전』의 해석도 동일하다.

'유객(有客)'과 '백기마(白其馬)'라는 용어는 주나라가 객례로써 예우하고 또 흰색을 숭상한 은나라의 후예로 송나라의 제후를 가리키는 말이다. 그리고 작품 내용으로 보아 천자로부터 이만한 사랑과 대접을 받은 사람은 미자(微子) 외에는 없었을 것 같다. 원래 주나라는 은나라를 멸한 뒤 주왕(紂王)의 아들인 무경(武庚)을 봉했으나 그가 반란을 획책하므로 이를 진압하여 그 자리에 주왕의

---

91 언수지집(言授之縶): 언(言)은 조사. 수(授)는 주다. 집(縶)은 말고삐, 말을 매어 놓는 것. 말을 매어 놓는다는 것은 미자(微子)가 돌아감을 만류함을 뜻한다.

92 박언추지(薄言追之): 박언(薄言)은 조사. 일설에는 총총(怱怱)의 뜻. 추(追)는 송(送)의 뜻으로(『모전』). 전송하는 것.

93 좌우수지(左右綏之): 좌우(左右)는 주나라 임금의 근신(近臣). 또는 성왕(成王)의 신하들. 수(綏)는 편히 누리게 하는 것.

94 음위(淫威): 음(淫)은 대(大)의 뜻(『모전』). 위(威)는 덕(德)의 뜻. 또는 외(畏)와 통하여 두려움, 공포의 뜻. 일설에는 기화(奇禍) 곧 의외의 재난.

95 강복공이(降福孔夷): 강복(降福)은 하늘이나 신이 복을 내리는 것. 공(孔)은 매우. 이(夷)는 평(平)과 대(大)의 뜻이 있는데, 여기서는 대(大)의 뜻(『통석(通釋)』).

서형(庶兄)인 미자(微子)를 봉하여 선조의 제사를 모시게 하고, 그를 신하로 여기지 아니하고 객례로써 대접했던 것이다.

10. 무(武) 무왕

於皇武王[96]은 오 황 무 왕	아아, 위대한 무왕은
無競維烈[97]이시로다 무 경 유 렬	비길 데 없이 공 많으시네
允文文王[98]은 윤 문 문 왕	진실로 문덕 많으신 문왕은
克開厥後[99]시로다 극 개 궐 후	후손들에게 길 열어 주셨네
嗣武受之[100]하사 사 무 수 지	맏아들 무왕이 그것을 받아
勝殷遏劉[101]하여 승 은 알 류	은나라를 이겨 포학한 정치 막으시어
耆定爾功[102]이시로다 지 정 이 공	이러한 공을 세우셨네

96 오황(於皇): 오(於)는 감탄사. 황(皇)은 크다, 위대하다.

97 무경유렬(無競維烈): 무경(無競)은 비길 데 없다는 뜻. 열(烈)은 무공(武功)·공업(功業)의 뜻이며, 상(商)나라를 멸한 공덕을 말하는 것으로 보인다.

98 윤문문왕(允文文王): 윤(允)은 진실로. 문(文)은 문덕(文德)이 많은 것.

99 극개(克開): 극(克)은 능(能). 개(開)는 길을 열어 주는 것. 창업의 기틀을 여는 것.

100 사무수지(嗣武受之): 사(嗣)는 사자(嗣子), 맏아들. 무(武)는 무왕(武王).

101 승은알류(勝殷遏劉): 은(殷)은 은상(殷商). 알(遏)은 그치게 하다, 막다. 류(劉)는 사람을 죽이는 것과 같은 포학한 정치.

102 지정이공(耆定爾功): 지(耆)는 치(致)의 뜻으로(『모전』). 이룩하다. 이(爾)는 차(此)와 통함.

◈ 해설

「모시서」에 "무(武)는 대무(大武)를 출 때 노래하는 악가(樂歌)"라고 하였다. 대무는 주공(周公)이 무왕(武王)의 무공을 상징하기 위하여 만든 춤이다(『집전』). 『여씨춘추·고악(呂氏春秋·古樂)』에선 무왕이 은나라를 쳐부순 뒤 주공에게 명하여 대무를 짓게 했다고 하였고, 『춘추좌전』「선공(宣公) 12년」에는 이 시를 무왕이 지은 것이라 하였다. 그러나 시에 무왕이란 시호(諡號)를 쓰고 있으니 주공이 뒤에 지은 것으로 봄이 좋을 것이다. 그리고 『춘추좌전』에 의하면 이 시는 대무의 첫 장임을 알 수 있다.

제3 민여소자지습(閔予小子之什)

1. 민여소자(閔予小子) 소자를 가엾게 여기소서

閔予小子[1]이
민 여 소 자
소자를 가엾게 여기소서

遭家不造[2]하여
조 가 부 조
집안의 불행을 겪고

嬛嬛在疚[3]하니
경 경 재 구
홀로 의지할 데 없이 괴로워하고 있나이다

於乎皇考[4]에
오 호 황 고
아아, 아버님이시여

永世克孝[5]하소서
영 세 극 효
길이 종신토록 효도를 다하셨나이다

---

1 민여소자(閔予小子): 민(閔)은 민(憫)과 통하며, 가엾게 여기다. 소자(小子)는 성왕(成王)이 자신을 가리키는 말.

2 조가부조(遭家不造): 조(遭)는 만나다, 당하다. 조(造)는 성(成)과 통하며(『정전』), 성(成)은 또 선(善)과 뜻이 통한다. 부조(不造)는 불선(不善) 또는 불숙(不淑)과 같은 말로〔『통석(通釋)』〕, 불행의 뜻. 여기서는 무왕(武王)이 돌아가신 일을 가리킨다(『정전』).

3 경경재구(嬛嬛在疚): 경경(嬛嬛)은 경경(煢煢)〔『제시(齊詩)』〕 또는 경경(惸惸)〔『한시(韓詩)』〕과 같은 말로, 의지할 곳 없이 외로운 것을 말한다〔『집전』, 『통석(通釋)』〕. 구(疚)는 슬퍼하여 병든 것(『집전』). 이 구절은 성왕(成王)이 상(喪)을 마치고도 사모하여 뜻과 기운이 화평(和平)하지 못함을 말한 것이니, 대개 문왕과 무왕의 업적으로 따르고 큰 교화의 근본을 높인 것이라 하였다(『집전』).

4 황고(皇考): 성왕이 돌아가신 아버지 무왕을 가리켜 한 말.

5 영세극효(永世克孝): 영세(永世)는 일생 동안, 종신(終身)토록. 극(克)은 능(能). 효(孝)는

念玆皇祖[6]이
염 자 황 조

陟降庭止[7]하시니
척 강 정 지

할아버님 생각하시길

마치 뜰에 왔다 갔다 하고
계신 듯하셨으니

維予小子이
유 여 소 자

夙夜敬止니이다
숙 야 경 지

이 소자는

아침부터 밤늦게까지 공경하고
있나이다

於乎皇王[8]이여
오 호 황 왕

繼序思不忘[9]이로다
계 서 사 불 망

아아, 할아버님과 아버님이시여

남기신 업적 어김없이
계승하겠나이다

◈ 해설

「모시서」에서는 사왕(嗣王)이 묘당(廟堂)에 조현(朝見)하는 것이라 하였는데,

선왕(先王)의 유지(遺志)를 계승하는 것. 이 구절은 무왕이 종신토록 효도를 다했음을 감탄한 것이다(『집전』).

6 황조(皇祖): 문왕(文王)을 가리킴(『정전』).

7 척강정지(陟降庭止): 척강(陟降)은 왕래의 뜻. 「대아·문왕(大雅·文王)」 시에 보였음. 정(庭)은 묘정(廟廷). 지(止)는 조사. 이 구절은 위의 구를 이어 무왕의 효(孝)를 말하는데, 황조 곧 문왕을 생각하고 그리워하여 문왕의 신령이 강림하여 뜰에 왕래하고 있음을 보는 듯하다는 뜻. 이는 요(堯)임금이 별세하자 순(舜)임금이 요임금을 사모하여 앉아 있으면 요임금의 모습이 담장에 어른거리고, 밥을 먹으면 요임금의 모습이 국에 어른거렸다는 것과 유사하다(『후한서·이고전(後漢書·李固傳)』, "昔堯殂之後, 舜仰慕三年, 坐則見堯於墻, 食則見堯於羹").

8 황왕(皇王): 문왕과 무왕을 모두 가리킴.

9 계서사불망(繼序思不忘): 계(繼)는 계승하다. 서(序)는 서(緖)와 통하고, 서(緖)는 업(業)과 통하여 문왕과 무왕의 유서(遺緖) 즉 남긴 업적을 말한다. 사(思)는 조사. 불망(不忘)은 잊지 않다. 또는 망(忘)은 망(亡)과 통하여, 불망(不忘)은 어김없는 것.

『정전(鄭箋)』에서 사왕은 성왕(成王)을 말한다고 하였다. 주희(朱熹)는 성왕이 복상(服喪)을 끝내고 선왕들의 사당을 찾아갔을 때 부른 것이며, 그래서 후세에 왕위를 잇는 임금이 사당에 조회(朝會)하는 음악으로 삼은 것 같다고 하였다.

2. 방락(訪落) 처음부터 물어 가며

訪予落止[10]하여 방 여 락 지	내 시작할 때부터 물어 가며
率時昭考[11]나 솔 시 소 고	아버님의 밝은 뜻을 따르려 해도
於乎悠哉[12]라 오 호 유 재	아아, 아득히 멀기만 하니
朕未有艾[13]로다 짐 미 유 애	나는 아직 이르지 못하고 있네
將予就之[14]하여 장 여 취 지	내 힘 다해 나아가고자 하나

10 방여락지(訪予落止): 방(訪)은 모(謀) 또는 문(問)의 뜻(『모전』). 그래서 꾀하다, 계획하다, 또는 묻다. 그리고 락(落)은 시(始)의 뜻으로(『모전』) 시작한다는 것이라 했다. 곧 '내가 처음부터 계획 세우기를', '처음부터 묻고 물어서'의 뜻이 된다. 이에 대해 우성오(于省吾)는 방(訪)은 방(方)이며, 락(落)은 각(各)으로 읽고 격(格)의 뜻이라 했다〔우성오(于省吾), 『신증(新證)』〕. 즉 '내가 조상님들의 묘당에 갔을 때'로 해석된다. 지(止)는 조사.

11 솔시소고(率時昭考): 솔(率)은 따르다, 준수하다. 시(時)는 시(是)의 뜻. 소고(昭考)는 밝으신 아버님의 뜻으로, 선부(先父)인 무왕(武王)을 가리킨다.

12 유(悠): 아득하다는 뜻 외에 우(憂: 근심)로 새기기도 한다〔『설문(說文)』〕.

13 짐미유애(朕未有艾): 짐(朕)은 주왕(周王)의 자칭(自稱)으로 여기서는 성왕(成王) 자신을 말한다. 애(艾)는 예(乂)와 통하며, 불예(不乂)는 '이르지 못하는 것'이라 한다(『집전』). 그리고 艾에는 다스리다는 뜻이 있어 '보좌하는 신하'로 풀며, 그래서 이 구를 '나에게는 보좌할 신하가 없다'도 해석하기도 한다. 艾의 본자(本字)는 알(辥: 산 높을)이며, 왕국유(王國維)의 연구에 의하면 금문(金文)의 알(辥)에는 보좌의 뜻이 많다고 하였다〔우성오(于省吾), 『신증(新證)』〕.

繼猶判渙[15]이로다 계 유 판 환	그 업적 잇기란 너무 어렵기만 하네
維予小子는 유 여 소 자	이제 이 못난 어린 아들은
未堪家多難[16]하니 미 감 가 다 난	다난한 나랏일 감당 못하니
紹庭上下[17]하며 소 정 상 하	신령들께서는 계속 뜰 위아래 다니시며
陟降厥家[18]하여 척 강 궐 가	집안에 내려와서 살펴주시옵소서
休矣皇考[19]로 휴 의 황 고	아아, 거룩하신 부왕을 따라
以保明其身[20]이엇다 이 보 명 기 신	이 몸을 밝게 보전하리리라

---

14 장여취지(將予就之): 장(將)은 대개 두 가지로 해석된다. '장차'의 뜻과 '돕다'의 뜻이다. 취(就)는 성취의 뜻. 지(之)는 대명사로서 아래의 '유(猶)' 곧 법도(法度)를 지칭한다.

15 계유판환(繼猶判渙): 계(繼)는 계속, 계승. 유(猶)는 유(猷: 꾀하다, 계략)와 통하며, 유(猷)는 모(謀)의 뜻으로 계획이나 법도의 뜻. 판환(判渙)은 「모시서」와 『집전(集傳)』에서는 각각 분(分)과 산(散)으로 풀어 '나눠지고 흩어져서', '합하지 못하는 것'이라 했다. 곧 화합이 잘 되지 않아 일이 풀리지 않는 것을 말한다. 『통석(通釋)』에서는 「대아·권아(大雅·卷阿)」 시의 '반환(伴奐)'과 같은 말로, '큰 모습' 또는 '크게 하는 것' 곧 무왕의 도를 계승하여 광대케 하겠다는 뜻이라 했고, 배회(徘徊) 또는 망설이며 결정짓지 못하는 것〔반환(盤桓)〕으로 보기도 한다.

16 가다난(家多難): 집안에 재난이 많은 것. 무왕이 돌아가신 것이라고 하고, 또는 관숙(管叔)·채숙(蔡叔)·곽숙(霍叔)이 은(殷)의 후예들과 함께 주 왕실(周王室)에 반기를 든 삼감(三監)의 변란을 칭하는 것으로도 본다.

17 소정상하(紹庭上下): 소(紹)는 잇다 계속하다. 또는 소(昭)의 가차자로 보기도 한다〔『통석(通釋)』〕. 정상하(庭上下)는 묘당이나 궁정에 내왕하는 것. 즉 신령이 계속해서 왕림하기를 주나라 왕이 바라는 것을 말한다.

18 척강궐가(陟降厥家): 척강(陟降)은 왕래 또는 강림의 뜻. 궐가(厥家)는 '그 집'으로 묘당(廟堂)을 말한다. 묘당도 신령의 집이다.

19 휴의황고(休矣皇考): 휴(休)는 아름답다. 황고(皇考)는 세상을 떠난 부친에 대한 아들의 존칭. 『정전(鄭箋)』에서는 무왕(武王)을 지칭한다고 했다.

20 이보명기신(以保明其身): 보(保)는 근신(謹愼)하는 것, 명(明)은 명철(明哲)한 것. 기신(其身)은 두 가지로 읽힌다. 황고, 즉 부왕인 무왕으로 보면 '일신을 명철 근신하셨다'는 뜻으로 되며, 그리고 성왕(成王) 자신을 말하는 것으로 보면 '부왕을 따라 자신을 밝게 보전하겠다' 또는 '이 몸을 보전하게 해주소서'라고 번역된다.

◈ 해설

성왕(成王)이 사당에 가서 조상에게 도움을 청하는 것을 읊은 것으로 보인다. 「모시서」에서는 “사왕(嗣王) 곧 성왕(成王)이 사당에서 국정을 도모하는 시”라고 하였다. 묘당을 찾아뵙고 군신들과 정사를 모의한 것을 시인이 노래한 것이라도 하였다〔『공소(孔疏)』〕.

3. 경지(敬之)　　공경하라

敬之敬之[21]어다 경 지 경 지	공경하고 공경하시라
天維顯思[22]요 천 유 현 사	하늘은 너무나도 밝으시나니
命不易哉[23]니 명 불 이 재	하늘의 명을 받기란 쉽지 않은 것
無曰高高在上[24]이어다 무 왈 고 고 재 상	높고 높은 위에만 있다고 말하지 마시라

---

21 경지(敬之): 일반적으로 '공경하라'의 뜻으로 본다. 그러나 마서진(馬瑞辰)은 경(敬)의 본뜻을 경(警)으로 보고 '경계하고 삼가라'〔경계(警戒)〕의 뜻으로 읽었다〔『통석(通釋)』〕. 전체 흐름과 주제로 판단하건대 공경의 뜻보다는 경계의 의미가 강한 것으로 보인다.

22 천유현사(天維顯思): 유(維)는 조사. 현(顯)은 명찰(明察) 곧 밝게 살핀다는 뜻. 사(思)는 조사.

23 명불이재(命不易哉): 명(命)은 천명(天命) 또는 나라의 운명〔국운(國運), 국명(國命)〕. 불이(不易)는 유지하거나 지탱하기 쉽지 않다는 뜻. 「대아·문왕(大雅·文王)」에도 '준명불이(駿命不易)'라는 말이 있다.

24 무왈고고재상(無曰高高在上): 하늘이 저 높고 높은 곳에 있다고 말하지 마라. 곧 하늘은 인간과 까마득히 멀리 있으므로 영향을 끼칠 수 없으니 두려워할 필요가 없다고 말하지 마라는 뜻.

陟降厥士[25]하여
척 강 궐 사
오르락내리락하면서 일을 하시고

日監在玆[26]시니라
일 감 재 자
날마다 아래 땅을 살피시나니

維予小子이
유 여 소 자
이 어리석고 못난 아들은

不聰敬止[27]나
불 총 경 지
총명하고 공경하지 못했지만

日就月將[28]하여
일 취 월 장
나날이 나아가고 다달이 이루어

學有緝熙于光明[29]하며
학 유 즙 희 우 광 명
배워서 밝은 덕을 빛내오리니

佛時仔肩[30]하여
불 시 자 견
내가 지고 있는 중임을 도와

示我顯德行[31]하리라
시 아 현 덕 행
내게 밝은 덕으로 가는 길 보여주기를

---

25 척강궐사(陟降厥士): 척강(陟降)은 오르고 내리는 것. 하늘이나 조상의 신령이 말없는 가운데 보우(保佑)하는 것을 말한다〔『통석(通釋)』〕. 이 구절에서 비록 동사로 볼 것은 없지만 이렇게 보면 무난하다. 궐(厥)은 기(其), 곧 '그'의 뜻. '하늘'을 지칭하는 것으로 본다. 사(士)는 사(事)의 뜻(『모전』).

26 일감재자(日監在玆): 일(日)은 날마다. 감(監)은 살피다 또는 감시(監視)하다. 재자(在玆)는 어차(於此)의 뜻. 이곳. 아래 땅.

27 불총경지(不聰敬止): 불(不)은 총(聰)과 경(敬)에 모두 걸린다. 또는 어조사로 보고 뜻이 없다고 하며 이 구절을 '청이경계(聽而警戒)'와 같다고 하였다〔『통석(通釋)』〕. 총(聰)은 총명. 지(止)는 조사.

28 일취월장(日就月將): 취(就)는 나아가다. 성취하다. 장(將)은 나아가다, 발전하다.

29 학유즙희우광명(學有緝熙于光明): 즙희(緝熙)는 계속·누적(累積)의 뜻. 광명(光明)은 광대(廣大)한 밝음.

30 불시자견(佛時仔肩): 불(佛)은 보(輔)의 뜻으로(『정전』), '돕다, 보필(輔弼)하다'. 그래서 '필(弼)'로도 읽는다고 하였다(『집전』). 시(時)는 시(是)의 뜻. 자(仔)는 지는 것. 견(肩)은 어깨에 메는 것. 따라서 자견(仔肩)은 지고 메는 것처럼 책임을 진다는 뜻. 또는 일을 맡은 신하.

31 시아현덕행(示我顯德行): 시(示)는 보여주다. 현덕행(顯德行)은 밝게 드러난 덕행.

◈ 해설

임금이 제사를 지내면서 스스로를 경계(警戒)한 것이다. 「모시서」에서는 군신(群臣)들이 성왕(成王)에게 묘당(廟堂)에서 진계(進戒)한 것이라 하였는데, 시의 내용으로 보아 임금이 스스로 경계하는 악가(樂歌)로 봄이 좋을 듯하다.

4. 소비(小毖) 경계하고 대비함

予其懲[32]은 여 기 징	내가 경계함은
而毖後患[33]이로다 이 비 후 환	후환에 대비함이라네
莫予荓蜂[34]으로 막 여 병 봉	내가 벌을 물리치지 않으면
自求辛螫[35]이로다 자 구 신 석	스스로 매운 침에 쏘이게 되지
肇允彼桃蟲[36]이러니 조 윤 피 도 충	처음엔 조그마한 저 뱁새들도
拚飛維鳥[37]로다 번 비 유 조	훨훨 날아가며 큰 새 되는 법이라

---

32 징(懲): 마음에 다친 바가 있어서 경계할 줄 아는 것(『집전』).

33 비(毖): 삼가다. 대비하다.

34 막여병봉(莫予荓蜂): 막(莫)은 물(勿), 불(不)과 같다. 병(荓)은 평(拼)과 같으며, 물리치다는 뜻. 봉(蜂)은 벌.

35 신석(辛螫): 신(辛)은 신독(辛毒), 즉 매운 독의 뜻. 석(螫)은 벌레가 쏘는 바늘. 이 구절은 벌로 하여금 스스로 독한 바늘을 가지고 사람들을 해치지 않도록 하겠다는 것으로, 이것은 악인으로 하여금 나쁜 일들을 못하도록 하겠다는 뜻.

36 조윤피도충(肇允彼桃蟲): 조(肇)는 시초, 처음. 윤(允)은 진실로. 도충(桃蟲)은 초료(鷦鷯)라고도 부르는 조그만 새. 뱁새의 일종. 중국 풍속에 초료(鷦鷯)가 조(雕), 즉 수리를 낳는다고 한다. 그래서 초연수(焦延壽)의 『역림(易林)』에도 '도충생조(桃蟲生雕)'라 하였다(『석의(釋義)』).

未堪家多難이니
미 감 가 다 난
予又集于蓼[38]로다
여 우 집 우 료

다난한 나랏일을 감당 못하여
나는 아직 뱁새처럼 여뀌 풀에
머물러 있네

◈ 해설

앞의 「경지(敬之)」 시와 마찬가지로 임금이 스스로를 경계하는 악가(樂歌)이다. 「모시서」에선 성왕(成王)이 충신들의 도움을 구하는 노래라고 보았으나 내용과 그렇게 부합되지는 않는다.

5. 재삼(載芟) 풀을 베고

載芟載柞[39]하여
재 삼 재 작
其耕澤澤[40]이로다
기 경 택 택

풀을 베고 나무를 뽑고
펄썩펄썩 땅을 갈아엎네

---

37 번비유조(拚飛維鳥): 번(拚)은 나는 모양. 『한시(韓詩)』에는 번(翻)으로 썼다. 새끼였을 적에는 뱁새였던 것이 자라서는 커다란 수리가 되어 나는 것처럼 자기 자신을 발전시키고 싶다는 말. 유(維)는 시(是)의 뜻. 또는 조사.

38 료(蓼): 쓴 나물 이름으로 여뀌.

39 재삼재작(載芟載柞): 재(載)는 칙(則)의 뜻. 또는 조사. 삼(芟)은 풀을 베다. 작(柞)은 나무를 베다. 이 구절은 풀을 베고 나무를 뽑은 뒤 밭을 일구는 것을 말한다.

40 기경택택(其耕澤澤): 기(其)는 그. 또는 조사. 경(耕)은 밭을 경작하는 것. 택택(澤澤)은 흙이 부드럽게 부서져 흩어지는 모양(『정전』). 또는 땅을 경작할 때 나는 소리〔곽말약(郭沫若)〕.

千耦其耘[41]하니
천 우 기 운

徂隰徂畛[42]이로다
조 습 조 진

侯主侯伯[43]과
후 주 후 백

侯亞侯旅[44]와
후 아 후 려

侯彊侯以[45]가
후 강 후 이

有嗿其饁[46]이로다
유 탐 기 엽

思媚其婦[47]는
사 미 기 부

有依其士[48]하며
유 의 기 사

수많은 사람이 밭 갈고 김매러

진펄로 밭둔덕 길로 나아가네

가장과 맏아들과

작은아버지와 자제들과

품앗이꾼과 일꾼들이

맛있게 들밥을 먹는데

밥 날라 온 아름다운 부인들은

그들의 남편을 위로해 주고

---

41 천우기운(千耦其耘): 우(耦)는 쟁기로 밭을 가는 것. 또는 두 사람이 나란히 밭을 가는 것. 운(耘)은 김을 매다. 앞의 「주송·희희(周頌·噫嘻)」 시의 "십천유우(十千維耦)"를 참조할 것.

42 조습조진(徂濕徂畛): 조(徂)는 가다. 습(濕)은 진펄. 곧 낮은 습지. 진(畛)은 밭둔덕 길.

43 후주후백(侯主侯伯): 후(侯)는 유(維)와 같은 조사. 주(主)는 가장(家長)(『모전』). 백(伯)은 장자(長子)(『모전』).

44 후아후려(侯亞侯旅): 아(亞)는 중숙(仲叔)(『모전』). 려(旅)는 자제들(『모전』).

45 후강후이(侯彊侯以): 강(彊)은 백성들 가운데 여력이 있어 도우러 온 자(『집전』). 또는 체력이 강장(强壯)한 무사(武士)와 같은 사람. 이(以)는 품삯을 받고 일하는 일꾼. 또는 시인(寺人)과 같은 좌우에 있는 낮은 신하들. 사실 이 시기 씨족 집단에서 혈연관계의 유대로 조직된 국가의 집단 생산 작업에 품삯을 받고 일하러 왔다는 것은 맞지 않다. 대개는 근위(近衛) 무관(武官)들일 것이다.

46 유탐기엽(有嗿其饁): 탐(嗿)은 여럿이 음식을 먹는 소리. 또는 유탐(有嗿)은 탐탐(嗿嗿)과 같으며, 사람들이 시끌벅적한 모양. 엽(饁)은 들점심 먹는 것.

47 사미기부(思媚其婦): 사(思)는 조사. 미(媚)는 미(美)의 뜻〔『석의(釋義)』〕. 기부(其婦)는 들에서 경작하는 사람들에게 밥을 가져온 부인. 「빈풍·칠월(豳風·七月)」의 "同我婦子, 饁彼南畝"와 「소아·보전(小雅·甫田)」의 "曾孫來止, 以其婦子, 饁彼南畝" 등과 같은 내용이다.

48 유의기사(有依其士): 의(依)는 애(愛)의 뜻(『정전』). 여기서는 사랑으로 위로하는 것. 사(士)는 그녀의 남편(『집전』). 또는 미혼의 남자. 또는 유의(有依)는 의의(依依)와 같고, 유은(有殷)과 같아서 장성(壯盛)한 모양, 즉 건장한 모양이라 하였다〔왕인지(王引之), 『경의술문(經義述聞)』〕. 이 구절은 건장한 청년 남자를 표현한 것.

有略其耜[49]로 유 략 기 사	남편은 날카로운 쟁기로
俶載南畝[50]로다 숙 재 남 무	양지 밭을 갈기 시작하네
播厥百穀하여 파 궐 백 곡	여러 가지 곡식 씨 뿌리어
實函斯活[51]하니 실 함 사 활	곡식이 흙 기운에 자라나니
驛驛其達[52]하여 역 역 기 달	뾰족뾰족 싹이 솟아
有厭其傑[53]하며 유 염 기 걸	아름답게 자라나고
厭厭其苗[54]하니 염 염 기 묘	곡식 싹 무성하니
緜緜其麃[55]로다 면 면 기 표	정성껏 김매 주네
載穫濟濟[56]하니 재 확 제 제	풍성한 곡식 거두어 들이니
有實其積[57]이 유 실 기 적	커다란 노적가리가
萬億及秭[58]어늘 만 억 급 자	한없이 많네

---

49 유략기사(有略其耜): 략(略)은 날카로운 것. 유략(有略)은 약연(略然)·약약(略略)으로, 날카로운 모양. 사(耜)는 보습.

50 숙재남무(俶載南畝): 숙(俶)은 시작하는 것. 재(載)는 밭일을 하는 것.

51 실함사활(實函斯活): 실(實)은 곡식의 열매. 함(函)은 함(含)과 같은 뜻으로, 흙 기운에 싸이는 것. 활(活)은 생(生)의 뜻으로 살아나는 것. 또는 사활(斯活)은 활활(活活)과 같아서 생기가 있는 모양.

52 역역기달(驛驛其達): 역역(驛驛)은 곡식의 싹이 나는 모양(『집전』). 또는 역역(繹繹)과 같으며, 끊이지 않고 자라나는 모양. 달(達)은 땅 위로 돋는 것(『정전』).

53 유염기걸(有厭其傑): 염(厭)은 염(懕)의 생략된 글자로, 잘 자란 모양. 또는 아름다운 모양. 걸(傑)은 먼저 자란 곡식 싹을 말함(『정전』). 또는 걸출하게 특별히 좋은 싹.

54 염염(厭厭): 많은 곡식 싹이 가지런히 무성한 모양(『정전』).

55 면면기표(緜緜其麃): 면면(緜緜)은 빈틈없는 모양. 또는 정성을 들이는 모양(『집전』). 표(麃)는 김을 매는 것.

56 재확제제(載穫濟濟): 재(載)는 즉(則)의 뜻. 확(穫)은 수확하다. 제제(濟濟)는 사람이 많은 모양(『모전』). 또는 많으며 질서가 있는 모양.

57 유실기적(有實其積): 실(實)은 대(大)의 뜻. 또는 유실(有實)은 실연(實然)·실실(實實)과 같으며, 가득한 모양이나 커다란 모양. 적(積)은 곡식을 노적(露積)하는 것.

爲酒爲醴하여 위 주 위 례	술과 감주 담그고
烝畀祖妣[59]하여 증 비 조 비	조상님께 바치며
以洽百禮[60]로다 이 흡 백 례	모든 예절 갖추어 제사 지내네
有飶其香[61]하니 유 필 기 향	향기로운 그 향기는
邦家之光이며 방 가 지 광	나라의 빛이며
有椒其馨[62]하니 유 초 기 형	은은한 향기는
胡考之寧[63]이로다 호 고 지 녕	장수하시는 분들 안락 누리게 하네
匪且有且[64]며 비 저 유 저	당연히 이렇게 될 것이 이렇게 된 게 아니며
匪今斯今[65]이라 비 금 사 금	지금만 이러한 것이 아니라
振古如玆[66]로다 진 고 여 자	옛날부터 이러하였다네

---

58 만억급자(萬億及秭): 만억(萬億)은 만이나 되고 억이나 된다는 뜻. 자(秭)는 만억(萬億).

59 증비조비(烝畀祖妣): 증(烝)은 진헌(進獻)의 뜻. 비(畀)는 주다. 증비(烝畀)는 제물을 바치며 제사지냄을 뜻한다. 조비(祖妣)는 조상들.

60 이흡백례(以洽百禮): 흡(洽)은 합하다, 갖추다. 이상 4구는 앞의 「주송·풍년(周頌·豊年)」 시와 동일함. 백례(百禮)는 백 가지의 온갖 예를 갖추었다는 뜻.

61 유필기향(有飶其香): 유필(有飶)은 필연(飶然)·필필(飶飶)과 같으며, 제수(祭需) 또는 음식의 향기가 진한 것.

62 유초기형(有椒其馨): 초(椒)는 향기의 뜻으로 후추가 아니다. 유초(有椒)는 초연(椒然)으로 향기 나는 모양. 향(馨)은 향기가 멀리 나는 것.

63 호고지녕(胡考之寧): 호고(胡考)는 장수하는 것. 호(胡)는 수(壽)(『모전』)·대(大), 고(考)는 노(老)의 뜻. 지(之)는 시(是)와 같다. 또는 조사. 녕(寧)은 안녕함, 안락함. 이 4구는 음식이 향기로워서 이것으로 빈객(賓客)을 연향(燕享)하면 국가가 영광스럽고, 이것으로 기로(耆老)들을 공양하면 노인들이 안락하다는 말이다.

64 비저유저(匪且有且): 비(匪)는 비(非)의 뜻. 저(且)는 여차(如此)의 뜻. 뒤의 저(且)는 조상들을 제사하는 것을 말한다.

65 비금사금(匪今斯今): 금(今)은 오늘. 뒤의 금(今)은 오늘 조상들을 제사 지낸 일

66 진고여자(振古如玆): 진(振)은 자(自)의 뜻으로(『모전』), 진고(振古)는 '예부터'의 뜻.

◈ 해설

봄에 임금이 몸소 밭갈며 농사를 권하고 사직(社稷)에 풍년을 비는 악가(樂歌)이다(「모시서」). 시의 내용으로 보면, 1년의 농사를 서술하고 실지로 풍작 수확한 후에 조상에게 추동(秋冬)으로 제사 지내는 악가(樂歌)이다.

6. 양사(良耜) 좋은 보습

畟畟良耜[67]로 측 측 량 사	날카로운 좋은 보습으로
俶載南畝[68]하여 숙 재 남 무	양지 밭을 갈아엎고
播厥百穀하니 파 궐 백 곡	여러 가지 곡식 씨 뿌리니
實函斯活[69]이로다 실 함 사 활	곡식이 흙 기운에 자라나네
或來瞻女[70]하니 혹 래 첨 녀	어떤 이 와서 그대를 돌보는데
載筐及筥[71]로 재 광 급 거	모난 광주리 둥근 광주리에

67 측측량사(畟畟良耜): 측측(畟畟)은 날카로운 모습. 사(耜)는 보습.

68 숙재남무(俶載南畝): 숙(俶)은 시작하는 것. 재(載)는 밭일을 하는 것. 여기부터 세 개의 구는 앞 「주송·재삼(周頌·載芟)」 시에 보였음.

69 실함사활(實函斯活): 실(實)은 곡식의 열매. 함(函)은 함(含)과 같은 뜻으로, 흙 기운에 싸이는 것. 활(活)은 생(生)의 뜻으로 살아나는 것. 또는 사활(斯活)은 활활(活活)과 같아서 생기가 있는 모양.

70 혹래첨녀(或來瞻女): 혹(或)은 부인. 여(女)는 일하는 남편의 부인. 점심밥을 갖고 와서 바라본다는 것이다. 또는 첨(瞻)은 공급, 즉 밥을 가져오는 것으로 섬(贍)과 통한다. 즉 이 구절은 어떤 부인이 너에게 밥을 가져다준다는 뜻.

71 재광급거(載筐及筥): 광(筐)은 모가 진 대광주리. 거(筥)는 둥근 대광주리. 모두 밥을 담는 광주리이다.

其饟伊黍[72]로다 기 향 이 서	기장밥 지어다 주네
其笠伊糾[73]며 기 립 이 규	삿갓 동여 쓰고
其鎛斯趙[74]로 기 박 사 조	호미로 푹푹 파며
以薅荼蓼[75]로다 이 호 도 료	잡초들을 뽑아내네
荼蓼朽止[76]하니 도 료 후 지	잡초들이 시드니
黍稷茂止로다 서 직 무 지	곡식 싹이 무성해지네
穫之挃挃[77]하여 확 지 질 질	써걱써걱 곡식을 베어
積之栗栗[78]하니 적 지 율 률	수북이 쌓아 놓으니
其崇如墉[79]하며 기 숭 여 용	높기가 성벽 같고
其比如櫛[80]하니 기 비 여 즐	빗살처럼 줄지어 섰고

---

72 기향이서(其饟伊黍): 향(饟)은 향(餉)과 같은 글자로, 밥을 갖다 주는 것. 이(伊)는 조사. 서(黍)는 기장밥.

73 기립이규(其笠伊糾): 립(笠)은 삿갓. 비를 막는 데 사용했던 용구. 이(伊)는 조사. 규(糾)는 동여매다.

74 기박사조(其鎛斯趙): 박(鎛)은 호미. 사(斯)는 조사. 조(趙)는 땅을 파는 것〔자(刺)〕(『모전』). 〈삼가시(三家詩)〉는 모두 조(擢)로 쓰고 있으며, 조(趙)와 조(擢)는 모두 자(刺)와 같은 뜻이다.

75 이호도료(以薅荼蓼): 호(薅)는 풀을 뽑는 것. 도(荼: 씀바귀)는 마른 땅에서 나는 풀이며, 료(蓼: 여뀌)는 수초(水草)로서 한 물건인데 마른 땅과 물의 다름이 있다고 하였다(『집전』). 즉 도료(荼蓼)는 여기서는 밭이나 논에 자라는 모든 잡초를 말하는 것으로 본다.

76 후지(朽止): 후(朽)는 썩다. 지(止)는 조사.

77 확지질질(穫之挃挃): 확(穫)은 수확하다. 질질(挃挃)은 벼를 베는 소리. 『제시(齊詩)』와 『한시(韓詩)』에서는 질질(秩秩)로 쓰고 있다. 『설문(說文)』에서는 '질(秩), 적야(積也)'라고 하였는데, 매우 많으므로 쌓게 되고 쌓은즉 반드시 질서정연하게 해야 한다는 것(『통석(通釋)』).

78 율률(栗栗): 중다(衆多)한 모양(『모전』).

79 기숭여용(其崇如墉): 숭(崇)은 쌓은 것이 높음을 지칭한다. 용(墉)은 담, 성벽.

80 기비여즐(其比如櫛): 비(比)는 배열한 것. 즐(櫛)은 빗.

以開百室[81]이로다 — 모든 집들 곡식 실어 들이네
이 개 백 실

百室盈止하니 — 모든 집들 곡식이 차니
백 실 영 지

婦子寧止로다 — 처자들이 편히 먹고 사네
부 자 녕 지

殺時犉牡[82]하여 — 누런 소 잡고 보니
살 시 순 모

有捄其角[83]이로다 — 그 뿔만이 구부정하네
유 구 기 각

以似以續[84]하여 — 제사를 계승하여
이 사 이 속

續古之人이로다 — 옛 분들의 뜻을 잇네
속 고 지 인

◈ 해설

주(周)나라 임금이 가을에 수확한 후 감사드리는 뜻으로 사직(社稷)에 제사 지낼 때 불렀던 악가(樂歌)이다(「모시서」).

---

81 이개백실(以開百室): 이(以)는 '그 때문에'의 뜻. 개(開)는 집의 문을 열어 놓고 곡식을 끌어들이는 것. 백실(百室)은 모든 집들. 또는 양창(糧倉)·창고(倉庫)를 말하는 것인데, 압운(押韻)을 위해 실(室)로 썼다〔곽말약(郭沫若)〕. 백실(百室)은 일족(一族)의 사람이다. 다섯 집〔오가(五家)〕을 비(比)라 하고, 오비(五比)를 여(閭)라 하고, 사려(四閭)를 족(族)이라 하였으니 숫자상으로도 백실(百室) 즉 백가(百家)가 되며, 족인(族人)들이 함께 일하고 서로 도왔기 때문에 동시에 곡식을 들여다 쌓은 것이다(『집전』).

82 살시순모(殺時犉牡): 살(殺)은 도살(屠殺)하는 것. 시(時)는 시(是)의 뜻. 순(犉)은 몸은 누렇고 입술이 검은 소. 모(牡)는 수컷, 수소. 순모(犉牡)는 입술이 검은 누런 황소.

83 유구(有捄): 구연(捄然)·구구(捄捄)와 같으며, 굽어 있는 모양.

84 이사이속(以似以續): 사(似)는 사(嗣)와 통하여, '잇다, 계승하다'의 뜻. 속(續)은 선조를 계승하여 제사를 받듦을 이른다.

7. 사의(絲衣)   제사복

絲衣其紑[85]하며 사 의 기 부	제사복은 정결하고
載弁俅俅[86]로다 재 변 구 구	공손히 관을 쓰고 있네
自堂徂基[87]하며 자 당 조 기	묘당에서 문전으로 나아가니
自羊徂牛[88]하며 자 양 조 우	양과 소 잡아놓은 것과
鼐鼎及鼒[89]로다 내 정 급 자	크고 작은 솥의 음식이 보이네
兕觥其觩[90]하니 기 굉 기 구	소뿔 잔은 구부정한데
旨酒思柔[91]로다 지 주 사 유	맛있는 술 잘 담겨 있네
不吳不敖[92]하니 불 오 불 오	떠들지도 않고 오만한 행동도 않으니

---

85 사의기부(絲衣其紑): 사의(絲衣)는 제복(祭服)(『모전』). 부(紑)는 옷이 정결한 것.

86 재변구구(載弁俅俅): 재(載)는 조사로도 보지만, 『노시(魯詩)』와 『한시(韓詩)』에서는 대(戴)로 썼다. 즉 모자를 쓴다는 뜻. 변(弁)은 작변(爵弁)으로, 선비[사(士)]가 왕에게 제사할 때 갖춰 쓰는 모자로(『집전』), 주(周)나라의 관(冠). 문관들이 쓰는 고깔 형식의 모자. 구구(俅俅)는 공순(恭順)한 모양(『집전』).

87 자당조기(自堂徂基): 자(自)는 '―로부터'. 당(堂)은 명당(明堂). 조(徂)는 나아가다. 기(基)는 문전의 터(『모전』), 곧 문전께를 말함. 제삿날 다음에 또 지내는 역례(繹禮)에 의하면 문당(門堂)으로 올라갔다가 여러 제물과 제기들을 둘러보고 문기(門基)로 내려간다.

88 자양조우(自羊徂牛): 제물로 잡아 놓은 양으로부터 소에 이르기까지 쭉 훑어보는 것.

89 내정급자(鼐鼎及鼒): 내(鼐)는 큰솥. 정(鼎)은 솥. 재(鼒)는 작은 솥. 제물을 익히고 있는 여러 가지 솥들도 훑어보는 것이다.

90 시굉기구(兕觥其觩): 시(兕)는 외뿔 난 들소. 굉(觥)은 뿔 술잔. 기구(其觩)는 뿔이 굽어 있는 모양.

91 지주사유(旨酒思柔): 지주(旨酒)는 맛있는 술. 사(思)는 조사. 유(柔)는 가(嘉)와 뜻이 통하여[『통석(通釋)』], 훌륭한 것.

92 불오불오(不吳不敖): 오(吳)는 화(吴)와 통하여, 큰 소리로 떠드는 것. 오(敖)는 오(傲)와 통하여, 오만한 것.

胡考之休[93]로다
호 고 지 휴

장수하는 복을 누리게 되네

◈ 해설

이 시는 역제(繹祭)에서 신(神)의 역할을 한 시(尸)를 빈례(賓禮)로 대접할 때 부르던 악가(樂歌)이다. 역제란 제사를 지낸 뒤에 다시 지내는 것으로, 제왕(帝王)은 역(繹)이라 하여 제사 지낸 다음 날에 제사하고, 경대부(卿大夫)는 빈시(賓尸)라 하여 제사 지낸 당일에 지냈다고 하며, 상(商)나라 때에는 융제(肜祭)라 하였다.

8. 작(酌)

작

於鑠王師[94]여
오 삭 왕 사
遵養時晦[95]러니
준 양 시 회
時純熙矣[96]로
시 순 희 의

아아, 아름다운 임금님의 용병이여!
다스림이 어두웠던 세상을
크게 빛내시어

---

93 호고지휴(胡考之休): 호고(胡考)는 앞 「주송·재삼(周頌·載芟)」 시에 보였음. 수(壽)를 누리는 것. 지(之)는 조사. 휴(休)는 복을 받다. 또는 아름답고 좋은 것.

94 오삭왕사(於鑠王師): 오(於)는 감탄사, 아아. 삭(鑠)은 아름다운 것. 사(師)는 군대. 왕사(王師)는 무왕(武王)의 용병(用兵)(『공소(孔疏)』).

95 준양시회(遵養時晦): 준(遵)은 순(循), 양(養)은 치(治)와 같은 뜻으로 세상을 다스리는 것(『석의(釋義)』). 시(時)는 시(是)의 뜻. 또는 시의(時宜). 회(晦)는 어두운 정치. 은(殷)나라 주왕(紂王)의 정치를 가리킨다.

96 시순희의(時純熙矣): 시(時)는 시(是)의 뜻. 순(純)은 크게. 희(熙)는 빛나다.

是用大介[97]시로다 시 용 대 개	위대하고 훌륭하게 하셨네
我龍受之[98]하니 아 룡 수 지	우리는 이러한 은혜 입었으니
蹻蹻王之造[99]로다 교 교 왕 지 조	용맹스런 임금님의 업적이시네
載用有嗣[100]는 재 용 유 사	우리가 선인들의 유업 계승함은
實維爾公[101]이니 실 유 이 공	실로 그분의 공이니
允師[102]로다 윤 사	진실로 본받아야 할 분일세

◈ 해설

제목으로 사용하고 있는 '작(酌)'은 『춘추좌전』 「선공(宣公) 12년」엔 '작(汋)'으로 인용하고 있는데, '작(汋)'이란 『의례(儀禮)』나 『예기(禮記)』에 보이는 '무작(舞勺)'의 '작(勺)'과 같은 말로 악무(樂舞)의 명칭이다. 엄찬(嚴粲)은 『시집(詩緝)』에서 이는 '무(武)'의 1장인 듯하다고 하였다〔『석의(釋義)』〕. 「모시서」에선 위대한 무공(武功)을 이루었음을 고하는 악가(樂歌)로 보았는데, 『공소(孔疏)』에선 주공(周公)이 섭정한 지 6년 만에 무왕(武王)의 일을 상징하여 대무(大武)란 음악을

97 시용대개(是用大介): 개(介)는 갑(甲), 즉 갑병(甲兵)의 뜻. 한번 전복(戰服)을 입었다는 것을 말한다. 또는 선(善)의 뜻이라 했다〔『이아(爾雅)』〕.

98 아룡수지(我龍受之): 아(我)는 무왕의 자칭. 용(龍)은 총(寵)과 통하여〔『정전』〕, 은총의 뜻. 수지(受之)는 앞의 대개(大介) 곧 대군(大軍)을 받았다는 뜻. 또는 용수(龍受)는 응수(膺受)로 풀고〔『통석(通釋)』〕, 무왕의 은덕을 받는 것이라 하였다.

99 교교왕지조(蹻蹻王之造): 교교(蹻蹻)는 무모(武貌)〔『모전』〕, 용맹스런 모양. 왕(王)은 문왕(文王)을 지칭하는 것으로 본다. 조(造)는 업적·성취의 뜻.

100 재용유사(載用有嗣): 재(載)는 내(乃)의 뜻〔『전소(傳疏)』〕. 용(用)은 조사. 유사(有嗣)는 선인의 유업(遺業)을 계승하는 것. 또는 계승자.

101 실유이공(實維爾公): 실(實)은 조사. 유(維)는 다만. 이(爾)는 문왕. 공(公)은 일〔사(事)〕 또는 공(功)의 뜻.

102 윤사(允師): 윤(允)은 진실로. 사(師)는 스승이 될 만한 분, 본받을 만한 분.

만들어 묘(廟)에 알리고, 작자가 또 그 악곡을 듣고 그 무공을 생각하며 이 악가(樂歌)를 지은 것이라 풀이하였다. 어쨌든 주희(朱熹)의 견해대로 무왕을 칭송한 시임에는 틀림없다.

9. 환(桓) 용감함

綏萬邦[103]하시니 수 만 방	온 세상 평화롭게 하시니
婁豊年[104]이요 루 풍 년	풍년이 거듭 들고
天命匪解[105]로다 천 명 비 해	하늘의 명 게을리 하지 않고 받드네
桓桓武王[106]은 환 환 무 왕	용감한 무왕께서는
保有厥士[107]하사 보 유 궐 사	신하들을 보살피시어
于以四方[108]하여 우 이 사 방	세상을 다스리게 하심으로써

---

103 수(綏): 안정시키다, 편안하다. 대군을 움직여 전쟁한 후에는 반드시 흉년이 드는데 무왕이 상(商)나라를 이김은 해독을 제거하여 천하를 편안히 한 것이다(『집전』).

104 루(婁): 누(屢)와 통하여, 누차의 뜻. 곧 풍년이 거듭 드는 것. 옛날 주나라가 흉년이 들었는데 은(殷)나라 주왕(紂王)을 멸망시키고 나자 풍년이 들었다고 한다(『춘추좌전』「희공(僖公) 19년」).

105 비해(匪解): 비(匪)는 불(不)의 뜻. 해(解)는 해(懈)와 통하여, 게을리 하다.

106 환환(桓桓): 위무(威武)가 있는 모양(『정전』).

107 보유궐사(保有厥士): 보(保)는 지키다. 유(有)는 조사. 사(士)는 경사(卿士)의 사(士)로서 신하들을 가리킴. 또는 토(土)와 형태가 비슷하여 잘못 쓰인 것으로도 봄. 보토(保土)는 보방(保邦)과 같아서 나라를 보위하는 것이라 하였다.

108 우이사방(于以四方): 우이(于以)는 이용(以用)의 뜻으로, 이 구절은 그 신하들을 세상 다스리는데 쓰는 것을 말하는 것으로 본다. 또는 나라를 보위한 후 사방의 각국을 다

克定厥家[109]하시니 (극정궐가)	나라를 안정시키시니
於昭于天[110]이라 (오소우천)	아아, 하늘에 밝게 알려져
皇以間之[111]시로다 (황이간지)	하느님은 은나라 명을 대신케 하셨네

◈ **해설**

무왕의 공을 칭송한 시이다(『집전』). 「모시서」에서는 강무(講武)를 하고 군대에서 유제(類祭)나 마제(禡祭)를 지낼 때 부르는 악가(樂歌)라 하였다.

10. 뢰(賚) 은덕을 내리심

文王既勤止[112]시어늘 (문왕기근지)	문왕께서 수고하여 이루신 업적을
我應受之[113]하니 (아응수지)	우리 무왕이 물려받았으니

스린다는 뜻으로도 해석할 수 있다.

109 극정궐가(克定厥家): 극(克)은 능(能)의 뜻. 정(定)은 안정시키다. 가(家)는 주나라 왕실을 말한다. 즉 무왕(武王)이 문왕(文王)의 도를 따라서 집안을 바르게 하고 나아가 천하를 안정시킨다는 뜻.

110 오소우천(於昭于天): 오(於)는 감탄사. 무왕의 덕이 하늘에 밝게 빛난다는 뜻.

111 황이간지(皇以間之): 황(皇)은 황천(皇天)의 뜻(『석의(釋義)』). 곧 하느님. 간(間)은 대(代)의 뜻으로(『모전』), 간지(間之)는 무왕으로 은나라 주왕(紂王)을 대신하여 세상을 다스리게 하셨다는 뜻. 또는 황(皇)을 천하의 황제가 되는 것으로도 해석한다(『집전』).

112 문왕기근지(文王既勤止): 근(勤)은 부지런히 일하는 것. 지(止)는 조사.

113 아응수지(我應受之): 응수(應受)는 응수(膺受), 곧 문왕의 그러한 업적을 가슴으로 안

敷時繹思[114]로다 부 시 역 사	이 문왕의 공덕 널리 펴며 잘 궁리해야 하리
我徂維求定[115]하되 아 조 유 구 정	우리 무왕이 가셔서 은나라를 친 것은 오직 세상을 안정시키기 위해서였네
時周之命[116]이니 시 주 지 명	이것은 주나라가 받은 천명이니
於繹思[117]어다 오 역 사	아아, 잘 궁리해야 하리

◈ 해설

이 시는 문왕(文王)의 공을 칭송한 악가(樂歌)이다(『집전』). 『춘추좌전』「선공(宣公) 12년」에서는 이를 '무(武)'의 제3장이라 하였다. 그리고 「모시서」에서는 무왕이 주왕(紂王)을 쳐부수고 묘당에서 공신들을 제후로 봉하며 부른 노래라 하였다. 이 시에서는 제목으로 삼은 '뢰(賚)'라는 글자가 없는데, 굳이 이를 제목으로 삼은 이유는 하늘이 주나라에 새로운 천명(天命)을 내려서 은상(殷商)을 멸하고 천하를 다스리게 된 것이므로 곧 이 모든 것은 하늘이 내린 것〔대사(大賜)〕을 받았다는 것을 강조하기 위함이었을 것이다.

아 물려받는 것.

114 부시역사(敷時繹思): 부(敷)는 펴다. 시(時)는 시(是)의 뜻. 곧 이것 즉 이러한 문왕의 덕을 펴는 것을 말한다. 역(繹)은 심역(尋繹)의 뜻, 곧 궁리하다. 사(思)는 조사.

115 아조유구정(我徂維求定): 조(徂)는 무왕이 은나라 주왕(紂王)을 치러 가는 것. 유(維)는 오직, 유일(唯一). 구정(求定)은 세상을 안정시키기 위해서였다는 뜻.

116 시(時): 시(是)의 뜻.

117 오(於): 감탄사.

11. 반(般) 즐거움

於皇時周[118]여 오 황 시 주	아아, 위대한 이 주나라여!
陟其高山[119]하니 척 기 고 산	높은 산에 올라가 보니
嶞山喬嶽[120]이 타 산 교 악	긴 산줄기며 높은 산들이
允猶翕河[121]로다 윤 유 흡 하	순조로이 물들이 황하로 합쳐지게 하네
敷天之下[122]를 부 천 지 하	온 세상의 산들이
裒時之對[123]하니 부 시 지 대	모여서 마주 대하고 있으니
時周之命[124]이니라 시 주 지 명	주나라의 명을 상징하는 듯하네

◈ 해설

이 시는 임금이 나라를 순수(巡狩)하며 산천에 제사 지내는 악가(樂歌)이다.

---

118 오황시주(於皇時周): 오(於)는 감탄사. 황(皇)은 위대하다는 뜻. 시(時)는 시(是)의 뜻.

119 척(陟): 오르다.

120 타산교악(嶞山喬嶽): 타(嶞)는 산이 좁으면서도 길게 뻗어 있는 것(『집전』). 교악(喬嶽)은 높은 산.

121 윤유흡하(允猶翕河): 윤(允)은 순(順)의 뜻. 유(猶)는 유(猷)와 통함〔『석의(釋義)』〕. 흡(翕)은 합쳐지다. 하(河)는 황하. 주나라의 산줄기들이 동서로 뻗어 황하를 중심으로 순조롭게 모여 있다는 말.

122 부(敷): 보(普)의 뜻으로 '널리, 모든'.

123 부시지대(裒時之對): 부(裒)는 모이다, 모으다. 여기서는 산들이 모여 있는 것. 시(時)는 시(是)의 뜻. 대(對)는 황하를 중심으로 마주 보고 또 자기를 대하고 있다는 말.

124 시(時): 시(是)의 뜻으로, 이러한 산천의 형세.

이 시도 다른 몇 편의 송시(頌詩)와 마찬가지로 일반적인 『시경』 편명의 제목을 정하는 방식과는 달리 시 속에 나오지 않는 단어를 창출(創出)하여 사용하면서 그 속의 내용을 아우르고 있는데, 그래서 제목인 '반(般)'을 자세히 분석하는 것이 중요하다. 그러나 그 해석도 다양하다. 「모시서」에서는 "락(樂)" 곧 즐거움이라 하였고, 또는 『설문(說文)』을 인용하여 "선(旋)"이라 하여 사악(四嶽)을 두루 순수하는 것을 반선(盤旋)이라 하며 이와 관련시키고 있으며〔송나라 조수중(曹粹中)의 『시설(詩說)』, 진자전(陳子展)의 『직해(直解)』〕, 또는 『이아(爾雅)』를 인용하며 "환(還)"이라 하여 군대를 호경(鎬京)으로 돌아가게 하는 것에서 의미를 취하기도 했다〔손작운(孫作雲)〕. 또 『한서·교사지(漢書 · 郊祀志)』에 "홍점우반(鴻漸于般)"이라 한 것과 『주역(周易)』 점괘(漸卦)의 "홍점우반(鴻漸于磐)"의 대비를 통해 "반(磐)"으로 보고 『순자(荀子)』의 "국안우경석(國安于磐石)"에서 말한 "국안(國安)" 곧 "나라의 안정"이 반석(磐石: 너럭바위)과 같이 되기를 바란다는 의미를 취한 것으로 본다. 주왕(周王)이 산천의 여러 신들에게 제사를 지내며 기원한 목적을 제목으로 삼았다는 것이다.

노송(魯頌)

노나라의 고성(故城)은 산동성 곡부현에 있다. 주공이 성왕을 도와 천하를 평정케 하고 전법(典法)을 제정하는 등 큰 공훈을 세워, 성왕이 주공의 맏아들 백금(伯禽)을 이곳 노나라에 봉하여 천자의 예악으로써 하늘과 산천과 바다에 제사지내도록 했다. 그래서 노나라에도 송(頌)이 있게 된 것이고, 이를 묘악(廟樂)으로 여겼다. 그러나 「노송(魯頌)」 4편은 「주송(周頌)」이나 「상송(商頌)」의 내용과는 달리 종묘의 악가(樂歌)가 아니라 당시의 노나라 군주를 송양(頌揚)하고 당시의 일을 노래하여 그 체제가 도리어 풍(風)이나 아(雅)에 가깝다. 그럼에도 이것을 '송(頌)' 사이에 끼워 놓은 것은 이 『시경』의 편집자가 노나라 사람이어서 노나라를 천자와 같이 높인 것이 아닌가 한다〔『석의釋義』〕.

1. 경(駉) 살찐 말

駉駉牡馬[1]이
경 경 모 마

在坰之野[2]로다
재 경 지 야

薄言駉者[3]는
박 언 경 자

有驈有皇[4]하며
유 율 유 황

有驪有黃[5]하니
유 려 유 황

以車彭彭[6]이로다
이 거 방 방

思無疆[7]하니
사 무 강

思馬斯臧[8]이로다
사 마 사 장

살찌고 커다란 수말들
멀리 들 밖에서 뛰논다
살찌고 큰 말은
가랑이가 흰 말과 황백색의 말들
검은색 말과 누런색 말들
수레를 끄는 모습 힘 있네
끝없이 달리는
정말 좋은 말이로다

---

1 경경모마(駉駉牡馬): 경경(駉駉)은 말이 비대(肥大)한 모양, 살지고 튼튼한 모양. 모(牡)는 수컷. 또는 목(牧)으로도 본다.

2 경(坰): 경(坰)은 원야(遠野), 즉 먼 들판의 뜻(『모전』).

3 박언경자(薄言駉者): 박언(薄言)은 조사. 또는 '빨리'의 뜻으로 「주남·부이(周南·芣苢)」의 주(注)를 참조할 것.

4 유율유황(有驈有皇): 율(驈)은 전체가 검은데 가랑이 부분이 흰 말. 황(皇)은 흰 털이 섞여 있는 누런 말, 곧 황백(黃白)의 말(『모전』).

5 유려유황(有驪有黃): 려(驪)는 검은 말. 황(黃)은 누런 말.

6 이거방방(以車彭彭): 이(以)는 용(用)과 같다. 방방(彭彭)은 힘 있게 수레를 끌고 가는 모양. 성(盛)한 모양(『모전』).

7 사무강(思無疆): 사(思)는 조사로 구체적인 의미는 없다. 무강(無疆)은 말의 성(盛)함이 한이 없는 것. 예전에는 사(思)를 글자 뜻대로 새겨서 이 구절을 '그 생각이 깊고 넓어서 무궁함'을 말한 것이라고 하였다(『집전』). 즉 '생각함이 끝이 없다'는 의미로 보았는데, 억지로 의미를 끼워 맞추는 듯한 느낌이 있다.

8 사마사장(思馬斯臧): 사(思) 역시 의미 없는 조사. 사(斯)는 기(其)와 같은 뜻. 장(臧)은 선(善)과 통하며 훌륭한 것을 말한다.

駉駉牡馬이
경 경 모 마
살찌고 커다란 수말들

在坰之野로다
재 경 지 야
멀리 들 밖에서 뛰논다

薄言駉者는
박 언 경 자
살찌고 큰 말은

有騅有駓[9]하며
유 추 유 비
청부루 말과 황부루 말들

有騂有騏[10]하니
유 성 유 기
붉은 말과 얼룩말들

以車伾伾[11]로다
이 거 비 비
수레를 끄는 모습 힘차네

思無期[12]하니
사 무 기
한정 없이 달리는

思馬斯才[13]로다
사 마 사 재
정말 재주 있는 말이로다

駉駉牡馬이
경 경 모 마
살찌고 커다란 수말들

在坰之野로다
재 경 지 야
멀리 들 밖에서 뛰논다

薄言駉者는
박 언 경 자
살찌고 큰 말은

有驒有駱[14]하며
유 탄 유 락
돈짝무늬 총이말과 낙대말들

---

9 유추유비(有騅有駓): 추(騅)는 창백잡모(蒼白雜毛)의 말(『모전』). 즉 창백색의 털이 섞여 있는 것을 말하며, 청부루 말이라고 한다. 비(駓)는 황백잡모(黃白雜毛)의 말(『모전』) 즉 황백색의 털이 섞여 있는 것을 말한다.

10 유성유기(有騂有騏): 성(騂)은 적황색(赤黃色)의 말. 기(騏)는 청흑색(靑黑色)의 말(『모전』).

11 비비(伾伾): 『초사·초혼(楚辭·招魂)』 시의 "비비(駓駓)"와 같은 말로, 왕일(王逸) 주(注)에 '뛰는 모양'이라 하였다〔『석의(釋義)』〕. 여기서는 말이 수레를 끌고 달리는 모양.

12 사무기(思無期): 한없이. 뒤의 마재(馬才)를 형용하는 말.

13 재(才): 재능, 재질의 뜻(『집전』).

14 유탄유락(有驒有駱): 탄(驒: 또는 '타'로 읽기도 함)은 청흑색(靑黑色)의 얼룩말〔청려린(靑驪驎)〕로, 색에 깊고 얕음이 있고, 얼룩무늬 반점이 물고기의 비늘과 같으며, 후세엔 연전총(連錢驄)이라 불린 말임. 그래서 돈짝무늬총이말이라 한다. 락(駱)은 백마에 검은 갈기가 있는 말(『집전』)로, 낙대말이라 함.

有驑有雒[15]하니
유 류 유 락
월다말과 가리온말들

以車繹繹[16]이로다
이 거 역 역
수레를 끌고 잘도 달린다

思無斁[17]하니
사 무 역
싫증 아니 내고 달리는

思馬斯作[18]이로다
사 마 사 작
정말 활발한 말이로다

駉駉牡馬이
경 경 모 마
살찌고 커다란 수말들

在坰之野로로다
재 경 지 야
멀리 들 밖에서 뛰논다

薄言駉者는
박 언 경 자
살찌고 큰 말은

有駰有騢[19]하며
유 인 유 하
은총이 말과 얼룩말들

有驔有魚[20]하니
유 담 유 어
정강이 흰 말과 눈언저리 흰 말들

以車祛祛[21]로다
이 거 거 거
수레를 끄는 모습 굳세고 건장하다

思無邪[22]하니
사 무 사
사념 없이 달리는

---

15 유류유락(有驑有雒): 류(驑)는 류(騮)와 같은 글자이며, 붉은 몸에 검은 갈기가 있는 말로, 월따말이라고 함. 락(雒)은 검은 몸에 흰 갈기가 있는 말(『집전』). 가리온말이라 함.

16 역역(繹繹): 말이 잘 달려가는 모양(『모전』). 또는 끊이지 않는 모양(『집전』).

17 무역(無斁): 호감이 가는 것. 역(斁)은 싫어함.

18 작(作): 흥(興)과 통하여, 힘찬 것. 떨쳐 일어남〔분기(奮起)〕(『집전』).

19 유인유하(有駰有騢): 인(駰)은 음백잡모(陰白雜毛) 곧 흰색과 옅은 흑색의 털이 섞여 있는 말(『집전』). 음색(陰色)은 옅은 흑색을 말한다. 은총이말이라 한다. 하(騢)는 붉은 털과 흰 털이 섞여 있는 얼룩말(『모전』).

20 유담유어(有驔有魚): 담(驔)은 정강이가 흰 말. 어(魚)는 두 눈 언저리가 흰 말을 말하는데, 물고기의 눈과 흡사하기 때문이다(『모전』).

21 거거(祛祛): 강건히 수레를 끌고 가는 모양(『모전』).

22 사무사(思無邪): 생각에 아무런 사악함이 없는 것. 말〔馬〕이 달리는 자체에 전념하여 달리기 때문이라는 해석이다. 공자(孔子)는 『논어』에서 이 구절을 인용하여 『시경』 3백 편을 평하였다. "『시경』 3백 편을 한마디 말로 덮을 수 있으니 생각함에 사악함이 없음이다(詩三百, 一言以蔽之, 曰思無邪)"〔『논어·위정(論語·爲政)』〕. 『집전(集傳)』에선 소씨(蘇

思馬斯徂[23]로다　　　　　정말 아름다운 말이로다
사 마 사 조

◈ 해설

「모시서」에선 이 시를 "노(魯)나라 희공(僖公)을 칭송한 것으로, 희공이 조상인 백금(伯禽)의 법을 따라 검소하여 재용(財用)이 넉넉하고, 너그러워 백성들을 사랑하며, 농사를 힘쓰고 곡식을 소중히 여기고 먼 들에서 말을 기르니, 노나라 사람들이 그를 존경하였다. 이에 계손행보(季孫行父)가 주(周)나라에 명을 내려줄 것을 청하니 사관(史官)인 극(克)이 이 송(頌)을 지었다"고 하였다. 백금은 주공(周公)의 장자(長子)로서 주공이 노(魯)나라에 봉해졌으나 조정을 떠나지 않자 그가 대신 노나라로 가서 노공(魯公)이 된 사람이다. 그러나 계손행보와 사관 극(克)의 진위에 대해서는 다른 의견도 있다. 〈삼가시(三家詩)〉에서는 해사(奚斯)가 「송(頌)」을 지었다고 하는 등 논쟁이 있기 때문이다. 주희는 희공이 말을 길러 흥성하게 된 까닭이 그의 입지(立志)가 원대(遠大)했기 때문이라 했다. 즉 나라의 장기적 발전을 위해 많은 말을 길렀다는 것이다.

옛날 국가의 국방의 힘은 주로 병거(兵車)에 달려 있었는데 한 대의 병거에 네 마리 말이 필요했다. 즉 국방력의 강약은 대개 병거와 양마(良馬)의 양을 보면 알 수 있었다. 「용풍·정지방중(鄘風·定之方中)」에 "마음가짐이 성실하고 깊어, 암수 말 3천 필이나 된다(秉心塞淵, 騋牝三千)"라고 한 것은 위나라 문공(文公)이 멀리 내다보고 많은 좋은 말을 키웠음을 지적한 것이다. 이 시는 춘추시대 각국의 국력과 국방에 대한 관심과 중시를 반영하고 있다.

氏)의 말을 인용하기를 "옛날의 시(詩)를 하는 자들은 반드시 이것을 안 것이 아닌데 공자께서 시를 읽으시다가 이에 이르러 그 마음에 부합한 것이 있었으므로 이 때문에 취하시니, 아마도 단장취의(斷章取義)하신 것 같다"고 하였다.

23 조(徂): 행(行) 곧 '가는 것'이라 했다(『모전』). 말이 수레를 끌고 달려가는 것. 백금(伯禽)의 법을 따르고자 전심(專心)하여 다시는 사악한 뜻이 없으니 말을 길러도 그렇게 간다는 의미인 듯.

2. 유필(有駜) 살찌고 억셈

有駜有駜[24]하니 유 필 유 필	기름지고 억세도다
駜彼乘黃[25]이로다 필 피 승 황	건장한 저 네 필 누런 말
夙夜在公하니 숙 야 재 공	새벽부터 밤늦게까지 조정일 보고
在公明明[26]이로다 재 공 명 명	조정에서 부지런히 일한다
振振鷺[27]여 진 진 로	떼 지어 나는 백로여
鷺于下[28]로다 로 우 하	백로가 날아 내린다
鼓咽咽[29]이어늘 고 인 인	북소리 둥둥
醉言舞[30]하니 취 언 무	취하여 춤추며
于胥樂兮[31]로다 우 서 락 혜	아아, 모두들 즐거워라

24 유필(有駜): 필(駜)은 말이 살찌고 강해 보이는 것(『모전』). 유필(有駜)은 필연(駜然), 즉 말이 그러한 것의 형용.

25 승황(乘黃): 승(乘)은 사마(四馬), 즉 네 마리 말. 황(黃)은 황색의 말.

26 명명(明明): 밝게 잘 다스려지는 것(『집전』). 『정전(鄭箋)』에서는 '대학지도, 재명명덕(大學之道, 在明明德)'을 이용하여 공소(公所)에서 의(義)나 덕(德)을 밝히는 것으로 해석했지만, 명(明)은 면(勉)의 소리의 전이(轉移)로서 명명(明明)은 면면(勉勉)의 가차(假借)로 보고 공소에서 근면하게 노력하며 힘을 다하는 것으로 본다(『통석(通釋)』).

27 진진로(振振鷺): 진진(振振)은 여러 마리가 나는 모양(『모전』). 로(鷺)는 백로. 백로는 잔치하며 즐기는 군자들에 비유한 것.

28 우(于): 원(爰)과 통하며, 우하(于下)는 '원낙하(爰落下)' 곧 '이에 내려앉는다'의 뜻.

29 연연(咽咽): 북소리가 깊고 길게 울리는 소리(『집전』). 본래는 연(鼘: 북소리)으로 썼으며, 「상송(商頌)」에서는 연연(淵淵)으로 쓰고, 여기에서는 연연(咽咽)으로 쓴 것은 모두 연연(鼘鼘)의 가차이다(『통석(通釋)』).

30 언(言): 조사.

31 우서락혜(于胥樂兮): 우(于)는 발성사(發聲詞). 서(胥)는 '모두', '서로'의 뜻.

有駜有駜하니 유 필 유 필	기름지고 억세도다
駜彼乘牡[32]로다 필 피 승 모	건장한 저 네 필 수말
夙夜在公하니 숙 야 재 공	새벽부터 밤늦게까지 조정일 보고
在公飮酒로다 재 공 음 주	조정에서 술을 마신다
振振鷺여 진 진 로	떼 지어 나는 백로
鷺于飛로다 로 우 비	백로가 날아오른다
鼓咽咽이어늘 고 인 인	북소리 둥둥
醉言歸로다 취 언 귀	취하여 돌아가며
于胥樂兮로다 우 서 락 혜	아아, 모두들 즐거워라

有駜有駜하니 유 필 유 필	기름지고 억세도다
駜彼乘駽[33]이로다 필 피 승 현	건장한 저 네 필 철총이
夙夜在公하니 숙 야 재 공	새벽부터 밤늦게까지 조정일 보고
在公載燕[34]이로다 재 공 재 연	조정에서 잔치를 한다
自今以始하여 자 금 이 시	이제부터 시작하여
歲其有[35]로다 세 기 유	해마다 풍년 들리라

---

32 승모(乘牡): 승(乘)은 사마(四馬), 즉 네 마리 말. 모(牡)는 수컷.

33 현(駽): 털빛이 검푸른 말(『모전』). 철총이말이라 한다.

34 재연(載燕): 재(載)는 즉(則)의 뜻. 연(燕)은 잔치하다.

35 유(有): 유년(有年)의 뜻으로, '풍년'을 뜻한다(『모전』). 왕질(王質)은 『시총문(詩總聞)』에서 "자금이시(自今以始)라 하였으니 앞 몇 년 동안에는 풍년이 없었음을 말한다. 『춘추(春秋)』의 장공(莊公)에서 민공(閔公)·희공(僖公)에 이르는 10여 년간만 보더라도 장공 25년에는 큰물이 있었고, 27년에는 보리나 벼를 거두지 못했으며, 29년에는 메뚜기 떼

君子有穀[36]하여 군자에게는 복록 있어
군 자 유 곡

詒孫子[37]니 자손에게 대대로 전해 가리니
이 손 자

于胥樂兮로다 아아, 모두들 즐거워라
우 서 락 혜

◈ 해설

「모시서」에서는 희공이 군신 간(君臣間)에 도(道)가 있음을 칭송한 것이라 했는데, 주희는 이를 따르지 않고 "연회에서 마시고 즐기는 것을 노래한 시"라고 했다. 대상이 희공이라는 데 대해서 근거가 없지만 군신이 조정에서 잔치하며 즐기는데 신하를 위로하고 임금의 복을 송축하면서 풍년이 들어 임금의 복록이 영원토록 전해지기를 비는 노래임은 틀림없을 것이다. 각 장의 첫 두 구는 살찌고 건장한 말로 기흥(起興)하며 힘 있고 부지런한 신하를 비유하는 것처럼 보인다. 그리고는 바로 조정에서 일하는 모습으로 이어졌다.

3. 반수(泮水) 반궁의 물가

思樂泮水[38]여 즐거운 반궁의 물가에서
사 락 반 수

가 심했고, 희공 2년과 3년에는 봄·여름·가을을 거쳐 비가 오지 않았다. 이 시는 이해 뒤의 작품일 것이다"라고 하였다. 이로 보아 이 시는 희공 때의 작품임을 알 수 있겠다.

36 곡(穀): 녹(祿)의 뜻(『집전』). 또는 선(善).

37 이손자(詒孫子): 이(詒)는 내려 주다. 손자(孫子)는 자손.

38 사락반수(思樂泮水): 사(思)는 조사 또는 발어사. 락(樂)은 즐겁다. 반(泮)은 반궁(泮宮).

薄采其芹[39]이로다 박 채 기 근	미나리를 캔다
魯侯戾止[40]하시니 노 후 려 지	노나라 임금님 오시어
言觀其旂[41]로다 언 관 기 기	그분의 쌍룡기 보인다
其旂茷茷[42]하며 기 기 패 패	그분의 쌍룡기 펄럭펄럭
鸞聲噦噦[43]하니 난 성 홰 홰	말방울 소리 딸랑딸랑
無小無大[44]히 무 소 무 대	대소 관원 가리지 않고
從公于邁[45]로다 종 공 우 매	모두 그분을 좇아 따라온다
思樂泮水여 사 락 반 수	즐거운 반궁의 물가에서
薄采其藻[46]로다 박 채 기 조	마름풀을 캔다

제후의 학궁(學宮)으로 향사(鄕射)를 하던 곳을 통칭하게 되었다. 천자의 학궁은 벽옹(辟廱)이라 하였다. 반수(泮水)는 반궁의 물. 반궁의 동서남북으로 반벽(半璧) 모양의 물이 있었는데, 그것은 꼭 벽옹(辟廱)의 물의 반쪽 모양이다. 그 물이 벽옹의 반이란 데서 '반(泮)'이란 이름이 붙여진 것이다. 또는 본래 반수가 있었고 오문(五汶)의 하나로서 또 문수(汶水)라고도 불렀는데, 그 위에 궁(宮)을 세웠으니 당연히 반궁(泮宮)이라 불렀다는 것이며 궁(宮)은 묘(廟)의 뜻으로 처음에는 반드시 학문(學問)에 뜻을 둔 것은 아닐 것이라고 하여 앞의 견해와 달리하기도 한다.

39 박채기근(薄采其芹): 박(薄)은 조사. 근(芹)은 미나리.

40 노후려지(魯侯戾止): 노후(魯侯)는 노나라 희공(僖公)을 가리키는 듯하다(『모전』). 려(戾)는 이르다. 지(止)는 조사.

41 기(旂): 노후(魯侯)의 여러 가지 깃발들. 날아오르는 용과 내려오는 용을 그린 붉은 기.

42 패패(茷茷): 깃발이 펄럭이는 모양(『집전』).

43 난성홰홰(鸞聲噦噦): 란(鸞)은 말 재갈 양편에 달린 방울. 홰홰(噦噦)는 말방울 소리. 딸랑딸랑.

44 무소무대(無小無大): 소대(小大)는 노소(老少)를 말함(『석의(釋義)』). 또는 관직의 대소(大小) 곧 고하(高下)를 말하는 것으로 볼 수 있다.

45 매(邁): 나아가다.

46 조(藻): 마름풀.

魯侯戾止하시니
노 후 려 지 — 노나라 임금님 오시는데

其馬蹻蹻[47]로다
기 마 교 교 — 그분의 말 건장해라

其馬蹻蹻하며
기 마 교 교 — 그분의 말 건장하고

其音昭昭[48]로다
기 음 소 소 — 그분의 목소리 밝아라

載色載笑[49]하시니
재 색 재 소 — 온화한 얼굴에 웃으시며

匪怒伊教[50]로다
비 노 이 교 — 성내는 일 없이 말씀하신다

思樂泮水여
사 락 반 수 — 즐거운 반궁의 물가에서

薄采其茆[51]로다
박 채 기 묘 — 순채를 캔다

魯侯戾止하시니
노 후 려 지 — 노나라 임금님 오시어

---

47 교교(蹻蹻): 강건한 모양.

48 기음소소(其音昭昭): 소소(昭昭)는 밝게 빛난다는 뜻. 기음(其音)은 대체로 세 가지로 볼 수 있다. 첫째는 임금님의 목소리. 아마도 다음 구절에서 '안색을 부드럽게 하고 웃는다'는 말이 있기 때문에 그 웃음소리가 맑고 밝은 것을 형용하는 것으로 많이 풀었을 것이다. 둘째는 명성 곧 덕음(德音)을 말한다. 「소아·녹명(小雅·鹿鳴)」에 "덕음공소(德音孔昭)"라 하였고, 소소(昭昭)는 소리를 형용함에는 맞지 않다는 주장이다(『정전』). 셋째는 방울 소리.

49 재색재소(載色載笑): 재(載)는 즉(則)의 뜻. 또는 조사. 색(色)은 안색을 부드럽게 하는 것. 즉 안색을 부드럽게 하면서 웃는 것을 말한다.

50 비노이교(匪怒伊教): 비(匪)는 불(不)의 뜻. 이(伊)는 시(是)의 뜻. 곧 성내지 않고 가르치는 것. 또는 노(怒)는 노(呶: 어지럽다)와 음근상통(音近相通)이라 같이 사용되었고 형태가 유사하여 잘못 쓰는 일이 있었을 것. 「대아·민로(大雅·民勞)」에 "무종궤수(無縱詭隨), 이근혼노(以謹惛怓)"라 하였고, 이 '혼노(惛怓)'를 『모전(毛傳)』에서는 '대란(大亂)'이라 하였고, 『정전(鄭箋)』에서는 환화(讙譁)라고 하였다. 이 작품에서의 환화(讙譁)·훤화(喧譁)는 곧 시끄럽게 떠들고 노는 것으로, 곧 노나라 임금이 반궁에 와서 온화하게 웃는 것은 떠들썩하게 음악을 연주하며 잔치를 열고자 하는 것이 아니라 교화를 베풀기 위함이라는 뜻이다〔유운흥(劉運興)〕.

51 묘(茆): 순나물로 수생식물. 순채(蓴·蒓菜).

在泮飮酒로다 — 반궁에서 술을 드신다
재 반 음 주

旣飮旨酒하시니 — 맛있는 술을 드시어
기 음 지 주

永錫難老[52]로다 — 하늘이 장생불로케 하시고
영 석 난 로

順彼長道[53]하사 — 대도를 따라가시며
순 피 장 도

屈此羣醜[54]로다 — 이들 오랑캐 무리 굴복시켰다
굴 차 군 추

穆穆魯侯[55]는 — 훌륭하신 노나라 임금님
목 목 노 후

敬明其德[56]이로다 — 조심스레 덕을 밝히신다
경 명 기 덕

敬愼威儀하시니 — 위의를 신중히 하시어
경 신 위 의

維民之則[57]이로다 — 백성들의 모범이시다
유 민 지 칙

允文允武[58]하사 — 진정 문무를 갖추시어
윤 문 윤 무

昭假烈祖[59]하시니 — 공덕 많으신 선조들 강림하시고
소 격 렬 조

---

52 영석난로(永錫難老): 석(錫)은 사(賜)와 통하며, 주다. 난로(難老)는 쉽게 늙지 않음 곧 불로(不老)·장수(長壽)를 뜻함(『정전』).

53 순피장도(順彼長道): 순(順)은 따르다〔종(從)〕. 장도(長道)는 대도(大道)·대로(大路)의 뜻으로, 회이(淮夷)로 통하는 큰 길로 나아가 회이를 정복했다는 것. 또는 장기적인 계책이나 모의(謀議)를 말함〔원모(遠謀)〕. 회이가 반역을 꾀하므로 반궁에서 계책을 모의하여 장기적인 계획에 따라 정벌하였다는 것(『정전』)

54 굴차군추(屈此羣醜): 굴(屈)은 굴복시키다. 또는 굴(淈)의 가차로 보고, 치(治)의 뜻이라 한다〔왕선겸(王先謙), 『집소(集疏)』〕. 군추(羣醜)는 추한 무리들, 적(敵)의 무리들. 곧 회이(淮夷)들을 가리킨다.

55 목목(穆穆): 공경하는 모양, 점잖은 모양. 또는 장중하고 엄숙한 모양.

56 경명기덕(敬明其德): 경(敬)은 공경 또는 경(儆)과 같이 경계(警戒)·근신(謹愼)의 뜻. 다음 구의 '경(敬)'과 같은 뜻으로 보고 후자를 택한다. '그 덕을 밝힌다'는 것은 그 덕을 발양광대(發揚光大)한다는 것.

57 칙(則): 법칙 또는 모범.

58 윤(允): 진실로. 또는 조사.

靡有不孝[60]하여
미 유 불 효
효도하지 않음이 없으시어

自求伊祜[61]로다
자 구 이 호
스스로 복을 구하신다

明明魯侯[62]이
명 명 노 후
근면하신 노나라 임금님

克明其德이시로다
극 명 기 덕
그분의 덕 밝히신다

旣作泮宮[63]하니
기 작 반 궁
만들어 놓으신 반궁

淮夷攸福[64]이로다
회 이 유 복
회수 오랑캐들 귀순해 올 곳

矯矯虎臣[65]이
교 교 호 신
범처럼 용맹스런 무신들

在泮獻馘[66]하며
재 반 헌 괵
반궁에서 적의 귀 바치고

淑問如皐陶[67]이
숙 문 여 고 요
고요처럼 심문 잘하는 이

在泮獻囚[68]로다
재 반 헌 수
반궁에서 포로를 바친다

---

59 소격(昭假): 밝게 이르다. 즉 밝게 신이 강림하는 것. 또는 초청(招請)하는 것.

60 효(孝): 일반적으로 효도를 하다는 뜻이지만, 선인(先人)의 뜻을 계승한다는 뜻이다. 「대아·하무(大雅·下武)」 시 참조.

61 호(祜): 복(福).

62 명명(明明): 명(明)은 면(勉)의 소리의 전이(轉移)로서, 명명(明明)은 면면(勉勉)의 가차(假借)로 근면하게 노력하며 힘을 다한다는 뜻으로 본다. 앞의 「노송·유필(魯頌·有駜)」 시 참조.

63 반궁(泮宮): 앞의 주(注) 38 "반수(泮水)" 참조.

64 회이유복(淮夷攸服): 회이(淮夷)는 고대의 민족 이름으로, 주(周) 왕조가 통치할 당시 지금의 회수(淮水) 하류에 분포되어 살던 민족들의 총칭. 유(攸)는 소(所)의 뜻. 또는 조사. 복(服)은 복종하다.

65 교교호신(矯矯虎臣): 교교(矯矯)는 용맹스런 모양. 호신(虎臣)은 무신(武臣). 범과 같이 용맹한 장수들이라 하여 붙였을 것임.

66 괵(馘): 죽은 적군의 왼쪽 귀를 잘라서 바치는 것. 그것으로 전공(戰功)을 계산하였다.

67 숙문여고요(淑問如皐陶): 숙(淑)은 선(善)과 통하여, 잘한다는 뜻. 문(問)은 심문(審問)하는 것. 고요(皐陶)는 순(舜)임금 때의 옥관(獄官)이라 전해 오고 있으며 옥사를 잘 처리하였다고 한다.

濟濟多士[69]이
제 제 다 사
그 많은 무사들

克廣德心[70]하여
극 광 덕 심
착한 마음 넓히고

桓桓于征[71]하여
환 환 우 정
늠름하게 출정하여

狄彼東南[72]하니
적 피 동 남
저 동남 오랑캐 평정했다

烝烝皇皇[73]하며
증 증 황 황
그 많은 빛나는 무공에도

不吳不揚[74]하며
불 오 불 양
떠들거나 외치지 않고

不告于訩[75]하여
불 고 우 흉
서로 다투는 일도 없이

在泮獻功이로다
재 반 헌 공
반궁에서 전공을 바친다

角弓其觩[76]하니
각 궁 기 구
뿔 장식한 활대 굽어 있고

---

68 수(囚): 적의 포로들.

69 제제(濟濟): 매우 많은 모양.

70 극광덕심(克廣德心): 극(克)은 능(能)의 뜻. 광(廣)은 광대(廣大), 즉 발양광대(發揚廣大)하는 것. 덕심(德心)은 덕스런 마음 곧 선의(善意)의 마음(『집전』).

71 환환우정(桓桓于征): 환환(桓桓)은 용맹스런 모양, 위무(威武)가 있는 모양. 정(征)은 정벌.

72 적피동남(狄彼東南): 적(狄)은 척(剔)과 통하여 치(治)의 뜻(『정전』). 『한시(韓詩)』에서는 체(鬄)로 쓰고, 제(除) 곧 '제거하다'의 뜻이라 했다. 동남(東南)은 동남쪽에 있던 회이(淮夷)를 가리킴.

73 증증황황(烝烝皇皇): 증증(烝烝)과 황황(皇皇)은 모두 아름답고〔미(美)〕 성(盛)한 모양(『집전』). 즉 위무(威武)가 미성(美盛)한 모양. 또는 그들이 세운 무공(武功)이 많고도 빛나는 것.

74 불오불양(不吳不揚): 오(吳)는 화(吴)와 통하여, 큰 소리로 시끄럽게 떠드는 것. 「주송·사의(周頌·絲衣)」 시 참조. 양(揚)은 양성(揚聲)의 뜻으로, 소리 지르는 것. 여기서는 제사를 지내며 적군의 귀들을 바칠 때 장엄하면서도 엄숙한 것을 말하는 것. 또는 그들이 세운 무공을 시끄럽게 떠들며 자랑하지 않는 것.

75 불고우흉(不告于訩): 불고(不告)는 끝까지 따지지 않다, 비교하지 않는다는 뜻. 흉(訩)은 말로써 다투다, 송사(訟事)를 하다. 이 구절은 군대가 승리하고도 화(和)하여 서로 공(功)을 다투지 않는 것을 말한다(『집전』). 진환(陳奐)은 고(告)를 국(鞫: 국문하다, 다하다)이라 하였다.

束矢其搜[77]로다 속 시 기 수	한 묶음씩 화살 묶어 놓았다
戎車孔博[78]하며 융 거 공 박	수없이 많은 병거
徒御無斁[79]이로다 도 어 무 역	사졸들은 싫어할 줄 모르고
旣克淮夷하니 기 극 회 이	회수 오랑캐를 무찔러
孔淑不逆[80]이로다 공 숙 불 역	착한 마음 거역하는 일 없고
式固爾猶[81]하여 식 고 이 유	당신의 계략 굳게 행해
淮夷卒獲이로다 회 이 졸 획	회수 오랑캐 끝내 평정했다

翩彼飛鴞[82]이 편 피 비 효	훨훨 나는 저 소리개
集于泮林하여 집 우 반 림	반궁 숲에 내려앉아
食我桑黮[83]하고 식 아 상 심	우리 뽕나무 오디 따먹고
懷我好音[84]이로다 회 아 호 음	우리 호의를 마음에 새긴다

---

76 각궁기구(角弓其觩): 각궁(角弓)은 양쪽 끝을 쇠뿔로 장식을 한 활. 「소아·각궁(小雅·角弓)」 시에 보였음. 기구(其觩)는 활대가 굽어 있는 모양.

77 속시기수(束矢其搜): 속시(束矢)는 화살 묶음으로, 50개 또는 100개의 화살 묶음을 속(束)이라 한다. 수(搜)는 모아 놓다. 즉 활을 묶어 놓은 모양. 『집전(集傳)』에서는 화살이 빠르게 날아가는 소리라고 하였으나 적절치 않다.

78 융거공박(戎車孔博): 융거(戎車)는 병거(兵車). 공(孔)은 매우. 박(博)은 많다는 뜻.

79 도어무역(徒御無斁): 도(徒)는 보졸(步卒). 어(御)는 수레를 모는 갑사(甲士). 무역(無斁)은 싫증내지 않다, 싫어하지 않다. 즉 기꺼워하다.

80 공숙불역(孔淑不逆): 숙(淑)은 선(善)의 뜻. 역(逆)은 명을 거스르는 것.

81 식고이유(式固爾猶): 식(式)은 조사. 고(固)는 견고하게 하다. 유(猶)는 유(猷)와 같으며, 계책.

82 편피비효(翩彼飛鴞): 편(翩)은 나는 모양. 효(鴞)는 올빼미. 옛사람들은 악조(惡鳥)로 보았으며, 여기서는 회이에 비유한 것.

83 심(黮): 오디. 심(葚)과 같은 글자. 노나라 임금의 덕에 비유한 말로 본다.

84 호음(好音): 선의(善意)의 뜻. 노나라 임금의 덕에 끌려 착한 노나라 임금의 마음을 생각

憬彼淮夷[85]이 잘못 깨우친 저 회수 오랑캐들
경 피 회 이

來獻其琛[86]하니 찾아와 보물 바친다
내 헌 기 침

元龜象齒[87]와 큰 거북과 상아 하며
원 귀 상 치

大賂南金[88]이로다 큰 미옥과 남방의 금이로다
대 뢰 남 금

◈ 해설

「모시서」에서는 노나라 희공(僖公)이 반궁(泮宮)을 잘 건사하였음을 노래한 것이라 하였다. 『집전(集傳)』에서는 회이(淮夷)가 귀복(歸復)했다는 역사적 근거가 없어서 특히 4장 이하의 정벌에 관한 일은 그렇게 되기를 갈망하여 읊은 것이라 하였다. 전체적으로 보면, 노나라 임금과 군신들이 반궁에 모여 잔치하며 임금의 덕을 송축하고 회이를 복속시킨 일을 노래한 시로 보인다.

또는 백금(伯禽)이 회이를 정벌해서 포로를 잡아다 반궁에 고하는 것으로, 노나라 초기의 사실을 끌어다 후세에 임금을 칭송하는 노래로 부른 것이 아닐까 라고 추측하기도 한다〔마지영(馬持盈), 『시경금주금역(詩經今註今譯)』〕. 굴만리(屈萬里)는 "시종 반궁에서의 노나라 임금 일을 읊고 있으므로 임금이 회이를

하게 된 것이다.

85 경피(憬彼): 경(憬)은 깨닫는 것(『집전』). 각성(覺醒)하다. 또는 경피(憬彼)는 경경(憬憬)과 같으며 멀리 가는 모양. 넓은 것.

86 침(琛): 보배. 진귀한 보배.

87 원귀상치(元龜象齒): 원귀(元龜)는 큰 거북으로, 거북점을 치는 데 있어서 거북이 클수록 영험하다 한다. 상치(象齒)는 상아(象牙).

88 대뢰남금(大賂南金): 대뢰(大賂)는 위의 원귀(元龜)와 상치(象齒) 및 남금(南金)을 두루 많이 보내어 왔다〔유(遺)〕, 즉 부사와 동사의 결합으로 해석하는데, 적절하지 않다. 뢰(賂)는 로〔璐: 미옥(美玉)〕의 차자(借字)이며, 대뢰(大賂)는 남금(南金)과 동일한 계열로 보고 '큰 옥'으로 해석한다. 남금(南金)은 형주(荊州)·양주(揚州) 등 남쪽 자방에서 나는 금(『모전』).

정벌한 후 석채(釋菜)를 지내고 손님을 대접하는 것. 석채나 석전(釋奠)은 간단한 제사로 춤이 없으며 작품에 음악에 대한 언급이 없어 석채임을 알 수 있다"고 하였다〔『시경석의(詩經釋義)』〕.

『예기·왕제(禮記·王制)』에도 "출정하여 반역자들을 잡으면 학궁(學宮), 즉 반궁에서 석전을 지내며 베어 온 적군의 귀들을 바치고 포로들을 심문한다"는 기록이 보이는데, 이 작품과 부합된다.

4. 비궁(閟宮) 깊숙한 묘당

閟宮有侐[89]하니 비 궁 유 혁	맑고 조용히 깊숙한 묘당
實實枚枚[90]로다 실 실 매 매	단단한 기초에 짜임새 있는 집
赫赫姜嫄[91]은 혁 혁 강 원	밝으신 강원님
其德不回[92]하사 기 덕 불 회	그 덕행 어긋남이 없으시어

---

89 비궁유혁(閟宮有侐): 비궁(閟宮)은 강원〔姜嫄: 후직(后稷)의 어머니〕의 신묘(神廟) 또는 신당(神堂) 이름(『모전』). 비(閟)는 비(毖)·비(秘)와 통하며, 『이아(爾雅)』에서는 비(毖)·신(神)·일(溢)을 신(愼)이라 하였다. 그리고 신(愼)은 성(誠)·정(靜)의 뜻을 겸하고 있으므로, 『정전(鄭箋)』에서는 비(閟)를 신(神)으로 풀었다. 유혁(有侐)은 혁연(侐然)·혁혁(侐侐)과 같으며, 청정(淸靜)한 모양(『모전』). 또는 청정(淸淨)·청결(淸潔)의 뜻.

90 실실매매(實實枚枚): 실실(實實)은 견고한 모양(『집전』)으로, 그 기지(基址)를 형용한 것이다〔『석의(釋義)』〕. 매매(枚枚)는 세밀한 것〔『공소(孔疏)』〕으로, 기둥이나 서까래 등 재목의 구조를 형용한 말이다〔『석의(釋義)』〕.

91 혁혁강원(赫赫姜嫄): 혁혁(赫赫)은 밝게 빛나는 모양. 강원(姜嫄)은 주(周)나라 시조 후직(后稷)의 모친이며, 제곡(帝嚳) 고신씨(高辛氏)의 비(妃)이다. 「대아·생민(大雅·生民)」 시의 주(注)를 참조할 것.

92 불회(不回): 회(回)는 사(邪)의 뜻, 잘못되는 것, 어긋나는 것〔위(違)〕. 「소아·고종(小雅·鼓

上帝是依[93]하시니 상 제 시 의	상제께서 이에 의탁하시니
無災無害로다 무 재 무 해	아무런 재앙도 없이
彌月付遲[94]하사 미 월 부 지	달이 차자 지체 없이 제때에
是生后稷하시고 시 생 후 직	후직님을 낳으시고
降之百福하시니 강 지 백 복	온갖 복록을 내리셨다
黍稷重穋[95]과 서 직 중 륙	기장과 피에 늦곡식 이른 곡식 하며
稙穉菽麥[96]이로다 직 치 숙 맥	올벼와 늦벼에 콩과 보리
奄有下國[97]하사 엄 유 하 국	이에 나라 다스려
俾民稼穡하시니 비 민 가 색	백성들에게 농사짓게 하시어
有稷有黍하며 유 직 유 서	피와 기장과
有稻有秬[98]하고 유 도 유 거	벼와 검정 기장 내시고
奄有下土하사 엄 유 하 토	이에 세상 다스려
纘禹之緒[99]시니라 찬 우 지 서	우임금의 유업이었다

鐘)」시 참조. 그래서 불회(不回)는 잘못되지 않고 정당하거나 순정무사(純正無私)한 것

93 상제시의(上帝是依): 상제(上帝)가 강원의 몸에 의탁하여 부착(附着)한 것을 말한다. 또는 강원이 오직 상제에게 의지하는 것으로도 해석하지만 적절하지 않다. 이것은 전설에 강원이 대인(大人)의 흔적을 밟고 회임한 것을 말한 것이다.

94 미월부지(彌月不遲): 미월(彌月)은 아기를 배어 열 달이 꽉 차는 것. 부지(不遲)는 늦지 않은 것, 곧 제때에.

95 서직중륙(黍稷重穋): 서(黍)는 메기장. 직(稷)은 차기장. 중(重)은 동(穜)과 통하며 늦곡식. 륙(穋)은 륙(稑)과 같은 글자이며, 올곡식.「빈풍·칠월(豳風·七月)」시에 이 구절이 보임.

96 직치숙맥(稙穉菽麥): 직(稙)은 이른 벼. 치(穉)는 늦벼. 숙(菽)은 콩. 맥(麥)은 보리.

97 엄유하국(奄有下國): 엄유(奄有)는 소유하다. 하국(下國)은 국토를 가리킨다. 이 구절은 태(邰)나라에 봉해진 것을 말한다(『집전』).

98 유도유거(有稻有秬): 도(稻)는 벼. 거(秬)는 검은 기장.

99 찬우지서(纘禹之緒): 찬(纘)은 잇다, 계승하다. 서(緒)는 유서(遺緒)·유업(遺業)을 말한

后稷之孫이
후 직 지 손 — 후직님의 자손이

實維大王[100]이시니
실 유 태 왕 — 바로 태왕이시니

居岐之陽[101]하사
거 기 지 양 — 기산 남쪽에 계시며

實始翦商[102]이시니라
실 시 전 상 — 상나라 명맥을 끊기 시작했다

至于文武하사
지 우 문 무 — 문왕과 무왕에 이르러선

纘大王之緒하사
찬 태 왕 지 서 — 태왕의 유업을 계승하시어

致天之届[103]를
치 천 지 계 — 하늘의 주살하심 대신하기를

于牧之野[104]하시니라
우 목 지 야 — 목야에서 하시며 훈계하기를

無貳無虞[105]어다
무 이 무 우 — 두 마음 먹지 말고 염려하지 마라

上帝臨女[106]시니라
상 제 림 여 — 상제께서 그대들 위에 임해 계시도다

敦商之旅[107]하여
퇴 상 지 려 — 그리하여 상나라 군사 쳐부수고

다. 이 구절은 우(禹)임금이 홍수를 다스려 이미 평온해지자 후직(后稷)이 백곡(百穀)을 파종한 것이라 한다(『집전』). 또는 주(周)의 토지가 본래는 하우(夏禹)의 옛 땅이었고 서로 통혼(通婚)했었다고 한다.

100 실유태왕(實維大王): 실(實)은 조사. 유(維)는 시(是)의 뜻. 태왕(大王)은 문왕(文王)의 조부인 고공단보(古公亶父)를 말함.

101 거기지양(居岐之陽): 기(岐)는 기산(岐山). 양(陽)은 산의 남쪽 기슭.

102 전(翦): 자르다, 끊다, 토벌하여 멸하는 것.

103 치천지계(致天之届): 치(致)는 행사(行使)하다. 계(届)는 극(極)·극(殛)과 통하며, 주살(誅殺)하는 것. 즉 하늘의 벌(罰)을 행사·대신하는 것을 말한다.

104 우목지야(于牧之野): 목(牧)은 상(商)나라 도성인 조가(朝歌)의 교외 지명으로 지금의 하남성 기현(淇縣)에 해당된다. 무왕은 이 목 땅의 들 곧 목야(牧野)에서 주(紂)의 군대들을 쳐부수었다.

105 무이무우(無貳無虞): 이(貳)는 두 마음 딴 마음을 품는 것. 우(虞)는 염려하다, 걱정하다.

106 여(女): 여(汝)와 같으며 '너, 당신' 또는 그 복수인 '너희들, 그대들'의 뜻. 이 두 구는 마치 전쟁하기 전에 군대를 모아 놓고 하는 훈계의 말인 서사(誓詞)인 듯하다. 이럴 경우 여(女)는 복수인 '그대들'로 해석된다. 또는 제3자나 제사장 등의 정치 고문이 무왕에게 하는 말처럼 들리기도 하는데 흐름이 매끄럽지 않다.

克咸厥功[108]이니라
극 함 궐 공
큰 공을 이루었다

王曰叔夫[109]여
왕 왈 숙 부
성왕께선 주공에게

建爾元子[110]하여
건 이 원 자
숙부님, 당신의 맏아들을 세워

俾侯于魯[111]하노니
비 후 우 로
노나라 제후를 삼으오니

大啓爾宇[112]하여
대 계 이 우
당신의 나라 땅 크게 일구어

爲周室輔어다
위 주 실 보
주나라 왕실의 보좌돼 주소서

乃命魯公[113]하사
내 명 로 공
노공께 명하시어

俾侯于東[114]하시고
비 후 우 동
동녘 땅 제후를 삼으시고

錫之山川[115]과
석 지 산 천
산천과 논밭과

土田附庸[116]이로다
토 전 부 용
그에 딸린 속성(屬城)을 내려 주셨다

---

107 퇴상지려(敦商之旅): 퇴(敦)는 대(譈)와 통하여, 죽이는 것. 「대아·상무(大雅·常武)」 시에 보였음. 여(旅)는 무리. 여기서는 군대의 병사들.

108 함(咸): 비(備)와 통하며, 비(備)는 또 성(成)과 뜻이 통한다〔『통석(通釋)』〕.

109 왕왈숙부(王曰叔父): 왕(王)은 성왕(成王). 숙부(叔父)는 성왕이 주공(周公)을 칭하는 말. 이 이하는 성왕이 한 말.

110 건이원자(建爾元子): 건(建)은 세우다〔입(立)〕. 이(爾)는 주공. 원자(元子)는 맏아들〔장자(長子)〕로, 노나라의 시조 백금(伯禽)을 가리킨다.

111 비후우로(俾侯于魯): 비(俾)는 사(使)의 뜻. 후우노(侯于魯)는 노후(魯侯)가 되다.

112 대계이우(大啓爾宇): 계(啓)는 열다, 개척·발전시키는 것. 우(宇)는 국토, 또는 국가의 뜻.

113 노공(魯公): 백금(伯禽)을 가리킴.

114 동(東): 동쪽 땅, 곧 노(魯)나라를 가리킴.

115 석(錫): 사(賜)와 통하며, 주다.

116 토전부용(土田附庸): 부용(附庸)은 속성(屬城)과 같은 말로, 직접 천자국(天子國)에 통할 수 없어서 대국(大國), 즉 큰 제후의 나라에 붙어 있는 소국(小國)을 말한다(『집전』). 또는 토지에 부속된 노동력을 칭하기도 한다. 『이아(爾雅)』에 "륜(倫)·용(庸), 노야(勞也)"라고 한 것. 즉 토지를 상으로 내리면 동시에 그에 따른 노동력을 내렸다는 기록이 금문(金文)에 많다. 또는 토지와 전답의 주변에 딸려있는 용원(墉垣: 담)이나 성곽

周公之孫이며 주 공 지 손	주공의 후손이시며
莊公之子[117]이 장 공 지 자	장공의 아드님이신 희공이
龍旂承祀[118]하시니 용 기 승 사	교룡기 세우고 제사를 이어
六轡耳耳[119]로다 육 비 이 이	여섯 줄 사마 고삐 치렁치렁하다
春秋匪解[120]하사 춘 추 비 해	봄가을 빠짐없이
享祀不忒[121]하사 향 사 불 특	제사 어기는 일 없으시고
皇皇后帝[122]와 황 황 후 제	저 높이 계신 상제님과
皇祖后稷께 황 조 후 직	위대하신 후직 할아버지께
享以騂犧[123]하시니 향 이 성 희	붉은 소 제물로 바쳐
是饗是宜[124]하여 시 향 시 의	흠향하여 잡수시고

(城郭)이라는 주장도 있다.

117 장공지자(莊公之子): 장공(莊公)의 아들은 둘이 있는데, 민공(閔公)과 희공(僖公)으로 민공은 재위한 지 오래되지 않아 칭송할 만한 것이 없을 것이라 여기서는 희공을 말한 것.

118 용기승사(龍旂承祀): 기(旂)는 두 마리의 용이 각각 상하로 나는 교룡(交龍)을 그린 깃발로, 주나라의 상공(上公)이나 중신(重臣)들이 사용한 것. 「소아·출거(小雅·出車)」, 「주송·재현(周頌·載見)」, 「대아·한혁(大雅·韓奕)」 등에서 보이는데, 천자의 명을 받고 군대를 통솔하는 대신이나 제후가 천자를 조현(朝見)할 때나 봉작(封爵)을 받을 때 등에 사용되었다. 승사(承祀)는 제사를 계승하는 것. 천자 성왕이 조상인 백금에게 내린 용기(龍旂)로써 그를 계승하여 제사를 받든다는 뜻.

119 육비이이(六轡耳耳): 육비(六轡)는 사마(四馬)의 고삐. 이이(耳耳)는 부드럽게 철렁이는 모양.

120 해(解): 해(懈)와 통하여, 게으르다는 뜻.

121 특(忒): 어긋나는 것.

122 황황후제(皇皇后帝): 황황(皇皇)은 위대한 것. 후제(后帝)는 상제(上帝)와 같다. 후(后)는 군(君)과 같다.

123 성희(騂犧): 성(騂)은 붉은 소. 희(犧)는 순색(純色)의 제물. 그래서 성희(騂犧)는 순적색(純赤色)의 희생을 말한다. 주나라 사람들은 제사할 때 붉은색을 중시했다.

124 시향시의(是饗是宜): 향(饗)은 흠향하다. 또는 음식을 신에게 올리는 것. 의(宜)는 신이 제사를 옳게 여기고 받아들이는 것. 또는 고기를 신에게 올리는 것이 옳다고 하여 의

降福既多니라 강 복 기 다	많은 복 내려 주신다
周公皇祖도 주 공 황 조	위대하신 주공 할아버지께서도
亦其福女[125]시니라 역 기 복 여	그대를 복되게 하신다
秋而載嘗[126]이라 추 이 재 상	가을에 지낼 가을 제사
夏而楅衡[127]하니 하 이 복 형	여름부터 소뿔에 막대 가로 대고
白牡騂剛[128]이며 백 모 성 강	흰 수소 붉은 수소에
犧尊將將[129]하며 희 준 장 장	엄정하게 배열된 짐승 모양 술그릇들과
毛炰胾羹[130]이며 모 포 자 갱	통째 구운 돼지 썰어 끓인 고깃국에

(宜)라 했다고도 한다. 또는 제사의 한 종류로서 조제(俎祭)이며, 조(俎)는 제향 때 희생을 올려놓는 적대(炙臺)인데 그 위에 희생을 늘여 놓고 제사 지내는 것을 말한다〔우성오(于省吾), 『신증(新證)』〕.

125 여(女): 여(汝)와 같으며, 너. 노(魯)나라 희공(僖公).

126 추이재상(秋而載嘗): 이(而)는 즉(則)의 뜻. 재(載)는 재(哉)와 통하여, 시작하다는 뜻. 상(嘗)은 가을 제사 이름. 새로운 곡물이 등장하면 이를 맛본다는 의미의 제사라서 상(嘗)이라 하였다. 추수제(秋收祭)나 추수감사절의 제사 형식으로 보면 될 것.

127 복형(楅衡): 쇠뿔에 가로 막대기를 대어 소가 사람을 떠받지 못하도록 하는 것. 여름부터 가을 제사에 쓸 희생을 골라 복형함으로써 불길(不吉)함을 막았던 것이다. 『주례·지관·봉인(周禮·地官·封人)』에도 "모든 제사에는 희생인 소, 즉 우생(牛牲)을 꾸며서 복형을 설치한다"고 하였다.

128 백모성강(白牡騂剛): 백모(白牡)는 백색의 수소로, 주공(周公)을 제사지낼 때 쓰던 짐승(『모전』). 강(剛)은 강(犅: 등마루의 털이 붉은 수소)의 가차로서 성강(騂剛)은 노공(魯公)을 제사 지낼 때 쓰던 수소(『모전』).

129 희준장장(犧尊將將): 출토된 그릇이나 술잔에 소·코끼리·양·부엉이·오리 등 짐승 모양을 본뜬 것이 많은데, 희준(犧尊)은 소 형태의 술잔을 말한다〔『석의(釋義)』〕. 일설에는 오래된 나무로 술잔을 만들고 새 날개를 그려 장식한 것이라고도 하였다〔왕선겸(王先謙), 『집소(集疏)』〕. 장장(將將)은 엄정(嚴整)한 모양〔『석의(釋義)』〕. 또는 함께 모아 배열되어 있는 모양〔『전소(傳疏)』〕.

籩豆大房[131]이니라 변 두 대 방	제기 제상 다 갖추었다
萬舞洋洋[132]하니 만 무 양 양	성대한 갖가지 춤
孝孫有慶[133]이로다 효 손 유 경	효성스런 자손의 경사
俾爾熾而昌[134]하며 비 이 치 이 창	당신을 더욱더 창성케 하고
俾爾壽而臧[135]이로다 비 이 수 이 장	당신을 장수하고 훌륭케 하리라
保彼東方하여 보 피 동 방	저 동녘 땅 보전하여
魯邦是常[136]하니라 노 방 시 상	노나라 영원하여
不虧不崩[137]하며 불 휴 불 붕	일식 월식 산사태도 없고
不震不騰[138]이로다 부 진 부 등	지진도 강물 끓어오르는 일도 없으리라
三壽作朋[139]하니 삼 수 작 붕	삼수토록 장수하신 분들과 벗하여

---

130 모포자갱(毛炰胾羹): 포(炰)는 포(炮)와 같은 글자로, 모포(毛炰)는 짐승을 털째로 진흙에 싸서 굽는 것. 자(胾)는 썬 고기. 갱(羹)은 국. 자갱(胾羹)은 썬 고기를 넣어 끓인 국.

131 변두대방(籩豆大房): 변(籩)과 두(豆)는 모두 제기(祭器). 대방(大房)은 희생의 반토막을 올리는 도마〔俎〕로, 다리 밑에 집의 방(房)과 같은 받침이 있어서 대방이라 부른다『집전』.

132 만무양양(萬舞洋洋): 만무(萬舞)는 춤의 이름. 또는 대무(大舞)라고도 한다. 「패풍·간혜(邶風·簡兮)」 시 참조. 양양(洋洋)은 성대(盛大)한 모양. 또는 춤의 가짓수가 많은 모양〔『전소(傳疏)』〕.

133 효손유경(孝孫有慶): 효손(孝孫)은 조상을 계승하겠다는 뜻을 지닌 손자, 즉 제사를 모시는 손자. 여기서는 희공(僖公)을 말한다. 경(慶)은 복의 뜻〔『석의(釋義)』〕.

134 치(熾): 불길의 기세가 세듯이 성한 것.

135 장(臧): 선(善)의 뜻.

136 상(常): 영원한 것. 또는 법칙.

137 불휴불붕(不虧不崩): 휴(虧)는 일그러지다. 붕(崩)은 무너지다. 이 구절은 다음 구와 함께 노나라의 안정을 형용한 말.

138 부진부등(不震不騰): 진(震)은 진동하다. 등(騰)은 경동(驚動)의 뜻『집전』. 또는 강물이 끓어오르는 것.

如岡如陵이로다
여 강 여 릉

산처럼 언덕처럼 무궁하리라

公車千乘[140]이니
공 거 천 승

임금님 병거 천 대에

朱英綠縢[141]이며
주 영 록 등

붉은 실 맨 창과 녹색 실 맨 활

二矛重弓[142]이로다
이 모 중 궁

창도 두 개 활도 두 개

公徒三萬[143]이니
공 도 삼 만

임금님 보졸 3만 명

貝胄朱綅[144]이며
패 주 주 침

조개 장식 붉은 실로 묶은 투구

烝徒增增[145]이로다
증 도 증 증

많은 보졸들 끝이 없다

戎狄是膺[146]하며
융 적 시 응

서융과 북적 무찌르고

---

139 삼수작붕(三壽作朋): 삼수(三壽)는 장수(長壽)의 세 종류로서, 상수(上壽)·중수(中壽)·하수(下壽)를 말한다. 또는 삼로(三老)라고도 한다. 상수는 120세, 중수는 100세, 하수는 80세이다〔『통석(通釋)』〕. 작붕(作朋)은 '벗이 되다', '짝이 되다'는 뜻으로, 삼수(三壽)의 사람과 희공(僖公)의 수(壽)가 맞먹게 된다는 뜻.

140 공거천승(公車千乘): 공거(公車)는 노공(魯公)의 병거(兵車). 천승(千乘)은 소국(小國)의 수레 수를 말함. 『집전(集傳)』에선 대국(大國)의 군대라 하였다. 승(乘)은 병거(兵車) 1량(輛)에 말 네 마리로, 노나라의 병제(兵制)에 의하면 갑사(甲士) 10인과 보졸(步卒) 20인이 배치된다고 한다. 그래서 천승(千乘)이라 하면 대개는 천 대의 수레에 3만 명의 병사를 말하는 셈이 된다. 『집전(集傳)』에서는 갑사 3인, 보졸 72인, 치중거(輜重車)를 잡고 있는 자가 25인으로 모두 100명이 일승(一乘)에 배치되어 모두 10만 명이라 하였다.

141 주영록등(朱英綠縢): 주영(朱英)은 창의 장식으로 붉은 물을 들인 실을 감아 만든 것〔『공소(孔疏)』〕. 녹등(綠縢)은 활에 녹색의 실을 감은 것.

142 이모중궁(二矛重弓): 한 수레 위에 두 개의 창과 두 개의 활을 놓아둔 것. 부러지거나 잃어버렸을 때를 대비한 것으로 보인다. 「정풍·청인(鄭風·淸人)」 시 참조.

143 공도(公徒): 도(徒)는 보졸(步卒). 즉 노공(魯公)의 보졸.

144 패주주침(貝胄朱綅): 패주(貝胄)는 조개로 갑옷을 장식한 것. 주침(朱綅)은 붉은 실로 조개를 엮은 것〔『모전』〕.

145 증도증증(烝徒增增): 증(烝)은 무리. 증증(增增)은 많은 모양〔『모전』〕.

146 융적시응(戎狄是膺): 융(戎)은 본래 서융(西戎)을, 적(狄)은 북적(北狄)을 말하나 여기서는 회이(淮夷)를 가리킨다〔『석의(釋義)』〕. 응(膺)은 『노시(魯詩)』에서는 응(應)으로 썼

荊舒是懲[147]하니 형 서 시 징	남쪽의 형(荊)과 서(舒)를 쳐
則莫我敢承[148]이로다 즉 막 아 감 승	아무도 우릴 감히 당할 자 없어
俾爾昌而熾하며 비 이 창 이 치	당신을 더욱더 창성케 하고
俾爾壽而富로다 비 이 수 이 부	당신을 장수하고 부유케 하리라
黃髮台背[149]이 황 발 태 배	노랑머리 복어 등이 된 노인들과
壽胥與試[150]하며 수 서 여 시	나이를 서로 견주며
俾爾昌而大하며 비 이 창 이 대	당신을 번창하고 훌륭케 하고
俾爾耆而艾[151]하여 비 이 기 이 애	당신을 오래오래 장수케 하여
萬有千歲[152]여 만 유 천 세	천세토록 만세토록
眉壽無有害[153]로다 미 수 무 유 해	재앙 없이 만수무강하리라

으며, 격(擊)과 통하여, '친다'는 뜻.

147 형서시징(荊舒是懲): 형(荊)은 초(楚)나라. 『춘추(春秋)』에서 희공(僖公) 원년에 비로소 형(荊)을 초(楚)라 불렀다. 서(舒)는 형(荊)과 가까이 있는 동맹국의 이름으로(『모전』), 지금의 안휘성(安徽省) 합비(合肥) 일대였다. 징(懲)은 징계하다. 희공 4년에 초나라를 쳤는 기록이 『춘추좌전』에 있다.

148 승(承): 어(禦)의 뜻(『정전』), 곧 당해 내는 것.

149 황발태배(黃髮台背): 황발(黃髮)은 노인의 머리는 희어졌다가 다시 오래가면 누레진다고 한다. 「소아·남산유대(小雅·南山有臺)」 시 참조. 태배(台背)는 노인의 등에 태어(鮐魚) 같은 무늬가 생기는 것〔「대아·행위(大雅·行葦)」 시 참조〕. 모두 늙어 장수하는 것을 말함.

150 수서여시(壽胥與試): 서(胥)는 서로. 시(試)는 식(式)·시(視)와 통하며 비(比)의 뜻으로, 서로 견주는 것〔『통석(通釋)』〕.

151 비이기이애(俾爾耆而艾): 기(耆)는 늙도록 오래 사는 것. 애(艾)는 늙은이 또는 늙도록 오래 살다.

152 유(有): 우(又)의 뜻.

153 미수(眉壽): 고수(高壽)·장수(長壽)를 말함. 「빈풍·칠월(豳風·七月)」 시에 보였음.

泰山巖巖[154]하니 태 산 암 암	태산이 우뚝 솟아
魯邦所詹[155]이로다 노 방 소 첨	노나라 어디서나 바라보인다
奄有龜蒙[156]하여 엄 유 귀 몽	이에 구산과 몽산 지방 다스리고
遂荒大東[157]하여 수 황 대 동	대동 지방으로 넓혀
至于海邦[158]하니 지 우 해 방	바닷가에까지 이르니
淮夷來同하여 회 이 래 동	회수의 오랑캐도 와서 회동하고
莫不率從하니 막 불 솔 종	따르지 않는 나라 없어
魯侯之功이로다 노 후 지 공	이 모두가 노나라 임금님 공이어라
保有鳧繹[159]하여 보 유 부 역	부산과 역산 지방 차지하고
遂荒徐宅[160]하여 수 황 서 택	서(徐)나라로 넓혀
至于海邦하니 지 우 해 방	바닷가에까지 이르러
淮夷蠻貊[161]과 회 이 만 맥	회수의 오랑캐와 남만 동이

---

154 암암(巖巖): 높은 모양. 「소아 · 절피남산(小雅 · 節彼南山)」 시에 보였음.

155 첨(詹): 첨(瞻)과 통하여, 우러러보다. 『한시외전(韓詩外傳)』과 『설원(說苑)』엔 모두 첨(瞻)으로 인용되어 있다.

156 엄유귀몽(奄有龜蒙): 엄유(奄有)는 소유하다, 다스리다. 귀(龜)는 산 이름. 지금의 산동성 사수현(泗水縣)에 있다. 몽(蒙)은 산 이름으로, 지금의 산동성 몽음현(蒙陰縣)에 있다.

157 수황대동(遂荒大東): 황(荒)은 유(有)의 뜻으로(『모전』), 다스리게 된 것. 대동(大東)은 노나라 동부 일대. 「소아 · 곡풍지습 · 대동(小雅 · 谷風之什 · 大東)」 시에 보임.

158 해방(海邦): 해안 지방. 또는 바다에 가까운 나라(『집전』).

159 보유부역(保有鳧繹): 보(保)는 보유하다. 유(有)는 조사. 부(鳧)는 산 이름. 지금의 산동성 어대현(魚臺縣)에 있다. 역(繹)은 역산(嶧山)으로, 지금의 산동성 역현(嶧縣)에 있다.

160 서택(徐宅): 서(徐)나라 사람들이 사는 곳, 곧 서나라를 말함.

161 만맥(蠻貊): 만(蠻)은 남쪽 오랑캐. 맥(貊)은 한반도 북부에 살던 소수민족.

及彼南夷[162]이 급 피 남 이	그리고 남이 오랑캐들도
莫不率從하며 막 불 솔 종	우리를 따르지 않는 나라 없고
莫敢不諾[163]하여 막 감 불 락	감히 복종하지 않는 나라 없어
魯侯是若[164]이로다 노 후 시 약	모두들 노나라 임금에 순종한다
天錫公純嘏[165]하시니 천 석 공 순 하	하늘이 임금님께 큰 복을 내리시어
眉壽保魯하사 미 수 보 로	장수하시며 노나라 보전케 하시고
居常與許[166]하여 거 상 여 허	상읍과 허읍 차지하여
复周公之宇[167]시니라 복 주 공 지 우	주공의 강토를 회복하셨다
魯侯燕喜[168]하시니 노 후 연 희	노나라 임금님 즐거운 잔치에
令妻壽母[169]시니라 영 처 수 모	훌륭한 부인과 장수하는 어머니 계시고
宜大夫庶士[170]하사 의 대 부 서 사	대부들과 여러 관원들 고루 보살펴

---

162 남이(南夷): 남쪽 변방에 살던 민족. 여기서는 형초(荊楚)·서(舒) 등의 나라를 말한다.

163 낙(諾): 복종하다.

164 약(若): 복종·순종(順從)하다.

165 천석공순하(天錫公純嘏): 석(錫)은 내려 주다. 순(純)은 큰 것. 하(嘏)는 복.

166 거상여허(居常與許): 거(居)는 차지하다. 상(常)은 당(棠)이라고도 쓰며, 지명으로 지금의 산동성 어대현에 있었다. 허(許)는 노나라의 고을 이름. 지금의 어디인지 확실하지 않다.

167 우(宇): 강역(疆域)의 뜻. 상(常)과 허(許)는 모두 제(齊)나라에 침략당했었는데, 희공에 이르러 노나라가 되찾은 것이다.

168 연희(燕喜): 즐기며 기뻐하다.

169 영처수모(令妻壽母): 영처(令妻)는 훌륭한 처. 곧 희공의 부인을 말함. 수모(壽母)는 장수(長壽)하는 어머니로 희공의 모친을 뜻한다.

170 의대부서사(宜大夫庶士): 의(宜)는 적의(適宜)하게 해주는 것. 서사(庶士)는 여러 관원들.

邦國是有[171]하시니 (방 국 시 유)	이 나라 길이 보전한다
既多受祉[172]하사 (기 다 수 지)	많은 복 받으셨기에
黃髮兒齒[173]시로다 (황 발 아 치)	늙어서도 아이들처럼 튼튼한 치아

徂來之松[174]과 (조 래 지 송)	조래산의 소나무와
新甫之栢[175]을 (신 보 지 백)	신보산의 잣나무 베어다
是斷是度[176]하며 (시 단 시 탁)	자르고 쪼개며
是尋是尺[177]하여 (시 심 시 척)	길고 짧게 재어서
松桷有舃[178]하니 (송 각 유 석)	커다란 소나무 서까래 하여
路寢孔碩[179]이로다 (노 침 공 석)	덩그렇게 정침 지었다
新廟奕奕[180]하니 (신 묘 혁 혁)	웅장한 새 묘당
奚斯所作[181]이로다 (해 사 소 작)	해사가 지었다

---

171 유(有): 항상 소유함(『집전』).

172 지(祉): 복(福).

173 아치(兒齒): 아이들처럼 튼튼하고 가지런한 이빨.

174 조래(徂來): 산 이름으로 조래산(徂徠山)으로도 쓰며, 지금의 산동성 태안현(泰安縣) 동쪽에 있다.

175 신보(新甫): 양보산(梁甫山)을 뜻하는 듯하다. 지금의 산동성 신태현(新泰縣)에 있다.

176 시단시탁(是斷是度): 시(是)는 우시(于是) 곧 '이에'의 뜻. 단(斷)은 자르다. 탁(度)은 탁(剫)의 생략 가차자로(『통석(通釋)』), 쪼개다.

177 시심시척(是尋是尺): 심(尋)은 길이의 단위로, 8척. 척(尺)도 길이의 단위. 여기서는 동사로 사용되어 어떤 것은 길게 어떤 것은 짧게 재고 자른다는 뜻.

178 송각유석(松桷有舃): 각(桷)은 네모진 서까래. 유석(有舃)은 석연(舃然)과 같으며, 큰 모양.

179 노침(路寢): 왕궁의 정침(正寢).

180 신묘혁혁(新廟奕奕): 신묘(新廟)는 희공(僖公)이 중수(重修)한 사당으로 비궁(閟宮)을 말한다. 혁혁(奕奕)은 새로 건립한 높고 큰 모양, 웅대한 모양.

181 해사(奚斯): 노(魯)나라의 대부로, 이름은 자어(子魚)이다. 혹자는 이 시를 지은 작자로

孔曼且碩[182]하니
공 만 차 석

萬民是若[183]이로다
만 민 시 약

새 묘당 길고 커서

온 백성 다 따라 칭송한다

◈ 해설

노(魯)나라 희공(僖公)의 덕을 찬미한 시이다. 『집전(集傳)』에서는 희공이 묘당을 수축하는 것을 노래한 송축의 시라고 하였다. 그래서 그 묘당에 모셔질 선조, 곧 주나라 시조 후직(后稷) 이하 무왕(武王)·성왕(成王)과 주공(周公)·백금(伯禽)의 후손인 희공(僖公)의 일을 이야기한 것이다. 이 시는 『시경』 중에서 가장 긴 시로서 모두 120구나 된다.

보는데 옳지 않다.

182 만(曼): 긴 것.

183 약(若): 앞에서와 같이 '복종 · 순종(順從)하다'의 뜻. 순(順)하게 응하는 것.

상송(商頌)

순(舜)의 사도(司徒) 설(契)이 상(商)에 봉해진 이후 14대를 지나 탕왕(湯王) 때에 천하를 차지하기에 이르렀다. 그리고 반경(盤庚) 때 은(殷)으로 천도하여 국호를 은(殷)이라 하고, 주왕(紂王)에 이르러 주(周)나라 무왕(武王)에게 멸망당했다. 무왕은 주왕(紂王)의 서형(庶兄)인 미자(微子) 계(啓)를 송(宋)에 봉하여 예악을 갖추고서 상(商)나라의 제사를 받들게 했다. 「상송(商頌)」은 상대(商代)에 지어진 것이 아니라 그 후손인 송(宋)나라에서 지어진 것이다. 『국어·노어(國語·魯語)』에 상나라의 명송(名頌) 12수를 교정했다는 기록이 보이고, 이에 따라 「모시서」에서도 미자계로부터 대공(戴公)에 이르는 사이에 예악이 폐하여 없어졌지만 정고보(正考甫)가 주나라 태사에게서 「상송(商頌)」 12수를 얻었다고 했다. 그러나 현재 전하고 있는 5수의 시 중에 「은무(殷武)」는 송(宋)나라 양공(襄公)을 기리는 내용이고 그 밖의 것들도 양공 때의 작품들로 보인다. 양공은 인의(仁義)를 닦아 일시 패자(覇者)가 되었으며 스스로 은왕(殷王)의 후손임을 생각하고 예약을 제정하여 주나라를 본떴으니 이러한 송(頌)을 지었다는 것은 자연스런 일로 보이며, 이는 마치 노(魯)나라의 희공(僖公)과 비슷하다. 『국어·노어(國語·魯語)』에서 말하는 12수의 「상송(商頌)」은 별개의 것인 것 같다.

1. 나(那) 아름다워라

猗與那與[1]라
의 여 나 여

아름답고 성대해라

置我鞉鼓[2]하여
치 아 도 고

우리 작은북 큰북 벌여 놓고

奏鼓簡簡[3]하니
주 고 간 간

둥둥 북소리 크게 울려

衎我烈祖[4]로다
간 아 열 조

우리 공덕 있으신 조상 즐겁게 하네

湯孫奏假[5]하시니
탕 손 주 격

탕왕의 후손께서 신령의 강림 빌어

綏我思成[6]이로다
수 아 사 성

우리에게 복을 내려 주시네

鞉鼓淵淵[7]하며
도 고 연 연

작은북 큰북 은은히 울리고

---

1 의여나여(猗與那與): 의나(猗那)는 의나(猗儺) 또는 아나(阿難)와 같은 말로, 아름답고 웅장한 모양〔美盛〕〔『통석(通釋)』〕. 여(與)는 조사로 혜(兮)와 같은 말〔왕인지(王引之), 『경전석사(經傳釋詞)』〕.

2 치아도고(置我鞉鼓): 치(置)는 식(植)과 같으며 세운다는 뜻. 도(鞉)는 도(鼗)와 같은 글자로, 북자루를 잡고 돌리면 양쪽 끝에 단 구슬이 북면을 치게 만든 작은북. 땡땡이라고도 함. 「주송·유고(周頌·有瞽)」 시에 보임.

3 간간(簡簡): 소리가 큰 모양(『정전』).

4 간아열조(衎我烈祖): 간(衎)은 낙(樂)의 뜻(『모전』), 즐거워하다. 열조(烈祖)는 영광스럽고 빛나는 조상을 말하는데 여기서는 탕(湯)임금을 말함(『모전』). 또는 열(烈)은 열(列)과 통하여 많다는 뜻.

5 탕손주격(湯孫奏假): 탕손(湯孫)은 탕(湯)임금의 자손이란 뜻이며 여기서는 제사를 주재하는 사람으로 송(宋)나라의 양공(襄公)을 가리키는 듯하다〔『석의(釋義)』〕. 주(奏)는 진(進), 즉 신령 또는 신인(神人)에게 아뢰고 청하는 것. 격(假)은 격(格)과 같아서 '가'로 읽지 않고 '격'으로 읽으며 '이르다〔지(至)〕'의 뜻. 즉 신령이 강림하는 것을 격(假)이라 하며, 제사 모시는 사람이 신령에게 나아가 아뢰는 것도 또 격(假)이라고 한다〔『이아(爾雅)』〕.

6 수아사성(綏我思成): 수(綏)는 유(遺)와 첩운(疊韻)으로 '주다', '내리다'는 뜻. 또는 편안한 것〔『통석(通釋)』〕. 사(思)는 조사. 성(成)은 비(備)와 통하여 복(福)의 뜻. 곧 많은 복을 우리에게 내려주신다는 것.

7 연연(淵淵): 북소리가 나직하고 굵게 울리는 모양.

嘒嘒管聲[8]이로다
혜 혜 관 성
맑고 밝은 가락 피리 소리

旣和且平[9]하여
기 화 차 평
고르게 어울려

依我磬聲[10]하니
의 아 경 성
우리 경쇠 소리에 따르니

於赫湯孫[11]이여
오 혁 탕 손
아아 빛나는 탕왕의 후손이여

穆穆厥聲[12]이로다
목 목 궐 성
아름다워라 그 소리

庸鼓有斁[13]하며
용 고 유 역
큰 종 큰북 웅장하게 울리고

萬舞有奕[14]하니
만 무 유 혁
갖가지 춤 성대하게 추어

我有嘉客이
아 유 가 객
우리 반가운 손님들도

亦不夷懌[15]이로다
역 불 이 역
모두모두 즐거워하네

自古在昔[16]에
자 고 재 석
옛날 옛적부터

---

8 혜혜관성(嘒嘒管聲): 혜혜(嘒嘒)는 관악기의 소리를 형용한 것. 관성(管聲)은 관악기의 소리.

9 기화차평(旣和且平): 화(和)와 평(平)은 악기 소리가 잘 조화됨을 말한 것. 평(平)은 가늘거나 크거나 그런 소리가 서로를 범하지 않는 것이라 했다(『통석(通釋)』).

10 의아경성(依我磬聲): 의(依)는 의지하다, 따르다. 경성(磬聲)은 옥으로 만든 경쇠가 내는 소리. 『맹자(孟子)』에 금성옥진(金聲玉振)이란 말이 있는데, 옥으로 만든 편경(編磬)을 울리면 모든 악기소리가 그에 따라 멈추며 연주를 끝낸다. 또는 경(磬)은 옥경(玉磬)으로, 당상(堂上)에 올라가 올라 노래하는 음악이지 석경(石磬)이 아니라고 했는데(『집전』), 확실하지 않다.

11 오혁(於赫): 오(於)는 감탄사. 혁(赫)은 빛나다.

12 목목궐성(穆穆厥聲): 목목(穆穆)은 아름다운 것(『정전』). 궐성(厥聲)은 그 소리. 곧 연주하는 악기들의 소리.

13 용고유역(庸鼓有斁): 용(庸)은 용(鏞)과 같으며, 큰 쇠북 곧 큰 종. 고(鼓)는 북. 유역(有斁)은 역연(斁然)으로, 성(盛)한 모양(『모전』).

14 만무유혁(萬舞有奕): 만무(萬舞)는 문무(文舞)·무무(武舞)의 통칭. 유혁(有奕)은 혁연(奕然)으로 역시 성대(盛大)한 모양(『석의(釋義)』).

15 역불이역(亦不夷懌): 역(亦)은 조사. 불(不)은 비(丕)와 통하여 크다는 뜻. 이역(夷懌)은 기뻐하다. 이(夷)는 이(怡)와 통한다.

16 자고재석(自古在昔): 자고(自古)는 옛날부터. 재석(在昔)은 옛날, 지금 이전.

先民有作[17]하니 선 민 유 작	선인들이 해오던 일
溫恭朝夕[18]하여 온 공 조 석	아침저녁으로 온순하고 공경하여
執事有恪[19]하니라 집 사 유 각	정성껏 일을 하네
顧予烝嘗[20]하시니 고 여 증 상	우리 겨울 제사 가을 제사 흠향하시니
湯孫之將[21]이니라 탕 손 지 장	탕왕의 후손이 받들어 올리는 것이네

◈ 해설

「모시서」에선 성탕(成湯)을 제사하는 것이라 하였다. 그 후손인 송(宋)나라 양공(襄公)이 탕임금께 제사 드리는 것으로 보인다. 위원(魏源)은 탕임금의 손자 태갑(太甲)이 탕을 제사 지내는 것이라고 하였다〔『시고미(詩古微)』〕. 『집전(集傳)』에 의하면 상(商)나라 사람들은 소리를 숭상하여 제사 지낼 때면 음식이 나오기 전에 반드시 세 차례 주악(奏樂)을 베푼다고 했는데, 이 작품은 제사를 주제로 하고 있으면서도 희생이나 음식 또는 제기 등에 관한 언급이 전혀 없고 음악과 춤에 관한 이야기로 일관되어 있다.

---

17 유작(有作): 작위(作爲)가 있는 것. 곧 어떤 규범을 이룩하여 놓은 것을 말한다. 여기서는 다음의 '조석(朝夕)'을 말한다.

18 조석(朝夕): 조석으로 조현(朝見)함을 말한다. 이 말은 조제자(助祭者)들에게 한 것이다.

19 집사유각(執事有恪): 집사(執事)는 제사를 행하는 것. 각(恪)은 삼가다, 신중히 하다.

20 고여증상(顧予烝嘗): 고(顧)는 탕(湯)임금의 신령이 돌아보는 것, 곧 제사를 흠향(歆饗)하는 것. 증(烝)은 겨울 제사, 상(嘗)은 가을 제사로 모두 계절 제사이다.

21 장(將): 받들어 올리는 것〔봉헌(奉獻)〕.

2. 열조(烈祖) 공덕 많으신 조상

嗟嗟烈祖[22]여 차 차 열 조	아아 공덕 있으신 조상이시여
有秩斯祜[23]로다 유 질 사 호	그 복록 변함없이 크셔라
申錫無疆[24]이니 신 석 무 강	거듭 끝없이 내려 주셔서
及爾斯所[25]로다 급 이 사 소	당신의 이 땅에 이르렀어라
旣載淸酤[26]하니 기 재 청 고	맑은 술 차려 올려서
賚我思成[27]이며 뢰 아 사 성	우리에게 복을 내려 주시기 빌고
亦有和羹[28]이니 역 유 화 갱	양념한 국도 바쳐
旣戒旣平[29]이로다 기 계 기 평	고루고루 다섯 가지 맛을 갖췄네

---

22 차차열조(嗟嗟烈祖): 차차(嗟嗟)는 '아아', 감탄사. 열조(烈祖)는 공을 많이 세워 빛나는 선조의 뜻으로, 여기서는 탕(湯)임금을 말한다.

23 유질사호(有秩斯祜): 질(秩)은 큰 모양. 유질(有秩)은 질연(秩然). 사(斯)는 이[차(此)]. 호(祜)는 복(福).

24 신석무강(申錫無疆): 신(申)은 거듭되는 것. 석(錫)은 내려 주다. 신석(申錫)은 거듭하여 복을 내리시는 것. 무강(無疆)은 무한(無限)의 뜻.

25 급이사소(及爾斯所): 이(爾)는 너·당신, 제사를 주관하는 임금. 사소(斯所)는 이곳. 이때의 임금을 가리킨다. 이때의 임금은 역시 송나라 양공일 가능성이 많다.

26 기재청고(旣載淸酤): 재(載)는 설(設)의 뜻. 곧 진설하다, 차려 놓다. 「대아·한록(大雅·旱麓)」 시 참조. 청고(淸酤)는 여과하여 찌꺼기가 없는 맑은 술.

27 뢰아사성(賚我思成): 뢰(賚)는 주다. 사(思)는 조사. 성(成)은 복(福)의 뜻. 앞 「상송·나(商頌·那)」 시 참조.

28 역유화갱(亦有和羹): 역(亦)은 조사. 화갱(和羹)은 오미(五味)를 조화시켜 끓인 국(『정전』). 『상서·열명(尙書·說命) 하(下)』에 화갱을 만들려면 염매(鹽梅) 곧 소금과 매실이 들어간다고 했는데, 염은 짠 것이고 매는 신 것이다. 이 두 가지는 원래 이질적인 것이지만 한데 합쳐 좋은 맛을 내므로 이 말로 이족(異族)이 협화(協和)함을 뜻한다.

29 기계기평(旣戒旣平): 계(戒)는 신중히 하다, 조심하다. 또는 비(備)의 뜻으로 앞의 화갱은 반드시 오미(五味)를 갖추어야 한다는 것[『통석(通釋)』]. 평(平)은 화(和)의 뜻으로 맛

鬷假無言[30]하여 종 격 무 언	신령의 강림을 말없이 빌어
時靡有爭[31]하니 시 미 유 쟁	다투는 일도 없으니
綏我眉壽[32]하여 수 아 미 수	우리에게 수복 내려 주시어
黃耇無疆[33]이로다 황 구 무 강	늙도록 만수무강하리라
約軝錯衡[34]이며 약 기 착 형	문채 화려하게 꾸민 수레
八鸞鶬鶬[35]이로다 팔 란 창 창	여덟 말방울 딸랑거리며 와서
以假以享[36]하니 이 격 이 향	신령의 강림 빌며 제사 올려
我受命溥將[37]이로다 아 수 명 부 장	우리가 받은 천명 넓고 크도다

이 잘 조화되어 적당하게 맞는 것(『집전』).

30 종격무언(鬷假無言): 종(鬷)은 나아가다. 종격(鬷假)은 『중용(中庸)』에는 주격(奏假)으로 인용되어 있으며(『집전』), 신령의 강림을 비는 것. 앞의 「상송·나(商頌·那)」 시 참조. 무언(無言)은 '말없이'의 뜻으로, 엄숙하고 공경하며 한결같은 것을 말한다(『집전』). 또는 언(言)은 건(愆)과 통하여 '허물, 과실'의 뜻으로〔문일다(聞一多)〕, 이 구절은 신령의 강림을 빌되 허물이 없다는 것.

31 시미유쟁(時靡有爭): 시(時)는 시(是)의 뜻. 또는 조사. 미(靡)는 무(無)의 뜻. 이 구절은 다툼이 없다는 것을 말한다. 쟁(爭)은 분쟁이거나 전쟁.

32 수아미수(綏我眉壽): 수(綏)는 내려 주다. 또는 편안히 하다. 미수(眉壽)는 장수(長壽).

33 황구(黃耇): 황(黃)은 황발(黃髮) 곧 누런 머리카락을 말하며, 옛사람들은 이를 장수(長壽)의 징험으로 보았다. 구(耇)는 오래 사는 것.

34 약기착형(約軝錯衡): 약(約)은 가죽으로 수레바퀴통을 묶는 것. 기(軝)는 수레바퀴통. 착(錯)은 문채(文彩)의 뜻. 형(衡)은 수레의 멍에. 착형(錯衡)은 무늬를 그려 넣은 수레의 멍에.

35 팔란창창(八鸞鶬鶬): 란(鸞)은 말방울. 팔란(八鸞)은 사마(四馬)의 방울. 창창(鶬鶬)은 창창(瑲瑲) 또는 장장(鏘鏘)과 같은 말로, 옥 같은 방울 소리. 이상 두 구는 「소아·채기(小雅·采芑)」 시에 보임. 이는 제사를 돕는 제후가 수레를 타고서 조종(祖宗)의 사당에 이르러 제향(祭享)을 올림을 말한 것이라고 하였다(『집전』). 또는 송공(宋公)의 수레(『정전』). 피석서(皮錫瑞)는 주(周)나라의 제도에 가사(駕四)이므로 팔란이라 함〔요제항(姚際恒), 『시경통론(詩經通論)』〕.

36 이격이향(以假以享): 이(以)는 조사. 격(假)은 신령의 내림을 비는 것. 향(享)은 제사 드리는 것.

自天降康[38]하여 자 천 강 강	하늘에서 강녕 내리시어
豊年穰穰[39]하니 풍 년 양 양	풍성한 풍년
來假來饗[40]하여 래 격 래 향	신령께서 강림하사 흠향하시어
降福無疆이로다 강 복 무 강	내리신 복록 끝이 없어라
顧予烝嘗[41]하시니 고 여 증 상	우리 겨울 제사 가을 제사 돌보아
湯孫之將[42]이니라 탕 손 지 장	탕왕의 후손 제사 받는다

◈ 해설

탕왕(湯王)을 제사하는 시이다. 「모시서」에선 상(商)나라 중종〔中宗: 탕(湯)의 현손(玄孫)〕을 제사하는 것이라 하였으나 알 수 없다. 내용으로 볼 때 탕(湯)임금을 그 후손인 송(宋)나라 양공(襄公)이 제사 지내는 것이라 봄이 가장 이치에 맞을 것이다.

---

37 부장(溥將): 부(溥)는 널리. 장(將)은 돕다. 제사를 돕는 것. 또는 크다는 뜻(『집전』).

38 강강(降康): 강녕(康寧)을 내려 주시는 것.

39 양양(穰穰): 풍성한 모양

40 래격래향(來假來饗): 래(來)는 시(是)와 같은 조사. 격(假)은 신령이 강림하시는 것. 향(饗)은 흠향(歆饗)하다.

41 고여증상(顧予蒸嘗): 고(顧)는 탕(湯)임금의 신령이 돌아보는 것, 곧 제사를 흠향(歆饗)하는 것. 증(烝)은 겨울 제사, 상(嘗)은 가을 제사로 모두 계절 제사이다.

42 탕손지장(湯孫之將): 탕손(湯孫)은 탕(湯)임금의 후손. 장(將)은 받들어 올리는 것〔봉헌(奉獻)〕. 이 구절은 앞의 「상송·나(商頌·那)」의 끝부분과 똑같다.

3. 현조(玄鳥) 제비

天命玄鳥[43]하사 천 명 현 조	하늘이 제비에게 명하시어
降而生商[44]하여 강 이 생 상	내려와 상나라 조상 낳아
宅殷土芒芒[45]이로다 택 은 토 망 망	광막한 은(殷) 땅에 살게 하셨다
古帝命武湯[46]하사 고 제 명 무 탕	옛날 상제께서 무공 있으신 탕왕께 명하시어
正域彼四方[47]하시니라 정 역 피 사 방	저 사방의 나라를 바로 다스리게 하고
方命厥后[48]하사 방 명 궐 후	하(夏)나라 걸왕(桀王)에게 항명하게 하여

---

43 현조(玄鳥): 제비. 제비의 색이 검은색이므로 '검은 새'라는 뜻으로 현조라고 했다. 상족(商族)의 조상들은 원시 사회에서 제비를 토템으로 삼았다고 한다〔손작운(孫作雲)〕. 고신씨(高辛氏)의 비(妃) 간적〔簡狄: 유융씨(有娀氏)의 딸〕은 제비 알을 삼키고는 설(契)을 낳았다고 한다. 설은 요(堯)임금 때의 사도(司徒)로서 공을 세워 상(商) 땅에 봉함을 받았다〔『사기·은본기(史記·殷本紀)』, 『정전(鄭箋)』〕.

44 강이생상(降而生商): 강(降)은 내려가다. 상(商)은 상족(商族)의 선조 곧 상(商)나라의 시조 설(契)을 말한다.

45 택은토망망(宅殷土芒芒): 택(宅)은 살며 다스리는 것. 은토(殷土)는 은(殷)나라 땅. 망망(芒芒)은 망망(茫茫)과 같으며 원대(遠大)한 모양.

46 고제명무탕(古帝命武湯): 고제(古帝)는 옛날의 상제(上帝) 또는 천제(天帝)와 같다. 무탕(武湯)은 무공(武功) 있는 탕(湯)임금의 뜻. 성탕(成湯)이라고도 하는데 상족(商族)의 우두머리로서 하(夏)나라를 멸망시키고 상(商)나라를 건립하고는 자칭 무왕(武王)이라 하였다.

47 정역피사방(正域彼四方): 정역(正域)은 그 강토(疆土)를 바로 다스리는 것〔『통석(通釋)』〕. 피사방(彼四方)은 '저 사방의 온 세상의 땅'을 가리킨다.

48 방명궐후(方命厥后): 방(方)은 방(旁)과 통하여 '두루, 널리'의 뜻. 후(后)는 군(君)과 같이 임금의 뜻. 궐후(厥后)는 '그 임금들'로 사방의 제후들을 말한다. 또는 방명(方命)은 항명(抗命)의 뜻. 『상서·요전(尙書·堯典)』의 '방명이족(方命圮族)'의 방명(方命)을 항명(抗命)·역명(逆命)으로 해석하는 것과 같다. 궐후(厥后)는 성탕(成湯) 당시 하(夏) 왕조

奄有九有[49]하시니 엄 유 구 유	구주 천하를 다스리게 하셨다
商之先后[50]이 상 지 선 후	상(商)나라의 옛 임금
受命不殆[51]라 수 명 불 태	받으신 천명 위태로움 없이
在武丁孫子[52]시니라 재 무 정 손 자	후손이신 무정 임금에 이르렀고
武丁孫子는 무 정 손 자	후손이신 무정 임금
武王靡不勝[53]하시니 무 왕 미 불 승	용맹하신 탕왕만 못하신 일 없었다
龍旂十乘[54]으로 용 기 십 승	교룡기 꽂은 열 대의 수레
大糦是承[55]이로다 대 치 시 승	제사 음식 가져다 바치고
邦畿千里[56]는 방 기 천 리	천리 넓이의 왕기는
維民所止[57]니 유 민 소 지	백성들이 머물러 사는 곳인데

의 마지막 임금인 걸(桀)로서 포학무도(暴虐無道)하였다. 이 구절은 하늘이 성탕(成湯)에게 명하기를 그의 임금인 하걸(夏桀)에게 항명하여 구주(九州) 사방을 대신하도록 한 것을 말한다〔유운흥(劉運興), 『시의지신(詩義知新)』〕.

49 엄유구유(奄有九有): 엄유(奄有)는 소유하다. 구유(九有)는 구역(九域)으로 모든 나라들. 『문선(文選)』 주(注)에는 『한시(韓詩)』를 인용하며 구역(九域)으로 쓰고 있다. 옛날에는 구주(九州)라고 하였다.

50 선후(先后): 선군(先君) 곧 이전의 임금들.

51 불태(不殆): 위태롭지 않게 정치를 잘하는 것. 또는 태(怠)와 통하여 해태(懈怠)의 뜻.

52 재무정손자(在武丁孫子): 재(在)는 '—에 있다' 또는 '—에서 결정되었다'는 뜻. 무정(武丁)은 탕(湯)임금의 9대손으로 은(殷)나라를 중흥시킨 임금. 손자(孫子)는 자손의 뜻. '무정손자', '손자무정'은 도치를 시켜 협운(協韻)케 한 것.

53 무왕미불승(武王靡不勝): 무왕(武王)은 무공 있는 임금이란 뜻으로, 탕(湯)임금을 가리킨다. 미불승(靡不勝)은 아무것도 못한 것이 없었다는 뜻.

54 용기(龍旂): 제후들이 꽂는 교룡(交龍)을 그린 깃발.

55 대치시승(大糦是承): 치(糦)는 희(饎: 酒食)와 같은 글자. 대치(大糦)는 성찬(盛饌)을 말하며, 제사에 쓰이는 주식(酒食)들. 승(承)은 진봉(進奉)의 뜻. 여기서는 제후들이 많은 주식(酒食)들을 장만해가지고 제사를 도우러 오는 것을 말한다.

56 방기(邦畿): 왕기(王畿)로서, 천자의 직할지(直轄地).

57 지(止): 머물러 사는 것.

肇域彼四海[58]로다
조 역 피 사 해
저 사해를 다스리기 시작하셨네

四海來假[59]하니
사 해 래 격
사해에서 모두들 와서 이르는데

來假祁祁[60]로다
래 격 기 기
와서 이르는 이들 많기도 하였어라

景員維河[61]며
경 원 유 하
광대한 강토는 황하에 닿고

殷受命咸宜[62]라
은 수 명 함 의
은나라가 받은 천명 모두 합당해

百祿是何[63]로다
백 록 시 하
온갖 복록을 받았다네

◈ 해설

「모시서」에서는 고종(高宗) 무정(武丁)을 제사하는 시라고 하였다. 「나(那)」는 탕왕, 「열조(烈祖)」는 중종〔中宗: 탕(湯)의 현손(玄孫)〕을 제사 지내는 시라고 하였으니, 그래서 「현조(玄鳥)」는 특히 상(商)나라의 중흥주(中興主)였던 고종을 그 제사 대상으로 했을 것이다. 무정은 상나라 제20대 임금으로 그의 백부(伯父) 반경(盤庚) 임금이 수도를 은(殷)으로 옮기고 국호를 은(殷)이라 고친 후, 상나라를 중흥시켰던 위대한 임금이다. 여기에는 춘추시대 역사적인 흐름과 어느

---

58 조역(肇域): 세상 땅을 다스리기 시작하는 것.

59 격(假): 지(至)의 뜻(『정전』). 본래는 신령의 강림을 뜻하는 글자였으나 뒤에 일반화되어 '이르다'는 뜻으로 사용되었다. 여기서는 사해(四海)의 임금들이 조공(朝貢)을 하거나 제사를 도우러 옴을 말한다〔『석의(釋義)』〕.

60 기기(祁祁): 중다(衆多)한 것(『정전』).

61 경원유하(景員維河): 경(景)은 큰 것. 또는 산 이름으로, 지금의 하남성 상구현(商丘縣)에 있다. 원(員)은 다음의 시인 「상송·장발(商頌·長發)」에 보이는 폭운(幅隕)의 뜻으로 폭과 둘레를 말한 것. 하(河)는 황하. 이 구절은 은상(殷商)이 도읍한 경산(景山)의 사방 주위가 모두 황하라는 뜻. 또는 광대한 은나라의 강역(疆域)이 황하에 걸쳐 있었다는 뜻. 은나라의 경계는 3면이 황하였다〔『석의(釋義)』〕.

62 의(宜): 합당한 것.

63 하(何): 하(荷)와 통하며, 복을 누리는 것.

정도 관련이 있을 것으로 보인다. 『사기·송세가(史記·宋世家)』를 보면, 송(宋)의 양공(襄公)은 맹주(盟主)·패자(霸者)가 되기 위하여 국내외의 객관적인 조건을 살피지 않고 전쟁을 일으키는 등 무리한 정책을 시행하였다. 그런데 그의 대부인 정고보(正考甫)가 이를 찬미하며 「상송(商頌)」을 지었다고 하였으니, 그 목적은 명백해 보인다. 즉 정고보는 패자가 되기 위한 양공의 이런 수요를 만족시키기 위하여 상(商) 왕조의 옛 노래들을 수집하는 한편 새로운 작품을 창작하였을 것이며, 그래서 「상송(商頌)」에는 옛 상(商) 왕조의 악가(樂歌)가 있을 것이며 또한 송(宋) 양공(襄公) 때의 새로운 작품도 있을 것이다. 양공은 이렇게 악장(樂章)들을 제정하고 제사를 봉행하며 자신의 결심을 표출하고, 조상의 업적을 계승하고 사기(士氣)를 고양시켜 패업을 도모하려고 하였으니, 이 제사는 제사를 위한 단순한 제사가 아니었음을 알 수 있다. 즉 특히 무공(武功)이 현저한 선조인 성탕(成湯)과 무정(武丁)을 본받자고 한 것이다.

4. 장발(長發) 오래전부터

濬哲維商[64]에 준 철 유 상	생각이 깊고 명철한 이 상나라에
長發其祥[65]이로다 장 발 기 상	오래전부터 상서로운 징조 나타났다
洪水芒芒[66]이어늘 홍 수 망 망	홍수가 망망한 천지 뒤덮었을 때

---

64 준철유상(濬哲維商): 준(濬)은 준(浚)과 통하여, '깊다'〔심(深)〕는 뜻. 철(哲)은 명철(明哲)한 지혜(『집전』). 유(維)는 시(是)의 뜻. 상(商)은 상(商)나라 임금. 또는 준(濬)은 예(睿)의 가차자로서, 예지(睿智, 叡智)의 뜻이라 하였다(『통석(通釋)』).

65 장발기상(長發其祥): 장(長)은 구(久)의 뜻으로(『정전』), '오래 두고'. 발(發)은 상서(祥瑞)가 '나타나는 것'.

禹敷下土方[67]하사
우 부 하 토 방

外大國是疆[68]하여
외 대 국 시 강

幅隕旣長[69]이로다
폭 원 기 장

有娀方將[70]일세
유 융 방 장

帝立子生商[71]하시니라
제 립 자 생 상

우임금이 천하 땅 정리하시고
밖의 큰 나라들을 강역으로 하니
나라의 폭과 둘레 이미 광대하도다
유융씨 나라 마침 커질 적에
상제께서 아들을 상나라에
나게 하셨다

玄王桓撥[72]하사
현 왕 환 발

受小國是達[73]이며
수 소 국 시 달

현왕 설께서는 늠름하고 굳세어
작은 나라 맡아서도 잘 다스리시고

---

66 망망(芒芒): 광대한 모양.

67 우부하토방(禹敷下土方): 우(禹)는 고대의 임금으로 치수(治水)를 잘했다. 부(敷)는 포(鋪)와 통하여, 평(平)의 뜻. 또한 치(治)와 같이 '다스리다'의 뜻. 하토방(下土方)은 하국(下國)의 뜻. 이 구절은 우(禹)가 치수(治水)한 이후로 이미 상나라가 있게 되었음을 말한 것.

68 외대국시강(外大國是疆): 외(外)는 왕기(王畿)의 밖. 대국(大國)은 왕기 밖의 제후들. 강(疆)은 모두 강역(疆域) 안에 넣는 것.

69 폭원기장(幅隕旣長): 폭원(幅隕)은 강역의 폭과 둘레. 장(長)은 장대(長大)하다는 뜻.

70 유융방장(有娀方將): 유융(有娀)은 부족 또는 나라 이름으로, 옛 땅은 대략 지금의 산서성(山西省) 영제현(永濟縣) 근처에 있었다. 설(契)의 어머니 간적(簡狄)은 유융씨의 딸이었으므로, 여기서 유융은 간적을 가리킨다. 방(方)은 바야흐로. 장(將)은 대(大)의 뜻으로 커지다. 또는 '백량장지(百兩將之)'의 장(將)과 같은 뜻으로, '영취(迎娶)' 곧 아내로 맞아들인다는 것『석의(釋義)』.

71 제립자생상(帝立子生商): 제(帝)는 상제(上帝). 이 구절은 상제가 제비에게 명하여 알을 보내어 간적이 이를 삼키고 설을 낳아 상나라의 선조가 되게 한 것을 말한다. 입자(立子)는 아들로 세우다 곧 설(契)을 하늘의 아들로 세웠다는 것.

72 현왕환발(玄王桓撥): 현왕(玄王)은 설(契)에 대한 존칭. 또는 현조(玄鳥)가 내려와서 낳았기 때문이라 한다『모전』. 환(桓)은 무(武)로 굳셈의 뜻. 발(撥)은 치(治)로 다스림의 뜻『집전』. 두 글자를 나란히 쓰면 모두 '강용(剛勇)'의 뜻을 지닌다『통석(通釋)』.

73 수소국시달(受小國是達): 수(受)는 천자로부터 위임받는 것. 달(達)은 정치가 통달되는 것. 요(堯)임금은 처음에 설을 소국(小國)에 봉하였는데, 순(舜)임금 말년에 이르러 땅을

受大國是達이로다
수 대 국 시 달

큰 나라 맡아서도 잘 다스리셨다

率履不越[74]하시니
솔 리 불 월

예법에 따라 벗어남이 없으시니

遂視既發[75]이로다
수 시 기 발

두루 백성들을 봄에 이미 호응하였다

相土烈烈[76]하시니
상 토 렬 렬

위엄 있고 용맹하신 손자 상토께서는

海外有截[77]이로다
해 외 유 절

멀리 나라 밖까지 평정하셨다

帝命不違[78]하사
제 명 불 위

상제의 명에 어김이 없으시어

至于湯齊[79]하시니라
지 우 탕 제

탕왕께서 왕업 이루시기에 이르렀다

湯降不遲[80]하시며
탕 강 부 지

탕왕께서 때마침 태어나시고

聖敬日躋[81]하시니라
성 경 일 제

성스럽고 공경스런 덕 날로 더하여

昭假遲遲[82]하시며
소 격 지 지

신령께서 오래도록 강림하시고

더 붙여 주어 대국(大國)이 되었다고 한다(『정전』).

74 솔리불월(率履不越): 솔(率)은 따르다. 리(履)는 예(禮)의 뜻(『모전』). 불월(不越)은 예법에 벗어나지 않는 것.

75 수시기발(遂視既發): 수(遂)는 두루(『정전』). 발(發)은 응(應), 즉 호응한다는 뜻(『집전』). 또는 옛날에는 법(法)자와 통용되어[우성오(于省吾), 『신증(新證)』], 법도가 행하여지는 것.

76 상토렬렬(相土烈烈): 상토(相土)는 설(契)의 손자(『모전』). 열렬(烈烈)은 위무(威武)가 있는 모양(『정전』).

77 해외유절(海外有截): 해외(海外)는 사해(四海)의 밖까지. 절(截)은 정제(整齊)한 것. 유절(有截)은 절연(截然)과 같은 말로, 사해의 밖까지 모두 깨끗이 다스려졌다는 뜻이다.

78 제명불위(帝命不違): 불위제명(不違帝命)의 도치문.

79 제(齊): 제(濟)와 통하여, 성공(成功)의 뜻[『석의(釋義)』]. 즉 탕(湯)에 이르러 성공하였다는 뜻. 그래서 탕왕을 성탕(成湯)이라 칭한다고 했다.

80 탕강부지(湯降不遲): 강(降)은 생(生) 곧 태어남의 뜻(『모전』). 부지(不遲)는 늦지 않고 때에 꼭 알맞은 것.

81 성경일제(聖敬日躋): 성경(聖敬)은 성명(聖明)하고 공경(恭敬)하는 덕(德). 일제(日躋)는 나날이 상승하는 것.

82 소격지지(昭假遲遲): 소격(昭假)은 신령의 강림을 비는 것. 지지(遲遲)는 오랫동안.

上帝是祇[83]하시니 상 제 시 지	상제만을 공경하시니
帝命式于九圍[84]하시니라 제 명 식 우 구 위	상제의 명이 구주 천하에 퍼졌다

受小球大球[85]하사 수 소 구 대 구	작은 법 큰 법 다 받아
爲下國綴旒[86]하사 위 하 국 체 류	나라의 본보기 삼고
何天之休[87]하시니라 하 천 지 휴	하늘의 미덕을 누리셨다
不競不絿[88]하시며 불 경 불 구	다투지도 탐내지도 않으시고
不剛不柔하사 불 강 불 유	억세지도 연약하지도 않으시어
敷政優優[89]하시니 부 정 우 우	너그러이 정사를 베푸시어

---

83 지(祇): 존경하다, 공경하다.

84 식우구위(式于九圍): 식(式)은 법(法) 또는 모범. 구위(九圍)는 구주(九州)·구역(九域)의 뜻. 위(圍)는 성(城)·유(有)와 모두 뜻이 통함〔『통석(通釋)』〕.

85 수소구대구(受小球大球): 수(受)는 하늘로부터 받는 것. 구(球)는 뒤의 공(共)과 함께 모두 법(法)의 뜻. 구(球)는 구(捄), 공(共)은 공(拱)과 같은 뜻인데, 『광아(廣雅)』에 공(拱)과 구(捄)는 법(法)의 뜻이라 하였다〔왕인지(王引之), 『경의술문(經義述聞)』〕. 또는 미상(未詳)이기는 하지만, 소구(小球)는 진규(鎭圭), 대구(大球)는 대규(大圭)라 하기도 하고(『집전』), 소국(小國)·대국(大國)이라고도 한다.

86 위하국체류(爲下國綴旒): 하국(下國)은 제후이다(『모전』). 체(綴)는 표(表)의 뜻(『모전』). 류(旒)는 장(章)의 뜻(『모전』). 체류(綴旒)는 밑의 제후들 나라의 표장(表章), 곧 본보기. 또는 체(綴)는 체(畷: 밭두둑 길)와 통하고, 류(旒)는 우(郵)와 통하여, 옛날 향리(鄕里)의 우정(郵亭)은 백성들과 돈독하게 약속하는 곳이라 표(表)를 세워 사람들에게 보였다. 교통의 요도(要道)나 교차로 또는 갈림길에 표(表)를 세운 것을 우표(郵表) 또는 우표체(郵表畷)라고 하며, 환(桓)이라고 하는데 그 약속의 표장이다.

87 하천지휴(何天之休): 하(何)는 하(荷)와 통하여, 짊어지다. 휴(休)는 복(福)의 뜻. 또는 미(美)나 찬미(讚美).

88 불경불구(不競不絿): 불경(不競)은 다투지 않는 것. 불구(不絿)는 서두르지 않는 것. 또는 경(競)은 강포(强暴)하거나 교만한 것, 구(絿)는 구(求)와 통하여 비하(卑下)하거나 아첨이 많은 것.

89 부정우우(敷政優優): 부(敷)는 펴다. 또는 널리 알리다. 우우(優優)는 훌륭하고 부드러

百祿是遒[90]로다 백 록 시 주	온갖 복록이 다 모여들었다

受小共大共[91]하사 수 소 공 대 공	작은 법 큰 법을 다 받아
爲下國駿厖[92]하사 위 하 국 준 방	나라의 방패 삼고
何天之龍[93]하시니라 하 천 지 룡	하늘의 은총을 누리셨다
敷奏其勇[94]하사 부 주 기 용	천하에 용맹을 떨치시어
不震不動하시며 부 진 부 동	놀라 떨지도 않으시고
不戁不竦[95]하시니 불 난 불 송	두려워 무서워하지도 않으시어
百祿是總[96]이시로다 백 록 시 총	온갖 복록이 다 모여들었다

武王載旆[97]하고 무 왕 재 패	용맹하신 탕왕 깃발 나부끼며

운 모양.

90 주(遒): 모여들다, 다가서다.

91 소공대공(小共大共): 앞의 주(注) 85 '소구대구(小球大球)' 참조. 구(球)와 공(共)에 대한 해설은 역대로 분분하다. 공(共)은 대벽(大璧)으로, 『노시(魯詩)』에는 공(珙: 큰 옥)으로 썼으며, 혹은 공(拱)으로도 썼다. 즉 큰 옥은 반드시 손으로 집공(執拱), 즉 지니고 받드는 것이라서 법(法)의 뜻으로 푼다.

92 준방(駿厖): 비호(庇護)의 뜻. 『노시(魯詩)』에서는 준몽(駿蒙)이라 썼고 『제시(齊詩)』에는 순몽(恂蒙)으로 썼으며, 『순자(荀子)』와 『대대례(大戴禮)』에도 모두 몽(蒙)으로 인용되고 있다. 준(駿)과 순(恂), 방(厖)과 몽(蒙)은 음근상통(音近相通)이다. 순(恂)은 순(徇)으로도 읽히고 '비위(庇衛)'의 뜻이며, 몽(蒙)은 복피(覆被)의 뜻으로, 이 구절은 하국(下國)들이 모두 그 보호를 받음을 뜻한다〔『통석(通釋)』〕

93 용(龍): 총(寵)의 뜻(『정전』). 은총(恩寵).

94 부주(敷奏): 주(奏)는 진(陳)의 뜻〔『석의(釋義)』〕. 부주(敷奏)는 포진(布陳)의 뜻.

95 불난불송(不戁不竦): 난(戁)과 송(竦)은 모두 두려워하다.

96 총(總): 모이다.

97 무왕재패(武王載旆): 무왕(武王)은 탕(湯)임금에 대한 존칭(『모전』). 재(載)는 시작하다. 패(旆)는 깃발. 깃발을 세운다는 것은 전쟁을 하려는 것. 『노시(魯詩)』와 『한시(韓詩)』에

有虔秉鉞[98]하시니 (유건병월)	위무도 당당하게 큰 도끼 잡고
如火烈烈하여 (여화렬렬)	열화 같은 그 모습
則莫我敢曷[99]이로다 (즉막아감알)	아무도 감히 우릴 당할 자 없었다
苞有三蘖[100]이 (포유삼얼)	한 그루터기에 난 세 개의 싹
莫遂莫達[101]하여 (막수막달)	순조롭게 자랄 수가 없어
九有有截[102]이어늘 (구유유절)	구주 천하가 안정되고
韋顧既伐[103]하시고 (위고기벌)	위나라 고(顧)나라 치신 다음
昆吾夏桀[104]이로다 (곤오하걸)	곤오 그리고 하나라 걸왕을 치셨다

昔在中葉[105]하여 (석재중엽)	옛날 중세 한때

서는 발(發)로 썼다. 출발의 뜻이다. 군대를 모아서 걸왕(桀王)을 치려는 것이다.

98 유건병월(有虔秉鉞): 유건(有虔)은 건연(虔然), 경건한 모양. 병(秉)은 지(持)의 뜻으로, '잡다, 지니다'. 월(鉞)은 무기로 쓰이던 도끼[부월(鈇鉞, 斧鉞)]. 도끼를 잡는다는 것은 병권(兵權)을 잡고 전쟁을 지휘한다는 뜻이다.

99 갈(曷): 본래 '갈'로 읽지만 알(遏)의 뜻이기 때문에 '알'로 읽고, '막다'의 뜻. 『순자·의병(荀子·議兵)』편과 『한서·형법지(漢書·刑法志)』엔 모두 '알(遏)'로 인용되어 있다.

100 포유삼얼(苞有三蘖): 포(苞)는 밑뿌리. 하(夏)나라에 비유한 것. 삼얼(三蘖)은 세 개의 움. 뒤에 나오는 하나라의 여국(與國)인 위(韋)나라와 고(顧)나라 및 곤오(昆吾) 3국을 말하는 것(『집전』).

101 막수막달(莫遂莫達): 수(遂)와 달(達)은 모두 순조롭게 생장(生長)하는 것. 이 구절은 3국이 다시는 부흥할 수 없었다는 비유로 본다.

102 구유유절(九有有截): 구유(九有)는 구역(九域)·구주(九州). 유절(有截)은 절연(截然)으로, 모두가 자른 듯이 정연하게 귀부(歸附)하여 오는 것.

103 위고기벌(韋顧既伐): 위(韋)는 지금의 하남성 활현(滑縣)에 있던 나라. 고(顧)는 지금의 산동성 범현(范縣)에 있던 나라. 모두 하(夏)의 동맹 부락이었다가 탕(湯)에 의해 멸망했다.

104 곤오하걸(昆吾夏桀): 곤오(昆吾)는 지금의 하북성 복양현(濮陽縣)에 있던 나라. 탕(湯)임금은 먼저 걸(桀)임금을 따르던 위(韋)·고(顧)·곤오(昆吾)의 세 나라를 친 다음 하나라를 쳤다.

有震且業[106]이러니 유 진 차 업	나라가 동요되고 위급했으나
允也天子[107]께 윤 야 천 자	참으로 하늘이 내리신 아들께
降于卿士[108]하시니 강 우 경 사	훌륭한 신하 내려 주시어
實維阿衡[109]여 실 유 아 형	바로 아형이신 이윤이
實左右商王[110]이로다 실 좌 우 상 왕	상나라 임금을 보좌하셨다

◈ 해설

「모시서」에서는 대체(大禘) 때 부른 노래라 하였다. 대체란 천자가 정월에 남교(南郊)에서 하늘과 선조를 제사하는 나라의 큰 행사이다. 주희는 대체엔 군묘지주(群廟之主)까지 제사하는 것은 아니므로 협제(祫祭) 때의 시인 듯하다고 했다. 협제란 뭇 선조들을 태조묘에서 합제(合祭)하는 것이다. 그러나 내용으로 볼 때 역시 송나라 양공(襄公)이 그의 조상 설(契)과 상토(相土) 및 탕(湯)임금을 제

---

105 중엽(中葉): 중세. 탕(湯)임금이 아직 일어나지 않았을 때. 설(契)이 상공(上公)으로 있을 때 대국(大國)이어서 사방 백 리가 넘었는데, 탕(湯)의 시대에는 70리에 불과했으니 탕의 전세(前世)에는 비록 임금이 있었지만 쇠약했고 영토도 좁았음을 말한다〔『전소(傳疏)』, 『집소(集疏)』〕. 일설에는 탕(湯)이 재위하던 중기(中期)라고 하는데, 적절하지 않다.

106 유진차업(有震且業): 진(震)은 구(懼)(『집전』), 곧 두렵다는 뜻. 업(業)은 위(危)(『집전』), 곧 위급(危急)하다는 뜻.

107 윤야천자(允也天子): 윤(允)은 진실로. 천자(天子)는 하늘의 아들, 곧 탕(湯)임금.

108 경사(卿士): 집정(執政)하는 대신(大臣). 뒤의 아형(阿衡)을 가리킨다.

109 실유아형(實維阿衡): 실(實)은 시(是)의 뜻. 유(維)는 조사. 아형(阿衡)은 이윤(伊尹)의 이름〔『사기·은본기(史記·殷本紀)』〕. 또는 관명(官名)이라고도 함. 『정전(鄭箋)』에서는 "아(阿)는 의(倚)이며, 형(衡)은 평(平)이다. 이윤(伊尹)은 탕(湯)임금이 의지한 바이며 그래서 평형(平衡)을 얻었기 때문에 관명으로 삼았다"라고 했다. 이윤은 탕(湯)임금의 재상으로 상(商)나라를 세우는 데 지대한 공을 세운 사람이다.

110 좌우(左右): 좌우(佐佑)로서, 보조(輔助)의 뜻.

사 지내는 시가 아닌가 한다. 옛날을 생각하면서 조상의 위업을 잇고, 사기를 고무하고 격려하면서 패업(霸業)을 도모하기 위함일 것이다.

5. 은무(殷武) 은나라 무력

撻彼殷武[111]로 달 피 은 무	날렵한 저 은나라 무사들
奮伐荊楚[112]하사 분 벌 형 초	분연히 초나라를 치러
罙入其阻[113]하여 미 입 기 조	깊숙이 험한 곳까지 들어가고
裒荊之旅[114]하여 부 형 지 려	초나라 무리 사로잡아

---

111 달피은무(撻彼殷武): 달(撻)은 무용(武勇)이 있는 모양. 은무(殷武)는 은(殷)나라의 무력. 또는 은왕(殷王)의 무력. 이 시는 송(宋)나라 양공(襄公)을 기린 것으로 춘추시대에는 송나라를 은상(殷商)이라 흔히 불렀다.

112 분벌형초(奮伐荊楚): 분(奮)은 떨치고 일어나는 것. 형초(荊楚)는 초(楚)나라. 형(荊)은 고대 초나라의 별칭(別稱)으로, 원래 형산(荊山) 일대에 나라를 세웠기 때문이다. 이전에는 다만 형(荊)이라 칭했는데, 희공(僖公) 2년(BC 658년)에 비로소 초(楚)라 칭하기 시작했다. 송(宋)나라 양공이 초나라를 친 기사는, 『춘추좌전』에 의하면 노(魯)나라 희공(僖公) 15년에 양공은 모구(牡丘)에서 제후들과 회맹(會盟)하여 초나라를 치고 서(徐)나라를 구할 것을 모의했고, 22년에는 초나라 사람들과 홍(泓) 땅에서 싸워 졌다는 내용이 있다. 송시(頌詩)엔 아무래도 과분한 찬사가 들어가기 마련이다. 또 이전 노나라 희공 4년에 제(齊)나라를 따라 송나라 환공(桓公)이 초나라를 쳤는데 이것까지 아울러 노래하고 있는 것인지도 모른다(『정전』).

113 미입기조(罙入其阻): 미(罙)는 깊은 것〔심(深)〕. 기(其)는 초나라. 조(阻)는 초나라의 험조(險阻)한 곳.

114 부형유려(裒荊有旅): 부(裒)는 부(捊)와 통하여, 취(取)의 뜻〔『통석(通釋)』, 『경의술문(經義述聞)』〕. 또 부로(俘虜), 즉 포로의 뜻. 려(旅)는 초나라 군사들.

有截其所[115]하니 유 절 기 소	그 땅을 평정하였으니
湯孫之緖[116]시로다 탕 손 지 서	탕왕 후손의 공이어라
維女荊楚이 유 여 형 초	그대들 초나라만이
居國南鄕[117]이로다 거 국 남 향	우리나라 남쪽에 있고
昔有成湯이 석 유 성 탕	옛날 탕왕 계실 적에는
自彼氐羌[118]하여 자 피 저 강	저 멀리 저와 강의 오랑캐 나라에서까지
莫敢不來享[119]하며 막 감 불 래 향	감히 조공 바치지 않는 나라 없고
莫敢不來王[120]하여 막 감 불 래 왕	감히 조현하러 오지 않는 나라 없어
曰商是常[121]이러니라 왈 상 시 상	상나라만을 받들었었다

---

115 유절기소(有截其所): 유절(有截)은 절연(截然)으로 정제하게 다스리는 것. 기소(其所)는 그곳 곧 초나라 땅을 가리킴.

116 탕손지서(湯孫之緖): 탕손(湯孫)은 탕(湯)임금의 자손. 무정(武丁)이라고도 하고, 송나라 양공(襄公)이라고도 함. 서(緖)는 공업(功業)의 뜻.

117 거국남향(居國南鄕): 거(居)는 '—에 있다', '—에 살다'는 뜻. 국(國)은 송(宋)나라. 남향(南鄕)은 남향(南向)·남방(南方)의 뜻. 초나라는 송나라의 남쪽에 있었다.

118 자피저강(自彼氐羌): 저(氐)와 강(羌)은 모두 서방(西方) 곧 섬서(陝西)·감숙(甘肅)·청해(靑海)·사천(四川) 일대에 있던 오랑캐 나라 이름.

119 향(享): 공물을 바쳐 오는 것.

120 래왕(來王): 천자로서 섬기는 것. 왕(王)은 세현(世見) 곧 원방(遠方)의 제후가 1세(世)에 적어도 천자를 한 번은 알현하는 것이라 했는데(『정전』), 여기서는 천자를 조현(朝見)하여 신하로 복종함을 표시하는 것으로 본다.

121 왈상시상(曰商是常): 왈(曰)은 조사. 상(常)은 상(尙)과 통용되어, 받드는 것. 또는 법(法)과 통하여 모범의 뜻.

天命多辟[122]하사 천 명 다 벽	하늘이 여러 제후들에게 명하시어
設都于禹之績[123]하시니 설 도 우 우 지 적	우임금 다스리던 땅에 나라 세우시고
歲事來辟[124]하여 세 사 래 벽	해마다 조현하여 아뢰기를
勿予禍適[125]이어라 물 여 화 적	저희를 너무 질책하지 마옵소서
稼穡匪解[126]라 하니라 가 색 비 해	농사일 게을리 하지 않았노라 하였다

天命降監[127]이니 천 명 강 감	하늘의 명이 강림하여 살피시니
下民有嚴[128]이로다 하 민 유 엄	백성들이 공경히 따른다

---

122 벽(辟): 제후들.

123 설도우우지적(設都于禹之績): 설도(設都)는 도읍을 건설하는 것. 우지적(禹之績)은 우(禹)임금이 치산치수(治山治水)한 땅을 말한다.

124 세사래벽(歲事來辟): 세사(歲事)는 매년 조근(朝覲)하는 일(『정전』). 래벽(來辟)은 앞의 내왕(來王)의 뜻과 같다.

125 물여화적(勿予禍適): 여(予)는 나[아(我)]로 보기도 하고, 주다[급(給)]로도 본다. 화(禍)는 과(過)의 뜻[왕인지(王引之), 『경의술문(經義述聞)』]. 적(適)은 적(謫)과 통하여(『통석(通釋)』), '꾸짖다, 견책하다'는 뜻.

126 가색비해(稼穡匪解): 가색(稼穡)은 농사를 말함. 비(匪)는 비(非)의 뜻. 해(解)는 해(懈)와 통하여, 게으르다. 이 제3장은 형초(荊楚)가 이미 평정되어 제후들이 두려워하고 복종함을 말한 것으로(『집전』), 상(商)나라가 강성할 때를 노래하는 한편으로 주(周)나라 천자 밑에 있는 송(宋)나라의 숨겨진 야망을 엿볼 수 있다.

127 천명강감(天命降監): 강(降)은 내려오다. 감(監)은 감찰(監察)하다. 곧 하늘의 명(命)이 강림하여 살펴본다, 아래로 내려다보며 살핀다는 뜻. 또는 '하늘이 감독자를 내리게 명하다'로 번역하기도 하는데, 적절하지 않다.

128 하민유엄(下民有嚴): 유엄(有嚴)은 엄연(嚴然)의 뜻으로, 금문(金文)에 자주 보이는 글귀이다. 이에 대해 왕국유(王國維)는 이 두 구에 대해 "뜻으로 볼 때 천명유엄(天命有嚴) 강감하민(降監下民)으로 봄이 좋다. 이처럼 구절을 전도(顚倒)시킨 것은 운을 맞추기 위한 것"이라 하였다. 이로써 '하늘의 명이 지엄하여, 강림해서 백성들을 살핀다' 정도로 번역할 수 있겠다. 또는 유엄(有嚴)의 엄(嚴)을 엄(儼)으로 읽어야 하며 경(敬)의 뜻이라 하였다(『전소(傳疏)』).

不僭不濫[129]하여 불 참 불 람	상벌을 지나치는 일 없이
不敢怠遑[130]하니 불 감 태 황	잠시도 감히 정사를 태만히 하지 않아
命于下國하사 명 우 하 국	하늘은 이 나라에 명하시어
封建厥福[131]하시니라 봉 건 궐 복	큰 복록 이룩하게 하셨다

商邑翼翼[132]하니 상 읍 익 익	상나라 서울은 정연하여
四方之極[133]이로다 사 방 지 극	천하의 중심이자 본보기로다
赫赫厥聲[134]이며 혁 혁 궐 성	빛나는 명성과
濯濯厥靈[135]이러니 탁 탁 궐 령	밝으신 신령이시니
壽考且寧하여 수 고 차 녕	오래오래 장수하시고 평안하시어
以保我後生이시니라 이 보 아 후 생	우리들 후손들 보우하신다

---

129 불참불람(不僭不濫): 참(僭)은 분수에 지나친 것. 본뜻은 아랫사람이 윗사람을 의심하는 것이었는데, '지나친 것' 또는 '잘못함'으로 인신되었다. 람(濫)은 형벌을 함부로 쓰는 것.

130 불감태황(不敢怠遑): 잠시도 정치를 게을리 하지 않는 것. 황(遑)은 가(暇)와 통하여 '겨를, 틈'의 뜻. 또는 동사로 한(閑)의 뜻이며 태만(怠慢)과 의미가 가깝다.

131 봉건궐복(封建厥福): 봉건(封建)은 땅을 떼어 주어 다스리게 하는 것. 복(福)은 복(服)과 통하여〔우성오(于省吾), 『신증(新證)』〕, 그곳을 다스리는 것을 말한다. 또는 봉(封)은 대(大)의 뜻으로(『모전』, 『정전』), 이 구절은 '그 복을 크게 세우다'는 의미가 된다. 후자가 설득력이 있다. 이 제4장은 상나라 임금이 부지런히 정치에 종사하였음을 말하며, 또한 송나라 양공도 이러한 위대한 전통을 계승하였음을 은연중에 드러내고 있다.

132 상읍익익(商邑翼翼): 상읍(商邑)은 송나라 도읍을 말한다. 송나라는 상구(商丘)에 도읍하고 있었다. 익익(翼翼)은 정연한 모양(『집전』). 또는 건축물이 성대(盛大)한 모양.

133 극(極): 중앙, 중심, 가운데. 〈삼가시(三家詩)〉는 칙(則)으로 썼다. 즉 법칙(法則)의 뜻.

134 혁혁궐성(赫赫厥聲): 혁혁(赫赫)은 밝고 성(盛)한 모양. 궐성(厥聲)은 송나라 양공의 명성.

135 탁탁궐령(濯濯厥靈): 탁탁(濯濯)은 밝고 빛나는 모양(『집전』). 령(靈)은 조상들의 신령(神靈). 또는 령(令)과 옛날에는 통용되어, 여기서는 양공의 정령(政令)을 말한다〔『석의(釋義)』〕.

陟彼景山[136]하니 척 피 경 산	저 경산에 오르니
松栢丸丸[137]이로다 송 백 환 환	쭉쭉 뻗은 아름드리 소나무 잣나무
是斷是遷[138]하여 시 단 시 천	베어다 옮겨서
方斲是虔[139]하니 방 착 시 건	자르고 깎고 하니
松桷有梴[140]하며 송 각 유 천	소나무 서까래들 기다랗고
旅楹有閑[141]하니 여 영 유 한	많이 늘어선 기둥들 커다랗게
寢成孔安[142]이로다 침 성 공 안	침묘가 이루어짐에 심히 편안하도다.

◈ 해설

「모시서」에서는 은나라 고종(高宗), 즉 무정(武丁)을 제사하는 시라고 하였으나, 역시 송(宋)나라 때의 시로 보고 송(宋) 양공(襄公)을 기린 것으로 봄이 좋다. 초(楚)나라라는 칭호는 『춘추(春秋)』에서 희공(僖公) 원년에 처음 보이는데, 이처럼 늦게 생긴 초(楚)나라라는 칭호를 이곳에 쓰고 있다는 사실도 이 시가 상대(商代)나 서주(西周) 때의 작품이 아님을 말해 준다.

---

136 경산(景山): 산구(商丘) 부근에 있는 산의 이름〔왕국유(王國維), 『說商頌』〕.

137 환환(丸丸): 곧은 모양(『모전』). 또는 기울고 휘어져 둥근 것처럼 보이는 것.

138 천(遷): 운반의 뜻.

139 방착시건(方斲是虔): 방(方)은 이에〔于是〕. 또는 정(正)과 통하여 방정(方正)한 것. 착(斲)은 깎다. 건(虔)은 절(截)(『집전』)·벌(伐)과 같으며 '자르다'의 뜻.

140 송각유천(松桷有梴): 각(桷)은 네모진 서까래. 유천(有梴)은 천연(梴然), 나무가 긴 모양.

141 여영유한(旅楹有閑): 여(旅)는 무리가 많은 것. 영(楹)은 기둥. 유한(有閑)은 한연(閑然)으로, 큰 모양(『집전』).

142 침성공안(寢成孔安): 침(寢)은 침묘(寢廟)를 모두 가리킴, 곧 궁전과 묘당을 모두 대표함. 앞의 묘(廟)이며, 뒤는 침(寢)이라 했다(『정전』). 이 끝 장은 송나라 국위(國威)를 상징하는 궁전의 건립을 노래한 것이다. 공(孔)은 매우, 심히. 안(安)은 고종(高宗)의 신령을 편안히 하는 것(『집전』).

후기(後記)

『시경(詩經)』과의 인연

필자가 이 책을 쓰게 된 중요한 동기(動機)나 그 인연을 소개하고자 한다. 이는 『시경』과의 인연 및 본서(本書)가 의도한 방향과 무관하지 않을 것이기 때문이다.

박사과정 중에 『시경』 관련 강의를 맡기 시작한 것이 거의 20년이 되었다. 어려서부터 한학(漢學)을 한 것도 아니고 주위에 한학을 하는 분도 없었다. 혼자 시를 쓴다는 중고등 학생의 오기였는지 아는 척하기 위해서였는지 한자를 좋아했고 유교와 불교 관련 경전이나 한시(漢詩)와 『고문진보(古文眞寶)』 속의 문장들을 한자로 조금씩 베껴 가며 읽고 외웠다. 그러다가 『시경』을 본격적으로 접한 것은 늦은 나이 대학 4학년 때였다. 요즘은 몇몇 대학을 제외하고는 학부 강단에서 하기 힘든 강의가 되었지만 10여 년 전까지도 『시경』 관련 강의가 대개 중어중문학과 4학년 과목에 배정되었었다. 대개는 〈시경(詩經)과 초사(楚辭)〉라는 과목명이었다. 일반적으로 1, 2학년 때 전공필수로 배우는 〈중국문학사〉의 『시경』 소개 부분을 암기할 정도로 익혀 놓은 바탕 위에서 그 과목은 진행된다. 필자에게는 지도교수이자 전 성균관대학교 총장이신 중당(中堂) 정범진(丁範鎭) 선생의 『중국문학사(中國文學史)』에서 시작되었다.

작은 글씨로 각 장을 가득 채운 『시경』 번역·해설본들을 청계천에서 구입했지만 그 내용들은 읽기에도 쉽지 않았고, 그래도 시를 쓰고 공부한다는 마음으로 책장을 넘기다가 우연히 눈에 걸려 다가온 부분을 읽고 기록하기는 했지만 『시경』의 시들은 어려웠을 뿐 아니라 읽고 난 다음에도 대체로 몽롱하였다. 거의 코끼리 다리 만지는 소경 수준이었다. 그리고 석사과정 때 대만정치대학 주수량(朱守亮) 교수가 교환교수로 오셨을 때 수강 학생들이 돌아가며 중문(中文)으로 발표문을 작성하여 발표했던 다소 땀났던 시간도 있었다.

몇몇 대학에서 『시경』 관련 강의를 하기 시작했다. 나에게도 그다지 쉽지 않았던 그 내용들을 한문을 좋아하는 학생이 그리 많지 않았던 것 같은 중문학과 4학년 학생들에게 중국에서 출판된 서적을 교재로 하여 한 학기 동안 작품들을 정선(精選)하여 읽고 번역하고 또 중국어로 읽었다. 그러나 당시의 역사와 고전적인 전통 시학의 '사무사(思無邪)'나 '온유돈후(溫柔敦厚)' 등을 주제로 하거나 중요 작품들을 집중적으로 한국어 음과 중국어로 각각 읽고 그 주제와 시적인 기교나 감흥과 후세에의 영향 등을 매주 세 시간씩 강의한다는 것이 꽤나 신경 쓰이는 일이었다. 그런 내용을 강의한다는 것이 그렇게 용이하지 않았고, 또 현실적으로 인성적으로나 학문적으로 도움이 되는 것인지 회의(懷疑)가 없을 수 없었고, 그래서 다양한 접근 방법을 모색하였다. 학생들의 흥미를 고조시키기 위해 작품 내용들을 현대시처럼 접근시키면서

'소설 쓰듯이' 구성하기도 했고, 문학적 감성과 수사 기교는 물론 외적인 부분, 즉 당시의 역사 및 사회 문화, 민속학, 인류학, 고고학, 원시종교 등의 자료들을 조사하고 그런 내용들을 많이 포함시키기도 하였다. 당초 석사과정에서부터 필자의 연구 방향이 『시경』 쪽이 아니었기 때문에 관련 자료가 부족한 속에서 중국 대륙과 대만에서 새롭게 출판된 관련 서적들을 구입하여 읽었다. 이 책들은 대체로 기존의 전통적인 해석과는 다른, 원시 유가의 바탕 위에서 오히려 그런 해석의 틀을 탈피하려는 의식을 가진 중견학자들의 주장들이 많이 반영되었다. 그래서 「모시서(毛詩序)」 및 상기 견해를 바탕으로 하고 신선한 신해(新解)들을 끄집어내어 비교하면서 해설하는 것이 다소나마 무거운 짐을 내려놓는 것 같은 느낌이 들었다. 물론 학생들도 다양한 중국의 고대 문화를 『시경』이라는 텍스트를 통해 접근한다는 느낌이 들었을 것이다. 그런 서적 중에서 소제목으로 나누어 중요 작품들을 새롭게 분석 해설하는 책은 학생들에게 원문 독해 및 번역 연습 삼아 조별로 나누어서 책임 번역을 맡기기도 했다.

내가 처음으로 『시경』을 읽기 시작한 것은 20대 질풍노도의 시기 그 지적 방황의 언저리에서 만난 번역본이었다. 깨알 같은 글씨로 촘촘히 씌어 내려간 연민(淵民) 이가원(李家源) 선생 감수(監修) 번역본이었다. 이후 연민 선생께는 성균관대 박사과정 때 두 학기 동안 댁으로 가서 수업을 받았다. 중국 문학과 한문학을 포괄적으로 강의하셨으나 『시경』 전강(專講)은 아니었다. 이후 선생과의 인연은 계속되었으나 학문적으로 많이 여쭙지 못하고 포괄적인 가르침을 받았다.

다시 성균관대학교 중어중문학과에 재직하시다가 타계하신 벽인(璧人) 하정옥(河正玉) 선생의 『시경』 공역본(共譯本, 1976)과 그 해제(解題)를 만나게 되었다. 선생의 강의는 대학 3, 4학년 때 몇 강좌를 수강했었고 개인적으로 가까웠다고 생각했었는데, 그 4학년 2학기 중에 선생께서 타계하신 후 한참의 시간이 지나고 난 뒤 내가 『시경』 관련 글들을 읽고 논문을 쓰기 시작하면서 알게 된 책이다. 지금 생각해도 매우 안타깝고 통탄할 일이었다. 좀 더 일찍 알았더라면 『시경』에 관한 더 많은 대화와 가르침이 가능했을 것이다. 선생은 그렇게도 대화의 문을 열어 놓으셨고 자상하시면서 또한 엄정하셨기 때문이다. 그래서 그 이후 선생을 생각하면서 그 뒤를 잇겠다는 생각으로 『시경』을 새롭게 해설하겠노라 결심하였다.

그러고는 1997년 국외 박사후(Post-Doc)로 북경사범대학에 체류하면서 지도교수인 섭석초(聶石樵, Nie Shiqiao) 선생과 부인이자 같은 대학 동료이신 등괴영(鄧魁英, Deng Kuiying) 교수를 만났다. 그러나 당시는 자신이 아직 『시경』에 젖어 있을 때가 아니었고 「당송(唐宋) 시가(詩歌)의 구어사(口語詞) 사용과 아속(雅俗) 문제」에 관련된 주제로 연수 갔던 터라 『시경』에 관한 가르침과 대화의 시간을 갖지 못했었다. 그런데 내가 귀국한 후 선생 주편(主編), 낙삼계(雒三桂)·이산(李山) 두 교수의 주석(注釋)으로 2000년 10월에 『시경신주(詩經新注)』가 출판되었다. 그 뒤 선생의 타계 소식을 들었으나 멀리서 조문해야만 했다. 아쉽고 죄스러운 마음에 책 속의 한 부분을 해설 〈『시경(詩經)』을 읽기 전에〉에 번역하여 실었다.

이후 한중(韓中) 간을 오가며 『시경』과 상고사(上古史), 문화인류학, 민속학, 민족학, 원시종교 등에 관한 저서와 논문들을 구입하거나 복사하여 읽기 시작하였다. 2001년 여름 중국 호남성(湖南省) 장가계(張家界)에서 열린 〈제5회 『시경』 국제학술연토회(『詩經』 國際學術硏討會)〉에 같은 학문의 길을 가고 있는 내자(內子) 오윤숙(吳允淑)과 함께 참가하였다. 이후 새롭게 『시경』에 대한 관심을 다양화하면서 본격적으로 학습과 연구를 진행하기 시작하였다.

2001년 9월부터 중국 산동성(山東省) 제남(濟南)에 있는 산동대학(山東大學) 한국어과에 교환교수로 1년 있다가, 다시 2002년 북경(北京)으로 가 중국사회과학원 역사연구소에서 방문학자로 지내게 되었다. 예전 『시경』 관련 강의를 할 때 접한 후 평소 즐겨 읽으며 감탄해 마지않았던 『시경의 문화 천석—중국 시가의 발생 연구(詩經的文化闡釋—中國詩歌的發生硏究)』의 저자 섭서헌(葉舒憲) 교수를 만났다. 그가 중국사회과학원 문학연구소에 봉직하고 있었음을 알았기 때문이다. 여러 경로를 거쳐 연락처를 알아내고 전화 통화를 한 후 그의 집으로 찾아갔다. 그의 서재에서 여러 가지 대화를 하고 사진도 찍으면서 다음을 기약하였다. 이 시기에 본격적으로 중국사회과학원 도서관의 검색·대출·복사 등을 반복하면서 관련 자료들을 대량 확보하였고 북경대 주변과 장안대가(長安大街)와 유리창(琉璃廠) 거리 등의 서점들을 돌아다니면서 신구(新舊) 서적들을 찾고 그걸 읽는 가운데 흥미로우면서도 지루한 시간들이 흘러갔다.

2003년 후반 대진대학에 출강하며 중국 소수민족의 문화에 대한 공

동연구를 진행하면서 특히 운남성(雲南省) 소수민족들의 산채(山寨)를 중심으로 짧지 않은 기간 동안 현장답사를 다녀오고 관련 자료들을 읽었다. 이중에 긴 세월을 두고 구전되어 오는 가요들을 현지 채록하기도 하면서 그 기능에 대해 많은 생각을 하게 되었고, 『시경』과의 비교 연구 결과를 발표하기 시작하였다.

「『詩經』 '風'의 詩歌發生學的 樣相 硏究」(2001)
「『시경』과 중국운남소수민족의 시가와의 비교를 통해서 본 시가발생 유형 연구 (1): 주술가」(2005)
「『시경(詩經)』과 시가발생유형 연구(詩歌發生類型 硏究) (2): 토템가(圖騰歌)—중국 소수민족의 시가 및 원시종교와의 비교」(2014)

이를 통해 본서가 지향하는 바는 물론 다음 몇 가지를 알 수 있을 것이다. 정통 고전적 방법과 체계적인 학습을 통해 『시경』에 접근한 것은 아니다. 민속학·사회학·문화인류학 등의 방법으로 시경을 연구한 저서들을 통해 새로운 『시경』 읽기를 하였고 본서의 집필 의도도 대개 그런 쪽이었다. 그러나 기실 그 중간에 서 있다.